南河镇

钟宪政◎著

（上）

陕西新华出版传媒集团
太白文艺出版社

图书在版编目（CIP）数据

南河镇：全2册 / 钟宪政著. — 2版. — 西安：太白文艺出版社，2017.9（2022.3重印）
ISBN 978-7-5513-1234-9

Ⅰ. ①南… Ⅱ. ①钟… Ⅲ. ①长篇小说—中国—当代 Ⅳ. ①I247.5

中国版本图书馆CIP数据核字（2017）第180112号

南河镇（全2册）
NANHE ZHEN

作　　者	钟宪政
责任编辑	李　玫
封面设计	王　斌
版式设计	马　敏
出版发行	陕西新华出版传媒集团 太白文艺出版社
经　　销	新华书店
印　　刷	三河市腾飞印务有限公司
开　　本	720mm×1000mm　1/16
字　　数	106万字
印　　张	56.125
版　　次	2013年4月第1版 2017年9月第2版
印　　次	2022年3月第2次印刷
书　　号	ISBN 978-7-5513-1234-9
定　　价	143.00元（全2册）

版权所有　翻印必究
如有印装质量问题，可寄出版社印制部调换
联系电话：029-81206800
出版社地址：西安市曲江新区登高路1388号（邮编：710061）
营销中心电话：029-87277748

既然源于生活，就应当艺术地再现生活；既然高于生活，就应当科学地引导生活。小说的魅力不仅在于她艺术地再现了生活，更在于她让生活充满了艺术、让人们更加艺术地活着。

谨以此书献给生我养我的三秦大地，献给我伟大的中华民族。

内 容 提 要

拒绝了多少名门望族,美女、才女跟穷秀才却一见钟情;一举夺魁,穷秀才十年不鸣,却一鸣惊人。由妓女到老鸨,柳叶历尽了……一夜暴富,麻子余的背后却是……妓女跟嫖客竟成了儿女亲家;为争亲,他们又成了仇家、冤家;两败俱伤后又狼狈为奸,他们报复财东郭家,并殃及木匠刘家。余儿、明儿原是菊儿胡萝卜不拆把的好友,后来,她们又成了她的"情敌";再后来,又戏剧性地成了她的弟媳……受引诱,抽大烟,讹人不成,反伤残了自己;不离不弃,招后夫,新媳妇养起了前夫。老婆早死,儿子失踪,翁媳乱伦;早上娶媳妇,晚上得孙子,后半夜却气死了阿公爹;叫短工,哥哥叫回个如花似玉的山妹;见义勇为,弟弟救了个美若天仙的雪儿。山妹对弟弟有意,弟弟跟雪儿却有约在先。儿子嫖娼,儿媳偷人,婆婆自缢……男的不务正业,媳妇红杏出墙,惊醒后迷途知返,却也十分感人。一束雷管父子、夫妻同归于尽,只剩下个名分不清的婴儿。团长一声枪响,倒在血泊中的,却是他红颜的娇妻。女儿家的新婚之夜,竟在她出嫁的十年以后。

辛亥革命西路战役,福平兵变,丰原兵变,北京政变,西安事变,豫西大战,二虎守长安,中原大战,连续三年的大旱,以及由此引发的,惊心动魄的连环疑案、血案……昭陵六骏有两骏被盗运美国;复盗时,却被陕西人民截获。日本间谍在渭北进行颠覆活动,被捕、被处死后,却引起了国际纠纷……

浓郁的生活气息,厚重的文化底蕴;别具的地域特色,独特的风土人情;巧夺天工的艺术构思,呼之欲出的人物形象;引人入胜的故事情节,妙笔生花的语言文字;发人深思的生活哲理,耐人寻味的人情世故。绝不仅仅只是发生在小镇上的一些故事,融家长里短和历史事件为一体,融芸芸众生和风云人物为一体,以辛亥革命前后三十年为背景,作品把一幅波澜壮阔的历史生活画卷、一个原汁原味的、原生态的大陕西,淋漓尽致地展现在大家的面前。

引 子

打开世界地图，在亚洲大陆的东部，在太平洋的西岸，有一块美丽、富饶，而幅员辽阔的土地。凝视着浩瀚的大洋，看上去，这块沃土，酷似一昂首挺胸的鸡母。繁衍生息在这片热土上的，是一个古老而悠久的民族——华夏民族。如果是有心人，你会发现在这块热土的腹地，还有一个酷似跪俑的板块，因长期繁衍生息着秦人，这个板块被称作"三秦大地"。三秦大地位居陕州以西，所以又叫作"陕西"。在陕西的腹地，又坐落着一个古老而沧桑的历史文化名城——阳都。

人文始祖轩辕黄帝，在这里归宿；烈山氏炎帝，在这里长眠。最后一个奴隶制国家，在这里结束了它长达八百年的统治；第一个中央集权的封建帝国，又在这里呱呱问世。这里，是中华大地的原点；这里，是华夏民族的发祥地。带着他们的子子孙孙，世世代代数以万万计的炎黄子孙们，来这里寻根问祖，就连那些漂洋过海，长期旅居在四大洲、五大洋的华裔们也不例外。

在华夏民族的传统文化中，山之南、水之北为阳，反之为阴。诸如位于洛水之北洛阳、淮水之南淮阴、华山北麓的华阴等，许许多多的古地名，均源于此。但既在山之南，又在水之北，而山水俱阳的，怕只有这座古老而沧桑的历史文化名城了。

迄今，古城已有两千三百余年的文明史。包括周、秦、汉、唐在内，先后有十三个封建王朝，在这里建都。山水俱阳，又是千古帝王都，古城被叫作"阳都"，既名副其实，又当之无愧了。

古城的北面，是气势恢弘、景色秀丽的九嵕山。山上，有一代明君唐太宗李世民，与其皇后——长孙皇后的合葬墓——"昭陵"。后来者居上，跟昭陵比，气势更加恢弘的，是"乾陵"。乾陵，是李世民的儿子唐高宗李治，与其皇后武则天的合葬墓。原为李世民的"才人"，被"子纳父妾"后，武则天又成了李治的皇后。李治驾崩后，武则天取而代之，并当仁不让地走上政治舞台，成了历史上空前绝后、又绝无仅有的一代女皇。叱咤风云，达数十年之久，致向来重男轻女的当地人，也不得不对她，敬而畏之。喧宾夺主，尊崇武则天，他们胜过尊崇李治，于是乾陵在当地，又被称作"姑婆陵"。

除唐陵外，这里，还有汉高祖刘邦的长陵，汉惠帝刘盈的安陵，汉景帝刘启的阳陵，汉武帝刘彻的茂陵，汉昭帝刘弗陵的平陵等，九个汉代的皇陵。比汉陵更为久远的，是"周陵"。

　　江南的才子，山东的将，阳都的黄土，埋皇上。至于那些王公大臣，和名将贤相的陵冢，则更是星罗棋布，数不胜数。当地人更以"金疙瘩、银疙瘩，不如咱阳都的土疙瘩"，而引以为自豪。

　　古城的南面，是华夏民族的母亲河，黄河的最大支流——渭水。渭水，共十九条支流。包括三峪河在内，有八条支流，环绕在省府长安的周围。同渭水一起，她们共享着"八水绕长安"之美誉。渭水的冲刷，造就了富饶辽阔的八百里秦川，八百里秦川，又哺育着数千万的，三秦儿女。其流域的仰韶文化、周岐文化、先秦文化和汉唐文化，又代表着中华民族，数千年的文明。位居八百里秦川的正中，阳都古城占天时、据地利而兼有人和。

　　隔山不算远，隔水不算近。源于甘肃，穿越陕西，蜿蜒一千六百余里，滔滔渭水，在给南北交通带来不便的同时，也造就了多处胜景奇观。

　　悠悠三峪河北来，滔滔渭水东逝，地处两水交汇处的阳都古城，是古丝绸之路的，必由之地。由于地势平坦，河面宽阔，水流平稳，南来北往的船只，多云集于此。历尽沧桑，这里自然而然地，成了一个气势恢弘的水陆码头，并独享"千年古渡"之美誉。　这里车水马龙，商贾云集；这里千帆如旌，百舸争流。跟"华岳仙掌""草堂烟雾""灞柳风雪""骊山晚照""曲江流饮""太白积雪"和"雁塔晨钟"一样，"千年古渡"是久负盛名的，长安八景之一。

　　渭水之阴的南河镇，是阳都古城的延伸，是千年古渡的南码头，是古丝绸之路的，重要商埠。也是西出阳关、东临中原的，第一驿站。更是南北交通的枢纽，东西物资的集散地，其繁华程度，足以跟阳都古城，相媲美。十里长堤下，荷花田田，苇叶纤纤，芳草萋萋，岸柳依依。三条长街上，那些南来的，北往的；走东的，闯西的；肩扛的，手提的；乘轿的，骑驴的；耍猴的，行乞的；说书的，卖艺的；看相的，算命的；猜拳的，行令的；偷鸡的，摸狗的；放贷的，聚赌的；讨价的，还价的；高出的，低进的等，三教九流们，更是摩肩接踵，万头攒动。几乎是凡所应有，无所不有，那些土的、洋的，富的、穷的，胖的、瘦的，高的、矮的，男的、女的，老的、少的，丑的、俏的，买的、卖的，赚的、赔的，输的、赢的等七行八业，形色各异的人们，有喊的，有叫的；有哭的，有笑的；有吵的，有闹的。跟辚辚车声，萧萧马声，滔滔水声，以及艄公们那时而急促、时而悠扬的号子声交织在一起，像十里洋场，总给人以既嘈杂喧嚣，又繁华热闹的感觉。

　　最初，这儿只有南北走向的，一条短街。常住人口，也仅限于当地的土著。他们一边务农，一边摆渡，过着亦工亦农的生活。后来，各地的豪门大户，也都看好这风水宝地，于是纷纷来此购地、置产、兴业。街道也由一条增加到两条，不久又由两条，增加到三条。这三条街道，据说又被来自十七省，共一百单八县的人，不断地向南延伸，鼎盛时期，竟长达两华里有余。

中间的正街，是白天，最为繁华的地方。苏州的绸布，杭州的茶叶，宁夏的皮货，四川的药材，上海的五金，景德镇的瓷器，新疆的玉石，浙江的湖笔，广东的端砚，安徽的宣纸等，各色商品，琳琅满目。西安的羊肉泡，兰州的牛肉面，重庆的火锅，北京的烤鸭，天津的狗不理包子等，各种风味小吃，更是异香扑鼻。那些横的、竖的，木的、布的等，五花八门的招牌幌子上，用行、草、隶、篆各种不同的字体，或刻着、或印着、或绣着各自字号、铺面的名称。身着不同服饰，操着不同口音，拖着南腔北调，伙计相公们在各自的店铺前，热情地招揽着那些南来的，北往的客商们。

东街的晚上，是最红火的去处。北头的五六家青楼妓院，都是雕梁画栋的，木式阁楼。朱漆大门的左右两侧，都对称地挂着两个冬瓜形的，大红灯笼。灯笼上，分别绣着"怡春院""潇湘院""群芳院"……灯笼下，那些穿绸挂缎，浓妆艳抹，又花枝招展的妓女们，在嗲声嗲气地，招揽着那些或大腹便便、或衣冠楚楚的，达官显贵们。南头的七八家烟馆，均青砖瓦舍。黑漆大门的左右两侧，也对称地挂着两个橘红色的，西瓜灯笼。灯笼虽不及北头的鲜亮，但每日进账的银子，却不见得逊色。这里，用不着招揽，那些面黄肌瘦的烟鬼们，会伸着懒腰，打着哈欠，又是鼻涕、又是眼泪地，送上门来。一阵吞云吐雾，在飘飘欲仙的梦境中，遨游上一番后，他们便跟换了个人似的，又变得精神抖擞起来。来时，失魂落魄；去时，又踌躇满志。

西街上，除车马店外，还有几家木匠铺，几家铁匠铺，跟几家皮匠铺。车马店除客房、厨房、车房跟草料房外，还有一些高大的仓房，跟一些简陋的圈场。客房是通铺，厨房一日三餐，是大锅饭。专供那些伙计、相公跟小商小贩们，前来歇脚，用餐。那些东家掌柜，那些富商大贾们，早已住进了正街的酒楼，或者是饭庄。有的干脆包上一个妓女，住进了东街北头的，青楼妓院。这里除各种工匠，跟三个一团、五个一堆聚在一起，揽工的苦力外，还有成群的骡马、骆驼、和牛羊。街上充斥着牲口的臊味，跟粪便的臭味，就连那些衣衫褴褛的乞丐们，都少有光顾。显得，萧条了许多。

这里，有悠久的历史，有灿烂的文化，还有美丽而动人的故事。

姜太公钓鱼，愿者上钩。渭水上游，距南河镇不远处，有一巨石。巨石上，有一双尺二长的脚印，据说是姜子牙用无饵的直钩，在距水面三尺的地方垂钓时，留下的。为兴周灭纣，西伯侯姬昌踏破铁鞋，终于在这儿，访到了这位异人。为一显诚意，弃骡马，姬昌亲自驾车将子牙拉往西岐。求贤若渴，因心切力猛，途中，一根镢把粗的麻绳竟被他拉为两段。问他拉了多少步时，姬昌摇头说，他只顾拉车，不曾记得。闻言，子牙笑道："侯爷无心，子牙有意。不多不少，整整八百步。"见姬昌不解其意，子牙笑着又道："一步一年。侯爷的江山，将是八百年。"闻言大惊，欲结绳再拉时，姬昌，却被拦住了。子牙道："不必了。此乃天意，非人力所能违也。"言毕弃车，携姬昌，一路腾云驾雾而去。

　　西周，加上东周，果然是八百年。后人暗暗称奇，于是将此地，叫作"断村"。后似觉欠妥，又改"断村"为"段村"。在这个所谓的段村中，其实，并无一户段姓人家。

第一章

　　是渭水的一条支流，三峪河所以被叫作"三峪河"，是因她源于秦岭北麓的，三个峪口。西边的峪口中，清泉叮咚，溪流潺潺，滋养着大片的石榴树。夏日里，石榴花花红似火，故名"红峪"。东边的峪口中，飞瀑直下，如高山泻玉，滋养着漫山遍野的紫薇，故名"紫峪"。中间的峪口中，溪流如练，水声淙淙，兰花遍布，幽香扑鼻，故名"兰峪"。

　　据说，是药王孙思邈的后裔，专治各种疑难杂症，兰峪中，有一位仙风道骨的采药老人，人称"老神仙"。这老神仙年逾五旬，膝下却只有一女，年方二六。因长得娉娉婷婷，又若兰若玉，取名叫"孙兰玉"。孙兰玉正值豆蔻年华，又出落得如花似玉，她不但人材出众，而且琴棋书画，无所不能。羡慕之中，遗憾之余，红峪跟紫峪，竟各自给他们演绎出一段传奇的故事，并塑造了一个，绝代的佳人。

　　红峪的故事，取材于《周亚夫军细柳》的典故。出红峪不远，有一个叫作"细柳营"的村庄，据说，是汉文帝刘恒时，大将军周亚夫的，屯军之处。因获罪于汉景帝刘启，后来周亚夫，竟被祸灭九族。其中一人，因逃入红峪，才幸免于难。上无片瓦，下无立锥之地，这个族人夜宿山洞，以打猎为生。跟一般猎人不同，他专门猎杀那些凶残成性的，虎豹熊黑，而对那些温顺弱小的动物，他却是，呵护有加。一年冬天，见一只梅鹿，被冻得奄奄一息，他立即将其抱回，放在了他的热炕上。第二天醒来时，猎人不由，大吃了一惊。原来躺在他身边的，竟是一个如花似玉的姑娘，而那只梅鹿，却不知了去向。惊问其故时，姑娘含羞带臊地，告诉他说："奴家，叫鹿梅。在山中，父母已修炼了，九百九十九年。就在只差一年，便可得道成仙的时候，他们竟被几条恶狼，给吃了。是恩人，打死了那几条恶狼，给奴家的父母，报了大仇。心存感激，小女子却无以为报，今以身相许，誓跟恩人相伴终生，永不分离。"

　　一年后，鹿梅给猎人生下一女，取名"红玉"。为将门之后，十八般武艺，这红玉姑娘，无不精熟。既有倾国倾城之貌，又有沉鱼落雁之容，她应是周亚夫的，第九十九代玄孙。

　　后来者居上。紫峪为他们演绎的故事，塑造的佳人，则更加的邪乎。

　　出紫峪不远，也有一更大、也更为久远的村庄，叫作"镐京"。镐京是西周的京城，又名"西都"。周平王姬宜臼东迁洛邑时，不想大内却忙中添乱，连连出事。嫔妃所出的小王子，突然去向不明，其乳娘，却被杀死在宫闱之中。

宫里，小王子一人失踪，紫峪，却多出小夫妻一对。日出而作，日落而息。在自己搭起的茅屋周围，小两口，又竖起了篱笆、柴扉。不久，新开的坡地上，长出了五谷杂粮，栏里传出了猪叫；架上，也有了鸡鸣。

山里人厚道，对小夫妻编造的身世，他们竟深信而不疑。更没料到小伙子，竟是来自宫里的小王子，而小媳妇，则是小王子的乳妹——他乳娘的女儿。

从来都不曾见过生母，小王子是乳娘屎一把、尿一把拉扯大的。跟乳娘的独生女青梅竹马，他们从小，就有了感情。每当小王子问起生母时，乳娘总是闪烁其词，说她死于难产。背过小王子，她却又偷偷地抹着眼泪。

成人后，小王子终于看出了，其中的蹊跷。情知隐瞒不过，在他的再三哭求下，乳娘这才抹着眼泪，冒死将其生母在争宠失利后，又被凌迟处死的真情，一五一十地道了出来。

复仇的计划，跟灭口的阴谋，在同时进行。当小王子杀死受仇家指使，处死他生母的真凶时，仇家也派人杀死了他的乳娘。原想拼个鱼死网破，却突然想到，乳妹尚有危险。小王子只得放弃拼杀，并抢在仇家的前头，将乳妹带进了紫峪。庶民的生活，虽清苦了许多，但小王子跟他的乳妹，却是两情相悦。他们男耕女织，夫唱妇随，倒也，乐在其中。锦上添花，不久，他们又有了女儿。给这个掌上明珠，他们取名"紫玉"。这紫玉原本就是，金枝玉叶的公主，她长得国色天香不说，还聪明过人。朱唇赋诗词，她出口成章；挥毫作书画，她丹青生动。应是周平王的，一百三十八代传人。

在红峪跟紫峪人的口中，两位绝代佳人还被羽化，而成了神仙。分别被尊为"红衣仙子"和"皇姑仙子"，他们还给她们，分别建了庙宇，塑了金身。先看这红衣仙子，只见她粉腮、朱唇、柳眉、杏眼、金盔、银甲，头戴雕翎，身披绛红色斗篷，按剑稳坐在虎皮交椅上，英姿飒爽。身后的大屏风上，一只斑斓的上山虎吊睛白额，回眸眈眈。宽大的红木公案上，左侧用黄缎包裹着的帅印，大如覆斗。右侧的牛皮锦盒描龙绣凤，满插着令旗令箭。居中而立，一少年女将，怀抱龙泉；分列左右，十八名巾帼，盔明甲亮。廊下，刀、枪、剑、戟、斧、钺等十八般兵器，一应俱全。门外正中一铜香炉长八尺，宽四尺，香烟缭绕；两侧合抱粗的大柱上朱漆描金，有对联一副，龙飞凤舞：

飒爽英姿，将门有虎女
国色天香，水中出芙蓉

再看那皇姑仙子，头上的凤冠，珠光宝气；身上的霞帔，画龙描凤。端坐在龙凤宝座上，她端庄秀丽，雍容华贵。身后的屏风上，丹凤朝阳，栩栩如生。手执香扇，一对宫娥，侍立身后；怀抱如意，两个彩女，分列左右。左边的九个女官，人人皆闭花羞月之貌；右边的九个女官，个个均沉鱼落雁之容。门外正中的镀金香炉长九尺、宽五尺、重千斤，寓意着，九五之尊。两侧木桶粗的大柱上，亦有朱漆描金，龙飞凤舞的对联一副。

龙生凤养，丽质原是天生
金枝玉叶，雍容亦非地长

三水交汇处，有个村落。在民间文化的影响下，其名字，也不断地演变着。最初，叫"三峪口"，后来，又被改称为"三玉口"。三峪河也数易其名，先被改称为"三玉河"，后来，又被改写为"三女河"。

自南至北蜿蜒八十余里，三女河流经细柳、镐京、秦镇等地后，于南河镇下游的不远处注入了渭水。

无独有偶。在下游，在两水的交汇处，也各有一村。位于三女河以东的，叫"河东堡"；位于河西的，叫"河西堡"。

虽是个有上百户人家的大村，但河东堡值得一提的，却只有两家。一家是村里的首富，人称"财东家"；一家是村里的至穷，人称"秀才家"。除务农外，在南河镇，财东家还开了个大药房，名曰"济生堂"。子弟均聪明好学，是名副其实的书香门第，但除祖传的几箱子书籍外，秀才家却几乎一贫如洗，家徒四壁。似乎无意中，得罪了赵公元帅，秀才家历代子弟在中了秀才后，均因家中无力供给，而不得不半途而废，尽弃前功。似乎不经意中，得罪了文曲星，财东家的祖坟里，向来，没有出文人的脉气。不惜重金，老财东给小财东，请来了最好的先生，但小财东却还是连《三字经》，都念不下来。后经先生提醒，老财东又恳请秀才家的子弟，前来陪读，小财东这才勉强地读完了《三字经》《百家姓》《千字文》。结果秀才家的子弟，中了秀才，而财东家的子弟，却还是个童生。

有锅盔的没牙，有牙的，却没锅盔①。因不开窍，财东家祖祖辈辈，只能是个童生，而中不了秀才；因家贫，秀才家世世代代，只能中个秀才，而中不了举人。

财东家这一代主人老财东，为人，更是善良忠厚。从他爸老老财东手里接过"济生堂"时，他发现大门两侧的对联，内容，已陈腐不堪。有心换副新的，他苦思冥想了半天，却仍然想不出个子丑寅卯。于是，只得请教于他曾经的陪读，眼下，又是他儿子先生的老秀才。给老财东的儿子小财东陪读的，是老秀才的儿

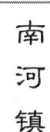

子小秀才。听说要作新对联,他顿时来了雅兴。于是,也兴致勃勃地跟着,来凑热闹。倒背双手,在药房里踱了一周后,老秀才随口,吟出了上联:

红娘子骑海马,戴金银花,当归熟地

闻言掌柜,相公们,连连称妙。追问下联时,老秀才却指了指他的儿子,然后不慌不忙,到一边用茶去了。在怀疑的神色中,学着他爸老秀才的样子,当时年仅十二的小秀才绕着药房,也踱了一周,然后脱口而出,他唱出了下联:

大将军荷巴戟,率黑白丑,荆芥防风

闻言,掌柜相公们先是禁不住都大吃了一惊。接着,又纷纷喝起彩来。这副对联,轰动了陕甘两省,"济生堂"也随之,名闻远近。原来其中除"骑、戴、荷、率"外,余均为中药名,共一十二味。大喜过望,当老财东拿出二十两纹银时,一老一少两个秀才,却都是坚辞不受。老财东无奈,心里,又着实过意不去,于是当众承诺说,小秀才读到哪儿,他便供到哪儿。

人穷志不短。希望儿子能继承和发扬祖德,老秀才给其取名曰"陈德润"。寓意是"不图富润屋,只求德润身"。不负众望,陈德润一门心思地,攻读着圣贤之书。敏而好学,他博闻强记,又文思敏捷。四书五经,诸子百家,他皆心领神会,无师自通。诗词歌赋,琴棋书画,他均心有灵犀,无所不能。

每年歇馆期间,老秀才都要帮财东家进山,采买药材。顺便,再陶冶一下自己。久而久之,他自然而然地,结识了老神仙。每次进山,老秀才,都住在老神仙家;每次出山,老神仙,也下榻老秀才家。一来二往中两个老人,不再只是生意上的伙伴,还成了至交好友。

这年,陈德润刚交十八,老秀才,却已年过半百。不忍老父一个人在外奔波,这次他执意要陪他,一块进山。见拗他不过,老秀才,只得点了头。于是骑一匹栗色马,老秀才在前;骑一匹菊花青骡子,陈德润,紧随其后。沿着蜿蜒的三女河逆流而上,一路向着突兀的秦岭,父子二人迤逦而行……

八月的三女河波光粼粼,水清见底,宛若一走出深闺的纯情少女,她一路,款款而来。水面上一对鸳鸯相依相偎,卿卿我我;空中两只水鸟上下翻飞,雄飞雌从。河湾里几个浣纱姑娘,捣衣声声;滩头一独钓老翁,悠然自得。浅流中鱼戏清莲,蜻蜓点水;岸边绿草如茵,红花点点。萋萋的芳草中,彩蝶们蹁跹起舞;盛开的花丛中,蜜蜂们往来匆忙。堤下荷叶田田,岸柳依依;堤上林荫夹道,百鸟鸣啭。不禁为景色所迷,第一次出远门,陈德润心里充满了诗情,充了画意。

再说这兰玉姑娘，虽没跟红玉、紫玉一样，被人们羽化为仙，也没被善男信女们奉为偶像，顶礼膜拜，她却是个娉娉婷婷，又若兰若玉的大活美人。来自四面八方的求亲者，自是络绎不绝，几年下来，光门槛，孙家就换了好几个。

提亲时，是夸不尽的富贵；娶亲时，却是告不尽的艰难。任你伶牙俐齿，任你巧舌如簧，任你说得天花乱坠，有钱的也好，有势的也罢，兰玉姑娘却只是摇头，而从不颔首。直弄得人人乘兴而来，个个扫兴而归，鞋倒是跑烂了好几双，那些媒婆们却连一封干点心，都不曾混上。

"跟红玉、紫玉一样，也成神呀！"

"女大不中留，走着瞧吧。迟早，要出丑的！"

"迟早？依我看祸根，八成，都已经种上了。"

刚被老神仙送出门，几个媒婆一边走，一边，便说起了难听话。用这些恶毒的语言，她们发泄着心中的怨气，同时也打着窗子教门听，给老神仙捎话亮着耳朵。可怜那一对三寸金莲，却要支撑这，百二八十斤的困肉。走起路来，她们虽都是东倒西歪，摇摇欲跌，但被三寸不烂之舌从牙缝里挤出的话，却恶毒得既能杀人，又不见血，足以置老神仙于死地。

老神仙的确被弄得心烦意乱。老伴去世早，千辛万苦，他受尽了难肠。盼星星，盼月亮，他终于将宝贝女儿，盼到了十六岁。跟着女儿，他满以为能享上几天清福，却万万没料到她人大了，心也高了，死活的，不肯屈就。结果星星没盼来，月亮没盼来，不尽的烦恼，却不盼自来。摸不透女儿的心思，更不便多问，深不得又浅不得，左难右难中，老神仙竟不由怀念，甚至抱怨起老伴来。

有老伴在，自己就用不着，操这么多的心了。不可开交时，也有个商量，至少，能一吐自己的苦衷。要是生个普普通通的女子，也许不会有这么多的烦心事，而她却偏偏给他生了个，如花似玉的女儿。而且把所有的烦恼事撇给他，她却撒手，一路西去。

看上去冷若冰霜，心里孙兰玉，却炽热得像是即将喷薄的火山。女孩中比她大的，都抱上了娃娃；比她小的，也都有了婆家。而她却像一叶孤舟飘摇在无边无际的大海中，至今，还没个着落。并不是心高气傲，在孙兰玉的心目中，那些有钱的子弟，都轻浮得，跟鸿毛一般。而那些有势的纨绔子弟，则更是放荡不羁。虽朴实无华，那些寻常人家的小伙子们，却又是那样的俗不可耐。宁愿当一辈子老姑娘，宁愿跟老父厮守终生，为他老人家端汤送水，颐养天年，她也断不会以此冰清玉洁的女儿身，轻易地许人。

做人难，做女人更难，做一个才貌双全的女人，更是难上加难。意中的人儿啊，你究竟在天之涯，还是在海之角？

继续着他的药材粗加工，借此，老神仙希望，能排遣心中的烦闷。然而未能如愿，他完全是一副魂不守舍，又心不在焉的样子。一时不慎，跟药材棍一起，他左手的食指，竟被送进了锋利的铡刀口。"咔嚓"一声后，跟药材的碎片一起，半个手指头，竟掉进了板凳下的蒲篮。刹那间，他竟没觉得疼痛，而只是吃了一惊，回过神时，这才痛得失了声。下意识中，用右手，他握住那个少了一块的左手食指。透过右手的指缝，殷红的血滴，像断了线的珠子，砸在了脚地……

"哎呀！你……"随着一声惊呼，一头，老秀才撞进了柴扉，"你！你这是咋的咧？"

"啊！咋是……是陈老弟。"老神仙道，"没……没啥。伤……伤了点皮。"痛苦中夹杂着惊喜，惊喜中，又夹杂着痛苦。他的表情，十分的复杂。

"快，快拿刀剑药！"对着身旁的儿子，老秀才吼道，"还……还有白药！"回过头，他又抱怨老神仙说，"都伤成这了，还说没啥！"在陈德润的帮助下，老秀才给老神仙敷上了药。血，终于止住了。

"这是……"瞅着眼前的小伙子，老神仙正待问个究竟，不想却被老秀才给打断了。

"你侄子呀！咋，不认识咧？"一面回答老神仙，老秀才一面吩咐儿子道，"润儿，来，快见过年伯！"

"年伯在上，小侄这厢有礼了。"面对老神仙，陈德润彬彬有礼地打了一躬。"哦！是贤侄……贤侄免礼。"上下打量着陈德润，老神仙不胜感慨，"两年没见，不想，都成了大小伙子！"

最后一次见陈德润，已经是两年前的事了。正是由于这个原因，在老神仙的印象中，陈德润，应该还是个孩子。一时着急，他的确没认出他，或者说压根儿，他没料到是他。"好个翩翩少年，竟是如此的温文尔雅！"心里赞叹不已，一时，他竟忘记了招呼客人。

楼上，兰玉姑娘先是听到老父"哎哟"一声惨叫，忙临窗看时，却见"啊呀"一声，老秀才又撞进了柴扉。情知爹出了事，她正急于下楼，不料一陌生少年，紧跟着又闪了进来。一向大方的兰玉姑娘，这时竟有些进退维谷，不知如何是好了。犹豫间，那少年已帮老秀才给她爹上了药，止了血。在给她爹打躬作揖时，他，正好面对着她。他举手投足的潇洒，他眉宇间透出的灵气，让她心中不觉怦然一动，脸上也热辣辣的一片绯红……

"快下来，兰儿。你陈大叔来了。"楼下，老神仙催促着他的女儿。

"来了，来了！"闻声兰玉姑娘，竟有些慌乱。又是寻木梳，又是找镜子，又是……其实这些东西，她一样也不需要。这一切，都是下意识的，下意识中，她拖延着时间。借此，她想稳定自己的情绪，可情绪，却怎么也稳定不下来。尤其这张该死的脸，它几乎在故意跟她捣蛋，总是热辣辣的，说啥，也凉不下来。磨蹭了好一阵子，待她款步下楼时，它却依然还是朝霞一片。

"大叔，一向可好？"一边问候，孙兰玉一边跟老秀才，蹲了个万福。

"这边，这是你表兄。"指着陈德润，老神仙又示意女儿，上前见过。

"表兄……妹妹这厢，有礼了。"施礼后，孙兰玉不好意思地，低下了头。忙以礼相还，陈德润也羞涩地，侧过了脸。

相对一视，两个老人都似有所悟。忙替女儿解围，老神仙道："兰儿，还不快去沏茶。"闻言，老秀才也附和道："好，好。一路上，还真的有些口渴。"怀着既复杂又矛盾的心情，在两个老人呵呵的笑声中，转过身兰玉姑娘去了厨房。

第二天出门收购药材时，老秀才正要招呼儿子，不想，却被老神仙摆手给制止了："下次吧。虽说成了大小伙子，却没岁。让娃，先歇息上一天。"

楼上，兰玉姑娘心旌摇荡，若春树临风。翻来覆去，昨晚她一宿，都不曾合眼。既然睡不着，她索性爬起来又是梳头，又是洗脸。梳洗完毕，坐在窗前，望着南山那黑黝黝的剪影，她一门心思地想着心事。

踏破铁鞋无觅处，得来全不费工夫。在她最失意，也最无助的时候，仿佛是自天而降，陈德润撞进了柴扉，也撞进了她少女的心扉。从仪表上，她断定他是个有教养的谦谦君子，学识如何，一时，她却又拿不准。于是准备找个机会，先试探他一下。

机会，机会还用找吗？眼下，不正是天赐良机吗？但樱桃好吃口难开，初来乍到，就跟人家谈经论典，这，合适吗？如果他学识平平，哪自己，又当如何？难道，难道还有别的选择吗？孙兰玉一时，竟没了主意。以后……以后再说吧。在极度的矛盾中，她准备打退堂鼓了。

以后，还有以后吗？他能在这儿，待多久？以后，以后还有这样的机会吗？媒婆们那摇唇鼓舌的样子，有钱子弟们那轻浮的样子，纨绔子弟们那放荡不羁的样子，寻常人家小伙子们那俗不可耐的样子，交替地在孙兰玉的眼前浮现着，晃动着。

孙兰玉啊，孙兰玉！你已别无选择，也没什么以后，错过今日，你将遗恨终生。在心里，孙兰玉警告着自己，她终于又鼓起了勇气。

"表兄，麻烦你，过来一下。"楼上，孙兰玉羞涩地道，"小妹我这里，有事相求。"凡事开头难。一声"表兄"既已喊出，她的心里，竟反而，释然了许多。"噢，就来。"不远处背对茅屋，陈德润，正欣赏着山里的景色。已陶醉其中，不想被孙兰玉的一声呼唤，又惊醒了过来。"表妹"有忙，"表兄"自然是，不能袖手了。回过头，应了一声，又迟疑了片刻后，陈德润这才折转身，向茅屋走来。

"什么事，表妹？"不知"表妹"有什么忙，面对孙兰玉，陈德润竟有些拘谨。"也……也没啥，紧要的事。"指着竹几上的一方宣纸，红着脸，孙兰玉道，"前两天，写了一首小诗，却总觉，词不能达其意。请表兄帮忙，给看看。"她原想跟他说，请表兄，给润色润色，却不知他"水"深浅，又怕，难为了人家。难为了人家，反而不妥，于是话到嘴边，她却临时又改了口。

近前看时，见宣纸上，是一首七绝。无需细看，光那几行隽秀的柳体楷书，已让陈德润禁不住，大吃了一惊。

窗后青山翠如屏，门前绿水明若镜。
深谷幽兰香阵阵，涧畔枫叶火样红。

细细品读，陈德润连声称赞说"好诗！好字！"受到夸奖，孙兰玉反而，更加地不好意思了："表兄，莫光拣好听的说，还请，不吝赐教。"闻言，陈德润忙道："赐教不敢！和一首，或许凑合。"说着顺手，他又铺开一张宣纸。

挽起袖子，在一旁，孙兰玉磨起墨来。只见她小臂弯弯似藕，十指纤纤如玉。展纸秉笔，凝思了片刻后，陈德润笔走龙蛇，力透纸背。一副字有俯仰，笔有虚实；墨有浓淡，行有疏密；落款补白，印章点睛；浑然一体，又气象万千的行草书四尺斗方，已跃然纸上。

屋后蓝天翠如屏，　山前皓月明若镜。
东海日出波粼粼，　西山落晖火样红。

"让表妹，见笑了。"搁下笔，陈德润自嘲地憨笑着。

"呀！表兄果然文思敏捷，又胸怀博大。"一旁，孙兰玉看得呆了，"既语出惊人，又落笔不俗！"惊醒后她不由自主地，扼腕赞叹起来。

"表妹，你也莫光拣，好听的说。还望，不吝斧正。"闻言陈德润，更加不好意思了。"能否赠与妹妹，以为留念？"爱不释手，孙兰玉是答非所问。"胸无韵律，信手涂鸦。"陈德润笑道，"妹妹，又何必客气？"这时，他已不像刚才那么的，拘谨了。

"真的？"闻言又是惊，又是喜。说着，那张墨香四溢的斗方，已被孙兰玉，贴在了她的胸口上。

"妹妹，你……"看着挂在墙上的琵琶，陈德润的一句话，还没说完，不想却被孙兰玉，给打断了。

"表兄稍等，待妹妹，为你奏上一曲。"收起斗方，又藏入香囊。顺手从墙上孙兰玉摘下了琵琶，只见她凝神敛气侧身坐，怀抱琵琶半遮面，转轴拨弦三两声，曲调未成先有情。

空怀凌云志	却是女儿身	
无奈扮须眉	偏遇忠厚人	
意先结金兰	徐徐图婚姻	
憨郎惹人爱	爱为怨之根	
只知手足情	不解弦外音	钗钗
相送十八里	难舍又难分	
百般相喻示	费煞奴家心	

玉手琼指，孙兰玉轻抚慢捻；朱唇皓齿，她含珠吐玑；铮铮，琴音若泉若溪；婉婉约约，歌声如诉如泣。融入其中，孙兰玉，已是泪眼婆娑。一曲唱罢，衷情诉尽，陈德润感动得，眼圈都已红了。"好一个'十八相送'！"陈德润由衷地赞叹着，"来而不往，非礼也！待愚兄，也回赠妹妹一曲。"说着，兄妹二人互换位置。从孙兰玉手中，接过琵琶，陈德润忘情地，拨动了琴弦。

绿树不语连理枝，	红豆无言知相思
戏水鸳鸯结双对，	愚兄为人却无知
一错再错恨千古，	相逢相处不相识
楼台一别梦方醒，	贻误贤妹悔恨迟
化作彩蝶伴君舞，	今生错过待来世

凄凄惨惨戚戚，哀哀楚楚切切。抚琴瑟而动真情，陈德润已热泪盈眶；闻弦歌而知雅意，孙兰玉也泪眼婆娑。一曲未尽，四只胳膊已紧紧搂在了一起，咣当一声，琵琶砸落在楼板上……

既无父母之命，又无媒妁之言，更无庚帖，以供交换，高雅的爱慕之情，油

然而生。一把琴，两支曲，在少男少女的心中，便激起强烈的共鸣，成了爱情的使者。两首诗，两副字，更是代表两颗赤纯的心，成了婚姻的信物。超凡的爱慕，充满了诗的激情；脱俗的婚姻，步入了画的意境。

　　　　　　圣洁的爱，可遇而不可求！

　　老神仙、老秀才喜结秦晋的事，深深地，触动了老财东。生意上的往来，让他跟老神仙的交往，远比老秀才，要早得多。曾多次见到过人才出众，又聪明贤淑的孙兰玉，老财东暗想，若能跟老神仙结为儿女亲家，自己将不但有一个令南河镇，甚至令阳都古城方圆数百里，人人瞩目的儿媳妇，而且深信凭老神仙的那手绝技，让济生堂名闻天下，也并非没有可能。老财东也曾多次鼓足勇气，准备跟老神仙提亲，但一看孙兰玉那矜持而不可企及的样子，若釜底抽薪，他一下子，又凉了半截。多少名门望族，多少王孙公子，都被她拒之门外，而他的儿子郭福寿至今，却连个秀才，都没中上。万一被老神仙或者孙兰玉谢绝，他想，即便他们的言语再婉转，即便天再大，地再阔，他这张老脸，也将无处可搁。

　　"把他家的！"不止一次地张开嘴，老财东，却难以启齿。犹豫间，不想竟被陈德润，给捷足先登了。孙兰玉、陈德润一见钟情，完全出乎了，老财东的意料。由遗憾，到失望，由失望，到懊悔，由懊悔，再到妒忌，老财东的心里，像是打翻了五味瓶。毕竟是个厚道人，在遗憾、失望、悔恨、妒忌了一段时间后，老财东终于，还是想明白了。陈家父子给自己，帮过大忙，老神仙又是跟自家，合作了多年的伙伴，陈德润、孙兰玉更是郎才女貌，两情相悦。他们的天作之合，无论对他们，还是对自己，都是天上掉馅饼的美事。凭儿子的德和才，即便自己不顾老脸，冒昧地跟老神仙开口，其结果十有八九是，自家伤脸，又坏了大家的交情。退一万步说，老神仙要是跟别的什么人结了亲，他还能像跟老秀才结亲那样更为方便地帮助自家吗？不怨天，不怨地，只怨自家的祖坟里，没这个脉气。

　　说到底，银钱只不过是身外之物，它永远无法跟人的德和才同日而语，相提并论。对一老一少两个秀才，老财东依然是关爱有加，一改既往的淡漠，对前来给儿子提亲的，他变得格外的热情起来。

　　老财东的儿子郭福寿，如今，已经是济生堂的少东家。加上老财东的热情，上门提亲的，自然是越来越多了。其中巴结得最紧的，有两家。

　　"柳春院"的老鸨，名叫柳叶。这柳叶，原是一个良家女子。早年，为逃水患，一根扁担，她父亲一头挑着不满两岁的她，另一头挑着一条跟鱼网差不了多少的，破棉絮，她母亲夹了几件破衣服，一家三口沿门乞讨，由河南辗转，来到关中，来到了南河镇。上无片瓦，下无立锥之地。用包谷秆搭个窝棚，安顿下来后，她父母在渭河里，以捕鱼为生。

柳叶十六岁那年，深秋，连续半个多月的瓢泼大雨，让渭水猛涨，浊浪滔天。所有的船只，都不得不抛锚停靠，千年古渡，也被迫中止了运营。不能下水，柳家，也断了炊烟。眼看着成群的大鲤鱼，被黄水呛得大张着嘴巴，浮出了水面，而家里揭不开锅，却已经三天了。万般无奈，用生命做赌注，柳叶的父母偷偷地下了水。

一网下去，便是二三十条活蹦乱跳的大鲤鱼。一时高兴，柳叶的父母竟忘却了身处险境，喀嚓！在木板的断裂声中，他们这才惊醒了过来。

晚了！一切，都为时已晚。在惊涛骇浪的撞击下，年久失修，木船，很快便散了架。虽躲过了初一，却没能躲过十五。可怜这一对夫妇做梦，也不曾想到，千里迢迢，他们有幸逃过了肆虐的黄河水，却不幸又葬身在它的支流——渭水。

死者固然是不幸的，然而更不幸的，却是不幸中有幸的生者。为葬父母，为让他们入土为安，柳叶不得不头插草标，跪倒在南河镇的大街上。虽说是个穷苦的渔女，却正置豆蔻年华，柳叶出落得标致不说，还十分的可人。

阳都古城的财神庙巷里，有一破落的官宦子弟，人称乔老爷。虽有妻室，但老婆乔马氏却俩腿一撇，便又是个丫头片子。年近半百，乔老爷膝下弱女子倒有一群，而"顶门的杠子"，却没一个。

不孝有三，无后为大。不能眼睁睁看着乔家在自己的手里，断了香火。得到乔马氏的恩准后，花了二十两银子，乔老爷将柳叶领了回去。

一个年轻貌美，一个求子心切。不分黑明昼夜，乔老爷尽情地，折腾着柳叶。十月怀胎，柳叶渐渐隆起的肚子，让乔家上下欢喜不尽；一朝分娩，柳叶生下的乔八姐，又让乔家全家大失所望。

失望归失望，却还不至于绝望。两年后，当柳叶生下乔九妹时，乔家这才彻底地绝望了。因纯属多余，乔八姐被乔家叫作"多儿"，乔九妹自然而然地成了"余儿"。

本来，是坚决不准丈夫纳妾娶二房的，在感到自己的确没生儿子的本事后，乔马氏这才勉强地答应了他。刚进门那阵，乔马氏对柳叶的态度，还算盖得过眼，后来见她跟自己一样，便气不打一处来。于是，柳叶又被转卖到南河镇的一家妓院——怡春院。

怡春院里，柳叶死活地不肯接客，她正想一死了之，不想女儿多儿、余儿，竟也被乔马氏，送了过来。为了两个可怜的女儿，在生与死之间，柳叶不得不重新，作出抉择，她答应了老鸨，条件是给两个女儿一口饭吃。就此，柳叶开始了她长达十五年的妓女生涯。

既单纯，又善良，却命运不济。在乔家，柳叶受尽了摧残，受尽了委屈。在怡春院，她又饱受了蹂躏，饱受了折磨。残酷的现实，连续的不幸，重新塑造了，一个新的柳叶。她先是玩世不恭，继而又变得工于心计，心狠手辣。十五年中，她在给怡春院挣回大把银子的同时，也给自己，敛了不少的私财。自立门户，柳叶另开了一家妓院，也就是眼下的"柳春院"。摇身一变，由妓女，柳叶变成了鸨儿；由一个受害者，变成了一个害人者。

眼下的柳叶，更今非昔比了。为不让女儿跟自己一样，受苦、受难、受屈、受辱，她一心要给女儿找个门当户对的婆家。

大女儿多儿，已经嫁到南头，嫁给了开烟馆的佘家。原来家里穷，柳叶反而看不起那些开烟馆、开妓院的。以为他们从事的，都是些伤天害理的勾当，都是昧着良心，大发不义之财，是迟早要遭天谴，要遭报应的。然而残酷的现实，让柳叶，不得不彻底地否定了自己。十多年过去了，那些伤天害理的，却还在伤天害理，那些昧着良心的，照样还昧着良心。非但没遭到天谴，非但没受到任何报应，他们反而越来越兴旺，也越来越发达了。自己父母安分守己，却死于非命；秀才父子洁身自好，却依然穷困潦倒。

杀不了穷汉，当不了富汉。只要能赚钱，不管啥手段，都是本事。哼！天理良心？天理良心，能值几何？天理，总不能当饭吃；良心，也不能当钱花。柳叶竟埋怨起，她的父母来，埋怨他们一辈子，光知道安分守己；柳叶竟嘲笑起，秀才父子来，嘲笑他们一辈子，光知道循规蹈矩。在埋怨父母、在嘲笑秀才父子的同时，她又羡慕起那些昧着良心的有钱人，而且还挤入了那些伤天害理的行业。

等多儿嫁过去后，柳叶这才发现，她又错了。是她亲手把大女儿，推入了火坑。佘家压根就没把自己，放在眼里，当着多儿的面，他们竟骂她是臭婊子、官碾子。她的女婿——佘家的儿子佘有志，更是个地地道道、五毒俱全的花花公子。他经常聚众赌博，赌输了，便拿多儿出气，对她又是拳打，又是脚踢。他经常寻花问柳、夜不归宿不说，竟还给北头的几家妓院当皮条，拉起了客人。更可恶的，是为给自家的烟馆，多拉些生意，他竟免费提供烟土，来诱骗他人，诱骗他人，吸食鸦片。这个世界上，难道真的，就没好人家了吗？吃一堑，长一智。已有些阅历，对小女佘儿的婚事，柳叶变得慎之又慎。由东街到正街，由南头到北头，将南河镇凡有头有脸的人家，柳叶挨家挨户地进行了掂量，由正街到东街，由北头到南头，她又逐门逐户地进行了比较，这才发现赚钱的并不见得非要伤天害理。济生堂的财东家，就是个典型的例外。

倒发媒，柳叶不止一次地，央人去跟老财东提亲。然而在这藏龙卧虎的南河镇，眼窝有水水的，却绝非仅她一个。冤家路窄，柳叶万万没料到她的竞争对手，竟然是她的冤家对头，也是她儿女亲家的佘家。

第二章

柳叶的儿女亲家，佘记烟馆的老东家早年因出天花，而落下了一脸的麻子。人称佘麻子，或"麻子佘"。小时候，麻子佘读过几天私塾。虽成绩平平，却打得一手的好算盘。双手打算盘，他十个指头一齐动，直让旁观者眼花缭乱，又目不暇接。如果有人报账，那就更绝了。你的嘴有多快，闭上眼，他的手就有多快。一阵噼里啪啦的山响后，两个算盘上的结果，竟丝毫的不差。那些账房的先生们常常是看得目瞪口呆，自叹不如。

那年月，有这么一手绝活儿，如果能正经做人，起码，能谋个体面的账房先生，而用不着风里来雨里去，就可娶妻生子，养家糊口，甚至，能过上小康的日子。混得好被某个高门大户或官宦人家看中，做个掐五坐六的大总管，也并非没有可能。而麻子佘却偏偏心术不正，他不是吃张家的饭、砸张家的锅，便是住李家的店、戳李家的窝。那些能发家致富，能做官为宦的，大概都不至于是梨瓜地里的西瓜——大瓜种。或者是西瓜地里的梨瓜——瓜娃。事有再一再二，却没个再三再四。聪明反被聪明误，久而久之，麻子佘便再也找不到主顾了。

退一万步说，只要能下苦，凭祖上留下的几亩水地，温饱，至少应不是问题。可麻子佘却偏偏好高骛远，浑身上下除了困肉，所剩的，全都是懒骨头了。

"麻子佘，算盘，你不是打得好嘛。算算看脸上，你到底有多少坑坑洼洼。"闲来无事，经常有人用这话取笑麻子佘，寻他的开心。更要命的是同龄人，都抱上了娃娃，而麻子佘却因一张麻子摞着麻子、叫人一看不吃都饱了的黑麻脸，至今连个媳妇，却都没讨上。死猪不怕开水烫。锅烂了，也不在乎多砸上一榔头。麻子佘破罐子破摔了。

染上大烟后，祖上留下的几亩水地，都被麻子佘用烟枪，化作青烟后，又吐了出去。一明两暗三间厦屋的椽跟檩，也被他一根根扭下来，又塞进了烟枪。庄基、地皮也在劫难逃，无一幸免。

祖业变卖罄尽后，麻子佘，又打起了人的主意。五岁的妹子，被他以十两银子，偷偷地卖给了一个山西商人，至今，下落不明。父母年迈，自然是没人肯要了。但他们却还是在劫难逃，被他活活给怄死了。死无葬身之地。遗体被扔进渭水后，麻子佘还大言不惭地夸口说，让乡党们，也开开眼界，这叫作"水葬"。

不该卖而能卖的，都被麻子佘卖光了；不该卖也不能卖的，也都被活活地气死了。该死的却非但没死，而且"本事"见长，跟土地爷住在一起，除算盘打得好外，麻子佘又学会了一门手艺，就是偷。大凡有三只手的，多半是昼伏夜出，而麻子佘却是个例外。

一天，估摸着烟瘾，又该犯了，腰里，麻子佘却又一文不名。正猴抠脸，却见人流中，有个戴着石头眼镜的老者。天无绝人之路，麻子佘，悄悄跟了上去。

光天化日之下，总不能从人家的脸上，将眼镜摘下来拿走吧！贼毕竟还是贼，两只贼眼，滴溜溜转了一圈后，麻子佘眉头一皱，计上心来。

"啊呀呀，不得了了！"一惊一乍，麻子佘突然大声地，嚷嚷起来，"眼镜戴在脸上，说不见，咋就不见了？"闻言果然中计，摘下眼镜，老者忙藏进了口袋。时过境迁，再次摸眼镜时，眼镜，却不翼而飞了。回想刚才的场景，老者突然醒悟，在叫苦连天的同时，他又大呼上当。集市上老者正捶胸顿足，懊悔莫及；烟馆里麻子佘却云腾雾绕，悠然自得。

凭这手"绝活儿"，麻子佘成了地痞、流氓、阿飞们的"领袖"。当"臣民们"问及时，"领袖"却不以为耻、反以为荣地炫耀说，这叫"吆鸡下架"。按麻子佘的逻辑，这街道上，遍地都是钱。能不能装进自己的口袋，那可就看你的"本事"了。

纠集在麻子佘的麾下，南河镇一时间匪盗横行，被折腾得路断人稀。几乎都到了刚一抬脚，便有人割掌的程度。

"别闹了，快睡觉！再闹，再闹麻子佘就来了！"若恩娃子闹腾着不肯睡觉，大人便用麻子佘的"大名"，来哄吓他们。跳猴皮筋时，孩子们也唱道：

佘麻子，狼心肠，娶不上媳妇狗跳墙。抽大烟，丧天良，先卖庄子后卖房。水浇地，踢踏光，亲妹子被他卖异乡。逼死爹，气死娘，弄得家破人又亡。该入土，没地方，撂进渭河葬水乡。又是偷，又是抢，狗日的绝没好下场。

毕竟念过几天书，对这些偷鸡摸狗的勾当，麻子佘并不满足。他要发财，发大财。时时刻刻，他都在留心着、寻找着，寻找着发财、发大财的机会。

机会，终于有了。虽紧紧地抓住了这个机会，麻子佘却并不知道给他提供这个机会的，竟是一个具有传奇色彩的显赫人物。

左宗棠，字季高，湖南湘阴人。自道光十二年中举始，六年内他连续三次参加会试，竟均不及第。

天生我材必有用。放弃科举，投笔从戎，左宗棠，来到了曾国藩的湘军。乱世出英雄。在对太平天国的作战中，他运筹帷幄，累建奇功，头角崭露。

八股文写的，他也许不能尽如人意；阿谀奉承，左右逢源，他也许一窍不通。科考中虽一挫再挫，左宗棠却以其经天纬地的真才实学脱颖而出，震动了朝野。

因战功卓著，左宗棠官拜陕甘总督，轰动一时，他竟成了争议颇多的，传奇人物。翰林院侍读潘祖荫，向咸丰皇帝举荐说，国家，一日不可无湖南；湖南，一日不可无左宗棠。文华阁大学士、军机大臣李鸿章却以未进士及第，而断言其决无入阁拜相之可能。

偏不信这个邪，连连上书同治皇帝，左宗棠要求参加殿试。身为封疆大吏，一路诸侯，却要参加殿试，这无疑，是在开皇上的玩笑。龙庭上，同治皇帝虽然年幼，帝后听政，两宫太后，却是心有灵犀。既看好左宗棠的才能，又欣赏他的倔脾气，她们非但没有动怒，还破例特设东阁，拜左宗棠为大学士，并赏穿黄马褂。于是左宗棠便有了东阁大学士、太子太保等七个头衔，并开创了历史上未经科考，而凭真才实学入阁拜相之先河。

八股文章，他也许真的不敢令人恭维，但安邦、治国、平天下的雄才大略，左宗棠却令只会舞文弄墨，只会摇唇鼓舌的李鸿章之辈，望尘而莫能及。

因内讧，太平天国虽以失败告终，但西捻军，却还活跃在陕甘一带。在白彦虎的领导下，陕西回民，也不断发动着武装起义。企图分裂新疆，贼匪阿古柏趁机，占领了伊犁。俄国佬虎视眈眈，大西北的内忧外患，成了困扰大清帝国的，一大痼疾。

以"不毛之地，收之得不偿失"为由，李鸿章竟力主放弃，对新疆的主权。痛斥李鸿章自撤藩篱、引狼入室的主张后，左宗棠提出了"先之以议论，再决之以战阵"的战略方针，从而避免了"我退寸而寇进尺"的，无穷之患。

受命于危难之际，左宗棠，果然不负众望。以钦差大臣的身份，他总督陕甘军马，并肩负起既要安内、又要攘外的历史重任。虽年逾花甲，却宝刀不老，他不但大破阿古柏，使其战败自戕，而且还大败白彦虎，逼其退到了境外。于是，在哈萨克斯坦、吉尔吉斯斯坦，便各有了一个叫作"东干人"的陕西村。

在史书上，左宗棠，也是个颇有争议的人物。因镇压太平天国农民起义，有人骂其为刽子手；因收复新疆，有人却誉其为，民族英雄。

即便无左宗棠，太平天国也未必，就能成功。即便成一时之功，凭洪秀全、杨秀清之辈，中国未必也就能中兴。但若没左宗棠，中国版图将至少减少六分之一，却是不争的事实。

西北平定后，左帅又大力发展地方经济，和工农业生产，堪称是历史上，开发大西北的第一人。

初进潼关时，那些铺天盖地的罂粟，让左宗棠大为震惊。若长此以往，不仅国人将沦入"异类",身为陕甘总督,左宗棠深知自己,也难辞其咎。为使自己"收复失地,重振国威"的远大抱负不致中途流产,胎死腹中,他决心铲除"恶卉",全面禁烟。

虽嫉恶如仇,但跟林则徐比,左宗棠禁烟,则显得更加有理、有利,而又有节。也更具可操作性,可持续性。他既注重宣传教育群众,"先晓之以文告",又严防流于形式,而"继之以履验";既注重实效、使责任到人而"责之以乡约",又坚持始终、身体力行,而"督之以防营"。

铺天盖地的罂粟,均被铲除;大大小小的烟馆,尽被查封;纷至沓来的烟贩,皆被拘禁。因方法得当,措施得力,烟土的种植、贩运、交易,以及吸食,都得到有效的遏制,而就此,销声匿迹了。

麻子佘,自然也不能例外。有时拿着钱,他却急忙找不到烟土;有时眼看着烟土,他一时,却又拿不出钱。这天他手里既没钱,也没烟土,在一家饭庄行窃时,又因失手,而被逮了个正着。跟班的伙计正要捶他,不料却被一个东家模样的人,给喝住了。

"想抽烟?"东家模样的人道,"想抽烟,小老弟你说话,又何必如此?"他不但喝住了伙计,还给麻子佘拿出了烟土、烟枪。

原来,这主仆二人,是来自云南的烟贩。在南河镇,他们,已耽搁了七八天,所带烟土却急切地,不得出手。不愧是行家老手,只一眼,东家便认定麻子佘,是个大烟鬼。因祸得福,麻子佘不但免去了一顿饱打,而且,还过足了烟瘾。"不瞒老弟说,"见麻子佘过足瘾,又长了精神,云南烟贩这才附耳,又跟他道,"手里,我们还有点货。如果能帮忙出手,往后,还怕没你的烟抽?"

"没麻达!"拍着腔子,麻子佘道,"这事,就包在兄弟我的身上。老兄,你就瞧好吧!"听说往后不愁没有烟抽,他的眼前,不觉一亮。

果然是神通广大,没出两天,黑乎乎的烟土便被麻子佘,变成了白花花的银子。更不含糊,云南烟贩赏的烟土,一个月,他都受用不完。又给麻子佘,拿了些散碎银子,云南烟贩道:"兄弟,下次,我们还在这里碰头。不见不散。"

几个月来,在麻子佘的帮助下,云南烟贩果然挣了不少,白花花的银子。敬是敬,送是送。财帛上,麻子佘交割得一清二楚,从不含糊。豇豆一行,茄子一行。生意上,他更是有板有眼,从未失手。一来二往中,麻子佘逐渐取得了云南烟贩的赏识,信任。

半年后,云南烟贩,又如期而至。不同的是,这次他只身一人,没带伙计。问起时,云南烟贩叹了口气,道:"唉,没想到年轻轻的,竟得了个急症!"

闻言麻子佘,也叹了口气。垂下头,他一时无语。以为麻子佘真的动了感情,云南烟贩反过来安慰他道:"天有不测之风云,人有旦夕之祸福。别难过了，生意要紧！"

这次麻子佘做得，比以往还要漂亮，不胜高兴，云南烟贩也给他以双倍的烟土，酬金。感激涕零，临走时"兄弟"坚持要送"大哥"一程，见拗不过，"大哥"乐呵呵地答应了"兄弟"。在"大哥"的印象中，这个"兄弟"虽丑陋了些，却是个重感情、讲义气，而且会办事的干才。

深信不疑，白天赶路时，俩人换着背行李；晚上歇息时，俩人又抵足而眠。一路上俩人更是推心置腹、无话不谈。

两个人有说有笑，倒也不觉得累，第二天，便到了秦岭山下。倒有些过意不去，"大哥"道："千里送客，总有一别。兄弟，还是就此留步吧！"不料"兄弟"，却诚恳地道："大哥对我恩重如山，就让小弟，再送大哥一程！"见"大哥"还要客气，"兄弟"接着又道，"听说汉中是个好去处，兄弟我还想顺便去那里转转。"话都说到了，这个份上，"大哥"也就不好，再推辞了。

傍晚时分，"兄弟"背着行李在前，"大哥"紧随其后，俩人正走在一段狭窄的，下坡路上。一边是千尺悬崖，一边是万丈深渊，路越来越窄，也越来越崎岖了。

"大哥当心！"回过头，伸出双手，"兄弟"笑嘻嘻地，招呼着他的"大哥"。

"兄弟，你也当……啊——"满以为"兄弟"，在接应自己，"大哥"一边礼尚往来地应酬着，一边将手，递给了他。不想一个"心"字未出口，紧接着，他却又是"啊"的一声。被"兄弟"就势拉了个倒栽葱，"大哥"竟一头钻进了雾沉沉的万丈深渊。

对着雾沉沉的万丈深渊，呆了好一阵子后，"兄弟"这才自言自语地道："对不住了，大哥！没你的旦夕之祸，哪有我的，旦夕之福？"

就此，云南少了一个烟贩，南河镇，却多出了一家"烟馆"。

马无夜草不肥，人无横财不发。麻子佘竟娶回，一个漂亮的老婆。后来老婆，又给他生了一儿一女。儿子像麻子佘，却没他那张麻脸；女儿像他老婆，却比他老婆，还要标致。人向有钱的，狗咬穿烂的。"麻子，麻子咋咧？"恭维，代替了取笑，"麻脸人，有福！麻子坑坑越多，福也越多。"

如今儿子佘有志，已经娶了柳叶的大女儿多儿，成了"柳春院"的大姑爷。而女儿明儿的婚事，却竟跟他的亲家柳叶，撞了车。麻子佘，也看好财东家。

佘、柳两亲家争亲的事，又轰动了南河镇。一时间议论纷纷，有的坚持说，肯定非佘家莫属，针尖对麦芒，有的却说，一定是柳家胜出。吃罢饭闲着没事，饭场上，两派直争得面红耳赤，又红脖子涨脸。有的竟为此，又是发誓，又是赌咒。"佘家要是输了，把姓，我倒着写！"说话的毫不忌讳，原来他姓"王"。

"柳家要是输了,我的姓,你随便写!"顶棱抬杠的,更是牛皮。原来,他的姓更绝。一亩地翻了几千年,到头来,还不是个"田"字?

暗中佘家跟柳家,较上了劲,好事者更是屁屎毯动弹——净鼓些闲力。

对佘、柳两家倒发媒的月下老人,老财东虽一视同仁,以礼相待,但真正让他上心的,却既非佘家,更非柳家。

结果自然是出乎了所有人的意料,谁也没想到最终跟财东家成为儿女亲家的,竟是西街上那个并不起眼的船木匠刘家。

歪歪木头端匠人。木匠,大都走的是直线,唯独船木匠走的,却是弧线。所有的木器都怕水,唯独船跟桶,却一年四季离不开水。同样是运载工具,车坏了,大不了修一修;船要是坏了,却要出人命的。打船的难度极大,船木匠,自然也最难学。

老木匠原是长寿人,从小,他就喜欢上这门手艺。五凤山有的是木头,他自己也拾掇了几样工具。没事时,他不是做个桌子,就是做个板凳。工艺虽然粗糙了些,却还不走大样。

十六岁时,跟他爸送木料,他来到了南河镇,来到了马家的船作坊。为马木匠娴熟的打船技艺所吸引,箍着①他爸,他要学打船,要拜马木匠为师。见拗他不过,他爸只得点头应允。

年方二八,马师傅的独生女不但人贤惠,出落的也很标致。为延续马家的香火,也为自己的好手艺,后继有人,多年来,马师傅一直在物色着,上门的女婿。前前后后带过的徒弟,他倒是不少,但不是懒,就是笨,竟无一让他得意。见眼前的小伙子既朴实、又机灵,马师傅不觉眼前一亮,于是,便乐呵呵地收下了。

老马识途,也识人。新收的小徒弟,果然是不同凡响。其他的,三遍五遍都教不会,聪明好学,只需看上一眼,他便心领神会了。勤快能干,稍有闲暇,他不是帮师妹担水,劈柴,就是帮师母喂鸡,扫院。每天晚上,他坚持又是琢磨,又是练习,临走时,还会把作坊收拾得井井有条,打扫得干干净净。因此,他很快便赢得了马师傅一家三口的喜爱。

唯恐青出于蓝而胜于蓝,这几乎是所有手艺人共同的职业病。粗活,重活,出力活,也是徒弟们的分内活。关键的技巧活别说干,就是看,他们也难得看上一眼。紧要处随便找个借口,师傅会远远地将他们支开。直到出师,有的都没能学到师傅的绝活、真传,那就更谈不上了。出师后虽另立了门户,在关键时刻,他们却还得巴结师傅,求他前去帮忙。

对这个陋习,马师傅虽有着不同的看法,却没足够的勇气,去超越它。对其他的,他自觉不自觉地沿袭了这个陋习,而对这个来自山里的小徒弟,他却是另眼相看。情知瞒他不过,然而更重要的,是他想招他为他的养老女婿。

得知师傅的想法后,小徒弟又是惊,又是喜,又是为难。师妹喜欢他,他也喜欢着他的师妹,但十亩地一苗谷,他却又是家里的独苗——单蹦儿。

他父母,能答应他吗?即便他们愿意成全他,他又怎么忍心,丢下他们呢?

光阴荏苒,小徒弟眼看着就要出师了,师傅、师母也都失了急。他们清楚其中的难度,也估计托人前去提亲,十有八九怕是不成,商量来商量去,在干着急又没办法的情况下,老两口倒想出个不是办法的办法。

一天晚上,作坊里小徒弟,正加班加点,却见师母失声倒怪地前来喊他。听说师妹突然高烧不退,要去看郎中时,他既顾不上洗手,更顾不上拿衣服。光着膀子,又连颠带跑赶在师母的前面,小徒弟一头撞进了师妹的闺房。

闺房里粗布被单,被掀到了一边。仰面朝天,躺在炕上,除了紧身的红肚兜,师妹几乎是通身赤裸。大吃一惊,小徒弟正待退出,不料"咔嗒"一声,房门竟被反锁了。

惊醒后,师妹顿时羞得满脸通红,慌乱中抓过粗布被单,她紧紧裹住了她那既丰腴、又雪白的酮体。

"一个人,你师妹嫌害怕。"门外,师母道,"你……你就陪着她一块儿睡吧。"一听这话小徒弟跟他的师妹,顿时都明白了。俩人一个用被单裹着光身子缩在墙角,一个光膀子站在地上,呆若木鸡。

……

"上……上来吧。当心冻……冻着。"难堪中一直僵持到后半夜,被单里终于传出师妹那微微颤抖着的声音。

"不不不!这……这不行。"心里,别提有多矛盾了。经过艰难的抉择,小徒弟还是婉言拒绝了他的师妹。

"你……不喜欢我?"从被单里钻出的声音,依然在颤抖着。多少,还有些失望。

"不……不是。"小徒弟支支吾吾,"你……你是不知道,我……我有我的,难……难处。"光着膀子,他竟有些语无伦次。

"不……"师妹嗫嚅着,"你的难……难处,我……我知道。不过,总……总会有……有办法的。"虽依然没有挪脚,闻言小木匠心里,却不觉怦然一动。

……

第二天,打开门一看,以为生米早已煮成熟饭的师母,却呆住了。裹着被单,一个依然缩在墙角;光着膀子,一个依然站在原地。并没做成熟饭,这"米",却还是生的。

"爸，妈，你们，咋能这样？"低着头抠着手指，女儿埋怨着她的父母。

"这……"闻言你看着我，我看着你，木匠老两口子一时语塞。

"也不替人家，想想？"埋着头，继续抠着手指，女儿接着埋怨道，"十亩地一苗谷，人家，也是个独苗。"

"这……唉！"不住地挠着头，虽身怀绝技，马师傅却一时技穷。

"要不……这样……"期期艾艾，费了老鼻子的劲，女儿，终于说出了她的想法。说着，她已是朝霞满面，头也埋得更低了。

"嗨！我咋就，没想到这些？"闻言，老木匠恍然大悟。

"还是我娃灵醒！"老伴附和着丈夫，母亲夸奖着女儿。

女儿的想法，立即得到了老木匠夫妇的赞同。事不宜迟，当天夫妇俩就托人到长寿县前去提亲。他们准备腾一院宅子出来，让亲家搬过来跟他们一块儿住。将来有了孙子，二一添作五，一个姓刘，一个姓马。

这桩三全其美的事，简直成了婚姻的典范。在南河镇一带，在阳都地区，在方圆百十里内传为美谈，这件事被人们一代又一代地演绎着、传诵着：

马木匠，好手艺，女儿贤惠又伶俐。

既是女，又是媳，徒弟是儿也是婿。

婚后，师妹给小徒弟生了两男一女，和和美美，两家人亲如一家。更不食言，马师傅让大孙子跟亲家姓刘，取名刘子明。让小孙子跟自家姓马，取名马子亮。孙女就无所谓了，姓刘还是姓马，随她的便。

寒来暑往，眨眼间几十个春夏秋冬，又逝去了。马家、刘家的四个老人，都先后地谢了世。当年的小徒弟，如今，已成了老木匠。大儿子刘子明、小儿子马子亮，也都成了半大的小伙子。女儿刘小菊尚待字闺中，被财东家看中的，正是她。

---

①箍着：关中方言。软缠硬磨，不肯松口。

第三章

老财东是当地的大户，也是老户，除麻子佘的人命案外，对佘家、柳家和刘家的根根筋筋，他都摸得一清二楚。在老秀才、老神仙的促成下，老财东毫不犹豫地选择了，为人忠厚的木匠刘家。儿媳妇就是马木匠的外孙女——当年小徒弟跟他师妹的女儿——刘小菊。人称"菊儿"。选了个黄道吉日，两家人高高兴兴、欢欢乐乐、风风光光又排排场场地办了喜事。又一个新的家庭，在南河镇，诞生了。

好事成双，半年前陈德润、孙兰玉，已喜结良缘。老神仙也被女婿、女儿，接到了南河镇。因精通药典，又谙熟医道，老神仙又被"济生堂"聘为掌门。坐堂，他专门处理一些疑难杂症。

可不是三峪口，地处南来北往的交通要道，南河镇的流动人口中，除了东洋人、西洋人外，还有信奉伊斯兰教的阿拉伯人。在这里，老神仙的手段，得到了充分的展示。随着老神仙的大名，济生堂也传遍了阳都古城，乃至陕甘两省。生意越做越大，老财东自然也不会亏待老神仙。除酬以重金外，他还把一院空宅子送给了他。

陈德润、孙兰玉这桩山为媒、水为证的婚姻，以及这个以三女河为纽带，建立的家庭，更是出乎了所有人的意料。当老神仙正为女儿婚事烦恼的时候，乘龙快婿，却自天而降。老秀才更不料想，带着儿子进了趟山，便娶回一个知书达礼的好儿媳妇。虽多次见过孙兰玉，却因家境贫寒，老秀才从不敢有此奢望。就连当事人陈德润、孙兰玉至今，似乎还都在梦中。至于三女河上下的旁人、世人，便只有瞠目结舌的份儿了。

然而，更让人始料不及的，却还在后头。白天，孙兰玉跟丈夫一块儿劳作，晚上，她又陪着他挑灯夜读。房前屋后，被她收拾得干干净净，院里院外，被她料理得井井有条。

不负人望，秋闱中一举夺魁，陈德润，中了头名举人，人称解元公。世世代代陈家只有秀才，没有举人的历史，已成为过去。

嘴是个扁的，舌头，是个软的。一夜之间，在南河镇人的口中，秀才家，成了举人家。二十岁的陈德润，已不再是原来的穷酸秀才陈德润，眨眼间，他成了举人陈德润陈老爷。十八岁的孙兰玉，也不再是原来的秀才娘子，而成了举人奶奶。

昔日可以罗雀的低门小户，突然间变得车水马龙，门庭若市。礼单如雪片，礼品堆成山，捷足先登前来拜访的，自然是那些达官显贵。刚送出一拨，又拥进一拨，主人送客未归，新客们却早已在小院恭候。

"这么年轻，就中了头名举人，看来，前途不可限量。连中三元，也并非没有可能。"

"今年秋闱中，高中解元；明年春闱中，就能高中会元；后年殿试中不定，就成了皇上钦点的状元；大后年没准入阁拜相，就成了大学士了。"

"迟一步，慢说见人，这门，怕是都进不来了。在相府看个门，听说都是跟西安府平起平坐的正六品。"

客人们猜测着，议论着。院子里人满为患，屋里，更是拥挤不堪。秀才"府第"已承受不起这前所未有的恩宠。

送走最后一批官员，那些锦衣绣袍、养尊处优的富商大贾们，又一窝蜂地，拥了进来。支持着这些肥大的躯体，吱吱扭扭地呻吟着，两条长凳几乎，都快要散架了。既无怨、又无悔，半个屁股还有个破凳子撑着，跟院子、跟大门外的比，屋里的已经够奢侈了。

院子里有站的，有圪蹴的。站累了就圪蹴，圪蹴累了，又站着。站着累，圪蹴着，也不轻松。关中人虽长于圪蹴，奈何他们却都是大腹便便，三折子叠起来，也不容易。

主人的屁股没处搁，作为下人，他们的脸更没处搁。在跑前跑后，找来找去后，他们有的终于弄来，一块半截子旧砖。稍假犹豫，半截子旧砖还是被塞在了，那些硕大的屁股底下。好也罢，赖也罢，那一坨子肥肉总算有了个支点。

自己笨，挤不进去，主人反倒怪罪起下人。受到抱怨，为给主人们争个体面，下人们竟不惜反唇相讥，有的甚至动起了拳脚。

穷在街头无人问，富在深山有远亲。那些八杆子都打不着的，曲里拐弯，竟跟陈家，也攀上了亲戚。

也看好这个商机，小商小贩们干脆将摊点搬到了河东堡。尼屎逮虱（关中人读作sei）——一举两得。一边做生意，他们一边看着热闹。河东堡因热闹而混乱，又因混乱而热闹，这几天，南河镇反而被冷落了下来。

帮儿子，老秀才忙着迎来送往；帮丈夫，孙兰玉忙着招呼女眷；帮亲家，帮女儿、女婿，老神仙将那些一时进不了陈家的客人，招呼到老财东送给他的宅子。

后来者居上。那些迟三的、慢五的、后来的、晚到的，往往，也是来头更大的。有知县，也有知府，有驻军的将领，还有那些异地为官者的眷属们。陈家不待客，帕帕自然，是用不着带了。陈家不收礼，礼却不能不送，那些大管家从怀里掏出的，是一张张附有名帖的银票。

并没被一步登天冲昏头脑，新贵人陈德润，显得更加的冷静了。原来在仕途上，他确实想拼搏一番，考进士、中状元，做官、做大官。等做了官，做了大官，等有了权，有了大权，然后再除暴安良，为民请命。但在这短短的几天里，他却明白了许多，也成熟了许多。

天下，并非是天下人之天下。天下名义上，是爱新觉罗氏的，实际上，却属于叶赫那拉氏。做了官，做了大官，又能如何？有了权，有了大权，又能咋样？做了官，做了大官，就能改变爱新觉罗氏的软弱，而使之强大吗？有了权，有了大权，就能改变叶赫那拉氏的无能，而使其有所作为吗？大清的天下，已是一座摇摇欲坠、又岌岌可危的大厦。做了官，做了大官，有了权，有了大权，就能扶这座大厦于将倾吗？

做了官，无异于上了贼船。而上了贼船，就人在江湖，由不得自己了。做了官，要么就得跟眼下这班人，同流合污，一块去趋炎，去附势。就要对着帘前幕后，顶礼膜拜，然后再与其，同归于尽。做了官，要么就得跟王鼎、跟林则徐那些循吏一样，明知不可为而为之，在逆水中行舟，以死抗争，然后，再以身殉葬。除同归于尽，除以身殉葬外，还能有别的选择吗？

面对世态的炎凉，面对人性的虚伪，面对仕途的险恶，做了官，你就必须学会钻营，就必须学会尔虞我诈，就必须学会察言观色，就必须学会见风使舵。做了官，你就得拉帮组派，就得结党营私，就得欺上瞒下，就得为虎作伥。做了官，你还得忙于迎来送往，忙于收礼、送礼，忙于行贿、受贿，忙于买官、卖官，忙于害人、防人……

整天疲于奔命，你还有时间、有精力去做实事吗？所有这些，你陈德润不愿学，也学不会；你不愿做，也做不了。算了吧，天生，你就不是做官的料！

热闹、红火了半个多月后，河东堡终于又慢慢恢复了以往的平静。面对五光十色的金银首饰，面对堆积如山的绫罗绸缎，面对琳琅满目的古董、字画，面对数不胜数的金票、银票，老秀才、老神仙、孙兰玉，竟不知如何是好。陈德润却不假思索地，说出了八个字：来之于民，用之于民。

这八个字又一次出乎了所有人的意料，老神仙想在南河镇开一家规模更大的药铺，由自己坐堂接诊，由亲家老秀才当掌柜，然后一块供女婿读书，供女婿进取。连药铺的名字，他甚至都已经想好了，跟"济生堂"只一字之差，叫作"济世堂"。

老秀才却想创办一家书院，名字就叫作"南河书院"。省城有"关中书院"，县城有"渭阳书院"，渭北又有"味经书院"、"宏道书院"和"崇实书院"，而渭河南至今，却还没一家书院。人家是人才辈出，自家，却是后继乏人。世世代代他们陈家，不就是吃了学费昂贵、路途遥远、求学不便，因而不得不半途而废的亏吗？

殊途同归。虽有着不同的想法，却有着共同的目标。老神仙开药铺也好，老秀才办书院也罢，还不都为了供陈德润继续读书，以求取更大的功名吗？然而陈德润，却无意仕途。他的想法，他的道理，他们也都心悦诚服。心悦诚服之余，他们却还是有些遗憾。

老财东的儿子郭福寿吆着马车，陪陈德润跑了多日，结果一份礼，也没退掉。见状老神仙、老秀才，心里暗暗高兴，异口同声，他们劝陈德润回心转意，重归仕途。

这个结果，也在陈德润的意料之中，但他并不觉得这是白跑，而是实现自己计划的，不可或缺的一步。后来，陈德润又作出一个令四座皆惊的决定——按八折优惠价，将实物兑换成银两，给三女河上，他要修桥。

隔山不算远，隔水不算近。虽鸡犬之声相闻，河东堡却因跟河西堡、跟南河镇隔一条三女河，而极为不便。修桥的消息一传开，十里八乡的百姓们，无不欢欣鼓舞。有钱的出钱，有力的出力，既没钱，也没力气的，也你一言，我一语地出主意、想办法。筹备工作，立即拉开了帷幕，赶秋汛前，必须竣工。

木料拉来了，砂石拉来了，白灰，也拉来了。万事俱备，只欠东风。用来做桥墩的石条，却迟迟地不能到位。在孙兰玉的陪同下，专程，陈德润还走了一趟三峪口。这里虽遍地都是石头，却又远水难解近渴，雇人采石，再雇工匠将石头凿成石条，然后再雇牛车将石条拉回南河镇，少说，还不得个一年半载？

陈德润正无计可施，却见圪蹴在门口的碌碡上，对门的瘸腿老爹，正悠闲地抽着旱烟。平时，他都是坐着的，今日，他却一反常态地圪蹴着。

"老爹，"陈德润随口道，"圪蹴着，不累？"

"举人老爷正为'墩'作难，小老儿安敢坐视？"瘸腿老爹，意味深长地道。一边说一边在碌碡上，他当当当地磕着烟灰。

"多谢老爹指教！"闻言，闻声，陈德润先是心里一动，接着，又恍然大悟。他一面着人通知工匠，要他们改凿石条为凿碌碡，一面广而告之曰：今年借一个旧碌碡，明年，还一个新碌碡。

时值忙罢，距再次用碌碡，差不多还有一年的时间。以旧换新，何乐而不为？于是套上马车，牛车，庄稼人争先恐后地送来了碌碡。

桥墩刚迎刃而解，粘接，却又成了问题。碌碡不是石条，石条可以错缝垒砌，碌碡，却不行。陈德润正无可奈何，不料隔壁的驼背大爷，却没头没脑地道："记得举人老爷成亲时，对联上的额子，似乎是'珠联璧合'。"闻言陈德润的心里，不觉又是一动。抱着拳，他忙跟驼背大爷道："多谢大爷提醒！"

按举人老爷的要求，铁匠们总动员，按碌碡脐窝的大小，他们，连夜打制着钢球。修桥，要钢球做啥？丈二的和尚，一时，大家又有些摸不着头脑。

第一层碌碡，很快便码好了。虽受了些把作①，第二层，总算也弄了上去。两层碌碡的脐窝里，都夹有一颗钢球，摇了摇，还就是稳当。这才如梦方醒，大家连声地叫着绝。

到第三层时，却大眼瞪着小眼，小伙子们都没了辙。围着这重千斤，既无把、又无环，而且圆咕隆咚的家伙，七八个精壮小伙子转过来又转过去，却就是老虎吃天，干看，没个下爪处。浑身有的是力气，却使不上，大家是干着急，却又无可奈何。

小伙们瞅着陈德润，陈德润却瞅着圆咕隆咚的碌碡。一筹莫展，大家正在为难，却见一年逾八旬的驼背老汉，一瘸一拐地走了过来。拄在他手里的，是一根歪歪扭扭的"降龙木"。拱着手，陈德润忙上前求教。不料摇着头叹着气，驼背老汉却道："一个黄土都拥到下巴的老朽，我能有啥办法？" 一听这话，众人像是猪尿脬被捅了一刀子——立马泄气。不料陈德润，却是大喜过望："多谢高人，指点迷津！"回过头，他又对众人道，"还愣着干啥？快给碌碡底下，填沙子！"

眼看沿沙子铺就的斜坡，碌碡被众人七手八脚地滚上去后，哈哈大笑着，驼背老汉这才一瘸一拐地，又扬长而去。

没有人认识他，此后，也没有再看到过他。有的说，他似乎有点像八仙中的铁拐李，有的却摇头说不像，理由是那根降龙木上，没挂酒葫芦。那些持肯定态度的，立即笑着反驳说：兴许怕酒后误了咱的大事，他的酒葫芦被玉皇大帝，临时给没收了。

众志成城，桥终于如期落成了。给桥命名时，却又出现了分歧，有的说应该叫"三女桥"，有的说应该叫"解元桥"。陈德润却一锤定音，说既然有八仙显灵，指点迷津，就叫作"八仙桥"吧！

通车这天，八仙桥从东西两头，早被绾着花团的红绫，给拦定了。桥两头，人山人海，鼓乐喧天。狮子跟着绣球，摇头摆尾；旱船随着桨板，荡来荡去。高跷上的八仙，形神各异；地面上的大头娃娃，憨态可掬。两头，等待过往的车辆，也排起了长龙。八通山摇地动的铳响过后，摇头摆尾的狮子，荡来荡去的旱船，形神各异的八仙，憨态可掬的大头娃娃，震耳欲聋的锣鼓声，都戛然而止。

在解元老爷的主持下，丈八见方的大红锦缎，被老神仙、老秀才揭了开来。一块长八尺、高六尺的青石石碑，赫然呈现在光天化日之下。包括给解元老爷送礼的在内，所有捐资者的姓名，以及所捐钱款的数目，都被刻写得一清二楚。那

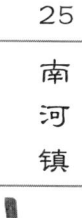

黑底绿字的柳体楷书，显然，是孙兰玉的手笔。

随着又一声铳响，知府跟知县老爷喀嚓一声，分别剪断了拦在大桥东、西两头的彩带。两岸顿时鼓乐大作，车辆跟着人群，人群跟着大头娃娃，大头娃娃跟着高跷，高跷跟着旱船，旱船跟着舞狮，舞狮又跟着知府和知县老爷，分别从东、西两头，徐徐地相向而行。桥中相遇，知府跟知县老爷抱着拳、施着礼，狮子、旱船、高跷跟大头娃娃，就地狂舞。又是八声连珠炮响，热闹红火的气氛，被再次推向了高潮。

在跟亲家麻子佘的较量中，柳叶一直被人们所看好，胜出的呼声，也更高。自觉胜券在握，柳叶压根儿，没一丁点失利的心理准备。失利后受到的打击，她自然也是最大。满肚子的"没好气"②正没处出，这时她的活宝女婿佘有志，却摇头晃脑地送上门来。

"你、你来做啥？"柳叶骂道，"来看我的哈哈笑，是不是？来看我的水涨河塌，是不是？你……你给我滚，滚！"像是吃了火药，于一瞬间，她竟"爆炸"了。

"好我的姨些，哪能呢？"淡着脸，佘有志却是面不改色，"是俺爸让俺来的。找您老人家，他有点事。"将丈母娘叫"姨"，又是关中的一怪。

"你爸？"闻言，柳叶先是一愣。接着，她又恨恨地道，"你爸那个老不死的，他、他找我又有啥事？"不提还罢，一提麻子佘，她更是气不打一处来。

"过去，不就啥都知道了吗？"佘有志道。一会儿将重心放在左腿，他抖动着右腿；一会儿将重心换到右腿，他又抖动着左腿。

"不去！"一口，柳叶便回绝了他，"你爸的腿，教虫给蛀咧？有话，教他过来说；有屁，教他过来放。"听说要她过去，她更是一肚子的无名火。

"当着咱两家媒人的面，老财东说得天花乱坠，结果，他却跟木匠家成了。"佘有志火上浇油道，"这不是将咱们，当猴给耍吗？这不是骑在咱两家的头上，尿尿吗？"请将不如激将，他接着道，"您老的忍性大，我爸，他却死活咽不下这口气！"

"噢，是这事。"听说要对付财东家，柳叶的口气，这才缓和了下来，"那，你先回去。白天人多眼杂，天一黑，我就过去。"

夜里，一个恶毒的报复计划，在佘记烟馆里酝酿成功。

黄鼠狼给鸡拜年，提一份厚礼，跟着麻子佘的尻子，佘有志来到了财东家。一见面抱着拳，跟老财东，麻子佘忙道着喜。佘有志却被郭福寿，招呼到他的新房。

新房里，佘有志一边跟郭福寿寒暄，一边目不转睛地瞅着新媳妇刘小菊。只顾招呼客人，老实厚道的新郎官，竟没注意到这个细节。本来就有些羞涩，新媳妇刘小菊，却早已招架不住，沏好茶她逃也似的，躲开了那双贼溜溜的鹰眼。

这边道完喜，紧接着，麻子佘又抱怨起来："啊呀，财东哥，你家大业大，发财好过，竟看不起穷兄弟我了。贤侄这么大的喜事，你却捏得严严的，连我，都被蒙在鼓里。兄弟我虽不才，却还知道些礼数，这不，只好淡着脸自己找上门，来讨杯酒喝。"

有理不打上门客。虽一向对麻子佘抱有成见，老财东，却毕竟是个忠厚的长者。没应承佘家的亲事，他已有些过意不去，眼下，麻子佘又送来了厚礼，加上他那一大堆体己热肠的抱怨话，他竟自觉有些理亏，并于心不安了。

翌日，在镇上最好的一家饭庄里，老财东订了一桌丰盛的酒席。硬着头皮，他破天荒地踏进了佘记烟馆。

"兄弟，实在……实在对不住！"倒像做了啥亏心的事，对着麻子佘，老财东讷讷地道，"本想……本想跟兄弟联姻，只是……只是……"知道跟柳叶、麻子佘有过节，本想把事情推在柳春院那边，他正不好开口，幸亏，被麻子佘给打断了。

"财东哥，过去的事，咱就不提它了。"麻子佘大度地道，"婚姻这事，讲缘分。亲戚不成仁义在，兄弟我，可是一片诚意。你这样，倒有些见外了。兄弟我，又如何消受得起？"一席话推心置腹，老财东感动得，直想掉泪。他更加坚信今天请麻子佘，是请对了。

一个执意要请，一个却坚辞不去，眼看着，都急红了眼，账房的吴掌柜，忙劝他的东家道："富而好礼，财东老哥又是个要脸面的人。一片诚意，连酒席他都订好了，东家若是不去，反显得生分了。"

闻言，麻子佘这才答应了下来。松口气，临走时，老财东又再三叮咛麻子佘说："甭忘了。跟大侄子一块儿来，啊——"

不多时，麻子佘果然到了，而他的公子佘有志，却迟迟不见个影儿。问起时，叹口气麻子佘道："这小子不成器，娃跌到井里，他都不知道着急。就这德行，咱不等他咧。"

"诶，这可使不得！"一边客气，老财东一边吩咐儿子道，"福寿，你过去看看。"

犀牛望月，躺在炕上，佘有志正过着烟瘾。见郭福寿急匆匆地走了进来，他装着不好意思地道："刚说抽完这一口，就过去，不想让兄弟你，又多跑了一趟。来来来，难得来一次，陪为兄，抽上一口。"说着，烟枪已被他，送到了他的嘴边。见郭福寿面带难色，他又鼓励他道，"怕什么？又不是你家药铺里的砒霜！那么多人离不开这，可见是个好东西。你尝上一口，不好抽，以后不抽也罢。"哪里知道这玩意的厉害，加上老财东平时管束得极严，郭福寿压根儿没机会，接触到这些东西。越是不接触，越是不了解，也就越发地好奇。加上面情软，从来都不会拒绝别人，下意识中，他竟接住了他送到他嘴边的烟枪……

拿着账本，当佘记烟馆的伙计，到济生堂来结账时，老财东，这才从梦中惊醒。知道儿子已经上瘾，知道自己钻进了麻子佘父子设下的圈套，老财东登时气血上涌，大叫一声，口吐白沫，他竟昏死在脚地。

大吃一惊。伙计、相公，连同看病抓药的顾客们，一窝蜂似的，围了过来。济生堂顿时乱成了一锅粥，忙分开众人，老神仙挤了进去。用手在老财东的鼻子上摸了摸，他发现他只有出来的气，却已经没有进去的气了。分开眼皮再看时，又见老财东目光呆滞，瞳孔已经在散大，于是叹口气摇着头道："赶紧，赶紧准备后事！"

没出一月，财东家完成了两件大事：一件是儿子的婚事，另一件，是老子的丧事。又是一条爆炸性的新闻，谁也没料到好好的人，说变，就变了。更没料到老子，竟死在儿子的手下。街头巷尾，田间地头，南河镇人议论纷纷。有摇头的，有叹息的，有背地里看水涨河塌的，当然，还有在暗中扑索肚子的。跳猴皮筋时，顽童们又唱起了新的歌谣：

世上事，难预料，　乖娃一时迷心窍。
娶了媳妇气死爹，　正路不走走歪道。

然而这一切，只不过是刚刚开始。料想不到的事，还在后头。在佘有志的怂恿下，抽上大烟后不久，郭福寿又一头扎进了"柳春院"。以无与伦比的诱惑力、烟瘾、妓女，让郭福寿理智丧失，人性，也彻底的泯灭了。这类人，大都有一个共同的德行，就是先卖地、后卖房，继而气死爹和娘。

跟麻子佘不同的是，搭家伙郭福寿一口气，先把他爹送上了西天，然后才开始踢地，卖房。对老财东的猝死，凡有良知的，特别是老神仙、老秀才、陈德润、孙兰玉，以及他的亲家老木匠，都是难以接受，又十分的难过。对理智丧失，人性泯灭的郭福寿来说，却是搬掉了他败家路上的，一块绊脚的石头。跟柳叶、跟麻子佘父子一样，他非但不难过，甚至，还有些幸灾乐祸。卖地，他不必像麻子佘当年那样，一亩半亩地卖，而是掀块块。卖房，他不必像麻子佘当年那样，一根根地扭着卖椽、卖檩，而是掀院院。就这，郭福寿还嫌找中人、写契约麻烦。拿着房契、地契，他干脆到佘记烟馆，到柳春院去顶账。

老神仙、老秀才、陈德润轮番地、一次又一次地规劝着郭福寿。结果不言而喻，他们是瞎子点灯——白费蜡。既不肯乘人之危，而买郭家的房，又不肯落井下石，而置郭家的地；既不忍眼看着郭家的地，一块块易名，又不忍眼看着郭家的房，一院院改姓，他们，别提有多矛盾了。为让尸骨未寒的老财东，在九泉之下能够瞑目，为给郭家的老鬼、新鬼们，留一坨栖身之地，老秀才、老神仙这才不得不咬着牙、狠着心，买下了坐落着郭家祖坟的那五亩水地。

如今的郭福寿，已不是昔日那个忠厚、善良的郭福寿了。曾几何时，燕尔新婚的夫妻恩爱，已荡然无存。眼下，菊儿已身怀有孕，他却动不动，就对她拳脚相向。哭哭啼啼，菊儿经常是以泪洗面，实在看不过眼，老木匠数说了女婿几句，不料郭福寿竟恬不知耻地顶撞他说："打到的媳妇，揉到的面。我卖我老郭家的房，我踢我老郭家的地，我打我郭福寿的媳妇，跟你姓刘的，毬不相干！哼，马槽里，啥时多出个驴嘴？若再狗拿耗子，多管闲事，下次拿到柳春院去顶账的，就是刘小菊！"

老木匠做梦也不曾料到，半年前第一次拜见他时，没开口脸先红了的乘龙快婿，如今，竟然说出这等尖酸刻薄，又十分恶毒的话来。又气又惊，又惊又气。气得他上下牙直打架，却反不上一句话来；惊得他嘴唇直打哆嗦，而张开的嘴巴，却大半天都难以合拢……

―――――――

①把作：关中方言。为难，不好下手。
②没好气：关中方言。怨气，窝囊气。

第四章

后来，柳叶逐渐意识到自己上了当，上了大当！伙同麻子佘父子，她干了一件既损人、又害己的傻事。

《佛说十善业道经》上，有句名言，叫做"人生为己，天经地义；人不为己，天诛地灭。"孟子却说："生，我所欲也；义，亦我所欲也。二者不可兼得，舍生而取义者也。"

《佛说十善业道经》似乎走极端，而过于的偏激。难道人不为己，就一定得天诛地灭吗？孟子所言，似乎又高不可及。有几人能达到如此高的境界，而舍生取义呢？人究竟应该如何去做，简直教人有些无所适从了。

若改《佛说十善业道经》的话为"人生为己，天经地义；人若损人，天诛地灭"，似乎更为合情合理，也更加的切实可行，既避免了偏激，又跃之可及。

舍生取义者，是为圣人；利己而又利人者，是为君子；利己而不损人者，是为凡人；利己而损人者，是为小人；损人而又不利己，甚至既损人、又害己者，恐怕，只能是瓜尿①了。

可惜的是，那些小人跟瓜尿们，却并不以为自己是小人、是瓜尿。自以为是，他们总以为自己聪明过人，而那些舍生取义者，才是真正的瓜尿，是碗大的西瓜一拃厚的皮——瓜实了。

自以为聪明者，恐怕只能是人们常说的"小聪明"。聪明反被聪明误，他们往往是搬起石头，却砸了自己的脚。而真正的聪明者，却往往因大智而若愚。

跟所有客居关中的河南人一样，柳叶一家，也是被突然决堤泛滥的黄河水，赶进了潼关。

将洪水跟猛兽相提并论，似乎，仍有词不达意之嫌。没有血盆大口，洪水却能吞噬一切；没有利爪，洪水却能撕碎一切，摧毁一切。它是那样的不可一世，又是那样的目空一切。它居高临下，势如破竹，没有任何力量能与之抗衡，而阻止它。它简直就是宇宙的主宰，而无须给那些会动的，不会动的，有生命的，无生命的，有感情的，无感情的，当然，也包括那些以高级动物自居的人在内，提前，打什么招呼。于一刹那间，仿佛是自天而降，以无与伦比的威力，它席卷着一切，吞噬着一切。在它的面前，跟那些温顺弱肉的猪狗牛羊比，那些凶猛强食的虎豹熊黑，没什么优势。包括那些以高级动物自居的人类在内，他们统统都是

它的猎物，是它食谱中的一碟小菜。连天王老子都奈何不了它，更何况芸芸众生？

被咆哮声从睡梦中惊醒时，一根扁担两个筐子，挑着孩子，男人们便落荒而走。顺手抓几件衣物，女人们也夺路而逃。

仓促间，不知张王李赵，那些挑着孩子，又引着老婆的河南灾民们，被关中人笼统地称之为"河南担"。这个本无恶意的称呼，不想后来竟被演变为不太友好的"河南蛋"，而成了河南人在陕西的代名词。

生在河南，却从小长在陕西，柳叶说一口地道的关中方言。乡音难改。她父母那口蛮里蛮气的河南腔，连柳叶听起来，都觉得别扭，她的那些小伙伴们，就更不用说了。孩子毕竟是孩子，而不是大人，一起玩耍，因稍有不快而闹别扭的事，实在是难以幸免。红了脸一时着急，在小伙伴的口中，柳叶竟成了"小河南蛋"。

从小柳叶就觉得，她跟人不一样。在她的潜意识中，这不仅仅只是因为家里穷，而更主要的，是因她是外来的客户人家。由于种种原因，在柳叶幼小的心灵中，不知不觉地形成了一种孤独感、自卑感。而这种孤独跟自卑的心理体验，又逐渐演变为一种玩世不恭的逆反心理。

父母双亡的沉重打击，在乔家所受的百般虐待，在怡春院遭受的万般蹂躏，虽也曾引起广泛的同情，只可惜柳叶那幼小的心灵，却尚不能感受到这些有意而无形的东西。让她刻骨铭心的，是人心的险恶，是世态的炎凉。这些充满阴暗而缺乏阳光的心理感受，对柳叶那已处于亚健康，甚至已日趋病态的心理，无疑是雪上加霜，使之更加地变态，也更加地扭曲。

在乔家柳叶既无名、又无分，更没地位，相比之下，她甚至还不如那只叫作"小黑"的看家狗。

说丫鬟吧，她却要陪那个比她爹还要大的糟老头子睡觉，供他变着法儿在自己身上尽情地发泄。刚到家，关上门乔老爷便扑了过来。他扑到东头，柳叶吓得躲到西头；他扑向西头，柳叶又吓得躲到东头。"别躲了，宝贝儿。"如饥似渴，乔老爷淫笑着，"大姑娘满炕蹩，最后，还不都成了媳妇？"

乔老爷说的是酸话，是挑逗话，也是实话。躲来躲去，柳叶终究，还是没能躲过。不一会，她便被他抹莴笋似的，抹了个精光。呈现在乔老爷面前的，是一条白嫩嫩的女儿身。面对这个白嫩嫩的女儿身，乔老爷差点儿晕倒。顾不上欣赏，他又将自己剥得精光，呈现在柳叶面前的，却是一身稀稀松松的肥肉。唯独那个一向羞于见人的东西，他却颇为雄壮。

早晨刚结的桑葚——等不到黑，她就被他破了身子，从而结束了她的处女生涯。

第一回，乔老爷没啥讲究，也顾不上讲究。后来，便不同了，后来，他不再像第一次那样的如饥似渴，又迫不及待了。趴在柳叶的肚子上，他一会儿用他那干柴似的双手，把玩着她那刚刚凸起的，还未及丰满起来的奶子。一会儿又用他那毛茬茬的嘴巴，从各个方向，拱着她那东躲西藏的，肉嘟嘟的樱桃小口。没有足够的脂肪，她双乳的乳核，被他那干硬柴似的爪子，捏得生痛。她那细嫩的小脸蛋，也被他那藏在钢髯中的黄板牙，咬出了血印。她痛苦地叫唤着。她的痛苦，她的叫唤，却反而刺激了他，让他变得更加地兴奋，也更加地疯狂。

摸足了，也拱够了，他又强迫她用她的左手，掰开了她的下身。接着又强迫她用她的右手，替他把他那个早已勃起的、丑陋不堪的东西给她，送了进去。

从前面弄腻了，他又强迫她趴在炕上，并走起了她的"后门"。当她痛得失了声时，他却得意地淫笑着。等前后、门都走腻了，他又强迫她站起来靠在墙上，让他前前后后地打着"站姿"。她的腿不够长，老家伙只得委曲求全，将他的双腿，弓了起来。当发现弓着腿怎么也弄不受活时，他忙又找来枕头，并猴急地支在了她的脚下……

说是姨太太吧，她却还得下厨。还得给乔家一家九口又是烧水，又是做饭，又是洗衣服。还得用木盘将饭菜端进上房，又一碗一碗地递在那些老老少少的手中。伺候"人的厌[2]"一个个吃饱喝足后，她还得给他们，一一地献上茶水。

将一片狼藉的碗碗盏盏收拾干净后，坐在厨房那个烧火的木墩上，柳叶这才打擩[3]起那些残羹，剩饭。比柳叶还大，乔大小姐不叫她姨娘，倒也罢了，而那些比她小的，也从不叫她这个无其名，却有其实的姨娘。实在避不过，而必须提到她时，她们便竖起小指，称她为"这个"。

就连看门守夜，打擩娃屎的"小黑"，一开始，竟都对柳叶持着敌视的态度。后来，它总算逐渐地接受了她，并对她变得友好起来。当她喂它时，为表示亲热，为表示感谢，它不住跟她摇着尾巴。也许只有在它的心目中，她似乎才是个人——是它的主人。

当乔老爷的种子，在柳叶的肚子里生根、发芽、成长，并使她逐渐显怀时，母老虎乔马氏，却勒令丈夫说："老不死的，你给我听着！从今往后，不准再粘那个臭婊子了。你的老命，不要也罢，乔家的那个嫩芽芽，却不能不要！小心没出土，却被你日晃得，嫩瘀在她的肚子里。"

"不敢不敢！"一向怕老婆，乔老爷诺诺连声地道，"往后，我不去她那儿就是了。"可那个永远也挨不够的乔马氏，却从来都不曾惜爱过，乔老爷的老命。挨得收墒后，睡梦中，她还不时摸一下他的那个老东西，看看它，是否还在她的身边。午休，是母老虎多年来雷打不动的习惯，可自打那时起，难为她连午觉，都睡不踏实了。

猴，都有丢盹的时候。连睡觉都要睁只眼，时间一长，乔马氏终于支持不住了。等她迷糊过去时，乔老爷一改平时的木讷，跟做贼似的一阵风，他便旋进了柳叶的厦屋。不同的是，他没以前那么从容了，动作，也变得千篇一律起来……

人有失手，马有失蹄。一次，乔老爷被乔马氏，逮了个正着。污物还没流尽，他却失急燎毛地，溜下炕来。还没站稳，耳旁一阵风过去后，他竟趴在了门口。用抽脖将乔老爷送出后，乔马氏又将一个又粗又长的胡萝卜，塞进了柳叶的下身。

多儿一落草，乔马氏便要将柳叶母女，扫地出门。"得理"不饶人，她报复乔老爷说："哼！以前动不动，你就奚落我，说我马家的地不好。硬逼我，给你置了块好地，好地里长出的，咋还是母苗苗？看来，不是我马家的地不好，而是你乔家的种不行。依我看你的籽蛋里，压根就没一个公籽！"

理屈词穷，乔老爷，像是被卖肉的剔了骨头。双腿一软，扑通一声，他竟跪倒在乔马氏的面前："好我的姑奶奶！你的啥都好着哩，行不行？你开开恩，就教我再试火一回吧。"

其实乔马氏，也没死心。用鼻子"哼"了一声后，她又一次恩准了他。

等余儿落地后，说啥乔马氏，也不肯再高抬贵手了。"你这没用的老东西！"抓着乔老爷的下身，母老虎咆哮道，"白占着两块好地，你却务弄不出一棵，公苗子来。既然没这个本事，干脆让一块，教人家种去！"

"让一块？"听说要他让一块地出去，挠着头，乔老爷嗫嚅道，"让哪块出去呢？"说着，他看了看柳叶，又看了看乔马氏。让这块出去，他舍不得；让那块出去，他又怕没人要。"哪块？"闻言，母老虎更是歇斯底里，"你说哪块？"乔老爷的"老二"刚刚获释，"老大"却又挨了左右开弓的两个抽脖子。

"怡春院"里，柳叶死活地，不肯接客。她想到了死，扑通一声跳进渭河，便一了百了了。在那里说不定，还能跟她的父母团聚。无奈"怡春院"看得紧，她一直没机会走出那两扇猩红色的，血盆大口似的大门。

当多儿、余儿也被乔马氏扫地出门，来"怡春院"投奔她的时候，柳叶这才不得不放弃了，寻短见的念头。抱着头，母女们大哭了一场后，以给两个女儿一口饭为条件，柳叶答应了老鸨。就此，她那长达十五年的妓女生涯，便开始了。

自打接了第一个客人，柳叶，已不再是原来那个胆小怕事的柳叶了。有了心计，也学会了思考，残酷的现实，让柳叶几乎于一夜间，变得成熟起来。她终于理解了关中人的口前话——有钱能使鬼推磨——有钱能买精脚片，倒上皂角树。

学会了"看客下菜"，对那些一毛不拔的铁公鸡嫖客，哪怕你长得美若潘安，柳叶也只是敷衍一下，对那些舍得掉毛，特别是对那些出手阔绰的嫖客，哪怕他是跛子、是瘸子、是麻子、是秃子，甚至是癞子，哪怕他是斜眼瞪、八斗瓮，甚至是单眼吊线，她都会精心地伺候。在这个世界上柳叶唯一认可的，就是钱。

花里挑花，给小女儿余儿，柳叶好不容易，才瞅上个好人家，却万万没料到她的竞争对手，竟是她大女儿多儿的婆家——佘家。更没料到煮熟的鸭子，竟飞了。跟麻子佘鹬蚌相争中，却让木匠刘家渔人得利，而成了财东家的儿女亲家。就在柳叶哑巴吃黄连——有苦难言的时候，她的亲家，也是她冤家的佘家，却要跟她合伙报复郭家。当然，也包括木匠刘家。虽工于心计，却毕竟是女流之辈。为泄一时之愤，顾不上多想，她竟答应了他。当郭福寿被引诱，染上烟瘾时，一改昔日的成见，柳叶竟觉得，亲家，毕竟还是亲家，女婿，毕竟还是女婿。胳膊到底还是离锤④近，是他们帮她，出了这口恶气。后来，当郭福寿被佘有志勾引到"柳春院"，从而让她的进账，又增加了可观的一笔时，对着大女婿，柳叶甚至还破例地，夸了他两句。

狗越拴越恶。平时被老财东管束得极严，一旦脱缰，郭福寿便一发不可收拾了。是个刚入道的新手，而且，又在如狼似虎的年龄上，因此奔走其间，出没在柳春院、佘记烟馆的次数，郭福寿比一般人，自然频繁了许多。是个财东娃，出手，他也比一般人更为大方，更为阔绰。

初来乍到，将"柳春院"的姑娘，郭福寿先挨个地浏览了一遍。然后，从年轻貌美的开始，他逐个地睡着。后来有所选择，他又点起了鸳鸯谱。令柳叶大惑不解，是"柳春院"的姑娘中，即便那些被认为是上等的货色，也没一个能跟菊儿相提并论，但在挑挑拣拣中，郭福寿却连一个都不曾落下。那些稀欠点儿的，他多睡了几次；那些逊色点儿的，他少睡了几次。如此而已。

看来，女人永远都不会完全了解男人。偷着吃就是香，没办法喀！跟"家花"比，"野花"到底还是不一样。"野花"有她独特的魅力，那就是——野！

时间，能淡化一切。久而久之，"野花"便失去了她那"野"的魅力。仗着还有几亩地，还有几间房子，大着胆郭福寿跟柳叶说，他想见见余儿。婉转地拒绝了他，嘴没言传，柳叶心想：早前，你干啥去了？早前要你这句话，却难肠得跟毡上撒筋一样。早前要是有这句话，就是赔多少钱，我也会把余儿嫁给你。如今，都成了败家子了，都成了癞蛤蟆了，这才想起了我家的白天鹅。做梦去吧！晚了。正月十五卖门神——都晚了半个月了。

财东家的水浇地，在一块块地易名；财东家的房子，在一院院地改姓。郭福寿在佘记烟馆，在"柳春院"的分量，也随之一落千丈。他不再挑三拣四了，也不再挑肥拣瘦了，或者说，他已经没有挑三拣四、挑肥拣瘦的资格了。郭福寿不再点名要那些价格昂贵的上等货色了，或者说，这些上等的货色，已经不要他了。后来，连那些中等的货色，郭福寿都不敢问津了，或者说，连那些中等的货色，对郭福寿都不屑一顾了。原先还没跨进门，姑娘们就争先恐后地往郭福寿的怀里扑，还少爷长、少爷短叫个不停。在争风吃醋的拉拉扯扯中，甚至还出现过母狗咬母狗，互相厮打的局面。眼下这一切，都成了过去，成了历史。眼下只要一听到郭福寿的脚步声，姑娘们就会跟躲瘟疫似的，作鸟兽散。眼下的郭福寿，只能跟那些下苦力的脚夫们搅在一起，去争那些下等的破烂货了。眼下在争风吃醋的拉拉扯扯中互相厮打的，也不再是那些母狗们，而是郭福寿跟那些出苦力的牙狗。

赊了几次账后，郭福寿终于被"柳春院"给拒之门外了。

"慢说逛窑子，就是歇店，也得付个灯火钱吧！"从牙缝里挤出的，是柳叶那尖酸而又刻薄的臭骂，"南门外，土地庙闲着。跟土地爷做伴去吧！晚一步，可就被叫花子给占了。"

得意了一段时间后，柳叶这才发现因家庭危机而被人耻笑的，在南河镇除了郭福寿外，竟还有她。

女大不中留。在偌大的南河镇里，姑娘女子们无论穷的还是富的，无论丑的还是俏的，无论比余儿大的，还是比余儿小的，前前后后，都出了阁。她们有的已经抱上了娃娃，有的娃娃已呀呀学语，甚至，在蹒跚学步了，而除嫖客外，至今却还没狗大个人走进"柳春院"，来给她的余儿提亲。更要命的，是她央的一大堆媒汉、媒婆里，至今也没狗大个人，给句回话。问及时，他们千篇一律的回答是：正瞅视哩！眼下，还没个可相的。

是媒汉、媒婆们，不卖力吗？不！为挣柳叶那几两白花花的银子，他们恨不能将磨扇，从井底顶上来。只是南河镇一带人人谈"柳"变色，实在没人再敢朝柳叶这座"山"了。那些穷家薄业的人家，都知道自己姓啥为老几，都知道自己是八两，还是半斤，自然，都是不敢高攀了。怕的是自家庙太小，敬不下柳叶这尊"大神"。在为数不多的几家高门大户中，除了开烟馆的麻子余，哪个正经的人家，又肯娶个妓院家的女子，做儿媳妇呢？一个好端端的、惨淡经营了近百年的财东家，三锤两棒子，就被柳叶跟她的亲家，算计得家破人亡。谁见了，又能不心惊肉跳？谁听了，又能不寒而栗？害人之心不可有，防人之心不可无。庄稼汉再笨，却还不至于不知道这句至理名言！

没出阁的女子，被关中人叫作"姑娘"。大概是由于她们不是在姑家，便是在娘家的缘故。已出阁的女子，被叫作"婆娘"。大概是由于她们不是在婆家，便是在娘家的缘故。每去娘家，婆娘们都要陪父母住上三天五天，或十天八天，叫作"熬"娘家。那些已经抱上孙子，或者已经抱上外孙的女人，则被叫作"老婆"。大概是由于她们老在婆家，已很少光顾娘家的缘故。到了这把年纪，娘家的父母，大多已不在人世了。加上忙着给自家的儿女过日月，除逢年过节，除清明寒食上坟烧纸外，她们哪里还有心思再"熬"娘家？

老婆者，老死婆家也。

虽没抱孙子的命，但再抱个外孙子，柳叶却不是没有可能。只可惜早都到了当老婆的年龄，她的小女儿余儿至今，却还寻不下婆家，结果把个外孙子，都大瞪两眼地给耽搁了。

余儿，却完全是一个无辜的受害者。继承，甚至发扬光大了她母亲的优势，余儿比柳叶在这个年龄时，还要漂亮，还要出众。余儿的品格，却又跟柳叶的，大相径庭。她既温柔，又善良，是个百里挑一的好姑娘。从小，虽生长在一个龌龊的环境中，余儿却能奇迹般的洁身自好，"处"污泥而不染。冰清玉洁，她简直是一朵刚刚出水的芙蓉。懂事后，她知道她母亲所从事的，是一种并不赢人的事业。多次劝母亲金盆洗手，做点正经的营生，无奈人微言轻，余儿，却始终未能说服柳叶。于是只能严格地要求自己，行为举止，她更加地检点了。以自己的言行，她要向世人证明，跟她的母亲，她不一样！

余儿她姐、柳叶大女儿多儿的小姑子——麻子佘的独生女儿——佘有志的亲妹子，叫作"明珠"。人称"明儿"。

多儿稍长。明儿、余儿跟菊儿，却是上不差一，下不差二。小时候，余儿跟菊儿常在一块玩耍。后来，又添了个明儿。

说起来，这三个女娃娃的关系，还的确有些微妙。开始，三个人在一起学针线，做女红，是形影不离的好朋友，是不拆把儿的"胡萝卜"。后来，在争亲风波中，余儿、明儿，又是菊儿的"情敌"。争亲失利后，余儿、明儿，又成了菊儿的"手下败将"。再后来，余儿、明儿，又成了妯娌。更富戏剧性的，是这对妯娌，又都是菊儿的兄弟媳妇。不过这些，还都是些后话。

三个女人一台戏。

自菊儿嫁给郭福寿起，柳叶便不准余儿，再跟她来往了。明白个中的原因，余儿非但没有嫉妒菊儿，反而还暗地里，常为她祝福。

余儿羡慕琴棋书画无所不能的孙兰玉，也敬佩德才兼备、学识渊博的陈德润，更敬重老神仙、老秀才、老财东这些德高望重的长辈。以他们为偶像，以他们为楷模，余儿，时时刻刻都在关注着他们。她暗中学习他们的为人，学习他们的处事。

除了明儿，余儿看不起，甚至憎恶开烟馆的佘家。她常常为她姐多儿，感到惋惜，惋惜她一朵鲜花，却插在了牛粪上。当觉察到她家跟佘家狼狈为奸，设计陷害财东家，陷害郭福寿，又株连到木匠家，株连到菊儿时，余儿还跟她妈柳叶吵过、闹过。说她妈没人性，说她丧尽了天良。曾多次将她姐夫佘有志拒之门

外，余儿骂他是畜生、是禽兽，甚至多次顺手摸起扫帚，将他从她家轰了出去。

余儿有时恨柳叶，有时，却又心疼着柳叶，依恋着柳叶，舍不得柳叶。因为她毕竟是她的母亲，而她这辈子，毕竟也不容易。她憎恶她苦心为她营造的，这个有钱的家，却又缺乏跟这个家，彻底决裂的勇气。一个还没找到归宿，就跟娘家闹翻了的女孩子，怕是只有两条路，可供选择：一条是削发为尼，另一条就是死。

还没悲观到绝望的程度，余儿不想出家，更不想死。这两条路中的任何一条，都会辜负她的青春年华，都会辜负她的天生丽质，同时也辜负了她心中，那个朦胧的他。虽不指望她妈能替她做主，能为她找一个称心如意的好婆家，余儿却也没有冲破传统观念的勇气，更没有自奔前程的能力。这怨她吗？显然不能！在众多的弱女子中，能冲破这张天罗地网，而向旧观念宣战的，自古至今，又有几多？

她不敢面对好朋友菊儿，见了她，余儿甚至跟老鼠见了猫似的，远远地躲着她。好像把菊儿害成这样的，不是她妈，而是她。更不愿去佘家，好长时间，余儿都没见到好朋友明儿了。只知道她跟她，遭的是同一个罪。同命人只能相怜，却不能相帮，余儿，几乎要崩溃了。不拆把儿的胡萝卜，终于，还是被无情地拆开了。

夜深人静，万籁俱寂。躺在炕上，辗转反侧，余儿却怎么，也睡不着。姑娘家大了，自然，有属于她自己的秘密。余儿，也不能例外，不是没意中人，只可惜这个人不是别人，而是她家仇家加冤家的儿子——菊儿的亲弟弟刘子明。

仇人相见，分外眼红。狭路相逢时，仇人之间不咬牙切齿，不吹胡子瞪眼，就算是好的了，哪里，还会有喜结秦晋的美事？更何况，眼下她还是剃头的担子——一头热。她喜欢人家，却无从知道人家是不是，也喜欢她。心里，余儿在反复地盘算着，掂量着。对刘子明，她还抱着一线希望。过去，她经常去刘家找菊儿，对于他，她并不陌生。

细细回想时，余儿觉得刘子明对她的印象，似乎还不错。对她，他甚至曾有所表示。他向她表示的，到底是些什么，当时因年龄小，余儿尚不能完全理解。眼下，她似乎有些明白了，也慢慢地理解了。那是一种暗示，是情窦初开的少男少女之间，才有可能出现的一种暗示。

是的，是暗示。每想到此，余儿便不由得一阵兴奋。而伴随这种兴奋的，又是那教人不由自主的脸红，心跳。果能如愿的话，她就得改口称儿时的朋友，称菊儿为大姐了，这是多么教人难为情，多么教人尴尬，又多么教人难以启齿的事啊！想到这儿，余儿又有些心慌意乱。慌乱中，她忙用手压住了自己的胸口。否则，她担心那颗怦怦搏动的心，说不定会突然从胸腔里蹦了出来。

努力克制着自己，余儿不让自己去想这些，但脑子，却似乎在故意跟她作对，你越是克制它，越是不让它去想，它却偏偏光往那儿想。那儿，似乎有一丝甜甜的味道。

脑子，像是脱缰失控的野马；思绪，像是决堤泛滥的洪水。刘子明的影子，还没隐去，老木匠的影子，又出现了。这是一张倔强的面孔，这张倔强的面孔，是绝对不会接受她，让她做他的儿媳妇的。理解的面孔，逐渐被倔强的面孔所淡化，后来，竟无可奈何地消失了。余儿的一线希望，也随之毁灭了。脱缰的野马，终于被困倦所控制；泛滥的洪水，终于被疲惫所封堵。在希望跟失望交替的折磨中，余儿，不知不觉地进入了梦乡。两个大眼角上，她各有一颗晶莹的泪花……

牛郎、织女尚有喜鹊帮忙，谁能替余儿牵线，搭桥，谁能帮她捅破这张窗户纸，而将少女埋藏在心底的秘密，告诉给她的那个他呢？

余儿心中的秘密，会不会是个永远的秘密？

---

①瓜尻：关中方言。指愚蠢者。
②人的尻：关中方言。指有权有势有头有脸者。含贬义。
③打撅：关中方言。收拾，处理。此处指吃。
④锤：也叫锤头，关中人对拳头的俗称。

第五章

家家都有一本难念的经，比余儿更加教人忧心的，是明儿。

本是个好人家的女子，只可惜人强命不强，从小父母双亡，明儿妈竟沦为孤儿。叔父、婶子收养了她，没有女儿，对这个侄女婶子自幼喜爱有加，视同己出。谁想好景不长，十二岁那年，婶子竟又暴病而亡。于是，一个家庭主妇的重担，便全压在这个女娃娃的肩上。她不但要洗衣做饭，要喂猪扫院，还要帮叔父拉扯几个，幼小的堂弟。

于心不忍，叔父又续了个二房。不想这女人心狠手辣，不但没被解脱，明儿妈反而是雪上加霜，除拉扯堂弟外，她还得伺候这个鹞①婶。在千般的折磨，在万般的委屈中，咬着牙，她挺到了十六岁。为安抚兄嫂的在天之灵，为这个受尽委屈的侄女不再受屈，叔父一心要给她，找个好人家。黑心的鹞婶，却另有所图，先下手为强，以八百两银子的天价，她竟将她卖给了暴发户麻子佘。

就这样，一朵鲜花被眼睁睁地插在了牛粪上，当时还不满十七，明儿妈只得认命了。见儿子佘有志不麻，而女儿明珠出落的，更是标致，她那已千疮百孔的心，总算得到了一丝安慰。谁知酒后吐真言，一时不慎，麻子佘竟说漏了嘴，明儿妈这才知道了他那个血淋淋的发家史。

说者无心，听者有意。得知麻子佘背有人命后，明儿妈那颗刚刚得到抚慰的心，一下子，又提到了嗓子眼上。白天她精神恍惚，洗脸时水盆里，似乎有鬼影在飘忽；提水时水桶里，好像有幽灵在晃动。晚上，她更是睡不安生，噩梦中不是前来跟麻子佘索命的死鬼，就是麻子佘被仇杀后留下的，血淋淋的无头尸。不久，她竟变得疯疯癫癫起来。

不管咋说，余儿还有个亲妈在替她瞎张罗，不但给明儿操不上心，反过来，明儿却还得操心她的疯妈。既苦了女儿明儿，又苦了媳妇多儿，尽管姑嫂俩轮换着每天给她洗几次脸，梳几次头，明儿妈却还是鼻涕流在前心，纂纂②散落在后心，袜子退到了脚心，谁见了，谁都觉得恶心。

不管男女老少，见了她都要把人家拦住，并翻来覆去、喋喋不休地重复着一句话：阎王爷要我家掌柜的，去给他管账。算盘，他不是打得好吗？

一开始，大人们还觉得新鲜，好笑，于是故意逗她说："那他把他脸上的麻子窝窝，算清白了吗？"嘿嘿地傻笑着，明儿妈说："清了清了，算清了。共十万零八千个。"后来听腻了,大家又烦她、怕见到她,于是,便远远地躲开了她。

大人拦不住,她又拦起了孩子,小点的被她拦住后,又被她吓得大哭。那些半大不小的,却似乎永远也不知道乏味,他们总是成群结队地追着她,撵着她,跟着她起哄,甚至唾她,用土疙瘩砸她。

穿着鞋,穿着袜子出门,能光着脚回来,都算是好的了。有时跑远了,回不来了,可就苦了明儿、多儿。深更半夜,当姑嫂俩高一脚、低一脚地找到她时,她不是躺倒在土壕里,便是窝倒在柴堆旁,已呼呼地睡着了。

连野狗们,都被她弄糊涂了。围着她,畜生们是闻了又闻,嗅了又嗅,急得直打转转,却就是不敢贸然地开口。

"穷命的掉到金窖里,照样是穷命。"麻子佘道。开始还管一管,后来,他却只是摇头,叹息。

男人本来就粗心,对女儿的终身大事,麻子佘却还在做白日梦。皇上的女子,不愁嫁。他想凭他的家当,凭女儿的模样,不怕没人登上门,来求拜他。

一天到晚,佘有志忙着他自己的事。除进货,除收账外,他不是躺在炕上过烟瘾,便是猫在妓院里泡女人。佘有志巴不得他的疯妈,跑得远远的,永远,也甭再回来。父母的心,在儿女的身上,儿女的心,却在石头身上,他甚至盼她死了算了。有时眼看多儿、明儿轮换着,将他们的疯妈,背了回来,佘有志不但没半点感动,反骂她姑嫂俩是狗拿耗子——净管些闲事。

连亲妈佘有志都不管,妹子的终身大事,就更别指望他了。麻子佘父子臭名远扬,明儿妈又疯疯癫癫,自然,更没人给明儿上门提亲了。另有所图,佘有志却并不以为这是什么坏事。戏台底下婆娘虽多,却各有各的下家③。只听说男人有打一辈子光棍的,却从没听说哪个女人被剩下了。凭妹妹的姿色,佘有志还想给他换点儿什么,钱也行,能换个权,那敢情更好。只要能换些钱,或换点权,耽搁大点,怕什么?做不了正房,做偏房;做不了大的,做小的。退一万步说,即便正房、偏房、大的、小的,都做不成,不还有妓院吗?没逼到这一步,明儿她肯定是不愿意,耽搁大了,逼急了,还怕她不乖乖的就范?

替明儿着急的倒是有一个,就是她嫂子多儿。跟明儿是同辈,又都是女流,加上从小就受恓惶、受折磨,多儿是既软弱无能,又胆小怕事。没有胆,她只剩下一颗善良的心,这是一颗只有善良,而没有任何主见的心。

跟佘儿比,明儿唯一的优势,是她还不至于为自己的终身大事而失眠。跟她嫂子多儿一样,一天下来,她已被她的疯妈,给折腾得奄奄④的了。

不堪重负,多儿病倒了。再讨厌佘家,对她这个已经十分不幸的亲姐,佘儿却还不至于,也不去看望。何况她还想看看她儿时的朋友——那个跟她一样不幸的明儿。明儿到底咋相？她实在有些放心不下。泥菩萨过河——自身尚且不保，余儿固然不可能给明儿以帮助；但安慰和鼓励上她一番，她却还是可以做到的。从明儿那里，余儿不定也能得到些安慰，得到些鼓励。同病相怜，也许她们，才能互相理解；惺惺相惜，也许她们，才有共同的语言。

不幸人最能理解的，就是不幸人的不幸。

提着一大包礼品，余儿来到了佘家。她希望佘有志不在家，也估计他十有八九，不可能在家。怀着侥幸的心理，稍加犹豫后抬起手，余儿推开了佘家那虚掩着的后门。

所幸的，是佘有志果然不在家；而出乎意料的是这间既熟悉、又陌生的屋子里，竟空无一人。姐姐，她哪儿去了？踌躇中转过身，余儿正要出门，她却不由，又大吃了一惊。

"哟！咋是余儿。"一个声音，嬉皮笑脸地道，"急啥呀？轻易不来，来了，就陪哥坐一会嘛！"突现在余儿面前的，是一张居心叵测的面孔。心虚处，有鬼。这正是她最憎恶的，一辈子都不想看见的那张面孔，也是她一路上默默祈祷但愿不要出现，也未必就会出现的那张面孔。然而，它却还是不可避免地出现了。没有理佘有志，夺路而走时，余儿竟被他张开双臂，拦在了屋里。

"你要干啥？"下意识中，余儿警惕地后退了一步。

"干啥！你说干啥？"不怀好意，佘有志道，"你姐不在家，你这个当小姨的，就不能陪哥玩玩？"图穷匕首见，佘有志的双臂，已在合拢。

"你、你这个畜生！"一边骂，一边对着这张厚颜无耻的面孔，"啪"的一声，余儿就是一记响亮的耳光。

"好，好。打得好！"这张毫无廉耻的面孔，却并不恼怒，"打是亲，骂是爱嘛！"佘有志色迷迷地笑着，两条罪恶的胳膊，已经收拢了。

被佘有志凌空抱在怀里，双臂，也被他箍得死死的，余儿只能用她悬在空中的双脚，胡乱地，踢着他的脚脖子。对于人性泯灭，对于兽性大发的佘有志来说，跟余儿那漂亮而又幽香的脸蛋比，跟她那柔软而又极富弹性的酥胸比，跟她那已被他的"老二"触摸到的下身，以及她的下身带给他的快感比，挨两脚，又算得了什么？

被压倒在炕上……外衣随之，也被撕开了……上半身，余儿只剩下贴身的小胸兜，她双乳的乳沟，已赫然暴露在佘有志的面前。危急时刻，余儿拼命地挣扎着……小天鹅敌不过凶恶的老鹰……逮个机会猛地扬起头，一口，她向那只罪恶的手指咬去……可惜！可惜她却没能成功。

"妹子，"佘有志淫笑着，"你咋比哥还急？下面，下面哥还有一个更长，也更粗的东西。想咬用下面那个没牙的'嘴'，你慢慢咬。想咋咬，你就咋咬。"一边说一边用腾出的右手，佘有志猛拽着余儿的裤子……裤子，已经被退过了小腹，余儿那尚不十分茂密的少女丛林，已依稀可见……

千钧一发！紧急关头，压在余儿身上的那个肮脏的躯体，却突然向下滑去，紧接着"通"的一声，佘有志掉到了炕脚地。

啊，是明儿！是明儿抓着佘有志的双腿，将他拖到了炕脚地。随着一阵臭烘烘的气味，一闪身多儿，也走了进来。拿在她手里的，是一根指头粗的枯树枝，树枝的另一头还沾满着黄蜡蜡的粪便。

咧着嘴，佘有志杀猪似的，嚎叫着。就手将树枝连同抹在树枝上的粪便，多儿一股脑地塞进了他那咧开的大嘴。

这次夺门而出的，不是余儿，而是佘有志。一阵恶心，就手，他抽出了塞在嘴里的树枝，可那黄蜡蜡又臭烘烘的粪便，却无法抽出。那张大嘴，已经被臭屎，给糨匀了。还没弄清到底是怎么回事，佘有志便一溜烟似地，逃了出去……

在明儿的陪同下，多儿，到济生堂去看病。不巧老神仙不在，所以很快，又回来了。也许上天有眼，有意安排老神仙外出，以搭救余儿，同时，也惩罚一下佘有志。说是不巧，又实在是太巧了。

一头扑在多儿的怀里，余儿委屈地，抽泣着。"余儿，"多儿着急地道，"你，你没事吧？"继续抽泣着，余儿，只点了点头。"你！"多儿又道，"你不是，很少来这儿吗？咋一个人，跑来了？"依然没说话，抹着眼泪，余儿下意识地看了一眼自己提来的东西。这才注意到，放在柜盖上的礼物，登时，多儿全明白了。

"多……多亏你。"松开多儿，余儿，又紧紧地搂住了明儿，"要不，我……"说着，她又委屈地，啜泣起来。"你呀我呀的，"明儿也紧紧地，搂住了余儿，"咱俩，谁跟谁呀？都怪我哥不是人，既害了嫂子，又连累了你。是我们佘家，对不住你们……"闻言在一旁，多儿道："算了，算了。都甭说了。"对着明儿，她又道，"你也是，你呀我呀的，还说余儿？"闻言笑着，明儿埋怨多儿道："嫂子偏心！净向着余儿。看来我这个当小姑的，到底还是没人家当小姨的，亲肠。"伸手将两个妹子搂在一起，多儿道："明儿，大睁两眼，你净瞎说！两个妹子，哪一个我不心疼？"

这时，余儿也破涕为笑。见她的情绪渐趋稳定，气氛也随之活跃起来。"姐，你咋样？"话题一转，余儿问多儿道，"好些了吗？"多儿笑道："不碍事。只是心口堵得慌，可能是受了些风寒。让老神仙开两副中药，就会好的。他的药可真灵！"

回家途中，余儿突然掉过头，向济生堂走去。这个头她掉得，并不像说起来，那么容易。不回家而去济生堂，是余儿经过激烈的思想斗争后，才作出的抉择。满腹心事，从济生堂，余儿突然联想到孙兰玉。有心请孙兰玉出面帮助自己，余儿却不知，如何跟她提起。不知道人家方便还是不方便，更不知自己的忙人家帮得上，还是帮不上。在不到半里地的路程中，余儿琢磨了很多人，也回想了不少的事。

首先闪现在余儿眼前的，是陈德润的形象，这是个最让她动心的形象，可人家，已经有了孙兰玉，而且他们，又是那样的般配。接着的，是郭福寿的形象，这是个先可爱、后可怕的形象，他也有了菊儿。下来，又是刘志明的形象，这是个可以争取、却又稍纵即逝的形象。目前，他还没有……走走停停，停停走走，余儿判断着，肯定着，否定着，犹豫着。不能，再犹豫了！过了这个村，可就没这个店了。就是吃了没主见的亏，姐姐多儿才嫁到了余家，嫁给了余有志，这个混蛋。眼下，自己又被这个浑蛋逼上了绝路，借不到面有升子在！余儿终于下了最后的决心——去济生堂。

老神仙，已经回来了。被一群求医问药者围在核心，埋着头，他正给病人号脉。因此，没注意到余儿。正帮相公们给顾客抓药，见是余儿，老秀才笑呵呵地，招呼她道："噢，是余儿。你来得，正好！先生已经回来多时了。我正想着，让人去叫你姐，不想，你却来了。"他显然弄错了，弄错了余儿此行的意图。

毕竟不同凡响，虽误解了余儿的来意，老秀才却丝毫没有，歧视她的意思。而且是那样的热情、和蔼，而又可亲。犹吃了一颗定心丸，余儿的心里，不觉踏实了许多。"大叔，兰玉嫂子，在吗？找她，我有……有点儿事。"余儿嗫嚅地道。闻言"哦"了一声，老秀才，才似乎明白了。随即朝后院，他又大声地道："兰儿，有人找！"见孙兰玉答了声，回过头，他又跟余儿道，"你可能还不知道，你姐她有些不舒服，刚才来过一次，不巧，先生有事出去了。我还以为你是为这事而来的。不过不要紧，有啥话，你尽管跟兰儿说。我另外着人去叫多儿。"这时孙兰玉，已来到前面。"这是余儿姑娘。"指着余儿，老秀才对他的儿媳道，"从东街来的，她找你有些事。"原想说，从"柳春院"来的，后似觉不妥，或者说，他压根就不愿提"柳春院"，话到口边，他却临时又改了口。

对孙兰玉，余儿并不熟悉，又觉得老秀才没交代清楚，于是，她又自报着家门："嫂子，我是柳叶的小女儿，叫余儿。"闻言，孙兰玉立即热情地拉住了她："噢，难怪眼这么熟！一时没想起，原来是东街的。妹子，来，有啥话到屋里，咱慢慢说。"一句好话三冬暖。闻言，余儿只觉心里热乎乎的。跟着孙兰玉，她来到了后院。

虽是卧房，却没有炕，陈德润、孙兰玉夫妇睡的是床。虽是卧房，屋里，却到处都是书。书有大的，也有小的；有薄的，也有厚的。书架上已容纳不下，常用的，都被齐刷刷地码在了方桌上。除了铺盖，床上还放有一本翻开着的线装书，无须多问，那肯定是孙兰玉正在看的了。这里是书的世界，是书的海洋，余儿在心里暗暗吃惊，她可从来都不曾见过这么多的书。

将茶水递给余儿，瞅着她那红肿的眼睛，孙兰玉吃惊地道："妹子，你哭过？有啥委屈事，快跟嫂子说。"见孙兰玉竟是如此的细心，如此的周到，又如此的体己热肠，心里先是一热，接着又是一酸，一头，余儿竟扑在了她的怀里。忍不住，她又委屈地啜泣起来。在亲妈柳叶的面前，余儿都不曾如此的委屈过、抽泣过。见状孙兰玉更加地吃惊了，搂着余儿，她不住地抚摸着她的秀发："好妹子，有啥委屈尽管说出来，嫂子一定想办法帮你！"

闻言，余儿反而哭出了声……

接触的时间虽然短暂，余儿得到的，却是从未有过的温暖，找到的，更是足以信赖的安全。济生堂既没有世俗的偏见，也没有虚伪的造作；既没有"柳春院"的钱、色交易，也没有佘记烟馆的云腾雾绕。用药物，这里拯救着人的躯体；用书籍，这里净化着人的灵魂。这里是一方不可多得的净土。这里的每个人，都足以信赖。老神仙的认真，老秀才的热情，陈德润的豁达，孙兰玉的诚挚，无不让余儿，深受感动。暗自庆幸，余儿庆幸她进对了门，也找对了人。她确信他们，并且只有他们，才会不遗余力地，帮助自己。她深信他们，并且只有他们，才有能力，帮助自己。平静下来后，余儿毫无保留地，跟孙兰玉倾诉了她的心事，还有她那些不为人知的，种种委屈……

闻言，孙兰玉震惊了。只听说佘有志卑鄙无耻，又心狠手辣，她却不曾料到他连他的小姨子，都不肯放过，没料到他竟是个猪狗不如的畜生、禽兽。更没料到在"柳春院"这个丝竹管弦，又灯红酒绿的花花世界里，小小年纪，余儿竟承受着连大人都难以承受的委屈。

明知事情有相当的难度，孙兰玉却还是满口地答应了余儿。话说回来，要是没难度，在这藏龙卧虎的南河镇上，人家也不会专程来找自己。既然人家如此地信任自己，自己又岂能让人失望？弱女子，需要帮助；世俗的观念，需要改变；歪风邪气，需要有效的遏制；黑恶势力，更需要迎头痛击！

考虑到对余儿的影响，孙兰玉不得不投鼠忌器，而暂时放弃了对恶人的惩处。"今天的事，"她安慰余儿说，"佘有志这个畜生既然没有得逞，同时，也受到了一定的惩处，依我看，就不必再追究了。要紧的，是先把正事办好。正事办好了，就没人再敢打你的主意了。子明是个难得的好小伙子，菊儿也是个善良人。从小你们又是青梅竹马的朋友，以我看他们的问题，都不大。至于木匠大叔，老人家的脾气，是有些直（关中人读作zhe），但却并不糊涂。咱先把刘家这边摇稳,回过头,我再跟你妈慢慢商量。好事多磨,你甭着急,容我慢慢地去转腾。"

见孙兰玉想得如此的周到,又说得有条有理,而且颇有信心,余儿这才如释重负。心里,她一下子轻松了许多。"诶!菊儿还有个弟弟,叫马子亮。"将余儿送到门口,孙兰玉突然又想起一件事来:"你刚才不是说佘有志的妹妹,比你还遭孽嘛。不知他俩般配还是不般配?"

"呀,倒是天生的一对!"闻言余儿兴奋得,差点跳起来,"若不是嫂子提起,我还真没想到。"

"嘘"了一下,孙兰玉也高兴地道,"真的?那我倒想见见这个明儿,先问问她的意思。余儿,你再跑几步路,领她到我这……"

"嗨呀,"一句话没说完,孙兰玉却被余儿给打断了,"陕西这地方,邪扎咧!嫂子你看,你快看,正说曹操,曹操就来了。"指着姗姗而来的多儿、明儿,余儿又惊又喜地接着道,"那个年龄大点的,就是我姐;那个年轻点的,就是明儿。"说着,余儿已迎了上去。这时多儿、明儿也发现了余儿。

"不是都回家了吗?"见是余儿,多儿诧异地道,"你咋,在这儿?"

"到这儿,你有啥事?"明儿也颇觉意外。

"有啥事?"对着明儿,余儿顽皮地道,"还能有啥事?给你寻婆家呀!"

"寻婆家?"闻言,明儿先是一愣。接着,她回敬她道:"给我?怕是给你自己吧!"以为余儿在耍笑自己,撅着嘴、赌着气,她不满地挖苦着、报复着她。"算你能!"余儿却既不生气,更不否认,而是笑嘻嘻地道,"不过捎带着,给你也瞅视了一个。"

"就凭你?"明儿不屑一顾地道,"算了吧!还是操心你的冬天冷,先甭管我的夏天热。"说罢,她长长地叹了口气。"不信?不信咧拉倒!"这回,余儿却真的生气了,"我不行,不见得人家也不行!"说罢,她扭头就走,一边走,她一边又狠狠地道,"好心竟成了驴肝花!"

"人家?"这回,轮到明儿着急了。一边撵着余儿,她一边道,"人家是谁呀?"见余儿不像是开玩笑,她穷追不舍。见余儿只走不歇,更不理她,她更加的急了,"好我的姑奶奶!算我求你了,成不成?"

"谁?"被明儿扯住了衣襟,余儿这才头也不回地道,"哼!远在天边,近在眼前!"这时,俩人已经扯到了济生堂的门口。

"冬天冷,要操心着凉;夏天热,要操心中暑。"孙兰玉笑吟吟地接上了话茬,"明儿,你说对不?"

"啊!兰玉嫂子。"明儿吃惊了,"原来是你!"她压根儿没料到余儿所说的人家,竟是大名鼎鼎的举人奶奶,是孙兰玉。虽认识孙兰玉,明儿却没料到孙兰玉也认识她。"兰玉嫂子。"这时，多儿也赶到了，"这姊妹俩不在一起不说，在一起就斗嘴。"还以为她们又在打嘴皮官司，多儿万万没料到余儿所说的，竟全都是正经话。"嫂子，有你帮忙，这俩娃的熬煎事，就有了盼头。"一手拉着孙兰玉，多儿一手抹着眼泪。

关中人把吃晚饭不叫吃晚饭，而叫作"喝汤"。

晚上，老秀才、老神仙、陈德润一边喝汤，一边听孙兰玉述说着余儿、明儿的不幸。听着听着，三个人同时震惊了。"有这等事？"老神仙惊讶地道。

"只说害了财东家，却没想到，也害了自家。"老秀才也感慨着。

"这俩姑娘，也真够可怜的！"深有所触，陈德润道，"无论如何咱也得设法，帮她们一把。"

"对，这个忙是得帮！"老神仙道，"跟她们家的人不一样，余儿、明儿是两个好娃娃！"说着"啪"的一声，他扣下了筷子。老汉，已有些激动。

"对，君子有，成人之美！"老秀才道，"有官司说散，有婚姻说成。既成全了两个姑娘，又成全了子明、子亮兄弟，这可是两全其美的大好事！"一时激动，筷子也被他重重地拍在了桌子上。

"好事多磨。"孙兰玉道，"怕只怕木匠大叔的话，不好说！"说着，她期待地看了看公公老秀才，又期待地看了看他爹老神仙。"你俩，先摸一下子明兄弟的底，"老秀才吩咐儿子、儿媳道，"先看看他们的意思。"

"对！年轻人，由你俩去说。"老神仙也安顿女婿、女儿道，"老木匠倔，由我们来对付。"说完，老神仙看着老秀才，期待着他的支持。

"看来，你已经是成竹在胸了？"老秀才没有支持老神仙，而是反问他道。

"你不也一样吗？"闻言，老神仙也不含糊。

"那好。"老秀才提议道，"咱效法诸葛亮、周公瑾两个古人。如何？"

"就依亲家。"应了一声后，老神仙、老秀才一同走向了柜台。

回来时，两个人又同时伸出了左手。起身看时，陈德润、孙兰玉却大吃了一惊。原来两只掌心上，竟是相同的四个字——歪打正着。

---

①鹝：关中方言。关中人，对再嫁女人的蔑称，如鹝妈、鹝婶、鹝婆子等。
②纂纂子：关中人，对发髻的俗称。
③下家：关中方言。这里指主人。
④息息的：关中方言。实在累的不行了。

第六章

在佘记烟馆里,连续三次,陈德润都扑了空。儿子佘有志不在,老子麻子佘更是多日未归。啥蔓蔓结啥蛋蛋。这伢父俩在外寻花问柳、夜不归宿,三天五天不照面,也不是一天两天的事了。习以为常,多儿、明儿已经见怪而不怪了。再说,光明儿妈这个疯婆子,已够她姑嫂俩喝一壶了,她们哪里还有时间、有精力顾及其他。

长兄比父。无奈之下,陈德润叮嘱多儿说:"这伢父俩不管逮着谁,你都着明儿给我吱个声。"

在孙兰玉的陪同下,陈德润又找到了菊儿。弄清来意,叹了口气后,已经显怀的菊儿道:"没想到余儿跟明儿两个,也被他们害苦了。"闻言跟丈夫交换了个眼色,孙兰玉道:"菊儿,依你看这两桩婚事……"心里高兴,却面有难色,"事情是打着灯笼,都找不到的好事。"菊儿道,"这个想法,我也有过。只是一到我爸的跟前,这张嘴却说啥,也张不开了。我爸他最恨、也最看不起的,就是那些开妓院、开烟馆的。眼下几家人,又弄得仇家冤家的,依我看这事,怕是有些黏牙。"闻言,孙兰玉却道:"木匠大叔那儿,咱先不说。这事眼下,也不宜让他老人家知道。你先探一下子明、子亮的口气,只要这弟兄俩没啥,依我看这事就能办。后面的事,回过头咱再慢慢说。"见菊儿还在犹豫,陈德润又鼓励她道:"只要子明、子亮同意,这事就好办了。老人家一时想不通不要紧,咱可以慢慢地跟他说嘛!大姑娘虽不少,但像余儿、明儿这么贤淑的,却不多。何况一家女百家求,机会可不等人!"闻言,菊儿果然动心了:"我这就去。你两个先坐会儿。"说着抬起已经有些笨重的身子,她就要出门。见状,孙兰玉叮嘱她说:"菊儿,脚底下小心点儿!"陈德润也叮嘱她说:"捏严①点。先不要惊动两个老人家,啊——"

巧的是刘子明正对余儿有情,马子亮也对明儿有意,只是不好意思,又不敢跟他爸老木匠提起。眼下见陈德润、孙兰玉出面,弟兄俩自是求之不得又感激不尽,哪里还会有拒绝的道理?

晚上,提一瓶陈年的老西凤老神仙在前,左手拿一包腊汁肉,右手拿一包油炸花生米,老秀才在后,两亲家相跟着来到了木匠家的作坊。

作坊里,为菊儿的事,木匠老两口正大伤脑筋。这头靠着炕背栏闷着头,老木匠正吧嗒吧嗒地抽着旱烟。那头坐在炕边上撩起围裙，菊儿妈不住地擦着眼泪。以为又是两个儿子前来看望，那一阵由远而近的脚步声，并没引起老两口子的注意。他们依然是无动于衷。

当老神仙、老秀才先后出现在面前时，木匠老两口这才惊醒了过来。擦去眼泪，菊儿妈忙给客人让座。拔出烟袋锅，老木匠也跟客人，打着招呼。一抬手老神仙将酒瓶，蹾了在炕桌上："大兄弟，这谁家没本难念的经？年好过，月好过，唯独这日子，却不好过。好过也好，不好过也罢，还不都过去咧！"说着鞋一脱，便爬上了土炕。将花生米、腊汁肉放上炕桌，老秀才一边解着绳子，一边道："对对对，一醉解千愁。今黑咱老哥仨，来他个一醉方休！"

"还愣着干啥？"对着菊儿妈，老木匠道，"快去，快去给咱再弄俩菜。"其实，他也是刚才反应了过来。

"哎，这就去！"从"梦"中惊醒，又应了一声后，菊儿妈出了房门。一边走，她一边撩起围裙擦着眼睛。

见没人开口，老神仙首先打破沉默道："害人休害己，害来害去害自己。"见老木匠摸不着头脑，老秀才忙敲边鼓："没想到南河镇这么大的地方，竟没一家敢要佘家跟柳家的女子。娶不上媳妇，打一辈子光棍的男人，这世上有的是，也不会有人说长、道短。可这女子要是嫁不出去，那闲话可就多了。别的不说，光这唾沫星子，还不活活地把人淹死？"闻言，老木匠这才恍然大悟："弄了半天，你俩说的是余儿、明儿。那可是两个好娃娃！"闻言，老神仙却是幸灾乐祸："好！好又咋样？还不照样嫁不出去。那个柳婆子，都快急疯了。"闻言，老木匠吃惊了："有这事？没想到这偌大的南河镇，竟没一个眼窝里有水水的。"闻言，老秀才忙抱薪救火："谁说人家眼窝没水水？你想想，跟开妓院，跟开烟馆的结亲，那不是把净净的袜子，净净的鞋，往青泥里塞吗？"闻言，老神仙又火上浇油："谁说不是？逮猪娃先看母猪，谁敢跟他们结亲？谁又肯干这引狼入室的蠢事？"闻言摇着头，老木匠却不以为然了："给娃娶的是媳妇。又不是娶妓院，更不是娶烟馆，怕啥？"偷看了老神仙一眼后，对着老木匠，老秀才又道："兄弟，立着说话，你不害腰痛。这事没搁到你的头上，要是搁在你的头上，你可能比谁趟得都远！"一听这话，老木匠果然急了："这事，也轮不到我的头上，要是真的轮到我的头上，看我敢不敢满碟子满碗地应承！"偷瞥了老秀才一眼，回过头对着老木匠，老神仙又道："明知这瞎瞎膏药，扒不到你的身上，你才放心地在大风地里说野话，充着好汉。"闻言，老木匠更加急了。圪蹴起来，他拍着腔子道："你俩要是有本事说给我，看我敢不敢应承？这俩事我只一个字——'成'！"闻言，老秀才却劝起了他："好我的兄弟！饱饭少吃，满话少说，赢官司少打。我济生堂，可没有后悔药。"闻言，老木匠益发急了：

"谁要你的后悔药？要是后悔，今后这'刘'字我颠倒写！"以退为攻，老神仙又道："算了，算了。甭赌咒，也甭发誓了。我算是服了你了。一只鸭子煮了七十二滚，浑身都烂了，这嘴，却还硬得梆儿梆儿的。"闻言，老木匠也退了一步："算了，还不就算了。也料就你俩，没这个能耐。不算了，我又能咋样？还能喝口凉水，把你俩给咽了，或者当下酒菜，给吃了？"闻言指着老木匠，老秀才正色道："我说兄弟，你也太小看人了！还甭说，我俩正是受人之托，今儿黑，是专门为此而来的。大丈夫一言既出，驷马难追。你可不准反悔，啊——"

闻言，老木匠却愣住了。过了半晌，在"哦"了一声后，他这才吃惊地道："受人之托？受谁之托，是柳婆子？"摇着头，老神仙道："不是不是。"老木匠又道："那，是麻子佘？"不再说话，老神仙只摇了摇他那已经斑白的脑袋。见状，老秀才这才又道："既不是麻子佘，也不是柳叶。是佘儿、明儿。佘儿，看上了咱的子明，明儿，又看上了咱的子亮。没想到吧？大兄弟！"说完，老秀才、老神仙继续关注着老木匠的反应。

事情完全出乎了老木匠的意料，没料到老神仙、老秀才，竟是专门为两个儿子，来提亲的，而且你唱他和，用的是激将法。更没料到佘儿、明儿两个姑娘家，竟有这么大的勇气。

这时，用红漆木盘端着四个菜，一转身绕过门帘，菊儿妈走了进来。四个菜，被她依次地摆上了炕桌：一盘是蒜苗炒洋芋丝，一盘是韭菜炒鸡蛋，一盘是凉拌绿豆芽，一盘是蒜泥拌黄瓜。

给老秀才、老神仙斟满酒，一边招呼他们吃菜，老木匠一边道："没想到，没想到竟钻进了两个老哥的套子。"闻言，老秀才、老神仙却吃惊了："你、你后悔了？"老木匠忙分辩道："不！不后悔，不后悔。天上给咱掉馅饼，咱哪里有不接的道理？只是婚姻大事，就凭两个娃娃的一句话，这，靠得住吗？"

一听是这话，老神仙、老秀才这才放心了。老神仙道："只要佘儿、明儿愿意，依我看这事，就八九离不开十了。这头老弟你拍了腔子，那头柳家、佘家的脚，是难缠了些……柳叶不是小脚吗？再难缠，还不照样给缠了？"闻言，老秀才忙附和道，"麻子佘虽是大脚，咱也想试火试火。权当是学手呢！"老神仙、老秀才的几句话，一时竟把老木匠，给噎住了。按关中的风俗，即便倒发媒女方暗中求到了男方，面面上男方却还得托媒去跟女方提亲，以便给女方留些面子。

一想到菊儿那凄楚悒惶的样子，一想到郭福寿那越来越可憎的面孔，老木匠为难了。怎么跟不共戴天的仇人去下话、去提亲呢？一颗花生米在他的嘴里嚼了半天，却就是咽不下去。善解人意，又于心不忍，老秀才忙安慰他说："兄弟，你只要点个头，就成咧。剩下的你就甭管了，自会有人，招他两家的嘴！"

一句话给老木匠解了难，端起酒盅，他笑着道："借花献佛，兄弟我先谢过两位大媒。来，咱们干！"忍不住老秀才、老神仙，扑哧一声笑了。"吱儿"的一声后，三个酒盅，都见了底。

这天晚上，木匠作坊的棉油灯，一直亮到了鸡叫……

"柳春院"里，柳叶接待了一位不同寻常的客人。

不是来寻花问柳的，这个客人，也是个女性。是个衣着朴素，不施粉黛，又若兰若玉的女性。无论从哪个角度去看，这个女性都足以让"柳春院"、让东街、让南河镇，甚至让整个阳都古城里所有的女性，都相形见绌，又黯然失色。

将亲手沏好的铁观音，柳叶用双手，捧到了客人的面前。受宠若惊，她客气道："举人奶奶屈驾光临，让舍下蓬荜生辉。但不知有……有何指教？"

孙兰玉的突然光顾，让柳叶备感荣耀的同时，又让她诚惶诚恐。

"柳妈妈，"孙兰玉却答非所问，"看上去你的气色，似乎不是太好。是不是有啥烦心的事？"闻言，柳叶忙掩饰说："没有，没有。是昨晚没睡好。"孙兰玉趁机单刀直入："又为了余儿的婚事？"闻言，柳叶不觉心中一惊："举人奶奶，您何以得知？"此地无银三百两。慌乱中她竟不知不觉地，说漏了嘴。"不瞒柳妈妈说，"孙兰玉笑着道，"看相算命之术，我略知一二。"闻言，柳叶更加惊讶了："为此烦心，已不止一日了。"接着，她索性贼不打三年自招，"看在小女的面上，就请举人奶奶替她算算、看看，也给老身指一条明路。"在柳叶的心目中，孙兰玉越看越像是救苦救难的，观世音菩萨。正要喊余儿出来，她却被她给拦住了："女儿为母亲所妨，却浑然不知！"言罢站起身，孙兰玉便要离去。

扑通一声跪倒在地，柳叶忙拦住了，孙兰玉的去路："老身自知有罪。看在小女余儿的面上，还请给我母女们，指条明路。"说着她的眼泪，竟溢了出来。"知错能改，善莫大焉！"无奈，孙兰玉这才又道，"明路倒是有一条，只怕你不肯走。"闻言柳叶忙道："举人奶奶，你说你说，你快说！我，我听你的。"孙兰玉道："余儿的好事在西街，你却偏偏只在正街、在东街上踅摸。"一边说，她一边扶起了柳叶。柳叶忙又招呼她重新就座，用茶。

孙兰玉一语中的。柳叶不觉恍然大悟。多年来，她一直瞧不上西街，自然也不会想到，西街的人家了。经孙兰玉提醒，她这才认真将西街上的人家，细细地思索了一遍。

似有所悟。在点了点头后，柳叶却又摇着头，叹着气。压低声音，她跟孙兰玉道："倒是，想起了一家。只是，只是人家，怕是不会应承。"闻言，孙兰玉却并不以为然："不知柳妈妈指的，是哪家？又怎么知道人家，不会应承？"顾左右而言他，柳叶将声音压得更低了："是……是木匠刘家。把人家菊儿给害惨了，人家不恨死我，都算是好的了，哪里……哪里还会跟我结亲？"寓意双关地"哦"了一声后，孙兰玉又若有所思："哦，原来是这。不过冤家宜解不宜结，只要你愿意，我倒想试试。"顿了一下后，她接着又道，"记得木匠家，好像是两个儿子，而且都不错，不知柳妈妈指的哪个？"一把拉住了孙兰玉，柳叶道："哪个都行！不过大的，要更合尺②些。比余儿大一两岁，咱这儿不是讲究'宁教男大十，不教女大一'吗？"闻言，孙兰玉道："那好。这下，我心里就有数了。"说罢，便要告辞。

躲在门外，余儿正偷听着墙根。她的心狂跳不止，脸上，也红扑扑的。见孙兰玉起身告辞，她一阵风似地逃走了。

见留不住，将孙兰玉送到门口。柳叶又道："让举人奶奶费心了。只要事情能成，我就是贴赔些，都没啥。就算是给人家陪个情、道个不是。"

同一时间，在佘记烟馆里，佘有志也接待了一位不同凡响的客人。慢说大烟，就是旱烟、香烟，这个人也从来不动。从他那里，佘有志自然是一个子儿，也赚不到了，但他对他的殷勤，却让那些前来给佘家送银子的大烟鬼们望尘莫及，又自叹不如。这个人既非富商巨贾，又非达官显贵，却有一种神圣不可侵犯的凛然正气，连一向目中无人的佘有志，也不得不对他刮目相看，又毕恭毕敬。

心里有鬼，献上茶，佘有志又陪着小心："佘某有不到之处，还请举人老爷指教。"稳坐"钓鱼台"，用碗盖，陈德润反复滗着浮在上面的茶沫。抿口茶又放下茶碗，他这才不慌不忙地道："前一向发生在府里的事，底下，已有人议论纷纷。听起来，似乎还不太入耳。"听话听音。闻言，佘有志不觉心里一惊，于是忙分辩道："没有没有！举人老爷，您千万莫要轻信谣传。"见佘有志露了马脚，陈德润岂肯放过："我还没说是啥事，佘老板怎么就能肯定说没有？"自知失言，佘有志忙亡羊补牢："我是说前……前一向家里啥……啥事也没有……"见佘有志欲盖弥彰，陈德润也顺水推舟："没有就好。这事嘛，咱就到此为止。其实，我也不愿意这是真的。但有件事，我却不能不提。""到此为止"，让佘有志心里一松。"不能不提"，又让他心里一紧："举人老爷，您还有啥事？"不慌不忙，陈德润又道："佘老板不必紧张。这件事，可是好事。女大不中留。令妹明儿，已经不小了。前两天陪多儿看病时，她托我们给她做媒。只是令尊久出未归，令堂又有病在身，却没个人替她做主。长兄比父，作为当哥的，你应当成全她。"

事情完全出乎了佘有志的意料，心中暗暗吃惊，他却言不由衷地道："理应如此，理应如此。但不知说的是哪一家？"闻言，陈德润直截了当地道："是木匠家的小儿子马子亮。这可是个难得的好小伙子。"闻言佘有志更是始料不及，于是忙道："这怕不行。跟我们，他们仇家冤家的。"陈德润却不以为然："跟你们仇家冤家不假，跟明儿他们却既无冤、也无仇。依我看，还是成全了他们吧！这样对大家都好，否则，对大家都不好，特别是对你。人说家丑不可外扬，把她逼急了，你就不怕有些事，被张扬出去？"

既不愠，也不火。说完端起茶碗，陈德润又旁若无人地，品了起来。

斯斯文文的几句话，对佘有志来说，却是字字千钧。犹泰山压顶，不容他不乖乖的就范。"既是这。"佘有志无可奈何地道，"举人老爷，你就看着办吧。我不插手就是了。"岂肯让佘有志溜掉，放下茶碗，陈德润道："此言差矣！依我之见，这事，佘老板还真的不能不管。总得给她准备些嫁妆吧！把亲妹子风风光光地嫁出去，也是你的脸面。不然的话，在南河镇佘老板，怕就不好走路了。"见佘有志低头无语，将了他一军后，陈德润退一步又道："不便出面的事，可以教多儿去张罗。能给佘家出点儿力、做些事，我想，她一定乐意。争回的脸面，还不都是你佘老板的？"

"那好。一切就依举人老爷。"借陈德润搬给他的"梯子"，佘有志忙下了"楼"。

两桩极富戏剧色彩的婚事，在南河镇又一次掀起了轩然大波。木将成舟，三家都在紧锣密鼓地筹办着，有些人，却还是不敢相信，或者说，不愿意相信。

"这日头，还真有打西边出来的时候？"

"昨天还仇家冤家的，眨眼之间，咋又成了亲家？"

"都说没人敢要，南河镇的两枝花，却被老木匠一家给折了。"

"老虎日水牛，听说柳婆子，还准备大扑腾哩！"

"法看谁犯呢，事看谁办呢。济生堂没有办不成的事喀！"

更出人意料的是，为此，有两家竟夫妻翻脸，父子反目。

"羞先人哩！"绸布店里，当着顾客的面，老板娘骂葛掌柜道，"好事教你，硬硬给别脱③了。当初'柳春院'第一个求的，就是咱。你这老不死的，却死活地不肯吐核。说柳叶的脚难缠，还说倒找钱，也不跟她开窑院的结亲。我问你，难缠，难缠人家咋缠了？"

"当时，当时你咋不言传？"葛掌柜既不得理，又不饶人，"当时你的屁嘴，教封皮给封了？"被老婆当众辱骂不说，连先人，都赔上了。也在为此懊恼，气正没处出，脸更饰不住，骂着，葛掌柜又是一个嘴巴子。

挨了骂，又挨了嘴巴，老板娘也急了。披头散发，她像头被激怒了的母狮子。一爪子上去后，脸上葛掌柜，便多出了五个渠渠。开始，渠渠还是白的。不一会儿，却又变成了红的。后来竟变成了，蠕动着的蚰蜒……

像头发了疯的公牛，正待反扑，葛掌柜却被突然惊醒的伙计们，给拉住了。母狮子、老公牛跟伙计们，顿时扭作了一团……

这边还没结束，那边，又开始了。

"当初，多次央你跟佘家去提亲。"家具店里少东家，埋怨着他的老子曹掌柜，"你却说开烟馆的没好人，说烟馆家的女子不敢要。不敢要，不敢要木匠家咋要了？还说要给我娶个更心疼的，眼下，我都二十大几了，心疼的不说，丑的，又在啊达？"

"在啊达？在他爸的腿上转筋哩！"被儿子当众抢白，一时又反不上话，曹掌柜已是恼羞成怒，"驴日的，你等着！要是等不及，老子先给你逮个单辫子的回来！"也正为此后悔，又见儿子竟向老子兴师，问起了罪。曹掌柜更是气不打一处来。

"去呀！"少东家赌气道，"你快去呀！"听说要给他逮个母猪娃回来，他的肺，都快要气炸了。被儿子搁到老虎的脊背上下不来，下意识中，曹掌柜竟真的，向门口走去。

"掌柜的，"拉住曹掌柜，伙计们笑着提醒他道，"南河镇今天不逢集！"

绝处逢生，忙借坡下驴。转回来指着儿子，曹掌柜恨恨地道："驴日的，你等着，等逢集再说！"

当然，也有不以为然的。有的说，出水才看两腿泥，是福是祸，眼下还说不定。有的附和说，一点儿不错！财东家就是现成的例子。有的嘲笑老木匠，说他疮还没好，却先忘了痛。都一把年纪了，还没个点检，跟婆娘家一样，头发长、见识短，招祸的日子，还在后头。有的甚至挖苦说，济生堂把财东家日倒咧还嫌不够，如今，又要撂掷木匠家。

按关中的风俗，一般都是男方托媒跟女方提亲，也有女方托媒求到男方的，叫作"倒发媒"。不管谁求拜到谁，只要对方应承了，自家，也得搭个媒人。娶亲的前一天，男女双方还要分别提上礼当④，登门去谢各自媒人，叫作"谢媒"。后搭的媒人，是个美差。既无须劳神，也不担多大的沉。王八三十鳖三十。谢媒的礼当，却一样也少不下。请媒人一般都是请那些信得过，而且既有头又有脸，还能说会道的。

木匠家的媒人，理所当然的是陈德润、孙兰玉了。老秀才、老神仙只不过是，在暗中帮帮晚辈，叫作"帮媒"。

柳家、佘家后搭的媒人，你猜是谁？不是别人，他们分别是绸布店的葛掌柜，跟家具店的曹掌柜。虽打掉牙往肚里咽，葛掌柜、曹掌柜，却还不得不笑着应承。这些事，一般是拒绝不得的。能请你是抬举你、瞧得起你。何况，又是个美差。

事情撂倒后，就该择日送礼了。送礼，自然是男方给女方送，有送银钱的，也有送棉花的。棉花是轧好的皮棉，每十斤为一捆。送啥，送多少，是由双方的媒人坐在一起，共同商定的。代表所托人的利益，媒人是所托人的代言人。按所托人的意图，按当地的官行情，再结合对方的承受能力，他们进行着讨价还价、争多论少。直到自己觉得差不多，而对方也能接受为止。遇到通情达理，讲仁义、好说话的，媒人就省了不少的事。若是个难缠的下家，媒人就难免要多跑些路，多费些口舌，又多遭些罪了。为一双鞋、一条围巾，为一点儿鸡毛蒜皮的小事，或者为一些穿不上串串的繁文缛节，他们往往要熬上几个通宵。

养儿防老，养女解困。问媳妇，是夸不尽的富贵；娶媳妇，却是告不尽的艰难。

葛掌柜的，运气不错！正等柳叶狮子大开口，却没料到她只四个字——咱不讲礼。闻言，葛掌柜是既暗暗叫苦，又暗自庆幸。叫苦是自己果然把好事，给耽搁了。庆幸是自己，省了不少的唾沫。其实葛掌柜，还没完全领会柳叶的意思，或者说柳叶把她的意思，没表达清楚。行话中的"不讲礼"，是说自己并不争多论少，而柳叶所说的"不讲礼"，则是说她压根儿就不要礼。

多亏他没完全领会，也多亏柳叶没交代清楚，要不葛掌柜，还不得晕过去？对葛掌柜来说，柳叶的"不讲礼"，已够得上是"绝密"了。这话可千万不能让老婆子知道。前不久，他刚领教过一次，自然不会忘记她那五齿筢筢的厉害。

曹掌柜可就没那么幸运了，嘴一张，佘有志就是纹银三百两。别说木匠刘家，连曹掌柜自己，都惊得呆了。这个数，可是官行情的十倍！就这，佘有志还是在心里大打折扣后，才报出的。要是没有举人陈德润，那……

在佘有志看来，他妹子明儿少说，也能卖个千二八百。

强暴佘儿，也并非偶然，佘有志是早有预谋的。除发泄兽欲外，他还有一个连陈德润都不曾料到的险恶用心——先斩后奏，逼柳叶答应他，纳佘儿为妾。将来再名正言顺地，继承她的遗产——用关中人的话说，就是得她的"绝业"。

"佘老板，"见佘有志太离谱儿，曹掌柜更不还价，"恕在下无能。你，还是另请高明吧！"说着一拍屁股，他就要走人。"曹掌柜，你先甭生气些。"佘有志忙拦住了他，"有话，咱好商量。依你看，多少能成？"

其实，佘有志也不想把事弄别脱。能惹起曹掌柜，他却惹不起举人陈德润。"把她逼急了，你就不怕有些事，被张扬出去？"陈德润的这句话，让佘有志费尽了掂量——有些事是哪些事？还不是他企图霸占佘儿、得柳家绝业的事？

得柳家绝业的事，陈德润虽不曾料到，可佘有志哪里会料到，他不曾料到？有软肋捏在人家手里，举人老爷一旦出面别说要礼，不贴赔上几百两，怕都是好的了。

在生气的同时，曹掌柜又在暗自庆幸——佘有志越是难缠，对儿子，他越是好交代。

"不是我生气，"见佘有志已被他拿在了马下，曹掌柜也让了一步，"其实你要多要少，也不是由我出水。不过你的叶子⑤，也太潮了。臭行道有个臭行情。一句话三十两银子，搁住咧，我去回话，出不出，那还得看人家。要是搁不住，我就回去搂老婆子，睡觉呀！"

　　"那，"摇着头，佘有志无可奈何地道，"那就依曹掌柜。"

　　济生堂里，曹掌柜刚一开口，一拍桌子，陈德润果然弹了起来："我这就去，招他佘有志的嘴，教他先吐口血，然后再说！"闻言，老木匠忙拦住了他："算了算了。咱甭教曹掌柜为难，三十就三十。两家一样，都是三十！咱图的，是娶个好媳妇，多掏点儿，也就是咧事了。大侄子，你先坐下。后面，我还有更要紧的事！"

　　看着陈德润坐下后，回过头对着老秀才、老神仙，老木匠道："给俩娃押礼，眼下，还没个合适的。想来想去觉得只有两个老哥，才能帮兄弟这个忙。"不等老秀才、老神仙开口，对着两个儿子，他又道，"还不磕头？"闻言口称干伯，纳头刘子明，便拜倒在老神仙的脚下；马子亮也拜倒在，老秀才的脚下。这时菊儿又将两份厚礼，分别放在了两个老汉的面前。

　　吃了一惊，等反应过来后，老神仙、老秀才又乐呵呵地道："一时没防顾，从天上，竟掉下个干儿子！你看，你看！连见面礼都没准备。是这，明天吧。明天一定给我娃补上！"

　　按关中的风俗，送礼时男方的父母，是不便出面的。为郑重其事起见，一般是由伯父或叔父揣上礼金，又领着侄儿，偕自家的媒人，去女方家过礼。伯父或叔父的使命，是"押礼"。

　　"这是点儿薄礼，请亲家万勿见怪。"说完这千篇一律的谦词后，押礼者便将礼金，交给自家的媒人。查点清楚后，媒人又交给对方的媒人。对方的媒人在查点无误后，这才又交给女方的家长。

　　大礼毕，设家宴，女方自会招待一番。临走时，按事前说好的数目，女方还会礼节性地，给男方退一些回去。

　　背地里争得红脖子涨脸，桌面上却是你推我让，礼尚往来。

　　上无兄，下无弟，思前想后，老木匠觉得只有老秀才、老神仙，才堪当此重任。为让两个老汉"师出有名"，他又想到了认干亲的办法。

　　为此，于前一天，柳叶就闭门谢客了。

　　晚上偕葛掌柜，老神仙携刘子明来到了"柳春院"。将老神仙一行三人客客气气地迎进屋，亲自动手柳叶又给贵宾们，沏好了铁观音。接茶时，刘子明将柳叶轻轻地叫了声"姨"。此后便不好意思地闷着头，一言不发了。三个长辈彼此地寒暄着，谦让着。东拉西扯，说了一通闲话后，老神仙这才将话，切入了正题。

"这是三个元宝。"从怀里摸出一个红包打开后，对着葛掌柜，老神仙道，"每个十两，共三十两。都是上好的纹银，烦请葛掌柜交给亲家。"回过头对着柳叶，他又道，"这是我木匠兄弟的一点儿心意，请亲家莫要见外！"

"葛掌柜，你这是咋回事？"见状，柳叶大吃了一惊，"咱不是说好了，不讲礼吗？"

以为葛掌柜把她的意思没带到，惊讶中柳叶多少，还有些抱怨。

"你的话给亲戚一五一十，我全都说了。"闻言，葛掌柜忙道，"可他们……"

"葛掌柜他是跟我们，都说了。"还没说完，葛掌柜却被老神仙给打断了，"他说，你不讲礼。也难得你，如此的大度。你有情，我们也不能无义。你不讲礼，这我知道。可我们总不能装聋作哑，一点儿礼都不送吧！"

"都怪我。都怪我把话，没说清楚。"这才知道事情在途中，走了交，叹口气柳叶道，"我的意思是，请大家坐一坐，把话说开、把事挑明，就行了。不想……"

"送都送来了，你权且收下。"这时，葛掌柜也明白了。他打断柳叶道，"不然大家面子上，都不好看！往后的日子还长着，只要有这个心意，你还愁补不上？"

"那好。把大家的人，都搁住。"叹口气柳叶道，"留十两。剩下这二十两就算我退给亲家的。酒菜都快凉了，请大家入席吧！"

丰盛的席面，是柳叶早就准备好了的。听说要入席，一直在外面偷听、偷看的余儿，慌忙地躲开了。虽没入席，她的心里却比席面上的八宝甜盘子，还要甜。操着八宝甜盘子，葛掌柜甜在嘴里，却苦在心里。

---

①捏严：关中方言。保密，捏严实。
②合尺：关中方言。即恰到好处。
③别脱：关中方言。即搞砸了。
④礼当：关中方言。指礼品。
⑤叶子潮：关中方言。指人贪得无厌，心没底。

第七章

相比之下，老秀才、曹掌柜，可就没那么幸运了。领着马子亮来到佘家时，是多儿给他们泡的茶。只欠了欠身，佘有志算是，对客人的招呼。早有预料，因此老秀才、曹掌柜也不介意。一边喝茶，佘有志一边用眼睛的余光，偷偷地瞅着他们。更不想久留，从腰里摸出红布包，老秀才就手推到了，曹掌柜的面前："这是三十两银子，请曹掌柜转交佘老板。"倒个手，曹掌柜又推给了佘有志："佘老板，你看清楚。三十两，只多不少！"

将三个元宝看了又看、掂了又掂后，佘有志这才道："多谢了。实在对不住，我还有点儿急事。"回过头，他又对多儿道，"你招呼一下。"说罢拿上银子，他扬长而去。

知道佘有志此去肯定是肉包子打狗——不会再回来了。于是对着多儿，老秀才道："我们也还有事，就不多停了。"哪里肯依，多儿道："跟明儿我凑合着，弄了几个菜。两位大叔，你们多少吃点儿。"说着止不住，她的眼泪，已滚了下来。见状老秀才忙道："多儿、明儿，你们的苦衷，我都清白。这心我领，这饭，我们就不吃了。"临出门，老秀才又叮咛多儿道，"这一半天刁个空①，你到济生堂来一下。还有话，兰儿要跟你说。甭忘了，啊——"

当一行三人回到济生堂时，备好酒菜，众人，正等着他们……

"这些钱是木匠家用来，给明儿办嫁妆的。"济生堂里，给多儿，孙兰玉又拿了二十两银子，"他们压根儿，就没指望着佘有志。"

拿着银子，多儿暗暗替明儿庆幸，庆幸她找了个好婆家。拿着银子，多儿又有些伤神，多么好的小姑子！然而，她却就要出门了。拿着银子，多儿又有些为难，银子若落在佘有志手里，她又怎么，对得起明儿？

思前想后，多儿没有回佘记烟馆，而是径直去了"柳春院"。

"妈，这是木匠大叔给明儿的。"将银子交给柳叶后，多儿道，"替我，不不不。替明儿，你先拿着。"

"回去你跟明儿说。"闻言，柳叶也不客气。接过钱，她跟多儿道，"佘儿有啥，她也有啥。从明个起，有空，你俩也过来搭个手。头绪多，时间，也不宽展。紧前不紧后，咱得赶紧撩乱②。"

带着佘儿、明儿，柳叶走进了木器店。见是柳叶，曹掌柜忙亲自迎了上来。

在他的陪同下，把各种款式的家具，柳叶先走马观花地，浏览了一遍。对家具，柳叶并不外行。一会儿，她拉开这个抽屉看看；一会儿，她又打开那个柜门摸摸。前后左右地移动着脑袋，她反反复复地打量着、比较着。

是家具店的老客户，也是大客户，曹掌柜自是不敢怠慢。柳叶每问一句，他至少能耐心地解说上十句、八句。这边指着一个立柜，柳叶跟曹掌柜道："样子，就这样子。但必须是，核桃木的，一个杂木楔楔，都不要。漆水嘛，再鲜亮些。"那边指着一对箱子，跟曹掌柜，她又道："就按这尺寸做，要桐木的。桐木的芯子，是空的，一定要避开。不管柜子、箱子，做工一定要精细。白胎子做好后，你着人给我吱个声。我看上了，再上漆。椅子，我就不说了，跟上次的一样。"闻言，曹掌柜连声地道："柳妈妈，你放一百八十条心！"

柳叶又被曹掌柜，让进了账房，一边用茶，两个人一边商量着价格。"曹掌柜，"柳叶提醒道，"不是一套，是两套。能便宜，你尽量便宜。省得过来过去的你讨价、我还价，又多费些口舌。"闻言，曹掌柜慨然道："这次是令爱的大喜，我咋好意思，挣柳妈妈的钱？就按成本。您老多光顾几次，小店，啥都出来咧。" 柳叶道："那好。一月内，能不能交货？"曹掌柜道："没麻达！这您放心。"柳叶又叮咛道："可一定要用干透的木料。"曹掌柜道："这不劳您吩咐。卯窝松动，变形走样，都是我的。"柳叶又道："订金多少？"说着她伸手，就要掏钱。不想却被曹掌柜，给拦住了："不必了，柳妈妈。这谁跟谁呀！信不过谁，我还信不过您？" 临走时，柳叶突然又想起，一件事来。拍着脑门，她又跟曹掌柜道："瞧我这记性！请举人奶奶，我还要给箱子上，画几枝牡丹。到时候麻烦曹掌柜，甭忘了给我吱个声。"闻言，曹掌柜道："忘不了。您放心！" 接着压低声音，他顾左右而言他，"敢问柳妈妈，这一订咋就是两套？"闻言，柳叶笑道："咋！卖面的，你还怕吃八碗？"指着明儿，她得意地接着道，"这不，我还有个干女儿。"

"哦"了一声后，曹掌柜这才恍然大悟，道："这么说，我还是你的媒人。"

一行三人，又来到了绸布庄。"啊，是柳妈妈！"见是柳叶，丢下面前的顾客，葛掌柜忙从柜台后绕了出来。对这里柳叶更不陌生，径直来到苏杭专柜前，对葛掌柜她这才道："被面十二条。大红的、粉红的、桃红的，金黄的、橘黄的、橙黄的，各两条。上衣六件。大红的、粉红的、桃红的，各两件。裤子，也是六条。月白的、水绿的、毛蓝的，各两条。"闻言葛掌柜又是点头，又是哈腰。

不一会，柳叶又来到了花布专柜。面对花布，她不禁有些眼花缭乱，于是干脆让余儿、明儿她们自己挑。她只叮咛她们说做内衣、做被里的，颜色要素些。

花，也不宜太大。她还要她们每人各挑三斤毛线，颜色，最好是玫瑰红的。

"有点儿困。"对着余儿、明儿，柳叶道，"你俩慢慢看。看好了，我再过目。"闻言将柳叶让进账房后，葛掌柜又退了出来。账房里品完茶，闭目，柳叶养起了神。

小憩后，当柳叶走出账房时，绸布庄已是一片忙乱。连老板娘都拿着尺子，又操着剪子，一边忙一边拿眼睛，她不住地瞟着余儿，心里不觉又泛起，一丝懊恼。这笔生意的进账，绝不亚于平时的半个月，加上时过境迁，老板娘终于没有发作。知道行情，心里有数，又有心照顾绸布庄的生意，柳叶更不问价，她只叮咛葛掌柜，要他将料子扯宽展。

柳叶、余儿跟明儿，忙得跟陀螺似的，转个不停。又是弹棉花，又是缝铺盖，又是做新衣裳，得空，柳叶还要到木器店去转转、看看。尽管曹掌柜一再要她放心，这颗心她却说啥，也放不下来。

只能是抽空过来搭个手，多儿她还得三顿三晌，地喂那几头"猪"。

木匠全家也忙得，跟吹鼓手差不了多少。刘子明的好日子定在了九月初六，只晚了十天，马子亮是九月十六。这一年又是光绪的三十三年，三、六、九都占上了，可谓是黄道吉日。

马子亮住的是现成的好房子，只需彻底打扫收拾一番，就可以了。刘子明住的，却是马家腾出的木匠作坊。房子的质量，自然要差一些。既不透风，也不漏雨，住人没麻达，办喜事、做洞房，却显得寒酸了点儿。总不能把个如花似玉，又一身鲜亮的新媳妇，塞进一个黑麻咕咚的旧房子，而大煞风景吧！一直想着要给刘子明盖新房，却因生意好，人也忙，一时，竟腾不出手来。

按风俗、按惯例，头一年问，第二年娶，之间，应当有整整一年的时间。一年里盖一院新房，按说，是不成问题的。却没料到事情来的、竟是这么的突然，突然到并不多见的"连问带娶"。变化彻底打乱了计划，盖新房，显然已来不及，但旧房子，总得拾掇拾掇。

事一敲定，马子亮便催他爸，早些动手。不料老木匠却道："不忙，不忙。我得先把厨子、花轿、饰箩等，先提前订好。这两天日子好，办事的，不得少！晚一步好的，怕就订不上了。把那堆木料，你弟兄俩，先给咱捋码整齐。把地方腾豁海③！"

等老木匠回来时，院子果然豁海、敞亮了许多。该搬的搬，该挪的挪，该铲的铲，该填的填。腾出的地方，被子明兄弟拾掇得平平整整，又掼得光光堂堂。子明妈问丈夫道："都订上了吗？"老木匠回答说："订上了。你放心！该订的，都订上了。这下咱可以放心撩乱自己的事情了。"

戴一项旧草帽，老木匠铲着那些已经班驳欲落的墙皮。知道木匠家没地，隔壁邻舍的庄稼人都争着，来挑铲下的墙土。对木匠家来说，那些陈年的墙土，是垃圾；对庄稼汉来说，那却是，上好的速效肥。去时，挑一担墙土，替木匠家，打搋了垃圾；回来时，挑一担新土，供木匠家，来和泥。马啃骡子工换工。既是以物易物，也是互相帮忙。

新土，被刨了一个大坑。倒满水让土焖着，子明兄弟又去铡草。

手扶铡刀，马子亮侧立在铡墩的一侧；抱着麦秸，刘子明却圪蹴在另一侧。稍作整理，再借助膝盖，刘子明用双手将麦草，擩进铡口。放下铡刀，马子亮又用力向下一压。只听"嚓"的一声，麦草便齐刷刷地，断为一长一短的两截。等马子亮再次扶起铡刀时，落在另一侧的，那些短点儿的麦草，又被刘子明刨过来，续在了后面。当麦草再次被刘子明擩进刀口时，马子亮的铡刀又是一放、一压，随着"嚓"的一声，落在另一侧短麦草的两头，便都成了齐的。

这道工序完成后，刘子明一边擩草，一边不断地续草。马子亮也无须等待，子明擩多快，他就压多快。一擩、一压，兄弟俩配合得相当默契。

"短咧，短咧。"老木匠道，"太短咧！这是和泥，不是喂牲口。"不放心过来看时，他果然发现了问题。闻言，子明便擩长了一些。等子亮一刀下去后，老木匠却还是不太满意："短，还短。再长些！"闻言，子明又擩长了一些，子亮又一刀下去后，老木匠这才满意地道："这下，差不多了。"

喂牲口，草铡的越短越好，和泥则恰恰相反，宜长而不宜短。短了没拉扯，墙皮容易干裂。除这个重要的作用外，给泥中加些麦草，还能让"泥逼"④不沾泥，用起来，要利索得多。

袖子，被老木匠挽到了肘弯；裤子，也被他挽过了膝盖。左手端着水盆，用右手老木匠给铲去墙皮的土墙上，不住地撩着清水。卷着细灰，水珠儿立即由清澈，变为土黄。沿着墙面，浑黄的水珠儿，在慢慢地滑落着……

一把锈迹斑斑的"泥逼"，被老木匠压在湿脚地，来回地磨擦着。一边磨，仰起头他一边指导两个儿子加草，和泥。给焖到的黄土中撒上麦草，撒上白灰后，子明兄弟脱去鞋袜，挽起裤子，光着脚在泥里反反复复地踩着、踏着。用锄头刨过两遍后，他们又面对面你一锨、我一锨地将黄泥，连着翻了两遍。泥巴糊在光腿上，弟兄俩活像各穿了一双土黄色的长筒袜。

用擦得明光锃亮的"泥逼"，将一面墙，老木匠先粗抹了一遍。屋里，立即充满了黄泥的气息。松口气坐在门槛上，老木匠吧嗒吧嗒地，过起了烟瘾。

连着抽了两袋后，磕掉烟灰，老木匠又操起了"泥逼"。粗抹上去的黄泥，又被他不失时机的，细细地压了一遍。那面墙立即变得油光闪亮，几乎可以鉴人了。

裹泥完毕后，在院子靠墙的角落，老木匠又盘了个锅头。粗糙而丑陋，锅头最多存在十天。十天中能派上用场的，只有两天。

忙活了七八天，粗活总算告一段落。子明兄弟不断给老木匠选递着，长短粗细合适的苇杆儿。帮儿子，子明妈清理着苇杆儿上，残留着的苇叶。用苇杆儿，老木匠经一道、纬一道地编织着，仿佛，在做一篇文章。在他的手下，苇杆儿不断变换着花形。第一层上去时，苇杆儿只不过是些单调的平行线。第二层上去后，那些单调的平行线，却变成了一个个的平行四边形。等第三层上去后，那些平行四边形，又魔术般地变成了一个个正六边形。

在儿子的帮助下，给他的杰作上，老木匠又铺了两张芦席。平平展展，苇杆儿、芦席又被用细铁丝，吊在了屋梁上。有了顶，屋子立即变得方方正正。

最后，给所有的门窗，父子们又上了两遍油漆。旧貌换新颜，木匠作坊里，新房，已初具雏形。

刘子明的好日子，已进入了倒计时。跟两个儿子，老木匠马不停蹄地，采购着大肉、洋糖、瓜子和各种干菜、鲜菜。等这些不可或缺的东西备齐后，按关中的习俗，他们还得于前两天备晚宴，招待周围的帮忙者，叫作"请执事"。

执事大多是当事人的近门中，或者是跟当事人相好对劲的朋友。晚宴上，执事们还会推举一个会说话、能办事的，作为他们的"领袖"，叫作"执事头"。

一旦当选，执事头立即发号施令，调兵遣将，行使着他的职权。根据各人的性格、特长，他会命张三某人负责接待男方的亲戚——老亲戚。命李四负责接待女方的亲戚——新亲戚。又命王五负责带人，前去迎娶，命赵六负责安排席口等等，等等，不一而足。

跟执事头比，张三、李四、王五、赵六等，相当于"二把手"。二把手会把那些诸如烧锅、砸炭、蒸馍、擀面、剥葱、捣蒜等具体的工作，再落实到人。执事们必须对二把手负责，二把手必须对执事头负责，执事头，又必须对当事人负责。命令下达后，执事头还会当众宣布纪律："今儿黑吃好，喝好。挂面不调盐——咱有盐（言）在先。我这儿，把丑话撂在前头，从明儿个开始，谁要是烂了事，我可跟谁不得零干[5]！"这时木匠父子，只是一个劲儿地向执事们看酒、递烟、致谢。

请过执事，所有事自有执事头全权处置，当事人就不必再插手，再过问了。

老秀才、老神仙是木匠家请的账房先生，于先一天下午，他们已坐进了账房。根据当事人的家庭情况，以及经济能力，账房先生有权决定事情的规模，以及席面的厚薄。有权拒绝一切不合理的要求和开支，因此，是一个举足轻重的角色。谁要用钱，首先得征得账房先生的同意，并从他们的手里支取。办完事，还得向他们交账。买回的东西，必须先交到账房，或者至少经账房先生过目后，才能使用。将亲朋好友送来的礼品一一登记在册，并用红字条写上馈赠者的姓名、简址后，他们还会着人挂在鲜亮的地方，进行公示。

各执其事，执事们忙得不亦乐乎，他们有的张灯，有的结彩；有的七手八脚在房前院内搭着席棚，有的挨家挨户借着盆子、筛子跟桌椅板凳……

九月初五的傍晚，预定的花轿、饰筝赶来了。夹着菜刀，大厨也赶来了。前前后后，木匠作坊灯火通明，人声鼎沸。进进出出，执事们忙里忙外。看热闹的老人、孩子，更是将大门围得水泄不通。

"多亏木匠大叔来的早，来得及时。"一边生火，跟子明兄弟厨子一边道，"他前脚刚走，后脚紧跟着，又来了几家。其中一家，还是我的远房亲戚。我一概都没应承，把亲戚都给得罪下了。"

点着火，厨子想试一下风箱、锅头。没想到风箱刚"啪嗒"一响，"呼"的一声火焰，竟蹿到了半空。紧躲慢躲，厨子的眉毛、胡子，早被燎着。吓得倒退了一步后，他这才惊讶地道："嗨呀！看起来没模样，用起来，却比老虎还凶。"

一切就绪后，已经过了子夜。大多数执事，已经散去。抓紧时间，丢个盹儿，寅时，他们还得前去迎亲。执事头的"法"，可是不好犯的。

帮厨的执事，却是要通宵达旦的。不过有失有得，虽是两眼的瞌睡，近水楼台，他们却能一饱口福。

这边，木匠家稍得消停；那边"柳春院"，却又忙活了起来。

于前一天设午宴，柳叶已经招待了她的客人。女方于前一天设宴、待客，也是关中特有的风俗，叫作"洗头"。说是洗头，实际上，只是女方答谢自家客人的俗称。意味着女方的一切，已基本就绪。

柳叶压根儿就没睡，也睡不着，小憩了一会儿后，起身，她又逐一查看着女儿的陪嫁。前些日子，她一直忙着为女儿奔走、操劳，无暇多想，这会儿脚手闲了，思想却活跃起来。多年来跟自己相依为命，朝夕相处的余儿，天亮后，就要出门了。当妈的，又岂能睡着？好在亲家也在镇上，想女儿时，一抬脚就可看到。想到这儿，柳叶又得到了，一丝安慰。

纵有千言万语，柳叶却又不忍心打搅女儿。女儿一上花轿，自己就没事了，而直到明天的这个时候，女儿怕是都不得安生。

多儿、明儿，也起来了。为迎亲的，姑嫂二人准备着饭菜。少时，她们还要替新娘子梳洗、打扮。

作为柳家的大媒，葛掌柜也赶到了。在迎娶的过程中，往往会发生些突如其来，又意想不到的问题，这时就需要双方的媒人出面，进行斡旋。只要没入洞房，谁也难保，不出什么问题。此时，媒人仍是大红大紫、举足轻重的人物。新人一旦被送入洞房，媒人的历史使命，就彻底地结束了。此后，他们将黯然失色，关中人也会开他们的玩笑，说他们由大红，一下子变成屁红了。

破晓时分，一阵嘻嘻哈哈又扑扑踏踏的声音，由远而近，迎亲的队伍，到了。明儿不但没迎上前去，反而紧紧地，关上了头门。将门轻轻地叩了两下后，一个用红纸包着的"份儿"，被孙兰玉从门缝里，塞了进来。拾起来打开看过，又装进口袋后，明儿却还是不肯开门。不久，又一个"份儿"，从门缝里塞了进来。门却还是没开……

当第三个"份儿"塞进时，葛掌柜发话了："别闹了，明儿。耍一耍，就行了。" 闻言"吱呀"一声后，门终于被明儿打了开来。迎亲的便一窝蜂似的，拥了进来。

帮着多儿，明儿又忙着招呼客人吃饭。只象征性地动了动筷子，迎亲的便嚷嚷着，要新媳妇上轿。

在新女婿刘子明的陪同下，趴在地上，余儿连着向柳叶磕了三个头。柳叶的一张笑脸上，却分明又挂着泪花。一顶大红盖头，被盖在了余儿的头上。在多儿、明儿一左一右地簇拥下，她款款地出了门。

刚要上轿，新媳妇却又被明儿，给拦住了。将上轿的"份儿"塞给新媳妇后，孙兰玉取笑明儿道："还没轮到你呢，看把你急的？耐心等着，还有十天哩！"

"一拜天地——二拜高堂——夫妻对拜——送入洞房——"在礼宾先生那抑扬顿挫，又千篇一律，而且还带着拖腔的吆喝声中，刘子明跟余儿完成了简单的仪式。在孙兰玉、多儿、明儿的簇拥下，余儿被送进了洞房。

婚宴开始后，屋里顿时又像是，开了锅……

刚一坐定，干果，先摆了上来。四个盘子分别盛着大枣、花生、桂圆、瓜子。加在一起，大枣、花生、桂圆和瓜子，又寓意着"早生贵子"。

互相谦让着，大人都不好意思先动手，而那些早生的"贵子"们，却早已忍耐不住。胆大的，先下手为强；其余的，又一哄而上。所有的盘子，均被他们"洗劫"一空。

娶媳妇，一般是两顿饭。中午是臊子面，下午，才是席面。体面点的，席面是八个菜一个汤，叫作"八围一"。"八围一"的主食，是馒头。馒头比平时自家吃的，要小而精，叫作"蛋蛋馍"。

为省点儿粮食，也有只吃一顿的——臊子面、席面一次上，叫作"两当一"。

面是一样的，"两当一"的臊子，却要寡淡些。蛋蛋馍的大小，也差不了多少，只是精度不够。席面是四个菜一个汤，酒的档次相应的，也要低一些。

木匠家吃的，是两顿。时间，自然要拖得长一些。走得越晚的，往往也是越体己的亲戚。当最后一批客人被送出大门时，闹新房的小伙子们，已经赶来了。不容分说，跟遭绑架一样，刘子明被连推带搡着，拽了回去。虽粗鲁了些，闹新房却绝非什么坏事。有人闹，说明你乡情好；要是没人闹，那才叫尴尬。

这时执事头，也失去了他应有的权威。席棚拆了个半拉，桌椅板凳，也没还完，脏碟子摆了一案，脏碗，又泡了几盆，执事们却已不把他们的"领袖"，放在眼里，而都偷偷地闹新房、看热闹去了。剩下的为数不多者，不是为人老实，便是胆小怕事。无可奈何，在气得又是跳脚，又是骂娘后，执事头却不得不放下架子，亲自动起了手。

三天内，不分大小。无论晚辈、同辈还是长辈，只要年龄不差上下，都可以耍闹。子明跟余儿任人摆布着，稍不听话，人家还会动粗。

挨了打，刘子明却只能求饶，而不能翻脸。甚至连红一下脸，都不行。若是红了脸，人家就会"哗"的一下散去，而留给他们的，只能是尴尬与难堪，还有永远也说不尽的口实。

新房里，在众人的胁迫下，将一条手帕子明从余儿的领口里，塞了下去。然后，又将其从她内衣的下摆中，拉了出来。

之后，他还得将其从她内衣的下摆塞进去，再从她的领口里拉出来。见子明有些难为情，有人立即起哄："炕上又没打墙，迟早还不都是今儿黑的事？快，快塞！"

子明不得不答应照办，余儿却早羞得满面通红，将头迈向了墙壁。

下坡路还好走，上坡，可就难了。将右手伸进余儿的领口，子明却怎么也够不着手帕。在众人的胁迫下，他用右手继续向下摸的同时，又将左手不断地，向上递着。

手帕没摸到，倒是摸到了余儿的一对奶子。奶子不大，却既挺拔、又酥软，而且，还极富弹性。像是摸到了高压电，子明的双手一哆嗦，浑身，竟也跟着战栗起来。

好一阵子后，用不住战栗着的右手，子明终于吃力地将那条手帕，给拉了出来。

这时又有人要他将手帕，从余儿的一条裤腿里塞进去，再从另一条裤腿里拉出来。只犹豫了片刻，拳头、巴掌便雨点般地，落在了子明的头上。

明知躲不过，又经受了一次"严峻"的考验，刘子明终于再次，鼓起了勇气。蹲在炕上，沿着余儿那两条如藕小腿，子明的两只手，慢慢地摸了上去……

他的两只手同时摸到了，她那光滑而丰腴的大腿根，当两手即将"会师"时，他索性将她那个令他神往的地方，偷偷地摸了一把。

这回"触电"战栗的，不是子明，而是余儿。

然而这一切，还仅仅只是个开始。

果然不出柳叶的所料，这天晚上，余儿一夜都不曾安生……

第二天，在一个妯子的带领下，挨家挨户，余儿，又给那些长辈们去磕头，这也是关中特有的风俗，叫作给新媳妇"引拜"。

"这是你二伯。"一面跟余儿作着介绍，妯子一面将夹在腋下的锅席⑥，铺在了地上。鹦鹉学舌，跟着叫了一声二伯后，趴在锅席上，余儿连着，就是三个响头。

"这是你三大。"妯子又道。抬头看时，余儿，竟有些吃惊。原来所谓的"三大"，只不过是个穿着开裆裤的恩娃子。见余儿有些犹豫，妯子忙开导她说："秤锤虽小压千斤！一岁的君子，压百岁的臣。甭看人家人小，却同样是个长辈。磕吧，一个也少不下！"

没奈何，只得口称"三大"，跪在锅席上，余儿又是三个响头。

……

第三天，在新女婿刘子明的陪同下，余儿这才回到了"柳春院"。这是婚礼的最后一道程序，叫作新媳妇"回门"。

---

①刁个空：关中方言。抽个空闲。
②撩乱：关中方言。着手。
③豁海：关中方言。即宽敞。
④泥逼：关中方言。泥瓦工用的抹子。
⑤跟谁不得零干：关中方言。跟谁没完。
⑥锅席：关中人蒸馍用的，小席子。约一米见方。用草圈将锅加高，再盖以锅席、锅盖。其作用相当笼。

第八章

子明跟余儿的事，还算顺利，子亮跟明儿的事，却遇到了意想不到的麻烦。

厨子、轿子、饰箩等，都是给子明娶亲时，一并订好了的。亲戚朋友们，也一并通知过了。锅头是现成的。席棚还没拆，当然，更不存在再搭。只需临时再买些新鲜的菜蔬，就可以了。

九月十三晚，跟子明兄弟老木匠正商量第二天买肉、买菜的事，不料一掀门帘，家具店的曹掌柜，却走了进来："且慢。事情，有些变化。"

闻言，老木匠大吃了一惊："说好的事，又有啥变化？"曹掌柜没回答，而是反问他道："佘家出了事，你是真不知道，还是在装糊涂？"闻言，老木匠更是一脸的茫然："他家出点儿事，我咋能知道？出了啥事？"

对老木匠的茫然，曹掌柜却是大不以为然。他不满地道："如果死只鸡，你说你不知道，这我信。为这点儿事，我也不会黑灯瞎火，高一脚、低一脚地，从正街跑到西街。如今死了人，你说你不知道，这谁信？"

闻言，老木匠更是大吃了一惊："死了人！死了谁？没病没灾，年轻轻的。难道……"他不由得，想到了明儿。闻言，曹掌柜这才正色道："麻子佘死咧！是被人杀死的。东街、正街，都摇了铃铃，你这个当亲家的，却还蒙在鼓里。"闻言，老木匠不觉一愣，在倒吸一口冷气后，他又长长地吐了口热气。

不用说子亮的婚事，要向后推了，而且，要推到明年。有了白事，同一年是不能再办红事的，这也是老祖宗留下的规矩。一时傻了眼，曹掌柜啥时被子明兄弟送走的，老木匠竟浑然不知。

回过神，老木匠一面吩咐子明妈准备香蜡纸表，打发子亮前去吊丧，一面吩咐子明将厨子、花轿、饰箩等，统统地退掉。以免花些冤枉钱，又耽搁了别人的事。临了，他又叮咛子明给亲戚朋友们顺便也打个招呼，以免出洋相，又唱下洋戏。

麻子佘被杀，不但出乎了老木匠的意料，就连佘家一家，也都是始料不及。按说，如果有麻子佘在前头扎着，明儿的婚事，还轮不到佘有志摇头，或者是点头。麻子佘多日不归，佘有志的软肋，又捏在陈德润的手里，万般无奈，他才不得不代替他的老子，而点了这个头。原以为风流快活上几天，麻子佘就会回来的。却没料到他不辞而别不说，还肉包子打狗——一去兮不复还。

报警的，是一个来南河镇赶集的乡下老汉。快到南河镇时，他的"公事"却突然间紧活了，朝着一个废弃了多年的菜房房，他十万火急地奔了过去。一边跑，他一边解着裤腰带。不想刚闪进菜房房，他却在惊叫了一声后，又跑了出来："来人呐……快来人呐！杀人了……快来人呐……不得了了……"

一边跑，他一边号叫着到了南河镇。闻声镇上人，也一窝蜂似的围住了他。

"吓……吓死人了。到……到菜房房，我去解……解手，不想里面，竟有个死……死人，好像还没……没头。这不，吓得我连……连裤子，都顾……顾不上拴，就跑……跑来了。"上气不接下气，老汉的身上，还传出一股直打鼻子的恶臭。再看时，这才发现从他裤腿里流出的，竟都是稀屎。

见老汉不像在说谎，众人立马想到了失踪多日的麻子佘。

菜房房里，旧粪便变干后，又被踩成了粉末。一坨坨坐落在厚厚的粉末上，不久前刚拉的，却酷像是庄稼人蒸下的窝窝头。尽管臭不可闻，菜房房却还是被围了个水泄不通。

果然没有了头颅，但从衣着看，人们的猜测，却是八九离不开十了。

"呀！怀里，似乎还塞有一张字条。"一个胆大的一边说，一边踩着粪坨的间隙，拿出了那张字条。

查云南烟商×××阳寿未尽，命不该绝。却被麻子佘于×年×月×日，从南山上推下了深渊。其阴魂不散，哭诉本王。经查，所述属实。为惩恶扬善，安抚冤魂，特遣黑、白无常取其首级，并将其打入十八层地狱，永世不得超脱。周知！

阎王 于阴曹地府

果然是麻子佘！

虽发财好过，但杀人越货的事，却一直困扰着麻子佘。所做的亏心事虽过去多年，但留在他心中的鬼影，却说啥也挥之不去。这件伤天害理的事虽做得人不知、鬼不觉，但一想起来，麻子佘却还是免不了一阵心惊肉跳。夜里，他经常从噩梦中惊醒，折腾得明儿妈，也睡不安生，因此，除男欢女爱的需要外，他跟她，经常是各睡一间屋子。

一时得意忘形，酒后，麻子佘竟吐了真言。胆小怕事，明儿妈就此也变得疯疯癫癫起来。男人做下的亏心事，竟首先报应在老婆的身上，对麻子佘来说，这也许，是一个危险的信号。

"脱了裤子算一天。今天脱了裤子，明天穿上穿不上，还是个事。"每次睡觉前，麻子佘总要自言自语地，嘟囔上一句。"妈的！净自己吓自己。"每从噩梦中惊醒，他免不了又要自言自语地骂上一句。

这几天，麻子佘又多出一种莫名其妙的预感，他总觉有个影子若即若离地，跟在他的后面。连续几晚从噩梦中惊醒时，却什么也没发现。"妈的，活见鬼！"这晚，又从噩梦中惊醒，骂了一句后，麻子佘又迷糊了过去。

突然，脖子上一阵冰凉，以为又在做梦，欲翻身坐起，麻子佘又感到一阵刺痛。想骂，又骂不出，他的喉咙几乎，都要被切断了。这次，真的是活见鬼。一个压得虽低，却非常严厉，又颇具威慑的声音警告他说："姓佘的，放明白点儿！想要命，你就给我悄着！把手头的银子，都带上。拿件衣裳，跟我走！轻点儿。要是不老实，立马送你上路！"

听说要的是银子，麻子佘的心里，反而踏实了些。刀架在脖子上，他果然没敢吭声。摸黑拿出银子，被挟持着，麻子佘到了这间臭烘烘的菜房房。"只问你一句话。"不速之客道，"照实说了，放下银子，你走人。若有半句假话，连你的人头，我一块儿提走！"

这时，麻子佘才听出不速之客，操的是外地口音。听起来，这口音还有些耳熟，一时，却又想不起是谁。于是战战兢兢地道："好汉你……你要问啥？你……你尽管问，我一定照……照实说。"

"我东家呢？将他，你弄到哪儿去了？"

"你……你东家，他是……，是谁？"

"还装蒜！云南来的，明白了吗？"

"你……你你你、你是……"只明白了一半，麻子佘仍然没弄清，来人是谁。

"伙计，他的伙计。你这老东西，只认得钱，才几年不见，竟把我给忘了。"

"噢，难怪这么耳……耳熟，原……原来是兄弟你。多年没……没见了，你东家他……他在哪儿，我……我咋知道？"麻子佘有些明白，又有些糊涂。不是得急症死了么，怎么会是他？他是人，还是鬼？虽不敢细问，心存侥幸，麻子佘还想抵赖。

"是你把他送走的，还敢说你不知道？看来你真的，活得不耐烦了。"说着，刀刃压得更紧了。麻子佘已嗅到了血腥。

"兄……兄弟，想……想要啥，你……你明说。嫌钱少，我……我再拿。"

"想要钱不假，顺便还想打听一下，东家的下落。说了实话，拿上钱，我立马走人。从此你井水，我河水，咱谁没见过谁。"

麻子佘又打起了小九九。他们只不过是主仆关系，所以逼问他东家，还不是想多敲诈些钱财？没实话，看来过不了这鬼门关，于是，他只得照实说了。

算盘，麻子佘也有打错的时候。不说实话，兴许还能多活上几天。一说实话，他那镶嵌着黑麻脸的脑袋，便立马跟他的身子拜拜，而跟着他的银子了一块儿，被提到了云南。

虽是谎言，云南烟贩却完全出自一种善意。怕麻子佘受到惊吓，更怕受到惊吓后，麻子佘不肯再跟他合作。却万万没料到，为这善意的谎言，他付出的，竟是生命的代价。

去缅甸途中，跟他的东家一起，小伙计遭了匪劫。为救东家，为引开土匪，背着银子，冒死小伙计向一条岔道逃去。

东家得救了，寡不敌众，在一连打倒几个劫匪后，小伙计却被生擒了。见小伙计为人机灵，又颇重义气，而且，还有些身手。于是匪首，便有心劝其入伙。

"要杀要剐，随你的便。不必废话！"小伙计已经下了必死的决心，因为只有这样，他才能说明他的初衷、证明他的清白。

被严辞拒绝后，匪首非但没有生气，反而对其更加地器重。虽绿林为寇，匪首却不乏义气，对小伙计，他更是千般的优待，又万般的照顾。盛情难却，小伙计只得答应他暂时入伙。条件是：一，只以化名入伙； 二．大小头领不当；三．绝不亲手，杀人放火。

约法三章，匪首竟都痛快地答应了。山寨中，小伙计只出谋划策。他的原则是：只取不义之才，不夺无辜之命。

按小伙计的运筹，匪徒们出门"干活"是既不失手，又少有伤亡，更不会伤及无辜。山寨中，小伙计的口碑极好，名义上虽只是个喽啰，实际上，大家却都尊他为"师爷"、称其为"小诸葛"。

转眼间，原来的小伙计，已经是个二十四五的，精壮小伙子了。得知东家失踪，为尽主仆之谊，他立即请求下山寻找。见小伙计如此的重感情、讲义气，匪首哪有不允之理？于是挑了两个精明的弟兄，又拿出三百两银子，要他带上。不料小伙计却道："目下，只是打听东家的下落，人多了反而不便。银子嘛，五十两足够了。需要时，我会跟大哥开口的。"

只身下山后，小伙计直奔南河镇。见是老客人，饭庄的伙计、掌柜，也都格外的热情。

"几年不见，到哪儿发财去了？"

"咋就你一个人，东家呢？"

"这几年南边风声紧，货不好弄。"小伙计撒谎道，"眼下好不容易弄了点儿，却不知麻子佘这儿，好不好出手。"

不想，不提则已，一提到麻子佘，伙计们又不由自主地纷纷议论开来。

"麻子佘？这家伙运气不错！好像把金山，给撞翻了。"

"上次送你东家回来，他就谋划着，自己开烟馆。"

"如今人家，可是佘记烟馆的大拿。财大气粗哟！"

一切都再明白不过，东家被麻子佘，给暗算了。淡淡给脸上抹了层锅煤，摸黑，小伙计来到了佘记烟馆。躺在靠墙的炕头，他悠闲地过完了烟瘾。借解溲，他又到后院，察看了一番。从进门、交钱、找钱、拿烟、过瘾、解溲直至出门，整个过程中，他一声没吭。

第二天，佘记烟馆照常营业，一切正常如昨，似乎什么事都不曾发生过。这几天明儿妈，也好了点儿。给麻子佘叠被子时，她还嘟囔了几句："这老东西，毬又疯了！一大早就去找婊子，连被子都不叠。"

一星期后，见麻子佘仍然没有照面，佘家这才觉得，有些不大对劲儿。安排人暗中寻了两天，却活不见人，死不见尸。于是，又不了了之了。

不知道麻子佘背有人命，自然也就掂不来，事情的轻重。麻子佘被杀，都成了既成的事实，但除明儿妈外，佘家上下却还不相信这一切，都是真的。

镶嵌着黑麻脸的头颅，被小伙计埋进山脚下的一堆石灰。按麻子佘供出的地点，在深谷里，他一连搜寻了三天，在半崖上，在没人深的蒿草中，小伙计终于找到了一具白骨。凭戴在手骨上的一枚戒指，他断定这就是他东家的遗骸。遗骸被用白布仔细地层层包裹后，跟麻子佘那已经干瘪的麻脸头颅一起，又被小伙计背回到云南。

银两被劫，云南烟贩一直认定小伙计暗中通匪。云南烟贩失踪后，他的家人又认定是小伙计杀人灭口。南河镇之行，在为东家报仇雪恨的同时，小伙计，也洗清了自己。死者，终于入土为安；血债，也讨了回来。沉冤终于昭雪，多年的积怨，也烟消云散。

马子亮、明儿的婚事，被推迟到第二年的正月初九。说是隔年，实际上，只晚了三个多月。在三个多月里，木匠家办了两件大事：一件是喜事，另一件还是喜事。在三个多月里，佘家也办了两件大事：一件是喜事，另一件，却是丧事。

几个月来从上到下，从里到外，木匠家无论男女老少，都沉浸在洋洋的喜悦中。一时间菊儿的熬煎事，竟被忘在了脑后。乐极生悲。喜悦过去后，又是不尽的烦恼。

时间再长，喜悦都是短暂的；时间再短，烦恼都是漫长的。忙完后，郭福寿那狰狞的面孔，又不时晃动在老木匠的眼前。闲下时，郭福寿那恶毒的言语，又不断萦绕在他的耳际。为抽大烟先卖房子后卖地，再卖老婆儿和女的，在南河镇已是屡见不鲜，而算不上什么稀罕。拿着郭福寿签过字、画过押的房契，人家已逼着菊儿，要她腾房子。手心手背都是肉，女儿和女儿肚子里那个还未及问世的小外孙，能不让老木匠揪心裂肺，又肝肠寸断吗？

看着即将临盆的女儿，看着女儿那恓惶的样子，木匠老两口子心如刀绞。有心将女儿接回娘家，却又怕儿子，特别是怕儿媳妇不愿意。救急不救穷，可女儿如今，却是又急又穷。一天两天，倒无所谓，十天半月，也许还能凑合。而一年半载，甚至三年两载，就不好说了。试图着先说服儿子，通过儿子，他们想进一步说服媳妇。

　　开口告人难。有几次，话都撺到了嘴边，最后却又被老木匠，咽了回去。既心疼女儿，他又不忍让儿子左右为难。即便儿子念手足之情，可儿媳妇，她们能答应吗？人家，可是外姓之人。

　　嫁出的闺女，泼出去的水。菊儿她已经是郭家的人了。说出来搁不住，自己伤脸、儿子作难不说，窝里要是咬起来，哪又如何得了？

　　一条儿女一条心。一时急火攻心，老木匠竟病倒了。跟老两口住一起，子明跟余儿首先吃了一惊。炕前问安，小两口异口同声地道："爸，您老哪儿不舒服？要不到济生堂，咱找俺干伯看看。"见老木匠又是摇头，又是叹气，却一声不吭，又见刘子明不知所措的样子，余儿忙跟丈夫，使了个眼色。

　　待刘子明出来后，在背后，余儿悄悄地跟他道："咱爸的病，干伯老神仙，他怕是看不了。"闻言，刘子明又是一惊："看不了？干伯都看不了，谁能看？"指着自己，余儿俏皮地道："远在天边，近在眼前。"闻言，刘子明不满地道："你？算了吧。爸病了，你还有心思拿我寻开心。"闻言，余儿却抢白丈夫道："寻开心！谁拿你寻开心了？不信咧拉倒，你自己看着办吧！"见余儿嘴撅脸吊，不像是开玩笑的样子，刘子明这才将信将疑："那你说说，咱爸他得的，是啥病？"余儿赌气道："啥病？是心病！病得在咱爸的心上，根子，却扎在咱姐的身上。只要将咱姐接回来，我保管咱爸他啥事没有。你信不信？不信咧咱打赌！"

　　当子明抱着铺盖，当余儿拎着包袱，把腆着大肚子的菊儿接到家时，一骨碌翻过身，老木匠竟坐了起来。

　　老木匠的病，没了。对着余儿，小木匠却吃惊了："咱爸的心思，你是咋知道的？"背过人戳着刘子明的脑门儿，余儿道："我说你这个榆木疙瘩子，啥时候才能开窍些？"

　　"有咱爸、咱妈给你做主。"刘子明宽慰着菊儿，"姐，你就安心住在这儿。这儿，就是你的家！"

　　"你兄弟说的对对的。"余儿也已肠[①]地安慰着她的大姑姐，"一家人不说两家话。姐，有啥事，你尽管吩咐，可千万莫拿自己的妹子当外人。啊——"闻言，老木匠吃惊地看着余儿。"姐，陪咱爸、咱妈，你说会儿话。"不想余儿又道，"我这就去给你收拾房子。"说完一转身，她出了房门。见丈夫站着不动，挖了他一眼后,余儿又恨铁不是钢地道,"还愣着干吗?你呀,比死人只多了一口气!"

挨了骂,却嘿嘿地憨笑着,刘子明这才跟了出去。屋里,菊儿早感动得,泪花蓬蓬,木匠老两口子,则更是热泪纵横。

"不成!这事没啥可商量的。"一天,儿子跟媳妇的吵闹声,让木匠老两口禁不住,又大吃了一惊。"果然不出所料!"老木匠在心里道,"好了还不到两天,内窝里,就咬开了。"

老木匠都想好了,若儿子或媳妇容不下闺女,他就跟他们分房另过。"分"字底下有把"刀",跟儿子分家,是件挖心的事,也是没办法的办法。来不及穿鞋,光着脚丫子,老木匠便奔了出来。

"爸,您来得正好!您老说句公道,哥、嫂他们凭啥不让俺姐,跟我们走。"拽着菊儿的胳膊,马子亮是红脖子涨脸。

"在阿达,还不都一样?过来过去的,多麻烦!爸,您说,是不是这话?"拽着菊儿的另一只胳膊,刘子明是脸红脖子粗。

"原来是这。"见跟所料的,恰恰相反,光着脚丫子,一时,老木匠竟怔住了。"爸,您倒是说话呀!"见老木匠不唾核,又见菊儿不知如何是好,明儿道,"他们是姐的亲兄弟、亲妹子,我们,难道是假的不成?"催促着公公,她完全是一副志在必得的样子。

"你们,就甭再难为咱爸咧!"余儿又道,"这儿就是咱姐的家。跟咱爸咱妈,我们早都说好了。爸,您说,有没有这话?"理直气壮,她更是一副当仁不让的样子。

为求得支持,老木匠竟成了儿子、儿媳们,竞相争取的团结对象。

老木匠又一次,被深深的感动了。咋样才能将一碗水端平呢?他兴奋,他激动,同时,他也感到为难。正不知如何是好,拉拉扯扯中挂在墙上的锯子,不知被谁碰了一下。看着来回摆动的锯子,这个手艺人突然来了灵感,更不说话,拿下锯子,他便搭在了女儿的头上。

"爸,"子明兄弟吃惊地道,"您疯了!您这是干啥?"见老木匠拉开架势就要动手,兄弟俩忙丢下他姐,又拦住了他爸。

"干啥?"老木匠一本正经地道,"给你们主持公道呀!"

"好我的爸咄!"闻言,两个儿子都不好意思了,"有这样主持公道的吗?把人的魂,都教您给吓飞了。"

"爸,快,快放下!"说着,明儿一把夺下了公公拿在手里的锯子。

"爸,快甭再吓人了!给,先把鞋穿上。"这时提着鞋,余儿也跑了过来。

"不这样,你姐还不被你们,撕成两半?"穿着鞋,老木匠不无得意。

"爸，"两对晚辈四张嘴异口同声地道，"您老见识多，这事该咋办，您给句话，我们听您的。"

　　受到抬举，老木匠反而收起了笑容。为不失作为长辈的尊严，闷着头、蹙着眉，他认真地思索起来……

　　"我看是这。"抬起头，老木匠道，"人分不成，咱分时间。既不亏君，也不损民。你弟兄俩甭争，你'先后'俩也甭抢。一家一个月，咋相？"到底是个聪明人，费了些思索后，他果然拿出了个切实可行的好办法。

　　在关中，"妯娌"被叫做"先后"。仔细品味，还颇有些道理。

　　叔侄间，自有严格的辈分，绝不能按年龄，来简单地划分。媳妇、婆婆同在育龄，又都是大肚子，而媳妇比婆婆肚子，还大得早，因而侄子年长于亲叔的，在那个年代可以说比比皆是，已经是司空见惯，而不足为怪了。

　　孰兄孰弟，却必须按面世的早晚，来划分。即便是双胞胎，早问世一分钟的也是哥，而晚一分钟的，可就得屈居称弟了。

　　虽亦属同辈，妯娌们却不便按年龄，来划分大小了。因为嫂子未必就大于弟媳，而弟媳也未必就小于嫂子。所以，只能按先割大麦，后割小麦，再搂豌豆的次序，分先来后到了。

　　爹没有了，地没有了，房子，也没有了，媳妇菊儿，又被接回到娘家。继续在外面鬼混，天不收地也不管，郭福寿正儿八经地成了孤家寡人。爹没了不要紧，少一张嘴、两只手而已。没那张嘴，郭福寿省了不少的臭骂；没那张嘴，郭福寿又省了不少的粮食。有这些粮食，他还能换上几个烟泡。没那两只手，也不是啥坏事，没那两只手，郭福寿省了不少的抽脖、耳光。没有地更好，没有地省得郭福寿起早贪黑地去耕耘、去播种。没有房，还有屋檐，屋里是人家的，屋檐却是大家的。没有房，还有庙台，庙台也不是谁他先人给他置下的。没有房，还有天，天，不就是个大房子吗？

　　没有啥都能成，没有菊儿可不成，没有菊儿，郭福寿卖老婆的打算，就就了米汤。

　　诶，不是还有济生堂吗？把济生堂，我咋忘得死死的了。突然想起了济生堂，郭福寿又打起了济生堂的主意。

　　果然不出老神仙、老秀才、陈德润跟孙兰玉之所料，郭福寿要卖济生堂了。要是落在他人之手，济生堂肯定被糟蹋了，早有防备，宁愿落个乘人之危之嫌，他们也要将济生堂买到手。

　　这天，孙兰玉刚把饭准备好，浑身脏兮兮又臭烘烘的郭福寿，又一头撞了进来。大家并不觉得意外，不接不到时来这儿蹭饭吃，他也不是一回两回了。不管咋说，济生堂目前还姓郭，于是，大家招呼郭福寿过来一块儿吃饭。

两天水米没沾，败家子更不客气。或者说在饥饿的折磨下，他已经没有了客气的力气。

狼吞虎咽，吃饱喝足后，郭福寿连连打着饱嗝。借机陈德润、孙兰玉试探着，他"水"的深浅。

"济生堂，你打算卖多少银子？"陈德润、孙兰玉道。

"柳家只出三……哼儿！三百两，佘家更……哼儿！更啬，只给二百八……哼儿！八十两。"一边打着饱嗝，郭福寿一边道。果然是趁火打劫，少说济生堂也值三千两。

"我们出四百两。"相对一视后，老神仙、老秀才又道，"你没看，咋相？"虽不愿乘人之危，他们却也不忍心济生堂葬送在败家子的手里。

"成！"一边掏着牙缝，一边打着饱嗝，郭福寿一边道，"多一个总比少……少一个强。哼儿！他们的银子也没扎……扎花，哼儿！你们的银子，也不咬……咬手。哼儿！谁……谁出得多，我……我就给谁。哼儿！但必须是现……现兑现，哼儿！一手交……交钱，一手交……交货。哼儿！"

听到银子，郭福寿一阵兴奋。一兴奋，他的饱嗝，也打得更勤了。在败家的路上，他一如既往，连眼皮都不眨一下。显得既慷慨，又大方。

"那好。咱说办就办。"将写好的契约，陈德润先交老神仙过目。看后，老神仙又递给了老秀才。看后，老秀才这才递给了郭福寿。这时四百两银子，也被孙兰玉拿了出来。见了银子，郭福寿像是哈巴狗见了稀屎，连眉头都不皱一下，他便在契约上摁了手印。看都不看，拿上银子，他就走人。牙不掏了，饱嗝也不打了，他的大烟瘾，马上就要发作了。

提着银子，郭福寿直奔烟馆。酒足饭饱，又过了烟瘾，他立即变得精神抖擞起来。刚出南头的烟馆，一头，他又钻进了北头的妓院。

妓院里，就在郭福寿拈花惹草，寻欢作乐的当儿，这边在老神仙、老秀才、陈德润跟孙兰玉的张罗下，"济生堂"的招牌，已被伙计相公们七手八脚地落了下来。接着"济世堂"的招牌，又被众人欢天喜地地挂了上去。在鞭炮噼里啪啦的爆响中，南河镇最大，也最为红火的中药堂从此更了名、易了姓。

人老几辈，名声显赫的财东家，就这样从南河镇销声匿迹了。

_____

①己肠：关中方言。体己，热肠。

第九章

红火了一阵后，郭福寿又一次变得狼狈起来，佘记烟馆的门口，在腰里摸了半天，他却连一个麻钱，都没拿得出来。还算讲交情，除免费提供一个烟泡外，咬着耳朵，佘有志还给郭福寿支了一招。

按佘有志的说法，这南河镇遍地都是银子，能不能装进自己的口袋，那就看你的能耐了。几乎转遍了所有的大街小巷，郭福寿却是一无所获。佘有志说的没错，郭福寿看到的银钱，还的确不少。有麻钱，有铜圆，有银票，有元宝。甚至还有金豆子、银锭子。但不管买进还是卖出，人家都把钱捏得紧紧的，竟没一个因装错，而塞进郭福寿的口袋。他一出现，手里的钱，似乎被人家捏得更紧了，口袋里的钱，似乎也被捂得更加地严实了。

嘴里打着哈欠，心里却跟明镜似的，郭福寿知道他的烟瘾，又即将发作了。也知道佘有志免费提供烟泡的好事，再不会有第二次了。直到现在，他却连一笔"生意"都没做成，囊中空空如也，心中，也不免焦躁起来。

正猴抠脸，却见铁匠铺子的谢铁成赶着马车，迎面而来。当年为弄钱抽烟，麻子佘躺在人家车轮下耍死狗的一幕，突然提醒了郭福寿。来不及多想，一头，他扑在了谢铁成的车下。

跟人一样，大青马也急着回家。加上空车，又是下坡，车速比出门时，自是快了许多。说时迟那时快，随着车下的一声惨叫，顿时，谢铁成也大吃一惊。等反应过来时，颠了一下后，马车已从郭福寿的身上，碾了过去。谢铁成忙拉刮木，随着一阵刺耳的摩擦声，马车终于停了下来。在黄土地上，车轮画出了两道长长的印迹。扬起前蹄，大青马竟立了起来，在咆哮中挣扎了几下后，它这才又无可奈何地垂下了头。扔下车、马，忙抱起郭福寿，飞也似的，谢铁成直奔济世堂而去……

济世堂又一次陷入到混乱。既没见青伤，也没见红伤。嘴里乱喊，两手乱抓，又是鼻涕，又是眼泪，嘴角，还淌着涎水，郭福寿的两条腿，却是纹丝不动。见状，老神仙已经明白了八九分，打开铁锁，拿出罂粟，他让郭福寿过了把瘾。

眼泪没有了，鼻涕没有了，涎水，也没有了，剩下的，是那杀猪般的嚎叫声。掐了掐郭福寿的下肢，见他连半点知觉都没有，叹着气老神仙摇着头道：

"完了！这小子，怕是再也起不来了。"

济世堂的后院，一间厦屋里，老神仙给郭福寿服着活血化淤的汤药，又敷着通筋活络的膏药。疼痛慢慢地在减轻，烟瘾却频频地在发作，济世堂按时供着一日三餐，老神仙却再也不给他提供罂粟了。

腰以下没了知觉，郭福寿意识到，他已经瘫痪。当时只想着耍死狗，敲诈些钱财，却没想到，竟弄成这样。既已如此，郭福寿索性一不做二不休，他想他这张瞎瞎膏药，无论如何，也要扒在谢铁成的身上。他想要他给他看病，给他管饭，给他供烟土。

一个人吃饱了全家不饿，谢铁成是个光棍，凭他的手艺，凭他的铁匠铺子再养活个人，大概，还是不成问题的。郭福寿整天嚷嚷着，嚷嚷着要济世堂将他送到铁匠铺子。老秀才、老神仙却申斥他说："甭做梦了。一街两行，谁没看见你在给人家耍死狗？还嫌人丢的不够，是不是？"

烟瘾发作时，郭福寿又是大呼，又是小叫，浑身也被他自己抓得稀烂，几乎是体无完肤。连身边的墙皮都被他扒下来，当大烟土吃了。在陈德润的陪同下一日数次，济世堂的相公们轮换着给他又是换药，又是喂药，又是擦身子。

臭不可闻。硬着头皮，捂着鼻子坚持了几天后，相公们再也不肯光顾厦屋了。于心不忍，陈德润只得亲自动手，除帮郭福寿换药、喂药和擦洗身子外，他还要给他端屎、擦尿。换下的裤子，也都被屎尿糊匀，在家实在是没法收拾，孙兰玉只好提到三女河，用大水去冲洗。

几个月后，老秀才父子、老神仙父女帮郭福寿戒烟的计划，终于成功了。不再嚷嚷着要烟泡了，郭福寿却想到了死。他想抹脖子，但屋里慢说刀子、剪子，就连老针，也都被收拾走了。他想悬梁，但屋里慢说上吊的绳绳，连裤腰带，也都被没收了。铺盖的里里面面被揭掉后，只剩下了棉絮。孙兰玉所以要这样做，并非怕被郭福寿弄脏，而舍不得。她担心这些东西会被郭福寿撕成布条后，又拧成上吊的绳绳。

烟瘾戒掉了，人性，却慢慢地复苏了。郭福寿从来不爱读书，一看见书，一看见那些密密麻麻的文字，他就头痛。他不理解他爸老财东"书中自有黄金屋，书中自有颜如玉"的家训。更不明白先生老秀才"万般皆下品，唯有读书高"的教诲。咬了那么多的文，老秀才却不但没住进"黄金屋"，就连家里仅有的两间破厦屋，还都是老老秀才留下的。嚼了那么多的字，小秀才也没见娶个"颜如玉"回来。给自己提亲的门庭若市，而他却是门可罗雀。暗中，郭福寿不止一次地嘲笑过他的先生——老秀才，也不止一次地寒碜过他的陪读——小秀才。

直到小秀才娶回了若兰若玉的孙兰玉，郭福寿这才似乎感到了"书中自有颜如玉"的奥妙。直到陈德润一举夺魁、中了头名举人，曾令多少达官显贵们为之倾倒，又令多少富商大贾们望"陈"兴叹，以至紧巴结慢巴结犹恐不及，而趋之若鹜的时候，郭福寿这才似乎悟出了"书中自有黄金屋"的玄机。

在三女河上架桥，也是财东家人老几辈的夙愿，但却顾忌财力有限，又怕号召力不足，因此，才没敢扑这个摞子。他家人老几辈都没实现的夙愿，却被陈德润实现于一旦，这时，郭福寿似乎又领会了"万般皆下品，唯有读书高"的内涵。

家里到底有多少积蓄，老财东没来得及跟郭福寿交代。自己到底踢踏了多少钱财，郭福寿更是一本糊涂账。但他家人老几辈想办、却又没敢办的事，陈德润却办成了。可见跟他家世世代代的积蓄比，中举后陈德润的进账怕只会多、不会少。

有了钱，原以为陈德润肯定是大兴土木，在南河镇建一座既有亭台楼阁，又有假山鱼池的府第。然后，再金屋藏娇。果真如此的话，他不但有了黄金屋，而且，又有了颜如玉。难怪对那些枯燥乏味的白纸黑字，他父子竟是那样的情有独钟、爱不释手。

死不了，又活不旺，百无聊赖，郭福寿终于想到了读书。这段时间，从陈德润那里，他借阅了不少的书。有些书，他还不止一遍地读过。令郭福寿吃惊的，是他并不笨。当年坐不住，也不用心，因没读懂而觉得枯燥乏味的书，如今却因坐不住也得坐，不用心也得用而读懂了，也撂不下了。读书原来并不像过去体验中的那么枯燥，那么乏味，读书原来是一种乐趣，是一种享受。不读书或者不用心读书，因而也不可能读懂书的，当然，也就无福消受这人生最大的乐趣了。

通过读书，郭福寿不但从精神上得到了解放，同时，还明白了许多过去自以为明白，实际上却并不明白的道理。从一个全新的角度，郭福寿重新审视了这个世界，重新审视了这个世界上的是与非，情与理。在反省过去的同时，他又检讨着他的现在，思考着他的未来。

聪明人，都在自己教育着自己。一般人虽不能自我教育，却能接受他人的教育。那些不撞南墙心不死、不见棺材不落泪的，既不能自我教育，又不肯接受他人的教育，因此，只好用事实来教育了。而事实的教育，往往是血淋淋的。

没抽大烟时，郭福寿是咋看佘有志咋不顺眼。抽上大烟时，郭福寿又咋看佘有志咋顺眼。人性复苏后，郭福寿不是咋看佘有志咋顺眼，也不是咋看咋不顺眼，而是咋看咋日眼了。是佘有志将他变成了穷光蛋，变成了废物，而当他成了穷光蛋，成了废物时，佘有志又在哪儿？老神仙、老秀才却不但没嫌弃他，反过来还给他治伤，还给他饭吃。明明是他要死狗赖人家谢铁成，人家谢铁成却扔下自家的车、马，而不顾一切地，将他背到了济世堂。

陈德润是什么人？是人见人畏的举人老爷。孙兰玉又是什么人？是人见人敬的举人奶奶。一个人见人畏的举人老爷，竟为他这个穷光蛋擦屎端尿。一个人见人敬的举人奶奶，又为他这个废人洗洗涮涮。郭福寿自忖他没这么大的面子，不看僧面看佛面，人家还不是看在，他爸老财东的脸上？

人死不能复生，郭福寿想起了被他活活气死的老父亲老财东。恶言出唇六月寒，郭福寿想起了被他恶语相加的老岳父老木匠。一夜夫妻百日恩，郭福寿又想起了腆着大肚子，却无家可归的媳妇菊儿，以及菊儿肚子里那个可怜的孩子。

菊儿，她应该已经生了吧！但不知是儿子，还是女儿？不过是儿是女，都无所谓。儿子也好，女儿也罢，还不都是他郭福寿的骨血？还不都是这个世界上，唯一跟他有着血缘关系的亲人？

这时，郭福寿才意识到他是个男人，是个儿子，是个丈夫，同时，还是个父亲。父亲老财东殁了，他这个儿子，自然已经失去了意义。媳妇、儿子，或者女儿还在，但他还有既为人夫、又为人父的资格吗？没有！郭福寿自觉他不配。既不配为人夫，也不配为人父，甚至连个人，他都不配！

这时，郭福寿特别想念菊儿，更急于见到他的儿子，或者是女儿。不久后，他却又打消了这些念头，一个生活尚不能自理的废人，又能给她母子们做些什么？自觉无颜面对她母子，也自觉菊儿今辈子都不会原谅他，郭福寿甚至连打听她母子的勇气，都没有了。

思前想后，郭福寿决定捎话让菊儿改嫁，已经把人家害惨了，还能再耽误人家吗？菊儿是那么的年轻，是那么的善良，又是那么的漂亮！郭福寿真心实意的，希望她能另找个好男人，也希望那个男人能善待她，更希望那个男人能善待自己的儿子，或者是女儿。希望他能看在菊儿的面上，抚养他或她长大成人，以延续老郭家的香火。

至于自己，郭福寿想即便是不寻短见，老天爷留给他的时间，也不会太久。既然这辈子不配做人，还不如早死早托生，如果有来世，即便是当牛做马，他也要报答这些恩人。特别是要报答那个能给菊儿带来幸福、能帮她把他的儿或女抚养成人的男人。

"福寿你看，你快看！看谁来了？"陈德润人没来声先来了的一句话，让正胡思乱想的郭福寿不觉大吃了一惊。除济世堂的几个人，还有谁会光顾这间臭烘烘的厦屋呢？正在瞎猜，陆陆续续进来的几个人，更让郭福寿呆住了。首先走进厦屋的，竟是怀里抱着孩子的菊儿！跟在菊儿后面的，依次是他的小舅子刘子明、马子亮夫妇。最后进来的是陈德润、孙兰玉。

"快看。这是你爹！"说着襁褓中的婴儿，已被菊儿递到了郭福寿的面前。一着急，郭福寿竟忘记自己是个瘫子，他努力着想坐起来，挣扎了几次，却都失败了。见状，刘子明、马子亮忙扶起了他。接过襁褓看时，冲着郭福寿小家伙还在笑。他竟是那样的可爱，笑的，又是那样的甜。郭福寿早激动得热泪盈眶，菊儿也跟着啜泣起来。周围，更是一片唏嘘……

众人又陆陆续续地退了出去，屋里只剩下郭福寿一家三口。

"见了儿子，你应当高兴才是。"一边劝郭福寿，菊儿自己却一边，抹着眼泪。

"高兴，高兴！"郭福寿高兴地哭着，"菊儿，你可是我老郭家的大……大恩人。"嘴唇不住地哆嗦着，他已经泣不成声，激动中，郭福寿又一次忘记了自我。抱着儿子，他想爬起来向菊儿磕头，挣扎了几次后，他这才明白今辈子，他再也不会有这个能力了。

"不不不。"菊儿纠正着郭福寿，"是……是'咱们'老郭家。"说着，她忙按住了郭福寿。她自己，却是热泪满面。

"害了你，也害……害了孩子。"郭福寿哽咽着，"我对不住你，也对不住孩子，更对……对不住大家。"用双拳，他拼命捶打着自己的脑袋，"我……我不是人！"

"不……不要这样。"抓住郭福寿的双手，菊儿难过地道，"这不怪你，都怪有志那个没……没心肝的。是他把我们害……害成了这样。"

"你、你还是另找个人吧。"为不让菊儿看到他那难过的样子，将头，郭福寿扭到了一边。

"不！"抹掉眼泪，菊儿斩钉截铁地道，"我能养活你，也能养活咱的儿子。我要把咱老郭家的门户，撑起来！"她的话，句句掷地有声。

"你？"吃惊地回过头，郭福寿不认识似的，瞅着菊儿。菊儿噙着泪水，泪水却遮拦不住从那双秀目中射出的光芒。这是一种充满着自信，饱含着坚毅，又不乏执拗的光芒。

"说起容易，做起来，可就难了。"郭福寿感动地道，"往后的日子，还长着，你一个妇道人家……"敬畏地看着菊儿，打心眼里，他敬佩她的精神。对她的能力，他却持着怀疑。

"你……你信不过我？"抹去泪水，菊儿又霍地站了起来。几乎在跟郭福寿示威，她俨然是一个顶天立地的男子汉。

"不，不。我信，我信。"郭福寿忙道，"可我已经是个废人，已经不是个真正的男人了。我咋忍心让你守……守一辈子活……活寡？"说着，脑袋又一次被他难过地扭向了墙壁。

"我不能丢下你不管。"菊儿道，"更不忍看着咱的儿子没爸！"用双手捧着郭福寿的脑袋，她硬是将它扳了回来。见菊儿言出肺腑，郭福寿深受感动。一头扑在她的怀里，他失声地恸哭起来……

"甭……甭这样。"菊儿也是泪水涟涟,"小心人,笑……笑话。"

把郭福寿没劝住,菊儿自己倒跟着恸哭起来。夫妻俩抱头恸哭,受到惊吓,碎崽娃也哭了。一家三口,哭作一团。这时一声闷雷正好从头顶滚过。接着,大雨如注。

倾泻吧!尽情地倾泻。

"给娃取个名字吧。"来也匆匆,去也匆匆。雨过天晴,用袖头抹去眼泪,菊儿道。

"就叫作'德厚'吧。"沉吟中,郭福寿突然想起了昨天读《论语》时,他反复体味过的一句话——德不孤,必有邻。

的确跟别的女人不同,菊儿不仅漂亮、善良,而且要强。这么好的一个女人,被上天赐给了他,而他却不争气,不知道珍惜。郭福寿是又痛、又悔,又悔、又痛。心都要痛烂了,肠子,也要悔青了。

……

一阵敲门声打断了屋里的伤心,也打断了屋里的悔恨,而进来的一个人又让郭福寿、让菊儿不约而同地,都大吃了一惊。

"铁成,怎么是你?"忙擦去眼泪,郭福寿道。

"对不起。你们的话,我都听到了。"谢铁成道,"菊儿真是个有血性的女人!她的话让我们这些做男人的,都感到惭愧。福寿弄成这样,我也有责任。如果不嫌弃,我愿帮你们撑起这个家。"话里有话,但铁成的话却说得极为恳切,又极有分寸。

"这……这怎么行?"他的一番话,更是出乎了郭福寿、菊儿的意料。

"这有啥不行的?"谢铁成却是一本正经,"咱有的是力气。细活不敢说,帮你们干些粗笨活,还是不成问题的。"

恶人被阎王枭首,又被打入了十八层地狱。受到震慑,那些鸡鸣狗盗之徒一时间,也销声匿迹了。南河镇的百姓们,总算过了一段安生的日子。

恶有恶报,麻子佘多行不义必自毙,是迟早的事,也是意料中的事。而菊儿跟废人郭福寿重归于好的事,却令南河镇人颇觉震惊,也令老秀才父子、老神仙父女,颇觉意外。帮郭福寿治伤,又帮郭福寿戒烟,还准备收留他、养活他一辈子。他们压根儿没料到郭福寿都成了这样,菊儿却还要跟他破镜重圆、和好如初。无不为之感动,于是坐落着郭家老坟的那五亩水地,以及当年老财东送给老神仙的宅子,又被他们物归原主,送还了郭福寿。

菊儿,要自食其力了。金银首饰全都被变成了钱,跟零零碎碎积攒下的私房钱凑在一起,在八仙桥头,她开了一家面馆。面馆不大,也没有名字,顾客们称其为"桥头面馆"。

菊儿的茶饭好。在南河镇这是家喻户晓、尽人皆知的事实。刚开张时，面馆还确实红火了一阵子。后来，却逐渐地萧条起来。再后来竟无人涉足，弄到了门可罗雀、几乎要关门大吉的境地。

当事者迷，旁观者清。就在菊儿正烦恼、正纳闷儿的时候，关于面馆的流言蜚语，却暗中在南河镇被传得沸沸扬扬。

"菊儿爱干净，这不假。可眼下，她已顾不上干净了。"

"要给一大一小两个人擦屎抹尿，她干净得了吗？"

"听说擀碱面她无须加碱，光屎尿，就已经把面染得够黄了。"

对此首先作出反应的，有两个人：一个是菊儿的娘家爸老木匠，另一个是眼下跟她还不相干的小铁匠谢铁成。

不听老人言，吃亏在眼前。对着倔强的女儿，老木匠埋怨道："那个败家子抽上大烟时，我就劝你改嫁，你不肯，也就罢了。那小子瘫痪时，我又劝你，你却还是不肯。又争强好胜，开什么面馆，现在倒好，连自己的好名声都搭上了。俩儿子，还都听话，没想到就守了你这么一个宝贝女子，却是头犟驴！唉，上辈子你到底欠了他们老郭家的多少孽债？"

唉天怨地，就在老木匠埋怨女儿的时候，一声不吭，背着褡裢，谢铁成却不言不传地去了岐山。

当年在铁匠铺子里，有个岐山人要谢铁成给他打一把切面刀。一看草图、尺寸，谢铁成愣住了："师傅，你要的，是铡刀吧？铡刀咱有现成的。我这就去给你拿。"刚转过身，谢铁成却被岐山人，一把给拦住了："不要铡刀。我要的是切面刀！就按这尺寸打，一定要用好钢，只要我满意，工钱都好说。另外，再给你们做顿臊子面，让你们，也见识见识我的刀法。"

拿出了看家的本事，谢铁成一天一夜没睡觉。在岐山师傅的指点下，一把跟铡刀似的切面刀，终于打了出来。

一根头发，被横放在刀刃上。对着青光闪亮的刀锋，岐山师傅"呼"的一口气吹过去后，头发瞬间断成了两截。

掮着跟铡刀似的切面刀，岐山师傅走了，高高兴兴地走了。但他的刀功，却永远地留了下来，留在了谢铁成的记忆中。那顿臊子面，更是教人回味无穷。只要有人念叨，大家不是跟着咽唾沫，便是跟着流口水。付账时双方你推我让，竟都急红了眼。推来让去后，钱却还是被谢铁成，强行塞进了岐山师傅的口袋。

手艺人最喜欢的，还是手艺人的好手艺！

凭留下的地址，一边走，一边问，谢铁成终于找到了，当年的岐山师傅。等互相认出对方时，两个人是你惊中有喜，我喜中有惊。如此这般，等谢铁成说明来意后，岐山师傅竟被感动得落了泪。为了谢铁成的一片诚意，为了菊儿那难得的烈性，二话不说跟着谢铁成，岐山师傅便上了路。掮在谢铁成肩上的，是那口跟铡刀似的切面刀。拿在岐山师傅手里的，除一根半截子桑木扁担外，还有两根锨把粗的枣木擀杖。

看着那根光溜溜的半截子桑木扁担，又看着那两根红油油的枣木擀杖，谢铁成困惑了："师傅，要这半截子扁担干啥？这擀杖，为啥要拿两根？"岐山师傅却是答非所问："到时候，你就知道了。"

"小小小！"一见菊儿的案板，像连发的机关枪，对着谢铁成，岐山师傅一口气连着就是三个"小"字。

"这好办！"说完带着岐山师傅，谢铁成找到了菊儿。一杯茶没喝完，在岐山师傅的再三催促下，菊儿将他们领到了娘家的木匠作坊。

"爸，"指着岐山师傅，对着老木匠，菊儿嗫嚅地道，"这是铁成从岐山，请来的大师傅。"

因为有这个远道而来的客人，老木匠才没再数说他的女儿。一面忙着给客人拿烟袋，老木匠一面客套着："不知深浅，小女给大师傅，添麻烦了。"接过烟袋，岐山师傅却道："老哥，都是手艺人，你这就见外了。"挖锅烟，点上火，他接着又道，"菊儿的事，铁成都跟我说了。她的忙，我是帮定了！只是面馆的案板太小，你看……"

在一片诚意的感召下，老木匠也慷慨激昂起来："只要面馆不塌火，案板小算个啥毬子事。咱开的就是木匠作坊，少丟个盹儿，啥都有了。到底得多大，老弟，你说句话。"

不说还罢，岐山师傅刚一开口，老木匠倒真的呆住了："老弟你这是要案板，还是要床板？"闻言，岐山师傅却是一本正经："老哥，不敢跟你说笑。就得这么大。"

见岐山师傅这么说，老木匠立即吩咐两个儿子说："你弟兄俩先下料，就按你叔所说的下。"回过头，他又对两个儿媳妇道："你'先后'俩给咱弄几个菜，跟你叔、跟铁成，我们喝两盅。"

"一路辛苦。"吃罢饭对着岐山师傅，老木匠道，"老弟，跟铁成你俩歇会儿。我去作坊看看，顺便给儿子搭个手。"不料岐山师傅却道："歇不成啊，老哥！你忙你的。"回头对谢铁成，他又道，"带上榔头，铁钎，我们一块去面馆。别忘了，再带把瓦刀，啊——"

面馆里一手拿着榔头，一手拿着铁钎，岐山师傅正忙着在砖墙上凿着槽子。既是小工，又是大工，和好泥谢铁成又盘起了案腿。都丢剥①光了，两个人却还是满头的大汗。

天亮前，岐山师傅一道六尺长的槽子，终于凿成了。回头看时，却见谢铁成盘的案腿子，有点儿问题。于是他笑着问他道："没见我家的案腿子是外头高，里头低？"闻言，谢铁成吃惊了："案腿子还有一头高，一头低的？"岐山师傅却肯定地道："咋没有？我们那儿，都是。还不是差一点儿，比里头，外头至少要高上两寸。"

在岐山师傅的指点下，当谢铁成重新将案腿盘好时，一张比床板还要大的梨木案板，也被子明兄弟送了过来。

八仙桥头来来往往的行人，都不由自主地停下了他们那匆匆的脚步，跟看西洋景似的，大家围观着、欣赏着岐山师傅的手艺。

用碱水，岐山师傅将灰面拌成了絮状，堆在案板上，三十斤面絮像座小山。加上水分又少，人们根本无法相信面絮能被揉成面团。于是，都好奇地等待着。

半截桑木扁担的一头，被岐山师傅塞进了墙上的槽子。另一头，却被他压在了自己的屁股底下。只见他一脚点地，一脚悬空，随着身子，扁担悠哉悠哉地闪动着。一遍又一遍，面絮被扁担压过来又压过去，最后竟奇迹般地，被压成了面团。用干净的湿棉布将面团捂严实后，在原来那张小案板上，岐山师傅又准备着蔬菜、臊子。

岐山师傅擀面的方法，更是让南河镇人，大开了眼界。两根擀杖他这根卷，那根绽；调过头时，又是那根卷，这根绽。那把跟铡刀似的切面刀，则更是特别。刀刃呈弧线型，中间微凸，如弓背。活像是一块跷跷板，在左手的引导下，切面刀随着右手，在有节奏地舞动着。切出的面条比韭叶还要细、还要匀。

一传十、十传百。在以后的半个多月中，忙中偷闲，南河镇一带几乎是地无分南北，人无分老幼，三五成群，大家结伴来到桥头，来欣赏岐山师傅的表演。

被孙子背着，八十多岁的没牙老婆子，竟都赶了过来。按捺不住，被菊儿用叫蚂蚱车推着，郭福寿也要一饱眼福。在老秀才、老神仙的怂恿下，一直都在埋怨女儿的老木匠，也跟了过来。虽没说一句话，却不难看出老汉的心里，像是揣了个蜜罐子。

臊子面的技术以及配料，被毫无保留地传给了谢铁成。见他已能熟练地操作，岐山师傅便要告辞。实在挽留不住，老木匠只好叫刘子明套上马车，并一再叮嘱他，要他务必将师傅送到家中。

从此金盆洗手，谢铁成不再打铁了，正而八百，他成了桥头面馆的大师傅。

一天趁着没人，压低声音郭福寿对谢铁成道："兄弟，权当是给哥帮个忙。你就娶了菊儿吧！"闻言，谢铁成大惊："不成不成！这、这怎么能行？"郭福寿却是言出肺腑："这有啥不成的？这世上招夫养夫的事，咱也不是头一家。"闻言，谢铁成更加地诚惶诚恐了："这……我这个人又粗又笨。菊儿她……"截过话头，郭福寿道："只要你不嫌弃，菊儿那边有我呢。"

其实，菊儿也有这个意思，只是怕伤害了郭福寿，她不好开口而已。如今郭福寿既然能接受，并真心实意地开口央求到谢铁成，这事，焉有不成之理？

一直都喜欢着菊儿，尤其是她那善良而又执拗的倔脾气，更是让这个打铁的汉子爱慕不已。

从小就是个到处流浪的孤儿，谢铁成也不知他姓甚名谁，来自何方。南河镇的老铁匠姓谢，是个来自山东的光棍。可怜孤儿，光棍收留了孤儿。于是各得其所：老光棍有了儿子，光棍由一个变成了俩；孤儿也因有了老子，而不再是孤儿。并且有了名，也有了姓。在铁匠老谢的抚养下，又在铁匠铺子长大成人，孤儿理所当然地姓了谢，又顺理成章地叫作"铁成"。

子承父业，靠铁匠手艺，孤儿又赡养起年老体衰的光棍。相依为命，将光棍养老送终后，孤儿复又成了孤儿，成了新的光棍。

没娘的娃理缺，孤儿，就更加地气短了。爱着菊儿，却没人为他做主，更没人替他出头。既憨厚，又不善言辞，更不会表达自己，像一块赤红赤红的铁块，谢铁成只能在他的炉膛里燃烧着，煎熬着。

当菊儿嫁给郭福寿时，谢铁成懊悔过，也失望过，他甚至发誓哪怕打一辈子光棍，也不娶别的女子。后来，他又为自己心爱的人默默地祈祷，暗暗地祝福，希望跟郭福寿她能幸福、能过上好日子。

然而心爱的人，却是那样的不幸。是可忍，孰不可忍。令谢铁成更无法容忍的，是放着浑身的力气，他却只能眼睁睁地看着菊儿受屈，干着急，他却帮不上她的半点儿忙。

世上的世事，竟是这么的荒诞！阴差阳错中，谢铁成失去了菊儿。阳错阴差中，菊儿又回到了他的身边。心满意足，别无他求，谢铁成一门心思地扑在了桥头面馆。用那双曾经让多少生铁疙瘩都不得不服软的双手，他将这个特殊的四口之家，撑了起来。他要给菊儿以幸福，他要让郭福寿残有所养，他还要让他们的儿子跟所有孩子一样，一样的欢乐。他认为这是他义不容辞的责任，也是他责无旁贷的使命。

从此，南河镇不仅多出个有着特殊结构的四口之家，同时，还多出个名闻陕甘两省的"桥头面馆"。

---

①丢剥：关中俗语。剥光衣服。

第十章

在这片古老而沧桑的土地上，数千年来，一直是男尊女卑。在民间，那些大户人家的男人可以有大妻、小妾。在王公贵族中，男人们可以妻妾成群。在皇宫，皇上除三宫六院七十二妃外，后宫还金屋藏娇，有佳丽三千。女人可以读书，却不能入仕，更别说做官当皇帝了。

除从一而终外，女人还必须恪守着所谓的三从——未嫁从父，既嫁从夫，夫亡从子。女子无才便是德，其德有四——妇德，妇言，妇容，妇功。男尊女卑，男人有君子，也有小人。女人却等同于小人——"唯女子与小人，难养也。近之则不逊，远之则怨"。

虽女中须眉，武则天却因当了几天皇帝，而被视为"牝鸡司晨"。为千夫所指，为万人唾骂，达千年之久。以致后来的慈禧太后，只得采取变通的办法——来垂帘听政了。

在南河镇，在这个特殊的四口之家中，菊儿却是恰恰相反。作为女人，她却同时拥有两个男人。招夫养夫，也是女人没有办法的办法，虽谈不上空前绝后，史无前例，却也是件凤毛麟角的稀罕事。何况开南河镇之先河，她是个首例。

鼻疙瘩再大，也压不住嘴。冷嘲热讽自不必说，挖苦辱骂，亦在所难免。然而，菊儿却毕竟是个柔中有刚的女性。加上谢铁成又是那样地喜欢她、疼她，于是挺身而出，在陈德润、孙兰玉、老秀才、老神仙的理解、同情和支持下，她向圣人们发出了挑战。

难道只许州官放火，不许百姓点灯吗？

面对流言蜚语，菊儿也曾多次要为自己辩解。不料却都被孙兰玉，给劝住了："嘴长在人家的鼻子底下，你封得住吗？爱嚼舌头，让他们尽管去嚼，你权当被疯狗给咬了。"

身事二男，菊儿既要满足谢铁成这个年轻力壮的打铁汉子，同时，又不愿冷落了卧病在床的郭福寿。

既凌厉，又疯狂。自被用花轿抬进郭家的那晚起，郭福寿便迫不及待地向她发起了进攻。开始因缺乏经验，郭福寿常常是不能尽兴。后来有了经验，他却还是常常不能尽兴。有经验后，他往往很快就将她推向高峰，然后于一瞬间，又跟她同时坠入到深谷。来也匆匆，去也匆匆，自然只能是意犹未尽，却又力不从心

了。

　　下面一样的，脸上分高低。是乡下人一句"毬日脸"的骂人话提醒了郭福寿，话是粗鲁了些，但仔细品味起来，却还有些哲理。于是他一改先关门、后吹灯的惯例为只关门、不吹灯。灯光下，因羞涩，菊儿那漂亮的脸蛋，变得更加的妩媚了。灯光下，菊儿那对既挺拔、又柔软，既洁白、又肥实的奶子，在郭福寿手中更是千娇百媚，又仪态万种。后来嫌灯光不足，郭福寿干脆改晚上为白天。光天化日之下，菊儿那红是红、白是白的脸蛋，果然更加的丰富多彩了。她那对既挺拔、又柔软，既洁白、又肥实的奶子，果然更有了立体感。在视觉效果的补充下，感觉效果竟变得色香味俱佳起来。不断变换着方式、方法，绞在一起俩人缠缠绵绵，直至精疲力竭。这时无论心理还是生理，双方暂时都得到了满足。

　　性体验虽教人消魂落魄，毒瘾，却更具魔力。染上毒瘾后，郭福寿日渐消瘦，精力锐减。如花似玉的新媳妇无形中，也被冷落了许多。经常夜不归宿，偶尔回家时，郭福寿犹星夜兼程的脚夫走进了"客店"。已精疲力尽，倒下头他便死脚拉手地睡了过去。春情荡漾，那如雷的鼾声，让菊儿更加的心烦意乱了。不得不丢弃女儿家那特有的羞怯与矜持，她百般殷勤地抚摸着、摇动着他。为唤醒他，为得到他的呼应，她甚至捉着他的手，引导他抚摸她那高耸着的胸部，和她那凹陷的下部。运气好时，偶尔还能得到一点儿远远不能令她满足的回报，运气不佳时，往往在一顿不耐烦的臭骂后，她只能委屈地饮泣着，直至天明。

　　佳人都叹春宵短，菊儿却恨秋夜长。

　　此恨绵绵无绝期。菊儿恨过郭福寿，也不止一次地想到过死。一次将下巴，她都伸进了绳套，肚子里，却似乎有个东西在蠕动。啊！顿时，菊儿大吃了一惊。肚子里，还有个无辜的小生命。有心结束自己，她却不忍让那个无辜的小生命，跟她同归于尽。摸着那日益隆起的肚子，为了肚子里那个已经在蠕动着的小生命，在一次又一次的委曲求全中，这个温柔而又刚烈的东方女性，终于还是选择了放弃。

　　寄希望于肚子里的小生命，她梦想着他落地时的一声婴啼，能奇迹般地惊醒梦中人，能让他突然良心发现、戒掉毒瘾，能跟她母子一家三口，好好地过日子。

　　然而，菊儿却又一次地失望了。几近天真，她怎么也想不通，她还不如一个臭婊子，她肚子里的孩子，还不如一颗比绿豆还小的烟土。不给她面子不说，郭福寿竟然连他至亲骨肉的面子，都不给。心灰意冷，肚子里的孩子，成了菊儿能活下来的，唯一的精神支柱。她要生下他，她要抚养他长大成人。她要跟他相依为命，她还要供他读书，培养他成器。

　　当得知残废后，郭福寿终于戒掉毒瘾，终于人性复苏时，在菊儿那已千疮百孔、万念俱灰的心里，希望竟奇迹般地，死灰复燃了。

天上下雨地上流，夫妻没有隔夜仇。多少媳妇被男人揪着头发打得鼻青脸肿，可一到晚上，人家还不照样爱得如胶似漆，又死去活来？

原来别说打，在菊儿面前连重话，郭福寿都不曾说过一句。连脸，都不曾红过一次。从前的郭福寿是那样的善良，是那样的忠厚，又是那样的喜欢她、爱着她。眼下的郭福寿，似乎应当还是从前的郭福寿，他只是一时糊涂，才跟着佘有志走上了邪路。

房没有了，地没有了，菊儿却并不以为他们，已经倾家荡产。他们还有孩子，孩子是她跟他的心肝宝贝，是她跟他的希望，是她跟他的未来，也是她跟他共同的财富。有了孩子，就有了希望，就有了未来，就有了一切。不忍心孩子有娘无爹，她又一次地原谅了他。正应了那句古话——江山易改，本性难移。恶人的恶性难移，菊儿那善良的本性，也难移。

虽争强好胜，却毕竟是个弱女子。在面馆濒临倒闭时，菊儿这才意识到，没个男人撑着，凭她一个妇道人家，凭她一个妇道人家的血气之勇，是绝对不行的。在她举步维艰的时候，谢铁成这个跟生铁一样硬的打铁汉子，竟不知不觉地，来到了她的身边。擎大厦于将倾，像一根铁柱子，他帮她撑起了这个摇摇欲坠的家。

看似粗笨，谢铁成这个硬碰硬的打铁汉子，实际上却是粗中有细。对菊儿，他体贴入微；对郭福寿，他豁达大度。对她跟他的儿子郭德厚，他不是亲生，却胜似亲生。为让菊儿一心一意地在家里照顾郭福寿，照顾孩子，谢铁成给桥头面馆雇了两个伙计。

并无非分之想，谢铁成只是诚心诚意地想帮菊儿。不想竟弄假成真，生活跟演戏一样，于稀里糊涂中，他顺理成章地，融入了这个家庭。虽然对菊儿爱得如痴如癫，谢铁成却并不因郭福寿处于劣势，而占有她。借故忙，隔三差五，他经常违心地睡在面馆里不肯回家。

真的忙，倒也罢了。问题是不忙，不忙的日子，就不好打发了。说是睡，其实只是于黎明前，打个盹儿而已。一袋接一袋地抽着旱烟，谢铁成经常是坐等天明。天一明忙起来，反而要好过得多。但老天却像是故意跟他作对，他越是盼它早点儿亮，它越是磨磨蹭蹭，迟迟的不亮。对这个精力充沛的打铁汉子来说，有的夜是那样的苦短；有的，却是那样的漫长。

每当熬过那个漫长的夜晚，对菊儿的爱，谢铁成几乎是报复性的。不把她折腾到半夜甚至鸡叫，他是绝不肯罢休的。菊儿也体谅着他，反正自己用不着起早，还不如由着他，他想咋折腾，就让他尽着性子地折腾。

一般等不得温存，谢铁成便单刀直入了。饥渴得以缓解后，他这才用他那长满老茧的大手一寸不漏的、反复地抚摩着菊儿。他那对付生铁疙瘩的大手，有时难免不小心，会把她弄痛。为表示歉意，在她低低的尖叫声中，他会换双臂紧紧地将她搂定。谁知事与愿违，他那经常挥舞十八磅大锤的双臂，往往竟将她搂得喘不过气来。

第一次谢铁成有些慌乱，还有些粗鲁，以致菊儿还没有进入状态，更来不及呼应，一切便已经结束了。第二次乃至第三次翻过身压住菊儿时，他这才变得从容起来。这时，菊儿才有充分的时间来呼应他，并跟他一同到达高潮。

对郭福寿，老神仙虽有"这小子，怕是再也起不来了"的结论，但他却从未放弃。一如既往，他坚持给他用药、给他按摩、给他针灸。数年如一日，陈德润、孙兰玉也坚持帮菊儿给他煎药、给他换药、给他涮洗。虽余怒未息，但看在众人、看在女儿的份上，亲自动手给他这个不争气的女婿，老木匠还做了一辆木制的轮椅。每逢好天气，众人谁有空，谁就推着他出来晒晒太阳。

在老神仙的耳濡目染下，有心的菊儿竟然学会了按摩、学会了针灸。于是郭福寿接受治疗的机会，便由原来的每日一次，增加到后来的一日数次。不知出于人力，还是出于药力，也弄不清是精神的，还是物质的力量，自上而下郭福寿的双腿，竟慢慢地有了知觉。

让郭福寿更加惊喜的，是对睡在身边的菊儿，他竟逐渐地恢复了欲望。似乎还在升温，这种欲望逐渐地明显了，也强烈了。但由于病理上的原因，郭福寿又明显有些心有余，却力不足。对菊儿，他不敢有所要求。他怕他做不到，反而会让她更失望，也更加地伤心。趁菊儿熟睡时，他只能跟做贼似的，偷偷地抚摸着她。

尽管郭福寿小心翼翼，菊儿却还是被他弄醒了。"你！"她惊喜地问他道，"是不是想哪个了？"

"不……不是。"郭福寿掩饰道："不小心，无意中碰了你。"闻言轻轻叹了口气后，翻个身，菊儿又回到了梦乡。郭福寿却大睁着两眼，直到天色大亮。

一而再、再而三，郭福寿便再也找不到合理的解释了。流着泪，他难过地跟她吐了真情："心里想，却又怕做不到。"郭福寿可怜巴巴的一句话，让菊儿竟不胜酸楚。摸了摸他的下身，她发现跟以前比，它竟明显地有了些力度。先是一阵惊喜，惊喜之余，菊儿又有些为难。不知咋样才能满足他，一时，她竟不知如何是好了……

相对无言。沉默……

沉默了好一阵后，菊儿起身替郭福寿脱掉了内衣、内裤。接着，她又将自己扒得精光。跟男人似的，她趴在了他的身上，模仿着男人的动作，她努力着。然而，她却没能成功。

男女有别。生理上的差异，注定了夫妻生活必须是丈夫在上，妻子在下。反过来，那是绝对不行的。反过来就犯了"方向"性的错误，是注定要失败的。

妻子难过的泪水，落在丈夫失望的脸上。

并没放弃，办法还不都是人想出来的？经过几天的苦思冥想，菊儿果然又有了新招。如此这般，附耳，她跟他面授了机宜。没有惊喜，也没有兴奋，满怀狐疑地看着妻子，丈夫却没有拒绝她。

再次尝试时，跟上次一样，妻子又趴在了丈夫的身上。紧紧地搂着郭福寿，在炕上，菊儿猛地"就""地"一滚。这次她竟成功地，将他翻在了她的身上。喘息了一阵后，使出吃奶的力气，她又将他挪到了那个恰到好处的位置。

一切，都在顺利地进行着……成功，已经在望了。遗憾的是，在最关键的时刻，他们却因他腹肌无力，而功败垂成了。

菊儿的努力，又一次前功尽弃了。郭福寿难过地啜泣着。"甭难过。心里，你不要紧张。"菊儿却鼓励着他："只要我们一块努力，肯定有成功的一天。"

果然不出菊儿所料。几经失败后，他们终于成功了。

菊儿的月信，却又一次地失信了。两三个月都没有见红了，这意味着什么？已经生过一胎，菊儿是再明白不过了。摸着日渐隆起的小腹，心里，她不觉惶惶的。思前想后，菊儿找到了孙兰玉。

见菊儿吞吞吐吐、欲言又止的样子，孙兰玉关心地道："又有人，嚼舌根了？"没有回答，菊儿只点了点头。紧接着，她又摇起了头。"你倒是说话呀！"孙兰玉急了，"又是点头、又是摇头的，把人都急疯了。"摸着小腹，菊儿这才嗫嚅地道："你……你看看这……"见状，孙兰玉这才恍然大"误"："咋？身上，又不空了？"见菊儿这次只点头、没有摇头，松口气，孙兰玉既好气、又好笑地道："还以为咋的咧。原来是这事！这是喜事嘛，又有啥难为情的？又不是头一个，跟个大姑娘似的，把人教你，吓了一跳。"闻言，菊儿却并没轻松。愁眉紧锁，叹了口气后，她这才木讷地道："唉，也不知，到底是谁的？"这次，孙兰玉却着实地吃了一惊："谁的？还能是谁的？"

虽知道菊儿有两个男人，但从腰以下，郭福寿不是都瘫了吗？"难道他……他还行？"对吃惊中孙兰玉脱口而出的一句疑问话，菊儿却没有再摇头，而是难为情地点了点头。

事情虽出乎了意料，但孙兰玉却毕竟是个聪明人，略加沉思，她立马又有了主意："也不难。长一长再说。像谁，就是谁的。"

其实，孙兰玉也怀上了第二胎。跟菊儿比，她还要早上几天。一句话让菊儿如释重负，菊儿走后，她却陷入了沉思。

吃着隔壁山婶的奶，孙兰玉慢慢地长大了。总以为山婶就是亲妈，呀呀学语时对着她，小兰儿发出的第一个音节就是"妈"。第一次，山婶乐呵呵地接受了。后来她却一而再、再而三地纠正着她。不是亲生，胜似亲生。每次，山婶都是将奶头先塞进她的小嘴，耐心地看着她吃饱后，她这才又去喂她的孩子。一张嘴吃饭，三个尻子屙屎。眼看着两个小屁股越屙越多，山婶的奶水，告急了。她依然尽着她的小嘴，另一个小嘴，则难免要受些委屈，而只能补充以糊糊，或者是泡馍了。

有苗不愁长。转眼间，小兰儿已经三岁了。白天山婶一如既往的，百般地呵护着她。晚上不管她愿意还是不愿意，她却都坚持把她送过去——送到隔壁。流着泪，从山婶手里接过她的，是老神仙。一开始，小兰玉并不买这张泪脸的账，当她拼命挣脱他，又扑向她时，她却咬着牙、狠着心、抹着泪，撇下她离开了。

久而久之，小兰儿终于慢慢接受了这张老泪纵横的脸。朦胧中她又意识到自己，似乎缺了点儿什么。到底缺了些什么呢？她却既弄不明白，更说不清楚。直到五六岁时，她这才意识到她欠缺的，是亲妈。每当她扯着他的衣襟，问他要亲妈时，五内俱焚，心如刀绞，哆嗦着嘴唇，老神仙却连一个字，都说不出来。从眼角顺着鼻子，两行老泪径直流进了，他那咧开的嘴巴。看着这张因扭曲而变了形的泪脸，看着那不住哆嗦着的嘴唇，小兰儿吓得哭了。虽不明白老神仙为什么竟是如此的伤心动容，却清楚这一切，都是她一句话惹的祸。流着泪反过来，她又安慰着这张泪脸："我……我不要妈妈了。我……我再也不要妈妈了……"安慰话并没起到安慰的作用，而是适得其反，等于给老神仙那终生也难以愈合的伤口上，又撒了把盐。一把将小兰儿揽在怀里，老神仙失声地恸哭起来……

此后在老神仙的面前，小兰儿果然没有再要过妈。

八岁那年，山婶一边抹着眼泪，一边给小兰儿讲了个故事。听着听着，小兰儿哭了。这个故事终于揭开了，被她一直埋藏在心灵深处的谜团。

四十有六的时候，女人这才给老神仙生了个女孩。虽精通医道，但对女人生孩子的事，老神仙却还是有些手忙脚乱。在山婶的帮助下，孩子总算平安地落了草。陪着老神仙夫妇高兴了一阵后，系上围裙，山婶到灶屋给月婆子去做饭。女人要丈夫给女儿，取个名字，老神仙不假思索地道："既然生在兰峪，就叫'兰玉'吧！"

连点头的气力，都没有了，女人只能用微笑来告诉丈夫，告诉他这个名字取得好，她很满意。当山婶乐呵呵地端来腾着热气的荷包蛋时，抢在前面，灾难却于一瞬间降临了。兰儿妈一时间冷汗淋漓，手足冰凉，一条带着腥味的红"蚰蜒"，从被窝里钻了出来。

啊呀，不好！惊叫了一声后，老神仙失急慌忙地打开了旁边的柜子。从柜子里他又失急慌忙地，拿出了一个蓝色的布包。打开看时，老神仙却登时傻了眼。他失神地愣住了。

见状从惊恐中，山婶才明白了过来。她不单认识这个蓝色的布包，对它，她还有着刻骨铭心的记忆。

三个月前，山婶也是产后大出血。奔回去，又奔回来时，老神仙拿在手里的，正是这个蓝色的布包。布包被打开了，里面竟是一棵大拇指粗的老人参。

让山婶转危为安的，正是这棵老人参。眼下蓝色的布包还在，但包在里面的老人参，却没有了。兰儿妈的脸色，眼睁睁看着越来越苍白，她的气息，也眼睁睁看着越来越微弱，连连地顿着脚，老神仙却是一筹莫展。拉着兰儿妈的手，山婶不住地呼唤着……

然而这只手，却在缄默中逐渐地变凉、变僵、变硬……

祸从天降。还没来得及看清女儿的面孔，兰儿妈就走了。带着千般的留恋，带着万般的遗憾，她匆匆地走了，永远地走了。

还没顾上感受初为人父的喜悦，转瞬间，老神仙又掉入到中年丧妻的悲痛。跟刚出窝的燕子一样，张着嗷嗷待哺的小嘴巴，襁褓中的小兰儿，却得不到哺乳。左右寻觅了一阵后，小嘴巴这才似乎感到了不妙。于是一声凄厉的婴啼立即冲出草屋，打破了夜的静谧……

于一瞬间，生、离、死、别这些人间的至喜、至痛，竟一股脑儿降临在老神仙的头上。

人生人，吓死人。对婴儿威胁最大的，是新生儿破伤风。因多发于出生后的四至六天，又叫做"四六风"。对产妇威胁最大的，则是产后的大出血。多发于十二时辰之内。

大出血来势凶猛，十分的险恶，须臾之间，便可置人于死地。老神仙曾再三地叮嘱接生婆，要她们事前必须用高度白酒，对剪刀等进行消毒，从而有效地遏制了"四六风"。用"独参汤"，他不止一次地将那些因大出血而危在旦夕的产妇，硬是从死神的手里，抢了回来。

顾名思义，"独参汤"只有一味药，就是人参。物以稀为贵。人参有补气、摄血的神功，是不可多得的名贵药材。这棵老人参，是老神仙为他即将临盆的女人，而特意准备的。狩猎途中，山婶的丈夫山叔，曾亲眼目睹了为采撷它，老神仙不慎失足，险些从悬崖峭壁掉进万丈深渊的，惊心动魄的一幕。

在山婶生死攸关的节骨眼上，一时间老神仙也犹豫过，迟疑过，但最终，他还是毅然决然地将它拿了出来。眼看着让病人死在自己的面前而无动于衷，作为一个救死扶伤的医生，老神仙他不能这么做，也做不到。山婶已危在须臾，而自己的女人，却毕竟还有几个月的时间。运气好的话，在这几个月里，没准，他还能再找一棵。话说回来，即便是不能如愿，也未必……

心存侥幸，但那个但愿不要发生，也未必就会发生的事，却还是不可避免地发生了。究竟有多少男的、女的、老的、少的，被他从死神那里抢了回来，老神仙没有记，也记不清。令他万万没有料到的，是自己的女人，竟眼睁睁地死在了自己面前。

抱起可怜的小生命，从她的大襟子衣服里，山婶掏出了一只肥实的奶子。奶头又被她送进那个嗷嗷待哺的小嘴，此时此刻山婶能做到的，仅此而已。不知大祸已经临头，吮吸着山婶的乳汁，小兰儿天真地笑了。

死者，固然是值得同情的；然而更教人同情的，却还是生者。弥留之际，也许是最痛苦的。经过短暂的痛苦，死者便解脱了，永远地解脱了。冥冥之中，没听说有所谓的天伦。在没有天伦的地方，自然也不会有天伦之乐了。在没有天伦之乐的地方，自然也不会有生离死别的痛苦。生离死别的痛苦，被统统地留给了生者，留给了需要死者、离不开死者，却又无法挽留死者的生者。

但愿死者能入土为安，也但愿生者，能尽快地脱离苦海。

山里有的是药材，却没有书院，甚至，连私塾都没有。一个屡试不第的落魄文人，曾在这山明水秀的地方开过馆，授过读。但前来报名就读的，却只有一个弟子。而且，还是个穷弟子。弟子全家尚不得温饱，先生自然只能是饥一顿、饱一顿，有上顿、没下顿了。坚持了个把月，这个只有一师一徒的小书馆，终于还是关门大吉了。一气之下，落魄文人竟削发为僧，遁入了空门。先生吃斋念佛去了，于是他这个开门的弟子，又成了他关门的弟子。

落魄文人那个既是开门、又是关门的弟子因无学可上，而只能跟着他的父亲上山打柴，或跟他的母亲下田采桑了。除老神仙外，他是山里唯一一个能识些文，能断些字的"秀才"。

这里读不读书，识不识字，并不重要。这里既无书可读，也无字可识。深山狩猎时，只需用砍刀在树上做一些标识，以防迷路。以物易物时，山里人虽也争多论少，但却既无须秤称，亦无须斗量，更无须加减乘除地算来算去。用手掂一下，或者用眼睛估摸一下，觉得差不多，就成交了。叫作"断堆堆"。

这里漫山遍野，都是老神仙所需要的药材；这里千家万户，都有他的病人。山里人也是人，他们也有头痛脑热的时候。

心有灵犀，稍点即通。甚至无师自通，小兰玉是老神仙的唯一希望，也是他不可取代的精神支柱。既为人父，又为人母。为不让掌上明珠成为只会围着锅台转的村姑，利用一切空闲，老神仙对女儿进行着启蒙。

治病救人，也许只有治病救人；圣贤之书，也许只有圣贤之书，才能抚慰这一老一少两颗已经伤痕累累的心。

第十一章

　　一天采药归来，老神仙发现女儿有些异常。一向文文静静的小兰玉，今天，却显得烦躁而又不安，坐也不是，站也不是，她一会儿从屋里跑到院里，一会儿又从院里，跑回到屋里。漫无目的，她完全是一副神不守舍的样子。教她读书，她心不在焉；教她写字，她神不守舍。以为女儿累了，老神仙要她早些歇息，不料她却亢奋得，怎么也躺不住。

　　晚上，小兰玉又开始衄血，而且，怎么也止不住。心生疑窦，拿出那个蓝色的布包打开一看，老神仙顿时明白了。忙配了几样草药，又用文火煎了一阵后，他让女儿服了下去……

　　鼻衄止住了，小兰玉也慢慢地，安静了下来。躺在床上，不一会儿，她便进入了梦乡。折腾了一天，小姑娘已经累得息息的了。

　　打着火把细细查看，在茅坑，老神仙果然发现了没有清理干净的血迹。掐指头算了一下后，老神仙不觉心里一震，在他眼里还是个孩子的女儿，不知不觉中，已快交十三了。这枝含苞的蕙兰，就要盛开怒放了。

　　不便明言。趁女儿熟睡，将一本医书翻开后，老神仙放在了她的案几上。

　　读了医书，小兰玉不禁倒吸了一口冷气。这时，她才知道自己做了一件极其荒唐的蠢事。要不是她爸老神仙发现的及时，说不定……

　　月经初潮时，小兰玉吓坏了。误以为跟她母亲当年一样，是山婶所说的大出血。慌乱中，她竟将老神仙采回的又一棵人参，连熬都没顾上熬，便咀嚼着生吞了下去。刚开始，小兰儿只觉有些头晕。满以为过一会儿，便会好的，谁知紧接着浑身燥热，心跳也在急剧地加快。焦躁中，她几乎都要疯了……

　　山婶的儿子"山柱子"，比孙兰玉只大了三个月。山婶喊他"柱子"，喊小兰玉为"兰儿"。跟着山婶，小兰玉喊山柱为"柱子哥"。在她儿时的印象中，山婶就是她的亲妈，山婶家，自然也就是她的家了。而那个背着背笼早出晚归的孤老头子，反而被她当成了，她家的邻居。懂事后，小兰玉这才发现自己搞反了，于是，逐渐接受了老神仙。相依为命，父女俩过起了自家的日子。

　　虽接受了老神仙，小兰玉却没忘记她的山婶，毕竟吮吸着她的乳汁，她才长大成人的。当然，还有她的山叔，还有她的柱子哥，虽不是亲父女、亲兄妹，但多年朝夕相处汇集的感情溪流，岂能因没血缘关系，而干涸于一朝？

跟柱子哥，他们是青梅竹马，两小无猜。她依然喊他柱子哥，依然跟他一块儿玩耍，依然帮着他拾柴火、打猪草。

性相近，习相远。自从月经初潮，于隐隐约约中，孙兰玉开始意识到男女有别。不久后，她的柱子哥也似有所悟。于是兄妹间的感情虽有增无减，而兄妹间的交流，却是有减无增。

男女有别，充其量只是个表面的原因，其根本原因，怕是跟着老神仙，她已读了不少的圣贤之书。而他却一如既往，不是跟着山叔上山狩猎，就是跟着山婶下田插秧。难道"有朋自远方来，不亦乐乎"跟"啊，野猪终于掉进陷阱了"能同日而语，相提并论吗？如果她只是一个目不识丁的村姑，或者他能和以"不知而不愠，不亦君子乎"，男女有别，又算得了什么？没有血缘关系，又有何妨？男女有别，又没有血缘关系，也许反而让他们贴得更近。甚至能促成一个"你耕田来我织布，我挑水来你浇园"的田园之家。或者促成一个"双手推出窗前月，一石冲破水底天"的文化之家。

道不同，不相与谋。

女长十八变，孙兰玉越变越好看了。男大当婚，女大当嫁。父女俩，又陷入到难以摆脱的苦闷。天生丽质，又知书达礼，包括山柱子在内，兰峪、红峪跟紫峪的小伙子倒是不少，却没一个是孙兰玉看上眼的。在父女们正为此苦恼而难以解脱的时候，仿佛自天而降，陈德润突然闯进了柴扉，闯进了少女的心扉。

踏破铁鞋无觅处，得来全不费工夫。天公美意，岂可辜负？大着胆孙兰玉将陈德润唤上了小楼，又将他让进了，她的闺阁。赋诗、抚琴，她倾吐着自己的情，又呼唤着他的爱。心有灵犀，他和之以凤，又求之于凰。一曲《十八相送》，少女便在少男的心中激起了微波，又荡起了涟漪。一曲《楼台相会》，少男在少女的心中也掀起了波澜，又溅起了浪花。两情相悦时，又何必朝朝暮暮？感天动地的旋律，在将他们彼此送进对方怀抱的同时，将少男少女的爱慕之情，也推向了高潮。诗词歌赋为媒，琴棋书画为证，将翩翩少年跟落落淑女，紧紧地融为了一体。虽时移，地易，苏小妹、秦少游的故事，却在这里重演。

"兰儿姐，就你一个？"一惊一乍，明儿道，"想啥呢？"

"这还用问？"不等孙兰玉开口，余儿又笑嘻嘻地道，"除了举人哥哥，还能有谁？没见人家，正偷偷地乐呢？"

正沉浸在往事的回忆中，不料余儿、明儿两个鬼精灵，竟蹑手蹑脚地摸了进来。

在余儿的陪同下，明儿前来看病。见老神仙忙得不可开交，于是两个鬼精灵，又来到了后院。

见明儿红光满面，又嘻嘻哈哈，完全不像是有病的样子，孙兰玉疑惑地道：

"明儿，她咋的咧？"快言快语，余儿道："她呀，这两天时常恶心想吐，却又吐不出来。可她却说没啥。要不是我哄她说找你拉话，她还不来！"回过头，孙兰玉又问明儿道："这个月，身子来了没？"闻言明儿的脸，却"刷"的一下红到了脖根。埋着头，她嗫嚅道："没……没有。都……都两三个月……"正难为情，明儿正好被余儿，给打断了。她抱怨孙兰玉说："兰儿姐，你真会打岔！人家病在上面，你不问上面不说，咋反倒问起了下面？教人家，怪难为情的。"

刚才被余儿取笑，孙兰玉正想报这一箭之仇，于是取笑她道："瓜子！明儿这哪里是有病？人家，这是要当妈妈了。叫花子进庙，还有个先来后到。比人家早，你却落在了人家的后面。真是来得早不如来得巧，有运气不在起鸡起①。以我看，你倒是得好好看看，看看有没啥毛病。"

听了孙兰玉的取笑话，余儿那白生生的脸蛋，顿时臊得比明儿的，还要红。想还口，一个字还没说出，伸手，她却忙捂住了她那刚刚张开的嘴巴。似乎在强忍着什么，她的脸，憋得更红了。哪里忍得住，"哇"的一声，她竟连连地干呕起来。见状，孙兰玉接着取笑她道："好了，好了。这下好了！这下你俩，都不用看了。不过还是让人家明儿，后来者居上了！"

更加狼狈，借洗手，余儿一阵风似的，旋了出去。也羞得无地自容，紧追着余儿，跟着她明儿一块儿，逃了出去。

见一句玩笑话，竟让两个准妈妈臊得落荒而逃，孙兰玉偷偷地乐了。她既为自己的成功报复，而感到得意，又替余儿、明儿这两个鬼精灵，而感到高兴。同时，她还为她过去比她们还要荒唐，而感到好笑。

然而她过去的荒唐，却还远不止这些。

每次进山，老秀才都要用省吃俭用节约的钱，给孙兰玉买上一件上好的衣料。眼看着老秀才将一大堆铜圆、麻钱，码在了柜台上，拿着已经用麻纸包好的衣料，葛掌柜却并不急于递给他。迷离着双眼，从石头眼镜的上方，他狡黠地瞅着他："有了相好的？"并不回答，老秀才只摇了摇他那苍白的脑袋。仍不死心，葛掌柜接着纠缠道："有了儿媳妇？"又摇了摇头，老秀才算是对他的回答。直到老板娘骂骂咧咧，要他招呼别的客人时，布料这才被葛掌柜不太甘心地递给了老秀才。

"这张嘴，似乎只会吃饭。"葛掌柜不满地嘟囔着。闻言，老秀才却既不恼，也不怒，更不计较，而是拿着布料转身就走。在这些唯利是图的商人面前，他有些自负。自负的同时，他又有些自卑。自负，是由于他有满腹的经纶；自卑，是由于他的囊中羞涩。没钱跟有钱的，满腹经纶跟浑身铜臭的，又有什么好说的呢？

对孙兰玉的喜爱，老秀才决不亚于老神仙。没有女儿，他把她当成了自己的女儿。没有儿媳，他却从不敢奢望她会成为他的儿媳。自家穷得叮叮当当，再说就这么一个掌上明珠，老神仙岂肯让她远嫁他乡？将孙兰玉认做干女儿，倒不是没有可能，有这个想法，老秀才却没这个勇气。连想都不敢想的事，如今，竟成了现实。这一切都是真的吗？从天上掉下个儿媳妇，尽管孙兰玉是那样喜欢他的儿子，尽管老神仙一诺千金，可老秀才却还是有些不敢相信这个既成的美事。

听说过老神仙，但他还有个出色的女儿，陈德润却是闻所未闻，更没想到。开口老神仙，闭口还是老神仙，老秀才却从未提及他的家人。当然，更不曾提及他的女儿了。从未到过兰峪，此前陈德润一直以为，老神仙是个孤老头子。他压根儿没料到，他还有个女儿，更没料到他这个女儿，竟还跟他的年龄相仿。而且琴棋书画无所不能，又美若仙子。

三年前初识孙兰玉时，陈德润也曾怦然心动过。但毕竟善于调整自己，因此，他很快又恢复了平静。改写陈家历代只有秀才、没有举人的历史，是陈德润暗中立下的誓愿。在功未成，名未就，目标未达之前，他不允许自己有任何的非分之想。更不允许自己因一念之差，而前功尽弃。身边有个如花似玉的妙龄女子，他还能一心一意地攻读诗书吗？自古英雄难过美人关，自己，能改变这一定论吗？

当孙兰玉以诗文接近他、试探他的时候，无疑也给他提供了一个了解她的机会。她的字，是那样的俊秀；她的诗，是那样的淡雅；她的琴，是那样的悦耳；她的曲，又是那样的动人。端庄秀丽，她不俗不媚；举止大方，她不轻不浮；敢作敢当，她不急不躁；恬静娴雅，她不亢不微。对她，他不得不刮目相看了。

若能跟这个外秀而慧中的奇女子朝夕相处，必将相得益彰，而裨益终生。于是当她接受他的时候，他也当仁不让地接受了她，接受了这个红颜的知己。

至于老神仙，他虽知道老秀才有个儿子，却因路途遥远，又少有见面，这两年，他竟一直没想起他。他不料想，他竟已是个翩翩的少年；更没料到，他竟是这样的优秀。

正为女儿的终身焦虑，老神仙却又一筹莫展。虽一眼看中了陈德润，他却无从知道他那倔强的女儿，她是否满意。为给他们提供一个单独相处、互相了解的机会，当老秀才要儿子一块去收购药材的时候，以孩子小为借口，他拦住了他。

乘龙快婿自天而降，老神仙哪里能不高兴？心里一高兴，受伤的左手，竟也不那么地痛了。高兴之余，老神仙未免又有些担心。倒不是怕八字不合——他从不讲究这些。而是怕没缘分，怕两个娃娃拢不到一块儿。他们要是有一个不满意，这事，可就瞎塌了。

陈德润的禀性，老神仙尚不得而知。心里，他更没底。对自己的女儿，他却是再了解不过了。聪明是聪明，却是个犟脾气。凡她认准的事，用十头老牛，也甭想拉回来。虽饱读圣贤之书，但对其中所谓的女戒，她却是十分地反感。什么父母之命，媒妁之言，她要是不认可，即便将嘴皮子磨出老茧，你也是瞎子点灯——白费蜡。

今天以孩子小，需要歇息为借口，顺理成章，老神仙将小伙子留了下来。明天，还能有什么借口呢？总不能说让娃再歇两天吧？再过两天，秀才父子就该打道回府了！

神不守舍，老神仙不是看错秤，就是算错账。有时，甚至还走错了门。多亏老秀才是个仔细人，总算还没弄出较大差错。问他是不是哪儿不舒服，他却干脆将错就错："没啥，没啥。就是手，还有点儿痛。"

心里不踏实，说痛，手还真的又痛了起来。

随着一阵杂沓的脚步，"吱儿"的一声后，柴门被推了开来。心里一惊，孙兰玉忙松开了陈德润。稍加收拾，当少男少女一前一后地走下楼梯时，跟着老神仙，老秀才已经进了堂屋。陈德润忙接住了走在前面的老神仙，孙兰玉也接住了走在后面的老秀才。

随着飞来的一个眼色，心领神会，跟着孙兰玉，陈德润又退了出去。不一会儿，端着盆清水，一转身孙兰玉又走了进来。水里，还漂着条崭新的手巾。在两个老汉一边说话，一边撩水洗手的当儿，陈德润将沏好的茶，也端了进来。伺候两个老人洗了脸，端起脸盆，孙兰玉对陈德润道："表哥，我去做饭。你来帮我拉二尺五②。"应了一声，跟着孙兰玉陈德润也出了堂屋。

出门看天色，进门观神色。也许是出于职业的习惯，洗脸时，老神仙都不曾放松他的察言观色。与以往不同，这次，他是半个半个地洗着脸。一会儿用露出的右眼，他悄悄地观察着孙兰玉；一会儿用露出的左眼，他又偷偷地审视着陈德润。透过两张看似平静的脸，用一个医生所独具的慧眼，老神仙发现了少男少女藏在心灵深处的波澜。特别是少女留在少男腮帮上的，那个隐隐约约的淡红色的唇印，让老神仙对他的判断，更是信心百倍。

"兄弟，"对着老秀才，老神仙道，"在家是你做饭，还是润儿做饭？"

"有时我做，有时他做。"老秀才道，"就两张嘴，好凑合！"

"两张嘴也是嘴。"老神仙不以为然地道，"老这样凑合，也不是个长法。"叹了口气，他接着又道，"依我看，咱两家还不如一起过，就像今天，两个娃一个做饭，一个烧锅。"

"一起过？"闻言，老秀才惊讶了，"你是说……但不知兰儿，她愿不愿意？"惊讶之余，他终于领会了老神仙话里的话。

"这你还看不出？"老神仙笑道，"没见才一天，两个人，已经瓜离不开蔓了。"

"真的？"闻言，老秀才吃惊了，"果真如此，我父子可就烧了碾盘壮的高香了。财东家，也如愿以偿了。"

"财东家？"这回，轮老神仙吃惊了，"咱两家的事，与他何干？"

"咋没干系？"老秀才道，"济生堂没个好先生，财东家早就巴不得你能到南河……"正说着，却见用木盘端着饭菜，一转身孙兰玉走了进来。紧跟在她后面的，是拿着酒壶、酒杯的陈德润。

其实在门外，少男少女，已听了多时。当两个人来到门口时，老神仙那句"两家人一起过"的话，正好从屋里传了出来。抿着嘴，相视一笑中，他们不约而同地收住了脚步。

饭菜被孙兰玉一样一样地，摆在了桌子上；这时给酒盅里，陈德润也斟满了酒。酒香、菜香，立即洋溢在屋子的角角落落。

"好茶饭！好手艺！"看着色香味俱佳的饭菜，老秀才赞不绝口地夸奖着孙兰玉。

"大叔，"闻言，孙兰玉倒有些不好意思了。将一杯酒用双手递到老秀才的面前后，她这才又道，"大叔满饮此杯。若不嫌弃，兰儿愿意给您老人家，终生端茶送饭。"这时另一杯酒，也被陈德润用双手送到了老神仙的面前……

酒不醉人人自醉。

老神仙的心里，一下子踏实了许多，而他的女儿孙兰玉，却越来越有些神不守舍了。刚从口舌的压力下解脱出来，她却又陷入到相思的苦恼。跟着老秀才，小秀才走了。孙兰玉人还在，她的魂，却被他带走了。用茶，她如饮黄连；吃饭，她形同嚼蜡；读书，她常常走神；抚琴，她常常跑调；作画，她丹青无序；写字，她连出败笔。初恋是甜蜜的，初恋之花，是娇美的。用甜蜜浇灌的娇美之花结出的果实，更是令人向往。虽说两情相悦时，又岂在朝朝暮暮？但少女的心扉一经打开，爱情之花一旦盛开怒放，又教人岂能不朝朝暮暮？

相见时难别亦难。从秀才父子离开的那天起，扳着指头，孙兰玉就算起了日子。在一块时，日子是那样地飞快；分开后，日子却又是如此地漫长。

七、六、五、四、三……呀，大喜的日子，就在后天！明天，她就要走出这熟悉的闺阁了。明天，她就要走出这熟悉的小院了。明天，就要告别这里的山山水水了。山水依旧，却就要人去楼空了，孙兰玉不禁又有些伤感。

后天，她可能已经在一个完全陌生的地方了。后天，她可能已经在那个陌生的洞房里了。洞房，那是个多么神秘，而又教人神往的地方啊！那里，也许并不豪华；那里，甚至还有些简陋。但这并不重要，重要的，是那里有个他。

他！在洞房，他的第一件事，将是做什么呢？那一定是先揭掉她顶在头上的，大红盖头了。然后呢？然后……她不敢想象、也无法想象然后将要发生的一切。闭上了羞涩的眼睛，浑身酥软，孙兰玉的脸，更红了。

翌日，夕阳西下。这时慢说孙兰玉，连老神仙，都有些坐不住了。眼看进山的路上，行人已越来越少了，而约好的迎亲人，却还是不见个踪影。

夜色将高山跟流水，一块儿给淹没了。无可奈何地叹了口气，老神仙怅然若失地掩上了柴扉。

望眼欲穿。篱笆墙虽然挡不住楼上的视线，放眼望去，窗外，却是一片混沌。面对青灯，孙兰玉不由胡思乱想起来。他们反悔了，变卦了？不可能！摇着头，她又否定了自己。老秀才不是那种反复无常的小人，小秀才更不是朝三暮四、朝秦暮楚的薄情郎。那么，路上会不会出了啥事？或者节外生枝、遇到了什么麻烦？好事多磨，这倒不是没有可能。想到这儿，孙兰玉不禁又为之担心起来。

柴扉终于被推开了，父女二人先是一阵兴奋，接着，又都有些失望。推门而入的并不是小秀才，而是隔壁的山婶："路远了。迟一会、早一会，也是难免的。"安慰了老神仙一番后，山婶又上了竹楼。

"兰儿，"楼上，对着孙兰玉，山婶道，"来，让婶子给我娃再……再梳一次头。"说着山婶的声音，竟变得哽咽起来……

对她的手艺，山婶似乎总是不能满意。一遍又一遍地，替孙兰玉梳理着秀发，嘴里，她还不住地念叨着："唉，这人老了，手脚，也不中用了。"

依偎在山婶的怀里，孙兰玉不住地啜泣着："婶，您老人家的养育之恩，今辈子，兰儿也报答不完。我……我会经常回来看……看您的。"

柴扉又一次被推开了，侧耳细听时，却是山叔跟山柱子的声音。老神仙、孙兰玉，又一次地失望了。几乎于一瞬间，失望又变为希望、变成了惊喜，随着牲口的一声嘶鸣，紧接着的，是陈德润那既熟悉、又陌生的声音。

"好……好了。"说着放下木梳，山婶匆匆地下了楼。其实，她内心也是十分的矛盾，又十分的复杂。替老神仙着急，替兰儿着急，她早就打发丈夫、儿子，沿途去打探消息了。舍不得她的兰儿，她一遍又一遍地，给她梳理着秀发。牲口的一声嘶鸣惊醒了山婶——分别的时刻，终于不可避免地来到了。孙兰玉的头，随之也梳好了。

激动万分，孙兰玉却没有急于下楼，此时此刻，她竟反而沉住了气。

除陈德润外，还有一男一女两个年轻人。后来他们才知道男的叫郭福寿，女的，便是菊儿。寒暄了一番后，郭福寿帮陈德润给轿车上装着行李。在山婶的陪同下，菊儿也将孙兰玉从楼上，扶了下来。

三年前的兰峪之行，郭福寿跟菊儿在成全陈德润、孙兰玉这桩金玉良缘的同时，也成就了他们自己后来的一段啼笑因缘。

　　分装在两大两小的四个木箱里，行李很简单。其中两个小点儿的，分别是老神仙、孙兰玉的衣箱。两个大点儿的，一个装着老神仙的药书，另一个装着孙兰玉的琴棋书画。

　　行李装好后，怀着既有高兴，又有难过的复杂心情，八个人匆匆地用完了晚餐。

　　"多保重！我们后会有期。"将一把铜锁钥交给山婶后，对着她夫妇抱起双拳，老神仙长长地作了一揖。

　　"女儿不孝……"流着泪趴在地上，孙兰玉给他们夫妇，连着叩了三个响头。山婶已泣不成声，呆若木鸡，山叔、山柱子木然地站在一旁。

　　将孙兰玉扶上轿车后，跟着她，菊儿，也爬了上去。将老神仙扶上外首的车辕后，郭福寿又轻轻地吆喝了一声。马蹄嘚嘚，轿车辚辚地启动了。"啪"地甩了个响鞭，跟着又跑了几步，一纵身，郭福寿坐上了里首的车辕。

　　跟山婶一家拱手揖别后，一翻身陈德润上了枣红马。枣红马一路打着响鼻，不久，便消失在茫茫的夜色中。

　　眼泪，模糊了山婶的双眼。从她的手中拿过锁钥，"咔嗒"一声，山叔锁上了人去楼空的柴扉。

---

①鸡起：关中方言，鸡打鸣的时候，喻起的早。
②二尺五：指风箱。

第十二章

经过一夜的颠簸，在第二天日头冒花的时候，孙兰玉被娶回到河东堡。

这是一个秋收后，却还未及冬藏的日子。包谷秆已被砍去，视野又一次变得开阔起来。麦苗刚顶出地皮，空气中弥漫着青苗的气息，同时，还留有果实的余香。

近水楼台先得"月"的，是一群七八岁的男女顽童们。在砍倒的包谷秆里，女孩儿们"踩"寻着被落下的包谷棒子，男孩儿们寻找着甜味秆。其中那些根部发红，又不长棒子的尤其甜，叫作"空秆"。一边寻一边嬉戏，他们一边等候着看热闹。

新媳妇回来了——新媳妇娶回来了……

见轿车下了官道，又朝着河东堡迤逦而来，大呼小叫着，那些小不点儿一路向村里跑去。而那些大点儿的，有的提着捡到的包谷棒子，有的抱着搜寻到的甜味秆，却一窝蜂似的拥向了郭福寿的轿车。

从屋里到屋外，家家户户都堆满了包谷棒子。听说秀才家的新媳妇被从山里娶了回来，丢下手里正剥着的包谷棒子，庄稼人也都赶出来看稀罕。就连住在南河镇的余儿、明儿，也都结伴偷偷地赶了过来。

本不宽阔的街巷，被两堵人墙变得更加的狭窄了。像没头的苍蝇，小不点们在人墙里横冲直撞、左冲右突、钻来钻去。见马车都到了跟前，大人们这才在一把拉住自家孩子的同时，又斥开了那些天不收、地不管的野孩子。

纵身跳下车辕，郭福寿谨慎地驾驭着。一会喔喔，一会吁吁，向大红马他又是发号、又是施令。车子走走停停，又停停走走，牵着枣红马，新郎官亦步亦趋地跟在后面。抱着双拳他一会儿向左，一会儿向右，频频跟乡党邻里们又是道谢，又是致意。

老财东、老木匠、刘子明、马子亮，以及菊儿妈等，已经在大门口迎候。马车刚一停稳，挑在刘子明、马子亮手中的鞭炮，便噼里啪啦地爆响起来。捂着耳朵，胆小的女孩子纷纷落荒而逃。胆大包天，冒着随时都可能被炸伤的危险，那些小子们却争着、抢着，去捡那些落地后还吱吱冒着青烟，却又未及炸响的散炮。地面上落了一层被炸成碎片的红色炮纸，空气里弥漫着十分刺鼻，却又象征着喜庆的硝烟。

跳下车，菊儿刚分开了人群，余儿、明儿也迎了上来。簇拥着新娘子，不拆把的"胡萝卜"们笑着、闹着、招呼着，将孙兰玉扶了进去。

"一拜天地——"

"二拜高堂——"

"夫妻对拜——"

"送入洞房——"

那个千年一贯制的仪式结束后，人们的笑闹声、杯盘的撞击声跟桌椅板凳的磕碰声交织在一起，屋里顿时变得一片混乱。招呼客人，秀才父子忙得不亦乐乎。在菊儿的招呼下，簇拥着孙兰玉，余儿、明儿将她送入了洞房。

洞房里，孙兰玉刚一坐定，满怀好奇，明儿就要揭她头上的大红盖头。不料手刚伸出，却被眼尖手快的菊儿，给打落了。

"想当新郎官？"菊儿挖苦她道，"下辈子吧！这辈子怕是没相了。这辈子，你就等人家揭你的盖头吧！"回过头，她又跟余儿道，"走，坐席去。"说着一转身，便出了洞房。

闻言，明儿先是下意识地吐了吐舌头。等菊儿出去后，对着她的后背，她这才噘着嘴狠狠地报复她道："我没相，你有！"

余儿并没走，而是冲明儿扮了个鬼脸："明儿，你记好了，"她继续取笑着她，"等顶上盖头，除新郎官外，你谁也不能让他揭。啊——嘻嘻嘻……"

被明儿追着、打着，余儿大呼小叫着逃了出去。洞房里，只剩下了孙兰玉，趁着没人，她悄悄撩起了盖在头上的盖头。

周围的环境，大出了孙兰玉的意料。院子虽有些荒败，却颇为讲究，刚刚修缮过的青砖瓦舍，还散发着霉湿的气息。屋里的家具虽陈旧，却都是上好的红木，有的，还镂着花。父子俩都是读书人，屋里却连一本书，甚至连一张纸都没有。院子里刚被铲除的草根，又重新绽出了嫩绿的新芽。不用说，这是一个长期无人涉足的、有钱人家的空院落。联想起进门时跨过的，那个高可盈尺的门槛，对这个院落是否姓陈，孙兰玉不禁产生了怀疑。

被孙兰玉猜了个正着，这所院落的确不姓陈，而姓郭。

一明两暗，秀才家只有三间厦屋。两边的暗间，分别是秀才父子的卧室。卧室几乎被土炕占去了一半，土炕上除了那些有新有旧，有薄有厚，堆积如山的各种线装书籍外，所剩的地方，怕是勉勉强强只能容一个人安身了。中间的开间，算是客厅，客厅除一张旧方桌外，还有一把破椅子。桌面、椅面的漆水，差不多已经磨光。椅背不知去向，椅子已名存实亡，而变成了杌子。供秀才父子共用的这一桌、一椅，也是他们家唯一的一套家具。

喜中有忧，亲事订下后，房子却让秀才父子们犯了愁。跟老财东，老秀才想暂借一间屋子放书，不料老财东却打开了他的这所宅子。早有心将宅子送给秀才父子，却深知他们绝对不会接受。"书又没长腿，搬来搬去的，麻烦！"对着老秀才，老财东道，"依我看，让人住在这儿，更省事。房子是旧了些，可啥都是现成的。闲着也是闲着，没人住反而烂得更快。将就着，咱先在这儿把事办了。以后，以后咱再说以后的话。你看……"他终于有了机会，并找到一个既合情、又合理，还能让秀才父子接受的理由。

一开始，秀才父子便觉不妥，转念一想，又觉老财东说的不无道理。盛情难却，加上又是暂住，在老财东的再三劝说下，秀才父子终于勉强地应了下来。

"住在这儿，我心里不踏实。"弄清来龙去脉后，对着新郎官，新媳妇道，"再旧、再破、再挤，那也是咱自家的窝。走，回去看看！"说着，孙兰玉打开了她的衣箱。用一套旧衣服换下嫁妆后，她又用一条打湿后又拧干的头巾，包住了秀发。不由分说，她催促着他，并跟他一起回到了那个属于他们自家的窝。

用废宣纸，孙兰玉先将书籍盖了个严严实实。接着用麻绳，她又将笤帚捆在了一根木棍上。用带着长把的笤帚自上而下，她一笤帚挨一笤帚连着把屋梁、把墙壁扫了几遍。

揭去废纸，那堆积如山的书籍被一本本掸去灰尘后，又被他们按版本的大小分门别类，摞在了一起。这一摞摞书籍由大到小、自下而上紧贴着墙壁，又被他们码了上去。拥挤不堪的厦屋，顿时宽敞了许多。

给脚地，孙兰玉轻轻洒了些清水。接着，又细细地扫了一遍。又洒了些清水后，她扫得更细了。门窗、桌椅也被她抹得干干净净、一尘不染。

正要倒垃圾，陈德润却被孙兰玉喊住了。从一堆废纸中，她拣出了两片红纸。看着两片已经千疮百孔的红纸，陈德润不明白了："窟窿眼睛的，要这做啥？"孙兰玉却并不以为然："回来，你就知道了。"

临走，陈德润还是满腹的狐疑，回来时，他却是惊讶不已。原来拿在孙兰玉手中的，已不再是什么红纸，而是一个大红的"囍"字。眼看着孙兰玉又拿起了另一片红纸，变着变着，在她手里红纸竟又变成了一对鸳鸯。红纸虽千疮百孔，用红纸剪成的囍字，却是完好无缺。鸳鸯就不仅只是完好无缺了，竟还有几分生动。

一张白纸被糊上窗子后，厦屋又敞亮了许多。一对红鸳鸯又被贴上了白窗户纸，而一对囍字，却被贴上了房门。平添了几分喜庆，一改寒酸，厦屋竟变得温馨起来。

给新媳妇，新郎官连着提来了十几桶清水，又连着倒掉了十几桶黑水。屋里干净了、敞亮了、温馨了；新媳妇、新郎官却成了烧窑的、掏炭的。

稍事休息，院子里，新郎官又铲起了杂草。跟在后面，新媳妇又是洒、又是扫。整个院子连同门前的半条街道，被一对新人从前到后，从里到外收拾得平平整整，又打扫得干干净净。

"这屋里有个女人，就是不一样喀！"不得不对这来自山里的新媳妇刮目相看，街坊邻里们纷纷竖起了大拇指。

"也得看是啥样的女人。"也有不以为然的，"咱也有女人，屋里，不照样跟猪窝一样？"

宁吃干净人的邋遢，也不吃邋遢人的干净。指着自家的婆娘，有的男人甚至骂她人长的丑都不说，还邋遢得跟母猪一样。有的婆婆，也嘟嘟囔囔地数说起自家的儿媳妇，说她们的勤筋（谨）被割光了，只剩下了"懒筋"。

没想到大喜的日子，竟是这样度过的。有生以来，这是孙兰玉最为辛苦的一天，也是她最为踏实、最为幸福的一天。

夜幕笼罩了整个河东堡，关上门在热水里嬉戏了一番后，这对真鸳鸯终于卧进了属于他们自家的窝。一时不慎，动静大了点儿，倒下后，一摞书砸在了四条赤裸裸的白腿上……

一改平时的循规蹈矩，他跟她竟都有些放肆。海阔凭鱼跃，天高任鸟飞。这里是属于他们的二人世界、自由王国。

在南河镇人的眼里，不管北山人还是南山人，都不过是些化外之民，是些"山坎"。原以为娶不起媳妇，穷酸秀才这才收揽了个山坎，却没想到大山里，竟飞出个金凤凰。

在财东家、在临时洞房里，当新郎官刚揭去新媳妇的盖头，那些看热闹的小伙子却已招架不住，而大惊失色了。相形见绌，那些大姑娘、小媳妇也顿时黯然失色、无地自容了。

厦屋藏娇？那三间破厦屋，能敬下这尊美若天仙的活菩萨吗？虽非杞人，南河镇人却不由自主地忧起了天。放着现成的好房子不住，当新媳妇偏要住进自家的破厦屋时，南河镇人又不得不自嘲自己自作多情了，看戏流眼泪——净替古人担忧。

得知老秀才一文钱没花时，南河镇人禁不住又大吃了一惊。当看到老神仙时，他们这才又恍然大悟，不出彩礼，却得为老丈人颐养天年，当然，少不了还要给他养老、送终。当看到老神仙坐进济生堂时，他们又是一头的雾水，原以为是个棺材穰穰子，却没料到竟是个聚宝盆、摇钱树。

既出类拔萃，又非同凡响，当天，孙兰玉便轰动了河东堡。接着，又轰动了南河镇。不久，又惠及到附近的村村落落。

给女子寻婆家，一开口先问房子后问地的，已经羞愧得无地自容了。用她的出色表现，孙兰玉又一次刷新了南河镇的街巷文化，一时间老神仙父女、老秀才父子又成了南河镇人街头巷尾、茶余饭后、田间地头纷纷热议的，经久不衰的话题。

放着高梧不栖，金凤凰却偏偏窝进了鸡窝。当南河镇人正在发呆，正在纳闷儿的时候，不料摇身一变，由一个穷酸秀才，陈德润瞬间变成了解元陈老爷。这无疑又是一个晴天霹雳，直轰得南河镇人晕头转向、目瞪口呆。清醒过来后，当发现这一切并不是演戏，而是真真切切的事实要他们承认、要他们接受的时候，自以为是的南河镇人这才学会了思考，学会了反省。

那些有儿子的，开始为自家没供儿子读书而捶胸；那些有女子的，也为没把女子嫁给陈家而顿足。解元老爷就住在隔壁，就住在对门。而就住在解元老爷对门，就住在解元老爷隔壁的，却自恨有眼无珠、有珠无水。又是挑三、又是拣四，又是挑肥、又是拣瘦。挑来挑去后，竟舍近求远，将女子嫁给了一个打牛后半截的。而远道而来的山里女子，却独具慧眼又捷足先登，并当仁不让地做了举人奶奶。

那些没女子，或者虽有女子，却跟解元老爷在年龄上相去甚远的，也颇觉遗憾。虽不至于捶胸，也不至于顿足，他们却为举人老爷成亲时，自己没舍得送上一份像样的礼物，而懊悔莫及。咱羞先人哩！咱的眼窝教谷草给戳咧。

遂令天下父母心，不重生男重生女。做了举人奶奶后不久，孙兰玉突然开始嗜酸，并时时恶心、欲吐，准时来潮的女儿红，也爽约了。自从那次月经初潮，又因缺乏常识竟误食人参，而差点儿弄出人命后，从父亲老神仙的药书里，孙兰玉这才弄清这不是病，而是女人在成熟时的，一种正常的生理现象。

既然是正常的生理现象，那突然不来，不就不正常了吗？孙兰玉不禁又为之担心起来。好在这次有了他，连少女最为珍贵的处女宝都给了他，在他的面前，她还有什么难以启齿、不好直言的呢？又一次跟他亲热后，咬着耳朵，她把这个秘密告诉了他。

谁知也没这方面的经验，又不好意思面对岳父，将这个秘密，他只得又悄悄地告诉了他的父亲老秀才。虽是过来人，但对儿媳妇的事，老秀才却还是有些担待不起。于是背地里他又将这个秘密，偷偷地告诉了他的亲家。

"你，我。"闻言在指了指老秀才，又指了指自己后，老神仙这才乐呵呵地道："你我就等着抱孙子吧！"

通过老秀才、新举人，老神仙的话以不同的表达方式，又反馈回孙兰玉的耳朵。就要当妈妈了，却不但浑然不知，还为之担心，为此，孙兰玉偷偷地嘲笑过自己。前不久，为此她又取笑了明儿、余儿。明儿、余儿是半斤，充其量，自己以前也不过是个八两。

"墙上的老鸹笑猪黑。"在心里，孙兰玉自嘲着。

十月怀胎后，孙兰玉果然做了妈妈，理所当然，陈德润也做了爸爸。抱着孙子、外孙，老秀才、老神仙也顺理成章地做了爷爷、做了外公。陈家的又一代人，还是个带把的，他们给他取了个响亮的名字——陈致远。

正经的生意不赚钱，赚钱的生意不正经。麻子佘一夜被"阎王"枭首示众的事，成了个只有谜面，却没谜底的哑谜。这个哑谜一度让南河镇的烟土行业，陷入到人人自危的惶恐。自然更不能例外，犹丧家之犬，佘有志是惶惶不可终日。思前想后，他觉得要做好这个赚钱的买卖，没个靠山，怕是绝对不行的。

刚一丢盹儿，就有人送来枕头。机会，很快就有了。

哥老会、红灯照闹腾得越来越欢；揭竿而起，刀客们也纷纷占山为王；不甘寂寞，同盟会更是活动频频。既是内忧，又是外患，四面楚歌又十面埋伏，大清政权已岌岌可危、难以自保了。困兽犹斗。被取缔多年的团练又纷纷鹊起、死灰复燃了。让各地武装自卫，皇上既已恩准；借机扩充实力，地方无不乐从。几乎是全民皆兵，十六岁到六十岁的男人，均属团丁。

出自《吕氏春秋》，作为"乡规民约"的简谓，"乡约"无疑是一种文化。历尽沧桑后被指鹿为马，这种文化，竟成了基层政权的别称。晚清时期更是鸟枪换炮，集军政于一体，"乡约"竟有了自己的武装——团练。调解纠纷已位居其次，除横征暴敛外，"乡约"还要保一方"平安"。"乡约"上面设有"总乡约"。简称"总乡"。"总乡"由知县直接任命，下辖几个、甚至十几个"乡约"。

花一百两银子，佘有志给他捐了个乡约。又花一百两银子，他召集旧部的地痞、流氓、阿飞和啃街猴①等，计二三十人。在武装以大刀、长矛、梭镖、鸟铳后，成立了所谓的"南河镇民众自卫团"，简称"民团"。民团的团部，就设在佘记烟馆的后院，于是在佘记烟馆的门口，又多出块"南河镇民众自卫团"的牌子。花五十两银子，佘有志招摇过市，还从县府背回一支乌黑而泛着蓝光的快枪。

踌躇满志，把麾下的这群乌合之众，佘有志要训练成一支召之即来、来之能"打"的有制之师。大清政权，能保了尽管保，实在保不住咧，锅烂了不妨再砸他一榔头。帝王将相，宁有种乎？自己拉杆子、打天下，然后再面南背北的当皇帝称孤道寡，也未尝不可。啥是理？强权就是理，枪杆子就是理。山高皇帝远，锤头就是知县官。

经过训练，乌合之众们总算知道了什么是稍息，什么是立正。至于转体，那可就不敢恭维了。随着佘有志的一声向左——转！有的却偏偏转到了右面。随着佘有志的又一声向右——转！有的却偏偏转到了左面。

"你他妈，是吃屎长大的！"佘有志火了，"都二三十岁咧，连个左右都分不清。"他一面气急败坏地大骂着，一面给部下做着示范。

"他妈的，都给老子看着！"面南背北，佘有志举起了他的右手，"这才是右，右在西面！"放下右手，他又举起了左手，"这才是左，左在东面！"连着交代了几遍后，他还是有些放心不下。于是问道，"他妈的，都记住了吗？"对面，部下乱纷纷地回答说："记住了，记住了……"佘有志还是有些放心不下，于是又道："右在哪面？左又在哪面？"这次还像那么回事，部下齐刷刷地道："右在西面！左在东面！"闻言，佘有志这才放心了。于是笑着骂道："他妈的，还算是个人。记住了重来！"

抖起精神喊了声"稍息"后，佘有志见没出多大的乱子，于是接着又喊了声"立正"。没想到，还真的有了些进步。这回佘有志没再骂娘，而是满意地道："好，好！就这样，就这样！"

稍作调整，佘有志又喊道："向右——转！"果然没有人再"出错"，团丁们全都向左转到了西面。见状，佘有志更加地得意了。又喊道："向右——转！"没想到这次，却全乱了套。团丁们有的继续向左转，转到了南面。有的则向右转，转到了北面。有的竟不知所措，向左转觉得不对，又向右转，向右转觉得还是不对，于是又向左转。转来转去，结果等于没转，还是面向西。头碰头、脚碰脚、尻子碰尻子，底下，顿时乱成了一窝蜂。

一时间，佘有志竟也弄不清谁对谁错了。仰面向西，又瞅着自己的右手，他却做出了错误的裁定。先错后对面向北的，竟受到了夸奖。一错再错面向南的，跟转来转去等于没转的，却被骂了个狗血淋头。面向南的没敢吭声，面向西的，却不服气了。他们，纷纷地嘟囔道："你不是说'右在西面'吗？"

至于向后转，谁见了不笑，都由不得他了。佘有志的口令一出，有由右向后转的，有由左向后转的，还有一时不知该左还是该右，被弄得手忙脚乱、无所适从的。在互相冲撞和彼此的谩骂中，旁观者有的哑然失笑，有的却大声地"夸奖"着。

"不错不错。比我家那条蠢驴强多了！曳磨子我家那条蠢驴转的圈圈，比他们还要大！"

"谁说不是？跟人家比，在地头回犁时我家那头犟牛，那就差得更远了！"

训练结束后，破费佘有志又给每人买了条黑布腰带。破粗布褂褂上，露着灰不溜秋的破棉絮，腰里，却都缠了条崭新的黑腰带，乍一看上去，乌合之众们虽不伦不类，有些滑稽，到底，却还是显得精神了些。扛着五花八门的各式兵器，分三路纵队，团丁们走在前面。背着那支乌黑而泛着蓝光的快枪，若即若离，佘有志跟在后面。将南河镇的大街小巷，他们统统地转了个遍。

到底见多识广，那些大字号的东家掌柜们既知趣，眼窝也亮，此前揣上银子，他们已跟佘有志恭贺过了。一旦纠集在佘有志的门下，这些死狗赖娃们，将比那些杀人不眨眼的土匪，还要可怕。这一点，他们比谁都清白。

　　等团丁们过去后，提着袍子赶出来，他们将双手在头侧一抱，道："佘乡约，恭喜恭喜！今后，还请多多关照。"礼尚往来，佘有志也抱着拳道："应当，应当。今后，还要仰仗诸位的鼎力支持。"听似冠冕堂皇，谦辞中他却不乏矜持、暗示与威慑。

　　事后才如梦方醒，那些迟钝点的忙亡羊补牢，也纷纷前来恭贺。一到晚上，"南河镇民众自卫团"竟门庭若市，进的进，出的出，送礼者络绎不绝、趋之若鹜。

　　踌躇满志，坐在他先人麻子佘曾经坐过的太师椅上，佘有志翘着二郎腿。左手端着他先人留给他的白铜水烟袋，右手拿着火纸，他悠闲的，呼噜呼噜地吸着水烟。来人千篇一律地，说着赔情话。礼有人收，客有人送，佘有志只管抽他的水烟，连眼皮都不肯抬一下。

　　夹瓢子核桃，只能是砸着吃了。第三天佘有志头戴礼帽，身着长袍马褂，迈着八字步在前，背着那支乌黑而泛着蓝光的快枪，一个凶神恶煞似的团丁，紧随其后。见来者不善，那些迟迟不见闪面的老板掌柜，这时，才慌了手脚。又是递烟，又是倒茶，尻子上，主人都长着眼色。烟不接，茶也不喝，黑着脸客人却是一言不发。善者不来，还是快拿银子吧！那支乌黑而泛着蓝光的快枪有的是"口"，有理，你跟它说去！

　　不过，佘有志也有绕道而行的时候。柳春院他就没去，也不敢去，能惹下多儿，他却惹不起柳叶，何况，她毕竟是他的丈母娘。在"济世堂"门口犹豫了一下后，佘有志对团丁道："算了。时候不早了。先吃饭。到桥头面馆。"

　　吃柿子专拣软的捏。这点儿道理，佘有志还是明白的。虽然文弱，老秀才却是举人老爷的亲爹。举人陈德润陈老爷连知县、连知府都敬他三分，自己又如何得罪得起？更何况，自家还有软肋捏在人家的手里。至于老神仙，佘有志不但不敢得罪，还准备随时巴结着点儿。医生门前过，请在家里坐。有心不招呼，他是冷热货。谁的头，也没用铁箍子箍着，要是有意跟他为难、跟他过不去，那肯定是活的不耐烦了。更何况，他还是举人老爷的老泰山。

　　在桥头面馆，佘有志一行俩人臊子面没吃上，倒是先吃了闭门羹。见佘有志有备而来，跟铁塔似的，打铁汉子谢铁成抱着的不是双拳，而是他那口跟铡刀似的切面刀。

　　"快枪？"谢铁成不屑地道，"来，让老子也试火试火！"根本不把佘有志跟他的快枪放在眼里，说着，那只跟老虎钳一般的大手，已伸了过来。

团丁打了个踉跄，快枪，却已经拿在了谢铁成的手中。左手提着切面刀，只一只右手，十来斤重的快枪，已被他轻而易举地举到了空中。眼看谢铁成就要抠动扳机，团丁忙捂上耳朵，又背过了身。

半天不见枪响，转过身团丁这才战战兢兢地，放下了双手。扳机抠了，枪却没响，原因再简单不过，枪膛里，压根儿就没有子弹。将枪扔给团丁，谢铁成道："给，还不如老子的烧火棍！"说完，便折身回了面馆。

接过枪，团丁却上下找不到他的佘团长。后来他才知道，佘有志早钻进了隔壁的饺子馆。

阎王怕的，是恶鬼！

———————

①哨街猴：关中方言。指城镇那些游手好闲，不务正业，又惹是生非者。

第十三章

　　花钱时，佘有志也曾心疼过。却没想到花了一个"二百五"，竟收回了几个"二百五"。佘有志终于悟出了"舍得"二字的含义，舍得，舍得，有舍才能有得，而且，往往是一舍多得。自我感觉不错，佘有志自觉比他的老子强。吃亏，麻子佘就吃在"舍不得"三字上。铁公鸡，他一毛不拔，只知道进，不知道出。至死，他都没弄清"舍得"二字的含意，当然更不明白吃小亏、占大便宜的哲理了。想吃鱼，他却舍不得钓饵；想套狼，他又舍不得孩子。恨不能一把抠十个渠渠出来，结果，连老命都搭上了。

　　接受了麻子佘的前车之鉴，佘有志简直成了当今的老聃、成了中国的黑格尔。他竟学会用辩证的法则来思考问题，来解决问题了。

　　眼下不分黑白昼夜，至少有七八个团丁轮流守护在后院，加上那条乌黑而泛着蓝光的快枪，躺在热炕上佘有志比以前，踏实得多了。面对那个黑洞洞的枪口，有谁还敢在他这个太岁的头上动土？有谁还敢在佘记烟馆这个老虎的嘴里拔牙？佘有志断定从今往后，没哪个再敢打他佘家的主意了。除非他吃了熊心，除非他吃了豹子胆，除非他是屎巴牛钻茅房——找屎（死）。

　　人常说，秋后算账。秋庄稼还没收，迫不及待，佘有志便已经履行起他的公务了。除了镇上的各行各业，带着团丁，他还耀武扬威地走着村、串着户。村不漏户，户不漏人；地不漏亩，亩不漏分。他摊派着、催缴着，摊派、催缴着各种名目的粮、款。

　　这次连老神仙、老秀才、谢铁成，竟也都照章缴纳了税款。连丈母娘柳叶那个难缠的三寸金莲，也都被她女婿佘有志给缠了。只是去这几家时，他既没带团丁，也没背那支乌黑而泛着蓝光的快枪。更没耀武扬威、气势汹汹的狮子大开口，而是装出了一副公务在身、身不由己的可怜相。

　　佘有志发财了，好过了；其他人的日子，却难过了。对那些敲碎骨头却吸不出髓的赤贫户，佘有志便在他们的妻女身上，打起了主意。甚至连那些远门中的族人，也都是难以幸免。

　　因为穷，祖祖辈辈，佘家都住在西街。只有麻子佘在一夜暴富后，搬到了东街。因此西街，算得上是佘有志的老家了。生在西街，却长在东街，而且只认得钱，不认得人。原来，佘有志是很少光顾老家的。当上乡约后，隔三岔五，他这才少不得到西街溜上一圈。倒不是突然间留恋起老家，更不是突然间惦念起族人。虽然穷困，这里却也是佘乡约的辖区；虽然潦倒，这些人却也是佘乡约的子民。既然是辖区，既然是子民，照章纳税，怕是少不下的。

人穷了志短。佘有志有个远房的堂哥，连个名字，他都没有。因为排行为三，于是大家便喊他"佘三"。跟佘有志，佘三是同一个太爷，说是远房，却还没出五服。

虽春暖花开，二三月却是个青黄不接的季节。一天，佘有志突然转到了佘三的门口。原因是去年的粮款，他这个远房的堂哥，至今还没有完。

所谓门，只不过是在豁豁牙牙的门墙上，掏的一个土洞而已。上圆下方，土洞既没门框，更没门扇。在土洞的里面，佘三挡了一片用荆条编成的破篱笆。虽挡不住人，却还能防野猫、野狗，跟那些浪圈子猪。权且，先当做门吧！

佘有志只一抬脚，那片破篱笆早应声倒地。闻声，佘三忙赶了出来。正待发作，佘有志却一眼瞅见了佘三的独生女——他的堂妹子莲儿。于是阴转晴，他立即又变得和颜悦色起来："三哥，粮款准备得咋样了？"苦丧着脸，指着那个冰锅冷灶的锅头，佘三答非所问："都……都揭不开锅了。不信咧，你……你看。"说着伸出手，佘三就要揭那个用麻绳维系着，才终于没有散架的锅盖。"三嫂呢？"拦住他，佘有志道，"她不在家？"闻言，佘三道："去河西堡了。在她舅家，看能不能借……借点儿糠秕回来。"闻言心里一阵窃喜，又瞟了莲儿一眼后，对着佘三，佘有志这才假惺惺地又道："三哥，看你这光景，也确实教人恓惶。看在自家人的份儿上，去年跟今年的粮款，咱就都不提了。"摘下茶色石头眼镜，佘有志还装模作样地擦了擦眼睛，"三嫂此去，她借到借不到粮，还难说。大人都不说咧，总不能教娃跟着挨饿。是这。拿上这副眼镜，你到东街跑上一趟。教你弟妹给你量上二斗包谷，就说是我答应的。"

连句客套话都不会说，老实巴交的佘三，自然更不会多想了。唯一的一条破口袋，已经被女人拿走了。翻来翻去后，他却只翻出一条补丁摞着补丁的大裆裤子。用麻丝将两条裤口一扎，接过眼镜，一弯腰佘三出了土洞。

穷人自有穷人的办法。装二斗包谷，这条大裆裤子，还是不成问题的。用裤子当口袋，并非是佘三的创意，他也是从别的穷苦人那儿趸来的。临走时，佘有志还一再叮咛他说："眼镜拿好，你弟妹她可是只认眼镜，不认人的。"

佘三出门不久，跟饿极的老鹰一样，佘有志扑向了年仅十三的莲儿。一把，他先抹掉了她的裤子。紧接着，他又剥掉了她的破棉袄。既没有内衣，也没有内裤，一条白嫩嫩的女儿身，便赤裸裸地呈现在佘有志的面前。那条白嫩嫩的女儿身，立即被佘有志压倒在土炕上。惊恐中，莲儿感到有根东西，直刺她的下身。不堪疼痛，她失声地道："大，我痛！"

不想那一声痛苦的"大，我痛"，却正好刺中了佘有志的花花神经。受到刺激，他更加地来劲了："甭出声！一会，就不痛了。就好受了。"

随着佘有志扇动的节奏，莲儿感到那个东西自下而上，一截一截地攻进了她的肚子。在她的感觉中，那个东西却越来越长，也越来的越壮了。果然不像刚才那么疼痛了，莲儿只觉下身憋胀得难受。不一会儿，似乎又有一种热烘烘的东西，直冲她的腹腔……

刚进土洞，接过眼镜佘有志对佘三道："三哥，这二斗包谷，也不用还了。"说罢只一闪身，他已消失在巷口。

乐滋滋接过白花花的三百两银子后，佘有志破例被阳都知县，让进了他的后堂。推杯换盏，他还跟他称兄道弟："佘老弟，从明天起，你就是渭河南的总乡约了。"受宠若惊，佘有志道："多谢父母大人栽培！" 知县称佘有志为老弟，佘有志却不敢称知县为老兄。听人说，知县人人是父母官，情急中，他却把那个"官"字丢了。于是"父母官大人"，便成了"父母大人"。

对佘有志这句既好笑，听起来又让人心里舒坦的外行话，当着面知县也不便，予以纠正。于是，他只得笑纳了。佘有志的这句行外话，自然又成了南河镇街巷文化的重要素材，成了街头巷尾茶余饭后，人们用以自娱自乐的笑料。

借花献佛，佘有志频频向他的"父母大人"把盏、敬酒。酒足饭饱后，知县又拍了拍手。应声而入的，是一个端着木盘的皂役。盘里除笔墨纸砚文房四宝，除用黄绸包裹的关防大印外，还有一支乌黑而泛着蓝光的短枪。当着面，知县又给佘有志写好了委任状。

　　兹委任佘有志为南河区总乡约，责其确保一方平安，并兼催缴
　粮款、税款等有关事宜。

　　　　　　阳都县于光绪××年×月×日

盖上县府那方足有斧背大小的官印后，将委任状连同那把短枪，知县一并交给了佘有志，还一再叮嘱他，务必拿好。

回家途中，佘有志不禁有些飘飘然了。虽弄不清总乡约究竟是几品的官职，却知道从此以后，渭河南几十个大大小小的村庄，都要归自己管辖了。辖地、子民是原来的几十倍，不用说利益，也是原来的几十倍了。三百两银子算个毬！羊毛，还不都出在羊身上？没有官服、没有官帽、也没有顶戴花翎，成了佘有志的最大遗憾。要是能穿上官服、戴上官帽、再插上顶戴花翎，然后将这乌黑而泛着蓝光的短枪大背上，哪将是何等的威风？

一会儿将委任状掏出来看看,一会儿又将短枪拿出来,比试比试。想象着子民们那既羡慕、又敬畏的样子,只觉浑身轻飘飘的,佘有志不禁手舞足蹈了起来。

啊,到家了。烟馆的伙计、掌柜,以及自卫团的团丁们,都喜滋滋、乐呵呵地迎了上来。正想炫耀一番,佘有志却急忙找不到委任状,也找不到短枪。没这些东西,拿啥去炫耀呢?一着急,佘有志竟急出了一身的冷汗。诶!哪儿去了?刚才,不是还拿出来看了吗?心里跟明镜似的,佘有志的嘴,却急忙张不开来。

"出事了,出事了……"失声倒怪地喊着、叫着,多儿跑了进来。

"喊啥?喊!"翻个身,佘有志不耐烦地呵斥道,"是初四了,这我知……知道。"

"出事了。出大事了!"顿着脚,多儿又道,"快起来!还不赶紧起来。"

闻言这才觉得不大对劲,揉着惺忪的睡眼,从一场黄粱美梦中,佘有志终于惊醒过来。

失急燎毛地登上裤子,却顾不上勒裤带,更顾不上穿衣服,提着裤腰,又光着脚丫子,连颠带跑着,佘有志到了门口。

在门口,佘有志惊得呆了——呆若木鸡。难怪委任状急忙找不着,原来它被一个尺把长的,闪着寒光的杀猪刀,钉在了头门上。那方跟斧头背一般大的官印,似乎已经化成了一摊殷红的鲜血。活像一条条血红血红的蚰蜒,沿门板血珠儿,向下蠕动着。委任状上的字,似乎还在跳动,揉着眼睛看了七八遍,佘有志总算是看清白了。

> 查恶霸佘有志在南河镇一带敲骨吸髓,搜刮民财,欺男霸女,无恶不作。若不悬崖勒马,小心狗头!
> 　　　光绪××年×月初四日　阎王于阴曹地府

打了个激灵,佘有志又下意识地,摸了摸脖项。还好!脑袋还在。

佘有志再也沉不住气了,有团丁、有快枪,又能咋样?明枪易躲,暗箭难防。自己在明处,人家在暗处。难道派团丁到阴曹地府,向阎王开枪不成?

当晚做的梦,第二天一大早,便得到了反证。人常说做梦是个翻反子,看来,还有些道理。虽然有团丁日以继夜地守护着,佘有志却还是由不得心惊肉跳、毛骨悚然。虽然有乌黑而泛着蓝光的快枪仗胆,佘有志却还是风声鹤唳,草木皆兵。联想到他爹麻子佘的死,佘有志更是由不得胆战心惊、不寒而栗。

没有不透风的墙。尽管佘有志捂得严实,初四早上发生的一切,却还是被人们传得沸沸扬扬。有的说他家孩子半夜起来尿尿时,曾亲眼看见平地上,突然冒出两个人来。其中一个全身通白，手里拿着的，正是那张告示；另一个则全身通黑，手里拿的，正是那把杀猪刀。虽一黑一白，俩人的舌头，却一样长，都吊到了肚脐窝。失声倒怪地跑回时，孩子已吓得尿了一裤裆。据说五六岁以下孩子，能看见神鬼，于是大家都深信不疑。

初三还门庭若市，从初四起，佘记烟馆竟变得门可罗雀了。虽都想巴结佘乡约，虽都想照顾他的生意，但投鼠忌器，烟民们更担心的，却还是自己的脑袋。那一黑一白两个无常万一看走眼，认错了人，自家说不定就垫背，而成了替死鬼。

在南河镇西南方向的不远处，有一块几千亩大的滩地，叫"九子滩"。在这八百里米粮川的腹地，何以存在这样一块寸草不生的滩地，自古以来众说纷纭、莫衷一是。于是在民间，又演绎出许多离奇古怪的传说来。

闻"凤鸣岐山"，由东海入黄河，经黄河再入渭河，一路逆流而上，东海龙王来到了岐山。龙凤呈祥后，所生的儿子或刀耕而种，或桑蚕而织，或结网而渔，或饲畜而牧。从此，便有了华夏民族。华夏民族堪称是"龙的传人"。在众多的龙子中，当然也有生性剽悍、桀骜不驯的。掐指头算起来，共有九个。为争嫡决斗于渭水之滨，九龙子直杀得天昏地暗、日月无光。

见生灵涂炭，民不聊生。不敢怠慢，千里眼、顺风耳立即将此事，奏报给玉皇大帝。闻报，玉皇大帝勃然大怒。他正要派托塔天王李靖、派三太子哪吒率天兵天将，前去剿杀，不想却被太白金星，给劝住了。

深知跟龙太子，哪吒积怨甚深，太白金星唯恐他们冤冤相报、永无宁日。于是奏请玉皇大帝曰："莫若先礼而后兵。若能好言相抚，让其放弃决斗，则既不用兴师动众，又可免生灵涂炭。如一意孤行、不听劝阻，那时再发兵征剿，亦为时未晚，且师出有名矣。"

见太白金星言之有理，准奏后，玉皇大帝又着其前去降旨。敕令该九龙子，均不得为龙。并责其各取所长，化身为兽，造福人类，以将功抵罪。

领旨后按落云头，太白金星飘然地来到了秦岭。宣读了玉皇大帝的旨意，他又好言相劝，晓以利害。太白金星的良苦用心，果然奏效。其中大太子囚牛好乐，愿立于琴头；二太子睚眦（ya zi）好斗，愿附于刀柄；三太子嘲风好险，愿侍立殿角；四太子牢蒲好鸣，愿悬于钟顶；五太子狻猊（suan ni）好坐，愿伏于佛下；六太子霸下（bi xi）善负，愿伏于碑底；七太子狴（bi）案好讼，愿悬于狱门；八太子负屃（xi）好文，愿立于碑侧；九太子鸱（chi）吻好眺，愿立于屋脊。于是民间便有了"龙生九子，均不为龙"的说法。

一时高兴将化身，太白金星竟忘在了秦岭山上，于是，又有了长安八景之一的"太白积雪"。那终年不化的积雪，据说，是太白金星的华发，而九龙子厮杀的地方，就是"九子滩"。

自古至今，这九子滩均为官方所有。这次因税款数额巨大，又催缴甚急，不得已，阳都县只好低价拍卖这一官产。

这南河镇，实在是太可拍了。于是在九子滩，佘有志买了三十亩滩地。用五尺厚、丈八高的围墙，他先圈了起来。第二年一开春，他大兴土木，又盖起了三进共十八间大瓦房。在后院，还修了"楼子"。

下面阔，约丈五见方；上面略小，约丈二见方。高两丈开外，楼子多为土石结构。中间以石条隔为上下两层，酷似当年的烽火台，是那些大户人家，用来防土匪的。

若遇不测，全家便携带金银细软，沿木梯爬上顶层。将木梯抽上后，再用石板封死通道，并压以重物。顶层除留有炮眼外，还备有砖头、瓦块。有的甚至还配有火器，以居高临下，打击土匪。

远远看去，酷似城堡。给他的新居，佘有志还取了个吉祥的名字，叫"佘福庄"。不等房子干透，带着浮财、带着批量的烟土，佘有志便迫不及待地搬进了佘福庄。除团丁外，在佘福庄，他还豢养了两条狼狗。

伴随着列强的坚船利炮，于不知不觉中，西方文化也悄悄地，渗进了中国。在接受传统教育的同时，年轻的举子们也逐渐接受了外来文化、接受了西方的文明。用新眼光审视着祖国的国情，用新思想思考着祖国的未来，他们不断寻求着救国之途，探索着强国之策。

在短短的六十年中，帝国主义列强强迫清政府签订的城下之盟，竟多达二十余条。索赔的白银，竟高达十二亿六千五百七十万两。特别是前不久刚签订的《辛丑条约》，列强们索赔的白银连本带息，竟高达九亿八千万两。唇亡则齿寒。皮之不存，毛将焉附？国家兴忘，匹夫有责。这些触目惊心的数字，不能不引起陈德润的关注，也不能不让他，大为震惊。弱国无外交。经过反复的思考，一条教育兴国的计划在他的胸中，渐趋成熟。

南河镇必须有一所全新的学堂，这所学堂不单有国学，还有西学；在这所学堂就读的不单有男子，还有女子。在这所学堂里，学子们做的不再是八股文，因为八股文不能强国，只能误国。在这所学堂里，学子们做的应是富国强兵、安邦治国平天下的大文章。为名副其实，连学堂的名字，陈德润都想好了，叫做"南河实业学堂"。

原先之所以没有急于办学，陈德润并非不想办，而是办什么样的学，他还没想清楚。再说，不修桥解决交通不便的问题，就只能收三女河以东的几个娃娃了。三女河以西的，都因交通不便而被拒之门外，那还能叫"南河实业学堂"

吗？

　　吃晚饭，被关中人叫作"喝汤"。一边喝汤，陈德润一边将自己的想法告诉了父亲老秀才、岳父老神仙跟妻子孙兰玉。闻言，大家无不击节叫好。老神仙感慨地道："到底年轻，果然是后生可畏！"老秀才则更加激动："渭河南没学堂的历史，就要结束了。我们秀才家人老几辈的夙愿，将指日可待了。"

　　"不对，不对！"突然，有人插了一杠子，而且持的，是否定的态度。闻言众人不约而同地，吃了一惊。回头看时，这才发现是菊儿一家，而持不同意见的，竟是谢铁成。

　　"是铁成？"陈德润惊讶地道，"有什么不对？快说说，说说你的高见。"

　　"打铁、擀面，咱还凑合。"谢铁成却自嘲着，"这咬文嚼字跟圣人打交道的事，咱可是行外。哪里有啥高见？我是说，眼下陈家已不是秀才家，而是举人家。"

　　"凭秀才家……不对不对。"菊儿道，"凭举人家的声望，我看这件大好事，肯定能成。"

　　"烧水、打铃、看大门。"郭福寿接茬道，"就包在我的身上！"

　　"福寿，你的心，也太沉了吧！"对着郭福寿，孙兰玉打趣地道，"一个人，你就包了三样。这女子班你包不？不包，可就归我了。"

　　一句话孙兰玉将大家逗得，哄堂大笑。"学校要是办起来，大家谁也清闲不了！"陈德润笑道，"说起容易，做起，可就难了。有许多具体问题，譬如资金，校址，咱们还得从长计议。大家先慎重考虑一下，改天，咱们接着再议。"

　　第二天天还没亮，从睡梦中陈德润、孙兰玉，被菊儿喊醒了。只听说郭福寿有急事，问到底是啥事时，他们得到的，却是一阵远去了的脚步声。

　　跟着陈德润，当孙兰玉连颠带跑，急急火火地赶到郭家时，却见拿着一本旧书，郭福寿正在出神。

　　"福寿，"对着郭福寿，陈德润打趣地道，"啥时候竟变得，如此的用功了？"

　　"福寿，你是属鸡的？"见没啥要紧事，孙兰玉也嗔怪道，"这么早！"

　　"早？他呀，压根儿就没睡！"这时端着洗脸水，菊儿走了进来，"又犯神经了。不理他！来，你俩先擦把脸。"

　　"书中到底有没有黄金屋？"没头没脑，郭福寿道，"办学，不正缺资金吗？"

　　闻言，陈德润、孙兰玉更加糊涂了。见俩人茫然的样子，菊儿这才说出了一段往事。

　　过门三天的那个晚上，跟着老财东，郭福寿、菊儿惴惴不安地，来到了祖宗的神龛前。见老财东是一脸的严肃，小两口更加诚惶诚恐。发蜡后，又上了三炷香，接着"扑通"一声，老财东竟跪倒在列祖列宗的面前。见状，小两口慌了，跟着老财东，他们也扑通扑通地跪了下去。行过三叩九拜的大礼，又拿出一本书，老财东这才庄严地道："这是咱老郭家的传家宝。你爷就是这样将它，交给我的。还说实在不得开交时，它能帮上大忙。如今，你们也成家立业了。按你爷的吩咐，今天，我将它交给你们，你们藏好，千万，可不敢丢了。等你们的儿子成家立业后，按今天的规矩，你们再将它传给他。记住了吗？啊——"

闻言心里一阵紧张，庄重地点着头，郭福寿用不住颤抖着的双手，跟接圣旨一样，接过了那部书。

后来由前到后，又由后到前，郭福寿不知将那本书翻了多少遍。除几行手写的打油诗外，却并没发现有什么特别的地方。听说办学需要资金，昨晚，他又拿出来琢磨了一宿。结果，却还是一无所获。

"字墨浅，你们帮我看看。"将书递给陈德润，郭福寿道，"看里面到底，都有些啥名堂。"

接过书，陈德润翻了翻，这才发现是嘉庆年间出版的一本《本草纲目》。于是心里，已经明白了几分。据陈德润所知，郭家各种版本的《本草纲目》，少说，也有五六部。其中，还有康熙年间的。秘密很有可能，就在那几句打油诗上。于是，他直接找到了那首打油诗。

　　　　榆钱落树下，　柳絮飞上天。
　　　　椿香随风去，　槐花落水间。

默诵着这首半俗半雅的打油诗，陈德润反复地推敲着、揣摩着……

瞅着陈德润，郭福寿、孙兰玉、菊儿，在一旁焦急地期待着……

"后院可有四棵老树？"看着看着，心中不觉一动，陈德润问郭福寿道。随即孙兰玉、菊儿，也将目光移向了郭福寿。"多！不止四棵。"郭福寿却并不假思索。"不！我说的，是老树。至少有八九十年树龄的老树。"陈德润进一步提醒道，"一棵是榆树、一棵是柳树、一棵是槐树、还有一棵是香椿树。"

"差不多……好像差不多。"郭福寿却是似是而非。陈德润的提醒，倒是让他颇费了些思索。闷着头想了一阵后，他这才又道，"到后院去看看，不就清楚了吗？"

推着郭福寿，菊儿跟陈德润、孙兰玉，一块来到了后院。正如郭福寿所言，后院杂七杂八的各种树木，还的确不少。仔细看时，跟水桶一般粗的大树，却果然只有四棵，而且正如陈德润所言，一棵是榆树、一棵是柳树、一棵是槐树、还有一棵是香椿树。于是三双惊讶的目光又不约而同地，聚焦在陈德润的脸上。"在这院子，进进出出二十多年了。"郭福寿尤为惊讶，"我都不曾注意，你咋

就这么清楚？"

"我当是啥？原来是几棵老树。"菊儿却是大失所望，"几棵老树值几个钱？也算是传家宝？"闻言，陈德润却大不以为然："其它的，确实值不了几个钱，这老榆树嘛，却是不可小量。"催促着丈夫，孙兰玉道："就别再卖关子了。快说说，说说看！"闻言，郭福寿、菊儿也异口同声地附和着孙兰玉。

"不是我卖关子，而是你们太着急，又光打岔。"陈德润笑道，"诗中写的明白：柳絮轻飘飘的，飞上天，自然是无影无踪了。香椿虽香，却也随风而去了。这槐树，又长斜了，树冠伸到后墙外、伸到了水沟边。槐花自然随流水，漂进了三女河。不轻也不重，唯独这榆钱落在了树下。榆钱，余钱！余钱不就是，余下的钱吗？"

"这么说！这榆树下埋有钱？"闻言，孙兰玉、菊儿顿时恍然大悟，郭福寿则更加着急："那咱现在就挖。看看老祖宗到底给咱，余下了多少。"

说着，郭福寿就要菊儿去拿镢头。菊儿正要转身，不想，却被陈德润给拦住了："慢！这是你老郭家的秘密。道破天机，已属无奈。后面的事咋说，我们也不能再掺和了。恕不奉陪！"说着跟孙兰玉，他转身就走。左拦右拦，菊儿却一个也没拦住。

是话不是话，提起放不下。喝罢汤，就办学的一些具体问题，济世堂里又一次议论纷纷。老秀才、老神仙说作为启动资金，济世堂先拿一千两银子。孙兰玉说她还有些私房钱，大约有三四百两。

"不用了。力出不上，这钱嘛，我全包了。"闻言，老神仙、老秀才禁不住大吃了一惊。瞅着被菊儿推来的郭福寿，他们疑惑地道："福寿，你撞倒赵公元帅了？"不等郭福寿开口，跟孙兰玉相视一笑后，对着两个老人，陈德润道："人不可貌相，海水不可斗量。大家看到的，只不过是些浮财。哪个会将黄金、白银，明哈哈地摆在屋脊上等贼偷、等土匪抢？"孙兰玉也笑道："福寿，看来你不必再抢着烧水、打铃、看大门了。你就准备着当你的校……"

"咣当"一声，孙兰玉又被打断了。将一包散碎银子磕在桌子上，谢铁成不好意思地道："手头不宽裕，凑凑合合，我搜腾了一百两银子。添不了斤，咱添个两。大家可莫要笑话，啊——"闻言，孙兰玉却偏偏取笑他道："铁成，你晚了一步。校董已被人家福寿，给抢走了。"

第十四章

　　不明就里，几个晚辈的话，又如打哑语，闻言，老神仙、老秀才更加的糊涂了。面面相觑，两个老汉期望从对方那里，能得到诠释。但他们所看到的，却都是一脸的茫然。

　　"这点儿钱，大家先收着。"菊儿道，"学堂要办，面馆要继续开，济世堂不但不能受影响，还要扩大。"说着，将那一百两散碎银子重新包好，她又递还给谢铁成。接着"咣当"一声，两根黄灿灿的东西，又被她放在了桌子上："先用着。不够了再说！"

　　这"咣当"一声，这两根黄灿灿的金条，再加上菊儿的口气，不光两个老汉，不光谢铁成，就连陈德润、孙兰玉，也都惊得呆了。虽知道"榆钱落树下"的秘密，却没想到这"余钱"竟是黄货。听菊儿的口气，这黄货似乎，还远不止这些。看来让人最为担心的经费问题，已经不成问题了。五个人你看着我，我看着你，你看着他，一时，竟都说不出话来。刚才还你一言、我一语的热烈气氛，一下子像是凝固了。

　　"不说明来路，"首先反应过来的，是老神仙，"这钱，咱不能用！"

　　"对对对。"接着，老秀才也反应了过来，"眼下急用钱，这不假，但须取之有道。"

　　"想到哪儿去了？"拍着腔子，郭福寿道，"两位大叔，这钱绝对是干净的。就放心地用吧！"

　　"福寿说的是实话。"见已经发生了误会，孙兰玉忙道，"至于详情，回过头，我们再跟大家慢慢说。"说完给丈夫，她又递了个眼色。

　　"对对对。详情，咱以后慢慢说。"先是附和着妻子，接着又岔开话题，陈德润道，"要议的，还多。咱们再说说校址吧！"

　　见陈德润、孙兰玉都这么说，众人这才踏实了许多。又见陈德润提到校址，大家这才重新打开了话匣子。

　　"依我看，还是放在桥头。"谢铁成胸有成竹地道，"先生们的饭，我给咱管。"

　　"我看不行。"不料孙兰玉，却首先投了否定票，"铁成，你的面馆太小了。先生吃饱了，娃们，却还饿着。咱们的学堂，得有食堂！"

"不光要有食堂，还得有宿舍！"郭福寿道，"要办，咱就办得有鼻子有眼。有处吃、没处住，也不成喀！"

"对。福寿说得非常好！"陈德润道，"学堂，咱要办成一流的。眼下虽是个小学堂，将来却要发展为中学堂，甚至是大学堂。办学，咱首先得方便学生。依我看，还是放在河西堡。那里位置适中，交通方便，跟九子滩相邻，发展空间也大。大家看……"

没料到陈德润的设想，竟如此的远大，又如此的宏伟。大家的情绪，又一次被他推向了高潮。异口同声中，大家纷纷地投了赞成票。

"把他家的。"虽投了赞成票，谢铁成却多少有些丧气，"弄了一整，连个厨子，咱都没弄上。"闻言对着他，郭福寿诙谐地道："你的手艺，瞎不了！一开工，你先给匠人们做饭。咱给你再挂个牌子，就叫'桥头面馆河西堡分号'。铁成，你没看咋相？"谢铁成还没反应过来，闻言"哗"的一声，众人先被逗得哄堂大笑。

"诶！还甭说。这匠工，还的确是个问题。"陈德润接茬道，"不光手艺要好，人品，更要端正。菊儿，你……"见陈德润问到她，菊儿忙道："哦，这事，我已跟俺爸提说咧。俺爸说……"不想刚一开口，菊儿却被打断了。

"匠人的事，就包在我的身上。"闻言回头看时，大家发现打断菊儿的，竟是老木匠。跟在老木匠尻子后面的，是他的两个儿子刘子明、马子亮。

"哦！这嘴说曹操，曹操就来了。"笑呵呵地招呼着老木匠，老秀才、老神仙道，"人都说陕西地方邪，果然是一点不差！来来来，兄弟，你先坐下。坐下慢慢说。"招呼着刘子明、马子亮，众人也纷纷地站了起来。

"四匠由主。"老木匠道，"土混，还是砖混？让我心里，先有个数。"刚一坐下，他就提出个大家都不大懂，当然更不曾想到的问题。

盖房的学问，也不少。那些像样的人家，房子一般都是三间。中间是过厅，两侧是卧室，叫作"一明两暗"。

其中一坡流水的，叫作"厦子"。也就是陕西八大怪中所说的"房子一边盖"。厦子房是一坡椽、三道檩。椽长一丈三尺，是标准的"丈三椽"。跟小头比，椽的大头因粗壮，而显得富态。故无论从力学角度，还是美学角度去看，大头，都应当向下。椽留在屋外的部分，叫作"檐子"。檐子深，一般是三尺。起码，也不得少于二尺八。少于二尺八就有失协调，显得小气了许多。屋里虽还留有一丈，其水平深度，实际上只有九尺。

三道檩中最下面的那道，因搁在檐墙上，所以叫作"檐檩"。最上面的那道，也因搁在背子墙上，而被叫作"背檩"。中间那道因横担在椽腰的偏上处，所以，又叫作"腰檩"。不放在椽的正中，腰檩所以要偏上些，是因为越往上，椽也越细的缘故。下面虽都有墙作为支持，但跟背檩比，檐檩却要更粗、更壮，也更为端正。毕竟在人面面，所以得富态些、体面些。

两坡流水的，叫做"大房"。按进深，大房又分为"鞍间""楼房"和"庭房"。

各一坡丈三椽，因前后檐对称、样子像个马鞍的，叫作"鞍间"。共五道檩，除两道檐檩、两道腰檩外，鞍间的屋脊上还有一道檩，叫作"脊檩"。因悬空，而且供两坡椽共用，脊檩要更粗壮一些。如果临街盖在厦子房的前面，鞍间又叫作"门房"。

若在前檐丈三椽的上面，再加上一道一丈长、叫作"丈椽"的椽，鞍间就变成了"楼房"。前后檐不再对称，楼房是前檐深，并因深而低；后檐浅，并因浅而高。因是三坡椽，楼房通常又被叫作"三椽"。共七道檩，除一道脊檩、两道檐檩和三道腰檩外，楼房前檐丈椽跟丈三椽的衔接处还有一道檩，叫作"槽檩"。比脊檩更承重，所以槽檩要更粗、更壮。

楼房之所以叫作楼房，是因其室内可用木板隔为上下两层，楼梯也是用木板做的，并带有扶手，叫作"楼护梯子"。供上下楼专用，楼护梯子不能挪作他用，也挪不动。即便两三岁的顽童，也能安全地爬上爬下，而用不着大人们再去操心。

若在后檐的丈三椽上，再加上一道丈椽，楼房就变成了"庭房"。也有加五尺椽、六尺椽，甚至更短的。跟其它的比因为短，跟鹿尾巴似的，这些短椽又叫作"鹿尾"。一道脊檩、两道槽檩、两道檐檩、四道腰檩，庭房共九道檩。具有鞍间房前后对称的特点，但进深却比楼房的还要大。楼房、庭房，一般都盖在厦子房的后面，是专供长辈们居住的，所以又叫作"上房"。

前面的鞍间、后面的上房，跟夹在中间的、两面对称的厦子房所构成的院落，叫作"四合院"。其中间露天的部分，叫作"天井"。

三道檩的，是厦子；五道檩的，是鞍间；七道檩的，是楼房；九道檩的，就是庭房了。檩的多寡，决定着房的样式，所以，进门后房木匠的第一句话，不是问要盖什么样的房，而是问主家准备用几道檩。檩的多寡，似乎比房的名称更为具体、更为形象、也更便于主人回答。

有钱人盖房一般不用胡基，墙全部是砖砌，叫"一砖到顶"。地也是按"人"字或"十"形的花样，用砖铺就，叫"砖漫地"。椽的上面，一般也不用苇箔，而是用一种特制的砖。跟一般砖比，这种砖的面积大，却薄了许多，叫作"板薄砖"。木料一般也不用硬杂木，而用松木。松木中最好的，是"马尾松"。其特点是既端正，又"宁折不弯"。板薄砖上覆以厚厚的黄泥，黄泥的上面，再盖上瓦当，以保暖、隔热、利水。为让椽头不外露，而显得更加的美观，讲究的人家封檐用的，是松木板，叫作"封檐板"。封檐板上是一溜带有瓦舌，瓦舌上还带着图案的"滴水瓦"。屋脊也是砖封，两端还立有"鸱吻"。

小康人家盖房，墙的表面和四周，用的是砖，内部跟中间，却镶嵌以胡基。中间的胡基，被用掺有白灰的黄泥抹得明光锃亮，叫作"包心"。包心底下的砖层，叫作"砖建脚"。砖建脚最少是七层，最多是十三层，而且取单不取双。包心上边的砖，叫"砖摽梢"。砖摽梢只有一平砖厚，内部衬砌以胡基。

穷汉人盖房，底下是用湿土打成的土墙。待土墙干透后，再在上面垒砌以胡基，自上而下，从里到外，整个墙跟砖无缘。

"墙用砖砌的，叫砖混；用胡基砌的，则是土混。"老木匠最后道，"我所以要问这些，是土混、砖混的施工工序不同。土混墙里必须有柱子，是先立木，后扎墙。无需柱子，砖混则恰恰相反，是先扎墙，而用不着立木。"

听完老木匠的介绍，大家这才恍然大悟。郭福寿急切地道："砖混，砖混！咱一砖到顶。"闻言，陈德润却笑道："福寿，你先甭急。咱不是修'楼子'，而是盖学堂。你知道要盖多少房子吗？"见郭福寿直摇头，陈德润给大家匡算了一笔账："一个村平均按十个娃，五十个村，就是五百娃。四十个娃占一个教室，至少得十二个教室。一个教室三间，十二个教室，就是三十六间。住宿的按二百娃，分上下铺每十个娃住一间，光学生宿舍，又是二十间。教员按二十个人，俩人住一间，又是十间。宿舍是厦子房，两间折一间鞍间，三十个宿舍，共折合十五间。再加上食堂等，咱起码得盖六十间房。相当于七八个四合院，可不是个小数目！"

听了陈德润的一席话，众人有的频频点头，有的议论纷纷。老神仙道："能者多劳。依我看让木匠兄弟辛苦一下，先摸清木料、砖瓦的行情，然后，咱再定夺。"老秀才又补充道："一家十五口，七嘴八舌头。没个主事的，怕是不成。"闻言孙兰玉道："我不是已经说了嘛，让福寿当这个家。"闻言连连地摆着手，郭福寿道："不成不成。我的'水'有多深，大家也不是不知道。除了出钱，我啥事也管不了，这些跟圣人打交道的事，还是由德润来拿吧！"

一阵推来让去后，大家公推陈德润主持全局，由郭福寿管钱，由孙兰玉管账，由老木匠管工程，由老神仙、老秀才为监督。

见推脱不掉，以主事人的身份，陈德润跟老神仙、老秀才道："校址的事，就仰仗二老了。"回过头跟老木匠以及子明兄弟，他又道，"人工、材料，烦请大叔跟两位贤弟，多费些心。可先到处转转、看看，等摸清行情后，再下手买。零用钱，可先在济世堂的柜上拿。福寿的钱太大，等铺开后，咱再说。"最后，他又叮嘱孙兰玉说："往来的账目，你给咱记好。"

"贤侄，你放心。"老木匠道，"明天，我们就去渭北。听说那里的味经书院、宏道书院，办的都不错。"闻言，孙兰玉却不放心了："听说北边不太清静，是不是缓两天，等风头过去……"陈德润却截住她道："不怕，不怕！既不是去催粮，也不是去派款，咱怕啥？明天陪木匠大叔，我一块儿去。去看看人家，也长长自家的见识。跟菊儿，你俩辛苦一下，给咱多烙上几个锅盔。咱多带干粮少带钱，哥老会的弟兄要是饿了，给他们一两个也没啥。"

侧卧在土炕上，佘有志一边过着烟瘾，一边想着心事。这段时间，他几乎是大门不出，二门不迈。整天猫在佘福庄里，连烟馆的生意，他都懒得过问。对自卫团的事，他也没了以往的兴致。事实跟噩梦，竟是那样的吻合，人们的嘈传，又是那么的邪乎。杯弓蛇影，佘有志不是疑神，就是疑鬼。

这两天心神稍定，回想此前所发生的一切，对他搬家的举措，佘有志不禁又产生了怀疑。搬到佘福庄后，给他大包小包送礼的，倒真的少了。但想在他这个太岁头上动土的，却似乎仍不乏其人。搬到佘福庄后，给他抱拳打躬、点头哈腰的少了，而想在他这个老虎嘴里拔牙的，却似乎还大有人在。惹不起，也躲不起。躲进佘福庄、躲过了初一，却未必能躲过十五。搬到佘福庄又能咋样？黑白无常能找到佘记烟馆，就找不到佘福庄了？

背后，佘有志总觉有人在嘲笑他。哥老会的毛还不曾见着一根，佘乡约倒是被一张纸，给吓跑了。跟缩头乌龟似的，吓得猫在佘福庄不敢闪面了。连那些团丁们，似乎也没以前那么听话了，有的甚至阴话、阳话，还说起了虐话、怪话。

"咱的眼，叫谷草给戳了。把狗熊，竟当成了英雄。"

"看上去跟个鹰鹞一样，原来，只不过是个咕咕等（斑鸠）。"

这些话要是传出去，那还了得？慢说是总乡约，眼下这个不带"总"的乡约，怕都朝不保夕了。

胡思乱想中，佘有志不禁想起了西街上的老船工。老船工叫"锁娃子"。水性虽好，家里，他却穷得叮叮当当。跟门扇一样大，他的三个儿子分别叫"七十子"、"八十子"和"玉团"。都三十郎当了，三个儿子，却都还没娶上媳妇，加上老伴早死，一家四口，光棍两双。

为取笑老船工，有人给他编排了一个笑话。说是在打劫隔壁的财东时，一时大意，走错门土匪竟误入了他家。"七十、八十、玉团！"情急之下，老汉忙大喊他的三个儿子。闻声，土匪们竟落荒而逃了。逃脱后，匪首还在纳闷儿："看来这老家伙，怕至少是个旅长。没听他一开口就是七十、八十，最后，竟下令教来一团。"纳闷之余，匪首又暗自庆幸，"多亏咱脚底下明白！要不被剁成肉馅，咱几个还不够他们包饺子吃。"

想到这儿，佘有志竟被他自己，给逗乐了。虽是个笑话，却说明了一个千古不变的真理——人多了，势到底还是大！

将心比，都一理。佘有志不禁扪心自问起来：底下给自家送礼，自家咋就没想到给上面送些礼？看来"舍得"二字，自己还是没弄明白。官大一级压死人。总乡约帮自己弄了个乡约，让自己收了不少的银子，可直到现在，自己却还不曾孝敬过人家。

发生在佘记烟馆门口的事，佘有志甚至怀疑十有八九，是总乡约因没收到礼，而对他的警告。

要不要孝敬孝敬自己的顶头上司呢？孝敬多少？又怎么孝敬？少了，怕人家看不上眼；多了，佘有志又舍不得。在"舍"与"得"之间，南河镇的"老聃"、中国的的"黑格尔"竟有些为难了。

一百两，那肯定是再也拿不出手了。上次已经给人家许过愿，说这一百两拿着，先喝杯茶。说事成后，还有重谢。总乡约总不会光喝茶，不吃饭吧？喝杯茶一百两，那吃顿饭呢？重，多少为重？是二百、是三百，还是四百、五百？

诶——有四百、有五百，那还不如孝敬给知县！得了四百、五百一高兴，保不准将这个总乡约，知县就给了自己。到那时为送还是不送，为送多送少而作难的，将不再是自己，而是对方了。想到这，佘有志不免又有些得意。一不做二不休，提上"猪头"，他要闯一闯县衙了。

自从当上乡约，自从当上自卫团的团长，给佘有志他们，知县倒是训过一次话。他有幸认识了这位"父母大人"，可惜这位"父母大人"，却未必认识他。人常说提着猪头，却寻不着庙门。在佘有志看来，即便是寻着了庙门，这猪头，也未必就能顺利地送进去。

绞尽脑汁，佘有志正谋思着咋样才能将"猪头"送进"庙门"。不料突如其来的一声"报告"，竟将他的思绪，给打乱了。

"进来！"佘有志没好气地道。报告——这两个常常让他非常惬意的字，这会儿听起来，咋就这么地刺耳，又这么地让人心烦。

"报告团……团长。"一头撞进的，是领头的团丁黄板牙，"抓……抓了个探……探子。"那满口的黄板牙不但结结巴巴，还有些咬字不清。

"饭桶！"佘有志没好气地训斥道，"他妈的，你抓个瘫子做啥？狗日的，你给他管饭，还是想认他做干爹？"

"报告团……团长。"挨了骂一着急，黄板牙结得更凶了，"不……不是瘫……瘫子，是探……探子。哥……哥老会的探……探子。"

一听到"哥老会"，佘有志这才突然明白了过来。

"啥？"佘有志几乎是吼着道，"你说啥？再说一遍！"一骨碌爬起后，他又一把揪住了黄板牙的领口。

"抓……抓了个哥……哥老会的探……探子。"黄板牙"探"字的四声，还是不准。

"真的？"这次佘有志不但明白了，还兴奋了，"走，看看去！"

听说抓了个哥老会的探子，佘有志又是惊，又是喜。他没想到自己的背运已经过去，该交鸿运了。更没想到从天上，竟掉下个大"猪头"。提着这个大"猪头"进县衙既合情、又合理，还省了不少的银子。凭这个大功，弄个总乡约当当，应该是松松泛泛的事。想到这儿，佘有志不禁心花怒放，三步并作两步，他几乎是一路小跑着来到了后院。

审问人犯，总得有些杀气吧？瞄了一眼那个已被折腾得耷拉着脑袋的"猪头"，佘有志又匆匆地来到了堂屋。又是指手、又是画脚，他指挥团丁们布置着他的临时"公堂"。

既然是公堂，水火棍、惊堂木、印绶，以及分别写有"肃静""回避"的威风牌，怕应是最起码的设施了。既然是审判，那就得录口供。师爷，自然也是少不下的。灵机一动，佘有志突然想起了镇上的戏班子。于是忙着黄板牙带人，到那里去征借。临走，他还一再叮咛黄板牙，要他务必将镇上那个代写书信的老童生，也一并给带来。

没有公案，只得先委屈一下列祖列宗了。于是神龛前的香案，被腾了出来。一切都按戏台上的位置摆设停当，果然，还平添了不少的威慑。坐在临时公案的后面，佘有志还找了找当审判官的感觉。除没补服、没顶戴花翎让他感到有些遗憾、有些美中不足外，似乎，还少了点儿什么。

想了好一阵子后，佘有志终于想了起来。于是再次着人到戏班，他还要征借那画有"东海日出"的屏风，以及那写有"明镜高悬"的匾额。此外，"南河镇民众自卫团"的牌子，还被他摘下来挂上了右侧的明柱。

"带人犯！""啪"的一声，随着惊堂木的山响，佘有志又是一声断喝。

"带人犯——"拖着长腔，佘有志的断喝，被黄板牙传了下去。这次，黄板牙竟然没再结巴。

"人犯"被两个团丁，架了上来。一切都像是真的，一切又像是在演戏。

"跪下！"随着团丁们的一声吼喊，接着又是"扑通"一声。

"人犯"刚艰难地抬起头，审判官却登时失了色；审问还没开始，团丁们却都傻了眼。原来扑通一声跪倒在地的，并不是那个所谓的人犯，而竟是他们的佘乡约、佘团长、佘有志。

"快……快松绑！"佘有志气急败坏地道，"睁开你们的狗……狗眼，看……看看，这哪里是哥……哥老会的探……探子？这……这这这，这是咱们的县……县太爷！"趴在地上，他一面臭骂着他的团丁，一面像筛糠似的颤抖着……

　　果然不出孙兰玉之所料，陈德润、老木匠出门还不到两天，渭北便爆发了声势浩大的"交农"运动。跟工人罢工、跟学生罢课、跟商人罢市一样，用交农具的手段，农民们向官府施加着压力。又是"赔款征银"，又是"盐斤加价"，这地，他们实在是没法再种了。

　　有的扛着钁头，有的扛着铁锨，有的扛着铁杈，从四里八乡，数以万计的庄稼汉子们，像潮水般的涌进了县城。一时吓懵了，知县还以为揭竿而起，农民们要聚众造反了。慢说是金银细软，连家小都顾不上带，惶惶如丧家之犬，出南门、过渭河，他逃到了南河镇。没有了发泄对象，庄稼汉子们更是义愤填膺、怒不可遏。盛怒之下，县衙被他们砸得一塌糊涂。

　　虎凭深山官凭印。微服出逃中，连家小都丢了，知县哪里还顾得上印信？惊慌失措中落水，又弄脏了衣裤。可怜在衙门里耀武扬威、在大街上被前呼后拥的朝廷命官，到南河镇时，却成了正儿八百的落汤鸡、落水狗。

　　因没"政绩"而被佘有志骂得狗血淋头，又见知县不伦不类、失魂落魄的样子，立功心切，黄板牙忙上前盘问。已是惊弓之鸟、脱钩之鱼，父母官偏偏又支支吾吾，一时竟说不出个子丑寅卯来。看来非奸即盗，弄不好，还有可能是哥老会的奸细，或者探子。更不多问，黄板牙上去就是一耳光。跟捆芹菜一样，知县被他捆了个结结实实。接着，又被他送到了佘福庄。

　　爬在地上，佘有志磕头如捣蒜。四周团丁们，也跟着齐刷刷地跪倒了一片。

　　"起来吧。"谢天谢地！"父母大人"不但没有怪罪，而且还开了恩。连着磕了三个响头后，佘有志这才战战兢兢地爬了起来。

　　知县早被扶在了，临时"公案"的后面。说是磕了三个响头，实际上，佘有志只不过是给"父母大人"撅了三下屁股。团长丢尽了丑，又出尽了洋相，团丁们哪里，还忍俊得住？背过身捂着嘴，他们偷偷地乐着……

　　又羞又恼，佘有志正待发作，不料却被知县，给喝住了："算了。不知而不愠，不亦君子乎？念他们无甚恶意，得饶人处，且饶人吧！"虽狗屁不通，但察言观色中，佘有志跟他的团丁们却感觉到"父母大人"不但没有怪罪，反而或多或少，还有些褒奖的意思。于是，无不感激涕零。

　　一面差人过河去打探消息，佘有志一面吩咐设宴为"父母大人"接风，洗尘、压惊。

　　听说闹交农的，已经散尽，只是县衙被砸得一片狼藉，知县立马就要回衙。先是因福得祸，继而又因祸得福，佘有志岂肯放过这个巴结讨好知县的，天赐良机？他一心想留"父母大人"多住几日，以便献殷勤、酿感情。无奈苦苦相劝，知县却就是不肯久留。于是只得多带银两，跟团丁们前呼后拥着，佘有志亲自将知县，送回到县衙。

在师爷的指点下，佘有志花钱将县衙里被损坏的东西，全都换成了新的。

见佘有志是一片孝心，知县便有心关照。问及时，陪着小心，佘有志道："小的，哪敢有非分之想？只是想给'父母大人'多分点儿忧，给地方上，多出些力，无奈各村不能齐心协力，牛曳马不曳都怕得罪人。因看不惯，小的多出了些头，不想，竟遭到一些刁钻小人的恐吓……"

苦丧着脸，把前些日子发生的事，佘有志添油加醋地跟"父母大人"，说了一遍。自己作恶多端的事，他自然是只字不提。闻言，知县已明白了八九分。只一纸委任状，佘有志便一步登天，由乡约变成了南河区的总乡约。

受宠若惊。接过看时，佘有志发现除落款的日期外，委任状竟跟他梦中的，一字不差。更教他欣喜若狂的，是知县还吩咐衙役给他拿了一把短枪，跟二十发子弹。

又惊又喜，又喜又惊，叩头谢恩后，佘有志出了县衙。一边走，他一边想，前前后后所花的八百两银子，这回，总算是撂响了。

塞翁之马，失而复得，福兮？祸兮？

第十五章

　　风尘仆仆，老木匠一个人回到了济世堂。"他人呢？"一边给他打水洗脸，孙兰玉一边道，"咋没跟你一道回来？"老木匠一边洗脸，一边回答说："他呀，一时半会儿，怕是回不来！"闻言，孙兰玉不禁大吃了一惊："一时半会儿？回不来？出了啥事？"这时端着茶水，菊儿正好走了进来。"招祸，就招在他的名气太大了。"接过茶抿了口，老木匠接着又道，"听说他就是陈德润，味经书院非让他留下不可！"

　　"他应承了？"闻言孙兰玉放心了，也着急了。

　　"应承倒是没应承。"叹口气老木匠道，"听说咱们也要办学堂，咂吧着嘴，山长这才无可奈何地松了口。见留不住，他又坚持非要让他给娃们讲两节课不可。"

　　"那最多，也是一两天的事！"闻言，菊儿却不以为然了。

　　"一两天？"闻言，老木匠连连地摇着头，"一两个月能回来，依我看就不错了。"

　　"一两个月？"闻言，孙兰玉却更加吃惊了，"两节课，就得一两个月？"

　　"这倒不是。"呷了口茶，老木匠又道，"不上还罢，这一节课上下来，他越发地走不利索了。"

　　"又咋的咧？"闻言，老秀才也着急了。

　　"咋的咧？勾搭把倒搭给惹下咧！"老木匠苦笑着，"成了香饽饽，围住他，娃们就是不肯放手。崇实、宏道两家书院，也跟着加热闹，跟争亲似的，三家争着、抢着，他走得了吗？"

　　"这、这可咋办？"一旁，老神仙也沉不住气了。

　　"咋办？好办得很！"接过话茬，郭福寿道，"趁天黑，偷着跑呗！"

　　"我也是这个主意。"老木匠道，"你揣，你揣人家是咋说的？"

　　"他咋说的？"众人异口同声地追问道。

　　"人家说，这样做不地道。"老木匠道，"我想这又不是抓中药，管他地道还是不地道。"闻言，众人立即被他逗得哄堂大笑。不料老神仙、老秀才却道："这样做，是有些不妥。他没说大概，还得耽搁多长时间？"老木匠也被自己逗乐了："说了。他说最多待上十天半月。如果还不行的话，地道不地道，他也就顾不上了。"

十天过去了，半个月也过去了，陈德润却还是不见个踪影。一个月后，就在大家准备分头去找的时候，他却兴致勃勃地回来了。不是从渭北，而是从上海回来了。

在渭北，陈德润的确只耽搁了半个月。非常欣赏他的学识，又十分敬佩他的为人，同道们一致建议他到上海去走走，还写信要他去找一个叫做"于右任"的渭北乡党。于右任的大名，陈德润倒是听说过。一直不曾谋面，他只知道跟自己，这个人是一前一后中的举，而且是个美髯公，雅号叫"于大胡子"。

在上海，于大胡子热情地接待了陈德润。通过他，陈德润还结识了一大批学界、政界跟军界的有识之士。其中，有的还是黄头发、蓝眼睛的洋人。于是眼界大开、见识大长，还带回一大堆的书籍、资料。

听说陈德润从大上海回来了，济世堂又一次被围了个水泄不通。南河镇经常有从上海过来的各色人等，从他们的着装上不难看出，那里应该是个时髦的大去处。本地因从未有人涉足，出于好奇，大家也曾跟来人打听过那里的情况。来人也都是津津乐道，他们高谈阔论了半天，南河镇人却只记住了两个字——阿拉。对大上海充满了好奇，大家都急于了解这个神秘的地方。

"跟咱的西安省，差不了多少。"陈德润道，"只是大得多，楼房也高得多，还紧靠一眼看不到边的大海。街道上，随时都能见到来自世界各地的洋人。不会捉筷子，吃饭洋人用的是勺子、刀子跟叉子。对咱中国人用两根筷子就能吃饭，他们非常惊讶。"顿了顿，陈德润感叹地接着道，"不出门，还觉得咱这儿不错，一看人家，才知道咱这差远了。跟渭北比，咱能差一二十年。二十一年中，人家味经书院光进士及第的，就十八个。中举的，竟多达七十二个。跟人家上海……唉！"摇着头叹了口气后，陈德润这才又道，"跟人家上海，那就更没法比了。跟人家比，少说，咱也要落后四五十年。就这，上海还远远赶不上西方国家。咱们，那就差得更远了。至少，至少能落后百十年。咱们再也耽搁不起了，咱们，得急起直追！其实，咱们中国人并不笨。咱们祖先发明的火药、发明的指南针、发明的造纸术、印刷术，被叫作'四大发明'。这些发明对人类进步的贡献，太大了！外国有很多人也在学习、也在研究咱们中国的历史文化，以及语言文字。"

"这么说，洋鬼子也有好人？"有人诧异地道，"还以为都是些杀人不眨眼的魔鬼，却没想到他们中，竟还有这么多的好人。"

"对！"陈德润附和道，"到处都有好人，也都有坏人。中国不也有坏人吗？跟咱们一样，洋人也是有血、有肉、有感情的人。虽不排除其中有些是坏人，但绝大多数，却都是好人。对咱们他们很友好，也很敬重。　对咱们的语言、文字，他们更是喜爱有加。说咱的汉字不仅仅只是交流的工具，更是世界上唯一能登堂入室的艺术。"

"艺术！艺术是啥？"有人道。

"艺术嘛……"见正面不好回答，灵机一动，陈德润反问道，"三月的桃花、四月的梨花、五月的牡丹、六月的莲花、七月的兰花、八月的桂花、九月的菊花、腊月的梅花，这些花，好看不好看？"

"这还用问？花那有不好看的？"众人异口同声地道。

"只可惜好花不常开。"陈德润不禁有些遗憾，"有开，就有落！花落了，就看不着了，是不是？趁盛开时，有人将花画在纸上、挂在墙上，这样不出门，一年四季便都能看到它了。这些画在纸上、挂在墙上的画，就是一种艺术。除了这，咱们中国人还喜欢把字写在纸上、挂在墙上。为啥？还不是因为它跟画一样好看？这也是一种艺术，叫书法艺术。同一字还有行、草、隶、篆四种不同的写法，里面的学问，大着哪！"

歇了口气，陈德润接着道，"有些人诗写得好，有些人词填得好，有些人文章做得好，有些人对子对得好，这都是艺术。还有庙里的塑像，还有咱们人人爱看、个个爱听的秦腔，甚至连木偶、连牛皮灯影子、连过年剪的窗花，也都是艺术。这些画画得好的、字写得好的、诗词、对联、文章做得好的、戏唱得好的、像塑得好的、木偶做得好、又演得好的，皮影、窗花剪得好的，都叫作艺术家。"

"艺术家？"

"对，艺术家。"似有所悟，陈德润接着道，"哦，对了。这盖房子也是艺术，叫作建筑艺术。要是在外国，木匠大叔都够得上是艺术家了。咱们关中人爱看戏，却又看不起唱戏的，把人家叫作"戏子"，认为人家是下九流，死咧，都不让进祖坟。在外国，这些人却是受人尊敬的艺术家，叫……噢，叫表演艺术家。"

闻言，众人有不住点头的，有连声叹息的，还有交头接耳、议论纷纷的。通过深入浅出地讲解，陈德润终于让大家基本明白了什么是艺术，什么是艺术家。

"这么说咱这儿，就有不少的艺术家？"有人道。

"那老神仙病看得好，在外国，应是个什么家？"又有人道。

"哦，你不问，我差点儿还忘了。"陈德润道，"应当是医学家。外国医生是将药水用针打入肌肉或血管，来给人治病的。对咱中国医生不用药水，而只需将一枚银针扎进穴位，就手到病除的事，他们感到不可思议，说咱中国医生跟神一样。于是争着、抢着到咱中国，来学习这门手艺。"

"将药水打入人的血管？"闻言，老神仙吃惊了，"见所未见，闻所未闻。"

"这有啥?"老秀才却是不以为然,"不是还要用药水吗?依我看跟亲家你这两下子比,他们那两下子,还差得远着呢!"

"谁说不是?"老秀才所言,马上得到了支持,"要是比咱强,人家,还用得着学咱吗?"

"诶!话也不能这么说。"陈德润道,"咱有咱的长处,人家也有人家的长处。看病,咱中国医生凭的是号脉。脉是啥?脉就是外国医生所说的动脉血管。流入心脏的,叫静脉血;流出心脏的,叫动脉血。咱们的医生是通过号脉,也就是通过动脉血管的血流,来看心脏的。用一种叫作"听诊器"的仪器,人家可是直接就能听到心跳。受男女授受不亲的束缚,在给女人号脉时,咱们医生跟病人之间,还拉根长长的绳子。谁能通过绳子摸到病人的脉搏,这不是日弄人吗?看病,人家可不分什么男女。不但照样用仪器听女人的心脏,给女人,男医生还接生呢!"

"还有这事?"闻言瞪着眼,又张着嘴,大家无不愕然。

"咋没有?"陈德润接着道,"在外国还有一种行当,叫作'模特儿'。女模特儿,都是些十六七二十不到的大姑娘。将衣裳脱光,她们一条线不挂地坐着或站着,专门让那些学画画的男女学生们照着画。人家说这既是职业,又是艺术!"

"哎哟,妈呀!男人帮女人生孩子,大姑娘脱光教人照着画,这这这……这还不把人羞死!"闻言,男人们议论纷纷,女人们却早臊得埋下了头。她们有的,甚至被吓跑了。

"这这这……这不是伤风败俗吗?"议论纷纷中,有的甚至骂了起来。大多数却都鼓励陈德润,要他说下去。

"伤风败俗?"闻言,陈德润不以为然了,"你说这是伤风败俗,人家却说这是艺术。为弄清生病的原因,人家还把那些病死的用刀子划开后,再割些肉放在一种叫'显微镜'的仪器下看。结果发现好多病,特别是那些传染病,竟是些肉眼看不见的小虫子在捣乱。将这些小虫子,人家叫作'细菌'。啊呀,这'显微镜'可是了不得!被放大了几十万,甚至几百万倍,细菌的蹄蹄爪爪,被看得一清二楚的。一窝降一窝,人家还配出了能将这些细菌杀死的药水。将这些药水往病人的肌肉或血管里一打,得!不出三天,病好了。"

已经是鸡叫二遍了,济世堂里的人,却是有增无减。那些被吓跑的大姑娘、小媳妇、不但又偷偷跑了回来,还七大姑、八大姨地领来了许多相好的、对劲的。

"不早了。"环顾四周,陈德润道,"回去歇息吧!想听咧,明晚咱接着说。"

"没事没事。你接着说。"

"对!你接着说。咱不瞌睡。"

见大家都不肯走，拿过一个圆咕隆咚的东西，又顺手拨动了一下后，指着一处，陈德润问大家道："知道咱中国，在哪儿吗？就在这！"

"我的妈！"又有人吃惊了，"连一只脚都放不下，能住那么多的人？"

"脚下看起来是平的，实际上，却是圆的。"陈德润道，"样子嘛，跟这球差不多。只是比这大得多，叫地球。这是个模型，叫'地球仪'。"

"这么说，咱们住在一个圆球上？"有人道。

"对！"陈德润肯定着，"意大利有个探险家，叫'哥伦布'。在咱中国人发明的指南针的指引下，他带着船队从西班牙出发，始终向一个方向行驶，最后，他竟又回到了西班牙。大家想想，地球若不是圆的，他回得去吗？"

指着地球仪，陈德润又道，"途中，哥伦布还意外地发现了一块新大陆——美洲大陆。不光地球，天上的太阳、月亮跟星星，也都是圆的。可别小看那些星星，其中比地球大得多的，有的是！只是离我们太远，看起来，就小了。在中国的传说中，天上原来有九个太阳。后来被一个叫作'后羿'的，用箭射下了八个。其实恰恰相反，天上自古只有一个太阳，而咱的地球，倒是有'弟兄'九个。其中有五个，还是用咱中国人的阴阳五行学说，命的名。它们分别被叫作金星、木星、水星、火星跟土星。其它三个分别叫天王星、海王星、冥王星。包括地球在内，围着太阳，这九个星星在不停地转动着。看起来比星星大得多，月亮其实是很小的。不停地绕着地球转，比地球还'晚一辈'，它是地球的卫星。见了日食、月食，咱们说日头、月亮，被天狗给吃了。其实，这只是一种自然现象。把日食、月食的时间推算的，人家是一分不差。"

"这么说，是咱中国人弄错了？"

"对！"陈德润肯定着，"不光咱中国人弄错了，开始，外国人也弄错了。发现弄错、发现地球绕太阳转的，是一个叫'哥白尼'的人。开始大家还不信，还骂哥白尼是疯子。当然，也有支持他的。有个叫'布鲁诺'的，就是因为支持哥白尼，才被教会活活烧死在罗马城的鲜花广场。"

"那外国人知得道先有鸡，还是先有蛋？"说话的，以为这次非把陈德润问倒不可。

"知道。"陈德润从容地道，"经过多年的考察、研究，有个叫'达尔文'的英国人发现所有的生命，竟惊人的相似……"

"相似？"那个想难，却没难得住陈德润的又道，"牛跟羊，倒是有些相似，都是一条尾巴、两个犄角、四条腿。人可就不同了，人只有两条腿，而且既没犄角，也没尾巴。"不服气外国人，跟陈德润他竟抬起了杠。

"错！"陈德润否定了他，"早先，人也是四条腿。后来由于拿镢头、拿锨的需要，前腿才慢慢地变成了胳膊。不光地上爬的，是四条腿，天上飞的，早先也是四条腿。只是由于飞行的需要，前腿才慢慢地变成了翅膀。达尔文把这叫作'用进废退'。在《物种起源》一书中，他还指出：所有的生命，均来自同一个祖先——原始细胞。由于生存环境的千差万别，在漫长的进化过程中，原始细胞也不得不跟着变化。于是，才有了形形色色的物种。咱人类的共同祖先，是一种跟猴子有些像的动物，叫'类人猿'。"

"那女娲娘娘抟土造人的说法，也错了？"抬杠的不再抬杠了。看来，他已经心悦诚服了。

"对！那是咱中国人想象出来的神话故事，并没有实验作为依据。"

"实验？实验是个啥东西？"

"实验不是个东西。"被自己的话，给逗乐了。乐了一阵后，陈德润这才反问道："鸡毛跟铜钱，谁落的快？"

"这还用问？铜钱呗！"

"错！"回答又被陈德润否定了，"一样快。说这话的，是一个叫作'伽利略'的意大利人。见大家不信，在比萨斜塔上，伽利略将铜球跟木球同时放手。结果，两个球几乎是同时着地。见状，大家这才信以为真了。让事实出来说话，叫作实验。人家外国人最大的优点，就是相信事实，而不相信传说。比萨斜塔可以说，是世界上第一个实验室。"

"实验室？"

"对！实验室。"陈德润兴奋地道，"外国学堂除图书室、阅览室外，还有实验室。图书室，是藏书的地方；阅览室，是供师生们读书的地方；实验室，则是专供师生们做实验的地方。"

"那咱的学堂，是不是也应当有这些？"老神仙道。

"当然要有！"陈德润兴致勃勃，"济世堂就是中医课的实验室。"

"济世堂？"闻言，老神仙更加惊讶了，"还要开中医课？"

"对。要开！"对着老神仙，陈德润更加兴奋了，"到时候，还仰仗老泰山出任教授。"回过头，他又对众人道，"不但要开中医课、西医课，还要开工业课、农业课、政治课、经济课、军事课跟健身课。不能再教娃们学那些无用的八股文章了。在咱们还在念"之乎者也""子曰诗云"的时候，人家却已经在研究汽车、火车、飞机跟大炮了。用咱发明的火药制造枪炮，又拿着来打咱们，而咱们拿在手里的，却还是大刀、长矛。这不是端着金碗讨饭吗？连种地人家用的，都是机器，叫拖拉机。咱们却还是老牛、破车、疙瘩绳。咱眼光得放大、放远。目前是个小学堂，将来要发展为中学堂，甚至是大学堂。"

第二天直到日头冒花的时候，人们这才陆陆续续地离开了济世堂。陈德润所言，大家有听懂的，有没懂的，还有半懂不懂的；有相信的，有怀疑的，还有将信将疑的。但不管咋说,从此,南河镇人再也不敢自以为是了。在南河镇的外面,原来还有一个更为广阔的天地,还有一个五彩缤纷的世界。

这天晚上,佘有志也是一个不眠之夜。自因福得祸,又因祸得福荣升总乡约后,他觉得自己简直就是渭河南唯一的政治家、军事家。是半个父母官、是封疆大吏、一路诸侯。知县是正七品,分一少半给自己,自己也是个正三品了。青出于蓝而胜于蓝。佘有志的小算盘打的,的确比他老子麻子佘更"高"一筹。

以政治家的眼光,以军事家的头脑,佘有志密切地关注着,思考着。这里是他的辖区、这里是他的封地、这里事无巨细,都跟他有着千丝万缕的联系。

眼下的佘有志,已经不是当年的佘有志了。这倒不是说当年的佘有志,只是个乡约,封地也只有小小的南河镇,而眼下的佘有志已经是总乡约,封地也扩大到渭河南的五十六个大小村落。所有这些,充其量只是些表面现象。更重要的是在政治上,他比以前成熟得多了,也老辣得多了。当年的佘有志只知道耀武扬威,只知道飞扬跋扈;眼下的佘有志已经有了城府,已经学会了韬晦。然而更为重要的,是眼下的佘有志已经懂得并学会使用政治手腕了。除了那些如狼似虎的团丁,他还给自己豢养了几个密探。

拿到委任状,在佘福庄,佘有志破费摆了七八桌酒席。以总乡约的身份,他宴请了渭河南五十六个村庄的乡约、士绅。在吆五喝六中,在推杯换盏中,佘有志客客气气地将这些人的厌们,热情地招待了一番。

酒足饭饱,佘有志这才煞有介事地宣读了知县给他的委任状。接着,又请出了"尚方宝剑"——那只乌黑而泛着蓝光的短枪。在郑重其事地向在座的下属们布置了任务、分配了税额后,他又向北拱了拱手,并跟背戏文似的,背出一段文绉绉的台词来。

"佘某不才,今承蒙知县大人错爱,并委以重任。既然却之不恭,便只好受之有愧了。以后诸事,烦各位鼎力相助,万勿推辞。"用几句轻巧的客套话,佘有志便客客气气的将那些抹黑脸、得罪人的为难事,推给了下属。而将扮红脸、落人情,只收礼、不待客的好事,留给了自己。

"鸿门宴"上的酒肉虽然丰盛,却是好吃难克化。

上任伊始,竟然就有这么多的人集中在济世堂彻夜不归,这不是明摆着要跟总相约较劲吗?里面会不会有哥老会的,或者同盟会的人呢?即便是没有,在封地中还有比总乡约更具影响,也更富号召力的,自然也是不能令人容忍了。聚在一起,这些人会不会趁机呼风唤雨、兴风作浪,会不会闹出啥乱子来?如果有个闪失,又怎么向"父母大人"交代?这个"总"字可是花了八百两银子,好不容易,才弄到手的。宁可信其有,不可信其无。不能大意,不可掉以轻心,大意失荆州！

凭政治家的高屋建瓴、凭军事家的远见卓识、佘有志总觉得在潜在的危机中，往往同时也蕴藏着某种意想不到的机遇。既然是机遇，自然不能放过了。既卖矛，又卖盾。佘有志既害怕里面有哥老会或同盟会的人，又希望其中有哥老会或同盟会的人。

第一个探子报告佘有志说，陈德润从上海回来了，众人只是前去听个新鲜，并没发现有什么形迹可疑的陌生人。闻报虽松了口气，佘有志却未免又有些怅然若失。这段时间，听说南方乱糟糟的，他要他再去、再探，并一再叮咛他千万莫要大意。

不久第二个探子，又回来了。听了男人给女人接生，听了大姑娘脱光教人照着画的事，佘有志不由自主地想起了莲儿，想起了她那白嫩嫩的女儿身，想起了她那对刚刚发育起来的、跟白蛋蛋馍似的奶子，想起了她那被他耕种了的处女地。想着想着，下面那个东西竟不由自主地变粗、变壮、变硬、变长，并由六点半一下子指向了十二点。

为掩饰他，佘有志忙催探子再去、再探。探子走了，佘有志那个东西却越扎越高，几乎要破裆而出了。这正是他在这段时间的最大缺憾，慢说破茬地，就是回茬地，这段时间他都没顾得"耕种"上一次。

这时第一个探子，又回来了。他报告佘有志说，陈德润确实提到了两个姓"哥"的⋯⋯

闻言一骨碌坐了起来，佘有志直指十二点；他下面的那个东西，却又回到了六点半。拽着探子的领口，佘有志迫不及待地打断了他："哥老会的？"

先是点了点头，接着，探子却又摇了摇头："好像⋯⋯是，又好像不⋯⋯不是。一个叫什么'割白米'，另一个叫⋯⋯噢，叫'割咧补'！"闻言，佘有志像猪尿脬被捅了一刀子——立马泄气。"滚！"将探子甩了个趔趄，佘有志瞪着眼骂道，"你他妈的，简直是个饭桶！"

割也只能是割稻子，陈德润他割的什么白米？更何况南河镇一带，从来都不曾有人种过稻子。再说，割烂咧又补浑，陈德润他是有病，还是吃错了药？想了个糊涂，佘有志却还是没弄出个所以然来。

当第二个探子第二次回来时，日头已经有一竿子高了。还算机灵，这个探子从后门回来报告佘有志说那伙人，似乎是要办什么学堂。

"知道咧。"佘有志道，"睡觉去吧。"探子走后，他又自言自语地嘟囔了一句，"秀才造反，十年不成。"

第十六章

"南河实业学堂筹建处"的牌子，终于高高地悬挂在济世堂的大门旁。几个遒劲的行草书大字，是陈德润的手笔。在白底的衬托下，黑色的字迹显得格外的抢眼而又夺目。济世堂又一次成了人人注目的焦点，包括那些目不识丁的在内，大家争先恐后地围观着、打问着、议论着。不同以往，人们所关注的，不再只限于牌子上的书法，他们更为关心的，是那几个字的内涵。举人老爷要在渭河南办学了，而且是闻所未闻的"实业学堂"，这可是空前绝后、绝无仅有的新鲜事。南河镇这个堂那个院的，倒是不少，却就是没有学堂、没有书院。不胫而走，这件新鲜事在渭河南一传十、十传百地越传越远。有增无减，围观的，议论的，也越来越多。不少人还走进济世堂又是问这、又是问那。

"办学是几成利？"对着陈德润，绸布店的葛掌柜首先道。

"葛掌柜，绸布店你又是几成利？"不但没回答他，陈德润反而笑着将了他一军。

"这……"一句戏言，竟呛得葛掌柜一时无语。

"办学是公益事业，不是为了赚钱。"见葛掌柜下不了台，就手，陈德润又给他搬了个"梯子"。

"做生意哪有不赚钱的？"家具店的曹掌柜道，"赚钱肯定是赚钱，至于赚多赚少，那是人家的商业秘密。葛掌柜你是行内，咋净问些行外话？"对陈德润的说法，他显然不以为然。举人老爷的面子又不好驳，于是借数说葛掌柜，他婉转地否定了他。

"不见得。"闻言，陈德润道，"济世堂，我们有时就不赚钱。有时，甚至还赔钱。我问你，你们有谁见济世堂，将病人拒之门外了？没钱的，我们还不照样给他看病、抓药？济世堂拯救的，是人的生命；实业学堂端正的，是人的灵魂。古语说得好，赔钱的买卖行家做！"

一字一板，陈德润不急不躁。话虽婉转，却字字千钧，掷地有声，一口唾沫，几乎能砸一个坑出来。话里的话，曹掌柜固然说得既隐晦、又巧妙，但只瞒过了别人，却瞒不过陈德润。

"自古学堂都是官办。"一个乡绅道，"不知官府，能给多少？"

"一个子儿也没给。"陈德润毫不含糊地道，"我们，也不指望官府。"

"一个子儿都没给？"乡绅吃惊了，"那得花多少银子？这牌子都挂出来了，这钱，想必也有了着落？"

"少说，还不得万把两银子？"陈德润却是胸有成竹，"不瞒你说，眼下，已经有了些眉目。"

"那，往后呢？"乡绅还是不大放心。

"往后？"笑了笑，陈德润不慌不忙地接着道，"勤工俭学、自筹自措。"

"若有捐赠，你们受，还是不受？"乡绅又道。

"受。为什么不受？"陈德润笑着道，"哪里有不收粮的仓？人家渭北就有许多有识之士，在捐资助学。钱多了，学堂才能办大、办好。办大了、办好了，出了人才了，国家还愁不能强大？国家强大了，民众富裕了，还愁筹不到善款？关于这一点，我想诸位比我们，更有眼光。"你有来言，我有去语；你话里有话，我弦外有音。

"好钢，能用在刀刃上吗？"闻言，大部分虽频频地点着头，有的却还是不大放心，并提出了质疑。

"诸位大可不必担心！"收起笑容，陈德润严肃地道，"我们要成立董事会。凡捐资者，都是董事。董事长由董事会选举产生，并对董事会负责。董事会再对所有的董事负责，并接受大家的监督。往来账目，董事会会定期向大家公示，每一文钱，我们都保证花在办学上。给大家、给国家做点儿实事，这是我们陈家人老几辈的夙愿。我想我有责任，也有义务使之实现。"

见陈德润言出肺腑，在坐的许多人，都不觉红了眼圈。有的，还摸出了手帕。

"何谓实业学堂？"那些颇通文墨的，又道。

"上自天文，下至地理；中国传统，西方文明。"陈德润应答自如。

"何谓西方文明？"有人又道。

"哦，西方指的是美国、英国、德国、法国等发达国家。"陈德润如数家珍，"文明指人家在工业、农业、交通、运输、数学、物理、生物、化学等各个方面取得的，先进的成果。"

"哦！你是说，我们要学洋鬼子？"有人吃惊地道，"包括这些国家在内的八国联军，都打进咱的北京了，咱们还要学他们？照这样下去，娃们岂不都成了汉奸？"

"此言差矣！"闻言，陈德润不觉有些激动，"学习他们不假，但决非培养汉奸！人家能打到北京，说明了啥？说明人家先进！被人家打进北京，又意味着啥？意味着咱们落后！人家能学习咱们，能用咱们发明的火药制造枪炮，反过来又打咱们，咱们为啥就不能学他们？就不能用他们的先进技术，来保卫咱们？如果咱们比他们还要先进、还要强大，试问，他们还敢欺侮咱们吗？这叫啥？这就叫'以其人之道，还治其人之身'！"

"说得好！"闻言群情激昂，大家异口同声地赞同着。

"言之有理。言之有理啊！"面对举人老爷的慷慨陈辞，那些迂腐们犹醍醐灌顶、茅塞顿开。

"穷汉人家的娃娃，要还是不要？"大着胆，那些世世代代跟学堂无缘的庄稼汉子们试探道。

"要。为啥不要？"陈德润斩钉截铁道，"穷人家的娃娃，难道就不是娃娃？更知道上进，只是没机会接受教育，穷人家的娃娃，就这样被埋没了。大家说，可惜不可惜？"环顾四周，话锋一转，陈德润又道，"对了。这儿有没有会唱《三击掌》的？"

"唱嘛，肯定是都会唱，唱瞎、唱好，就不敢说了。"大家七嘴八舌地道。

"唱不好不要紧。"陈德润鼓励道，"能把王宝钏对她爸的台词说一遍，都行。"

"诶！全虎呢？全虎这厮哪儿去了？这是这小子的拿手戏。全虎——全虎——快快快。来，来露一手！"不由分说，一个叫何全虎的小伙子，被众人七手八脚地推到了前面。

"不行，不行……"红着脸，何全虎连连地挣扎着，推辞着。

"没人叫你唱，一天到晚，你却哼哼唧唧的；这会儿叫你唱，你却扭扭捏捏，跟个大姑娘似的。别狗肉撂不上席面子。快唱快唱，快！"七嘴八舌，大家催促着他。

"看来不把这小子宫个牛犊算账，是不成了。来来来，帮个忙！"见何全虎依然是扭扭捏捏，不知谁号召了一嗓子。闻声一呼百应，有的抹胳膊，有的挽袖子，大家就要动手。

"别别别……那我试火试火。"见势头不妙，何全虎忙告着饶，"唱不好，大伙儿可莫要笑话。啊——"

"唱不好？唱不好请大伙儿吃顿羊肉泡！"有人开起了何全虎的玩笑。气氛，也随之活跃起来。

"吃、吃、吃，一天就知道吃！"瞪了那个要吃羊肉泡的一眼后，又有人起哄道，"唱吧，唱吧！甭扳扯①了。唱不好顶个帕帕，圪蹴着尿一泡算了！"闻言，众人立即被逗得哄堂大笑。

"唱你的。"有人却鼓励着何全虎，"谁要是笑话，就教谁顶个帕帕，圪蹴着尿一泡。"说完拍着手，他一边替他打着鼓点，咿咿呀呀，嘴里模仿着板胡，他一边替他拉着"过门"。受到鼓舞，又"吭吭"地清了清嗓子，何全虎唱道：

老爹爹莫要那样讲，　　　有平贵儿不要状元郎。
有几辈古人对父讲，　　　老爹爹您耐烦听端详。
姜子牙钓鱼在渭河上，　　孔夫子在陈州断过粮。
韩信讨食拜了将，　　　　百里奚给人放过羊。
把这些名士、名儒、名将、名相一个一个人夸奖，
哪一个他中过状元郎？

水平绝不亚于专业。一段男声女唱，何全虎立即博得一片热烈的掌声。

"好！好！"陈德润赞不绝口地道，"唱腔很地道。依我看这位兄弟，就是个不可多得的人才。"

"真的？"一激动，何全虎不由想起了一段往事，"七八岁时，一个戏班的班主，也说过这话。当时，他就要带我走。拉住我，我爸却说啥也不放手。他说唱戏的是下九流，死后，连祖坟都进不了。临走，班主叹口气说：'唉！一颗夜明珠，又埋在土里了。'后来一直打墙，我果然跟黄土，打起了交道。"

"可惜！"叹口气话锋一转，陈德润又道，"识字吗？懂不懂戏文的意思？"见何全虎直摇头，他接着道，"这出戏，已经唱了几百年了。在陕西几乎是人人爱听、个个会唱，但真正理解戏文的，却没几个。所以，也就唱不出情感来。"

"情感！情感是啥？"何全虎道。

"戏文是啥意思？说来听听！"众人，也七嘴八舌地提议着。

"故事发生在千年前的唐都长安，也就是咱的西安。"陈德润娓娓而道，"戏中的老者，是当朝一人之下，万人之上的宰相，叫'王允'。虽官居一品，这王允膝下却无一子，而只有三个姑娘。大女婿苏龙、二女婿魏虎、也都在朝为宦，唯一令王允放心不下的，是那个如花似玉的三姑娘王宝钏。这王宝钏也不小了，却还待字闺中，而且，又是个倔脾气。

"为给王宝钏择一乘龙快婿，相府前彩楼高筑。王孙公子纵有千万，这王宝钏却一个，也没看上。慧眼独具，将绣球，她竟抛给了一个叫薛平贵的叫花子。

"见竟是个叫花子，王允不禁勃然大怒。他有意悔亲，不料这宝钏姑娘，却坚决不依，向门当户对的婚配观念，她勇敢地发出了挑战。

"全虎兄弟刚才所唱，就是宝钏姑娘为说服她父的，一段唱词。唱词提到的四个古人中，孔夫子在陈州曾断过顿、饿过饭。后来却被读书人奉为祖师爷、成

了圣人。七十挂零,姜子牙却一事无成,还在渭河上垂钓。后来,他却被周文王请去做了宰相。兴周灭纣,帮周武王,他开创了八百年的基业。再后来他还被奉为偶像、被羽化而成了一洞神仙。古稀之年,百里奚还在楚为奴、替人牧羊。被秦穆公用五张羊皮换回后,他竟官拜宰相。年轻时,韩信一边沿门乞讨,一边读书。遭侮辱他竟被强迫着从人的胯下,爬了过去。后来,他却成了汉高祖刘邦的大将军。帮刘邦,他打败了劲敌项羽、建立了大汉王朝。周、秦、汉、唐的都城,都在咱的脚下。姜子牙、百里奚、韩信和薛平贵,也都在咱的脚底下,把事弄成了。大家说,巧还是不巧?"

"那王宝钏跟薛平贵的事,成了没?"然而大家更为关心的,却是王宝钏跟薛平贵的命运。

"见说服不了她爹,一气之下,王宝钏出了相府。"陈德润接着道,"跟薛平贵,她们住进了城南的寒窑。果然是不同凡响,在曲江降伏了兴风作浪的红鬃烈马,薛平贵被唐王封为了驸马都尉……"

"好!这下看他王允的老脸,往哪儿搁。"为剧情所感染,对王宝钏、薛平贵竖起拇指,众人竟叫起好来。

"好是好,不料……"说着话锋一转,陈德润又道。

"又咋了?"大家又是一惊。陈德润也被打断了。

"不料这王允,竟恼羞成怒。"陈德润接着道,"不择手段,为拆散这一对恩爱的夫妻,他竟奏请唐王改驸马都尉为先行官,命薛平贵跟着魏虎,去征西了。棒打鸳鸯,一对恩爱的夫妻,就这样活活地被拆散了。"

"不去!"有人竟为王宝钏、薛平贵抱起不平,"叫王允,他看上两眼半!"

"不去?不去就正中了王允的奸计。抗旨,可是杀头的死罪!"

"这么说 屎的,还真教吃屎的给箍住了?"

"那后来呢?"

"不去不成啊!"陈德润道,"这一去,就是一十八年……"

"啥?十八年!要是不去,这娃,都成了小伙子了。"

"是啊!"陈德润感叹道,"十八年后,当薛平贵回到寒窑时,夫妻二人,竟谁都认不得谁了。"

"这王允,也太得的歹毒了。"有人气愤地道。

"这王宝钏的命,也太得的苦情了。"有人同情地道。

"不是命苦,是被人害的。"陈德润道,"原是一出褒扬王宝钏这个烈性女子的好戏,不想却给咱老陕,惯了个瞎瞎毛病。"

"瞎瞎毛病!"闻言,大家又一次惊讶了,"啥瞎瞎毛病?"

"啥瞎瞎毛病？"陈德润不满地道，"都以为三姑娘天生命苦，给娃问媳妇时，只要一听是第三个姑娘，头都被摇得跟拨浪鼓似的。大家说这不是瞎瞎毛病，又是啥？"

"依我看，这三姑娘比大姑娘，比二姑娘都好。"深为所动，何全虎赌气道，"等我娃长大，我偏要给他问个三姑娘！"一句替三姑娘抱不平的赌气话，他竟将众人逗得哄堂大笑。

"你呀，自家的老牙还没扎齐，竟撩乱②着给娃问媳妇了。"有人取笑何全虎道，"三姑娘可是大家闺秀，人家，总不会嫁个睁眼瞎子吧？快赶紧歇着。还是先供娃上学吧！"

"对对对。正事要紧！"咧着嘴，何全虎嘿嘿地憨笑着，"不知供个娃一年下来，得多少钱？"

"有了多给，没了少给。"闻言，陈德润朗然道，"有钱的出钱，没钱的，可以出力嘛！既没钱也没力气的，就免了。如果是人才，咱还要奖励。"

"诶，这可不成！哪能白上学不给钱？"何全虎自告奋勇地道，"咱有的是力气。打墙的活，我全包了。到时候，我给咱提锤子。"

"我给咱扎墙。钱没个多，还有个少哩！"

"我给咱做木活。钱该交多少，咱交多少，跟这不黏。"

憨厚的庄稼汉子们，他们也许真的缺钱。但他们绝不缺乏力气，也不缺乏勇气，更不缺乏骨气。

济世堂里，陈德润、郭福寿、老神仙、老秀才、谢铁成、孙兰玉、菊儿等，又聚在了一起。就校址的事，他们又一次进行着磋商。

"在河西堡，我倒是看上了一块地。"老秀才道，"大约有二十多亩，位置也适中。紧邻九子滩，还有发展的余地。紧靠官路，交通更是便利。可老地主却说这是祖上留下的，出钱多少，他都不卖。"

"不对呀！"老神仙道，"平时这老家伙，可不是这样。这次他是吃错了药，还是……"

啊嚏！啊嚏！啊——嚏！正说着，他却被一连串的几个响喷嚏，给打断了。回头看时，这才发现来人不是别人，而正是河西堡的老地主。

"怪啥，怪啥我不停地打喷嚏。"一手捂着鼻子，一手指了指老神仙，又指了指老秀才，老地主笑着骂道，"原来这两个老不死的，又在背地里骂我。"

"啊呀，真是陕西地方邪！"指着老地主，老秀才笑着骂道，"这个棺材穰穰子，好像就藏在咱的门背后。"

"都说人老了，庄子深③。可这老东西的耳朵，却贼灵贼灵的。"老秀才骂完，老神仙又接着道，"来来来，快坐下！"

大家也纷纷起身让座。孙兰玉、菊儿，忙去沏茶。"无事不登三宝殿。"老神仙又道，"老啬皮，你这是来看病，还是来抓药？"

"不看病、不抓药，就不能来坐坐？"扫视了一眼后，老地主又反戈一击道，"敢问在座的，谁是来看病的，谁又是来抓药的？"

"是没人看病，也没人抓药。"见众人闻言面面相觑，老秀才忙道，"这些人想办学，却高低没个地方。刚看上了块地，可当家的老家伙，却偏偏又是头犟牛。死活不上畔子不说，他还牛皮哄哄地说，这是先人留下的，出钱多少，他都不卖。"对着老地主，他气哄哄地接着道，"老哥，这事没搁到你的头上，要是搁到你的头上，你气还是不气？"打着窗子教门听，给老地主他又是捎话、又是亮耳朵。

"不生气，不生气。"老地主笑了，"周瑜打黄盖一家愿打、一家愿挨，这才叫买卖。人常说有钱难买不卖之物，人家不卖，自有人家的道理。婆娘不抓娃④，却老怪炕边子高。不说自家的车辕小，却弹嫌人家的牛大。"

你有来言，他有去语。看来这老地主，也不是个平地里卧的。

"满嘴的好说词！"请将不如激将，老神仙继续挖苦着老地主，"兄弟，我领你个教。以你之见，这事该咋个办？"

"依我说，依我说你们先甭提那个'钱'字。"老地主道，"就跟他直说：'哎，老家伙！举人老爷要办学，把你的地，捐些出来！'我想这事，八成都成了。"

"捐！"闻言，老秀才倒怀疑起自己的耳朵，"你是说不要钱，白送？"

"钱，肯定是不要的，却也不是白送。"老地主道，"茅坑里的粪，全归我了。白送，教人说咱鬼上水、巴结举人；卖了，又教人骂咱爱钱、怕死、没瞌睡。一句话，难呐！"

"这老东西，脑子的环环，还真不少！"连笑带骂，老神仙抱怨着，"有这话，你咋不早些说？"

"开口是钱，闭口，还是钱。"对着老神仙、老秀才、老地主道，"跟你两个老家伙，教我咋说？五年、六月、七日、八时，跟我一样，也都是今儿黑脱了裤子，明儿个还不知穿得上穿不上的人了。还以为你两个老烧包烧糊涂了，在大风底下说野话哩，却没想到竟是举人贤侄的事。"回过头对着陈德润、郭福寿，他竟给了个敞口子，"那块地，贤侄你们随便圈。得多大，圈多大！"

"多谢大伯！"闻言相对一视，陈德润、郭福寿是又惊又喜，"依我看这个舵，就由您老人家，给咱来掌。"

"你看，你看！又来了不是？"摆着手，老地主道，"福寿贤侄，已经扛了大头。河东堡的人出钱，却把磕头作揖都求不到的好事，办在了河西堡。将好事办在我的家门口，我没跟你们客气，你们倒跟我，客起气来。这……这这这，这不是打我的老脸吗？"歇口气，托着人丹胡子，他自嘲道，"掌舵嘛，那就更不敢了。这一把年纪，用《二进宫》中侍郎官的话说，我是既全不了龙，也保不了国了。"

"兰儿，菊儿，你俩给咱弄几个菜。"吩咐后回过头对着老地主，老神仙又道，"难得一聚。今儿个不醉，老哥仨咱谁也甭想，出这个门！"

"嘿——"闻言，老地主戏谑道，"不提还罢了，这一提酒，我还真馋的不成！掌舵的事，咱是坚决的不干；这酒嘛，咱却是非吃不解。若是再没人发话，可就甭怪咱丧眼⑤、开口跟你要了。这酒嘛……还的确是个好东西。跟它既没冤也没仇的，跟谁过不去，咱也不能跟它过不去。你们说，是不是这话？"

这酒，还真是一种奇妙的东西。它既能健身，又能伤神；既可敬人，又可罚人；既能助兴，又能消愁；既能成事，又能败事；既可让人亢奋，又能让人消沉；既可激发灵感，又能麻醉灵魂；既可建立友谊，又能破坏感情。劝酒的，花言巧语；喝酒的，豪言壮语；喝多时，胡言乱语；喝醉时，污言秽语；烂醉时，又不言不语。只要不是一个人喝闷酒，酒令，怕是少不了的。而且或俗或雅，因人而异。但有一点，却是相同的，就是赢了的不喝，喝了的不赢。所以关中人常以"耍钱时输了，划拳时赢了；下一窝猪娃死了，下一窝狗娃成了"，来自嘲自家的时运不济。

酒加上酒令，就构成了所谓的"酒文化"。

喝酒，一般分两个阶段。开始是喝"敬酒"，一般是主人敬客人，晚辈敬长辈，年幼的，敬年长的，而且，必须有祝酒词。三巡过后，开始行令喝酒，叫作喝"令酒"，或者叫喝"罚酒"。罚酒既不分年龄长幼，也不分主人、客人。谁输了谁喝酒，气氛随之，被推向高潮。

不一会，酒菜已经上齐。在客客气气、在推杯换盏中，敬酒很快便结束了。令酒开始后，老秀才首先提议道："每人吟诗一首，出处不论，但必须有'酒'字。诗中没酒的，'诗人'就得喝酒。如何？"

在座的，大都是读书人。顺口溜、打油诗对他们来说，不过是小菜一碟。于是，大家都点头表示同意。虽有些为难，却势单力薄，又不好扫老秀才的雅兴，谢铁成虽没点头，却也不曾摇头。

想到李白的《月下独酌》，老地主首先道：

桌上一壶酒，　　共酌倍觉亲。

　　　　　举杯邀众人，　　对影十二人。

　　"不对，不对！"老神仙不以为然地道，"大白天的，哪来的明月？没有明月，又哪来的影子？"

　　"这……"刚才还颇为得意的老地主，这时，却一时语塞。

　　"对着对着！"老秀才却支持着老地主，"虽无明月，却有美酒。酒杯里，不就是影子吗？"一句话，他给老地主解了围。

　　见亲家言之有理，老神仙也表示认可。将王维的《渭城曲》，他略作改动，使之更加切时、切地、切景、切情。

　　　　　渭城朝雨浥轻尘，客舍青青柳色新。
　　　　　尚须多留几杯酒，学堂落成敬功臣。

　　巧改杜牧的《清明》，老秀才接着道：

　　　　　清明时节雨纷纷，路上行人欲断魂。
　　　　　借问酒家何处有，学童遥指南河镇。

　　《水调歌头》，原是苏东坡的一阕词，妙取首尾，郭福寿组诗一首：

　　　　　明月几时有，　　把酒问青天。
　　　　　但愿人长久，　　千里共婵娟。

　　酒是粮食的精华，因此，比粮食更值得珍惜。李绅的《悯农诗》经陈德润修改后，则更为生动。
　　　　　锄禾日当午，　　汗滴禾下土。
　　　　　谁念杯中酒，　　滴滴皆辛苦。

　　打铁、擀面，谢铁成都不含糊。一提做诗，他的头，却比担笼还大。趁孙兰玉添酒的当儿，他忙跟她求救。取以上各诗的一句，孙兰玉替他，又组一诗。为跟铁成的身份相符，将最后一句稍作修改后，她附耳教给了他。教完了，谢铁成也忘完了。无奈孙兰玉只得念一句，让他鹦鹉学舌地，跟着重复一句。

    桌上一壶酒，   借酒献诸友。
    只要人长久，   辛苦就辛苦！

  "哗"的一声，众人被谢铁成逗得，哄堂大笑。笑过后，以人家教的不能算数为由，大家又七嘴八舌地嚷嚷着，要他喝酒。谢铁成却是胡搅蛮缠、百般抵赖："你们只一个'酒'字，我却是两个。第一个，就算是兰玉嫂子的；第二个，却是我的。"见孙兰玉一再替他美言，大家只好买账作罢。
  第一轮，算是摔了个平跤。于是大家纷纷举杯，一饮而尽。
  "每人出一个谜语。"陈德润又提议道，"谜语中，必须有两个反义词，譬如左跟右、上跟下、东跟西、前跟后、等等。所描述的场景，还必须跟实际中的，恰恰相反。猜对的吃肉，猜错的、猜不出的喝酒。如果都猜不出，除过出谜的，大家一块儿喝。谁先开始？"
  "一颗树根在上、梢在下。"老神仙首先道。
  闻言大家你看着我，我看着你，你又看着他。见夹起一块肥肉，陈德润放进了嘴里，于是所有的目光，一致地投向了他。
  "三峪河边，树的倒影。"陈德润一语道破了谜底。怀疑的目光随即，又变成了惊讶。对着女婿，老神仙赞赏地点了点头。心悦诚服，大家也都干了，各自的酒。
  "一头驴蹄朝上、背朝下。"说出谜面后，夹起一块豆腐，老地主不无得意地，送进了他的嘴巴——他的牙不太好。
  闻言，大家纷纷地议论着，猜测着。半天过去了，竟没一个猜得出来。
  "你这驴……"见众人问他，老地主更加地得意了："我这驴嘛，它正在打滚。"闻言恍然大悟，于是，大家又把各自的酒干了。
  "一个人右手在左，左手在右。"不慌不忙，老秀才说出了他的谜面。
  "是个碎崽娃子。"闻言，谢铁成迫不及待地抢着道。见众人闻言面面相觑，信心十足地夹了个肉丸子，他这才进一步道："跟他妈耍赖使性子，碎 是个啥样子？不就是在地上滚嘛，这一滚……"
  "不不不！"打断谢铁成，又拦住他夹的肉丸子，老秀才连连地摇着头，"不是碎娃，是大人，而且，还是个女的。"
  "女的？"被否定后，谢铁成不禁愕然。手一抖被他夹起的肉丸子，又掉回到盘子。

"女的？"一经提醒，孙兰玉脱口而出地道，"对着镜子，她正在梳头？"

"镜子？"闻言，谢铁成更加愕然了。痴呆呆地瞅着老秀才，他等他再次摇头。不想这回他不但没再摇头，还满意地，点了点头。见众人也都一头的雾水，老秀才让菊儿拿来了镜子。

"看清楚了。"举着酒盅，老秀才对众人道，"拿酒盅的，是右手吧？"见大家没有异议，指着镜子，他接着道，"再看镜子。镜子里的酒盅，我可是拿在左手。"

反反复复地看着老秀才，又反反复复地看着镜子里的老秀才，一时，众人竟都呆了。大家谁没照过镜子？可大家却谁也没注意到，这个奇怪的现象。

惊叹之余，几个晚辈又嚷嚷着，要谢铁成喝罚酒。谢铁成却既不服气，更不买账。为了让谢铁成心服口服，将镜子，孙兰玉放在了他的面前。将镜子里的谢铁成，谢铁成跟他比了又比。情知无法抵赖，于是红着脸他不好意思地，喝了罚酒。

一阵骚乱后，酒令，又重新开始了。

"厮个人肚子在前、脸在后。"郭福寿道。

"是《封神榜》中的申公豹。"陈德润道。见多数人并不知《封神榜》，更不知申公豹，他接着道："《封神榜》是一部神话故事。申公豹是故事中的，一个人物。为卖弄，申公豹说将砍下的脑袋，他能重新安上。见众人不信，当着面他果然把自己的脑袋，砍了下来……"

"啊！真的砍了？"众人吃惊地道。见陈德润点了头，大家又是惊又是急，"这冷　半吊子！那后来呢，他安上了吗？"

"安是安上了。"陈德润道，"可一着急，他却将脑袋安反了。"

对他的谜底，陈德润可以说是信心百倍。伸出筷子正要夹肉，不想，他却被郭福寿给挡住了："慢！我说的，可不是这冷　半吊子。我说的，是个孝子。这孝子正要出门，不想他爸在背后，却突然喊了他一嗓子。"说着，在挡住陈德润筷子的同时，他又将酒盅送到了他的面前，"喝，喝了这杯再吃。"

看来书念的太多，也有误人的时候。

不料想郭福寿也有损招，陈德润自嘲地笑了笑，接过酒盅又仰起脖子，他一饮而尽。

"写'粒'字时把'米'字旁，一个人却写在了右面。"喝完酒，陈德润随即说出了他的谜面。

"这人嘛，肯定是个左撇子。"郭福寿笑道。

"且慢！"见郭福寿要夹肉，陈德润忙将他挡定，"不，他不是左撇子。他在刻印章。福寿，喝酒喝酒！"为报"一箭之仇"，以牙还牙将酒盅，他也送到了他的嘴边。

一比一。两个人"顶光了"。

"水里有条鱼，肚子朝上，脊背朝下。"急忙想不出个谜面，正急得猴抠脸，谢铁成突然想起了老地主的"驴打滚"。

难道这鱼，也会打滚？面对谢铁成胡诌的谜面，大家竟都是，一脸的茫然。

"是条死鱼。"众人正苦思冥想，不想却被一个人，抢在了前面。回头看时，这才发现是老木匠。

老木匠是刚从山里赶回的，见他风尘仆仆的样子，众人忙纷纷起身让座。酒到底该咋喝，一时，竟无人顾及了。

忙乱中，菊儿给她爸端来了洗脸水。给老木匠，孙兰玉又拿出了一套酒具。一阵哧啦哧啦的声响过后，桌子上又添了几个菜。

"铁成的谜面，蛮不错嘛！"一边谦让，老木匠一边道。

"对对对！是不错。的确不错！"一经提醒，众人又惊异地瞅着谢铁成。

"哪里，哪里！"谢铁成道。没想到放屁踢了个响尻子——碰了个正着。更没想到胡诌的谜面，竟还有了谜底，谢铁成反而有些手足无措。受到夸奖，特别是受到老丈人的夸奖，他竟有些受宠若惊。

"他呀，瞎猫逮了个死老鼠。"瞥了谢铁成一眼后，菊儿道。话虽如此，却难以掩饰她藏在内心深处的自豪。

①扳扯：关中方言，摆架子，故作不愿意状。
②撩乱：关中方言，即张罗。
③庄子深：庄子，指庄基。庄基深了，门就不好叫了，这里指人耳背。
④不抓娃：关中方言。指女人不生育。
⑤丧眼：关中方言，因贪婪而失态的样子。

第十七章

刚一坐定，老木匠便发现了老地主。对着老秀才、老神仙，他顾左右而言他："诶！刚一回来，就听说河西堡的老地主死了。"不容老地主开口，他接着又道，"唉，这人生在世，有啥意思？活着争多论少，这两腿一蹬，得！偌大的家业连一根柴棒棒，都拿不走……"截住老木匠，老地主针尖对麦芒："一向不见，还以为船木匠到阎王那儿，去报到了。谁想刚一眨眼这老熊，却又活过来了。"

见俩老汉一见面又是斗嘴、又是骂仗，抿着嘴，晚辈们偷偷地乐了。端起酒盅，老秀才、老神仙却道："好了，好了。你俩快别光顾着，打嘴皮官司了。一个是来给咱捐地的，一个是给咱睬视木料回来的。来来来，我们先敬二位一杯。"老神仙、老秀才的话，立即得到了响应。纷纷起身，向老地主、老木匠众人轮番地，敬起了酒。

"快说说，山里的情况咋样？"一边给老木匠夹菜，老秀才、老神仙一边道。顾不上理会他们，摸着老地主的手，老木匠继续挖苦他道："咦！这老畜皮，啥时候变得光滑了？"

友谊的表达，原来是多种多样的。有的以彼此奉承，来表达他们的友谊；有的以拍腔子许愿，来表达他们的友谊；而乡下老汉却以斗嘴、以骂仗的方式，来表达他们的友谊。见面不骂上几句，似乎就太不够意思、太见外了。这也许才是最为真挚、也最亲密无间的友谊。

骂得尽兴后，老木匠这才跟大家说起了，山里的情况。

在儿子刘子明、马子亮的陪同下，对山民们的木料，老木匠先进行了目测。凡用得上的，他们都逐个进行了丈量。议妥价格后，又预付了订金。凡付过订金的，木匠父子都做了标识。木料的品种、长短、粗细、价格，以及预付的金额，也被一一登记在册、详细地做了记录。听说是老神仙的事，山民们、特别是兰峪的山民们，都分外的热情。价格，自然也合适了许多。

存货有限，木匠父子，又不能耽搁得太久。将后面的事，他们委托给一个叫作"山柱子"的山里人。按老木匠开出的尺寸、数量，由他招呼山民们，继续采伐。

"新采的木料，水分是大了些。"老木匠道，"但椽跟檩问题不大，只是脚沉[①]了点。眼下问题最大的，是那些用来做门窗的松木，跟那些用来做桌凳的硬杂木。这些，都必须是干透的木料。否则门窗容易变形，桌凳的卯窍，也容易松动。"山里地旷人稀,住的又分散。"子明兄弟接着道,"多亏了那个'山柱子'!他不但为人厚道,而且人地两熟。有他带着、翻山越岭、走家串户,我们就顺利得多了。"

"你说的那个山柱子,他成家了没?"闻言老神仙忙道,"他父母咋样,还好吧?"比老神仙更为关切此事的,是孙兰玉。急切的期待着,她期待着子明兄弟的回答。

"成了。"马子亮道,"娃娃都有了,是个女孩。他父母,也都好着。"

"哦,对了。"刘子明补充道,"他们还托我们问候您、问候兰玉嫂子呢!"

闻言,老神仙频频地点着头。而孙兰玉的脸,却微微地红了。虽表情各异,此时此刻父女二人的心愿,却是相同的。多么想回去看看啊!看看那里的山山水水,看看那里的一草一木,看看那些跟大山一样厚道、跟泉水一样淳朴的山里人。特别是看看山婶、山叔跟他们的儿子,还有他们那个他们不曾见过的儿媳妇,以及小孙女。那里,可是他父女的故土,那里人不是亲人,却胜似亲人。月是故乡明!美不美,泉中水;亲不亲,故乡人。一别五六个年头,又过去了。不想念,那是哄人的话。

"若是一砖到顶,眼下就可以破土。"老木匠最后道,"放完线,可先安排人挖地基、打围墙。还得进趟山,我得把现有的原木拉回来,先赶做门框、窗框。一扎墙,门框、窗框就要用。等把墙做起,椽跟檩我估摸也就干得,差不多了。至于门扇、窗扇,那就不着急了。在新房底下,咱消消停停地慢慢做。"

"一砖到顶!"郭福寿插话道,"要盖,咱就往好哩盖。"

"依我看,咱们还是分两步走。"陈德润道,"先按原计划的一半开工。这样既能缓解材料不足的问题,又可避免因估计偏差,而造成的浪费。"稍假思索后,他又进一步道,"明儿个咱就看地皮,让木匠大叔放线。铁成你去趟砖瓦窑,让他们马上给咱送砖。一个人工一钱银子,兰玉,你给咱把账记好。牲口折半,也给人家说明叫响。福寿你把零钱准备好,满十个工结算一次,咱现吃现撂、说啥耍啥。"

一场西北风将南河镇的春天,差不多向后推迟了,近个把月。正应验了"惊蛰风起土,倒冷四十五"的农谚。

往年在这个时候,麦苗、豌豆苗已经返青。脱去臃肿的棉褂褂,小伙子们又恢复了以往的、勃勃英姿。姑娘们也变得,更加地窈窕了。在麦苗的间隙,孩子们搜寻着那些已经绿油油的荠荠菜。在向阳的土壕里,在背风的麦秸垛旁,甚至可以看到老汉们那佝偻着的黑背脊。

一冬都不曾下过身的破棉袄脱去后,老汉们那瘦骨嶙峋、状若排骨的黑背脊,跟被他们喂得圆咕隆咚的虱子们,同时暴露在光天化日之下。蹒跚而逃中,

虱子被两个枯树枝似的爪子捕获后，又被"叭"的一声，挤得只剩下了白囊囊的空皮皮。

那些成缕成片、状若蚕卵的，是虮子。虽是虱子的后裔，虮子们，却没有腿。自然也不能像虱子那样落荒而逃，而只能是坐以待毙了。逮捕并击毙了那些落荒而逃的虱子后斩草除根，老汉们又一个个击毙着那些只能坐以待毙的虮子。当棉袄中的虱子、虮子被击毙罄尽后，用已经沾满血腥的枯树枝似的爪子，他们又翻开了棉裤那已经黑乎乎的白裤腰……

今年却是个例外。时令虽说已到了春天，地皮却迟迟地不能解冻。匍匐依旧，麦苗上还覆盖着，一层薄薄的白霜。三峪河，已瘦成一线细流。水面上虽冒着袅袅的水气，边沿却还是参参差差的冰碴碴。将臃肿的黑褂褂，男人们急忙脱不下身。腰里的裙帘，主妇们更是从早上，一直束到晚上。

春江水暖鸭先知。愣头青小伙子们，却不服气地解掉了被认为"身上再棉，不如腰里一缠"的腰带。用自己的朝气与活力，跟迟迟不肯退却的倒春寒，他们发出了挑战。看见了吧，春天，属于我们！

早晨，西北风捎带着料峭的寒气。在通往河西堡的官路上，一个早起的老汉，在拾着马粪。背一盘细麻绳，老木匠首先出了南河镇。一个挑着白灰，一个背着木橛，刘子明、马子亮紧随其后。跟在子明兄弟后面的，一个是扛着铁头锨的谢铁成，一个是拿着大角尺的陈德润。分别拿着丈杆（木匠用的长一丈的尺子），拿着罗盘，老秀才、老神仙走在最后。

河西堡的村口，老地主已经是第三次，在瞭望了。见一行人出了南河镇，折转身，他却回去了。不多时，用左手抱着一摞茶碗，用右手提着一个滚烫的大茶壶，他又赶了出来。

又是指手、又是画脚，如此这般地吩咐了一通后，在地中央，老木匠支好了罗盘。沿东西方向，一条细绳被刘子明、马子亮，拉得笔直。沿南北方向，另一条也被陈德润、谢铁成，拉得笔直。以罗盘为交点，两条细绳构成了一个庞大的"十"字。大角尺被支好后，在老木匠的示意下，刘子明、马子亮、陈德润、谢铁成等或左或右，反反复复地挪动着、调整着，调整着绳子的位置。

"好。都别动！"老木匠满意地道。说着又用铁头锨，铲了半锨白灰。一边沿绳子走动，他一边用烟袋锅当当当地，敲击着锨头……

不久沿南北方向，溜下的白灰在地上画出了，一道白线。如法炮制，一道沿东西方向的白线，也画成了。以罗盘为交点，两条白线又构成一个雪白的"十"字。线条纤细而均匀，在墨绿色的麦地里，白"十"字显得，格外的醒目。

"好咧！"前后左右地端详了一阵他的杰作后，老木匠满意地道。

见南河实业学堂终于有了自己的"原点"，有了自己的"坐标"，众人这才长长地，吁了口气。

拿起丈杆，从原点向北量了六尺后用指头，陈德润在地上画了一道印迹。从原点向东量了八尺后在地上，他又画出了一道印迹。

"你这是弄啥？"见状，众人不解地道。笑而不答，陈德润将丈杆放在了，两道印迹之间。不多不少！见两道印迹间恰是一丈，众人这才吃惊地，面面相觑起来。"不愧是老把式。"陈德润感叹地道，"一分都不差！"惊问其故时，指着灰线跟丈杆构成的三角形，陈德润道："在算学里，这两条直边分别叫作'勾''股'，丈杆这条边叫作'弦'。若勾乘勾加上股乘股，正好等于弦乘弦的话，这个角，才是方的。刚才勾乘勾是六六三十六，股乘股是八八六十四，三十六加上六十四，不正等于弦乘弦——等于十乘十——等于一百吗？由此可见，木匠大叔的测量，是精确的，是经得起验证的。"歇口气，陈德润接着道，"这些学问，多实用？咱们办学，可一定要开算学课。"

洗耳恭听。听完后，众人无不叹服。

中午饭老地主说什么，也不准回去吃。盛情难却，大家只得到他家，前去讨扰。酒足饭饱，返回时见拿着各式工具，二三十人，已在工地上等候。再也没上午那么从容了，老木匠几乎有些手忙脚乱，如法炮制，用白灰他先画出了一面围墙的地基。当众人分段去挖后，他这才如释重负。连着抽了两锅旱烟后，他又忙着放线，画起了房子的地基……

没有不透风的墙。尽管被捂得严严实实，郭福寿出资办学的事，却还是筛子放屁，不知从哪个眼眼里，漏了风。家破人亡，郭福寿只差没来得及，卖老婆。眼下突然又拿出了，两根金条，南河镇人，能不大惊失色吗？

"财东家到底还是财东家。摸不透喀！"

"伸出个小拇指，比咱的大腿，还粗！"

"船烂了，还有三千六百钉子呢！"

"瘦死的骆驼，比马大！"

渭水南北，三女河东西，人们又一次纷纷地感叹着、议论着、猜测着、演绎着。有的说临死前，老财东没把银票交给他那，不争气的儿子，而是偷偷放在了，儿媳妇为孙子准备的裹兜里。后来，差点儿被菊儿当成废纸，给娃，擦了尻子。有的说临死前，老财东将银票交给了老神仙。如果儿子能变好，再由老神仙，交给儿子。如果儿子还是不争气，就等孙子长大成人后，再由他交给孙子。如果儿子、孙子都不成器，就由老神仙用这些钱，替他做些善事。还有人说死的突然，来不及交待，银票全被老财东带走了。后来听说在济世堂诸人的帮助下，儿子变好了。于是趁郭福寿睡熟时，他又悄悄压在了，他的枕头底下。

有的，就更加邪乎了。说是为报答陈德润等好心人，对儿子的帮助，老财东将他们的感人事以及自己的心愿，一五一十地奏报给了，玉皇大帝。闻奏，玉皇大帝也深受感动，于是传旨给身居五路财神之首的赵玄坛，要他设法成全，老财东的心愿。

赵玄坛暗想，郭福寿吃的是济世堂的粮食，服的，又是老神仙的药。于是决定让郭福寿屙金子，以谢人家。此后，郭福寿屙的便不再是臭屎，而是黄灿灿的金条。这个秘密，除帮郭福寿屙屎的陈德润外，连郭福寿自己，都不得而知。

谣传的版本，虽然还在不断地翻新，铁的事实，却是改变不了的。那天陈德润、孙兰玉夫妇执意要走，在左拦右拦没拦得住，而将他们送出大门后，对着郭福寿，菊儿抱怨他们道："真是两个怪人！原以为能给我帮点儿忙，不想老鼠钻书箱——他们光顾着，咬文嚼字了。交结处，得！尻子一拧，竟都走了。纸糊的背拦——靠不住喀！"闻言，郭福寿却笑了："狗咬吕洞宾，你又冤枉好人了。"菊儿却不服气："冤枉？我哪点儿冤枉他们了？"郭福寿道："人家压根儿就不是你说的，那种人！我问你，你没回来那阵，是谁帮我屙屎撒尿的？是人家陈德润！陈德润是什么人？人家可是举人老爷！我再问你，是谁把我那被屎尿糨匀的裤子，拿到三女河洗净的？是人家孙兰玉！孙兰玉又是什么人？人家可是举人奶奶！"

说着说着，郭福寿的眼圈，不觉又红了起来。擦了擦眼窝，他这才接着又道："那些连下人都不愿干的苦活、脏活、累活，人家都帮咱干了，哪里还怕出这点儿力？瓜田不纳履，李下不正冠。人家，这是在避嫌！非礼勿视，非礼勿闻。啥叫知书达理？这就叫知书达理！"

动情处，郭福寿已是泪流满面。"哦"了一声后菊儿的眼皮，竟也不听使唤了。两行热泪，已夺眶而出。过去只是道听途说，今天却是言出当事人的肺腑。在菊儿的心目中，陈德润、孙兰玉的形象，不觉又高大了许多。看似帮郭福寿，实际上，人家是在帮她。作为人妻，伺候丈夫，原本就是自己的责任。

"还愣着干啥？"对着菊儿，郭福寿提醒她道，"快去找镢头呀！"

"噢！这就去。"应了一声后，菊儿去了前面。不一会儿，她便掂来了镢头、铁锨。镢头、铁锨都是锈迹斑斑、面目全非。

一会儿用镢头，撂下镢头又摸锨。心急马不快！不一会儿，菊儿已经是手忙脚乱、力不从心了。毕竟是个弱女子，挖掘的节奏，菊儿不觉中慢了下来。撩起衣襟，她不住地擦着那些将要灌进脖颈的汗珠子。

同样的铁锨，同样的镢头，拿在她的手里，却是那样的有气无力。看着菊儿被汗水打湿后、又沾在身上的衣服，看着她那布满燎泡、已经捏不住镢把的双手，急得满

头大汗，郭福寿却是爱莫能助。作为一个堂堂的七尺汉子，心里他比刀绞，还要难受。"不挖了。咱不挖了！"郭福寿难过地道，"下面就是有个金山，咱也不挖了。看见你这双手，心里我比猫抓，还要难受……"一句伤心话，郭福寿不想反而激怒了菊儿："不指望有金子，也不指望有银子。"她不屈不挠地道，"凡事总得弄个水落石出，对不对？有金子、有银子，那敢情更好。办学，不正等着用钱吗？"一句话，菊儿正说在郭福寿的心坎上。出不上力，也许只能用钱，来报答济世堂诸人的大恩大德。于是，他让了一步道："那就等铁成回来，再说。"倔强的菊儿，却坚决地不肯："举人两口子都不便插手，依我看，咱也甭难为铁成了。万一刨不出个啥，还不得惹人笑话？你甭管。咱慢慢挖，我能行！"

一人一个冷馍，算是午饭。啃完后又是刨、又是挖，菊儿连一刻，都不肯停。尽管一挖一个倒钁头，她还是不肯罢手。隆起的燎泡，亮晶晶的；被磨破后，又塌陷成一坨坨白囊囊的死皮。流到手腕后一道道血迹，也慢慢地干涸了。以老榆树为圆心，地上终于出现了一个径向约六尺、深约两尺的大坑。坑的外围，是一圈湿漉漉的黄土。老榆树已经悬根露爪，磕磕绊绊，更加的不好出手了。菊儿，又找来了斧头。斧头已经锈成了红褐色，卯窍上的"破头楔子"，也已松动。对着菊儿，郭福寿心疼地道："拿过来，我给你磨磨。你早该歇歇了。"

趁菊儿找磨石的当儿，将轮椅郭福寿摇到了，墙角的捶布石前。头朝下，斧头被他在捶布石上，蹾了几下，唾出的破头楔子，终于又被蹾了进去。摇了摇斧头头，他觉得还行，挺紧的。哪里肯歇？将磨石、水碗放在捶布石上后，重新下到坑里，菊儿继续着她的刨挖。

随着一阵哧哧哧哧的磨刀声，擦上去的清水，立即被染成了铁锈红。锈红色的磨刀水由磨石，淌到了捶布石。不久又由捶布石，淌到了脚地。跟蚰蜒似的，磨刀水在蜿蜒跋涉了一程后，又蠕动到老榆树下的湿土边。犹豫了片刻后，它却还是一头钻进了，湿漉漉的黄土。

斧头又慢慢恢复了，它青亮的本色。每隔一会儿，郭福寿还要用拇指试一下，它的锋芒，直到找到满意的感觉后，他才将它，递给了菊儿："给。好了。"

猫着腰用斧头，菊儿一根一根地剁着那些粗的、细的、弯的、直的，盘根错节的树根。似乎在故意跟菊儿作对，又似乎在故意跟斧头较劲，丝丝绵绵的，榆树根就是不肯断开。学着男人的样子，在噗噗给每只手各吐了一口唾沫后，菊儿竟风趣地跟它们，说起了调皮话："对不住了啊——瞌睡不睡，迟早得跟眼前过。你俩，就担待着点儿。等干完这点儿活，让你们美美的，歇上几天。"

坑一分一分地，在加深；难度一分一分地，在加大；进度，也越来越慢了。双手已经不再流血，也不那么的痛了。得到了锻炼，或者说它们的痛感神经，早已经麻木了。黄土和着汗水，再经泥手一抹，菊儿那漂亮的脸蛋，早成了正儿八百的黑花脸乌敬德。

　　随着"当"的一声脆响，郭福寿、菊儿不觉，都为之一震。下意识地互相看了一眼，随即两颗心，也提到了嗓子眼儿上。"轻点儿！"郭福寿兴奋地叮咛道。

　　"我知道。"一边回答，一边放慢了节奏，菊儿变得，小心翼翼起来。

　　在两双期待的目光中，一个小瓷罐被菊儿，刨了出来。掂了掂分量，却并不像想象中的那么重。虽有几分失望，菊儿却还是慎之又慎地，启开了罐口的蜡封。伸手一摸，果然只摸出一张，轻飘飘的字条。菊儿不识字，字当然，也不会认识她。于是她只得将字条，递给了郭福寿。菊儿已经作好了郭福寿看过后，又将它撕得粉身碎骨的，思想准备。

　　看是看了，字条却并没被撕得，粉身碎骨。反反复复又看了好几遍，郭福寿那紧绷着的脸，似乎又慢慢地放松了。后来，竟还绽出些笑意。见事情并不像意料中的那么糟，菊儿满腹狐疑地，凑了过来："都写了些啥？"见不好回答，郭福寿轻声念道：

　　　　拟开妓院，不肖孙欲动先祖所留。遵嘱占卜，竟三占三否。

　　知其不可，故未轻动。特留书，以谢不肖之罪。

　　　　　　　　　　　　　　　　　　　　同治三年四月初八日

　　念完后，对着菊儿，郭福寿又惊又喜地道："不想果然，被陈德润言中！'余钱落树下'不假，但能不能用，还得等占卜后，才能知道。挖，再往下挖！下面还有。"在郭福寿的指点下，不久，菊儿果然又发现了，一个瓷罐。正要动手刨挖，她却被郭福寿，给叫停了："先别急！等占卜后，再说。万一老祖宗不让用，刨也是白刨。"

　　在列祖列宗的神龛前，帮郭福寿，菊儿点燃了蜡烛。接着又帮他，连上了三炷香。在菊儿的陪同下，郭福寿行了三拜九叩的大礼。

　　"列祖、列宗在上，不肖孙郭福寿诚惶诚恐。"从腰里摸出一枚铜圆后，郭福寿虔诚地道，"今欲动先祖所留，在南河镇办一学堂。若可，请让铜圆的正面（有字的一面）朝上。"说罢，就手将铜圆抛向了空中。落地后，铜圆先是在神龛前滚了半圈。接着又在颠簸了几下后，这才躺倒不动了。定睛看时，向上的果然是正面。相对一视中，夫妻俩又是惊，又是喜。

　　当铜圆第二次被抛出后，俩人竟不免，都有些紧张。还好！向上的，还是正面。第三次拿着铜圆，郭福寿竟紧张得，不敢再抛了。"这……这次，你……你给咱撂。"说着将铜圆，他塞给了菊儿，"我……我心慌的不成。"在手里捏了半天后，铜圆却被菊儿，又塞还给郭福寿："还是你……你来。你的手……手气好。没看我气都上……上不来咧。"

用汗津津的右手，郭福寿无奈地接住了，同样是汗津津的铜圆。闭上眼鼓起勇气，用不住颤抖着的右手，郭福寿终于又一次将铜圆，抛了出去。闭着眼，菊儿几乎窒息了。她的心似乎，也要从嘴里跳出了。听着铜圆落定，两个人却还是，不敢睁眼。趴在地上此起彼伏，夫妻俩不住地，磕着响头。默默地祈祷了好一阵子后，把吃奶的劲都使上了，郭福寿这才终于微微抬起了，那重若千钧的上眼皮："菊儿，你看！你快看还是字！"看了一眼后，菊儿竟一头扑在了，郭福寿的怀里。抱着头夫妻二人，差点儿哭出了声……

　　推着郭福寿，菊儿又来到了后院。这次她像是吃了镇痛药，又像是服了兴奋剂。手不痛了，胳膊也来了劲。周围的湿土，很快地，被松开了。又一个罐子，被菊儿前后左右地摇晃着……在她的潜意识中，这个罐子，应当是沉甸甸的。在拔出的一瞬间，她卯足了力气。罐子拔出了，菊儿却向后，跌了个尻子蹾。比前面的还轻，跌坐在湿土上，她大失所望地，喘着粗气……

　　失望归失望，罐子，还是被打开了。不出所料，装在里面的，仍然是一张纸。由一双不住颤抖着的手里，纸被送到了另一双颤抖不住的手里。垂着眼，木然地站在坑底，菊儿酷似个等待判决的女囚。

　　咋看郭福寿都不像个，威严的法官。用不住颤抖的双手，他接过了那张纸。扫视了一眼后，他却迫不及待了："挖，再挖！还在下面。"闻言轻轻地舒了口气，菊儿这才又，睁开了双眼。这回，她没有急着往下挖，而是用斧头背在周围，轻轻地敲击着……果然！果然又是一阵铿铿锵锵的撞击声。"天呐！真的还有。不会，又是个空的吧？老祖宗也真……"一句话没说完，菊儿却戛然而止。她本来想说，"老祖宗也真能折腾人"，猛地又觉不妥，已经滚到舌头尖尖的半句话，又被她，咽了回去。

　　吃一堑，长一智。这次，菊儿没急着去刨罐子，而是先启掉了蜡封。跟前两次相同，她又摸出一张纸来。但挂在她脸上的，却不再是失望，而是兴奋。摸这张纸的时候，她的手被一种既朦胧而又明晰的东西，给碰痛了。没有急着将那张纸，递给郭福寿，被她用泥爪子似的右手递给他的，是一块用油布包着的，四棱四正、又沉甸甸的东西。

　　等待犒赏，却不知犒劳品，究竟为何物。这时的菊儿，倒像是位打了胜仗，而凯旋归来的将军。用不住颤抖着的双手，郭福寿连着剥去了，三层油布。赫然呈现在他们面前的，竟是六根黄灿灿的东西。

　　"啊！"夫妻俩同时呆住了。金条！"犒劳品"竟是六根，沉甸甸的金条！

　　"你的苦，总算是没白下。"对着菊儿，郭福寿的眼泪是长一行，短一行。

　　"你的苦，也总算没白下。"对着她那伤痕累累、又粘满黄泥的双手，将他说给她的话，她又跟它们，重复了一遍。她的眼泪也是短一行，长一行。

眼泪既是物质的，又是精神的；既是感情的流淌，又是无言的表白。有时，它是痛苦的宣泄；有时，它却是兴奋的奔放。稍稍平静后，菊儿这才发现那张纸，还拿在她的手里。于是，忙递给了郭福寿："快念念！看老祖宗，还有啥吩咐。"抹掉眼泪，将字条浏览了一遍后，郭福寿这才念道：

　　这点钱乃祖宗血汗之所凝。虽嫡子嫡孙，亦不可轻动。若属万不得已，须三卜以问可否，并盟誓决不挪作他用。切切！

道光九年八月初三日

听完后，菊儿仍是一脸的茫然。列祖列宗的意思，她显然没有听懂。

"到底能不能用？"跺着脚，菊儿道，"把人，都快急死了。"

"咋不能用？能用！"见菊儿焦急的样子，郭福寿忙道，"列祖列宗说了，亲儿、亲孙子，都不能轻动，却唯独没说儿媳、孙媳。看来你这个孙子媳妇的面子，比我这个亲孙子的，还要大！不过……"

"不过什么？"还没来得及完全放松，随即，菊儿却又紧张起来。

"不过，咱得跟列祖列宗起誓。"郭福寿不禁变得，严肃起来，"这钱，只能用来办学。"

"这还用说？"闻言，菊儿这才又是一身轻松，"走，咱这就去。"

"不急不急！"郭福寿忙道，"这事咱不着急。再辛苦你一下，先将这，收拾收拾。"

"对对对！"一经提醒，菊儿这才恍然大悟，"趁亮，是得先拾掇拾掇。"整整挖了一天的大坑，三锤两梆子就被菊儿，给填平了。"第二张纸，写的是啥？"一边踩踏着虚土，菊儿一边道。"跟第一张，差不多。"郭福寿道，"不知哪一辈先人，想用这笔钱开烟馆，因老祖宗不准，也没弄成。"

"老祖宗，可真是个明白人！"闻言，菊儿又是一阵感慨。

四周的干土，又被菊儿用扫帚扫在了，填下的湿土上。围在老椿树下的玉米秆，也被她挪在了，老榆树的下面。挖掘的痕迹，被掩盖无遗，几乎看不出，一点儿破绽。湿玉米秆，也该倒腾倒腾了，不然，会发霉的。

一时不能恢复原状的，是那些变得明光锃亮的䦆头、铁锨、斧头。它们被菊儿，藏到了楼上，黄货也被她，深深埋进了炕洞。

夫妻二人又一次跪倒在，列祖列宗的神龛前……

脚沉：关中方言。指货物笨重，运费高。

第十八章

地里，人越聚越多。有普通的庄稼汉子，有文化人，还有各村的官人。有围观的，有帮忙的，也有指手画脚、说长道短的。何全虎也来了、他既没围观，也没帮忙，更没指手画脚、说长道短，而是在若有所思地端详了一阵后，又不声不响地离开了。

又一次来到工地时，何全虎已不是一个人，而是一帮人。紧随其后的，是七八个年轻力壮的小伙子。有抬的，也有扛的，小伙们抬着、扛着打墙的，全套家具。打墙何全虎是行家、是把式，也是这帮人的帮主。跟老木匠问清尺寸条款后，他只一声令下，闻风而动，伙计们立即立桩的立桩，安板的安板。一头挑着馍，一头挑着菜，当菊儿把午饭送到工地时，他们一堵墙，已拔地而起了。

饭菜早都准备停当了，左等右等，却不见有人回来。还以为工地上忙得不可开交，于是孙兰玉让菊儿，送了过来。智者千虑，也有一失。孙兰玉她们，只准备了七八个人的饭菜。她们既没料到这七八个人，已经在老地主家吃过了，更没料到刚一开始，就有这么多的人赶来帮忙。

干活的节奏，大家明显地，慢了下来。虽说吃过饭才来的，庄稼汉子们却还是将目光一致地，投向了菊儿，投向了她送来的饭菜。一年四季吃的，都是些清汤寡水的粗粮野菜，就这还饥一顿、饱一顿，有上顿、没下顿。慢说在这青黄不接的困荒二三月，就是逢年过节，他们也难得一闻今天的荤香。

"僧"多粥少，面对庄稼人的馋眼，一时菊儿竟不知，如何是好了。将已经送到地头的饭菜再担回去，显然是既不合适，也不可能了。见菊儿无所适从，老秀才、老神仙将询问的目光，一致地投向了陈德润。

正左右为难，陈德润却一眼看见了，何全虎他们。于是灵机一动，道："全虎兄弟，'贴晌'送来了。先吃。吃饱了，再接着打。"转过身向四下里抱着拳，陈德润又道，"实在抱歉！这是给打墙的弟兄们，送的'贴晌'。等锅头盘好后，中午饭，大家都在这吃。"

平时一日三餐，是关中人，多年来的习惯。要是在大忙季节，或者在干出大力的王法活时，在午饭跟晚饭之间，关中人还会加上一顿。加上去的这顿饭，叫作"贴晌"。

打墙、打胡基，都是出大力的王法活。既然是"一砖到顶"，胡基，自然是

用不着了，但围墙，却是非打不可的。是出大力的王法活，送"贴晌"给打墙的，就变得天经地义，既合情、又合理了。

哑巴着嘴，又不住地咽着唾沫。虽有些失望，大家却还是理解了、接受了。看着谢铁成正盘着的锅头，又见陈德润说得恳切，于失望中，大家又看到了不久后的希望。于是手里的钁头、铁锨，又慢慢恢复了原有的节奏。

陈德润虽然发了话，菊儿却并没就此放下，肩上的担子。以为陈德润他们还没吃，她依然犹豫着。见状赶过去，老秀才跟她，嘀咕了几句。闻言，菊儿这才高高兴兴地将饭菜，送到了何全虎他们的跟前。

春天风和日丽，庄稼活也比较消停，所以是盖房的黄金季节。作为盖房的准备工作，过了"破活"（正月初五），打墙、打胡基、一般就开始动手了。因尚在正月，"贴晌"的花样，也不尽相同。过年时女子、外甥们送的点心，那些有心的人家自己舍不得吃，却被当作"贴晌"送给了打墙的，或者是打胡基的。

要是打墙的，不慎倒了墙，打胡基的，不慎倒了胡基，主人会安慰他们说：倒了就倒了！倒了多打上一两天，也就是了。其实他们比他们，还要心疼。倒了墙、倒了胡基，工钱肯定是，拿不到了。挣钱不挣钱，只落个肚肚圆。他们心疼的，是自家的力气。主人家心疼的，却是自家的一日三餐，还有那一顿"贴晌"。

既是粗笨活，又是技巧活，打墙用的，是铁制的尖头捶子。锤窝是凹下的，层层下凹，两层土等于被铆结在一起，自然，就结实得多了。每个捶窝，至少要连捶两下，第二下还必须捶在第一次，留下的捶窝，而且要边捶边转，以保证捶窝光亮，使泥土，不致黏在捶头上。

打到两侧时，捶头还必须向外倾斜。所以要这样做，一是为不致将捶头，砸在木椽上，二是为将土挤进椽缝，从而让墙面的花纹看上去既饱满、又美观。那些生手，或者虽是老手，却不开窍的，他们往往不但不能将捶头准确地送到前一次，留下的捶窝，有时甚至还会提起捶子，却砸了自己的脚。

墙下一侧俩人，共四人。他们的任务一是供土，二是换椽。卸椽时，必须先将其转动一下，然后再小心地拿开，以确保墙面的花纹，不受破坏。换椽不叫换椽，而叫作"换板"。其原因可能是前人打墙用的是板，而不是椽。先叫后不改。后来虽以椽代板，前人的叫法，却被沿用了下来。

每侧各四根椽，并依次地，向上翻换着。若财东娃将日子过烂包了，或者穷汉娃将日子过红火了，大家便会形象地感叹道："唉，过日子跟打墙的板一样，上下翻！"

河东堡郭福寿捐金条支持办学的事，虽众说纷纭、莫衷一是，但河西堡老地主捐地做校址的事，却是不争的事实。二十亩地紧挨九子滩，据说，原来也是没人要的盐碱地。

茅房的人粪也好，牛圈的牛屎也罢，打掉的塌塌炕也好，打掉的烂锅头也罢，得空都被用牛车拉到滩地里扬开，回来时再捎些盐碱土垫茅房、垫牛圈。可以说，这是老地主家人老几辈的，光荣传统。这个光荣传统究竟从哪一代开始的，包括老地主在内，南河镇人，谁也说不清楚。五十岁那年，当老地主给滩地里扬麦种时，南河镇的一般人不但没有觉醒，反而还嘲笑说他烧包得，胡成精呢。当嫩绿的麦苗齐蓬蓬地顶出地皮时，一般人这才明白了、吃惊了。当老地主扬出的麦堆，比往年大了好几倍时，一般人又张嘴了、瞪眼了。盐碱地，原来也是可以改良的！当一般人奋起效仿时，却为时已晚。官府拦住了他们："九子滩是官产，要用可以，得掏钱买。"

举人陈德润陈老爷在河西堡办学的事，很快便惊动了南河镇周围的，几十个大小村庄。向来自以为是的南河镇人，从此，却再也不敢自以为是了。千百年来，在自以为是的同时，隐约中南河镇人，也曾有过美中不足的感觉。为"美"所掩盖，自家到底"不足"在哪儿，南河镇却没人，认真地思考过。自然，更没人认真地寻找过。眼下，南河镇人终于弄明白了：自家不足的、自家欠缺的，不就是举人陈德润陈老爷，要办的学堂吗？

在"美"中，举人老爷不但发现了这个"不足"，而且已经着手，在弥补着这个"不足"。为让美玉无瑕，那些醒悟得早的，已经拿出了自家的金条。那些反应快的，也捐出了自家的"刮金板"。那些醒悟晚，反应也迟钝的，在醒悟、在反应过来后，似乎也想到自家，应做点儿什么，或者是，拿点儿什么。于是有钱的，想到了自家的银子；带手的，想到了自家的手艺；既没钱又不带手的，也想到了自家的力气。南河镇一带的人们，总算学会了思考。

帮工的越来越多，打墙的架子也由一副，增加到三副。锤子击打黄土发出的砰砰咚咚的闷响，瓦刀敲击砖块发出的叮叮当当的脆响，锯子撕咬木头的呲呲声，刨子舔啃木料的哧哧声，镢头、铁锨狭路相逢时的铿锵声，跟人们的吆喝声混杂在一起，打破了倒春寒带来的沉寂。

从锯缝撒落的，是细细的锯末；从刨口吐出的，是长长的刨花。木工房洋溢着，木屑的气息，空气中除黄土的气息外，还弥漫着青苗被踩断后的，清香气息。

来这里不是为了挣钱，而是为了弥补"不足"。在弥补"不足"的同时，大家却还是，拿到了钱。陈德润心里，跟明镜似的：南河镇的孩子们，需要读书，南河镇的孩子们，也需要吃饭。

济世堂进进出出的，在与日俱增。不排除有些，是前来看病的，也不排除有些，是前来抓药的，但更多的却是既不看病，也不抓药。手头宽展的，三两五两地捐着银子，囊中羞涩的，十个八个地捐着铜圆、麻钱。瓜子不饱见仁（人）心！银子也好，麻钱也罢，都是一片心意，都是一颗觉醒了的"心"。

颠着小脚，柳叶也来到了济世堂。拿出三十两银子，她歉意地跟老秀才道："家里没人手，出不上力，用这点儿钱，聊表心意。"接过银子，不料老秀才却道："柳妈妈，话可不能这么说！余儿跟子明，不都在工地上吗？他们可是你的亲女儿、亲女婿！"记了账，将收条递给柳叶，他接着又跟她道："既出钱，又出了力的，你还是第一家！"

那个吓跑土匪的老船工锁娃子，其三个儿子也都是，水性极好的船工。因为穷，在当地，他们都问不下媳妇。不久前在逃荒的人群中，老汉给大儿七十子跟二儿八十子，各收揽了一个女人。求爷爷告奶奶东挪西凑，他总算给哥儿俩成了家。没成家时，四个光棍尚能相依为命。成家后儿子不说，两个媳妇，却先尿不到一个壶壶了。打破头又吵翻天，"先后"俩整天闹着要分家。分就分吧！那些说书的在说到三国时，一开口不也是话说天下大势，分久必合，合久必分吗？连天下都是如此，又何况一个家、一个破家？

挣家不亭①分家亭，分啥呢？四个光棍一人一间破草屋，自然用不着再分了。除此而外，再也找不出什么像样的东西，因此破费请人说话，也就免了。没成家老三玉团，暂时还得跟老汉一起过。六个碗不多不少，各拿各的，也无须多说。数来数去后，筷子却只有五双。儿子、媳妇正不知如何是好，老汉却道："你们拿你们的，甭管我！"

"分"字底下有把"刀"。想到这儿，老汉摸出了那口已经没了木把的切菜刀。接着从光骨朵扫帚上，他又抽出了一根竹竿。手起刀落，问题，也迎刃而解了。

儿子们拿在手里的碗，都打成了豁豁牙牙；三双筷子，也都是背弓蛇腰。两个媳妇拿在手里的碗，却都是完好无缺；筷子看上去也还端正，而且，还白生生的——这是前不久娶新媳妇时，他们刚添置的家当。

最让老汉为难的，是那些锅锅灶灶。如果有两套的话，老大、老二，每家一套。自己跟老三嘛，好搞！或提前或缓后，可借用老大或老二家的。反正谁家也不会一把火从早烧到黑，闲着，还不是白闲着？问题是，眼下只有一套。给谁，老汉都觉不妥，于是，便留给了自己。

娶媳妇拉的那一河滩烂账，却说啥，也不能留给自己了。于是二一添作五，分给了老大、老二。理由再充分不过、也再简单不过了，自己还欠老三的，一个媳妇！七十子、八十子都没言传，两个媳妇，却不乐意了："人家分家不是分钱、分地，就是分庄子、分房。我'先后'俩倒好，钱没分上，地没分上，庄子，也没分上，倒是分了一河滩的烂账！"

你有来言，我有去语。老汉自有他的道理："人常说五年、六月、七日、八时，奔七十，我都是活一天算一天，有今天没明天的人了。把烂账留给我，我即便能成，人家债主们，能答应吗？到时候我头一歪，两腿一蹬，你教人家，去挖抓谁？父债子还，天经地义。何况烂账也不是我给你们伴②后妈拉下的，而是为娶你'先后'俩，才拉下的。常言说得好！好儿不在家当，好女不在嫁妆。你们还是各想各的办法，各过各的日子吧！"

眼看人家纷纷给学堂捐着钱，老大、老二直急得猴抠脸，腰里，他们却都是一文不名。

说来也巧，抱着头圪蹴在脚地，当弟兄俩正在发熬煎的时候，不想门外却传来收废铜烂铁打打锅的吆喝声。盯着各自刚背回家、还带着红锈的铁锅，这哥儿俩又不约而同地找到了他爸，并嚷嚷说还不如一块儿过。

"不成！屄出来坐进去，净由了你咧！"开始，老汉坚决地不答应。当得知儿子砸锅卖铁，是为给学堂捐钱时，他又感动得落了泪。

"慢着！"提着半截砖正要砸锅，八十子却被他哥挡住了："生铁能变几个钱？不如折点儿钱，把锅退掉。"

刚背回的铁锅，又被弟兄俩背到了杂货店。开始，杂货店说啥也不给退。但老板的一张嘴，却抵不住两张嘴的软缠硬磨，于是，勉强地答应按八折退货。后来得知弟兄俩退锅是为了给学堂捐钱时，老板也感动了。非但没打折，他还倒贴四钱银子，给哥俩补足了二两。

砸锅卖铁，原是人脱口而出的一句赌气话。没想到在南河镇这句赌气话，竟被哥俩变成了，活生生的事实。穷困潦倒，从来都是被人取笑的老汉一家，从此，却受到了前所未有过的敬重。在南河镇一带，这个掌故还被作为乡土教材，一代又一代地影响着、教育着后来人。

菊儿、余儿跟明儿，都在工地上帮厨。跟明儿，余儿是"先后"俩，菊儿又是这"先后"俩的大姑姐，儿时的三个朋友，如今竟真的成了一家人、成了亲姊妹。为盖学堂，整天厮混在一起，她们重新成了"不拆把的胡萝卜"。如今虽已经是准妈妈，余儿、明儿却仍像两只多嘴巧舌的鸟儿，一天到晚，喊喊喳喳，她们似乎有永远也说不完的话题。

月月娃，丑似驴。新生儿都红赤赤的，活像是没皮的老鼠。百毯一个样，又百毯不一样。刚生下那阵儿，菊儿的二儿子郭德玉看上去既像谢铁成，又不像谢铁成；既像郭福寿，又不像郭福寿。

于是，闲话就多了。有人说是郭福寿的，有人却说是谢铁成的，有的甚至说多半是个杂种。

在菊儿的愿望中，郭德玉应属于谢铁成，而不应属于郭福寿。已经给郭福寿生了个顶门的杠子，她已经对得起他，也对得起他们老郭家了。而至今，谢铁成却还没个一男半女。

在菊儿的感觉中，也是如此，因为跟谢铁成在一块儿的时间，她远比跟郭福寿的，要多得多。而谢铁成这个打铁的汉子，又远比郭福寿壮实得多，也强悍得多。谢铁成身强力壮、种子饱满，耕耘多、播种也多。既然耕耘多、播种多，种子也饱满，果实理所当然的，非谢铁成莫属了。关于这一点，菊儿是深有感受，也只有她，才会有这种感受。

是谁的都不要紧，让郭福寿、谢铁成最为担心的，是人们所说的杂种。果真如此的话，他们不好做人不说，菊儿连头，怕是都没法抬了。

到底属于谢铁成，还是属于郭福寿，虽尚有争议，但郭德玉属于菊儿，却是不争的事实。

既然是菊儿的，既然都喜欢着菊儿，他们，当然也喜欢她的这个儿子了。特别是谢铁成，即便是再忙，他也要给他买点儿东西，而绝不会空着手回来。即便再累，他也要刁空抱抱他，并将他亲个不够。

一般的打铁汉子，似乎都生硬而粗鲁，但谢铁成的感情，却是那样的丰富而又细腻。

有苗不愁长。眼看着郭德玉长大了，菊儿也更加地不安了。跟郭福寿越长越像，跟他大哥郭德厚，郭德玉更像出自同一模子。并不以愿望为转移，更不以感受为取舍，事实上郭德玉并不属于强者，而是属于弱者。愿望是美好的，感受是深刻的，甚至，是入木三分。但愿望毕竟只是愿望，感受毕竟只是感受。愿望和感受都改变不了这个铁的、无情的事实。而铁的事实，却又大出了菊儿的意料。

虽一如既往地抱着郭德玉、亲着郭德玉、疼着郭德玉，虽照样给他买这、买那，但谢铁成却还是难以掩饰他内心的失望与落寞。

本来就觉得有负于谢铁成，若郭德玉像了谢铁成，郭福寿也许还能得到一丝安慰。然而事与愿违，郭福寿心里的天平，更加地失衡了。

失望落寞了一阵后，谢铁成反而找到了新的平衡，这小子终于没有既像他，又像郭福寿，而成为人们所说的杂种。

有几次去陪郭福寿，菊儿，却都被他拒之于门外。明白郭福寿是一片好意，于是，她又默默地去陪谢铁成，并发誓一定要给谢铁成，生个顶门的杠子。

如今，菊儿又有了，而且，身子日渐沉重。然而比身子更为沉重的，却是心情。见状，孙兰玉安慰她说："这是由不得人的事，你可千万甭老挂在心里，这样既伤大人，又伤孩子。啥都在其次，重要的是大人、是孩子的健康。即便是铁成的,若孩子不健康,你可就更对不住他了。退一万步说,即便不是,只要你身体好,还可以再生嘛!如果你身体垮了,铁成他可就真的,没指望了。到时候更对不住他的,还是你!可千万要保重自己的身子骨,啊——"

一番道理,孙兰玉可以说再透彻不过了。但菊儿却还是忧心忡忡:"我倒没啥,只怕铁成他……"闻言,孙兰玉忙截住了她:"这你放心!铁成那儿,自会有人去跟他说。他是个明白人,依我看,不会有啥问题的。"

但愿上天有眼。也但愿善良的菊儿,能如愿以偿。

这年的气候,竟反常得有些离谱,去冬没落一片雪,今春,也没下一滴雨。学堂的围墙,已经合拢了,高过檐墙,教室的山墙,也在收梢。当老木匠正在为今年的天气好而暗自庆幸时,不想老天爷却翻了脸,雨已经连着下了四五个昼夜,天却还黑沉沉的,看不到一丝的转机。正街跟东街的路面虽然泥泞,但在绕来拐去后,却勉强地还能通过。被车轧、被马踏,西街上却是积泥及膝,已无法迈出头门了。年久失修,有的房屋跟筛子一样——外面大下,里面小下;外面停了,里面却还在滴答。用来接漏的盆盆罐罐,也都宣布告罄了。

好雨知时节,当春乃发生。前两天还在为"久旱喜逢甘霖"而欢呼雀跃的大人、孩子,眼下,却又不得不埋怨和诅咒起"贵如油"的春雨来。

久旱有久雨,汛期提前了。过犹不及。建校工程,也被迫停了下来。

济世堂里老神仙、老秀才、陈德润、孙兰玉、郭福寿等,正谋划着天晴后,进山拉木料的大事,而老木匠这个关键人物,却迟迟地不见闪面。小相公正待去请,不想跟浑身上下像个泥猴的,撞了个满怀。以为是个疯子,小相公正要搡他出门,不想反被他推了个趔趄:"快!三女河涨水了。"

闻声,众人不觉大吃了一惊,原来非疯非癫,来人,正是他们要找的老木匠。"兄弟,"老神仙吃惊地道,"咋弄成了这样?"

"大家都急死了。"老秀才却埋怨道,"你却还有心情,去看水涨河塌!"

"涨水了?到底有多大?"既没吃惊,也没埋怨,陈德润却有些着急。他已经领悟了老木匠的意图。

"半河水。"老木匠道,"咱们用,足够了。赶紧准备牲口,我这就去叫人。"说着折转身,他又要往外走。

"大叔,"孙兰玉道,"洗个脸,换了衣服再走。小心凉着!"腋下夹着衣服,双手端着水盆,她急急忙忙地赶了出来。

"来不及了……"说着,老木匠已经出了济世堂。他后面的话,跟他那泥猴似的身影,又一次淹没在雨幕中。这时,大家才惊醒了过来。

其实,老木匠比谁都起得早。头戴斗笠、身披蓑衣、打着赤脚,在天麻麻亮的时候，他已经到了工地。土打的围墙，虽倒了不少；一砖到顶的房子，却问题不大。延误了工期，老木匠的心情，比天气还要坏；倒塌的围墙，又给他平添了不少的懊恼。脚下一时不留神，他竟摔了一跤。挣扎着爬起时，浑身已经糊满了泥浆。下意识中，老木匠又抹了两把，不想不抹还好，这一抹，泥浆反而被抹得更加的匀了，他活像一尊泥塑。

天虽依然是阴沉沉的，心里，老木匠却不觉突然一亮，跌跌爬坡，他直奔三女河而去。没料到正是这一跤，让他甩掉了刚才所有的懊恼。

果然不出所料！那刚涨起的半河水，让老木匠欣喜若狂："这一跤跌的好，跌得值！"自言自语地嘟哝了一句后，他立即赶回了济世堂。

当刘子明、马子亮弟兄俩，跟七十子、八十子、玉团弟兄仨，跟着老木匠来到车马店时，马匹，已经准备停当了。拿在孙兰玉手里的，仍然是那套衣服；挎在陈德润肘弯的，却是一个红布包袱。加上老神仙、老秀才，跟泥猴似的已经不是一个，而是一群。

匆匆地洗了个脸，老木匠又匆匆地换掉了湿衣服。将包袱递给他，附耳，陈德润又跟他道："除五百两银子外，里面还有几瓶白酒，供大家在路上提提神，驱驱寒。只是来不及准备干粮，路上有啥吃，就买啥吃。花点钱是小事，千万，甭教人受亏！"老木匠道："明儿个可甭忘了，安排人接应！"老神仙道："放心走你的。忘不了！"老秀才也叮咛道："路上滑，兄弟，脚下你多加小心！"

应了一声后，先后翻身，六个人都上了马。骑一匹枣红马，马子亮在前；骑一匹黄骠马，刘子明断后；骑一匹栗色马，老木匠居中。簇拥在老木匠的左右，七十子兄弟骑的，分别是黑马、白马跟一匹菊花青马。鱼贯而出，一路向南，六匹马渐渐分不出青红皂白了。头戴斗笠、身披蓑衣、六个身影，也渐渐淹没在雨幕中……

裸露了一冬一春的河床，终于被河水，又全部给淹没了。又一次敞开了胸怀，默默接纳着那些自天而降的同类，三女河在不断地壮大着自己。

远处浪花在慢慢地翻起后，又逐渐地扩大。柔柔地散开后，又慢慢地消失了。周而复始，孕育的新浪花又在翻起……又在扩大……又在散开……

近处，用"舌头"河水不住地，舔吻着岸边的杂草。荒败了一个漫长的冬季后，杂草的芯子里，终于又一次顶出了，嫩绿的新芽。草丛中争春的野花，在随风摇曳，既一枝独秀，又似乎有些羞涩。柳芽已经绽开，成了嫩绿的小叶片；跟毛毛虫似的，杨絮倒挂在枝头。返青后的麦苗，又一次给大地铺上了绿茸茸的"地毯"。

迈着细碎的步子，一路小跑着，六匹马向南疾行。衣服虽已湿透，老木匠却不但没有丝毫的埋怨，心里，他反而更加地踏实了。他所担心的，是雨会越来越小，更担心雨过天晴，日出水落。每隔一会儿，老木匠还要伸手摸一下揣在怀里的账本。尽管账本用油布层层地包裹着，他却还是不太放心。一路上，老木匠不断地盘算着……盘算着咋样才能尽快地，将木料收齐；咋样才能如数地，将钱款付清。木排咋样打，才够结实，回来时走水路，会不会出啥意外。若有意外，又如何应对……

头绪太多，盘算了半天，他竟不得要领，有心不去盘算，却又由不了他。

马蹄的节奏，明显地慢了下来，比人还要辛苦，牲口已经饿了。磨刀不误砍柴工。再着急，也不能让牲口饿着，老木匠开始留意起路旁的村村落落。

午后，果然有个黑压压的村子，拦住了他们的去路。村子叫"大张村"，牵着马匹，一行六人来到了一家车马店前。

多日来无生意可做，好不容易，才等来了一笔买卖，客人们，自然是慢待不得了。"快快快。里边请，里边请！"迎上前，伙计们忙接住了客人拿在手里的马缰。

"多加些豌豆，啊——"老木匠叮咛着。应了一声后，伙计将马牵进了马厩。

这时，掌柜也迎了出来，见客人浑身湿淋淋的，他一面吩咐生火，一面询问客人想用点儿什么。

脱下蓑衣，老木匠道："羊肉泡。要把把老碗！"

吃完饭，雨竟慢了下来。不敢耽搁，在伙计的指点下，就近在一家杂货店，老木匠买了些绳索、铁索，还买了一大包六寸钉子。一行人马，又匆匆地上了路。

出了村子，南山那模糊的轮廓，已依稀可见。此行的目的地，已经不远了。

---

①亭：关中方言。指份额相同，均等。
②伴：关中方言。名词动化，即"找"。伴后妈，即找个后妈。

第十九章

　　从如雷的鼾声中，山柱子被老木匠摇醒了。听说事情紧急，二话不说，他一头扎进了灶屋。揉着惺忪的睡眼，他先找到了铜脸盆，接着在柴火堆里，他又刨出了烧火棍。还以为山柱子要烧水，或者是要做饭，老木匠忙拦住他道："不必了。正事要紧！我们吃饱了，也喝足了。"闻言山柱子并不吭气，用火棍在铜盆上"噹"地敲了一下后，他嘿嘿嘿地憨笑着出了门。

　　怀里抱着小孙女，山婶忙招呼客人们就座；见马扎子不够，山叔又搬来几个尺把高的老树桩；给锅里添上水，又生着了火，山柱媳妇却上下找不着烧火棍……

　　外面一阵"噹噹噹噹"的响声后，紧接着的，是山柱子那扯着喉咙的吆喝声。

　　首先响应铜盆，接着又响应山柱子的，是那些静静的山谷。虽滞后了点儿，人们的呼应却按几何级数，在快速地增加着。先是一个、两个，继而是三个、四个……这声音有高，也有低，有钝，也有锐。后来又跟山谷此起彼伏的回声搅和在一起，竟既分不出个多寡，也分不出个高低钝锐了。

　　雨中，静谧了多时的三峪口终于从沉睡中，被惊醒了。

　　头顶的云层越来越薄，雨滴，也越下越小。天色不但没因傍晚的降临而变得暗淡，反而更加地亮堂了。早按捺不住，一缕夕阳硬是从云层的缝隙间，挤了出来。云朵被落晖映得一片雪白，西山的轮廓也被投放在大地上，越拉越长了，而东面的山峦，却变得格外地清晰起来。

　　最让老木匠放心不下的事，终于还是无可挽回地发生了——雨住了。忧心忡忡，当他在河水边缘插上一支柳枝后，扛着木料，山民们有的已经来到了河边。

　　在老神仙那已废弃了多时的篱笆院里，木料的交接开始了。老木匠辨认着他留在上面的标识，子明兄弟一个翻着账本核对，一个给山民们兑付着钱款。在七十子兄弟的招呼下分门别类，木料被山民们，码在了指定的地方。刚开始，几个人还能默契配合、应对自如，后来随着山民的越聚越多，秩序，也变得混乱起来。应接不暇，几个人刚有些手忙脚乱，带着人，山柱子正好及时地赶到了。在他们的帮助下，乱哄哄的局面，终于，又变得有序起来。

　　夜幕降临后，周围变得一片混沌。山民们燃起了火把，昨天刚猎到的两只麂子，被山叔架在篝火上翻来覆去地烧着、烤着。不一会儿，麂子肉的香味，便在院子里弥漫开来。

早霞不出门，晚霞晒死人。虽忙得不可开交，老木匠却还不得不关注着老天爷的表情。头顶繁星满天，一片灿烂，心中，他却是乌云一团。担心河水会突然退去，老木匠几次想看看他插在水边的柳枝，却又忙得难以分身。在第二根火把即将燃尽时，怀着忐忑不安的心情，他才空来到了河边。

摸到柳枝的同时，也摸到了河水。"谢天谢地。再坚持一天吧！回去，我一定给龙王爷烧炷高香。"暗暗地庆幸着，默默地祈祷着，老木匠心中的乌云，于一瞬间散去了，代之而起的是明月一轮、繁星一片。

回到篱笆院时，子明告诉老木匠说，大小木料，差不多已经收齐了。只有个别登记在册的，还没来；而几个来了的，却不在册，木料上，也没标识。闻言，几个山民将期待的目光，立即由刘子明转到了老木匠。老木匠果断地道："来了的，都收下。没来的，咱继续等。时间，还来得及。"几个没登记，当然也不会在册的山民，却既交了木料，又拿到了钱。心存感激，他们却不会表达，于是有的抹胳膊，有的挽袖子，他们要帮老木匠抬木料、钉木排。嘴虽笨，手脚却不笨，以手代口，他们要表达他们的感激之情。

在山民的帮助下，几根木椽被老木匠用长钉，钉在了十几根大梁的两头。为防止木椽断裂，为做到万无一失，两根铁索，又被他钉了上去。入木七分，六寸钉子通过铁索的孔眼，被老木匠用斧头揳进了每根大梁的两头。剩下的三分被砸弯后，又紧紧地扒住了铁索。十几根大梁，顿时成了一个整体。

如法炮制，跟大梁保持垂直，一层檩条又被老木匠固定在，大梁的上面。跟第一层檩条保持垂直，第二层檩条，又被他固定在第一层上。数量最多，分五层木椽也是经一道、纬一道地被固定了上去。一些丈椽，还被老木匠取竖向，钉在了各层上。八层木料，立即构成了一个蔚为壮观的庞然大物。

大梁以及最下面的一层檩条，已经没入到水中。水面上看到的，只是一层檩条，和五层木椽。长长地吁了口气，当老木匠扑嗒一声坐在脚地时，这才闻到了一阵带着焦味的肉香。

麂子肉已经烤熟。撒上盐巴后，撕开来山叔给每人，分了一块。顾不上客气，接过肉，大家便狼吞虎咽起来。突然想起了那几瓶白酒，老木匠吩咐子明拿了过来。没酒盅，也无需酒盅，对着瓶口，大家轮流着吹起了"喇叭"。

月落星稀。在微曦再现的时候，扛着木头，那五六个落在后面的山民，这才风风火火地赶到了。看着已经成型的木排，他们竟有些进退维谷。不料老木匠却道："放呀！随便放。正好，可以用来歇脚。" 闻言，山民们喜出望外。木料放下了，心跟着，也放了下来。身心，均如释重负。

轻巧点的木椽，被挑出来做了船篙；粗壮的檩条，却被留下来当成了座椅；其余的，均被老木匠钉在木排的四周，成了围栏。有了围栏，木排更给人以安全的感觉。匠心独具，那个已经腾空了的红包袱，又被老木匠挂在了围栏的正前方。在晨风中飘荡，红包袱俨然是一面旗帜。红布让木排的气势看上去，更加地恢弘，也更加地壮观。

子明兄弟、七十子兄弟费了九牛二虎之力，六匹牲口却死活地不肯下水，不肯登排。姜到底还是老的辣！见状，老木匠笑道："这是马，不是水牛！快把衣服脱下来，蒙住牲口的眼睛。"这一招果然奏效，六匹牲口不但乖乖地下了水，还乖乖地登上了木排。

将一把散碎银子塞在山柱子手里后，老木匠道："原想跟大伙儿喝两盅，可老天爷却偏不开恩，这点钱，是我们的一点心意。麻烦贤侄分给大家，让大家买碗酒、暖暖身子。"山柱子却说啥，也不肯接受。见推来让去，难以开交，将钱一把塞给山柱子后，一转身老木匠跳上了木排。一扯绳头，缆绳的活结，立马松了开来。在汹涌的波涛中，木排缓缓地离岸而去，看上去，活像是一艘刚刚起航的艨艟战舰。

"一路珍重！"岸上的，拱着手道。

"后会有期！"木排上的，也抱着拳道。

故人北辞三峪口，烟花三月下阳都。孤帆远影碧空尽，唯见河水天际流。在一片话别声中，木排悠悠地顺流而下，驶离了三峪口。

虽忙了整整一天一夜，六个人却没一点儿倦意。蒙在马头上的衣服，已被拿掉。似乎也忘却了疲惫，昂着头、挺着胸，又踏着舞步，咴咴地嘶鸣着，六匹牲口比它们的主人，还要激动。

天竟是那样的蓝，山又是那样的翠；树竟是那样的绿，水又是那样的秀；花竟是那样的红，人又是那样的纯。仿佛沉浸在梦中，来时，似乎还是阴雨霏霏的仲秋；去时，却已是景色秀丽的孟春。一夜之间，三女河竟越过了漫长而又严酷的隆冬。

呀！初春的三峪口，你竟是这样的美丽！雨后的三女河，你又是那样的迷人！

随波逐流，绕过一个慢弯后，木排仿佛驶进了，另一个天地。这是一个熟悉的天地，这里离八仙桥，已经不远了。仿佛从梦中惊醒过来，老木匠急忙招呼，让木排停靠。接着，他又吩咐子明兄弟沿陆路快马加鞭、前去报信。

八仙桥头，等待接应的人群，已里三层、外三层地排成了一个U字形的人墙。桥头面馆中，有老神仙、老秀才坐镇指挥。谢铁成、何全虎，已飞马前往打探。途中不期而遇时，"吁"的一声，四个人几乎同时勒住了各自的坐骑。兴犹未尽，四匹牲口，在就地打着转转。哪里还顾得上寒暄，马背上简要地交换了情况后，调转马头，沿原路双方又各自返回，前去报捷。

听说接应的，已经做好了充分的准备，压在老木匠心里的一块石头，总算是落了地。跟老木匠恰恰相反，听说木排即将到达，老神仙、老秀才，却紧张了起来。再也坐不住了，从桥西到桥东，他们一路叮咛着那些看热闹的老人、妇女和孩子，要他们赶快让开。同时又吩咐那些手里拿着挽钩、竹竿和绳索的小伙子们，要他们千万莫要大意，务必将人、马和木料，一个不落地安全接上岸来。

为万无一失，在沿途，他们设了两道防线。第一道防线，设在八仙桥上游约一里开外处。这里河面宽阔，水流，也相对比较平缓，因而淤积了，不少的泥沙。附近人盖房，多在这里挖坑、取沙、建校工程又将沙坑扩大到，约三四亩地。涨水后，沙坑又重新蓄满了水。水坑的三面，都可站人，因此，是个理想的"港湾"。第二道防线，就设在八仙桥，一根镢把粗的大缆绳，已经横在了水面上。七八个水性极好的船工，也都丢剥了衣服，必要时他们随时可以扑下去，去打捞那些上游没能拦住的木料。其他人员，也被分成了两批，一批由老神仙统一指挥，由谢铁成率领，已拉开架势在"港湾"布防，严阵以待。另一批由老秀才随时调遣，由何全虎率领，已严密布控，在桥头准备应急。

工地上陈德润、郭福寿负责接收和放置木料，孙兰玉、菊儿、余儿跟明儿，在准备着饭菜。菊儿的身子，已经笨腾腾的了，孙兰玉只让她干些拣菜、洗碗之类的轻巧活。余儿、明儿也已显怀，一反既往，今天，她们例外的没有喊喊喳喳。

"咋？才一夜没见，就想了？"见她们神不守舍、心不在焉的样子，孙兰玉打趣地道。

"谁、谁想了？"此地无银三百两。余儿、明儿心是口非地强辩着。

南河镇周围的几十个大小村庄，几乎是总动员。在人山人海中，有人还看见了佘有志。带着如狼似虎的团丁，又背着乌黑而泛着蓝光的快枪，他却还是没能按时如数地收缴到钱款，而济世堂既没人要，也没人催，大家却都将钱款一个劲儿地，往那里硬塞。这到底是为什么？想了个糊涂，佘有志却还是没想出个所以然来。

原以为陈德润只不过是信口雌黄，在大风地里，说几句野话而已。却没想到一个只会咬文嚼字的书呆子，一个只能坐在轮椅上的瘫子，几个头发长、见识短的娘儿们，跟几个棺材穰穰子却在南河镇，偏偏又成就了一件惊天动地的大事。在这里老木匠、老秀才、老神仙、老地主、陈德润、郭福寿，以及刘子明、马子亮、七十子、八十子跟玉团这些泥腿子们，甚至连孙兰玉、菊儿、余儿跟明儿这些娘儿们，都出尽了风头。他们的水涨河塌，肯定是看不到了，但借机耀武扬威地显摆一下自己，却并非不可。

转悠了一周八匝，竟没一个恭维他这个堂堂的总乡约，甚至连招呼，都没人跟他打一个。佘有志还以为他将头扬得太高了，头扬得高了，就看不见脸了。要么，就是他将脸绷得太紧了，脸绷得紧了，虽然看见了，却不敢跟他打招呼。想到这儿，佘有志只得将脸皮，放松了些，将头，也放平了些。低着头，他将脸放松得都出现了皱褶，甚至，都变成了笑脸，却还是不见有人跟他打招呼。这里虽人山人海、摩肩接踵、万头攒动、但大家，似乎更关心那些既不会说话，也不会办事的木头，而对他这个既会说话，又能办事的大老板、总乡约，他们，却反倒视而不见了。"妈的。大老板、总乡约，还不如一根大木头！"自讨没趣、备受冷落，佘有志脸上实在饰不住，于是，忙灰溜溜地离开了。

"看，快看快看！下来了，下来了。"在焦急的期待中，突然，有人喊了一嗓子。循声望去，果然有个黑点，出现在遥远的河面上……黑点越来越大，也越来越清晰了。大家却失望了，顺流而下的，只不过是一头泡得胀鼓鼓的死猪。

"呀！这回，看来是真的了。"大家正既失望、又懊恼，刚才那个人，却又是一嗓子。虽不抱什么希望，循声，大家却还是不由自主地，望了过去。遥远的河面上，果然又出现了一个黑点……黑点越来越大，也越来越清晰……

"不会、不会又是头死驴吧？"有人道。他话中的话，既有几分怀疑，又有几分戏谑，还带着几分讽刺。

"不是驴，是马！"有人道。

"啥？不死驴，光死马！"在关中、"死"跟"是"同音。于是，又有人调侃道。

"不是死驴，也不是死马。"指着上游，有人纠正道，"是活马！而且，还远不止一匹。"闻言，大家也看到了那几匹影影绰绰的马。

"呀，红旗！上面咋还别着红旗？"这时，又有人惊喜地喊了一嗓子。

"快看快看。"又有人道，"那不是老木匠嘛！"看来这回，真的是真的了。

一阵尖锐的呼哨声突然响起，紧接着，又是一片撼天动地的欢呼。木排在靠近，人在招手，马在嘶鸣……按捺不住，有人早扑通扑通地，扑下了水。向着木排，他们凫了过去。不一会扶着木排，他们又凫了回来。用绑在长竹竿上的挽钩，谢铁成率先拖住了木排。另外五六个挽钩，也相继投了过去。几乎在同一时间，又有几个人接住了木排上，递过的木橼。事情比预料中的，要顺利得多！木排，被缓缓地拖进了"港湾"。已经失去了继续存在的意义，丢下第二道防线，人们潮水般地涌向了"港湾"。沿搭上去的糖地糖[①]，老木匠跟他的助手们，陆陆续续地上了岸。

刚一上岸，老秀才、老神仙跟老木匠，便抱作了一团。松开时老秀才、老神仙同时道："兄弟，辛苦你……"一句话还没说完，却见浑身一软，老木匠竟一头栽倒在沙滩上。见状，众人大惊失色，老神仙却是不慌不忙："他累坏了！"

轻轻地吁了口气后，老木匠终于又吃力地抬起了眼皮。微笑着看了老神仙、老秀才一眼，支持不住他的眼皮，又微微地合上了。重任在肩，心里也拿着劲，能支持到现在，老木匠已经很不容易了。毕竟是上了年纪的人，如今卸掉这千斤重担，心里一松，这个平时铁骨铮铮的老汉，竟累得连抬眼皮的气力，都没有了。

歇息两天后，老木匠又刚强如昨，建校工程，也重新拉开了帷幕。上梁的日子，被确定在谷雨这天。领着他的伙计，何全虎马不停蹄地补打着围墙。率领两个儿子，老木匠日以继夜地赶做着檩条、屋架。为避免差错由东向西、由前到后，老木匠把每个教室按顺序编了号。每做好一个檩条或者屋架，匠工们都会在上面标明它的位置。用筷子削制的竹笔不吸墨，每写一笔，他们就得在墨斗里蘸一次墨。文墨有限，他们有的将檐檩写成了"言林"，有的将脊檩写成了"吉林"。明知不对，大家却还是将错就错，起码简单了许多，也省了不少的时间。既然大家都将错就错，反倒不会因错而出错了。习以为常了，互相默认了，也见怪而不怪了。盖房子毕竟不是做文章，就连老神仙、老秀才、陈德润、孙兰玉也都默认了。不看见不说，即便看见了，他们也不会去指正，而是一笑了之。

谷雨这天，是个风和日丽的好天气。一大早，老木匠就指挥匠工们上着屋架，接着又是上檐檩、又是上腰檩。檐檩、腰檩上去后跟屋架形成一体，就稳当得多了。尽管如此，这些却只能算是上梁前的准备。最后是上脊檩、上脊檩才是上梁的象征。

第一期工程是两栋、共六个教室，每个教室三间，共十八间房子。孙兰玉用红绸绾结成的，十八个大如脸盆的红牡丹，已经被拴在各条脊檩的正中。随着老木匠的一声令下，十八条脊檩，被同时吊上了屋脊。各村送来的五六十条大红锦缎，又被分别搭在了红牡丹的，左右两侧。数十鞭一万响的鞭炮，分别被刘子明、马子亮连在一起，又沿脊檩分别从两栋房子的东头，一直搭到了西头。拴在白光光的脊檩上，十八朵脸盆大的红牡丹在春阳的照耀下，显得格外的耀眼。在和风的抚弄下，五六十条锦缎蹁跹起舞，看上去既分外地喜庆，又分外地壮观。对称地搭在南北两栋房子的脊檩上，两串各九丈长的鞭炮，更是给人以，红红火火的感觉。在两栋房子间，三辆牛车一字儿排了开来，三头黄牛的犄角上，也分别搭着红绸，三辆牛车各装有一面大如碾盘的大鼓，叫作"牛拉鼓"。身着盛装，六名鼓手昂着头、挺着胸、威风八面、分站在三辆牛车的前后辕上，他们拿在手中的鼓槌，大若棒槌。雄赳赳、气昂昂，五六十铙钹手，也是披红挂绿，簇拥在牛车的周围，他们拿在手中的铙钹响器，金光闪烁。

从东西两头，鞭炮同时被点燃了，工地上顿时火花四溅、爆响如豆、纸屑纷飞、硝烟弥漫。三面牛拉鼓也随之敲响，用黄绸包裹的十二根鼓槌上下挥舞，鼓声震天。五六十副铙钹响器，也随之翻闪，跟着铙钹响器，上百条红绸穗蹁跹起舞，金鸣震地。噼噼啪啪的鞭炮声，铿铿锵锵的锣鼓声，加上震耳欲聋的铳响，足足持续了，大约有一顿饭的工夫……

热闹红火了一阵后，在老木匠的指挥下，匠工们开始忙着"管椽""管架"。所谓管椽，首先是将两根挑选出来的端正木椽在量好檐深后，用四寸钉子分别钉在檐檩跟脊檩的东西两头，做为"样椽"。再在两根样椽的下头，绷上一条线绳，做为"准绳"。然后再将其它椽一根根等距离地钉在脊檩上，其下端，还必须跟准绳持平。

细椽一般要放在两侧靠近山墙的地方，粗的，则尽可能地放在中间。其目的，自然是为减轻檩的负荷。每根椽的下头，还必须均匀地钉在"撩檐"上。钉撩檐的木工，腰里都拴有一根麻绳，麻绳的另一头，被坐在脊檩上的小工，牵在手中。活虽轻巧，却责任重大。该小工手里的绳子既不能太松，也不能太紧，既要保证木工活动自如，又要保证他的安全。木工钉到那根椽，小工必须坐在那根椽的另一头。这时每根椽都犹若一个杠杆，该小工的体重，同时也是另一头木工的配重。

两头被钉死后，或用手扳、或用脚蹬，匠工们还会将那些不端正的木椽在扳正后，再用六寸钉子，均匀地钉在腰檩跟檐檩上。这道工序，就叫作"管架"。

管椽用的，是四寸钉子，也叫作"管椽钉子"；管架用的，是六寸钉子，也叫作"管架钉子"。管架后所有的木料，已连成一个整体，这时，匠人可以放心大胆地用手里的锛子，再喀里喀嚓地砍去木椽上那些凸起的疙里疙瘩，叫作"平椽"。若木椽端正顺溜，管架、平椽，便都是象征性的。如其不然，那可就费劲了。

当匠人们忙着管椽、管架、平椽的时候，丰盛的午宴，已经开始了。小操场上已是人声鼎沸，觥筹交错。那边斧头的击打声、木材的撕裂声，跟这边杯盘的撞击声，以及吆五喝六的猜拳声、行令声交织在一起，显得既嘈杂，又热闹。

尽管酒香、肉香已飘上房顶、钻入鼻孔、沁入心脾，匠人们却是既不慌，也不忙。因为更为丰盛的宴席还在后面，而且，非他们莫属。

剩不下不算吃饱；撂不倒不算喝好。尽管大厨开有菜单，主家却还是要多准备上一些，宁教剩下，也不能教缺下，剩下了，主人才有面子。如果赴席的还在要这、要那，而厨房却再也端不出来，那将是一种教人既十分尴尬，又十分难堪的事，叫作"吃拉脱了"。

一向稳妥，老神仙、老秀才事先跟各村，已约好了人数，并按预约人数的一点二倍，做好了准备。按说，是不会有啥问题的，不想人多了事也乱，那些看热闹的，甚至连那些过路的，也都入了席。认识的，哪里好意思说破？不认识的，谁知道人家是谁？于是，更不好开口了。

人过一百，形形色色。那些贪吃的在打了个转转后，屁了、尿了、肚子腾空了，第二次甚至第三次坐下来，吃起了流水席。慢说巧媳妇难做无米之炊，就是米再多，"巧媳妇"怕也做不出来。

娶媳妇，盖房，是天大的喜事，即便叫花子上门，也得以礼相待。跟老神仙一合计，抱着拳对那些等着吃流水席的，老秀才道："对不起了！请诸位稍候，等匠人坐了，大家再接着消停地坐。匠人都饿了半天了，何况吃过饭，他们还得接着忙。"

一听这话，那些把裤腰带松了又松的，甚至已经松到头，没法再松的，这才不好意思起来。"对对对！让匠人先坐。"说着红着脸，他们这才难为情地让开了。老神仙、老秀才却大声地招呼道："请大家务必不要走远。一会儿就好，啊——"

嘴里应承着，有的还装模作样在房子的周围，看了一圈。趁人不注意，他们这才不好意思地，溜了出去。那些等着吃流水席的，就这样被老神仙、老秀才，给客客气气地打发了。吃的虽是不掏钱的饭，耽搁的，却是有钱的事。吃一顿又不能饱十年，把馋病惯下了，以后可咋呀？

老神仙、老秀才招呼着，要匠人们下房。下来后草草洗了个手，十几个匠人正要入席，不料老秀才却笑着道："诸位再辛苦一下，咱们，到镇上去坐。"闻言，匠人们这才如梦方醒：这里，早已经"吃拉脱了"。

第二天，小工们铡草的铡草、焖土的焖土，在工地前，他们各和了一大堆黄泥。今天的任务，是"抹房"，抹房的泥要比抹墙的稀一些，所加的麦草却要更长、更多。

一个小工自上而下地，绽放着苇箔，一边绽，他一边还得将绽开的部分，用小钉钉在椽上。地上一个小工，用木锨往上送泥；在檐口，另一个小工用木锨将泥接住后，还必须准确无误地将其，倒在匠工前上方。这样，自上而下地将泥抹开时，匠工就省了不少的气力。如果是个没眼色，或者虽有眼色，胳膊上却没功夫的，黄泥自然也不能被送达到，理想的位置。小工若不能将黄泥准确无误地，送达到理想的位置，匠工便会将泥巴准确无误地，摔到他的脸上，这既是无言的提醒，又是善意的惩罚。用袖子抹去脸上的泥巴，小工会嘿嘿地憨笑着，表示他们已经心领了、神会了，或者说下不为例了。

下一道工序，是"瓦房"。掌握时机，是瓦房的关键。早了泥皮是软的，也是滑的，浮不住人不说，还容易出危险。晚了，泥皮干了，脚一踩便掉成了片片。瓦房是细活,也是关键的技术活,而且一坡只能容一个匠工操作。匠工再多,也不能同时下手,而只能轮换着干,因此,不是三锤两梆子加把劲,就能搞定的事。

天气越好,瓦房的时机,也越难把握。上房时若干湿正好,瓦着瓦着,泥皮干裂后,就掉起了片片。再有本事的匠工,也只能做到在最佳的时间开始,而不能保证,在最佳的时间结束,因为,谁也当不了老天爷的家。

如果天公作美,是个无雨的搭阴天,那当然是再好不过、也求之不得了。若是个炸红的天气,匠人就得给溜滑的软泥上先撒些干土,然后再小心翼翼地上房,提前下手。

瓦是一摞一摞,由小工摞上房的。不比泥土,瓦可是花钱数块块买来的,也不比木头,掉下来,瓦是会打碎的。因此,无论摞瓦还是接瓦,都得格外地小心。摞瓦看似简单,其实不然,不得要领者一摞瓦摞上去,便会跟天女散花似的,散成一片。接瓦的自然是手忙脚乱,又难免顾此失彼,因接不住而掉下来打得粉碎的,也就在所难免了。打了瓦,主人家嘴里虽连说没事没事,心里,却免不了一阵心疼。打了瓦的,心里虽然不疼,却少不了要落个脸红。

深得要领的,一摞瓦摞上去还是一摞。秘诀在哪儿?秘诀就在除拇指外的四个指头上。会摞的,瓦不是摞上去的,而是被这四个指头,顶上去的。指头顶最下面的,下面的,又依次顶上面的,自然,就不会散开了。

一窍不得,少挣几百。

下来,是封脊。封脊的花样,那就更多了,根据自己的特长,再结合主人的爱好,匠人可八仙过海、各显其能。在充分发挥自己艺术想象的同时,还可尽其所能地,展示自己的艺术创造力。

最后一道工序,是"滚台沿"。滚台沿前,先要在房子的四角,埋上条石。在土脚地铺上一层平砖后,再将砖侧着一块挨一块地靠实,并摆在平砖上。这种做法,叫作"滚砖"。砖跟砖之间,不必黏结,滚完后,将烂铧砸成铁片,再将铁片砸进砖缝,夹紧即可。

忙了两个多月,赶在小满前,建校工程终于竣工了。校园里只剩下陈德润、孙兰玉,以及余儿、明儿,他们忙着又是栽花,又是种草。小麦已经泛黄,又是一个收获的季节。

---

①耱地耱:农具,用枣树枝编制而成。关中人常将其当木板来使用,却比木板还要防滑。

第二十章

　　用一场甘霖，上苍将丰产后的喜悦，以及丰收时的繁忙，一股脑儿地降给庄户人家。

　　被称为细粮，而备受青睐的隔年庄稼小麦，既弯下了它那挺得笔直的强项，又垂下了它那锋芒毕露的脑袋。麦熟一晌，蚕老一时。又一代成熟了，也老了、死了。新陈代谢，生老病死。一个谁也无法超越的，残酷无情的自然法则。

　　有的在抢收小麦，有的在抢种包谷。一个个忙得跟吹鼓手似的，但无论男的还是女的，老的还是少的，收的还是种的，庄稼人脸上的表情，却是大同而小异——笑容灿烂。

　　小麦割倒后，又被摞成积子，窝在了场畔上。并不急于碾打，在腾出的麦茬地上抢时、抢墒，庄稼人又忙着播种那些被称为粗杂粮的包谷、豆类。歪（厉害）人早田禾，秋田不让晌喀！

　　那些有高骡子大马的人家，自有长工套上"独犁"，在前面"冲锋陷阵"。跟在后面，东家大都是给犁沟里，溜着种子。手里拿着鞭子，嘴里呵斥着牲口，长工们，却多是虚张声势。呵斥牲口，是为东家不至于呵斥自己；虚张声势，是为自家不至于被东家呵斥。给人扛长活的生涯，几乎将他们扛成了，心理学家。既要出活，又不能不心疼自家的牲口，这几乎是所有东家的通病。

　　那些小户人家，一般是男人抡着板钁在前面挖坑，跟在后面，婆娘给坑里点着种子。种子点下后，她们还要用她们的三寸金莲，将被男人挖出的黄土，又重新拨回到坑里。既无牲口供其驱使，他们也浪费不起，那宝贵的苞谷种子。

　　窝到家的小麦，才容易脱粒。等秋田安上后，小麦也窝得八九离不开十了。这时，庄稼人便可一心一意地去碾打小麦，叫作"碾场"。

　　北原上地旷人稀，各家几乎都留有固定的麦场，叫作"场面"。恰恰相反，南河镇一带虽是水浇地，却人稠地少，包括那些大户人家在内，大家几乎都没有固定的场面，而只能是在提前收割的大麦地里，临时光场。等碾打完毕，种包谷已经来不及了。寸土寸金。为提高土地的复种率，场面地里，只能种些耐寒的白菜，或者是萝卜了。

　　不中吃，大麦一般都是用来做牲口的饲料。没牲口，地也少，那些小户人家是既没地也没必要，再种大麦了。跟大户人家比，他们那小鸟见大鸟的麦垛，也实在划不着劳神光场。于是只能巴结着帮人家碾打完毕，然后再借用人家的场面、牲口，来碾打自家的小麦。

那些地更少的，反而用不着巴结他人了，他们采用的，是更为原始的方式——将麦子放在院子里，用连枷慢慢地打。也正是由于这个原因，在论及收成时，关中人向来不说碾了多少粮食，而是说"打"了多少粮食。用连枷打的如此说，用高骡子大马碾的，也如此说。夏粮如此说，既无须用碌碡碾，也无须用连枷打的秋庄稼，竟也是如此说。后人有骡子、有马、有碌碡，可老先人却没有。历代老先人曾经用过的，也都是连枷。

碾场一般是两遍，第一遍叫"碾生场"，第二遍叫作"腾秸"。碾场特别是碾生场，最怕的，是下白雨①。若正碾场下了白雨，就"塌场"了。因此碾场，特别是碾生场，被认为是"紧场活"。生场碾完后，意味着大部分麦子已经归仓，因此跟"碾生场"比，"腾秸"可就松泛多了。这时锄包谷，又成了当务之急。早、晚闻凉锄包谷，中午闻热"腾秸"，当包谷锄过三遍后，小麦也就"腾秸"得差不多了。

大锄被挂起后，老天爷把难得的消闲跟难耐的溽热，又一块降临到人间。知了呐喊着将日头唤出东海，又聒噪着将它送下西山。老母鸡的羽翼几乎脱得精光，身上的鸡皮疙瘩，已依稀可见。这时它们的"儿或女"，却是异常地活跃，一个个跟黄绣球似的，在地上它们一会儿"滚"过来，一会儿又"滚"过去。无论黄狗、黑狗还是花花狗，都是一脸的无奈，尽管匍匐在湿脚地，它们却还长长地吐着舌头，又呼哧呼哧地喘着粗气。为驱赶那些嗜血的虻虫，无论黄牛、红马还是青骡子，都不停地甩打着尾巴，甚至，还舞动着四蹄。也许正是由于这个需要，它们的尾巴才不但没有退化，反而，还变得发达起来。

成群结队地趴在污物上，绿头苍蝇贪婪地享用着，它们的美味佳肴。虽说萝卜白菜，各有所好，但它们的嗜好，却还是教人匪夷所思，对人人掩鼻的臭屎，它们却都是情有独钟。

蝇子意犹未尽，蚊子又奏响了它们那，并不悦耳的协奏曲，从阴暗的角角落落纷纷起航，它们伺隙偷袭着那些赤身裸体的男人、女人跟孩子。

三岁以下无论男女，都是赤条条的，孩子们一条线都不挂。成年的男人充其量，只多了一条遮羞挡丑的大裤衩子。跟男人们一样，那些上了年纪的老女人，竟也肆无忌惮地脱去了上衣，让跟蔫茄子似的两个奶头，赤裸裸地下垂着。最辛苦的，是那些主妇们，一头扎进跟蒸笼似的灶屋，为一家大小，她们要将凉的变成热的，将生的变成熟的。夜幕降临后，她们还会从炕上将席子拉下来，然后又铺在事先扫得白光白光的，并轻轻洒过一些凉水的院子里，供全家大小进餐、歇凉。期望的目光不时被大人们，投向那些柳树的树梢，纹丝不动，树梢却一而再、再而三地让他们大失所望。奔波劳累了一天，在一次又一次的失望中，于黎明前，男人们这才终于进入到梦乡，而主妇们手中的蒲扇，却能奇迹般地在朦胧中，一直挥舞到天亮。蒲扇带来的，尽管已不是什么凉风，甚至是热气，但毕竟一次又一次地赶开了，那些袭向大人、孩子的蝇蝇、虫虫。在木匠作坊里，在济世堂后院的书房里，人们手中挥舞着的，却不是什么蒲扇，而是斧头、锯子，或者毛笔。在这里，蒲扇已属奢侈。

在作坊里日以继夜，木匠们为学堂赶做着桌凳。老木匠父子，正忙着下料，他们的徒弟或师弟，却只能做些粗活。按老木匠"飞"上去的墨线，他们有的用大锯，将圆木解成板材；有的却用小锯将板材，又解成线材。已有些经验和功夫，却因尚不老到，而不能独当一面的，都在刨料——将解开的板材或者线材在刨平、刨直、刨方后，再刨光。

在手艺行当中，下料是第一道，也是至关重要的一道工序。长木匠，短铁匠。铁匠短了一锤，木匠短了瓷贼。这两句民谚，一语道破了木匠、铁匠在下料时，所遵守的不同原则。木匠宜长、忌短，长了是一锯子的事；短了，麻烦可就大了。除大材小用外，别无他法。铁匠却恰恰相反，宜短而忌长，短了是一锤子的事；长了虽有法补救，那可就费劲了。

对各种木材的性能、特点，下料的木工，必须是了如指掌。对成品各个部位的尺寸，以及用料的大小，他们也必须是，成竹在胸。只有这样，他们才能做到照物下线、量材使用。

桑木质地光滑、手感细腻、色泽好看，而且弹性极好。因此挑夫们都会为有一根桑木扁担，而感到骄傲。梨木柔而且韧，即使刀砍、斧剁，都不致掉渣。枣木质地光滑，手感细腻，而且瓷实重镇。因此主妇们都会为有一张梨木案板、有一根枣木擀杖，或者有一个枣木棒槌，而感到自豪。柏木油质丰富，耐腐，而且有异味，就连穿山甲、蜈蚣之类的毒虫，都不得不避而远之。因此，老人都会为百年之后能睡一口柏木棺材，而心安理得。桐木质地轻，且不变形，所以是做风箱、做锅盖的首选。槐木硬度好，且柔韧性强，所以是打水车、旱车，做钁把、锨把的上乘材料。因此当槐木节节、槐木块块被儿女当柴火塞进灶堂、塞进炕洞时，长辈们宁肯烧着手，也要将其抢救出来。"家有槐，甭当柴！"在严肃指教晚辈们一番后，他们还会珍惜地自言自语道，"做个钁楔，还是不成问题的。"虽柔韧，榆木却极易变形，庄稼人对它的评语是"千年的榆木想'娘'家"。

松木，特别是马尾松，它们宁折不弯，是盖房的首选。

在木工行当中，技术含量最高的操作，是"合缝"。所谓合缝，就是将几块木板的侧面在刨直、刨平后，再用皮胶或骨胶黏在一起，拼成面板。最难做的家具不是桌子，而是板凳。板凳的卯窍、榫肩，必须有一定的斜度，以保证它"四腿八登"，而更加地稳当。在这些关键的地方，老木匠都会亲自动手，或者至少在他的指导下，由那些即将出师的熟练工来完成。

在济世堂、在书房里，为让《九章算术》成为一部更具实用价值的《算学》教材，陈德润正给它补充着例题、习题。一旁帮丈夫誊写着书稿，孙兰玉还不时更换着铜盆里的凉水，用蘸湿的手巾替他擦汗、降温。

远在公元记年前后，在秦汉时期、在关中一带，《九章算术》就广为流传。沧海桑田。作品没有名字，作者更无从考证，因全书共九个章节，于是，后人便称其为《九章算术》。其中《方田》一章，是关于正方形、矩形、梯形、圆形、弓形、三角形，和截球体表面积的计算，似乎应属于后来的《平面几何》。《商功》一章，是关于体积的计算，似应属《立体几何》。《勾股》一章，是关于直角三角形的解法，应相当于后来的《平面三角》。顾名思义，《方程》是关于方程、方程组的解法，并建立了正负数的概念。而《少广》，则是关于开平方、开立方的计算，应属于《代数》。其余诸如《衰分》，《粟米》，《均输》以及《盈不足》，似乎可归纳到《算术》的范畴。

前面，老神仙正忙于迎来送往，却见有个人，一闪身踱进了济世堂。身着长衫，来人，大约四十挂零的样子。手里拿一把折扇，却并没打开，既不求医，也不问药，对挂在两侧墙壁上的字画，他似乎更感兴趣。踱到右首的墙壁前，见条幅上分两行写有：

病分阴阳表里虚实寒热，须辨症施治

点着头，细细品味了足足有一袋烟的工夫后，他又踱到了左首的墙壁前。饶有兴致，他又玩味起另一条幅：

药有君臣佐使膏丹丸散，应酌情制宜

连饱经沧桑的老神仙，一时，竟也琢磨不出来人的真实身份。说是达官显贵吧，他却是那样的温良恭谦，又少了些霸气。说是富商大贾吧，他却是那样的朴实无华，而没有丝毫的荣显。说是文人墨客吧，他却气宇轩昂，而看不出些许的迂腐。

暗暗称奇，一边忙老神仙一边在暗中，关注着他。不断揣摩着他的来路，虽一时弄不出个所以然，但此人决非等闲之辈，却是毋庸置疑的了。

"客官请坐。"将一茬患者接待完毕后，搬过一把椅子，老神仙跟来人道，"坐下来歇歇脚。"

"有劳老先生。"长衫人客气地道。并没就坐，指着条幅的落款，对着老神仙,他接着道:"这位陈德润陈先生,想必离此不远,敢问,能否冒昧一睹他的风采?"

"这有何难?"老神仙笑道,"他就在后院。客官请!"言罢,他又跟后院打了个招呼,"兰儿,有客人!"

说话间,两个人到了后院。掀开竹帘,将客人让到屋里,指着正要起身的孙兰玉、陈德润,老神仙道:"这是小女孙兰玉,这便是小婿陈德润。你们聊,我就不打扰了。"说完,便转身退了出去。

孙兰玉忙去沏茶,陈德润招呼客人道:"这里太乱,也太热。请先生到客房用茶。"不料来人却道:"不必客气。这里挺好!"说着,已在对面的椅子上落了座。顺手拿起孙兰玉正在誊写的书稿,一边翻阅,他一边赞不绝口:"好字,好字!"翻过几页,对着陈德润,他又吃惊地道,"先生这是,在修订《格致》?"闻言,陈德润也是一脸的惊讶:"先生好眼力!"继续翻阅着书稿,来人先是不住地点着头。后来,他却又摇头叹息道:"可惜!可惜数千年来在科举制度中,国人只知迷恋仕途、尊崇孔孟,而这些极有实用价值的东西,却反而被束之高阁、无人问津,又受尽了冷遇!"闻言,陈德润更加惊讶了:"先生所言极是!在下正想将其分门别类、加以改编,再作为教材,以飨后人。还望先生,不吝赐教!"闻言来人又是惊,又是喜,道:"敝人亦有此念,不想未及动手,却被先生,给捷足先登了。"

"格致"者,"格物致知"之简谓也。"格物",指的是事物所遵循的自然规律;"致知"是教而使其知、学而致其用也!实乃知物穷理之学,即物理、化学、生物等自然科学的总称。属西学。

"听口音,府上非湘即楚。"陈德润试探地道,"敢问先生尊姓大名,在何处高就?"

"先生亦好眼力!"来人道,"舍下湖北宜昌。敝人姓周,叫周佩坤。在县里当差。"

"哦,原来是邹大人。失敬失敬!"误将"周"字听成了"邹"字,陈德润道,"方才多有怠慢,还望大人鉴谅。"

"哪里,哪里?"来人忙道,"若非先生提起,把正事,我差点儿给忘了。闻先生在南河创办新学,新任知县原想亲自拜访,无奈初来乍到,又公务繁忙,一时,竟不得分身。今着敝人送来两样东西,这一千两银子,是他的俸银。另外,再划三十亩地给学堂,作为养廉。"从袖筒拿出银票、地契后,来人接着又道,"这是银票、这是地契、请先生收好。"对陈德润之误,他非但没有介意,还将错就错,点头表示了认同。

"知县大人如此美意,陈某既受之有愧,又却之不恭。"接住银票、地契,陈德润又道，"这里，我先谢过邹大人。等忙完这一阵，定当去县衙当着面，再跟父母官致谢。"

道听途说中，虽知道旬日前，有个新县令刚刚到任，却没料到他办学的事，这么快，他就知道了。陈德润不觉，竟有些感动。

"不必客气。"来人道，"但不知，能否赐墨宝一幅？回去，鄙人也好交差。"

"这……"犹豫了一下后，陈德润这才又道，"只是笔下拙笨，既蒙错爱，只好献丑了。"说话间，陈德润拿出了一个画轴。在他的帮助下，画轴被来人，展了开来。只见四尺整张的宣纸上，遒劲的行草书笔有虚实，字有俯仰，墨有浓淡，行有疏密，落款补白，印章点睛，浑然一体，又气象万千。眼前一亮，来人竟不知不觉地，读出了声：

宠辱不惊，闲看庭前花开花落；
去留无意，静观天上云卷云舒。

"超凡脱俗，又字字珠玑！"逐字逐句地欣赏着，来人既惊讶不已，又赞不绝口。小心翼翼地收起后，他这才又道："如此厚礼，不知何以为报？"

"大人言重了。在下正有一事相求，但不知……"陈德润欲言又止。

"但讲无妨，不必客气！"见状，来人道。

"……如此精通西学，不知大人能否屈尊，为学子们授课？"迟疑了一下后，又鼓起勇气，陈德润终于说出了他想说、却又实在难以启齿的心里话。

"哦，原来是这。"闻言，来人毫不犹豫地道，"承蒙先生看重，周某自当不遗余力，只是……只是唯恐不能准时，既误了学生，又误了先生。"

"无妨，无妨！"闻言，陈德润兴奋地道，"时间嘛，全以邹大人。"见来人满口地答应了，比刚才拿到银票、拿到地契时，他还要激动。

"那就，恭敬不如从命了。"说罢站起身，来人告辞道，"来日方长，咱们，后会有期。"见挽留不住，陈德润忙起身相送。

客人走后，对着女婿压低声音，老神仙道："看此人气度不凡，不知他作何公干？"陈德润道："听说，在衙门里当差。萍水相逢，也不便细问。"不料孙兰玉却道："依我看，倒像个师爷。"

正揣摩间，却见两个全副戎装的青年军人，又一前一后地，走了进来。

"请问，哪位是陈德润陈先生？"拱着手，走在前面的青年军人道。

"在下便是。"一边回答，陈德润一边反问道，"两位是……"两个起起武夫，显然既不是来求医，也不是来问药的。

"西安陆军学堂的王士奇，陕西武备学堂的邓玉昆，拜见先生。"抢前一步，后面的邓玉昆跟前面的王士奇，站了个并排。说着，跟陈德润两个人同时，又是个军礼。

"噢，原来是新军的，两个弟兄。"见状，陈德润也客气道，"请！请到客房叙话。"更不客气，跟着陈德润，王士奇、邓玉昆来到了客房。

分宾主坐下后，一边招呼俩人用茶，陈德润一边道："远道而来，不知两位，有何见教？"

"不不不！"闻言，邓玉昆道，"虽就读西安，我们却都是阳都土著。久仰大名，今又闻先生创办新学，故冒昧前来讨扰。"紧接着，王士奇又道："既是新学，想必开设有军体课？"闻言，陈德润颇觉惊讶，道："军体课？何谓军体？请二位明示！"

"习文练武，强身健体。"王士奇道，"兼学军事，富国强兵。"见陈德润仍是满目茫然，邓玉昆进一步道："以泱泱大国，我们却见欺于人、被辱之为'东亚病夫'者，盖因民众多吸食鸦片、体质羸弱，又精神萎靡也。如长此以往，则难免正如林则徐林大人所言，'中原几无可以御敌之兵，且无可以充饷之银矣'！"王士奇，则更加地慷慨激昂："火药，乃我四大发明之一。不想反为夷人所用，既犯我疆土、掠我资源，又强我签订阵前城下之盟、丧权辱国之约。今政府又是割地，又是赔款，实我等之奇耻大辱也。若不唤醒民众，强身健体，兼学军事，将何以雪我国耻、扬我国威，又重振我华夏之雄风？"

为两个热血青年的慷慨陈词所感染，恍然大悟的同时，陈德润也激动了："多谢两位兄弟提醒！但不知能否助我一臂之力，以共图兴教强国之壮举？"闻言忽地一下，王士奇站起道："国家兴亡，匹夫有责。兄弟我，自是义不容辞！"跟着，邓玉昆也站了起来："国荣我荣，国耻我耻。兄弟我，也是责无旁贷！"闻言霍地一下，陈德润也站了起来。三个人六只手，紧紧地握在了一起。

继陈德润、孙兰玉之后，南河镇还有一个人，也忙活起来。又是催粮，又是要款，出人意料的是，这回佘有志竟没带那支，乌黑而泛着蓝光的快抢，也没带那些如狼似虎的团丁。跟在他尻子后面的，是一个拿着账本的小书手。那种狗眼看人低的霸气，也不见了，脸上佘有志甚至还堆了些，皮笑肉不笑的皱褶。

山高皇帝远，庄稼人向来很少关心所谓的，国家大事。他们所关心的，是他们那一亩三分地里的收成。《百家姓》他们有的，也许还能说出个"赵钱孙李"。有的，甚至还能说出个"周吴郑王"，但再往后，能说出的，就为数不多了。他们不知道天下，竟还有姓"爱新觉罗"的，更不知还有姓"叶赫那拉"

的。甚至误以为当今的皇上，就叫作"宣统"，而宣统的他爸，就叫作"光绪"，他爷，就叫作"同治"，他太爷，就叫作"咸丰"。他们不知道自己的父母官，姓甚名谁，也自觉不需要，知道这些。无论谁当皇上，谁当巡抚，谁当知县，他们还不都得，照章纳粮。照章纳粮，天经地义！

在南河镇一带，庄稼人只认识佘有志，在他们的心目中，佘有志就是最大的官。他们压根不知道县里，新来了个父母官，自然更弄不明白佘有志的态度，为什么在突然间，发生了天翻地覆的变化。看惯了佘有志的凶神恶煞，对他这张突然堆满皱褶的笑脸，他们反倒有些，不习惯了。有的甚至还怕看见这张，堆满皱褶的笑脸，以为这皱褶里暗藏的，也许是更大的阴谋、更大的杀机。于是，他们都按时如数地，缴纳了各自应缴的粮款。何况今年的收成，还算不错，而粮款又是历年来，最低的一次。

粮款收缴得如此顺利，更是出乎了，佘有志的意料。过去的父母官，几乎无一例外地称老百姓为刁民，并要求在收缴粮款时，不得心慈手软。新来的父母官却翻过来称这些"刁民"为"衣食父母"，并当众训诫乡约、总乡约，不得借故刁难。过去，老百姓称知县为"父母官"；眼下，知县又称老百姓为"衣食父母"。到底谁是谁的父母，佘有志更加地糊涂了。

听到训诫，在一旁，佘有志还偷偷地冷笑过。令他万万没有料到的，是最后，他竟被单独地留了下来。

"若再胆敢耀武扬威，欺压百姓。"新知县警告他道，"或者恣意加码、中饱私囊，我的水火棍，可是不认人的。"闻言表面上虽唯唯诺诺，连说不敢，但心里，佘有志却道："就你能！能的都能给虼蚤，绾笼头了。还没听说哪朝哪代，有哪个人是带着微笑，从那些刁民的口袋里，把粮款要齐的。出水才见两腿泥！甭看眼下神气十足，回头有你给我说好话、求拜我的时候。骑驴看戏，咱们，就走着瞧吧！"

佘有志彻底地失败了，骑着驴，他却没看到好戏。因为包括他自己在内，历朝历代所有人都是带着刀、拿着枪，却还没把粮款收齐。既不带刀、又不拿枪，只带着微笑，新知县却将粮款收齐了。不但南河镇一带收齐了，其它各地，也都收齐了，而且还赶在南河镇的前头，收齐了。

———————

①白雨：关中方言。指突然自天而降的雷雨，暴雨。

第二十一章

将孙兰玉誊写清楚的书稿,陈德润又细细地,校对了一遍,结果,竟无一谬误。在陕甘味经书院刊书处,陈德润再三地叮咛了有关事宜后,压在心里的一块石头,总算是落了地。回到县城,见时间尚早,折转身他又向,县衙走去。借机回访邹大人,除进一步落实《格致》课授课的有关事宜外,通过他,就对南河实业学堂的大力支持,他还要当着面跟新任知县,表示感谢。

"啊!是陈老爷。"从门房迎出的,是一个干瘦老头。跟陈德润热情地打着招呼,或者说以打招呼的方式,他履行着他看门的职责。陈德润并不认识干瘦老头,而干瘦老头,却似乎认识他。

"哦,"收住脚步,陈德润说明了来意,"来拜望一下邹大人。"

"周大人?"带着遗憾,干瘦老头歉意地道,"嗨呀!实在不巧。周大人,他不在县衙。"恰恰相反,把陈德润所说的"邹"字,他又误听成"周"字。歪打正着,否定之否定,即肯定。

"时候不早了。"望了望西边的落晖,陈德润仍不肯放弃,"他也该,回来了吧!"

"啊呀!这可就难说了。"摇着头,干瘦老头苦笑着,"上次他刚走,就有人远道来访。人家等了整整一天,他却不见个影星;人家前脚刚走,得!后脚,他却又回来了。"指了指廊前那顶尘封已久的官轿,他接着抱怨道,"这个周大人也真是,自到任他就一个人,在外面到处跑,放着官轿不坐,他却雇了个毛驴。有次一时不留神,撒个欢小毛驴,竟跑掉了。撵了半天,也没撵上,徒步回来时已经是,喝罢汤的时候了。见他披头散发,衣冠不整,黑水汗流,又一瘸一拐的样子,我还以为,是个疯子。于是左拦右拦,竟轰着赶着,不让他进门。"

"你是不知道……"见陈德润无语,他继续着他的津津乐道。

见干瘦老头没完没了的样子,说了声"多有打扰"后,陈德润抽身就走。

"哎哎哎……唉——"干瘦老头这才似乎意识到,应当问一下陈德润陈老爷,看他有什么事,或者有什么话。不料陈德润陈老爷却早消失在,茫茫的夜色中。呆呆地站在门口,又长长地叹了口气,为未能尽职尽责,他感到无比的遗憾。

步履匆匆,陈德润赶回了济世堂。

虽说没见到邹大人，陈德润却仍觉此行不虚，一个不可多得的"格致"教员，起码是确有其人，而且，就在县衙。正如妻子孙兰玉所料，这个邹大人还的确是个骑着毛驴，一天到晚在鞍前马后，跑腿的师爷。而新任知县多半是个懒熊，吃饱后，他再也不肯耍权了。

开学的日子，已经进入了倒计时。头绪太多，许多事还有待，最后的落实。闷着头，一路想着心事，在济世堂的门口，跟个人陈德润，竟撞了个满怀。

"啊！"吃了一惊，伸手扶起那人时，陈德润这才发现被他撞翻在地的，不是别人，"咋，咋是邹大人？"

"邹大人，"跟在后面送客的老神仙、老秀才这时，才反应了过来，"他，已经等候多时了。"

"邹大人，"陈德润忙道，"你，没事吧？"

"没事，没事。"一边拍着长衫上的土灰，邹大人一边道，"又不是个花瓶。"

"没事就好。"闻言，陈德润这才放下了心，"我去县衙找你，你却在济世堂等我。要是晚一步，怕又失之交臂了。"

"撞见，撞见。"邹大人戏谑着，"不撞这一下，恐难得一见。"说着，几个人都笑了。谦让中，众人又回到了济世堂。

"你可是大忙人。"一边走，邹大人一边道，"到县衙，敢问先生有何要事？"

"也没啥紧要事。"坐下后，陈德润言不由衷地道，"印书归来，路过而已。"路过不假，还想请邹大人帮忙物色个外文教员，这才是陈德润此行的，主要目的。没想到邹大人，竟是如此的繁忙，离开学尚有几日，还是自己想办法吧。话都到了嘴边，陈德润却临时，又改了口："日理万机，大人于百忙中偷闲到此，不知有何见教？"

"哪里哪里？顺路看看而已。"摇着头，邹大人道，"先生义举，虽深得民众支持，但来日方长，恐难以为继。为长久计，卑职于上海，订得脚踏轧花机一台，以供先生勤工俭学。货到后如觉可行，卑职再设法陆续添置。"

"难得大人如此周到！容陈某替南河百姓们，先谢过大人。"一向喜怒不现于色，这时，陈德润却是难以自已。刚要起身，他却被邹大人，给按住了："些许小事，又何必如此见外？先生任重而道远，为难之事，恐在所难免。能助先生一臂之力，实乃幸事，亦卑职之分内。常言说得好，一回生、二回熟。你我当直来直往，千万莫要言谢！"

正推心置腹，门外，却传来一阵驴叫。闻声，邹大人调侃道："原想跟先生促膝长叙，不想这畜生，倒先不耐烦了。"说着，便要起身告辞。见挽留不住，陈德润只得送出门来。正焦躁地舞动着四蹄，夜色中果然有头毛驴，拴在树上。

蝉噪终于变得断断续续、有气无力起来。一天傍晚，树梢上突然传来了"司笛儿"，那悦耳的脆鸣。

这是一种知秋的昆虫。不知道它的俗名，更叫不上它的学名，庄稼人只能形声地将其叫作"司笛儿"。作为秋天的使者，一声脆鸣，它既预示着溽热难耐的酷暑，行将结束，又预示着那凉爽宜人的秋天，就要到了。

虽说秋后还有二十四个火老虎，却毕竟有了早晚。果然是"早晨立了秋，晚上凉飕飕"。夜幕降临后，在"嘀嘀嘀……"的尾音中，"司笛儿"那悦耳的脆鸣，逐渐地衰减到零。定格了多时的树梢，终于又微微地，摇曳起来。见大事不妙，蚊虫们落荒而走，又躲进了阴暗的角落。几乎人手一把的蒲扇，终于又一次地，被束之高阁。

包谷地里，已经能影住人了。南河实业学堂的新校园里，各种茅草，也高可没腰。新桌凳散发着刺鼻的油漆味；新教材，却是墨香四溢。开学的准备工作，在紧锣密鼓地进行着。

董事会上推脱不掉，郭福寿出任了董事长。老地主为，名誉董事长。陈德润出任了山长，老秀才为，名誉山长。谢铁成出任了总务长，老木匠为，名誉总务长。孙兰玉出任了教务长，老神仙为，名誉教务长。加上董事刘子明、马子亮等，十一个人组成了董事会。

经过充分的酝酿，讨论，董事会最后决定：凡未经启蒙的孩子，不管长幼，都安排在三个初级班。高级班分三个年级，每年级一个班，按程度分别接收那些已经受过启蒙，但水准却参差不齐的学子们。附近的私塾，均自行停办，教员由实业学堂，择优录用。被保留下来的几个偏远的私塾，教材由实业学堂统一配发，并接受实业学堂的统一管理。这样做的目的，无非是为保证那些地处偏远、又因年幼而生活尚不能自理的孩子们，能够就近入学。会议最后，还研究确定了各个班级的主任教员，以及各个学科的科任教员。

这是南河实业学堂的第一次董事会，也是翌日全体教职员工大会的预备会。

明天就要召开全员大会，至今英文教员，却还没个着落。房烂了净[1]雀儿，人忙了净搅儿。在这个节骨眼上，渭北乃至西安一些书院的山长们，却又偏偏地纷至沓来、登门造访。虽来自不同的地方，却有着同一个目的：一是祝贺，二是请求使用，陈德润编写的教材。当然，免不了还要询问一些这样那样的，其它问题。

虽心急如焚，山长陈德润却还是以礼相待、殷勤应酬。对他们的祝贺，他由衷地，表示着感谢；对他们的请求，他一概满口地答应。原想以这种方式谢客，谁知礼多人不怪，这些久读孔孟的同行们，又礼数颇多，因此，反而招来了一大堆没完没了的，感激之辞。当然，也有知道陈德润眼下，尚缺英文教员的。他们热心地给他举荐了好几个，但却无一让陈德润，感到满意。贼来不怕客来怕，陈德润已经有些，招架不住了。

客走主人安。送走最后一批客人，陈德润这才长长地，舒了口气。

"陈先生，请留步。"正要返回，不料一个熟悉的声音，竟将陈德润的疲惫，一扫而光。精神不觉为之一振，回头看时，邹大人已经到了跟前。他的身后，竟还跟着一个碧眼黄发的，大个子洋人。见陈德润又惊又疑的样子，指着洋人，邹大人道："这位，是戴维先生。英国人，英华医院的医生。慕名远道而来，他是专程，来拜访先生的。"回过头指着陈德润，他又跟叫戴维的洋人道，"这位，就是你要找的陈德润陈先生。"

抢前一步，用他那长满黄绒毛的大手，戴维拉住了陈德润："Mr. Chen——No! No!"不想刚一开口，戴维却又抱歉地，摇了摇头。

在县衙找邹大人时，一开口戴维说的，就是英语。见邹大人似懂非懂的样子，他这才，又改用了汉语。

"见了陈先生，可一定得跟他说汉语！"来时一路上，戴维还不断地提醒着自己。由于激动，一时脱口而出，他却还是说了英语。

"Sorry！"纠正时一着急，戴维竟又一次犯了，相同的错误，"哦，对不起，陈先生。见到您，我感到，非常的荣幸。"汉语，他还算流利，但却多少，有些生硬。

"哪里，哪里？两位，请！"一边客气，陈德润一边用右手示意，要客人们先行。显然把"Sorry"，他竟误听为"骚扰"。

"陈先生请！" 邹大人道。已觉察到陈德润、戴维在言语上，有些误会，却又弄不清到底，在哪儿走了交。他既无法道破，也不便道破。

"对对对！"戴维附和道，"陈先生，还是您先请。"他终于说了一句，颇为得体的汉语。谦让中三个人，一同走进了南河实业学堂。

英华医院是英国基督教，在渭北创办的，院长是一个叫作"容安居"的基督徒。这些，陈德润都听说过，但这个英国医生找自己能有啥事，一时陈德润，却怎么也猜不透。他办的可是学堂，而不是什么医院。

牙痛不是病，痛起来，却要人的命。济世堂里，佘有志呲着牙、咧着嘴，大声地呻唤着。长一行，短一行，他嘴角的涎水，已扯起了线线。跟母牛下了犊似的，胸前，他也是湿漉漉的一片。右侧的半张脸，他更是肿得，像锅沓馍②。要为佘有志扎针，老神仙正在用白酒，给银针去毒。出于职业的敏感，戴维下意识地，收住了脚步。不得不停下来，陈德润、邹大人，陪在一旁。

用左手拇指的第一关节，在佘有志张开的"虎口"里，老神仙先是一量。接着沿拇指的指尖，捏在右手中的银针，又被他准确无误地，捻进了他的"合谷"。

"哎哟，好麻！"随着一阵痉挛，在嚎叫了一声后，佘有志却不再呻唤了。当佘有志按吩咐张开嘴巴时，老神仙左手的食指又准确地，压在了他耳前凸起的疙瘩上。当佘有志按吩咐又合上嘴巴时，刚才那个凸起的疙瘩竟凹下去，又变成了一个深窝。与此同时，老神仙的第二枚银针，又刺进了这个深窝、刺进了他的"下关"。为加强和巩固疗效，在佘有志的"颊车"穴，老神仙又补加了一针。在腮帮上，颊车穴的特点是咬牙时凸起，松口时凹下。

佘有志的牙，不痛了。涎水，也不流了。站在一旁，戴维却看得呆了。

"两位，里边请。"在陈德润的又一次招呼下，戴维这才回过了神。早就听说中国的针灸，有手到病除的神功。原来，他还有些不大相信，以为不过是以讹传讹，今日一见，方知所言不虚。这个意外的收获，让戴维在大喜过望的同时，还萌生出一个新的想法。

"对先生编写的教材，戴维他们，很感兴趣。"分宾主坐定后，对着陈德润，邹大人道，"除医院外，在各地，他们还办有学校。也想使用先生的教材，因此专程前来，跟先生商洽。"

"对！先生编写的教材，很有新意。"戴维道，"将其译成英文，再推荐给我们大不列颠民族，相信，一定会深受欢迎。"跟刚才比他的汉语，软和了不少。

"这有啥好商量的？"陈德润坦率地道，"戴维先生既然看重，拿去用就是了。"

"不不不。"戴维忙道，"这么好的东西，怎么能说用就用？要用就得付酬，请先生开个价。"

"开个价？书上，不是有定价吗？"闻言先是一愣，接着又淡然地笑了笑，陈德润道，"一两本书能值几个钱？就算是，送给先生的。"一边说，他一边暗想：好个洋先生！你也太得小量，我们中国了。中国人可不是吝啬鬼、守财奴！更不是巴尔扎克笔下的欧也尼·葛朗台。

"不不不。"戴维道，"未经许可，未付酬金，随便使用他人的作品，属侵权行为，是犯法的。"接着，他又一本正经地道，"违法的事，我可不做！"

"侵权，违法？"闻言，不单陈德润吃惊了，就连坐在一旁的邹大人，也吃惊了。

"是的。"戴维更加认真了，"既侵犯了作者的著作权，又违犯了《版权法》，要受处罚，要加倍赔偿的。"

"著作权？版权法？"闻言，陈德润却不以为然了。他风趣地道，"依先生所言，像《红楼梦》《三国演义》《水浒转》《西游记》，这些已经流传了数百年，甚至上千年的名著，中间多次再版，都属于侵权，又属于违法了？都要给曹雪芹、罗贯中、施耐庵、吴承恩等，加倍地赔偿了？话说回来，即便有人愿意赔，又哪里找得到他们？"

"是啊！还有孔子、孟子、李白、杜甫等，"邹大人道，"细算起来，咱们后人，可就赔得倾家荡产了。"他的话，则更加幽默。

"是的。他们，是有些亏。"原以为戴维会无言以对，不料他却惋惜地道，"他们，是吃了时代的亏。当时人们还不知道，保护知识产权的重要性，为此吃亏的，又何止一二？从贵国的蔡伦到沈括，从我国的莎士比亚到牛顿，都吃了这个亏。二百年前，我们就有了《知识产权保护法》，可惜包括贵国在内的许多国家至今，却都还没这部法律。"

"知识产权？"闻言，陈德润更加惊讶了，"知识，还有产权？"

"知识产权保护法？"对后者，邹大人尤为惊讶。

"当然有。"戴维道，"知识，也是财富！有的人，为之奋斗终生，有的，甚至为之献身。给人类的文明、进步，他们做出了，多大的贡献？但他们却得不到，应有的回报。不但得不到尊重，他们有的，还穷困潦倒，甚至贫病而死。若能依法保护知识产权，就能激励大家从事科学研究、从事发明创造的积极性，并促使他们将自己的成果，及时地公之于众。使其尽快、尽广泛地服务社会、服务人类。"

"贵国的医学，则更加神奇！"见陈德润、邹大人听得入神，戴维又道，"民间，又有不少的偏方、验方，却都被深藏不露，而成了'秘方'。并且只传男、不传女，有的，甚至失传。其原因，不就是他们的知识产权，得不到应有的保护吗？社会不保护人家，人家，只好自己保护自己了。不信咧，你去问刚才扎针的那个老先生，我估计他的手里，就捏有不少的秘方、验方。试问他老人家一天能看多少病、救多少人？若将秘方、验方写成书公之于众，让天下的医生都去用，那一天又该看多少病、救多少人？"说着，他竟不由得激动起来。

"哦！原来如此。"博学的陈德润第一次感到了，他知识的贫乏。

"唉！啥时候，咱们才能有自己的《知识产权保护法》？"不由自主，邹大人也感慨起来。

"会有的。"戴维肯定地道，"不但中国会有，全世界都会有。只不过，是个时间问题。有知识的人，应当是最富有的，因为他们对人类的贡献，是无价的！"说着从西服的口袋里，戴维摸出张银票。话锋一转，他又道，"看来陈先生不便开口，这是八千两银子，先生权且收下。不够了，以后再说。"说着将银票，他放在了陈德润的面前。

"书，你尽管用！"见状，陈德润忙道，"银票嘛，就不必了。"说着银票，又被他推给了戴维，"这里，我有个不情之请，不知当讲不当讲？"

"得先生宝书，正无以为报。"戴维推心置腹地道，"若能为先生尽绵薄之力，戴维自是，求之不得了。你我相见恨晚，有啥话先生尽管直言，不必见外！"

"实不相瞒。"陈德润试探道，"眼下我这儿，还缺个英文教员。不知先生能否屈尊，帮这个忙？"

"这有何难？"闻言，戴维满口地道，"英语，乃戴维之母语，正如关中人所言，'瓜出在了，自家的园里'。能跟先生合作共事，是戴维的荣幸！"

戴维的爽快，出乎了人的意料。闻言，陈德润更是喜出望外："有先生相助，胜过纹银万两！"话锋一转，陈德润不觉，又有些歉意，"只是先生远在渭北，陈某此请，未免强先生之所难。"

"什么强人所难？"不料闻言，戴维却道，"这叫雪里送炭！用关中的土话说，这叫作'刚一丢盹儿，就有人送来枕头'。"见陈德润不解，戴维又道，"不瞒先生说，方才亲眼目睹了，那个老先生的妙手神针，戴维有心讨教，却正愁难以启齿。不想先生，却赐此良机，如若不弃，我就搬过来，以随时聆听，老先生的教诲。"

"真的？"闻言陈德润又是惊，又是喜，"那咱一言为定！"

"一言既出，驷马难追！"戴维，也是兴奋不已。

"中西合璧。各得其所。"邹大人更是，感慨万千，"巧！实在是太巧了。天下，竟有这样的巧事！"

"最迟，我后天赶到。"说着起身，戴维就要告辞。

"先生且慢！"说着那张银票，又被陈德润一把塞进了，戴维的口袋，"先生解我燃眉，陈某感激犹恐不及，又怎好，收先生的银子。"

"车走车路。马走马路。"银票被戴维掏出后，又被他放在了茶几上，"这钱先生如果不收，这书，戴维也就不敢用了。"

说着，戴维转身就走。拿着银票赶上去，陈德润，又硬往戴维的口袋塞。不想却被他左塞左挡，右塞右挡，急忙地，塞不进去。两个人，都急红了脸。

"那好。这钱，我权且收下。"陈德润无可奈何地道，"以后发薪水，先生，可莫要推辞！我这也是豇豆一行，茄子一行！"

"这样吧！"一边走，戴维一边道，"薪水，您交给扎针的那位老先生，就算戴维，给他老人家交的学费。"

"好个戴维！"在心里，陈德润道，"将他的薪水，发给我的老岳父。岳父他老人家，能要吗？再说老泰山，就妻子这么一个女儿，即便他肯收，这钱转来转去，还不又转到我这儿了？"

"好了，好了。"陈德润还待分辩，不料却被邹大人，给劝住了："你俩，就甭再过来过去的了。该收的，你就收；该发的，你就发。亲兄弟，明算账嘛！"

翌日上午，除邹大人、戴维外，包括王士奇、邓玉昆在内的三十多名教员，全都准时地到了会。在青一色的布衣长袍中，一身戎装又正襟危坐的王士奇、邓玉昆，犹鹤立鸡群，格外地引人注目。先生们虽大都彼此相识，但这么多人欢聚一堂，却尚属首例，因此少不得，要互相寒暄上一番。一阵嘘寒问暖后，又是一阵议论纷纷，大家互相打听着，猜测着。打听猜测这两个赳赳武夫的来龙，去脉。

按程序，全员会应由董事长代表董事会，首先讲话。为此郭福寿，也整整熬煎了一天一夜。虽答应帮忙，陈德润却一直忙于迎来送往，难以分身。等送别了邹大人、戴维，刁空他这才帮他，草拟了个提纲。看着这干巴巴的提纲，郭福寿竟连一句，都添不进去。无奈陈德润又连夜，给他写好了讲稿。拿着讲稿翻过来覆过去，郭福寿又是念、又是背，几乎折腾了一宿。黎明前感到背得差不多了，窝在炕上他这才和衣，迷糊了一阵。

枣核解板——只几锯（句）。陈德润写给郭福寿的讲稿，已简要得，不能再简要了。会前把讲稿，郭福寿又默诵了一遍。感觉还不错，但到了关键时刻，脑子里，他却还是一片空白。讲稿上的字似乎还不住地跳动着。越是着急，他越是看不清楚。凭记忆郭福寿总算勉强地宣布了，董事会的组成，但人员的分工，他却早忘得，一干二净。脸憋得通红，失急中用腿，他连连碰着陈德润跟他求救。

不慌不忙，帮郭福寿陈德润先宣布了，董事会的分工。接着，他又把大家所不熟悉的王士奇、邓玉昆，分别作了介绍。

"哦！原来是陆军学堂的。"

"不对！好像是武备学堂的。"

"都对，又都不对。一个是陆军学堂的，一个是武备学堂的。"

"还要开军体课！军体课是啥课？咋没听说过。"

见底下议论纷纷，秩序又有些混乱，顺手拿出一样东西，陈德润道："诸位，知道这是什么吗？"闻言不约而同，大家将目光，又聚焦在陈德润的手上。一时底下竟静得，鸦雀无声。拿在陈德润手里的，只不过是轻飘飘的一张纸，但纸上那方比斧头背还要大的，猩红色的关防大印，却给人以沉甸甸的感觉。包括主席台上的董事、董事长在内，大家都面面相觑着。

"这是张地契。"在焦急的期待中，陈德润终于揭开了谜底，"上面，是三十亩地。是县里，划给咱们的。"闻言大家刚从惊讶中，反应过来，不料陈德润，又拿出了两张，"大家看，这又是啥？"见大家都拭目以待，他这才接着道，"这是两张银票！这一千两，是新任知县托人所赠，是他的俸银，而非公款。这张是一个英国朋友所赠，大家猜，是多少？"见大家吃惊的样子，他又添一惊，"不多不少，整整八千两！"

"这一阵南河镇，咋净出稀罕事？下面给县太爷送银子的，倒是不少；县太爷给下面送银子可从来，都不曾听说过。"

"是啊，只听说洋人跟咱们要银子；给咱们送银子，可从来没听说过！"

"今年的粮款比以往，少了许多；收缴时余有志也没以前，那么的凶了。"

"前一向渭河的水，突然变清了。这世道是不是……"

据说渭河水只要一变清，世道就会跟着变。

"更新鲜的，还在后头。"见秩序又一次大乱，陈德润大声地道："想听不想听？不想听咧，就此散会！"闻言一时间，大家竟都又傻了眼。没一个肯离开，会场却奇迹般的，又静了下来。

"知道办学最重要的，是什么吗？"沉默了好一阵子后，陈德润这才接着又道："最重要的，是人！是人才、是教员、是在座的诸位，而不是钱！"闻言，大家都郑重地点着头，会场静得连呼吸，似乎都没有了。接着，陈德润又道："县里给咱送地契、送银票的邹大人，还有那位给咱送银票的英国朋友，跟大家一样，他们也都是，咱们学堂的教员。一个教《格致》，一个教《英文》，他们比黄金、比白银，还要值钱！"

话刚落点，底下立即报以经久不息的、雷鸣般的掌声。

没想到陈山长竟如此地看重人、看重教员。闻言，大家不觉鼻子一酸，跟着，眼圈也红了。肩膀上，更觉沉甸甸的，直到孙兰玉把主任教员、把科任教员等有关事宜，一一安排完毕，直到陈德润再次大声地宣布散会时，大家这才，回过了神。

在关中的教育史上，南河实业学堂是第一个有政府官员屈尊任教、又有外籍教师参与授课的，新型学堂。

---

①净：关中方言。尽，全的意思。
②锅沓馍：关中民间食品。用发酵后的包谷面蒸成，跟发糕差不多。

第二十二章

在包谷卖线、扬花，在杂七杂八的豆类结荚，在果树上果实累累、大地又一次涂金的时候，南河实业学堂迎来了，她的首届学子。其中低年级的，大部分来自附近，高年级除由外地转回的本地学生外，还有慕名而来的外地学生。

在老神仙的指点下，伙计相公们已经将济世堂，重新布局完毕。右首的一面，被全部腾出来供戴维使用。写有"病分阴阳表里虚实寒热，须辨证施治"的条幅，跟左首"药有君臣佐使膏丹丸散，可因情致宜"的条幅，并排地挂在了一起。新牌匾也已做好，等戴维一到，马上就可挂出。可左等右等，戴维却就是不见个踪影。

下午，一辆满载的马车，停在了济世堂的门口。还以为戴维到了，忙迎出看时，老神仙却不禁大失所望。见车主的胳膊还在渗血，老神仙顿时又明白了：来人是求医问药的患者，而不是救死扶伤的医生。打开伤者用棉布包裹的伤口看时，老神仙不觉，又大吃了一惊。见过跌伤的、摔伤的、烫伤的，见过被砖头瓦块砸伤的，以及被野兽、被疯狗，甚至被毒蛇咬伤的各种各样的伤口，却唯独没见过今天这样的伤口。问及时，操着闽浙一带那蛮里蛮气的方言，伙计跟他简单地述说了他们的遭遇。听起来虽有些吃力，老神仙却还是大致明白了事情的经过。他一边给伤者清洗、敷药、包扎，一边一会儿哦、一会儿噢地应付着，心里，却萌生出某种不祥的预感。

几个远道而来的客商，是凌晨时分赶到省城的。原想进城打尖、歇脚，谁知刚到门口，城内，却突然间枪声大作。情知不妙，在急忙掉头离开时，有人却已经挂了花、中了流弹。多亏车上满载的是绸布，茶叶。有绸布包、茶叶箱作为掩护，人、畜，总算是保住了性命。一路上不敢耽搁，急急忙忙赶到南河镇时，他们这才惊魂稍定。

一辆满载着的牛车，又停在济世堂大门外的不远处。看着被流弹打得跟马蜂窝似的棉布包、茶叶箱，心事重重的老神仙，一时竟没注意到这辆牛车。人没到，戴维的鼻子，却先到了。直到看见这高鼻子、蓝眼睛，老神仙才猛醒过来。忙上前招呼时，却发现他的后面，还跟着个金发女郎。指着金发女郎，戴维跟老神仙道："这是我的助手，也是我的夫人，用中国话说，应该叫作'贱内'。是前不久，刚从英国来的。"

听说是戴维夫人，老神仙跟她客气地点了点头。指着老神仙，戴维又跟他的夫人道："这位就是我跟你说过的，那个神医。"闻言，在说了声"Oh! My God！"后，张开双臂，金发女郎就要拥抱老神仙。又大吃了一惊，老神仙连连地后退着、躲避着……

多亏戴维，拦住了他的夫人："别这样，亲爱的。中国，可不兴这个。别吓着老人家，玛丽，你应当这样……"说着将右腿向后一挪，弯下腰对着惊魂未定的老神仙，人高马大的戴维，便蹲了个万福。他的示范既不伦，又不类，而且还有些生硬、滑稽。连伤者似乎都忘记了疼痛，跟戴维夫人一起，大家被他逗得哄堂大笑。

在老秀才的招呼下，戴维夫妇的铺盖，跟一些杂七杂八的日常用品，先后被伙计相公们搬进了事先为他们准备的卧室。两个镶着玻璃的柜台，被七手八脚地抬进后，又被伙计相公们在右侧离墙的不远处，一字儿摆了开来。

剩在最后的，是一大两小三个箱子。大箱子是木质的，看上去不得轻。小箱子是白铁皮的，既小巧、又精致，而且玲珑。两个小的，老秀才估摸着他便活捉活拿了。于是，他吩咐伙计道："你俩给咱抬那个大的，这两个小的，交给我。"说着一手一个，他就去提那两个小的，结果，却一个也没提起。两个伙计，那就更加狼狈了，憋足劲他们抬那个大的时，不想竟同时向后，跌了个尻子蹾。

一个不起眼的小箱子，被玛丽打开了。满腹狐疑，老秀才不看则已，一看，他不觉吓了一跳：里面装的，原来竟是些明晃晃的铁家伙。有刀子、有剪子、有镊子、还有钳子。再看被戴维打开的那口木箱，他这才发现里面装的，只不过是些纸卷卷。不用看，那些纸卷卷老秀才便断定是些画轴。至于是山水、是花卉，还是人物，他可就吃不准了。还不至于开杀坊吧？对那些刀子、剪子、镊子、钳子的用场，他不但不得而知，甚至，还有些百思不得其解。

那些明晃晃的刀子、剪子、镊子、钳子，被玛丽一件件地，摆进了柜台。而那些纸卷卷被戴维一一绽开后，又被他端端正正地，挂在了墙上。

戴维被冷落在一边，跟看西洋景似的，伙计们围住了玛丽。他们眼看着她将那些五花八门，又奇形怪状的刀刀剪剪拿出箱子，又摆进柜台。回过头，再看那些被戴维绽开后，又挂在墙上的纸卷卷时，伙计相公们却都在"妈呀"一声惊叫后，又不约而同地，捂住了各自的眼睛。

原来纸卷卷上画的，既不是山水，也不是花卉，而是人物。人物有男的，也有女的；有全身的，也有局部的。但却都是一丝不挂、通身赤裸。全身画中男人的阳物，都赫然地下垂着；女人的两个奶头以及阴部，更是昭然若揭。局部的则更大、更逼真，也更加地不堪入目。为让这些不堪入目的地方变得一目了然，外侧那条碍眼的大腿，竟被从根部"截肢"了。剩下的那条大腿，显然是女人的。这条大腿的根部，女人那个鲜为人见的地方，竟还被用镊子掰了开来。让人洞若观火。

听到"妈呀"一声惊叫时，下意识中，玛丽抬起了头。左右歪着那颗金色的脑袋，将戴维挂在墙上的裸体画，她打量了又打量。当发现这些画既没被挂歪，更没有被挂反时，她将迷茫的目光，又投向了那些吃惊得连眼睛都不敢睁的伙计相公……

"兰儿姐，不……不好了！"夺门而入的，竟是余儿，"菊儿她……她她她……"伙计们的惊讶，玛丽的迷茫，均被突如其来的一声惊叫，一扫而光。

"菊儿？"闻言，见状，老神仙先是一惊，"菊儿她，她咋的咧？"

"她……她……" 一边连连地喘着粗气，一边环视着周围，已经显怀的余儿，却就是没看到孙兰玉。既没注意到站在身边的玛丽，又没看到孙兰玉，余儿更加慌了。面对屋里这些一个又一个的大老爷们，她越发地张不开口了。

"菊儿，她到底咋的咧？你倒是快说呀！"跺着脚，老神仙着急地催促道。

"她……她……生……生……"吞吞吐吐，结结巴巴，余儿仍没一句完整的话。

"她，生病了？"老神仙提示她道。菊儿已是快要临盆的人了，一时着急，他竟没想到这些。

"她……她生……生不下来！"见老神仙不着边际，情急之下，余儿这句在嘴里憋了半天的话，才终于脱口而出。"都折腾了半天了。"余儿接着道，"来前，她又晕了过去。"

万事开头难。心理的障碍既然已被突破，语言，她也随之利索起来。

"难产！这……"老神仙明白了，也为难了。

"走，看看去！" 说着，戴维顺手提起了那个还没来得及打开的小箱子。临出门，回过头，他又吩咐玛丽说："快！快收拾东西，准备手术！"

瞎主意，好主意，总比没主意强。见戴维这么说，老神仙也就顾不了许多。为争取时间，领着戴维夫妇他出后门、抄近路，匆匆而去。老秀才也忙吩咐伙计说："快，快去找兰儿！"

菊儿那边，已经乱成了一锅粥。郭福寿不住地捶打着轮椅，焦躁地来回走动着，老木匠跟他的两个儿子，活像刚被关进笼子的三只狼。

"唉！看来，没指望了。"屋里传出的，是接生婆的声音。给菊儿跟她肚子里的小生命，她已经判了"死刑"。

"再想想办法吧！"是菊儿妈那带着哭腔的声音，"她二婶，你行行好。这可是两条人命！"说着又是"扑通"一声，她似乎，已经跪倒在接生婆的面前。

神仙的脚步，不觉中慢了下来，他又有些犹豫。跟着余儿，玛丽赶到了；连颠带跑，孙兰玉也赶到了："爹，还犹豫什么呀！戴维先生，来，跟我来！"说着一挑门帘，孙兰玉冲了进去。相对一视，玛丽、戴维，也跟了进去。

"没你们的事了。走，都给我出去！"随着孙兰玉那毫不客气的逐客声，包括明儿跟她的婆婆，以及接生婆在内，屋里的，全都退了出来。

"快，强心针！"戴维简捷地道。

"消毒！输液！"又是戴维那简捷的吩咐声。

"麻醉，局部麻醉！"还是戴维的声音。

"刀子！"听戴维要刀子，外面的，都不寒而栗。

"止血钳！"依然是戴维的声音。接着，又是一阵金属跟杯盘的撞击声。

……

"呃儿——"啊！是婴啼。

"呃儿——呃儿……"真的是婴啼，一声强于一声的婴啼！郭福寿不再捶轮椅了，老木匠跟他的两个儿子，也停止了走动。

"阿弥陀佛，苍天保佑！阿弥陀佛，苍天保佑……"双手合十，菊儿妈不住地祈祷着。众人悬起的心，这时，才放下了一半。不知什么时候，接生婆偷偷地离开了。

"针！线！"又是那个短促而简捷的声音。

……

"喔——乖乖。喔——乖乖！不哭不哭……菊儿，你咋样？"是孙兰玉的声音。

"上帝，我的主！"是玛丽的声音。

"渴……"啊！菊儿在呻唤。众人另一半心，这才终于也放了下来。

"棉纱！胶布！"那个短促而简捷的声音，发出了他的最后一道指令。

……

刚掀开门帘，戴维便被众星捧月似的，围了起来。虽疲惫不堪，他的心情，却是格外地轻松："上帝保佑，母子平安！可以进去看看，但不能多说话。"孙兰玉接着道："又是个带把的！"声音虽压得很低，她却压抑不住内心的兴奋。

最重要的，是母子平安！至于带把还是不带把，对这些当舅的、当妗子的、当外爷的、当外婆的、甚至连郭福寿这个暂时只能当个"准爸爸"的，都无关紧要了。无须多言，这时能够表达他们心情的，也许只有那激动的泪水。老神仙终于明白了，明白了那些裸体画的意义；老秀才也终于掂出了，掂出了那个小铁箱的分量。

一切都在不言中，此时无声胜有声。

陪着玛丽，孙兰玉继续看护着菊儿母子。抱着外孙，菊儿妈寸步不离地守在女儿的身边。看了菊儿母子一眼后，余儿、明儿"先后"俩，悄悄地去了厨房。

木匠父子坚持要请老秀才、老神仙跟戴维他们吃饭，不料却被他们，婉言给推辞了。初来乍到，戴维还有一河滩的东西需要收拾，老秀才、老神仙却担心着陈德润、谢铁成。

昨晚，省城一定是出了事，出了大事，而且，是石破天惊的大事。进城去提轧花机，陈德润、谢铁成至今，却还不见个人影，老秀才、老神仙，又哪里放心得下？

在老秀才、老神仙的陪同下，戴维又返回到济世堂。老秀才走得急，老神仙、戴维渐渐地，落在了后面。摸出带着夜光的怀表看了看，对着老神仙，戴维道："已经是，凌晨的两点了。"闻言下意识地抬起头，老神仙望了望天空，发现竟有彗星来自东南，他吃惊道："啊呀，不好！"被老神仙吓了一跳，戴维惊问道："又怎么了？"还以为产妇或者新生儿那边，又出了问题。他甚至误以为自己在处理上，出了什么差错。见戴维误解了他的意思，老神仙忙换用平静的口气道："没啥。我说的是天，它怕是就要变了。"见老神仙说的是天气，而并非产妇或新生儿，戴维这才松了口气。抬起头，看着满天的繁星，他没有再说话，而只迷茫地摇了摇他那长满金色卷发的脑袋。

济世堂里，依然是灯火通明。跟老秀才、老神仙、戴维他们一样，伙计相公们，也还没有喝汤。事情太稠，老秀才、老神仙哪里顾得上吃饭？为陈德润、谢铁成担心，饥饿，已经被他们忘却了。机会难得，趁济世堂没人，看着、摸着那几张裸体画，伙计相公们，哪里还有心思吃饭？某种更为强烈的欲火在心里燃烧着，他们也忘记了饥饿。

从后门进来后，老秀才、老神仙去了前面。留在后院，戴维收拾着他夫妇的卧室。

老秀才、老神仙在场时，看到那几张裸体画，一个个跟个人似的，伙计相公们羞得捂住了各自的双眼，从而给人一种"非礼勿视，非礼勿听，非礼勿言，非礼勿动"的，正人君子的假象。毕竟是男人，毕竟是些还没见过"啥"的精壮小伙子，眼球受到如此强烈的刺激而不动心，那是哄人的话。非礼勿视，除非他们是瞎子；非礼勿听，除非他们是聋子；非礼勿言，除非他们是哑巴；非礼勿动，除非他们是死人。瓜田不纳履，除非没穿鞋，他们光着脚丫子；李下不整冠，除非光着头，他们压根就不曾戴什么帽子。

叉开的十指，虽捂住了鼻子，捂住了嘴巴，也掩了他人的耳目，却唯独没捂住他们那双贼溜溜的眼睛。趁老神仙、老秀才不在，他们不但看了，还动手摸了；不但听了，还开口说了。不但说了酸得教人咧嘴的四软——火晶柿子、鸡蛋糕，小媳妇的奶头、大姑娘的腰，而且还说了那肉麻得令人打战的四硬——木匠的锛子、铁匠的砧，大小伙的胲子、老太婆的针。不但看了、摸了、听了、说了，而且裤裆里那个东西，还真的硬了起来，硬得教人既无法忍受，又难以放弃。裤裆里，尽管已经是湿漉漉的一片，他们却还意犹未尽地摸着、看着、说着、笑着、打着、闹着。连老秀才、老神仙的脚步声，他们也都听而不闻。

在济世堂，从来还没人敢这样地放肆过。

"成何体统……"老神仙、老秀才正要申斥，不料一个人在推开大门后，又一头扑倒在脚地。两个老汉不约而同地吃了一惊，当他们赶上去搀扶时，那些轻浮的家伙们，却有了可乘之机。作鸟兽散，趁机，他们逃之夭夭了。

扶起那人时，老秀才、老神仙又是喜，又是惊。原来这人不是别人，而是他们正为之担心的陈德润。这时打着趔脚，人高马大的打铁汉子谢铁成，也趔趔趄趄地走了进来。见老秀才、老神仙吃惊的样子，他忙安慰他们说，没事没事，他只是饿惨了，也累坏了。

将陈德润扶到椅子上，机灵的小伙计又是端水，又是沏茶。大相公也一路吆喝着，将酒菜端了上来。

这时戴维也被老神仙、老秀才，招呼了出来。见是戴维，陈德润立马来了精神，谦让了一番后，几个人一边聊，一边坐下来用饭。靠柜台远远地伺候在一旁，伙计们是人人目不斜视，相公们是个个小心翼翼，连尻门子，他们都长着眼色。

虽躲过了初一，却还有十五。为将功补过，伙计相公们给老秀才、老神仙做了一顿，丰盛的晚餐。他们还破例为他们，烫了一壶烧酒。

等众人用完饭，献殷勤小伙计又给他们每人，添了一道茶水。这时桌子也被相公们收拾得，干干净净。

厨房里，伙计相公们又是狼吞、又是虎咽。跟着凫了个洪水后，他们那已经咕咕作响的肚子这才不再抗议、不再示威。

见陈德润、谢铁成的精神好了许多，老秀才、老神仙这才问起了，城里的情况。

昨天，准确地说，应当是前天，在陈德润的陪同下，吆着马车，谢铁成他们，到了省城。省城到底是省城，地方大、街道宽、衙门高、人也多。装好车，天已擦黑，谢铁成、陈德润就近在一家车马店就餐、喂马。人都好说，牲口可就不同了，那么重的车得靠它，一步步地往回拉。两个人商量好将马喂饱后，再让它美美地歇上一阵，等后半夜街上没人了，天气也凉快了，再上路。估摸着赶天亮，差不多也就回到南河镇了。

凌晨，热闹喧嚣了一天的大都市，果然变得静悄悄的。不料刚上路不久，从东、南、西、北四个不同的方向，突然竟升起红、黄、蓝、绿四种不同颜色的信号弹。正惊疑间，四下里突然间，枪声大作。紧接着，东北方向，还传来隆隆的炮声。带着尖锐的哨音，子弹像飞蝗般的，擦肩而过。寥若晨星，几家灯火，也相继地熄灭了。剩下的，是枪子儿跟炮子儿，编织的火网。

在西安省，可不比在南河镇。在南河镇失急时，闪身往谁家的猪圈里一钻，便万事大吉了。在这里甭说是藏人、藏牲口，连藏只鸡的地方，都没有。在一个大户人家的门洞里，两个人刚蹲下来，不料"扑通"一声，枣红马却栽倒在血泊中。惊叫着，谢铁成正要扑向枣红马，不料却被陈德润，给死死地拽住了。

月落星稀。枪声、炮声也终于慢慢地，稀疏下来。这时，他们才发现两面的屋脊上，竟都趴满了人。街巷里不少人贴着墙壁一边射击，一边躲躲闪闪地向前挪动着，几乎是打一枪，换一个地方。

古城笼罩在，一片恐怖的气氛中。空气中，弥漫着刺鼻的硝烟。不远处偶尔，还能听到一两声冷枪。都知道出了事，出了大事，却无从知道出了什么事，出了什么大事，自然，也无人敢出来问津了。除了躲在门洞里的陈德润、谢铁成，就是倒在血泊中的枣红马。可怜枣红马的浑身，已被打成了马蜂窝，殷红的鲜血也曲里拐弯地，流到了街巷的两侧。

拂晓，在一声接一声的哨音后面，是一阵又一阵踢踢踏踏的脚步声。荷枪实弹，大街上几乎是十步一岗，五步一哨。在长官的带领下，士兵们挨家挨户地叩开大门，查着户口。到处都是咚咚咚咚的砸门声，到处都是歇斯底里的呵斥声。全部街道，都已经净街，整个省城，也全都戒严了。

冲着车、马，一支队伍奔了过来，陈德润、谢铁成，也暴露了。"哗"的一声，士兵们围了上来，对着他们的，是七八个黑洞洞的枪口。

"弄啥的？"一个端着盒子炮的，厉声地道。

"报丧的！"你的锄头，我的砧子。针尖对麦芒，以牙还牙，谢铁成冷冷地道。痛失爱马，正无处发泄，气不打一处来，言出，他硬如权齿。

"他妈的，我叫你嘴硬！"说着，一个抡圆的巴掌，又飞了过来。

"老总息怒。"陈德润忙打着圆场，"打铁的。一个粗人，犯不着跟他较……"说时迟，那时快，只听"啪"的一声，那个抡圆的巴掌，已扇在他那刚刚抱起的拳头上。忍着疼痛，将二两散碎银子，陈德润就势放在了，那个还没来得及收回的巴掌上。紧接着，他又将他那伸直着的手指，慢慢地窝了回去。

"老总，我们是阳都人。"陈德润接着道，"是进城提轧花机的，不信咧，你请看……"说着，他指了指倒在血泊中的枣红马，又指了指马车上的轧花机。

"打开看看！"端盒子炮的，吩咐道。顺着陈德润的手指，他的注意力果然从枣红马，又移向了轧花机。一哄而上，几个当兵的用刺刀，撬开了轧花机的包装箱。爬上车，一个干蚂螂①似的瘦猴子，还将轧花机的槐木踏板，踩了两下。不过，他一下也没踩动。"啥家伙？"对着干蚂螂，"盒子炮"道。

"报告排……排长！不像是大……大炮。"挠着头，干蚂螂答非所问地道。不但干，而且结，看来，他也不认识这玩意儿。

"瓷锤！他妈的瓷锤一个。滚，给老子滚！"骂了"干蚂螂"一句后，"盒子炮"拧尻子就走。其余的随即，也跟了上去。显个勤，打个盆。没想到舔尻子，竟舔在痔疮上。小跑了几步，"干蚂螂"也垂头丧气地，跟了上去。

举目无亲。情况是那样的复杂，秩序，又是如此的混乱。被打死后，枣红马由脚力，反而变成了负担。举人见了兵，有理说不清。一向都是成竹在胸，这时，陈德润却乱了方寸。

正所谓"山穷水尽疑无路，柳暗花明又一村"。在这个节骨眼上，带着一队士兵，王士奇却正好，走了过来。正无计可施，陈德润不觉眼前一亮，于是，忙迎了上去。

"是陈山长！你咋在这儿？"见是陈德润，王士奇吃了一惊。

"唉！一言难尽……"指着车、马，陈德润道，"我们，是来提轧花机的。昨天来时，还好好的，不想今天，竟……"

"反正了！"王士奇道，"事前说好的，昨晚起事。"

"反正了？"闻言，陈德润更加地吃惊了，"反正了是咋的了？到底是反了，还是正了？"这次举人老爷，竟说了句外行话。

"反正……反正就是起义。"王士奇道，"清朝，被推翻了。省城已经光复，已经是革命军的天下了。"跟他的山长，军体教员，作着解释。

"反正？起义？光复？革命军……"聪明一世，陈德润却糊涂一时。

"是这，你先回。回过头，我再跟你慢慢说。"说着掏出一张卡片，王士奇递给了他的山长。

"准行证？"接过卡片，陈德润却仍是一脸的茫然。

"是的，全城都已戒严。"王士奇道，"没有这慢说人，就是鹰鹞，也甭想飞出城去。抱歉！我还有任务。陈山长，一路上，您多加小心……"

陈德润还没反应过来，王士奇却已经走远了。急急忙忙，他追他的队伍去了。

所谓的"准行证"，只不过是一张石印的，硬纸片片。做工虽然粗糙了些，但"陕西军政府"那个大红印章，看起来，却颇有些分量。

以人代马，谢铁成驾着辕，陈德润拉着梢，向着西门，四条腿艰难地挪动着。一路上，果然不断有人拦住去路，进行盘查。看似粗糙，"准行证"却果然是，不同凡响，紧要处无须多言，只要亮出它，他们，便顺利地通过了。

西门紧关，而且，有重兵把守。高大的城门楼上，还蹲着几门黑乎乎的，重机关炮。城门口拥了一大堆人，却一个也出不去。

在距城门约一箭之地处，"咔嗒"一声，又交叉在一起，两支长枪，拦住了二人的去路。

当陈德润又一次拿出"准行证"时，"准行证"，却不灵了。士兵们既不看，也不说话，更不放行。

还好。一个年轻的军官，走了过来。接过"准行证"看了看，他却犹豫着，不置可否。见车辕里既不是马，也不是骡子，而是塞了个人，大家都觉好笑。那些出不了城的，将猎奇的目光，一致地投向了谢铁成。

正不知所措，突然随着一阵由远而近、由疾而徐的马蹄声，三人三骑一前两后地，来到了西门。前面的，已翻身下马，无论行头还是派头，看上去他至少，是个将军。丢下陈德润，转过身脚跟一碰，"啪"的一声，年轻军官，就是个立正。行过军礼，他一手接过将军拿在手中的马缰，一手将陈德润的"准行证"，递给了他。

"哪儿来的？"对着陈德润，将军道。说话，他如同撞钟，脸色看起来，却还和悦。

"长官，我们，是阳都来的。"不卑不亢，陈德润道。看来出得了出不了这个门，就看将军点头，还是摇头了。

"我问的，是这！"扬了扬拿在手里的"准行证"，将军又道。

"噢！"陈德润恍然大悟，"是陆军学堂的王士奇，给的。"

"王士奇！你认识他？"一边问将军一边上下地，打量着陈德润。听口气他认识王士奇，但对陈德润竟然也认识王士奇，他却尚存疑义。

"认识。"陈德润道，"在我们学堂代军体课，他是我们的兼职教员。"

"哦，听说过。"将军的口气，更加地缓和了，"好像是……什么实业学堂。"眼前这个温文儒雅的陈德润，跟那个雄赳赳气昂昂的王士奇，在他心目中的距离，似乎一下子拉近了许多。

"是南河实业学堂。"陈德润提醒道。

"对对对。是南河实业学堂。先生请！"一边说，将军一边示意要部下们，开门放行。

"多谢长官！不过……"指着套在车辕里的谢铁成，陈德润不觉，又有些为难。

"哦，还有车。牲口呢？"看着套在车辕里的谢铁成，将军惊讶地道。

"哼！牲口？牲口被你们，打死咧。"终于按捺不住，梗着脖子，谢铁成不满地道。不禁为谢铁成又捏了把汗，陈德润正要替他打圆场，不料指着他的坐骑，将军却呵呵大笑着道："哦，实在对不住！这匹马就给你们了。"言毕朝陈德润、谢铁成抱了抱拳，然后拾级而上，他健步登上了西门的箭楼。

闻言将马缰，年轻军官递向了陈德润。陈德润正要推辞，不想却被谢铁成一把，给逮了过去。

虽惯于使唤牲口，这次将那匹战驹，谢铁成却例外地，没能塞进他的车辕。费了九牛二虎的力气，他不得不在叹了口气后，将马缰又还给了那个年轻的军官。

在一阵吱吱扭扭的呻吟中，沉重的城门，终于被打开了一扇。刚才还在嘲笑陈德润、谢铁成的，这时却不得不刮目相看、又羡慕起他们来。

进不了城的，那就更多了。城门打开后，他们蜂拥而至，不想却被士兵们吆喝着用枪托，又赶了出去。想进却进不去，围住陈德润、谢铁成，他们七嘴八舌地打问起来。见一言难尽，将手又一次伸进口袋时，陈德润却摸了个空。"准行证"，已经被没收了。

"难怪有彗星现东南！"听完来龙去脉，老神仙感慨地道。这时戴维也突然明白了老神仙刚才说过的那句话——我说的是天。它怕是就要变了。

"轧花机倒是拉回来了。"谢铁成难过地自言自语着，"可枣红马，却没有了。"

"没有就没有了！"老秀才安慰谢铁成道，"人没事，这比啥都强！"

"铁成，"老神仙又笑着道，"不说话我差点，把你给忘了。昨晚，菊儿又坐在炕上了②，又生了个大胖小子。你还不赶紧回去，回去看看！"

"真的？"闻言一骨碌拾起后，谢铁成头也不回地走了。开始是三步并作两步走，后来，他几乎是一路小跑……

---

①蚂螂：关中方言。蜻蜓的俗名。
②坐在炕上了：关中方言。指女人坐月子生了孩子。

第二十三章

　　济世堂的大门又一次被围得水泄不通，挂上去还不到一年的招牌，又被伙计相公们七手八脚地，放了下来。横跨在两条长木凳上，新招牌被红绸缎蒙得，严严实实。中间那个跟筛子一般大的红牡丹，是孙兰玉用绸子绾结的，绸布的剩余部分，沿牌匾的上边缘分别向左右延伸，直到两角。在两角，又各有一瓦盆大的红蝴蝶结。通过蝴蝶结，沿着两个侧边，绸布又下垂到地面。

　　从两边自下而上，戴维跟老神仙徐徐地，揭开了红绸布，油光黑亮的底色，绿铿铿的大字，红艳艳的"十"字标识，依次赫然地呈现在，众人的面前。红"十"字标识的下面，陈德润手书的九个行草书大字——英华医院南河镇分院——取横向分两行排列。上面的四个字稍大，是"英华医院"；下面的虽小了点，却多出了一个，是"南河镇分院"。整体看章法严谨，布局协调；局部看笔笔生花，字字生动。在黑底色的衬托下，绿字、红标识，又显得格外地夺人耳目。

　　鞭炮在爆响，火花在闪烁，硝烟在弥漫。人潮在涌动，掌声在雷鸣，心花在怒放。在夹杂着呼哨声的欢呼声中，"英华医院南河镇分院"的新牌子被伙计相公们，又稳稳当当地悬挂在大门的正上方。

　　在老木匠一家的簇拥下，一块长八尺、宽六尺的贺匾，又被刘子明、马子亮兄弟抬了过来。贺匾是木匠父子，用红木亲手做的，其上面榜书的"神刀"二字，却是孙兰玉的手笔。是孙兰玉用大抓斗写上去，又由雕刻艺人，精雕细刻而成。其笔力之雄浑、之厚重，使人很难想象这是出自一个东方女性的，纤纤之手。戴维、玛丽更没料到，刚一到南河镇，他们便受此殊荣。

　　各店铺的掌柜，各字号的老板，也纷纷送来了礼品、礼单。老神仙、老秀才两亲家，陈德润、孙兰玉两夫妇，都忙着迎来送往、招呼客人。伙计相公们有的在忙着收受礼品、礼单，有的在忙着记录礼品、礼单的名目、多寡，以及送礼者的名姓。

　　跟潮水似的，人群拥进了"英华分院"。五间大厅更是拥挤得土扬不进，水流不出。一向只开中门的济世堂，今天却不得不将两边的侧门，也打了开来。南河镇人虽不止一次地看到过高鼻梁、蓝眼睛的洋人，但却都是些匆匆过客，真正融入南河镇而成为其中一员的，怕只能是戴维跟玛丽夫妇了。

　　三国时期有个叫作"华佗"的名医，曾经要用斧头给曹操开颅治病，不想竟被奸雄曹操以莫须有的罪名，给迫害致死了。那些有了一把年纪的南河镇人，突然想起了这个从说唱艺人那里，听到的段子。他们痛恨曹操、诅咒曹操，却不曾同情过华佗。他们所以痛恨曹操，是因曹操想篡夺汉家的江山，而并非因他杀害了华佗。他们所以不曾同情华佗，是因为跟曹操一样，他们也不相信用刀子、用斧头，能治病救人。他们尤其不能容忍别人用刀子、用斧头，砍向自己的头颅。即便死，他们也要留一个"全尸"。

如今一刀子下去，戴维竟然将两条已被判了死刑的生命，硬是从地狱中捞了出来。向来只知刀子能用来杀人的南河镇人，不得不相信刀子，也能用来治病救人了。他们更加地痛恨曹操了，在痛恨曹操的同时，他们不但同情，而且还怀念起华佗来。

医生门前过，请在家里坐。有心不招呼，他是冷热货。在南河镇一带，几乎没人不知道这首打油诗、顺口溜，也没人不明白，其中的道理。谁家没有儿或女？谁家儿或女的头，又用铁箍子箍着？谁家的女儿不嫁人、不生孩子？谁家的老人，不急着抱孙子？如今济世堂已扩大为英华医院，老神仙的身边，又多了个神刀戴维，不来巴结的除傻瓜外，怕就是白痴了。戴维那几张裸体画也慢慢被理解，被接受了。不但男人们理解了、接受了，就连女人们也都理解了、接受了。不但那些没见过啥的年轻人理解了、接受了，就连那些儿孙满堂的老汉、老婆们也都理解了、接受了。

听说戴维的几张画很惹眼，相约着余儿、明儿，也凑了一回热闹。只瞄了一眼，她们已臊得无地自容，于是忙捂着脸到后院，找孙兰玉去了。见两人狼狈不堪的样子，孙兰玉已明白了八九分。指着她们，她嗔怪道："这俩冒失鬼！腆着个大肚子，跟着瞎凑的什么热闹？来，快坐下。坐下歇会儿。"余儿、明儿刚坐下，指着她俩的大肚子，孙兰玉又笑着警告她们道："再乱跑，小心戴维对你们不客气！"

夜是那样的静谧，熬过了几个月的溽热，在这凉爽宜人的秋夜里，人也能这样的静谧吗？

少见多怪，戴维的裸体画让南河镇，骚乱了一阵子。见怪不怪，骚乱过去后，南河镇又慢慢恢复了，以往的平静。几张画毕竟不能当饭吃，也不能当衣穿，为养家糊口，南河镇的庄稼人，又不得不拿起了镢锄子（一种手提的小镢头）。包谷的棒棒子，已经离身多时了。

林子大了，什么样的鸟儿没有？当然也有个别宁肯不吃、不喝、不睡，也要千方百计找各种各样的借口，到英华医院南河镇分院，去溜达一周八匝的。

郭福寿跟菊儿的两个儿子郭德厚、郭德玉，陈德润跟孙兰玉的两个儿子陈致远、陈静远，余有志跟多儿的儿子余大勇、女儿余大花，都是由县城转回到，南河实业学堂的。毕竟是孩子，满怀好奇地夹在人流中，他们也曾到过英华医院南河镇分院。

为人老实忠厚，郭德厚嘴也笨。在一节国文课上，先生给黑板上写了五个字——拍球，拍拍球——实际上却只有俩字，一个是"拍"字，另一个是"球"字。跟南郭先生一样，跟大家一块念时，郭德厚还马马虎虎。单独念时一紧张，"拍球，拍拍球"，竟被他念成了"拍球，拍拍拍拍球。"尽管累得满头的脚汗，先生却还是没能将他纠正过来。于是只得摇着头、叹着气，然后作罢。

寸有所长。念书虽然不行，但抚弄起牲口来，郭德厚却是无师自通。"叔，让我来。"郭德厚道，"抽袋烟你歇会儿。"一得空就缠绻着谢铁成，他不是要帮他喂牲口，就是要帮他犁地。见他比犁把高不了多少，谢铁成死活地不肯，他却死着皮、赖着脸，硬是从他的手里抢走了犁拐子。

一个来回下来，对郭德厚，谢铁成不得不刮目相看了。无形中他不仅喜欢上这个后生，还有意栽培起他来。在英华医院南河镇分院，郭德厚虽跟着看了热闹，却没看出什么门道。

聪明过人，在继承父母遗传基因的同时，陈致远、陈静远兄弟却各有变异。似乎更喜欢军体课，陈致远跟王士奇、邓玉昆打得火热，一得空他就缠绻着要他们教他打枪。其他功课，他也不错，因此陈德润、孙兰玉也就没过多地干预。

除邹大人的《格致》外，陈静远还特别喜欢他父亲的《算学》。有次用《孙子算经》上的有关问题，陈德润有意地测试他说："今鸡兔同笼。上看共三十五头；下看共九十四足。问鸡、兔各几何。"稍假思索后，陈静远回答说："兔子十二个，鸡二十三只。"

"何以见得？"心中暗暗称奇，陈德润进一步道。

"假设三十五头，全都是兔子。"陈静远道，"那就应当是一百四十只足，这样就比实际的九十四足，多出了四十六足。可见多出的这四十六足，应是鸡的。但每鸡只有两足、是兔子的一半。四十六的一半，不正是二十三吗？三十五减去二十三，兔子不正是一十二个吗？"

闻言陈德润惊讶了，听说后，孙兰玉更是惊讶不已。如果是个学过方程、方程组的高年级孩子，也许不足为奇，可陈静远还是个才学习加减、连乘除都不曾涉猎的，刚接受启蒙的孩子。于是对这个小儿子，夫妇俩更是喜爱有加。

在英华医院南河镇分院，陈氏兄弟既看到了热闹，也看出了些门道。也许是先入为主的缘故，这些连大人都难以拒绝的诱惑，却说什么也取代不了陈致远对枪的喜爱，更取代不了陈静远对《格致》、对《算学》的兴趣。因此不久后，也就烟消了、云散了、不复存在了。

既不具备陈氏兄弟的聪明，也不具备他哥郭德厚的厚道，戴维那几张裸体画留给郭德玉的，是挥之不去、更无法抹掉的烙印。待在学堂的时间他在减少，而出现在英华医院的次数，却明显地多了起来。年龄尚小，又是前东家的亲孙子，加上此前在济世堂也时有出现，因此，郭德玉还不曾引起特别的关注。当发现碎崽娃子有些不对时，他来此的次数却明显地，又少了下来。并不是收敛了，而是变本加厉了，那几张抽象的裸体画，已无法满足郭德玉那日益膨胀的欲望。每逢二、五、八，他既不去南河实业学堂，也不去英华医院南河镇分院，而是趸摸在南河镇的骡马市上。叫驴还没跳上骒马的脊背，他却早垂涎三尺。

再新鲜的东西，都会被时间变得陈旧、变得乏味。久而久之，郭德玉又开始了他新的猎奇。有心人，天不负。不久，果然又被他发现了，一个秘密。这是个除过他，谁也不得而知的秘密。县里划拨的三十亩地，是学堂跟佘福庄之间的滩地，按老地主的经验，利用大扫除的时间，学堂每周都要组织学生将粪从粪池里掏出来，然后再泼到滩地以改良其土质。

正趴在粪池边掏粪，一阵恶臭熏得郭德玉不由自主地仰起了头。就在仰起头的那一刹那，他意外地看见了个雪白雪白的屁股。这分明是个女生的屁股，在那两条雪白的大腿之间，还夹着一个跟裸体画上相同的尤物。由于主人蹲着，这尤物还张得明哈哈的，比画上的真切多了，也刺激多了。下意识中，郭德玉不由自主地哆嗦了一下。"你！咋了？"旁边的同学道。"哦！没……没啥。"吃了一惊，郭德玉搪塞着。不寒而栗，在打了个激灵后委屈着自己，将头他忙又低了下来。并非因先生教导的"非礼勿视"而道德发现，他只想把他的"发现权"保护起来，让这个秘密，成为永远的秘密。

对人来说再大的满足，都将是暂时的。学堂只七八个女生，她们那大同小异的尤物一个不落地，被郭德玉欣赏了个遍。将它们跟它们主人的脸蛋，郭德玉还一一地对上了号，甚至，能做到以物知人了。将它们不知欣赏了多少遍后，郭德玉又不满足了。思来想去他觉得应当找个人，陪自己一块儿欣赏，这个人还必须是女生，而不是男生。有个女同学陪着他一起看，也许会更加地刺激。对，就是她！郭德玉想到了佘有志的女儿——佘大花。她的脸蛋，她的尤物，尤让他心动。

发扬光大了她母亲的模样，却没有继承她的优秀品质，跟当年的多儿比，佘大花出落得还要标致，还要可人。品质上，她却更像她的老子佘有志，也曾多次光顾过英华医院南河镇分院，也贪婪地偷看过那几张裸体画，有几次，她还跟郭德玉碰了个正着。不期而遇时，两个人竟都有些心照不宣，正是由于心照不宣，因而，更无须多言。连打个招呼，甚至都显得有些多余，像贼娃子见了绺娃子，红着脸两个人，便分头落荒而逃了。

又是个逢集的日子，上下寻找着佘大花，在找到她时，郭德玉却装着无意中碰到了她。没话找话，跟佘大花东拉西扯地说了些废话后，郭德玉的胆子，竟不觉大了起来。"想不想看戏？"对着佘大花，郭德玉试探道。

"看戏！在阿达？"闻言，佘大花果然是一阵兴奋。"跟我来……"郭德玉暗喜。臭气相投者，自然是一拍即合，跟着郭德玉，佘大花来到了一个隐秘的地方。在这里，骡马市尽收眼底。

"这里……"见状，佘大花不觉有些失望，"这里有啥好看的？"

"甭急！"郭德玉却是信心十足，"看了这次，保准你还想着下次。"

……

"快看快看！"指着围着骡马直打转转的叫驴，郭德玉忙提醒佘大花道，"好戏，就要开演了！"眼看着叫驴两条后腿间那个黑不溜秋的、不住晃动着的家伙，"妈呀！"佘大花竟失了声。眼看叫驴骚情地啃着骡马的尻子，佘大花的心旌，先不由自主地摇荡起来。又眼看着叫驴爬上了骡马的屁股，而它那个看起来并不搭眼的、黑黢黢的家伙，却不见了。又惊叫了一声后，佘大花竟呆住了。不失时机，郭德玉将他的右手，插进了她的裤裆。裤裆里，她已是湿漉漉的一片，于是各得其所，她也心甘情愿地接受了他……

"戏"演完了，郭德玉、佘大花却都是意犹未尽，甚至，还有些遗憾。跟着他，她又来到一个更为理想的福地。

这是一个远离闹市，却长满蒿草、芦苇的河滩。这里以芦苇当墙，以蒿草当床，郭德玉扮演着叫驴，佘大花扮演着骡马，刚才所看到的一切，被他们在这里实实在在地重演着，一遍，两遍……

除多次在这里"看戏"、"演戏"外，后来，佘大花又被郭德玉带到了那个臭烘烘的地方，在那里，他们又欣赏了另一出"好戏"。既然臭气相通，这个臭烘烘的地方，便也不觉得臭了。令郭德玉始料不及的是，对他感兴趣的东西，佘大花却是大不以为然；而对他大不以为然的东西，她却竟是那样的饶有兴趣。

萝卜白菜，各有所好。

一大早，赶头拨船过渭河，陈德润径直走进了县门巷。从省城回来后，他既为他没涉足仕途而暗自庆幸，又为邹大人身处宦海而深感担心。凭才学中进士，再状元及第，然后，再弄个一官半职当当，对陈德润来说应是小菜一碟、不在话下。这样固然能显赫一时，但从长远看，却又难免沦为亡国之臣，甚至成为清政府的殉葬。正如关中人所言：牛被人家拉走了，自家只跟着摇了个橛。凤凰落架不如鸡，虎落平阳被犬欺。树倒了，猢狲将怎么办？是被杀头、被流放、还是被充军？即便是不被杀头、不被流放、也不被充军，落个遗老遗少、落个丧家之犬惶惶不可终日，怕却是免不了的。

邹大人不正是这样吗？他吃的可是人家清朝的饭，当的，也是人家清朝的差。一朝天子一朝臣。眼下清朝这棵朽木已经倒了，覆巢之下，安有完卵？省城反正的事，这两天在南河镇已被嘈传得沸沸扬扬，听说，还死了不少的人。邹大人，他能不受株连吗？一合上眼，陈德润便不由自主地想起那匹倒在血泊中的，被打得千疮百孔的枣红马。早上一掰开眼，在门缝中，他又发现了一张帖子。打开看时，上面八个字竟是"驱逐鞑虏，恢复中华"，于是，他再也坐不住了。

眼看着到了衙门，一队荷枪实弹的新军，却跑步抢在了陈德润的前面。一种不祥的预感，立即涌上了他的心头。

果然不出所料，新军封锁了县衙，一阵稀里哗啦的声音后，子弹已经上膛。带队的两个军官，其走势看起来，竟还有些眼熟。三步并作两步，当赶到跟前时，陈德润不由又大吃了一惊。他们竟又是王士奇、邓玉昆。

"陈山长！"见又是陈德润，王士奇、邓玉昆也吃了一惊，"咋又是你？"

"又出事了？"陈德润没有回答他们，而是吃惊地反问道。

"反正了！"王士奇、邓玉昆异口同声地道，"弄不好要打仗，陈山长，你赶紧走！"

"又反正了？"一时陈德润竟不知该走，还是该留。

"快走吧！"王士奇、邓玉昆同时道。说着带领士兵，他们冲进了县衙。一边俩，大门口站了四个哨兵。不但没走，陈德润还跟了进去。见是两个长官的熟人，而且关系还非同一般，于是哨兵们，也就未加阻拦。大堂、二堂都挂着锁，耳房的门，却虚掩着。端着短枪，王士奇、邓玉昆分别从南北两侧，靠了上去。正待破门而入，两只刚刚抬起的脚，却又被轻轻地收了回去。

"我咋说，你们却就是不信。这不！说来，人家就来了。"随着一个熟悉的声音，"吱扭"一声，房门被推开了。一个腋下夹着画轴的，先走了出来，跟在他后面的，还有俩人。

"啊，是你们！"见竟是王士奇、邓玉昆，夹画轴的，倒真的吃了一惊。

"是邹先生？"见状王士奇、邓玉昆，也大吃了一惊，"知县呢？"不料拱着手，邹先生却道："不敢！戴罪之人周佩坤。"看了邓玉昆一眼，王士奇立即变惊讶为严肃："邹先生，这玩笑可开不得！你可千万，莫代人受过。"邓玉昆也提醒道："邹先生，这可不是闹着玩的！"不想，邹先生却还是一本正经："不敢耍笑二位，也不敢代人受过，在下正是阳都知县。"见王士奇、邓玉昆还是不肯相信，情急之下，他竟拿出了吏部的公文。

"不对呀！"不看则已，看过公文，王士奇、邓玉昆更加地惊讶了，"先生不是姓邹吗？可这知县，他明明是个姓周的！"

"不不不。在下不姓邹，而是姓周，叫周佩坤。"果然是邹、周不分。王士奇、邓玉昆越发地糊涂了。见王士奇、邓玉昆仍是不信，而知县一时又难以说清，情急之下，后面的两个人竟挺身而出："他确实是我们的父母官。周大人，他可是个难得的好人！"闻言，将两个人上下地打量了一番，见他们不像是当差的，王士奇、邓玉昆这才又道："你俩是谁？到这里做什么？"相对一视，其中年龄稍长的回答说："回老总的话，我们是叔伯兄弟，离此不远，就住在辘轳把巷。平时相处得还算不错，近来因祖上留下的庄基，却发生了些口舌。刚才周大人还在开导着我们，说他十年寒窗，好不容易才做了这个知县，本想为百姓们做些实事，不想到任才三个月，就……"

说着，他竟哽咽了起来。另一个忙接口道："周大人所言，我们也是不信，不想正说着两位长官，就到了。"拿出一张纸，他接着又道，"不信咧二位请看，这是周大人写给我的。"接过纸王士奇、邓玉昆打开看时，见上面写有打油诗一首：

兄弟侧目为一墙，让他三尺又何妨。

万里长城今犹在，不见当年秦始皇。

"哦，我这里也有一张！"说着那个年龄稍长的，也拿出一张纸来。王士奇、邓玉昆接过看时，却是对联一副：

忍一时，风平浪静；退一步，海阔天空。

这副对联看似平常，但只要将其中的逗号前移两位，就成了"忍，一时风平浪静；退，一步海阔天空。"跟原来的意思，便截然相反了。

相对一视后，王士奇、邓玉昆赞许地点着头。收起枪，二人拱着手道："阳都县廉政爱民，我等也有耳闻，却不知竟是先生！虽说公事公办，今日，却还是多有冒犯，望先生见谅。"见两位长官都收起了武器，士兵们也纷纷放下了端在手中的快枪。

见王士奇、邓玉昆竟有些难堪，周县令忙道："二位不必如此！更无须为难。只要能兴国利民，个人荣辱去留，又算得了什么。老家尚有薄田，周某愿归耕垄亩。"言毕，转身就要离去。随身所带，只一画轴耳。

"先生且慢！我们先回实业学堂，然后，再从长计议。"不由分说，从他的手里，陈德润接过了画轴。

对这个画轴，陈德润是再熟悉不过了，前不久，他还是它的主人。几个月来，他一直误以为它的新主人姓邹，而且是县里的师爷，甚至觉得他跟自己一样，压根就是个教书的先生。做梦他都不曾料到，它的新主人不姓邹，而姓周，而且还是堂堂的阳都知县、朝廷命官。

陈德润所见的朝廷命官，大都是身着补服、顶戴花翎，他们或骑马，或坐轿，或威风八面地坐在大堂上，一呼百应，或浩浩荡荡地招摇过市，前呼后拥，而没一个是布衣素服，骑着毛驴跑遍全县的，更没一个能屈尊授课、给孩子们当老师。

还没反应过来，周县令已被陈德润拖着，出了县衙。

衙门外扶老携幼，百姓们黑压压地，跪倒了一片。周县令刚扶起这个，那个又跪了下去；周县令刚扶起那个，这个又跪了下去。明知留不住，百姓们却还是百般地，予以挽留。备受感动，万般无奈，周县令只得跟着，也跪倒在地。见状，陈德润大声地道："父老们快快请起！周县令他暂时还不走。在南河镇，他还要小住几日。乡亲们，请千万给个方便！"言毕弯下腰，他扶起了一位老者，闻言父老们这才陆陆续续地，爬了起来。

在千般无奈，又万般留恋的目光中，一路抱着拳周县令依依不舍地，跟父老们告着别。一条羊尾巴长的县门巷，他竟走了近两个时辰。

突然间天阴沉得，越来越重。最后，竟下起雨来。

周县令登船挥别，但一直撑到河边的百姓们，特别是住在辘轳把巷的那弟兄俩却抓着缆绳，死活地不肯放手。无奈扭过头、狠着心、挥着泪、用斧头，七十子砍断了缆绳。渡船悠悠地离岸而去，父老们无不痛哭失声，抓在他们手里的，是被无情斧砍断了的，半截子缆绳。无可奈何花落去……

不住地翻着浪花，又不住地打着回旋，渭水却还是无可挽回地，一路东逝。留下的，除了"风萧萧兮渭水寒，名士一去兮不复还"的悲壮，还有"孤舟远影雨中尽，唯见渭水天际流"的惆怅。何日？何日君再来？

雨水打湿了乡亲们的衣衫；泪水又模糊了父老们的双眼。

不久辘轳把巷，突然多出了一条六尺宽的通道，这是经周大人开导后，那弟兄俩每人各让三尺，而形成的。有了这条通道，出入大家更加的方便了。路过辘轳把巷时，大家都会不由自主地驻足、注目，再观看上一阵。这家的照壁上镶嵌着一块青石板，上面刻的是"万里长城今犹在，不见当年秦始皇"。那家的照壁虽跟这家的相同，上面刻的却是"忍一时，风平浪静；退一步，海阔天空"。

第二十四章

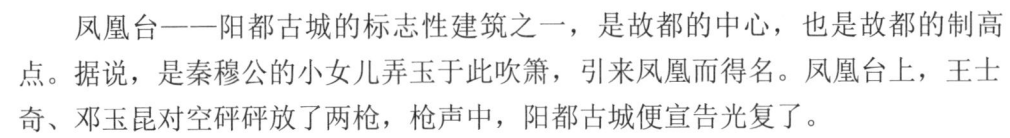

凤凰台——阳都古城的标志性建筑之一，是故都的中心，也是故都的制高点。据说，是秦穆公的小女儿弄玉于此吹箫，引来凤凰而得名。凤凰台上，王士奇、邓玉昆对空砰砰放了两枪，枪声中，阳都古城便宣告光复了。

就在故都和平光复的当晚，佘福庄却发生了一件令人心惊肉跳的事。

见时局不稳，不分黑明昼夜地猫在佘福庄，好些日子，佘有志都不曾闪面了。是福不是祸，是祸躲不过。这天晚上跟团丁们打完最后一圈麻将，已经是鸡叫头遍的时候了。放心不下领着团丁，又提着那支乌黑而泛着蓝光的短枪，临睡前佘有志还将佘福庄的前前后后，查了个遍。大门被两个槐木杠子顶得死死的，见了主人，两只狼狗还讨好地摇着尾巴，一切似乎都还正常。

好久都没敢出去风流快活了，这天晚上，佘有志突然想起他还有个老婆。搂着多儿疯狂了一阵后，他这才迷迷糊糊地睡了过去。

美梦才刚刚开始，却被隐隐约约的一声闷响，给搅黄了。情知不妙，佘有志忙摸出了压在枕头下的短枪。多儿也被惊醒了，正要摸洋火点灯，她却被佘有志给拦住了。找不着，也顾不上穿衣裳，失急中一人裹一条被子，两个人直奔屋后、直奔楼子。

刚进楼子，一把冷森森的东西，却架上了佘有志的脖子，一团抹布，随即又塞进了他的嘴巴。紧接着跟粽子一样，佘有志被一条麻绳，又捆了个结结实实。

来一个，捆一个。几个团丁的待遇跟他们的佘团长，是一个毬样。网开一面，多儿却受到特别的礼遇——没有被捆，脖子上也没架那个冷森森的家伙，她却已吓得昏死过去。

一时弄不清是哪路人马，更不知他们想要钱，还是想要命。

没想到这两人既没要佘有志的钱，也没要佘有志的命，而只缴了他那两支一长一短，却同样乌黑而泛着蓝光的快枪。

在鸡叫第三遍的时候，多儿被冻醒了。突然记起凌晨那惊心动魄的一幕，同时又发现自己竟一丝不挂，而且还跟几个同样不挂一丝的男人，窝在一起。忙拉过被子，她又裹住了自己。多儿想，他们要不是被麻绳捆住了手脚，而她要不是他们团长的老婆，他们八成都将她打了"排子枪"。眼下，他们却只能在她的身上一饱眼福。为抵挡团丁们那带着倒钩的目光，为遮掩她的慌乱与羞怯，下意识中，多儿又裹了裹被子。后来发现危险似乎已经过去，扶着门框挣扎了几次，她终于摇摇晃晃地站了起来。

战战兢兢地回到屋里，多儿手忙脚乱地蹬上了裤子，接着，又穿上了衣服。用不住颤抖着的双手，她却说啥也扣不上扣子，慌乱中将一条围裙胡乱地缠在腰上后，挣扎着她又来到了楼子。迈过头跟剥粽子一样，她替佘有志松开了绳子，之后，又失魂落魄地逃了回去。

除一长一短两支快枪外，佘福庄不但没少啥，还多出了两样东西。一样是一把血淋淋的匕首，另一样是被匕首钉在头门上的，一张帖子。帖子将佘有志几年来的恶迹，一条一条罗列得一清二楚。用惊恐的目光，佘有志在帖子上搜寻着。所幸的是，他竟没找到他强奸莲儿那件令人发指，也令他心惊肉跳的罪状。于是，心里反而踏实了些。两只狼狗还在，只是见了佘有志，它们不再摇尾巴了——为佘福庄，它们已经捐躯了。

第二天，南河实业学堂的一批学生娃见辫子就铰，并不问什么青红皂白。他们不说话，也不容你分说，更不管你是掌柜、是伙计还是顾客。由北头到南头，由正街到背街，南河镇的大街小巷，被他们捋抹了个遍。

不少脑袋由"Q"型，于一瞬间又变成了"O"型。不认识的，自然还是不认识，认识的，似乎也变得不认识了。你指着我的头，我指着你的脑袋，大张着嘴巴，大家却都说不出话来。二百六十年前，人们曾为脑袋后多出条"尾巴"，而不习惯过；二百六十年后，他们又为丢了这条曾经让他们不习惯过的"尾巴"，而变得更加的不习惯了。

据说三天后谁要是还留着辫子，那就不是铰辫子，而是砍头了。于是那些东躲的、西藏的，跟侥幸漏网的，也都偷偷地自家铰了。辫子再要紧，也没脑袋要紧，习惯不习惯，也就顾不上了。

男人不准再留辫子，妇人们还得放脚，自己不放的，学生娃就帮你放。办法跟铰辫子差毬不多，只是用的不再是剪刀，而是斧头。

又过了几天，似乎没见有谁的三寸金莲，真的被学生娃用斧头给剁了，那些缠过脚的大姑娘、小媳妇，这才不再东躲了、西藏了。

不知被人铰，还是自己铰了，谢铁成的辫子，也不见了。到处乱跑，他却顾不上习惯还是不习惯，原来桥头面馆的两个伙计，竟突然失踪了。

街道上跳猴皮筋时，孩子们又唱起了新的歌段：

　　　　脚放大，头铰短。天下事，大家管……

南河实业学堂里，山长陈德润正为没能留住周县令而懊恼，却见一辆帆布篷的吉普车，突然停在了大门口。车门开处首先跳下来的，是一身戎装的王士奇。下车后，王士奇又拉开了后面的车门，这时一个高大而壮实的中年汉子，又钻了出来。"陈先生，"一下车，中年汉子便拉住了陈德润的手："咋！不认得了？"闻言，陈德润先是一愣，仔细打量时，又觉似曾相识，一时，却又想不起在哪儿见过。见陈德润一脸的茫然，随即摸出一张硬纸片片，他递给了他："这东西，陈先生还不至也不认识吧？"

"准行证？"陈德润这才一下子醒悟过来，"啊，原来是将军！"

"这是省军政府的张都督。"王士奇跟陈德润介绍道。

"张云山。"来人呵呵地笑着道，"咱们，已经是老朋友了。啊——呵呵呵……"他的笑声，比吊钟寺的大钟还要响。

"上次多亏了都督。"陈德润不觉有些激动，"快，里边请！"

"多次听士奇提及先生，张某深感敬佩。"坐定后，张云山客气道，"那天虽有幸相逢，却无缘相识，怠慢之处，还请先生海涵。"说话他虽还是那么响，但在陈德润听来，却似乎不像刚才那么的震耳了。

"都督言重了。"陈德润道，"陈某还没谢过都督，不想都督反倒先客气起来。"

"陈山长，"一边沏茶，王士奇一边道，"那个周县令呢？"

"周县令？"闻言，陈德润不觉警觉起来，"他……他已经走了。"

"走了！"正倒水，王士奇不觉停了下来，"啥时候？"

"噢，昨……昨天早上。"灵机一动，陈德润有意把今天说成了昨天。

"嗨，都怪我！"王士奇懊悔地道，"当时不放他就好了。"闻言陈德润既暗暗吃惊，又暗自庆幸。多亏刚才多了个心眼，要不，周县令怕又要大难临头了。"连周县令这么好的人，都不能放过？"陈德润道。他甚至后悔没将今天说成前天。不料王士奇却道："这么好的人，当然不能放过了！"见陈德润惊疑的样子，张云山忙道："陈先生误会了。我们不是来抓他，而是来请他的。"这时，王士奇也意识到发生了误会，于是进一步道："我们，是想让他留任！先生也不想想，要是抓他，还需张都督亲自动手吗？"

"这倒也是。"闻言陈德润这才放心了，也更加地遗憾了，"唉，可惜！只晚了一步。"不住地摇头叹息着，他既为周县令，也为他自己；既为实业学堂的全体学生，也为全县的父老百姓。

"临走时，他也没留下啥话？"王士奇仍心存侥幸。

"他说先回家看看。没准，还会来的。"陈德润不无遗憾地道，"依我看他不过是随便说说，十有八九，是没指望了。"

县城光复，走了一个不该走的，致"邑人思念弗置"；省城光复，却跑了一个不该跑的，犹放虎归山、遗患无穷。

升允，镶黄旗人，光绪八年的举子。八国联军攻陷北京前，偕皇帝，两宫太后逃到了西安，举国皆惊。时任陕西巡抚，升允却赢得了一个千载难逢的，历史机遇。

抚陕期间，他创办了陕西大学堂，即后来的西北大学。从德国人手里，他又为陕西争回了延长石油的自办权。加上迎驾、回銮都颇为卖力，几件赢人的事让升允颇得朝廷的赏识，也赢得了两宫太后跟光绪皇帝的信任。平步青云，扶摇直上，他不断被加官进爵，直至官拜陕甘总督，成了封疆大吏、一路诸侯。

虽身为二品大员，政治上升允却极不成熟，甚至，还有些幼稚。自古变则通，通则达。他却是愚忠有余，而变通不足。实行立宪，本是清廷为缓解内外矛盾而采取的权宜之计。升允却不但不能心领神会，甚至还冒死反对。为此，清廷不得不忍痛割爱，又摘去了他陕甘总督的顶戴花翎。被革职后，升允成了一个名副其实的长工头，在城北草滩，他心甘情愿地替主子管理着屯垦的八旗子弟。

卸任的翌日，便惊悉省城光复。如果是个识时务的，此前被革职，也未必不是一件好事。可升允却偏偏不识时务，他一面着人给省军政府送银两万，以表示顺应革命，一面却又连夜逃到了甘肃平凉。在平凉他又致电兰州，致电接替他做陕甘总督的长庚，声言跟革命军不共戴天，要以死以报朝廷。清帝退位后，升允还私藏退位诏书，隐瞒事实真相，企图继续为主子的阴魂守灵。为了这个已不复存在的幽灵，他还一而再、再而三地拒绝南北议和，将战火从西凉一路引向了关中。

在长庚的保举和支持下，以护理陕西巡抚的身份，升允于七日内便集结了驻甘清军四十余营，兵分两路，直扑关中。

南路以陕甘提督张行志为统领，总兵力计二十一营，沿渭水一路东下出陇州、窥凤翔。北路由升允亲自统领，总兵力计二十三营，沿泾水一路南下出泾川、窥长武。

加上驻豫清军在赵倜的率领下，又东犯潼关，故升允虽只两路出击，陕西却是三面受敌。首尾不能相顾，革命军已是十分地危急，道听途说中，这些情况陈德润虽也有耳闻，但却并不十分地清楚。

周县令离任后，他既要教《算学》，又要教《格致》。身为山长，还有一大堆校务等着他去处理，陈德润难免已有些焦头烂额。

这天陈德润刚上完课，随着一阵刺耳的刹车声，在前后晃动了几下后，一辆吉普车，又停在了实业学堂的门口。

首先跳下的，仍然是王士奇。等王士奇拉开后面的车门后，下来的却不再是张云山，而是一个戴着茶色眼镜的中年汉子。放下茶杯，陈德润忙迎了出来。

"陈山长，"指着中年汉子，王士奇道，"这位是省军政府的张大帅。"闻言，陈德润正有些惊疑，不料摘掉眼镜对着他，张大帅礼貌地欠了欠身："鄙人张凤翙。"

"噢，原来是张大帅。大帅，请！"以礼相还后，陈德润又将客人让到了屋里。拿起茶杯，孙兰玉正要沏茶，不料却被王士奇接了过去："教务长，我来！"闻言嫣然一笑，孙兰玉道："那好。有话你们慢慢说，我就不打扰了。"说着转过身，她轻轻地退了出去。

"大帅请坐。"等张凤翙坐下后，陈德润又招呼王士奇道，"士奇，你也坐。随便坐。"将沏好的茶用双手放在了张凤翙的面前，又给陈德润的茶杯续了些水后，王士奇这才在一旁坐了。

"士奇啊！又让你白跑了。"开门见山，陈德润道，"周县令他还没回来。只怕是不会回来了。"说着，又瞅了瞅张凤翙，他估摸他们此行，肯定还是为了上次的事。

"不不不。"没想到他的话，却被王士奇给否定了。紧接着，王士奇又肯定道："这次我们不是找他，而是找您。"

"找我？"闻言，陈德润不觉又有些吃惊，"找我又有啥事？"王士奇他们此行的意图，竟又一次出乎了他的意料。

"大帅想让先生出任阳都知事。"王士奇更是直截了当。

"我？出任县知事？"闻言陈德润又是一愣，接着，他又连连地摆着手道，"不成不成！当个山长嘛，还马马虎虎，当县长那可不敢！"

"依我看无论德还是能，"王士奇又道，"先生均不在周县令之下。"闻言陈德润还待谢绝，不料张凤翙却道："眼下国难当头，士奇也将随军西征。玉昆年轻，又孤掌难鸣，还请先生以国计民生为重，助张某一臂之力。"

"这……"听说国难当头，陈德润再也找不出推脱的理由了。沉吟了半晌，他这才又为难地道，"那，这学堂……"

"这你放心！"打断陈德润，一个声音慷慨激昂地道，"学堂有我跟兰儿呢！"陈德润、王士奇抬头看时，见竟是老秀才。闻言张凤翙也颇觉惊讶，他忙站起来道："长者是……" 跟着站起来，陈德润忙道："这是家父。"

"啊呀，原来是老英雄！"闻言深受感动，张凤翙道，"年伯在上，晚生这里有礼了。"说着面对老秀才，他便是深深的一躬。

"那兰儿呢？"张凤翙又道，"她又是谁？"陈德润道："哦，是内人。她叫孙兰玉。"见张凤翙还是不明白，王士奇又道："她可是我们的教务长！刚才，大帅已经见过。"

"哦！真不简单。"闻言，张凤翙更是惊叹不已。说着他又展纸秉笔，当下写好了委任状。连同关防大印一块交给陈德润后，张凤翙又道："目下我三面受敌，军情已是十万火急，还请先生即刻赴任，以去张某之后顾。"说着，便要起身告辞。上车前转过身对着老秀才，张凤翙又道，"待破敌后由晚辈做东，我们痛饮黄龙府。"人在江湖，身不由己。虽无意仕途，陈德润却还是被时局推上了政治舞台。

作为西安的西大门，阳都古城的战略位置，不言而喻。有陈德润出任县知事，作为秦陇复汉军大统领，作为陕西军政府民政厅厅长（相当于省长），张凤翙压在心里的一块石头，总算是落了地。回到西安，他立即调兵遣将，命张钫为东路军征讨大都督，去驰援潼关，又命张云山为西路军征讨大都督，急赴长武。

清军来势凶猛，军情又瞬息万变，当西路军主力刚到南河镇，潼关却已失守。于是张云山又火速回师，去东救潼关。待潼关失而复得，待张云山再次挥师北上时，却因孤军深入，又后援不济，西路军的先头部队，几乎是全军覆没。星夜兼程，当张云山赶到乾陵县时，升允的虎狼之师已破长武、陷彬州、取长寿，一路烧杀抢掠，他如入无人之境，也抵达"姑婆陵"前。

位于乾陵县城北的，是梁山。梁山三峰，呈三点式分布，其中最高的北峰，便是大周女皇武则天跟唐高宗李治的"万年寿域"，史称"乾陵"。偏南的两峰相对较低，并对称地坐落在北峰的左右两侧，状如双乳，被称之为"奶头山"。是关中人的骄傲，乾陵又被亲昵地称之为"姑婆陵"。

虽强敌压境，新任乾陵县知事范紫东却是临危不惧，大开四门，率领百姓，他为张云山的革命军举行了盛况空前的欢迎仪式。城中的广场上张灯结彩，两侧悬挂着他手书的巨幅嵌字联。

> 洪恩浩荡，不思报国反成仇（洪承畴）
> 史书留名，虽未成功终可法（史可法）

其中洪承畴、史可法，均系明末重臣。战败被俘，史可法宁死不屈，成了人人敬仰的民族英雄；而洪承畴却屈膝变节，沦为个个唾骂的民族败类。

借古喻今，上联借唾骂洪承畴，以瓦解清军的军心。爱屋及乌，下联借褒扬史可法，以鼓舞军民的斗志。

作为著名的秦腔剧作家，在陕西，范紫东独享东方莎士比亚之美誉。为弘扬民族精神，为激励军民的士气，县剧团连夜演出了他自编、自导的秦腔历史剧《史可法》。生动地再现了民族英雄为抗击清军，跟扬州城玉石俱焚的历史画卷，"史剧"中英雄的形象，悲壮的场面，让全体军民无不深受感染。爱国热情空前地高涨，誓死保卫乾城，誓与清军血战到底的呼声此起彼伏，响彻云霄。从

傍晚到翌晨,"史剧"连续滚动地演出了四个场次,场场观众爆满,阵阵掌声雷鸣,誓与乾城共存亡的口号声惊天动地,彻夜不息。天被感动了,纷纷扬扬,竟飘起了雪花。地也被感动了,竟起了风。

升允的中军帐,也随之战栗,一阵夜风突然袭来,在他的军帐中旋转着,移动着。旋转的半径越来越小,强度却越来越大,沿螺旋线旋风的轴线,竟移到升允的公案前。放在公案上的一纸公文,竟也跟着旋转起来。那不是普通的来往公文,而是升允曾不止一次为之叩拜过的圣旨,那不是给他加官进爵的圣旨,而是宣统皇帝退位的诏书。

又惊又疑又怕,升允再也睡不着了。陪着城中的军民,他也是通宵达旦,坐等天明。

演出间隙,夹带在百姓中,不断有清军的探子或混进、或混出。睁一只眼,闭一只眼,守城的革命军士兵更是装聋作哑。稍加盘查后想进的,都被放了进去;出来时连问,他们也懒得问一下。朦胧的夜色中更是皂白莫辨,夹在其中的百姓,竟被清军当成了革命军,被锅墨抹黑后又被搭上城头的木头,又被误以为是革命军架上去的大炮。

听说看戏的革命军,每场都在万人以上,又听说革命军架在城头的大炮有百十门,而口径竟比把把老碗还粗。生性多疑,升允不觉暗暗吃惊,于是越发的不敢轻举妄动了。

第二天一早登上姑婆陵远远望去,不料在一夜之间,城墙竟奇迹般地"长"了三尺。连连地顿着足,升允既叫苦连天,又大呼上当。原想趁革命军立足未稳,连夜攻城,不想却为范紫东、张云山的疑兵所惑,竟坐失了良机。

昨晚的"史"剧既鼓舞了士气,又迷惑了敌人,同时还为张云山的布防,赢得了宝贵的时间。终于站稳了脚跟,乾城城头上,革命军已是严阵以待。

错过了战机,升允不禁恼羞成怒。恨不能喝口凉水,将乾城吞了下去,他一声令下,清军便像爆发的山洪一样,漫山遍野而来。跟出笼的猛兽一样,从四面八方,他们扑到了城下。姑婆陵下一时间人声鼎沸,马嘶咴咴,喇叭呜咽,战鼓咚咚,旌旗猎猎,刀枪铿锵。奶头山前只见尘土飞扬,狼烟蔽日,剑拔弩张,刀枪林立。里三层,外三层,乾城被围得水泄不通。

面对气势汹汹的来犯之敌,革命军更是同仇敌忾、斗志昂扬。他们人人摩拳,个个擦掌,士兵争先,将官恐后。更不甘示弱,百姓们上自六旬老翁,下至八岁顽童,男的都武装以䦆头、锄头。里三层、外三层,他们防守于城头。穿梭于大街小巷,健妇们也是来去匆匆,她们又是送水,又是送饭。

一家志在必得,一家当仁不让,一场恶战,就此拉开了架势。

三通炮响后,革命军分三路杀出,其势,锐不可当。短兵相接,勇者胜,清军倒是先乱了阵脚。但贼军毕竟还是势大，跟潮水般地退却了一程后，他们终于又稳住了阵脚。

面对装备落后的革命军，凭人多势众，凭快枪利炮，清军又潮水般地反扑过来。终于抵挡不住，革命军开始节节败退。有的，甚至被分割包围。

千钧一发。紧急关头虽身负重伤，侦探营管带王士奇却是临危不惧。他大声疾呼曰："临阵退却，乃革命军人之奇耻大辱！真丈夫者，跟我上！"言罢身先士卒、冲锋陷阵，一口气他连着砍倒了七八个贼兵。受到鼓舞，革命军又返身奋勇拼杀，白刃格斗，跟清军他们展开了拉锯战。

正在酣战，当双方直杀得天昏地暗、日月无光，又难解难分的时候，突然东南方向上，又喊杀震天。一时乱了阵脚，清军跟潮水般的溃退而去。士气大振，在王士奇的带领下，革命军正要趁势掩杀，不料，清军却鸣金收兵了。

王士奇正在惋惜，却见一彪人马旋风般地，刮到了城下。为首的三个壮士，皆虎背熊腰，大旗上绣着的，是一个斗大的"项"字。不知是敌、是友，王士奇正待接战，不料三个壮士，均滚鞍下马。

"我等是哥老会的项氏兄弟。"抱着拳，三壮士异口同声地道，"是来投奔革命、投奔大哥张云山的。"

不知是真、是诈，王士奇正在犹豫，却见张云山闻信赶了过来："啊呀，咋是项大胆！"

滚鞍下马，跟其中一个，张云山紧紧抱在了一起。这个人，大概就是他所说的"项大胆"了。

来人叫项志山，跟张云山，他们同是哥老会的弟兄。因为人豪爽仗义，又敢作敢为，因此，又被弟兄们喊作"项大胆"。胆大心细，项志山是哥老会在渭北的领袖人物。为此，他还被清政府逮捕过、关押过。闻张云山跟清军酣战于乾城，带着数百弟兄，项氏兄弟赶来助战。在两军激战，且战况越来越不利的紧急关头，项氏兄弟及时地赶到了，革命军这才转危为安，又转败为胜。

进城后，范紫东、张云山立即吩咐设宴，他们要为项氏兄弟接风、洗尘、庆功。宴会上，项氏兄弟慷慨请缨，要求趁热打铁，乘胜出击。考虑到清军虽败，却元气未伤，而革命军四面受敌，仍处劣势，范紫东却建议以守为攻，挫其锐气。见双方各有道理，张云山正踌躇不决，不想却接到西路失利、岐山失守的消息。于是当机立断，项氏所部，被张云山改编为革命军的项字标。他命项志山为标统，命他的两个弟弟项志仁、项志义分别为营长，要他们立即起程，驰援岐山。按范紫东的意见，坐镇乾城，张云山以静制动，牵制升允，以减轻革命军在西路上的压力。

第二十五章

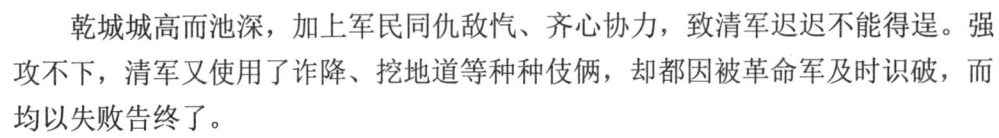

乾城城高而池深，加上军民同仇敌忾、齐心协力，致清军迟迟不能得逞。强攻不下，清军又使用了诈降、挖地道等种种伎俩，却都因被革命军及时识破，而均以失败告终了。

不得不改弦更张，升允这个老狐狸暂时放弃了乾城，放弃了这个久攻不下，弃之又觉可惜的"鸡肋"。在留少量兵力，命马安良跟张云山虚与周旋后，他自己却带领重兵，将近在咫尺的昭陵县连夜团团围定。

这次，升允终于得逞了。昭陵县可以说于一夜之间陷落了。也可以说于一年后，才陷落的。一九一二年的二月十七日晚，是一个特殊的夜晚，这晚的前半夜还是宣统三年的腊月三十除夕，而后半夜却是民国元年的正月初一。

乾陵县是久攻不下，昭陵县却是唾手可得，其主观原因，自然是守军忙于过年，而疏于防范；其客观原因，却是由于两个县城的距离，实在是太近了。

偌大的昭陵县何以将其县城，竟设在了跟乾陵县的交界上？多年来对此，竟没人能作出更为合理的解释，于是在民间，便演绎出一段轶闻趣事来。

传说中，两县的边界是久定不下。在翻来覆去的磋商中，昭陵县的老爷提出了一个看似公平，实际上却是很损的主意。他提议双方在对方代表的监督下，于翌日三更分别从各自的衙门出发，并沿事前商定的路线相向而行，俩人在哪儿碰面，哪儿便是县界。

原以为对方肯定不会接受，没想到乾陵县的老爷，竟痛痛快快地答应了。心中窃喜，昭陵县老爷自恃年轻，又欺对方腿脚不便，因此根本不把乾陵县的老爷，放在眼里。

衙役从二更一直叫到五更，昭陵县的老爷却是烂醉如泥、沉睡不醒。见乾陵县的老爷已经坐在了自家的大堂上，衙役们索性不再叫了。这一觉直睡到第二天的晌午端，打着哈欠又伸着懒腰，昭陵县的老爷，总算是醒了过来。

"老爷，"见状，衙役没好气地道，"在咱的大堂上，人家乾陵县的老爷，已恭候多时了。"

"乾陵县的老爷？"闻言，昭陵县的老爷不明白了，"等我？他等我有得何事？"原来前天约好的事，早被他忘得一干二净。

腿虽瘸，乾陵县老爷的脑子，却一点儿也不缺。深知自己处于劣势，他丝毫地不敢大意。既想到了"龟兔赛跑"的典故，又想到了"笨雀先飞"的俚语，他却信守着诺言，而并没偷偷地"先飞"。一更起床，二更用饭，然后一直坐到三更，他这才准时地动身了。唯恐有负全县父老，一路上他一瘸一拐、跌跌爬坡地向前赶着。一直没见到对方的影子，他不由更加的着急了，马不停蹄，等他赶到昭陵县的大堂时，不想对方，却还做着美梦。不愧是个宽宏大量的长者，为不让昭陵县老爷过于难堪，乾陵县老爷没有坚持按约定将县界划在他的大堂，而是主动让一步划在了城外。无地自容，又羞愧难当，从此跟乾陵县老爷一样，昭陵县的老爷，也变得勤政爱民起来。

既得陇，又望蜀。吃着碗里的，又看着锅里的。踌躇满志，坐镇昭陵，升允既虎视着阳都，又垂涎着西安。西安古时不叫西安，而叫做作长安，长安者，长治久安也！想到这，升允不觉埋怨起和硕睿亲王多尔衮来，埋怨他当年就不该建都北京，而应建都长安。若建都长安，大清帝国也许就长治而久安了。

西周，不就是在长安兴起的吗？后来"烽火戏诸侯"，周幽王虽惹出了乱子，但天下却还不致因此而易姓，而东迁后不久，便分裂为春秋五霸，接着又继之以战国七雄，直至亡国。西汉，不也是在长安发迹的吗？期间虽有王莽篡权，建立"新朝"，却只不过是昙花一现，而东迁后便分裂成十八路诸侯，接着又继之以三国鼎立，直至灭种。庚子年，八国联军虽打进了北京，却到不了长安。跟光绪爷两宫太后一到长安，不就又万事大吉了吗？

唇亡则齿寒。作为西安的西大门，阳都是既无险可守，又不能不死守。受命于危难之际，多亏县知事陈德润早有提防，在他的授意下，带着为数不多的队伍，邓玉昆已经敦促沿途的百姓们，坚壁清野了。凡能吃的东西，都被藏进了地窖；所有的水井，都被投入了背笼。扶老携幼，百姓们也有序地撤离到阳都城内，或渭水南岸。

城内东大街的城隍庙，西大街的东岳庙；北大街的关帝庙，南大街的萧何庙；西道巷的三官庙；县门巷的菩萨庙；财神庙巷的财神庙，马王庙巷的马王庙；甜水井巷的吕祖庙，仪凤街的药王庙、安国寺，以及渭水南岸东张堡的金佛寺，马家堡的千佛寺；曹家堡的兴国寺，河西堡的丰盛寺；王道堡的弘济院，段家堡的杨村庙；河东堡的老爷庙等，都被难民们挤得满满当当。

已经放假，南河实业学堂临时被改为医院，收治着从前线溃退下来伤员、病员。带着医护班的全体学员日以继夜，马月盈穿梭在教室、宿舍之间，帮老神仙、帮戴维、帮玛丽她们为伤员又是包扎、又是换药、又是手术……

桥头面馆也已歇业、谢铁成那已关门多时的铁匠铺子，却又是风箱呼呼、炉火熊熊、锤声叮当、火星四溅。带一帮铁匠，他连夜为前线打制着、修理着那些冷兵器。

木匠作坊里，老木匠带着他的儿子、徒弟，正忙着修补那些被流弹打得窟窿眼睛的木船。

大小船只往来穿梭，短促而低沉的号子声此起彼伏，千年古渡的南北码头上，更是灯火通明。包括七十子兄弟在内，所有的船工都是日以继夜，他们为前线运送着队伍、运送着粮草、运送着军械、辎重。

百姓们刚刚撤离，清军已尾追而至。在头道原、二道原之间安营下寨，将阳都古城，他们从三面团团围定。是古城跟外界保持联系的、唯一的水上通道，南河镇成了古城独无仅有的大后方。男女老少总动员，全民皆兵，大刀、梭镖、铡刃、铁叉和顶门杠子，甚至连烧火棍，也都成了武器。面对穷凶极恶的清军，所有的南河镇人，所有的阳都县人空前地拧成了一股，团结得像一个人。

埋锅造饭时，慢说是粮食，就连一桶凉水，清军也打不上来。兵无粮自散。无心恋战，在佯攻了一阵后，清军又纷纷拔寨而去。听说后升允勃然大怒，第二天他亲自督战，让战马驮着粮食，命士兵背着干粮、挑着饮水，又一路卷土重来。粮食还好说，一担水连洒带漏还不到中途，水桶却早已见底。

就在升允进退两难、一筹莫展的时候，内阁总理大臣袁世凯关于南北议和的消息，又传了过来。

武昌起义爆发时，宣统皇帝溥仪，还是个只有六岁的孩子。为对付革命，他父亲摄政王载沣不得不重新起用两年前刚被他罢免、正赋闲在家的袁世凯。见袁世凯迟迟不肯复出，他只得又委以内阁总理大臣的实职。袁世凯可不是升允，大权在握，又拥兵自重，他不但没朝溥仪山呼万岁，而且还重演了《白逼宫》。于是六岁的万岁爷，不得不退出了皇位。打着拥护共和的幌子，又以迫使清帝退位而居功自傲，袁世凯是踌躇满志，以为中华民国的大总统，非他而莫能属。

只将身一摇，由清廷的内阁总理大臣接替孙中山，袁世凯果然成了中华民国的临时大总统。大总统前，却冠以"临时"二字，让袁世凯感到美中不足的同时，又颇觉遗憾。于是不久后"临时"二字，便被他去掉了。总不能自己打自己的嘴巴，以清廷内阁总理大臣跟中华民国大总统的双重身份，袁世凯下令要清军、革命军握手言和，这场政治交易，就是所谓的"南北议和"。

若到此为止，也许不失为一桩息事宁人的善举。谁知言犹在耳，袁世凯竟废除《临时约法》，又擅改"中华民国"为"中华帝国"，黄袍加身，面南背北地坐在金銮殿上，他竟又重新当起了皇上，改年号为"洪宪"。龙床上袁世凯虽只坐了八十三天，中国却被他推入了长达数十年的军阀混战。

在不到四年的时间里，同一个人在同一个国家，竟先后出任了四个水火不能相容的显赫职务。能创造这个奇迹的除了袁世凯，在古今中外的历史上，怕是再也找不出第二个人了。

岑椿煊不学无术，张之洞有学无术，袁世凯不学有术，端方有学有术。其他的姑且不说，而用"不学有术"四字作为对袁世凯的评价，怕是最贴切不过，亦最精当不过了。

自古和为贵。袁世凯"南北议和"主张，最初，还真的赢得了新旧两派的一致拥护。不愿再同室操戈，不愿再手足相残，纷纷放下手中的武器，大家握手言欢、言归于好。

当然，也有不买账的，升允就是个典型。除破口大骂袁世凯，拒不议和外，他还私藏主子的退位诏书，寄希望于这个已经化作孤魂野鬼的政权。梦想着有朝一日，它能奇迹般的死灰复燃，甚至还想在西安为其重新建都，让大清帝国从此长治而久安。

困兽犹斗。虽黔驴计穷，升允却还是利用北原上的有利地形，居高临下地负隅顽抗着。他命士卒缒绳下井，将背笼一一地捞了上来。困扰他多时的吃水问题，总算是解决了，

像是因久旱而在歇晌拧绳的秋庄稼，得到水的滋润后，升允立马变得精神抖擞起来。其气焰，也更加嚣张了。

为避免陕甘两省结怨，为不致生灵再遭涂炭，乾城方面拟派员跟升允议和。副统雷恒焱慨然请行，张云山遂委以全权代表，并升旗、鸣炮，为其壮行。深知升允冥顽不化，又嗜杀成性。既恐其不成，又伤其不归，众人皆以箸击案而歌：

旌旗猎猎阵云横，万马萧萧仗策行。
自是河梁饯苏武，直当易水送荆卿。

果然被不幸言中，尽管雷晓以大义，奈何升允乃茅坑的石头——又臭又硬。虽说两军交战，不斩来使，雷恒焱却竟被升允削耳、割鼻、挖心，在处以极刑后，又抛尸十八里铺的枯井中。

跟升允有旧，再次前往劝其休战时，革命军先锋队总队长朱长春竟被眨眼无情的升允，活活钉死在昭陵县的东门上。

阳都方面，亦有人对升允抱有幻想。欲再次派人前往，却被县知事陈德润给拒绝了："此贼如此无礼，又不知进退。"他力排众议道，"何必意气用事、与虎谋皮，又自找杀身之祸？"遂暗中致书清军西路军总统领马安良，以釜底抽薪。

见信皮上只有"内详"二字，马安良情知为绝密。拆开看时，他却还是禁不住大吃了一惊。

朕钦奉隆裕太后懿旨：前因民军起事，各省响应，九夏沸腾，生灵涂炭。特命袁世凯遣员与民军代表讨论大局，议开国会，公决政体。两月以来，尚无确当办法。南北睽隔，彼此相指，商辍于途，士露于野，徒以国体一旦不决，故民生一日不安。今全国人民心理多倾向共和，南中各省既倡议于前，北方诸将亦主张于后，人心所向，天命可知。予亦何忍为一姓之尊荣，拂兆民之好恶。于是外观大势，内审舆情，特率皇帝将统治权公之全国，立为共和立宪国体。近慰海内厌乱望治之心，远协古圣天下为公之义。袁世凯前经资政院选举为总理大臣，当兹新旧代谢之际，宣布南北统一之方，即由袁世凯以全权组织共和政府，与军民协商统一办法。总期人民安堵，海宇又安，仍合汉满蒙回藏五族完全领土为一大中华民国。予与皇帝得以退处宽闲，优游岁月，长受国民之优礼，亲见郅治之告成。岂不懿欤！钦此。

　　内缄的，竟是宣统皇帝的退位诏书。颇识时务，马安良见大势已去，又恨升允欺上瞒下，竟私藏皇帝诏书。于是自作主张，在跟张云山互赠牛羊后，将其所部，撤回了泾川。乾城之围，遂解。

　　时东路已议和成功，于是豫陕两省，暂得相安。这时项志山东来，张凤翙西进，张云山北下。升允已既四面楚歌，又十面埋伏。

　　两军阵前，陈德润策马扬鞭，要升允出来回话。对陈德润的为人以及学识，升允也早有耳闻，并颇为敬重。却不知只一纸书信，便去他釜底之薪的，正是此人。

　　听说要他阵前回话，升允还以为又是议和。已骑虎难下，升允巴不得陈德润这次能借他个梯子。不想刚一出马，用马鞭指着他的鼻子，陈德润开口便道："孟子曰：民为重，社稷次之，君为轻。自古天行有常，不以尧存，不以桀亡。今帝制气数已尽，共和又势在必行。当今尚能顺应天命，体恤民意。既读圣贤之书，尔何以又亵渎圣贤之理、逆天而行？私藏诏书，乃大不忠；手足相残，乃大不孝；涂炭生灵，乃大不仁；残害无辜，乃大不义。如此不忠不孝不仁不义之徒，又安敢立身于皇天后土之间，实不知廉耻耳！"

　　劈头盖脸的一顿臭骂，陈德润直骂得升允狗血淋头、无地自容。既无言以对，又羞愧难当，于是忙拨转马头，他抱着头掩着面，鼠窜而去。

　　升允正左右为难，狼狈不堪，却见两个关中名儒，同时也是他的故交好友，前来劝说。于是悲从胸中来，他这才拿出诏书大哭曰："如今皇上退位，我已无君可事，唯有一死以报圣恩。"

　　升允并没践行他"一死以报圣恩"的诺言，而是偷偷东渡、去了日本。

随着升允的亡命天涯，持续达半年之久的辛亥革命西北战事，终于宣告结束。

在省城，在菊花园街的官邸中设家宴，张凤翙为陈德润庆功。老秀才、老神仙、孙兰玉以及戴维夫妇，也被一并请了过来。

孙兰玉、玛丽，自有张夫人作陪。亲自为陈德润把盏，张凤翙道："张某愚钝，却也知'急则治标，缓则治本'的道理。今先生刚柔相济，治标而又兼顾其本，致书马安良劝其退兵，釜底抽薪于前；又临阵痛斥升允，扬汤止沸于后。兵不血刃，便使其无颜恋战，而化干戈为玉帛，致革命军将士不再流血牺牲，而关中父老亦不再生灵涂炭，真孔明再世也！张某有言在先，今略备薄酒，不成敬意，请先生干了此杯。"

"今清廷气数已尽，共和又人心所向。"陈德润再三谦让道，"既不识时务，又自不量力，升允竟敢以残渣余孽之众，拒大帅名正言顺之师，实螳臂当车、以卵击石耳！今自取其辱，乃时也，势也，岂陈某一人之功？"你推我让中，俩人竟有些相持不下，于是，同干了一杯。

张凤翙又给老秀才敬酒，老秀才却是诚惶诚恐："老朽无尺寸之功，怎敢烦大帅亲自把盏？"不料张凤翙却道："若非前辈挺身而出，张某即便踏破铁鞋，陈先生未必就能出山，又何言无尺寸之功？还请务必赏脸，满饮了此杯。"见拗不过，"吱儿"一声后，老秀才酒杯已经见底。

"老先生为药王后裔，又德艺双馨，实在令人敬佩。"在老神仙面前，张凤翙道，"今又妙手回春，救我诸多将士于一息，实在是劳苦功高。同是长辈，还请务必赏光，也满饮此杯。"话都说到了这个份上，老神仙情知无法推辞，于是在说了声"惭愧"后，也一饮而尽。

在戴维面前，张凤翙还未及开口，戴维却先站了起来："原本不会喝酒，但今天的酒，戴维却是一定要喝的。中国乃泱泱大国，春节，又是中国最隆重的传统节日。值此佳节，中国去帝制而取共和，实乃双喜临门、可喜可贺！今入乡随俗，酒逢知己，戴维就先饮为敬了。"

如咽黄连。见戴维被呛得满脸通红，又辣得不住地唏哈，张凤翙突然恍然大悟。于是，他大声地吩咐道："拿威士忌！"

月落星稀，整个省城，都进入到梦乡。万籁俱寂，菊花园街，更是静静悄悄。整个省城，已疲惫不堪；整个菊花园街，也不堪疲惫。

众人都分头歇息去了，陈德润、张凤翙，却都是睡意全无。促膝而坐，两个君子，一盏青灯；两只茶杯，一个茶壶，屋里弥漫着西湖龙井的异香。

"日前三面应敌，无暇多想。"对着陈德润，张凤翙不无忧虑地道，"如今南北议和，心里，却反倒有些无所适从了。对当前的时局，不知先生有何高见？"

"大帅所虑，不无道理。"闻言陈德润道，"清廷实不足虑，有个人，却不可不防。"说着用蘸有茶水的右手食指，在茶几上，他画了一个圆（袁）圈。

"愿闻其详。"默默地点了点头，张凤翔显然已心领神会。

"此人系清末权臣。"陈德润道，"后又组建新军、培植党羽。连摄政王都惧他三分，大帅岂可不防？此人工于心计，决非升允等平庸之辈可比。挟天子以令诸侯，他逼宣统退位于前；据北方号令南方，他迫孙中山下野于后。其司马昭之心，路人皆知，犹汉献帝时之曹阿瞒，此贼，乃乱世之奸雄也。他日祸国殃民乱天下者，必此人也。"

"啊！"闻言，张凤翔颇觉吃惊，"竟有如此的严重？"

"岂止有？"陈德润又道，"只怕是有过之、无不及！有学有术，曹阿瞒虽杀太子、弑后宫，却还知君臣有别，而不敢废帝自立。此贼却是不学有术，他拥护共和是假，逼宫、废帝才是真。正所谓以假乱真者也。一旦羽翼丰满，难保此贼不称孤道寡，让天下复归一姓矣。"

"果如先生所言，又当如何是好？"闻言，张凤翔是忧心忡忡。

"大帅亦不必过虑。"见张凤翔心情特别沉重，陈德润又安慰他道，"民主共和乃人心所向、大势所趋。正如黄河、长江之水，虽时有回旋，但东归大海之势，却是无法抗拒的。虽能逆潮流于一时，却不能得逞于一世。玩火者，必自焚！自取其祸而遗臭万年的，必是此贼。"见张凤翔期待的样子，陈德润又道，"只是中华乃一古国，帝制，又长达数千年之久。今虽尸骨已寒，形骸入土，其阴魂，却未必就能消散于一时。故民主共和之路，将会更加地漫长，亦颇费些周折。仕途险恶。大帅还需审时度势，明辨是非，巧妙应对，方能洁身自好。"

"多谢先生指教！"张凤翔道，"张某自会小心谨慎，绝不做损害国家、损害民族的千古罪人。不过为官一任，造福一方。张某虽非秦人，却饮秦水、食秦粟，自当不负三秦父老，为百姓做些实事。请问先生当务之急，若何？"

"为官当以安民为要，而民又以食为天。"陈德润道，"居富庶之地，秦人却不能自给，流离失所、啼饥号寒者，又不计其数。所以持金碗又沿门乞讨者，盖因战乱、鸦片耳！今战乱虽暂得平息，但吸食鸦片之恶习，却愈演愈烈。故禁种、禁运、禁卖、禁买、禁食鸦片，乃当务之急。"

"一语中的，先生让张某茅塞顿开。"闻言，张凤翔高兴地道，"张某虽有此意，却老虎吃天，又无从下手。还请先生明示。"

"方法有二。"陈德润道，"一曰'严禁'，一曰'弛禁'。敢问大帅严禁，还是弛禁？"

"何谓严禁？何谓弛禁？"张凤翔进一步道。

"严禁即强禁。"陈德润道,"要做到禁种、禁运、禁买、禁卖、禁食,且以首尾两禁为要。禁种以绝其本,要做到地不漏亩、亩不漏分;禁食以断其末,要做到村不漏户、户不漏人。凡违抗者,轻则拘役,重则判刑,直至杀一儆百。其难度之大,不亚于跟升允作战,但收效甚好,且能根除。

"通过提高税率,既增加财政、又遏制鸦片的,叫弛禁。弛禁美其名曰'寓禁于征',实际上却是'寓征于禁',反让鸦片的种植、营销以及吸食,由非法变为合法。财政看似增加了,国力却越来越弱;烟商的盈利是有增无减,而烟民的开销,却是无减有增。正所谓羊毛出在羊身上!最终受害的还是人民,还是国家。无异于饮鸩止渴,与其弛禁,还不如不禁!"

"严禁!"闻言,张凤翙不假思索地道,"斩草去根,除恶务尽!"

"当年林则徐林大人在虎门销烟,其壮举威震寰宇。"陈德润又道,"国人是何等的扬眉吐气?列强又是怎样的闻风丧胆?给清政府,又争回了多大的脸面?可后来呢?后来,竟落了个流放伊犁的下场。此举关系到身家性命,大帅不可不察,亦不可不思。"

"不错。"张凤翙道,"记得赴伊犁途中,林大人还留有对联一副,一时,却又想不起来了。"不住地拍着脑门儿,张凤翙苦苦地思索着。

"苟利国家生死以,岂因祸福避趋之。"见状,陈德润提醒道。

"对对对。就是这!"恍然大悟后,张凤翙接着道,"瞧我这记性……但不知作于何地?"

"说来也巧。"陈德润道,"正是途经西安所作。"

"这就对了。"张凤翙突然慷慨激昂起来,"林大人言犹在耳,张某岂能因顾及身家性命,而装聋作哑?"

"大帅……"陈德润欲言又止。他已经为张凤翙所感染。

"先生一片好意,张某,我心领了。"张凤翙又道,"我意已决。不禁则罢,要禁,就严禁!"说着,他一拳捶在了茶几上。震落在地,"啪"的一声,白底蓝花的青瓷茶碗,被打得粉碎。

"张某决意效法林则徐林大人。"张凤翙接着道,"但不知先生能否跟邓廷桢邓大人一样,再助我一臂之力?"

"愿效犬马之劳!"见张凤翙如此地坚定,陈德润也不假思索。

"那俺老张,就是关天培了。"随着一阵沉重的脚步声,张云山健步走了进来。原来,天已经大亮了。

本想激流勇退、辞去县知事,陈德润却说啥也说不出口了。从政的生涯,他并没就此结束,换了一个舞台而已。

第二十六章

按关中人的说法，但凡上了年纪的人，大约有三个共同的特点——爱钱，怕死，没瞌睡。

虽也是一大把的年纪，河西堡的老地主，却是个豁达大度的人。他有他的人生哲学，深知"生死有命，富贵在天"。更深信关中人"该死的不得活，该活的不得死"的口前话。黄泉路上无老少。天不怕地也不怕，那些顽童们活蹦乱跳地去了三女河，不一会儿，却被大人们用糖地糖抬了回来。为此惋惜，老地主曾不止一次将那些认识不认识的娃子们，从水里呵斥到岸上，又从岸上，呵斥回家里。

在公公或婆婆跟前受了委屈，一时想不开，有些媳妇扑进了三女河；被媳妇辱骂，一时划回不过，有些公公或婆婆，一头钻进了黑咕隆咚的水井。他们倒真的想一死了之，却往往被闻讯赶来的人们，又救了上来。不想死的，死了；想死的，却没死成。这不是命，又是啥？

以长辈的身份，对那些媳妇们，老地主会数说她们几句：瓜娃些！一个锅里搅勺把，哪能没个磕磕碰碰的？对那些已经有了儿或女的，他还会摸着娃的头对她们说：你看这娃子、女子，一狼一窝的，一个比一个还要心疼，你咋就忍下心撂下他们？直说得她们搂着自己的儿或女，抱头恸哭。

对那些当公公的，老地主也会开导他们说，好我的老哥！都一把年纪咧，跟娃们较的啥量些？拧尻子你这一走，得！连个顶楞抬杠的，我都没咧！快快快。把烟锅子给我！对那些当婆婆的，他也会抱怨她们说：你看这老嫂子！俩腿一登，你倒是落了个干净利索，可串门时连口水，都没人给我倒咧！背过人压低声，他还会调侃她们说，你一走，这天一黑教我老哥，可挖抓谁呀？不逗得他或她破涕为笑，他是绝不会善罢甘休的。

至于银钱，他以为那不过是些身外之物，该是谁的，就是谁的。是你的，谁也拿不走。即便被拿走了，转一圈，它又回到了你的腰包。若不是你的，争你也是白争。今天争到手了，你也甭扎哇，明天，它兴许又捏在人家的手里。你再眼红，你再不憋服，它照样是人家的，而不是你的。

在老地主看来，这人生在世，多半都是为亲人而活着。动不动就寻死觅活，是愚蠢的，是不负责任的，也是不足取的。一了百了，自己解脱了，却把痛苦留给了亲人。至于银钱，那就更不值一提了。银钱是啥？银钱是人身上的垢痂。今天洗掉了，明天、后天，它却又来了。

没瞌睡倒是真的，早起，是地主家人老几辈的光荣传统。

说起来，已是十年前的事了。那天一觉醒来，老地主发现天色，已经大亮。还以为睡失睡了，披上衣服走出门，这才发现离天亮还早着——不知不觉中的一场大雪，将窗户纸映得雪白，同时，也给了老地主一个错觉。

大雪兆丰年。突然间的一片银装素裹，让老地主不觉兴致大发。出村后白茫茫的一片，更加的地耀眼。一时适应不了，老地主忙摸出了墨镜。一边走，他一边戴着墨镜，不想脚下突然一绊，老地主竟重重地，摔了一跤。刨开雪堆看时，他更是大吃了一惊，将他绊倒在地的，竟是给本村赫家扛活的小长工。忙蹲下身，又摸了摸小长工的鼻子，发现还有些气息，背起他连颠带跑，老地主赶到了南河镇。

"快……快救人！"打门叫户，老地主敲开了济生堂，他一边喘着粗气，一边跟老财东道："用……用最好的药！"

一粒"苏合香丸"，让小长工终于又恢复了气息。压在老地主心里的一块石头，也总算落了地。这时，他才抱怨起老财东来："我说老哥，你的庄子也太深了！真是紧差人，慢大夫，喊了半天，竟没狗大个人吭气！"这时，老财东也松了口气："我说兄弟，你也是皇上不急太监急，人家赫老二都没见人，看把你急的！"不料老地主却道："救人一命，胜造七级浮屠。这事没搁到你的头上，要是搁到你的头上，你不定比我跑得还快！"说着话锋一转，他又道，"噢，对了。这事是得跟赫老二打个招呼，他多半还不知道。小伙子先交给你，我这就去找他。"

"别，别……"不料小长工突然醒了过来，他哭着道，"这……这事，千万不能让……让他知道。他要是知……知道了，我就活……活不成咧。"

"哦！这是为啥？"又惊又疑，指着小长工的伤，老地主问他道，"是谁把你打成这样？到底出了啥事？"

"这……"小长工欲言又止。

"小伙子，不要害怕。"一旁，老财东也道，"你尽管说。说出来，我们也好帮你。"

"打我的，正……正是我的东家。我……我偷了人……人家的东西……"

小伙子是渭北人，家里只一个老娘，却还是个瞎子。家里穷，他不得不撇下瞎子老娘，到河西堡给赫家扛起了长活。吃的瞎，使的扎，这他都认了。不想房烂了雀多，人穷了搅多。隆冬腊月，他的瞎子老娘却突然中风不语、瘫在了炕上。跟赫老二哭诉着，小长工想告几天假，再预支点工钱。谁知赫老二既不肯借钱，又不肯准假，还说了一大堆的难听话。你走咧，地里的活谁做？一个又瞎又瘫的死老婆子，活在世上自己受罪不说，还是个累赘。依我看，死了倒还零干！

慌不择路。趁赫老二的小老婆一时不留神，偷了她的一对金耳环，小长工连夜逃走了。不想没走多远，他却被追上来的赫老二，给打得半死。

听了小长工的哭诉，不住摇着头、叹着气，老地主、老财东不觉想起一段关于赫家的奇闻轶事。

说来也怪，在赫家当家的不是哥哥赫老大，而是弟弟赫老二。这赫老二又是个过河时，尻渠子都要夹些水回去的下家。有次，他的"公事"紧火了，不想茅坑却被儿媳妇占着，又迟迟地不见出来。急得在后院直转圈圈，赫老二却又不便开口，见实在等不及，他只得失急燎毛地出了门。

门口就是苞谷地，只是不是他家的。为不让肥水外流，宁肯挨着肚子痛，赫老二都不肯进人家的地。舍近求远搂着肚子，又绞着双腿，他一路向自家的地里奔去。有人好心问他这是咋的咧，赫老二却是只走不歇，更顾不上回话。心里，他却骂人家是狗拿耗子——净管些闲事。

一头钻进自家的苞谷地，在痛快淋漓了一番后，赫老二终于腾空了肚子。这时，他才自言自语地笑着道："婆娘在要娃时，怕就是这个样子。难怪她们乱吱哇，果然是不好受喀！"正为他既没乱喊、也没乱叫而得意，提着裤子，赫老二却又呆住了。原来失急中尻子一拧，"肥水"却还是被他留在了，邻家的地里。

"把他家的。"赫老二甭提有多懊恼了。为此半个多月，他竟都没睡着觉。

"不让说，那咱就不说了。好在没伤着骨头。"对着小长工，老地主道。回过头，他又叮咛老财东说："娃身上还有外伤。老哥，你给他好好治。所有开销，都挂在我的账上。"

"这可不成。"老财东道。闻言，老地主是一脸的惊讶。不等他开口，老地主又道："这胜造七级浮屠的好事，不能让你一个人全包了。力你已经出了，这药钱嘛，说啥也轮不到你了。"

为此，两个老汉还发生了争执，见拗不过老财东，老地主只得答应了他。

同样是人，这人跟人差的，咋就这么大？小长工感动得呜呜地哭出了声。

第二天，当老地主又来看望时，小长工已经能下炕了。翻过身，他正要给恩人磕头，不想，却被老地主给按住了。"这五两银子，你拿着。"对小长工，老地主偷偷地道，"先给你娘看病。拿好，千万甭教老财东看见！看见了，这老家伙又要跟我争竞。"小长工没有接他的银子，而是另掏出五两银子跟他道："大叔，你看！这是财东大伯给我的，他也叮咛我说，千万不要让你知道。说知道了，你又要跟他争竞。可我……"

"嘿！没想到……"闻言，老地主不胜感慨，"没想到这老家伙，比我还贼！"

"咋？光兴你贼，就不兴旁人贼？"老财东人没来声先来了，"怪啥耳根子燎燎的，原来你这老不死的，又在背地里骂我。"

就在两个老汉斗嘴顶楞的当儿，扑通一声跪倒在地，小长工千恩万谢地道："大叔、大伯的大恩大德，来日当牛做马，小侄我都报答不清！"

此去，小长工再也没有回来。几年后，还是在一个大雪纷飞的夜晚，骑着马又提着快枪，一股土匪闯进了河西堡。此前，堡子里也遭过土匪，但都只三几个人，也没有骑马。拿在手里的，也多是鬼头刀、梭镖。即便有枪，也不过是些鸟枪，或者火铳。

这股土匪，大约有三十人，而且只会多，不会少。骑着高头大马，提在手里的，也都是快枪。堡子里的人，都吓坏了，心想自古兵匪一家，怕是哪个队伍上的散兵游勇，又出来祸害百姓了。河西堡大难临头，今晚，非被血洗一空不可。

老地主也想好了，土匪要鞋，他准备连袜子一块给。出乎意料的是，这股土匪既不抢东家，也不抢西家，而是端直地进了村里头的赫家。更奇怪的是，赫家大院几十口子都好好的，唯独赫老二被打折了腿，他的小老婆，也被割去了一双耳朵。从此，赫老二成了瘸子，他的小老婆，也不得不放下她那高耸着的云鬓，而变得披头散发起来。更教人费解的，是赫家所有的浮财都被洗劫一空，而赫老二小老婆放在眼面前的那对金耳环，却被留了下来。不过从今往后，它怕是要受一辈子的委屈，而只能待在那个锦盒里熠熠发光了。

更稀奇的是，第二天一大早，河西堡的老地主、河东堡的老财东在自家的院子里，各发现了一锭五十两的大元宝。

作为人不爱钱，不想在这世上多活上几天，怕是假的。但老地主却绝不是茅房被儿媳妇占着，哪怕憋断大肠，哪怕撑破尿脬，也要将屎尿拉在自家地里的那些货。

瞌睡少倒是个事实，起早，也是老地主多年来养成的习惯。没南河实业学堂那阵，早上起来后，他一般是到他正在改良的滩地边，先转上一圈。然后脱去长衫，再打上一通太极拳。当长工用牛车将土粪送到地头时，他差不多也刚好敛气、收手。于是顺手抓起刮耙，他又亲自将土粪刨下车。然后，再一锨一锨地扬开，而绝不会让长工插手。长工也不跟他客气，他知道客气没用，因为这也是东家人老几辈的光荣传统。至于这个传统是哪朝哪代，由哪个先人留下的，连长工他爸老长工，连老地主他爸太老地主，也都难以说清。

自从有了南河实业学堂，老地主早起的习惯没有变，只是多出了一道程序——回去前，他还要在学堂里转上一圈。有事时，还会逗留上一阵子。

多年来，这里一直是老地主家的豌豆地。眼下又到了小麦吐穗、扬花，豌豆扯蔓结荚的季节，展现在他眼前的，虽仍然是一个五彩斑斓的世界，但这个世界里豌豆那婀娜多姿的秧蔓，以及点缀在这绿色秧蔓中那些红的、白的、紫的等姹紫嫣红的各色花朵，却不复存在了。取而代之的，是罂粟那同样有白、有红、有紫，而且是同样美丽、同样妖冶的花朵。看着这些花朵，会让人不由联想起那些看起来同样美丽、同样妖冶，但却教人心里发怵，又教人头皮发麻的菜花蛇。

在陕甘总督任上，为这片肥沃的土地上，却到处都是妖冶的罂粟花，左宗棠曾对关中人大失所望过。既哀其不幸，又怒其不争。为不让国人沦为"异类"，铲除"恶卉"，是督陕时左帅打的第一个硬仗。左帅的言行，曾使多少有识之士为之感动，又为之震惊。当时，老地主血气方刚，他亲自目睹，并亲自参与了这次行动。后来，当鸦片再次泛滥成灾时，他却坚持不种、不吸。这两年忙于办学，将家事，他交给了已经成年的儿子。一时疏于过问，背着他，儿子竟种了些鸦片。发现后，老地主也曾大动过肝火，但却为时已晚。

正要说服儿子铲除鸦片，却因郭福寿行动不便，以校董跟开明绅士的双重身份，老地主出席了省里召开的禁毒会议。会上，省禁烟督办陈德润的一席话，让与会者无不为之感动。

"先禁烟于东南，让国人扬眉吐气、让英夷闻风丧胆者，乃民族英雄林则徐林大人。"陈德润激动地道，"后禁烟于西北，收复新疆、长国人志气，又驱逐俄佬灭洋人威风者，乃民族英雄左宗棠左大人。此二公先后任职陕西，而陕西至今却恶卉泛滥、烟毒肆虐，竟居全国之最！"说着话锋一转，他痛心疾首地道，"扪心自问，我等有何面目上对先贤的在天之灵，又下对子孙万代的期切之情？"说着说着，不由自主，他竟动了感情。

擦了擦湿润的眼角，陈德润接着道："今中华民国首任陕督张凤翙张大帅，又力主严禁，其决心不亚林、左二公，此我三秦父老之大幸也！今蒙大帅错爱，并委以重任，陈某定当尽职尽责、身体力行，倘一息尚存，便绝无中断之理……"

在兵马都督张云山宣布了戒烟条令后，总督张凤翙最后道："跟林、左二公一样，本督虽非秦人，却饮秦水、食秦粟，秦地百姓，皆本督之衣食父母。今父母为烟毒所困，本督岂能坐视？此次禁烟定以国家大局为重，以林、左二公为榜样，而置个人身家性命于度外。为除恶务尽，为成此大功，还请在座的诸位勿辞劳苦，鼎力相助。"

昨晚一到家，那张盖有"陕西禁烟督府""陕西省军政府"关防大印的禁烟文告，就被老地主扔在了儿子的面前。

"爸，"对着老地主，他的儿子道，"都怪儿一时糊涂，做下这伤天害理之事，既有辱门楣，又惹您老人家生气。我这就去收拾犁杖，明天一早，咱就将烟苗全部铲除。"

看着妖冶的罂粟花,老地主正在出神,却见儿子将带着逼土①的犁杖,已吆到了地头。从儿子手中逮过犁拐,老地主一声吼喊,犁铧早插入了黄土,马到处,那些随风摇曳的罂粟花,纷纷落地……

虽然好强,却毕竟上了岁数。一个来回下来,老地主已是气喘吁吁,有些赶不上趟子了。当儿子从手中接走犁拐后,老地主摇着头叹着气道:"唉,年龄不饶人咯!"

议论纷纷,围观者越来越多。大人们有赞许的,有惋惜的,有感叹的,有惊讶的,还有迷茫不解的。争前恐后,孩子们却纷纷抢拾起那些虽必死无疑、眼下却还不失妖冶的罂粟花。刚才还五彩缤纷的罂粟王国,刹那间变得一片狼藉。

夹在人群中,佘有志也看着热闹。既没有赞许,也没有惋惜;既没有感叹,也没有惊讶;既没有迷茫,也没有不解。这段时间里,一句话没说的是他;心里想得最多的,还是他。

那两支快枪被抢的事,佘有志没有跟任何人提说过。同时,他也不准团丁跟任何人提起。一来这不是什么赢人的光彩事,二来活人他靠的是啥?靠的就是枪,就是楼子。有楼子,枪却还是被人抢走了,这费心巴力盖起的楼子,岂不成了聋子的耳朵——样子货?丢了这两样本钱,他还能像从前那样昂着头,在南河镇的街道上走路吗?那肯定是不行了,就连低着头夹着尾巴走路,怕是都不行了。见了他,人们怕是再也不会像从前那样又是点头、又是哈腰了。不点头、不哈腰,都只不过是些屁事,怕就怕蹬着鼻子上脸,有人跷他的尿骚了。

多儿那里,就用不着多叮咛了。那天晚上,她人丢了,眼也现了,自然只能是守口如瓶了。何况,她本来就没有多余的话。

从小,多儿就沉默寡言。自走进佘家那两扇黑漆大门起,她更加地谨小慎微了。虽是个上面有公婆,前面有丈夫的小媳妇,多儿却是天生丽质,给佘有志她生的儿是儿、女是女,因此有她说的,而没他们佘家说的。后来公公凶死,婆婆变疯,多儿自然又成了这个家的主妇。这个家庭,可不是一般的家庭,而是在南河镇扳着指头,都数得着的家庭。丈夫佘有志又是个人物尖尖子,谁见了,又敢不敬她三分?那些只有三尺门面、男人只做些小本买卖的婆娘们,跟那些只有一亩三分地、男人只会打牛后半截的农妇们,在人前说起话来,都硬气得跟橡戳似的,多儿却无论如何,也做不到。

从来到世上的那一天起,多儿似乎就是个任人摆布、任人宰割的羔羊。在乔家,她就受尽了那只母老虎,跟那几只小母老虎的气。刚被乔家赶出时,她母亲柳叶虽说只是个妓女,却风韵犹存。加上又做过大户人家的姨太太,因而,还颇受嫖客们的青睐。当年的柳叶,算得上是怡春院的台柱子、摇钱树了。在反复权衡利弊后，老鸨收留了她，也收留了她的妹妹余儿。虽寄人篱下，多儿、余儿总算是没沦为乞丐，流落街头。

四岁的多儿，三岁的余儿，被老鸨塞进了后院的柴房。一条破棉絮扔在身上后，咔嗒一声，柴房被一个铁将军，给把住了。吃的是残羹剩饭，却有荤有素。运气好时，还能碰上一个鸡头，或者是一条鱼尾巴。只是近在咫尺，母女们却难得见上一面。跟姊妹俩为伍的，是那些比她们自由、比她们气长，也比她们胆大的鼠男、鼠女、鼠老、鼠少、鼠子、鼠孙们。柴房里，多儿、余儿在不知不觉中长大了。

当院子一年比一年冷清，进账也逐日递减的时候，老鸨这才发现柳叶人老了、珠黄了、不像以前那么地诱人了。这几年光顾着挣钱，她却舍不得花钱，时间一长即便是鱿鱼，即便是海参，客人们怕也吃腻了。不出点血，不给嫖客们换换口味，看来是不行了。那些散碎银子好不容易，才被兑换成一个个的大元宝，眼下却要将这些大元宝于一瞬间抛出去，老鸨她能不心疼吗？

苦思冥想中，老鸨突然想起了柴房。对了！柴房除那些教人恶心的鼠族外，似乎还有两个会说人话的小生命。

有，又能咋样？在老鸨的印象中，多儿、余儿，还是两个小丫头片子。不贴赔残羹剩饭就已经不错了，她哪里还敢奢望她们能给她屙金子，或者是尿银子？

话虽如此，在某种好奇心的驱使下，那把大铁锁还是被老鸨亲手打了开来。推开门老鸨先是一愣，接着，又惊呆了。只看到柳叶人老了、珠黄了，却没料到她的女儿长大了、成人了。做梦她都不曾料到昔日的两个小丫头片子，如今，竟出落成大姑娘了。开始，老鸨还准备骂她们，说喂两头猪娃子，也早该出槽了。临时，她却竟脱口而出地道，"啊！鸡窝里，咋卧了两个金凤凰？"

多儿、余儿，终于走出了柴房。又是洗澡、又是理发、又是换新衣裳，老鸨还亲自教她们读书识字、待人接物。心花怒放，她心想调教上一年半载后，又将是两个摇钱树。

城门楼上的雀儿，不知被大炮震过多少回，如今的柳叶，已不是从前的柳叶了。如今的柳叶，也不是个松泛②的下家。多儿、余儿没被赶出前，她的想法很简单，攒几个钱等人老了、珠黄了，够吃够喝了此一生，也就心满意足了。自两个女儿被乔家赶出后，柳叶变了，变得心狠了、手辣了、也工于心计了。不为自己打算，她也得为女儿打算。其它的她不想干，也干不了，轻车熟路，柳叶想到了自己开院子、自己当老鸨。自那天起关上房门，嫖客们不掏足银子，就甭想沾她的边。

多儿、余儿被放出后，高兴之余，柳叶却更加地慌了。这几年攒的私财虽说一辈子也吃不了、穿不完，但跟自己开院子、自己当老鸨，却还是桄桄打驴——

差了一大截子。自己的身子，还能值几个钱？老鸨又是个披着人皮的狼外婆。这女儿们不知道，自己难道也不知道？不能眼睁睁看着自己没出狼窝，女儿们又落虎口。

过去，只要一见麻子佘那坑坑洼洼的黑麻脸，柳叶就由不得恶心、发潮、欲吐。这一向，她却跟他献起了殷勤，不但免去了这张黑麻脸那比别人高出好几倍的"进身钱"，她还把他人使在她身上的绝招，支给了他。用她的肉体变着法儿，她尽其所能地满足他、让他尽兴地发泄。麻子佘更是受宠若惊，好多方式、方法别说是做，连想，他今辈子都可能想象不出。

一次，麻子佘得到前所未有的满足后，柳叶却哭了。见状，麻子佘吃惊地道："是不是我扇得太猛，把你那儿，给弄痛了？"不料摇着头抹着眼泪，柳叶却道："这么久了，我的心思旁人不知道，你难道也不知道？"麻子佘道："虽进了你的身，却进不了你的心，你的心事，我咋会知道？有啥心事，你尽管说！"噙着泪，柳叶勉强地笑了："其实也没啥。早有心自己开个院子，只是本钱，至今却还没有凑够。一想起来，就免不了伤心难过。"闻言，麻子佘反而松了口气："我当是啥事，原来是这。差多少你说话！"闻言心中暗喜，嘴里，柳叶却道："只差个小头，也就是七八百两。"说着话锋一转，她又佯装轻松地道，"其实再混上一两年，我也就差不多了。只是女儿眼看着大了，我不得不为她们着急，怕是不能再等了。"

闻言，麻子佘不由又打了个激灵。在他的印象中，多儿、佘儿还嫩着、还生着。是柳叶的一句话提醒了他，让他突然意识到她们，特别是那个多儿，她的确应当长大了、成熟了、也饱满了。心里一阵兴奋，麻子佘那个刚刚得到满足、已经萎靡不振，变得跟老蚕似的东西，顿时又变长、变大、变粗、变硬，变得更加的狰狞起来。柳叶爱钱，这他比谁都清楚，可柳叶刚才的一番话，他却完全领会错了。于是咬着耳朵，他跟她道："只要把多儿让我弄一回，钱的事，我全包了。"

不料"啪"的一声，在给那张黑麻脸赏了一记响亮的耳光后，柳叶这才骂道："你这吃饱了，却不肯撂碗的东西！吃着碗里的，你还想着锅里的。也不掐掐自家的黑麻脸，牛都老了，却尽想着吃些嫩草！"

那张黑麻脸立即由黑变白，接着，又由白变红。周而复始后，这才逐渐又恢复到原来的黑色。见状，柳叶又故作心疼地抚摸着这张麻脸，说话的口气，也缓和了许多。戳着他的黑额头，她娇嗔地道："你这个榆木脑壳，啥时候才能开窍些？自己开院子，我正是不想让她们跟我一样，也落到这一步。不过，我也不白花你的钱，你那个宝贝儿子，不是也大了吗？这事，倒是可以商量。"这时，麻子佘也回过神来，道："不用商量了。就这么定了。"

柳叶的柳春院，很快便开门迎客了，但她救多儿出水火的初衷，却落空了。由柳叶做主，还不满十四，多儿便嫁给佘有志，而成了麻子佘的儿媳妇。

刚出虎口，多儿却又被她妈亲手，送进了狼窝。当时由于年龄太小，多儿尚不明白嫁人的含意。在她看来，嫁人无非是帮人家干些提水洗衣，烧火做饭，或者是抹桌子扫地等杂七杂八的琐事。已满十八，佘有志却并不那么简单。从小游手好闲，他啥心也不操，唯独他爸麻子佘经常出入的，那些挂着大红灯笼的朱漆大门，以及从那些大门里透射出的某种神秘，却对他有着难以抗拒的诱惑力。

一年前大着胆钻进去，佘有志体验了一回，从此，便一发地不可收拾了。前脚老子麻子佘刚进了这家，后脚儿子佘有志便钻进那家；前脚老子进了那家，后脚儿子又钻进这家。整天抱着那些足以给他当姑、当姨，甚至足以给他当妈的妓女们，他又是日、又是戳。跟他老子麻子佘，佘有志藏起了猫猫。

让佘有志始料不及的，是他老子麻子佘竟将一枝含苞待放的花骨朵，给他娶了回来。多儿刚被娶进门，佘有志便又燥、又热、又饥、又渴。他却既不想吃，也不想喝，既抱怨日头走得太慢，又抱怨客人们不知趣。似乎故意跟他作对，那些亲戚朋友们却一边细嚼着，一边慢咽着，一边还东拉西扯着。像是老太婆的裹脚，他们的废话竟又臭又长，而且没完没了。

后来实在是"忍无可忍"，佘有志便什么也不顾了。在日头大约还有两竿子高的时候，他就急不可耐地插上了房门。不由分说，多儿被他压倒在炕上。

刹那间，多儿被他剥得只剩下一条子白肉。一面挣扎，她一面惊恐地道："你……你这是要干啥？"哪里还顾上说话，用左手扶着他那已经扎得直楞楞的"老二"，用右手，佘有志又猴急地掰开了多儿的下身。当"佘老二"一头插入时，多儿顿时憋痛得失了声……

新媳妇大呼救命，那些还在细嚼慢咽的亲戚朋友们，那些还在跑前跑后、正忙得不可开交的执事们，却一个个惊得目瞪口呆。反应过来时，大家已尴尬难堪得无地自容，于是纷纷找起了借口。

"不早了。还有一截子路呢！你们坐，我得先走了。"其实，他就住在东街。

"媳妇就坐这一两天。来时儿子还一再叮咛，要我早点儿……"其实，他的儿媳妇还没怀上。

"瞧我这记性！晚上，家里还有人……"有人倒是不假，可谁的家里又没有人？又有谁晚上不在家里，而待在野外？

"天一黑我孙子谁都不要，光要我。"其实天一黑他孙子谁都要，却就是不要他。

众人知趣，纷纷地告辞着。他们的借口越是牵强，麻子佘两口子堆砌在脸上的笑容，也越是难看。亲戚朋友们走光了，帮忙的执事们，也走光了。剩给麻子佘两口的，除了那些横七竖八的高桌子、低板凳外，还有一大堆乱七八糟的大碟子小碗。

几个回合下来后，毯掉不收地躺在炕头，佘有志又悠闲地抽起了大烟。流着眼泪，多儿用裤头擦着那些从她下身流出的，有红有白又黏糊糊的污物。这时，她总算明白了，明白了嫁人的基本意义。提水洗衣，烧火做饭，抹桌子扫地，原来都不是主要的，主要的竟是……她默默地接受着，又咬着牙承受着，承受着这一切。

还没收拾清白，天却已经暗了下来。过完瘾，佘有志又发起了他的第N次攻势。这次，他不像刚才那么地猴急了。从上到下，从前到后，他从容不迫地欣赏着、抚摸着，欣赏着多儿的每一个部位，抚摸着她的每一寸肌肤。他还把他曾经欣赏过的，曾经抚摸过的那些部位，跟多儿的同一部位，一一地作着比较。

佘有志这才发现摆在眼前的，是一个真正的尤物。一对奶子，多儿是那样的小巧而玲珑，它既是那样的挺拔，又是那样的柔软。在小腹下的三角区，当两腿并拢时，她似乎有一个微微阖着的秀目。当两腿叉开时，那个微微阖着的秀目，又变成了一个微微张开着的樱桃小口。

相比之下，院子里那些半老徐娘们，竟变得索然无味了。一对奶子，她们松稀得像是撒了气的猪尿脬，躺下时便不见了，坐起时，却又像两个下垂着的茑茄子。在小腹下的三角区，当两腿并拢时，她们似乎都有个被荒草覆盖着的水道。当两腿叉开时，那个被荒草覆盖着的水道，又变成一个废弃了多年的城门洞子。

被佘有志折腾了一宿，多儿不但没有享受到新婚之夜的甜蜜，反而饱尝了一种被强暴后的屈辱和痛苦。不再挣扎，也不再叫喊，咬着牙，她默默地承受着……

她甚至有些后悔，后悔当初为什么要嫁人，后悔既然嫁了人就该忍受，而不该叫喊。那一声痛苦的叫喊，只能给世人留下一个津津乐道的笑柄，而直到死，她都不可能得到半点的同情与谅解。

像是被抓了现行的偷儿，从此，多儿很少走出那两扇大门。她沉默寡言，她羞于见人，而她的小腹，却渐渐地隆了起来。

生下儿子后，多儿这才弄清了嫁人的全部意义。后来那些接二连三，又教人心惊肉跳的事，又常常让多儿从噩梦中惊醒，她变得更加地沉默寡言了。

当夫妻间刚刚磨合的时候，多儿这朵家花，却又被冷落了下来。佘有志又忙着在外面打他的野食、采他的野花、品他的野味去了。

---

①逼土：犁铧上用来翻土的铁配件。
②松泛的下家：关中方言。指好说话好办事的人。

第二十七章

　　五彩缤纷的罂粟花，在一天天地减少，新种的早玉米，却一片片地在增多。当包谷芽刚顶出地皮的时候，南河镇的大街小巷以及周边村村落落的墙壁上，已贴满了军政府的禁烟令。

　　半个月后从东西两个方向，两支大约各三百余众的革命军队伍，先后驻进了南河镇。

　　宣传教育结束后，强制禁烟，又有序地铺了开来。用卸下的刺刀，士兵们有的强行铲除着那些仍然残留在地里的罂粟；拿着封条挨家挨户，有的在查封那些迟迟不肯关闭的烟馆。按规定他们一边没收着烟土，一边收缴着罚款。

　　所有的罂粟均被铲除，所有的烟馆均被查封，一个个烟鬼，也被强行送进了戒毒所。

　　沮丧中夹杂着兴奋，懊恼中夹杂着得意，这几天佘有志心里是既矛盾，又复杂。

　　一直无意官场，陈德润却硬是被巴结着当上了七品知事。转眼间又荣升为省上的禁烟督办，少说，怕也是个从四品了。而自家日鬼捣棒槌寻情钻眼，花银子上下打点，好不容易才弄到手的那个既不入流，也没乌纱，当然更不可能有俸银的总乡约，却在一夜之间，竟丢得没影儿了。想到这些，佘有志能不懊恼，能不沮丧吗？

　　所幸自己的眼窝亮，脚底下也明白，除带头关闭烟馆外，他还主动缴出了小部分、从而保住了大部分的烟土。不但没被惩罚，跟老地主一样，他还受到了嘉奖。想到这儿，佘有志能不得意、能不兴奋吗？

　　凭经验、凭直觉，佘有志断定跟以往一样，这次禁烟既不会太长，也不会太久。新官上任三把火。时间长了，再大的决心、再大的毅力，也会随之动摇。而鸦片的诱惑力却是持久的、永恒的，是人力无法抗拒的。对一个有城府的烟商来说，禁烟不见得就是厄运，有时，甚至还是一个不可多得的商机。舍不得孩子套不着狼！眼下不舍点儿小钱，不狠着心、咬着牙挺过这一阵子，你就永远甭想发财、发大财。

　　陕西禁烟督办陈德润的行辕，就设在南河实业学堂。说是行辕，实际上只是在原来办公的屋门外，多挂了一块牌子而已。就连这块牌子，实际上也是临时的。大帅张凤翙答应他禁烟一毕，就可拿掉。包括军官在内，只有脱下戎装、换上便装，他们才能走进南河实业学堂，才能走进这间屋子。若带着武器，那就更不可能了。

佘有志能想到的，陈德润自然也都想到了；佘有志想不到的，陈德润也都想到了。让陈德润为之担心的，倒不是张大帅的决心，而是时局的变化。或者说让他最为担心的不是西安，而是北京，是坐在北京的那个"元谋（袁某）人"。

对佘有志的一反常态，陈德润并非是没有警觉，只是眼下他还顾不上考虑和处理这些枝节问题。小不忍则乱大谋！为暂时稳住佘有志，跟对待老地主一样，他对他进行了嘉奖。

有凉冷的饭，没凉冷的事。

同一晚，佘有志的佘福庄，谢铁成的桥头面馆，老地主家的大院，分别来了些不同身份的不速之客。

在佘福庄，当佘有志正为他的先见之明而得意，同时又为那些没眼色的感到可笑的时候，有个既赔夫人又折兵的小烟商，却垂头丧气地走了进来。

身着长袍马褂，二郎担山①地斜躺在红木镂花的太师椅里，佘有志连动都懒得动一下。用左手端着他先人麻子佘留给他的白铜水烟袋，用右手佘有志捏着火纸，他一边呼噜呼噜地吸着水烟，一边悠闲地瞅着从火纸升起的袅袅青烟。

来人可怜巴巴地诉着苦，佘有志却是似听非听，已陶醉在吞云吐雾之中，他一双眼皮耷拉着，完全是一种心不在焉的样子。

"佘老板，"带着哭腔，来人道，"家里，我都快揭不开锅了。这二两土，您相端②着给几个吧。"

"啥！你说啥？"瞪着刚才还迷离着的双眼，佘有志火了，"你想教我犯法？"说着"咚"的一声，水烟袋被他重重地蹾在了桌子上。

"不不不。"来人忙道，"佘老板，你听我说……"正待分辩，他却被佘有志打断了。

"要不是，"佘有志余怒不息，"要不是看在乡里乡党的份上……"

后面的那个"哼"字，他终于没有哼出。缓和了一下后，他接着道，"抬头不见低头见，有难处，你尽管说。这土嘛，你还是先拿回去，啊——"

说着摸出两块大洋，佘有志给了来人。烟土他既没说要，也没说不要。

"来时……"犹豫着来人刚要出门，却又努着力回过了头，"还有几个乡党……"

"行了，行了。甭啰嗦了。"佘有志又一次不耐烦地打断了他，"一样的乡党，还能两样的待承？你走你的……啊——啊嚏！"一句话没说完，忍不住一连串，他就是几个响喷嚏。

当来人又一次转过身，佘有志的鼻涕、眼泪，却早争先恐后地涌了出来。刚才的悠闲，已荡然无存，既不敢，也顾不上拿烟枪，失急慌忙中将一些白粉，佘有志倒在了锡箔上。"噗"的一声吹着火纸，将鼻孔凑上去，他贪婪地吸了起来……

走进桥头面馆的，却是两个全副武装的青年军官。

"长官请坐。"明儿殷勤地招呼着，"要碎碗，还是要大碗？"这时，余儿也赶了过来，一张已经擦得干干净净的桌子，又被她重新地抹了一遍。自从那两个伙计不辞而别，这"先后"俩一直在这儿给她们的大姑姐菊儿帮忙。

"大碗、碎碗都不要。"倒背着双手，一个军官道，"要大牛，碎狗。"

"大牛，碎狗？"面面相觑，一时余儿、明儿，竟都有些不知所措。一向都是大肉、羊肉，桥头面馆可从来都不曾有牛肉，更不曾有狗肉。

"那两个伙计呢？"见余儿、明儿无所适从的样子，另一个军官道，"他俩，可是队伍上的逃兵！"

"原来……是有俩伙计。"明儿道，"可半年前，他们就已经走了。"

"走了！哪儿去了？"

"这……这……这我们，可就不知道了。"

"不知道？哼！瓷瓮里把鳖给走了？分明是私藏逃兵！"

"还是交出来吧。不然的话，你俩就去顶替！"

把吃粮当兵的，关中人习惯上叫作"粮子"。见两个粮子越来越凶，又听说要抓人，那些正吃饭的，有的端着碗去了外面，有的干脆丢下碗，失急慌忙地离开了。

在里屋正忙着切面，谢铁成已感到火色不对，当提着那口跟铡刀似的切面刀赶出时，他却愣住了。

"咋是你俩？"犹豫中那口已经举起的，跟铡刀似的切面刀，又被他放了下来。闻声跟出时，菊儿顺手接过了谢铁成拿在手里的切面刀。

"啊！是东家。"抢前一步，两个军官分别握住了谢铁成的左右手。

"大牛，碎狗，你两个家伙！"一场虚惊后，谢铁成兴奋地埋怨道，"贼喊捉贼！你俩竟跟我演起了双簧。"

"不贼喊捉贼，东家能出来吗？"噗地一声，两个军官都笑了。还没从前面的糊涂中明白过来，余儿、明儿，旋即又掉进了后一个糊涂。

"去，去招呼别的客人。"对着余儿、明儿，菊儿也笑了，"这里没啥事。"

哪里还用得着招呼？那些端着碗跑出的，那些撂下碗离开的，这时，又都跑了回来。虽胆小怕事，他们却又舍不得那碗香喷喷的臊子面。

"几天不见，竟鸟枪换炮了！"见两个人都是一身的戎装，谢铁成接着抱怨道，"有好事也不吭个气，害得我四下里到处地找。"

"哪里？"一个军官解释着，"那晚，我俩捅了马蜂窝。怕连累……"说着捂住嘴环视着周围，后半截话，竟被他咽了回去。

"东家，我们都快饿死了！"另一个忙打岔道。

"对对对。"差点儿说漏嘴，前一个忙附和道，"不饿死，也得馋死！东家，等解了馋填饱了肚子，我们再跟你慢慢说。"

"马上，马上。"应了一声后回过头，谢铁成又大声地吩咐道，"臊子面，要把把老碗！"

"把他家的！没想到提着猪头，却进不了庙门。"

"诶，这天底下，还真有不收粮的仓！"

提着"猪头"，却被老地主拒之于门外，两个勤务兵正互相地埋怨着。在门外，看热闹的围了一个半圆。

"还是拿回去吧。"老地主道，"你们长官可能是搞错了，跟队伍上，我们可从来都不曾有过什么瓜葛。"

"走吧。"闻言，一个勤务兵无奈地苦笑着，"来回一样远！"

"不急不急。再等……"另一个欲言又止。侧耳细听时，他却又接着道："你听你听！团长他，好像来了。"

果然一阵隐隐约约的马蹄声由远而近，由疾而徐。

随着一阵咴咴咴的嘶鸣，前面的乌骓马被勒住了。翻身跳下乌骓的，是个中年的汉子。跟着滚鞍下马的，是两个二十出头的年轻军人。五大三粗，中年人是一脸的络腮胡子，虽身着长衫，他却一点儿也不像个文化人。看起来不伦不类的，甚至，还有些滑稽。

"呼啦"一声，围观的庄稼人闪到了两边。两脚跟一碰"啪"的一声，对络腮胡子行了个军礼后指着老地主，一个勤务兵道："报告团长！这位老先生说了，说他不认识您。"

上上下下地打量着老地主，好一阵子后，络腮胡子这才喃喃地道："是啊！都十年了……老了，老多了！"说着话锋一转，他又道，"不过看起来，气色还蛮不错！"

看着满脸的络腮胡子，老地主更加坚定了他"搞错了"的猜想。当听到"都十年了"的感叹时，他的自信心，却又动摇了："长官是……"

"小长工。"络腮胡子道。见老地主还是不明白，他又提醒他道，"十年前，被埋在雪地的那个小长工。"说着一把逮住老地主的双手，他不住上下地抖动着。

"小长工？"摇着头，老地主道，"不对呀！那可是个十来岁的娃娃。不像。嗯，不像……"

"对着哩！当时，我只有十六。"络腮胡子笑道，"您老当时，不也才四十出头嘛！"

"是啊……如今，都奔六十了。"下意识中摸了摸仁丹胡子，老地主这才发现他的确老了。抬起头再看络腮胡子，看着看着，还真的越看越像当年的小长工。"这么说，你真的是小长工？"又惊又喜，老地主道，"来来来，快！屋里，咱们屋里说话。"

你以为当年的小长工是谁，他不是别人，而是项大胆项志山。如今，他可是陕西革命军第一师第一团的团长。

十年前在老地主、老财东的资助下，当项志山赶回三水老家时，已经是他娘过世后的第七天了。凑钱都买好了芦席，乡党邻里们要送老人家入土为安，谁知她那双睁着跟没睁一样的瞎眼，却说啥也闭不上。大家心里跟明镜似的，知道她是在等她那迟迟不见归来的儿子。

事情，就此耽搁了下来。三天又过去了，见项志山还是不见个影形，那些好心的大娘、大婶们，又絮絮叨叨地劝说起这个亡灵来："我说老嫂子，你就甭等了。他就是站在你的面前，你不照样还是看不见吗？听劝，啊——还是早点上路吧。早死早托生！"

说着，她们一次又一次地抚下了她那双大睁着的瞎眼。闭下不久，那双瞎眼，竟又倔强地睁了开来。后来，有人甚至将他的双手，放在她那已经冰凉而僵硬的手上，并装腔作势地安慰她说："娘！儿……儿我回来了。不信您……您老人家摸，这就是儿……儿的双手。娘！哎嗨嗨嗨嗨……"

装出的不像，磨出的不亮。那双倔强的瞎眼，却还是不肯闭下。

说来也怪。当项志山一抢到跟前，在滚出两颗浑浊的泪珠后，老人家那双倔强的瞎眼，这才终于合上了。

四十岁上，老娘才有了项志山。不想儿子刚生下，老伴，却又暴病而亡了。孤儿寡母，相依为命，项志山还没长大成人，他的老娘，却已哭瞎了双眼。

生前不能为老娘煎汤喂药、侍奉左右，弥留之际，又未能见最后一面，甚至连一声"娘"，都没叫上。世上，还有比这更教人肝肠寸断的事吗？项志山哭得死去活来，大家也无不跟着伤心落泪。

好不容易被劝住后，花五两银子，项志山给他娘买了一副薄皮棺材。在乡党，在亲戚六人的帮助下，总算让老人家入土为安了。用剩下的五两银子，项志山又备了几桌薄席。凡帮过忙的不分男女长幼，趴在地上，项志山一一叩头谢过……

老娘是项志山的唯一牵挂，如今没有了老娘，也就没有了牵挂。一个家、一个破家，又有什么值得留恋的？连门都没锁，项志山又离家出走了。

后来在他娘过三七，过五七，过百日，过头周年的时候，虽没见项志山的人，在他娘的坟头上，大家却发现了新压上去的麻纸，还有刚烧过的纸灰。自打头周年过后，不但没见他的人影儿，连他娘坟头上的香火，竟也突然间中断了。于是，有人猜想他已经死了，不但人死了，连骨殖都丢在外面了。

谁知在他娘三周年的忌日，新压上去的麻纸跟刚烧过的纸灰，却又一次出现在那个已经长满了蒿草的坟头上。死在外面、将骨殖也撂在外面的猜想，自然是不攻自破了。

后来有的说，他还是在外面给人拉长工，有的却说他上门，给人家当了倒插门的女婿。有的甚至说他还亲眼看见过他，说跟他一块上坟的，还有个女人。那女人的怀里，还抱着个孩子。这孩子看样子还是个娃子，而不是女子。

其实，所有人都不过是瞎猜而又瞎说。项志山既没有死，也没有再给人拉长工，更没有给谁当上门的女婿，而是参加了哥老会。打富济贫，他专门跟官府作对。由于胆大心细，而且为人豪爽仗义，不久，他就被推举而成了个小头领。

越来越壮大，像一阵越刮越强的台风，哥老会不断摇撼着清政府这棵根基已经外露的大树。惶恐万分，清政府也严令各地限期剿灭，但被剿灭的，实际上却并不是哥老会，而恰恰是那些只拿得起烟枪，却拿不起钢枪的清兵。

奈何不了哥老会，给上峰又交不了差，地方官便杀良冒功了。一次，几个清兵正追杀两个孩子，不想被项志山碰了个正着。两个孩子，眼看着被追上了，两个清兵的屠刀，眼看着已经举起，两颗人头，眼看着就要落地。情急之下，项志山忙从怀里摸出了飞镖。

嗖嗖两声，手起处屠刀未及落下，两个清兵却先应声栽倒了，剩下的立即落荒而走，作鸟兽散。

被救的，是两个结伴行乞的孤儿。虽不认识，虽既不沾亲，也不带故，项志山却不止一次地给他们吃过干粮。走投无路，跟着项志山，两个孤儿也加入了哥老会。认项志山为亲哥，他们分别取名项志仁、项志义。

十年前，在那个大雪纷飞的夜晚，项志仁、项志义领着弟兄们，跟项志山走了趟河西堡。从此，那个没有人性的赫老二，便成了瘸子，他的小婆娘，也跟着丢了两只耳朵。

"项志山"这个名字，很快便传遍了泾河上下，渭水南北。为拔掉这个眼中钉，肉中刺，咬着牙悬赏千金，官府要买他项上这颗已长满了络腮胡子的人头。

人见财帛黑了心。项志山果然被人出卖了。一次失手后，在紧急关头，项志山要项志仁、项志义带领弟兄们向西突围，为引开清军，他自己却要一路向东。坚决不肯，项志仁、项志义说即便死，弟兄仨也要死在一块。闻言，项志山火了，将双刀分别架在项志仁、项志义的脖子上，他吼道："官府要的，是我项志山的人头，你俩的脑袋，值几个钱？死了还不是白死？快走！"

"项大胆在这儿。"大呼着，项志山道，"爱钱不要命的，尽管来！"不等项志仁、项志义反应过来，舞着双刀他只身一路向东，杀奔而去。

一连砍倒二三十个清兵后，项志山终于倒下了。一哄而上，清兵们纷纷举起了屠刀，不想却被当官的，给喝住了。跟死的比，活的项志山，要值钱得多。叛徒不但没拿到赏钱，反而很快便丢了脖项上的九斤半。而项志山却跟活宝一样，被里三层外三层的"保护"在死囚牢中。

三水知县先是欣喜若狂，后来，他却又不得不自认倒霉。看着部下杀良冒功提回的、一堆堆血淋淋的人头，连眼皮他都不曾眨过一下，面对项志山这个活宝，他却为难了。既不敢自作主张，就地处决；惟恐被哥老会所劫，他又不敢贸然上解；上报后，却又迟迟地得不到批复。捏在他手里的既像个烫手的山芋，又像个扎手的刺猬。对上司，他更是怨气十足，逮不住，上面口口声声说要唯他是问，如今好不容易逮住了，上面却缄口不提，又沉默不问了。

当然，三水知县不可能知道他上司的难处。捏在他上司手里的已经不是什么烫手的山芋，也不是什么扎手的刺猬，而是一块已经烧得通红通红，红得已经黄亮了的铁块。

然而更倒霉的事，却还在后头。不迟不早，偏偏就在这个节骨眼上，省城被光复了，周围的县城，也陆陆续续地被光复，这个邀功请赏、这个升官发财的好机会，眼睁睁又付之东流了。

福兮？祸兮？

在项志山的掩护下，带领哥老会的弟兄们杀开一条血路，项志仁、项志义终于冲出了重围，化整为零，弟兄们分头隐蔽了起来。隐姓埋名，又远走高飞，以"大牛、碎狗"为化名受雇，项志仁、项志义进了谢铁成的桥头面馆。

一刻都不曾忘记自己的救命恩人，一直都在谋划着解救他们的大哥项志山，项志仁、项志义却苦于没有机会。

有心人，天不负！机会终于来了。阳都古城光复后，项志仁、项志义暗中准备了两个肉包子，摸黑，他们又偷偷来到了佘福庄，只一纵身，两人便翻过了后墙。闻声，两只狼狗立即扑了上来。毕竟不是人，而是畜生，在闻到肉包子的香味时，它们将自己的光荣职责，竟忘得一干二净。

可惜的是，美味佳肴还没享用完，它们却先以身殉职了。嗅觉虽灵，畜生们却只嗅到了肉香，而没嗅出夹在肉香中的砒霜。

弄到佘有志的两支快枪后，又连夜返回三水，项志仁、项志义召集起哥老会的弟兄们劫狱，先救出了他们的大哥项志山，接着杀死知县，他们又光复了三水，后来听说乾城吃紧，他们又率众前去增援，不想，还立了大功。

装备得到补充、得到改善后，项字标更是如虎添翼，所向披靡，马到处岐山之围，也迎刃而解。

禁烟开始后，已是团长的项志山奉命前来配合，跟禁烟督办陈德润一起，他坐镇在南河镇。奉命率一营，项志仁从潼关向西；奉命率二营，项志义从宝鸡向东，所到之处，恶卉一枝不留。

会师南河镇后，抽空他们分头会见了各自的故人、恩人。第二天继续推进，率二营，项志义一路向南；率一营，项志仁一路向北。

---

①二郎担山：关中方言。懒洋洋的样子。
②相端：关中方言。斟酌，掂量。

第二十八章

开始少则三五日，多则七八天，禁烟督办陈德润跟一团团长项志山，便可接到或来自南路，或来自北路的禁烟快报一份。而且措辞令人振奋，内容也教人鼓舞。后来，陈德润发现捷报虽没有中断，但时间的间隔，却明显地拉大了，大约每隔旬日甚至半月，才会有那么一次。内容也不像以前那么淋漓尽致、令人鼓舞，措辞更不如以前那么铿锵有力、教人振奋了。陈德润已经意识到情况有些不对，后来，又不免为之担心。项志山却安慰他说，路途越来越远，迟三慢五，也是情理中的事，不足为怪，并劝他不必过于敏感。

　　三水以南各县，烟毒已基本肃清，本应继续北上，奈何粮秣无以为继，若照此下去，禁烟大事未免有半途而废之虞。项志仁

又一个月过去了，南方却还是迟迟不见消息。在接到这个来自北方的，与其说是报捷，还不如说是告急的书信时，连项志山也不得不敏感起来，再也坐不住了，他连夜找到了戒烟督办陈德润。

星夜兼程，一路上催马扬鞭，于第二天傍晚时分，项志山终于踏进了三水县城。

"大哥！粮秣筹到了？"见到项志山，项志仁像是见到了及时雨宋公明。

"没有，还没有……"摇着头，项志山道。见项志仁失望的样子，项志山又安慰他说："陈督办已经去催，我想……不日就会到达的。"

"大哥，你是不知道。"项志仁道，"队伍已经两个月，没拿到一文钱了。眼下，军心已经有些不稳，再这样下去，慢说是禁烟，这兵，怕是都带不住了。多亏是在三水，咱人地两熟，加上有民众跟乡绅们的支持，弟兄们还能勉强地混个蔫饱肚子饥，要是放在别处……唉！"说到这，项志仁竟说不下去了。

"真没想到。"项志山道，"连三水都是这样。南边山高水险，老三他人生地也不熟，至今又没个音信，也不知……"

项志山也说不下去了。

项志义跟他的几百号人马，会不会被困死在大山里，或者是被土匪吃了？项志山不由胡思乱想起来，将随身所带的几十块大洋，他悉数留给了项志仁。还叮

咛他无论如何，也得坚持下去。说完翻身上马，项志山又要连夜返回南河镇。既急于弄清陈德润省城之行的结果，又急于南下去寻找项志义，他恨不能插上双翅。

苦留不住，项志仁只得将项志山送出了三水。临别，几块大洋又被项志仁强行塞进了项志山的口袋。兄弟二人这才互道珍重，又依依不舍地挥泪而别。

省城之行，陈德润不但没要到军饷，而且还带回一个连他自己都始料不及，让项志山更是目瞪口呆的消息。

朝是夕非，时局瞬息万变。在当年的大选中，由同盟会改组而成的国民党以压倒的绝对优势，脱颖而出了。皇帝梦受到威胁，袁世凯不胜惶恐，为维护其独裁统治，为了使窃取的柄国之权不致得而复失，他竟以重金收买刺客，并用令人发指的卑劣手段，将正准备组阁的国民党代理理事长宋教仁，刺杀在上海的沪宁车站。

制造了这场骇人听闻、举国震惊的血案后，袁世凯又用从帝国主义列强那里争取到的五国贷款，将他的北洋新军一直武装到牙齿。而以孙中山为首的革命党在南方发动的讨袁战争（二次革命），却连连受挫。

司马昭之心，既路人皆知，于是干脆撕去拥护共和的面纱，袁世凯露出了他狼外婆的凶相。他先后采取解散国会、撤销国务院、废除《临时约法》等卑劣手段，集军政大权于一身，为其天下复归一姓，扫除了障碍。

在西北，以围剿白朗义军不力为由，去张凤翙而代之，袁世凯命亲信死党陆建章做了陕督。明升暗降，张凤翙却被他调往北京，挂了个有其名而无其实的"扬威将军"。

名义上，兵马大都督张云山被改任为一师之长，实际上却掣肘于陆建章，而迟迟地不得到任。可怜这个当年曾叱咤西北的关中大汉，竟被气得腹大如鼓、暴病而亡。

面对急转直下的时局，陈德润跟项志山商量道："老陕的这点儿本钱，咱不能再丢了！"于是立即着人找来了谢铁成、刘子明、马子亮。跟谢铁成，陈德润道："你跟我北上，咱先帮志义将一营就地疏散。"回过头，他又跟子明兄弟道，"轻车熟路，你哥儿俩陪项团长走一趟，务必将志义跟二营的弟兄们找回来！"

"志义！"陈德润吃惊地道，"你咋在这儿？"在三水找到项志仁的同时，他还出乎意料地见到了项志义。惊问其故时，长叹了一声后，项志义这才道："唉，一言难尽！说起来，话就长了……"

沿三女河东岸一路南下，半个月后，率二营项志义顺利地到了紫峪。当推进到皇姑庙时，见南山虽景色秀丽，却山大沟深，又地旷人稀，罂粟的种植也更为分散，更加隐蔽。

飞峙华夏地，横断南北云。登临极目，面对层峦叠嶂，面对神秘莫测的巍巍秦岭，项志义犹豫了。手下三百多弟兄都是上有老、下有小，万一有个闪失，自己将何以面对那些老的、少的，孤的、寡的？

考虑到深入不毛既无实际意义，又难免时有不测，进退维谷中，项志义反复地权衡着利弊，踌躇良久，他选择了退出。

退出并不意味着放弃，退出是为了赢得更为有效的战绩。在军事上，亦不乏以退为攻、克敌制胜之先例。何况在三女河以西，罂粟花还在随风摇曳，还在尽情地卖弄，还在跟他耀武扬威、恣意挑衅。

不能让它们再卖弄、再洋洋自得下去了！必须让它们跟东岸的同类一样，先威风扫地，再黯然失色。然后再变枯、变黄、变干，最终化为粪土。否则，不知将有多少个好端端的家庭又得妻离子散，又得家破人亡了。

退出紫峪后，沿山脚一路向西，途经兰峪、红峪，项志义直抵大峪。沿三女河西岸一路南下，他要将那些还在随风摇曳，还在恣意卖弄，还在不断跟他寻隙挑衅的罂粟花，一株不留地消灭殆尽。

自古人算不如天算。不想在睡梦中，一支万余众的武装，仿佛是自天而降。未及做出任何反应，项志义跟他的三百多弟兄竟于稀里糊涂中，全都被缴了械。

从那些蛮里蛮气的口音，从那些五花八门的衣着，从那些杂七杂八的武器看，项志义初步断定这支队伍并非土匪，而是一支来自关外的农民武装。

"姓啥叫啥？哪部分的？"刀枪林立中，一个河南口音厉声地道。

"坐不更名，行不改姓。"项志义沉着应对，"陕西革命军一师一团二营营长项志义！你们，又是哪部分的？竟敢对革命军动手？"被五花大绑着，他却不但毫无惧色，还理直气壮地反诘着对方。

"跪下！"河南口音又厉声地呵斥道，"见了公民讨贼军的白总司令，还不跪下？"

"笑话！"项志义冷笑着，"也不问问这两条腿，看它们答应还是不答应！"嘿嘿冷笑了几声后，他又不屑一顾地接着道，"什么白司令，黑司令的？这两条腿向来只认父母，从不认什么白司令、黑司令。"

"好！"被称为白总司令的，反倒喝起了彩，"不愧为陕西冷娃。是条汉子！"

"吃了熊心豹子胆，你竟敢拦截白司令的大军！"虽继续呵斥着，河南口音却明显没了底气。

"哼！"项志义却毫不示弱，"吃了熊心豹子胆的不是我，而是你。本营长奉命禁烟，你等竟敢阻拦！"

"啥？禁烟……"被称为白总司令的，吃惊了，"难怪所到之处，鸦片荡然无存。原来是……"正说着又回过头，他呵斥河南口音道，"还不退下！"

见河南口音讨了个没趣，"哗"的一声，刀斧手也散去了。

"方才那位兄弟多有得罪，还请项营长万勿见怪。"说着，亲自为项志义松了绑。白司令一边吩咐赐坐，一边指着另一个人跟项志义道，"这位是我的参谋长。"

"项某是个粗人，"见状，项志义也谦让着，"刚才多有冒犯，实在是罪该万死，又怎敢跟二位将军平起平坐。"吃软不吃硬，这时，他竟反而有些慌乱。

一阵推来让去后，项志义这才靠下坐了。

"这么说，项营长不是陆建章的人？不是来拦截我等的？"坐定后，白司令又道。

"陆建章？"项志义惊诧道，"陆建章是谁？我干吗要听他的？往日无仇，今日无怨，我又怎么会跟二位将军作对？"

"哦！"闻言跟他的参谋长相对一视后，白司令又道，"看来，项营长还真的被蒙在鼓里。眼下国柄已旁落袁世凯袁贼之手，陆建章是此贼的死党，也是此贼新任的陕西督军。"

"袁世凯？新任的陕西督军？"闻言，项志义更加地吃惊了，"那张凤翔张大帅、张云山张都督他们呢？"

"张凤翔张大帅，已被陆贼取而代之了。"叹了口气，白司令又道，"张云山张都督，也被活活地气死了。"

"有这事？"项志义将信将疑，又道，"白司令，这玩笑你开得，也太大了吧？背地里咒人，可是要遭天谴的。"说着，他竟忽地站了起来。

跟他的参谋长，白司令也站了起来。参谋长道："国家大事，岂敢儿戏？张大帅是你的上司，也是俺的河南老乡，我们怎敢咒他，又怎敢开项营长的玩笑？白总司令刚才所言，句句属实。这陆贼人称陆屠夫，在河南，在陕西，他可是滥杀了不少的无辜，不但不禁，他还大力倡种鸦片、中饱私囊。今日直言相告，项营长不可不察。"

"实不相瞒。"见项志义还是将信将疑，白司令又道，"我等正是为陆屠夫苦苦相逼，才不得不远离故土，退到了陕西，经紫荆关一路转战商南、武关、龙驹和商州，方才到此。"

"难怪……"项志义颓然地道，"难怪两个多月了，军饷却还迟迟地不得到位。"说着，他竟一尻子跌坐在椅子上。

见项志义闷着头半晌不语，白司令又道："乱臣贼子，人人得而诛之。眼下,人祸猛于烟患,不知项营长能否助我一臂之力,跟二贼一决雌雄?"

见对方言辞恳切,又一片至诚,加上军饷无着,已不容项志义不信。情况不明,又不能不为项志山、项志仁担心,略加踌躇后,他答应了他们。

山不转水转。跟白朗义军一路转战,项志义竟出乎意料地,来到了离家近在咫尺的邠州。

邠州跟三水,是连畔种地的邻县。这里的一山一水,项志义都非常地熟悉;这里的一草一木,也备觉亲切。听说项志仁就在三水,项志义更是喜出望外。能找见二哥,也就能找见大哥,弟兄们欢聚一堂,已指日可待、为期不远了。

这时,陕军已归陆建章节制。冤家路窄,在邠州,义军跟陕军又一次狭路相逢、短兵相接,一场恶战,已在所难免了。

既不愿跟陕军为敌,又不愿有负于河南义军,一时,项志义陷入到两难。

三十六计,走为上!项志义这个临阵只知进、而不言退的猛将,这时,却突然想到了一个字——逃。

在二营的弟兄中,一个樱桃在暗中偷偷地传递着。"樱桃"者,"应逃"也。在两军酣战之际,于一夜间,项志义的三百多号人马竟去向不明,消失得无影无踪。

明人不做暗事,项志义却没就此逃走。自缚着他跟白司令请罪说:"跟河南老乡比,恋家,是我们老陕最大的弱点。浪迹天涯,弟兄们好不容易到了家门口。因此,实在是难以节制。带兵无方,项某死有余辜,愿一死以谢司令。"闻言,白朗仰天长叹道:"天要下雨,娘要嫁人,随他去吧!得其身而不能夺其志,留也无益。"命人给项志义松绑后,他接着道,"你也不易,回家看看吧。"

"谢司令不杀之恩!"闻言,项志义深为所动,"今生今世,项某绝不与司令为敌,请司令多加珍重!"

尚未问及项志义的身世,依依而别时,抱着拳白朗又道:"兄弟,见到两位年高,甭忘了替白某问候一声,啊——"

"真义士也!"闻言,陈德润感叹地道,"只可惜无高人相佐,恐难济大事。今志义有惊无险,实在是可喜可贺!只是项团长跟子明兄弟这一趟,却白跑了。"项志仁、项志义同时道:"以先生之见,眼下,我等当何以应对?"不假思索,陈德润道:"化整为零,就地隐蔽。"闻言,谢铁成却惊讶了:"这烟,不禁了?"长长地叹了口气后,陈德润又道:"天不幸被我言中。禁烟大事,怕真的要前功尽弃、无疾而终了。既吞噬人的肉体,又麻醉人的灵魂,鸦片乃一痼疾,禁烟自古就是屡禁屡废,又屡废屡禁,非朝夕所能奏效也。当年林、左二公,尚回天乏力,我等也只能尽人力、听天命了。"

帮项氏兄弟将人马安置妥当后,对着项志仁、项志义,谢铁成道:"大牛,碎狗,你俩,还是跟我回桥头面馆吧。还想开个车马店,我正愁没个联手。"不想陈德润却笑道:"我说铁成,你还当他们是当年的大牛、碎狗?眼下人家可都是革命军的长官,是手下各有数百人马的堂堂营长,慢说是车马店,你就是开个大酒楼,怕也放不下人家了,何况他们的身份已经公开,也不宜再在南河镇抛头露面了。"闻言,谢铁成难为情地嘟囔道:"这可咋办?又没个家。就是有家,也不能让他们再回去种地吧?"不料陈德润又笑道:"种地倒是不必!新任昭陵县长邓玉昆那里,正缺人手,我去跟他说说,让哥俩到那里,先给他帮几天忙。玉昆人可靠,再说,离南河镇也不远,有啥事,相互也有个照应。"回过头,他又跟项氏兄弟道,"方便的话,你俩现在就跟我走。"

在县府的二堂,邓玉昆热情地接待了陈德润一行。说明来意,见邓玉昆喜中有忧的样子,指着项氏兄弟,陈德润问他道:"让你为难了?"邓玉昆忙道:"哪里哪里?我正愁人手不够呢!陈先生你是不知道,县里,出大事了。"闻言陈德润不觉一惊:"出大事了!出了啥事?"邓玉昆心情沉重地道:"飒露紫、拳毛䯄被盗了。"

"啊!"这次,陈德润顿时惊得呆了。

"飒露紫,拳毛䯄?"从没见陈德润如此地吃惊过,跟项氏兄弟,谢铁成异口同声地追问道,"飒露紫是啥?拳毛䯄又是啥?"

"马,两尊石马。"沉吟了半晌,陈德润这才喃喃地道。

听说是两个既不会拉犁、又不会拽磨的石马,项氏兄弟跟谢铁成顿时,都松了口气。"乖乖!把人都教你吓死了。"项志仁、项志义不以为然地道,"还以为是金山、银山,原来,只不过是两块冷冰冰的石头。"一旁,谢铁成也附和道:"另凿两个,不就得了?又何必一惊一乍的!"不料陈德润却连连地摇着头:"比金山还要贵重十倍、百倍!重凿的再好,也是赝品,就不值钱了。"一听这话,谢铁成更加惊讶了:"这新的,还不如旧的?"陈德润道:"古董古董,以古为贵!"

"陆总督责成限期破案。"邓玉昆焦虑地道,"眼下,却连一点头绪都没有,还请先生帮我。"陈德润道:"这话说的就见外了,国宝被盗,是所有陕西人的奇耻大辱,陈某又岂能置之度外?是这,到昭陵,咱先去看看。"

在前面一边带路,邓玉昆一边想着心事。其余三个人项志仁在左,项志义在右,谢铁成殿后,将陈德润围在了核心。

经不住三个人的软缠硬磨,一路上,陈德润给他们讲述着昭陵的历史沿革,跟昭陵六骏的文物价值,以及文化艺术价值。滔滔不绝,他津津乐道;饶有兴致,他们洗耳恭听。伴随众人的,是一连串细碎而又悦耳的马蹄声……

"昭陵是唐太宗李世民跟他的皇后——文德皇后，即长孙皇后的合葬墓。除此而外，这里还有大司徒赵国公长孙无忌、大司空郑国文贞公魏征、大司空梁国公房玄龄、鄂国公尉迟敬德，以及卢国公程咬金等开国元勋的陪葬墓，计一百八十余座。

"东西长二十六里，南北阔二十一里，昭陵坐落在县城东北'九嵕山'之北麓。始建于公元六百一十九年，迄今，已有近一千三百年的历史，是由时任大司空的阎立德、阎立本兄弟仿古长安的建制，精心设计而成。

"建筑分地上，地下两层。地上最里的叫'宫城'，相当于后宫。宫城的宫垣上按左青龙，右白虎，南朱雀，北玄武开有四门，中间的叫'皇城'。皇城是太宗皇帝早朝和处理政务的地方。皇城外还建有'外廊'，皇城跟外廊之间是供市井贵族们居住、供富商大贾们经商的地方。

"地面以下的叫作'玄宫'，也叫'寝宫'。寝宫才是安置陵寝的地方。

"六骏是太宗皇帝横扫群雄、平定天下、建立大唐帝国乘坐过的六匹骏马。分别叫'特勒骠'，'什伐赤'，'飒露紫'，'拳毛䯄'、'白蹄乌'和'青骓'。这六匹战驹也是按阎立本事先画好的手稿，再由著名石雕艺人捉刀，在长九尺、高七尺五寸、厚约一尺的青石板上刻制而成。石雕的六匹骏马，被分别安放在'玄武门'外东西两侧的'虎廊'中。对他的每匹爱马，太宗皇帝各有十六字令的赞语。赞语也是由著名石雕艺人按书法大师欧阳询的手迹，跟石马一并刻上的。其中'特勒骠'是太宗皇帝在山西对宋金刚作战时的坐骑。其赞语是：

应策腾空，承声半汉，天险催敌，乘危济难。

'什伐赤'是太宗皇帝在洛阳对王世充作战时的坐骑。其赞语是：

瀍涧未静，斧钺申威，朱汗骋足，青旌凯归。

'飒露紫'是太宗皇帝在洛阳平定王世充时的坐骑。其赞语是：

紫燕超跃，骨腾神骏，气詟三川，威凌八阵。

'拳毛䯄'是太宗皇帝在河北对刘黑闼作战时的坐骑。其赞语是：

月精按辔，天马横空，弧矢载戢，氛埃廓清。

'白蹄乌'是太宗皇帝在天水平定薛仁杲时的坐骑。其赞语是：

倚天长剑，追风骏足，耸辔平陇，回鞍定蜀。

'青骓'是太宗皇帝在虎牢关平定窦建德时的坐骑。其赞语是：

足轻电影，神发天机，策兹飞练，定我戎衣。

"六匹石马均采用高浮雕手法，其中三立三驰，形神兼备，姿态各异，无一雷同。融绘画、镌刻和书法艺术为一体，是华夏民族数千年文化中的精品杰作，也是个个价值连城的瑰宝。其中'飒露紫''拳毛䯄',可以说是精品中的珍品。身中六箭,将军丘行恭在胸前替它拔箭,马配合以后坐势。融人、马为一体,'飒露紫'更是珍品中的极品。"陈德润历数着家珍。

踏着松软的黄土不疾不徐,一行五骑沿官道朝昭陵方向,迤逦而行。说话间不觉,已到了九嵕山下。

"昭陵六骏艺术地再现了贞观盛世、大唐雄风,既标志着国家的统一,又象征着民族的团结,是中国人民的骄傲,更是咱三秦儿女的自豪……"

众人正听得兴起,不料陈德润,却突然来了个急刹车。项氏兄弟正待催问,不料在翻身下马后,他却向一块麦田走去。

麦田一片狼藉。显然是不久前,刚刚被践踏过。似乎发现了什么,不时撅起那些匍匐在地的麦秆,陈德润仔细地寻找着。几个人不得不跟着下马,垂着手,呆呆地站在一旁。

"走吧,前面邓县长,还等着呢!"谢铁成首先沉不住气了,"才尺把高,麦田连个狗都苫不住,还能藏住两个高大的石马?"

听而不闻,陈德润继续地寻觅着。将麦田几乎一寸不露地捋抹了一遍后,他这才回到官路上。

"有情况吗?"邓玉昆道。

"有!有马蹄印。"一边拍着手上的泥土,陈德润一边道。

"马蹄印!马蹄印又能咋?"谢铁成却不以为然,"石马,又不会走路!"

"麦子都在拔节。谁家的牲口,又会跑到这儿来呢?"一边翻身上马,陈德润一边在心里道,"再说,麦子被糟蹋成这样,又岂能没人过问?"

见陈德润紧蹙着眉头,大家也都不再说话,一路上不断撞击着他们耳膜的,是那些杂沓而又纷乱的马蹄声。

快到山麓时翻过身,陈德润又一次下了马。前面的麦田更是狼藉一片,面积也比刚才大了许多,而且,还不止一块。这次众人没有再袖手旁观,而是跟着陈德润分头走进麦田……

"啊,炮壳!"项志义突然大声地道,"你们看,还亮锃锃的!"

"这儿也有。"跟着,谢铁成也咋呼起来,"还有炮子!也新锃锃的。"

或多或少,都有收获。退出后聚在一起,大家交换着、传看着,有炮壳,还有炮子。

"这儿,驻过队伍?"对着邓玉昆,陈德润满腹狐疑地道。

"驻队伍?没有没有。"摇着头,邓玉昆道,"诶!军事演习,倒是有过一次。"

"军事演习?"邓玉昆不经意间的一句话,却引起了陈德润的惊觉,"哪一部分的？谁是总指挥？"

"中坚团的。"邓玉昆道，"总指挥是陆总督的公子，叫陆承武。"

"哼！"陈德润冷冷地道，"监守自盗，又贼喊捉贼！"

"你是说……"闻言，众人都不免有些吃惊。

"偌大的两尊石马，慢说是偷，就是白送，一般人既不会要，更不敢要。"陈德润却似成竹在胸，"一般人，谁又知道这石马的价值？即便有人知道，量他也是有贼心、没贼胆，更没这个能力。有贼心也有贼胆，又有这个能力的，在陕西除陆氏父子外，还能有谁？"

"陆府虽大，"邓玉昆却还是不敢相信，"偌大的两尊石马，他们还不至招摇过市地，抬回去吧？"

"问得好！"都以为陈德润会提出异议，不料他却赞同地道，"跟洋人狼狈为奸，石马估计已经，被盗运出海了。"

"洋人？"闻言面面相觑着，众人更加地吃惊了，"盗运出海？"

说话间一行五人，又来到玄武门前。西庑廊中的三个石马，果然只剩下一个，从荒草败叶中捡起几颗石渣一看，竟都是新磋。

"毕了！"陈德润痛心地道，"国宝被他们，给毁了。"见石马被毁，陈德润心中最后的一个疑团，也随之解开了。

"噢，"分手时，陈德润又对邓玉昆道，"陆贼若再苦苦相逼，邓县长无需多言，可取一炮子，教来人带给他。大料此贼做贼心虚，自会不了了之。我等却绝不能就此罢手，到手的炮子、炮壳都是证据，更要妥为保存。"回过头，他又吩咐项氏兄弟道："烦劳二位协助邓县长明察暗访，看能否找到更多的证据。跟铁成，我们也会沿途打听，务必让真相大白于天下，务必给陕西乃至全国民众，有个交代。"说完带着谢铁成，他告辞而去。

"对了。"走不多远，拨转马头对邓玉昆，陈德润又再三地道："贼子们此番得逞，想必不会就此金盆洗手，邓县长不可不防，啊——"

"先生提醒的极是！"邓玉昆道，"邓某自会小心提防。后面少不得还要麻烦先生，请先生多加珍重！"

第二十九章

　　不多时陈德润、谢铁成来到一个村口。走着走着，却又一次地翻身下马，陈德润向一个七八岁的男孩，走了过去。

　　嘴里叼一个颇为精致的大烟斗，模仿大人，这孩子不仅倒背着双手，还迈着八字步，给人的感觉是既神气、又淘气。

　　"小兄弟，"用商量的口气，陈德润道，"这烟斗看起来，蛮不错嘛！能不能拿过来，让我瞧瞧？"

　　"咋不能？"小家伙爽快地答应了，"给你！"正在卖弄，他巴不得有人在意。

　　不看则已，一看，陈德润不由暗吃了一惊。看着刻在烟斗上的那个"士"字，他突然想起一个人来。

　　这是个美国人，叫"毕士博"。收藏过陈德润的字画，对中国文化也颇有见地，除了高鼻子、蓝眼睛，他留给他的，竟还有一种莫名其妙的好感。记得当时他叼在嘴里的，正是这个烟斗。从进门到出门，烟斗虽不曾离嘴，却一直是空的。并不抽烟，看来他不过是把玩而已，出于好奇，陈德润曾关注过这个烟斗，难道是他？

　　"不错，不错！"陈德润连连地称赞着，"小兄弟你这是，从哪儿弄的？"将烟斗反反复复地端详了一阵后，他笑嘻嘻地道。

　　"在山坡捡的。"向北指了指，小家伙道。闻言，他更加地神气了，受到夸奖的似乎不是什么烟斗，而是他。

　　"你又不抽烟。"陈德润道，"不如卖给我算了。"他依然是商量的口气。

　　"你……你能出多少？"看来小家伙的心，已经动了。

　　"一块大洋。"陈德润给的数，还的确不少，"这东西，我喜欢。多出点钱，是小事。"

　　"一块！一块太少了吧？"小家伙道，"有人出两个铜圆，我都没卖。"说着烟斗竟被碎崽娃子，藏到了背后。看来他只知两个多、一个少。

　　"这……"陈德润还真的被噎住了。一时语塞，他无可奈何地摇着头。

　　"小兄弟，"顿了一下后，陈德润又耐心地跟他道，"铜圆咋能跟银圆比？跟铜圆比，银圆可要值钱得多！"

253

南河镇

"你哄人！"小家伙道，"两个铜圆能买一大把洋糖，你一块银圆，能买几个？"陈德润出的虽然不少，他却并不相信。

"少说，少说也能买……买一小簸箕。"陈德润终于有了个能让小家伙想象得到的答案。他的"一大把"，反而提醒了他。

听说能买那么多的洋糖，小家伙的嘴，竟不由自主地咂吧了起来。

见碎崽娃子还有些犹豫，陈德润干脆将一个银圆跟三个铜圆，同时递到了他的面前："小兄弟，这是一个银圆，这是三个铜圆。要银圆还是要铜圆，你自己挑！"小家伙先是一愣。他看了看三个铜圆，接着，又看了看那个银圆。突然他在一手抓过银圆、一手将烟斗递给陈德润后，又一溜烟地跑开了。

见状，陈德润乐了。谢铁成却糊涂了："又不抽烟，买那玩意儿做啥？钱没它娘了，嘴一张就是一个银圆！"一路上，他埋怨着陈德润，不料陈德润却道："对别人，也许买贵了；对我来说，却捡了个便宜。"

"志仁，他没事吧？"见到陈德润，无功而返的项志山急切地道。"放心！把他，我安排在昭陵县了。志义呢，他咋样？"先给项志山吃了颗定心丸，紧接着，陈德润又故意给他丢了个炸弹。项志山先是一阵欣喜，接下来，他又是一脸地沮丧："完了，听说被白狼给叼走了。下落不明，怕是凶多吉少。唉，都怪我！当初，就不该让他一个人孤军南下，他毕竟还是年轻！"

心情特别沉重。当初没跟项志义一块南下，项志山已是非常地懊悔。如今项志义下落不明，他又十分地内疚。为给项志山一个意外的惊喜，陈德润没有急于告诉他项志义的真实情况，而只是安慰他道："志义的情况，未必就如想象的那么糟。"为此，他还给他讲了个典故。说有个老汉将一匹爱马丢了，心里自是非常地难过。他正抱怨自己倒霉，不料这匹马不但自己回来了，还给老汉带回了一群马。

"这就叫'塞翁失马，焉知非福？'"陈德润最后道。

见项志山还是忧心如焚，陈德润又进一步暗示他道："项团长顾大局，重义气，这我知道。眼下国宝被盗，举国皆惊，更是咱陕西人的奇耻大辱，依我看，项团长不如先到昭陵，在那里跟志仁一边帮邓县长破案，一边慢慢打听志义的下落。没见有时急着找啥，你却死活地找不着它，不找时，得！它却偏摆在你的面前，还碍手碍脚的，能将你绊倒。"

开始心里毛躁，项志山还有些犹豫。后来仔细回味了陈德润所讲的故事，又反复推敲了陈德润话里的话，他终于若有所悟。背着陈德润，他又找到了谢铁成。从谢铁成的口里，他终于套出了实话，喜出望外，马不停蹄，项志山直奔昭陵而去。

一朝天子一朝臣。打墙的板，上下翻，而且翻得是那样的快，快得让佘有志，都有些始料不及了。风头上一天一个价，烟土直往下跌，却还没人敢要。风头过去后一天一个价，烟土直往上涨，却还供不应求。

　　第一个关门谢客的，是佘记烟馆；第一个开门迎客的，还是佘记烟馆。张大帅禁烟那阵，佘有志带头缴烟土、带头关烟馆，受到了军政府的表彰。眼下陆总督开烟禁，佘有志又带头拥护、带头开馆赚钱，继续当起了他的总乡约。

　　风头上那些小本经营、又胆小怕事的，都求到了佘有志的门下。通过奚落他们，佘有志表示他是拥护张大帅、是拥护禁烟的。风头过去后，佘有志又放风要他们将烟土送过来，借此，他又表示自己是支持陆总督、是支持开烟禁的。

　　烟土佘有志虽没说要，却也没说不要；当时没要，不等于以后也不要；风头上没要，风头过去后再要，也为时不晚。人装了，风头也避了，还能大捞上一把，这正是佘有志的"高明"之处，也是他最自鸣得意的地方。

　　那些胆小怕事的，明知替佘有志担了风险，明知挨了他的锉、挨了他的黑砖，又挨了肚子痛，却还得自认倒霉，却还得乖乖地将烟土送到佘记烟馆。

　　当然，也有胆大的。趁涨，他们将烟土变成了银圆。拿着银圆，他们又来佘福庄还账："佘总乡约，这是本，这是利，您点清楚。"闻言将脸一沉，佘有志道："慢着！你把事弄清白，我开的可是烟馆，而不是钱庄。当初缠绾①我，你也不是跟我借钱，而是要我买你的'土'。话说回来，即便我开的是钱庄，那你也是先有存、才有取，对不对？那我问你，给我这儿你存的是铜圆，还是麻钱？就算贷款，你用啥做抵押了，还是谁给你担保了？谁又给你说我这儿，是一成的利？"说到这，歇口气黑着脸，他又道，"把'土'送过来咱啥话不说，不然的话……哼！"

　　真是倒了八辈子的血霉！这些人不得不掏高价从佘记烟馆买出烟土，然后连脚也无需挪一下，便又将烟土还给了佘记烟馆。

　　当婊子的，原来也并非不能立贞节牌坊。拾钱，佘有志连腰都不用猫一下。这一招，他可以说是又黑、又狠、又辣、又损。

　　爷像大了显庙小，王八大了显水少。南河镇已经容不下，佘有志了，就连阳都古城似乎，也都容不下佘有志了。

　　大地方的气派，果然也大。在省城的妓院里，佘有志有幸结识了一个人物尖尖子。这个人物尖尖子还不是别人，据说是陆军混成第四独立旅少将旅长陈树藩的小舅子，名叫钱智仁，人称钱少爷。

　　为抱钱少爷这条粗腿，每次嫖娼后，自然都是佘有志抢着埋单、结账。跟别人哪怕是吃一分钱的亏，心里，佘有志都要结个疙瘩。跟钱少爷吃了亏、吃了大亏，他心里却跟用鸡毛掸子扫了似的，甭提有多舒坦了。

　　一天，因没约到钱少爷这个人物尖尖子，佘有志怏怏地溜达在省城的西大街上。见一家衙门口围满了人，出于好奇，他也凑了上去。看了半天，佘有志这才弄清了，只要在一张纸上写上名字、住址，就能拿到一块大洋的赏钱。不胜惊讶，好不容易才挤到了桌子跟前，佘有志却不敢相信这是真的。眼睁睁地看着人家写了名字，又眼睁睁地看着人家拿到了大洋，他却迟迟地不敢出手。

"不吃荞粉咧，把板凳让开！"有人已经下起了逐客令。

"别占着茅坑不拉屎！"有人已经在骂骂咧咧。

钱的诱惑力，是无与伦比的。咬着牙又狠着心，用不住颤抖着的左手，佘有志写上了他的大名。

"啊，还是个左撇子！哈哈哈……"在一阵嘲笑声中拿了大洋，佘有志又挤了出去。

没人处对着大洋，卯足劲佘有志一口气吹了过去。放在耳边听了听，咦！竟还是真的。如法炮制，又反反复复地验证了好几次，他这才放下心将银圆，揣进了口袋。

省城毕竟还是省城。跟小地方比，省城就是不一样！小地方哪会有这样的好事？马不停蹄，这天佘有志连着走了十几个衙门，又连着写了十几个名字，当然，也连着拿到了十几块大洋。

好花不常开，好景不常在。第二天沿原路又跑了一圈，结果慢说是大洋，连麻钱，佘有志都不曾弄到一个。

应佘有志之约，钱少爷又来到一家妓院。这次，佘有志例外地没急着找姑娘、急着睡觉。像个抢到头版头条的新闻记者，绘声绘色，他跟钱少爷透露了这条新闻。满以为会被他惊得目瞪口呆，谁知当佘有志说完后，钱少爷连眼皮，都不曾抬过一下。

"知道这张纸，是什么吗？"耷拉着眼皮，钱少爷冷冷地道。

"管它是啥！"佘有志却是不无得意，"只要给钱，咱就写！"钱少爷的冷漠让他在得意之余，又多少有点不快。

"哼！甭高兴得太早了。"睁开眼，钱少爷一本正经地道，"这可是自首书。凡是反对过袁大总统、凡是反对过陆总督的，只要在上面签个名，就算是自首了。说是不咎既往，还赏大洋一个，依我看，还不是给鳖上汤！三两天后，怕是就要照单抓人了。不然的话，要地址干啥？"

关于"给鳖上汤"，在关中，还有个典故。

传说在做鳖时，有个大厨不是油炸，便是清蒸。时间一长，客人们都吃腻了。大厨的生意，自然也越来越不景气了。情急之下，突发奇想，活生生的鳖竟被他拴在砖头上，用文火烤了起来。热极了也渴极了，长长地伸着脖子，鳖光想喝水。用各种大料调和熬成的汤，被大厨一勺一勺地，喂到了鳖的嘴里。不明就里，鳖是越喝越渴，越渴越喝，更是不厌其烦，跟伺候亲爹亲妈似的，大厨一勺接一勺地喂着它。深受感动，每喝一口，鳖还频频点头感谢着大厨，至死，它都不知道自己将要变成一道名菜，将要被大厨给客人们端上餐桌。

一语双关，"给鳖上汤"既鞭挞了给鳖"上汤"的大厨，又嘲笑了接受大厨"上汤"的鳖。看似行好，大厨实则使坏；被人算计，鳖却还对其感激不尽。

"啊呀！这这这……这可咋了呀？"佘有志顿时，被吓得魂飞魄散，跟筛糠似的，他竟不住地抖了起来，"钱……钱少爷，哦，不，钱……钱大爷，您救救我吧！我不但没反对过袁大总统，没反对过陆都督，而且……而且一直都是拥护他两个老人家的呀！"

"这可是掉脑袋的死罪，我能有啥办法？"说着在自己的脖子上，钱少爷还做了个砍头的手势。

"不不不！钱……钱爷爷，您一定得想办法救我。"额头上已经冒出黄豆大的汗珠，双膝一软，接着又扑通一声，佘有志竟跪倒在钱少爷的面前："钱爷爷，您快想想，您老肯定会有办法的，这些钱，就算我孝敬您老人家的。"

用不住颤抖着的双手，佘有志将他身上摸了个遍。接着，又膝行着爬到了钱少爷的跟前。昨天拿到的、连同来时所带的大洋，被他悉数地给了钱少爷。

"也罢。"叹了口气，钱少爷道，"谁叫我们朋友一场？"说着话锋一转，他又为难地接着道，"不过你的心，也太沉了。这十来个名字，十来个衙门，我得挨个地打点，这点钱，怕是……"

"得……得多少？"带着哭腔，佘有志道，"您老开个价。"见事情又有了转机，他的嘴，也利索了起来。

"这……这要看事情，是咋个办了。"乘人之危，钱少爷竟卖起了关子。

"只要能把事扑掉①，"佘有志道，"您说咋办，咱就咋办。"为了活命，他准备豁出去了。

"你呀！"钱少爷抱怨道，"人家把牛拉走了，你却跟着，只摇了个橛。"

"牛！谁把牛拉走了？"钱少爷这句陕西方言的意思，佘有志当然明白了。但却不知其中的"牛"，指的是何物。

"我是说，"钱少爷进一步道，"我是说好事，都被你给硬硬地耽搁了；瞎瞎事却偏偏，又被你给赶上了。你来的前一天，还有个劝进书，是陆总督代表全省拥护袁大总统的，是拥护他老人家登基做皇上的。谁要是在上面签个字，谁就是拥护袁大总统的功臣……"

"还有这事？"佘有志又惊讶了，"那签个字，能给多钱？"

"不给钱。"摇着头，钱少爷道。

"不给钱？"佘有志又大惑不解，"不给钱，谁弄这事？"

"我也是这么想的。"钱少爷道,"可人家却不这么想。眼窝里有水水的,都签了。眼窝没水水的灵醒后,都后悔了,都想签了,却又来不及了。将心比,都一理!袁大总统想登基、想当皇上,却又棒槌掏牙缝——夯口得说不出来。你替他说出了他想说,却又说不出口的话,事成后,他能忘了你?"说到这,他虽压低了声音,却不禁又有些眉飞色舞,"听说事成后,袁大总统将论功行赏。他赏的可不是钱,而是乌纱帽,有了乌纱帽,就有了权,有了权,还愁没钱?运气好的,说不定还能到北京,还能在朝廷做个京官。运气不好的,至少还不弄个七品县令当当?有的在明白过来后,还花钱寻情钻眼地去补签。我就是花了一百大洋,才补签上的。"叹了口气,他又懊恼地道,"怨谁呢?怨只怨咱眼窝里,没水水喀!"

"那眼下,还补签得成?"佘有志的心,又动了。

"听说,有的还在活动。"钱少爷道,"能花钱搬胳膊弄腿扑掉这个,也就能补上那个。一个羊是放,一群羊还不是放?依我看还不如多花几个钱,把两件事一块给办了,省得将来后悔头都磕了,剩下个揖,却没作。"说完后,他偷偷瞟了一眼正在犹豫的佘有志。

"那,得多少钱?"沉吟了半天,佘有志这才又试探道。

"这……"一时语塞,顿了一下后,钱少爷这才又道,"这,这我也说不准。是这,你先准备上一千两,不够咧有事在,剩下了有钱在,你看……"

"这……那好。"咬着牙又狠了狠心,佘有志道,"那就两件事一块办!"虽心疼钱,他又经不住官瘾的诱惑。

"既是这,事不宜迟!"钱少爷暗喜,道,"那你得赶紧准备。等人家递上去,这钱咱想花,怕是都花不出去了。"

"那就麻烦您给人家,先打个招呼。"佘有志道,"我这就回去弄钱。"说着拔腿,他就要出门。

"等等。"钱少爷道。见佘有志不觉一愣,他又道,"这点钱你先拿着,一个大男人,又出门在外,腰里哪能不揣几个?"说着他把佘有志刚给他的钱,又还给了佘有志,"一块走,我这就去给咱搬人。"

目送佘有志一路向西走远后,嘴角上,钱少爷却浮出了几分冷笑。春风满面,打了个转转后上楼,他忙着找姑娘睡觉去了。

螳螂捕蝉,黄雀在后。

拿着钱少爷还给他的钱,佘有志更加相信这一切,都是真的了。来回一样远。一晚上"马"不歇蹄,赶在第二天日头冒花前,他又回到了省城。见钱少爷还没起来,虽心急火燎,佘有志却又不敢惊动这个救苦救难的活菩萨。于是,他只得耐下心等着。

在日头大约一竿子高的时候，伸着懒腰又打着哈欠，钱少爷这个活菩萨终于出了门。一点也不着急，一边洗漱，他一边跟佘有志道："你倒是挺快的，不过再着急也没用，不到点卯的时候，这帮老爷们，是不会进衙门的。这会，估摸着差不多了，上楼找姑娘，你睡你的觉。后面的事，我来办。"接过钱，钱少爷又不慌不忙地道，"晚上咱还是在这儿，不见不散，啊——"

生死未卜，又祸福难料，虽是两眼的瞌睡，佘有志哪里又睡得着？妓女们虽又是献媚、又是撒娇，佘有志却出乎意料地无动于衷。一向见了女人，他就走不动路了。今天对女人，他却突然间没了兴趣。是常客，院子里虽不便赶他，日头却似乎在故意跟他捣蛋，竟迟迟地不肯西沉。

"成……成了。"打着掏脚，又打着饱嗝，钱少爷终于趔趔趄趄地摇了进来，"两……两件事，都……都成了。下面就……就看你的造……造化了。"满口的酒气，跟佘有志，他结结巴巴地道。

这段时间一到晚上，佘有志便美梦联翩。梦中身着七品县令的补服，他威风凛凛地稳坐在大堂上。虽你撕我扯着进了衙门，那些衣衫褴褛的刁民们一旦到了他的大堂，却马上松开手齐刷刷地跪倒一片，一口一个青天大老爷，他们要他替他们做主。

都是子民，到底替谁做主呢？还是替银子做主吧！不管原告还是被告，只要是知趣的，只要是花了银子的，佘有志就左瞧着左顺眼，右瞧着右顺眼。而那些不知趣，又不肯出水的，则左看着左日眼③，右看着右日眼。来者不拒，如果都花了银子，那就看谁花的多了。不读书照样做官，认不得字，难道还认不得秤、认不得银子？一拍惊堂木，佘有志只要喝声"大刑伺候"，堂下便立即呼爹唤娘，又血肉横飞……

白天，只要一听到锣鼓响，佘有志都会鬼使神差地跑出来看上一眼。结果不是这家殁了娘，便是那家死了爹，要么，就是来了个耍猴的。大失所望，佘有志是乘兴而来，又扫兴而归。

至今，佘有志还不知道他签过名的，就是那个所谓的劝进书。钱少爷所说的自首书纯属子虚乌有，压根就不存在。挖空心思，佘有志坑蒙拐骗弄到的银圆，却在钱少爷的讹诈下，又填进了他的瞎磨眼④。南河镇这个精得跟猴一样的人，却没料到他竟被城里的哨街猴，当猴给耍了。

虽初见成效，却又不出佘有志的所料，由于时局的变化，轰轰烈烈的禁烟行动不得不半途而废、胎死腹中。远离省城，禁烟督办陈德润的行署，虽暂时还没有被取缔，但已形同虚设，连一分钱的经费，也拿不到了。原本就无意仕途，禁烟失败了，陈德润急流勇退的愿望，却实现了。在南河实业学堂，他还有属于他的三尺讲台，昭陵国宝被盗后，他要做的事非但没有减少，反而更加地多了。眼下，他还是实业学堂的山长，还是一个优秀的"格致"教员，除管理学堂，除上课外，对昭陵国宝被盗案的调查取证，他一刻都不曾放松过。

在七十子兄弟的陪同下，陈德润走访了所有的船工。在国宝被盗的当晚，果然有辆装着大木箱的马车在过河后，又一路东去。从船吃水的深度看，那两个大木箱不得轻。有人也曾问及箱子里的货物，得到的回答，却是瓷器，是从耀州运往外地的。据七十子回忆说，其中有个人穿的虽是长袍马褂，但从他那高耸的鹰隼鼻以及发蓝的眼球看，不像是中国人。

由扑朔迷离，案情逐渐变得明晰起来。一切虽不出陈德润之所料，但要把陆建章跟美国人毕士博联系在一起，证据却显然还不够充分。

拿着一封信，老地主失急慌忙地找到了陈德润。信皮上有中、英两种文字，陈德润虽不甚精通英文，但落款上的汉字——美国费城，却是十分地抢眼。打开看时，发现除信笺外，还装有两张照片，一见这两张照片，陈德润竟禁不住潸然泪下。照片上正是被打成数块后，又拼在一起的"飒露紫"，"拳毛騧"。信不长，只寥寥数语：

叔父大人台鉴：

　　我国宝昭陵六骏中，有两骏被盗运美国费城，现存宾夕法尼亚大学博物馆。专此函告。

　　　　　　　　　　侄　孟×敬禀于膝下

信是老地主的侄子写的。早年随父漂泊南洋，后来又侨居美国，听说是美国某大学的考古学教授。虽少小离家，又加入了美国国籍，但游子恋家之情、拳拳爱国之心，却终究难以改变。听说离故土近在咫尺的国宝，竟漂洋过海被盗运到美国，他专程赶往费城，拍了这两张照片，然后又用国际挂号，寄了回来。

"这个证据非常重要！"激动不已，对着老地主，陈德润郑重其事地道，"为避免节外生枝，请年伯告诉家人务必守口如瓶，不要让任何人知道。"这时端着茶，孙兰玉正好走了进来。将照片交给妻子后，陈德润又再三叮咛她妥为保存，不得出半点差错。

刚送走老地主，不料又有两匹马飞奔而至，而滚鞍下马的，竟是邓玉昆、项志山。对着陈德润，二人惊喜地道："鹿崽子，被逮住了。"陈德润惊疑地道："真的？在哪儿？消息可靠吗？"邓玉昆、项志山道："千真万确！在福平。"

"太好了！"陈德润兴奋地道，"走！去福平。一定要撬开这个活口！"

朝雨夕晴。时局戏剧性的变化，又一次出乎了所有人的意料。

在三秦大地结党营私，排除异己，滥杀无辜，倡种罂粟，广开妓院，横征暴敛，中饱私囊又残害革命人士，陆建章已是天怒地怨、人神共愤。义愤填膺，同仇敌忾，纷纷竖起反猿（袁）逐鹿（陆）的大旗，陕西人民在各地成立了护国军。惊慌失措，陆建章又玩起了"鹬蚌相争，渔人得利"的鬼把戏。为剿灭护国军，他改任陈树藩为陕北镇守使兼剿匪总司令，并命其立即率部北上。假协同之名，行督战之实。他又着北洋陆军第一旅少将旅长——他的公子陆承武率所谓的"中坚团"，跟到了福平。

螳螂捕蝉，黄雀在后。

陈树藩又名陈柏生，陕南安康人。毕业于陕西陆军学堂，又深造于保定陆军速成学堂，早年在清军中，陈树藩任军械官。见清政府已日薄西山、气数将尽，于是借光复省城的机会，他投机革命，又混进了新军。陆建章督陕后，陈树藩不惜认贼做父，又贿赂其子陆承武并与其八拜，结为了异姓兄弟。故陕军被裁汰殆尽时，他的混成第四旅，却唯一地被保留了下来。

陆承武入驻福平后，陈树藩的部下——游击营营长胡景翼劝陈树藩顺应民意，趁机捉小陆以逐老陆。虽有此野心，陈树藩却又担心胡景翼有失，并累及自己。首鼠两端，陈树藩竟不置可否。只暗中补充胡景翼以枪械，却并不增派一兵一卒。胆识过人，胡景翼有勇有谋，明知陈树藩耍滑头，明知敌强我弱、实力悬殊，面对数十倍于己之强敌，他却并没因畏怯而坐失良机。

胡景翼，字笠僧，福平县庄里镇人。以接风洗尘为名，胡景翼见到了陆承武。因实力太悬殊，并不把胡景翼放在眼里，陆承武竟深信不疑。趁机，胡景翼摸清了中坚团的虚实，以及布防。趁热打铁，只带精锐二三十人，于第二天，他又前去犒军。抬着牺牲礼品，一路上果然是畅行无阻，胡景翼直抵陆承武的行辕。跟当年关云长单刀赴会一样，抢步上前，胡景翼将陆承武一举擒获。所带精锐也不含糊，一阵爆豆般的枪声后，陆承武的亲兵们纷纷毙命、无一漏网。为苟全性命，陆承武只得命中坚团向胡景翼缴械。这就是震惊全国的"福平兵变"。

连夜赶到福平时，陈德润一行，竟被当成了陆建章的奸细。时胡景翼去浦州向陈树藩报捷未归，听说抓了三个奸细，副营长立即前来提审。刚一见面，不料副营长跟被抓的三个"奸细"，竟同时呆住了。

原来这副营长不是别人，而是王士奇。亲自为故人松绑，问明来意后，王士奇又同他们一块，对陆承武进行了突击审问。已沦为阶下囚、丧家犬，对他父子勾结美国人毕士博盗卖国宝的犯罪事实，大草包陆承武竟供认不讳。

对昭陵六骏，江洋大盗毕士博垂涎，亦非一日。串通北京琉璃厂"尊古斋"的黄鹤舫花重金，他买通了袁世凯的次子袁克文。持着袁克文的亲笔信，毕士博又找到了陆建章，经反复地讨价、还价，以二十四万大洋，这笔肮脏的交易，终于成交了。江洋大盗跟窃国大盗狼狈为奸，以军事演习为掩护，昭陵国宝中的两个极品，竟被他们成功地盗运出境了。

听说儿子被生擒活捉，恼羞成怒又狗急跳墙，陆建章立即调兵遣将，以血洗省城相要挟。在这千钧一发的紧急关头，陈德润的长篇纪实报道——《昭陵国宝的去向》，及时地见诸于报端了。报道下面还附有陆承武签字画押的《供状》，以及"飒露紫"跟"拳毛䯄"在美国的照片。一石激起千尺浪。像地震、像台风、像海啸，文章震撼着长城内外、大江南北。尽管以十倍于以往的印量在发行，报纸却还是被抢购一空。

争先恐后，国内外各大报纸，也竞相转载。一时间国内外舆论大哗、全球震惊。义愤填膺，陕西人民更是怒不可遏，云集福平，他们强烈要求将陆承武就地正法、予以处决。

誉满三秦，陕西人民一致呼吁，要胡景翼出任护国军的总司令。怨满三秦，反复权衡后，胡景翼竟没能顺应民意、当仁不让，而是将他亲手摘的"桃子"，拱手让给了他的顶头上司——陈树藩，致陕西的军政大权，又一次旁落贼手。

臭名昭著，在国内外舆论的沉重打击下，陆建章不得不重新他的考虑取舍。口诛笔伐，在举国上下一片唾骂声中，陆建章情知大势已去，于是跟陈树藩，他不得不作出让步。几经讨价、还价，又一笔肮脏的交易达成了。从陈树藩的手里，陆建章用陕督的宝座，换回了他儿子陆承武。

八仙庵前，众目睽睽。五百辆大车上，装满了陆建章在陕西搜刮的民脂民膏，价值，竟高达三千多万大洋。气愤不过，几辆大车被民众们掀翻了，但在陈树藩的武装护送下，车队还是驶离了西安，接着，又驶出了潼关……

陈树藩这个败类，竟把陕西人民给出卖了。陕西人民反"猿"逐"鹿"的胜利果实，就这样被陈树藩轻而易举地窃取了。

---

①缠绺：关中方言。死缠硬磨。
②扑掉：关中方言。摆平或抹掉。
③日眼：关中方言。令人讨厌，恶心。
④填瞎磨眼：关中方言。钱花了，事却没办成。

第三十章

　　第一胎，明儿生了个女孩。这孩子天生就的一副圆盘大脸，犹如满月。抱在怀里，木匠老两口子脱口而出地喊她叫圆圆，于是，圆圆便成了她的乳名。满月时，马子亮又要老秀才给她取个官名。不假思索，老秀才道："生在农历八月十五中秋日，就叫作'月盈'吧！"闻言马子亮、明儿高兴地道："月盈——盈盈——马月盈。这个名字取得好！既好听，又上口。"一时转不过弯，木匠老两口子却还是叫她圆圆，直到长大上学后，才逐渐地改口叫她"盈儿"。

　　两个多月后，余儿又生下一个大胖小子。这娃子正好生在阳都光复的那天，于是，刘子明给他取名叫"光复"。木匠老两口子则叫他"福娃"。喜上加喜，木匠老两口自不必说，连柳叶，都高兴得合不拢嘴了。

　　就是因生了两个女子，在乔家，柳叶才受尽了欺辱。后来被卖到怡春院，她又沦为妓女。再后来，乔家竟连自家的亲骨血都不认，多儿、余儿，也被赶了出来。接二连三的沉重打击，在柳叶的心中，留下了一个永远也难以愈合的伤口。

　　女人没地位，只有女儿、没有儿子的女人，就更无地位可言了。自古母以子贵，多儿、余儿如果是娃子，而不是女子，或者哪怕有一个是娃子，凭柳叶的年轻，凭柳叶的姿色，被赶、被卖的，还不定是谁呢！

　　此前，由于接生婆不懂，也不会消毒，有半数甚至更多的孩子，都难逃"四六"厄运。生七个、八个，能保住三个、两个，都算是不幸中的万幸了。

　　厄运来势凶险，孩子们多是浑身抽搐，牙关紧闭，角弓反张，脸色青紫，并呈苦笑面容。因多发于出生后的四至六日，所以，又被当地人叫作"四六风"。孩子面世后一过三天，一家大小的心，便都提到了嗓子眼上。当时，对付"四六风"的唯一办法，就是将事先准备的艾叶捏成锥状，给孩子的额头跟双颊各放一炷，然后，再用火点燃。结果如何，那只能是听天断，而由不得人了。

　　十之七八，大约都是劳而无功。于是，只能大睁两眼地看着孩子在痛苦的挣扎中逐渐变凉、变硬、再变僵，然后央人用席片子一卷，随便挖个坑埋掉了事。可怜那些十月怀胎的母亲们，只能是坐在地上撕心裂肺地嚎啕上一阵，然后，再无可奈何地作罢。那些刚见到光明，瞬间又复返黑暗的孩子，大多都成了野狗们的美味佳肴。眼看着这些短命鬼的肠子、肚子跟心肺肝花，被几只眼睛血红血红的畜生们争着、抢着、撕着、扯着，人们却都是熟视无睹，习以为常，见怪而不怪了。

在老神仙的万千叮咛下，接生婆们终于接受并学会了用白酒进行消毒。有了英华医院南河镇分院后，此类悲剧虽不敢说完全杜绝，但却明显地少了许多。戴维夫妇剖腹取子，从而让菊儿母子转危为安的事，让南河镇人既大开了眼界，又大长了见识，同时也理解了他挂在墙上的，那些虽不堪入目，却教人看了不由得还想看的裸体画。

用事实，戴维让南河镇人理解了、接受了他的裸体画，却无论如何无法用事实让他们接受他关于生儿育女的理论。

"哪儿不舒服？"一天，戴维问前来就医的女人道。

"这……"嘴张了半天，女人却只说出了一个"这"字。不知所措，她急忙用眼色求助陪在一旁的男人。

"噢，她身不空。"男人道。女人却不好意思地，垂下了头。

"身不空？"戴维不觉大吃了一惊。前来就医的不是头痛，就是脑热；不是恶心，就是呕吐；不是咳嗽，就是气喘；不是腰痛，就是腿酸；不是胸闷，就是腹胀；不是便秘，就是拉稀。却从来都不曾见谁因"身不空"，而前来就诊的。

"就是有啥咧。"见戴维一脸的茫然，男人进一步道。

"有啥咧？"戴维却更加地糊涂了，"有了啥咧？"

"有啥咧，"男人又进了一步，"就是有了喜咧。"

"哦，知道了。"恍然大悟，戴维道，"你是说她有点儿拉稀，对不对？"不等男人开口，他接着又道，"上次有人将拉稀说成'跑后'，这次，你又将拉稀说成'身不空'。南河镇的人，可真有意思。"摇了摇头，戴维终于轻松地笑了。

"不对，不对！"男人忙大声地纠正他道，"有喜不是拉稀，也不是跑后。"

"戴维，"被惊动后，老神仙笑道，"他是说，他媳妇怀孕咧！"那边正忙着接待病人，他不得不停下来给他做着解释。

"噢，明白了。这下明白了。"又一次恍然大悟后，戴维道，"有喜不是拉稀，有喜是怀孕；拉稀不是有喜，拉稀是跑后。"他喃喃地重复着，努力地记忆着，生怕转个身又给忘掉。

"嗨！差点搞错了。"感叹之余，戴维又道，"你是来给她安胎的，对不对？"说着拿起笔，他开起了处方，戴维想，这回肯定是不会再错了。

"不是，不是！"男人忙又拦住了他，"不是安胎，是倒胎！"

"啥？"没想到还是弄错，戴维又一次吃惊了，"倒胎？"刚拿起的笔，又被他放了下来。

"对对对！是倒胎。"男人道，"就是将她肚子里的女孩，倒成男孩。前头一连生了五个女子，这回咋说，也得要个娃子！"将两只手翻过来又倒过去，一边说，他一边比划着。

这次，戴维总算彻底地明白了。无奈地笑了笑，他告诉男人说："男人排出的，是精子；女人排出的，是卵子。生男还是生女，是父母双方的事，既由不得男人，也由不得女人，更由不得医生。"男人却道："你说的对着哩！母鸡抱窝，也是靠暖哩。这男人的籽再精，女人暖不热，还不是白搭？"

在关中，"暖"跟"卵"同音。看来戴维所说的"卵"，竟被他当成"暖"。用关中人关于生儿育女的理论，男人继续支持着自己："男人的种子，女人的地。同样的种子撒在盐碱地里，它就是不出苗喀！你说这不怪地，还能怪啥？"见戴维摇着头不以为然的样子，他竟引经据典起来，"记得啥书上似乎也说过，生在淮南，橘子就是橘子。生在淮北，橘子却变成了枳子。为啥？水土不同喀！水土中的土，不就是土地吗？"最后，他又一而再、再而三地恳求戴维说："麻烦先生开些药，给咱倒过来！"

"对不起！"戴维道，"我这里没有你要的倒胎药，你还是另请高明吧！"哭笑不得，他不得不对他的病人，下起了逐客令。

"书上真有橘子生在淮南就是橘子，生在淮北就变成枳子的说法吗？"等男人带着女人走后，戴维忙跟老秀才求教。

"有。"老秀才道，"原文是'橘生淮南则为橘，生于淮北则为枳，叶徒相似，其实味不同。所以然者何？水土异也。'出处，是《晏子春秋》。"就古汉语的一些问题，戴维经常求教于他，所以，老秀才也不曾介意。

不再细问，戴维只茫然地点了点头。

那些不留后的，跟那些虽留后却只有女子，而没娃子的，没一个说自家的种子不行，而是都抱怨说自家的地不好。并不问青红皂白，这个屎盆子被他们一股脑地，扣在了女人的头上。

人人都出自女人，人人却都嫌弃女孩；男人既离不开女人，却又瞧不起女人；就连女人自己，也都瞧不起女人。当母亲的都想要娃子，而不想要女子；当公公、特别是那些当婆婆的，也都想抱孙子，而不愿抱孙女。多亏老天爷主持了公道，不然的话，即便这一代是子孙满堂，到下一代，怕难免要断子绝孙了。

尊重女性吧，她们是人类共同的母亲！

连着生了两个女子后，被卖到怡春院沦落风尘，柳叶成了妓女。老鸨自然不会让妓女生儿育女了。在那里，柳叶也曾多次怀上了孩子，老鸨却重复着她对所有妓女曾经说过的那句话："花芯早都被野蜂，给采乱了，又是个杂种！生下来在世上，也不好活人喀。"于是不由分说，便命人撬开了柳叶的嘴，接着又将已经熬好的堕胎药,硬给她灌了下去。

随着小腹的一阵坠痛,挣扎着,柳叶来到了茅房。还没来得及抹掉裤子,一个血肉模糊的东西,却早迫不及待地顺着她的大腿,扑通一声掉进了茅坑。挣扎着回来后,老鸨又递给她一包药说:"这回是止血镇痛的。赶紧吃!吃了把下身打擦干净,前面,客人还等着呢!"

没有儿子,孙子,自然也被耽搁了。将所有的希望,柳叶都寄托在外孙子的身上。大女儿多儿,倒是已经给她生了个外孙子。这个外孙子,叫佘大勇,小时候佘大勇,还的确挺逗人喜欢,柳叶更是十分地疼他,并寄希望于他。随着年龄的增长,这孩子的德行,却越来越像他老子佘有志了。猪嫌狗不爱,他不再像小时候那么地讨人喜欢了。

养女解困。当年就是为解一时之困而没多想,大女儿多儿,才被她嫁给了麻子佘的儿子佘有志。结果多儿等于被她的亲妈柳叶,给亲手推下了火坑。等余儿长大后,柳叶也曾想给自己招个养老的女婿,可好人家的小伙子,谁又肯进她那两扇血盆大口似的头门呢?

养儿防老。在这个世上,在晚年又有几个老人,享上了儿子的福?啥是孝子?钱才是孝子!把世事,柳叶终于看开了。

有了钱,就有了孝子,有了钱,也无须养女解困了。啥都不重要,给余儿找个好人家,这才是最重要的。

余儿命不错!跟刘子明的亲事,别人连想都不敢想,可举人、举人奶奶一出面,竟成了。在南河镇一带,女婿刘子明、亲家木匠老两口子,都是有口皆碑的。见了柳叶,他们更是己肠①,四时八节提给她的礼行既重,又很体面。

令柳叶遗憾不已的是,每次都是由女儿一个人提着,前来看她。大女婿佘有志不登门,柳叶是既不稀罕,也不欢迎。二女婿刘子明不肯登门,却让柳叶既十分地遗憾,又十分的难堪。见人家女儿怀里抱着娃娃,女婿手里提着礼行,相跟着有说有笑地去看丈母娘时,柳叶竟羡慕,并因羡慕而嫉妒起那些并不宽裕的人家来。

连做梦柳叶都盼余儿,能生个娃子,因为只有这样,余儿才好活人。在婆家,她自然也就有了分量,女儿有了分量,丈母娘自然也就不一样了。到那时女婿、亲家,说不定会对自己另眼相看,让自己也分享一些天伦之乐。

有了一把年纪,对人生这一辈子,柳叶终于有了更为深刻的理解,没啥,也不能没钱、但人生在世所需要的,却不光是钱。

不但关心着肚子越来越大的余儿,柳叶还关心着肚子比余儿还要大的明儿。过去跟余儿,明儿是"不拆把的胡萝卜";眼下,她们又是亲亲的"先后"俩。明儿又是大女儿多儿的小姑子,而且她姑嫂相处得,一直都很融洽。在佘家明儿是唯一能够体贴多儿,并处处向着多儿,又经常挺身而出、替多儿抱打不平的人。柳叶甚至经常在心里感叹着,感叹明儿是个女子,而不是个男儿。明儿要是是个男儿,要是是多儿的男人而不是小姑子,那该有多好啊!

眼下明儿的亲哥,柳叶的大女婿余有志对明儿,竟不如路人。明儿出嫁时,他只收礼、不待客。眼下明儿即将临盆,他这个当大舅哥的,却连个影形,都见不着。亲哥不管,亲嫂子总不能也不管吧!对明儿柳叶一半是出于同情,一半是要给大女儿多儿撑些体面——她毕竟是她的亲嫂子。

又是做"虎头鞋",又是做"兔儿帽"。从葛掌柜的绸布店,柳叶还提前买回了缎面的大红斗篷。在银匠铺子,她又提前打好了铸有"长命富贵"的银项圈。并且每样不是一份,而是两份。

听说明儿生了个女子,心里,柳叶不觉"咯噔"了一下。这"咯噔"中虽多少有些替明儿担心的成分,但更多的,却还是担心着她的余儿。为此,背着人柳叶还给家里,请了个送子娘娘。稍有闲暇,跪在送子娘娘的面前,她又是烧香、又是拨火,又是磕头、又是许愿。专程到娘娘庙里,柳叶又是抽签、又是算卦、又是测字、又是相面。尽管每次抽到的都是上上签,尽管解签的、算卦的、测字的、相面的,都异口同声说余儿怀在肚子里的,是个牛牛娃,但她的心里,却还是不踏实。

比柳叶更为担心的,是她的小女儿余儿。无论从友情还是从亲情,她都盼明儿生个儿子。这样公公跟婆婆,就提前抱上孙子了。老人家既然已经抱上了孙子,自己将来生男还是生女,就变得无足轻重了。然而明儿,却生了个女子。嘴里之所以还没有怨言,公公跟婆婆把希望还不是,寄托在自己的肚子上?公公跟婆婆寄的希望越大,余儿的精神压力,自然也越大。这个巨大的精神压力让余儿几乎支持不住,而快要崩溃了。

眼下,能替她分担这个压力的,怕只能是丈夫刘子明了。"要是再生个女子,这可咋了呀?"抹着眼睛,余儿跟搂着她的刘子明道,"还是菊儿姐的命好,齐蓬蓬连着,就是两个娃子。"对那个已经十分不幸的大姑姐菊儿,余儿反倒羡慕起来。

"不要担心,也不要害怕。"摸着余儿的大肚子,刘子明安慰她道,"那些越担心、越害怕生女子的,结果,倒真的生了女子,为啥?女子娃胆小咯!本来是个娃子,一害怕,反倒被吓得变成了女子。你心里放展脱!兴许本来是女子,这一展脱,却展脱成娃子了。"

生了个女子,明儿的心里,更是不好受。公公、婆婆看上去,似乎还挺高兴,但她总觉得,这只是个表面现象,他们心里想的,一定是孙子,而绝不会是孙女。自己不争气,生了个女子,这也是"法儿"他妈把"法儿"丢了——没

"法儿"了。为余儿默默地祈祷着，她盼她千万，要生个娃子，这样，也只有这样，才能弥补公公、弥补婆婆心里的缺憾。她非常担心她跟她一样，也生个女子，那后果肯定是马尾穿豆腐——不能提了。

正如明儿所料，见她生了个女子，背过人子明妈又是唉声，又是叹气。心里虽然也不受应，却毕竟是个男人，老木匠悄悄劝老婆道："子明他妈，你可千万不敢这样！你得高高兴兴的，不然，不但明儿心里不好受，就连子亮，也会跟着伤心难过的。虽也是咱的亲生，但子亮他毕竟不姓刘，而姓马，是隔了层层的。小两口还年轻，又是头一胎，以后有的是指望，更何况咱还有余儿，你说对不？"

为了这个隔着层层的亲儿子，在给孙女马月盈做满月时，老木匠的铺排，比南河镇近几年得了孙子的还要排场，还要洋火。

在多儿的陪同下去看明儿，柳叶出乎意料地发现上自明儿的公公、婆婆——当然也是她余儿的公公、婆婆，下至明儿的大伯子、大妈——当然也是她的女婿、女儿，还没见有谁不高兴的。于是，心里总算是踏实了些。

柳叶还发现凡她想到的，细心的大女儿多儿，也都想到了，而她没想到的，也都想到了。马月盈得到的，都是双份。作为唯一的妗子，多儿还给这个小外甥女单的、棉的、夹的，里里外外缝了好几身新衣服。

回家途中，心里稍有着落的柳叶，却发现多儿的气色，有些不大对劲。问起时多儿却说没啥，可能是累着了。再三叮咛要她注意休息后，柳叶也没往心里去。

余儿果然生了个娃子，于是皆大欢喜，所有的阴霾，都烟消云散了，一河的水，也都开了。

"这回，木匠家肯定是老虎日水牛，非大扑腾一回不可。"在刘光复即将满月时，南河镇一街两行的，都这样估摸着，议论着。这是南河镇人的共识，对此没一个有所置疑，更没一个提出异议。然而木匠老两口、刘子明小两口达成的共识却是：铺排的规模，决不能超过马月盈。

在看望余儿时，精神上刚刚得到满足的柳叶，却发现多儿的气色，比以前更加的差了。余儿也发现了这一点，于是他们说服并陪着多儿，来到了英华医院。

英华医院里，详细地望闻问切后，老神仙给多儿开了几副中药，仔细地检查后，戴维又给她包了几样西药。

"不要紧的。"老神仙、戴维异口同声地，安慰着她们，"按时吃药，过几天再来看看。"话虽如此，柳叶的心里，却总有一种难以名状的预感。

老神仙、戴维那不大展脱的脸色，以及他们那"过几天，再来看看"的叮咛，虽瞒过了涉世未深的余儿，却瞒不过饱经沧桑的柳叶。乐极生悲，在她为之烧香拨火的送子娘娘的旁边，柳叶又请了一尊救苦救难的观世音菩萨。除在家替多儿许愿、祈祷外，她还专程到药王庙走了一趟。不料抽的，果然是下下签，无论解签的还是算卦的，无论测字的还是相面的，言语也都变得闪烁其词、又模棱两可起来。一条儿女一条心！柳叶刚放在肚子里的心，不觉又一次提到了，嗓子眼上。

心里最清楚的，莫过于多儿自己了。当着母亲和妹妹避重就轻，她把自己经常害心口痛，又时时噎嗝反胃的病情，隐瞒了下来。不怨天也不怨地，只怨自己命不好。虽嫁了个有钱的人家，却连一天舒心的日子，也没过过。公公不明不白地死了，在疯疯癫癫了一阵后，婆婆也死了。在佘有志的心目中，多儿充其量只是一枝花，春天花儿含苞待放、以及盛开怒放的那几天，他疯狂地、爱不释手地玩弄着她。秋天花败了，凋零了，顺手一扔再另找新鲜的，也就是了。明儿出门后，连个能掏心窝子说话的，多儿都没有了。跟儿子佘大勇、跟女儿佘大花三个人相依为命，他们成了她坚持活下来的，惟一的精神支柱。

在一般人的眼里，佘大勇是个既不好事，也不爱说话的绵软娃。孩提时代的佘大勇，的确是个既活泼，又可爱的孩子。家里接二连三地出怪事，让这个既活泼，又可爱的孩子，一下子变得沉默寡言起来。别人不问他，他从不主动跟别人说话。要是让他干点啥，任你吩咐半天，他却最多只一个字——嗯。要是问他干完了没，充其量他也只俩字，不是"完了"，就是"还没"。从他口中能一连串吐出三个字，都算是难能可贵的长句子。从外表看，佘大勇倒是很像他的母亲，而不像他的老子。背地里，左邻右舍都说他腼腆得像个女子，说佘家，怕是要换门风了。

让多儿最担心的，就是怕儿子染上大烟，她经常提醒他离大烟远点儿。多次用"噢"或"嗯"，佘大勇表示他已经知道了，但常在河边走，焉能不湿鞋？

好汉经不住三泡屎。有次因拉肚子久治不愈，佘大勇躺倒在炕上。见儿子有气无力的样子，正在过瘾的佘有志，突然想起大烟有止泻的功能。于是在猛吸了一口后，对着儿子的鼻子，他"噗"的一声喷了出去。毫无防备，佘大勇被呛得几乎闭气。好不容易缓过来后，已经虚弱到极点的佘大勇，又感到一阵头昏眼花，好像天在旋，地也在转。片刻后，他又感到自己轻得像一根灯草，并逐渐产生了一种飘飘欲仙的感觉。这种梦幻般的感觉竟是那样的美好，竟是那样的妙不可言。离开仙境后，已经虚脱得几无举手之力的佘大勇，突然间却有了精神，翻过身，他竟一骨碌溜下了炕。

人都说济世堂的药灵，依我看，远不如我佘记烟馆的大烟。得意中，佘有志给儿子又喷了两次。久治不愈的腹泻，果然被止住了，但某种朦胧的欲望，却在佘大勇的心中，蔓延了开来。难怪有些人整天往烟馆里钻，原来这东西，竟能将人带入若神若仙的梦境！在这美轮美奂的梦境里想要啥，就有啥；想干啥，就能干啥。

面对大烟的诱惑，连大人们都是难以拒绝，何况佘大勇这个孩子。出于好奇，出于某种朦胧的需要，趁家里没人，学着他爸佘有志的样子，佘大勇又偷偷地试着吸了两次。不料头昏眼花，天旋地转的感觉，竟没有了，而美轮美奂又飘飘欲仙的梦境，却更加地美好，更加地妙不可言。

美轮美奂又飘飘欲仙的梦境，是意料中的事，但美轮美奂又飘飘欲仙的梦境在时过境迁后，接踵而来的却是哈欠，却是鼻涕和眼泪，心里，也跟猫抓似的难受。所有这些，却都大出了佘大勇的意料。

没想到这玩意儿，竟是这么的厉害！佘大勇害怕极了，也后悔极了。但世上却买不到后悔药，他已经离不开大烟，他无法拒绝它，而只能乖乖地接受它。整日沉浸在梦境中，佘大勇再也无心向学了。

在家里，佘大勇怕被母亲看见；在学堂，他又怕被先生发现。多亏了那个土壕！上学前必须躲在那里过足瘾，佘大勇才敢去学校；放学后必须在那里把瘾过足，他才敢回家。好在家里开的就是烟馆，烟土还不成问题。

过去在过瘾时，佘有志经常要佘大勇给他取这、取那。嘴里虽"噢"一声应承了，心里，佘大勇却是老大的不高兴，甚至，还有些烦。眼下佘大勇不但不烦了，甚至还有些乐此不疲。不劳佘有志再翻来覆去地吩咐，只要看见他又是张口，又是打哈欠，佘大勇就会把一切给他准备得停停当当。有老子佘有志的，自然少不了儿子佘大勇的，于是老子满意，儿子乐意，爷父俩各得其所。

借帮佘有志拿东、拿西，佘大勇给自己私藏的烟土少说，也够他抽上半年。也正是由于这个原因，多儿才被瞒了下来。蒙在鼓里，她压根没料到儿子佘大勇小小年纪，却已是个有近两年烟龄的老烟民了。

一年前，在佘儿出嫁的那天，多儿要儿子佘大勇、要女儿佘大花跟她一块去送佘儿。没理由推脱，硬着头皮，佘大勇只得跟着去了。不料午宴刚过，佘大勇却接二连三地打着哈欠。等鼻涕、等眼泪下来，麻烦可就大了。情知不妙，趁着人多事乱，佘大勇偷偷地离开了。

溜回家学着他爸佘有志的样子，斜躺在炕上，佘大勇悠闲地过着烟瘾。时间还早，一时半会儿，是不会有人回来的。出于好奇，这次他没有用锡纸，而是动用了他爸佘有志的烟枪。

也活该佘大勇倒霉，如果用的是锡纸而不是烟枪，佘大勇也许能躲过此劫。因找烟枪耽误了时间，结果他被匆匆赶回的多儿，逮了个正着。

胃口一直不好，多儿是回来吃药的。今天是妹妹佘儿大喜的日子，推辞不过，在抿了口烧酒后，她的心口，又在隐隐作痛。于是便急急忙忙地，赶了回来。

　　见儿子竟在抽大烟，多儿吃惊得，几乎晕死过去。前后左右地晃荡了几下后，她终于支持不住，而跌坐在脚地。见状，佘大勇也惊得呆了。反应过来后丢下烟枪，溜下炕，他忙扶起了他妈。见生米已经做成了熟饭，一时，多儿竟没了主意。原想给佘大勇一个重重地抽脖子，胳膊上，她却一点儿力气也没有，嘴唇不住地哆嗦着，手在空中抖了半天，却在长长地叹了口气后，又被她无力地放了下来。

　　一个抽脖子，难道就能把儿子的烟瘾打掉吗？晚了！一切都为时已晚。

　　无力回天，当妈的知道了，也无可奈何地默认了、接受了。木已成舟，儿子的所作所为也合法了、公开了。佘大勇抽大烟，再也用不着偷偷摸摸了；多儿的心口痛却越来越厉害，也越来越频繁了。

　　多儿的病，也许正如她自己所说的，并不要紧，但量变往往引发质变，不要紧的，也可能变为要紧的，甚至是要命的了。唯一的精神支柱倒了，多儿她人虽在，心也许早已经死了。

　　在这个世界上有很多灾难，并非来自冤家、仇家，而是来自于自家，来自于自己的亲人。不是吗？

――――――――――

①己肠：关中俗语。体己，热肠。

第三十一章

一家不知一家难。虽一连生了三个顶门杠子，菊儿却也有一本难念的经。刚生下虎头虎脑的，她的刨腹产儿子，还的确有些像谢铁成，后来，他却不但越长越不像谢铁成，反倒像起郭福寿来。这个结果不单让谢铁成大失所望，就连郭福寿，也都不愿接受。

跟郭福寿这个废人比，在生儿育女的事上，谢铁成这个壮得跟头犍牛似的打铁汉子，却远不是他的对手。一败再败，难道谢铁成的种子，还不如郭福寿的精？虽明摆着不是"地"的问题，但菊儿的心里，却还是十分地内疚。

失望也好，内疚也罢；接受也好，不接受也罢，却都改变不了这个铁一样的事实。两岁后，这个刨腹产的儿子，还是跟着郭福寿姓了郭，取名"郭德玉"。

生儿育女，果然不光是女人的事。戴维无法用事实说明的问题，却被郭德玉的现身说法，给说明了。戴维难以说服的南河镇人，也被郭德玉的现身说法，给说服了。祖辈们"男籽女地"的生育观，也因受到质疑而开始动摇了。

戴维关于生儿育女的理论，逐渐被南河镇人认同了、接受了。大家纷纷劝谢铁成到英华医院，去碰碰运气，看戴维、看老神仙，有没有啥好办法。

给谢铁成，老神仙开了五样中药：

枸杞子六钱　菟丝子五钱　覆盆子五钱　五味子六钱　车前子五钱

以上这五味中药，分别是五种植物的种子，因通常被制作丸剂使用，所以叫"五子衍宗丸"。由于对男子引起的不孕不育有着十分神奇的疗效，"五子衍宗丸"独享"千古种子第一方"之美誉，据说是来自于宫廷，是八仙之一的张果老赠送给唐玄宗李隆基的。

因没有特效药，戴维只叮咛谢铁成要他另雇个炉头，据说高温环境，会影响男人的生育能力，而谢铁成无论过去的铁活，还是现在的厨活，又正好都是在高温环境中操作的。

为把所有的机会都让给谢铁成，郭福寿干脆住进了南河实业学堂。借口是既合情、又合理：行动不便，为了少跑些路。

黄粱美梦，余有志实在是做不下去了，硬着头皮试探着，他跟钱少爷打听起消息。叹了口气，钱少爷接着捉弄他道："唉，都怪咱的运气不好。谁想到已经煮熟的鸭子，竟然给飞了。袁大总统虽当上了皇上，可惜在龙床上，他只坐了八十三天，椅子还没捂热，论功行赏的圣旨，也没来得及下，他却先嗝屁着凉了。"

一听到那个"唉"字，佘有志已经凉了半截。"那……那陆总督呢？"愣怔了半晌，佘有志这才又道。

"嗨！陆都督，陆总督那就更不能提了。"刚开口，钱少爷又是一个"嗨"字，"离开陕西不久，在天津的中州会馆，他也被人送上了西天。"见佘有志闻言呆若木鸡的样子，他竟有些于心不忍，"不过，不过瞎事里也有好事。眼下我姐夫，又成了陕西的土皇上。有我这'省舅爷'在，你还怕没得官做？这就看你的造化了，来的早不如来得巧，有运气不在起鸡起！"

于一日内，昭陵县的县长邓玉昆，竟接到两个内容截然相反的公函。其中一个是省督陈树藩签发的，声言军费短缺，勒令要各县大量种植鸦片，并按种粮棉的三倍征收税款云云。另一个是新任省长李根源签发的，严令要各县禁烟、禁赌，并薄税敛以鼓励农民们种粮、植棉。

看来这官，也不是那么好做的，县长邓玉昆，一时陷入到两难。不久前刚刚到任，省长李根源他还不曾认识，只听说是个正人君子。去年，就被大总统黎元洪委任为陕西省长，他却因陈树藩的百般刁难，而迟迟地不能到任。好不容易到任后，又急于为百姓们做些实事，他却又处处掣肘于陈树藩，而不得如愿。

为挤走省长，为独揽陕西军政大权，刀客出身又桀骜不驯的刺儿头郭坚，被陈树藩安插到受李根源节制的警备营，当了营长。用心险恶，陈树藩企图让李、郭二人鹬蚌相争，然后再由他坐收渔利，他甚至想借郭坚手里的刀，来除却李根源。

虽然粗鲁，郭坚却为人豪爽，而且颇讲义气，为李根源的人格魅力所感染，他不但没跟他作对，反而成了他的得力助手。陈树藩坐山观虎斗，甚至企图借刀杀人的阴谋，自然也无疾而终了。

自"嘴里说的蒙城话，腰里却把洋刀挂"的陆屠夫被驱逐出境后，陕西民众满以为能过上几天舒心的日子，因为去陆建章而代之的陈树藩，他毕竟是个陕西人，既然名树藩，想必他能树藩篱以护三秦、给陕西乡党办几件好事。不想前门赶走个狼，后门却来了个虎。六亲不认，跟陆屠夫比，陈树藩竟是有过之而无不及。

有奶的，便是娘。在猿（袁）倒猢狲散，鹿（陆）死走狗烹后，陈树藩又宣布取消独立，一头，他扑进了内阁总理段祺瑞的怀怀。为取悦于新贵，陈树藩还加入了所谓的"督军团"，从而成了段祺瑞的死党，成了北洋政府在陕西的鹰犬。

变本加厉，又一手遮天，陈树藩翻手为云，覆手为雨，疯狂地鱼肉和盘剥着三秦父老。为敲诈勒索，他不惜制造冤狱；为排除异己，他不惜残害无辜；为镇压革命，他不惜罗织罪名；为增加税收，他不惜大开烟禁；为中饱私囊，他不惜广设妓院。让陕西民众刚出水深，又入火热。

对陈树藩，邓玉昆可以说在买眼镜时，却买了个车辋——早将其看透了。他当然愿意听李根源的，而听了李根源的，就意味要跟陈树藩对着干。陈树藩的党羽甚众，又实权在握，若大事不济，自己的身家性命尚在其次，弄不好，还要株连下属一干人等。

正左右为难，邓玉昆突然想到了陈德润。当年"飒露紫""拳毛䯄"被盗，监守自盗又贼喊捉贼，陆建章竟苦苦相逼，要他限期破案。按陈德润教的办法，将一枚弹壳，邓玉昆让来人带给了他。有这块"黑馍"塞在嘴里，陆贼果然是三缄其口、不敢再贼喊捉贼了。

主意一定，邓玉昆让项志仁、项志义留守县城，在项志山的陪同下他一路快马加鞭、直奔南河镇。

听邓玉昆诉完苦衷，点着头陈德润道："邓县长所虑极是。"邓玉昆却焦急地道："但不知该何以应对？"胸有成竹，陈德润道："这好办。只一个字——拖！"拖！邓玉昆不解地道："咋个拖？""以不变应万变。"陈德润道，"鸦片既不说种，也不说不种。"连项志山，都替邓玉昆着急："那、那能拖多久？拖过了初一，还有十五。"不料陈德润却笑了："至少，还不拖他个一年半载？"邓玉昆、项志山更是吃惊得面面相觑："能拖哪么久？"不料陈德润却道："咋不能？眼下他才教种，至于收，那还不是一年以后的事？"

恍然大悟后，邓玉昆、项志山又道："那一年以后，又该咋办？"陈德润笑道："一年后？一年后谁知道这世事，是个啥样子？一年后，你能保证你还是昭陵县的县长吗？话说回来，即便你还是，陈树藩他能保证他还是陕西督军吗？退一万步说，即便你是，他也是，但他还顾上顾不上这事，可就难说了。依我看跟陆建章比，陈树藩的结果，也好不到哪儿去。不信咧咱们等着瞧，要不了多久，我料就他便四面楚歌又十面埋伏，连觉都睡不安稳了。"

邓玉昆正将信将疑，却见陈德润叮咛项志山说："回去给弟兄们先打个招呼，时机一旦成熟，就闻风而……"

正说着，陈德润却被一阵突如其来的争执声，给打断了。

"连省长，也不能进？"声若洪钟，一个人正大耍着脾气。

"慢说是省长，就是大总统来了，只要穿的是军装，他照样进不成！这是规矩。"门房的老王头道。声虽不高，他口气却很硬，几乎没有商量的余地。

跟邓玉昆、项志山说了声"两位稍待"，陈德润忙起身赶了出去。这时，几个人被老王头拒之门外，已经发生了争执。其中只一人身着长衫，其余的都是一身戎装，腰里，还别着"铁狗娃"子。

"算了算了。让他们在外面等着。我一个人进去，咋样？"对着老王头，穿长衫的，用商量的口气道。

"这没问题。"老王头道，"穿军装、带武器的，一个也不能进。这是我们陈山长定的规矩。"突然看见了陈德润，指着他，老王头又道，"这不！山长他来了。"

穿长衫的，竟是一脸的大麻子。其貌虽不扬，其气宇，倒也轩昂。

"敢问这位先生，您如何称呼？"一边施礼，陈德润一边道。

"先生？"穿长衫的正待开口，不想却被声若洪钟的，抢在了前头，"这是新来的李省长！"见陈德润一派斯文，又以礼相待，他的口气，这才不觉缓和了下来。

"李根源。"穿长衫的笑着道。"李大麻子。"接着，他又乐呵呵地自嘲着。

"啊！原来是省长大驾光临。"陈德润不觉有些吃惊，"恕陈某有失远迎。" 重新施礼后，他又道，"李省长，请！"

"且慢！"声如洪钟的道，"我要为省长的安全负责。"

"不要紧的。郭营长！"李根源道，"这儿是斯文之地，不比省城。"

"郭坚！你这家伙。"将一件披风裹在声如洪钟的身上后，邓玉昆调侃他道，"郭营长请！"不知在啥时候，他也来到了门口。

"啊呀，原来是邓县长！"郭坚惊喜地道，"难怪在县府死活都找不着，原来你这家伙，竟猫在这儿？"揶揄着邓玉昆，他还搋了他一拳。

"你俩……"陈德润、李根源同时道，"也认识？"见状，二人都一脸的惊讶。

"岂止认识？"郭坚、邓玉昆异口同声地道，"省城光复时，我们都是学生军，还同一个连。"

见过李根源，邓玉昆又搂着郭坚的膀子，几个人一前一后地，进了学堂。

留在门房，几个士兵由老王头烟茶招待。

人不熟，又觉得在这里不大方便，暗中跟陈德润、邓玉昆打了个招呼后，项志山去了河西堡。在老地主那里，他可就随便多了。

沏好茶，陪着陈德润、李根源小坐了一会后，借故邓玉昆带着郭坚，去了另一间屋。

屋里只剩下陈德润、李根源。将沏开的热茶递到李根源手里后，陈德润道："日理万机，忙中偷闲，李省长光临敝校，不知有何吩咐？"摇着头，李根源笑道：“什么日理万机？赴陕月余，竟一事无成，实在是，愧对三秦父老！今日闲得无聊，下来随便走走，看看，不觉，就到了这里。”先是一阵无奈。突然话锋一转，他又激动地接着道：“闻先生创办实业学堂于南河，又痛斥升允、大败清军于渭北，近又撰文，披露贼人盗窃国宝于报端。今有幸一睹风采，如俞伯牙之遇钟子期，平生之愿，足矣！”

听话听音。虽侃侃而语，李根源却似有难以掩饰的无奈；其笑容虽然可掬，却似乎又隐藏着不尽的苦衷。陈德润暗想李根源此行，绝非游山玩水，也绝非为觅知音，于是道：“省长言重了。身为秦人，所做之事，实属分内。陈某乃一介书生，值此国难当头之际，却不能效命疆场、马革裹尸。省长如觉堪用，陈某自是万死不辞！”闻言，李根源动情地道：“先生既深明大义，又如此地直率，李某也就无须，再拐弯抹角了。陕西乃一十三朝故都，秦川八百里，又宝藏遍地，李某深以为大有文章可做，故想重修《陕西通志》，以记备细。”顿了一下后，他接着又道，“今收集并翻阅了各地的县志，但多不翔实，且谬误之处颇多。经费也筹到一些，虽不宽裕，却还能应一时之急。只是工程浩大而又繁难，一时，竟无人可用。今日一见，方知胜此重任者，非先生莫能属！还请先生勿辞劳苦。”言毕对着陈德润，李根源便是深深地一躬。见状，陈德润忙起身以礼相还：“蒙省长错爱，又委以重任，陈某自当全力以赴，以报知遇。”

没想到陈德润，竟是如此地爽快。拉着他的手，李根源激动地道：“果然痛快！这里有大洋一万，钱不多，还请先生精打细算。另再配汽车一辆、电话一部，以供先生急用。回去我自会行文，要各县务必全力支持。”说着一张银票，被他递给了陈德润。

“不敢有负省长！”接过银票，陈德润也激动了，“这汽车嘛，怕是有些扎眼。又难免惹是生非，以陈某看，就不必了。”李根源更加感动：“既如此，又得先生鞍马劳顿。”不料陈德润却道："前途崎岖，还是鞍马方便。"

"先生所言不差。"临走拉着陈德润的手，李根源又郑重其事地道，"动乱之秋，前途叵测。不管时局如何变化，不管我在不在任，所托之事，切不可半途而废！"

"请省长宽心。"见李根源所言，竟饱含某种托孤似的悲凉，陈德润不由鼻子一酸，嘴里，他却毫不含糊地道："陈某自知重任在肩，只要一息尚存，便绝无中断之理！"他的话亦不乏鞠躬尽瘁、死而后已的味道。

"到时，还请省长挥毫作序。"陈德润又道。

"好。咱们一言为定！"一扫刚才的忧郁，李根源高兴地答应了。

在谢铁成的帮助下，给陈德润屋里两侧的隔墙上，子明兄弟又各开了一道门。原本只有一间的屋子，变成了一明两暗的三间。用加有细灰跟麻刀的砂浆，几个人将屋里抹得雪白，房子既宽敞了不少，又亮堂了许多。一张几乎跟一面墙一般大的、形似跪俑的陕西地图，也被陈德润、孙兰玉端端正正地挂了上去。

"陕西禁烟督署"的牌子，被摘了下来。"陕西通志编纂委员会"的牌子，又被挂了上去。东屋里分门别类，孙兰玉正忙着整理那些大若锨板，又厚如寝枕的各种志书。西屋里忙着给《陕西通志》起草大纲，陈德润却不得不时时放下手中的小狼毫又抓起话筒，去接听那些来自全省各地的电话。中间的开间里，戴着老花镜老秀才正聚精会神地，阅读着一本厚厚的志书。

捷足先登，孙兰玉是第一个到位的编纂。近水楼台，比儿媳妇，老秀才只晚了一步。

"爹，请您老人家先过目。"说着将大纲的初稿，主纂陈德润递给了老秀才，"看看有什么不妥，或者有什么疏漏之处。"老秀才接过看时，见前面有一段说明文字。

《陕西通志》应是涵盖三秦大地的，一部百科全书。既要面面俱到，又要轻重有别；既要尊重历史，又要尊重事实；既要有史料价值，又要有艺术价值。全书共四卷，每卷分上、下两编。卷下有编，编下有章，章下有目，目下有节。四卷分别为《概况》，《陕南卷》，《陕北卷》和《关中卷》。其中上编为"历史沿革"，下编为"目前现状"。编纂每三人为一组，共四组。每组各负责一卷，工序依次为搜集阅读，文字编写，拾遗补缺和修改校对。

说明文字的后面，是第一卷《概况》的栏目。其上编的栏目依次为：

一、地理位置；二、行政区划；三、资源分布；四、文化教育；五、地方艺术；六、名胜古迹；七、历史名人；八、重大事件；九、宗教信仰；十、民俗风情；十一、大事年表。

下编的目录依次为……

后面的说明文字为：此大纲仅供参考，各组可根据实际情况，酌情调整。其具体章节由各组自行拟定，但须提交编纂委员会讨论通过。

"不错，不错。"看完后，老秀才高兴地道，"该有的，基本都有了。只是'历史名人'除土著外，切莫忘记了流寓，譬如诸葛亮虽生于山东，隐于河南，却故于关中，又葬于陕南。虽非秦籍，但其主要活动以及主要政绩，却在咱陕西。"

半个多月中，不断有来自全省各地的编纂，到南河实业学堂向主纂陈德润报到。他们都是由地方推荐、由省长李根源亲自审查批准的文人雅士、社会贤达和文化名流。交谈中陈德润发现这些人，果然都是些既学富五车、又才高八斗，既满腹经纶、又谈吐不俗的饱学之士。南河实业学堂一时间名人荟萃、群贤毕至。

明天，就是省长李根源为编纂们接风洗尘的日子，在南河镇的一家饭庄，陈德润已订好了酒宴。遥知兄弟登高处，遍插茱萸少一人。其他编纂都相继到位，唯独在湖北老家赋闲的前阳都县令周佩坤，却还迟迟地不见个踪影。

周佩坤是陈德润跟省长指名道姓，非要不可的人。省长李根源也满口地答应了他，并及时跟湖北方面取得了联系。湖北方面回电说人已找到，并为他订好了车票，最迟，周县令也应于昨天抵达。这是孙兰玉扳着指头，替丈夫算好的日子，为此前天晚上，陈德润激动得一宿都没合眼。天亮后，他又翘首以待，甚至几次到门外、到村口前去张望，几乎都有些神经质了。

低着头，背着手，又踱着方步，陈德润给人的感觉跟以往比，似乎没什么两样。表面上，他依然是那样的斯文，是那样的沉稳；心里，他却是波澜起伏，难以平静。

四五年来稍有闲暇，周县令的影子，就在他的眼前浮动，但千里迢迢，关山重重，又兵荒马乱的，自知没有见面的可能，于是一忙起来，也就忘却了。如今希望就在眼前，他自是迫不及待、多一天都耐不住了。

雅间里，编纂们都已到齐，大家都急着想一睹省长的风采。眼睛布满了血丝，看样子陈德润昨晚，又不曾合眼。

嘀——嘀——楼下终于传来汽车那短促而又悦耳的喇叭声，不用说，省长到了。纷纷起身，编纂们又是整衣，又是正冠，从来都不曾受到如此的礼遇，他们竟有些受宠若惊。

都是有功名的人，又到了民国，见了省长跪拜之礼，大概是用不着了，但鞠个躬，却怕是少不下的。主纂陈德润被让在了前面，这既是礼仪，也是常识。跟省长，他是唯一有过交情的人，先看看他面见省长时的礼仪，以免轮到自己时闹出笑话，或者留下什么笑柄。

人算不如天算，谋划赶不上变化。先生们的想法，全落空了。置省长于不顾，跟后面一个随从模样的，他们的陈主纂竟紧紧地抱在了一起。大家正不知所措，不料省长却挨个握起了他们的手。一省之长，竟是如此的平易近人，先生们无不为之感动，而他那一脸的大麻子，更是大出了他们的意料。

紧张的心情被李根源的随和，顿时化解得一干二净，礼让中跟着省长，大家先后地落了座。见陈德润紧紧握着那个人的手不放，李根源笑着道："来日方长，二位还是先就座吧！大家，都等着你俩呢。"

将省长，陈德润先向众人作了介绍；接着将众人，他又一一介绍给省长。最后拉着那个随从模样的，他跟大家道："这位，是来自湖北宜昌的周先生。先生曾经是我们阳都的父母官，也是我们南河实业学堂的教员，同时，也是我等中唯一进士及第的饱学之士。"

"在下周佩坤。"闻言拱着手，周佩坤跟众人道，"实在抱歉！一路舟车耽搁，让诸位同人久等了。"

原来不是什么随从，吃惊之余，大家上下打量着周佩坤。进士跟父母官好联系，但要将进士、要将父母官跟教员联系在一起，似乎就不那么容易了。

头一两个月，隔三差五，省长李根源还跟陈德润通个电话，问他有没有啥困难需要解决，顺便，也了解一下编写工作的进展情况。最近好长一段时间，已没听到他的电话了，打过去的电话，也总是接不通。

放心不下，陈德润来到了省府，想面见省长，但从收发室得到的消息，却差点让他晕倒在地。

为不影响《通志》的编写，努力镇定着自己，若无其事似的，陈德润回到了南河实业学堂。有人问起时，他说一切都好着哩，但有个人他不想瞒，也情知瞒他不过。这就是周佩坤。

被周佩坤拉到一旁时，压低声音，陈德润跟他道："出事了，出大事了！因不愿参加段祺瑞的'督军团'，李省长竟被陈树藩囚禁了。估计到迟早会有这么一天，此前他就跟我交代说，不管时局有何变化，不管他在不在任，《通志》的编写，都不能半途而废。我也答应他只要一息尚存，便绝无中断之理，只差没立下军令状。如今省长有难，前途未卜，我等既无力救他，只能将所托之事办好，而不能再令他失望了。但愿他……唉！"

不久，省城又传来陈树藩克扣教育经费，激起民愤，全城教师罢教，校长们集体辞职的消息。原想在南河镇遥相呼应，以示声援，但考虑再三，陈德润却还是放弃了。小不忍则乱大谋！省长有托，重任在肩，他觉得自己没有任何理由因小而失大。

未几，各地又陆续传来农民们纷纷"交农"的消息。陈树藩要提前预收烟税，农民们则以向军阀政府"交农具"的形式，以表示抗议——这地，他们实在是没法再种了。

后来，又听说在西南方向有支数千人的队伍，已经举起了反段（段祺瑞）倒陈（陈树藩）的大旗。这支队伍听说叫"陕西靖国军"，而他们的总司令，竟也是个叫作"郭坚"的。

陕西冷娃也不是好惹的，果然不出陈德润之所料，继"倒袁逐陆"之后，在多灾多难的三秦大地上，一场"反段倒陈"的革命烈火，又熊熊地燃烧起来……

第三十二章

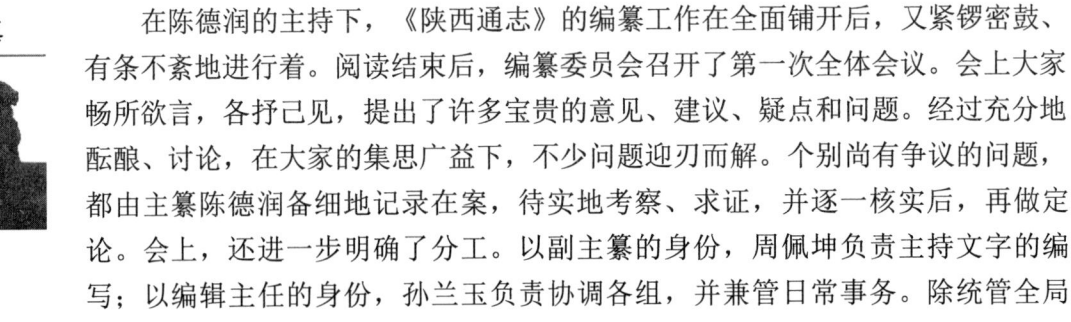

在陈德润的主持下,《陕西通志》的编纂工作在全面铺开后,又紧锣密鼓、有条不紊地进行着。阅读结束后,编纂委员会召开了第一次全体会议。会上大家畅所欲言,各抒己见,提出了许多宝贵的意见、建议、疑点和问题。经过充分地酝酿、讨论,在大家的集思广益下,不少问题迎刃而解。个别尚有争议的问题,都由主纂陈德润备细地记录在案,待实地考察、求证,并逐一核实后,再做定论。会上,还进一步明确了分工。以副主纂的身份,周佩坤负责主持文字的编写;以编辑主任的身份,孙兰玉负责协调各组,并兼管日常事务。除统管全局外,主纂陈德润还负责资料的采集、疑点的考证。

担子最重、也最为辛苦的,自然是考察和求证了。在子明兄弟的陪同下,陈德润风里来雨里去,马不歇蹄地东奔西走着。除采集资料和考察求证外,他还暗中联系各地有影响的社会名流们大造舆论,联名上书,不但强烈要求恢复省长李根源的自由,还一致呼吁由其继续主持陕西政务。李根源虽然暂时还没有获释,但慑于强大的舆论压力,陈树藩不得不答应确保其人身安全,投鼠忌器,他不敢再动杀机了。

在鳌、鄠,陈德润让人把一件斗篷给郭坚,送了进去。这件斗篷留给郭坚的印象,实在是太深了,没有它,那天他是绝对进不了南河实业学堂的。

一见斗篷,郭坚还以为邓玉昆来了,迎出门时,这才发现竟是陈德润。触景生情,一看见陈德润,他不由想起了被软禁的省长李根源,这个刀客出身的七尺汉子,竟忍不住潸然泪下……

在行辕设晚宴,郭坚为陈德润一行三人洗去了多日的风尘。饭后两人又推心置腹,促膝长谈,通宵达旦。得知慑于舆论压力,陈树藩不敢对李根源再动杀机后,郭坚那颗一直悬着的心,这才放了下来。从郭坚那里,陈德润这才知道,他也有一段死里逃生的险恶经历。

低估了郭坚,陈树藩以为他压根儿不懂得什么政治,是个草莽英雄、一介武夫。不想一向目中无人的刺儿头郭坚,却偏偏对李根源佩服得五体投地。由过从甚密到推心置腹,他们不但大出了陈树藩的意料,让其阴谋破产,而且,还成了他的心腹大患。

欲加之罪,何患无辞。在囚禁李根源后,陈树藩又以讨伐张勋率辫子军复辟为借口,命郭坚率部挥师北上。等郭坚奉命东渡入晋时,陈树藩竟又致电阎锡山声言郭坚兵变,要其予以截击。猝不及防,在阎锡山、陈树藩出其不意地前后夹击下,郭坚几乎全军覆没。

浴血奋战,杀出重围回到陕西时,郭坚身边只剩下五十余人。时郭坚故交耿直、高峻等,亦蓄意倒陈。一拍即合,三人密议由高峻首先在渭北发难,等调虎离山、引陈树藩北上后,再由耿直、郭坚趁后方空虚,里应外合,一举拿下西安。

欲速则不达。不想急于求成,耿直因刺杀陈树藩未遂,而坏了大事。一不做、二不休。事情败露后退军鳌、鄠,耿直、郭坚索性树起了陕西靖国军的大旗、并通电全国号召反段、倒陈、护法。

"想不到此贼竟如此无礼,又欺人太甚!"听郭坚说完,陈德润义愤填膺地道,"树靖国军义旗,郭司令讨贼以武力,陈某自会呼应以舆论。"接着他又告诉郭坚说,"据来自湖北的周先生说,九省靖国军总司令唐继尧在重庆召开军事会议,专门研究了援陕的有关事宜。会上云南靖国军叶荃师长率先请缨,已挥师北上,估计不日将由陇入陕。郭司令何不与之戮力合作,共同讨贼?"

"真的?"闻言,郭坚不禁大喜过望。

辞别郭坚,当陈德润一行返回途经马嵬时,不想奉陈树藩之命讨伐郭坚,胡景翼也恰巧暂住于此。

以二三十人活捉陆承武于中坚团者,岂平庸之辈?胡景翼必是个胆识过人、敢于百万军中取上将首级的帅才。上次福平之行,陈德润就有心拜访这个颇具传奇色彩的人物,不巧的是,胡景翼却不在军中,陈德润又急于撰文揭露陆建章父子,两人这才失之交臂。唇亡则齿寒,陕西乡党决不能再在窝里斗了。此次征讨郭坚,胡景翼估计也是出于无奈,而绝非本意。既然近在咫尺,又岂能再次错过?欲说服其联郭倒陈,这次无论如何,陈德润也要会会此人。

安顿下来后,见时间尚早,陈德润要带子明兄弟去"贵妃墓"。不料子明兄弟却道:"一个黄土疙瘩,又有啥好看的?"陈德润没有回答,而是反问他们道:"听说过子纳父妾,父夺子妻的事吗?"摇着头,马子亮道:"没听过。"不料刘子明却道:"哪有这事?这不是伤风败俗,又逆天乱伦吗?"陈德润却反问道:"没乱伦的事,哪会有乱伦这个词?不但有,而且还发生在皇宫。说来也怪,还发生在同一朝代、同一地方。"

闻言顿时来了兴致,子明兄弟正待陈德润说下去,不想拉开被子,他却要睡觉了。

"啥朝代?啥地方?"马子亮急切地道,"你倒是快说呀!"

"时间还早。"刘子明干脆拦住了陈德润,"睡的是啥觉些?"

"一个黄土疙瘩，又有啥好说的？"对着刘子明、马子亮，陈德润反而卖起了关子。见拉开的被子又被刘子明卷了起来，他这才无奈地道："想听咧，那咱边走边说……"

"大约在一千二百七十年前，"一边走，陈德润一边道，"唐高宗李治就'子纳父妾'，从感业寺召回了被他父亲唐太宗李世民曾经宠幸过的武媚，并纳其为妃。"

"武媚？"刘子明道，"武媚是谁呀？"

"武媚，"陈德润道，"武媚就是大名鼎鼎的武则天。死后，她还命人将她跟李治埋在了一起。"

"埋在一起？"马子亮又迫不及待地道，"埋在了哪儿？"

"远在天边，近在眼前。"陈德润道，"在乾陵县。就是现在的乾陵，也叫'姑婆陵'。"

"宠幸？"刘子明打破砂锅问到底，"宠幸是弄啥？"

"这……这么跟你说吧！"见不好回答，陈德润反而调侃道，"男人爱女人叫作'宠'，就跟你爱着余儿一样；女人被男人爱叫作'幸'，就跟余儿被你爱着一样。"闻言刘子明的脸，不觉"刷"的一下红了。

"那'父夺子妻'，又是咋回事？"见状，马子亮忙岔开了话题。

"急啥？性急吃不上热豆腐。"陈德润笑道，"七十多年后，武则天的孙子，就是那个已经五十有六的风流皇帝唐玄宗李隆基，又见儿子李瑁的妃子杨玉环美若天仙，于是，竟也动了邪念。既想'父夺子妻'，又想掩人耳目，他竟玩弄起掩耳盗铃、自欺欺人的伎俩，给年仅二十二岁的儿媳妇杨玉环赐号'太真'，又专门为其修建了'太真宫'，他一面命她带发修行，一面却以崇道为名，又偷偷地巡幸着太真宫……"

"甭急，甭急！"这回打破砂锅问到底的，是马子亮，"巡幸？巡幸是弄啥？"

"巡幸……"顿了一下后，陈德润这才接着道，"说白了，就是皇上找女人睡觉。你想想，除三宫六院七十二妃外，后宫还藏有佳丽三千，皇上不巡着睡，他睡得过来吗？"对着马子亮，陈德润又笑着调侃道，"不过你只有明儿一个，就不必像他们那么麻烦了。"

闻言，这回脸红的不再是刘子明，而是马子亮。

"那后来呢？"帮马子亮，刘子明又岔开了话题。

"四年后，李隆基又下旨命其还俗。"陈德润道，"于是摇身一变，杨玉环由李瑁的媳妇，堂而皇之地成了李隆基的妃子，成了李瑁的姨娘！"

"这么说杨玉环，她还升了一辈？"闻言，刘子明嘿嘿地笑着道，"李隆基也用不着再偷偷摸摸的了？"

"李瑁可就惨了！既丢了媳妇，又低了辈分。"马子亮感叹地道，"那，再后来呢？"

"早年，唐玄宗李隆基还是个颇有作为的好皇帝。"陈德润接着道，"他一度让大唐中兴，被称为'开元盛世'。自从纳儿媳妇杨玉环为妃，他却迷恋后宫，从此便不再早朝了。堂妹杨玉环一人得道，堂哥杨国忠鸡犬升天，直弄得天下大乱。"

"霸占儿媳妇，"刘子明道，"这天伦都乱了，天下还有不乱的？"

"天下大乱！"马子亮又道，"有多乱？咋个乱法？"

"这一乱，就是七八年。"陈德润感叹地道，"先是胡人安禄山聚众造反，自称'大燕'皇帝，建都洛阳，改元'圣武'。为争皇位，他们竟不惜父子相残，先是安禄山被他的亲生儿子安庆绪所杀。螳螂扑蝉，黄雀在后。不久，安庆绪又被安禄山的部将史思明所杀。前头有车，后头有辙。一报还一报，未几，史思明又被他的亲生儿子史朝义所杀。安禄山父子作乱于前，史思明父子继之于后，故称'安史之乱'。"

"是够乱的了。"子明兄弟异口同声地道，"那，杨玉环呢？"

"当叛军直逼长安时，李隆基携杨玉环仓皇西逃。"陈德润道，"不想到马嵬坡时，御林军突然杀死了杨国忠。接着，又迁怒于杨玉环。万般无奈，李隆基只得忍痛割爱，凌迟处死了她，从而酿成了一场流传千古的啼笑姻缘。"

边走边说，一行三人不觉来到了贵妃墓前。

"这贵妃墓，"子明兄弟道，"想必就是杨玉环的了？"

"不错！"陈德润道，"用墓上的黄土搽脸，听说能让妇人变得越来越白。给余儿、明儿她们，你俩不带些回去？"指着贵妃墓，他又跟子明兄弟开起了玩笑。

"那，兰玉嫂子呢？"马子亮笑道，"是不是给她也带些？"

"你嫂子她老了。"陈德润无所谓地笑道，"用不用这，还不都一样？"

"对着哩！"跟陈德润，刘子明也开起了玩笑，"用不用这比杨玉环，嫂子她还要美！"

既非举烽火戏诸侯以取乐的褒姒，又非设炮烙残害忠良以乱政的妲己；既非杀亲生以诬陷他人的武则天，又非垂帘听政以弄权的西太后。杨玉环却代人受过而成了替罪的羔羊，成了政治斗争的牺牲品。自古红颜多薄命。贵妃墓前，不由怀旧生情，陈德润信口道："李隆基贪色误国，杨国忠得宠弄权，安禄山趁机作乱，杨玉环蒙冤马嵬。"

为不失公允，在《通志》中，将何以评价杨玉环这个人物？陈德润不禁陷入了沉思。

晚上只身，陈德润来到了胡景翼的临时行辕。被拦住后，他拿出了一张旧报纸。指着报纸上的大标题《昭陵国宝的去向》，他对把门的士兵道："请将这张报转交给胡景翼将军，就说撰稿人陈某求见。"

"啊呀！没想到竟是陈先生。快请快请，里边请！"听说来了陈德润，胡景翼亲自迎了出来，"上次在福平，你前脚刚走，后脚我就赶回了。早上路过南河镇时，我专程前去拜访，不巧先生却又不在。"一边走，他一边兴奋地道，"却万万没想到，先生也在马嵬。"

虽萍水相逢，两人却是一见如故。将陈德润，胡景翼热情地让到了帐中。早有亲兵沏好了香茗，互相礼让后分宾主，两人坐了下来。陈德润道："胆识过人，单枪匹马，将军擒贼于千军之中，真当今之关羽关云长也！今冒昧前来造访，多有打扰了。"闻言，胡景翼忙道："先生言重了。何德何能，胡某安敢跟关羽关老爷相提并论？久闻先生大名，如雷贯耳。只恨戎马倥偬，又分身乏术，今日有缘相见，乃三生有幸。先生屈驾光临，胡某是求之不得，又何言打扰？"陈德润又道："擒小'鹿'以逐大'鹿'。将军利在国家，又功满三秦，受命编写《陕西通志》，陈某自会如实地予以记载。"叹了口气，胡景翼又道："唉！功满三秦不敢，怨满三秦倒是真的。先生撰文揭露并声讨陆贼，其洋洋万余言字字如刀、句句似剑，既淋漓尽致，又酣畅痛快，虽千军万马，也未必能及。故反袁逐陆，先生应推首功。"

见陈德润在说了声"惭愧"后，便只顾品茶，而不再多言。斥退左右后，胡景翼这才又道："先生有话，但讲无妨。"

"自古师出有名，名正则言顺。"陈德润道，"名不正则言不顺。敢问将军此次师出何名？"一边说，他一边偷偷观察着胡景翼的反应。见胡景翼低头默然，陈德润又道，"驱逐陆贼，全仗将军之力，只可惜背着儿媳妇朝华山——出力，却未必就能讨好！"

"此话怎讲？"闻言，胡景翼吃惊地道。陈德润却没有回答他，而是道出了一段典故。

"当年为款待曹操，吕伯奢又是杀猪、又是沽酒，可怜一家大小，却成了曹贼的刀下之鬼！"见胡景翼只是摇头叹息，陈德润又趁热打铁，"难道将军真的愿跟郭坚鹬蚌相争，让自己的英名毁于一旦？又让那个陈某人再坐收渔利？"

"人在江湖，身不由己啊！"胡景翼感叹地道，"还请先生教我。"说着，他握住了陈德润的双手。

"当年的长沙之战，将军想必亦有所闻。"陈德润又是一段典故，"青龙偃月刀虽快，关云长却不杀马失前蹄之人；百步穿杨，箭法虽好，弓弦响处，黄汉升却只箭中盔缨。"说着突然压低声音，附耳跟胡景翼，他又道，"实不相瞒，陈某已见过了郭坚，并知其无意跟将军为敌。"

人在事中迷，单怕没人提。闻言，胡景翼激动地道，"胡某愚钝，多谢先生提醒。"

在叶荃的率领下，云南靖国军三千余人经陇南、入甘肃，先截击援陈的甘军于天水，后又挥师东下、兵临陇州。陇州陈部守军李栋材营腹背受敌，遂望风而降。叶荃跟郭坚会师岐山，并很快控制了西府，靖国军的声威，遂大振。

"福平兵变"中深入虎穴，以少胜多，虽生擒了陆承武，胡景翼却因种种原因而没能顺应民意、出任陕西护国军的总司令。将这个职务连同人质陆承武，他拱手让给了他的顶头上司、让给了陈树藩，从而让其不费吹灰之力，便窃取了陕西人民倒袁逐陆的胜利果实，并独揽了陕西的军政大权。

然而野心家、阴谋家陈树藩不但不领胡景翼的情，反因其有勇有谋、胆识过人而时时猜忌、处处提防着他。听了陈德润的一席话虽有所动，胡景翼却还是对陈树藩抱有幻想，加上又有陈的亲信张鸿远督战，他不得不硬着头皮，跟郭坚继续对垒。后因伤亡惨重，才深知陈德润所言不虚。

为不让陈树藩再次坐收渔利，暗中，胡景翼跟郭坚取得了联系。双方密议让郭坚诈败并退出西府，由胡景翼以战功在请领更多的枪械后，再易帜响应靖国军反段倒陈。

陈树藩也不是啥省油的灯，郭坚虽如约退到了渭北，胡景翼却没能从他那儿领到一枪一弹，而只落了个渭北剿匪总司令的空衔。既然是渭北剿匪总司令，胡景翼不得不跟靖国军继续为敌，于是跟郭坚在渭北，他虚与周旋着。

见胡景翼追剿不力，陈树藩便有心临阵换将。胡景翼的主力，被迫退出了军事要地丰原，取而代之的，是陈树藩的亲信死党——曾继贤旅跟严锡龙团。

一旦胡景翼全部撤离，一旦曾继贤、严锡龙站稳脚跟，其后果将不堪设想。

机不可失，时不再来。鉴于胡景翼的摇摆不定，陈德润决定逼其反陈。他让项志山兄弟回三水召集旧部，自己则连夜去了丰原。

也正想促胡倒陈，胡景翼麾下的王士奇等，却迟迟地不肯撤出。不谋而合，在王士奇的带领下，陈德润又见到了志同道合的张义安、董振五、邓宝珊。几个人连夜商量后，一个大胆的行动方案终于形成。

在曾继贤、严锡龙的步步进逼下，胡景翼的主力，已被迫退守到福平。曾、严二人又力逼王士奇、张义安等，要其限期撤离。按连夜议定的行动方案，张义安、王士奇满口地答应了。他们一边请曾继贤帮忙征集车辆，一边告谕部队清还商民钱物。在虚张声势给曾、严以假象的同时，他们又借故拖延，以待项氏兄弟。

神不知鬼不觉，当项氏兄弟带着他的弟兄们摸到丰原后，按事前的部署，王士奇、张义安等，也分头开始行动。傍晚跟曾、严所部，他们先交割了三个城门，声言在翌日撤出后，再将东门一并交出。

见王士奇、张义安等行色匆匆，其部下更是一片混乱，曾继贤、严锡龙竟深信不疑。

是夜，大雪纷飞。丰原县城笼罩在一片白茫茫的混沌中，唯有"醉八仙"饭庄的雅间里却是灯红酒绿、异香扑鼻，吆五喝六的酒令声，推杯换盏的撞击声，更是不绝于耳。

对着曾、严所部的军官们，张义安、王士奇等频频举杯。"本想与诸位同心协力，无奈军令如山，军人又以服从命令为天职。"推心置腹，他们道，"丰原的防务，只能仰仗诸位了。明日一别，不知何时才能再见？"说着，竟不禁动了感情。

见张义安、王士奇等言辞悲凉，欢庆的气氛中不觉又添了几分凄楚、几分伤感。曾、严所部的军官们，竟有些于心不忍了："几位不……不必如此……如此，想那逆贼，不……不日就可剿……剿灭，等成此大……大功，我等定当回……回请诸位，到时大家再欢……欢聚一堂。"受到感染，舌头虽已大得拐不过弯，他们的言辞却既不乏慷慨，又不乏激昂。

正给一个军官斟酒，王士奇见瓶底虽已朝天，瓶中却滴不出酒来。于是生气地骂道："他妈的都是些死人！快，快拿酒！"话未落点，空瓶子却早砸在军官的头上。闻声"酒保"们也一拥而上，但呈现在酒鬼们面前的，却并非什么琼浆玉液，而是一支支黑洞洞的枪口。

"错……错了，拿……拿错了。"一个大舌头道。拐了几下，他的大舌头这才终于拐过了弯。那些舌头尚不是很大的，却都大吃了一惊。顿时，酒也醒了一半，下意识伸手摸枪时，却又摸了个空。抬头看时，发现"酒保"们拿在手中的"酒瓶子"一会儿是一个，一会儿竟又变成了俩。在那些朦胧的醉眼中，指向他们的一会似乎是那令人陶醉的瓶口，一会儿似乎又是那教人不寒而栗的枪口。

"口令？"王士奇厉声地道。

"瑞……瑞雪。"战栗中，一个舌头尚不是很大的嘴巴道，"丰……丰年。"

枪并没响。一根根麻绳却早跟捆葱似的，捆定了那些已经有些跟跄的躯体；一条条抹布又让那些原本就不灵活的大舌头，更加地动弹不得了。

群龙无首，曾继贤旅、严锡龙团，已处于半瘫痪状态。首战告捷，张义安、王士奇飞函胡景翼曰："曾、严二贼欺人太甚，已忍无可忍。今擒其下属军官半数以上，请火速回师，以善其后。"

打着写有"曾"字或"严"字的灯笼，几个特务兵在前面开路，身着曾、严所部的军官服，以巡夜为名，项氏兄弟各带一帮人堂而皇之地，分别来到了已经交割的三座城门。

"瑞雪！"紧张而短促的口令声后，紧接着又是"哗啦"一声，哨兵的子弹，已经上堂。

"丰年！他妈的没长眼？连自己人都不认识咧！"一声不情愿的回答后，紧接着又是一句不客气的臭骂。

随着一阵皮靴踩踏雪地的咯吱声，一位派头十足的军官，已经到了跟前。见状，哨兵端在手中的步枪，立即转过了九十度，随着"啪"的一个立正，右手也被他举到了帽檐。

并不急于还礼，军官牛皮得很！哨兵举到帽檐的右手，自然也迟迟地不敢放下。说时迟那时快，他提在左手的步枪，却早到了军官的手中。可怜哨兵一腔子委屈未及喊出，却早被一条皮带勒住了脖子。

一弹未发，曾继贤、严锡龙的城防部队，已全部沦为了阶下囚。刚刚交出的三座城门也失而复得，又回到了备补营的手中。这时曾、严二"君"尚蒙在鼓里，尚不知他们已被请到了瓮中。

"咔嚓"一声，曾继贤、严锡龙的联系电话，被切断了。率队王士奇、邓宝珊直扑曾继贤的旅部，与此同时，张义安、董振五也摸到了严锡龙的团部。

途经机枪连时，突然间灵机一动，该部的大门，立即被王士奇命人用浇过煤油的芦席，给堵死了。声言如不缴械，则玉石俱碎、灰飞烟灭。一弹未发，陈树藩这支唯一的自动化重武器部队，被全部解除了武装。

炉火通红，从曾继贤旅部传出的，是一阵又一阵稀里哗啦的麻将声。四个城门有其三，他更不把张义安放在眼里。风急、雪大，又不便出门，百无聊赖中，他约部下在师部搓起了麻将。麻将桌上，曾继贤的手气，自然是最好不过了。不是碰、就是炸，他总是胜券在握。

"幺鸡。"一个公鸡嗓音道。

"炸弹！"紧接着的，是曾继贤那公羊般的叫声。不知为炉火所映，还是由于心情激动，他红光满面。

说来也巧。随着他的一声"炸弹"，果然传来一声惊天动地的爆响。由满面红光到面如土色，曾继贤惊得魂飞魄散。紧接着四下里枪声大作，犹暴风骤雨……

团部里一边过着烟瘾，严锡龙一边谋思着。明天张义安、王士奇的备补营一走，腾出手，曾继贤会不会反过来算计自己？若果真如此，自己又何以应对？剪不断，理还乱。严锡龙急忙找不出个头绪来。

张义安、王士奇要是不走，兴许对自己更为有利。想到这儿，严锡龙后悔了。他后悔当初，自己为什么就没想到这些，后悔当初自己不是劝张义安、王士奇留下，而是跟着曾继贤的尻子吆碌碡——硬逼着要他们离开。他甚至准备过完瘾就去找张义安、王士奇，劝他们留下来不要走了。他哪里料到张义安不请自到，已找上门来。

听到曾继贤那边枪响时，灵机突然一动，张义安大呼曰："骑兵营哗变了！骑兵营……"

闻声，严锡龙立即扔掉烟枪，又拿起了手枪。一时虚实难辨，他竟信以为真，于是庆幸上天有眼，把这个除掉曾继贤的借口，顺理成章地赐给了自己。兴奋中，他甚至有一种"天将降大任于斯人也"的使命感。这边踌躇满志，严锡龙命部队集中火力，向曾继贤的叛军开火；那边骑兵营又误以为严锡龙部哗变，于是，也疯狂地予以还击……

这场自相残杀的热闹戏，一直演到了天亮。

得知上当时，双方已是元气大伤。虽都是一肚子的窝囊气，曾、严却还顾不上互相埋怨、互相指责，而只能是龟缩在各自的司令部里，负隅顽抗。张义安、王士奇以及项氏兄弟等却是鸟枪换炮、拿上了最新式的"汉阳造"，于是士气大振。

见大势已去，在亲兵的拼死抵抗下，曾、严二人这才缒城而遁。

这场出奇制胜的雪夜之战，张义安、王士奇以一个营的兵力，全歼了曾继贤的一个旅、严锡龙的一个团。不但击毙了曾继贤的副官、严锡龙的胞弟，他们还缴获山炮两门，机关枪数十挺，步骑枪千余支，子弹、炮弹不计其数。

当胡景翼赶来接应时，战斗已经胜利地结束了。又惊又喜，胡景翼决定立即易帜倒戈，并发表讨贼檄文、历数了陈树藩祸国殃民的种种罪行。迎风猎猎，反段倒陈的靖国军大旗，高高飘扬在渭北大地的上空……

第三十三章

　　既大长了靖国军的志气，又大灭了陈树藩的威风，丰原大捷不失时机地配合了南方的护法斗争，既更加坚定了陕西军民反段倒陈的信心，又彻底扭转了靖国军在陕西处于被动的政治军事格局。

　　在军民们敲锣打鼓，飞龙舞狮，耍社火、唱大戏，像庆祝节日一样庆祝胜利的时候，陈德润却不声不响地回到了南河镇。既放心不下他的《陕西通志》，又不愿搅了军民们的雅兴，临走时，他只跟项氏兄弟打了个招呼。

　　南河实业学堂里，先生们纷纷放下了拿在手中的毛笔，跟陈德润这个当事人，他们像报告新闻似的，绘声绘色地讲述着这个大快人心的消息。对此，周佩坤却似乎颇为淡然，跟陈德润打了个招呼后，埋着头，他继续忙着自己的事情。对此，先生们也不觉得意外，因为在他们的眼里，周佩坤本来就是个局外人。

　　得知这次行动完全出自那个曾经说服他弃暗投明、不要再跟靖国军为敌的陈德润陈先生的安排时，胡景翼忙跟王士奇、张义安追问着他的去向，让陈德润留下来出任靖国军的参谋长，他觉得再合适不过了。

　　闻言王士奇、张义安面面相觑着，一时高兴，他们也发现多时都不曾看到陈先生了。于是将询问的目光，他们不约而同地投向了项氏兄弟。

　　"对省长李根源有诺在先，先生正为《陕西通志》奔忙。"见状，项氏兄弟异口同声地道，"这会儿，他大概已经到南河镇多时了。"

　　"真奇人也！"闻言，胡景翼惋惜地道。

　　不偏不倚，这致命的一击，正好打在了陈树藩的七寸上。苏醒后他立即组织力量，兵分两路同时从昭陵、从泾北直扑丰原，妄图一举消灭靖国军于立足未稳。

　　虽不乏猛将，却缺少帅才，是陕西靖国军的致命弱点。危急时刻，大家尚能团结一致，互相配合，协同作战，小胜后却难免意见分歧，又出现权力之争。胜利固然是可喜的，但被胜利冲昏头脑而滋长起来的骄傲与轻敌，却是十分的可悲。由此引发的意见分歧、乃至权力之争，则更是十分的可怕。

　　对某些人争于内而不争于外的做法，张义安、王士奇十分地不满，在多次劝胡景翼避实就虚、出兵省城未果后，一气之下，跟项氏兄弟率众约七八百人，他们一路过关斩将，势如破竹，直逼省城。

虽忙于编写《陕西通志》，时时刻刻，陈德润却都在关注着靖国军的命运。靖国军在丰原的胜利，让他感到欣慰，靖国军不能团结一致、同仇敌忾，又让他心急如焚，王士奇、张义安的无私而又无畏，又让他十分地感动。正要带谢铁成跟子明兄弟前去犒军，七十子兄弟的一个消息，却让陈德润禁不住又大吃了一惊。

跟幽灵似的，那个高鼻子、蓝眼睛的美国人，又一次出现在南河镇的码头。据说又有四箱瓷器要运往外地，跟四年前一样，他要雇两条大船。

吃一堑，长一智。有了上次的经验教训，加上又有陈德润的万千叮咛，船工们一面跟他讨价、还价，一面着七十子兄弟前来飞报。

当机立断，陈德润吩咐刘子明陪七十子去码头，要他们无论如何，先将活揽下来，然后，再设法摸清起运的准确时间。接着，他又吩咐马子亮飞马通知王士奇、张义安以及项氏兄弟，请求他们必要时，用武力予以支援。等众人各行其是后，陈德润又要通了邓玉昆的电话。电话里，他要他火速到昭陵前去察看，若情况属实，立即前来接应。

放学的钟声，提前地敲响了。借口有要事，陈德润要就近的学生通知家长，务必在天黑前赶到学堂。最后，他又要谢铁成到镇上，买百十个硬杂木杠子回来。

屋里，只剩下陈德润一个人。站也不是，坐也不是，踱过来又踱过去，他焦急地等待着。不久，刘子明首先赶了回来，说码头上的事，已经办妥了。

电话铃骤然响起。忙抓起话筒时，陈德润却有些失望。并不是邓玉昆打来的，勉强应付了几句后，"啪"的一声，电话被他挂断了。

当再次抓起骤然响起的电话时，虽仍不是邓玉昆的声音，陈德润却听得十分地认真。原来是王士奇打来的，他询问部队集结的时间、地点。陈德润告诉他时间是子时到丑时，部队要提前集结，地点在县城跟省城之间，在三女河、渭河的交汇处。

刚扣下话筒，铃声却又骤然响起。还没来得及松手，旋即，他又抓起了话筒。

"啊呀，把人都急疯了！"话筒里传来的，是邓玉昆那气急败坏、又略带抱怨的声音，"跟谁说话？要了半天，电话却就是要不通。剩下的四个国宝，全不翼而飞了，请先生千方百计地予以拦截，我马上就到！"闻言，陈德润却安慰他说："放心吧。这回就是插上双翅，量他也飞走不脱！"

刚放下电话，却见谢铁成装满杠子的马车，又吆进了大门。纷纷扔掉拿在手里的桌子腿，在车上，先生教授们又摸起了杠子。身着长衫，提在他们手里的却不是毛笔，而是杠子，先生们看起来不伦不类，甚至，还有些滑稽。

何全虎跟他那帮打墙的伙计们，首先风风火火地赶来了。听说毕士博卷土重来，大家既义愤填膺，又怒火中烧，听说要拦截国宝，他们又人人摩拳，个个擦掌。陈德润要他们先将那些精干点的家长们分成队，并分别担任各队的队长，由何全虎统一指挥。之后，他又跟他们详细交代了晚上的行动方案。

日头压山后，家长们差不多都赶到了。二三百人云集在操场上，黑压压的一大片，大家互相打听着，询问着，却没人能说出个子丑寅卯来。按陈德润的安排，何全虎从中挑选了八十个精壮的汉子，每十人编一队，共八队。何全虎吩咐大家说："今儿黑咱一不种地，二不打墙，今儿黑咱们这些泥腿子要干一场大事，一场惊天动地的大事。"

听说要干大事，而且还是惊天动地的大事，刚才还乱纷纷的操场，顿时竟静得鸦雀无声。何全虎接着又道："那个洋鬼子毕士博又来了，又偷了咱的四个国宝，这回，咱一定要将这龟子厮逮住！这事只能办好，不能办砸，谁要是夹着唢呐丢盹把事不当事，或者烂了事，我可跟谁不得零干。"

听说要拦截国宝，那些没被选上的，却都不乐意了。纷纷找到陈德润，他们众口一词地嚷嚷道："既然是国宝，咱也有一份对不对？既然不是何全虎他先人给他置下的，他凭啥瞅红蔑黑不要俺？"一边笑，陈德润一边跟他们解释说："这事人少了势单，人多了又惹眼。再说这么大个学堂，没人照看也不成喀！"

见陈德润说得在理，部分家长高高兴兴地留了下来。当然，也有难说话的，任你磨破嘴皮，他却说啥也劝不住。无奈，陈德润只好将他们编为预备队，负责接应。

子夜，残月西斜。河面上升起了淡淡的雾霭，城墙的轮廓，也被变得影影绰绰。远处偶尔传来一两声犬吠，近处河面上浪花翻滚、水声滔滔。北岸几条大船的船头，被缆绳死死拖住，在河水的摆布下，船尾却无可奈何地摇曳着。

风高月黑夜，强盗出没时。沿着城根一个鬼影时而走走，时而停停，跟幽灵似的，飘忽了过来。不久从阴暗的角落里，又飘出了几个鬼影，只闻窃窃私语，却听不清说的人话，还是鬼话。不一会儿，又传来马车那不堪重负的呻吟……

一阵轻轻的骚乱后，四辆马车被分别吆上了两条大船。顺流而下，大船悠悠地驶离了北岸、驶向了河心，旋即，又消失在茫茫的雾霭中。

冬夜，又恢复了原来的静谧。

突然，随着一声尖锐的呼哨，于一瞬间南岸上火把通明、人声鼎沸，半面天被照得如同白昼。

"不好！"正暗自庆幸，转瞬间，鬼魂们又连连叫起苦来。刚插在腰里，手枪还没来得及再次拔出，随着一阵扑通扑通的声响，跟下饺子似的，船工们瞬间不见了踪影。

船却并没因此而失控，也不再顺流而下，而是向着人声、向着火把慢慢地靠拢，再靠拢……后来，竟慢慢驶离了渭河，逆流而上，又驶进了三女河。

"军用物资，谁敢拦截？"船上，有人气急败坏地大声吼道。话没落点，紧接着又是"啪啪"两枪。

"军用物资？那就对了。"一个声音应声道，"我们要的，就是这！"来而不往非礼也。"啪！啪！"两声，南岸也回报以枪响。跟死猪一样，两条大船被数十根挽钩，死死地拖在了三女河的西岸。

"甭误会，这是陈督军的东西。"来自船上的声音，无形中没了底气，"兄弟我……我只是奉命押运。"

这时，天色已经破晓。

"那就先谢谢督军了。"岸上道，"却之不恭，我等只好受之无愧了。打开！"随着一声令下，茅草被掀到了水中。随着一阵木材的撕裂声，木箱也被打了开来，赫然在目，四个被打成碎块的国宝，呈现在光天化日之下。

人赃俱获。身着便衣的军警们，全都被缴了械，一颗颗耷拉着的脑袋，活像被浓霜打了的茄子。

呢子礼帽被掀落后，又随波逐流而去，剩下的，是一个跟隔年葫芦似的秃瓢。虽然漂亮，可惜却是假的。美髯被撕去后，坐落在滴溜溜两个贼眼间的，是一座高耸着的鹰隼鼻。长衫被剥去后，"脱颖而出"的，是裤带拴在脖项的西式洋装。

"久违了，毕士博先生！"陈德润讥讽地道，"还认识吧？"闻言偷偷地抬起后，隔年的干葫芦似乎还摇动了一下，接着，却又垂了下去。

"真是贵人多忘事。毕士博先生，这东西想必还不至也不认识吧？"说着那个刻有"士"字的烟斗，被陈德润送到了隔年葫芦的面前。这次，隔年的干葫芦似乎没再摇动，而是在战栗了一下后，耷拉得益发地低了。

"我们中国人讲求的，是完璧归赵。"说着，烟斗被陈德润一把塞进鹰隼鼻下的嘴里。偷看了陈德润一眼后，隔年的干葫芦垂得更低了。

"可惜！"张义安惋惜地道，"可惜这国宝，却无法'完璧归赵'了。"

"牛犄角向外顶。你们这些败类！"王士奇道，"竟敢监守自盗，对国宝下此毒手！十恶不赦，砍十回头，都不为过！"说着他的枪口，已对准了那个领头的军警。两腿一软，又扑通一声，领头的军警早跪倒在地。

"小的自知罪孽深重。看在八十岁老娘的份上，就饶了我这条狗命吧。"领头的军警，在不住地哀求着，磕头如捣蒜，他不敢稍有停顿。唯恐一停，王士奇的食指便会一紧，他的食指只要一紧，他的脑袋，将立即开花。

"哗"的一声，军警们跟着也齐刷刷地跪倒了一片。没有跪，毕士博犹鹤立鸡群，那颗隔年的干葫芦，则显得更加地抢眼。

"冤有头，债有主。"陈德润劝住了王士奇，"我们还是跟陈树藩算账吧！"

四辆大车依次被谢铁成、刘子明、马子亮他们吆上了岸。带着人，邓玉昆赶到了，先生跟接应的家长们，也赶到了，周围的群众，也都闻声赶了过来，渭水南北人山人海，三女河东西万头攒动。

这时，天色已经大亮。

"带走！"王士奇大声地命令道。

"且慢——"随着一声大喝，如飞而至，两人两骑来到了三女河的东岸。

一看服装，便知是陈树藩的人，一支队伍，还远远地跟在后面。

不等令下，稀里哗啦，一阵拉枪栓的声响后，靖国军的弟兄们早将枪口，齐刷刷地指向了对岸。一瞬间，气氛又紧张起来，像是捞到救命的稻草，刚才还垂头丧气的军警们，这时，又变得神气十足起来。

"识相的，就赶紧放行。"领头的军警道，"在陈督军面前，本营长可替你们求个人情，免你们不……"不料随着"啪"的一声，王士奇便是一记重重的耳光。还没说完，捂着脸，他再也不敢屄干①了。

"姓樊的！"对着东岸，张义安大声地道，"为了国宝，今日，我跟你拼个鱼死网破。"既然是陈树藩的人、是敌人，不是接应军警，他们又来干啥？

来人叫樊钟秀，另一个是他的参谋长，奉陈树藩之命扼守在三女河的东岸，跟靖国军，他们已对峙多时了。

"张义安！你把事弄清。"隔着河，樊钟秀道，"以前你我为敌不假，可那是咱中国人的家务事。今日我们却不是敌人，而是兄弟。我们的敌人，是那个美国佬。你想想，我也是中国人，眼看国宝被美国佬从咱眼皮下偷走，我能装聋作哑、无动于衷吗？今天，我可是来帮你的，而不是跟你拼命的。"

"姓樊的！"张义安冷笑道，"昨天，你还恨不能喝口凉水将我们吞下去，今日，你却说得比唱的还好听。你走你的路，我们有的是人，不敢劳你的大驾！"

"樊钟秀！"王士奇又接口道，"自古兵不厌诈。既是真心爱国，你敢将队伍向后撤，然后扔掉枪一个人过来吗？"

"咋不敢？"樊钟秀道，"我压根就没带枪，部队也停在了射程之外，不信咧你们看！"说着，用马鞭向后指了指，接着跟他的参谋长，他们又脱去军装、露出了衬衣。放眼望去，王士奇、张义安见他们果然没有带枪，部队也真的停在了一里开外。

"那好！"张义安道，"你等会儿。我派人接你们过来。"

不一会儿，樊钟秀跟他的参谋长，被七十子兄弟用小船接了过来。见他们果然都是赤手空拳，王士奇、张义安这才拉着他们的手道："樊兄爱国之心，天日可鉴！刚才多有得罪，还请见谅。"挥动双臂，樊钟秀却笑着道："跟你们一样，这两条胳膊肘，我向来都是不会向外拐的。"

　　"说得好！"闻言，陈德润高兴地道，"兄弟阋墙，外御其侮。走，我们共商大事！"

　　老爷庙前，三张条桌一字儿排了开来，陈德润、邓玉昆居中，王士奇、张义安居左，樊钟秀跟他的参谋长居右，右首靠下的一张桌子上，戴维等待着做翻译，左首靠下的一张桌子上，周佩坤等待着做记录。靖国军被分为三列，一列在后，其余分立在左右两侧。麦子还没起身，麦地里站满了手拿钉耙、镢头的群众，老爷庙被围得跟铁桶一般。

　　被两个全副武装的士兵首先押来的，是江洋大盗毕士博。

　　"我抗议！我……"一边挣扎，毕士博一边用生硬的中国话吼道。

　　"抗议！做贼的也配提抗议？"陈德润嘲弄地斥责道，"看上去人头嘴脸的，吃的是人饭，拉的却是狗屎，漂洋过海，你竟偷到我们中国来了。啥叫江洋大盗？这就叫江洋大盗！"

　　"不，不是偷，是买！"鸭子煮了七十二滚，浑身都烂了，毕士博的嘴，却还是硬的。

　　"老实点儿！"谢铁成警告他道，"不然，先割下你的九斤半，再扔到河里喂王八。"说着他那口跟铡刀似的切面刀，已架在了毕士博的脖子上。

　　"砍呀！快砍呀！砍下去！"愤怒的吼声撼天动地。毕士博终于垂下了贼头，垂下了那个隔年的干葫芦，跟筛糠似的，他抖了起来。

　　"买！"陈德润冷笑着，"你出了多少钱？"

　　"大洋……"毕士博嗫嚅着，"一百万……"

　　"交给谁了？"陈德润紧追不舍，"有收据吗？"

　　"有……交给了……"毕士博结结巴巴，"交给了陈督军的父亲，叫……叫陈声德。"

　　为洗刷自己，毕士博不得不将那张肮脏的交易合同，拿了出来。有陈声德签字的交易合同，在众人手里传阅着。拿着合同，又交换了一个眼色，樊钟秀跟他的参谋长惊得目瞪口呆。

　　"你以为这是陈声德的私产吗？你以为我们的国宝，就值这几个臭钱吗？你能说服你们的总统，将纽约卖给我们吗？"陈德润连连地质问着。见毕士博半晌不语，他喝了声"押下去！"

　　老爷庙里，善后会议在连夜举行。对毕士博大家几乎是众口一词，要求就地凌迟处死，以争国威。不想陈德润却没投赞成票，他劝众人道："大家的心情，可以理解。只是事关重大，不宜操之过急，不如先交邓县长秘密关押，待案情进一步落实后，再作道理。"闻言，樊钟秀立即附和道："先生言之有理！这事尚属首例，咱们谁也没经过，弄不好，会引起国际争端。"

"更重要的，"陈德润又道，"是可以利用这个活口，迫使陈树藩恢复省长李根源的自由。"闻言，众人这才恍然大悟，觉得还是陈德润想的周到，于是一致通过。

对国宝的安置，一时，众人竟拿不出更好的主意。于是，都缄默不语。陈德润道："已被打碎，再放回昭陵，显然已不可能，也不保险，不如由樊长官请示陈树藩，看能否先保存在省城的博物馆。"闻言，众人吃惊地道："辛辛苦苦，我们截获的国宝，又交给他？他要是再卖给洋人，咋办？"陈德润笑道："这事已弄得沸沸扬扬，又一名二声的，借他个胆，量他也不敢再动此邪念！"当大家一致要求他跟上次一样，将事情的内幕撰文公之报端时，陈德润却道："此一时，彼一时，眼下的陈树藩还不是当年的陆建章，他还没到山穷水尽的时候，为随时敲打他，不妨先留下这个把柄。有这块巨石压在他的心头，投鼠忌器，量他再不敢我行我素、为所欲为了。时机成熟时，我自会让他臭名远扬、遗臭万年的。"

涉及对军警的处置时，陈德润道："按说他们是受人差遣，身不由己，也罪不至死，若释放，又恐对樊长官不利。"话刚落点，不料樊钟秀忽地站起来道："樊某乃一草民，本想安分守己，不料被恶人欺凌，万不得已，才举家由豫入陕，不想天下乌鸦一般黑，在陕北，又为土匪糟践。既然惹不起又躲不起，于是干脆杀了匪首，不想就此沦落绿林、竟成了草寇。后来所以归陈树藩节制，原以为就此可步入正途，不想，又明珠暗投了。今日有幸结识诸位仁人志士，樊某自觉相见恨晚，靖国军乃正义之师，如各位不弃，樊某愿弃暗投明、就此起义，并跟诸位同心协力，共同讨贼，一雪前耻。"

樊钟秀的一席话，大出了所有人的意料。一阵面面相觑后，在陈德润的带动下，大家这才报以热烈的掌声。张义安、王士奇更是感动不已，跟樊钟秀以及他的参谋长，众人纷纷起身，握手言好。

一家人不说两家话。在陈德润的授意下，将阳都民众跟靖国军成功拦截国宝的事，樊钟秀用电话跟陈树藩，做了汇报。他谎称说，多亏自己及时赶到，国宝才没落在靖国军的手里。还说为防不测，国宝将于明天一早送抵省城，请求陈树藩派人接应。当问及其中有没有外国人时，樊钟秀又诓他说不曾看到。话筒里陈树藩"嗯嗯啊啊"了几声后，电话被挂断了。

晚上对军警，众人又分头单独进行了审讯。果然不出陈德润之所料，在兵分两路进攻丰原的同时,又趁火打劫,陈树藩要部下帮毕士博将国宝打碎装箱后,又藏进了一个隐蔽的山洞。见风平浪静,毕士博企图偷运,却没想到在连夜运出时,竟……

第二天"哗啦"一声,单独关押军警头目的房门,被打开了。跟着伙夫的屁股,提着他那口跟铡刀似的切面刀,谢铁成走了进来。颇为丰盛,饭菜被伙夫一样样摆在了军警头目的面前,最后,他还给他拿出了一壶烧酒。

"恭喜你了。"谢铁成没好气地道,"赶紧吃,吃饱了好上路!"

闻言,军警头目登时便傻了眼。谢铁成所言,不正是在处决死囚前,他对他们常说的那句话吗?

"爷爷开恩!"哪里还有心思吃饭,趴在谢铁成的脚下,军警头目磕头如捣蒜,"小的自知罪该万死。看在八十岁老娘的份上,就留小人一条狗命吧!"

"起来,起来!谁说要你的命来着?"又好笑又好气,谢铁成道,"盗宝有功!快吃饭,吃饱了放你回去。"看着谢铁成提在手中的,那口跟铡刀似的切面刀,军警头目哪里肯信。他接着哀求道:"如果非死不可,容小的,再看上老娘一眼,哎嗨嗨嗨嗨……"

人之将死,其言也哀。说罢趴在地上,他竟放声大哭起来。

正哭笑不得,不料拿着一封信,陈德润恰巧走了进来。谢铁成这才如释重负,一看这架势,陈德润也明白了。

"铁成,"陈德润道,"你去忙你的。"等谢铁成出去后,他又对军警头目道,"靖国军不是陈树藩,不会想杀谁就杀谁,虽有罪,你却罪不至死,尽管放心地吃饭,吃了饭,就放你回去。不过这封信,你得替我亲手交给陈树藩,不然的话,即便我们放过你,他却不会放过你。"

闻言,军警头目这才停止了嚎啕,将信将疑,他先看了陈德润一眼,再看信时,见上面写道:

经查,昭陵六骏中的特勒骠、什伐赤、白蹄乌和青骓等四件国宝,被陈树藩伙同其父陈声德盗卖给美国人毕士博,获赃款计大洋一百万元。盗运途中,幸被我阳都民众跟陕西靖国军人赃俱获。其犯罪事实清楚,铁证如山。毕士博等,亦供认不讳。陈氏父子罪责难逃,专此警告。
　　　　　　　　　　陕西靖国军　民国七年十月十四日

看毕,军警头目这才信以为真。但他却还是长跪不起,说:"爷爷该不会借陈督军之手,杀了小的吧?"闻言,陈德润笑道:"不会的,不会的。有罪证捏在我们手里，陈树藩做贼心虚，眼下，他巴不得有个人替他牵线搭桥，来跟我们讨价、还价。你正是他求之不得的人选，他赏你还来不及，又怎么会杀你呢？依我看不出两天，他还会派你，来找我们的。"

"真的？"闻言，军警头目这才转悲为喜，他连连跟陈德润，磕着响头。

果然！翌日上午，军警头目，又回来了。

"莫不是神仙下凡？"一见陈德润，他便兴高采烈地道，"陈督军派来的副官，就在外面，指名道姓，他要求面见先生。"

在陈德润的授意下，王士奇、张义安接见了来使。果然不出陈德润的所料，来人想要回毕士博及其口供，问靖国军有什么条件。闻言王士奇、张义安道：" 放人，还可以考虑。但必须在省长李根源，恢复自由以后。口供不能给，但可暂不，公之于众。"来人正待纠缠，王士奇、张义安却在一声"送客"后，已扬长而去。

黔驴技穷，陈树藩不得不释放了李根源，条件是要其立即出境，不得再在陕西滞留。在李根源安全离陕后，靖国军这才释放了毕士博。

当事人毕士博虽被遣返、回了美国，但作为物证，他签过字、画过押的一纸供状，却留在了中国，留在了陈德润的掌握之中。如鲠在喉，陈树藩是咽之不下，又吐之不出。更要命的，是樊钟秀阵前起义，打起了靖国军的旗帜。突然反戈，杨虎城将矛头，也指向了西安。王士奇、张义安如虎添翼，陕西靖国军更是声威重振，省城，却岌岌可危。

---

①屄干：关中方言，指多嘴。

第三十四章

光阴荏苒，眨眼间郭福寿的长子郭德厚，陈德润的长子陈致远，佘有志的儿子佘大勇等嘴巴周围的黑色晕圈，已隐约可见。其喉结已明显地突出，其说话也变得瓮声瓮气，是南河实业学堂的首届毕业生，他们已经是十六七的半桩小伙子了。

读了四五年书，郭德厚却连一封七八十字的短文，都写不通顺，而且经常是错别字满篇。《百家姓》他只记住了前四个——赵钱孙李。《三字经》还好点，能念到"人之初，性本善"。扬场使的左右锨，吆车用的长短鞭，庄稼活郭德厚却是无师自通、算得上是"把式"了。犁耧耙糖，装车摞积，扪锄子擩草，扳辘辘浇水，推土车子垫圈，无论粗笨活还是技巧活，没一样能拿住他。先生们说他是天生的、戳牛后半截的，庄稼汉坯子。闻言，郭德厚却并不以为然，他嘿嘿地笑着道："七十二行，庄稼为王。没我这庄稼汉坯子，有人，怕是早该喝西北风了。"

好不容易熬到了毕业，书包一撂，郭德厚仿佛卸掉了千斤重担。长长地舒口气，抱着铺盖，他干脆住进了，谢铁成的牛圈。帮谢铁成务弄庄稼，摇身一变由一名学生，他成了南河实业学堂的员工，有事走上十天半月，谢铁成再也不必担心了。田间地头，郭德厚会安顿得井井有条；屋里屋外，他会收拾得有条不紊，而绝不会撂半点麻达。

《百家姓》还凑合，照着书虽结结巴巴，佘大勇总算还念得下来，《三字经》，可就不敢恭维了。不知道这弟子已是个老"烟民"，先生们只知道他人不笨，却就是不用心。说轻了犹鸡毛撞钟，他一声不吭；说重了他会突然顶上你一句，说古人云"背不过，师之惰"。哭笑不得，先生们只好摇着头叹着气道："叫唤的狗，不咬人；咬人的狗，不叫唤。真是个踢死人的蔫叫驴！"

阿达不踏实，那肯定是有鬼。生怕儿子染上烟瘾，儿子却偏偏，染上了烟瘾。为了让儿子能继续念书，抽大烟的事，被多儿瞒了下来。于是，佘大勇终于勉勉强强地，混到了毕业。

多儿身体越来越差，心口痛越来越频繁，也越来越严重了。经常是刚刚吃下去，不久，却又全都吐了出来。吃下去的是面条，吐出来的，仍然是面条；吃下去的是包谷糁，吐出来的，依然还是包谷糁。她已经没有力气，也没有精神管教儿子佘大勇，跟女儿佘大花了。

　　毕业后顺理成章，佘大勇成了佘记烟馆的少东家，过瘾时，他再也用不着偷偷摸摸了。

　　处理完国宝再次被盗的善后事宜，陈德润又急急忙忙地回到了南河镇。一面继续忙着编写《陕西通志》，大家一面纷纷议论着国宝被盗的前前后后。他们既为能给拦截国宝出点力而引以为自豪，又为国宝被毁而感到十分的痛惜。既为省长李根源重获自由而感到由衷的高兴，又为他不能再当省长，不能再支持《陕西通志》的编写而深感遗憾。

　　晚上喝汤时，老秀才这才发现他的大孙子陈致远，一天都不曾照面了。问起时，老神仙却道："不是夹在人群中，跟你们一块拦截国宝去了吗？"一经提醒，老秀才这才又想了起来。当时他还撑过他、不让他去，可一眨眼，他却又不见了人影。回过头，他又问起了儿子。陈德润却说慢说是人，连影子，他都不曾看见。老秀才、老神仙又问起了孙兰玉。闻言，孙兰玉却一下子怔住了。过了半晌，她这才失神地道："瞎了，瞎实了！这崽娃子可能是，跟着队伍走了。"

　　此前，陈致远就不止一次地缠绾过孙兰玉，说要跟王士奇去参加靖国军。见他年龄尚小，孙兰玉一推六二五说："你还小，先再念两年书，参加靖国军的事，以后再说。"当时孙兰玉心想，他只不过是随便说说，因此，压根就没往心里去，更没跟其他人提说过。

　　一听这话，老秀才再也坐不住了。撂下碗他就要去队伍，要把孙子找回来。将他劝住后，陈德润又安慰他说："爹，您老人家先甭急！有王士奇关照，他不会有事的。再说黑灯瞎火，又磕磕绊绊的，您到哪儿去找？明儿个一早，我就把这崽娃子给你拽回来。"闻言，老秀才这才颓然地坐了下来，可这饭，他却说什么也吃不下去了。这晚孙兰玉准备的饭菜，又剩了一河滩。

　　第二天一大早，陈德润正待出门，不料电话铃却骤然响起。折转身，他又抓起了话筒，话筒里传来的，竟是陈致远那嘻嘻嘻的笑声。对着话筒，陈德润生气地骂道："这碎崽娃子！你爷、你外爷跟一家人，都快急疯了，你小子却还嬉皮笑脸的。你、你赶紧给我滚回来！"那头在电话里，陈致远却依然是笑嘻嘻的："爸，等把陈树藩撵走，我立马回来，可现在不行！"一听说撵陈树藩，陈德润的口气，不觉缓和了许多："撵陈树藩是大人们的事，你还小，还是个孩子。"闻言，陈致远却不再嘻嘻哈哈了："爸，您常说男大十二夺父志，眼下我都十七了，你却还把我，当成小孩。这么大霍去病已驰骋大漠，纵辔祁连，封狼居胥山，又饮马贝加尔湖了。二十二岁时，汉武帝就要拜他为大司马，兼骠骑大将军，还要给他修司马府。他却坚辞不受，说'匈奴未灭，何以为家？'今陕地烽烟四起，三秦民不聊生，陈贼不除，虽有家，能安居否？"

那头，陈致远引经据典，慷慨陈词；这头，陈德润却一时语塞，无言以对。半天听不到他爸的声音，正慷慨陈词，陈致远却突然紧急刹车。"爸！爸……"对着话筒，他连声地喊道，"爸，您没事吧？"闻言，陈德润竟鼓励儿子说："你说，你说！爸听着。"陈致远这才接着又道："爸，您还经常跟我说'文事者必有武备'，不打倒这些军阀，一切都是空谈！为禁烟辛辛苦苦，您奔走了整整一年，眼下，还不照样是恶卉遍地……"

那头，陈致远还待说下去，不料这头，老秀才却走了进来。打断儿子，陈德润道："你说的都对！只是你爷爷他……你，你还是自己跟他老人家说吧。"说着，他顺手将话筒递给了老秀才："爹，您孙子打来的。"

"爷，您老人家不要为我担心。"老秀才刚接住话筒，他孙子的声音，却早传了过来，"听说我是偷着跑来的，士奇叔他也怕您老人家担心，于是一大早，他就逼着我打电话给家里。他也说我还小，不准我上阵杀敌，要是家里同意，他只安排我给他跑个腿、打个杂，不信咧你问他，他就在跟前。"

"年伯，"那头果然换成了王士奇，"致远说的，都是实话。这孩子为人机灵，在队伍上，说不定会大有出息。您老要是同意，我就将他留在身边；您老要是不放心，我立马派人送他回去。去还是留，我听您的，您老人家说句话。"

那边，王士奇在耐心地等待着。陈致远却是急不可耐，踮起脚尖将耳朵，他凑向了话筒。生怕从那头传过的，是那个他最不愿听到的"不"字。等了半晌，那头却并不置可否，而是在长长地叹了口气后道："那就给你添麻烦了，要多敲打他，教他常来电话。"

慌不择路。在跟段祺瑞急电求援的同时，陈树藩又恐远水难解燃眉，于是不惜引狼入室，他又就近求助于河南的刘镇华。对陕西垂涎已久，正苦于没有借口，闻言刘镇华既喜出望外，又求之不得。入关后，他却又以师出无名相要挟，而按兵不动。无奈陈树藩只得将机关算尽、才从李根源手里抢来的省长，又拱手让给了刘镇华。

醉翁之意不在酒。帮陈树藩是假，垂涎富庶的三秦大地，刘镇华才是真。既想当婊子，又想立牌坊。为保存实力，同时又不失信于陈树藩，跟靖国军，他虚与周旋着。话虽如此，却毕竟分散了靖国军的力量，而使其不能速胜。同时，又给段祺瑞赢得了时间，从而让陕西局势，更加地错综复杂，让三秦父老的苦难，也更加的深重、沉长。

驴粪蛋，两面光。摆出一副和事老的架势，刘镇华企图劝说胡景翼就此撤兵。见省城久攻不下，又对刘镇华抱有幻想，胡景翼果然不但不再增派兵力，反而三令五申要张义安、王士奇等，退守渭北。

将在外，军令有所不受。见张义安、王士奇迟迟地不肯撤回，以召开紧急会议为名，胡景翼竟骗其将部队，撤到了三女河以西，从而，又错过了一次绝好的战机。

军情紧急，将军务交给项氏兄弟后，张义安、王士奇立即轻骑北上。途经南河镇时，仓促间，他们还拜会了一下陈德润。

这时，陈致远已是一身戎装。他头戴大沿帽，腰系武装带，脚蹬高筒战靴；取斜向盒子枪的皮带，由左肩经武装带直通右臀；黄褐色的牛皮枪套里，盒子枪那乌黑的枪柄，也依稀可见。形影不离，陈致远紧跟着王士奇，而紧跟在张义安身边的，是个同样精干的小伙子。

一时眼馋，伸手陈静远就要摸他哥的手枪，不想却被眼尖手快的陈致远，给制止了："这东西，可不敢弄着玩儿！走了火，会伤人的。"

前面陪张义安、王士琦，陈德润正在说话。后面老秀才、老神仙、孙兰玉，轮换地抚摸着陈致远。在陈致远的眼里，爷爷、外爷似乎一下子衰老了许多。母亲孙兰玉，似乎也憔悴了不少，几天没见，大家竟恍若隔年。

儿大不由娘。儿子（孙子）大了，出息了，有了自己的想法，已经由不得大人了。儿行千里母担忧，作为长辈，他们没有理由不答应他，而只能是既替他高兴，又替他担心。枪子儿没长眼，自然更不会认人了，为儿子（孙子）担心，他们能不衰老、能不憔悴吗？

他们要走了。连饭都没顾得上吃，就要走了。在孙兰玉的眼前，儿子竟变得模糊起来。看着在母亲眼眶里直打转转的眼泪，心里一酸陈致远的眼睛，不觉也跟着湿润起来。倒退几步后，咬着牙又狠着心，转过身陈致远匆匆而去。但两个爷爷的华发，以及母亲眼角的鱼尾纹，却怎么也挥之不去。孙兰玉的眼泪，终于还是夺眶而出……

　　慈母手中线，游子身上衣。
　　临行密密缝，意恐迟迟归。

一时陈致远竟想不起这是哪位诗人留下的，令人辛酸而又心碎的绝唱。

所谓的紧急会议结束后，张义安、王士奇谢绝了胡景翼的刻意挽留，义无反顾，他们又去了枪林弹雨的前线。

三女河就在眼前，不料随着突如其来的一声枪响，归心似箭、率先拍马登上西岸的张义安先是向后一仰，接着，又翻身落马。吃惊中滚鞍下马，王士奇去扶张义安。一眼陈致远却发现对岸，有个黑洞洞的枪口，这枪口，又在向王士奇瞄准。说时慢那时快，陈致远只一甩右手，枪响处，那个罪恶的枪口连同它的主人，应声滚进了三女河。

躺在王士奇的肘弯里，张着嘴，张义安却一个字，都没能说出。吃力地向西安方向指了指，随着身子一软，他的头，也歪倒在一边。

壮志未酬，死不瞑目。为了革命，这个曾一度让陈树藩闻风丧胆的关中汉子，将他的一腔热血，洒在了三女河畔，时年仅二十九岁。

人生一世，草木一秋。冬去春来，草木将再次复苏，这个年轻的生命，他还能再次复苏吗？

鲜血染红了灾难深重的黄土地，巍巍秦岭在为他默哀，滔滔渭水在为他壮行，悠悠的三女河，也在为他饮泣……

没有人为他树碑，也没有人为他立传。他太年轻，级别，也太低了。除在《陕西通志》中补写了一笔外，在烈士捐躯的地方——也是他长眠的地方，陈德润亲手植下了，一棵石榴树。几年后，石榴树开花了，花是那样的红，红得像火，红得像血。

龙城飞将今何在，秦人怀念张义安

奉段祺瑞之命助"陈"为虐，奉系军阀许兰洲部，直系军阀张锡元部，先后地开进了陕西。张义安不幸罹难，靖国军锐气顿挫，孤掌难鸣，王士奇只得退回了渭北。渭水南北，三女河东西的大片土地，也得而复失。以泾水为界，敌我双方，又成对峙之势。

令佘有志百思不得其解的，是一向无意官场，陈德润却屡屡被硬请着"出了山"、做了官，而且第一次，就是个七品的县知事。接着，又是全省的禁烟督办，少说，怕也是从六品了。自己整天谋思着想弄个一官半职，结果银子倒是花了不少，却才弄了个既没品级，也不入流的总乡约。好在虽没品级，也不入流，却多少，还有些实权。凭这点实权，在南河镇一带，佘有志还的确耀武扬威了一阵子。

原打算先将就着以待天时，没想到窝还没暖热，时局却像是川剧里的脸谱，说变，就变了。又像是关中人烙锅盔的鏊子，说翻，就翻了。结果鸡飞了，蛋也打了。这次有幸结识了督军陈树藩的小舅子钱少爷，只说时来了运也转了，不料财迷心窍，一时大意自己竟在《自首书》上，稀里糊涂地签了名。多亏钱少爷偷梁换柱将他的大名，从《自首书》挪到了《劝进书》，佘有志这才大难不死，还有了进京当官的希望。谁想人在倒霉的时候，连喝凉水都塞牙。关键时刻，袁大头却不争气给死了，杀了一辈子人的陆屠夫陆建章，也被人给暗算了。竹篮子打水，佘有志又落了一场空。好在陈树藩还在，还没死，眼下，他还是陕西的土皇上。钱少爷也答应弄个七品县长，让他当当。做梦都想着当官，在省城，佘有志正拭目以待。

可怜多儿五六天来，已是滴水未进了。腿像是两根烧火棍，手像是一对鸡爪子，她瘦得只剩下，皮包骨头。凹下的两腮，深陷双眼，又让她形同骷髅、看起来十分地恐怖。心口痛已不再是阵发，而变为持续，痛起来连呻唤的力气，她都没有了。除了日夜陪护的柳叶、余儿跟明儿，除了经常前来探望的孙兰玉、菊儿，谁也无法相信眼前这个恐怖的多儿，就是当年那个曾经令人驻足、瞩目的多儿。

久病床前无孝子。已经辍学，开始佘大花，还不断地抹着眼泪，还能守在她妈的跟前，还能给她端汤、给她送饭、帮她送水火。后来见多儿汤水不进，既不屙，也不尿，她索性大撒手不管了。耐不住郭德玉的诱惑，在家，多儿要死要活的；在外面，佘大花却风流着、快活着，甚至常常是，夜不归宿。

借口生意忙，整天待在烟馆里佘大勇又是吞云、又是吐雾，连面，他都不曾闪过一下。满肚子都是气，背过明儿，借秦腔《起解》中苏三的一句话，柳叶骂佘家是洪洞县没一个好人，全一窝子贼寇。

不指望佘有志，又见佘大勇、佘大花，也都指望不住，柳叶、余儿跟明儿，只好轮流地陪护着多儿。隔三差五前来探望，孙兰玉、菊儿也时不时地，帮着她们。老神仙、戴维只能配些止痛的药，来缓解一下多儿的痛苦。

这天约同孙兰玉，菊儿她们又一次来看多儿。多日来水米不沾，不料，这天多儿竟意外地想喝点拌汤。闻言很快就拌了大半碗，余儿给她姐端了过来。虽咽得有些艰难，大半碗拌汤却竟被多儿，全都喝了下去。这次，她例外地没有呕吐，精神似乎，也好了不少。喝完喘着气，对着孙兰玉、菊儿，多儿感激地道："这……这阵子，给你俩添……添了，不……不少的麻……麻烦，不知咋……咋样，才能报……报答你们？"闻言孙兰玉忙宽慰她说："人又不是铁打的，谁还没个头痛脑热？还是好好将息自家的身子，这些生分话，就甭说了。"虽没言传，菊儿却一个劲地点着头，附和着孙兰玉。

艰难地回过头，对着余儿，多儿又道："姐……姐身子骨，不……不争气。咱妈她……她这辈子，不……不容易，眼下又上……上了年纪，你就替……替姐多……多操些心，多……多劳些神……啊——"

"姐，你放心！"流着泪，余儿一边点着头一边道，"这……这我知道。"喘息了一会后，拉住明儿的手，多儿又道："咱……咱姑嫂一场，嫂子有啥不……不到的地方，你就多……多担待些。"

"好嫂子，"噙着泪，明儿道，"多担待的不是我，而是你。是我们佘家对……对不住你。"又歇息了好一阵子，多儿这才拉住柳叶的手说："妈，您老人家上……上了年纪，自己要多……多保重。"

闻言刷地一下，柳叶的眼泪，已汹涌而出。背过身她一边擦着眼泪，一边难过地点了点头。为让她母女说会儿心里话，对着菊儿、明儿，孙兰玉在使了个眼色后，又悄悄退了出去。菊儿、明儿会意，于是，也跟着退了出去。

刚才的话，此前多儿曾不止一次地，跟她们说过。毕竟年轻，明儿并没觉察到多儿今天所说的，跟以往有什么不同。似乎还看到了一线希望、一线转机，对着孙兰玉、菊儿，她轻松地道："跟前两天比我嫂子，她好像好多了。"不料闻言摇着头，孙兰玉的心情，却更加地沉重了："好我的瓜妹子！这叫'回光返照'，不是啥好兆头。"闻言，明儿又吃惊了："回光返照？啥叫回光返照？"这时，菊儿已经是眼泪巴巴："没见棉油灯在油熬尽时，反而，会突然亮一下吗？你嫂子刚才的话，似乎是在跟我们诀别。"闻言明儿心里一沉，明儿失神地捂住了，大张着的嘴巴……

柳叶的心里，是再也明白不过了。那个可怕的、生离死别的时刻，终于不可逆转地、一步一步地逼近了。一边跟多儿说话，她一边帮余儿用热水给她擦洗着身子。

灶屋里菊儿、明儿、孙兰玉正忙着，却见子明兄弟正好赶了过来。拦住他们，孙兰玉忙道："快！快找凳子、找床板，多儿怕是……"一句话没说完，她却被屋里传出的惊叫声，给打断了。急忙赶过去看时，见多儿已是奄奄一息，只有出来的气，没有进去的气了。

"多儿！多儿——"

"姐姐！姐姐——"

"嫂子！嫂子——"

围住多儿，柳叶、余儿、明儿、菊儿跟孙兰玉异口同声地呼唤着，呼唤着她。明知已不可能，她们却还在努力着，希望能出现奇迹，希望能从奈何桥头，将她唤回来。见多儿毫无反应，若不是孙兰玉用眼色制止，余儿跟明儿，怕早都哭出了声。一边抹着眼泪，她们一边眼睁睁地、无可奈何地看着多儿。目送着她，她们眼看着她走完了她人生旅途的，最后一步，直至终点。

年轻的多儿，老了。这是一个既暂短、又艰难的人生历程。善良的多儿，苦命的多儿，可怜的多儿，你一路走好！既然无法挽留她，我们也许只能这样地告慰她，但愿她从此脱离苦海、步入天堂，步入《佛经》上所说的那个"极乐世界"，或者《圣经》上所说的那个"伊甸园"。

当多儿咽下最后一口气时，余儿、明儿失声地恸哭起来，一向温柔的菊儿，这时却禁断她们说："甭哭！眼下，还不是哭的时候。赶紧！赶紧把'老衣'，先给她穿上，过一会，怕就穿不上了。"

受到斥责，强忍着余儿、明儿，果然不敢再哭了。哽咽着，她们帮菊儿里三层、外三层地给多儿,穿上了"老衣"。将一枚铜钱放进多儿嘴里后,菊儿就手将那条系铜钱的红丝线,又套在她的脖子上。

在大家的帮助下,子明兄弟将多儿那看似臃肿,实际上却轻得跟灯草一样的遗体,抬上了刚刚支起的木板床。用一张"蒙脸纸",孙兰玉蒙住了多儿那个,跟巴掌一样大的脸。将一张黄表纸对折成三角后,刘子明贴上了头门的门脑。一碗七生八不熟的小米干饭,又被菊儿摆上了支在多儿头顶的灵桌,叫作"倒头饭"。

一把香被打开点燃后,又被菊儿一根一根地,插在了倒头饭上。余儿、明儿的黑头上,也被孙兰玉分别缠上了,白麻孝布。

一张烧纸在蜡烛上被点燃后,旋即又被丢进了,放在多儿脚下的瓦盆。一屁子坐在土脚地,突然"哎呀——"一声,柳叶扯开了嗓子……早控制不住,余儿、明儿跟着,也大声地嚎啕起来,余福庄里一时间悲声大放……

佘有志没乡情,但一向无是无非,多儿却人缘极好。加上南河实业学堂刚好放学,消息一传十、十传百地传遍了河西堡、河东堡、南河镇。闻声,实业学堂的先生们,首先赶来了。河西堡的,也跟着赶来了。不久南河镇、河东堡的男男女女们,也陆续地赶来了。见佘家连狗大个人都没有,老木匠、老秀才、老神仙、老地主经过紧急磋商,由老地主出面,将柳叶劝住了:"好赖没个主事的。你给句话,我们也好,安顿后事。"擦了擦已经红肿的眼睛,顺手摸出用白纸封裹着的两柱大洋,柳叶道:"多儿命苦,阳世上没享过一天福,到了阴间,再不能让她受屈了。这是两百大洋,你们先安顿事,一切从厚!不够咧,吭个气。"

厚葬,一切从厚!厚葬多儿在阴间,就能不受委屈吗?

嫁鸡随鸡,嫁狗随狗。嫁到佘家,多儿自然是佘家的,一口人了,其丧事,也理应由佘家做主。如果是寿终正寝,如果娘家人好说话,婆家也可征求娘家的意见。如果是夭亡,如果娘家人不省事,就难免,多费些口舌了。为显示和抬高自家,那些好事的娘家人往往是鸡蛋里挑骨头——专门摘婆家的"不是",有的甚至胡搅蛮缠,硬挡着不让下葬,直逼得婆家又是赔情、又是道歉。

如果是老丧,是老死家中,娘家人还会在众多的外甥跟外甥媳妇中,给他们认为最孝顺的一对披红、挂彩。披红挂彩与其说是对孝顺者的褒奖,还不如说是对忤逆者的惩处,因此,往往会惹出一大堆的矛盾,纠纷。正如关中人的口前话所言:过事过事,就是过"不是"哩!

当务之急,首先是给亲友们报丧。如果是一般的亲戚,着个门中人,甚至着个乡党,拿着孝布前去告知一声,也就是了。娘家、舅家,却是万万慢怠不得的。娘家、舅家属"上司衙门",但凡"上司衙门",报丧时必须由孝子中的长子或者长孙,一路哭哭啼啼地亲自上门。乡党、邻里可以陪同前往,却是万万不多儿的丧事，却是个空前绝后的例外。上无公公、婆婆，下无兄弟、"先后"，虽有个男人，她却跟没有一样，甚至，还不如没有。若没有佘有志，柳叶劳些神、受些累、花些钱，却还不至于受这么多的窝囊气。多儿的死因，是秃子头上的虱子，是明摆着的事。如果佘家有人主事，用不着挖空心思，也用不着鸡蛋里挑骨头，信手，柳叶便可摘一大筐的不是。然后再发泄上一通，出出这口窝囊气。如今女婿佘有志不着家，外孙子佘大勇，又不闪面，就连外孙女佘大花，也都逮不住个苗须①。柳叶这个"上司衙门"自然形同虚设，而没有了任何意义。她不敢奢望佘大勇一路哭哭啼啼着，亲自上门去给她报丧，更不敢奢望能扇佘大勇一抽脖，或者将佘有志，骂个狗血淋头。眼下柳叶只能是打掉牙，往肚里咽，弄不好，她还得央人去寻他们、反过来给他们去报丧。

　　"老哥，账房这一摊子，就拜托你了。"将钱交给老秀才，对着他，老地主道，"来往账目，自有先生们帮你记。该花不该花，花多花少，你说个钉子便是铁②！"之后对着老木匠，老地主又道："大兄弟，木货你是内行，辛苦你跟子明走一趟，把材枋赶紧给咱订下来。最好是柏木的，最不行，也得是松木。五寸橔子最好，最不行，也得足四寸的。十二元咱不要，就要十大块。镇上若没有，跑几步路，你再到县里走走。"老木匠走后，老地主又吩咐马子亮道："你去给咱请乐人、订棺罩。乐人要八个，最不行，也得是'八拊五'。棺罩要十六抬的，棺木重咧，人少了怕是抬不动。"马子亮走后，他又吩咐何全虎说："把你的人分两班，四个去打墓，两个人一班换着打，打好了我还要找匠人用砖箍。另外四个两个搭席棚，两个盘锅头。"

　　"喝礼生"是现成的。老地主就是远近闻名的喝礼生。对着谢铁成，老地主接着道："大侄子，厨活由你，给咱领料。席口是'八围一'，事不得小，按六十席准备。到镇上你先给咱，靠三个大厨。该买啥菜，买多买少，按大厨开的菜单，你看着买。"谢铁成走后，老地主又点名喊来了七十子兄弟，以及张三、李四、王麻子等，要他们给佘、柳两家在各村的亲戚六人们，分头前去报丧。临走时，他又一再叮咛他们说："给亲戚交代清！今天不算，明天一天，后天一天，大后天下葬。甭忘了，给人家把孝布捎上！"

　　"叔，还有我……"等大家分头走后，将轮椅摇过来对着老地主，郭福寿道。"噢，不说话我还真把你，给忘了。"老地主道，"把水火炉子，你给咱照看好，壶里不能断水，啊——"

　　正说着，却见佘有志原来的团丁黄板牙，走了进来。一见他老地主突然想起，一件更为重要的事来。于是，他立即吩咐他说："去，到账房拿两块大洋，到省城把佘有志，你给我弄回来。"闻言，黄板牙正有些迟疑，不料柳叶却赌气地道:"算咧,算咧!我没他这个女婿,多儿,也没他这个男人!"

一提佘有志,见柳叶气不打一处来,于是,老地主又改口吩咐说:"那你把大勇、大花给我找回来,不然这叫灵、这顶纸盆子,连个人都没有。"这次柳叶虽没提出异议,黄板牙却为难了。他不住地挠着头道:"他们要是不肯回来,咋办?"不说还罢,一说老地主竟火了:"咋办?你看着办!"说着将挂在墙上的一团麻绳取下后,他丢在了黄板牙的面前,"往日的威风,你都哪儿去了?捆也要把这两个货,给我捆回来!吃屎的还把屙屎的,给箍住咧?"

将一副写在白纸上的挽联递给老地主后,陈德润道:"这是先生们,送多儿的。这里我也帮不上啥忙,就先告辞了。"

"你忙你的。"老地主道。展开看时,见上下联分别为:

衣食住行件件不缺;福禄寿喜样样全无

"好,写得好!"赞不绝口中,陈静远、郭德厚又被老地主,喊了过来。他吩咐他们,要他们将挽联贴上去。老神仙也叮嘱陈静远、郭德厚道:"上下联看清,可不敢贴反了。"

再犟的骡子,再烈倔的马,郭德厚都不在话下,接过轻飘飘的一纸挽联,他却为难了。"磨扇有眼没轴的,在上面;有轴没眼的,在下面。这我知道。"郭德厚自言自语地嘟囔着,"两条白纸缕缕既没轴、又没眼的,可咋分上下?都是分左右贴,没见过有谁,分上下贴,再说下面,也没法贴喀!"

关中有句巧妙的骂人话——"跟磨扇一样,你总爱占个上扇子。"如果跟磨扇一样,占了个上扇子,不就成了有"眼"没"轴"的女人吗?

言者无心。尚不了解,更没体验过男女在晚上、在炕上的性生活,郭德厚自然不能理解这句话的深刻含义了。

听者有意。儿子无意中的一句话,却提醒了他的老子郭福寿,不由想起多年前,发生在他跟菊儿之间的那件荒唐事,郭福寿的脸,不觉红了。

"咋没上下?"对着郭德厚,陈静远笑道,"'衣食住行……'是上联;'福禄寿喜……'是下联。面对门右为上,左为下,没见书上的字,都是由右向左,排列的吗[3]?"

---

①苗须:关中方言。相当于"踪影"。
②说个钉子便是铁:关中方言。说一不二,一锤定音。
③这里指当时的书。民国时期书上的字,都是取竖向由右向左排列的。

第三十五章

白发人送黑发人，最让老神仙放心不下的，还是柳叶。毕竟是上了年纪的人，他怕她承受不住，这致命的一击。不想女儿病的时间长了，当妈的早有预料，也有了思想准备。从眼下看，她似乎还不至，有什么不测。

刚从老地主的手里接过茶壶，不料，外面却有人大声地道："老神仙！医院里有人找。"摇着头笑了笑，刚接在手里的茶壶，又被老神仙还给了老地主。临出门回过头，他还看了一眼刚贴上去的挽联，见果然没有贴反，这才放心地走了。

贴好挽联，在老地主的对面，陈静远圪蹴了下来。一面帮郭福寿给炉子里夹着煤球，他一面问老地主道："孟大爷，这棺材为啥，一定要用柏木的？"闻言老地主惊讶了："问得好！这话问的好。"接着，他这才又耐心地道，"柏木油质大，耐腐。另外，它还有一股异味，连穴居的穿山甲、蜈蚣等毒虫，都不敢靠近。"闻言点了点头，陈静远又道："那啥叫'五寸橵子'？啥叫'十二元'？'十大块'又是啥？"闻言，老地主更加地惊讶了："棺木两头的板子，叫作'档'。其余的叫作'块子'，'块子'厚五寸的，就叫作'五寸橵子'。好'块子'板子宽，盖、底各三块，膀子各两块，加起来，不刚是十块吗？因此，叫'十大块'。差点的'块子'，板子也窄。盖、底跟两个膀子，都是三块。三四不就是，一十二块吗？因此，叫作'十二元'。"

见陈静远听得认真，听完后，还不住地点着头，对着郭福寿，老地主感叹地道："听见了吧？这娃就是不一般！处处留心皆学问，他是这样的勤学好问，将来，必大有出息！"

有钱的埋钱哩，没钱的埋人哩。意思说袜子、鞋有样子，办丧事，却没毬个样子。没钱的，可以尽量将就，买个薄皮棺材一装，甚至买张芦席一裹，叫几个门中人挖个坑一埋，一半天，事也就过了。有钱的，可以尽量地铺排，有热闹三天的，有热闹五天的，如果天凉，还有热闹七天八天的。有请四个乐人的，也有请八个乐人的，还前几天请五个，最后一天下葬时，再添三个的，叫作"八挎五"。有演皮影戏的，有请自乐班的，还有搭台子，唱三天三夜大戏的。

对多儿的丧事，老地主是大打了折扣的。柳叶虽给了两个字的原则——从厚，实际上，却等于没给原则，而是给了个敞口子，让他看着办。她给的两百大洋，唱大戏热闹上七天八天，也不一定能花完。但老地主却既没选七天，也没选八天，而是选择了三天。既没选皮影戏，也没选搭台子、唱大戏，而是选择了自乐班。倒不是怕柳叶花不起这个钱，而是考虑到多儿的年龄，并不是很大，如果将事铺排地太大了，他担心往后谁家的老人要是谢了世，事情可就不好办了。

生前不孝敬老人，死后却相互攀比，不惜挥金如土、大肆地铺排。做晚辈的实际上借父母，在给他们自己的脸上贴金，这是持续了多年的一种陋习，叫作"薄养厚葬"。看不惯这种陋习，老地主自然不会为其推波助澜、火上浇油了。

傍晚时分，八个乐人，准时地到齐了。佘福庄的门口，立即响起了凄凄切切、如泣如诉的唢呐声，是丧葬活动的开场锣鼓，唢呐一响，远远近近的庄稼人，都会赶过来看热闹。相好的、对劲儿的还会夹着烧纸，前来致哀，叫作"送纸"。看热闹也好，送纸致哀也罢，能来的都是同情，都是友好，都是关心，都是捧场，自然，也都受到欢迎。

夜幕降临后，吹吹打打，乐人们又陪着男孝子去"叫灵"。所谓叫灵，就是由孝子孝孙们将列祖列宗的亡灵，从老坟里请回来，请他们接纳户族中，这个新的亡灵。

当唢呐声返回时，女孝子会齐刷刷地跪倒在大门口，以迎接列祖列宗的归来。等男孝子们呜呜哇哇、哭哭啼啼地全部进屋后，女孝子们在悲声大放的同时，又从地上爬起来跟了回去。

这时，男孝子的使命，已经完成。伴随着凄凄切切，又如泣如诉的唢呐声的，是女孝子们那此起彼伏、抑扬顿挫，还念念有词的啼哭声。这时送纸的、致哀的，也相继而入。上过香，行过礼，他们又纷纷劝起了女孝子……

最后一个女孝子被劝住后，唢呐声立即戛然而止，这时谢铁成又吆喝着，要大家吃饭。前两天饭菜一般不太讲究，副食是白菜熬豆腐，主食是两搅面的蛋蛋馍。菜随便舀，馍随便拿，地方也随便找。或坐，或蹲，或圪蹴，也各讨方便。

丧事是乱的，不乱是淡的。越乱越热闹，没人经管你，也没人招呼你，自己招呼自己，自己经管自己，要得可口，自己下手！

乐人同时也是艺人，自乐班人虽不多，吹拉弹唱，却一样也不能少。文武场面，更是一应俱全。武场面用的是铙钹锣鼓，文场面用的是丝竹管弦。武场面中的鼓手，也叫作"打板的"。

"打板的"虽属武场面，实际上，他却是整个文、武场面的总指挥。文场面中的丝竹管弦、武场面中的铙钹响器、演员的一招一式、以及唱腔的抑扬顿挫，都是跟着他的鼓点走。因此，"打板的"必须谙熟每出戏、每个唱段的板路，在班子中拿的份额，自然也是最高。

"板胡"是文场面的领袖，份额仅次于打板的。除不用舞台、不用道具、不用化妆外，跟三五十人的大戏班子比，只有七八个人的自乐班，没啥不同。班子中每个人都必须是多面手，演员是乐手，乐手也是演员。一个人顶几个人，而且生、旦、净、末、丑所有的行当，都必须拿得起、放得下。

这些来自民间的艺人并不简单，绝不可等闲视之。

吃罢饭，天黑了，戏也开了。唱戏前先要"打开场"，随着边鼓"吧嗒"一声脆响，紧跟着锣鼓铙钹，便铿铿锵锵地敲将起来。打板的这"吧嗒"一声，叫作"底锤"。唱腔不同，底锤也不一样。或者说什么样的底锤，就意味着什么样的唱腔。人们常说的"一锤定音"，怕就出自于此了。

打开场是武场面的事。"开场"一旦打响，文场面中的板胡手、二胡手跟三弦手，也纷纷调试起各自的琴弦……

第一晚演出的剧目，一般由班子自定。为展示班子的实力，自然也都是拿手的好戏。为跟丧事的意义相吻合，《大祭灵》《小祭灵》《下河东》等，大概都是少不了的。

在《下河东》中，在哭呼延寿廷、呼延兰玉兄妹时，一时哭得兴起，从"轩辕黄帝哭苍圣"起，到"黄巢寺外哭柳空"止，宋太祖赵匡胤把宋以前的名将、贤相，几乎系统地哭了个遍。加上他一哭郑三弟，二哭呼延兄妹，据说有四十八哭。

第二天，"奠酒"又开始了。次序是先亲戚、后朋友。乐人必须以手鼓、手锣、唢呐等，相陪到底。要是碰到那些门户大、亲朋多的老丧，从早上卯时起鼓着腮帮子，乐人一直吹到晚上的申时，还不一定能完。

完了，还得接着唱戏。安排的戏唱完后，又由亲朋好友们来点。当然，也不是白点，谁点戏，谁掏把。掏了把想点啥就点啥，挣了人家的钱，人家点到哪儿，艺人就得唱到哪儿。

第三天是"迎祭"。凡带着纸扎、带着礼品来送埋的，无论亲戚还是朋友，都得吹吹打打一个个地，由村口迎到家。

迎完了，差不多也该起灵了。起灵时开始奏乐，要一直将灵柩送到坟茔，等下完葬，再等男女孝子们死去活来地哭够后，乐人们的使命，才算结束。

扭着胳膊，佘大勇被黄板牙押回了佘福庄。低着头跟在后面，佘大花也回来了。看着正扑索胳膊的佘大勇，柳叶终于有了惩处的对象、有了发泄的目标。抡圆胳膊她一抽脖子过去后，佘大勇已不由自主地，跪倒在多儿的灵前。不等她舅家婆过来，"扑通"一声，佘大花也吓得跪了下去。给两颗黑头，菊儿分别缠上了白麻孝布。

被扇得眼花缭乱，一时间，佘大勇什么也看不清。逃过了一劫，心神稍定后，佘大花偷偷地左右看了看，发现跟她跪在一起的，除姑表妹马月盈外，还有姨表弟刘光复。

边鼓有板有眼，板胡悠扬婉转，唱腔，更是如泣如诉。无不是秦腔迷，南河镇无论男女，都听得如痴、如醉，又看的如愣、如呆。

三锤两梆子，把自己的事干利索后，帮忙的也都跻身到观众、听众的行列，里三层外三层，戏班子被围了个，水泄不通。

近水楼台的，大都自己带着板凳，又坐在了前面。会抽烟的，嘴里都叼着烟锅。抽着抽着烟尽了，火也熄了，却既顾不上装烟，更顾不上点火。嘴里叼着烟袋，嘴角却流着，长长的哈拉子。不会抽烟的，也没闲着，有的拍着大腿，有的打着胯骨，跟着鼓点，他们打起了节拍，有的甚至还泪流满面，替古人担起忧来。离的远，又来得晚的，在后面干着急却既看不着，也听不见，于是只得放着板凳不坐，而站了上去。

那些懒得带板凳，或不便带板凳的，可就委屈了一双腿。虽长于圪蹴，但时间长了，却难免支持不住，于是干脆脱掉一只鞋，垫在了尻子下面。尻子总算有了着落，腿也得到了解脱，却苦了他人的鼻子。那些大姑娘、小媳妇们，不得不时时甩打着手帕，以驱赶那一阵阵袭向她们鼻孔的，腌酸臭气。

崽娃子们最青睐的，是那些会翻没底筋斗的武生，最讨厌的，是那些咿咿呀呀、没完没了的老旦。尤其怕她们坐下来唱，她们要是坐了下来，他们便再也坐不住了。

"别光顾着看戏。"每隔一阵，老地主还会大声地提醒众人一次："自家的门户，也要操心！"

多儿长眠后的第一个夜晚，竟是个不眠之夜。

第二天下午，一辆牛车停在了佘福庄的门口。

"小伙子都给我朝出走，枋送来咧！"随着老地主的一声吆喝，一窝蜂拥出头门的，却不仅只是小伙子。不看则已，一看，众人竟都惊得呆了。说是五寸橄子，却足足有一大拃厚，其大头，几乎有一人高。紫檀色的桐油漆闪着亮光，前档上那个斗大的"福"字，更是分外地抢眼。左右两侧沿周边，还有用木条刻成的竹节，作为装饰。除过底，其他五个面都微微的向外鼓着，整体呈流线型，棺木看上去既威风、又壮观。

卯足劲儿、用上了吃奶的力气，何全虎跟他弟何全龙，这才勉强地，打开了棺盖。柏木散发的异香立即直扑鼻孔、沁人心脾。看不到任何铁件，更没一个杂木楔楔，板材全都是用燕尾槽带着驴皮胶，卯结在一起。里面糊上去的红纸，更给人以温馨的感觉。

中国裁缝做衣服，连纽扣，都是用布縮的"核桃疙瘩"。跟中国的裁缝一样，中国木匠讲究的是只用木头，而不用其它。做风箱、做锅盖连钉子，也都是木头的。尤其是枋木匠，就连所谓的"银钉"，也都是用柏木做的，中间小两头大，呈"线板"形。

"果然是个好东西！"愣了好一阵后，一个老汉这才赞不绝口地道。

"死了能睡上这样的好东西，一辈子值了！"另一个也羡慕地感慨着。

"做梦娶媳妇——净想些美事。"有人立即揶揄他道，"还是等着让儿子用席片子裹吧！你可能还不知道，当年你裹你爸用的席片子，被你儿又偷偷地卷了回来。我问他要这做啥，你揣①人家是咋说的？"

"咋说的？"闻言，众人立即来了兴趣。

"人家说将来他爸死了，还用得着！"

哈哈哈哈……众人立即被逗得哄堂大笑。

"在哪儿弄的？"喝住众人后，老地主问老木匠道。

"县上。柏家枋店的样品。"老木匠道，"老掌柜亲手给他准备的。如今，老掌柜已是八十有九的高龄。一开始出钱多少，他都不卖。后来我跟他说了多儿的身世，闻言心一软，他这才松了口。"

多亏了何全虎跟他的伙计们。用滚杠他们才将这个庞然大物，弄了下来。

在一片鼓乐声中，奠酒开始了。余儿、明儿、菊儿相继地奠过后，轮到了孙兰玉。

在离灵桌十步开外处，孙兰玉款款向前移动了三步，左臂在前，右臂在后只一欠身，她便是优雅的一躬。后退两步后，她又款款向前移了三步，接着，又是优雅的一躬。退两步又进三步，如此反复多次后，她那轻盈的莲步，已经移到了灵桌的跟前。连上了三炷香，提起长裙，她慢慢跪下了左腿。接着，又慢慢跪下了右腿。仍然是左臂在前，右臂在后，弯下腰，她缓缓地叩了一头。如此反复，连着叩了三头后，将一斟满酒的酒盅，有人递给了她。酒盅被右手缓缓举起的同时，又被孙兰玉缓缓地移到了她的左上方。当右手慢慢从左上方回到右上方时，酒盅刚好见底。在灵前的地面上，洒出的白酒立即勾勒出一条均匀而又圆顺的弧线。

周而复始，连着重复了三次后，扶着左腿，她先起右腿，然后，再起左腿，接着，又是优雅的一躬。

伴随着委婉的乐曲，孙兰玉结束了她的奠酒。自始至终竟没一个人说一句话，大家全都看得呆了。

"这哪里是在奠酒？这分明是在演戏！"突然间，不知谁打破了沉寂。

晚上，自乐班送了一折戏后，大家纷纷起哄，要孙兰玉献上一段。孙兰玉推托说，她从来都不曾唱过秦腔，众人哪里肯信，又哪里肯依？见实在推托不掉，她这才清了清嗓子，凭着平时所灌的耳音，孙兰玉唱了《白蛇传》中的一段，叫作《断桥》。

"西湖山水……还……依旧……"

一开口，孙兰玉便博得了一片热烈的喝彩。不慌不忙，字字她紧跟鼓点，句句她紧扣板弦。吐字，她是那样的巧妙；嗓音，她是那样的圆润；韵味，她又是那样的地道。白素贞对丈夫许仙的爱，以及由爱所生的怨，一直被她表现得淋漓尽致，又惟妙惟肖。跟那些牵强附会的男声女唱比，她的女声女唱自是格外地自然，又格外地纯真。爱中有怨，怨中有爱，一曲唱罢，掌声雷动，喝彩声、欢呼声更是经久不息。

点戏，又开始了。余儿点的是折子戏《小姑贤》。小姑！小姑是谁？多儿的小姑子，不就是明儿吗？这出戏，显然是余儿替她姐点给明儿的。

菊儿点的折子戏，是《打神告庙》。显然，她也在为多儿抱着不平。最后，柳叶为女儿点了元代戏剧大师关汉卿的名著——十大悲剧之一的《窦娥冤》。全本唱完，架上的公鸡已在报晓。摸出大洋，柳叶给艺人们各赏了一块。

第三天是迎祭。走在最前面的，是八个乐人，其中两个打着手鼓，两个敲着手锣，其余四个吹着唢呐。抬着祭桌紧随其后的，是七十子、八十子兄弟。跟在祭桌后面的是身着孝袍、手拄丧棒，低着头、弯着腰，又趿拉着鞋的佘大勇。跟在佘大勇后面的，是佘家门中的，佘大勇的同辈。同辈们的后面，是他的晚辈。先按辈分，后按年龄，依次排列，大约有十来个孝子。场面看起来，倒还有些气派。

首先受迎的，是悲声大放的明儿。带着马月盈，又拿着全套的纸扎，马子亮紧随其后。两个负责搀孝子的中年女人，忙搀住了明儿，几个男人也纷纷接过了，马子亮带来的纸扎。纸扎有花圈、有堂堂，有金童还有玉女。

"孝子！孝孙！孝侄孙！就——位——鼓乐！齐——鸣——"随着老地主一声带着拖腔的吆喝，顿时鼓乐大作，明儿放声大哭，马子亮满面泪痕，马月盈也嚎啕不止。佘大勇首先跪倒了，跟着他后面的孝子，也次第地跪了下去，围观者无不掩面唏嘘……

"叩——首——"随着老地主的又一声吆喝，跟着佘大勇孝子们又齐刷刷地叩了一头。

在二叩首、三叩首后，受迎的在前，孝子们紧随其后，又浩浩荡荡地返回了佘福庄……

第二个受迎的，是余儿，翕动着嘴巴，她却一声也哭不出，跟在她后面的，是同样拿着全套纸扎的刘子明、刘光复父子。

巳时许，开始入殓。乐人们倾巢而出，鼓乐震天，在孙兰玉、菊儿的招呼下，多儿那已经僵硬的、轻飘飘的遗体，被七十子兄弟小心翼翼地放进了那口既沉重、又异香扑鼻的柏木棺材。

蒙脸纸被拿掉了，绕着棺木，慢慢挪动着脚步，向这个苦命的人儿，亲朋好友们进行着最后的诀别。看着那瘦小得跟巴掌一样的面孔，心里一酸，那些相干的不相干的，都抹起了眼泪。受到感染，佘大勇、佘大花这时，也失声地恸哭起来。

一声没哭出，柳叶倒先闭气，又晕倒在地。慌忙将她搂在怀里，孙兰玉、菊儿一边连连地呼唤着，一边掐着她的人中。瞪着双眼，柳叶却一滴眼泪都没有；大张着嘴巴，她却一声也哭不出。见状，众人顿时慌作了一团，连哭声，连鼓乐，也都戛然而止。

放心不下，紧急关头，多亏老神仙又及时地赶来了。拿出银针，他猛地刺进了她的人中，"哇"的一声，柳叶这才声泪俱下……

随着一声吼喊，那块沉重的柏木棺盖，又被何全虎兄弟扣了上去。手里拿着斧头、凿子，老木匠却既不能开卯，又不能砸银钉。

"多儿！是妈害了你……"不住地捶打着棺盖，柳叶声嘶力竭地嚎啕着。扑在棺盖上，余儿、明儿更是哭得死去活来。刘子明、马子亮、孙兰玉、菊儿等，也泪如雨下，男人们莫不为之动容，女人们无不掩面唏嘘。

苍天啊！你既把久别重逢的欢乐赐给了人间，为什么又将生离死别的痛苦，强加给苍生？

有儿无媳，"扫墓"的事，只能由门中的侄媳妇代劳了。孝衣、孝裙，这个侄媳妇是一身的重孝。一手提着放有高粱穗子的麦斗，一手搀扶着哭哭啼啼的外甥女，在她娘舅的陪同下，这个侄媳妇先行了一步，她要去履行那个因隆重而必不可少的，却完全又是象征性的祭扫。

狠下心众人将柳叶、将余儿、将明儿，硬是拖到一边，三锤两梆子，老木匠这才砸上了银钉。一声更大的吼喊后，那口沉重的柏木棺材终于被十几个小伙子，抬离了地面。背着身用双臂，何全虎背着棺木的大头，卯足了气力，他那粗壮的双臂上，肌肉已经暴成了一缕一块的疙里疙瘩。

"抓牢！抬平！"小伙们互相打着招呼。

"吃咧糠了。把劲给上！"他们又彼此地警告着。

庞然大物，终于又被放在棺罩的底板上。跟罩的几个人先用四周描龙画凤的棺罩，罩住了棺木，接着又分头整理着四角的木杠，铁钩。

一条八丈开外的白粗布，一头被拴在了棺罩的前头，另一头通过跪在地上的男孝子们的右肩后，又被大拴在同样跪倒在地的，佘大勇的身上。男孝子的手里，每人都提着一根用白纸缠过的柳木棍，叫作"丧棒"。除孝袍外，连脚上的黑粗布鞋，也都被缦上了白布。缦着白布的黑粗布鞋，都趿拉在男孝子的脚上。看上去越是邋遢，也越好，人在悲伤过度的时候，大约就应该是这个样子。

扶在棺罩的两侧，跟佘大花一起，一帮女孝子也都是一身的缟素。跟男孝子不同，女孝子的孝布，是平平展展缦在头上的，脸上，还蒙着一块面纱。而男孝子的孝布，都是绑在头上的，在脑后打一个结，剩余的部分，都下垂在背后。

没有舅，佘大勇只能由他姨夫刘子明，来陪同了。一手托着纸盆，亦步亦趋，刘子明跟在佘大勇的侧后方。各就各位，抬埋的小伙子每角四个，共十六人。抬杠已经被他们抓在了手里，为随时替换，以防不测，作为替补给每角，老地主又多配了一个小伙子。

随着又一声吆喝，跟着佘大勇男孝子们，次第地爬了起来。晃动了一下后，棺罩也被抬离了地面，用纤布拖着棺罩，男孝子们缓缓地向前移动着。走在最前面的，是一个提着老笼的老执事。老笼里满装着纸钱，一边走，他一边将纸钱向空中抛着、撒着。跟在最后的，是那些上了年纪，却还扛得动铁头锨的老汉们。

在第一个十字路口，随着"啪"的一声，口朝下纸盆，被刘子明在地上摔得粉碎。趁孝子们烧纸、化钱、行礼的当儿，小伙子们轻轻地落下了棺罩。任重而道远，稍事休息，他们要养精蓄锐。

看见送葬的队伍，在她娘舅的搀扶下，那个扫墓的侄媳妇哭哭啼啼着，又迎了回来。迎上后陪着送葬的队伍，她又哭哭啼啼地返回了墓地。

棺罩落地后，鼓乐声依旧，男女孝子们的哭声，却戛然而止。擦掉眼泪，围拢在墓穴的四周，他们要亲眼看着打墓的小伙子将墓穴，又象征性地清理一番。认可后，那些女婿们、外甥们，这才将事先准备好的零钱，纷纷扔下了墓穴。

打墓的，也是帮忙的。因既出力又不挣钱，于是女婿、外甥们便变个法儿，以这种方式来表达对他的谢意。

金童、玉女，被分别放进了墓穴两侧的套穴，两根胳膊粗的槐木杠子，随即也被横搭在墓穴上。三通沉闷的铳响过后，在一阵纷乱而又紧张的呐喊中，那口沉重的柏木棺材，又一次被抬了起来。

"玉团！小伙子的屎，都叫你当出来了，把劲儿给上！"

"全虎！身子尽量向后靠！"

小伙们互相叫骂着、招呼着、提醒着、警告着。一时插不上手的，也都在一旁呐喊、助威。一时间气氛紧张得，让人几乎喘不过气来。背大头的，依然是何全虎，双臂后背，用两手他紧抠着棺木下面的底托，叉开双腿，沿事先放上去的两根马尾松椽，从墓穴的小头向着大头，他艰难地移动着，移动着脚步……

在一片吆喝声中，庞然大物终于又被放在了槐木杠子上。两条镢把粗的大绳，分别从两头穿过棺底后，又分别被从另一侧抽了上来。

缓口气，四角抬埋的小伙子们各抓一根绳头，噗噗噗，在给各自的手心吐了些唾沫后，棺木被他们用大绳，又提了起来。杠子被麻利地抽去后，气氛又一次紧张起来。屏声敛气，抓着四根绳头，前面八个小伙子已憋得满脸通红，将绳头背在肩上，前弓后箭，后面的八个小伙子，也都憋足了气力。

在他们手中，绳子慢慢地下滑，再下滑……

……棺木终于被放稳，放正。长长地吐口气，小伙子们纷纷地退了出去。这时拿铁头锨的老汉们，又一哄而上……

尘土飞扬，鼓乐震天，哭声动地。棺木的紫檀色，渐渐淹没在黄土中……

在被荒草覆盖着的佘家老坟里，新添的黄土墓冢，显得格外地抢眼。

包括佘大勇在内，孝子、孝孙们分两列，跪倒在归途的两侧，向着陆陆续续离去的乡党邻里，他们一次又一次地叩头，再叩头……

在多儿的坟周，连续三个晚上，孝子、孝孙们都要撒上一圈麦秸，然后，再用火点燃。据说恶鬼们怕火，以这种方式，他们驱赶着那些恶鬼，来给多儿"打怕"。

虽入土，却难以为安，三天后，多儿她怎么办？光天化日之下，有满脸横肉的恶人；冥冥之中，又有青面獠牙的厉鬼，看来不光做人难，做鬼都不容易！

---

①揣：关中方言。揣摩，猜测的意思。

第三十六章

毕竟是陈树藩的老部下，对其胡作非为、逆天而行，胡景翼虽极为不满，却还没有达到非倒戈反之不可的程度。丰原兵变中，部下张义安、王士奇等出奇制胜，以一个营的兵力，竟吃掉了陈树藩的一个旅外加一个团。备受感动，又备受鼓舞，胡景翼破釜沉舟，痛下决心，这才树起了反段倒陈的靖国军大旗。

自古兵贵神速。靖国军如能精诚团结、如能一鼓作气挫败陈树藩，一场长达四年零七个月的内耗战，或许可以幸免。只可惜在名位之争、在权力之争中，靖国军竟分裂为左右两翼，从而让部队的战斗力，大打了折扣。悍将张义安不幸牺牲，又大挫了靖国军的锐气，从而让陈树藩得以苟延残喘，你倚泾、他据渭，双方竟打成了胶着状态。若如此僵持下去，陕西靖国军的命运显然不容乐观，而且不能不令人为之担忧。

云集丰原，靖国军各路将领举行了紧急会议，为改变群龙无首、号令不一的局面，从上海大家请回了深孚众望的于右任。受公推，于右任出任陕西靖国军的总司令，张钫佐之以副。宣誓就职后，于右任将靖国军改编为六路：第一路司令郭坚，第二路司令樊钟秀，第三路司令曹世英，第四路司令胡景翼，第五路司令高峻，第六路司令卢占魁。自此，这个松散的军事集团在形式上，总算出现了统一的格局。于是声威复振。

见靖国军重整旗鼓，又声威复振，陈树藩惶惶不可终日。慌不择路，惊慌失措中他忙打电话跟北洋政府、跟段祺瑞紧急求援。刚放下话筒，陈树藩又连连顿足，后悔莫及。对陕西这块肥肉，饥狼饿虎的军阀们，谁不垂涎？跟他们求救，不是给那些正愁师出无名的虎狼们，授之以借口吗？自己并非当今的皇上，人家，自然也不是前来勤王的诸侯。请客容易送客难，自家已经干了一件引狼入室的蠢事，让刘镇华这个混蛋，堂而皇之地进了陕西，又不费吹灰之力地，坐上了陕西省长的宝座，这次若再请来几只老虎，自己这个督军……嗨！

覆水难收，正叫苦不迭，陈树藩突然想起了他的老部下胡景翼。以少胜多，以弱胜强，能活捉陆承武于中坚团，胡景翼可谓有勇，有谋。放着本应属于他的护国军总司令不当，却礼让给他这个并无尺寸之功的顶头上司，胡景翼可谓有情，有义。若能通过这个有勇有谋，有情有义的胡景翼，对靖国军先来个缓兵之计，然后再徐徐图之，若能以此为借口谢绝段祺瑞、拒虎狼之师于省垣之外，岂

不是一箭双雕，又两全其美吗？

有勇，有谋，胡景翼他会上套吗？诶！不妨试试。没有试，怎么就知道不成呢？下意识中，陈树藩要通了胡景翼的电话。

"喂，笠僧吗？"电话里喊着胡景翼的字，陈树藩亲切地道，"听出我是谁了么？"

"啊！是……是旅长！"没料到陈树藩竟会屈尊跟自己通话，对他，胡景翼一时竟不知该如何称呼。称旅长吧，眼下他已不是什么旅长，而是堂堂的陕西督军。称督军吧，眼下两军对垒，他又是自己你死我活、势不两立的敌人。无论称旅长还是称督军，胡景翼都是棒槌掏牙缝——夯口的不成。犹豫了片刻后，胡景翼还是习惯成自然地沿用了以前的称谓。

"不错。是我。"陈树藩道，"难得笠僧还没忘记我，可见胳膊到底还是离锤近！啊——呵呵呵……"在电话的另一头，跟胡景翼他竟打起了哈哈。

"贵为一省之督。"胡景翼道，"旅长军务繁忙，又日理万机，却也不曾忘记笠僧，实在是难能可贵。今忙中偷闲找笠僧说话，不知有何见教？"

醉翁之意不在酒。突然打电话给自己，胡景翼想陈树藩绝不会只是为了叙旧，也绝不会仅仅只是打个哈哈、问候一声。

"也没毬啥事。"嘴说没事，另一头陈树藩却又感慨地道，"笠僧啊，这世上的世事，我咋就想不明白。你我情同手足，往事如昨，今日却又以兵戎相见，你说，这倒底都是为了啥？"

"这有啥好奇怪的？"胡景翼道，"昔日项羽跟刘邦并肩伐秦，后来项羽背信弃义，致楚汉相争，还不是拼得你死我活？"指"陆"为"秦"，又指"陈"为"项"，胡景翼借古讽今。

"……笠僧差矣。"陈树藩道，"岂不闻乡党见乡党，两眼泪汪汪？你我乡里乡党的，又岂能以楚项、汉刘相比？美不美，泉中水；亲不亲，故乡人。有啥事咱们不能坐下来商量着办，而非要付诸武力，叫外人坐壁上观，看咱的哈哈笑、看咱的水涨河塌？"被胡景翼噎了一下后，沉默良久，他这才终于又反上了话。

"既然怕人笑话，"步步进逼，胡景翼反问道，"旅长何又以省长相许，将刘镇华这个河南蛋，请到了陕西？"既然闻其声不见其人，既然给面子陈树藩看不见，也不会领情，那么，还不如不给。

"……笠僧啊，"陈树藩又道，"不当家你不知柴米贵。一家不知一家难，电话里不方便，也说不清白。是这，由我做东，找个地方，咱弟兄们吃顿便饭。竹筒倒豆子，当面鼓、对面锣，大家畅谈上一次，咋样？"

那边，陈树藩又被噎得一脸的尴尬，只可惜这边，胡景翼却看不到。他本想跟胡景翼说只要你跟我合作，咱就把那个河南蛋撵走，省长由你来当，后又觉在电话里说这话不大方便，于是，临时又改了口。

"让旅长破费？"胡景翼道，"该不会是鸿门宴吧？啊——呵呵呵呵……"虽也打着哈哈，胡景翼却是话里有话，且不无讥讽。

"笠僧啊，"陈树藩又道，"我在跟你说正事，你却光打岔。要不是这，东还是我来做，时间、地点，由你来定。这样，你看咋相？"

"旅长，"胡景翼道，"笠僧又何尝不想跟你畅叙？所以不敢立许者，盖因怕上峰见疑、同仁见怪、下属们又不肯喀！是这，咱明人不做暗事，待笠僧给众人打个招呼，然后再给旅长回话，如何？"

这次胡景翼不但没再挖苦陈树藩，而且，还变得言恳意切起来。其实对陈树藩，他一直都不曾放弃过幻想。自古和为贵，他想，若果能让三秦父老们不再生灵涂炭，跟陈树藩握手言和，也不失为一桩息事宁人的善举。

"那……"陈树藩不无担心地道，"要是有人不同意，甚至反对，岂不又就了米汤？"

"旅长，这你就多虑了。"胡景翼道，"笠僧所以要给众人打个招呼，只是不想明事暗做，又偷偷摸摸。腿又没长在别人的身上，去与不去，还不是由我？"

"好，果然痛快！"陈树藩道，"看来，笠僧到底还是笠僧！"请将不如激将，给胡景翼戴了个二尺五后，他又激了他一句，这才挂断了电话。

"嘟——嘟——嘟……"话筒里，传来了忙音。胡景翼却并没就此放下话筒，而只是用右手按下了放话筒的支架。犹豫了片刻后，他又要通了于右任的电话。

"总司令，我是胡景翼。"胡景翼道。

"噢，是笠僧。"于右任道，"是不是军情，又有啥变化？"

"没有，没有。"胡景翼忙道，"刚才，陈树藩打来电话，他约我……看样子，他想跟咱们议和。"

"议和？"闻言，于右任惊讶了，"依我看，陈拐子又在挂羊头、卖狗肉。笠僧，咱们不可不防！"

"总司令言之有理。"胡景翼道，"即便如此，咱也得应付一下，不然，他会得理不饶人的。"

"时间、地点，确定了没？"于右任道。

"还没有。"胡景翼道，"他说由我来定。我想放在固市，那里虽是他的防地，但驻防的姜宏模，却是我的旧部，而且关系，还非同一般。"

"你……打算带多少人马？"于右任道。

"不带人马。"胡景翼道，"带人马反而显得咱没胆量，又缺乏诚意。"

"不行！这太危险。"于右任道，"笠僧啊，你可是咱靖国军的中流砥柱，万一有个闪失，让我跟大家何以交代？又何以面对三秦父老？咱不能狗肉没吃上，倒将铁索先丢了。自古文事者必有武备，事关重大，还须想个万全之策。你少待，我立即就到。"

随着一阵得得得的马蹄声，于右任匆匆地赶来了。

"笠僧，陈树藩是个啥人，这你比我清楚。"对着胡景翼，于右任语重心长地道，"此人原是清军旧部，后虽参与光复西安，未几却又背叛革命、投靠了军阀。跟陆建章之子陆承武结为金兰，他何异于认陆贼做父？不久，他又借你福平兵变之功，逼陆贼献城赎子、去其陕督而代之。眼下，他又投靠在段琪瑞的门下，何异于当年的吕布？被骂做'三姓家奴'，吕布原本就是个反复无常的小人。如今陈树藩吃谁的饭，砸谁的锅；歇谁的店，戳谁的窝。依我看跟吕布比，他是有过之而无不及。笠僧此去，何异于与虎谋皮？劳而无功尚在其次，弄不好，还会重蹈当年丁建阳、董卓之覆辙，而自取其祸。依于某拙见，不去也罢！"

"总司令所虑，虽不无道理。"胡景翼却并不为所动，"但若不去，却难免授贼以柄、让其嫁好战之名于我，又让天下笑我靖国军无人矣。姜宏模乃我旧部，又跟我过从甚密，想拉他倒戈反陈，我已非一日。今天赐良机，又岂能错过？"

"笠僧，你有多大的把握？"见胡景翼执意要去，于右任不放心地道。

"大料即便不能成事，却也不至于坏事。"胡景翼道，"前不久张钫副总司令，不就以其三寸不烂之舌，让其旧部魏晋先临阵倒戈，从而让郭坚郭司令兵不血刃，便拿下了久攻不克的岐山吗？"

"时过境迁。此一时，彼一时；此一人，彼一人。笠僧岂可不察？"退了一步，于右任又道，"如果一定要去的话，可临时决定时间、地点，以出其不意，而且要多带人马，速去速回，以防夜长梦多。"

"多谢总司令关照！"胡景翼道，"笠僧谨记就是。"

跟姜宏模通过电话后，胡景翼又要通了陈树藩的电话，不想接话的，却自称是陈树藩的副官。将胡景翼的话一字不漏地做了记录后，他告诉他，他立即就去跟陈树藩报告，保证不会出半点差错，要胡景翼尽可放心，并如期而行。

正要动身，一纸电文却被随行的陈致远，递在了胡景翼的手中。这是一封神秘的电报，电文只寥寥数字："固市里有故事"。落款只一个"陈"字。

见发电人竟也姓陈，胡景翼甚觉奇怪，但箭在弦上，已不得不发。发电人是谁？动机，又是什么？是善意的提醒，还是恶意的恐吓？蹙了蹙眉头后，胡景翼还是咬着牙、横下心、上了马。取东南方向一行三人跃马扬鞭，疾驰而去……

迎接胡景翼的，除意料中的姜宏模外，竟还有驻守蒲州的陈军旅长李天佐。

果然是"固市里有故事"。一见李天佐，胡景翼立即感到情况不对。

"你咋在这儿？"对着李天佐，胡景翼下意识地道。原先虽同是陈树藩的部下，俩人却有些不卯。

"我为啥就不能在这儿？"来者不善，李天佐反诘了胡景翼一句。

"陈旅长呢？"胡景翼没有再理李天佐，而是转过身问姜宏模道。

"这儿只有陈督军，却没什么陈旅长。"抢在姜宏模的前头，对着胡景翼，李天佐挑衅地道。

"怪啥臭烘烘的？原来马槽里，竟多出个驴嘴！"说着就手在自己的鼻子前，胡景翼还扇了又扇。

挨了个肚子痛，一时，李天佐竟反不上话来。刚才还春风得意的一张脸，瞬间却变成了紫茄子。

"好了，好了。"姜宏模忙打着圆场，"你俩就甭打嘴皮官司了。陈督军路远，他可能还得会儿。二位，里面请！"

"陈督军到——"几个人还没坐下，外面，有人却吆喝了一嗓子。

赶出看时，却见西南方向尘土飞扬、遮天蔽日。"妈的！渭南这地方，果然有为难！"见状，胡景翼暗暗地骂了一句。

"笠僧啊，你也太让我失望了！"见了胡景翼，陈树藩开口便道，"郭坚、樊钟秀那些土匪跟我作对，还情有可原。你是咱陕西的人才，待你我也不薄，你咋也跟着瞎闹腾？是这，一会儿跟我到西安。在西安，你好好反思反思！"

前恭而后倨。见胡景翼身边只有俩人，前两天在电话里还跟他称兄道弟的陈树藩，旋即又端起了上司的架子，并教训起他来。

"陈长官！我们胡司令，可是你请来的客人。他是应邀前来跟你商量国家大事的，可不是来听你训话的。"见胡景翼一时反不上话，他的警卫营营长杨瑞轩不软不硬地，回敬了陈树藩一句。

"姓杨的！也不掂掂自己是半斤，还是八两？竟敢顶撞陈督军，来人，给我拿下！"一声令下，伸手，李天佐又去摸枪。一拥而上他的部下，就要缴胡景翼等人的械。眼疾手快，对着穷凶极恶的李天佐，陈致远"啪"的就是一枪。

被胡景翼下意识中拦了一下，擦肩而过，子弹只击中了李天佐的右臂。刚掏出的手枪应声落地，带着血泡，鲜血直往外涌。抱着右臂嗷嗷地叫唤着，李天佐再也顾不上屄干了。一股特有的腥味，立即在屋里弥漫了开来。

"住手！我自己来。"大喝一声后又"啪"的一声，将他的佩枪，胡景翼拍在了桌子上。

这一招，胡景翼竟将所有人，全都给镇住了，像是被点了穴，刚才还如狼似虎的陈军士兵，这时却一个个不知所措，又呆若木鸡。只有陈致远、杨瑞轩是清醒的，拉开拼命的架势，两个人四支黑洞洞的枪口，都对准了陈树藩。

不是鱼死，就是网破。双方在僵持着……包括陈树藩在内，所有人似乎，都没有了呼吸，于一瞬间时间、空间，似乎也都凝固了。

好一阵子后木鸡们，似乎又变成了活鸡，蠢蠢欲动，他们那失去多时的，好斗的本性，似乎又死灰复燃了。

"大胆！"随着一声断喝，那些正跃跃欲试的活鸡们又被他们的主子——刚刚清醒过来的陈树藩，给制止了，"不得无礼！"对其鹰犬，陈树藩接着训斥道，"是我请来的，笠僧是我的兄弟，也是咱陕西难得的英才。你等吃了熊心，还是吃了豹子胆，竟敢这样对待我的客人！"

闻言好斗的活鸡们，立马又变成了木鸡，捏在他们手里的，似乎不是什么麻绳，而是一条条僵死的毒蛇。

"还不退下！"陈树藩继续地呵斥着。闻言木鸡们，又像是斗败了的公鸡，耷拉着脑袋，又拖着尾巴，他们一个个灰溜溜地退了出去。见状，陈致远、杨瑞轩这才将端在手中的双枪，也放了下来。

"襄初，"叫着李天佐的字，陈树藩嗔怪地道，"今日个你是咋的咧？净给我添乱！快，快去包扎一下，回头陪笠僧，我们一块吃饭。"

闻言翻了胡景翼一眼，猫着腰又搂着胳膊，李天佐悻悻地退了出去。

"宏模，还愣着干啥？"被陈树藩点了一下后，姜宏模这才惊醒过来。见屋里一片狼藉，他一面命人收拾，一面吩咐上菜。见陈树藩亲手将枪还给了胡景翼，一直提在手中的双枪这才被杨瑞轩、陈致远，分别插回到各自的腰里。

酒菜上齐了。"架着鹰"，李天佐也回来了。象征性地谦让了一番后，在上首，陈树藩落了座。等胡景翼、李天佐分左右坐下后，东道主姜宏模，这才在下首落座。

杨瑞轩、陈致远被安排在靠下的，另一张桌子上，互相递了个眼色，他们也先后坐了下去。

"刚才有点误会，让笠僧受惊了。"坐定后，陈树藩首先举起了酒杯，"来，大家举杯！一是给笠僧接风、洗尘，二是给他压惊。"说完，他自己先一饮而尽。见众人也都跟着干了，陈树藩这才又道，"其实今天这事，也不能全怪襄初。也怪我说话太直了，跟笠僧情同手足，说话我一向都是直来直去。襄初他不了解这些，所以把我的意思，给领会错了。"回过头对着李天佐，他接着道，"襄初，今天可不是鸿门宴，也不需要什么项庄。这第二杯嘛，就算你敬笠僧的。来来来，给笠僧赔个不是，以后大家还是朋友、还是兄弟。"

见陈树藩这么说，李天佐只得举杯站了起来，见状胡景翼、姜宏模，也跟着站了起来。跟陈树藩碰了一下后，几个人同时一饮而尽。

"好，好！够朋友，够朋友！这第三杯嘛……"看了杨瑞轩、陈致远一眼后，对着胡景翼，陈树藩又道，"笠僧，你这俩小伙子，也真够厉害的。果然是强将手下无弱兵！他们倒是有些，像当年的樊哙。不过今天，襄初他确实是吃了些亏，看在我的薄面上，你就替他们敬襄初一杯。这事嘛，就算过去了。"

对李天佐，胡景翼可以说恨之入骨。但陈树藩的一席话却既合情、又合理，而且李天佐又有礼在先，自己若是来而不往，于情、于理、于众人的面子，似乎都说不过去。想到这儿，胡景翼只好强压着怒火，端起酒，他跟李天佐道："襄初，他们还是些不懂事的孩子。这里我替他们跟你赔个不是，请你千万莫要跟他们计较、跟他们一般见识。"闻言在说了声"好说，好说"后，端起酒杯，李天佐跟胡景翼象征性地碰了碰，然后同时一饮而尽。

"古人把话没错说。"见状陈树藩道，"不打不成交嘛！笠僧，襄初，你们说是不是？啊——哈哈哈……"一时得意，他竟放声大笑起来。

听陈树藩提到了自己，又提到了方才那千钧一发、惊心动魄的一幕，下意识地摸了摸别在腰里的双枪，对李天佐，陈致远在心里道，"今天，算你娃子命大！要不是胡司令拦这一下，明年的今日，就是你娃子的忌日！"

酒过三巡，紧张的气氛，这才终于缓和了下来。

突然出现在姜宏模的驻地，李天佐已让胡景翼感到不妙，如临大敌，陈树藩又兴师动众而来，而且一来就居高临下、训斥着自己，看来，他的确无诚意可言。眼下又前倨而后恭，也不知他的葫芦里，究竟卖的是啥药。为投石问路，起身胡景翼给众人一一斟满酒，然后，又试探道："旅长以大局为重，又处处为百姓着想，今欲化干戈为玉帛，更是教人敬佩。胡某不才，今借花献佛，再敬旅长跟诸位一杯。"

等众人干完酒放下杯子，一边筛酒，胡景翼一边又道："若果能化干戈为玉帛，胡某定当做东，以答谢旅长跟诸位之盛情。"闻言，陈树藩连声地道："好，好！到时候，我们一定前去讨扰。"见陈树藩心情不错，胡景翼不失时机地又道："恕胡某心切！议和大事不知能否，尽快安排？"不料陈树藩，却一点儿也不着急。"既来之，则安之。"他笑着道，"我等久别重逢，叙叙旧，也是人之常情。笠僧如此着急，你就不怕扫了，大家的雅兴？"见胡景翼默然不语，陈树藩接着又道，"议和事关重大，来日方长，我们可从长计议嘛！"接着岔开话题，用筷子指着盘子，他招呼众人道，"来来来，夹菜、夹菜！甭停筷子。今日咱来他个，一醉方休。"

第二天照常是喝酒，叙旧。

第三天还是喝酒，但已无旧可叙，而喝起了闷酒。

见对议和的事，陈树藩是只字不提，又见胡景翼不便再催，连喝了几杯闷酒后对着陈致远，杨瑞轩醉意朦胧地道："致……致远，到……到这儿，我们几……几天了？"闻言陈致远道："杨营长，你喝多了。今儿个，是第三天。"不料杨瑞轩又道："不……不好！于总司令说……说过，胡司令他……他要是三天不……不回，靖国军就……就要攻打蒲……蒲……"正说着一头趴在酒桌上，他竟呼呼地睡了过去。见状，陈致远吃惊地摇着他："杨营长，杨营长！醒醒，你醒醒……"

杨瑞轩回答陈致远的，是他那如雷的鼾声。"唉，又喝多了。"摇着头，陈致远无可奈何地道，"净说些瞎话！"

那边有人沉醉不醒，这边有人，却再也坐不住了。陈树藩只一个眼色，李天佐便站起身抱着胳膊道："实在对不起！诸位，我去去就来。"说完转过身，便匆匆而去。

"胳膊痛他怕是来不了了。"陈树藩道，"不管他！来，咱接着喝。"又干了一杯后，他这才吩咐姜宏模道，"着人，你去司马祠准备一下。那里清净，下午跟笠僧，我们还有正事。"

司马祠是西汉大史学家、大文学家司马迁的祠堂。

司马迁，陕西韩城人。因修《史记》，又被后人尊为"太史公"。他的巨著《史记》言简而意赅，洋洋洒洒计五十二万言，被誉为"史家之绝唱，无韵之离骚"。其中名言比比皆是，警句无处不有，现代汉语中诸如"约法三章"，"四面楚歌"，"完璧归赵"，"卧薪尝胆"，"破釜沉舟"，"指鹿为马"，"纸上谈兵"，"图穷匕见"，"狡兔三窟"，"项庄舞剑，意在沛公"，以及"明修栈道，暗渡陈仓"等数百条典故、成语，均出于此。其史学价值和文学艺术价值，至今，尚无一企及。

韩城人为之骄傲，渭南人为之骄傲，在广袤无垠的三秦大地上，无一不为之骄傲。故司马墓仅韩城一处，而司马祠却比比皆是，便不足为怪了。

吃完饭三部小车，早恭候在门口。

"带着这玩意儿去议和，咋看着咋不美气。"陈树藩一边解着武装带，一边跟姜宏模道，"先放在你这儿！"见主子卸下了武器，随从们也纷纷效仿。稍加犹豫胡景翼只好，也解了下来。相视无奈，杨瑞轩、陈致远，也只得照着办了。陪着胡景翼、陈树藩上了第一部小车。被分别让进第二、第三部小车后，杨瑞轩、陈致远又分别被陈的随从，夹在了中间。

司马祠前，车队只稍稍地放慢了速度，却没有停。等两辆卡车跟上后，便立即，又开足了马力。透过后窗的玻璃，杨瑞轩、陈致远发现卡车的帆布篷里，竟都是全副武装的陈军士兵。

华灯初上时，胡景翼一行，被挟持到了西安。

古城沉浸在，一片肃杀的气氛中。几个乞丐瑟瑟地蜷曲在阶上，檐下；几个军警鬼魂似地出没在街头，巷尾。昔日万头攒动、摩肩接踵的东大街上，几乎见不到一个行人。见了汽车，跟小巫见了大巫似的，一辆空跑着的黄包车，慌忙地躲了开来。商铺大都提前打烊，只有个别几家酒楼里，还亮着微弱的灯光。从里面隐隐约约传出的，是那些吆五喝六的猜拳声、行令声。为数不多的几家娱乐场所，却依然是灯红酒绿。门外停有小车，门里传出的，是那些教人肉麻的靡靡之音。

战乱苦，后庭花，天上人间。

在一所岗哨林立的深宅大院里，设晚宴陈树藩再次给胡景翼"接风，洗尘"。"鸿门宴"上既不见"樊哙"，亦不见"项庄"，只有"项羽"一人，陪着"刘邦"。

见胡景翼既不动手，更不动口，陈树藩劝他道："笠僧啊，我可完全是，一片好意。这兵荒马乱的，我虽无恶意，却难保他人，也没有恶意。固市那边人多眼杂，想谈点儿正事，总觉隔墙有耳。我知道笠僧不愿到此，故不便启齿，出此下策者，实属万不得已。眼下只有你我弟兄，可以放下心，掏心窝子说话了。"

又是装腔，又是作势，陈树藩完全是一种，无可奈何的样子。硬将筷子塞在胡景翼的手里，他接着又道，"来来来！咱们边吃边谈。"

不好再驳陈树藩的面子，胡景翼只得勉强地，接住了筷子。虽接住了筷子，他却不肯动手："既然如此，敢问旅长有何条件？"

"说起来，也简单。"见胡景翼开了口，压低声音，陈树藩皮笑肉不笑地道，"说条件，那就又见外了。只要笠僧肯跟我合作，咱携手将那个河南蛋，撵出潼关，或者干脆当下酒菜，就地炒了，省长由你来当，部下，也各官升一级。你看如何？"闻言，胡景翼又试探道："那于右任总司令呢？"见胡景翼似乎已经动心，陈树藩心里暗暗高兴，道："一介书生，如果他愿意的话，可恳请段大总理在北京，给他挂个闲职。如不愿意，他可回上海继续舞文弄墨、办他的报纸。"为进一步试探陈树藩，胡景翼又道："那其他各路，又该咋办？"不想陈树藩，却岔开话题道："笠僧啊，今儿黑咱弟兄难得推心置腹，因有正事要谈，所以，我没让上酒。来来来先吃菜，过会咱再痛痛快快地，喝上几盅。快，动筷子呀！"见陈树藩卖起了关子，胡景翼料定自己若是再不动手，陈树藩肯定也不会，再显山露水了。于是夹起一颗油炸花生米，在嘴里他一边细嚼着，慢咽着，一边等着他的下文。

"笠僧啊，只要你我通力合作。"见胡景翼已经上套，陈树藩这才接着又道，"凭你的影响，其他的，还不望风归顺？至于那些土匪出身的刺儿头，其部下，也多是乌合之众，就不足为虑了。知趣的，咱也不亏待他；不知趣的，那只能……"正说着陈树藩，却突然来了个急刹车，但已是图穷匕见、杀机外露了。

司马昭之心，已昭然若揭。狼外婆脱去了羊皮，狐狸，也终于露出了尾巴。

"事关重大。"闻言，胡景翼道，"容胡某，再仔细想想。"

"当然，当然。"压低声音，陈树藩接着道，"不过今晚所言，决不能走漏半点风声，只能是你知、我知、天知、地知，除此而外，其他人一概不能让他知道，包括你那两个随从。"

"请督军放心！"胡景翼道，"这点儿轻重，胡某还是掂得来的。"无形中，他竟默认了陈树藩这个陕督。

"上酒！"见大功初步告成，陈树藩大声地吩咐道。

酒足饭饱，陈树藩又拍了拍手，应声而入的竟是个袅袅婷婷，浓妆艳抹的妙龄女子。对着陈树藩、胡景翼，一进门，她便各蹲了个万福。见状，胡景翼大惊："督军这是……"不料陈树藩，却笑眯眯地接口道："笠僧到了这儿，我岂能慢待？出门在外，这男人的身边，哪能没个女人？今晚，就由她来陪你。笠僧，先睡个好觉再说！"

说着站起身，陈树藩便要告辞。胡景翼忙站起道："都军的美意，胡某我心领了。只是奔波了一天，早有些疲惫，哪里还有此雅兴？就免了吧。"

闻言陈树藩暗想，自古英雄难过美人关，这胡景翼难道真的六根清净，是个得道的高僧？但嘴里却道："也好，你好好考虑考虑。我等你的回话。"回过头，他又吩咐那女子说，"今儿黑，就算了。不过，我这位兄弟往后的衣食起居，还是由你伺候。"说完挥了挥手，陈树藩示意她，暂且退下。

等那女子一步三扭地退出后，陈树藩又关照胡景翼道："笠僧，你的目标太大，西安，也不比渭北。不过，你也用不着担心，这里，我有重兵把守。只要不走出那两扇大门，啥毬事也没有，你尽可放心！"

这里，是个特殊的监狱，就此胡景翼也沦为，一个尊贵的囚徒。在这个特殊的监狱里，胡景翼受到了在渭北从未有过的"礼遇"，只要一接近大门，哨兵马上就会客气地跟他道："胡司令！陈督军再三吩咐说您是他的贵客，为了您的安全，请务必不要走出。"

跟胡景翼比，杨瑞轩、陈致远相对，要自由些。有时，他们还能出去溜达溜达，只是时间不能太久，走的，也不能太远。在陈树藩看来，胡景翼既在掌握之中，量他俩，也飞走不脱。于是法外施恩、网开一面，对他俩，他也就没多加限制。

第三十七章

"胡司令！那六个字的电报，还记得吗？"一天外出回来，对着胡景翼，陈致远兴冲冲地道。

"记得！又咋咧？"胡景翼吃惊地道。

"你揣，"陈致远神秘地道，"是谁发的？"

"谁发的？"胡景翼迫不及待地道。

"是我弟。"陈致远兴奋地道，"他叫陈静远。"

"你弟？"闻言，胡景翼更加地惊讶了，"你才十八，你弟，他有多大？又咋知道，其中的隐情？"

"说来也巧……"一边感叹着，陈致远一边跟胡景翼讲述了，他跟他弟的奇遇。

陈致远并不知他弟陈静远，考上了省里的成德中学。陈静远也没想到他哥陈致远跟胡景翼一起，竟被陈树藩劫持到了西安。在一家书店巧遇时，两个人都非常地意外。陈致远正为陈静远考上西安的高中而高兴，不料陈静远却道："这么说我给胡司令的电报，他没收到？"闻言，陈致远又吃了一惊："电报！那封电报，是你发的？"见陈静远直点头，陈致远又紧追道，"固市里有故事！你是咋知道的？"顾左右而言他，不料陈静远却道："哥，这里不方便，咱们借一步说话。"

在一家饭馆的雅间里，陈致远一边陪陈静远吃饭，一边听他讲述着事情的来龙去脉……

成德中学是陈树藩创办的，一所私立高中。陈静远考入成德中学，已经是几个月以前的事了。各科成绩，他都非常地优秀。尤其是中国的古典文学，他不但博闻强记、文思敏捷、还出口成章，简直够得上是个天才。

为摸清学生的实力，第一节国文课上，先生要新生们默写《千字文》。结果一字不落默写下来的，只有陈静远一个。后来，先生又先后讲了《古文观止》上的几篇文章。无论王羲之的《兰亭序》，还是王勃的《滕王阁序》；无论苏轼的前后《赤壁赋》，还是诸葛亮的前后《出师表》。先生每讲完一篇，跟着，陈静远就能背完一篇。对其过目不忘大为惊讶，先生将此事，报告了毛校长。

开始，毛校长还有些不大相信，于是，要单独测试陈静远。跟着先生，当陈静远来到校长室时，将文房四宝，毛校长早准备停当。指着那炷刚刚点燃的檀香，对着陈静远，毛校长道："陈静远，给你一炷香的时间，你能否将《千字文》，再给我写一遍？"闻言没有说话，陈静远只彬彬有礼地，点了点头。

在插满毛笔的笔筒中，陈静远抽出了一支大小适中的毛笔。看了看正襟危坐的陈静远，又看了看他拿在手中的，那支紫管白锋的羊毫湖笔，毛校长微微点了点他那，已两鬓染霜的脑袋。

捻动笔管，在端砚上，陈静远膏顺了笔尖。接着一根唾出的羊毛，又被他准确无误地，抽了出来。两指只轻轻一弹，那根羊毛便落进了，旁边的废纸篓。

天地玄黄，宇宙洪荒。日月盈昃，辰宿列张。寒来暑往，秋收冬藏。
闰余成岁，吕律调阳。云腾致雨，露结为霜。金生丽水，玉出昆冈……

开始尚慢，后来奋笔疾书，陈静远越写越快。一炷香刚刚过半，洋洋洒洒千余字的蝇头小楷，已跃然纸上。一直站在他的身后，校长、先生，都看得呆了。

"两位先生！请指教。"写完后站起身，对着两位先生，陈静远毕恭毕敬地，欠了欠身。

闻言校长、先生，这才如梦方觉："好，好！果然不同凡响。"分别拿一张墨香四溢的宣纸，欣赏着那俊秀、隽永的笔迹，他们由衷地感叹着、赞赏着。受到夸奖，陈静远反而不好意思起来。

"这八个字的意思，明白吗？"指着"罔谈彼短，非恃己长"，毛校长继续试探着他的弟子。

"尺有所短，寸有所长。"不假思索，陈静远道，"做人要严于律己，宽予待人，更不能持己之所长，而妄议他人之所短。"

"好好好，说得太好了！来来来，坐下。咱们坐下说话。"说着提了提长衫，在藤椅上，毛校长坐了下来。在对面床上坐下后，又轻轻拍了拍床铺，先生示意陈静远也坐下。迟疑了一下后，挨着先生，陈静远这才拘谨地，坐了下来。

见陈静远拘谨的样子，毛校长笑道："不必拘礼。有事，我还想要你帮忙。这事你先生，他也知道。"

"又是那副对联？"闻言对着毛校长，先生道。

"正是。"毛校长道。

在关中，胶轮马车被习惯上叫作"拉拉车"。

数月前的一个傍晚，跟几位先生在马路边散步，却见一辆拉拉车装着一辆新拉拉车，迎面驶来。一时兴起，毛校长随即吟出一句"拉拉车'拉'拉拉车"的上联，不想至今，却还不曾征到下联。

"我们祖先创造的文字，实在是太奥妙了。"毛校长道，"七个字的上联，实际却只俩字——一个是'拉'字，另一个是'车'字。五个'拉'字中，有四个作为名词，有一个，却被用作动词。"

"你这，可是一副绝联！"先生道，"思量了好长时间，我终于想出一个下联。对是勉强对上了，却总觉太俗。"

"哦！你有了下联？"毛校长道，"说来听听。"

"这……"犹豫了一下后，先生这才不好意思地道，"圈圈笼'圈'圈圈笼。"

"哦，俗是俗了点，不过对仗，还工整。"毛校长感慨着。回过头对着陈静远，他又道，"陈静远，下去，你也帮我们想想，看有没更好的。"

对面的墙壁上，分左右挂着两副画。虽都是文艺复兴时期意大利著名画家达·芬奇的头像，但一副是印制的油画，另一副，却是出自校长之手的素描。

凝视着两副画，陈静远正在出神。不想正跟先生说话，毛校长却突然问起了他。于是，慌忙站起来回答说："不……不用了。"

指着两副画对毛校长，陈静远说出了他的下联：

画画人"画"画画人

闻言面面相觑，校长、先生，同时惊得呆了。

"妙妙妙，妙不可言！一俗一雅，雅俗共赏！"过了半晌，这才如梦方醒，毛校长连连地赞叹着。

"看来……看来没什么绝联。"这时，先生也喃喃地嘟囔了一句。

前几天西安闹学潮，学生们一直闹到了省政府，而闹得最凶的，竟是陈树藩所办的成德中学。以为陈树藩在有意跟他较劲儿，省长刘镇华竟前去"兴师问罪"。其实，陈树藩也没料到会是这样，却又哑巴吃黄连——有口莫辩。有气没处撒、免不了大动肝火，于是陈树藩来到了他的成德中学，来跟师生们发泄。

既是学潮的发起者，又是学潮的组织者、领导者，为了保护他这个最为得意的门生，为了保护陈静远，毛校长特意将他反锁在他办公室的套间。

说来也巧，偏偏就在这个时候，胡景翼给陈树藩，打来了电话。接到电话，副官不敢怠慢，于是马不停蹄，他赶到了学校。见跟泼妇骂街一样，陈树藩正骂得兴起，副官只好咬着耳朵，跟他嘀咕了一句。正唾沫星四溅，不料闻言后，陈树藩却草草地收了场。在副官的陪同下，他来到了校长室。

"胡景翼！他咋说的？"

"他约督军，在固市会面。"

"啥时间？"

"明天。"

"他带了，多少人马？"陈树藩迫不及待地道，"唉，算了算了。"一时着急，他自觉问了一句废话。又不是瓜子，带多少人胡景翼，能告诉他吗？于是忙抓起电话，以作掩饰。

"喂，要蒲州，要李天佐！"

"喂，襄初吗？带上你的骑兵团，火速赶往固市……噢，越快越好！"

挂电话的声音，紧接着，又是要电话的声音。

"喂，宏模吗？胡景翼到后，务必先将其稳住……记着！切不可让他走脱。我……随后就到。"

一阵皮靴的踢踏声，由近而远。不久，一阵布鞋的沙沙声，又由远而近。"咔塔"一声后，套间的铜锁，被打了开来。

"谢谢校长。"陈静远道。

"快走吧。小心点儿！"校长叮咛着他的得意门生。

走出校门，向附近的邮电所，陈静远又疾步赶了过去。胡景翼、陈树藩他虽都不曾认识，但父亲陈德润跟先生们交谈时，似乎却总是一褒、一贬。今天在套间无意中听到的，又正好印证了这一点。有个要好的同学，就来自固市。虽不曾去过，对这个地方，陈静远却时有耳闻。

"了不起！"闻言，胡景翼赞叹地道，"难怪落款是"陈"字，不想，竟是你弟。可惜他的提醒，还有于总司令的劝阻，却都没能引起我的警惕。"听完陈致远的叙述，胡景翼惊叹不已，也后悔不已。

陈树藩的耐心，果然是有限的，第三天他就连连地，催逼着胡景翼，要他写信，命部下归降。见推脱不过，以释放杨瑞轩、陈致远为条件，胡景翼答应了他。

从陈静远那六个字的电文中受到启发，跟陈树藩，胡景翼也搞起了文字游戏。字斟句酌，用了半晚上时间，他终于写好了一封劝降书。与此同时，不费吹灰之力，陈树藩也写好了一纸手令。第二天一大早，胡景翼将劝降书交给了陈树藩，打开看时，见上面写道：

维峻、宝珊、云龙、振五等悉：

我与诸公，情同手足。以督军陈公之旧部，今又反戈倒之、以兵刃相见者，概因义安鲁莽行事，我等被逼梁山、实出无奈尔！今陕地烽烟四起，三秦民不聊生，胡某自知其咎难辞，已悔之莫及焉。幸陈公宽宏大量，不计前嫌，又投之以桃。我等若能报之以李，则战乱可息，吾辈亦可以功易过矣！如此义举，当乐而为之。既决之意，切不可违，以免误国而又误己焉。

胡景翼　于民国七年冬月

"好，好，太好了！"看完后，陈树藩非常满意，他大加赞赏说，无论文章还是书法，都不失为上乘之作。随即从口袋摸出那一纸手令，他跟胡景翼道："惭愧！让笠僧见笑了。"打开看时，正文还没落款长。落款除陈树藩的署名外，还盖有一方猩红色的关防大印。

准予出境。此令。

民国七年十一月三日　陕西督军兼省长公署

拿着陈树藩的手令，又带着胡景翼的书信，杨瑞轩、陈致远跟胡景翼挥泪而别。果然是一路绿灯、快马加鞭赶傍晚，俩人已到了靖国军的防地。

杨瑞轩、陈致远的突然归来，大出了于右任跟靖国军将领们的意料。像是被绑架多时后，又有幸归来的孩子，在见到于右任、张钫、岳维峻、邓宝珊、李云龙和董振五等靖国军的将帅时，不约而同，杨瑞轩、陈致远竟失声地，痛哭起来。被劝住后，抹着眼泪，杨瑞轩掏出了被胡景翼缄封的书信。

在众人手中，信很快便被传阅完毕。见大家一时无语，董振五咬牙切齿地道："杀了我，我也不降陈！"

"我也一样。死不降陈！"一张口，岳维峻便斩钉截铁。

"跟陈贼，我势不两立！"言出，邓宝珊是铿锵有力。

"跟陈贼，我不共戴天！"李云龙更是字字千钧、掷地有声。

一石激起千层浪，靖国军将士们人人同仇敌忾，个个义愤填膺。

"诶！差点儿给忘了。"抹掉眼泪，陈致远突然道，"临走时，胡司令曾再三地交待过，说里面是两封信，而不是一封。"

"没有呀！"闻言在信封里摸了又摸，邓宝珊道。

"就是没有。"董振五也道。信皮已被他，撕成了两半，"于司令，你看！"说着被撕为两半的信皮，又被他递到了于右任的面前。

没有接信皮，对着信纸，于右任翻来覆去地琢磨着。

"啊呀，妙。太妙了！"蹙着眉翻来覆去地看了半晌，突然一拍大腿，于右任兴奋地道，"一张纸，两封信。妙，真是妙不可言！笠僧果然还是笠僧！"

闻言，众人复又围了上来。不知究竟妙在何处，于是狐疑的目光，被大家一致地投向了于右任。

"若非致远提醒，还真的看不出来。"指着信纸，于右任激动地道，"你们看！这封不到二百字的短信，用的竟是两种字体。一种是行中近草，叫'行草'；另一种是行中近楷，叫'行楷'。这行楷又组一信，而且，是一封意义完全相反的信。你们看，你们仔细看看。"

闻言，众人这才恍然大悟。将字体为"行楷"的字凑在一起，果然又是一封内容截然相反的短信。

  我与诸公，情同手足。以督军陈公之旧部，今又反戈倒之、以兵
刃相见者，概因被逼梁山，实出无奈尔！如此义举，当乐而为之。既
决之意，切不可违，以免误国而又误己焉。 胡胡景翼于民国七年 胡景翼
于民国七年冬   月

"笠僧被软禁西安，犹徐庶进了曹营。"于右任叹惋不已，"可惜，实在是太可惜了！"

胡景翼被囚，让靖国军失去了一位将才。机关算尽，陈树藩得到的，却不过是个"鸡肋"。食之无味，弃之，又觉可惜。朝思暮想，望眼欲穿，陈树藩焦急地等待着、等待着那来自渭北的降书。来自渭北的书信倒是不少，但不是让他大失所望，便是让他气急败坏。

——接替胡景翼，岳维峻出任了靖国军第四路的代司令。

——继云南之后，川、鄂两省的靖国军，将不日入陕。

战报更是不争气，不是报捷，而是报丧。

——我军板桥招讨失利。

——骑兵旅旅长李天佐，不幸阵亡。

虽失去了人身自由，胡景翼却得到了一个千载难逢的，读书的机会。婉言拒绝了陈树藩的连环美人之计，他却恳请他给他找一名儒来传道、授业、解惑。陈树藩痛快地答应了，他又一次低估了他。陈树藩觉得读书，也许只有读书，才能让胡景翼迷途知返，至少，能让其不再跟自己作对。别的人他不放心，想来想去，陈树藩想到了成德中学的毛校长。是他亲自点名聘任的，毛校长自然是，再合适不过了。

果然，胡景翼不是埋头啃书，便是挥毫写字。陈树藩以为这次受挫，胡景翼已经是心灰意冷、胸无大志了。因此放松了警惕，对其，也不再抱什么希望。

跟胡景翼，毛校长却是一见如故。在他看来，胡景翼只是虎落平阳被犬欺，他日蛟龙得水，虎归深山，他必然再度叱咤风云，干出一番惊天动地的事业来。

开始，他答应胡景翼每周一次，而且，只讲经论道。后来隔三差五，他却得空就来，而且私下里推心置腹、无话不谈。跟他，他竟成了莫逆之交。

一计不成，又心生一计。陈树藩并不死心，他突然想起了在陕西深孚众望的井勿幕。

井勿幕字文渊，祖籍陕西西府。早年因家贫，又客居蒲州。在蒲州，在井家塬村，其祖父给一丁姓的财东家拉长工。其祖母去世时，竟死无葬身之地。东家念其为人忠厚，做活，又舍得力气。于是将一块坡地，送给了他。不想因祸得福，在挖墓时，井老汉竟在坡地里挖出古墓一座，而且，还多有金银器皿。于是于一夜间，井家暴富。

后来井勿幕的父亲井永汲，又跟人在四川合股经营自流盐井，家境，也越来越好了。是年，关中大饥。倾其所有，井永汲在蒲州放赈。因不能包办、私吞，蒲州县令斥之曰："你有几何？竟敢跟官府抗衡！"井永汲曰："没有百万，不敢造次。"于是在蒲州，井永汲又被称为"井百万"。

井勿幕四岁时，井永汲又不幸早亡，其家境也一落千丈，甚至是，债台高筑。为避债，井勿幕被堂兄井岳秀，送到了四川。时任川东道台，张铎感其父曾有恩于他，于是收养了井勿幕，并供其读书。稍长，井勿幕执意东渡、去了日本。就此，他有幸结识了孙中山。

在孙中山的影响下，十五岁井勿幕便投身革命、加入了同盟会。十七岁时，井勿幕又回到了陕西，受孙中山的委托，他筹建起同盟会西北分会，并出任了支部长。因年少志高，孙中山誉其为"西北革命之巨柱"。李根源任陕西省长期间，应邀，井勿幕出任了关中道尹。后因不愿跟陈树藩同流合污，跟李根源一起，他也被迫辞职。自以为跟井勿幕还有些交情，陈树藩打算力请其再次前往，去游说靖国军。故伎重演，托罢兵议和之名，他又要行分化瓦解之实。

事不宜迟。携厚礼，陈树藩驱车来到了四府街。在四府街，他见到了正赋闲在家的井勿幕。

"文渊兄！"喊着井勿幕的字，陈树藩寒暄着，"多时不见，看上去你的气色，还蛮不错嘛！"

"托督军大人的洪福。"井勿幕应酬道，"饱食终日，又无所事事，焉能有错？今日屈尊光临，不知有何见教？"看似客气，井勿幕却不乏讥讽。

"无事不登三宝殿。"陈树藩道，"拜托文渊兄再次出山，为陕西乡党，做些实事。"虽重重地碰了个软钉子，他却还是不屈而又不挠。

"言重了！"井勿幕道，"督军上有段大总理，下有雄师十万；远有保定同窗，近有陕南同乡。今又得刘镇华刘省长相佐，我这非上非下，非远非近的市井庶民，又堪何用？"

旁敲侧击。借揭露陈树藩攀权附贵、卖身投靠、结党营私又排除异己之机，井勿幕进一步试探着他的醉翁之意。

"文渊兄过谦了。"陈树藩却依然是，大言不惭，"如今将士厌战，人心思治。凭兄之声望，若能说服旧部跟陈某合作，则不但战乱可息、三秦可兴，兄亦功莫大焉！段大总理常言兄乃王佐之才，若成此大功，又何愁无用武之地、一展宏图？"

"笠僧不是，在你的手里吗？"井勿幕却是不依不饶，"又何必端着金碗，讨饭吃？"

"笠僧？"不失时机，陈树藩忙给井勿幕戴起了二尺五，"一赳赳武夫，岂能跟文渊兄相提并论、同日而语？"

"如此说来，我还真的得恭敬不如从命、走此一趟了？"井勿幕反打正着地道。

"有劳文渊兄！"陈树藩忙道。深怕井勿幕反悔，他忙堵死了他的后路。

开始坚辞不肯，勉强成行后，井勿幕却是肉包子打狗——一去而不复回了。

靖国军的诸多将领，都曾是井勿幕的旧部。他不但没让陈树藩如愿以偿，反而还出其意料地出任了靖国军的总指挥，从而，让靖国军如虎添翼。

陈树藩做梦也没料到他一错再错，又走了一步放虎归山的臭棋。

第三十八章

纠方、鼎四、"狼吃娃"跟"媳妇跳井"可以说是关中农民的"四大发明"。无论街头还是巷尾，无论田间还是地头，只要不是一个人，或者哪怕只有一袋烟的空闲，庄稼人都会用手指在地上画个方阵，再就地取材、将草梗或秸秆掐成节节当白子，将土疙瘩掰成蛋蛋、或将湿土捏成团团当黑子，然后，再兴致勃勃地杀上几个回合。

踌躇满志，当佘有志又一次回到南河镇时，多儿已经过了"五七"。不惜吐血，他花了近千块的大洋，又眼巴巴地等了几个月，好梦倒是做了不少，但进京当官的事，却还是就了米汤。京官当不上倒也罢了，遗憾的是连个七品县长的地方官，他都没弄得上。

所以还能踌躇满志，是因为他的总乡约，总算是保住了。听说还是个从八品。品级有了，却既没俸银，也不能登堂问案，更不能生杀予夺，而只能替陈树藩跑个腿催催军粮、收收烟款。钱少爷说了，每上交一百大洋，总乡约可提留两块，品级虽不及县长高，好处却不比县长少，是个肥差。钱少爷的话，让大失所望的佘有志，又多少长了些精神。

似乎预感到会复出，佘有志将还是他们的总乡约，见到他凡躲得及的，南河镇人都远远地躲开了。闲得无聊，三个一团、五个一堆地圪蹴在檐下，那些或纠方、或鼎四、或玩"狼吃娃"、或玩"媳妇跳井"的，那些因输了个鸡蛋而争得面红耳赤，又争得脸红脖子粗的，在突然看到佘有志时，却已经躲避不及。

"啊！是佘老板，好久不见了。"那些还算机灵的，只好硬着头皮跟佘有志打起了招呼。回过头，他们又跟同伙道："你们玩。有点事，我先走了。"说着他们一边拧尻子走人，一边挠着头嘟嘟囔囔地道，"瞧这记性！娃他妈交代的事，咋被我忘得死死的……"

冲佘有志嘿嘿傻笑两声后，那些瓷尿愣种们，也跟着作鸟兽散。在佘有志的感觉中，这傻笑比那些幼年丧父的孩子、比那些中年丧妻的汉子、比那些老年丧子的老汉们的哭还要教人别扭、还要教人难受。

揣着满腹的狐疑，佘有志没有去镇上、没有去他的佘记烟馆，而是朝着佘福庄一路走去。

佘福庄那两扇一向都是虚掩着的大门，今天，却关得死死的。看着门脑上那残留的黄表纸，看着门框上那没了下半截的白纸对联，对那些比哭还要难看的笑，佘有志登时明白了一大半。

多儿死了！老婆多儿的影子、儿子佘大勇跟女儿佘大花的影子，次第地从佘有志的脑子里一闪而过后，他很快便有了结论。

多儿有病，也不是一天两天的事了。虽很少在家，佘有志却不可能一点儿也不知情。一手扶着门框，一手捂着心口，多儿头上直冒虚汗、脸色煞白的样子，佘有志不止一次地看到过。为此，他也曾蹙过眉，但在扛过这一阵子后，挣扎着多儿又去操持那些不做也可、要做却永远也做不清白的家务去了，佘有志那蹙起的眉头，随即又舒展了开来。

这女人家的毛病，就是多！对冷漠的佘有志来说，多儿的要强，无疑是一个错误的信号。

对多儿的病痛，佘有志从来都不曾过问过，关心，那就更不敢奢谈了。佘有志想自己一不是大夫，二不是郎中，问跟不问，还不都一个毬样。再说了，屋里有的是钱，镇上有的是医院，多儿她既不瘸、也不跛，哪儿不舒服，拿着钱找老神仙或者找戴维，也就是了。想当京官，想当县长，佘有志却从来没想到他还是个家长。想过镇上的野花，想过县上的野花，也想过省上的野花，佘有志却很少想到他还有个老婆、有个家花。只知道自己不是大夫，也不是郎中，佘有志却不知道他是个男人，是个丈夫。

开始多儿的病，也许只是普通的胃病，正如她自己所说的——没有啥。一开始连老神仙、连戴维，也都是这么认为的。这病他们见得多了，看的，也都得心应手，特别是老神仙，他两三服中药下去，一般就万事大吉了。可同样的病，同样的药，用在多儿的身上，咋就不灵了？苦苦思索后，老神仙终于明白了，病害在多儿的身上，病根却扎在佘有志、佘大勇、佘大花的身上。作为丈夫，佘有志的冷漠；作为儿子，佘大勇的混账；作为女儿，佘大花的放荡与不羁，这些，才是真正的罪魁祸首。对冷漠、对混账、对放荡不羁，再灵的药，也是对付不了的。嘴里老神仙虽照例地，安慰着多儿；心里他却不能不为她，捏一把的冷汗。

整日浪迹在风花雪月的青楼妓院，佘有志很少回佘福庄。偶尔回来时，他也是来去匆匆，犹远道而来的客人住进了客栈，只是歇歇脚而已。每当走近这黑压压又孤零零的庄院时，佘有志首先看到的，是那高耸着的楼子。另外还有那或出自灶膛、或出自炕洞，在袅袅升起后，又弥漫开来的青烟。所听到的除了鸡鸣，除了犬吠，还有那嗡儿嗡儿的纺车声，或者踢里哐嗒的机杼声。

只要一回到佘福庄，多儿便会赶忙撂下纺车溜下炕，或者撂下梭子溜下织机，去给佘有志端水洗脸。趁佘有志洗脸的当儿，她又会将热腾腾的香茶跟冷冰冰的烟枪，默默拿过来放在他的面前。当佘有志品完茶又过毕瘾，热气腾腾的饭菜，又被她端到了他的面前。

自打跷进佘家的大门，自打佘有志早上刚结的桑葚——等不到黑，便让她在众人面前丢尽了人、现尽了眼，让她成为人们茶余饭后、街头巷尾津津乐道，又久传不衰的笑料后，跟做了贼似的，多儿总是埋着头走路。她既怕见人，也很少说话，更不善嘘寒问暖，所有这一切，都是在默默无语中完成的。

佘有志在外面的所作所为，多儿从不过问，在她看来外面的事，自然也是"外头人"①的事。佘有志偶尔回来时，她不喜形于色；过了瘾，吃饱了也喝足了，尻子一拍，他又走了，她却是既不愠，也不火。默默尽着一个"屋里人"的"天职"，她既没有任何的奢望，也没有任何的怨言。

此前，那袅袅升起的炊烟，那热气腾腾的饭菜，从来都没能让佘有志感到过家的温馨。那嗡儿嗡儿的纺车声，那踢里哐嗒的机杼声，甚至还让他有些心烦。眼下，袅袅的炊烟没有了，热气腾腾的饭菜，也没有了，佘有志却突然意识到家的温馨。纺车声没有了，机杼声没有了，佘有志心里不烦了，却潮起了一种莫名其妙的失落。

拥有时，有些东西是那样的微不足道；一旦失去，它却又是那样的弥足珍贵。

愣怔了一阵后伸出手，佘有志下意识地推了推门，两扇门，却是纹丝不动。没有挂锁，门显然是从里面，被关死的。屋里的，又会是谁呢？

噔！噔！噔！佘有志叩响了那两扇既熟悉、又陌生的大门。

噔！噔！噔……噔！噔！噔！噔……见没人理会，叩门声加重了。

见还是没有回应，侧着头，佘有志将耳朵贴在了门缝上。屋里，似乎有什么响动。庄子太深，飘忽到门口时，响动声已十分的微弱。急切想知道究竟是什么声音，当他再次屏息细听时，响动声，却又没有了。

咚！咚！咚……咚！咚！咚……咚！咚！咚！咚……指头被佘有志，换成了拳头。

见屋里还是没有反应，佘有志不禁怀疑起，自己的耳朵来。还以为是听邪了，踌躇了一阵后转过身，他去了他家的老坟。

被荒草、被树木笼罩得严严实实，老坟中一座白光光的新坟，显得格外地抢眼，同时，也证实了佘有志的猜想。

西北角那道弧形的土梁，是这座老坟上首的标志。从那儿依次排列下来的墓冢中，长眠着佘家历代的列祖、列宗。居中的，是历代列祖列宗中的长者，也是佘家历代主事的"当家"。"二拨拨""三拨拨"们只能按哥东弟西、哥南弟北的讲究，依次守护在"当家"的两侧。从这个呈纺锤状的墓冢群不难看出，佘家也曾有过一个家业繁荣、人丁兴旺的鼎盛时期。

对那些越是靠上的，诸如祖父母、曾祖父母、曾祖父母的父母、曾祖父母的曾祖父母，以及他们的伯仲们、"先后"们，佘有志弄不清，当然，也无感情可言了。可叹的是他的亡父、他的亡母，也都受尽了冷落。

　　没过头周年每逢期期斋斋，带着儿子又领着女儿，佘有志还上坟给他们烧几张纸，点几根香。于是秃子跟着月亮走，那些尸骨已化为粪土的列祖列宗们，跟着也多多少少地，沾了些光。后来，特别是过了三年后，佘有志便很少再光顾这里了。于是在清明寒食，在农历的十月初一，在四时八节，当那些得到供奉的孤魂野鬼们，都高兴得狂欢乱舞时，佘家老坟的幽灵游魂们却只能是自叹不如，只能跟着饱一饱眼福、发一发眼馋了。

　　只要能当上七品县长，佘有志曾发誓要在祖坟前唱三天三夜的大戏，以报祖上的阴德。在凤愿一次又一次地落空后，佘有志又抱怨祖上没积下阴德，而发誓从此，再也不上祖坟了。眼下，他人倒是来了，两手却空空如也。远远看见佘有志的人，他的列祖列宗们满怀着希望；及近时见他两手空空，他们禁不住又一次，地大失所望。

　　紧挨佘有志他父母的墓冢，新墓冢坐落在老坟靠右的最下首。按男左女右的原则，它无疑是多儿的了。风干后新墓冢上的黄土，已经是白光光的。刚顶出地皮，扒地草还没来得及再次落地生根，在肃杀的西北风中，它竟跟它下面的主人一样，又嫩蹶了。

　　没了多儿，慢说是洗脸水，慢说是香茶，慢说是热气腾腾的饭菜，就连那两扇用来防偷防盗的大门也翻脸不认人，而将它们的男主人，都拒之于外了。

　　思前想后，佘有志还真的动了感情，几滴苦涩的眼泪吧嗒吧嗒地落在了，衣服的前襟上。触景生情，佘有志竟然想到应当给这里点两支蜡、上三炷香，然后，再烧上几张纸。

　　这个想法，一多半是基于那个新鬼，突然间良心发现，他觉得他确实对不住她。一少半是基于那些老鬼，他估计在冥冥之中，他们似乎已经落到了沿门乞讨的地步。口袋里有的是钱，但胳膊却只提了，两个光锤头。在给新鬼开了个空头支票，又给老鬼们打了个白条后，佘有志快快地离开了。

　　等买了纸再来烧，多烧些！把多年来亏欠他们的，都补上！返回途中，佘有志在心里盘算着。没有再回佘福庄，在那里他没有跟从前那样品到，香气四溢的酽茶，更没吃到色香味俱全的饭菜，倒是吃了个"闭门羹"。大料从今往后，那里怕是再也不会有酽茶可品、有佳肴可用了。

　　不知不觉中，佘有志来到了南河镇。他没去买香蜡纸表，而是端直地走进了，他的佘记烟馆。

烟馆里，伙计们正在喝汤。见突如其来的，竟是他们的老东家佘有志，下意识中他们不约而同地，停下了筷子。那些吃惊的目光，那些狐疑的目光，那些尴尬的、不知所措的目光，都齐刷刷地投向了他。似乎不期而至的，并非是他们已经非常熟悉，怕见，却又不可能不见的老东家佘有志，而是一个从来都不曾谋过面的陌路人。

"去，给东家单另弄两个菜。"躲在账房里正开着小灶，见状，吴掌柜赶出来吩咐伙计道。姜还是老的辣。过的桥他毕竟比他们走的路，还要多。

"不必了。"摆着手，佘有志道，"大家吃啥，我也吃啥。"

"这……也好。"松口气，吴掌柜接着道，"快，快给东家弄饭。还愣着干啥？从耀州回来的，发了瓷咧[②]？"明知灶火没什么菜，他却还吩咐要伙计，单另弄两个菜，吴掌柜无非想借他们的嘴，把"没有菜"这几个难以启齿的字，说给佘有志而已。

"噢！这就去。"明知吴掌柜故意为难，伙计们压根没料到替他们解了围的，竟是他们的老东家佘有志。不知道老东家已经饿坏了，他们想这日头，还真有打西边出来的时候。

日头却偏偏打西边，给出来了。第一次跟伙计们共进晚餐，老东家佘有志竟还是，狼吞虎咽。

晚上没回去，吴掌柜一直陪着他的东家。将"老板娘"多儿的事通前至后，他婉转地跟老东家汇报了一遍后，又无微不至地道："有可相的，东家还是尽快地伴个人。这屋里没个'内角'，还真的不成！"

"大勇跟大花呢？"对吴掌柜一番好意未置可否，佘有志却问起了儿子、女儿，"咋没见他俩？"

跟多儿比，佘大勇的事自是教人更加地，难以启齿，而佘大花的事则是棒槌掏牙缝——就更加地夯口了。难以启齿也好，棒槌掏牙缝也罢，知道回避不过，吴掌柜是早有防备。

"唉！少东家也真是……"没开口，先叹气。叹了口气后，吴掌柜这才又道："听说还在读书时，他就有了瘾。这都不说咧，咱开的，就是烟馆，也不在乎多他那么一口。谁想后来，他又学会了耍钱！我劝了多次，他都听不进去。开始时输赢，只不过是一块、两块。赢了装进口袋，他啥话不说；输了便打个条子，让人家到柜上来取钱。见钱不多，我只得付了。谁想老鼠拉锨把——大头还在后面。先是由一块、两块，增加到四块、五块，不久又由四块、五块，增加到七块、八块。再后来一输就是十几块，甚至几十块，我想照这下去，要不了半年六个月，慢说这烟馆，就连咱的佘福庄，怕都得改姓了。怕跟东家没法交代，我便硬顶着，不认他这个账了。为此将少东家，都得罪下了，跟我吵闹了几次后，他便再也不回来了。生怕有个闪失，我又着人去找，找了好长时间，得！却连个影子，也没找着。"

"小姐嘛，那就更见不着了。"吴掌柜接着抱怨道，"背地里客人们，似乎有些闲话，可我一闪面，人家却立马打住了、不说了。偶尔也能逮个一言半语，给人的感觉，似乎也不是啥赢人的……"

"算了，算了。"放屁踢了个响尻子——正不好再说，吴掌柜恰巧被他的东家，给打断了，"这事，咱先不提它咧。人你接着找。外面拾了个轱辘雁，屋里，却没了个大母鸡。真没想到……嘿！"佘有志甭提有多丧气了。

正为找不到恰当的字眼而着急，吴掌柜却没料到佘有志，也不爱听。料就东家已经明白了是怎么回事，他说不下去了，正好，他也听不下去了。真是背锅子睡了个塌塌炕——刚合窍。

吴掌柜打的腹稿，远比他演说的，要充分得多。老板娘的事，少东家的事，他实话实说了。小姐的事他并非不知情，而是比谁都要清楚，只是实在不好张口，更难以启齿罢了。如果佘有志不岔挡，他准备先发制人，将事情一股脑儿，都推在伙计们的身上。他正准备跟佘有志说"详细情况，伙计们比我清楚。我问他们，他们却不说实话。东家要是问起，量他们不敢不实话实说。"

没想到这个杀手锏，还没来得及使出，佘有志先招架不住了。雀都有指甲盖大个脸，见佘有志饰不住，吴掌柜忙顺风转舵、乖巧地换了话题："好了。这下好了！东家一回来，这一河的水，就都开了。唉！东家你是不知道。你不在我是左也难，右也难，深不得，又浅不得。一个人顾了头，却顾不了尻子。一句话，难哪！"

棒槌掏牙缝的夯口话，不说也罢，功劳、苦劳不表一表，却是万万不行的。好个吴掌柜！几句话便冤也鸣了，屈也叫了，好也落了，同时还将东家佘有志的嘴，也给封了。

佘有志一会做着美梦，一会儿，又做着噩梦。给他端着洗脸水进来的，竟是那个刚过门不久，既年轻、又漂亮的多儿。一时兴起，一把将多儿，他揽在了怀里。不由分说，他又去抹她的裤子。可抹了半天，手磨得生疼，多儿的裤子，却就是抹不下来。定睛看时，佘有志这才发现被他搂在怀里的，竟是根明柱。正大失所望，却见捧着香茗，多儿又走了进来。这时的多儿，已不再是刚才那个既年轻、又漂亮的多儿了，这时的多儿，已经是个半老徐娘的婆娘。正有些扫兴，端着饭菜，一个形容枯槁的多儿，又走了进来。他正待问她究竟是咋回事，却见她化作一缕青烟，又不见了。正惊疑间，拿着烟枪，一个一脸病容的多儿，又走了进来。一把抓住了她的胳膊，佘有志想问个明白，谁知被他抓在手里的，竟是一具骷髅。当他吃惊地松开时，在晃荡一下后，倒在地上，那具骷髅又变成了，一堆白骨。两腿一软，不由自主，佘有志跪倒在白骨的面前。他想跟她赔个不是，谁知还没开口，那堆白骨瞬间又化作青烟一缕，飘出了房门，接着又飘出大门，飘向了佘家的老坟。在老坟最下首那个新坟上，青烟旋转了一圈后，便不见了。

迷迷糊糊中，又睡过去时，他爸麻子佘，却又闯了进来。刚进来时，还好端端的，只是那张丑陋的黑麻脸，让佘有志有些恶心。不想一道寒光过后，那颗镶嵌着黑麻脸的头颅，转瞬间却不见了。没有了头颅，脖颈上立即涌出一个倒立的血锥。在三尺高处，血锥散开后，又化成了血雨。沿着抛物面，猩红色的雨点在射向四面八方后，又形成一个既美丽、又骇人的血色喷泉。眼看着血色喷泉越来越低，最后，竟变成了一个血色的瀑布。当血色瀑布跟它的源泉——那个无头的躯体一块消失后，那颗血淋淋的黑麻脸头颅，又荡了进来。在翕动了几下后，那个镶嵌在黑麻脸上的大嘴，竟开口道，"有仇不报非君子。放着杀父之仇不报，身为七尺男儿，你还有脸扎在这个世上？"说完，又荡了出去。留在地上的，是一摊殷红殷红的鲜血。

他爸刚走，披头散发，他的疯妈，又飘了进来。指着自己一身褴褛、脏兮兮又臭烘烘的衣服，她骂佘有志道，"你这狼心狗肺的东西！十月怀胎，我就生了你这么一个宝贝儿子，你、你整天吃喝嫖赌、花钱如流水，却让我一天到晚地，沿门乞讨。你、你你你……你还是个人吗？"

疯妈飘走后，莲儿却又撞了进来。指着佘有志，她开口就骂，"你、你这禽兽不如的东西！糟蹋人家的女人不说，连自家才十三岁的侄女，你竟都不肯放过。今个，我跟你拼了！"说着伸出手，她就要撕挖佘有志。

惊醒后佘有志，已是一身的冷汗。拉他的却不是什么莲儿，而竟是吴掌柜："东家，东家！不好了，不好了！那些债主们，又来闹事了。"侧耳细听，门外果然是一片吵闹。

"让他们甭吵，也甭闹。"揉着惺忪的睡眼，佘有志吩咐吴掌柜道，"我马上就来。"

等佘有志来到前面时，仗着人多势众，那些泼皮、流氓、阿飞跟啃街猴们，跟老鸹窝被捅了一竿子，闹活得更加地凶了。

"吴掌柜，付钱！"对着吴掌柜，佘有志吩咐道。见佘有志答应付钱，那些泼皮、流氓、阿飞跟啃街猴们，顿时又"一鹞入林，百鸟哑声"。

"柜上……"不断地搓着双手，吴掌柜为难地道，"柜上没……没那么多现……现钱。"一时，他不明白佘有志的葫芦里，究竟卖的是啥药。

"那……"跟吴掌柜，佘有志又道，"那就先付一半。"

"一半……"继续搓着他的双手，吴掌柜又道，"一半也……也不够。"

"那是这。"闻言退了一步，佘有志又道，"后天，后天还是在这个时候，

341

南河镇

这个地方，所有的账，我一把付清。咋相？"

"那、那咱得把丑话，先撂在前头。你可得说啥、耍啥！"

"挂面不调盐，咱有盐（言）在先。要是耍滑头，可甭怪我弟兄们，不客气！"债主们七嘴八舌地嚷嚷着。

"放心！大伙放一百二十条心。"佘有志道，"刚回来，我是不知道有这事。要是有个三年早知道，今儿个，就不会有这事了。刚才吴掌柜跟我一提，我就答应给大伙儿，把钱还了。"说着回过头对着吴掌柜，他又道，"吴掌柜，有没有这话？"见吴掌柜不住地点着头，佘有志接着道，"鸡起半夜的，就是再有钱，也取不出不是？街里街坊的，红口白牙大睁着两眼，我还能说瞎话？何况对我佘某人来说，这点钱，也不算个啥。大伙还是先回吧。天气冷，小心冻着！"

听了佘有志的一席话，那些泼皮、流氓、阿飞跟啃街猴们，果然不再闹活了。"钱我有，时间我可没多余的。"对着三三两两陆陆续续退去的他们，佘有志又大声地叮咛道，"大伙可得按时到，给那些没来的，也把话捎到。来的时候，可甭忘了带上字据。啊——"

---

①外头人：关中人对成年男人的俗称，也叫作"外头家"；成年女人则被叫作"屋里人"，或者"屋家"。

②从耀州回来的，发了瓷咧：关中歇后语。其中"耀州"，是关中的地名，因盛产瓷器而闻名。"发"，指批发，"瓷"，指瓷器。这里指发愣，发呆。

第三十九章

连早饭都没顾上吃,换了身衣裳,佘有志便匆匆地去了县城。

"麻烦通报一声。"县府门口,对着站岗的军警,佘有志道,"就说南河镇的佘有志有事,要面见徐知事。"

"蛇(佘)有志?龙有志也不成!"军警不屑一顾地道,"老子这两条腿,也不是为他人长的。"食指跟拇指来回地搓动着,他一边做着点钱的手势,一边跟佘有志道,"这是规矩!懂吗?"

"哦,是这……"佘有志装模作样地道,"啊呀!今日走得急,失急燎毛中换了件衣裳,你所要的,竟忘在脏衣裳里没拿出来。"

"忘了?那就给你长点记性。"说着,佘有志已经被他掀出了大门,"去去去!阿达娃娃多阿达耍去!"接着,军警又不屑一顾地自言自语道,"看起来人模狗样的,连这点规矩都不懂!"

"这东西……"一边说,佘有志一边掏出了陈树藩写给他的条子,"你没弄得成?"

"啊,原来是佘总乡约!"看着条子,军警吃惊了,"有这,您老咋不早点拿出来?恕小的有眼无珠、有珠无水。失敬,失敬!"还没看完,他已经是满头的脚汗,"佘总乡约!您老少待,小的这就去通报!这就去……"说着,已屁颠屁颠地跑了进去。

"狗!一条看门的狗。呸!"不齿地吐了口稠痰后,佘有志又狠狠地骂了一句。洋洋自得,他又一次感受着权和势的威力。

"佘总乡约!您老请。"屁颠屁颠地跑回后,军警又是点头、又是哈腰地跟佘有志道,"呵呵……这边,这边。徐知事让您老在二堂等候。"斜睨了他一眼,佘有志旁若无人地进了大门。

"佘总乡约!"军警继续谄媚着,"您老走好……"钱没弄到,挨了骂又遭了冷眼,他却还献着殷勤。

"成天当爷,没想到今天,竟当了回孙子。"见佘有志已经走远,挠着头,军警这才小声地嘟囔了一句。

"南河镇的佘有志,拜见徐知事徐大人!"说着,佘有志便是深深的一躬。二堂里,他终于见到了悠然自得、翘着二郎腿正在品茶的县知事。

"好，好，来的正好！"操着浓重的山东口音，徐知事招呼着佘有志，"刚才，我还说给省里打个电话，却没想到嘴说曹操，曹操就到了。人都说陕西地方邪，我还不信，这回不信，都由不得人了。"屁股还没抬起，旋即，他又坐了下去。礼让虽是象征性的，佘有志却已经是受宠若惊。

"在南河镇，听说你开了家烟馆。"徐知事又道，"这可是一本万利的生意，这几年，赚了不少的银子吧？"一边说，他一边示意佘有志就座。

"赚是赚了点儿，不过，也没有多少。"说着两百块大洋，被佘有志放在了徐知事的面前，"这是孝敬您老人家的。一点小意思，还请知事大人，莫要见怪。"

"这又何必？大家都不是外人。"徐知事谦让着。心想这个姓佘的，还算知趣，"那明天，你就上任吧。对那些刁民手要硬，心也不能软。省府人多，开销也大，自然应该拿大头，县府这几十号人要吃饭，也不能抹了光头。你可能还不知道，县里是背锅子走路——前（钱）紧的不行！"得了钱，他卖着乖；不满足，他继续敲着佘有志的竹杠。

"徐知事，省里可没说，还要给县上提留。"陪着小心，佘有志为难地道，"少留点，或许，还能打个马虎，多咧省上怪罪下来，可怎么得了？"

"不多，不多！"徐知事道，"你放心。省里十成，县里只一成。"

说话的说得轻巧，听话的，却已经是一头的雾水。屁股跟长了刺似的，佘有志已经有些坐不住了。原以为两百大洋，这事就活捉活拿了，却没料到徐知事竟是长虫的尻子——深罐罐，叶子比钱少爷的，他还要潮。人常说三年清知府，十万雪花银。一开始佘有志还有些不信，这会儿不信，都由不得他了。

"徐知事，"用乞求的口气，佘有志试探着，"能不能少……少点儿？"跟徐知事，他竟搞起了价。

"那，好吧。"叹了口气，徐知事道，"那就再少两分。这下把大家的话，都搁住了。能成了明天，我就着人给你挂牌。"

听话听音。一听徐知事的口气，佘有志情知已没商量的余地。于是道："那好，小的尽力而为。不过……不过小的还……还有一事相求。"

正要送客，一听到这个"求"字，徐知事不觉又来了兴致。对这个"求"字，他一向都是十分的敏感。没钱的求他，他害怕；有钱的求他，他兴奋，而且是"有钱必应"。于是又爽快地道："还有啥为难事，但讲无妨。"

徐知事的爽快，给佘有志添了不少的勇气，赌徒们跟他逼债的事，被他跟倒核桃枣似的，一五一十地道了出来。

"这些地痞、流氓、阿飞跟啃街猴们不但不务正业，而且经常聚众赌博。"佘有志最后道，"赌输了非偷即盗，还惹是生非，不将他们摆平，也是社会治安的，一大隐患。这事乍听起来，似乎是小人的私事，实际上，它却也是公事。"

在佘有志的嘴里，私事竟堂而皇之地，变成了公事，理由听起来，似乎还并不是很牵强。

"原来是这！"听完，徐知事故作为难地道，"不牵扯令郎，还好说，眼下牵扯到令郎，这事，怕就不好办了。何况上面也没明令，要咱们禁赌喀！"

"话虽如此，"闻言，佘有志竟有些猴急，"若是逼出人命，咱也脱不了干系。"

"令郎生不见人，死不见尸。"不料，徐知事却道，"说人家逼死人命，你有啥证据？"

"咱问他们要人，"佘有志忙道，"他们交不出来，这就是证据。至少，还不问他个绑架、勒索之罪。"

"这事，可不像你想象的那么简单。"闻言，徐知事将头摇得跟拨浪鼓似的道，"你又没将人，交给人家，咱凭啥问人家要人？弄不好偷鸡不成蚀把米，反授人以柄，说咱公报私仇。"

"如果，如果连这些下三赖都治不住，"见急忙搭不上铲，佘有志更加地猴急了，"那往后烟款、税款，谁还肯缴？"

这句猴急的牢骚话，佘有志还真的说在了点子上。闻言沉吟了半晌，徐知事这才又道："治肯定是要治，只是得想个万全之策，咱不能狗肉没吃上，连铁索都被带跑了。"

见事情有了转机，佘有志又掏出一百大洋道："还请知事大人替小的做主。"

目的虽已达到，徐知事却还是故意闷着头，迟疑了一会儿。然后才道："要不是这，挂牌子时，我让保安团多去几个人。让他们给你助个威，仗个胆，把这帮瞎尿吓跑去毯，咱不能屎蟒蟒滚蛋蛋，把屎（事）越滚越大。你没看咋相？"闻言，佘有志忙巴结地道："还是知事大人高明！那就劳大人写个便函，到保安团，小的也好跟那里的弟兄说话。"

在去保安团的路上，佘有志心想这徐知事，也不是个松泛的下家，雁过拔毛都不说，连过河，他尻渠子都要夹些水回去。

回到烟馆，见佘有志只提了两个光锤头，吴掌柜担心地道："钱没弄上？"闻言，佘有志却轻松地道："放心！放你一百二十条心。全弄好了。"还以为东家带回的，是银票，吴掌柜也就不好再打破砂锅问到底了。

直到第二天后晌，见佘有志还是没有去兑现的意思，忍不住，吴掌柜又提醒他道："东家，现钱得赶紧兑回来，要不，就来不及了。"闻言，佘有志却还是满不在乎："不急，不急！人家说咧，赶明早给咱送过来。家里放那么多的现大洋，你就不怕土匪？"

佘有志的话，虽不无道理，但吴掌柜的心里，却还是不踏实。不踏实归不踏实，他却不便再催了。看戏流眼泪——净替古人担忧。虽非杞人，吴掌柜却也在忧天，作为掌柜，这也是他的职业病。

大凡整天跟钱打交道的，多半都是些"单放心①"，任你说得天花乱坠，钱没捏在手里，他的心，便也放不到肚子里。

钱里头有火。一想到天亮后，就能拿到响当当又白花花的"袁大头"，那些龟五贼六的债主们，一个个都是心花怒放。烧骚得不能自已，他们哪里还有心思睡觉？

昨天拿着徐知事写给他的便函，佘有志径直来到了保安团。给姓刁的团长塞了十块大洋，他又跟他许愿说，只要事情办得漂亮，凡是去的弟兄按人头，每人各赏一块。后来由赵、钱、孙、李四个队长作陪，在"十里香"饭庄，佘有志还将刁团长请了一顿。

酒足饭饱，刁团长突然问他的四个队长道："你们不觉得，哪儿难受？"闻言，四个队长几乎是异口同声："'老大'吃饱了、喝足了，没说的了，这'老二'却不憋服，硬邦邦的，教人难受的不成！"闻言，刁团长接茬骂开了："妈的，狗日的像是在饭菜里放了春药。操他妹子，我去找他们算账！"

正要起身，刁团长却被佘有志给按住了。心里虽十分地恼火，嘴里佘有志却道："那就到'早春院'，在那里，让姑娘们给诸位下下火。"

是风月场的老手，佘有志哪能不明白，这些行话？明知吃饱了不肯撂碗，变着法儿这些王八蛋，又在敲他的竹杠，佘有志却还是认了。心想头都磕了，不能因少作个揖，又把事给弄砸了。

早春院——县里档次最高的一家妓院，其开销比其它的院子，自然也高出了好几倍。此前只要路过这里，佘有志便浑身燥热，下身更是憋胀得难受。有心进去尝尝鲜，最后却都是因心疼银子，又不得不忍痛割爱了。这次，他豁出去了，明知要多花几倍的银子，他反而偏偏点名要去早春院。其主要原因，当然是为了将这些王八蛋哄高兴，把事情办得更漂亮些。其次，他还想借为事所逼，而不得不痛下决心的机会，来了却他多年来，未了的心愿。

善钱难舍。人都是被绑住了，才挨的瞎打！

早春院的姑娘，果然是一个比一个，还要鲜嫩。见了这些鲜嫩货，佘有志竟然不再心疼银子了，恨不能变成桩上的叫驴，将那些红的、白的、粉的所有的骡马驹，让他统统地压上一遍。花里挑花，几个人反而眼花缭乱，竟分不出个高低彼此来。后来竟都是听天由命，哪个骚情得最紧，便被哪个扶了进去……

说起来连佘有志自己,都有些纳闷儿。在一般的院子里,少说他也能连打三炮,今天不知咋搞的,面对那个水灵灵的鲜嫩货,他的"老二",却硬是不争气,匆匆地打了一炮后,它竟萎缩得像个僵死的老蚕,再也抖不起威风了。心有余,却力不足,在心里,佘有志懊恼地骂道:"没出息的东西!往日花一个钱,都连中三元,今儿个花了三个钱,你他妈却只中了一元!"

仍不死心,佘有志又是用指头戳,又是用舌头舔,只差没将"老大",塞了进去。将平时的绝招,他一一地用过了,"老二"的积极性,却还是没能调动起来。

弄这事雄性的,总占着主动,"叫驴"既然给不上力,"骒马驹"自然也难以满足了。心有余,却又无可奈何,那个水灵灵的鲜嫩货吃惊地道:"凡来这儿的,至少都是三回,财神爷,你这是咋的了?是不是,有啥心事?"

心里,能没事吗?刚开始,佘有志还能沉住气坦然应对,当屎尿真的到了尻门子口口时,心里,他不免也打起了边鼓。连煮熟的鸭子,都有飞了的,那个吃了、喝了,又日了、戳了的刁团长,他能如约地赶来吗?

为岔开心中的不安,佘有志约吴掌柜跟两个资深的伙计陪他,打了一宿的麻将。鸡叫三遍后实在困的不行,他们这才分头睡了。

和衣躺在炕上,迷迷糊糊中,佘有志只丢了个盹儿,天还没亮,他却又醒了,并且,再也睡不着了。刚掰开眼,他的右眼皮,却跳个不停。左眼跳财,右眼跳崖(关中人读作nai)。看来今天的事,似乎不会怎么顺利。

天还没亮,几个烧包得一宿都不曾合眼的债主,已经候在了佘记烟馆的门前。大门关得死死的,街上慢说人,连个鬼都没有,东拉西扯了几句后,几个人被凛冽的西北风,又给打发了回去。

心里着急,与其在屋里胡思乱想,还不如到河边去走走,去看看刁团长他们,来了没有。当烧包们又一次徘徊在佘记烟馆的门前时,佘有志却悄悄地,溜出了后门。

对付眼皮跳,关中人倒有个土办法——给上面沾一节麦秸篾篾。如法炮制,佘有志的右眼皮,果然不再跳了,裹了裹儿毛②子皮大氅,猫着腰,佘有志来到了河边。

带着尖锐的哨音,像是凄厉的鬼哭,西北风在怒嚎着。在刺骨的寒风里瑟瑟发抖,芦苇随风摇曳,看上去,活像是群魔乱舞。右眼皮不跳了,这时,左眼皮却又跳个不停。多儿化作的骷髅,麻子佘那滴血的头颅,以及那没了头颅的躯体,又轮番在佘有志的眼前,晃来荡去。心里一慌,转过身,佘有志又往回跑,那骷髅,那滴血的脑袋,那无头的躯体,似乎也穷追不舍。佘有志跑得快,后面追得也快，实在跑不动，佘有志的脚步无形中，慢了下来，后面追的，竟也跟着慢了下来。

到后门口，大着胆佘有志回头看时，却什么也没发现。这时"呼"的一声，一只獾从他的脚下，窜了过去，刚心神稍定，佘有志又一次惊得魂飞魄散。

在几个烧包又一次离去，而佘有志还没回来的当儿，有人敲响了佘记烟馆的大门。以为又是那些催命的债主们，吴掌柜没好气地嘟囔道："还早着哩。回去睡个'套觉'再来，都不迟！"

满以为外面还会胡搅蛮缠，不想听到的，却是一副乞求的声音，"吴掌柜，我实在撑不住了。麻烦你行行好，让我抽上一口。"

见不是讨钱，而是送钱的，吴掌柜这才松了口气："你等会儿。我就来。"一边披衣服，他一边还在纳闷儿：从来都不曾有这么早的生意，没想到今儿个有事，生意却反倒红火了起来。

有人埋怨时间过得飞快，有人却抱怨时间过得太慢。时间却并不因有些人嫌快，而变得步履姗姗；也不因另一些人心急，而变得步履匆匆。

好生意，却没能带来好心情，约好的付款时间，终于不可避免地来到了。客人还没走，债主们却已经到齐了。见佘家还是迟迟地不动手付账，催命鬼们又纷纷地嚷开了。

"时间差不多了。快付钱！"

"要是还不动手，我们，可就先下手为强了！"说着，有的已经在抹胳膊、挽袖子。见状迎出来抱着拳，佘有志道："钱马上就到，马上就到。大伙儿稍等，让我再去，给咱看看。"说着拔腿，他就要出门，不想竟被众人，七手八脚地拽了回来："想溜？门都没有！要是还不付钱，放火，我们先烧了这烟馆。"一听这话从灶屋，有人竟真的摸来了油瓶子。见状吴掌柜忙示意，要伙计们上前抢夺，你争我抢中，众人扭作了一团。

一旁，佘有志急得像热锅上的蚂蚁。"骗子！吃人不吐骨头的骗子。"不住地跺着脚，佘有志在心里骂道，"他妈的！都死到哪儿去了？"

寡不敌众。柜台上、桌子上、椅子上，连门框、门板上，都被浇上了棉油。"洋火！"有人大声地吆喝着，"谁身上有洋火？"

完了。这下彻底地完了！想到这儿，佘有志下意识地，闭上了眼睛，眼前的一切，被他统统关在了"门"外。佘有志已经做好了准备，准备跟这所院子同归于尽、一块儿灰飞烟灭。

"刁团长到——"在这千钧一发的紧急关头，有人，却吼了一嗓子。闻言，众人都吃了一惊，唯独佘有志，却没有任何反应。耳朵里他全都是哔哔剥剥，又刮刮杂杂的燃烧声。没勇气面对熊熊燃烧的大火，四扇"门"他依然紧闭着。

哔哔剥剥，又刮刮杂杂的燃烧声，似乎在淡出，似乎被一阵踢踢踏踏的脚步声从佘有志的耳朵里，挤了出去。绝望，又慢慢地转化为希望，下意识中放松了一下，佘有志的四扇"门"，打开了一线细缝。随着越来越重的脚步声，映入这细缝的，果然是那个长满着横肉，但在佘有志看来，却似乎比"早春院"那个鲜嫩货，还要可爱的脸。

四扇"门"终于洞开了，被佘有志尽收"门"内的，似乎是一群泥胎雕塑。所有在场的，当然也包括吴掌柜在内，一个个虽表情不同、姿态各异，有的甚至还撕挖在一起，但却都像是被点了穴，一动不动，他们僵在了原地。

大火并没像想象中的那样，在熊熊地燃烧，燃烧着的，是一根捏在一只同样僵硬的手里的火柴。带着一缕青烟，火苗在晨风中摇曳着。

"哎——哟！"随着一声尖叫，那只僵硬的手却不再僵硬，而快速地甩动起来，底下两只脚也交替地跳着、跃着、舞着、蹈着……

不久，群雕也复活了、动摇了。

"啊呀，好我的刁团长！"佘有志道，"你咋才来些？我都急死了，只差没找见，上吊的绳绳。你、你倒是沉得住气！"嘴里虽在埋怨，他却活像捞到了一根救命的稻草。紧抓着刁团长，他死活地不肯放手。等这位救苦救难的"活佛"坐下后，佘有志忙吩咐拿烟、上茶。

"佘老板你是不知道。"刁团长也是满腹的怨气，"这几天赌博成风，县里，还闹出了人命。奉命抓赌，昨晚，兄弟我可是忙活了一宿。抓了一河滩的人还没来得及处置，这不！就失急慌忙地赶来了。"

刁团长到底还是刁！听了他那一席打着窗子教门听的鬼话，不由得面面相觑，债主们偷偷地，交换着眼色。这时吴掌柜跟他的伙计们，这才长长地舒了口气。

"噢，原来是这！"恍然大悟，佘有志道，"怨兄弟一时着急上火，竟错怪了刁团长，但不知兄弟我急需的东西，带来了没？"

"带了，带了！"说着，刁团长拍了拍手。应声而入的，是两个五大三粗的团丁，其中一个抱在怀里的，是个木箱。木箱不是很大，看样子分量却不轻，走动时，里面还传出当啷当啷的撞击声。另一个抱在怀里的，是个大木牌，木牌用红布蒙着，大约有五六尺长，一尺来宽。箱子里装的啥？牌子上写的，又是什么？众人交头接耳地议论着、叽叽咕咕地猜测着。

"那就开始吧！"对着佘有志，刁团长道。闻言底下免不了，又是一阵骚动。

"不急，不急！"一边添茶，佘有志一边客气着，"刁团长！先用茶。呵呵，先用茶……"

"咋？这会儿佘老板，又不急了？"刁团长道，"你不急有些人怕是，已经等不得了。来啊，打开！"

随着一声令下，红布先被揭掉了，白底上刻有六个醒目的黑字——南河区保障所。

见状佘有志的心，已经放下了一半，底下却免不了，又是一阵骚动。

这时，箱子也被打了开来，慢说其他人，这次连吴掌柜，都惊得呆了。虽白花花又明晃晃，箱子里却并非什么银圆，而竟是一副副，亮锃锃的手铐。刚才还趋之若鹜又引颈以待的债主们，这时却躲之犹恐不及，而纷纷地退缩起来。见事色不对，脚底下明白的，已经开溜，不想却被把守在门口的团丁，又提溜了回来。

"看清楚了！"刁团长大声地道，"佘老板还是南河区的总乡约，这次，他还是省上亲点的。受徐知事之托，兄弟我只是代表县上，给他授个牌而已。现在，由佘总乡约给大家训话。大家欢迎！"

宣布完毕，刁团长期待着下面能报以，热烈的鼓掌，谁知底下噤若寒蝉，竟无一响应。一鹞入林，百鸟哑声。

刁团长受到冷遇，可急坏了佘有志，他忙给吴掌柜，使了个眼色。恍然大悟，给伙计们连着，吴掌柜又使了几个眼色。掌声终于有了，只是有气无力，而且，还稀稀拉拉的，在持续了两三下后，便又哑巴了。为不让刁团长过于难堪，匆忙中，佘有志开始了他的就职演说。

"诸位！"佘有志道，"承蒙省上、承蒙陈督军的抬举，又承蒙县上、承蒙徐知事的错爱，赶着鸭子上架，让佘某又连任了，南河区的总乡约。今日又有劳刁团长，亲自前来授牌，佘某不胜惶恐之至。"说着话锋一转，他接着道，"在南河区，不务正业者颇多，社会治安，也不能尽如人意。烟款、税款，更是不能按时如数地上缴，致陈督军、徐知事，均颇为不满。今看在乡里乡党的份上，既往的，就不咎了。"说到这黑下脸，他正色道，"从即日起，若再胆敢抗税不缴、无事生非又扰乱社会治安者，本总乡约将严惩不贷，绝不姑息！咱们先君子，后小人。到时候……嘿嘿！"冷笑了一声后，他又道，"到时候，可甭怪我佘某人六亲不认，啊——六亲不认……吭、吭……啊齁……呸！"

为这次演说，花钱佘有志专门请在邮局门口代写书信的先生，替他写好了稿子。颇下了一番功夫，将稿子从头到尾，他背了个滚瓜烂熟。开场白还算顺利，谁知背着背着，后面的，竟被他忘得一干二净。又是抓耳，又是挠腮，谁知越是着急，越是想不起来。

想借干咳来掩饰一下，不想在吭吭了两声后，还真的吭出一口，黏糊糊的东西来。不吐不快，下文没想起，佘有志倒是吐出一口教人一看不吃都饱了的黄痰。

皇上卡了壳，最着急的，自然是太监了。又是努嘴，又是递眼色，吴掌柜忙示意佘有志言归正传。

吭吭哧哧，在越过一大截子后，佘有志这才接着又道："人都说张义的门——好进难出。虽不敢跟张义比，但我佘某人的门也不是谁想进就能进，谁想出，就出得去的。既然来都来了，就不要急着走，既然都等了半早起，也不在乎多等那么一会儿。自古欠账还钱，天经地义。佘某我不是不认这个账，只是逆子至今生不见人、死不见尸，在场的诸位，只怕是干系难逃。诸位有谁能证明自己手里的欠条，不是逆子在被绑票后，又在刀子的威逼下，才写给你们的？如果谁能把逆子交出来，只要他有句话，佘某我立即还账，连屁，都不会办一个。如果交不出来……哼！那只能让刁团长，看着办了。大家也听到了，为抓赌刁团长他昨晚，辛苦了一宿。办这事，他可是行家，连我，也得听他的。大家说，是不是这个理？"说完给刁团长递了个眼色，背过身，佘有志便不再吭气了。他留给众人的，是他那硕大的屁股。

扫视了一遍后，见众人埋着头，没一个敢吭声，刁团长这才道："没有人能交出来，是不是？那好！赃款全部没收，人全带走，等被告到案、等审理清楚后，再酌情处置。动手吧！"

见团长发了话，团丁们一个个如狼似虎，在没收了欠条后，动手，他们又要铐人。

刚才还气势汹汹，这时，债主们却一下子都矮了半截，对着佘有志的尻子，眼窝亮的带了个头，其余的都跟着，齐刷刷地跪倒了一片。有的磕头如捣蒜，有的左右开弓、在扇着自己的嘴巴，有的嘴角，已经在滴血。

"总乡约，钱我们不要了。"用哭腔，债权人异口同声地哀求着债务人，"大人不计小人过。看在街坊邻里的份上，请您老人家替小的们求个情，让刁团长他高抬贵手，放我们一马吧。来日当牛做马，再报答您老人家跟刁团长的大恩、大德。"

开始，佘有志牛毹得很。见火候差不多了，他这才怒气不息地道："不是要烧房子吗？给！这是洋火。"头也不回，说着一匣洋火，被他丢在了地上。

这时门外，老汉、老婆跟婆娘女子们，已跪倒了黑压压的一片。他们都是闻讯赶来的，债主们的至亲骨肉。于心不忍，吴掌柜指着门外，跟得势不饶人的佘有志，他咬起了耳朵。

见预期的目的，已经达到，闻言又扳扯了一阵后，佘有志这才开了恩、松了口。

"你们无情，佘某我却不能无义。"佘有志终于回过了头，"刁团长，请给兄弟个薄面,今天这事,先到此为止吧。"对着刁团长,他宰相肚里能撑船地道。

放松横肉,对着佘有志,刁团长道:"佘总乡约果然是,菩萨心肠!"重新拧起横肉,对众人他又道:"看在总乡约的面上,这次,就算了。以后若再不老实,小心脖项上,那个吃饭的家伙!"

见底下一片唯唯诺诺,忙卖了个人情,吴掌柜对众人道:"还愣着干啥?还不快谢过刁团长、总乡约!"一经提醒,在千恩万谢后,门里门外的,这才陆陆续续地爬了起来。

见屋外的不知该走还是不该走,而屋里的更是手足无措,吴掌柜忙又提醒他们道:"快!还不把柜台、门窗上的油,快给我拾掇干净。"如梦初醒,那些瓷锤愣种们这才争先恐后地,献起了殷勤。直到团丁收起镣铐,那些老汉、老婆跟婆娘女子们,这才"哗"的一声散了。

拿着佘有志赏的大洋,欢天喜地,团丁们先走了一步。躺在炕上一边过瘾,刁团长一边得意地问佘有志道:"佘老板,没看今天的双簧,唱得咋相?"

"这还用问?"说着,佘有志又知趣地拿出了十块大洋。在一把塞进刁团长的口袋后,他这才饶有兴趣地又道,"县里,真的出了人命?"

"还能有假?"捏了捏口袋里的银洋,刁团长一本正经地道,"这么大的县城,一天还能,不死上几个人?昨天还算是好的,只死了一个。"

"一个?"闻言,佘有志的兴致更浓了,"男的,还是女的?"

"女的。"刁团长并不现形于色。

"女的?"一听是个女的,像是哈巴狗见了稀屎,佘有志更迫不及待了,"女的也要钱!有多大年纪?"刁团长却既不慌、也不忙:"要饭的。一个八十多的没牙老婆子。"

……

---

①单放心:关中方言。指只放心自己,不放心别人的人。
②儿毛:关中方言。指羊羔的毛皮。既暖和,又轻巧。

第四十章

　　果然不出所料，托援陈之名，步刘镇华之后尘，奉系军阀许兰洲部、直系军阀张锡元部，先后地开进了潼关。加上叶荃的云南靖国军，身着五花八门的各种军装，口操南腔北调的各种语音，陕西驻军已多达三十万众，三秦大地已是个满目皆兵的大军营，就这，四川靖国军吕超部、湖北靖国军王安澜部，却还在赴陕的途中。

　　受总司令于右任之托，代表陕西靖国军，新任总指挥井勿幕，到率先援陕的叶荃部前去犒军。

　　犒军毕，返回途经茂陵时，井勿幕突然接到第一路司令郭坚派人飞马送来的急件。打开看时，上面有拟在南仁村召开军事会议，研究、部署进攻西安的有关事宜，特邀总指挥井勿幕前去指导云云。

　　都觉事出蹊跷，又考虑到总指挥曾就治军不严、部下时有扰民的事，对郭坚进行过严厉的批评，而驻守南仁的李栋材，又是叶荃兵临陇州城下时，陈树藩部的降将，众口一词，随行人员劝井勿幕不要贸然前往，以防不测。

　　襟怀坦荡，井勿幕却以部下相邀，又是军事会议，身为总指挥他不去不妥为由，而坚持要去。

　　虽祖籍西府，却因祖上客居蒲州，井勿幕跟郭坚、李栋材等，算得上是近乡党了。借此机会，以同乡之谊，他还想好言劝其从严治军、勿再扰民。

　　带着四个随从，驱车，井勿幕返回了南仁。

　　在南仁村出迎井勿幕的，却不是郭坚，而是李栋材。这无疑又是个，危险的信号，哪里有既是上峰、又是客人的总指挥都到了，而既是东道主、又是部下的郭坚，却迟迟不见踪影的道理？一向以大局为重，又是个真君子，井勿幕却以郭坚军务繁忙、一时难以分身亦属正常，而未加介意。

　　这个有悖常理的细节，却引起一个年轻随从的警惕，也许是重任在肩，也许是出于职业的敏感，紧握双枪，他寸步不离地，跟在井勿幕的左右。

　　这个人不是别人，而是年仅十八的陈致远。

　　"郭司令到——"随着一阵由远而近的马蹄声，有人大声吆喝了一嗓子。这一嗓子来得突然，刚踏进李栋材的营部，不想抽身，井勿幕又抢了出去。陈致远一把没拦住，枪响处应声，井勿幕一头栽倒在地上。

又是一连串的枪声，左右开弓，陈致远弹无虚发，枪响处，凶手们纷纷应声毙命。矫捷如燕，当他追杀到村口时，不想身后突然间，又枪声大作。

毋庸置疑，这是一个有预谋的，事先设好的圈套。回村已不可能，孟冬的田野光秃秃的，又没个遮拦，只一纵身，陈致远便没入在一个农家的后院。

枪声中，夹杂着一连串的关门声，关门声的后面紧接着，又是一连串的砸门声。对矫捷如燕的陈致远来说，农家那高高低低又豁豁牙牙的院墙，无异于形同虚设。如履平地，从东邻到西邻，从前邻到后邻，跟挨家挨户搜查的李栋材部，陈致远捉起了迷藏。

"有人来过吗？"关门声……砸门声……开门声……紧接着又是一阵喝问声。

"没有，没有。"庄稼人连连地否认着，"没有，老总！"

"没有？给老子搜！"这边，一个声音骂骂咧咧地道，"又不是孙猴子，还能翻上天去？"接着的，是一阵踢里哐啷，又咔里咔嚓的声响。

"掘地三尺，也要给老子挖出来！"那边，另一个声音也骂骂咧咧，"又不是土行孙，还能土遁了不成？"接着的，又是一阵稀里哗啦，又噼里啪啦的声响。

"把他妈给日死咧！"李栋材气急败坏地道，"瓷瓮中，把鳖给走咧！"

他哪里知道就在这时，暗中有一支黑洞洞的枪口，已经对准了他的臭嘴。一个食指，紧紧地抠在扳机上，只要再紧上一头发丝，"洋花生"便会立即呼啸而出。在飞经这张臭嘴后，又在后脑勺给这个脑袋，开上一个天窗。

"算咧。"见天色已晚，李栋材无可奈何地道，"算毬咧，撤！"闻言，那个食指终于没有再抠，而是松了下来。

暮色中跟以往比，南仁村更加地静寂了，寂静，出奇的寂静，死一般的寂静。

头门刚开了一道缝，旋即，又被主人轻轻地关死了。蹑手蹑脚，当主人又去后门察看时，一只手突然捂住了他的嘴巴："老乡，别怕！麻烦你给我，拿俩蒸馍。"

黑暗中，主人先是大吃了一惊。后来见不速之客只要馍、不要命，他才又镇定了下来。一块大洋，又被塞进了那只粗糙的大手，大手没有推辞，而是在摸索了一阵后，将两个蒸馍连同那块大洋，又还了回来。

万籁俱寂，老鸹偶尔发出的聒噪，让人毛骨悚然。不寒而栗中刚回过头，被一条皮带勒住脖子后，哨兵又被一个人背靠背地，背了起来。空中，两条腿在胡乱地踢蹬着，踢蹬了一阵后，又软绵绵地垂了下去。

放下哨兵的尸体，又扛起井勿幕的遗体，旋即，陈致远消失在茫茫的夜色中……

魂招东里心惊，路入南仁月冷。

　　一口气跑出了七八里，虽气喘吁吁，陈致远竟不觉累，令他犯难的，是那已显现在东方的微曦。环顾四周，前面不远处，似乎有一道白色的长练，而来自白练的滔滔声，又分明告诉陈致远，这便是渭水。歇口气又定了定神，他直奔白练而去……

　　果然是流水声，而且越来的越近，也越来的越清晰。啊，是芦苇！芦苇虽然稀疏，却依稀可见，脚下不是蒿草，就是泥潭。高一脚低一脚，深一脚浅一脚，沿着苇丛，绕着泥潭，陈致远艰难地移动着，寻觅着……

　　啊，不远的前方是一片更大，也更为茂密的苇丛。苇丛出乎意料地大，又出乎意料地茂密，陈致远是既兴奋、又为难，绕着它，他继续向前移动着、寻觅着……

　　一个相对稀疏的通道，终于出现在陈致远的面前，不住地躲着、闪着、避着、让着，小心翼翼，蛇行着，他来到了苇丛的纵深……

　　从夜色的笼罩下，大千世界又一次地，挣脱了出来。在一个被认为最隐蔽的地方，井勿幕那已经有些僵硬的遗体，终于被陈致远轻轻地放了下来。

　　禁不住又大吃一惊，陈致远发现被他背来的，竟是一具没了头颅的尸体。啊！一声惊呼未及出口，嘴巴却被它的主人，给下意识地捂住了。浑身像是散了架，扑塌一声，陈致远竟软瘫在草地上……

　　风萧萧兮渭水寒，壮士一去兮不复还。

　　呆呆地看着井勿幕那已经不完整的遗体，说啥，陈致远也无法接受这个血淋淋的事实，从头到尾回想着昨天到今天的遭遇，他仿佛还在梦中。

　　本不是井勿幕的随从，临行前王士奇却硬要井勿幕，将陈致远带上。说别看小伙子年龄不大，本事却不小，枪法，更是十分地了得。闻言，井勿幕却乐呵呵地道："又不是赴鸿门宴，还要带个'樊哙'？"说着话锋一转，他又道，"好好好。带上就带上！让小伙子多锻炼锻炼，有好处！"

　　没想到在自家的防地里，竟发生了这样的事，陈致远懊悔极了，他后悔一把没拦住，竟被总指挥抢在了前头。去时是活生生的五个人，回来时，却只剩下他一个。总指挥遇刺身亡，自己将何以面对靖国军？跟王士奇，自己更没法交代。

　　没法交代？没法交代也得交代！想到这儿，翻过身，陈致远又一骨碌站了起来。脱帽向总指挥足足默哀了一袋烟的工夫后，他准备立即返回渭北，刚要走出，犹豫中，陈致远又收住了脚步。这身戎装，以及戎装上还未干涸的斑斑血迹，竟都是那样的扎眼，还有这两把盒子枪，原本是杀敌防身的武器，眼下，它们竟成了他的累赘。两把枪可以就地藏起，可这身戎装？一身戎装又，一身血迹的军人,手里,却没拿武器,这不是此地无银三百两吗?这不跟吆车的却没拿鞭子,是同样的荒唐吗?

要是有条船,那该多好呀!顺流而下,就到了河西堡,到了河西堡,一切就好办了。望着滔滔东逝的渭水,陈致远正在出神,看着看着,岸边一个状如大鼓的巨石,让他的眼前不觉,又为之一亮。

这不是大鼓村吗?回过头看着不远处的村庄,陈致远不由一阵惊喜。天无绝人之路,大鼓村他有个要好的同学,叫尚宝文。

离家远,在南河实业学堂上学那阵,尚宝文一直住在学校。为人胆大心细,跟陈致远又有相同的爱好,除一块跟王士奇、邓玉昆纠缠外,俩人还经常一块学习,一块玩耍。每逢礼拜,跟陈致远形影不离,尚宝文更是济世堂、是陈家的常客。毕业前受父母之托,尚宝文曾专程偕陈致远,到他家做客,虽是一般的庄稼汉子,他父亲却为人豪爽;虽是普通的农村妇女,他母亲更是个热心人。他们一定会挺身而出,千方百计帮这个忙,对此是茶壶煮饺子,陈致远心里有数。

事不宜迟。必须在庄稼人起身前,赶到尚家,否则不但有可能暴露自己,给尚家,说不定还会带来意想不到的麻烦。主意一定,将双枪,陈致远又藏在了腰里,趁着浓浓的雾霭,沿河滩,他一路奔大鼓村而去。

孟冬季节,渭水已瘦得像一条麻绳,河滩却反而变得,格外地宽阔起来。远远望去,河堤边、井台旁、老坟中,树木的叶子,都落得精光。孤零零坐落在树梢的,是那些黑乎乎的老鸹窝,簇拥在树下的,是那些看上去同样是黑乎乎的包谷秆。刚顶出地皮,麦苗还不足以覆盖那些裸露的黄土,周围光秃秃的,毫无生机。

半年辛苦半年闲。秋收冬藏后,庄稼人迎来了又一个休养生息的季节。冬走十里不明,大鼓村还沉睡未醒,裹着被窝躺在热炕上,庄稼人或做着美梦,或说着胡话,或搂着老婆男欢女爱、繁衍生息。

借雾霭的掩护,陈致远顺利地摸进了大鼓村。远处传来了几声犬吠,不速之客的突然光顾,让它们受到了惊扰。不便叩门,只纵身一跃,像只猫,陈致远轻轻地落在了尚家。

噔噔噔……尚宝文的窗棂,被轻轻地叩响了。

"谁?"屋里,尚宝文惊觉地道。

"我。"轻轻地,陈致远自报着家门。不再多问,显然,尚宝文已经听出是陈致远。

一阵窸窸窣窣的声音过后,"吱儿"一声,房门被打开了,披着衣服趿拉着鞋,睡眼惺忪的尚宝文,出现在半开着的门缝里。

"致远,果然是你!"尚宝文道,"快,快进来!"惊讶之余将不速之客,他忙让进到屋里。

"啊，原来是致远！"闻声宝文的父母，也赶了过来。披着衣服又趿拉着鞋，显然，他们也被这个逾墙而入的客人，给惊动了。

"不好意思。"陈致远歉意地道，"让大叔，大婶，受惊了。"

"致远！出啥事咧？这么早……"见陈致远竟是一身的血迹，尚宝文这才吃惊了。

"是出了点事。"陈致远道，"都不是外人，我就实话实说了……"

听了陈致远昨天到今天的遭遇，尚家一家三口，更加地吃惊了。

"所说的飞将军，"对着陈致远，尚宝文惊讶地道，"原来竟是你！"看来，他们已有耳闻，只是没料到当事人，竟是陈致远。

"宝儿他妈，"对着老伴，宝文爸安顿道，"快给咱弄饭。甭忘了，多准备些干粮。"待宝文妈出去后，他又跟陈致远道，"这事马虎不得！一定要办得严严实实。"看来，他已是成竹在胸了。

上学期间，尚宝文穿过的一套衣服，将个英姿勃勃的年轻军人，又恢复成昔日那个，温文尔雅的学生。手里拿着砍刀的尚宝文，跟手里拎着绳索的陈致远，面对面地坐在了，牛车的挎膀上。

"嘚起！"宝文爸一声吆喝后，老犍牛拽着硬轱辘大车，辚辚地驶向了村外。

"大兄弟，一个早就套车，这是干啥去呀？"一路上，不断有人如此地打问着。

"这是宝文的同学。"指着陈致远，宝文爸道，"他家要盖房，去砍些苇子。"

见车上坐着的，果然是宝文跟他的同学，眼下，又到了砍苇子的时节，要不了几天，家家都会动手的。一切都再正常不过，没什么好奇怪的。

在自家的滩地里砍够一车苇秆时，正好是庄稼人吃早饭的时候，趁河滩空无一人，装满芦秆儿的牛车，又被吆到了那个隐秘的地方。

牛车旁，宝文爸吧嗒吧嗒地抽着旱烟，跟着陈致远，尚宝文一头钻进了苇丛。途中拦住尚宝文，陈致远道："再往里咱俩，就都看不到外面了。你在这里接应，万一情况有变，就摇手给我打个招呼。"不等尚宝文开口，拐了个弯，陈致远已消失在苇丛中。

要尚宝文接应是假，怕那具血淋淋的无头尸吓着了他，才是真。

一具用粗布被单裹得严严实实的尸体，被陈致远扛了出来。紧接着，又被三个人七手八脚地，塞进了苇车，车上的苇子，也重新被绳索，捆了个结结实实。

吱吱扭扭地呻吟着，牛车不慌不忙地，驶出了河滩……

沿途的村庄里端着把把老碗，庄稼人一边津津有味地吃着包谷糁就酸黄菜，一边绘声绘色地议论着。昨天发生在南仁村的凶杀案，自然是他们众口一词的话题。议论归议论，他们做梦都不曾料到这辆穿村而过的牛车，竟跟他们纷纷议论的话题，有着千丝万缕的联系。无头的井勿幕并没有像他们所说的升了天，成了一洞神仙，而是静静地躺在这辆牛车的苇秆中。左右开弓，飞将军使的虽是双枪，却也不是他们所描述的那种既能腾云驾雾，又能遁地而行的异人。他们哪里会料到所谓的飞将军，只不过是个十七八的孩子。当然，他们更不会料到，他跟他的同学，眼下就跟在这挂牛车的后面，而且就从他们的眼皮下，走了过去。

井勿幕的遗体就这样神不知、鬼不觉地被送到了泾北，而他的头颅，却被李栋材连夜送到了西安。

这件蓄谋已久的凶杀案，立即惊动了省垣内外，凶手李栋材突然去向不明，又让案件变得更加地扑朔迷离。真相急切地不能大白于天下，广袤的三秦大地上，一时间舆论哗然，靖国军内部更是众说纷纭、莫衷一是。

"一向桀骜不驯，此次又因治军不严，而受到了总指挥的斥责，怀恨在心、动此杀机者，非郭坚莫属？"一部分将领有理，有据。

"应郭坚之邀，总指挥才遇刺身亡，凶杀案发生在他的防地，凶手李栋材又是他的部下，元凶除他外，还能有谁？"怒不可遏，井勿幕的老部下又是摩拳、又是擦掌，他们要以武力讨伐郭坚，为总指挥报仇雪恨。

"谁胆敢对郭司令动武，我们就跟谁拼个鱼死网破。"那些出身哥老会的靖国军将领们，更是剑拔弩张。

"原是陈树藩的死党，李栋材所以投降靖国军，只不过是他在兵临城下时的权宜之策。此贼反复无常，又工于心计，一箭双雕，他杀总指挥向陈树藩邀功，同时又嫁祸于郭司令，也并非没有可能。如果我们内部互相猜疑，甚至引发内讧，那就正中了贼人的奸计。"当事者迷，旁观者清。第三种看法，也不无见地。

组成极其复杂，靖国军有同盟会的会员，有哥老会的会员，有来自各地的刀客，也有因种种原因临阵倒戈的陈军旧部，就在几方各持己见、互不相让，由互相猜忌到反唇相讥，由反唇相讥再到剑拔弩张的紧急关头，仿佛自天而降，当事人郭坚，竟意想不到地站在了众人的面前。

"总指挥遭人暗算，郭某自知罪责难逃，既然有口莫辩，还不如以死谢罪。"说着拔枪，郭坚就要自裁。这一惊非同小可，眼看举枪，郭坚对准了他的太阳穴，慌乱中，众人竟不知所措。

枪响处应声落地，几个瓦片，被打得粉碎，郭坚却没倒下，在扣动扳机的那一刹那，他的手腕，被眼尖手快的陈致远抬了一下。

"为人一向光明磊落，郭司令他岂能干出这等偷鸡摸狗的龌龊事？当年借他的手，陈树藩曾想除掉省长李根源，不就因郭司令深明大义，其阴谋才未能得逞吗？是谁率先喊出了反陈倒段的口号？是郭司令！是谁率先举起了靖国军的大旗？是郭司令！又是谁跟陈树藩首先抗衡的？还是郭司令！陈树藩他能不恨郭司令吗？能不置之死地而后快吗？跟陈树藩不共戴天，郭司令他能与其同流合污，干出这亲者痛、仇者快的傻事吗？请诸位千万勿再互相猜疑、自伤和气，做出贼人想做、却又做不到的事来。"

一场虚惊后抹着冷汗，众人仔细看时，见慷慨陈词者，竟是陈致远的父亲陈德润。

人在事中迷，单怕没人提。听了陈德润的一席话，众人方才恍然大悟，大家不约而同的、频频地点着头。

事态严重，又有口莫辩，急赴南河镇，郭坚问计于陈德润。

"解铃还须系铃人。"陈德润道，"郭司令若能挺身而出，猜疑当不攻自破。"

"先生提醒的极是！"郭坚也不含糊，"千钧一发，郭某即刻就去。"

"郭司令，"忙喊住郭坚，陈德润又道，"你打算带多少人马？"

"一个也不带！"郭坚道。

"这样最好！"陈德润道，"请稍等，陈某愿陪郭司令走此一遭。"

"有劳先生！"闻言，郭坚更加地激动了。虽也有此意，却又不便开口，危急时刻，见陈德润慨然相助，他是既求之不得，又感激不尽。

当事人挺身而出，局外人又慷慨陈情，不单让靖国军内部前嫌尽释，化干戈为玉帛，就连兴师寻仇的榆林王井岳秀也幡然醒悟，跟靖国军握手言欢了。

井岳秀，井勿幕的堂哥。因排行老十，人称"井十"。在井勿幕的影响下，井岳秀也加入了同盟会。志同道合，虽是叔伯兄弟，俩人却胜似一母同胞。

以陕北镇守使兼八十六师师长的双重身份，井岳秀驻守榆林，号称"榆林王"。名义上受陈树藩的节制，实际上，陈树藩却不得不让他三分，因此，井岳秀又被称为"一字并肩王"。

一场内讧刚烟消云散，井岳秀又大军压境。在儿子陈致远的陪同下，于千军万马、刀枪林立中，陈德润见到了杀气腾腾的榆林王。

"跟靖国军厮杀，然后两败俱伤，这正是陈树藩的险恶用心。"陈德润道，"既牺牲无故，又殃及无辜，却让真凶逍遥法外，想必亦非将军所愿。拔出萝卜带出泥。抓住李栋材，揪出幕后人，为总指挥报仇雪恨，才是当务之急。"

在对靖国军的一片喊杀声中，陈德润说服了报仇心切的井岳秀。

按陈德润的安排，在靖国军特使田玉洁的陪同下，井岳秀的特使，找到了陈树藩。

先借李栋材之手除掉井勿幕，以解心头之恨，再暗中收拾李栋材，以杀人灭口。待把水搅浑后，再嫁祸于郭坚，在靖国军内部制造分裂，使其火并。然后再煽动井岳秀，让其跟靖国军鹬蚌相争，自己则隔岸观火，接着，再坐收渔利。一石三鸟、胜券在握，坐镇西安，陈树藩耐心地等待着，等待着他一手编导的"三岔口"。

人上有人，天外有天。眼看着大功就要告成，不料半路上却杀出个"程咬金"。在陈德润的指点下，冒险，郭坚洗清了自己，在陈德润的提醒下，正要冤冤相报，榆林王跟靖国军，竟又喜结秦晋。更让陈树藩要命的，是为邀功请赏，李栋材竟得意忘形，于众目睽睽之下将井勿幕的人头，又偏偏献给了他。这一切不但让他一石三鸟的阴谋胎死腹中，而且无异于让他搬起石头，却砸了自家的脚，让这个他企图扣在他人头上的屎盆子，反被他扣在了自己的头上。

不得已，破费给了李栋材两万大洋，将这个烫手的山芋，陈树藩总算是扔了出去。眼下，榆林王跟靖国军结盟，并携手前来兴师问罪，黔驴技穷，又泥菩萨过河——自身难保，陈树藩不得不归还了井勿幕的人头。将罪责他一股脑儿地，推在了李栋材的身上，问及李栋材的去向时，他却一口咬定说他不得而知，可能已到了"爪哇国"。

无奈，陪井岳秀的特使，田玉洁又返回到馆驿。两人商量好待天亮后，便返回渭北，不想正待歇息，有人却轻轻叩响了房门。

"谁？"田玉洁警觉地道。说着两个人下意识地摸枪在手、闪到了门后。

"是我。成德中学的。"不想从门缝挤入的，竟是个孩子的声音。交换了一个眼色，将拿枪的右手藏在身后，用左手，田玉洁拉开了门闩。

站在门口的，竟是一老一少，面对黑洞洞的枪口，他们却并不慌乱。

"请问，"老的道，"哪位是田支队长？"

见一老一少斯斯文文，二人这才收起了手枪。

"你是谁？他又是谁？又怎么知道我？"田玉洁没有回答，而是反问道。

见老的、少的，竟都是一身的风流儒雅，一时，他竟猜不出他们的来意。

"噢，小老儿姓毛。跟胡景翼是朋友。"老者道，"他叫陈静远，是我的学生，也是你部陈致远的弟弟。这里，还有胡司令写给你的便函。"说着顺手将一张字条，他递给了他。从田玉洁的反问中，他断定他就是田玉洁。

接过看时，田玉洁见上面只有一句话——来人绝对可靠！胡景翼。

见果然是胡景翼的手迹,又见小伙子跟陈致远长得,十分的相像,只是文气了许多,田玉洁这才道:"请,二位请!"

待两个不速之客进来后,田玉洁重新插上门,又示意要他们坐下。

"既是胡司令的朋友,"田玉洁道,"有啥话,但讲无妨。"说着在他们的对面,他也坐了下来。

"李栋材去了武汉。"老人开门见山地道,"八成,是躲进了汉口的租界。"

"真的?"闻言,田玉洁吃惊了,"您老,您老是如何得知的?"不知不觉中将"你",他换成了"您"。

"说起来,话可就长了……"老人道。接着他跟田玉洁他们,讲述了事情的渊源涛滔。

几天前跟毛校长,胡景翼正议论井勿幕遇刺一事,却见提着个包袱,一个贼头贼脑的家伙从后门,偷偷溜进了督署。

"啊!"待走近时,胡景翼吃惊地道,"咋是李栋材?"

"李栋材?"闻言,毛校长也吃惊了,"是不是杀害井勿幕的,那个凶手?"

"正是此贼!"胡景翼咬牙切齿地道,"原来,他竟暗通陈树藩。"

"笠僧,"见拿起裁纸刀,胡景翼就要下楼,毛校长忙拦住他道,"切不可打草惊蛇。"

果然,天刚擦黑,李栋材又鬼鬼祟祟地,溜了出来。"你不方便。"见状对着胡景翼,毛校长道,"我去跟上此贼,看他藏身何处。"说着撩起长衫,他匆匆地下楼而去。

毕竟上了年纪,跟了一阵,毛校长已是气喘吁吁、力不从心了。他正在着急,不想竟被一个人,又撞翻在地。忙扶起他时,那人却吃惊地道:"啊呀!咋是校长?撞坏了吧?我扶您去医院。"这时,毛校长也认出了陈静远,于是又惊又喜,道:"我没事。快,将前面那个人,给我跟上!千万别跟丢了,啊——"

眼看天色已晚,毛校长却还是不见回来,实在放心不下,当陈静远急急忙忙赶来接时,不想竟将他要接的,一头撞翻在地。

校长的吩咐,肯定有他的道理,顾不上多问,向着即将消失的目标,陈静远疾步追了上去。毕竟是小伙子,很快,陈静远便追上了那人,并一直将他跟到了车站。眼看那人买好了去武汉的车票,陈静远却并没就此放弃,又眼看着那人上了车,并目送车开出后,他这才返回到学校。

"校长,"见了毛校长,陈静远难为情地道,"您交代的事,让我给办砸了。"

"咋？"闻言，毛校长先是一愣，"跟丢了？"

"嗯，"点了点头，陈静远嗫嚅道，"没想到这厮，去……去了武汉。"

"哦，原来是这！"闻言，毛校长先是松了口气。接着摸着陈静远的脑袋，他满意地道："不。事情你办得，非常漂亮！知道他是谁吗？他就是刺杀井总指挥的凶手！"闻言，陈静远也大吃了一惊。

"胡司令，他已经看见了你们。"对着田玉洁他们，毛校长最后道，"也猜到了你们的来意，只是不便跟你们见面，更不便跟你们说话。估计到陈树藩不会跟你们说实话，于是托我师徒前来，告以实情。"

"太好了！"先后握着毛校长、陈静远的手，田玉洁激动地道，"来的正是时候！我俩，正为此作难。谢谢老人家！也谢谢这位小兄弟！请转告胡司令，要他多加保重，我们，一定会救他回去的。"

第四十一章

安葬了井勿幕，即日，井岳秀就要派手枪排南下武汉，他咬牙切齿地道："不以此贼的人头，来祭奠勿幕，井十誓不为人！"叶荃也狠狠不休地道："我也派一个手枪排。务必将此贼碎尸万段，以告井公在天之灵。"郭坚更是争先恐后："我也带一个排！务必将此贼生擒活捉，献于帐下，以谢诸公之不疑。"不料于右任却道："为总指挥报仇雪恨，靖国军自是责无旁贷，只是南下武汉，在租界里抓人，还须从长计议。"闻言，陈德润附和道："总司令所言极是！在租界里抓人，只可智取，不可强求，人多了反而会打草惊蛇，多有不便。常言说得好，强龙不压地头蛇。我那里有个周先生，他祖籍湖北，又曾在阳都为官，而且颇有官声。此人进士出身，除足智多谋、胆识过人外，在武汉还广有交际。依我看纵有百人、百枪，也未必胜此一人。"闻言，井岳秀点头赞同，道："陈先生果然是棋高一着！依我看就依先生。"闻言，众人也纷纷表示赞同，唯于右任却不无担心："跟此事毫无瓜葛，周先生乃一局外人，他肯冒险帮这个忙吗？"闻言，陈德润又笑着道："总司令多虑了。"说着，他顺手抓起了电话……

见周佩坤既练达、又沉稳，于右任高兴地道："难得先生如此豪爽！自古名不正，则言不顺。以靖国军参谋长的身份，此行，先生可便宜行事。"闻言周佩坤正要谢绝，不想却被井岳秀，抢在了前头："于公言之有理。不过先生既然是一手托两家，理所当然，他也是我的参谋长了。"见两人异口同声，周佩坤忙推辞道："周某系前清旧臣，乃一戴罪之身，今二位不弃，已属万幸。此次受命，自当全力以赴，只求戴罪立功，不敢有非分之想。况受人重托，跟陈先生编纂《陕西通志》，岂有半途而废之理？还请二公收回成命，勿使周某诚惶诚恐，又误了大事。"

见周佩坤淡泊名利，于右任、井岳秀更加敬重。

按周佩坤的建议，抓捕人员被分成了两批，第一批随他南下的，分别是井岳秀的手枪排长、叶荃的卫队长、以及靖国军特务连的连长。这个连长不是别人，而是刚刚就任的陈致远。

听说没有他的份儿，郭坚搁不下了，"别的都有人去，我的人，为啥就不能去？"对于右任，他梗着脖子道，"分明，分明还是信不过我郭坚咯！"不想闻言，于右任竟反而乐了："你呀，真是个大炮筒子！叶司令的人，是南方口音，贼子，自然是始料不及。致远是当事人，自然不能不去。正面战场没你这个大炮筒子，难道让我用两个光锤头，去跟陈树藩拼命不成？去去去！赶紧去你的防地，不然这觉，我都睡不安稳了。"

见于右任这么说，挠着头，郭坚这才不好意思地离开了。

晚上跟陈德润、陈致远父子，周佩坤他们同居一室。夜深了，三个人却都是睡意全无。一年多没回南河镇了，陈致远急切想知道爷爷老秀才、外爷老神仙跟母亲孙兰玉的情况。陈德润告诉儿子说："好是好着，只是牵挂你，都衰老了不少，特别是你妈，喊着你的名字，她多次从睡梦中惊醒。"

闻言陈致远的眼睛，不觉湿润了起来。为他父子所感染，一时，周佩坤竟也动了思乡之情："是啊！"寓意双关，他意味深长地道，"打折骨头连着筋。说不牵挂，那是哄人的话。"闻言，陈德润忙接口道："不管事情办的咋样，趁此机会，先生无论如何也要在家里待上一段。另外，甭忘了代陈某向两位年尊问安，向嫂夫人问好。"回过头，他又叮嘱儿子道，"一路上，你务必多加小心！有事多向你年伯求教，他的安全，也交给你了。"闻言陈致远道："爸，这你放心！回去告诉两个爷爷跟我妈，就说赶走陈树藩，我一定回家去看望他们。"

"诶，靖国军有个飞将军，"岔开话题，对着陈致远，周佩坤突然道，"听说他不但使的双枪，而且弹无虚发，还听说他飞檐走壁，如履平地。一连射杀了十几个凶手，连李栋材的一个营，都奈何他不得。井公的遗体，据说，也是他一路背着飞回的。若能得此人一同南下，岂不更好？"

"讹传而已！"闻言，陈致远却淡然地笑了，"我哪有那么大的能耐？"

"这么说那个飞将军就是你！"跟不认识似的，将陈致远上上下下打量了半天后，周佩坤、陈德润这才吃惊地道，"来来来，快说说，说说看！"

"其实也没啥……"陈致远娓娓而言。

像是听一个传奇故事，周佩坤、陈德润惊得一愣一愣的。

"看来队伍上，还就是能造就人。"听完后，周佩坤不住地感慨着。

"想不到我们陈家，就要改变门风了。"陈德润更是意味深长。

"爸，你可能还不知道。"不料闻言后，陈致远却道，"咱家静远，也出息了！"

"你是说，他跟踪李栋材的事。"陈德润道，"这些，我已经听田支队长说了。"

"不不不！"闻言，陈致远忙道，"还有一件事……"

"还有这事？"听完小儿子陈静远发电报给胡景翼，提醒他"固市里有故事"的故事，陈德润又一次惊讶了，"这事，我咋一点儿都不知道？"

"陈先生你聪明一世，却糊涂一时。"闻言对着陈德润，周佩坤笑道，"对当事人人家尚不明言，可见是军事机密，若大家都知道了，那还算军事机密吗？"

名儒名将兼名士，时代光明创始。

脱去长衫，又换上长袍马褂，加上头上又多了一顶黑缎子的毡帽，周佩坤俨然是一个腰缠万贯的富商。腰里虽各藏有一支美式左轮，却都是布衣短装，其余的看起来既像是相公，又像是保镖。

饯行时，于右任、井岳秀以及叶荃，将提前写好的手令，分别递给了周佩坤。此外，他们还分头叮嘱各自的派员，说周先生乃他的全权代表，要他们务必绝对的服从。

见叶荃的卫队长好生面善，一时，却又想不起在哪里见过，又不便细问，一路苦苦地思索着，陈德润回到了南河镇。后来一忙，心里这个疑团，又被他慢慢给淡忘了。

到武汉后，通过在租界供职的朋友，不几天，周佩坤便摸清了李栋材的下落。

既像脱钩之鱼，又像惊弓之鸟，整天猫在屋里，李栋材深居简出，更不敢擅离租界。偶尔出来时，他不是吃饭，就是买报，要么就是看相，或者算命。此前从不看报，眼下，李栋材却突然关心起报纸来，对那些长篇大论，李栋材压根儿不屑一顾，最受他青睐的，似乎只是那些标题新闻。

见李栋材不肯走出租界，包括陈致远在内，随行的三个人都未免有些焦躁。他们提议不如趁夜深人静，将其从屋里强行绑出，然后再急电第二梯队，前来接应。

"不妥，不妥！"闻言，周佩坤连连地摇着头，"这事急不得。用陕西话来说，就叫作'性急吃不上热豆腐'，或者是'忙和尚做不下好道场'。"说着岔开话题，他笑着又道，"我们武汉，可是个好地方。流经陕西，在这里，汉江又融入了长江。长江、汉江又将这里分为汉阳、汉口和武昌，也就是所谓的武汉三镇。辛亥革命的第一枪，就是在武昌打响的。率先响应，西安又打响了第二枪。看来陕西、湖北，西安、武汉，都有着不解之缘。武汉的黄鹤楼，湖南的岳阳楼，山东的蓬莱阁，以及江西的滕王阁，是久负盛名的四大名楼。隔江相望，龟山、蛇山，也都是风景绝佳的好去处。秦腔《游龟山》中的故事，就发生在这里。难得到此，你们一定要去转转、看看，以免后悔。知道的不说，不知道的，还以为我这人不近人情，没尽到地主之谊。"

不知道周佩坤的葫芦里，究竟卖的是啥药，又不敢多问，于是只得按他的吩咐，连日来从早到晚，三个人不是游山、便是玩水。

这天，李栋材照例翻阅着报纸。翻着翻着，只觉眼前一黑，他差点栽倒在地。勉强地定了定神，那个标题为《榆林王南下寻仇，靖国军遍布江城》的百字新闻，竟被李栋材用了近半个小时的时间，这才勉勉强强地看了一遍。看完后他已是冷汗淋漓，又起了一身的鸡皮疙瘩。

祸不单行。隔天一条题为《井案凶手逃匿江城，陕督着人追杀灭口》的新闻，又将李栋材吓了个半死。

这条新闻，并非是空穴来风。虽归还了井勿幕的人头，榆林王、靖国军却并不肯就此罢休，联手派员南下擒凶，很快，他们便摸清了李栋材的行踪。这既出乎了陈树藩的意料，又不能不让他暗暗吃惊，如果让他们得手，那后果……

不行！李栋材这个活口，说啥也不能落在榆林王、靖国军的手里。在连夜组织人马南下的同时，陈树藩还一再叮咛要他们务必抢前一步，除却李栋材这个祸根。他还许愿说，只要看到李栋材的人头，每个人官升两级、赏大洋一百。

看到两条新闻，李栋材再也坐不住了，他暗想如果榆林王、靖国军不了了之，对他，陈树藩也许不会再动杀机，如今榆林王、靖国军都不肯善罢甘休，陈树藩不先下手为强、杀人灭口，就反而有悖常理了。哪里会料到这一切只不过是周佩坤为引蛇出洞而发出的，打草惊蛇的信号，李栋材只知道在武汉这个鬼地方，他是一刻也不能再待下去了。

三十六计，走为上！果然不出周佩坤之所料，李栋材竟一头钻进了他为调虎离山，而设下的天罗地网。

走，往哪里走？咋个走法？心里乱糟糟的，一时，李栋材竟没了主意。

天无绝人之路。苦思冥想中，果然被李栋材想起一个人来——离算命的瞎子不远处，这两天，不是又多了个测字的先生吗？

前几天李栋材刚算过命，也问了吉凶祸福，但算命的瞎子，却说得模棱两可，又含含糊糊。他自己更是似懂非懂，又半懂不懂。不如测个字再问问，李栋材在心里道。看上去不乏仙风道骨，那个测字的先生说不定能点破迷津、给自己指出一条生路。

首鼠两端后，李栋材贼头贼脑地出了门。

刚坐下，纸、笔，便被测字先生递了过来。更不说话，用微微颤抖着的右手，李栋材歪歪扭扭地画了个"栋"字。接在手里看了看，操着地道的湖北口音，测字先生道："客官想必是问前程？"又惊又喜，李栋材却强装镇定地道："何以见得？"

"虽不知尊姓大名，"不慌不忙，测字先生又不乏自信，"却敢斗胆断言客官的名字里，有三个'木'字。"闻言，李栋材大惊。测字先生却是不动声色，未几，他接着又道："三个木字加起来，不就是'森'字吗？客官一定是走错了道，迷在深山老林中急切地不得而出，这才前来问路。"闻言下意识地点了点头，李栋材着急地道："既知问路，还请指教。"闻言，不料测字先生竟摇起了头："木喜水而畏火，武汉乃四大火炉之一，客官却偏偏来到这里，看来此地，是万万不可久留了！"闻言，李栋材道："正有此意，但不知该走陆路，还是水路？"闻言，测字先生不假思索地道："这还用问？水能涵木，又能载木，自然是走水路了。"李栋材又急切地道："方向，方向如何？"不容置疑，测字先生道："自然是南下，去水多的地方了。"李栋材又道："上海，去上海咋相？"这次测字先生不但没再摇头，反而还夸奖他道："果然是个聪明人！"受到夸奖，一改愁容李栋材又道："何时动身？"

"一木是木，二木是林，三木是森。三个木字……"迟疑了一下后，测字先生否定道，"一、二、三，均不行！"他像是对着李栋材，又像是在自言自语。

"那，第四天，"闻言，李栋材已经沉不住气了，"第四天如何？"

"不成，不成。"闻言将头摇得跟拨浪鼓似的，测字先生道，"第四天更不成！'四'跟'死'同音，就更不吉利了。"

"这……"李栋材已经慌了。

"哦……对了！"这时，测字先生却有了转机，"'五'跟'无'同音。今天不成，明天，后天，大后天也都不成。"掐指一算，他不觉有些兴奋，"第五天！第五天大吉大利，可保万无一失。"

闻言李栋材大喜，心想多亏遇见了这个高人，有此高人指点，自己肯定能逢凶化吉了。高兴地说了声"多谢先生"后，抬起屁股，李栋材就走。刚走出两步，他却又拐了回来，冲测字先生歉意地笑了笑，同时将一块大洋放在了他的桌子上，他这才又扬长而去。

更不说话，拿起大洋，测字先生猛地一口气吹了过去。侧耳细听了一阵后，将大洋抛起后又接住，他这才将它装进了口袋。嘴角上，他还露出了一丝笑意。

对李栋材来说，这五天似乎比五年还漫长、还要难熬。他更加地谨慎了，连吃饭都是由堂倌送来的，偶尔出来时，也只是就近买份报纸。见测字先生还在，李栋材更加地放心了。冲测字先生点个头，李栋材算是跟他致意；冲李栋材点个头，测字先生算是礼尚往来。

还好，这几天的报纸上，果然没有再出现让李栋材心惊肉跳的消息。对李栋材来说，测字先生的礼尚往来，更是莫大的安慰。

没消息不等于没危机，李栋材越来的越胆小，也越来的越谨慎了。第四天，趁测字先生一时没生意，他又贼头贼脑地溜了过来："这几天可有变故？"闻言，测字先生笑道："放心！受人钱财，替人消灾。闯荡江湖数十年，我还不曾打过诳语。五日内可保无事，五日后，那可就难说了。"顾左右而言他，压低声音，李栋材又道："劳驾先生替我买张船票，最好是明天后半夜的。"见测字先生面有难色，他忙掏出一摞银元道，"剩多剩少，都是先生的。"不料接过钱，测字先生却正色道："客官说这话，我可就不爱听了。江湖上以义气为重，与人方便，自己方便，跑几步路算个啥？恐误了他人而已。"

凌晨，一个西装革履的洋人跳下了黄包车，他头戴一顶礼帽，帽檐下，是一副茶色眼镜。拿在他右手的，是一根文明棍；提在他左手的，是一个精致的牛皮箱。箱子不大，看样子分量却不轻。趁给车夫付脚钱的机会，他首鼠两端地看了看，然后重新提起皮箱，移步向小火轮走了过去。

再过十分钟，小火轮就该鸣笛起锚了。

"久违了，李营长！"闻言洋人刚吃惊地回过头，一条毛巾，却早塞进了他的嘴巴。紧接着一条黑色的口袋从头顶，一直套到了他的脚底。一听见那浓重的陕西口音，李栋材立即明白了——他的末日，已为期不远。在拼命地挣扎中，他被放倒在地上。接着似乎又有一块木板，从背后塞进了口袋。跟长虫①一样，一条麻绳将他连同口袋、木板，又死死地缠在了一起。

像一具僵尸，李栋材被用黄包车拉到了车站。不久，又被抬上了火车。紧接着，又被塞在了座椅的下面。

挣扎了几下，李栋材却动弹不得。眼睛大睁着，却跟没睁一样，他啥也看不见。脑子里，他更是一片空白。只有耳朵还管用，只可惜说话的说的话，他却听不懂；他能听懂的，却又不说话。

呜——刺耳的汽笛声过后，接着又是"咣当"一声巨响。向后坐了一下后，火车这才徐徐地向前驶去。铿铿锵锵，车轮撞击着铁轨，其节奏越来的越快了，最后，竟连成了一片。

空白的脑子，终于又慢慢地恢复了意识，来者不善！是榆林王的人，是靖国军的人，还是陈树藩的人？努力地猜测着，李栋材却始终没能猜出个所以然。后来，他干脆闭目养神，不再白费气力了。猜出来又能如何？对他来说，不管落在他们谁的手里，结果还不都一样，还不都是一个字——死！

第二天在武汉，在报纸的头版头条上，又出现了一条题为《高人道破天机，凶手亡命申城》的新闻。不过这条新闻，李栋材已经看不到了。关注这条新闻的，是另外一批人，新闻见报后，这批人发现李栋材果然跟蒸发了似的，从租界里消失了。忙跟踪追击，他们立即赶赴上海，在上海，他们接着做他们升官发财的美梦去了。

跟僵尸一样，李栋材又被抬下了火车。接着，又被抬上了汽车。颠簸了大约有半个小时后，汽车终于又停了下来。在一间既坚固、又简陋的屋子里，麻绳被解了开来。沿原路木板、黑色的口袋，也先后地退了出去。眼睛的功能恢复了，胳膊腿却还是硬的。塞在嘴里的毛巾、粘上去的胡子相继被拽掉后，李栋材恢复了暂时的、有限的自由，同时，也恢复了他的庐山真面目。浑身麻木，像是被卖肉的剔了骨头，扑塌一声，李栋材竟软瘫在脚地。又过了一会儿，僵硬的手腕，终于能够活动了，先是揉了揉双眼，接着又由头到脚、由胳膊到腿，李栋材胡球麻道地扑索起来……

屋里除一张光床板外，剩下的，就是蜘蛛挂在墙角的天罗地网了。对这个新来的大"猎物"，屋子的原"主人"似乎有些老虎吃天——没处下爪。原"主人"已经够大了，却没想到新来的"猎物"还要大。虽大如螃蟹，蜘蛛们不但没敢出击，反而是落荒而走、躲进了阴暗的角落。严阵以待，它们严密地防守着，防守着各自的领地。

从窗子到门，大约是七八步；从门到窗子，大约还是七八步。窗子镶嵌着拇指粗的铁栅栏，门口站着的，是荷枪实弹的士兵。在这里，李栋材受到了特别的"礼遇"，全副武装的士兵不是一个，而是四个。

正打量着，猜测着，随着一阵饭菜的香味，一个伙夫模样的走了进来。两天两夜水米未沾，这时，李栋材确实饿了。略加犹豫，他便狼吞虎咽、大吃大嚼了起来。即便饭菜里真的有砒霜，李栋材也顾不上了，就是死，也要落个饱死鬼，而不想落个饿死鬼。

"师傅，请问这是在啥地方？"在肚子填得差不多时，李栋材这才一边细嚼慢咽，一边问伙夫道。他那沾满饭渣，又流着菜汁的嘴巴，这时才终于有了空闲。

"这你还看不出？"伙夫惊讶地道，"是禁闭室！"显然，他没有领会他的意思。

"这我知道。"抹了一把涎水后，李栋材苦笑道，"我是说夜儿个还在武汉，眼下，不知又到了何处。"

"哦！"一边收拾着碗筷，伙夫一边道，"是太原府。"经他解释，他这才恍然大悟。

"太原府？"闻言先是一脸的狐疑，眼珠子沿眼眶骨碌了一圈后，李栋材的脸色，竟慢慢地活泛起来。他的心中，似乎又燃起了某种希望。

好花不常开，好景不常在。伙夫刚走，随着"哗啦"一响，一副镣铐又丢在李栋材的面前。他的梦，也随之被击得粉碎。

"老总！"抱着一线希望，李栋材心存侥幸地道，"该不会是弄错了吧？我可是个正经的生意人。"

"错了！我错了，还是你错了？"李栋材的话刚落点，陈致远正好健步走了进来，"正经的生意？若杀人越货也是正经的生意，那天底下，不就没不正经的生意了吗？别装蒜了，李栋材！鸭子煮了七十二滚，浑身都烂了，嘴却还硬得梆儿梆儿的。"

闻言，又瞥了陈致远一眼，李栋材那刚刚有点儿活泛的脸，瞬间又变成了死灰一片。

"报应！"在心里，李栋材嘲笑着自己，"一辈子都在算计人，不想眼下，却被人给算计了。"

被人算计？被谁给算计了？这时，李栋材突然想起了测字先生，算计自己的，不正是此人吗？死，也得死个明白不是？想到这儿，对着陈致远，李栋材终于又鼓起了勇气："那个测字的先生跟你们，是一块儿的？"

"测字先生？"陈致远不无讥讽地道，"跟你一样，这里都是玩枪杆子的，没有人会耍笔杆子。"

饿死鬼还不至于，糊涂鬼，怕却是难以幸免了。见陈致远不肯说破，耷拉着头，李栋材也不再吭气了。

大漠里，一辆卡车在颠簸着。车上有二三十个全副武装的士兵。戴着手铐，又砸着脚镣，李栋材被他们夹在了核心。

傍晚，拖着镣铐，李栋材又被押进了一道沉重的铁门。扑鼻而来的，是一阵臭烘烘的气味。哗啦……哗啦……沉重的镣铐声惊动了那些衣衫褴褛、面带菜色，头发也乱得跟鸡窝一样的囚徒们。闻声陆续地站了起来，隔着栅栏，他们一边互相拥挤着、议论着、猜测着，一边夹道"欢迎"着这个看起来还比较体面的新伙伴。

在囚徒们的目送下，李栋材又被押进了第二道铁门。第二道铁门里囚徒少多了，也不像前面那么地热情了，连动都懒得动一下，投向李栋材的，是些呆滞而毫无表情的目光。第三道铁门里，几个囚徒简直就是木头桩子，从他们的目光里既看不到希望，也看不到失望，更看不到绝望，连眼球，他们似乎也都凝固住了。李栋材被扔进了一个单间，由里到外，沉重的铁门又依次地锁上了。

晚上，由外向里，铁门又一道一道地被打开了。在五六个彪形大汉的簇拥下，一个派头十足的，来到了李栋材的单间。一句话也不说，咬着牙用阴森森的目光，他死死地盯着李栋材。不寒而栗，又像是被火所灼，李栋材赶紧埋下了头。

在嘿嘿的冷笑声中，那个派头十足的，终于又拂袖而去了。人是走了，那既阴冷，又十分灼人的目光，以及那充满仇恨、充满杀机的冷笑声，却留了下来。那冷酷的目光，足以穿透李栋材的五脏六腑；那灼人的目光，又足以将李栋材焚为灰烬。那嘿嘿的冷笑声，足以让李栋材由前心直冷到后背，而那冷笑声流露出的杀机，又足以让李栋材不寒而栗、毛骨悚然。

被提审中，李栋材终于弄清他落在了"榆林王"的手中。那足以将他穿透、足以将他焚毁的目光，那足以教他毛骨悚然、又足以让他不寒而栗的冷笑，不用说，都是井岳秀的了。

井岳秀，一个多么动听，又多么诱人的名字啊！听起来，井岳秀似应是个面若桃花的妙龄娇娘，可惜！可惜盛名之下，其实难副。

这里，无疑是榆林了。榆林，一个李栋材最不愿意来的地方，同样是死，在榆林，他怕是不得好死了。吃一堑，长一智。李栋材总算变得聪明起来，血案发生在他的营部，井勿幕的首级，又是他送给陈树藩的，他深知罪孽深重、不得善终。既然招不招都是一死，还不如不招，免得死后，还得罪了那个手握生杀大权的显赫人物，而殃及全家。也免得在临死前因下了个软蛋，而贻笑后人。

种种酷刑，已经轮番地用过好几遍，李栋材的腿断了，胳膊也折了，不久鼻子、耳朵，也不知了去向，最后连双目，也都被挖了出来。既体无完肤，又血肉模糊，李栋材干脆挑衅道："舌头，舌头还在呢！有种的快来割，来呀，你们来呀！"见没反应，他更加挑衅地道，"咋，害怕了？看来没一个是牛牛娃！"

李栋材那极富挑衅性的话，将那些用刑的彪形大汉们，一时竟真的给镇住了。一切酷刑，不都是为了要他开口说话吗？如果连舌头也割了，那种种酷刑不等于白用了吗？这个后果，又有谁能担当得起？面面相觑，众人宁肯放着牛牛娃不当，而甘当女子娃，也没一个前去下手。

人不畏死，奈何以死惧之。只求速死，李栋材正应了陈致远说他的那句话——鸭子煮了七十二滚，浑身都烂了，嘴却还硬得梆儿梆儿的。

花好月圆，八月十五中秋夜，镇守使行辕的西花厅前，又一次为井勿幕设起了灵堂。榆林王井岳秀一声令下，原来那些放着牛牛娃不当、却甘当女子娃的，这时，却又争着、抢着当起了牛牛娃。一哄而上，他们将缚在葡萄架柱的李栋材开膛的开膛，破腹的破腹。

瞬间，李栋材变成了一个空壳。他那鲜血淋漓的心、肺、肝花，都被献在了井勿幕的灵前。就这，榆林王却还是难解心头之恨，于是李栋材又在被剥皮、被抽筋后，又被制成了鞍垫。又是坐、又是骑，榆林王慢慢解着他的心头之恨。

如愿以偿，李栋材终于没给后人留下什么笑柄，他留给后人的，是一个永远也无法破解的谜。

关于凶杀案的幕后策划人，传说中，至少有三个版本。有的说为报当年上当受骗的一箭之仇，是陈树藩用重金收买李栋材所为；有的说对井勿幕的训斥怀恨在心，是郭坚指使李栋材所为。还说他想趁杀井献头之机，再刺杀陈树藩，毕其功于一箭双雕。第三种版本，则更是出人意料，据说在案发三十年后，同盟会会员华孝康的一纸诉状，竟将另一个同盟会会员马凌甫，告上了高等法庭。与此同时，他还将他暗中调查编写、一直秘不示人的《井案记实》公之于众。

据说，当年留日的陕西籍同盟会会员有两派——咸长派（当时西安东半边归咸宁，西半边归长安）跟渭北派。本是渭北派，马凌甫却背叛渭北派，而皈依了咸宁派，并因此而遭殴。认定殴打他的主谋，非井勿幕莫属，马凌甫对其怀恨在心，并一直伺机报复。

十年等了个闰腊月。机会终于有了，在井勿幕犒军返回途中，时在郭坚部任参谋长，马凌甫伪造郭坚的书信，并成功地诱杀了井勿幕，报了当年的一箭之仇。

遗憾的是，对这一震惊全国的民国疑案，高等法庭却以时效已过，而没有受理。不受理倒也罢了，更离奇的是不久后，原告华孝康竟又被人暗杀，从而使这一民国公案，变得更加地扑朔迷离。

抗战胜利后，蒋介石突然想起了井勿幕，在西安南郊，在风景秀丽的少陵原征地一十二亩，国民政府为井勿幕复建陵园，并重新进行了安葬。于右任主持了安葬仪式，陵园前的巨型石牌楼上，蒋介石手书的十三个大字是"追赠陆军上将井勿幕先生之墓"。至此，这个"西北革命之巨柱"三易其地，先草葬于泾北，后迁葬于蒲州，终厚葬于少陵。

其实，陕西人民也没有忘记井勿幕。在西安四府街，有井勿幕的旧居，为纪念这位功盖三秦，誉满西北的忠魂，在四府街南头的古城墙上，陕西人民又增开了一道城门，叫作"勿幕门"。四府街，也被改为"井上将街"。以开城门的方式，来纪念自己心目中的英雄，在全球，怕都是绝无仅有了。跟"中山门""玉祥门"一样，这是一块无与伦比的丰碑，也是秦人的独创。跟古城墙一样高大、雄伟，英烈将永远屹立在三秦儿女的心中。

后来，勿幕门又被叫作"小南门"。遗憾的是，今人多知有"小南门"，而竟不知有"勿幕门"。或者虽知"小南门"即"勿幕门"，却不知其由来。读史使人明智，那忘记历史，又意味着……

---

①长虫：即蛇，关中人对蛇的俗称。

第四十二章

在那些龟五贼六的债主面前，佘有志虽占尽了上风，可他的尾巴，却说啥也扎不起来。

儿子佘大勇撂下的麻达，花几个钱，佘有志总算是摆平了，但女儿佘大花的龌龊事，却让他伤透了脑筋。总不能跟对付龟五贼六们一样，将郭德玉这个碎崽娃子，也扯旗放炮地修理上一顿吧。这无异于癞蛤蟆跳门槛——既蹾尻子又伤脸。臭名远扬，女儿找不到婆家不说，他这个总乡约还能在人前说话、在人前办事吗？还能昂着头、挺着胸在南河镇的街道上走路么？有心寻个机会、找个借口，暗地里给郭德玉这碎崽娃子教个乖、将这个见不得人的丑事捏灭了算咧，可捉贼捉赃，捉奸捉双，眼下慢说一双，就是一个，佘有志也逮不着。

不该死的死了，该死的却不但没死，还给佘有志撂下不少的麻达。男盗女娼、丢人现眼、踢脸丧德的事，让南河镇一带这个有头有脸的能行人，全都给赶上了。好端端的一个四口之家，也跟黄鼠狼拉鸡似的，被越拉越稀了。这到底是为什么？

不久，佘有志又自我解脱了。多儿这个黄脸婆的死，不见得全是坏事。喜新厌旧，佘有志早就想讨个小老婆，讨谁呢？他不止一次地想到了莲儿。

上次以两斗包谷为代价，他已将莲儿这个未及绽放的花骨朵，给提前地掰开了。莲儿那声"大，我痛"的叫唤，更是让佘有志久久难以释怀。事后，他还怕佘三找他拼命，不想这个胆小怕事的堂哥，连屁，竟都不曾放上一个。提心吊胆的日子，总算是过去了，可要讨莲儿做小，佘有志的脸虽厚，嘴却是棒槌掏牙缝——夯口的不成。她不但是他的近门中，偏偏又是他的晚辈，而且比他那个踢脸丧德的贼女子佘大花还要小，更何况他这个孙猴子的本事虽大，却翻不出丈母娘柳叶这个如来佛的手心。现在好了，现在即便是娶个三宫六院，七十二妃，跟他姓柳的，也屁不相干了。

至于佘大勇，佘有志想儿孙自有儿孙福，又何必为他做马牛？光棍光棍你甭扎，一个婆娘两个娃。娶个媳妇成个家，看能不能拴住这崽娃子的碎心。

至于佘大花，佘有志想迟早，还不是人家的一口人？既然迟早都是人家的人，还不如早点儿寻个主，将这桶脏水泼出去算了，胳膊抡圆劲给足，能泼多远，就泼多远，越远越好！眼不见，心不烦咯。

不过，这还都是些远话，当务之急，是得赶紧招兵买马。总乡约的权力再大，也得靠人去实施不是？有了人，也就有了势力，有了势力在办公事的同时，私事捎带着也就办了。

出乎意料的是，这次他扎下招兵旗，却不见吃粮人。在佘记烟馆的门口，"南河区保障所"那白底黑字的牌子，已经赫然地高悬了半个多月，至今，却还没见有狗大个人提着猪头，走进他这个"庙门"。原想跟佘有志凫几天洪水，团丁们却不但没能从他这里得到实惠，反而得罪了一河滩的乡党，躲之犹恐不及，他们哪里还会再朝他这个"山"？也曾想到那些地痞、流氓、阿飞跟啃街猴，佘有志觉得他需要的，怕正是这些龟五贼六，但前不久，他却偏偏又打了他们的七寸，眼下，难道又低声下气地去求他们不成？何况即便抬着八抬大轿去请，他们也未必敢来。

备受冷落。"马王庙"里没香火，佘有志这个三只眼的"马王爷"，自然也成了摆设。血本无归，花出去的银子，怕是打了水漂了。赔点儿钱尚在其次，误了公事陈督军、徐知事要是怪罪下来，那又如何得了？

毕竟是生意人，几天来东家忧心忡忡的样子，逃不出吴掌柜的慧眼。这天，趁陪佘有志吃饭的机会，吴掌柜试探道："看东家闷闷不乐的样子，可是因无人可用？"开始，佘有志只下意识地点了点头。后来放下筷子，他竟直愣愣地瞅着吴掌柜："听口气，你似乎有现成的人？"闻言，吴掌柜也放下了筷子："有倒是有几个，却不知东家肯不肯用？"闻言，佘有志急切地道："谁？你说的是谁？"吴掌柜道："不是别人，就是前几天刚被东家收拾过的那些货。"

"我当是谁。"闻言，佘有志像是猪尿脬被捅了一刀子——立马泄气。重新拿起筷子，将一颗花生米放在嘴里嚼了半天，他这才不以为然地道："刚挨了我的锉，他们肯来吗？"闻言，吴掌柜反倒松了口气："实不相瞒，背地里他们有的，都找问过好几次了，见东家还在气头上，我一直没敢言传。"闻言立即停止咀嚼，跟不认识似的瞅着吴掌柜，佘有志惊讶道："有这事？这么说，猪头都被提到你的偏殿去了，在正殿，我倒坐起了冷板凳。说实话！你得了多少银圆？"闻言摇着头，吴掌柜苦笑道："这些下三赖，他们哪里会有银圆送我？即便有，没见东家的话，就是借个胆，我也不敢收喀！干点心倒是收了几封，还在柜台里锁着。东家若觉得能成，我这就给您提过来，若不成，我就给他们退回去，免得好吃难克化，搁在了肚子里。"闻言用筷子点着吴掌柜，佘有志笑了："说个笑话，吴掌柜何必介意？"接着，他又一本正经地道，"刚整治过他们，他们能实心跟着我，给我出力吗？"闻言，吴掌柜也是一本正经："要是不给点儿厉害，这些家伙，也许还真不知马王爷是三只眼。打痛了，接着再扑索扑索[①]，量这些有奶便是娘的龟孙们，他不敢不老实。这就叫'德威并用'，是古往今来的驭人之道！"闻言，佘有志不住地点着头，脸色，也变得活泛起来："有道理，有道理！明天，明天你就叫他们过来执事。"闻言摇着头，吴掌柜又不以为然地提醒他道："把人家打痛了还没扑索，这话，咋教我说得出口？"闻言恍然大悟，佘有志忙道："对对对！是得扑索扑索，给他们说明叫响，一月五块大洋，月底结账。"闻言，吴掌柜又摇着头道："不不不，这些话，得东家亲自跟他们交代。我的意思是，看能不能先给他们每人赏上一半块，这样既表示了东家的诚意，又显示了东家的大度。"闻言佘有志爽快地道："好，好。吴掌柜，你就看着办吧！"闻言，吴掌柜也是一脸的高兴："既是这，那几封干点心，我去给东家提过来。"说着吴掌柜就要下炕，不想却被佘有志给拦住了。拍着吴掌柜的肩膀，佘有志道："这是人家孝敬你的，我又怎么好意思要？再说了，几封干点心，也不是啥值钱的法物，留着，你慢慢地用吧！"接着将两块银圆，他塞进了吴掌柜的口袋："人熟礼不熟！连那些下三赖都知道些礼仪，佘某人我还能装糊涂？"

明知佘有志不会要，在自己的口袋里，吴掌柜还是掏着那两块大洋。见状硬压住他的手，佘有志又道："不要再过来过去的了。这样面子上，大家反而都不好看。快拿着！把事办洋火就行了。"这件周瑜打黄盖，一家愿打、一家愿挨的事不费吹灰之力，就被吴掌柜办得妥妥帖帖。曾几何时，发誓今辈子再也不进佘记烟馆，这些下三赖们黄花菜还没凉，却又一次地来到了佘记烟馆。

烟款的征缴，首先在南河镇铺了开来。镇上虽不种鸦片，甚至连红麦子、绿豌豆也不种，烟款，却还是少不下的。一间门面折合二亩地，每亩地，是硬大洋五块。

征缴分两个阶段进行。第一阶段主要是摸排，摊派，征缴人员逐一核实着各字号、各门面应缴纳的税额，然后，再填写摊派通知单。一式两份，通知单小葱拌豆腐，将应缴的税额以及期限，填写得一清二白。另外，通知单还附有一定的奖罚措施，由被征方签字认可后，即行生效。

口舌之争虽在所难免，但终因还未涉及到实质问题，总的来说，摊派还算顺利。性软的怕的性硬的，性硬的，怕的是不要命的。虽签了字，甚至摁了手印，有的却将自己那份，当着面撕得粉碎，有的，则干脆付之一炬，有的不但拒绝签字，还骂骂咧咧、说了一大堆的难听话。

当然，也有胆小怕事的，趁着天黑，趁没人走进"马王庙"，他们除又是磕头、又是作揖，又是烧香、又是拨火外，免不了还要跟"马王爷"告些艰难。他们并不奢望求免，而只是求减，或者求缓。

"孙猴子穿马甲——都成了人的戾了。"柳春院里柳叶一边品茶，一边骂道。她不但拒绝签字，还拿出一个账本对来人道："这是给佘家办事花的，现大洋一百八十六块，还没算零头、也没计利息。正寻思抽个空到南头走上一趟，跟他姓佘的算算这笔账，不想，你们倒自己送上门来。这也好，省得我颠前跑后的。去！给姓佘的把话捎到，就说想要钱教他自己来，这儿，我还有好话等着他。滚！"

在木匠家，其他人还未及开口，明儿却抢先承头说："钱没有！活宝倒是有一个，想要咧教我哥他自己来。"

除百货、农杂、粮油和牲口市场外，南河镇还有一个特殊的市场，叫作"人市"。流通在特殊市场的，自然也是特殊的商品，那就是人。人市圆得早，也散得早，因此，又叫作"露水市"。光顾这露水市的，除那些为弄几个零花钱称盐灌醋，而出卖苦力的穷汉外，还有那些或因天灾，或因人祸，不得已而卖儿卖女的。那些被卖的儿或女，才是这特殊市场真正意义上的特殊商品。这些特殊的商品，大都被父母在背上插一根谷草，谷草既是幌子，也是这个特殊商品的特殊商标。这些特殊的商品，不见得都是自产、自销，因为有些所谓的父母，实际上却是不折不扣的人贩子，甚至是拐骗犯。当年柳叶，就是在这里自卖本身的，没想到二十年后她的外孙子佘大勇，竟然也出现在这里。

闪闪烁烁，寒星逐渐暗淡下来，不久，又陆续悄悄地隐去了。没有了众星，孤零零挂在远方天边的，是失宠后的一弯残月。整个世界，都笼罩在黎明前的黑暗中，南河镇更是沉睡未醒，唯独这露水市上影影绰绰，已经有人影在晃动。

风风火火，马子亮也来到了人市。作坊急需一批木材，雇几个人，他要带他们进山前去采买。

回到家，马子亮不由大吃了一惊。所雇的三个人中，有一个竟是他的小舅子佘大勇。面对狼狈不堪的娘家侄子佘大勇，明儿这一惊更是非同小可。背过人，夫妇俩连哄带问，方知他欠了一屁股的赌债。

东躲西藏，佘大勇已非一日。昨天一时不慎，他被一个五大三粗的债主，逮了个正着。连打带骂，佘大勇被折腾了一宿，见老鼠的尾巴——实在榨不出油水来，黎明前，债主竟将他扭到了人市。谁想肚子不争气，刚到人市，债主的"公事"，却突然间紧火了。"水火"无情，又分身无术，失急燎毛中，他不得不扔下到手的"猎物"，而去办理他的"紧急公事"。说来也巧，这时，马子亮也正好来到了人市。见有机可乘，偷偷地跟着马子亮，"猎物"脚踩西瓜皮——溜了。

见佘大勇所欠的赌债，数目大得教人吃惊，跟明儿商量后，趁进山的机会，马子亮将他带到长寿县，藏在了老家。

柳春院，佘有志自然是不会再去了，木匠家，他却是非去不可的。响鼓无须重锤。说的虽是气话，但明儿话里的话，特别是那个"活宝"的分量，佘有志还是听得出、也掂得来的。

　　堂上没了父母，堂下又没了嫂子，大人中佘有志成了明儿在娘家的，唯一亲人。长兄比父。明儿的终身大事于情于理，都应由佘有志这个当哥的替她出头、替她做主。然而佘有志，却从来都不曾为明儿打算过，他甚至谋思着以她为牺牲品给他换些权，或者换些钱回来。旁人、世人，都千方百计玉成着明儿的亲事，佘有志却是在举人陈德润的压力下出于无奈，这才不得不点了头。对亲妹子的终身大事，佘有志慢说是替她张罗，他一分钱的陪嫁不给不说，竟还借口有事，连个面都不肯闪一下。

　　扳指头一算，外甥女马月盈，都应是个十二三的姑娘家了。小时候，她还经常跟着明儿去舅家，还将佘有志喊过舅舅。自麻子佘两口子过世后，明儿已经很少再回娘家，马月盈，那就更谈不上了。后来，明儿又生了个娃子，听说叫"马月新"。马月新大概也有七八岁了，可佘有志这个当舅的，却至今还不曾见过。眼下有求于人，临时抱佛脚，佘有志这才想起他还有个妹子。没脸跷进木匠家的门槛，更无法面对那里的每一个人，佘有志不觉有些为难。

　　人熟礼不熟！一闪身，佘有志进了葛掌柜的绸布店。

　　见进来的竟是总乡约佘有志，葛掌柜夫妇不由，都大吃了一惊。昨天来人摊派烟款，一时气愤当着面，那张派款单竟被葛掌柜撕得粉碎，被扔在地上后，"呸"的一声，他老婆还在上面吐了口黄痰。

　　过后，葛掌柜又有些后悔。他想，佘有志是绝不会善罢甘休的。亲自打上门来，还不是迟早的事？却没料到他来的，竟是这么的快，陪着笑脸，葛掌柜忙迎了上来。手忙脚乱，他又是让座、又是倒茶、又是递烟。佘有志刚接烟在手，"哧"的一声葛掌柜又划着洋火，并躬着身亲自替他点上。

　　"总乡约，"巧言令色，葛掌柜替自己辩解道，"我这小店，说是三间门面，实际上每间，却只有九尺九寸九分，不信咧这里有尺子，总乡约可以当面量。夜儿个来的人，也不问个青红皂白，硬是按足三间开了派款单。也怪我一时沉不住气，把单子竟给撕了。刚才，我还跟老婆子说了，说总乡约是个明白人，他肯定能主持公道、不会让咱们吃亏的。这不，我正准备着跟总乡约去说清楚，却没想到有劳您的大驾，竟亲自给跑来了。"

　　没头没脑，见葛掌柜说话不着边际，佘有志知道他发生了误会。其实这事，他压根还不知道，心想这山西人不愧是九毛九，嘴里，他却将错就错地道："这事，以后慢慢商量着办，今日个，我还有件事……"

　　见佘有志不是来寻麻达的，葛掌柜的心，这才放下了一半："有啥事，总乡约您尽管吩咐。"佘有志道："要几件上衣料子，却隔行如隔山，一点儿也不懂。葛掌柜你是行家，麻烦帮忙给挑挑，质地要好，颜色，也要合适。"

正忐忑不安，一听这话，葛掌柜不由在心里又暗暗叫苦。别的顾客一开口，都说是想买料子，而佘有志嘴一张，竟说是要料子。这个软刁头子！不是明摆着变个法儿，在敲自己的竹杠吗？心里叫苦连天，嘴里，葛掌柜却是言不由衷："举手之劳，总乡约又何必客气！但不知，是给什么样的人穿？"闻言，佘有志道，"一大一小，两个女的。大的约二十八九、三十不到的样子，小的嘛，也就十二三岁。"

一听这话，葛掌柜又在心里骂道："老婆尸骨未寒，毯就等不及、又换新的了。没想到伴寡妇带了个女子——还搭了个碎屁。"嘴里，他却道："不知总乡约大约得多少？"佘有志道："得多少我也说不上，就按六十块银圆，你看着办吧！多几块、少几块，也就是咻事了。"

听说给钱，葛掌柜又偷偷地舒了口气。他更加的殷勤了："那好。总乡约，您请用茶。"回过头，他又招呼老婆子道，"来，过来帮个忙。一块给总乡约看看料子。"

忙活了半天，抱着一堆扯好的料子，葛掌柜又走了过来。"都是上好的苏州货！刚进的。"指着红红绿绿的面料，对着佘有志，葛掌柜道："县里有没有，咱不敢说，镇里绝对是没有！总乡约您看，这几种颜色，是大人的，穿上既富态，又不俗气。总乡约您再看，这几种颜色，是娃的，小姑娘穿在身上，保准跟个花骨朵似的……"

"不错，不错！"佘有志也高兴地道，"只是不知明儿，她喜欢不？"

闻言，葛掌柜又暗吃了一惊。没想到日头打西边，给出来了，后响，也被自己当成了早上。大的，原来并不是佘有志新伴的寡妇，而是他的亲妹子明儿。小的，自然也不是寡妇带来的女子，而是他的外甥女马月盈了。

暗中，葛掌柜不禁倒吸了一口冷气。当初他还想着，应该给佘有志道个喜，话都到了嘴边，不想却被老婆子打个岔，竟没来得及说出。我的乖！还多亏了这个死老婆子，要不……

刚才，还在埋怨老婆子太得多嘴；旋即，葛掌柜又为老婆子多了个嘴，而暗自庆幸。将冷气暖成热气，并长长地吐出后，对着佘有志，他这才又道，"明儿她要是不满意，可随时来换。"闻言，将一摞银圆码在桌子上，佘有志道："这是六十块，够不够？"闻言，葛掌柜忙道："搁到别人，还的确差点儿，但对总乡约来说，却是绰绰有余。虽说小本经营，挣谁的钱，敝号也不能挣总乡约的钱。"在给佘有志退了五块大洋后，葛掌柜又巴结地道："明儿她真是烧了碾盘壮的高香，世了总乡约这么好个当哥的！"

将佘有志送出大门，葛掌柜又道："麻烦总乡约给底下撂句话，我的烟款……"不等葛掌柜说出，佘有志已爽快地打断了他："不说咧。每间按九尺，账也好算！"受宠若惊，闻言葛掌柜忙又谄媚地道："弄大事的，到底还是弄大事的，没看多爽快！总乡约，您走好——"

南京到北京，买家没有卖家精。葛掌柜所说的不挣钱，佘有志自然是不会相信了，只是这会儿他心情不错，不想为这点小事计较罢了。这笔生意尽管给佘有志退了五块，葛掌柜却还是挣了十块。无商不奸嘛！

目送佘有志走远后，葛掌柜这才又自言自语地嘟囔道："把他家的！没想到这铁公鸡，竟也有掉毛的时候。"

自觉心亏，快到木匠作坊时，犹豫中，佘有志不由放慢了脚步。明儿她会不会给自己个脚朝上②，或者干脆跟撵狗一样，拿笤帚疙瘩，将自己从门里撵出来？佘有志不禁有些进退维谷。

诶！有理不打上门客，怕还不至于吧？在心里，佘有志自我鼓励着，可两条腿却像是灌了铅，说什么它也迈不过，那个并不算高的门槛。

"新新，"伴随着一阵脚步声，一个声音从木匠作坊里，冲了出来，"路上小心车马，啊——"闻声，佘有志一下子慌了神。那分明是明儿的声音，正要拔脚开溜，佘有志却发现已经来不及了——明儿已经看见了他。

"哥，是你！你咋在这儿？"看见佘有志，明儿也是一阵惊讶。接着，她又招呼儿子马月新道，"新新，来，过来。"指着佘有志，对着儿子，明儿又道，"来，快叫舅舅。"

刚才还又蹦又跳，一看见佘有志，马月新反而愣住了。他非但不肯叫佘有志舅舅，反而，还躲进了明儿的背后。不认识佘有志，在他的意识中，也没有"舅舅"这个概念。

佘有志后悔了，后悔自己一时大意，竟没想到买一包糖果，揣在身上。见马月新不肯叫佘有志，明儿竟有些急，还有些生气。对此，佘有志却非但不觉得失望，甚至还暗自庆幸。马月新要是真的叫他一声舅舅，而他这个当舅舅的，却连一颗糖都拿不出来，那才叫尴尬。将手中的包包蛋蛋递给明儿后，蹲下身佘有志抱起马月新道："来，让舅舅好好看看！"说着又掏出一块大洋，塞在了他的手里。

认识糖果，也认识铜圆、麻钱，却不认识大洋，也不认识佘有志，更不知道什么是舅舅，马月新自然不会买这个陌生人的账。面对这个突然自天而降的所谓"舅舅"，马月新竟被吓哭了。拼命地挣扎着，他硬是从佘有志的怀里，溜了下来，并又一次躲进了，明儿的背后。见状，明儿忙安慰儿子说："新新，不怕不怕！那是舅舅，是你亲亲的舅舅。"回过头，她又疑惑地问佘有志道："哥，你这是做啥去呀？又是大包，又是小包的？"闻言佘有志的脸，刷地一下红了。费

了好大的劲，他这才难为情地道："哪……哪儿也不去，哥……哥是专门来看……看你的。"闻言先是一愣，接着又心里一热，明儿竟感动得哭了——无声地哭了。

掏出手帕，明儿一边擦着眼泪，一边叮咛儿子道："去吧。在学堂，要听先生的话。"闻言，马月新逃也似的跑开了。明儿又远远地叮咛他道："跟你丽丽姐一块儿去，啊——"

说难也难，说容易也容易，一抬脚，佘有志便迈进了那个门槛。将佘有志，明儿，热情地让到了屋里。坐下后一边喝茶，佘有志一边问明儿道："刚才你说的丽丽，她是谁家的孩子？"闻言又愣了一下，明儿这才嗔怪地道："谁家的？还能是谁家的？是余儿的，余儿的碎女子。说起来，你还是她亲亲的姨父！"

闻言，佘有志像是重重地挨了一记耳光。抬起手，他想扇自己的臭嘴，见明儿在一旁，那只手，却又拐向了茶杯。追悔莫及，不愿、也不敢提及余儿，不想拔起萝卜带出泥，引火烧身，他却偏偏又扯出了余儿。不提还罢，一提到余儿，佘有志无异自己打了自己的脸。当年他欲强暴小姨子余儿，不想却被明儿，从炕上拖了下来。后来，又被多儿将臭屎，塞进了嘴里。面对当事人明儿，他烧臊得越发地不敢抬头了。佘有志只知道余儿有个娃子，叫刘光复，却不知她后来，又生了两个女子。

当舅的，竟没见过外甥；当姨父的，竟不知有外甥女。加上当年的丑事，佘有志恨不能将脸，搁到裤裆里去。好不容易，才进了这个门，好不容易，才见了这个人，正事，却八字还没见一撇。有心走人，他却又有些于心不甘，如坐针毡，尻子抬了几抬，佘有志终于还是没能抬起。如芒在背，他一边借低头喝茶，掩饰着自己，一边忙岔开话题道："盈盈呢，咋没见她？"

打人不打脸，骂人甭揭短。无意打他哥的嘴巴，也无意揭他哥的疮疤，无形中她却既打了他的嘴巴，又揭了他的疮疤。于是忙顺风扬场，改口，明儿又数落起女儿马月盈来："她呀！人大了，心也野了，经常泡在英华医院里，不着家。人家说那里到处都是学问，还说在家里，啥也学不到。我说她你一不会纺线，二不会织布，还敢说在家里，啥也学不到？将来找不到婆家，可甭怪我没提醒你、指教你。哥，你揣人家是咋说的？"

"咋说的？"见明儿问到他，佘有志这才终于抬起了头。"人家说会纺线、会织布，算啥本事？"明儿无奈地道，"还说戴维叔叔、玛丽阿姨、神仙老爷爷会看病，举人大伯、兰玉大妈既识文、又断字，那才叫本事！还说外国人纺线、织布，用的是什么机器，而且纺出的线、织出的布又细、又匀。将来找不到婆家的，怕正是那些除纺线、除织布外，啥都不会的人。"说着，明儿又给她哥续了些茶水。

"低着头喝着水,佘有志半天无语。他心里没有外甥女,把他这个能行的舅舅,外甥女也不放在眼里。还有啥好说的呢?由于紧张,刚才出了一身的臭汗,这会儿,他也许真的有些渴了。

"那,子亮呢?"沉默了一会儿后,佘有志终于找到了将话引入正题的突破口,"这一向,他又在忙啥?"闻言明儿道:"还能忙啥?作坊里有一批紧要活,伢父③三个,都在那边。哥,你坐会。我去把他叫过来。"说着,明儿就要出门,不想却被佘有志,给拦住了:"不用了。正事要紧,就不打搅他们了。你坐下,坐下跟哥说会话,这阵子没处来没处去,哥心里,慌的不行。"

心里跟明镜似的,明知他哥并非专程来跟她掏心窝子说话,闻言,明儿却还是免不了一阵伤心。抹着眼泪,她跟佘有志道:"哥,年纪轻,我不懂啥。比我大的多,你难道也没看出一点企头④?我嫂她都病成那样,临死,都没能见上你一面。这都不说咧,一出门你就是几个月,两个娃没人指教,没看,都变成啥咧?要不是他姑父把他藏起来,大勇他,怕是早都没命了。大花她……唉!更是没法提了……"

没想到,明儿竟主动提起了佘大勇、佘大花,受到感染,佘有志竟也跟着抹起了眼睛:"都怪哥。哥对不住你嫂子,也对不住两个娃。咱先将大勇寻回来,他可是咱佘家的独苗,万一有个闪失……哥就更……更没法面对先人了。"闻言,明儿忙安慰佘有志说:"哥,你放心!大勇被他姑父,藏在了长寿的老家,山里人厚道,他不会有事的。前一向,他姑父还去看过他,只是……"见明儿欲言又止,佘有志忙道:"明儿,你也放心!哥不会教你、教子亮为难的。连山里的亲戚在内,都帮了哥的大忙,哥不会亏待人家的。"闻言,明儿忙辩解道:"哥,你想到哪儿去了?我不是这意思,我说的,是大花。整天跟郭家的二小子在一起,听说她都有……有啥⑤了。依我看不如顺水掀船,把这事了结了算咧。郭家二小子是有些不咋地⑥,不过,这也是没办法的办法。"

低着头闷了半天,佘有志这才道:"这事回过头,咱再说。大勇的事要紧,咱得先把他找回来。"闻言明儿道:"也好。明儿个,就教他姑父陪你走一趟。"

见明儿一边说,一边勒着裙帘⑦,佘有志忙拦住她道:"明儿,你就别再忙活了。我是吃过饭才来的,时间也不早了,我还得准备一下,就不坐了。你跟他姑父说好,明儿个赶早,我来叫他。"

说完站起身,佘有志就往外走。提着那些包包蛋蛋赶上来,明儿跟他道:"哥,又不是旁人、世人,你想来就来,还买这么多东西做啥?这里,我啥都不缺。这些,你还是拿回去,大勇跟大花,都用得着。"闻言,佘有志这回真的生气了:"没这话!瞎好,是哥的一点心意,何况又不是给你一个人的,还有盈盈一份。大勇、大花,到时候咱再说。拿着!快拿回去。"

说完,佘有志又要往外走。紧追了两步,明儿又道:"哥,知道今天,是啥日子吗?"闻言回过头,佘有志不走了。对着明儿,他诧异地道:"啥日子?"闻言,明儿不满地道:"啥日子?是阴历的十月初一。"闻言,佘有志更不明白了:"十月初一?十月初一又咋咧?"不料闻言,明儿更加地不满了:"咋咧?十月一,穿齐备。你都知道把自己穿得暖暖活活的,就是没想到咱爸、咱妈,还有我嫂。不知你有没有梦见过他们,他们却时常托梦给我,特别是逢年过节,跟清明、十一。咱爸说他冷,咱妈说她饿,我嫂子又说她一个人,害怕的不行。哥,有些事,你可能不信,但我信。每次上过坟、烧过纸,这些梦,立马就没有了。没看咱佘家这几年,出了多少事?我看是这,后晌黑就是有天大的事,你也得放一放。跟他姑父一块儿,咱带上盈盈、新新,给咱爸、咱妈还有我嫂子,先上个坟!"

被明儿抢白了一番后,佘有志这才终于反应过来。于是连声道:"去去去,一定去!我这就去买香蜡纸表。"不料明儿却道:"不用了。这些,我早都准备停当了。"突然想起了他对死鬼们的承诺,佘有志道:"你的是你的。我再买些,咱多烧点!"

---

①扑索:关中方言。即抚摸。
②脚朝上:关中方言。使其难堪,下不了台。
③伢父:关中方言。关中人对父子们的俗称。
④企头:关中方言。即苗头。
⑤有啥了:关中方言。指女的怀孕了。
⑥不咋地:关中方言。即不怎么样。
⑦裙帘:做饭时,关中妇女围的围裙。

第四十三章

　　初到山里，佘大勇的感觉，还不错。这里有曲里拐弯的羊肠小道，有奇形怪状的峰峦叠嶂，有五花八门的树木，有落英缤纷的花草，有不时出没在草丛中的野兔，有上下穿梭、跳跃在枝头的松鼠，有扑棱棱从灌木丛中飞出的锦鸡，还有既用不着砖瓦，也用不着木料，只需花点气力掏个窟窿，就能遮风挡雨，还冬暖夏凉的土窑洞。

　　这里有核桃、有枣子、有柿子，还有用柿子压制而成的柿饼。装满了瓮瓮罐罐，以及笤箕蒲篮，你可以随便地拿，尽饱地吃。不像南河镇只有在过年走亲戚，或者家里来了亲戚时，大人才肯打开锁得紧紧的箱子、柜子，然后给亲戚娃的口袋里，塞上一把。自家孩子只能是秃子跟着月亮走——象征性的沾点光。孩子们都喜欢跟大人走亲戚，亲戚走完时，又盼着家里来亲戚，尤其希望亲戚在来的时候，可千万莫要忘记带上他们的孩子。

　　山里最不缺的，是柴火，家家户户的院坝里，几乎都有一座甚至有数座，用劈柴码成的小山。这里的成年男人，几乎都有一件没面子的老羊皮袄，而且有毛的一面，都反穿在外面。在这里，佘大勇始知木耳所以被叫作木耳，其原因不仅只是因为它们的样子，像个耳朵，更重要的是因为，它们竟是从木头上长出的。在这里，佘大勇始知磨子不仅有驴拉的，还有手摇的，在这里他亲眼目睹了，用手摇着一个跟老碗口差不多大小的石磨，人们磨出了豆腐。在这里，佘大勇第一次跟提着火铳的男人，走进了深山。返回时，却是满载而归，一手提着个野鸡，一手提着个野兔。

　　这里的第一顿饭，还蛮不错。主食是小米稀饭，还有糜子面的窝窝头，副食是佘大勇从来都不曾见过，更不曾尝过的山珍，野味。

　　临走时，他姑父马子亮安慰佘大勇说："暂且先忍耐一段时间，等风头过去后，我自会接你回去的。"不料佘大勇却道："这里蛮不错，依我看，比南河镇还要好。"

　　谁知马子亮前脚刚走，后脚，佘大勇便后悔了。他亲眼看着主人从窖里，打上了一桶浑浊的黄水，在捞去漂在上面的树叶、草屑，再沉淀上大半后，将黄水他们又小心翼翼地，折进了另一个空桶。而沉淀在原先那个桶的桶底的，竟是一层已经泡得胀鼓鼓、却还未及化开的黑羊屎蛋蛋。还以为是用来喂牛的，谁知黄水并没被倒进牛槽,而是被倒进了那口用来烧水、用来做饭的黑老鸹锅。

山珍野味还有,佘大勇的胃口,却没了。慢说吃,连看一眼,佘大勇都由不得恶心、发潮①、想吐。靠那些核桃、枣子、柿饼,他勉强支持着。

这里没有商铺,也没有烟馆,更没有妓院,就连普通得不能再普通的煤油灯,也都没有。点亮用的,是山民们自家灌制的羊油蜡,就这,主人还再三叮咛要他早点睡觉、免得费蜡。被子硬梆梆的,里面还散发着汗酸臭气,好像从来,都不曾拆洗过。饿得心慌瞀乱的,加上窑垴上那一声接着一声的狼嗥,佘大勇哪里,又睡得着?

妈的,这哪是人待的地方?一顿不吃可以,两天三天不吃,也许还扛得住,鬼知道还得在这儿,待多久?宁肯在南河镇被打死,也不能在这儿被饿死!一宿没合眼,佘大勇终于下了"三十六计——走为上"的决心。

不知有汉,无论魏晋。这里几乎没有人走出过大山,当然,更少有人走进大山了。几乎与世隔绝,山民们祖祖辈辈生在这儿,活在这儿,死在这儿,死后,又埋在这儿。在他们的心目中,这儿,就是人间的伊甸园了。没有遗憾,也没有奢望,与世无争,他们是那样的满足。不必买进,也不必卖出,他们日出而作,日落而息。鸡犬之声相闻,老死不相往来,他们既不干扰他人,也不受他人的干扰。自给自足,自娱自乐,又自生自灭,他们吃得是那样的香,睡得是那样的甜,又是那样的心安而理得。

趁主人还没起身,揣了些核桃、枣儿,又揣了些柿饼,逆着来时的山路,佘大勇偷偷地逃往山外。心想着只要上了前面的这架山,就能看到外面那个广阔的天地了,谁知在气喘吁吁地爬上后,拦在他眼前的,却是一架更高更大的山。佘大勇没有退缩,是那些泡得胀鼓鼓、却未及化开的黑羊屎蛋蛋,在不断鼓励着他,既给他以勇气,又给他以力气。在爬上第二架山后,佘大勇的腿,却再也不听使唤了。与其说没了力气,还不如说没了勇气,出现在眼前的又一架山,竟然比前一架还要高、还要大。不了解"山外有山"的道理,更没"这山望着那山高"的经验,佘大勇害怕了。他怀疑脚下的路不是通往山外,而倒像是通往山里,甚至怀疑照这样走下去出不去不说,到时候想回,怕是都回不来了。

进退维谷,佘大勇陷入到两难。其实他的路,并没走错,只要翻过这第二架山,便是那个广阔的天地了。因一步之差,佘大勇半途而废、前功尽弃了。

突然,一只兔子冲出了草丛,慌不择路,它几乎是亡命而去。于一瞬间,佘大勇竟也变得果断起来,拔腿,他就往回跑。其速度虽不能跟兔子相媲美,但其狼狈的样子,却是有过之而无不及。原来跟在兔子后面穷追不舍的,竟是一头足有五六尺的大灰狼,佘大勇他能不果断、能不狼狈吗?

在大人的描述中,狼的样子,跟狗差不了多少。只是狗的尾巴短,还向上卷着；而狼的尾巴长，却向后拖着，样子像个大扫帚。没见过狼，佘大勇却不至于连狗、连扫帚，都不曾见过。从那条跟扫帚一样拖着的尾巴上，他断定那不是什么看家护院的狗，而是头嗜血吃人的狼。

还好，逃走的计划虽然失败了，逃命的目的，总算还没落空。求生的欲望、求生的本能，让佘大勇竟然一口气连着翻过了两架山。

主人家急坏了，他们正张罗着要去找佘大勇，不想，佘大勇却自己回来了。又是惊又是喜，众人异口同声地抱怨道："啊呀！跑到哪儿去了？也不吱个声，真是的！"佘大勇没有回答，或者说，他还顾不上回答。大口大口地喘着粗气，半天，他这才上气不接下气地道："没……没什么，随便转……转了一圈。"

虽知道害怕，兔子却毕竟是个低级动物，而不会显形于色。毕竟不是兔子，佘大勇好赖是个人，是个灵长类的高级动物，在生死攸关的紧急时刻，高级动物，一般是不可能不显形于色的。何况佘大勇，又不是什么视死如归的英雄。

装出的不像，磨出的不亮。假话可以随便编，装模作样，可就不那么容易了，山里人再实诚，也不是佘大勇一句鬼话，就哄得过的。看着他大汗淋漓，气喘吁吁，又面如土色的狼狈相，众人吃惊地道："碰见野猪了？还算好。要是碰个狼、狗熊或者是豹子，那可怎么得了？"闻言，佘大勇更加地吃惊了："还有豹……豹子？"众人道："你以为？前不久有个放牛的，只丢了个盹儿，醒来时正在山坡吃草的黄牛，却不见了踪影。急忙找时，牛没找到，却在山坳里发现了几头花花豹子。牛早被撕成了片片，为争一条牛腿，两只豹子还在打斗。大张着的嘴，简直就是两个血盆盆子。连大气都没敢出一声，放牛的，跌跤爬扑地逃了回来。拿着梭镖，拿着铁叉，背着猎枪，等几十个小伙子结伴赶去时，却只找见了一堆牛骨头，几个花花豹子，早不知了去向。去时，拉着一头四五百斤的大犍牛；回来时，放牛的却只提了根牛缰绳。"

佘大勇编的鬼话，没能骗过老实巴交的山里人；山里人编的瞎话，却将南河镇的佘大勇，给镇住了。又饥又饿，佘大勇慢慢接受了那从羊屎蛋蛋里滗出的黄水；又累又乏，佘大勇也逐渐认可了那散发着汗酸臭气的被窝。窑垴上，狼嗥还在继续，佘大勇却已练就了听而不闻的功夫。前半夜虽照样睡不着，后半夜，他却一觉能抽到第二天的晌午端。

死水怕勺舀。尽管捏得已经够细了，藏在袜筒佘大勇带来的白粉，却还是宣布告罄了。临走前，马子亮曾交代说，佘大勇有烟瘾，背过佘大勇，指着院子那棵瓦盆粗的核桃树，他还悄悄跟他的堂兄道："烟瘾犯了，只有一个办法，就是用麻绳将他捆在这核桃树上。这样说不定还能帮他，把烟戒掉。"

没领教过鸦片的厉害，又见多日来佘大勇啥事没有，堂兄倒笑话起马子亮来。他笑堂弟未免神经过敏，又多少有些夸大其词、小题大做。

人常说，饥饿难忍。对抽大烟的人来说，最难忍受的却不是饥饿，而是烟瘾。终于还是支持不住，佘大勇又一次来到了村口，望着奇形怪状的山峰，他企图再次逃跑。为一条牛腿几个花花豹子互相撕扯、互相打斗的样子，却又在他的眼前，不停地浮动着。想象着那血盆盆似的大口，又下意识地摸了摸他的大腿，最终，佘大勇还是悄悄地退了回来。一头牛都被撕成了片片，何况人？

见不住地张着口，佘大勇又连连地打着哈欠，还以为他夜里没睡好，马子亮的堂哥要他再睡上一会儿。嘴说没事没事，鼻涕、眼泪、涎水却硬是不听话，从佘大勇的鼻子、眼窝、嘴巴，它们既同时、又分别地一涌而出。

不知道烟瘾犯了时，就是这个德行，还以为佘大勇伤了风寒，撩乱着，马子亮的堂嫂又要给他煨姜汤喝。从羊屎蛋蛋里滗出的黄水，她还没来得及添到锅里，不想用头，佘大勇竟撞起了南墙。山里的院墙，可不是用黄土打的，而是用片石砌的。已经成了血头狼，佘大勇却还用他的血肉之头跟墙上的片石，不住地较着劲儿。大惊失色，堂哥、堂嫂这才想起并相信了，堂弟在临走前的再三叮咛。于是在一阵手忙脚乱后，佘大勇终于还是被他们，捆在了核桃树上……

如此这般，连着被捆了多次后，佘大勇的鼻涕、眼泪、涎水，果然逐渐地少了下来。心里虽仍不好过，却不像以前那样跟猫抓似的，教人无法忍受了。马子亮专程看望过佘大勇，除暗中给他的堂哥塞上几个银圆外，每次免不了还要偷偷给佘大勇，塞上一些吃货。但令他心驰神往的烟土，却没有。

突然关心起他的老子佘有志，对着他姑父马子亮，佘大勇一边狼吞虎咽着，一边道："姑父，我爸他回来了没？"前几次，马子亮说的都是实话，这次，他却说了假话："没有。还没见回来。"看着佘大勇又一次失望的样子，他又有些于心不忍，于是又补充道，"不过，也快了。听说上面，仍教他当总乡约。我想南河镇的总乡约，总不会老待在城里吧！"

从不说假话，马子亮这次之所以说了假话，一是因为他还没找到，跟佘有志招嘴的机会，二是想趁此机会让佘大勇，彻底地告别烟瘾。从不会说假话，这次，却说了假话，尽管是一片好意，马子亮的心里，却还是老大地不自在。多亏只顾狼吞虎咽，佘大勇还不曾注意到这些。

以南河镇为公切点，对佘有志、佘大勇父子来说，生活的轨迹，似乎都是一个圆。老子佘有志在省城里转了一圈，儿子佘大勇在北山里转了一圈，然后殊途同归，他们又回到了出发点。佘有志要忙他的公事，顺理成章，佘大勇还是佘记烟馆的少东家。

有福的生在城池县道，没福的生在旷野荒郊。在山里只待了个把月，回来时，佘大勇却整整瘦了一圈。要是生在旷野荒郊，佘大勇也许不至于染上烟瘾。佘家开的要是不是烟馆，这次佘大勇也许真的，会彻底地忘掉大烟。退一万步说，即便所有的"要是"都不可能成为现实，如果有多儿在，又有了以前的经验、教训，她也许能帮儿子一把，让他从此洁身自好、忘掉大烟。可佘大勇，却偏偏生在了城池县道；家里开的，却偏偏又是烟馆；多儿，又偏偏地离开了人世。一回到家那个美轮美奂、让人飘飘欲仙的人间天堂，便立即又浮现在佘大勇的面前，而鼻涕、眼泪、涎水跟那个血头狼的样子，却统统地被他留在了山里。功亏一篑，戒毒在距成功只一步之遥的时候，又以失败而告终了。前功尽弃，马子亮的良苦用心于一瞬间，也化为乌有。

复吸，往往是报复性的，犹旧病复发，治愈率几乎是零。

自从戴维夫妇来到南河镇，特别是他们刨腹为菊儿接生、成功救下两条人命的事，不断冲击着南河镇人的传统观念。自以为是的南河镇人，不得不承认他们的愚昧和落后，并自觉不自觉地，接受着西方的现代文明。深有感受，老木匠转变得最快，也最早。原来对刘子明、马子亮兄弟，他经常灌输以"家有万贯，不抵薄艺在身"，眼下他却叮嘱他们说，即便是倾家荡产，也要供孙子、孙女们读书。

原来，戴维非常看好陈致远、陈静远兄弟，他多次建议陈德润、孙兰玉让孩子学医。不料人各有志，连招呼都不打一个，陈致远便跟着队伍走了，考上了私立成德中学，远走高飞，陈静远也去了省城。

有心栽花花不成，无心插柳柳发芽。逐渐长大的马月盈，又引起了戴维夫妇的关注。这女娃娃年龄虽小，却聪明过人。她心灵手巧，又胆大心细；她善解人意，又脚手麻利。一个优秀医生必备的素质，她是凡所应有，无所不有，的确是个不可多得的好苗子。更难能可贵的，是她对医学既饶有兴趣，又情有独钟。一有空，她不是给戴维夫妇帮忙，就是给老神仙帮忙，逢礼拜她更是泡在英华医院里，不肯回家。

开始，马月盈只是帮戴维量量体温，或者帮玛丽取取药。看着玛丽消毒、打针，她急得团团转，手也直痒痒，而玛丽，却是当仁不让。一次玛丽自己高烧不退、急需打针，这才给她提供了一次大显身手的机会。针打完了，玛丽也吃惊了，她打针的技术，完全出乎了她的意料，此后只要有马月盈在，玛丽便再也插不上手了。

经常是不等戴维开口，抢在玛丽的前面，马月盈已经把他想要的东西，送在了他的手中。马月盈心有灵犀，常常让戴维暗暗吃惊，让玛丽赞叹不已、又自愧不如。

老神仙这边，那就更不用说了，马月盈抓中药的熟练程度，慢说那些才干了几年的小相公，就连那些干了十几年甚至几十年的老相公，也都是望尘莫及。

一个雨天，趁难得的消闲聚在一起，大家又议论起马月盈。一提马月盈，玛丽首先来了兴趣，她说闭着眼，马月盈都能将药抓齐。众人正有些不以为然，不料马月盈嘴说曹操，曹操就到了。为让众人心服口服，用一块黑布，玛丽蒙住了马月盈的眼睛，然后由她口授处方，让马月盈跟着抓药。像织布机的梭子，马月盈穿行在药橱与柜台之间，玛丽念完了，摸着黑马月盈将中药，也抓齐了，而且，是一味不差。尽管如此，老相公却还是不服气，等将十八味中药一一称过后，戥子，却被他扔在了一边："有这没这，还不都一个毬样！"

一看见马月盈，戴维夫妇就不由想起他们远在英格兰的女儿。跟这个聪明的东方女孩比，他们的女儿是上不差一、下不差二，也交十五了。为了信仰，按上帝的旨意，不远万里，这对虔诚的基督徒来到了中国。因东西文化的差异，独生女儿却被留在了故土，留给了他们的父母。无时无刻不在牵挂女儿，去年回国时，他们就有心将她接来。后来考虑到中国的时局太乱，恐多有不便，于是，又不得不放弃了。

又逢礼拜，出乎意料的是这天，马月盈竟破例地没来英华医院。

人才不可多得！在玛丽的陪同下，戴维专程找到了木匠作坊。马子亮不在，明儿热情地接待了他们。

"盈盈呢？"见马月盈并不在家，玛丽奇怪地道。

"盈盈？"明儿反问道，"她没去医院？"女儿破天荒地没去医院，连明儿这个当妈的，都感到十分地惊讶。"这丫头！"明儿担心地接着道，"一天到晚疯疯癫癫的，该不是给你们惹出了啥乱子？"

无事不登三宝殿。都是大忙人，戴维夫妇突然登门造访、来找马月盈，对此，明儿实在找不出更为合理的解释，于是，竟胡猜乱想起来。

"疯疯癫癫……乱子……呵呵呵……"戴维笑着道，"你呀，净瞎猜！"

"今天她没去，可把我给忙坏了。"一旁，玛丽也附和道。说着，她竟下意识地打了个哈欠，又伸了个懒腰。"是啊！"指着玛丽，对着明儿，戴维幽默地接着道，"用南河镇人的话说，她的纂纂子，都快忙散伙咧！"

"哦，原来是这！"闻言，明儿这才松了口气，"那你们坐会。到那边，我去看看。一天到晚见不着个人影儿，夜儿个，她婆硬要她去陪陪她。"

"走，一块去。"戴维、玛丽异口同声地道。说着站起身跟着明儿，三个人一前两后地出了门。

一行人还没进门，那边菊儿妈的唠叨声，却先冲了出来。

"真是的……"絮絮叨叨，老太太抱怨着，"都十四五的人了，却既不会纺线，也不会织布。赶明儿连个婆家，怕是都寻不下。"

"寻不下？寻不下了好！"果然是马月盈的声音。一边说，她一边嘻嘻地笑着:"寻不下我就一辈子陪着婆。"

"少贫嘴!"老太太警告着她的孙女,"学咱不上了,医院,咱也不去了。再疯,当心我把脚给你缠了!"

"嘿!这可使不得。"明儿还没开口,不料戴维却已经接上了茬,"一个天才的医生,怎么能是个小脚?"

"啊!是戴维。"闻言,老木匠惊讶地道,"哦!玛丽也来了。"圪蹴在炕上,他一边抽着旱烟,一边听老伴跟孙女斗嘴。想支持孙女,却又插不上嘴,见是戴维夫妇,光着脚,他慌忙跳下了炕。

"来,快坐,快坐!"没料到竟是女儿、外孙的救命恩人,慌得老太太又是抹桌子,又是扫炕,一边,还骂着孙女,"死女子,还不快去沏茶!"

听说孙女竟是块当医生的料,老木匠干板硬铮地道:"学要上。医院,也不能不去!孙子、孙女,都一样!"

城门失火,殃及池鱼。连年的战乱,让南河实业学堂时时受到干扰,教学工作,只能断断续续地维持着,生源不但没有增加,反而,还逐渐地在减少。《陕西通志》的编写,自然也是难以幸免。设计诱捕了李栋材后,周佩坤再也没有回来,从来信中,陈德润始知其堂上父母年事已高,又体弱多病,他实在是难以分身。

没有周佩坤,陈德润犹少了一个膀子,多亏先生们全力以赴,《陕西通志》总算是基本定稿。在于右任的帮助下,商务印书馆答应用最先进的照相石印技术,予以刊印。这种技术有一个苛刻的要求——必须用蝇头小楷,将全文誊写清楚。而要把洋洋洒洒三百多万字只字不漏、又一笔不苟地誊写出来,谈何容易!这需要的,不仅仅只是一笔好写,更需要非凡的毅力,以及超常的耐心。跟妻子孙兰玉比,陈德润都自愧不如,其他的先生们,那就更爱莫能助了。能者多劳!这个艰苦卓绝的重任,便自然而然地落在了,孙兰玉的肩上。

见孙兰玉竟是如此的辛苦,老木匠实在于心不忍。干着急,他却又帮不上忙,于是干脆让余儿、明儿轮换着,替孙兰玉干些做饭、洗衣之类的粗活。孙兰玉终于得到了一些解脱,于是书稿誊写的数量、质量,都显著地提高了。

对举人出身的陈德润,余有志总有一种莫名其妙的敬畏,加上儿子余大勇、女儿佘大花都在南河实业学堂就读,所以凡涉及学堂的事,他都是睁一只眼,闭一只眼,生怕一时不慎,将手压在磨扇的底下。

眼下已是民国,作为旧文人,举人已经吃不开了。余大勇、余大花又不成器,毕业的毕业,辍学的辍学,他们相继离开了学堂。河都过了,留着桥还有啥用?没了后顾之忧,余有志觉得他已无须自作多情、对学堂再网开一面了。

这天戴着老花镜,陈德润、孙兰玉夫妇一个正逐字逐句、对书稿进行着最后的校对，一个撇撇如刀，点点如桃，一笔不苟地誊写着。"啊！"突然，陈德润吃惊地道，"错了，错了。"闻声，孙兰玉被他吓了一跳。原来在《历史沿革》中，有人竟误将"三秦"简单地解释为关中、陕南和陕北。

除关中、除陕北外，历史上的三秦，还包含陇东的部分地区，但却不包括陕南。

公元前二零六年，刘邦先项羽入咸阳，秦遂亡。自恃势大，项羽竟置义帝"先入者为王"的前约于不顾，而自称西楚霸王。王梁、楚九郡，都彭城。封刘邦为汉王。王巴、蜀、汉中，都南郑。又封秦降将章邯为雍王，都废丘；司马欣为塞王，都栎阳（即临潼）；董翳为翟王，都高奴（即延安）。三秦者，实乃章邯、司马欣、董翳的封地。后来才逐渐演变为关中、陕南、陕北的代名词，而成了陕西的别称。在他的《史记·高祖本纪》中，太史公已写得清清楚楚，又记得明明白白，岂能不察而一谬再谬，既贻误后人，又贻笑大方？

谬误立即被陈德润，改了过来，但吃惊中孙兰玉写坏的一个字，却说啥也改不过来了。错一字，废一页。白了丈夫一眼，又叹了口气后，她只得从头开始。

重新誊完，陈德润、孙兰玉刚舒了口气，不想一阵吵闹声，又传了进来。出去看时，却见提着那口跟铡刀似的切面刀，五六个乡丁，被谢铁成拦在了门外。

跟那口铡刀似的切面刀比，看上去虽温文尔雅，陈德润却似乎更具杀气。见了他，刚才还气势汹汹的乡丁，瞬间，又跟白铁刀似的卷了刃。几乎用乞求的口气，他们跟陈德润道："小的们只是混口饭吃，又哪里敢跟举人老爷作对？"接过派款单，陈德润道："学堂乃斯文之地，不可大声喧哗！去，回去交差吧。"

这个结果，是乡丁们做梦，都不曾料到的，异口同声，他们巴结地道："不敢不敢！以后，再不敢了。"一边唯唯诺诺，乡丁们一边后退着，退了几步后转过身，他们这才逃也似的离开了。

见谢铁成还悻悻地站在那里，陈德润笑道："走，回去吧。我自有道理。"

听说陈德润收下了派款单，佘有志免不了又是一阵得意，连举人老爷都买了账，往后，看谁还敢再镧自己的刀？一时得意，他吩咐吴掌柜道："多弄几个菜，晚上，我们喝两盅。"佘有志的这句话，正中了吴掌柜的下怀，受人之托，他有话要跟他说，正愁没个机会，这不，机会就来了。

觥筹交错中，对着佘有志，吴掌柜恭维道："东家一回来，这满河的水，一下子都开了。那么多教人挠头的事，只三下五除二，东家便全都摆平了。"已有些醉意，闻言，佘有志更加地得意忘形了："这算个毬！火车不是推的，牛皮不是吹的。省上，咱有陈督军；县上，咱又有徐知事。连保安团的刁团长都跟咱称兄道弟、套着近乎。这些吴掌柜，你也不是没看见。"也有些醉眼朦胧，又见佘有志心情不错，借向他敬酒，吴掌柜故作惊讶地道："没想到，没想到东家，竟有通天的本事！这么说小姐的事，东家想必也成竹在胸了？"

一提佘大花，佘有志虽有些扫兴，一时，却又转不过弯。瞌睡不睡，迟早都得跟眼前过。难道还真的让她将肚子里的孽种，生在娘家佘家不成？长痛不如短痛。还是快刀斩乱麻，将这件丑事，作个了断。闷着头想了一会后，对着吴掌柜，佘有志这才道："你不提，我还真给忘了。女大不中留。你好赖给她寻个主，把这碗水，咱泼出去算了。记着，越远越好！"闻言叹了口气，吴掌柜道："东家，您净说些气话。这样慢说小姐她不愿意，日后连东家，怕也要后悔的。"闻言佘有志道："不愿意？你咋知道她不愿意？"闻言又叹了口气，吴掌柜道："不瞒东家说，背过您，小姐她已经找我好几次了。"闻言，佘有志急切地道："那，她是咋说的？"吴掌柜道："小姐是个犟脾气，东家您也不是不知道。她说跟郭家的二小子，她生米已经煮成了熟饭，东家要是不答应，用裤腰带，她就吊死在咱的门上。你看这……这这这……唉！"

闻言"啪"的一声，筷子被佘有志扣在了桌子上："谁也没拴着她。缰绳放长，任她的马跑！"见状将筷子，忙又递到佘有志的手中，吴掌柜这才道："我说东家，跟自己的娃较量，这又何必？能跟东家开这个口，说明她心里还有东家，还离不开东家。来来来，夹菜，夹菜！"闻言佘有志的气，果然消了一半。接住筷子，他却没有夹菜，而是道："吴掌柜，那，依你之见……"等的就是佘有志的这句话，吴掌柜忙打断他道："依我之见，东家还不如落个顺水人情，成全了他们。眼下都在气头上，说的，也都是气话。时间长了，事情过去了，还不是一门亲戚？儿子、女子全家人在一起，依我看，也不是啥坏事。"

说完偷偷打量着佘有志，吴掌柜期待着他的下文。

踌躇了好一阵，佘有志这才慢腾腾地道："对他们，当然是好事。可你让我这张老脸，往哪儿搁？"闻言，吴掌柜却笑着安慰他道："白雨虽大，却一阵风就过了。若按东家的气话，这连阴雨，可就要下一辈子。连一点盼头，都没有了。"见佘有志还在犹豫，纫上卯，吴掌柜忙拿榔头赶："依我看，东家就不必再犹豫了。快刀斩乱麻，瞎主意、好主意，总比没主意强！"

闻言佘有志的心，终于动了。他为难地道："话是不错，可办起来，怕是有些拗手！跟郭家咱的恩恩怨怨，你也不是不知道。"不料，吴掌柜却并不以为然："东家啥话，都不必多说，您只要点个头，就行了。其他的，让她自己跌拌去，成与不成，咱都不会落怨。东家，您看……"闻言，佘有志道："就按你说的办。我倒想看看，看看她到底能成个啥精！"

———

①发潮：关中方言。即发呕。

第四十四章

　　第四胎，菊儿生了个女子。物以稀为贵。南河镇人虽一向重男轻女，但对前三胎都是光葫芦的菊儿一家来说，这个女子，无疑却是个"欠蛋蛋①"。

　　过门不久，菊儿的肚子，便鼓了起来。头一胎，她就给郭福寿生了个大胖小子。南河镇上那些想孙子都想疯了的，到头来，却只抱了个孙女。而那些慢说孙子，连孙女都耽搁了的老汉、老婆们在感叹郭福寿的命好、在感叹菊儿的肚子争气的同时，还指桑骂槐，奚落起自家的媳妇来："啧啧啧！看看人家菊儿。连一天都没耽搁，一声不吭，头一胎就要了个带把的。羞先人哩！一样的花钱，咱逮②的'母鸡'却光叫唤、不下蛋，还蹾了一身的困膘。"

　　在街道上逮"糠鸡娃"③时，那些老婆们却恰恰相反——光挑母鸡娃，不要公鸡娃。八仙过海，各显其能，她们各有各的拿法。有的专挑那些脑袋小的，说脑袋小的，肯定是母鸡娃。有的则一声不吭，捏住嘴，便将鸡娃提将起来，并专挑那些翅膀扑棱得慢的，说扑棱得欢的，肯定是公鸡娃。可惜给娃问媳妇时，对媳妇将来生男还是生女，千百年来，她们竟没能总结出一条行之有效的经验来。

　　像个高产的"母鸡"，菊儿架在肚子上的"鼓"，似乎从来都不曾下过身。一开怀就不歇窝，四年内，她连着生了三个，而且，个个都是顶门的槐木杠子。

　　在生儿育女的事上，谢铁成这个跟铁塔一般的打铁汉子，竟远不是郭福寿这个废人的对手。第一个顶门杠子问世不久，谢铁成就成了菊儿招夫养夫的又一个男人，但菊儿生的第二个、第三个顶门杠子，却还是跟郭福寿像是出自同一模子，最后，自然也都跟着郭福寿姓了郭。过意不去，尽管郭福寿住进了南河实业学堂，而把所有的机会，都让给了谢铁成这个手下的败将，尽管谢铁成使出浑身的解数，把力都努圆了，但菊儿这个高产的"母鸡"，却"歇了窝"。转眼间，七八个年头又过去了，而她的肚子，却连一点儿动静都没有。暗暗着急，在埋怨肚子不争气的同时，给屋里，菊儿还请了个送子娘娘。一有空儿，她不是烧香、就是拨火，不是磕头、就是作揖。倒是沉得住气，受了菊儿那么多的香火，送子娘娘却还是迟迟地不肯显灵、不肯赐福。

　　对自己没了信心，又眼看着郭福寿的身体一天不如一天，谢铁成曾不止一次地劝他搬回来住，郭福寿却硬是坚持不肯，没办法，谢铁成只好偷着将他的铺盖，卷了回来。郭福寿无奈，加上连门都看不住了，在学堂他帮不上忙不说，反而，还成了累赘。于是，只好让大儿子郭德厚用叫蚂蚱车，将他推回了南河镇。

郭福寿人是回来了，一切机会，却仍然属于谢铁成。不再是有意的避让，郭福寿确实没那个心思，也没那个能耐了。毕竟是伤了元气的人，郭福寿自觉"过五关、斩六将"已成为过去。往后，他怕只能是"走麦城、屁一炕"了。

当谢铁成对自己已不抱希望，对送子娘娘，菊儿也没了信心的时候，送子娘娘却开了恩。菊儿又有了，而且非谢铁成莫属。慢说是七情六欲，这两年，郭福寿连他的神，都养不住了。用南河镇人的粗话说，跟死人比，他只多了口气。

这个姗姗来迟的女娃娃，跟她同母异父的大哥郭德厚，是同一个属相。也就是说，她比她的大哥整整差一轮——小了十二岁。

听说是个女子，看了她一眼后侧过头，菊儿便不愿再看第二眼了。她不是多嫌她，就这么一个宝贝蛋蛋，稀罕还稀罕不过来呢，又怎么会嫌弃她？

这世上的世事，有时，也的确有些太失公允。对菊儿来说，这儿和女是全欢④了。对郭福寿来说，却少了个知热知冷的女儿。谢铁成那就更惨了，慢说是顶门立户，慢说是槐木杠子，就是杨木的、柳木的，都没有。用文人的话说，叫作"此事古难全"，或者是"鱼跟熊掌不可兼得"。庄稼人说的不但通俗易懂，而且更加形象，也更为生动，叫作"有锅盔的没牙，有牙的，却没锅盔"。

菊儿曾发过誓，说非要给谢铁成生个槐木杠子不可。当时她还年轻，还有这个能力。不想一耽搁就是七八年，菊儿，也有了一大把的年纪。慢说是槐木杠子，就是杨木的、柳木的，她都不敢指望了。

一落地，这丫头就重眉大眼的。得了个外孙女，像是得了"和氏璧"，木匠老两口乐得嘴都合不拢了。对这个外甥女，刘子明跟余儿，马子亮跟明儿，更是稀罕得如掌上明珠。就连因生了两个女子，而吃尽苦头的柳叶，竟都抱在怀里，爱不释手。

尽管亲戚六人是夸了又夸、奖了又奖，但菊儿那颗揪着的心，却还是放不开来。接过孩子，当谢铁成连着说了几个"稀欠"时，菊儿这才回过头跟他道："给她取个名字吧！"

闻言，谢铁成不假思索地道："就叫做'欠儿'吧！"不料闻言，孙兰玉却道："好是好，叫起来也上口，只是有些俗气。"谢铁成忙道："那就劳驾嫂子，给另取一个吧！"孙兰玉道："另取倒是不必！字变音不变，就叫做'倩儿'吧！"闻言，众人却并不以为然："这不是把猫，叫了个咪吗？"摇着头，孙兰玉却道："不然！"见一时难以说清，从马月盈的书包里取出纸跟笔，她先写了个"欠"字。接着，又在旁边写了个"倩"字。指着两个字，孙兰玉又道："这俩字音虽相同，意思，却大不一样。"指着"欠"字，她接着道，"这个字知情的不说，不知情的，却容易误解成'亏欠'的意思。"指着旁边的"倩"

字，她接着道，"这个字只有一个意思，就是'美好'。美好的，自然也就稀欠了。"闻言恍然大悟，众人这才纷纷地感叹道："没想到一字之差，竟有这么多的学问！看来多念些书，还就是好。"接茬，谢铁成道："慢说多念些书，就是在学堂的茅房里多熏上几回，出来，都不一样喀！"闻言，马子亮竟乐了："难怪铁成哥这几年，斯文得多咧，原来，是在学堂的茅房里熏的。"

一句话，马子亮将众人逗得前仰后合，他们有的搂着肚子，有的笑出了眼泪，有的，竟岔住了气……

有苗不愁长。转眼间，倩倩娃已经不吃闲饭了。果然跟几个哥哥不同，她既保留了菊儿的善良、温柔，又继承了谢铁成的强悍、耿直。不是娃子，性格却像娃子，因此，益发地逗人喜爱了。

为有所区别，从小菊儿教她将谢铁成叫大，将郭福寿叫伯。如今，她已能帮她妈菊儿择菜、洗碗，能给他大谢铁成拿烟、取火，能给他伯郭福寿端茶送水了。

这天，菊儿一觉都睡醒了，却见铁成坐在炕头，还吧嗒吧嗒地抽着旱烟。催着他，菊儿要他早点歇息，不料谢铁成闻言不睡不说，却还对菊儿道："你也甭睡了。有句话，我要跟你说。"虽猜不出他要跟她说些什么，但从他的脸色上，菊儿却看出似乎不像是什么好事。忐忑不安，当她披上衣服坐起时，他却又是徐庶进曹营——一言不发。"有啥话，你倒是快说呀！"菊儿终于忍不住了，她既急于知道，又害怕知道。

"外面有些闲话。"谢铁成终于开了金口，"早都想跟你提说，却棒槌掏牙缝——夯口的不成。"说着在炕边上，他磕掉了烟灰。菊儿吃惊地等着下文，不料谢铁成却又卡了壳，他不言传不说，竟还重新在烟布袋里，又挖起了旱烟。"又有人嚼舌头？"菊儿着急地道，"又在说咱的倩儿？"又急、又气、又怕，一把，她夺下了他的烟袋。

"不不不！说的是……唉！"谢铁成欲言又止。

"谁？说的谁？"菊儿越发地急了，也越发地紧张了。

"是……是……是咱的德玉！"毕竟不是亲生，说这句话，谢铁成比他当年学打铁抡十八磅大锤，还显得吃力。

"德玉？"闻言，菊儿没好气地道，"德玉一个娃子家，又有啥好说的？"听说是关于郭德玉，她反而如释重负，变得无所谓了起来。

"有啥好说的？哼！"不满地哼了一声后，谢铁成这才又道，"跟佘家的小妖精黏在一起，你都要当婆婆，又要当婆了，却还蒙在鼓里！"见菊儿不以为然的样子，一时不满，说话，他反而利索了起来。

"……啊！有这事？"闻言，菊儿竟惊得半天说不出话来。她压根儿没料到竟有这样的事，更没料到事情的后果，已是如此地严重。

当年的郭德玉、佘大花，只不过是刚换上浑裆裤的毛孩子。虽有了些关于性的意识，却毕竟还处于朦胧状态。如果说是戴维的人体解剖学图谱，将他们那种意识由朦胧变得清晰，那么桩场上的叫驴、骒马——是这些不可能知道羞丑的低级动物，又将他们这种意识由朦胧变得具体、由抽象变得生动。跟郭德厚比，郭德玉要机灵得多。佘大花也不笨，若把心思放在念书上，他们虽不敢说能改变门风，但给各自的门楣上多少添一些光辉，却不是没有可能。至少也能让这种意识受到遏制，而不致快速地膨胀、升级，又在短期内泛滥、成灾，以致一发不可收拾，竟做出那种跟年龄极不相符，既伤风败俗、又有辱门楣的事来。

　　开始的邂逅，只不过是在某种好奇心的驱使下，出于无知而进行的某种尝试。"种子"郭德玉尚未成熟，"地温"佘大花也不够高，因此只开了个狂花，没有，也不可能酿出什么苦果来。

　　跟着队伍，陈致远走了。考上高中，陈静远也去了省城。跟着谢铁成，郭德厚又一头扎进了牛圈、马厩。跟那些不通人言、却善解人意的牛马为伍，他成了朋友。高不成，郭德玉也曾羡慕过陈氏兄弟，只可惜他既没有陈致远的意识，也没有陈静远的实力。低不就，他又看不起他哥郭德厚，更下不了他的那份苦。在集市上晃荡了几天后，郭德玉意外地发现了个秘密——在这个世界上，竟还真的有既不用费脑子，也不用出蛮力，更无须摊什么本钱，而且还体体面面，便能赚到钱的职业。于是在南河镇的集市上，又多出个空手套白狼的小经纪。

　　天上要，地上还。是说卖家要价即便是再不着边际，买家也不能见怪；而买家还的价即便是再离谱儿，卖家也不能介意。买卖不成仁义在，这是关中人在赶集交易时，又一条不成文的"游戏"规则。为不伤和气，买卖双方往往是不动口、只动手——用捏手指头的方式，暗中，他们进行着讨价、还价。冬天在甩下的棉袄袖筒里，夏天在草帽的掩盖下，春秋两季则不由分说，他们会撩起衣裳的襟子……

　　伸直的食指代表一；加上中指则为二；再加无名指就是三；若再添上小指，就成了四。一只手掌代表五；拇指加小指便是六；拇指加食指则为八；再加中指反为七；食指打弯便是九。

　　买卖不成，说辞不到。天生我材必有用，还甭说，凭着天生的那张油嘴，凭着油嘴里那条如簧的巧舌，郭德玉不仅很快地入了道，还多次将那些已经谈崩了的买卖，将那些老经纪们都不得不摇头放弃的生意，给说拢了。

　　将那些漫天要价的卖主叫到一旁，在鸡蛋里郭德玉挑着骨头："好我的大叔（大哥），咱的东西是不赖，却也不是皇上的玉玺——天下，就那么一个。货到街头死！咱的东西咱清白，毛病在哪儿，我就不多说咧。您再让点儿，我教买主再添些，这事，不就成了？凭大叔（大哥）的能耐，少在这耽搁上一天，挣下的，怕绝不止这个数，你说对不？"

见卖主已经动心，将那些地上还价的买主，郭德玉又叫到了另一旁。拍着他的肩膀，郭德玉又道："大哥（大叔）哎！没看出，您的眼窝里，还真的有水水。好东西一眼，就被您给瞅上了。"甩下袖筒，又捏住买主的指头，他压低声音又道，"不瞒大哥（大叔）说，这东西上一集，就有人看上了。而且，已添到了这个数。要不是知道对方没卖有些后悔，我还真不敢插手说这个话。便宜没好货，好货不便宜；宁吃仙桃一口，不吃毛栗子半斗。若再不下狠心，过了这个村，没了这个店，后悔的，怕就轮到咱了。"

嘴是个扁的，舌头是个软的。小经纪郭德玉的嘴再扁，舌头再软，却死活说服不了他留在佘大花肚子里的那个孽种。

自打多儿死后，郭德玉、佘大花就一直搅和在佘福庄。不知道花开了以后，还会结果，不分黑明昼夜，两个人为所欲为着。街上的闲话、眉眼，以及佘有志即将归来的预感，让郭德玉感到越来越不妙了。看着佘大花那日渐隆起的小肚子，他更加地慌了。

从她的肚子里，将这个孽种挤出来，不就万事大吉了吗？欲罢不能，心里，郭德玉竟萌生出一个罪恶的念头来。

一不做，二不休。那天对着这个肚子，郭德玉越扇越欢，给的力，也越来越大，佘大花也不住地呢喃着，扭动着……

扭动，突然中止了；呢喃，也变成了惊叫。在罪恶的目的就要达到时，却传来一阵紧似一阵的敲门声。魂飞魄散，浑身一软，从那个肚子上，郭德玉竟滑了下去。这一惊非同小可，其阴谋也功亏一篑、就了米汤。

也觉察到郭德玉的险恶用心，佘大花先是暗吃了一惊，紧接着，又明吃了一惊，一时着急，一巴掌她竟将他扇到了炕脚地。

哪里还顾得上追究？慌乱中光着尻子的佘大花，又扶起了尻子光着的郭德玉。

借着佘大花找来的梯子，连着跌下来几次后，挣扎着，郭德玉终于爬上了佘福庄的后墙。上是上来了，犹豫着，郭德玉却不敢跳下去。情急之下，顺手摸起铁头锨，佘大花便是重重的一锨板子。应声跌落在后墙外，郭德玉这才一瘸一拐地逃走了。

已猜出敲门的，十有八九是他爸佘有志，手忙脚乱，猫儿盖屎地稍加收拾后，佘大花准备前去开门。不问不说，佘有志要是问起，她准备一推六二五，说她正在后院上茅房。

怀着鬼胎，佘大花来到了门口，不料，敲门声却没有了，传来的，是一阵逐渐远去了的脚步声。一场虚惊后,佘大花将门轻轻地开了一道缝。从那个远去的背影以及走势上,她的猜测,得到了证实。倒吸了一口冷气后,佘大花又重新插上门。背靠门,她呼哧呼哧地喘着粗气……

料就佘有志还会卷土重来,喘息了足有一袋烟的工夫后,佘大花这才又收拾起来。在箱子里翻了半天,她终于摸出一条干净的裤头。接着,她又快速地抹掉了脏裤子、脏裤头。用那条脏裤头,佘大花将她的下身揩了又揩。下身还没揩净,脏裤头却先拿不到手里了。将脏裤头塞进炕洞,她忙换上了净的,接着,又失急慌忙地登上了裤子。脏裤头又被拉了出来,翻了个个儿后,佘大花又用它去擦郭德玉留在被单上的"琼浆玉液"。

不想不擦还好,这一擦,反将那些琼浆玉液,抹得更加地匀了。在柜子里,佘大花又翻了半天,一连拉出好几条被单,却竟没一条是干净的,或多或少,上面都有郭德玉留给她的"纪念"。

纪念已经干涸了,变硬了。还将被单变得硬邦邦、皱巴巴的,活像当年做鞋时,多儿糊下的褙子。下意识地用手搓了搓,竟搓出一些头发屑似的粉末来。眼看着那些粉末在空中曼舞,佘大花呆住了。

没办法,她只得拣了一条相对好点的,又铺在了炕上。又是拍又是扑,折腾了好一阵子后,佘大花这才匆匆地擦了把脸,又拢了拢头发。接着,她又是叠被子,又是扫地……

等一切恢复得差不多时,佘大花心跳的节奏,这才慢慢又恢复了正常。见佘有志还没回来,她又长长地舒了口气。为掩饰留在脸上的不安,将脏裤头、脏被单重新拉出后,她又扔进了洗衣盆。添上水,佘大花这才心不在焉地揉搓起来……

做贼底虚,慌乱在所难免,却又是多余的。佘有志不但那天没回来,而且在此后好长的一段时间里,他都不曾光顾过佘福庄。

虽躲过了初一,却还有十五。肚子里那个害货,却一天比一天长得更快了。似乎对又黑又小的"天地"不满,在那个黑咕隆咚的世界里动手动脚,他竟跟佘大花示威提起了抗议。

开始,郭德玉只是干蘸几下而已。后来,佘大花感到有一股热乎乎的东西,竟直冲她的腹腔。这一股又一股热乎乎直冲腹地的东西,曾一次又一次将佘大花推向高潮,让她兴奋不已。不久,佘大花又发现她月月如期而潮的女儿红,竟突然间爽约了。

爽约就爽约吧!倒省去了不少的麻烦。不料口味,竟跟着也重了起来,佘大花开始嗜酸、嗜辣,并时时恶心、发潮、欲吐。更让她始料不及的是小肚子,竟也跟着隆了起来。

397

南河镇

纸里终究包不住火，佘大花害怕极了，也懊悔极了。她后悔没让郭德玉把这个害货，从她的肚子里挤出去。若是挤出去就好了，往后墙外一扔，便可落个干净利索。那些野猫、野狗也能跟着过个年、饱一饱口福。她甚至后悔那天，没让佘有志逮住。要是被逮住了，那张窗户纸，也就捅破了。早捅破，早解脱！省得教人，整天提心吊胆的。

当时，她害怕她爸回来，这会她却盼星星、盼月亮地盼着她爸回来。盼他回来将她痛打上一顿，然后再摇着头、叹着气，将这件丑事默认下来。结果是星星盼来了、月亮盼来了，连日头，也都盼来了，却就是没把佘有志盼回来。佘有志不来佘福庄，佘大花就得去佘记烟馆了。无论在佘福庄，还是在佘记烟馆，一顿饱打，怕都是少不了的。在佘记烟馆，可不比在佘福庄，那里人多、眼杂、嘴也稠。与其在那里挨上一顿，还不如在佘福庄挨上十顿、八顿。

在这儿还是在那儿，已经由不得佘大花了。打就打吧！不就这八九十斤吗？佘大花准备豁出去了。

办事，那要看谁找谁了。开始她爸佘有志找到了佘福庄，却被佘大花给躲过了，如今反过来，她却要到烟馆去找她爸佘有志，还要跟他说她的肚子里，已经怀上了郭德玉的娃娃。人都说，说起容易做起难，看来未必。做都做了，佘大花却未必能跟佘有志说出口。

终于被佘大花想到了一个人——吴掌柜。

吴掌柜毕竟是吴掌柜！他果然没有让佘大花失望。虽说慢了几天，事情，却总算是办成了。

头是点了，佘有志却不肯出这个面，解铃还须系铃人，后面那蛋子黏黏线，还得佘大花自己去缠。

无奈，佘大花又偷偷找到了郭德玉。见了面不容佘大花开口，跟哈巴狗见了稀屎似的，郭德玉又急着抹她的裤子。扇了郭德玉一个嘴巴后，佘大花这才骂道："日！日！日！成天就知道日！我问你，那边，你说好了吗？"

裤子没抹下，反挨了一巴掌。那双手立即被郭德玉从佘大花的腰上，又挪到了他的脸上。捂着火辣辣的脸，郭德玉讷讷地道："没……还没。"也不知他没说清，还是她没听清，以为郭德玉压根就没去说，咬牙切齿，佘大花又道："你这日娃不管娃、娃跑不撵娃的东西！我问你，除了毬能行，你还有啥本事？"接着，她又警告他说，"实话告诉你，这头，我已经办妥了。你给我听着！要是再办不下来，这个孽种，我就要在你老郭家的门口！"

不是没办，而是没门儿。其实，郭德玉比佘大花还要急，既不敢去找他妈菊儿，更不敢去找他爸郭福寿，郭德玉只得找到了谢铁成。没想到的是，闻言，谢铁成竟一口回绝了他。

虽早就逮了些风声，谢铁成却总以为是谣传，而不肯相信，眼下郭德玉贼不打三年自招，不信，都由不得他了。平时最恨的，就是这些鸡鸣狗盗之徒，郭德玉还没说完，谢铁成已气得直打哆嗦。他截住他道："要说，你自己说去！鼻疙瘩底下，你也不是没嘴！"

当初，谢铁成还盼着长大后，郭德玉能像他、是他的儿子。若果真如此，一气之下"咔嚓"一声，用那口跟铡刀似的切面刀，谢铁成说不定会由头到脚，将郭德玉劈为两半。多亏没有像谢铁成，也多亏不是谢铁成的儿子，郭德玉才逃过了一劫。虽说没血缘关系，却也不能说一个是井水、一个是河水，俩人，谁也犯不着谁。

不看僧面看佛面！谢铁成可以不给郭德玉面子，甚至给他个脚朝上，但他却不能连菊儿的面子，也不给。当郭德玉又一次痛哭流涕地跪倒在面前时，虽一身的硬骨头，这个打铁的汉子，心却软了。

那天晚上，谢铁成说啥也睡不着。在菊儿的一再催促下，他终于将卡在喉咙已经多时的这根鱼刺，于一瞬间吐了出来。

吐出后，谢铁成解脱了。不久，又呼呼地睡着了。菊儿，却说啥也睡不着了。被谢铁成吐出的鱼刺，似乎又卡在了她的喉咙里，谢铁成那如雷的鼾声，更是让她心烦意乱。披着衣裳，靠墙坐在炕上，心里，菊儿像是塞了一团乱麻。剪不断，理还乱。

一声滞涩的鸡啼，将菊儿从噩梦中"惊醒"了。两条洁白如藕的胳膊，被她塞进了袖筒，两条丰腴的白腿，也被她接着塞进了裤筒。从炕上溜下后，菊儿一边勒着裤带，一边趿拉着鞋子。出门后，她这才感到脚上不大对劲儿。鞋子穿反了，心里清里清白的，她却又懒得去换。

从睡梦中，郭福寿被摇醒了。见是菊儿，又见她扯胸袒腹，他嘟囔道："明知不中用了，还来找我？"闻言，菊儿没好气地抢白他道："找你，找你咋咧？找你，就不能有别的事？先起来！跟你，我有话说。"似乎连再看菊儿一眼的精神，都没有了。含糊中，郭福寿又嘟囔道："有……有啥话，明……明天再说。快……快过去，小心冻……冻着。"不想闻言，菊儿更加地来气了："明天？赶明天孙子不定，都给你搁在了炕上！"

闻言，郭福寿这才吃了一惊："黑天半夜的，净说些疯话！"想翻身坐起，挣扎了几下，他却都没能成功。最后还是在菊儿的帮助下，他这才斜靠在枕头上："到底，到底是咋的咧？"

"说出来，你也不要太生气……"一边安慰着郭福寿，一边把谢铁成说给她的，菊儿又婉转地说给了他。

"有这事？"郭福寿仍是不肯信以为真，"连个影形，我咋都不知道？"

"要不是铁成亲口跟我说,我也不信。"菊儿道,"听说镇上都摇了铃铃,就咱,还蒙在鼓里。你也不想想,这样的丑事,连铁成都张不开口,又有谁,肯说在咱的当面?"一边说,她一边不住地唉声叹气,又直抹着眼泪。

"这驴日的!"郭福寿咬牙切齿地道,"他……他他他……他想咋样?"

"咋样?他还能咋样?"菊儿道,"他想跟那个小妖精成!咱要是不答应,他说他只有一条路,就是死。"一边说,她一边用袖头抹着眼泪。

"哼!"想动,又动不了,郭福寿只能是一边打着战一边道,"五花六花糖麻花,碎心想的,倒是不错!告诉他,门都没有!除非我两眼一闭、双腿一蹬。要死,让他去死!这渭河,也没用盖子盖着。"

一觉醒来,天色已经大亮。一翻身,谢铁成爬了起来。这边,倩儿睡得正香;那边,菊儿却不见了踪影。估计十有八九,她是去了那边。该说的,他都跟她说了,该咋个办,大主意还得郭福寿来拿。不便参与,穿好衣裳洗完脸,谢铁成急着要去学堂。

冬天,地里虽没啥活,学堂里却还有一大堆的籽棉,等着谢铁成、郭德厚去轧。铁成想自己起晚了,郭德厚怕早都上了轧花车。

刚一出门,不料郭德玉又拦住了去路,"扑通"一声,他已跪倒在谢铁成的面前。

"起来,起来!"谢铁成道,"你的事,我已跟你妈说过了。这会儿,她多半正在跟你爸说这事。或长或短,最迟在明天,叔给你个回话。快起来!学堂里有事,叔还忙着!"说着伸出手,他要扶郭德玉。

不说还罢,一说这话,赖在地上,郭德玉更不肯起来了:"叔,我爸的事我妈,她怕是拿不下来。是话不是话,提起甭放下。如果放下了,下次,就更不好说了。叔,你赶紧帮我去敲敲边鼓。这事今天一定得撂倒,不然的话,她……她可就要把娃,要……要在咱的门口了。"

正急于脱身,一听这话,谢铁成反而呆住了。郭家的门口,不也是他谢铁成的门口吗?这可不是娃们玩过家家,血光冲门是凶兆、是大忌!事关重大,似乎已经看见了血光,已经嗅到了血腥。谢铁成只得答应郭德玉说:"也罢!我这就去。"

---

①欠蛋蛋:关中方言。即宝贝蛋,掌上明珠。

②逮:这里指买。

③糠鸡娃:用热糠人工孵出的小鸡。

④全欢:关中方言。齐全,完满的意思。

第四十五章

郭德玉、佘大花的苟且事，成了。

这世上的世事，连神鬼，也有出乎意料的时候。有些事眼睁睁的看着就要成了，最后，却瞎了；有些事眼巴巴地看着不成，最后，却成了。当年，南河镇人料就郭福寿的新媳妇，不是柳叶的女儿余儿，便是佘有志的妹子明儿。结果老财东给儿子郭福寿娶回的，却既不是柳叶的女儿余儿，也不是佘有志的妹子明儿，而是老木匠的女儿菊儿。佘、柳两家不但没能跟财东家结为儿女亲家，反而还成了冤家、仇家。这个结果让南河镇人吃惊的眼窝，睁得比核桃还大。

与其说跟财东家成了冤家、仇家，还不如说跟木匠家成了冤家、仇家。佘、柳两家，毕竟败在了木匠家的手下。

有官司说散，有婚姻说成。话虽如此，可当年为了撮合刘子明、余儿，以及马子亮、明儿，当陈德润、孙兰玉两口子东奔西走，老秀才、老神仙两亲家也颠前跑后的时候，南河镇人没一个不笑他们不识时务。

"明知卖杲面见不得卖石灰的，却要劝他们摆在一起。"

"提着碌碡打月亮——看不出远近咧，还掂不来轻重吗？"

没想到的是，卖杲面跟卖石灰的，竟还真的摆在了一起。这一惊非同小可！南河镇人吃惊的嘴巴，张得比城门洞子还大。

眼下，南河镇人又站在了干岸上。他们有的隔岸观火，在看佘家、郭家的水涨河塌。有的像编导，在为这出丑戏设计着这样那样的、互相对立、甚至水火不能相容的结局。为此，他们已经弄到了你吹胡子我瞪眼、你红脖子我涨脸的程度，只差没有互相撕挖、彼此扭打在一起了。

上一辈没能结为儿女亲家，反而成了仇家，冤家。仇家加冤家的佘家、郭家，如今却都出于无奈而不得不将错就错，又违心地成了事实上的儿女亲家。这个结果，又一次让南河镇人无不目瞪口呆，也又一次让所有土编导们煞费苦心的巧妙安排，无一例外地落了空。自惭形秽，他们不得不跟那些没有编导能力、而只会看水涨河塌的笨汉们一起，将一双眼睛瞪得，比鸡蛋还大。

那天早上，当郭福寿正犀牛望月、将头迈向一边，跟徐庶进了曹营，一言不发的时候，当坐在炕边上无计可施，菊儿正不住用袖头抹着眼泪的时候，一推门谢铁成却走了进来。不约而同，菊儿跟郭福寿将惊讶的目光，一致地投向了他。

谢铁成却既没说他刚一出门，就被郭德玉堵在门口的事，更没说佘大花要将娃，要在郭家门口的话，而是道："这事，也不能全怪咱的德玉。母狗不摇尾巴，牙狗也不敢往跟前凑喀！话虽丑了些，说的却是实情。"说着话锋一转，他又道，"不过话又说回来，即便是包相爷再世，人家要是一口咬定，是咱的德玉糟践了她，再添十张嘴，咱也说不清不是？依我看还不如将错就错，牙一咬、心一横、两眼一闭，装个糊涂算毬咧！"

进门前，还不知该咋样开口，开了口，又不知该咋样说起，谢铁成完全没料到他十年不鸣，竟一鸣惊人。他不但顺理成章地开了口，而且一开口便有粗、有细，有雅、有俗，还说出一番道理来。

"依我看，也只能是这样了。"菊儿道，"那个小妖精怀在肚子里的，咋说，也是咱老郭家的骨血。"闻言抹着眼泪，她附和着谢铁成。

"不提还罢咧。"郭福寿咬牙切齿地道，"一提起佘家，我就由不得浑身起鸡皮疙瘩，肉也跟着啪啪地直打冷战。娶佘家的女子做儿媳妇，一天到晚，教这个小狐狸精圪蹴在我的眼窝里，不气死，早晚，我也得活活地被她怄死。"

虽还是余怒不息，说话，郭福寿却明显地没了底气。

"这你不说，我也知道。"谢铁成道，"依我看是这，事一办，咱就把他们分出去。铁匠铺子闲着也是闲着，就让他们住在那里，省得一看见，大家都不美气。眼不见，心也就不烦了，你们看……"

谢铁成的主意，似乎不失为一个两全其美的好主意。

"兄弟，"闻言，郭福寿终于松了口，"这事，就托付给你了。你看着办，我就不插手了。但丑话，咱得跟这两个顽货说在前头，今辈子我没他这个儿，也没她这个儿媳妇，他们，也永远甭想进我老郭家的门。"

见郭福寿吐了核，周围的，也都跟着忙活开来。菊儿就不用说了，虽是一肚子的窝囊气，她却毕竟是个母亲、是个心软的女流之辈，说不管，那不过是句气话、是自己哄自己罢了。受郭福寿之托，加上又是菊儿的事，谢铁成自是马虎不得。对郭德玉来说，佘儿、明儿是半斤对八两，她们，都是他亲亲的妗子。刘子明、马子亮是八两对半斤，他们，都是他亲亲的舅舅。对佘大花来说，明儿跟子亮是半斤对八两，他们一个是她不隔层层的姑姑，一个是她不隔层层的姑父。跑的，自然是要更快一些。佘儿跟子明是八两对半斤，他们一个是她不隔层层的小姨，一个是她不隔层层的姨父。自然，更是不能落后了。

在妓院，嫖客们、妓女们，都被社会认可了、接受了。但发生在妓院外的男盗女娼，却永远也甭想被社会所认可、被人们所接受。外孙女佘大花偷汉子的事，连做了半辈子妓女的柳叶，都感到老脸像是被驴踢了。她早就发誓从今往后，对她照眼不盯，但一想起尸骨未寒的大女儿多儿，她却又于心不忍了。

老秀才、老神仙跟郭德玉的爷爷老财东、跟他的外爷老木匠都是老交情，不管，自是过意不去。陈德润、孙兰玉忙得头都抬不起来，对这事，他们还有着不同看法，但念起办学那阵郭福寿、菊儿把祖上近百年的积蓄、把几代先人都未敢轻动的黄货，全都拿了出来，而木匠伢父三个也都出了大力、帮了大忙，有心不管，又觉于情于理，似乎都说不过去。

一言以蔽之。除了郭福寿、佘有志，那些不想染指的，最终却全都染了指，而没一个抹了光头。他们不但管了，而且不管不说，一管就是接二连三的几件事，还都是大事。

说是喜事，却又是丑事；说是丑事，却又是喜事。既然丑事里有喜事，三媒六证恐，怕是少不下的。既然喜事里又有丑事，所以又不宜太铺排、太张扬。

借口有紧急公事，佘有志早去了省城，跟钱少爷，他又到妓院里"公干"去了。吴掌柜成了佘有志的全权代表，理所当然，也成了佘大花的媒人跟主婚人。他这个媒人既用不着多跑路，更用不着多说话，肩膀上扛个嘴就行了。又是坐上席，又是操高碟子，就这，却还没有人乐意当。出于无奈，只好连"东"带"掌"，吴掌柜集主婚人、媒人于一身。

身子骨本来就差，一口窝囊气又没处出，这两天郭福寿连他的神，几乎都养不住了。时而清醒，时而恍惚，他既没精神、也不愿打理郭德玉的丑事。却又没个去处，让他跟佘有志一样，远远地躲开。话说回来，即便是有地方让他躲，郭福寿也做不到像佘有志那样，人躲开了，心也就跟着躲开了。要脸的人，却偏偏遇到没脸的事，即便是眼不见，他却没法做到心也不烦。

谢铁成是郭福寿委托的全权代表，自然，也成了郭德玉的主婚人。基于同样的原因，郭德玉的媒人，他也不得不兼而任之。

虽说啥蔓蔓结个啥蛋蛋，但从同一娘肠子下来的郭德厚，跟紧挨肩的郭德玉，却是大不相同。继承了郭家忠厚传家的基因，郭德厚是既憨厚、又实在，郭德玉却变异了，最后，又完全地背叛了。

"有办法，"牛圈里，对梗着脖子的郭德厚，谢铁成道，"有办法谁放着熟透的大麦不割，而去割那些七生八不熟的小麦？要娶，咱就娶个好媳妇。你放心！等揭过这一张，叔马上就给你张罗。"

又是开导、又是许愿，谢铁成劝说着不肯前去帮忙的郭德厚。

谢铁成的这番道理，实际上却是不着边际。以为郭德厚之所以梗脖子，是因他爸、他妈，把他这个头生头长的，给跷了过脚。没说到点子上，郭德厚自然是不肯买账了，被误解，他更是气不打一处来。不善言辞，他是既不辩解、又不肯挪脚。

"看在你爸你妈的脸上,你权当给叔帮个忙,走!快走。"被谢铁成推着、拉着、拽着,郭德厚这才很不情愿地,出了牛圈。

受人之托,重任在肩,平时比郭德厚强不到哪儿去,这几天谢铁成却跟换了个人似的,是既主动、又卖力。

见大哥郭德厚都来了,跟着尻子,小三郭德全也来了。跟谢铁成、跟子明兄弟一起,在铁匠铺子里,弟兄俩帮郭德玉收拾着新房。

媒人的天职,谢铁成只能在晚上刁空前去履行。好在满洲人强加在头上的,跟猪尾巴似的辫子,已随着"宣统"这个最后的帝号,被一块埋进了坟墓。晚上忙完后,只一个"收交"跟两个"绽交",谢铁成便既洗了头,又洗了脸。换掉那身跟土地爷似的脏衣裳,提着两封干点心,他又去了佘记烟馆。

说是替郭家向佘家求亲,实际上跟吴掌柜,谢铁成只是寒暄了几句。"求"字上头还没见一点,事情,就已经办妥了。

第二天晚上,将十块银圆,谢铁成又码在了佘记烟馆的柜台上。吴掌柜将其中一块退还给谢铁成后,礼尚往来,也宣告结束了。

在孙兰玉的帮助下,菊儿又是加班、又是加点,除给郭德玉赶做了一单一棉两身新衣裳外,连夜,她们又给他缝了两床新铺盖。那些比巴掌大不了多少的小衣服,也都是应有尽有、样样不可或缺,有单的、有棉的、还有夹的,有包的、有裹的、还有罩的,甚至连尿褯子,也都有了。新媳妇的嫁妆可以不管,但她肚子里那个即将问世的小生命,却是不得不考虑的。一只羊是放,一群羊还是放,既然少不下,又已经拉开了,还不如就手给准备上。

在柳叶的帮助下,佘儿、明儿也没黑没明地,给佘大花赶做着嫁妆。受了不少的作难,她们与其说是给新娘子做着嫁妆,还不如说是给月婆子做着孕服。

最后一个晚上,谢铁成就比较从容了。"收交"接着"绽交","绽交"又接着"收交",将头、脸,他反反复复地洗了个清清爽爽。坐在他原来打铁用的砧子上,伸出左腿,谢铁成将剃刀在膝盖上翻来覆去地磨着、鐾着。又是磨、又是鐾,一边用右手的拇指,他还不断地试着刀锋。直至找到那种满意的感觉,他这才用右手捏着刀柄,用左手绷着脸皮,将那些从脖项一直蔓延到发际的络腮胡子,上上下下地刮了个干干净净。脸皮被他绷得都走了样,呲着牙、咧着嘴,他的样子,竟有些吓人。后来他一边用右手刮,一边不断地用左手摸,直到再也摸不到那碍手的胡茬,谢铁成这才合上了剃刀。换上一套干净的衣裳后,他又去了镇上的"老马家"。

说是谢媒,实际上是自己谢自己。在"老马家",谢铁成要了四个凉菜,又要了一壶烧酒。跟吴掌柜他一边悠闲地对酌着,一边就明天的有关细节,进行着最后地商榷。半个多月来,谢铁成终于有空坐下来,细嚼慢咽地用了一顿饭。主食，自然还是羊肉泡，吃完后两个人一边揩着汗，一边慢慢地下了楼……

　　这天一大早，吆着一辆罩着席棚的马车，从佘福庄，谢铁成将佘大花娶回了铁匠铺子。

　　在南河镇有史以来，这也许是最为简单的婚礼。娶亲的，只有谢铁成跟他的枣红马；送亲的，却没一个是会喘气的。鸡叫头遍时，余儿、明儿就到了佘福庄。替佘大花又是梳妆、又是打扮，在将她扶上谢铁成的马车后，沿小路赶在前面，她们已经回到了铁匠铺子。

　　在南河镇有史以来，这又是最为热闹的婚礼，家家落锁、万人空巷，南河镇、河东堡跟河西堡几乎是倾巢而出。摩肩接踵、万头攒动，一街两行看热闹的，几乎是见缝插针。在南河镇一带先割"小麦"、后割"大麦"，已不再是什么掌故，而成了活脱脱的事实。

　　除主婚、证婚外，谢铁成还兼着大厨。刚撂下鞭竿子，一头，他又钻进了灶火。没搭席棚，七八张桌子、二三十条板凳，就摆在光天化日之下。饭也由两顿压缩为一顿，酒、菜、蛋蛋馍、臊子面一齐上，吃的是"两当一"。

　　老神仙、老秀才两亲家，陈德润、孙兰玉两夫妇，都只闪了个面。放下礼品，连"两当一"都没吃，他们就转身走了。

　　刁空给郭福寿的炕边上，菊儿放了一碗热菜，碗上架着一双红漆筷子，筷子上，又放着两个蛋蛋馍。热菜里有白菜、有粉条、有豆腐，还有肉丸子。凡所应有，无所不有。招呼郭福寿要他趁热吃，听他"嗯"了一声后，菊儿这才转过身，又匆匆地离开了。

　　第二天早起一掰开眼，南河镇人又一次惊得呆了。昨天还跟看西洋景似的，眼看着郭家办了喜事，却没料到睡一觉起来，郭家却眼睁睁地，又办起了丧事。这似乎已经够离奇、够稀罕了，实际上却既算不上离奇，也算不上稀罕，更为离奇，也更为稀罕的事，发生在昨天的晚上。

　　因不便张扬，又估计到客人不会很多，所以既没请执事，也没请厨子。送走最后一个客人，身兼数职，白天有白天的事，晚上有晚上的事，忙得跟陀螺似的连着转了半个多月后，谢铁成累得一屁股坐在了墙根的铁砧上。

　　菊儿，那就更不用说了。除赶做新衣裳、新铺盖、娃裰子，她还要南面张罗这事，北面应付那事；东边接待这个，西边应酬那个。篡篡子都忙散伙了，却连拢一拢的空子，都没有。忙都不说咧，人强命不强，遇到这不赢人的事，菊儿又哪里能不生气？气都把肚子塞饱了，她又哪里吃得下饭？事没过，心里都拿着劲儿，菊儿跟铁成还不显起。事过了、心松了、两个人也骨瘫了。好在余儿、明儿"先后"俩，都没拿自己当客人，该洗的她们洗了，该涮的，她们也都涮了。刘子明、马子亮兄弟俩，也没拿自己当外人，该送的他们送了，该还的，他们也都还了。最后给急忙缓不过劲的铁成、菊儿，他们还单另弄了些吃的。他们跟她们硬是逼着、劝着、一直没有胃口的铁成、菊儿，这才勉强地吃了两口。

　　眼看着天色已晚，刘子明、马子亮夫妇正要告辞，不料新媳妇佘大花，却突然喊叫说肚子痛。余儿、明儿忙丢下各自的孩子，菊儿也忘记了疲惫，相继地鱼贯而入，姊妹三个又进了佘大花的新房。放下挎在肘窝的提盒笼子，刘子明、马子亮，也跟了进来。以为新媳妇吃的不合适，或者是着了凉，心想过一会，就没事了，三个女人异口同声地安慰着新媳妇。新媳妇佘大花，果然也叫唤得慢了。

　　放下心，当众人相继地退出时，不料新媳妇，却又杀猪般地嚎叫起来。这次她的头上，竟渗出了细细的汗珠。都是过来人，这时三个女人，才突然想起新媳妇的肚子里，还有个人。虽然还没到月份，可能是受了些颠簸，又受了些惊吓，他怕是要脱颖而出、提前地面世了。　两个不知所措的男人，立马被各自的女人，分别给轰了出去。

　　出来后对着马子亮，明儿悄悄吩咐道："快，赶紧去英华医院！去把戴维两口子请过来。"对着谢铁成，菊儿也压低声音吩咐道："柜盖上有个蓝花花包袱，赶紧，你赶紧给咱提过来！"将刘子明，余儿也叫到了一边："赶紧！赶紧把作坊的汽灯提过来。快去快回！"这时，三个男人恍然大悟。刚拔腿出门，撵出来对着谢铁成，菊儿又道："柜子里还有个红花花包袱，也一并拿来。给，这是钥匙！"

　　屋里"新"媳妇佘大花的嚎叫声，一阵紧似一阵；屋外"新"郎官郭德玉慌得在院子里，直转圈圈。陪在新媳妇佘大花的身边，余儿千方百计地安慰着她。像织布机的梭子，一来一往，菊儿、明儿穿梭在新房跟灶火之间……

　　背着药箱，马子亮大步流星地走在前面，紧随其后的，是戴维。一路小跑着，玛丽却还是跟不上趟子。一拨人刚进门，风风火火，谢铁成也赶到了。他一手拎着个红花花包袱，一手拎着个蓝花花包袱。

　　喘着粗气，玛丽首先冲进了新房；站在外面，戴维严阵以待。不敢擅离，谢铁成、马子亮等待着，等待随时都有可能发向他们的召唤。

　　印着红十字的黄牛皮药箱，被打开了。微微喘息着，玛丽拿掉了上面装有大大小小药瓶的那层，下面那些明晃晃的刀子、剪子，以及各式各样，大小也各不相同的镊子、钳子，都赫然地呈现在微弱的灯光下。

　　玛丽正抱怨说灯光太弱，一盏亮晃晃的汽灯，便被递了进来。心里，玛丽是一阵高兴；眼睛，她却一时又接受不了。刀子、剪子、镊子、钳子，则更加地耀眼。

见羊水已经流出，菊儿着急地道："包袱，包袱。快！"几经易手，一个花花包袱，被递了进来。接住后，菊儿却是又急又气，道："不对不对！红的。要红的！"明儿忙提醒她道："这不是红的，是啥？"闻言，菊儿这才知道自己说错了，于是忙改口道："哦，蓝的，蓝的。要蓝的！"

应声，蓝花花包袱又被递了进来。打开包袱，又拿出一沓草纸，菊儿就手塞在了新媳妇的尻子底下。玛丽刚消完毒，一个黑乎乎又圆咕隆咚的东西，已经把新媳妇的下身由椭圆，变成了圆形。见状松了口气，玛丽道："还好。是顺产！"

闻言里里外外的女人、男人，特别是戴维，都跟着松了口气。

一颗拳头大的小脑袋，慢慢地露了出来。可脑袋下面的肩膀，却迟迟地出不来，一边助产，玛丽一边要新媳妇用力。周围的女人们，也都纷纷地附和着、鼓励着。既附和着玛丽，又鼓励着新媳妇，然而新媳妇却并不配合，她只是一个劲地嚎叫着。举刀在手，一边消毒，玛丽一边警告着新媳妇："若是再不用力，我可就要下硬手了。"

一见那明晃晃的刀子，新媳妇果然不敢再嚎叫了，闭上眼、咬着牙她一用力，生了。

"是个男婴。"说着，玛丽又来了个倒挂金钟——用左手，她提起了小家伙的双腿。她那缠着消毒纱布的右手食指，在那张小嘴里旋转一圈后，紧接着，又掏了一把。见小家伙还是不吭声，在那个红赤赤小屁股上，玛丽又拍了一把。一声婴啼这才冲出屋子、冲出铁匠铺子、打破了夜的静谧……

在佘大花的怀里，小家伙一边哭，一边张着嘴又转动着脑袋，活像是巢中嗷嗷待哺的燕子。见屋里没有男人，新媳妇这才敞开怀，露出了她那雪白雪白的奶头。逮着乳头，婴啼戛然而止，鼓动着双腮、嚅动着双唇，小家伙贪婪地吮吸着。

母子平安。吃了几个热腾腾的荷包蛋后，搂着新生儿，新媳妇睡着了。

见她姐、她后姐夫已撑扎不住，主动"请缨"，明儿要留下陪护这个既是侄女、又是外甥媳妇的新媳妇。妻子既然已经当了"先锋"，丈夫少不得留下来，以为后援。佘儿也发表"声明"说，天一亮，他们就来接替他们，接替他们陪护这个既是外甥女，又是外甥媳妇的新媳妇。

拖着沉重的双腿，当菊儿跟谢铁成回到家里时，公鸡，已经在叫第三遍了。都到了房门口，菊儿似乎又想起了什么，丢下谢铁成，掉过头她又离他而去。等谢铁成反应过来时，菊儿已经到了郭福寿的门口，犹豫了一下后，谢铁成也跟了过去。

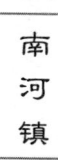

407

南河镇

推开门，又点亮了灯，菊儿第一眼看到的，是她上午端过来的菜跟馍。碗照样放在炕边上，碗上，照样架着筷子，筷子上，照样放着馍，馍还是两个，一个都不曾少，只是没有了热气。

郭福寿也是老样子，连躺卧的姿势，他都不曾改变，一切，都给人以不祥的预感。菊儿连着喊了几声，郭福寿却一点反应没有。已感到不妙，忙伸手去摇，菊儿却没能摇动。用力再摇时，郭福寿动是动了，却是浑身一块儿动。不祥的预感，立即得到了证实——郭福寿升天了，而且，已升天多时了。一声没吭，"扑踏"一声，菊儿已软瘫在脚地。

见状，谢铁成更是大惊失色，忙搊起菊儿，将她搂在怀里，他一边呼唤着，一边掐她的人中。见菊儿一点反应没有，谢铁成益发地慌了，丢下菊儿，像头发疯的公牛，他一头冲出了房门……

未几，谢铁成又一头撞进了英华医院，一向早起，老神仙竟被他撞了个仰面朝天。

五年、六月、七日、八时。说的是人过五十，便是活一年算一年了；过了六十，便是活一月算一月了；过了七十，便是活一天算一天了。

都过了活一天算一天的年龄，老神仙已是活一时，算一时的人了，身子骨虽还算硬朗，被谢铁成撞了一跤后，拾了几次，他却还是没能拾得起来。

正失急，更顾不上多说，背起老神仙，谢铁成就往回跑。直到见了晕倒在地的菊儿，老神仙这才明白了，明白了是咋回事。顾不上疼痛，他忙取出随身携带的银针，接着，又一针刺进了菊儿的人中。

等菊儿"哇"的一声哭出后，老神仙这才问谢铁成是咋的了。没吭声，谢铁成只是往炕上指了指。他虽然一个字也没说，老神仙却彻底地明白了，在谢铁成的搀扶下，他揭开被子摸时，发现郭福寿的身体已经是硬硬的，又冰冰的了。

那些正在开门，或正准备开门的伙计、掌柜们，见谢铁成不说话，而是背着老神仙放蹦子地朝回跑，便知道郭家又出了事，而且事不得小。弄不清到底出了啥事，还没开门的，便不再开门了，正在开门的，又纷纷关起了门。

已经是大清早，见一街两行的商铺不是不开门，便是正开着，却又关上了，那些赶早集买东西的，都觉十分地蹊跷。见众人一窝蜂地朝财东家拥去，跟着尻子吃碌碡——他们也纷纷地赶了过去。一会工夫，郭家的门里、门外，已挤满了黑压压的人群，大家纷纷地议论着、感叹着。

"真没想到！昨天刚添了个人，今天，却又死了一个。"

"谁说的？什么昨天，今天？是一天内添了个人，又死了个人。"

"知道个屁！是一天内添了两个，死了一个。"

争来争去，以其占有的第一手资料，第三个消息灵通人士胜出了。事实是，财东家昨天早上娶了个媳妇；赶晚上，又得了个孙子；孙子刚出世，当爷的却殁了。

消息不胫而走，南河实业学堂的董事长郭福寿，升天了。闻讯陈德润、孙兰玉夫妇，首先赶来了。接着戴维、玛丽夫妇，也赶来了。老秀才赶来了，老木匠一家，也赶来了。绸布店的葛掌柜赶来了，家具店的曹掌柜，也赶来了。佘记烟馆的吴掌柜赶来了，河西堡的老地主，也赶来了。七十子弟兄仁赶来了，全虎跟他的伙计八个，也赶来了。学堂的先生们、学生们赶来了，学生的家长们，也陆陆续续地赶来了。颠着小脚走两步退一步，连柳叶，也摇摇晃晃地赶来了。

南河实业学堂宣布停课，南河镇首先被惊动了。接着，河东堡也被惊动了。不久，河西堡也被惊动了。下午，整个南河区都被惊动了。

以陈德润为主任，以老神仙、老秀才、老木匠、老地主为副主任，以孙兰玉为秘书长的治丧委员会，也于当天宣布成立。治丧委员会立即召开了紧急会议，第一次会议的第一号决议为：

一． 由孙兰玉起草讣告，书写后，公示各村；

二． 由子明兄弟采视棺木，必须是足五寸的柏木橔子；

三． 由何全虎负责打墓，墓穴砖箍；

四． 由老地主请乐人、请县上的专业剧团，唱大戏三天三夜；

五． 由老秀才负责组建账房，管理来往账务；

六． 由七十子兄弟负责搭建戏台；

七． 从即日算起，六天后正式安葬；

八． 在墓地树碑，在学堂立传。

一场规模空前的公葬活动，在南河区紧锣密鼓地、全面地铺开了。

第四十六章

　　水能载舟，亦能覆舟。如果连这点常识都没有，最好不要从政，免得显赫一时，却遗臭万年。由于缺乏这个起码的常识，白捡了个督军，又白捡了个省长，陈树藩却不能顺应民意、造福一方，反而倒行逆施，致三秦父老刚出水深、又入火热。结果弄得自己众叛亲离，既四面楚歌、又十面埋伏，成了名副其实的孤家寡人。寄希望于同样不具备这个常识的北洋军阀，陈树藩焉能长久？不惜引狼入室，他请刘镇华于前，又假途灭虢、邀直系军阀张锡元、奉系军阀许兰洲于后。晋军阎锡山部、甘军孔繁锦部、川军刘存厚部、宁夏军马福寿部、绥远军李际春部也从四面八方，蜂拥而来。加上前面的"三君"，史称"八省援陕"。螳螂捕蝉，黄雀在后，而且不止一只，而是一群。

　　民国九年七月的十四到十八日，在历时仅四天的直皖战争中，皖系军阀望风而逃、一路败北。其代表人物段祺瑞也不得不引咎辞职、通电下野。有奶便是娘！再度卖身，陈树藩投靠了新主子——直系军阀曹锟、吴佩孚。看透了陈树藩的庐山真面目，曹锟、吴佩孚只收礼、不待客，致利令智昏的陈树藩虽背对大山，却靠了个空。

　　为分化瓦解靖国军不择手段，借议和之名，陈树藩竟囚禁了开始还积极拥戴他，将原本属于自己的省长、督军，拱手让给了他，后来又对他大失所望而临阵倒戈，成了靖国军的名将、成了他死对头的胡景翼。阴谋不能得逞，陈树藩非但没有自省，反而故伎重演、又着井勿幕前去诱降，结果，又走了一步放虎归山的臭棋。

　　胡景翼被囚，井勿幕又遭暗算，靖国军却不但没有因连连受挫而屈服，反而更加地义愤填膺、同仇敌忾。重拳出击，他们直打得陈军人人抱头鼠窜、个个焦头烂额。溃不成军，陈树藩被吓得屁滚尿流，提着裤子，竟寻不着腰。

　　杀敌一千，自折八百。靖国军也付出了沉重的代价，元气大伤。

　　并没被陈树藩的淫威所慑服，学生罢课、教师罢教、农民交农、校长们又集体辞职，倒陈的呼声，陕西人民反而一浪高过一浪。由联名写信到赴京请愿，以各种方式，他们向北洋政府施加着压力，强烈要求罢免陈树藩在陕西的本兼各职。

　　见火候已到，不失时机，于同一天陈德润的两篇报道，分别出现在两份不同报纸的头版上，其核桃大的黑体字大标题分别是《毕士博卷土重来，陈树藩监守自盗》和《陈树藩西安递刀，李栋材南仁行凶》。报纸立即被抢购一空，全国各大报刊，也竞相转载，在社会舆论的高压下，北洋政府不得不解除了陈树藩的本兼各职。

困兽犹斗。不知天高地厚，更不甘就此失败，陈树藩负隅顽抗着、垂死地挣扎着。这边他继续与陕西人民为敌，那边，他又企图跟北洋政府抗衡。

盛怒之下，操纵北洋政府的直系军阀曹锟、吴佩孚命二十师师长阎相文，出任了陕西督军。与此同时，他们还调冯玉祥的第十六混成旅由豫入陕，调吴新田的第七师由鄂入陕，协助阎相文强行接替了陈树藩。

黔驴技穷。为取悦靖国军以减轻他在政治、军事上的压力，万不得已，陈树藩这才释放了被他囚禁达三年之久的胡景翼。

做梦陈树藩都不曾料到，当着面拍胸膛慷慨陈词，信誓旦旦要跟他同进退、共存亡的刘镇华，竟先他而投靠了曹锟、吴佩孚。有刘镇华做内应，长驱直入，冯玉祥一路势如破竹、兵临西安。

多亏刘镇华部下有个张治功。因看不惯刘镇华的两面三刀，网开一面，他放了陈树藩一马。陈树藩这才有幸逃过一劫，而没有成为笼中之鸟、网中之鱼、瓮中之鳖。

惶惶如丧家之犬，弃西安、翻秦岭、假道汉中，又越巴山、涉蜀水，辗转，陈树藩逃到了上海。就此黯然退出，在历史舞台上，陈树藩彻底地销声匿迹了。

凡反复无常的小人，大概都不会有好的结果。没跟当年的吕布一样，被处死在西安的城楼上，陈树藩也算得上是万幸了。

一如既往，政治继续跟某些人开着玩笑。老百姓就不说了，政治风云的变幻，连那些所谓的政治家们，都常常是始料不及。从一个小小的师长扶摇直上，转瞬间，阎相文登上了陕督的宝座，成了封疆大吏、一路诸侯。而那些"八省援陕"的"黄雀"们，却只能是在大失所望的同时，又自叹不如。

对阎相文来说，要是不当这个督军，他说不定还能多活几年，然后，再寿终正寝。当了两个多月的督军，连尻子下的宝座都没来得及暖热，他却承受不住沉重的政治压力，竟服毒自尽了。早知今日，何必当初。

因驱陈有功，被留任，刘镇华继续做着他的陕西省长。陕西人民万万没料到这个刘省长，竟是继陆建章、陈树藩之后，再度让他们陷入灭顶之灾的，又一个罪魁祸首。

回到渭北，代替井勿幕，胡景翼做了靖国军的总指挥。为此，靖国军的全体将士以及他们的于总司令，还确实欢欣鼓舞了一阵子。在北方第一个响应护法斗争，陕西靖国军在那么严酷的环境中尚能团结一致，跟陈树藩分庭抗礼，并坚持斗争，达四年之久。可悲可叹的是，这支革命的武装，却被冯玉祥利用内部矛盾，轻而易举地分化、瓦解于一朝，跟死对头陈树藩，他们竟同归于尽了。

送郭福寿入土为安后，陈德润、孙兰玉夫妇，又全身心地投入到《陕西通志》的校对与誊写。聚精会神，又专心致志，两口子忙得头都抬不起来。竟没注意到又有一阵嘚嘚嘚的马蹄声由远而近，来到了南河实业学堂的门口。兵荒马乱的，连枪声、炮声都习以为常了，马蹄声又算得了什么？

"哈哈哈哈……双耳不闻窗外事，果然，是两个圣贤！"一个声若洪钟者一边打着哈哈，一边风风火火地闯了进来。

"哦！是郭司令。"陈德润道，"好久不见，今天刮的是啥风。竟把你给吹来了？"见竟是郭坚，站起身，他一边又是跟他打招呼，又是让坐。一边，还不住捶着自己的腰。拢了拢头发，孙兰玉忙起身前去沏茶。

"上次，井总指挥惨遭不测。"郭坚感激地道，"若非先生指点迷津，又替我美言，就是跳进渭河，郭某，怕都难以洗清了。这次两篇文章，先生不但将陈树藩赶下了台，还又一次替郭某正了名。大恩大德，真不知何以为报！"说着，他将一份登有《陈树藩西安递刀，李栋材南仁行凶》的报纸，放在了陈德润的面前。紧接着，他又轻轻地拍了拍巴掌。应声而入的，是他的一个随从。随从的手里，又提着个沉甸甸的箱子。

"郭某一向只知尚武。"指着箱子，郭坚跟陈德润接着道："不料先生的一支刀笔，竟胜过雄师十万！难怪当年刘备不疲三顾，非要请诸葛亮出山不可！这文人，还的确是不可小量！看来，我也得好好读些书，不敢再盲人骑瞎马、胡折腾了。这点儿小意思不成敬意，还请先生千万莫要见怪！"闻言陈德润忙推辞道："都是自己人，这又何必？恕陈某不能从命。郭司令，你还是收回吧！"

见陈德润坚辞不受，突然间灵机一动，指着那一摞又一摞的书稿，郭坚又道："就算郭某捐给《陕西通志》的。这个机会，先生总不能也不给吧？"见陈德润还要推辞，情急之下，拔枪顶在自己的太阳穴上，郭坚接着道，"先生若再不给面子，郭某，只有以死相报了！"

没料到这一手。见状，陈德润立即慌了手脚。他连忙制止他道："我收我收！快把枪放下，快把枪放下！我收下就是了。"闻言，郭坚这才将顶在头上的"德国造"收起来道："这不就结了！"

"果然是个冷的厌！"一边抹着冷汗，陈德润一边在心里抱怨着，"没见过，还有这样给人送礼的。"

对枪杆子，陈德润远没有他对笔杆子，那么熟悉。他哪里会想到，德国造里并没压子弹，甚至连机头，都不曾打开。见陈德润转颜失色的样子，忍不住想笑，却又不敢笑。随从们背过身捂着嘴将一张脸，憋得像猴的尻子。郭坚自不必说，心里，随从们也跟明镜似的，只有陈德润被蒙在了鼓里。

"到此，郭司令就是为了这事？"陈德润道。一边问他一边低着头，还在写着什么。

"不不不！"郭坚窃笑着，"路过而已。"

"路过？"将写好的字条递给郭坚，陈德润接着道，"敢问郭司令还要去哪里？"

"西安。"一边看字条，郭坚一边道。见陈德润写给他的，竟是收条，还在为他假戏真演而正在得意的郭坚，不禁又蹙起了眉头。本想当着面将收条撕碎，转念一想，却又觉不妥。无可奈何地笑了笑，他终于还是收了下来。

"西安？"陈德润不无担心地道，"西安最近乱糟糟的，恐多有不便！"

"诶！没啥不便！"郭坚道，"冯师长请咱，是看得起咱！咱不能给脸不要脸、驳了人家面子。"非但不以为然，多少，他还有些得意。

"远道而来，"陈德润又道，"郭司令难道就是为了吃这顿饭？"

"当然不是！"郭坚大不咧咧地道，"拿下西安，冯玉祥缴获了不少的武器、银圆。咱想跟他借点儿。"

"郭司令跟他有旧？"陈德润又道。

"没有没有！"摇着头，郭坚否认道，"他初来乍到，咱也没出过远门，哪里会跟他有旧？"

"那就更不能去了。"陈德润又提醒他道，"就不怕是鸿门宴？"

"不会不会！"郭坚却连声地道，"借个胆给他，量他也不敢！"压低声音附耳，他又跟陈德润道，"不瞒先生说，连北京都派人在拉咱，料他也是有意巴结。退一步说，即便是鸿门宴，咱也不怕。当年关羽关云长，不就是单刀赴宴的吗？"

"不然！"陈德润进一步提醒道，"当年的鲁肃鲁子敬，乃一仁人君子。向来以大局为重，他本无意加害关羽，又坏了孙刘联盟。所以出此下策者，盖因孙权相逼、万不得已耳！况此一时，彼一时。如今可是曹阿瞒常在，而子敬已不常有矣。"见郭坚似懂非懂，又半懂不懂的样子，陈德润给他讲述了因奸狡多疑，曹操一错再错、错上加错，竟杀了吕伯奢一家，而且明知错杀了人，却还背着牛头不认赃的故事。

"做人的准则，曹阿瞒可是'宁教我负天下人，勿教天下人负我'"陈德润进行着最后的劝阻，"这些，郭司令想必也有耳闻。"

"你们读书人，就是想得太多。"不料闻言后，郭坚竟哈哈大笑，"想得多了，便啥事也干不成了。"

刚才还在羡慕读书人，还说他也要读些书。转瞬间或多或少，郭坚却又有些嘲笑读书人的意思。话不投机，也自觉失言，忙岔开话题，郭坚又感慨地道："李根源省长，也不知现在何处？"

言者无心，听者有意。郭坚这句打岔的话，却真的触动了陈德润。望着一摞又一摞的书稿，他喃喃地道："是啊！但愿陈树藩一走，李省长能重回陕西。当着面，我也好给他有个交代。"

陈德润要留郭坚吃饭，郭坚却说跟西安有约在先，不便久留，于是匆匆地告辞而去。

望着一路向东、绝尘而去的郭坚等一行数骑，陈德润不由自言自语地道，"余勇可贾！可惜谋略不足、刚愎自用、又不听人劝，杀身之祸，恐不远矣。"

果然被陈德润不幸言中。郭坚被诱杀西安的消息，很快就传到了南河镇。

为稳定陕局，阎相文命吴新田为陕南剿匪司令，到汉中去追剿陈树藩的残部。与此同时，他又命冯玉祥为关中剿匪司令，来对付靖国军。并商定因人而异、软硬兼施，能收编的收编，不能收编的，坚决予以剿灭。

郭坚虽勇，却不善、或者说不重视治军。其部下多匪性难改，扰民的事，也时有发生。对此，西府的百姓们多是怨声载道，因此郭坚成了阎相文、冯玉祥杀鸡儆猴的首选。费了九牛二虎之力，才控制了关中，为进一步控制陕局，阎相文、冯玉祥决定诱杀郭坚于西安。并约定一个唱红脸，一个唱黑脸。

通过其同门兄弟张聚廷，冯玉祥将郭坚，果然成功地约到了西安。

不知其中的隐情，张聚廷正有心结交阎相文、冯玉祥这两个新贵，于是更不详察，便满口地答应了。自恃有北京的"信任"，又见邀请函言辞恳切，加上又有好友张聚廷的亲笔书信，郭坚竟深信而不疑。

到达西安的当晚，郭坚下榻于张聚廷的寓所。久别重逢，俩人自然都是分外的高兴。投桃，郭坚送张聚廷以厚礼；报李，张聚廷待郭坚以盛宴。晚上促膝长谈，以叙旧情，自然也在所难免。

有恃无恐。自以为深得曹锟、吴佩孚的信任，第二天，郭坚便径直来到了督署。理直气粗，一开口跟阎相文他果然又是要钱、又是要枪。不料以没有吴玉帅的命令为由，他竟被阎相文一口给回绝了。碰了一鼻子的灰，拂袖而去，郭坚悻悻地离开了督署。

虽为无功而返在懊恼，郭坚却并不死心。晚上，他正谋思着要去找冯玉祥帮忙，不想冯玉祥派他的骑兵团长张树声，倒先找上门来。

拿着冯玉祥亲手写的大红帖子，对着郭坚，张树声毕恭毕敬地道："久仰大名，我们冯师长早就想交郭司令这个朋友。初来乍到，在陕西我们是两眼墨黑，人生不说，地也不熟。今后，还要仰仗郭司令多加关照。今略备薄酒，不成敬意，还请郭司令务必赏脸。"

真是刚一打哈欠，就有人送来了枕头。喜出望外，郭坚、张聚廷高兴都高兴不过来，哪里会想到大红帖子便是诱饵，更没料到与此同时，一张天罗地网也悄悄向他们张了开来。

见"猎物"并没觉察，更没逃跑的迹象，"猎人"也就没急于收网。

第二天，当张树声用冯玉祥的黑色坐车亲自来接时，不料郭坚突然间，却变了卦："实在对不起！昨晚，郭某做了个噩梦，梦中几个没头的人拉住我，死活地不肯放手。于是不由想起来前，有个高人的一再劝阻，说西安乱糟糟的，恐多有不便。你回冯师长的话，就说来日方长，下次有机会，郭某一定前去讨扰。这次嘛，就免了！"

其实，张树声也不知底细。闻言他不但没有吃惊，反而坦然地笑着道："郭司令乃关中豪杰，却怎么也疑神疑鬼的？如果做的是美梦，张某倒真的不敢勉强，如今做的是噩梦，不去，反倒有些可惜！"闻言，郭坚不解地道："此话怎讲？" 张树声笑道："郭司令是陕西人，难道没听说做梦是个翻反子？"接着，他压低声音又道，"跟冯师长多年，别人请他，跟着，我还沾了不少的光。从来都不曾见他请过别人，如今远道请郭司令前来，想必不会是一般的事情。还请郭司令千万莫要见疑，坐失了良机！"

其实，郭坚什么梦也没做，投石问路，他只是借故试探一下虚实。见张树声神色自若，言语也没有半点破绽，加上又有张聚廷在一旁极力相劝，于是哈哈地笑着道："戏言而已。"说着，偕张聚廷出了门。接着，又上了张树声汽车。

在西安西郊，在陆军学堂的会客厅里守株待兔，"猎人"冯玉祥已经恭候了多时。

"这位，想必就是方刚兄了。幸会幸会！"谁请的客人，谁当然知底了。不等张树声介绍，抱着拳又喊着郭坚的字，冯玉祥已迎了上来。

"焕章兄，久仰久仰！"喊着冯玉祥的字，抱着拳，郭坚忙以礼相还。

"方刚兄，多时不见，你人白了，也胖了。"对着原来的死对头郭坚，一旁，刘镇华也打起了哈哈，"看来，还是西府的水土好，既出名酒又养人。"

本不愿见郭坚，刘镇华却经不住冯玉祥的再三相邀，说阎督军有事脱不开身，刘省长若是也不去，让冯某一个人唱独角戏，有啥意思？于是他只得硬着头皮，前来应付一下。

"哦！我当是谁？原来是刘大省长。"见是刘镇华，郭坚毫不留情地挖苦他道，"西府再好，还能胜过西安？人说狼狈为奸，如今陈树藩这头狼还没死，你这个狈，就已经另图新欢了。啊——哈哈哈哈……"

"方刚兄真会说笑。"一脸的难堪,又一脸的尴尬,刘镇华替自己打着圆场,"其实,我也是叫花子睡门楼,不得已而寄人檐下罢了。"

"我说刘大省长,你也太得的谦虚了。"得理不饶人,对着刘镇华,郭坚又道,"西安的城门洞子大是大,也没见刘大省长住一天喀!"

"师长,菜都凉了。"对着冯玉祥,他的亲信旅长张之江提醒道。一句话,他倒是替刘镇华解了围。

"好了,好了。"闻言,冯玉祥也打起了圆场,"你二位,就甭再打嘴皮官司了。来来来,请。里面请!"

这边还没坐定,那边却传来"嗵"的一声闷响。回头看时,却见学堂的后墙,竟突然间坍塌了。墙外竟是数十个荷枪实弹、全副武装的士兵。

果然是身手不凡。见火色不对,一把,郭坚便抓住了冯玉祥的胳膊:"焕章兄,麻烦你送兄弟一程。"说着那支德国造,早顶住了冯玉祥后胸。这次,却并非演戏,郭坚动了真的。机头大张着,膛里,也压满了子弹。

这个突如其来的变故,连冯玉祥都惊得呆了,一时不备,被郭坚用枪顶着,他只得跟着他往外走去。说时迟那时快,刚到门口,随着张之江的一个眼色,作陪的两个团长一个抱住了郭坚的后腰,另一个就手缴了他的德国造。与此同时,郭的几个侍卫也被事先埋伏在墙外,眼下却暴露无遗的士兵们一哄而上,给缴了械。

甭说笑,哭,郭坚都来不及了。一旁的张聚廷、刘镇华,也登时都傻了眼。

"这是……"刘镇华刚开口,却见冯玉祥从怀里,掏出了阎相文的手令:"在西府,郭坚纵兵扰民,无恶不作。不杀不足以平民愤。今奉阎督军相文之命,将其就地正法。执行吧!"

"冯玉祥,我教驴日你妈!"闻言,郭坚大声地骂道,"阎相文,我日你妹子……"后面更难听的,还未及骂出,他却被"砰砰"两枪,给打断了。冯玉祥他妈没日成,阎相文他妹子,也没日成,郭坚却一头栽倒在血泊中。

"刘省长!此行,还不虚吧?"对着刘镇华,冯玉祥冷冷地道。闻言这才如梦方醒,明摆着,冯玉祥这是杀鸡在给猴看。见状,刘镇华已是诺诺连声:"杀得好,杀得好。为民除害,冯师长英明!阎督军英明!"

趁着混乱,张聚廷夺路而逃时,却被士兵们揪了回来。见状冯玉祥道:"没他的事。放了吧。"

第四十七章

阎相文这个督军当的,可以说是再窝囊不过了。说是封疆大吏、陕西总督,陕北却在"榆林王"井岳秀的掌握之中,渭北有靖国军,加上陕南有陈树藩的余部,鞭长能及的,他实际只是西安以及周边的几个县。

吃粮当兵的,被关中人叫作"粮子"。在巴掌大的地盘上,阎相文却要养活数十万众的"粮子"。只收礼,曹锟、吴佩孚将他们的七大姑、八大姨,以及挨橼、靠檩的等一大批人,塞到了陕西,要阎相文待客、要他安排。

吃饭时净嘴,垫圈时净腿。督署里一时食客如云、人满为患。阎相文算了笔账,就连保长、甲长这些没品级的位置全都算上,这些五王八侯们,他也安顿不过来。

这些皇亲国戚的胳膊伸出来,比阎相文的腿还要粗,见一时得不到实缺、肥缺,他们纷纷打电话告他的"御状"。

吃人的嘴软,拿人的手短。嘴被黑馍占着,曹锟、吴佩孚只能是争着、抢着在电话里,轮番地训斥着阎相文。几乎都神经了,一听到电话响,阎相文就由不得心惊肉跳、不寒而栗。

放屁砸了脚后跟。人在倒霉时连喝口凉水,都塞牙。成功地诱杀了郭坚,阎相文满以为在陕督任上,自己好赖总算有了点政绩,于是立即打电话向吴佩孚报捷。

不敢有加官进爵的非分之想,甚至连句嘉奖的话,阎相文都不敢奢望,只要不再受头子、不再挨骂,他就心满意足了。不想舔尻子,却偏偏舔在了痔疮上,他又一次被他骂了个狗血淋头。

"连北京都在拉咱"。来前咬着耳朵,郭坚跟陈德润说过的这句话,原来并非是空穴来风、无稽之谈。前不久,吴佩孚的确派人找过郭坚。他告诉他,他准备打四川,要他兵出陕西,予以策应。还许愿说事成后,将论功行赏。

这里面的掏扯②,阎相文、冯玉祥哪里又能知晓?阴差阳错中,郭坚稀里糊涂地送了命;吴佩孚也是裤裆里放屁,走了两岔;阎相文更是水都漏干了,却不知锅烂在哪儿。

心力交瘁,阎相文感到摆在他面前的路只有一条,那就是死。

督陕两个多月后,在民国十年的八月二十二日,不堪重负,在吞食大量的鸦片后，阎相文死在了他在西安的督署。

江南的才子山东的将。当年秦琼秦叔宝也一度沦落潞州，既身患重病，又一文不名。备受小人的羞辱，为付房租，他都到了不得不卖黄骠马的地步。后来不又成了大唐的开国元勋，被后人跟尉迟恭一起当作纳祥辟邪的门神，来敬奉吗？作为封疆大吏、一路诸侯，同样是山东大汉，阎相文的心理承受能力，却实在教人，不敢恭维。对英雄豪杰来说，身处乱世，也许才有了用武之地、才有了一显身手的天赐良机。面对瞬息万变的时局，可怜阎相文却只看到了眼前、只看到了眼前的山穷水尽，却看不到他日的峰回路转，以及峰回路转后，又可能出现的柳暗花明。本应砥柱中流、勇于面对，他却逃避以死，实在是可悲、可叹而又可笑。

疑无路，在陕西，阎相文走到了他生命的尽头；又一村，冯玉祥却脱颖而出，接替阎相文做了陕督。"字"相同，俩人都叫作"焕章"，虽官大一级，阎焕章却为人怯弱，凡事多由着冯焕章，于是入陕不久，民间便有了"冯焕章包办了阎焕章"的说法。这次，却不然！这次不是"冯焕章包办了阎焕章"，而是"冯焕章取代了阎焕章"。

虽仍是陕西省长，但在新任督军冯玉祥的面前，一向善于见风使舵的刘镇华，却再也不敢阳奉阴违，两面三刀、耍他的滑头了。一想起那场杀鸡给猴看的把戏，刘镇华就由不得心惊肉跳，不是陈树藩，更不是阎相文，对冯玉祥，他不得不敬畏三分。

冯玉祥的过人之处，是能跟士兵们同患难、共甘苦。从不端长官的架子，甚至连将军服他都不穿，而是跟普通士兵一样着布衣、缠裹腿，跟士兵他一块儿出操、一块儿训练、一块儿摸爬滚打。他深得军心，独享"布衣将军"之美誉。这些作风看似平常，却实在是难能可贵，也正是冯玉祥善于带兵、能成大气候的绝招。又是个虔诚的基督徒，因此除"布衣将军"外，冯玉祥还有一个雅号，叫作"基督将军"。

为讨冯玉祥的欢心，脱去长袍马褂，刘镇华也换上了布履、素服。摇身一变，他竟也成了个基督徒。还甭说，刘镇华的一招、一式，还真的得到了冯玉祥的认可。于是在陕西省长的宝座上，前前后后，他竟稳坐了八个年头。

陈树藩垮台了，郭方刚被杀了，阎相文自尽了，刘镇华收敛了，于右任、胡景翼等，却受到了格外的礼遇。这既是冯玉祥的高明之处，也是陕西靖国军分崩离析的主要原因。

没有了对手，何去何从的问题，立即摆在了于右任、胡景翼的面前。恰在这时，冯玉祥的"和平使者"，又到了渭北。面对复杂的政治军事格局，自上而下、由里到外，靖国军出现了严重的意见分歧。

连陈致远,也都无所适从了。虽近在咫尺,以泾、渭二水为界,他跟他的家人,却是天各一方。此前化装执行任务,陈致远曾不止一次地到过南河镇,有几次甚至路过家门,他却还是没有进去。说不想家、不想亲人,无异于掩耳盗铃、自欺欺人。不到二十岁,说起来,陈致远还是个孩子。他多么想进去看看,看看父母,再看看两个爷爷,哪怕是看上一眼,或者说上一句问候的话,也行!考虑到自己是个军人,考虑到重任在肩,看着那两扇既熟悉、又陌生的大门,犹豫再三,他终于还是咬着牙、狠下心,毅然地离开了。

眼下战事稍息,回家看看的机会,终于有了。就何去何从的问题,他还想聆听父母的意见。毕竟是长辈,他们过的桥比他走的路,还要长;他们吃的盐比他吃的饭,还要多。

回师云南,叶荃部也准备南下。在武汉抓捕李栋材时,跟叶荃的卫队长穆振中,陈致远并肩作战,默契配合,成了推心置腹、无话不谈的莫逆之交。夹在叶荃的队伍中,陈致远、穆振中一路南下,回到了南河镇。

虽是云南人,在陈致远的感觉中,对陕西、特别是对南河镇,穆振中似乎比他还要熟悉。年龄整整差了一轮,俩人却意气相投。穆振中那出神入化的一身武功,让陈致远佩服得五体投地;而陈致远百步穿杨、弹无虚发的枪法,也让穆振中叹为观止、望尘莫及。

为学习武艺,缠着穆振中死活地不肯放手,陈致远非要拜他为师不可。非常佩服陈致远的枪法,更喜欢他的机敏过人、胆大心细、有勇有谋,于是,以只收"师弟"、不收"徒弟"为条件,穆振中答应了他。

见了老秀才、老神仙,"啪"的一声,两个年轻军官便是个军礼。陈致远虽口喊爷爷、外爷,两个老人因耳朵背、眼又花,竟反而被他们吓了一跳。

"啊呀,咋是致远!"戴维惊讶地道。是他的一声惊呼,才让两个老人,明白了过来。颤颤巍巍,拉着陈致远跟不认识似的,他们上上下下地打量着他。一会儿点头,一会儿又摇着头;一会儿摇头,一会儿又点着头。当确定这个长高了也长壮了,脸色却由白皙变得黝黑的小伙子,的确就是他们多年不见、又日思夜想的孙子时,四颗浑浊的老泪,已夺眶而出。沿着两张跟核桃皮似的面孔,跟蚰蜒似的拐着弯、抹着角,四行老泪蜿蜒地下滑着……

将大孙子,老秀才一把揽在了怀里,老神仙忙吩咐相公去学堂、去叫女儿孙兰玉、女婿陈德润。戴维忙招呼,让穆振中就座,将沏好的香茶,玛丽也放在了他的面前。

听说大儿子回来了,撂下笔,陈德润、孙兰玉便冲了出去。等相公又是找锁子,又是替他们锁门,然后又拿着钥匙撵出时,两口子已经过了河西堡。

见有客人,而且似乎,还似曾相识,陈德润、孙兰玉努力克制着自己,也正是由于这个原因，夫妻俩才终于没有失态。

跟客人寒暄了一阵后，夫妻俩这才跟老秀才、老神仙刚才一样，一人一只地拉住了儿子的手，泪珠在孙兰玉的眼眶里旋转着、滚动着……

《陕西通志》暂时，被忘在了脑后。由陈德润、孙兰玉夫妇做东，由老秀才、老神仙、戴维跟玛丽作陪，在"全聚德"饭庄的雅间里，跟陈致远以及他的朋友穆振中，大家终于欢天喜地地吃了一顿团圆饭。

夜深了，年龄又不饶人，睡意全无，却体力不支，老秀才、老神仙连连地打着哈欠、伸着懒腰。孙兰玉给穆振中收拾好床铺，陈德润又招呼着让他歇了，之后，他们又要扶两个老人，前去歇息。

继续打着哈欠，又伸着懒腰，老秀才、老神仙却硬说他们不困，后来听大孙子说他暂时不走，在家里还要待一些日子，颤颤巍巍，两个老人这才依依不舍地出了门。

睡意全无，陈德润、孙兰玉饶有兴致地，询问了儿子武汉之行的前前后后，又兴致勃勃地询问了，他在固市有惊无险的渊源涛滔，以及被囚西安时，胡景翼用一张纸、两封信的方法，既巧妙地骗过了陈树藩，又救他脱离虎口的传奇经过。

"后生可畏！"听完后，孙兰玉连连地赞叹着。

"幼年老成！"陈德润附和道，"笠僧是个难得的人才，来日，必大有作为。"

"噢！差点儿忘了。"闻言陈致远忙道，"胡总指挥还要我替他问候父母，说爸的两篇文章，帮了他的大忙，胜过千军万马，还说找个机会，他一定亲自登门致谢。"

"看起来那个穆营长，也非等闲之辈。"客房里传出的酣声，让孙兰玉突然想到了穆振中。她提醒儿子道，"人家级别高，年龄，也比你大得多，跟人家你却称兄道弟，怕是不妥。"

"妈，您说的极是！"陈致远道，"穆营长他不光为人豪爽，而且还身手不凡。这几年，他教了我不少的绝活，虽是师傅，他却不准我以师傅相称。"

"咦，"一提穆振中，陈德润突然想起那个在心里，尘封已久了的疑团，"这个穆营长看上去，是好生的面熟，我咋总觉得，在哪儿见过。"

"见过，见过！"陈致远忙提醒着他爸，"去武汉前，你们就见过。怎么？这么快，又忘了？"他还以为他爸真的老了，连记性，也差多了。

"不，这我没忘。"陈德润道，"上次见到他，我就觉得，有些面熟，一时，却又想不起在哪儿见过。"一边说一边摸着头，他努力地回忆着。

"这怎么可能？"闻言，陈致远笑道，"人家是云南人。云南跟陕西，还隔着个四川，远着呐！这南河镇南来北往的，极多，相像的也不少，爸怕是记混了。"

"没记混。大叔好眼力！我们是见过。"闻言，大家都吃了一惊。穆振中人没来声先来了。原来，天已经亮了。

"穆营长来过陕西？"闻言，陈德润首先惊讶了。"不光来过陕西，还来过南河镇。"穆振中道，"而且，还不止一次。"闻言陈德润、孙兰玉面面相觑着，陈致远更是惊诧不已。"麻子佘一夜暴富的事，大叔大婶想必，还不会忘记吧？"穆振中接着道。闻言，陈德润道："是宣统元年的事。虽过去了十多个年头，却事出蹊跷，镇上人至今还时时提及，并一直为之纳闷，又怎么会忘记？"灵机一动，孙兰玉接着道："突然提及此事，穆营长想必知其隐情？"点了点头，穆振中这才又道："是啊！都十四年了。也是小侄的一个心结，若再不说破，怕是没机会了。"

闻言陈德润、孙兰玉，更觉意外，示意要陈致远关上门，他们这才又道："这里没外人。有啥话，穆营长但讲无妨。"等穆振中将麻子佘见财起意、杀人越货；他被怀疑勾结土匪、谋财害命；以及他杀麻子佘为东家报仇雪恨，并洗清自己的前后经过说完后，几个人都听得呆了。

从穆振中的口中，大家始知他是个孤儿。是东家夫妇收养了他，并有心招他为婿。不想东家突遭不测，自己又被误解，跟师妹两情相悦的婚姻，也随之被搅了。为报答东家的再造之恩，也为了洗刷自己，不远千里，他又一次来到了南河镇。

终于摸清了事情的前因后果。既有麻子佘的口供，按口供，他又找到了物证——东家的尸骨，东家全家，这才深信不疑。可惜的是，师妹却早已择婿成家，并且，都抱上了娃娃。

"明人不做暗事。"从怀里掏出一张纸展开后，穆振中接着道："只有这件事做得有些不明不白，因此，心里总觉有个疙瘩。事情的原原本本，都明明白白地写在这张纸上。为不给大叔、大婶添麻烦，今晚临走前，我准备将它贴在镇上。既是对南河镇父老们有个交代，也让麻子佘，他死个明白。"

"师兄真不简单！"陈致远惊讶地道，"当时，你有多大？"

"跟你眼下，差不了多少。"穆振中道。

"那后来呢？"陈致远打破砂锅问到底，"怎么又参加了靖国军？"

"为不失信于人，"穆振中道，"替东家报仇雪恨后，我又回到了匪巢。匪首死后，我又说服并带着这支百余人的武装，参加了革命。说来也巧，我们正好被编到叶军长的部队，更没想到跟部队，我们又到了陕西。这也许就是所说的'缘分'，不然心中这个疙瘩，今辈子，怕都难以解开了。再说你我，也难得兄弟一场。"

"这样也好。"陈德润不胜感慨地道,"省得大家总是,疑神疑鬼的。深明大义,贤侄既胆识过人,又如此的光明磊落,实在是难得!"

"麻子佘一夜暴富,大家也猜想他肯定是,干了什么伤天害理的事,却不曾料到,他竟背有命案。"闻言,孙兰玉更是感慨万千,"后来,他又在一夜间暴死。大家只说他多行不义必自毙,是死有余辜、遭了天谴,却不曾料到……自古杀人者死,伤人者刑。麻子佘他是罪有应得,只是苦了多儿、明儿。"

"多儿?多儿是谁?"穆振中诧异地道,"明儿,她又是谁?"

"多儿,是麻子佘的儿媳妇。"陈德润道,"明儿,是麻子佘的女儿。明儿人好,命也不错,虽生在佘家,却嫁了个好人家。多儿人也好,命却不强,又嫁错了人,年轻轻地在佘家,她竟被活活地怄死了。"

"啥?多儿姨她,她死咧?"闻言,陈致远吃惊了。

"唉!这两年你不在,镇上,出了不少的怪事……"将佘有志不务正业,佘大勇、佘大花也不争气,多儿被活活气死的事,孙兰玉简要地给儿子说了一遍。最后,她似乎又突然想起似的补充了一句,"噢,前几天你福寿伯,他也不在了。"

"福寿伯,也不在咧!"闻言,陈致远又是一惊,"还说过一会去看他,说不在,咋就不在了?这到底是咋回事?"

"佘大花是个小妖精。"孙兰玉道,"郭德玉,也不是犁上的铧。听说还在念书的时候,俩人,就黏在一起了……"将郭家早上娶媳妇,晚上得孙子,第二天又埋人的事,她又跟儿子简要地说了一遍。

"这么说,福寿伯,"闻言,陈致远喃喃地道,"他终究,还是死在佘家的手里了。"

"唉!"陈德润意味深长地接着道,"但愿这样的悲剧,以后,不要再重演了。"话里有话,他显然又在为菊儿担心。

这时,相公正好招呼要大家吃饭。应声陪着穆振中,陈德润父子走了出去。"噗"的一声,孙兰玉吹熄了棉油灯。

"你揣,麻……麻子佘的人……人头,被谁给提……提走了?"一大早对着陈德润、孙兰玉,一个先生神神秘秘地道。见二人不以为奇,上气不接下气,他接着又道,"说出来,你……你们也不信。是被个云……云南人,提……提走了。"像抢到头版头条似的,跟他们,他报告着他那已经成了旧闻的新闻。

一波未息,一波又起。麻子佘人头被提到云南的新闻,正方兴未艾,于右任跟胡景翼闹翻的事,又在南河镇被嘈传得沸沸扬扬。

消息，一日三至。

早上有人说，于右任已经跟胡景翼拍了桌子。于右任说，宁为玉碎，不为瓦全，还说接受冯玉祥的改编，无异于投降变节，是革命者的奇耻大辱！针尖对麦芒，胡景翼却说，革命也得讲个策略，不能一条道走到黑！说眼下委曲求全、保存实力，有青菜还怕没黄菜？还说留得青山在，不怕没柴烧！

中午，就有人予以刷新，说胡景翼还没来得及召开国民大会、还没来得及宣布解散靖国军，靖国军设在丰原的司令部，却已经被砸了。

下午，又有人破了记录，说胡景翼已经接受了冯玉祥的改编，已经出任了陕西陆军暂编第一师的师长，副师长是岳维峻，参谋长是邓宝珊。说暂一师下辖两个团，团长分别是李云龙、李继才。还说该师直接受吴佩孚的节制，跟冯玉祥，胡景翼是平起平坐，而于右任等，则不得不退避三舍。

第二天的传闻，则更是神乎其神、有鼻子有眼。说靖国军第三路也接受改编，司令曹世英出任了陕西陆军第一混成旅的旅长。说这个旅，实际上只剩下三五百人。支队司令中，也只有王祥生一人相随。还说曹世英，只不过是个光杆旅长，就这，还多亏有胡景翼帮忙，胡景翼要是不出面，连这个光杆杆旅长，曹世英都当不上。

……曹世英部第三支队的司令，叫石象仪。听说曹世英要接受改编，趁其出城踏青，先发制人，石象仪先是控制了曹的卫队。接着，又缴了司令部的军械。对已被架空的曹世英，石象仪在苦谏、哭谏均以失败告终后，又采取兵谏、逼其交出了兵权。第二支队司令王祥生，也被部下的几个营长，赶出了驻地交口。

……闻变，胡景翼立即命李继才猛攻石象仪，才迫使石象仪将兵权，又还给了曹世英。兵权曹世英虽失而复得，但军心却早已涣散。人数，亦所剩无几。

……曹世英的第一支队司令，叫杨虎城。不像石象仪那么好惹，先下手为强，杨虎城先宣布脱离曹世英的节制。接着又通电声言，说要把靖国军的旗帜扛到底。后来，杨虎城又在西府重建靖国军司令部，并将于右任接了过去。备受感动，于右任立即命杨虎城接替曹世英，做了第三路军的司令。并即兴挥毫，写下了"老兵休道戎衣薄，大地阳春唤可来"的诗句。

再也坐不住了，陈致远一边帮父母整理书稿，一边道："爸，跟于总司令，胡总指挥已分道扬镳，以您之见，他们谁是对的？"陈德润道："于总司令气节可嘉，却权宜不足，依我看胡总指挥的做法，似乎更加地切实可行。"

原以为他爸会说胡景翼晚节不保，并鼓励他像杨虎城一样跟着于右任，陈致远万万没料到他爸倾向的，竟是胡景翼。

不久在铁佛寺杨虎城大破甘军，并缴获大批枪枝弹药的消息，又传到了南河镇。

说来也巧，正为枪枝弹药发愁，甘督陆洪涛从北京领回的一批军械，正好到了陕西。巧妙部署，又果断出击，于铁佛寺，杨虎城一口吃掉了甘军的五个营。截获的这批军械，据说，有三十多大车。其中步枪千余支，子弹六七十万发。

　　像一声春雷，铁佛寺大捷不但震动了陕甘两省，还震动了直系军阀操纵下的北京。当然，也更加坚定了陈致远跟着杨虎城，去追随于右任的决心。

　　"爸，"对着陈德润，陈致远道，"铁佛寺大捷，想必您已经听说。我咋总觉于总司令的决策，是对的。"闻言，陈德润笑道："铁佛寺大捷，固然是可喜可贺。依我看小胜之后，必有大困。军旅之事，岂在一战之输赢？"

　　果然被陈德润言中。直系军阀低估了杨虎城、低估了这个名不见经传的年轻将领。做梦他们也不曾料到，杨虎城用来对付他们的，竟是他们用来消灭杨虎城的枪炮。

　　见年轻人头角崭露，直系竟调动了三万余众的精锐，来对付这支仅有两三千人的革命武装。

　　寡不敌众，且战且走，杨虎城一直退到了三边③。为保存实力，以求东山再起，他暂时投靠了他的同乡——跟靖国军有旧的"榆林王"井岳秀。不得不又一次背井离乡，于右任离开了他惨淡经营了多年的靖国军，离开了他的爱将杨虎城。客居他乡，他去了广州。

　　陷到极度的苦闷与彷徨之中，陈致远竟难以自拔。

　　"还是爸看得长远，也看得透彻。"对着陈德润，陈致远又道，"看来胡总指挥的抉择，自有他的道理。但孙中山先生却批评了他，说他接受军阀的改编，不特败坏纪纲、为西南各省所不容，即于个人节操，亦有大亏。若再执迷不悟，恐其身家性命，亦将不保。还说前车之鉴，便是郭坚。"

　　"虽忠勇豪爽，郭坚却缺乏政治头脑。"闻言，陈德润笑道，"既无胸怀天下之远大抱负，又无高屋建瓴之远见卓识，且自以为是、刚愎自用，一草莽英雄耳！他的头脑、他的眼光、他的作为，岂能跟胡总指挥相提并论、同日而语？"

　　"去西安时，你爸就极力劝阻过郭坚。"孙兰玉插话道，"他听不进去不说，还说读书人顾虑太多，啥事也干不成。走后，你爸跟我说此去，他难免有杀身之祸。果不其然！没出三天，他就出事了。"

　　"于总司令，他过分地注重名节。"陈德润接茬道："关山阻绝，孙先生又不了解胡总指挥的苦衷。不过他们也是一时不明，日后，总有明白的一天。岂不闻能屈能伸者，方大丈夫也！我料来日必大有作为，胡总指挥会干出，一番惊天动地的事业来。可惜我受人重托，又上了年纪，怕是再也帮不上他了。"

　　"真的？"闻言，陈致远惊讶地道。

　　"诗言志。"陈德润道，"我曾看过他写的一首七绝。"说着，他随口吟道：

大地山河有壮猷，起兵原不为封侯。

回首生灵涂炭甚，欲执龙泉自刎头。

"这么说，我还是应当追随胡总指挥？"闻言，陈致远又道。

"追谁？"陈德润还未及开口，不想却被突然赶来的老秀才，给截住了，"依我看，你谁也甭追。成天打过来，又打过去，好不容易撵走了陆建章，却又来了个陈树藩，而且，比陆建章还要瞎。如今刚把陈树藩撵走了，却又来了个冯玉祥，而且一来，就杀了郭坚。打来打去跟着遭殃的，还不是老百姓？枪子儿不认人，我的孙子，也没多余的。老老实实在家里，你给我待着！除吃粮当兵外，干啥都成。"

见他爷一脸的严厉，话说的，也更绝，偷偷吐了吐舌头，用眼色，陈致远忙跟他爸求救。

"你爷说的极是！"不料陈德润却道，"你就留下来给我、给你妈帮个忙！"

陈致远万万没料到，他爸给他帮的，竟是个倒忙。见孙子吓得直吐舌头，又见儿子支持了他，老秀才这才心满意足地走了。

"老小老小。人老了，就是这！"这时回过头，陈德润又安慰起儿子，"老人家，他也是一片好意，不妨先顺着他，以后，再见机行事。"

---

①挨椽的、靠檩的：关中方言。指有连带关系的自己人。
②掏扯：关中方言。指事情盘根错节，关系既复杂、又微妙。
③三边：陕西地名。安边，定边，靖边的总称，在陕北。

第四十八章

回到南河镇，佘有志既顾不上女儿早上出门、晚上就给他添了个外孙的"喜"事，更顾不上他爸麻子佘被杀、人头被提到云南的凶事，而是一纸诉状，将陈树藩的"小舅子"钱智仁钱少爷，告到了县府。

佘有志的这次西安之行，是为了避开女儿佘大花那并不赢人的"喜"事，这些南河镇人都知道，也都能理解。慢说人，连雀儿，都有指甲盖大个脸面。毕竟不是雀，而是人，佘有志好赖是个老板，是南河镇一带在人前说话、在人前办事的总乡约。

其实，南河镇人却是只知其一、不知其二；只知其表、不知其里。其内在的，深层次的原因，除佘有志本人外，怕只有天知地知了。

自重新走马上任、当上总乡约后，佘有志既要忙他的"公事"，又要忙他的私事。说冠冕点，他是公私兼顾；说白了，他是假公济私。老婆病死、女儿丢丑、儿子失踪，债主们又逼上门来，这些烦心事有一件搁在谁的头上，他不寻绳绳吊死，也得跳进渭河里淹死。佘有志却不但没上吊、没跳渭河，还把这些扭手事，一一给摆平了。开始，佘有志也为这些事烦恼过、头痛过；后来，他又为能将这些扭手事摆平而得意过、自豪过。头痛烦恼也好，自豪得意也罢，佘有志的确忙活了一阵子。

既出于无奈，无奈中，又有心甘情愿，为实现他多年来因惜爱钱，而未能实现的夙愿，怀着既情愿又很不情愿的矛盾心情，陪刁团长他们，佘有志去了一趟早春院。在早春院若能尽兴，倒也罢了，问题是花大价让刁团长他们尽了兴，而自己，却扫了兴。让佘有志遗憾不已的是，对着早春院那个水灵灵的鲜嫩货，他只打了一炮，便因心里有瞀乱事，而败下阵来。早春院吊起了他的"胃口"，有了"胃口"，却只尝了个鲜而没能吃饱、喝足，佘有志是欲罢不能。

佘大花、郭德玉的苟且事，与其说辱没了佘有志，还不如说既提醒了他、刺激了他。多年来，他一直都是弄人家的女人，甚至连堂侄女都不放过，莲儿这个还没绽开的花骨朵，也让他这个当大的，提前给掰开了。这次没想到，竟栽在郭德玉这个碎崽娃的手里。亲生女子佘大花，这个也没来得及绽开的花骨朵，竟也被这碎崽娃，提前给掰开了。原来，这崽娃子还是偷偷摸摸地掰，可明天晚上，他就要在他万般无奈而违心地默许下，既名正言顺，又大张旗鼓的、放开地掰了。

不成！不能就这么便宜了这碎崽娃子。从来都是占便宜，今天，又岂能吃他人的亏？特别是吃郭德玉，这个崽娃子的亏。佘有志要报复了，但报复谁，怎么报复？郭德玉既没个亲姐，又没个亲妹子。亲妈，他倒是有一个，当年，佘有志也曾打过菊儿的主意。可此一时、彼一时，眼下的菊儿，已不是当年的黄花闺女了。人老了、珠黄了，都不说了，一个人她却还，同时伺候着两个男人。

为报复郭德玉，佘有志伤透了脑筋。总不能跟他争着、抢着，去掰自己的亲女子吧？思前想后，佘有志没脚掐，于是，他想到了省城的妓女。最好能找个没开过苞的嫩芽芽，权当她是郭德玉的亲姐，或者是亲妹子，让他扇开地掰一回、报复上一回。

"豆腐"是佘有志的"命"，有了"肉"，他便不要"命"了。想到这儿，虽已是饥渴难耐，佘有志却还是强压着欲火、舍近求远地来到了省城。

对妓女，佘有志实在是太了解了。镇上的，大都是从县里下来的"退槽货"；县里的，也都是从省城退下来的"便宜货"。在省城时，她们或许还是个嫩芽芽，到县里，她们也许还能将就、还能凑合，等经过层层筛选被淘汰到镇里时，她们差不多已是三十大几、四十出头的老妈子、黄脸婆了。尽管又是涂脂、又是抹粉，尽管脂粉抹得，比油漆匠披的腻子还要厚，却还是难以遮盖，岁月留在她们脸上的"犁沟"。

在南河镇，包括柳叶的柳春院在内，几家院子都是十年一贯制，既舍不得换汤，更舍不得换药，他们哪里还有什么，鲜嫩的货色？落架的凤凰不如鸡。陪陪那些脚夫、陪陪那些山里来的汉子，她们也许，还马马虎虎。如今的佘有志是谁？如今的佘有志，可是南河镇一带的总乡约！

连着走了几家熟悉的院子，佘有志看到的，却都是些老面孔。一见到他，那些老面孔立即一窝蜂似的围了上来，八仙过海，各显其能，她们尽情地卖弄着各自的风骚。

险些招架不住，佘有志眼看着就要就范，但一想起郭德玉、佘大花，他那座即将喷薄而出的火山，却又被迅速膨胀起来的报复心理，给强压住了。要报复郭德玉，就要日他的"亲妹子"，而郭德玉的"亲妹子"，怕绝不会是个半老徐娘，她应是个饱满的、还未被蜂采过的花蕾。她只能比他的佘大花小，而不能比她大，她只能比他的佘大花更为绚丽，而不能比她稍有逊色。

来到民乐园时，已经是花灯初上的时候了。在一家富丽堂皇的院子门口，佘有志却犹豫了。除几辆泊在路边的，豪华的小车外，这里竟空无一人。由霓虹灯显示的、次第闪烁在佘有志面前的，是三个橘红色的大字——"苏州院"。

虽没光顾过苏州院，却不止一次听钱少爷，提起过苏州院。上有天堂，下有苏杭。苏州，那可是人间的天堂！既然是人间天堂，苏州院里，大概都是些仙女了。

既然是仙女，要的，肯定也是天价了。正因为是天价，佘有志才没约钱少爷，而没有钱少爷，他可就得自己拿主意了。

犹豫了半天，咬着牙、狠着心，又调动起浑身的勇气，佘有志这才终于迈进了那个跟接血盆似的，猩红色的大门。

令佘有志吃惊的是，迎上来的并不是意料中的什么仙女，而竟是一个凶神、一个恶煞。凶神恶煞的块头，一个顶他两个，怕都不止！抱着双臂一左一右，他们堵住了他的去路。不屑一顾，凶神对佘有志道："哼！癞蛤蟆，还想吃天鹅肉，也不睁开眼看看，看看这是啥地方？乡巴佬！"居高临下，恶煞也警告他道："滚滚滚。去！鸭子坑那边去。"

说着架起佘有志，凶神、恶煞就往外走。被凌空架起后，一边踢腾，佘有志一边道："就是从鸭子坑那边，我才寻到这儿的。卖面的你们，还怕人吃八碗？"

这句话，佘有志果然凑效。闻声赶出来喝住了凶神、恶煞，老鸨将佘有志，让到了屋里："这儿的行情，你可知道？"闻言摇了摇头，佘有志表示他并不知道。见状，老鸨不屑地道："难怪人家攮你！这儿没二十块现大洋，趁早，你还是闪远。"言毕眯着眼，她斜睨着佘有志，等着他的目瞪口呆。闻言虽暗吃了一惊，佘有志却既没目瞪，也没口呆。稍加犹豫，他心里反而踏实了：不就二十块吗？我还当王母娘娘的女子——没价！

将一摞大洋码在了桌子上，佘有志暗想，这世上的世事，还真他妈的说不清白。在南河镇，那些人拉着自家的骡马寻到桩上，并眼睁睁看着它被桩上的叫驴压了，他们却非但不跟叫驴要钱，反而还"唰"的一声，给它倒上一升豌豆，以示嘉奖。等骡马怀上叫驴的种，他们还要送几块银圆到桩上，对它的主人，表示感谢。等轮到人，这世事，咋就成了翻反子了？

佘有志甚至有些后悔，后悔他这辈子竟托生了个"人"，而没能托生个叫驴。要是托生个叫驴，那该多好呀！磨不用曳，犁不用拉，既用不着起早，更用不着贪黑，今天压个白马，明天日个红马，后日，又戳个黄马，一辈子吃的，却还是硬料。

面对白花花的银圆，愣了一下后，老鸨立即换成了笑脸："嘿！红萝卜调辣子，还真没看出！但不知这位爷，您想要那个姑娘？"

咬着牙掏出二十块大洋时，佘有志连眉头，都不曾皱一下，不想老鸨的一句话，却将他给抵住了。从没光顾过，哪里又说得出，姑娘的名姓？闷着头想了会儿，他这才道："要哪个，我也说不上。"接着压低声音，他又道，"没开过苞的，有没？"

"有是有……今天刚到……"

"就要这！"老鸨还没说完，就被佘有志迫不及待地打断了。

"今天一到，她就接了客。"老鸨道，"这会怕已经，都见了红了。"虽被佘有志岔了一下，她却还是接上了未及出口的话茬。

"这……把他家的！"佘有志沮丧地道，"要是少耽搁一会……嘿！"

"你呀，也用不着后悔。"老鸨不以为然地道，"你就是少耽搁十会、一百会儿，也连不上！已经预约好了，半个月前，人家就交了钱，"

"预约？"闻言，佘有志更加地吃惊了，"逛窑子，还有预约的？"

"你以为？"老鸨道，"想开苞的，都得预约！你也不想想，一个姑娘长大，还不得个十五六年？这头一回，一辈子，可就这么一次！"接着，她又试探他道，"要不是这。你先交三百大洋，然后，再等上十天半月。"

"三百块……十天半月……"退了一步，佘有志忙道，"不不不……那年轻的，心疼的，有没？"慢说十天，半月，听说人家已经见红，一刻，他都耐不住了。更何况还得三百块。

"你呀，运气还算不错。"又看了一眼佘有志码在桌子上的银圆，压低声音，老鸨道，"我这儿，还有个'十六红'。要不是这两天风声紧，就是省长、督军，他也得排队。"

"石榴红？石榴红了，还不老毯子了。"闻言，佘有志却并不以为然，"一个老石榴脸涩了，嘴也张得圆哈哈的，有这么邪乎？"

闻言"噗"的一声，刚抿在嘴里的香茶竟被老鸨，喷了出来。强压着笑，又过了好一阵子，她这才又跟佘有志道："不是老身有意取笑，没吃过猪肉，你难道没见过猪哼哼？人常说年方二八，二八，不就是一十六吗？十六岁，比你的娃娃还小吧？这样的妙龄，一把都能捏四两水出来，嫩着呐！"恍然大悟，又不由自主地打了个激灵，佘有志竟喃喃地道："真的，比我家的大花，还……"下意识中，他不觉竟吐了真言。

还以为佘有志后悔了，老鸨忙道："要不然，换个大点儿的？"闻言，佘有志却迫不及待地道："不不不。就要这，就要这！"老鸨道："那好。不过咱先小人、后君子，把丑话，我先撂在前头，她可得这个数。"一边说，老鸨一边将蜷起中间三个指头，只剩下拇指、小指的左手，送到了佘有志的面前。

正有些犹豫，佘有志不由，又想起了郭德玉，这碎崽娃子这会，怕正趴在大花的肚子上又是日、又是戳的。连亲亲的女子，都白白教人家日了、戳了，还有啥舍不得的呢？

佘有志想开了，也坚持不住了。于是忙道："只要看上人，六十就六十！请妈妈带路。"说着，他已经站了起来。见状，老鸨忙拦住他道："且慢！一向孤芳自傲，小姑娘接的不是达官、就是显贵，你这般粗俗，只怕她不肯接受！"

闻言，佘有志沮丧地抱怨道："弄了半天，这不跟没说一样吗？"心里，他又暗暗地骂着老鸨，"这个臭婊子！把人哄得硬硬的，一边，她却纺线去了。"

"开始，你得放斯文点儿。"不知他正在心里骂她，老鸨又叮咛佘有志道："等纫上卯，你再用榔头赶，也不迟。到那时还不是由着你，而由不得她了。"

到底是被"大炮"震了多半辈子的女人，她的经验，还就是多。心里这么想，嘴里，佘有志却是欣喜若狂："原来是这！多谢妈妈指点。我照办就是。"

说着，佘有志又站了起来。不料老鸨却依然是，稳坐钓鱼台，她吩咐左右道："叫刘嫂来一下。"

不一会，一个三十出头、四十不到的女人，走了进来。年龄是大了些，却风韵犹存，看来，也是个风月场上的老手。一见她佘有志竟不由，想起了多儿……

对着刘嫂，老鸨吩咐道："教'十六'姑娘准备接客，就说队伍上，新来的师长。陪着喝两盅，是个意思。师长他初来乍到，又一路鞍马劳顿，想早点儿歇息。其它的，就不必了。"心有灵犀，说了声"请妈妈放心"后，一转身，刘嫂又走了出去。

回过头，老鸨又叮咛佘有志道："小钱买动帝王心，见了姑娘，放大方点！至于刘嫂，多少，也是个意思。别不懂规矩，啊——"闻言，佘有志乖巧地道："当然，当然。那当然！"将凶神、恶煞叫过来，老鸨又吩咐道："快招呼客人……不不不，是师长。快招呼师长理发、沐浴、更衣。"

这时凶神、恶煞，竟变得笑容可掬起来："客官，不不不……师长。师长请！"

要是在南河镇，这六十块大洋，一年也花不了。"这大地方的环环，还就是多！"佘有志在心里抱怨着，"难怪俩指头一扎，就是六十！"

王八三十鳖六十！这一向院子的生意一直不景气，哪里还有什么未开过苞的？好不容易才逮住个鳖，老鸨岂肯轻易放过。不宰白不宰。宰了也白宰！

光这些繁文缛节，就耽误了近两个时辰。佘有志是既兴奋、又懊恼。兴奋的是经过一番折腾，他果然像是换了个人，只一摇身，土老帽竟变成了，堂堂的少将师长。懊恼的是良宵一刻值千金，而他却硬硬被耽误了，近两个时辰。又是理发、又是沐浴、又是更衣，这一理、一沐、一更，起码把二十个大洋，给更没了。

在刘嫂的带领下，佘有志终于来到二楼、来到了一个挂着粉红门帘的门口。门开着，刘嫂却迟迟地不揭门帘。见状佘有志会意，于是忙摸出一块大洋，塞给了她。当挑开门帘，当刘嫂招呼让他进去时，佘有志却呆在了门口。

"橘生淮南则为橘，生于淮北则为枳，叶徒相似，其实味不同。所以然者何？水土异也。"

江南的女子，本来就长得水灵，眼前的"十六红"，更是不同凡响。只见她柳眉、杏眼、樱桃口；酥胸、收腰、丰腴臀。要脸蛋，有脸蛋；要身段，有身段。娉娉如脱颖之芍药，婷婷如出水之芙蓉，虽含羞带腆，却不冶不妖。不用浓妆，亦无须艳抹，却天然去雕饰，她竟是那样的楚楚而动人。用关中人的话来说，那真叫"头是头来脚是脚，浑身上下没弹驳"。

酒菜早已备齐，虽说色香味俱佳，但跟丽人比，却还是黯然失色。虽没吃晚饭，佘有志的胃口，却荡然无存，尽管不断咽着唾沫，他的涎水，却还是溢到了嘴角。

"坐。师长，您请坐！"在刘嫂的招呼下，佘有志这才突然惊醒了过来。

坐下后，斟满佳酿的酒杯，被刘嫂用双手递给了佳人。用她那纤纤如玉的琼指，将佳酿，佳人又送到了佘有志的面前。大着胆，在那如脂如玉的小手上摸了一把后，佘有志这才接住了酒杯。酒还没喝，佘有志倒先醉了。浑身一阵战栗，下身，他已经失控。

一阵慌乱，佘有志正不知所措，却见刘嫂不住地给他递着眼色。恍然大悟，他忙将一摞银圆，放了那个如脂如玉的小手上。然后，这才将酒一饮而尽。

刚才还热乎乎的，这会儿，裤裆里却冰凉得难受。勉强地吃了几口后，坐不住，佘有志干脆放下了筷子。心领神会，微笑着，刘嫂跟十六红道："师长累了。还是早点儿歇息吧！"说着"噗"的一声，她吹熄了灯。接着，又顺手带上了房门。

焦渴难耐，黑暗中佘有志将十六红，一把揽在了怀里。在她脸上乱拱乱啃了一阵后，隔着衣服，他又将她从头到腿、从腿到头地摸了个遍。接着，他又将她扔在了床上。扒光衣裤，他又将她从高山到流水，从流水到高山，翻来覆去地摸着、揣着、捏着、揉着、搓着……

"山"不高，却既挺拔、又酥软，而且极富弹性。"水"不深，掰开后用指头探了探，却不着底。一时兴起，揪着她"流水"处那并不十分茂密的"植被"，佘有志问十六红道："你这，是长给谁的？"开始，她不肯回答。问得紧了，她突然反问他道："哪你女子这，又是长给谁的？"闻言佘有志不由，又想起了郭德玉，受到刺激，他立即扑着盖着地，压了上去。自觉纫上了卯，佘有志正要拿榔头赶，不料，十六红却失了声："哎哟！高了，高了。往下点儿！"

不是高就是低，不是低就是高，在反反复复退却了多次后，佘有志再次往进赶时，十六红这才不再叫唤了。接着再往进赶时，跟着他的节奏，她竟扭动起来。得到呼应，一边用"榔头"赶，佘有志一边又道："日谁呢？"十六红呢喃道："你女子。"他总想将她跟郭德玉的亲妹子，联系在一起，不料她却一次又一次将他的想象，导向他的亲女子佘大花。一想到佘大花，佘有志不禁又联想到郭德玉。这碎崽娃子！这会，他怕也给大花纫上卯，正用"榔头"赶呢！

在一次猛似一次的扇摆下，十六红足足被佘有志，向前推进了多半尺。她的头，已经顶在了墙上，他那个一拃多长的肉桃桃子，这才终于全部攻进了，她的肚子。眼看就要失控，对十六红，佘有志又迫不及待地道："叫爸。快叫爸！"顾不上说话，十六红呢喃着，等不及，佘有志已经泄了。

趴在十六红的肚子上，佘有志又要她叫爸。"好。"十六红道，"你听着！"说着，果然是"叭"的一声。只觉脸上火辣辣的，佘有志得到的，是一记响亮的耳光。

在急促的喘息中，第一个回合总算是结束了。晚上佘有志压根儿，就没打算着睡觉。溜下床，他摸索着点着了灯，接着，又在灯上吸燃了一根纸烟。毯掉不收地坐在床边，他一面吞云吐雾，一面贪婪地欣赏着人面桃花。从柳眉到杏眼，再从杏眼到樱桃小口。接着，他又欣赏起那个如脂如玉的酮体，从这个"高山"，到那个"高山"，从那个"高山"，又到她下面的"流水"。

只抽了半截，烟又被佘有志掐灭了。在跳动的灯火下，他又一次扑盖在那个，如脂如玉的酮体上。令佘有志得意的是，这次被他送进她肚子的，不光是那根一拃多长的肉桃桃子，还有……

"没想到吧？碎崽娃子。"在心里，佘有志嘲笑着郭德玉，"还嫩点儿！"

第二个回合结束后，佘有志这才感到又累、又饿，饭菜还多，只是已经凉了。凑合着吃了几口后，肚子果然不再闹腾了；眼皮子，他却沉重得急忙抬不起来。前天就没睡好，昨天又奔波了一天。加上刚才那两次，又攻击得太急、太狠、太猛，佘有志哪能不累？

当然，佘有志不可能知道，就在他挨那一巴掌时，他的外孙子已提前降临在，南河镇上。佳人虽好，命也可以不要，佘有志却明显地，有些力不从心了。果然是年龄不饶人！暗暗地叹了口气，他心想，人都说吃奶费劲，看来跟吃奶比，弄这事也不轻松！

若再仓促上阵，佘有志担心他不但抖不起威风，说不定，还会一败涂地。为报复郭德玉，为不失刚才那过关斩将的雄风，也为让六十块亮锃锃的硬大洋物有所值，佘有志打算，先歇息上片刻。他想等养精蓄锐后，再向这个雪白雪白的酮体，发动他的第三轮攻势。

吹熄灯，爬上床，佘有志将十六红，又搂在了怀里。他重新捏着、揣着、摸着、搓着、揉着……当他的右手从她的"高山"，慢慢滑到她的"流水"时，却停在那里不动了。屋里传出的，是他那如雷的鼾声……

朦胧中伸出手，佘有志却扑了空，那个如脂如玉的酮体，不见了。睁眼看时，他这才发现天色，已经大亮，披挂得整整齐齐，坐在梳妆台前，十六红正梳理着她那，黑瀑布似的秀发。

完了！买两头犍牛都用不了的六十块大洋，就这样完了。挨了耳光都不曾懊恼，这时，佘有志却真的懊恼起来。钱固然让人心疼，然而更教人心疼的，还是那千金一刻的良宵，睡梦中，它竟偷偷地流逝了。

性急吃不上热豆腐，佘有志后悔极了。此前要是先歇息两天，以养精蓄锐，良宵也许就能分秒必争、一刻不让了。没奈何，一边穿衣服，佘有志一边打量着周围。

这是一间宽敞明亮，而且布置考究的屋子。东面雪白的粉墙上有横有竖，悬挂着各种字画，西边同样雪白的粉墙上除二胡、三弦外，还挂有一件，状如蝎子的东西。

所有的家具都是红木，有浮雕，也有透雕。南面的花格子落地窗前，是一张宽大的案子，案子上铺着毛毡，毛毡上又放有笔、墨、纸、砚。砚是端砚，上面雕龙镂凤；笔是湖笔，有狼毫也有羊毫。案子的旁边，还有一尊齐腰高的蓝色瓷缸，插在缸里的，是一些长短各异的纸卷卷。

北面的靠墙处，还放有一张小案几，案几上，是一架怪模怪样的东西。看着上面那紧绷着的，有长有短的几十根丝弦，佘有志不由想起了，多儿织布机上的"滕子"。

并非什么"滕子"，那是一种乐器，叫作"古筝"。见过二胡，也见过三弦，佘有志却没见过那个跟蝎子似的琵琶，更没见过这个跟织布滕似的古筝。认得砚台，却不知那是端砚；认得毛笔，却不知那是湖笔；认得纸，却不知那是宣纸，而且是徽宣。认得缸，却不知那缸并非瓷的，而是铜胎釉面，叫作"景泰蓝"。缸里放着的，也不是什么纸卷卷，而是画轴。至于那些有横有竖挂在墙上的，佘有志只认得画，却不认得字，更分不出个行草隶篆。

有一点，佘有志却是知道的——能放在这里，大约都是些好东西。但最好的，却还是那个大活美人儿——十六红。

经过一夜的休养生息，佘有志底下那个东西，又重新抖起了威风，它几乎，要破裆而出了。正要再搂十六红，不料却响起，一阵笃笃笃的敲门声。

"师长，"并不等佘有志的可，或者否，端着脸盆一猫腰，刘嫂走了进来，"师长，你净面！"

在关中，那些没脸没皮的，被叫作"镜面子"。闻言，佘有志不觉大吃了一惊。他心想，要是在别的去处，嫖客被骂作"镜面子"，也许还不足为怪。在这地方，却说啥也不应骂嫖客为"镜面子"，开窑子挣的，不就是"镜面子"的钱吗？要不是这些"镜面子"，你们，还不得去喝西北风？

无缘无故地挨了骂，佘有志正待发作，不想，刘嫂却是笑吟吟的。看样子，她不像是在骂人，见状，佘有志又有些不知所措了。似乎也发现他没听明白，而且，已经发生了误会，刘嫂忙改口道："师长，你洗脸。"

这回，佘有志总算弄明白了，明白了"净面"不是骂人，而是洗脸。他又在暗自庆幸，庆幸他多亏没有发作，一发作那人，可就丢大了。

"十足的家娃。乡巴佬！"口是心非，暗中，刘嫂嘲笑着佘有志。

"有劳刘嫂！"佘有志又有些得意，得意他终于说了句人话，这句人话，他还是从举人陈德润那里，趸来的。

见佘有志虽明白了净面就是洗脸，却并不知道里面，还有送客的意思，于是打开窗子，刘嫂跟他说起了亮话："师长如果还想留的话，那就到柜上，再交六十块大洋。"

这次，佘有志总算彻底地明白了，明白了除洗脸外，"净面"还意味着送客。完了！买两头犍牛都花不了的六十块大洋，这下彻底地完了。别说是搂、日，连再摸一下十六红的可能，都没有了。

"改天吧。"佘有志道，"今天，还有点事。改天，改天我再来。"说着，又狠狠地挖了十六红一眼，他这才落荒而走。恨不能将十六红摄入眼睛，或者揣在怀怀里带走，拐弯处，佘有志竟一头撞在了明柱上。

世情看冷暖，人面逐高低。虽不是亲姐夫，但在陈树藩当督军的那阵，钱智仁这个八竿子都打不着的小舅子，家里既高朋满座，又宾客盈门。被罢免后，陈树藩这个"姐夫"虽还赖着没走，钱智仁这个"小舅子"的茶，却先凉了。过去的钱少爷——眼下的钱智仁，已经是门可罗雀了。

百无聊赖，一个人掷着骰子，钱智仁正打发着他的寂寞，不料一闪身，佘有志却走了进来。备受感动，钱智仁觉得乡里人，还是厚道。本想说，还是佘老板够朋友，话都滚到了舌尖，临时，他却又改了口："哦，是佘老板。多时不见，又发财了吧？"他想这土老帽，多半是还不知情，所以，才一头撞上门来。

被钱智仁猜了个正着，还蒙在鼓里，佘有志巴结地道："托钱少爷的福！还马马虎虎。"

见佘有志果然还蒙在鼓里，又见他闷闷不乐的样子，一时丈二的和尚，钱智仁倒有些摸不着头脑。

"咋咧？"钱智仁试探地道，"有不顺心的事？"

"没啥，没啥。"佘有志强装没事地道。哑巴挨毯——他只能硬受了。

"没事就好，没事就好！"说着将骰子向空中一抛，钱智仁又接在了手里，

"这人生在世，得快活时，且快活。来来来，咱们玩两把。"

"也好。"佘有志道，"玩多大？"他也有心换个心情。

"两块不多，一块，也不少。"钱智仁道，"图个高兴。"

"好。"佘有志道，"那就一块。"

开始时，各有输赢。一时高兴，烦心事果然被佘有志忘在了脑后。后来连着五六次，佘有志却是只输不赢，心情，随即也变得糟糕起来。正想说不玩了，不想这次，他却意外地赢了。接着，手气竟越来越好，输掉的，不但全都捞了回来，而且转败为胜，佘有志开始赢钱了。一块，两块，三块……虽偶尔也有输的时候，但总的来说，手中的银圆，却还在增加着。

"算了。"钱智仁却已经，沉不住气了，"不玩了。"

"那好。"赢了钱，佘有志心里暗暗高兴，嘴里，他却又不好拒绝，于是只好附和道，"最后一把！"

"最后"一把，钱智仁却赢了。见有了转机，他又不说不玩了。虽输了一把，佘有志却并不气馁，胜败乃兵家常事，何况总的来说，自己还赢着。于是，更不多问。

连着输了两把后，佘有志果然又是赢多输少。五十六，五十七，五十八……佘有志花在苏州院的钱，眼看着就要捞够了。实在招架不住，钱智仁却坚决地不肯再玩了。

"是这。咱一把两块。"这次佘有志却没有随声附和，而是坚持道，"换个花样，说不定，就该你赢了。输赢就这一把。你看咋相？"

"换个花样，再赢上一把。"佘有志在心里道，"买两头犍牛都用不了的钱，不就，又回来了吗？"

"只要不收场，谁哭谁笑，还说不定。"钱智仁在心里道，"若就此收场，那自己，肯定是哭定了。"见佘有志不无得意的样子，骰子，又被他抛了出去。

不幸的是，在只差两块的时候，佘有志却输了。而且不幸被他言中，时来运转，钱智仁的手气，竟越来的越好了。

被佘有志已经捏出汗的银圆，又陆陆续续回到了，钱智仁的手中。

这次，轮到佘有志招架不住了。他提出仍然恢复原来的一把一块，不想却被钱智仁，婉言给拒绝了。先赢后倒包。不久佘有志的银圆，竟输光了。

输家想捞本，赢家还想赢，急红了眼，两个人竟都是，欲罢不能。没了现钱，佘有志竟摸出一张银票来，连看都不看一眼，他就押了出去。两个人瞪着四只眼，注意力全都集中在，那个小小的骰子上。骰子落地，输了的，竟还是佘有志。

已经输红了眼，在怀里，佘有志又摸着银票。将赢到的银票打开一看，钱智仁却是既出乎意料，又喜出望外。他兴奋得差点跳起来。

这一把，钱智仁究竟赢了多少？十块？不是。五十块？也不是。一百块？还不是。这次钱智仁赢到手的，少说，也值万把块。原来一时着急，被佘有志押出的，并不是什么银票，而是佘福庄的房地契。

这时，佘有志也觉察到有些不对，怀里除银票外，还揣有佘福庄的房地契。突然想起时，他不禁打了个冷战，急忙查找时，银票果然都在，却唯独不见了房地契。佘有志慌了，寄希望于一线，用不住颤抖着的右手，在怀里，他又摸了半天。结果，竟还是一无所有。

最后连衣服，都被他脱下来抖了又抖，结果，却还是没有。还不死心，将手里的几张银票翻来覆去，佘有志又查看了好几遍。经反复核实后，扑塌一声，他竟软瘫在脚地。

"钱少爷，"带着哭腔，佘有志哀求着钱智仁，"把房地契，还给我吧！"

"还给你？"钱智仁冷冷地道，"说的比唱的，还好听！"

"求求您，钱少爷！"说着"扑通"一声，佘有志竟矮了半截，"只要把房地契还给我，这些银票，都是您的。"说着将手里的银票，他果然全都递给了钱智仁。

接过银票，钱智仁一张张地翻着、看着。

"甭做梦了！"钱智仁不屑一顾地道，"加起来，还不到一百块。"说着，银票又被他还给了佘有志。

"得多少？"佘有志的眼泪，都溢出了大眼角，"钱少爷，您说句话。"

"这你比我清白！"钱智仁道，"看在朋友一场的份上，拿八千块算了。"

他既想当婊子，又想立牌坊。

"哎嗨嗨嗨……"他爸、他妈、他老婆死时，都不曾落过泪，这时，佘有志却再也控制不住了，咧开大嘴，他竟大声地嚎啕起来……

男儿有泪不轻弹，只是未到伤心处。

南河镇

钟宪政◎著

（下）

陕西新华出版传媒集团
太白文艺出版社

第四十九章

跌跌撞撞，返回途经西城门时，佘有志却犹豫了。已近黄昏，喘着粗气，他一步三摇地爬上了城墙。恍惚中，他一边趔趔趄趄地蹒跚着，一边指着城门楼子嘟囔道："佘……佘福庄，不，你……你已经不……不姓佘了……"

受到惊扰，刚刚归来的鸟儿，又扑棱棱地飞离了巢穴。跟佘有志一样，也是有家难归，绕着城门楼子，它们若即若离地飞过来，又飞过去……

"哦，是……是城门楼子，"佘有志似乎又明白了，"不……不是佘福庄……"同病相怜，对着同样有家难归的群鸟，他又道，"对……对不起，打……打扰你们了。"

盲无目的，摇摇晃晃，佘有志向北挪了过去。恍恍惚惚，在离城门楼大约一箭的地方徘徊了一阵后，扶着城垛一抬左腿，他突然跨坐在垛口上。向着西北方向，向着南河镇，向着佘福庄，佘有志呆呆地望着……

看着看着，上半身向外一斜，他突然不见了踪影。

"不好！"随着一声惊呼，佘有志那正抽向墙外的右腿被一双手，给死死地抓住了。墙外半斤，墙内八两，一比一。

眼看着坚持不住，墙上的失了声："佘叔，你这是……"

见有人喊他佘叔，佘有志一下子清醒了许多。奈何桥头的这一声"佘叔"，竟奇迹般地改变了佘有志的命运，伸出右手，他终于抓住了墙垛……

"静远……咋是你？"爬上来后，见竟是陈静远，佘有志吃惊了。

一屁股跌坐在"女儿墙"下，一边擦着冷汗，一边喘着粗气，想说话，陈静远却急忙说不出来。"静远，"佘有志又道，"你、你咋在这儿？"

"佘……佘叔，"上气不接下气，陈静远没有回答他，而是反问他道，"你……你这是咋……咋的了？"

"唉，说起来丢……丢人……"长长地叹了口气后，佘有志这才将他把佘福庄输给钱智仁的事，跟陈静远简要地说了一遍。苏州院那更为丢人的事，他却是三缄其口、只字不提。

"噢，原来是这！"陈静远忙提醒他道，"佘叔，你可以告他呀！"

"告？"佘有志悲哀地道，"你是说，跟督军的小舅子打官司？那……能赢吗？"本想说，那不是贼娃子打官司——场场输吗？话都到了舌尖，临时，他

437

南河镇

却又改了口。

"佘叔，"陈静远却是不以为然，"你可能还不知道，陈树藩，他早都落马了。眼下的督军姓阎，听说叫阎相文。"

"哦——"闻言，佘有志不觉为之一动。呆了一阵后，他却又唉声叹气地道，"唉，姓阎……姓阎又能咋样？人家又不是咱的娃他……他姨父。"

原准备说，人家又不是咱的娃他舅，话到嘴边，佘有志突然意识到他的命里，压根就没有娃他舅。娃他姨夫，他倒是有一个，佘有志不觉想起了娃他姨余儿，又想起了娃他姨夫刘子明。

即就是娃他姨夫，又能咋样？如果督军真的是刘子明，他说不定比眼下，还要惨。把人都活完了，佘有志不由又想起了他强暴小姨子余儿未遂的丑事。

"佘叔，"不知隐情，陈静远道，"话也不能这么说，听说一块儿来的冯师长人就不错，他可是陈树藩的死对头。是这，回去我就替你写状子，到督署，咱去告他。"既感动，又长了些精神，佘有志却还是有些难为情："都到了这个份上，也就不怕小侄笑话了，连买张纸的钱，叔都没得了。何况督署的衙门朝哪儿开，咱也不知道喀！"闻言摸出一块大洋递给佘有志，陈静远道："这点儿钱先凑合着用两天，其他的，佘叔你就不用管了。等状子写好后，我陪你一块儿去。"

在陈静远的陪同下一边往回走，佘有志一边感慨地道："眼看阎王都提起了朱笔，却被一个人给拦住了，却没想到这个人竟是你！"陈静远道："说来也巧，我爸捎话说我哥回来了，要我回南河镇一趟。刚出校门，不想却看见了你。觉着你有些不大对劲儿，一路跟着，我就来了。却没料到事情，竟这么的严重！"边说边走，不知不觉中两个人，已来到成德中学的门口。陪佘有志吃了饭，又安顿他就近住下后，陈静远这才告辞道："佘叔，你先歇着。可千万不敢走远！不清白的地方，随时，我都有可能前来问你。"佘有志道："放心走你的。静远，误不了事！"

听说这一老一少，竟是来告陈树藩的，连卫兵都感到非常惊讶。对着陈静远，一个士兵道："阎督军事稠，还不如去找冯师长，在他那儿，可能还快一些。"满怀好奇，这个热心的士兵还将他们领到了冯玉祥的师部。

果然干脆。看过状子，提起笔冯玉祥在后面批了几个字。

着薛知事秉公办理　冯玉祥

看上去五大三粗，实际上冯玉祥却是既朴素、又随和。将状子交给陈静远，他还有意问他道："看样子，还是个学生。跟人打官司，你不害怕？"闻言陈静远却是大不以为然："打官司，有啥好怕的？怕就怕你那个薛知事，他是个糗子官！"哈哈大笑着，冯玉祥一手拍着陈静远的肩膀，一手竖起大拇指夸奖他道："嚄！年龄不大，胆子倒不小！好、好。国家缺少的，正是这样的人才！"接着，他又告诉陈静远说，"放心！阳都新来的薛知事可是个，不可多得的干才！你的案子，他一定能办好！"闻言，不料陈静远却道："办得好咧咱啥话不说。如果他偏刃子斧头斫，到时候可甭怪我寻你的麻达。"闻言，冯玉祥又哈哈大笑道："噢！还要兴师问罪？好、好。我随时恭候！"

　　冯玉祥所言果然不差。阳都新任知事薛笃弼，字子良，山西运城人。刚莅任他就碰到，一件非常棘手的案子，也正是这个案子让薛笃弼在关中、在渭水南北名噪一时。

　　在县城的东道巷，有个姓方的生意人家。方家老两口忠厚为人，他们的独生子，更是老成持重，人称"方德稳"。无独有偶，在西道巷，也有个姓袁的生意人家。袁家老两口为人虽也不错，但他们的独生儿子，却刁钻圆滑，人称"袁德滚"。家道相当又年龄相仿，两家相处得不错，隔三差五，免不了还有所走动。这方德稳、袁德滚虽也年龄相当，却因性格差距甚大，而少有往来。

　　眼看两个少年日益成人，四个老人，也都有了年纪，关系得不到传承，你来我往的次数，竟逐渐少了下来。

　　朋友是越走越近，狗却是越叫越远。走动少了，关系，也就逐渐地疏远了。

　　后人到了谈婚论嫁的年龄，两家的四个老人又有谁，不想娶个好儿媳妇回来？问题出就出在被两家相中的，竟是家住水井巷的，同一个姑娘。

　　姑娘姓莫，叫"莫莉花"。跟她的名字一样，这莫莉花不但人才出众、像朵刚刚脱颖绽放的茉莉，而且心灵手巧、颇知礼仪。居家过日子，她更是一把好手。

　　两家的媒婆子你来我往，莫家的门槛几乎都要被踢断了，时间一长，这卖粿面跟卖石灰的，难免不狭路相逢、互相撞车。没胡子可吹，你撇嘴，我瞪眼，然后又甩着袖子悻悻地各自而去，却是免不了的。

　　井水犯了河水，龙王庙被冲，龙王爷只能是望水兴叹，又徒唤奈何。跟问媳妇比，安顿女子，不见得就轻松。人说问媳妇就像折花，只要红花妖娆，至于绿叶乃至根茎，就无须多虑了。当然，也有慎重的。说问媳妇就像逮猪娃，而逮猪娃得先看母猪。可卖猪娃的又有谁会吆着母猪一块儿前来？

　　安顿女子最主要的，当然是挑个好姑爷了。但那些当公公、当婆婆的，那些当大伯、当小叔子的，那些当大姑、当小姑子的，甚至那些"先后"们，却也不得不慎重地，予以考虑。好在方家、袁家的老两口，都没啥可弹嫌，又都是十亩

地一苗谷，既无大伯子，又无小叔子；既没大姑子，也没小姑子。当然，更不可能有"先后"了，于是莫家便少了不少的麻烦，也省了不少的踌躇。常言说得好，不怕不识货，但怕货比货。相比之下，莫家选择了老成持重的方德稳，于是为人不太实在的袁德滚，便被淘汰出局了。

过门后方德稳、莫莉花小两口果然是夫唱妇随、相敬如宾，翁媳、婆媳更是和睦相处，十分的融洽。

三日入厨下，洗手做羹汤。未谙姑食性，又无小姑尝。第一次下厨，又没个小姑子可遣，莫莉花果然将盐放得重了。尝了一口，婆婆便跟媳妇开起了玩笑："我娃这是把贩盐的，给打死了。"见儿媳大窘，暗中瞪了老婆一眼后，老汉忙替媳妇开脱说："好厨子一把盐。依我看，娃的茶饭比你强！"说着，他还真的狼吞虎咽、大吃大嚼起来。莫莉花走后，老汉这才呲着牙、咧着嘴催促老婆子道："快，白开水！"

好事成双。喜气正浓，杂货铺又来了笔生意，有个客商，急需一批什邡卷烟。算盘一响，方老汉又是惊，又是喜，又是为难。惊喜的是这笔生意的赚头，竟是铺子一年的赢利，为难的是小本经营铺子太小，存货更是有限。

送上门的生意，自然是不能放过了。让老的去进货吧，老汉却年事已高，儿子、媳妇，都于心不安。让小的去吧，儿子、媳妇却是燕尔新婚，公公、婆婆，也于心不忍。

掐着指头，老两口已经算过了，赶明年这个时候，怕又该撩乱着，给孙子做满月了。若让儿子下四川，让新媳妇空房独守不说，把孙子，也硬硬给耽搁了。

思来想去，方老汉决定亲自下趟四川。听说后小两口哪里肯依，方德稳道："老来奔波无孝子。儿既已成家，就当立业。天下哪有让一个大小伙子待在家里，却让老父在外长途跋涉的道理？这样教儿的脸，往哪儿搁？"莫莉花也附和丈夫道："媳妇虽然年轻，却也听说过蜀道的艰难。做晚辈的待在家里享福，却让年迈的长辈在外受苦，我俩还不被乡党爷们的唾沫星子，给淹死？"

老两口的嘴皮都磨出了茧子，小两口却丝毫地不肯松口，于是只得千叮咛万嘱咐，将方德稳送上了路。

祸不单行。转眼间两三个月又过去了，方德稳却像从世上蒸发似的，音信全无。放心不下，方老汉又亲自下了四川，将什邡一带所有的烟商、烟农他几乎都问遍了，却没一个知道他儿子的下落。无功而返时，却还心存侥幸，方老汉总觉得他跟儿子走岔了。心想这会儿子说不定早在家里了，于是，又马不停蹄地往回赶。

伲父俩都出了远门，屋里只剩下婆媳。婆婆既担心着儿子，又放心不下老汉。"妈，您老人家心放宽。"莫莉花道，"这会伲父俩，说不定正往回赶呢！"既担心着丈夫，又操心着公公，反过来媳妇却还要安慰婆婆。话尽管拣好听的说，心却由不得往坏处想。

见老汉一个人回来了，老婆子立即晕了过去。见儿子并不在家，方老汉一下子也骨瘫了。都是上了年纪的人，如何经得起老年丧子的致命的一击？不久，竟相继地过世了。在娘家父母、在乡党爷们的帮助下披麻戴孝、哭哭啼啼，莫莉花总算将两个老人送进了坟茔。好端端的一个四口之家，转瞬间只剩下小媳妇一人，却多出了三个灵堂。

方家祸从天降，对袁家来说，无疑却是个天赐良机。至今仍是案板上的擀杖——光棍一条，袁德滚又三番五次地托媒上莫家求亲。准备立志守节，莫莉花却经不住媒婆们的软缠硬磨，又顶不住娘家父母的再三劝说。于是只得流着泪违心地点了头。

为公婆、为丈夫坚持守孝百日后，莫莉花又被用花轿抬到了袁家。不料早上刚过门，后晌方德稳却仿佛是从天而降，竟奇迹般地回到了家里。

方德稳没有死，而是被四川军阀抓了壮丁。逮个机会，他这才冒死逃了回来。原以为马上就能跟父母、跟妻子欢聚一堂，不想家里竟发生了这么大的变故。一纸诉状方德稳将袁德滚告到了县府、告到了新任知事薛笃弼的堂上。

自古清官难断家务事。头一天到任，第二天薛笃弼就碰上这谁见了谁都得挠头的官司。一宿没合眼，黎明前薛知事终于有了主意，既没传原告，也没传被告，他单独传讯了当事人莫莉花。

见新任知事为人和蔼，哭哭啼啼将事情的前前后后、原原本本，莫莉花详细地跟他倾诉了一遍。最后，她再三恳求薛知事替她做主，并千方百计成全她的夙愿。频频颔首，薛笃弼先是对莫莉花表示嘉许，接着如此这般，他又嘱咐了她几句。

附耳给班头面授机宜后，薛笃弼这才大声吩咐传原被告和一干人等。

大堂上理直气壮，原告方德稳说他是明媒正娶，薛笃弼一边听，一边不住地点着头。振振有词，被告袁德滚也说他有三媒六证，薛笃弼一边听，一边又不住地点着头。堂上袁德滚在前，方德稳在后，莫莉花又被班头带到了中间，跟雁阵似的，取斜向三个人排成了一"撇"儿。

"自古清官难断家务事。"薛笃弼道，"依我看人断不如天断。现在由当事人莫莉花抓阄，抓到谁，说明她跟谁有缘。方、袁两家，你们，就听天由命吧！"言毕当着众人，在两张纸上，他分别写上了"前夫"、"后夫"。教班头拿着让众人一一过目后，两张纸又分别被揉成了纸团。

方德稳、袁德滚也都仔细地看过了。心里虽都是十五个吊桶打水——七上八

下的,却又提不出什么异议。

纸阄被端到了莫莉花的面前,这两个纸阄在她的眼中,咋看咋像是两只没尾巴的蝎子,犹豫了半天,她却还是迟迟地不敢下手。

在班头的一再催促下,猛地捏起一个,莫莉花随即又丢在了地上,那样子,活像是被蝎子蛰了一下。

放下盘子,班头又捡起了纸阄,在众目睽睽之下,纸阄被他小心翼翼地打了开来。

见呈现在眼前的是"后夫",跟皮球似的,袁德滚竟兴奋地弹了起来,方德稳却再也稳不住了,不由自主,他竟前后左右地摇晃起来。

"莫莉花,还愣着干啥?"薛笃弼大声地吩咐道,"快跟后面的丈夫回去呀!"闻言方德稳这才如梦初醒、终于又稳住了自己,袁德滚却吃了一惊,皮球也跟泄了气似的,再也跳弹不起了。

堂上,袁德滚大声地喊起了冤枉。薛笃弼怒道:"昭昭日月,朗朗乾坤。一切都是天意,你有何冤枉?"也不松火,袁德滚竟质问起薛笃弼:"请问知事大人,她要是抓了'前夫',你又作何判断?"薛笃弼道:"那自然是你的人了。"闻言冷笑了两声,袁德滚这才道:"不对!你仍然会判给他,因为他才是她真正的前夫。"

经袁德滚这么一说,众人也似有所悟,于是,竟纷纷地议论起来。心想这袁德滚果然是圆的滚,薛笃弼又道:"这么说连天意,你都不服?"犀牛望月,袁德滚傲慢地道:"对!背着手尿尿,我就是不服(扶)!"闻言薛笃弼勃然大怒,道:"来人!把莫莉花带下去。我就不信你猫不吃糍子!"

一声吆喝后,莫莉花被带了下去。见知事大发雷霆,一时又弄不清他葫芦里究竟卖的是啥药,众人正在惊疑,不想班头又失急燎毛地跑了回来:"不……不好了!莫莉花她……她……她她她……"

"她咋了?"闻言大吃一惊,薛笃弼站了起来。

"她她她……她一头撞死了。"班头说。

"快!快送医院呀!"气急败坏,薛笃弼忙道。

"去是去了……"班头讷讷地道,"只怕……只怕是,回……回不来了。"闻言一屁股,薛笃弼竟跌坐在椅子上……

"可惜!可惜……"薛笃弼喃喃地自言自语着,"想不到,竟是个烈性的女子。"这时,方德稳已经失声地恸哭起来,袁德滚却脚踩西瓜皮——抽身就溜。

"站住!"薛笃弼大喝道,"一人一半,你两家准备后事吧!"袁德滚却是只走不歇,道:"不是都判给他了吗?跟我毯不相干!"说着,竟扬长而去。

刚出大堂,袁德滚却停下了、呆住了,好端端地站在廊下,莫莉花不但没死，看起来连一根头发，她都不曾少下。这时跟着薛知事，众人也赶了出来。看见莫莉花，方德稳也呆住了。轻移莲步，莫莉花却走过来跟他道："快，还不快谢过薛大人！"说着提衣，她已跪倒在地上。恍然大悟，赶过去跟莫莉花，方德稳跪了个并排，给薛笃弼连着磕了三个响头后，小两口这才千恩万谢地告辞而去。

目送莫莉花、方德稳出了门。回过头对着袁德滚，薛笃弼讥讽地道："脚底下，你不是挺明白的吗？跑呀，咋不跑了？若是还不服，你接着往上告！"

满以为有冯玉祥的批字，这场官司是赢定了，回南河镇的路上，佘有志跟陈静远许愿说："打了半辈子的雁，这次，竟被雁啄瞎了眼。你救了叔一命，只要能要回佘福庄，叔拿出一千元谢承你，绝不食言！"不料陈静远却道："佘叔，你以为佘福庄真的能要回来吗？"闻言，佘有志又吃惊了："冯师长都批了字，还能反水？"不以为然，陈静远又道："冯师长批了字不假，可他只说要薛知事秉公办理，却没说将佘福庄一定判给咱。何况那个薛知事是啥态度，还难说。"

闻言半晌无语，佘有志像是一块烧得通红通红的铁块，刚出炉，却又被"哧"的一声塞进了冷水。被淬火后，他大失所望地道："要不回佘福庄这官司，咱还有啥打头？"陈静远却道："佘叔，你眼里若能容下姓钱的这颗沙子，眼看他在佘福庄摇来摆去而不生气，那咱就一口气好忍，这官司不打也罢。"一听到那个"钱"字，佘有志满肚子都是气，他咬牙切齿地道："不，这官司咱非打不可！就是让火着了，就是教水吹了，佘福庄也不能落在那个王八羔子的手里。"闻言，陈静远这才笑着道："佘叔，这话你算是说对了。人活一口气，树活一张皮。依我看只要佘福庄不姓'钱'，这官司，咱就算打赢了。"闻言，佘有志附和道："对对对，就是这个理。咱不为锅不滚，就为气不圆咯！"陈静远又道："要不是陈树藩垮了台，你就是不从城墙上跳下去，也得被那个姓钱的活活给怄死，与其人财两空，还不如拼他个鱼死网破。不过，你也得有个思想准备，依我看，佘福庄怕是要充公。"

看完诉状，对佘有志薛笃弼说的，竟跟陈静远的如出一辙。在队伍上出乎其类，又拔乎其萃，陈致远已令佘有志暗暗吃惊，而小小年纪，竟敢跟一师之长叫板，又料事如神，陈静远更是让他惊叹不已。同样是娃，生在人家陈家，却一个比一个还要优秀、还要出色，而生在他佘家，却一个比一个还没出息、还窝囊。

前头有车，后头有辙。上梁不正下梁歪。只知道抱怨孩子，却不知道反省自己，看来直到现在，佘有志还是没把世事弄明白。

佘福庄充公已成定论，但充公后派何用场，由谁来管，一时薛笃弼的心里，却还没个谱儿。何不到实地走走？想到这儿，他一面着人去西安传被告钱智仁，一面亲自到佘福庄前去勘察。

路过南河实业学堂时，薛笃弼不觉心里一动，踌躇片刻后，他这才又跟着众人，来到了佘福庄。

"好家伙！"望着黑森森跟城堡似的佘福庄，随行人员惊叹地道，"比咱的衙门还要气派！"

命人将院子反复丈量、做了记录，又将房产一一登记、绘出了图纸。在图纸上标注了尺寸后，薛笃弼这才命人用盖有县府关防的封皮，封上了佘福庄大门。

返回途中，都到了河西堡，随行人员这才发现他们将薛知事给丢了。大惊失色，沿原路，众人又找回到佘福庄。见大门上的封皮完好无损，众人益发地急了。

"薛知事——薛知事——"用双手当喇叭，向各个方向扯着嗓子，众人此起彼伏地呼喊着……

"甭喊了。大人在那儿！"指着南河实业学堂，一个人道。放眼望去，果然见薛笃弼被一个风雅十足的，从学堂送了出来。

"啊呀！"见了薛笃弼，众人纷纷地埋怨着，"有事也不吩咐一声，把人都快急疯了！"

"又不是三岁的孩童，还能走丢不成？"薛笃弼却道。指着那个风雅十足者对着众人，薛笃弼又道，"来来来，过来，都过来！让你们也见识见识，这位可是咱们县的大儒、是赫赫有名的陈德润陈先生，这所学堂，就是先生创办的。受原省长李根源之托，先生编写的《陕西通志》已经杀青，光书稿，就摞了近两尺高。"

闻言众人都不禁肃然起敬，于是纷纷上前施礼，陈德润也以礼相还。

死猪不怕开水烫。连看都不看一眼，阳都县的传票便被钱智仁撕得粉碎，不干不净，他还说了不少的难听话。

"他都说了些啥？"薛笃弼却并不意外。

"他说咱的传票擦尻子，他还嫌纸太硬。还说……"班头欲言又止。

"说呀！他还说了些啥？"薛笃弼追问道。

"他还说……"班头嗫嚅着，"说薛知事是提着碌碡打月亮——既知不道远近，又掂不来轻重。"见薛知事闻言既不恼、也不怒，他又补充道，"要不，给冯师长写封信。我去找他，让他给咱帮个忙。"

"不用了。回去歇息吧。"薛笃弼轻描淡写地道。

第二天在报纸的头版上，刊登了一条启事。

被告钱智仁，自登报之日起，限你三日内到案。否则，本县将作出缺席判决。

中华民国陕西省阳都县

当天下午不可一世的钱智仁，便乖乖地到案了。他是乘专车来的，还被几个全副武装的士兵寸步不离地"保护"着。将一沓状子递给薛笃弼后，带队的军官道："冯师长，不不不。冯督军吩咐了，这些案子，请薛知事一并办理。另外，他还一再叮咛说宣判时，务必提前通知他一声。"

这几天，可把薛笃弼给忙坏了。几十张状子，有告钱智仁索贿受贿的，有告他敲诈勒索的，有告他走私军火的，还有告他欺男霸女、逼死人命的……

在钱智仁西安的私宅里，薛笃弼果然起出各式长短枪支一十八支，子弹计八百六十二发。经查证落实，钱智仁前后强奸民女达二十六人次，逼死两个。

铁证如山！见抵赖不过，钱智仁索性一一地招了供、画了押。被戴上手铐、被砸上脚镣后，他又被打入了死牢。

依法薛笃弼判处钱智仁死刑，立即执行。冯玉祥核准了这个判决，他的批字是：罪大恶极，就地枪决。

这天，公审公判大会在南河镇举行。河岸上，已经搭起了台子，渭北的，被船工们一船又一船地送到了南岸，跟过队伍似的，西安的，也成群结队地赶到了南河镇。南河镇一带更是村村空巷、户户落锁，连那些黄狗、黑狗和花花狗也都跟在主人的左右，一路撒着欢儿去凑热闹。

多年来战火连绵，死的人何止千万？打扫战场时慢说是大人，就连那些七八岁的顽童们也都是争先恐后。在那些死鬼的口袋里大人们翻寻着铜圆、麻钱，孩子们则抢拾着那些黄澄澄的炮子、炮壳。连那些原先为抢一个死娃而大狗咬小狗、公狗咬母狗的畜生们，后来对那些缺胳膊少腿的死人，竟都不屑一顾了。

死于战乱的，已经是司空见惯而算不上什么稀罕了，但清清白白被活活处死的，却并不多见。据说在临刑前死因有的是大骂不止，有的还唱着桄桄乱弹，有的却是昏迷不醒、已经吓骨瘫了。临刑前钱智仁是大骂不止，是唱桄桄乱弹，还是吓骨瘫了，却不得而知。大家谁不想看个究竟？又有谁不想一睹新任知事薛笃弼、新任督军冯玉祥的风采？

在日头冒花的时候，跟在一辆小车的后面，两辆卡车缓缓地驶进了南河镇。小车刚一停稳，从后面的两个车门中一左一右，同时跳下两个全副武装的年轻军官。前头的车门被年轻军官打开后，一弯腰，又下来一个中年军官。尽管三个军官的服装一模一样，人们却还是从年龄、从派头、从坐车的前后以及下车的先后

上做出了判断。那个身材高大，年龄稍长，坐在前面却下在后面的，无疑便是具有传奇色彩的新任督军了。

黑压压的人群，立即跟潮水般地拥了过来。一边走一边抱着拳，冯玉祥不住的、前后左右地向人们拱着手，致着意。

从卡车上跳下的，是百十个全副武装的士兵。都是十八九二十左右的精壮小伙子，手提快枪，跑着步他们训练有素地分别向左右两侧散了开来。三步一岗，五步一哨。人海刚像退潮似的退了下去，旋即却又跟涨潮似的拥了上来……

被薛笃弼迎上主席台，又寒暄了几句后，在中间冯玉祥正襟危坐。

跟粽子一样被五花大绑着，钱智仁已经立不住筒子了。跟拖死猪一样，两个士兵将他拖上了被告席。原告有二三十个，低着头站在最后的，是佘有志。人潮又开始涌动，刚涨上来，旋即又退了下去，刚退下去，旋即又涨了上来……

就钱智仁一案，薛笃弼开始了宣判。鼎沸的台下，一时，又变得鸦雀无声。宣判的声音尽管已达到极限，但除前面的几个外，大多数却还是没能听清。底下免不了又是一阵骚乱，当宣判到佘福庄时，一时，底下又奇迹般地静了下来。

"咋判的？"

"佘福庄判给谁了？"

大多数却还是没听清楚，已顾不上认识还是不认识，大家急切地互相询问着。

眼看着从薛笃弼的手里，陈德润接过了判决书，底下，这才重新又静了下来。大家明白了，同时，也吃惊了，这个结果，出乎了所有人的意料。

上面，薛笃弼足足宣判了半个时辰；下面，大家却只听到了两个字——枪决。

判决一结束，钱智仁立即被拖下台向东走去，人潮，随即也跟着拥了过去。

秩序顿时大乱，那些身强的、力壮的，都争前恐后地向东拥着、挤着。那些年老的、体衰的，那些拖儿的、带女的，那些身怀六甲、腆着大肚子的，却都是身不由己，在裹挟下他们不得不跟着一块向东移动、再移动……有大呼的，有小叫的；有呼儿的，有唤女的；有喊爹的，还有骂娘的……

叭叭！两声脆响结束了一个罪恶的生命，却没能结束这场混乱，这场混乱，反而变得更加地混乱……

第五十章

闻陈德润创办义学,又编写《陕西通志》,看似一介武夫,只粗通文墨,却从来手不释卷,并一向重视教育,更敬重饱学之士的冯玉祥顿时来了兴趣。在薛笃弼的陪同下,他兴致勃勃地来到了南河实业学堂。

"陈德润,这名字好熟!似乎在哪儿见过,一时,却又想不起来了。"路上对陪在一旁的薛笃弼,冯玉祥道"报纸。在报纸上吧!"薛笃弼提醒道"对对对,不错!是在报纸上。"冯玉祥恍然大悟,"驱逐陈树藩,他可是立下了汗马功劳。那两篇文章的力量不亚于我一个师的人马,题目好像是……"不住拍着脑门儿,他努力地回忆着。

"一篇是《陈树藩监守自盗,毕士博卷土重来》,另一篇是……"

"是《陈树藩西安递刀,李栋材南仁行凶》,对不对?"经薛笃弼提醒,冯玉祥突然想了起来,并说出了另一篇。

有些日子没回家了,公审公判大会结束后,陈德润、孙兰玉没有急着去南河实业学堂,而是回到了英华医院,借机他们要看望一下年事已高的老神仙、老秀才。

学堂里陈致远、陈静远兄弟,正忙着整理《陕西通志》的书稿,久别重逢,兄弟俩有说不完的话题。兴致勃勃,陈静远询问他哥在靖国军中的情况,听完井勿幕南仁遇刺,靖国军武汉擒凶等惊心动魄的经历,他唏嘘不已。

"哥,我也想当兵。"缠绾着陈致远,陈静远道,"你带上我,咱俩一块去报效国家。"

"不行,不行!"陈致远道,"当兵可是玩命的事,万一有个闪失,这一家老小谁来照看?这次我走得了走不了还难说,光咱爷这一关,就过不去。再说了,若不是你弄清了行踪,李栋材我们未必就能顺利地抓到。没重视你的提醒,胡司令他也是后悔莫及。自古忠孝不能两全。爷爷、外爷都是有今天没明天的人了,咱爸、咱妈也都上了年纪,特别是咱爸,没见他老是咳嗽?两年不见,两鬓染霜、竟衰老了不少。依我看,咱俩总得有一个留在家中,以尽孝道。眼下国难当头,急需我们这些军人去冲锋陷阵、效命疆场。将来国家统一了、不打仗了,我们自然也就鸟尽弓藏了。到时候建设国家、繁荣国家,还不得靠你们这些文化人?你还是好好念你的书,书念成了,同样能报效国家。到时候解甲归田我回来照看老人，让你去建设国家、一展宏图。咋样？"说完，他期待地盯着弟弟。

"那好。咱一言为定！"见他哥说的有理有据，陈静远终于冷静了下来。

"决不食言！"说着话题一转，陈致远又关心地问起了弟弟，"你咋相？在学校钱够不够花？"陈静远正待开口，却见冯玉祥、薛笃弼走了进来，于是吃惊地道："啊！是冯督军，薛知事。"

"诶，你咋也在这儿？"见到陈静远，冯玉祥先是一愣，接着，他又惊讶地道。"你们……也认识？"看了看冯玉祥，又看了看陈静远，薛笃弼更是惊讶不已。没想到弟弟竟认识冯玉祥，或者说没想到冯玉祥竟认识弟弟，陈致远更是一脸的惊讶。

惊讶归惊讶，却不便、也顾不上多问，招呼客人坐下后，陈致远忙去沏茶。

"岂止认识？"对着薛笃弼，冯玉祥笑道，"我们已经是老朋友了。告钱智仁的状子，就是小伙子写的。领原告闯我的师部不说，他还警告我说，如果你薛笃弼用偏刃子斧头斫，他还要寻我的麻达。人说初生牛犊不怕虎，他却是天不怕地也不怕。"见薛笃弼惊得一愣一愣的，指着他对着陈静远，冯玉祥又打趣地道，"小伙子，你没看他的斧头是双刃子，还是偏刃子？"见陈静远不好意思，他又进一步逗他道，"若是偏刃子，无须你多跑路，薛知事他就在跟前，我先问他个徇私枉法之罪，然后，再负荆向你请用人失察之罪，如何？啊，哈哈哈哈……"

"看了状子，我不禁暗暗叫绝。"闻言薛笃弼赞叹地道，"以为如此如刀之笔，至少应出自五六十岁的老举人之手，却万万没料到，笔者竟是个十七八岁的学生。难得，实在是难得！"

"惭愧！薛知事过奖了。"受到夸奖，陈静远更加地不好意思了。

"听原告说，"薛笃弼又道，"他的命，还是你救下的？"

没说是，也没说不是，陈静远只微微地点了点头。

"还有这事？"这回轮到冯玉祥吃惊了，"我咋一点儿都不知道？"

"是原告无意中提到的。"薛笃弼道，"由于忙，还没来得及跟你提起。"接着将陈静远救佘有志的经过，他简要地跟冯玉祥说了一遍。

"噢，原来是这！"闻言冯玉祥更加吃惊了，"虽说不到好处去，原告他却也是人命一条。救人一命，胜造七级浮屠。小小年纪，不简单呐！"

"冯师长，"岔开话题，陈静远道，"对薛知事，你咋就那么有信心？"

"他吗？"指着薛笃弼，冯玉祥哈哈大笑着道，"多年的老伙计了，我还能不了解他？"

"你们……"这回轮到陈静远吃惊了，"你们是老相识？"

"岂止是老相识？"闻言薛笃弼道，"远在民国三年，在冯督军还在当旅长的时候，我就是他的部下。"回过头对着冯玉祥，他接着道，"记得在旅部，当时我是秘书长，还兼了个军法处长，对不？"

"是啊。"闻言，冯玉祥不禁感慨万千，"眨眼间，七八年又过去了。"

"哦，原来是这！"闻言陈静远这才恍然大悟。

"诶！"对着陈静远，冯玉祥突然又道，"你还没回答我，你咋也在这儿？"话题又被他引了回来。

"噢，我家就在南河镇。"陈静远道。

"家？那陈山长……他是你的什么人？"闻言，薛笃弼似有所悟。

"是家父。"陈静远回答说。指着提着水进来的陈致远，他又道，"这是我哥。"

"陈致远。"陈致远自报着家门。

"哦，原来是这！"恍然大悟，薛笃弼喃喃地道，"果然是有其父必有其子。"

"那，你呢？"对着陈静远，冯玉祥又道，"你叫啥名字？"

"陈静远。"陈静远也自报着家门。

"致远……静远……"冯玉祥念念有词，"宁静致远。好，这两个名字取得好！"先是若有所悟，接着，他又连连地赞叹着。

"那你爸呢？"对着陈氏兄弟，薛笃弼道，"他不在家？"

"回家看我爷爷、我外爷去了。"陈静远道，"少时就来。"

"冯督军，薛知事，二位请用茶。"陈致远道，"我这就去叫俺爸。"将茶放在客人面前后，转身他便走了出去。

"看样子，你哥也是当兵的？"一边翻看着《陕西通志》，冯玉祥一边道。

"督军好眼力！"脱口而出，陈静远道。

"哪部分的？"闻言，冯玉祥不经意地又道。他继续一页页地翻阅着《陕西通志》。

"靖国军，胡景翼部。"陈静远道。

"靖国军？胡景翼？陈致远？"闻言，冯玉祥停止了翻阅，正在用茶，薛笃弼也下意识地抬起了头，两对吃惊的目光，被他们同时投向了陈静远。见二人吃惊的样子，陈静远不禁也吃了一惊，无意中脱口而出，他竟说破了他哥的真实身份。

"是不是背井勿幕回渭北，又生擒李栋材于武汉的那个陈致远？"冯玉祥追问道。毕竟还是个孩子，还是个中学生，已经紧张得说不出话来，陈静远只下意识地点了点头。"外面风传说靖国军都是些土匪，看来是胡说八道！"闻言冯玉祥感慨地道，"没想到胡景翼的队伍里，竟有如此优秀的人才！"

见冯玉祥这么说，陈静远那紧张得几乎都要绷断了的神经，这才慢慢松弛了下来。

"抱歉。"抱着拳陈德润道，"实在抱歉！让冯督军、薛知事久等了。"随着一阵急促的脚步声，他匆匆地走了进来，紧随其后的，是陈致远。

见他爸、他哥汗津津的样子，将毛巾打湿后又拧了拧，陈静远一人一条地递给了他们。

"来来来，快坐下！"薛笃弼道，"坐下歇歇。大热的天气，又上了年纪，您悠着点儿！"

"值得一等！"冯玉祥附和道，"这里有静远陪着，我们已经是老朋友了。"

"听致远说了。"擦过脸陈德润道，"孩子小，不会说话，有冒犯之处，还请冯督军、薛知事海涵。"

"不会说话？"闻言，冯玉祥诙谐地道，"还不会说话！不会说话都这么厉害，如果会说话这个督军，我都得让给他了！有胆有识，又敢作敢为，我喜欢这小伙子。可惜！可惜他不是我的。"对着薛笃弼，他接着又道，"甭说俩，这么有出息的儿子有一个，《圣经》我也算没白念！子良你说是不？"

"是啊！"薛笃弼也不无羡慕，"两个儿子一文一武，都十分地了得，陈山长，你好大的福气哟！"

"别说了，快别说了。再说，就折杀陈某了。"忙岔开话题，陈德润道，"忙中偷闲二位到此，不知有何见教？"

"见教？哈哈哈哈……"冯玉祥笑着道，"不是见教，是讨教！冯某乃一赳赳武夫，若论冲锋陷阵，还能凑活一二，若要主政一方，却实感力不从心。原想着只要赶走陈树藩，就万事大吉了，不想面对千疮百孔的政局，连督军阎公相文都回天无力，不堪重负，他竟走上了不归路！今临危受命，要冯某当此重任，何异于赶着鸭子上架？虽有心做事，却回天乏术，请问先生，当务之急若何？"

"将军言重了。"陈德润道，"三秦虽富庶之地，奈何烽烟四起，兵匪连年，致民不聊生，府库空虚，以陈某愚见，息战乱以解民倒悬，谋和平以充实府库，乃当务之急。"

"愿闻其详。"冯玉祥道，"还请先生明示！"

"陈树藩祸陕多年。"陈德润又道，"今虽为将军所败，却还负隅陕南，可斩草除根，以防死灰复燃。靖国军虽鱼龙混杂，却毕竟为共和而战，是义军。其愿留者，特别是那些有胆有识之士可善待之，在整肃后以为我用。愿去的只要不乱政扰民，可随其便，而不必强求。鸦片乃祸国灭种之大患，不严禁则无以求存图强，可征、禁并用，图之以徐。切不可急功近利、操之过急，致欲速却反而不达。至于……"

"这里没有外人。"见陈德润欲言又止，冯玉祥忙道，"先生但讲无妨，不必多虑。"

"'山高'必有虎狼，将军不可不防。"闻言，陈德润接着道，"且不可心慈手软，以免养虎为患，遗祸无穷。"

陈德润这句没头没脑的话别人也许不懂，作为局内人，冯玉祥却是再明白不过。"山"下有"高"，不就是"嵩"字吗？陈德润所说的"嵩"，指的是河南嵩县，又暗指时任陕西省长的刘镇华。刘虽原籍巩义，其势力却遍布嵩县，是镇嵩军之鼻祖。

"多谢先生提醒！"闻言冯玉祥恍然大悟，"但不知'曹操''东吴'的那八百食客，当何以应对？"

冯玉祥所言别人也许不懂，陈德润却是再明白不过了。冯玉祥所说的"曹操"，无疑是贿选总统曹锟曹仲珊，而"东吴"除长期盘踞东都洛阳的吴佩孚外，还能有谁？

"陕地庙小，自然敬不下那八百罗汉。"陈德润道，"慢说供奉不起，就是供奉得起，只怕一时不周，他们便要兴风作浪。不如给点儿'香火'，将其送回'天庭'。会得罪的得罪一个，不会得罪的得罪一窝。可倚西北以求自给，量他曹、吴也奈何将军不得。"

"先生所言，如醍醐灌顶，让冯某茅塞顿开。"闻言冯玉祥更加地激动了，"不过，冯某还有一不情之请，不知……"

"但讲无妨。"见冯玉祥欲言又止，陈德润道。

"兵者，丘八也。"闻言，冯玉祥这才诚挚地道，"冯某愚钝，却也知要带出一支训练有素的劲旅，除军纪严明外，还须提高将士的学养。不知先生能否助我一臂之力？"

"承蒙将军看重。"陈德润坦诚地道，"虽非秦人，将军却处处为秦人计。能为将军效力以报三秦父老，乃陈某之造化，岂有推辞之理？但凡用得着时，请将军尽管吩咐。"

"听君一席话，胜读十年书。"闻言冯玉祥深受感动，"先生所言既高屋建瓴，又切实可行。今又不辞劳苦，鼎力相助，除上报国家，下安黎庶外，冯某无以谢先生矣！"

"将军又客气了。"陈德润道，"身居高位而能跟士民同甘共苦者，唯将军耳！今又以佘福庄相赠，其报国爱民之心，已不言而喻！言谢的应是陈某，而非将军。"

"你我相见恨晚。"冯玉祥道，"再客气，就见外了。创办义学于前，修

《陕西通志》于后，这一切，先生难道又是为了自己吗？"

"既如此，我们就并肩携手，共赴国难吧！"冯玉祥、陈德润、薛笃弼几乎是不约而同地道。说着，三个人又不约而同地站了起来。三颗心心心相印，心有灵犀，六只手也紧紧地握在了一起。

在西安，陈德润这才真正看到了冯玉祥的艰难。督署里食客如云，光这些嘴每见一个日头，少说，也得千二八百的现大洋。这些钱本应由省长刘镇华来筹措，他却一毛不拔不说，而且一见面便是告不尽的艰难。

酒足饭饱，八百罗汉们无所事事，轮番地围着冯玉祥，他们又是要钱、又是要官。心里烦闷，这些人又跟苍蝇似的让人恶心，正要强行将其遣散，冯玉祥却被陈德润劝住了。对冯玉祥附耳，陈德润暗授了机宜。闻言冯玉祥紧绷着的脸，这才慢慢地放松了，一边听一边笑，一边，他还不住地点着头。

趾高气扬，当食客们又一次围住冯玉祥纠缠不休时，冯玉祥却破例地笑着道："千军易得，一将难求。冯某正要追剿陈树藩的残部，却苦于没有主将，哪位大人若愿领衔前往，冯某定当授以陕南镇守使的实职。有人挂了帅，其余诸位，还愁没得官当？陈树藩搜刮的民脂民膏不少，打了胜仗，还愁没得钱花？"

言毕用目光，冯玉祥逐个地征询着众人。面对冯玉祥那深不可测的微笑，这些一向养尊处优的酒囊饭袋们却像是牛瞅见了刀子，垂着脑袋，他们偷偷地面面相觑着。

"捷足者先登。"见无一应卯，冯玉祥又鼓励道，"这是个肥得流油的实缺，诸位，可千万莫要错过哟！"见仍然没人吱声，他接着又道，"整天吵着闹着跟冯某又是要钱、又是要官，诸位今天这是咋的了？若是再没人应声，我可就要点将了！"

听冯玉祥说要点将，众人吓得扭头就走，拥挤中不小心，有人竟撞在了门框上。见状，冯玉祥哈哈大笑着道："既然不肯赏脸，又不肯屈就，那就另攀高枝、另谋高就吧！听好了。作为盘缠，军需处给每位准备了十块钱。从明天起，这里不再管饭咧！啊——哈哈哈哈……"

那些抢在前面的，眼看着不可一世地走了进去，却又垂头丧气地走了出来。院子里那些三个一团、五个一堆，正一边高谈阔论，一边等待机会的先生大人们，这时，也似乎感到情况有些不妙。他们没有像以前那样趁虚而入，而是围住捷足先出者纷纷打问起消息来。

捷足先入者，也捷足先出。他们一边落荒而走，一边没好气地道："快去收拾行装，准备打道回府吧！慢说是一官半职，连馍笼子都被姓冯的，给搋到二梁上去了。"

趋之若鹜，八百罗汉们又争先恐后地去领盘缠。门可罗雀，已冷清了多时的军需处顿时又门庭若市。

北面，冯玉祥命张之江为和平使者，持亲笔信去跟胡景翼、曹世英握手言欢，南面他又任吴新田为陕南镇守使，并命其克日南下，去追剿陈树藩的残部。

军政虽初趋稳定，财政却依然是捉襟见肘，好几个月弟兄们都没领到军饷了。一日三餐难以为继，部队都快揭不开锅了。背地里有人已经说起了怪话，要不是冯玉祥跟部下们同甘共苦，部队即便是不哗变，扰民的事，却怕是难以幸免。

兵马未动，粮草先行。总不能让弟兄们饿着肚子去打仗，何况吴新田也不断地在催要着粮秣。冯玉祥想恳请关中名士薛秀清出任财政厅长，不想，却被省长刘镇华给回绝了。没趣一齐来，就在冯玉祥心急如焚、一筹莫展的时候，副官又报告说督署对面的烟馆，昨晚竟被人持枪抢劫一空。

"去去去！"正在烦恼，摆着手冯玉祥道，"去找城防司令。这些小事，以后就甭再烦我了。"

碰了一鼻子灰，转过身副官正要离去，不想却被陈德润拦在了门口："且慢，这事非同小可！"对着冯玉祥，他接着道，"持枪抢劫，又发生在督署的门口，将军，你就不觉得蹊跷？"

一经提醒，冯玉祥这才恍然大悟，于是忙改口吩咐副官道："去！把张治功、邓哲熙给我找来。"

一进督署城防司令张治功、军法处长邓哲熙都不约而同地大吃了一惊。惊问其故时，冯玉祥却道："烟馆在督署的门口被抢，你俩可曾知晓？"张治功、邓哲熙忙道："听说了。已经着人在调查。"指着自己脚上的镣铐，冯玉祥又道："案子发生在督署的门口，我这个当督军的自是难辞其咎。你们啥时破案，我啥时去掉刑具。"

闻言张治功、邓哲熙，被吓得魂飞魄散。亲自出马，一个顶仨。案子连夜被破获了，案犯——刘镇华部的两个营长已被打入了死牢。

第二天的午时三刻，就在这家烟馆的门口，当着省长刘镇华的面，两个案犯被就地处决了。枪声过后，围观的百姓们竟山呼着万岁，刘镇华跟他的死党们却一个个面如死灰。

又一次扎起的尾巴，终于又被刘镇华重新夹回了尻渠子，冯玉祥再次要薛秀清出任财政厅长时，他不但没再反对，而且还乖巧地道："冯督军，你看着办吧！"

未几，薛秀清走马上任了。果然是理财的高手，上任伊始他既大刀阔斧、又雷厉风行，通过整顿纸币、清理盐务、重罚毒贩等一系列的得力措施，陈树藩滥发的面元纸币由开始时的二角,迅速增值回升到六角、七角、八角……

按照陈德润的主意,薛秀清不但顺利地出了山,而且还大有作为,既稳定了金融,又稳定了市场,然而更为重要的,是稳住了人心。冯玉祥也又一次地挫败了刘镇华。

烟酒不沾,对鸦片更是深恶痛绝,冯玉祥本想严禁,不想薛秀清的主张,竟跟陈德润的如出一辙,说鸦片禁是要禁,却不可立禁,立禁势必让税源中断、军饷无着而引发兵变,不如先寓禁于征,然后再徐徐图之。冯玉祥无奈,只得退一步下令将烟税翻番,同时又于关隘要道处处设卡,以防偷税、逃税。

一天刘郁芬在潼关截获的一批烟土,竟多达十万余两。自恃有省长刘镇华作为后台,烟贩竟胡搅蛮缠、拒不纳税。因牵扯到省长刘镇华,不得已,刘郁芬只得打电话问冯玉祥要主意。电话里,冯玉祥强硬地道:"可再晓之以理。若还不知趣,就缴之以武力,绝不姑息养奸!"

见给脸不要脸,刘郁芬立即将烟贩、烟土悉数扣留。

这才知道狼是个麻麻子。在乖乖照章缴足了烟税后,烟贩们这才抱头鼠窜、落荒而去。

不久,冯玉祥又调薛笃弼任长安知事。看似平调,实则升迁,虽都是县制,长安却辖着半个西安。半个西安既归薛笃弼管辖,刘镇华的权力自然是大打折扣了。

这天山民们报告说有洋人偷猎终南山,已打死了两只羚牛。闻报薛笃弼勃然大怒,于是立即着人,将两个洋人带回到县衙。经审讯,始知一个是美国人,叫安德斯;另一个是英国人,叫高士林。

"于终南山行猎,"薛笃弼道,"可有中国政府之批准?"

"羚牛是野生。"安德斯反问道,"打几头无主的野牛,难道还需要谁的批准?"

"无主!谁说无主?"闻言薛笃弼厉声地道,"在中国,在陕西,就是中国的,也是陕西的。既未获准,就是偷猎,还敢藐视我泱泱中华,又践踏我中国法律!"

自觉理亏,低下头安德斯不再言语了,恬不知耻,高士林却是蛮不讲理:"偷猎?笑话!在中国行猎我们也不是头一回。历来都不需要谁的批准。"

"嗬!还真有贼不打三年自招的。"既好气又好笑,反唇相讥,薛笃弼道,"看来,还是个惯偷。初犯尚情有可原,既是惯犯,当罪加一等,严惩不贷!"闻言,安德斯忙白了高士林一眼。视而不见,拿出护照,高士林继续强辩道:"这上面不是明文规定,外国人可以携猎枪入境吗?"闻言,薛笃弼怒道:"允许携带猎枪，难道就是允许偷猎吗？照这么说如允许携带快枪，在中国你们就可以杀人放火了？不折不扣的强盗逻辑！"高士林依然不服气，道："在你们的法律上，也没明文规定不准外国人捕猎。"薛笃弼反驳道："在我们的法律上，也没明文规定外国人可以随便捕猎！"抱着双臂，高士林竟挑衅道："就算违法，一个小小的知事，你又能咋样？"拍案而起，薛笃弼大喝道："来呀！给我押起来！"

闻声而动。"哗啦"一声后，两个洋人，被戴上了亮铮铮的"银镯子"。被刑具加身，高士林气急败坏地道："我抗议！我要见你们冯督军，我要见冯玉祥……"

"见冯玉祥？"一个声音打断了高士林，"见冯玉祥又有何用？触犯了中国刑律，这个忙谁也帮不了！"回头看时，高士林突然懵了，原来说话的正是冯玉祥。跟在他旁边的，是陈德润。"中国有句古话，"冯玉祥接着道，"叫作'强龙不压地头蛇'。在薛知事的辖区，他说个钉子便是铁！"

自恃认识冯玉祥，并不把薛笃弼放在眼里，眼下见冯玉祥这么说，像霜后的柿子——高士林立马软了下来："不敢了，以后，再不敢了。看在朋友一场的份上，请冯督军替我们求个人情。"不以为然，冯玉祥却道："你们把事弄清，薛知事他才是这儿的父母官。中国还有句古话，叫做'县官不如现管'。在这儿不是我管他，而是他管我。"不失时机，陈德润也道："常言说得好！解铃还须系铃人。这里是薛知事说了算。"闻言，高士林不得不低声下气地乞求薛笃弼道："看在这两位的面上，还请薛知事网开一面，放我们一马吧。"

闻言，薛笃弼这才松了口："我们中国还有句古话，叫作'得饶人处且饶人'。既然认罪服法，且饶过这一次吧。下不为例！若再胆敢藐视我大中华、藐视我中国法律，可甭怪薛某我翻脸不认人！"高士林忙道："不敢了，借个胆我们也不敢了。谢过薛知事，谢过冯督军，谢过这位先生……"

在薛笃弼的示意下，军警们这才给二人打开了刑具，见两个洋鬼子抱头鼠窜、亡命而去，冯玉祥、薛笃弼、陈德润不由相互一视，忍不住抿着嘴，他们都乐了。

自古官不修衙，客不修店。放着现成的督署不用，在两个匠工的指导下冯玉祥自任工头，就地取材带领士兵于前满城的废墟上，他建起了一座简陋的新督署。充分利用废旧，木料，是从残垣断壁上拆下的旧木料，砖瓦也是从瓦砾中刨出的旧砖瓦。并非喜新厌旧，而是恰恰相反，冯玉祥嫌原督府院大宅深，又重门叠户，离部队、离百姓太遥远。又嫌其过于的富丽堂皇，住起来既不自在，又不舒坦。

白天跟士兵们冯玉祥一块搬砖运瓦、和泥砌墙，晚上跟军官们他又一起听陈德润旁征博引、讲经论道。

系统地讲完《孙子兵法》共一十三篇后，陈德润又逐个地讲解了《三十六计》。深入浅出，他变艰涩而又拗口的文言文为通俗易懂的民间俚语。引经据典，每讲他都穿插一个典型的战例，化枯燥的文字为生动的故事。

在"围魏救赵"中，他讲了孙膑、庞涓斗智斗勇的故事。在"欲擒故纵"中，他讲了诸葛亮"七擒七纵孟获"的故事。在"美人计"中，他讲了周公瑾"赔了夫人又折兵"的故事。在"空城计"中，他讲了孔明"西城弄险、挥泪斩马谡"的故事。在"苦肉计"中，他讲了"周瑜打黄盖，一个愿打、一个愿挨"的故事。在"连环计"和"借刀杀人"中，他又讲述了司徒王允将貂蝉"一女两许"——先许吕布、再献董卓。使其父子相残，借吕布之刀，成功除却了国贼董卓拥兵自重、祸国殃民的故事……

讲到赤壁之战时，陈德润对历来被认为是"江南实人"的鲁肃鲁子敬，做了独有见地的、高度的评价。说鲁子敬不但是大智若愚的政治家、是天才的军事家，而且，还是卓越的外交活动家。说他以其真君子的高风亮节，赢得了孙、刘两家的共同信赖，故奔走于孔明、周瑜之间传递信息、互通情报、化解矛盾、增强团结，非此人莫能属焉。还说若没有鲁子敬，就没有孙、刘联盟，没有孙、刘联盟，就没有赤壁之胜。没有赤壁之胜就没有三国鼎立的政治、军事格局。功盖三分！其建树之大远非孔明、周瑜等，所能及也。

讲到荆州之争时，他说子敬既不惜忍辱负重，又不辞劳苦地往返奔走于孙、刘之间，以其卓越的政治外交才能，他不断化干戈为玉帛，才使孙、刘两家虽时有不快，但终未因一地之争而伤了和气，让曹魏也无机可乘。在子敬不幸英年早逝后，孙、刘两家果然因荆州之争而反目成仇、互相残杀，结果弄得两败俱伤，被曹魏各个击破，以致相继亡国。他强调说："能如此识大体、顾大局、有大量者，除子敬外，更无人矣！倘子敬不死，三分天下未必就能一统归晋，鹿死谁手，尚未可知也！"他惋惜地道："诸葛虽智，却无力回天于已竟；子敬在天有灵，亦难瞑目于九泉。"

最后，他又一次感叹道："世人均以为子敬窝囊，竟无一知其高明也！"

第五十一章

纵观历史，再英明的政权免不了都要用些奴才，再腐败的政权，也少不得要用些人才。冯玉祥、薛笃弼可谓是腐朽政权下的佼佼者，是不可多得的人才。可惜督陕冯玉祥不到半年，知阳都事薛笃弼还不到两个月，俩人就相继地离任了。

从沉睡中，北国又一次苏醒了过来。大地虽已是柳暗花明，芳草如茵，生机盎然，空中却还是彤云密布，硝烟滚滚，战火连天。民国十一年的四月二十八日，酝酿已久的第一次直奉战争，终于无可挽回地爆发了。

长辛店吃紧。眼看支持不住，不得不收回成命，吴佩孚放弃了长于拍马溜须的刘镇华，而急令能征惯战的冯玉祥东出潼关，去参加对张作霖的作战。

调兵遣将，仅三个小时冯玉祥便将部队集结完毕。出征前，他致电胡景翼说，"讨伐奉张①，我即日离陕。若是要权利，可找刘镇华；若是想救国，请随我来。"胡景翼复电冯玉祥说，"国家兴亡，匹夫有责。胡某又岂能坐视？"

消息传到南河镇，陈致远更是心急如焚。他一边心不在焉地帮他爸、他妈整理书稿，一边跟他们嘟囔道："见机行事？机会，怕是再也见不着了……"

牢骚还没发完，一旁，电话铃却骤然响起。不情愿地抓起了话筒，陈致远又漫不经心地道："南河实业学堂。请问，你找谁？……谁？听不清……声能不能大点儿，说清楚些？"

"咋回事？"抬起头陈德润道，"哼哼哈哈的？"

"外地口音，听不大懂。"说着，陈致远将话筒递给了他爸。

"喂！你找谁……啥？是李省长。啊呀！可把你给找到了。在西安……啥？在河南……跟胡景翼……好好好！"

……

听到"胡景翼"三个字，陈致远忙将耳朵凑了过去，但除"陕西通志"四字外，他却还是一句都没听懂。

一旁，他焦急地等待着……

电话，终于被挂断了。

"爸，谁打来的？"陈致远迫不及待地道。

"李根源省长。"陈德润道，"从河南打来的。"见儿子并不在意，他又提醒他道，"跟胡景翼，他们在一起。"闻言儿子顿时来了兴致，而当老子的，却不满了，"哼！刚才还满腹的牢骚。这不，说来，机会就来了。去河南你去寻你的胡总指挥，我去找我的李省长，甭跟牛瞅刀子似的，赶紧收拾！"

"你？"闻言做妻子、做母亲的，却吃惊了，"你！你也要去打仗？"

"我？打仗？"见妻子吃惊的样子，丈夫笑了，"你呀，净瞎猜！跟李省长，我们要去上海！咱的《陕西通志》，也该付梓了。"

经过六年的辛苦，《陕西通志》终于定稿了。书稿被用油布严严实实地包了两层后，又被孙兰玉装进了老木匠专门为他们做的木箱。刚要上锁，妻子却被叫停了："慢！我咋还是有些不放心。"陈德润道，"油布还有，咱是不是再包上一层？"书稿被取出后，又包了一层。正要上锁，丈夫却又被叫停了："等等！将这点儿油布，干脆用完算了。"见油布还是没用完，孙兰玉道，"省得过一会儿，你又该不放心了。"

等陈德润、陈致远父子到达河南时，冯玉祥的李鸣钟部已大破奉张于卢沟桥附近的戒台寺。

部下李鸣钟在卢沟桥打了胜仗，上司冯玉祥在郑州却陷入到危机。脚踩两只船，豫督赵倜竟误以为是直系败北，甚至轻信讹传，以为洛吴②已经战死。见风使舵，临阵倒戈，他忙命胞弟赵杰、命军务帮办鲍德全兵分两路急攻冯玉祥的大后方——中原重镇——郑州。

前方喊杀声连天，萧墙内又突然火起——郑州告急！腹背受敌，就地转着圈圈，急得像热锅上的蚂蚁，冯玉祥却无兵可用、一筹莫展。

多亏胡景翼来得及时。正要派邓宝珊、李云龙驰援郑州，他却被接踵而至的陈德润，给拦住了。闻郑州危在旦夕，顾不上寒暄，陈德润对胡景翼道："舍近求远，虽疲于奔命，却未必来得及。不如就近直捣赵倜之老巢，以釜底抽薪。待其回防时，再在途中予以击之。马再快，也赶不上电话咯！此'围魏救赵'之计也！"闻言胡景翼大喜，于是采用了陈德润以逸待劳的围点打援之计。

见脚一到就有仗可打，陈致远早按捺不住，顺手摸支枪跟着邓宝珊，他便去了前线。

果然中计。回防途中，赵倜遭埋伏，反守为攻，郑州守军也跟踪追击、随后掩杀。腹背受敌，豫军全线溃退，接着，又全军覆没。不得已而步陈树藩当年之后尘，惶惶如丧家之犬，只身，赵倜逃往了上海。

两个势利小人，一对难兄难弟。

自恃跟曹锟、跟吴佩孚有旧，鲍德全却不但没逃之夭夭，反跟其他官员们一起，大不咧咧地迎接冯玉祥于郑州车站。

下车后一面应付众人，一面在熙熙攘攘的人群中，冯玉祥寻觅着他的救命恩人。在生死存亡的关键时刻，要不是胡景翼及时赶到，又挺身而出，他焉能有惊无险、大难不死、又转败为胜？

失之交臂，朋友加恩人胡景翼未见踪影；冤家路窄，仇家加冤家鲍德全却送上门来。见鲍德全那恬不知耻，又道貌岸然的样子，冯玉祥是怒火中烧、气冲牛斗。他一声令下，手枪营长李向寅闻风而动，跟粽子一样，鲍德全早被捆了个结结实实。面对这个反复无常、在关键时刻又落井下石、助纣为虐的势利小人，冯玉祥更不多问，便下令将其就地枪决。见鲍德全饮弹栽倒在血泊中，心头之恨，冯玉祥方得稍解。

在胡的师部，冯玉祥终于找到了胡景翼。不由分说，人高马大的胡景翼竟被马大人高的冯玉祥，给抱了起来："笠僧，你真是救苦救难的活菩萨！"闻言，胡景翼却指着一个人对冯玉祥道："救苦救难的活菩萨不是我，而是他！" 见竟是陈德润，拉住他冯玉祥惊讶地道："咋是先生！啥时来的？"陈德润笑道："昨天，昨天刚到。"胡景翼道："要不是先生来得巧、来得及时，你、我岂能转败为胜？"接着他又把陈德润运筹帷幄、决胜战阵的事，一五一十地说给了冯玉祥。闻言，冯玉祥越发地激动了："既有管仲、乐毅之才，又有诸葛孔明之智，先生真兴周八百年之姜子牙，匡汉四百年之张子房也！"闻言，陈德润却淡然地道："将军言重了！纸上谈兵而已。"指着另一个人，对着冯玉祥胡景翼又道："这位是原陕西省长李根源李先生。"闻言一手拉住冯玉祥，一手拉住胡景翼，李根源道："以大局为重，两位尽弃前嫌，实国家之幸、民族之幸也！"

关于冯玉祥、胡景翼的过节，说起来，话可就长了。

不单跟陆建章是安徽同乡，早年，冯玉祥还多次受到陆的提携。后来，陆又将内侄女嫁给了他，成了他名副其实的姑父。而"福平兵变"中，胡景翼却生擒了他的表弟陆承武，以其为人质帮陈树藩，他又将他的姑父陆建章赶出了陕西。因此对胡景翼，冯玉祥是既耿耿于怀、又心存芥蒂。

第一次直奉战争结束后，由陕西督军冯玉祥改任为河南督军，而非胡景翼莫属的陕西督军，却旁落在无尺寸之功的，刘镇华的手中。虽为胡景翼愤愤不平，却回天乏力，又左右不了政局，冯玉祥只能是徒唤奈何。

好事多磨，好人难做。陕督难当，豫督也不好做。这次虽没派五王八侯跟冯玉祥要官，吴佩孚却狮子大开口，要他先凑八十万元给他。还说这次是多了点，往后嘛，可以酌减，每月二十万就行了。呸！电话里冯玉祥一口回绝了他："八十万没有，以后的每月二十万，也没门儿！有本事，你自己来。"

卧榻之侧，岂容他人安睡？视上峰为傀儡，视下属为奴仆，视人民为草芥，吴佩孚却没料到他又一次吃了冯玉祥的闭门羹。恼羞成怒，又耿耿于怀，吴佩孚自是不会善罢甘休了。豫督任上还不到半年，冯玉祥便被明升暗降、出任了徒有虚名的陆军检阅使。河南各界虽联名上书、虽百般予以挽留，却均于事无补。

陕西人民不幸，河南人民是同样的不幸，要撵的撵不走，要留的却留不住。

进京赴任的事，冯玉祥也不顺利，除旧部第十一师外，补充的人马，吴佩孚一个也不准带。将计就计，冯玉祥命新兵打着老兵的旗号，率先开到了北京。等吴佩孚睡灵醒时，带着他的旧部、带着他的十一师，冯玉祥已堂而皇之地到了北京。干着急，却没办法，哑巴挨毯——吴佩孚只能是硬受了。

新旧人马都带来了，富庶的中原大地却搬不来。北京南苑既不长红麦子，也不长绿豌豆，没了地盘，冯玉祥的粮秣，自然也没了着落。吴佩孚的钱，可是穿在肋子上的，跟他要军饷，何异于与虎谋皮？何异于要铁公鸡掉毛？自古兵无粮自散，这不是明摆着要冯玉祥的部队自生自灭吗？

冯玉祥带出的部队却向来只会自生，而不会自灭。带兵他靠的不是钱，而是一种精神，那是一种身先士卒，跟士兵们同甘苦、共患难，视其为手足兄弟的精神。

简直是个奇迹！半年多来在无饷的困境中，冯玉祥的部队不但一如既往地坚持着文训武练，而且还帮地方兴修水利、植树造林、造福一方。除深受百姓的拥戴外，军阀政府中那些还颇有良知的大员，竟也被感动了，时任国务总理兼陆军部长的张敬舆，就是其中之一。在他的帮助下，冯玉祥的新军这才被改编为一个师。下辖三个混成旅的旅长分别是张之江、李鸣钟跟宋哲元。旧部十一师的番号不变，下辖两个旅，旅长分别是鹿钟麟、刘郁芬。

名正则言顺。半年后，冯玉祥终于领到了每月十五万元的军费。

在继续裨益地方的同时，冯玉祥还办起了军官教导团，为提高部队的文化素养，他遍请驻京的各界名流轮换着给军官们讲经、论道。听说后，胡景翼命陈致远为营长，带着一个营的学生兵前去学习。

见竟是陈致远，冯玉祥既大出意料，又喜出望外。非常器重这个年轻人，他几次想跟胡景翼要他，话都到了嘴边，却又考虑到君子不夺人之美，于是，又放弃了。没想到的是这次，胡景翼竟主动将他送了过来，二话不说，冯玉祥让陈致远出任了教导团的副团长，任务是专门负责联系、接送那些社会贤达以及文化名流们。

在北京南苑，冯玉祥又建起了"忠昭祠"，历次战争中阵亡将士的遗骸，都被他千方百计迁到其中，重新地予以安葬。此外冯玉祥还自办学校，供将士的子弟们免费就读；自办医院，供官兵及其家属们看病就医；自办工厂，安排退役的士兵们再次就业。

大事冯玉祥要管，小事他也从不放过；公事冯玉祥要管，私事他也从不马虎。他亲自为得了败血症的士兵输血，还提倡部队官佐们互相联姻，以加强部队的凝聚力。婚前，他还要送一套炊具给男方作为礼物，送一部织机给女方作为陪嫁。

有次教导团宴请各国公使，看着迎风招展的万国国旗，找来找去后日本的小幡公使，竟没找到他们的膏药旗。

"你不问我，我还正想问你呢！"问及时，冯玉祥道："跑遍了北京的大街小巷，咋就买不到一面贵国的国旗？小幡公使你说，这到底是为什么？"

"这……"见小幡张口结舌，禁不住各国公使都哈哈大笑了起来。见状更加狼狈，无地自容小幡恨不能有个老鼠窟窿，让他一头钻了进去。

检阅使的门口，还挂了个奇怪的牌子，牌子一面写着"冯玉祥死了"，另一面写的却是"冯玉祥活了"。见怪不怪，只要看见"冯玉祥死了"，大家都知道他正在读书。如果不是十万火急，谁也不敢去打扰他，而只能坐等"冯玉祥活了"。

在冯玉祥的队伍里，还有一种在《今古奇观》中都难以找到的怪现象——上级给下级送礼的倒是不少，而下级给上级送礼的，却没一个。给下级送礼的上级，他通报予以嘉奖；而接受下级送礼的上级，他军法予以惩处。给下级送礼在冯的军中，一时竟成了时尚，因既悖常理，又悖常情，冯玉祥落了个"活妖怪"的雅号。只可惜像冯玉祥这样的"活妖怪"，在中国，却实在是太少了。

受胡景翼的委派，陈致远到了北京；在李根源的陪同下，陈德润却去了上海。

在中国上海是最大，也最为繁华的大都市，在世界，上海又是八大通商口岸之一。上海之所以被简称为"沪"，是因一种渔具被当地人叫作"扈"，后几经演变，又成了"沪"。春秋战国时，上海又是楚国春申君的封地，所以又被称之为"申城"。

在上海大学的校长室，陈德润、李根源见到了于右任。时于右任一边忙着帮孙中山改组国民党，一边忙着改建上海大学。受聘，他出任了校长。

"啊，咋是陈先生！"他乡遇故旧，于右任激动极了，一把握住陈德润的手，他不住地抖动着。

"今冒昧打扰，"陈德润客气道，"还请先生见谅。"

"再甭胡说了！"于右任道，"客居异地，难得一闻乡音。先生帮过靖国军的大忙，请还怕请不来，又何言打扰？"

没想到同为国民党元老，于右任、李根源虽相知，却不相识。"这位，"指着李根源陈德润跟于右任道，"这位就是我跟你说过的李根源李省长"。

"不敢，不敢！李根源。"李根源谦让着，"在陕西名为省长，实为囚徒。"

若非陈先生鼎力相救，恐早为陈树藩的刀下之鬼。"

"噢！原来是曲石先生。"叫着李根源的号，于右任道，"跟蔡锷蔡松坡先生率先在云南响应革命，令人敬佩，今日相见，乃三生有幸！立客难打发。来来来，快坐快坐！"

看着陈德润、李根源坐下后，提了提长衫，在对面于右任也坐了下来。随即有人将沏好的茶，放在了三个人的面前。

"不想英年早逝，松坡老弟已有六七个年头了。"提及往事，李根源不禁有些黯然，"该死的没死，不该死的，倒先殁了。"

"'尚武需要刀枪，更需要精神；御辱需要武力，更需要国魂'。松坡老弟的精神，是不朽的！"用蔡锷说过的一句话，于右任安慰着李根源。接着，他又用孙中山先生的话鼓励着他，"总理说过，'革命尚未成功，同志仍须努力'。我等切不可就此消沉！"

"听说跟冯玉祥，笠僧已到了河南。"岔开话题，对着陈德润于右任又道，"还帮他赶走了赵倜？"

"有这事。"陈德润道，"路过河南时跟他，我们还待了几天。"

"笠僧所以成此大功，还多亏了陈先生。"李根源道。接着他将胡景翼用陈德润"围魏救赵"之计、大败赵倜于中原的事，简要地跟于右任说了一遍。

"噢！没想到，陈先生还是一员儒将。"闻言于右任先是一阵惊讶，接着，他又惋惜地道，"笠僧人不错，只可惜既跟错了人，又走错了路。"

"先生误会了。"陈德润道，"依陈某愚见，笠僧只不过是权宜之计，来日，他定能干出一番惊天动地的事业来。虽暂时附直，冯玉祥却也非曹锟、吴佩孚之辈，更是不可小量。"接着，他又把冯玉祥在陕西的所作所为，跟于右任述说了一遍。最后，他又将胡景翼手书的《满江红》递给了于右任："这是笠僧特意写给先生的，还说要先生予以指点。"

在李根源的协助下，一张六尺宣纸被于右任、陈德润展了开来。

"士别三日，当刮目相看！"一边看，于右任一边吃惊地道，"没想到笠僧的书法，竟大有长进！这哪里是要我指点，他分明在跟我表明心迹，看来，真的是错怪他了。这幅字，我一定妥为珍藏。"说完展纸秉笔，他凝思片刻后，又奋笔疾书。须臾间一首七绝，已跃然纸上。

    武穆精忠呼欲出， 笠僧义气似相投。
    他日痛饮黄龙府， 右翁煮酒敬相酬。

落款是回赠笠僧老弟 壬戌年于右任于申城。

见于右任心情不错，陈德润、李根源趁机请求墨宝。欣然命笔，即兴，于右任写了两副对联，给李根源的是："移山不改当年志，表海希逢旷世英"；给陈德润的是："精理为文，英华成采；澄怀若镜，雅度如春"。凝精、气、神于腕、指，于右任笔走龙蛇，力透纸背，一旁陈德润、李根源，都看得呆了。直到于右任落款、钤章时，俩人这才连呼好字、好联！

　　捧着于右任的墨宝，陈德润、李根源一时爱不释手，一边收拾文房四宝，一边对着陈德润，于右任又道："闻先生编写《陕西通志》，不知进展如何？"

　　一经提醒，陈德润这才如梦方觉，一时高兴，请于右任给《陕西通志》题写书名的正事，竟被他忘得一干二净。见于右任已经盖上端砚，收起宣纸又涮了湖笔，他越发地口涩了。于是道："受李省长重托，陈某不敢稍有懈怠，今虽杀青，不妥之处，恐在所难免。此次除请先生过目外，还烦先生不吝斧正，并帮忙使其尽快付梓。"说着打开箱子，又拿出了书稿。

　　如获至宝，翻看着厚可盈尺的一摞摞书稿，于右任由衷地赞叹道："只知先生在编写《陕西通志》，却没料到竟如此的浩大，又如此的备细，真是继《史记》《汉书》之后，又一部不朽的巨著。"闻言陈德润忙道："先生言重了。陈某怎敢跟太史公③、兰台令史④相提并论？若非李省长安排，陈某想都不曾想到。即便是想到了，没有他的鼎力支持，怕也难以做到。"接着将李根源划拨经费，并从全省选调人力，甚至从湖北请调周佩坤来陕帮忙，还要配车、配电话等等，陈德润跟于右任说了一遍。

　　"车太惹眼，我没要。"陈德润最后道，"那部电话却帮了大忙。"

　　"哦！"对着李根源，于右任敬佩地道，"曲石先生更是功不可没！"

　　"说起来教人惭愧。"既遗憾、又欣慰，百感交集，李根源道，"在陕西李某虽有心做事，却处处掣肘于人，虽拟有施政措施计二十六条，但若非陈先生坚持不懈、完成了《陕西通志》，只怕是一事无成。"

　　"今李省长已经作序，请于先生再序。"陈德润接着道，"并题写书名以增其色。"

　　"既义不容辞，又责无旁贷。"于右任爽快地道，"一套四卷，不知先生打算印多少套？"陈德润道："经费有限，先印一千吧！"闻言摇着头，于右任连声地道："少了，少了。太少了！这么有价值的书，一千套太少了！"见陈德润、李根源相对一视、面有难色的样子，他接着道，"三千，三千套！少说也得三千，而且是精装。钱不是大问题，不足的，由于某来筹措。"

　　陪陈德润、李根源用完晚饭，于右任又道："印书的事，由我来安排。二位远道而来，又旅途劳顿，先睡个好觉再说。明天可随便转转，看看。"

　　在于右任的安排下，陈德润、李根源痛痛快快地冲了个热水澡，一洗多日的

风尘，他们的身心，顿时都清爽了不少。二人正要歇息，不想外面却响起了笃笃笃的敲门声。

"啊，是周先生！"开门看时，陈德润又是一阵惊喜，"你、你咋也在上海？"紧紧握住来人的手，他压根没料到竟是周佩坤周先生。

"咋？上海是中国的地方。"对着陈德润、李根源，周佩坤笑着反问道，"你们能来，我咋就不能来？"

"能来，能来！谁说不能来了？"陈德润笑道。接着，他也反问了他一句："可你咋知道我们也在这儿？"

"甭忘了，我可是个算命的！"周佩坤调侃道，"在武汉时，给李栋材一算一个准。致远贤侄，他难道没跟你提起过？"刚松开一双手，旋即，他又握住了另一双手："李省长，好久不见了！"

"快说说！"李根源也惊讶地道，"这到底是怎么回事？咋就这么巧？"顾不上寒暄，他迫不及待地反问着他。

"听于先生说的。"周佩坤笑道，"如今，他可是我的校长。"见陈德润、李根源面面相觑、一脸迷茫的样子，他这才跟他们说明了来龙去脉。

上次从武汉回到宜昌时，因年事已高，周佩坤的父母竟都是卧病不起。一年后两个老人，竟相继地辞世了。见丈夫既想守孝，却又念念不忘《陕西通志》，周夫人道："事业有成，才是至孝！正事要紧，家里有我，你还是去忙你的！"

回陕途经武汉时，跟南下的于右任，周佩坤竟不期而遇。从于右任那里，他始知《陕西通志》已基本完成。踌躇中却经不住于右任的再三恳请，于是跟着他，他又到了上海，并出任了上海大学的教育长。

他乡逢知己，一时兴奋陈德润、李根源竟睡意全无，久别重逢，周佩坤也有说不完的话题。不知不觉中挂钟的分针跟时针，又一次地垂直了。当电灯熄灭时，已经是第二天的凌晨三点。

经常失眠，陈德润正担心岔铺，却没想到一觉醒来挂钟的分针跟时针，竟再次地垂直了——不偏不倚，正好是上午的九点。二人正在洗漱，早有人送来了早点。

匆匆用完早点，当陈德润、李根源又一次来到校长室时，首先抢入他们眼帘的，却是四个遒劲有力的大字——陕西通志。屋里墨香四溢，主人却是既不闻其声，又不见其人。欣赏着四个大字，二人正陶醉其中，却见拿一沓稿纸，主人从套间里走了出来。

为《陕西通志》撰写的《序言》，被于右任递在了陈德润的手中。从那双布满血丝的眼睛里，从那几经修改后又被誊清了的《序言》中，陈德润、李根源这才意识到于右任一宿都不曾合眼。

"今天先随便走走。"于右任道，"等印书的事安排好，我再陪二位好好转转。"

"不不不！"陈德润、李根源异口同声地道，"跟先生我们一块去。在那里，也许才能大开眼界。"

"且慢。"人没来周佩坤声先来了，"还有我呢！"

读书人最喜欢的，还是书！

一行四人驱车来到了商务印书馆。创办于光绪的二十三（1897）年，开始时，商务印书馆只不过是个小小的作坊。后因各界仁人志士的广泛参与，特别是张元济先生跻身后，这才迅速壮大为集编辑、印刷、发行于一体的文化集团。以编辑、出版各类教科书为主，还兼出那些大部头的工具书，第一部《辞源》就诞生在这里，因此而蜚声海内外，跟北京大学一起，商务印书馆被誉为中国近代文化的双星。

位于宝山路的"涵芬楼"，是商务印书馆的心脏，它既是编译室，又是藏书楼。

在涵芬楼，张元济老先生热情地接待了他们，张老是晚清进士，曾在"总理各国事务衙门"任过"章京"。"戊戌政变"中受到株连，被革职后无意仕途，他投身文坛，眼下是商务印书馆的总监理。

见到于右任一行时，张老是分外地高兴，看到《陕西通志》的书稿，他更是爱不释手。抓起电话，张老要印刷厂以最优惠的价格立即安排付印。为确保质量，他还再三叮咛说要用最好的纸张、用最熟练的工人。

正要安排午宴，张老却被于右任拦住了："张老，今天就免了。出书后由我做东，大家好好地喝上几盅。到时我们共同举杯，一是庆贺，二是对诸位的鼎力支持，聊表谢意。"

辞别张老，一行四人又来到位于通庵路的印刷厂。就一些具体事宜，他们跟厂方作了最后的商榷。

---

①奉张：奉系军阀张作霖。因其长期盘踞奉天，故有此称。

②洛吴：直系军阀吴佩孚。因其长期盘踞洛阳，故有此称。

③太史公：西汉官职名。这里特指大文学家、大史学家，《史记》的作者司马迁。司马迁，陕西韩城人。

④兰台令史：汉代在朝廷掌管和校订图书的文职官员。这里特指《汉书》的作者班固。班固，陕西扶风人。汉代大文学家、大史学家。

第五十二章

　　印书的事安排就绪后，在于右任、周佩坤的陪同下，陈德润、李根源来到了外滩。悠悠苏州河东来，滔滔黄浦江北去，这里因临河、依江、傍海，风光秀丽、景色宜人，不仅深受国人之喜爱，洋人则尤为青睐。

　　垂涎三尺，列强们或蚕食、或鲸吞、或强租、或硬借，他们纷纷在这里建立商埠、码头和领事馆。悠悠苏州河畔，滔滔黄浦江口，鳞次栉比、风格各异的万国建筑纷纷拔地而起、竞高上海滩。这里不仅只是黑头发、黄皮肤，又身着长袍马褂的华人世界。喧宾夺主，云集在这里的还有那些高鼻子、黄头发、蓝眼睛，带着不同肤色，又操着不同语言，或西装革履，或烫发旗袍的男女洋人。这里不仅只是中华民族的象征，还享有东方"华尔街"之美誉。

　　用正在滴血的屠刀跟人强租强借的，除土匪外，更有何人？

　　沿江而下，就到了吴淞口，在这里滔滔黄浦江，又融入了滚滚而来的长江。江面上波涛汹涌，千帆如旌，百舸争流；两岸游人如织，摩肩接踵，万头攒动。

　　登山始知宇宙之大，观海方觉天地之阔。多情的诗人在这里抒怀，贪婪的商人在这里淘金；凶恶的强盗在这里掠夺，饥寒的苦力在这里呻吟；无知的混沌在这里逍遥，有识的志士在这里忧民。

　　这里是大上海的水上门户，也是历代兵家必争的军事要塞；这里记录着强盗们的罪恶，也见证着中华民族的耻辱。游弋在水面的，是强盗们的坚船、利炮；掩埋在黄沙下的，是先烈们的忠骨、英魂。

　　夜幕降临、华灯初上时，南京路车水马龙、霓虹闪烁、人流如潮，各色商品更是珠光宝气、琳琅满目，既让人眼花缭乱，又教人目不暇接。

　　外滩虽然繁华，南京路虽然锦绣，路过一次后陈德润、李根源他们，却再也无心光顾第二次了。从上海大学到商务印书馆，从商务印书馆到上海大学，俩人往返奔波在其间。这里，才是他们心目中的外滩；这里，才是他们心目中的南京路。半个月后，陈德润、李根源终于拿到了墨香四溢的《陕西通志》。深蓝色的织锦缎封皮给人以庄重、肃穆的感觉。封面右侧的偏上处，是于右任题写的书名——陕西通志。书名的下面用小号字分别标有第一卷、第二卷、第三卷和第四卷。左侧靠上处署有"主编陈德润"，偏下处是"商务印书馆"，以上，均取竖式排列。封底的正中央，是形如跪俑的陕西版图，左上角分两行署有"校对誊写孙兰玉"和"书名题字于右任",以上,均取横式排列。文字、图案均采用烫金工艺,熠熠生辉,扉页的十八个名字中除副主编周佩坤外,余皆以姓氏笔画排列。

热泪盈眶,陈德润失控了,捧着《陕西通志》,他像是捧着自己刚呱呱坠地的儿子。抱着这个"六年怀胎",又一朝"分娩"的"儿子",他不由想起了相濡以沫的妻子。

给于右任、李根源、周佩坤各留了二百套,又留一套随身携带,其余的全被陈德润发往了南河镇。

捧着丈夫带回的样书,孙兰玉已是泪流满面,一会儿捧起这部看看,一会儿捧起那部瞧瞧,她像是捧着婴儿时的陈致远,又像是捧着婴儿时的陈静远。受到感染陈德润的热泪,也又一次地夺眶而出,老秀才、老神仙更是老泪纵横。

兴冲冲地回到家里,一家人却都在垂泪,见状,陈静远不禁大吃了一惊。当看到他妈孙兰玉捧在胸前的《陕西通志》时,他这才一下子又明白了过来。眼泪原来并不都是由于伤心,人在兴奋过度的时候,也是会落泪的。

破涕为笑时,大家这才发现了陈静远,没想到的是,他的后面还跟着一个既英俊、又潇洒的大个子小伙。显然,他是儿子的客人。陈德润忙招呼儿子的客人就座,抹去泪水,孙兰玉给儿子的客人前去沏茶,蹒跚着,两个老人也先后地退了出去。

"这是……"打量着这个大个子的年轻客人,陈德润问儿子道。

"噢,是我的同班同学。"打断他爸,陈静远忙道,"也是我最要好的朋友,叫张仲霖,长安县大张村的。"

"噢,大张村!"陈德润道,"大张村我知道。也在三女河边,去你舅家,还得路过那里。"说着话锋一转,陈德润又笑着道,"看你兴冲冲的样子,该不是得了'和氏璧'?"

"刚才你们高兴得直流眼泪。"闻言,陈静远调皮地道,"难道,也是得了'和氏璧'?"一时兴奋,他竟跟他爸开起了玩笑。"嗯!有这样跟大人,说话的吗?"闻言,孙兰玉正色道,"没大没小的,一点规矩都没有!"这时端着茶,她正好走了进来,当着儿子的客人,她毫不留情地教训着儿子。

吐了吐舌头,接过茶陈静远将一杯递给了张仲霖,接着,又将一杯递给了他爸。趁张仲霖起身接茶,对着他,他偷偷扮了个鬼脸。

"今天逢礼拜?"接住茶,陈德润问儿子道。

"不不不。"陈静远忙道,"有件急事,要跟爸、妈商量。我们……我们想报考北京……北京大学。"对着陈德润、孙兰玉,他既吞吞吐吐,又一本正经地

说明了此行的目的。

闻言，陈德润、孙兰玉下意识地交换了个眼色。"好，好！难怪这么高兴，果然是好事！"又是惊又是喜，陈德润道，"有把握吗？那可是全国一流的高等学府！"

做为父亲，竟是这么地支持儿子，手捧《陕西通志》，张仲霖却停止了翻阅，他敬佩地看了看陈德润，又羡慕地看了看陈静远。

"把握？把握谈不上。"陈静远道，"不过……还是想试一试。"不能说没有把握，他却又不便跟他爸拍胸膛说有把握。闻言看了看妻子，陈德润想听听她的意见。

"八字还没见一撇，却先问娃有没把握。"没有支持儿子，孙兰玉却抢白起丈夫，"我问你乡试前，你有把握么？"通过抢白丈夫，她支持着儿子，"想考让他考就是了。"

闻言张仲霖将敬佩的目光，又移到以埋怨丈夫而支持儿子的孙兰玉，对陈静远，他越发地羡慕了。

"对对对。你妈说的对！"受到抢白陈德润不但没恼，还赞同妻子道，"凭这点勇气，我们就应全力支持。放心地去考吧！考上考不上，都不要紧。"

"啥时候动身？"取得丈夫的赞同后，孙兰玉又道。

"十天以后吧。不过……"吞吞吐吐，陈静远欲言又止。

"只管准备你的功课。"见状，孙兰玉鼓励儿子道，"其它的，不用你操心！"闻言，陈静远越发地吞吞吐吐了："妈，我……我不是……不是这个意思……"见状，陈德润又道："有啥为难事，你尽管说。啥时候，变得哼哼哈哈的了？"闻言指着张仲霖，陈静远这才道："约好了我们一块去，可他爸，却一直不肯点头。你看这……"闻言陈德润这才恍然大悟，他爽快地道："这个忙，我可以帮，成与不成，可就难说了。"

"谢谢大叔！"一听这话，张仲霖一下子站了起来，"只要大叔肯出面，我看一定能成。"

正说着，谢铁成却一头撞了进来："书已经到了西安，这是提货单。人家只给咱三天时间，误了，就要罚款。"接过提货单看了看，陈德润道："今天已经来不及了，再说，一挂车怕也装不下。是这，你去给子明弟兄打个招呼，教他们再套一挂车，明天鸡叫三遍时，咱一块儿动身。"

应了一声后，拔脚谢铁成就往外走。陈德润又叮咛他道："多带些木板，还有绳索，啊——"

见人家有急事，起身张仲霖就要告辞。不料陈德润却道："不急不急！远远地来了，岂能说走就走？不妨跟静远住上一宿，明天顺路，我们一块儿到西安。

等把这事办了,我即刻去大张村,去拜访令尊。但愿你能如愿以偿!"

见陈德润、孙兰玉、陈静远都极力挽留,犹豫了一下后,张仲霖只得又重新坐了。面对拿在手里的《陕西通志》,他嗫嚅地问陈德润道:"大叔,明天要拉的,是不是这套书?"点了点头,陈德润道:"正是。"张仲霖又道:"这套书实在是太好了!但不知编者是谁?"闻言,陈静远却笑了:"仲霖,远在天边,近在眼前。"闻言看着陈德润,张仲霖吃惊了:"原来是大叔!想不到大叔的文笔,竟如此的生华,这手蝇头小楷,更教人耳目一新。"闻言,陈静远又笑了:"仲霖,你只说对了一半。这字,可是出自俺妈之手。"听说是孙兰玉的字,张仲霖又大吃了一惊。对着陈静远,他羡慕不已地道:"难怪文章、书法,你都那样的出类拔萃,原来有大叔、大婶的真传。"不料闻言,陈静远却道:"没有俺爸、俺妈的真传,你的文章,你的书法,不也挺棒的吗?"闻言,陈德润忙截断了他们:"嗨!你俩,倒互相地恭维起来。做人,应深藏若虚才是!"闻言,陈静远却认真了:"爸,你也只说对了一半。他恭维我不假,我却没恭维他。学校办书展时,韩兆鹗先生还请来一位姓于的大师,名字我忘了,只记得是个大胡子。对仲霖的书法,大胡子可是夸了又夸,奖了又奖,还说他后生可畏。"闻言陈德润没再说话,而是拿出了一张照片:"你俩看看!看看是不是这个大胡子?"说着将照片,他递给了张仲霖、陈静远。

"不错不错!"接过照片,张仲霖惊讶了:"正是此人。大叔,你认识他?"指着照片,陈静远也惊讶了:"这个是周先生……这个,也有点面熟……爸,这照片是哪儿来的?我咋从来都没见过?"

"你当然没见过了。"陈德润笑道,"刚在上海照的。"指着《陕西通志》,陈德润接着道,"大胡子也是陕西人,姓于,叫于右任,字伯循。既是著名的书法大家,又是著名的诗人、著名的社会活动家,还是上海大学的校长。这书名就是他题写的,里面,还有他作的序。"拿过照片对着陈静远,陈德润又道,"这个看着面熟的,是原陕西省长李根源李先生。咋,不记得了?"陈静远忙道:"记得,记得!爸一提,我都想起来了。这《陕西通志》,好像就是他让爸编写的?"闻言陈德润笑道:"不错。一点不错!"

喝罢汤[①]陈德润要去察看车辆。临出门,他又叮咛陈静远、张仲霖说明天要起早,要他们早些休息。

经管张仲霖、陈静远睡了,孙兰玉却是睡意全无,抱起一本《陕西通志》,她一页一页地翻阅着。其实陈静远、张仲霖也睡不着,重新点亮了棉油灯,一人抱一本《陕西通志》,他们一边说话,一边翻阅着……

一阵咴咴咴的嘶鸣声,将刚刚迷糊过去的陈静远、张仲霖,从睡梦中惊醒

了。当他们穿好衣服走出时，发现谢铁成、郭德厚已经在屋里等候。一阵嘚嘚嘚的马蹄声后，刘子明、马子亮也风风火火地赶到了。未几，孙兰玉又将早饭端了上来。

早饭很简单。主食是包谷糁稀饭，跟刚出锅的死面②油饼子；下饭的是一大盘凉拌生萝卜丝，另外，还有一小碟油泼辣子。陈德润正要招呼大家吃饭，突然随着一声婉转而又滞涩的鸡啼，各家的公鸡也竞相呼应，它们纷纷扯起嗓子既此起彼伏、又千篇一律地叫了起来。

已经是鸡叫第三遍了，因为在听到第二遍鸡叫时，陈静远、张仲霖才睡下的。

马子亮松开了车刮木③："都坐好了！"跟车上的陈德润、张仲霖、陈静远打了个招呼后，他又扬起了鞭子，随着"嘚起"的一声吆喝，前面的马车悠悠地起动了。

跟马子亮一样也松开车刮木，又扬起了鞭子，郭德厚还没来得及发号施令，后面的牲口，却已自觉地跟了上去。紧追了几步，谢铁成、刘子明先后爬上了他的马车。

甭提有多懊恼了。为一显身手，跟谢铁成磨了半晚上的牙，郭德厚才终于取得了后面这辆车的驾驭权。好不容易才争到手的这个机会、这个权利，他却没把握住。慢说发挥得淋漓尽致，连一声令下，他都没来得及发出，世上，还有比这更教人遗憾的事吗？

一路上马子亮时而喔喔、时而吁吁地吆喝着，虽偶尔也发出一两声指令，郭德厚的，却显得是那样的多余。自有前面的牲口领着，后面的还用得着他再吆三喝四、又呼来唤去的吗？车上有的说，有的笑，四匹牲口交替地打着响鼻，两辆车也是佩环叮当，一路浩浩荡荡地驶离了南河镇。

一前一后，不疾不徐，沿官道一路朝东，两挂车迤逦而行。闲聊中，对张仲霖的家庭情况已略知一二，陈德润的心中，大致有了个轮廓。

在大张村，张家算得上是个耕读传家的殷实人家。老弟兄两个中读书传家，张仲霖的伯父秀才及第，他的两个儿子，也都在外面干事。耕地传家，都有了张仲霖他哥，张仲霖他爸张宏岳却还是个老童生，在家，他一直务弄着土地。

读书不第，在庄稼行当中，张宏岳老汉却毫不逊色。由于家大业大，他不得不拉着大儿子，做他的帮手。正因为有他哥给他爸拉着下手，张仲霖这才有幸读到了高中。

凡事古难全。张宏岳老汉不幸中年丧妻，张仲霖不幸幼年丧母。后来，张宏岳老汉续弦再娶，于是，张仲霖又有了个后妈。不久，后妈又给张宏岳生了个儿子，于是，张仲霖又有了个同父异母的弟弟。

农闲时他爸、他哥，还跑些拉脚的生意，按说供给张仲霖上大学，理应不成问题，不料当他提出要考北京大学时，张宏岳老汉不知为什么就是不肯唾核④。没说行，他也没说不行。

听说后陈德润的心中，大致上已有了个八八九九，文墨有限，一时对儿子的要求拿不准，张宏岳老汉犹豫而不能决，也不见怪。若自己出面，再晓之以利害，陈德润估计问题应当不是很大。

微曦再现，路上的行人，也逐渐多了起来，不知不觉中两辆马车，已经来到了省城的西门口。

"进城咋个走？"在"吁——"的一声喝住牲口后，马子亮问陈德润道。"先直走。"陈德润道，"第二个十字向北拐，再过两个十字，又朝东……嗨！算了。我也说不清，说清了，你也记不住。是这，"回过头他又跟郭德厚道，"德厚，把鞭子给你铁成叔，教他在前面领路。几年前跟我提过轧花机，路，他比我们都熟。"

闻言虽更加的遗憾，郭德厚却还是将鞭子还给了谢铁成，走南闯北几十年，马子亮这个当舅的路尚不熟，何况他这个从没出过远门、还是第一次闯西安的外甥。

也不客气，接过鞭子谢铁成便喔喔吁吁地跟牲口，下起了指令，当仁不让，一直跟在后面的马车，也被他吆到了前面。这时，刘子明也换下了马子亮，一路吆喝着，他跟上了谢铁成。刚刚卸任，马子亮、郭德厚先后跳上了马车；刚刚上任，谢铁成、刘子明一路吆喝着走在牲口的旁边。

你喔喔他吁吁，你吁吁他喔喔，两个人小心翼翼地驾驭着。人流中两挂马车一会向右拐，一会又向左拐，左拐后又是右拐，右拐后又是左拐，拐来拐去在不知拐了多少个弯后，随着"吁——"的一声，马车终于被谢铁成停在了一个大门口。

货场里人不算太多，杂七杂八的各色货物，却堆放得满满当当，有的，还用大篷布苫着。

拿着提货单跟着保管人员，在货堆间穿来绕去后，陈德润一行终于找到了他们那用篷布苫得严严实实的书籍。篷布被揭去后，指着书籍，保管人员跟陈德润道："长、宽、高分别是六包、四包和十包。四六二十四，一层是二十四包；十层，共二百四十包；每包十套，共两千四百套。当面你点清楚！"

看了一下后，众人都说没错。不料谢铁成却道："我的妈，这么大一堆！两挂车怕是都危险。"没想到两千四百套书竟是这么大的一堆，虽也估摸着两挂车装不下，陈德润却还是吩咐道："先装。装不下咧再说！"

闻言转过身，谢铁成去吆他的马车，这次郭德厚，却没敢跟他争。过道区狭不说，还拐来弯去的，铁成叔能不能将车吆进来，还是个事。撞了人家的货，可是要赔偿的。

令郭德厚不得不叹服的是，车挎膀几乎是擦着两边的货物，被谢铁成成功地吆了进来。用关中人的土话说，那真是用剃头刀擦尻子，一个字——玄！

梢骡子被谢铁成卸掉了，只剩下了辕马。自己咋就没想到这一窍呢？看来，姜还是老的辣！对谢铁成驾驭牲口的技能，郭德厚不得不佩服的五体投地。

还想着一次能提两包，结果，却一包也没提起，吐了吐舌头，陈静远道："我的妈，这么沉！"

开始时货高车低，居高临下，还比较省力。渐渐地，货堆越来的越低，而车，却越装越高了，几个人已是满头的大汗。

果然被谢铁成无意言中，一辆车装起后，地下的书，却还剩了一大半，一看这阵势，陈德润忙吩咐刘子明前去雇车。

瞧瞧走走，第一辆车终于被谢铁成吆了出去；走走瞧瞧，第二辆又被他吆了进来。看着逐渐纷乱嘈杂起来的货场，陈德润忙道："快，赶紧装！一会怕是出都出不去了。"

人高马大，腿也长，而且年轻气盛，每装四五包，张仲霖差不多就能比其他人多装上一包。到底没出过力，又上了年纪，一边吁着气陈德润一边感叹道："年龄不饶人喀！"

出货场不远，一老一少两个车户跟一个雇主，正讨价还价，老车户要八块，连腰砍，雇主却只出四块。

"若能开个汽车过来，八块就八块！"雇主挖苦着老车户。

"你的钱若是黄货，四块就四块！"老车户以牙还牙。

"你的车也不是龙車凤辇，天底下，就这么一个！"雇主不屑一顾。

"天底下也不是你一家有货，没有你我照样挣钱、照样活！"老车户犀牛望月。

你有来言，我有去语。两个人你阴话他阳话，你阳话他阴话，互相地挖苦着。跟冤家见了仇家似的，三锤两梆子，两家就说撑了。

灵机一动，刘子明忙充起了和事老："都少说两句！买卖不成仁义在，又何必睁眼拔窟窿的？"

闻言雇主悻悻地离开了，老车户却被刘子明，劝到了一边。他先是劝他不必生气，接着压低声音，他又谈起了自家的生意。

见刘子明为人和气，老车户铁青着的脸，这才慢慢地和悦起来。他坚持要先看货、再论价，刘子明满口地依了他。

"这地方一抬脚，就有人割掌。"跟刘子明一边走，回过头，老车户一边不放心地叮咛着小车户，"看好车马，啊——"

还没见货，老车户却一眼看见了人高马大的张仲霖。"不好好念书，竟逛荡到这儿来咧！"指着张仲霖的鼻子，他破口就骂，"还想上北京，上天不？实话告诉你，门都没有！跟你哥我们累死累活的，挣俩钱，容易吗？"像是一个炸药包，不知为什么于一瞬间，老车户被张仲霖引爆了。

"你这老汉，一开口咋就伤人？若不是见你有了年纪，嗯！非教你……"看不惯，谢铁成正待爆发，不料却被陈德润用眼色，给制止了。

"不……不是。"张仲霖支支吾吾，"我……我没有……"

"听口气你是仲霖他爹，对不对？"见张仲霖没句完整的话，陈德润忙道，"老哥，你先甭急，也甭生气。仲霖他可是个好娃娃……"

就在众人有的吃惊、有的愣呆、有的愤愤不平的时候，陈德润却大体上已经明白了是怎么回事。见老车户虽黑着脸却并不否认，指着陈静远陈德润接着道："老哥你是不知道，你家仲霖跟我家静远，他们是同班同学，也是最要好的朋友。昨天跟静远，他刚到我家，我还说留他们多住两天，不料货场，却送来提货单，并一再催着提货。人手不够，这不，连两娃都跟着来帮忙……"

听着听着像一群蚰蜒钻入了黄土，老车户脸上刚才暴起的青筋，慢慢地隐去了……

被陈德润猜了个正着。老车户不是别人，而正是张仲霖他爸张宏岳。

"说来也巧！"陈德润接着道，"你在大张村，我在南河镇，大家都在三女河边。过两天到大张村，我还说找老哥喝上两盅，不想竟在这儿，给碰见了。老哥你说，这是不是缘分？"

"是缘分，是缘分。是天大的缘分！"终于开了金口，老车户难为情地道，"大兄弟，我是个粗人，让你见笑了。"说着他的脸色，不觉中活泛了起来。

"哪里？"拉住张宏岳的手，陈德润热情地道，"依我看，老哥你是个直人，也是个明白人。"

"不说咧，啥话都不说咧！"闻言张宏岳老汉的嘴角，竟露出了笑意，"先装车！有话，咱老弟兄俩路上慢慢拉。"货也不看了，价也不说了，老汉竟变得慷慨激昂起来。

就在陈德润拉着张宏岳说话的当儿，第二辆车装起后，又被谢铁成吆出了货场。这时等着提货的，已经排起了长龙，人的吆喝声、骡马的嘶鸣声、车轮的撞击声、脚夫们的讨价声，跟雇主们的还价声混杂在一起，货场顿时像开了锅。

在刘子明的陪同下，张宏岳老汉找到了他的马车。见货场已是拥挤不堪，跟刘子明他商量道："依我看还不如将货提出来，在外面装。这样人是累了些，却

比堵在里面干着急出不来，要强得多！"闻言刘子明大喜，道："还是老哥经的世事多。依我看，也只能是这样了。"

剩下的书，只装了半车。张宏岳老汉坚持要从前面的车上卸些下来，陈德润却说不用了，这辆车货少、车低，正好可以坐人。于是除谢铁成、郭德厚、刘子明、马子亮外，凡不吆车的，都依次爬上了张宏岳的马车。跟他哥扮了个鬼脸，张仲霖也爬了上去。估摸他的事今天就能见个分晓，跟陈静远商量后，他们决定暂且先不去学校了。

不敢大意，几个车把式一边走，一边喔喔吁吁地发号施令、指挥着他们的牲口。拉开距离后俨然是一支车队，三挂马车浩浩荡荡地驶离了货场，不多久，又驶出了西门。

出西门后路上的车辆、行人，立即少了许多，一跃身，张仲霖他哥也坐上了车辕。前两挂车满满当当的没处坐，谢铁成、郭德厚，刘子明、马子亮只能互相替换着歇歇脚。绷紧的神经放松后，车上的，这才拉呱了起来。

"大兄弟，"对着陈德润，张宏岳道，"你这一趟下来，能挣多少？"他还以为，他是个书商。

"挣多少？"摇着头陈德润道，"不挣钱，老哥！"

"不挣钱？"闻言张宏岳老汉不觉有些吃惊，又有些不信，"不挣钱你这人马三齐的……"

"爸，大叔他不是商人，而是举人。"按捺不住，对他爸张宏岳，张仲霖道，"这书是大叔自己编写的，叫《陕西通志》。三百多万字，一套四册，摞起来，差不多有一尺厚。两千多年来陕西各地的历史变迁，大到著名的历史人物以及重大的历史事件，小到生活习俗、民风民情，都尽收其中。可以说几千年来咱陕西方方面面的人和事，在这部书里，还没有找不到的。它的价值，可是没法用银钱来衡量的。"

"一尺厚！三百多万字！"闻言，张宏岳老汉更加地吃惊了，"那得写多长时间？"三百多万字老汉也许想象不来，但一尺多厚，他却是再明白不过了。

"十八九个人，"陈德润道，"前前后后，用了六年。"

"十八九人……六年……"张宏岳老汉喃喃地自言自语着。突然，他又下意识地道，"那一套，得多少钱？"

"不要钱。"陈德润道，"送人。"

"白送？"闻言张宏岳老汉又是一惊，"工钱不要了，这本钱，也不要了？那一家人吃啥？"嘴一张，老汉一连串就是三个问号。

"本钱嘛……倒是花了一两万。"陈德润道，"大头，是公家给的；小头，是大家捐的。没掏一分一文，我只贴赔了几年时间。前人栽树，后人乘凉。就算是给后辈们留个纪念吧！若再不及时整理，以后的人，怕就更弄不清白了。"

"啊呀！"闻言，张宏岳老汉感慨地道，"咱一天盯的，是三十亩地一头牛，没想到为了子孙后代，大兄弟一辛苦就是六个年头。看来念书不念书，就是不一样喀！是这，添不了斤，咱添个两，我也捐十块。大兄弟，这瓜子不饱见仁（人）心，多也罢，少也罢，是我的一点心意！"说着伸手在腰里，老汉就要摸钱，不想却被陈德润，给拦住了。

"老哥，你的心意我领。"陈德润道，"这钱嘛，就不必了。你也看见了，这书印都印出来了，还要钱干啥？钱剩下了，反而教兄弟为难。"

"活了大半辈子。"张宏岳老汉倔强地道，"我只知道人在没钱时作难，还没听说钱多了教人作难的。忙没帮上，给几个钱，你可不能不要。"

"谁说没帮忙？"坚辞不受，陈德润又道，"老哥，你这不正在帮忙吗？是这，钱你先装着，实在抽不开栓时，我再跟你开口。为这事咱弟兄，就不要再过来过去的了，有更要紧的话，我正想跟你说呢！"

听说有更要紧的话，张宏岳老汉这才不再坚持了："大兄弟，有啥话你尽管说。"陈德润道："仲霖他们眼看着就要毕业了，不知老哥你有啥打算？"闻言张宏岳老汉道："啊呀兄弟，这话你问得好！心里，我正没个谱儿，还思谋着跟你要主意呢，你倒是先提起了。你们读书人见识广、眼界宽，看得也远，兄弟，我听你的，你说咋办，我就咋办！"

"人常说，银钱乃身外之物。"陈德润道，"以兄弟愚见，这世上最要紧的不是钱，而是人！若是为挣钱，把人给耽搁了，那就划不来咧！有些人拿着钱，却花不出去，咋咧？后人不争气，也不上进喀！他们端在手里的，可以说是金碗，但金碗里，却是一泡臭牛屎。有些人甭看手里没多少钱，但后人却既争气、又上进，他们端的虽是粗瓷黄碗，但碗里，却是油泼辣子拌粘面。耽搁一料庄稼，至多后悔上半年，若是把人耽搁了，后悔的可是一辈子。耽搁不起啊，老哥！"

"大兄弟，你的意思，我明白了。"似有所悟，张宏岳老汉道："你这是打着窗子教门听，拐着弯劝我供仲霖去北京上大学，对不对？不说咧。兄弟，我听你的！"

闻言张仲霖、陈静远在互相偷看了一眼后，又扭过头捂着嘴，偷偷地乐了。陈德润却接着又道："老哥果然是明白人，兄弟我正是这个意思。若想要他帮你种地，当初，就不该让他到省城去读书。如今在省城他听得多了，见的多了，知道的也多了，想法，自然也就不一样了。连西安都拴不住他的心，何况你那个小小的大张村？何况你那几间房、那几十亩水浇地？儿子是自家的，人才却是国家的。子大不由父，能拴住他的人，你却拴不住他的心！"最后指着张仲霖、陈静

远，跟张宏岳，陈德润又道，"让他们出去闯闯！有本事，也许能闯个名堂出来。没能耐碰一鼻子灰回来，再种地也不迟。那时候有咱说的，没他们说的，老哥你说，是不是这个理？"

顾了说话，不觉中已经回到了南河镇。见在余儿、明儿、菊儿的帮助下，孙兰玉已将饭菜准备停当，陈德润吩咐道："先吃饭。牲口，也就地喂上。吃罢饭咱再卸书。"

趁洗手的当儿将他爸张宏岳叫到一边，指着手里的《陕西通志》，张仲霖道："爸，这套书内容好、文笔好自不必说，你先看看这字，啧啧！这是大姊她一手誊写的，多漂亮！无论如何，咱也得收藏上一套！"接过书掂了掂，张宏岳老汉道："对对对。要留，是得留一套。这两口子，实在是了不起！"

吃完饭，陈德润吩咐谢铁成、郭德厚跟子明兄弟道："前面那两车书，还得麻烦你几个卸到学堂，底下用木板垫高，要注意防潮，啊——"不料谢铁成却道："那后面的半车，咋办？"陈德润道："就卸在医院。这儿有我们，你们就甭管了。"

书眼看就要卸完了，要书的事张宏岳老汉，却还是张不开口。正在为难，不想在卸最后一包时，儿子张仲霖却被陈德润，给拦住了："不用卸了。这包，是留给你们的。你大伯是读书人，两个堂哥又在外面干事，都用得着。"说着又拿出十块大洋，陈德润塞进了张宏岳的口袋："这是辛苦钱。老哥，你收好。"紧挡慢挡没挡得住，张宏岳急了："这书你不给，我还谋思着开口要呢，这钱，却是万万不能收的。"说着掏出钱，他又塞还给陈德润。陈德润更是不依，过来过去后，钱还是被他塞进了张宏岳的口袋。

临走时拉住张宏岳的手，陈德润又道："娃的事，咱说定了。啊——"

这时，马车已经启动了，张宏岳老汉一边走一边道："放心吧。兄弟——"

目送张家伢父仁走远后，陈德润这才返回到英华医院。令他吃惊的是柜台上，竟放着白花花的十个银圆。拿着银圆当他再次赶出时，张家父子连同他们的马车，却早不见了踪影。

---

①喝罢汤：吃罢晚饭。关中人习惯上将吃晚饭叫作"喝汤"。
②死面：未经发酵的面。
③车刮木：胶轮马车用来刹车的木头。
④不肯唾核：关中方言。不置可否，不松口。

第五十三章

民国十三年的十月二十三日拂晓，早起晨练的老北京，都觉有些异样，一夜之间所有的城门、所有的交通要道、所有的军政机关、都被胳膊上套有白袖章的军人所控制。细看时这些军人，全都是些生面孔，军装，也破旧了许多。唯独套在右臂上的白袖章却是新的，还印有红字。再细看，见红字有的是"不扰民"、有的是"真爱民"、有的是"誓死救国"。大家纷纷地猜测着，议论着，有的说可能是队伍换了装，有的说可能是队伍换了防。

"号外！号外！特大号外……"更奇怪的是，报童们今天，却格外地早。从他们那千篇一律的吆喝声中，老北京们这才知道昨晚发生了变故，而且，是一场石破天惊的大变故。这场震惊寰宇的突变，后来被称之为"北京政变"，或"首都革命"。

报纸立即被抢购一空，从报纸上老北京始知接防的，是冯玉祥的部队。吴佩孚的城防部队，已经被全部地缴了械，贿选的大总统曹锟，也被囚禁在中南海的"延庆楼"。

从睡梦中，京城惊醒了过来。惊讶不已，老北京们奔走相告，于一瞬间城里城外，几乎要沸腾了。不久，老北京们突然反应了过来，他们觉得似乎应该有所表示，似乎应该做点什么。于是有的拿出了水果、有的拿出了鸡蛋、有的拿出了糕点。市民们纷纷走出家门、商人们纷纷走出店门，连大中专学校的学生们，也成群结队地走出了校门。他们要慰问这支"不扰民、真爱民，又誓死救国"的队伍。推来让去直争得面红耳赤，鸡蛋、糕点和水果等，最终却还是物归了原主。看来这"不扰民、真爱民、誓死救国"，应当是真的了。

在以后的几天里，报纸一直是炙手可热的抢手货，印机在满负荷地运转，报纸却还是供不应求。从报纸的字里行间，老北京们始知这场爆发于一瞬，既没打一枪、也没费一弹，然而却是天翻地覆的政治军事变故在人不知、鬼不觉中，却早已酝酿了半年。其策划者、实施者更是远在一年前，就已经下了决心。

朱门酒肉臭，官僚们是纸醉金迷、灯红酒绿；路有冻死骨，百姓们却是流离失所、啼饥号寒。强烈的社会反差让刚来北京不久的冯玉祥感到震惊、感到迷茫，也感到彷徨。看到孙中山派孔祥熙送来的《建国大纲》后，一直盲人骑瞎马的冯玉祥，这才似乎看到了黎明的微曦、看到了东方的曙光，也看到了中国的未

来、中国的希望。耳目一新，精神也为之一振，就此下定决心，他要帮孙中山打倒军阀，跟他走反帝、反封建的救国之路。

孙岳，河北高阳人，字禹行。系明末兵部尚书、东阁大学士、抗清民族英雄孙承宗的后裔。滦州起义时跟冯玉祥，他是生死与共的战友；华山聚义时跟胡景翼，他又是情同手足的兄弟。

早年在参加科举考试时，有个知底的旗人跟孙岳道："虽赞同革命，我却苦于无人肯信。不得已，这才参加科考，君又何苦？"闻言孙岳大惭，虽高中，却弃之不就。

归途中见一老者锦衣绣袍，却沿门乞讨。孙岳奇之，因问其故。老者道："为恶人所害，以至于此。"孙岳道："何不以恶报恶？"老者怯，不敢言。孙岳又道："我助尔除此恶人，如何？"老者亦不敢从。孙岳怒，拔刀道："若不从，先杀尔。"老者骇，因从之。恶人既除，孙岳于粉墙书"杀人者，乃高阳孙岳也"。遂南下，投奔革命。

在南京，革命党人又疑其为奸细。黑夜刺杀时，孙岳闻风，遂逾墙而走。后经友人说明，方尽释前嫌。

政变前孙岳任第十五混成旅的旅长，驻军大名。

忠昭祠落成，随冯玉祥义地凭吊时，孙岳感叹地道："不想十年中，为民国捐躯者，竟如此之多！"闻言，冯玉祥却道："能落得一个'忠'字，他们也算是不朽了。"孙岳又感叹道："骨是精骨，魂是忠魂！"闻言冯玉祥暗喜，于是，又进一步道："孙二哥，不知百年之后你、我，能如此否？"闻言，孙岳自嘲道："我？军阀的走狗而已。"不无挑逗，冯玉祥又道："统兵数千，何以甘为走狗？"闻言，孙岳回敬他道："有人拥兵数万，不也是走狗一条吗？"明知故问，冯玉祥又道："所指何人？"不假思索，孙岳又回敬他道："除国贼冯焕章外，还能有谁？"闻言不但没恼，冯玉祥反而哈哈大笑："骂得好！骂得痛快！"接着压低声音，他又道，"虽为走狗，却未必甘心。"闻言，孙岳正色道："集国仇家恨于一身，焕章若有心做事，孙某岂能袖手？我自会说服笠僧，拼死相助！"闻言冯玉祥大喜，道："正求之不得！有二位相助，冯某无虞矣。"

工欲善其事，必先利其器。用俗话说，叫作"磨刀不误砍柴工"。这个简单的道理，冯玉祥还是明白的。在加紧练兵的同时，无时无刻，他又在为部队的装备而发愁。此间，军阀政府从意大利进口的一批比士尼步枪、大炮和子弹，不能不引起他的关注。多次前去请领，不想陆军总长陆锦，却避而不见。后来直找到曹锟，冯玉祥总算才拿到了步枪三千支、大炮十八门、子弹数百万发的批条。

真的是"阎王好见、小鬼难缠"吗？拿着大总统的批条腿几乎都跑断了，冯玉祥却拿不到一枪、一炮、一弹，这时他才明白曹锟开给他的，只不过是一张空头支票。钱能通天。万不得已，东挪西凑，冯玉祥给军械官李彦青凑了十万大洋。

果然是有钱能使鬼推磨！不到两个小时空头支票，竟兑现了。贼不打三年自招！后来于无意中，曹锟竟说漏了嘴。冯玉祥始知堂堂的民国大总统，竟也跟着坐地分赃。

不久，胡景翼的密使杜斌丞、岳维峻暗中，也跟冯玉祥取得了联系。往返奔走于冯玉祥、胡景翼、孙岳之间，以为联络的，自然非陈致远莫属了。当曹锟、吴佩孚正穷兵黩武，以期用武力统一南北的时候，一颗随时都有可能爆炸的重磅炸弹，却悄悄放在了他们的卧榻之下——人不知，鬼不觉，倒直的三角同盟形成了。

万事俱备，只待东风。

东风不予曹、吴便，见了焕章自多情。狗咬狗，两嘴毛。作为直奉二战的导火索，江浙战争爆发了。托支持浙江督军卢永祥之名率众二十五万，张作霖兵临山海关，直逼京畿。不甘寂寞，曹锟、吴佩孚也又是调兵、又是遣将。集结了三十万大军，他们严阵以待。

直奉二战已是刀出鞘、弹上膛，一触即发。

北京，四照堂里灯火通明。六十多员大将正襟危坐，在恭候他们的"吴玉帅"吴佩孚。

"总司令到——"

"总司令到——"

在一声又一声的"接力赛"中，身着绸衣、绸裤，嘴叼特大号卷烟，吴佩孚一摆三摇地晃了进来。一盘腿又坐上正中的虎皮卧榻，半躺半卧着他开始发号施令。史称"四照堂点兵"。

吴佩孚命冯玉祥为第三路军司令，又命王承斌为监军，命胡景翼为后援，出兵古北口……

不可一世，吴佩孚正调兵遣将，不料突然间却停了电。灯火通明的四照堂顿时，又是一团漆黑。暗中碰了冯玉祥一下，第一路司令王怀庆道："灭了，灭了。师出不利。"正暗暗高兴，闻言冯玉祥却不露半点声色。

待众将领命而去，与虎谋皮，留下胡景翼吴佩孚竟私下嘱咐他说："冯玉祥如有异动，可便宜行事、就地处决。"

自以为是他的死党，吴佩孚却没想到跟张作霖，王承斌又是同乡。因不满吴佩孚的飞扬跋扈，跟奉张他早有密约在先、已达成了默契。

自古骄兵必败。用俗话说叫作"人狂没好事，狗狂挨砖头"。既不知己，又不知彼，还如此的狂妄，吴佩孚焉能不败？

以京城空虚为由，冯玉祥举荐让孙岳出任北京的卫戍司令，一时不察，曹锟果然上当。

跟王承斌心照不宣，虽到了古北口，冯玉祥却按兵不动。见状情知戏中有戏，暗中，张作霖遣使到古北口。以奉军不得入关、请孙中山主持大计为条件，冯玉祥默许了他。

未几，吴佩孚初战失利的消息，已经传出。接受了老对手赵倜的前车之鉴，托请示之名，冯玉祥致电吴佩孚探其虚实。回电中，吴佩孚竟贼不打三年自招曰："此间危，若非意外之胜利，恐难挽颓势。"

大喜过望，冯玉祥立即调兵遣将。

南下滦州，胡景翼切断了京奉线；占领长辛店，李鸣钟控制了京汉线；兵出密云，鹿钟麟直扑京畿；连夜回师，轻装疾进，冯玉祥率主力以为后应。

逗留期间托演练之名，鹿钟麟率部频频往返于密云、北京之间。虚虚实实，这次却不再是演练，而动了真的。但百姓们却早习以为常，连官兵们，也都是见怪不怪。

十月二十二日午夜，鹿钟麟兵临北京城下。当打开安定门，孙岳迎他们入城时，官兵们这才如梦初醒、这才明白了此行的重大意义。一扫疲惫，他们人人欣喜若狂，个个精神抖擞。迅雷不及掩耳，以闪电般的速度鹿钟麟迅速控制了车站、电厂和邮电大楼。总统卫队被全部缴械，睡梦中贿选的总统曹锟，也于稀里糊涂中被押进了"延庆楼"。

兵不血刃，政变成功后，却用了一粒子弹。是这粒子弹将军械官李彦青送上了西天，送往了冥冥中的那个极乐世界。他钱没花完，人却没了。

二十三日于北京北苑，冯玉祥、胡景翼、孙岳等举行了紧急会议。刘骥、张之江、李鸣钟、鹿钟麟等高级将领参加了这次会议。按冯玉祥提出的动议，会议决定改部队为"国民军"，被公推冯玉祥出任了国民军的总司令，兼第一军的军长。胡景翼、孙岳出任了副总司令，并分别兼任第二军、第三军的军长。会议还成立了以黄郛为总理、以李书城为陆军总长、以李烈钧为参谋总长的摄政内阁。

第一次内阁会议又全票通过了冯玉祥关于修改"清室优待条件"的动议。修改后的"清室优待条件"，其第三条为：清室于即日移出紫禁城，住所可自由选择。民国政府负责，予以保护。

根据这条规定，只带了陈致远等几个人，新任北京警备司令鹿钟麟驱车来到了紫禁城。

见到溥仪，鹿钟麟道："你想当平民，还是想做皇帝？若是愿当平民，我们有对待平民的办法。若是想做皇帝，我们也有对待皇帝的手段。"犹豫了一下后，溥仪道："愿做平民。"闻言鹿钟麟道："既如此，那就交出玉玺，立即出宫。"

交接玉玺时见溥仪有所犹豫，又欺鹿钟麟人少，自恃宫中尚有御林军三千，总管内务大臣绍英竟反而强硬起来。

夜长了梦多。恐节外生枝，灵机一动掏出怀表看了看，鹿钟麟忙吩咐陈致远道："快！命令部队暂缓动手。"心领神会，转过身，陈致远"领命"而去。不知是计，绍英早吓得面如土色。匆匆地收拾了一番后于即日下午，跟他的后妃以及遗老遗少们，溥仪离开了紫禁城。

共和体制下的首都北京，竟还寄生着一个封建的小朝廷。总统、皇帝并存，且长达十三年之久，在世界史上，这怕都是一件绝无仅有的荒诞事。

这个令人啼笑皆非的荒诞事，就此，终于画上了一个句号。消息见报后，城里城外家家张灯、户户结彩。大街小巷更是锣鼓铿锵、鞭炮噼啪、彩旗飘飘、舞姿蹁跹。长城内外、黄河上下、大江南北无不为之欢欣鼓舞、拍手称快。

不甘失败，为东山再起，重整旗鼓后吴佩孚又集结残兵败将于天津附近的杨村，以便随时卷土重来、伺机反扑。背信弃义，兵出山海关，张作霖也虎视着北京。立足未稳，年轻的国民军两面受敌，又陷入了危局。

忙中出错。请段祺瑞复出以善其后的错误决策，竟轻而易举地断送了这次震惊中外的革命。"首都革命"以军事上的胜利开始，却以政治上的失败而告终了。痛定思痛，教训是深刻的。

卷土重来，段祺瑞出任了民国政府的"临时执政"，这一临时，他竟临时了两年。以六上六下的奇迹，段祺瑞被"誉"为政治上的"不倒翁"。

"善后会议"于天津召开。会上段祺瑞、张作霖不可一世，又咄咄逼人，冯玉祥却不得不退避三舍，在通电下野后，又上了天台山。

刚将冯玉祥逼上天台，段祺瑞却又追悔莫及。面对拥兵自重的东北虎张作霖，逼冯玉祥下野，不倒翁无异自去屁股下的铅丸。段祺瑞的"重心"升高了，"稳度"却降低了，"稳定平衡"也变成了"不稳平衡"。

人常说，脱了裤子算一天。今晚脱下裤子，明天穿得上穿不上，段祺瑞总觉得，还是个事。为苟全性命于乱世，又闻达权力于诸侯，亡羊补牢，他许以"西北边防督办"的职务，又三番五次地敦请，要冯玉祥下山。

料就段祺瑞的日子不得舒坦，耿耿于怀，冯玉祥却就是迟迟地不肯下山。

西北虽地旷人稀，却资源丰富，又背靠社会主义苏联，是理想的用武之地。在徐谦、李大钊等人的一再劝说下，于保定，冯玉祥这才就任了"西北边防督办"。

也并非一无是处。争于内却不让于外，吴佩孚具有一定的民族气节，他做人的原则是不纳妾、不出国、不住租界。

天津反扑败北后见大势已去，从塘沽下海、又取道武汉，吴佩孚再次回到他苦心经营了多年的老巢——洛阳。

在直奉二战前，趁刘镇华主政陕西、无暇东顾，在豫西招兵买马，其部下的憨玉琨，竟迅速地扩充到十万余众。这支快速崛起的武装，自然也引起了当时正虎踞洛阳的吴佩孚的关注。

尾大了不掉，奴大了欺主。为遏制刘镇华据陕窥豫的野心，收买憨玉琨将其所部，吴佩孚改编为第三十五师，并归他亲自节制。

出任"临时执政"后，段祺瑞也想拉憨玉琨，以豫督相许，他要他将吴佩孚赶出河南。

旧宠未失，又得新宠，憨玉琨正喜出望外，不料刘镇华却给他戴了个紧箍咒——段可捧，吴不可背。新主子段祺瑞、旧主子吴佩孚俩人既不共戴天，又势不两立，顶头上司刘镇华却既要他伺候好新主子，又不能得罪了旧主子。喜中有忧，一时，憨玉琨陷入到两难。

憨玉琨字润卿，河南嵩县人，绿林出身，人称"憨子"。说是"憨子"，其实，他一点儿也不憨。

既想当婊子，又想立牌坊。憨玉琨干脆来了个金蝉脱壳——他自己不出面，却命参谋长吴仓州兵出豫西、到洛阳去攻打吴佩孚。不战而屈人之兵，刀不血刃，吴仓州只一纸书信，便说服吴佩孚弃洛阳而去了郑州。

墙倒众人掀。到郑州后，各地实力派又联合通电，要吴佩孚下野。段祺瑞也致电要他"只身隐退，勿碍统一"。这时一路虚张声势，吴仓州又兵临郑州，既四面楚歌，又十面埋伏，万般无奈吴佩孚只得弃郑州，又去了武汉。

世情看冷暖，人面逐高低。作为部下，湖北督军萧耀南对吴佩孚虽不致落井下石，却也不念旧情、予以收留。于是一路辗转，吴佩孚又到了湖南。

同为旧部，湖南督军赵恒锡却截然不同，早有心独立，他自然不肯买段执政的账了。于是惶惶如丧家之犬的吴佩孚，才总算有了一席之地可供栖身。

得饶人处且饶人。其实，段祺瑞也不想将吴佩孚赶尽杀绝、置之死地而后快。狐兔死，走狗烹。他深知若赶尽杀绝、置吴佩孚于死地，他日飞鸟尽、良弓藏，被赶尽杀绝又置于死地的，便是他自己了。

虎踞豫西，正坐等段祺瑞让他出任豫督，到头来憨玉琨却是竹篮子打水——一场空。在以黄郛为首的摄政内阁的坚持下，胡景翼出任了河南督军，孙岳，又被任命为省长。后来孙岳因别有所图而没有莅任，于是集军政大权于一身，胡景翼既是督军、又是省长。

恼羞成怒，为阻止胡景翼，憨玉琨竟拆毁了黄河大桥。曾义结金兰，眼下胡景翼、憨玉琨又反目成仇。

所以不肯去河南，除不愿离开大名外，孙岳还担心跟胡景翼挤在一起，国民军两个军的二三十万人马，其供给怕难以为继。另外，他还有一个鲜为人知的目的，就是督直隶、主京畿。

不想人算不如天算，捷足先登的竟是奉系的李景林先孙岳，他领任了直隶督办。既得陇，又望蜀。吃着碗里的，想着锅里的。对直隶省长这个肥缺垂涎已久，李景林自是不肯轻易地拱手让人了。

比憨玉琨还要惨，孙二哥竟被两耽了。这就是政治，政治斗争是残酷的、无情的，有时，甚至是血淋淋的。

既失信于憨子，又有负于孙岳于是一女三许，段祺瑞让孙岳为豫陕甘剿匪总司令，驻军郑州；让憨玉琨为副总司令，驻军洛阳；胡景翼督军兼省长已是既成的事实，驻军开封。

自古一山不容二虎，而一马平川的河洛大地上，却竟是三虎雄踞。跟孙岳有话，还可以商量，跟憨子胡景翼却是不共戴天。为缓和矛盾，胡景翼先后拿出了两个方案：一是让憨子去协助刘镇华，以豫人治陕；让陕西的国民军来河南，以陕人治豫。二是要憨子跟他合作，先兵出湖北、迎接北伐，待北伐成功后再由憨子主豫，孙岳主冀，他自己主鄂。后因掣肘于刘镇华，两个方案竟无一实现，而全都落了空。

在豫西憨玉琨摩拳擦掌，蠢蠢欲动；在陕西刘镇华明修栈道，暗度陈仓；在豫东胡景翼谋局布阵，运筹帷幄。和平努力既以失败而告终，一场恶战怕在所难免了。

人枕戈，马待旦；剑出鞘，弓张满；炮蓄势，枪压弹。山雨欲来风满楼，一时间河洛大地上彤云密布、电闪雷鸣，恶战，大有一触即发之势。黄河在咆哮，洛水在哭泣，一场空前的浩劫，已迫在眉睫。

问中原大地，谁主沉浮？

第五十四章

"不党、不卖、不私、不盲"。刚踏进张季鸾的书房,首先抢入陈致远眼帘的,是一幅新挂上去的横幅。细看时,其中四个"不"字的写法既无一雷同,又与众不同,书法拙中见巧,内容独无仅有,均教人耳目一新。

张季鸾,名炽章,陕西榆林人。既曾是关学大儒刘古愚的得意门生,又曾是革命先驱孙中山的贴身秘书,后来又是《大公报》的主笔,是著名的新闻家、评论家。虽有些口吃,却因文思敏捷、笔锋犀利,且敢仗义执言,张季鸾跟书法巨匠于右任、跟水利专家李仪祉一起,共享"陕西三杰"之美誉。

以其精到之刀笔,以其人格之魅力,张季鸾深受社会各界的推崇,乡党、朋友,以及慕名前来求教的学人们更是络绎不绝。

胡景翼任京汉铁路护路使时,张季鸾曾是陇海路的"会办",二人过从甚密,私交更厚。在北京南苑,在冯玉祥的教导团任副团长时,陈致远也结识了张季鸾。既是乡党,又是长辈,再加上跟胡景翼的关系,他跟他成了莫逆之交,是他的常客。

"不党、不卖、不私、不盲",在反复玩味又诵读了一遍后,陈致远不解地道,"这八个字的意思是……"

"噢,这是我行文、办报之准则。"张季鸾道,"今写出来挂在墙上,主要是用以自省、自勉。其次,还用来谢绝某些人的不情之请。"见陈致远仍是一脸的茫然,他进一步又道,"不党者,即只为民请命,不做任何一党一派之喉舌。凡祸国殃民者,皆口诛笔伐;凡利国益民者,皆褒扬光大。不卖者,即不以文易钱,而出卖良知,以保证言论之独立。不私者,即只以国家民族利害为取舍,而不以个人恩怨为避趋。不盲者,即不随声附和而盲从,不道听途说而盲信,不感情用事而盲动,不是非莫辨而盲争。"倒背着手一边踱着步子,张季鸾一边道。说完,他刚好踱到了门口。

"好,太好了!"闻言陈致远赞叹道,"加上不盲从、不盲信、不盲动、不盲争,名为四不,实乃八不……"

还没说完,陈致远却被一阵笃笃笃的敲门声给打断了。

"哦,是静远!"拉开门,张季鸾惊喜地道,"来得正好!这里,我还有个乡党。"指着陈致远,他接着道,"来来来,你俩也认识一下!"

令张季鸾万万没有料到的是，他还没来得及跟他们互相介绍，两个年轻的客人却在愣了一下后，又紧紧地搂抱在一起。

激动不已，客人竟都是热泪盈眶；莫名其妙，主人却呆在了一旁。

……

"静远！"陈致远不胜惊讶，"你咋也在这儿？啥时来的？"松开后，他又上上下下地打量着他。

毕竟大两岁，毕竟在外面闯荡的时间长，不知过了多久，陈致远这才意识到这不是在他的书店，而是在张季鸾先生的书房。自觉有些失态，当着主人的面，他不觉又有些窘。弟兄俩一别就是两年，更没想到竟在这儿巧遇，一时激动，他竟没能控制住自己。

"在北大上学。"陈静远道，"快半年了。"上上下下打量着陈致远，见他不是一身戎装，而是西装革履，他更是惊讶不已，"哥，你咋也在这儿？看样子，已经不在队伍上了？"

在陈静远的印象中，他哥应是一身戎装，而不是西装；应跟胡景翼在开封，而不是在北京。这次既偶然、又必然的奇遇，更是大出了他的意料。

"陈致远……陈静远……"张季鸾喃喃地念叨着。突然，他又似有所悟："哦，你们是弟兄俩！"打量着陈静远，又打量着陈致远，他不住地点着头，猜测，似乎已经得到了证实。

"一母同胞。"陈致远道，"事出突然，一时难以自已，竟有失礼仪，还请先生见谅！"不好对弟弟明言，他正在为难，不想张季鸾的插话，正好帮了他的大忙。

"嗨！这是从何说起？"张季鸾兴奋地道，"你弟兄咫尺天涯，今日有幸巧遇，此乃天意，亦人之常情！来来来，快坐下，快坐下。我们坐……坐下说……说话。"一时激动，不由自主，他竟又有些口吃，"难得难得，实在是难……难得！"

半年前陈静远、张仲霖一块考上了北大，张仲霖进了历史系，陈静远进了国文系。学的是母语，慕名而来，陈静远也结识了张季鸾。认识的时间虽不长，共同的话题却不少，就学术上的一些疑难，他少不得登门来跟张季鸾求教。

在冯玉祥的军官教导团任副团长，而且专门负责对外联络、对内接待，加上为人机灵、颇善交际，不久，陈致远便结识了一大批的仁人志士、文化名流和社会贤达。迎来送往中对这个既帅气、又干练的陕西小伙子，那些仁人志士、文化名流和社会贤达们亦是喜爱有加。

由于会说话、善交际、能办事，加上在北京又人地两熟，去开封就职前，胡景翼特意将陈致远留了下来。按胡景翼的安排，以开书店为掩护，他秘密建立了国民二军的驻京联络处。名义上，陈致远是书店的总经理；实际上，他却是国民二军驻京联络处的处长。为此跟胡景翼，他们还上演了一场周瑜打黄盖——一个愿打、一个愿挨的苦肉计。要陈致远跟他去开封，胡景翼还答应提升他为团长，不想借故，陈致远却执意要留在北京。见好说无效，盛怒之下左右开弓，当着众人，胡景翼连扇了陈致远两个耳光。"滚！"指着他的鼻子，胡景翼骂道，"你这见利忘义的东西。滚远些。越远越好！"

"滚就滚！谁稀罕你那个破团长。"说着陈致远剥掉了军装。当着众人，军装又被他摔在了胡景翼的面前，接着，又悻悻地扬长而去。

紧劝慢劝，紧拦慢拦，众人虽劝住了正在摸枪的胡景翼，却没能拦住甩袖而去的陈致远。

离京前借口要参加一个重要的军事会议，所有的随从，都被胡景翼留在了一家高档饭庄的大厅，楼上的雅间里，他却一把握住了陈致远的双手。作为书店的启动资金，将一张银票交给陈致远后，胡景翼还一而再、再而三地叮嘱他道："赚不赚钱都在其次，必须借洽谈生意，广交朋友。要密切接触那些靠得住的，特别是上层社会的各种关系，务必将北京政府，尤其是段祺瑞、张作霖的动向，准确及时地摸清楚。"

给陈致远胡景翼还规定了几条纪律，甚至不准他跟家里联系。"非常时期！特殊使命！"将密码交给陈致远，他又郑重其事地对他道，"为了咱的国民二军，也为了你的安全，我们不得不如此这般。这样做虽有些不尽人情，但为万无一失，也只好委屈你了。你要多加小心，啊——"

"士为知己者死！"闻言，陈致远也是一脸的严肃，"蒙将军如此看重，知遇之恩即便是肝脑涂地，致远也无以为报！"

慎之又慎，先陈致远一步，胡景翼要离开这个是非之地。"也不小了。有合适的，尽快地成个家。"临出门，回过头他又笑着跟陈致远道，"年轻的总经理没个漂亮的太太陪着，似乎也说不过去。可惜！可惜你们的婚礼，我怕是没法参加了。别忘了！对书店来说，你是总经理；对咱国民二军来说，你却是我的联络处长；等将来有了太太，你只能是她的先生！"

身边的都被胡景翼、陈致远给瞒过了，他们有的以为陈致远想脱离胡景翼，而留在冯玉祥的身边；有的以为他留恋繁华的京城，而不愿去小小开封；有的还以为他手里有了钱，不愿出生入死、再吃粮当兵了。

有个人却是瞒不了的，这个人不是别人，而是张季鸾。心照不宣，利用他在新闻界的影响和关系，有意无意中给陈致远，他提供了不少极有价值的情报。

男儿有泪不轻弹，只是未到伤心处。问到家里的情况时，陈静远的眼圈不由湿润了起来，对着他哥，他难过地告诉他说："爷爷、外爷他……他们在半年前，都相继地过……过世了。咱爸咱妈还好，只是……只是衰老了不少。两鬓都……都已经花白了。"

年事已高，老秀才、老神仙他们时而清楚，时而恍惚，陈德润从上海回来时，他们光顾了高兴，一时竟忘记了大孙子陈致远。一段时间内，在他们的潜意识中，家里似乎少了点什么。究竟少了些什么，他们时而东瞧瞧，时而西看看，结果自然是东边啥也不差，西边啥也没少。他们又时而摸摸这个，时而动动那个，结果是这个在，那个也没丢。

好长时间后，他们这才终于弄明白了——家里缺少的，竟是他们的大孙子陈致远。问及时，陈德润只得告诉他们说途经郑州时，无意中致远又碰见了胡景翼，一时没留神，他竟又跟着队伍走了。闻言嘴张了大半天，两个老人，却竟都没能说出一个字来。从此他们变得更加地恍惚了，不久后，又相继地过世了。弥留之际他们还断断续续，又含含糊糊地念叨着，念叨着陈致远。

听着听着心里一酸，陈致远的眼泪，早不由自主地溢了出来。"哥，眼下你到底在干啥？"陈静远抱怨道，"人回不去不说，给家里也不打个电话，或者是写封信！"

"都……都怪我……"摸出手帕一边擦着眼泪，陈致远一边哽咽着。

这能怪陈致远吗？显然不能！打个电话写封信？说起容易，做起来可就难了。"国破山河在，城春草木深。烽火连三月，家书抵万金……"几年来陈致远并非没有写过家书，也并非没有打过电话。队伍说打仗就打仗，说开拔就开拔，整天戎马倥偬，又飘忽不定。往往是信写好了，却没处发，或者是电话要了还没等接通，部队又开拔了。

话说回来，即便是有闲暇让他写信、让他打电话，他又担心仗一打起来顾不上写信，也顾不上打电话时，反而让家里更加地担心。

留守北京后，陈致远终于稳定下来，也有了时间。纸、笔就不用说了，连电话也都是"手到擒来"，忍不住陈致远也曾多次抓起过话筒。"非常时期！特殊使命……等将来有了太太，你只能是她的先生！"话筒里传来的，却似乎都是胡景翼临走时的千叮咛、万嘱咐。紧握话筒他往往是犹豫再三后，却又在长长的叹息声中轻轻地放了下来。

"自古忠孝不能两全。"见状，张季鸾唏嘘地道，"看来，果然是大实话！"接着，他又劝慰两个年轻人道，"新陈代谢，生老病死，乃自然法则。连帝王将相尚不能超越，又何况庶民百姓？余以为国乃大家，忠乃至孝，为国即是为家，尽忠即是尽孝。你弟兄是如此的上进，他日事业有成，自能告慰两个老人家的在天之灵！"见陈致远、陈静远逐渐恢复了平静，他又道，"是这，今天由我做东，大家吃顿便饭，你弟兄久别，今又巧遇，咱们得……得庆贺庆贺！"

恭敬不如从命，见推脱不过，陈致远、陈静远只好答应了他。

在陈致远的带领下，陈静远来到了他哥的书店，一幢两层小楼，看上去，书店的规模还不小。陈静远正想进去看看，陈致远却道："不着急。以后有的是时间。"一想也是，于是跟着他哥，陈静远径直来到了楼上的经理室。

"哥，"坐下后对着陈致远，陈静远道，"有个同学叫张仲霖，也是咱陕西乡党，依我看倒是块读书的料，可最近他却嚷嚷着要效法班超、要投笔从戎。还说中国的现状，是笔杆子无论如何也改变不了的，必须拿起枪杆子。记得你长于使枪，对经商从无兴趣，如今咋避长就短，反做起生意了？"

"依我看你这个同学，也未免有点过于偏激。"避实就虚，陈致远道，"要改变中国之现状，除唤起民众外，还要联合世界上以平等待我之民族，共同奋斗。唤起民众，联合世界上以平等待我之民族，难道也要用枪杆子不成？昔日李白的一篇文章，曾吓得蛮夷们一度不敢正视中国，被叫作《吓蛮书》。张季鸾先生也有篇文章，是专门骂吴佩孚的，叫作《跌霸》，挨了骂吴佩孚却反而更加地敬重先生了。还有咱爸的几篇文章，不也将陆建章、陈树藩，先后地赶出了陕西吗？枪杆子固然重要，笔杆子亦不可小量！作者要有骨，笔尖要有锋，笔杆子要直。这些，都是行文的关键！"

"《跌霸》？这篇文章我读过。"闻言陈静远道，"顺理者成章。先生的文章不仅始之以情，成之以理，而且笔锋犀利、酣畅淋漓，读起来更觉痛快。"

"跟吴佩孚，先生还有一段逸闻趣事。"陈致远道，"你可有耳闻？"

"逸闻趣事？"闻言陈静远顿时来了兴趣，"什么逸闻趣事？说说看！"

娓娓而言，陈致远还没说完，陈静远却早笑得岔住了气……

吴佩孚，字子玉，山东蓬莱人。虽一起起武夫，他却爱结交些文人墨客，以附庸风雅。一年隆冬，吴佩孚又宴请一班文人雅士，见百姓们正啼饥号寒、冻馁而死，而吴佩孚却蹬皮靴、衣轻裘，穿的是貂皮大氅，一时气愤，张季鸾便有心骂他。

寒暄毕，吴佩孚问张季鸾可有新作，张季鸾却推说近来文思不畅，并无新作。见吴佩孚硬是不信，又纠缠不休，张季鸾说虽无新作，笑话倒是听说了一个，而且，还颇为有趣。闻言吴佩孚顿时来了兴致，并催促他道："酒得辞而添雅兴。快，快讲来听听！"不料张季鸾却推托道："算了，算了。不说也罢。"张季鸾越是推却，吴佩孚越是坚持要听，见拗他不过，他只得说了。

话说有个老汉性子急，"灯"（眼睛）却不怎么亮，儿媳妇刚娶进门，他就急着想抱孙子。过门三天后，不料新媳妇又跟他告长假，说是要熬娘家。虽满肚子的不快，老汉却也不好拒绝，于是，他将了新媳妇一军道："只要能给我抱个孙子回来，随你！要熬多久，你就熬多久。"满以为新媳妇会知难而退，不料她竟满碟子满碗地应承下来。

回到娘家时，母羊刚配上了羊羔，等熬够时，连小羊羔都问世了。把小羊羔用襁褓一包抱在怀里，新媳妇便打道回府了。见儿媳妇抱在怀里的，果然是个襁褓，兴高采烈，老汉忙迎了上去。解开看时对着襁褓中的"孙子"，老汉却嗔怪地骂道："啊！爷还没穿上皮袄呢，你个碎崽娃子，倒是先穿上了。"

听罢，众人直被逗得前仰后合，有的，都笑出了眼泪。看着他披在身上的皮大氅，眼睁睁挨了个肚子痛，吴佩孚却又不好发作。为掩饰尴尬，跟着，他竟也哈哈大笑起来。"你们这些文人，"用筷子点着张季鸾，吴佩孚笑道："肚子里的花花肠子，还就是多！"

不知不觉中，夜幕又降临了。陈致远要留弟弟促膝长谈，陈静远却因明天早上有课，而坚持要走。一个在南苑，一个在北郊，路远不说，又兵荒马乱的，陈致远哪里放心得下？他后悔当时张季鸾要借汽车给他，他却推说路不远而没有要。犹豫了一下后，陈致远却还是要通了张季鸾的电话。

不一会，汽车便到了楼下。嫌不方便，也不想麻烦人家，将司机送回后，亲自驾车，陈致远送陈静远去了北大。

途中从陈静远的口里，陈致远这才知道马月盈也在北京读书，而且，还早陈静远一年。没上高中，初中毕业后，她直接考上了北京的医护专科学校。学制短，眼下，她就要毕业了。从陈静远的嘴里，陈致远还听说老木匠夫妇、马子亮夫妇曾几次托媒，要将马月盈许配给他。陈德润、孙兰玉自是求之不得，却苦于不知道陈致远的下落，事情就这样被耽搁了下来。

见不见马月盈呢？一时，陈致远竟没了主意。

如果没有陈静远所说的渊源涛滔，马月盈陈致远肯定是非见不可的，从小他就喜欢她，而且一直把她当成他的妹妹。大马月盈六岁，小时候陈致远就经常抱着她，而且还左一口、右一口地亲过她，亲过她的脸蛋，亲过她的小嘴。后来他跟她都长大了，嘴巴周围，他逐渐浮出了淡淡的晕圈，并有了喉结，陈致远成了个翩翩少年。于不知不觉中她的胸脯也挺了起来，走路时还颤悠悠的，马月盈也出落成个窈窕淑女。他不敢再抱她，更不敢再亲她了，肤感、口感，都成了美好的回味。

一天不见她，他的心里，就空荡荡的，见了她，他不觉又有些心慌意乱、无所适从，连正视她的勇气，都没有了。

几年来，他难得有空，有空时，他常想起她，想起她那窈窕的身影，想起她那艳若桃花的脸蛋，想起走路时，她那颤悠悠的胸脯。那个窈窕的身影、那个艳若桃花的脸蛋、那个颤悠悠的胸脯、往往是还没来得及融为一体，却又被接踵而至的繁忙，给冲散了。

他一直都爱着她。小时候对她的爱，他是单纯的、是天真的、是无邪的、是带有呵护性的。那是一个大哥哥，对一个小妹妹的爱。如今对她的爱，他变得丰富了、多彩了、复杂了，甚至，有些想入非非了。还带着拥有的欲望，这是一个成熟了的男人，对一个刚刚成熟起来的，异性的欲望。他不光想亲她的脸蛋，亲她的小嘴，他还想……

　　如今，她就近在咫尺，如今，她应当是个十七八的大姑娘了。几年不见这个大姑娘，又是个什么样子呢？陈致远努力地回味着、想象着，从头顶，他一直想象到她的脚底……

　　邻家有女初长成。刚交十七，马月盈那圆圆的面庞已经拉长，而成了鹅蛋形，但却依然红是红、白是白的。一双秀目她也由天真，而变得含蓄起来，但却依然是黑白分明。身材已经拔高，两条修长的美腿，让她显得更加地亭亭玉立。更为挺拔的胸部，更加丰腴的臀部又让她的腰肢，显得愈加地收束了。那更加隆起的胸部，那更加丰腴的臀部，跟那更加收束的腰部，又形成了一段顺滑的双S型曲线。而那个被双S型曲线勾勒出的身段无论从正面还是从侧面看上去，都是那样的优美，都是那样的窈窕，都是那样的楚楚而动人。

　　南河镇自不必说，就是在北京医专那偌大的校园里，马月盈也算得上是一枝独秀了。这支盛开怒放的玫瑰不知让多少同性们黯然失色，又自愧不如。这支傲岸的出水芙蓉不知让多少异性们频频回首，却可望而不可及。这支姹紫嫣红的芍药不知让多少颗心脏狂跳不已，却又自惭形秽。这支冰清玉洁的百合不知让多少已经张开的嘴巴，却欲言又止。

　　马月盈的一双秀目，却从来都不曾斜视过。这位少女的芳心早已被一个既定的形象，给占有了。这是个无以替代的形象。

　　两年前当陈致远由渭北回到南河镇时，鼓起勇气，马月盈看望过他。从此，在少女那一双秀目的感光细胞中，便储存了一尊夺人魂魄的偶像。特意为这个偶像而来，她却没有足够的勇气将他一览无余、尽收眼底。

　　一家女，百家求。令马月盈遗憾的是，那些你来我往的媒婆、媒汉中，竟没一个是陈家的。他们既让她失望，又让她心烦。

　　女大不中留。马子亮夫妇的千言万语，竟无一成功。老木匠夫妇的苦口婆心，也都以失败告终。将马月盈叫到一旁，细心的玛丽，终于套出了实情。一纸隔膜就这样被捅破了。

　　一切都是为了心中的他，她愿意为他献身，她愿意为他苦等。那个漂泊不定的他，你在哪里？你可曾知情？

　　无情的岁月啊，是你给少男少女之间挖了一道无形的，难以逾越的鸿沟。

　　从天涯到咫尺，眼下，她就在他的身边；从咫尺到天涯，她马上就要毕业、就要离开北京了。不见吧，从小青梅竹马，又两情相悦，于情于理，似乎都说不过去。见吧，未免又教人难以为情，见了她，又跟她说些什么呢？她要是向他敞开了心扉，她要是跟他倾诉起衷情，他又该如何地回答她？拒绝她吧，不但辜负了她、伤害了她，而且，也违背了自己。自己受委屈尚在其次，辜负别人，特别是辜负那个心爱的小妹妹，他做不到！答应她吧，他却是个漂泊不定的军人，而且，又大战在即，万一有个三长两短，岂不毁了她的一生？何况眼下，他又肩负着特殊的使命。

"也不小了。有合适的，尽快地成个家。"胡景翼的话，言犹在耳。合适的？还有比她更为合适的吗？"年轻的总经理，没个漂亮的太太陪着，似乎，也说不过去。"没个太太陪着，也说不过去，还有比这更为充分的理由吗？

"有了太太，你只能是她的先生！"临走时胡景翼的万千叮咛，又在陈致远的耳际萦绕。她可以将她的一切，毫无保留地献给他；他却不能将他的一切献给她，而必须有所保留。这合情吗？她可是他的妻子；这合理吗？他可是她的丈夫。这瞒得住她吗？她是那样的聪明，一向果敢的陈致远这时竟变得优柔寡断，甚至，变得婆婆妈妈起来。

"来人啊……救命……"正胡思乱想，陈致远却被一阵突如其来的、凄厉的呼救声给打断了。来不及多想，只一脚刹车，拖着一阵刺耳的制动声，车子戛然而止、停在了路边。拉开车门一左一右，陈致远、陈静远几乎同时地，弹了出来。循着呼救声，他们箭也似的射了出去。这一切都是本能的，下意识的。

朦胧的夜色中，一个窈窕的黑影被两个五大三粗的黑影，拖到了路边。接着，又被拖向路边的树丛。窈窕的黑影在拼命地挣扎着、呼喊着，显然，她是个女的。另两个却是男声，一边拖，他们还一边呵斥着、吓唬着……

"住手！"随着一声断喝，陈致远、陈静远兄弟飞也似的冲了过去。

"他妈的。不要命咧，你们过来！"一个蛮里蛮气的家伙一边骂，一边"哗啦"一声拉开了枪栓。"他们有枪！"稍一迟疑，随着"叭"的一声，声若裂帛，子弹从陈静远的耳边，呼啸而过。大吃一惊，下意识地回头看时，陈静远悬着的心，这才又放了下来。说时迟，那时快。越他而过，陈致远已经冲到了前面。抬着右臂，右手中，他似乎还握了个什么。而这个东西，似乎还在吐着青烟。应声，前面却传来杀猪似的嚎叫。循声望去，一个黑影窜进了树丛。活像只受了惊的狐子，瞬间，便不见了踪影。嚎叫着另一个，也窜了过去，一边窜他一边似乎，还捂着耳朵。只剩下那个窈窕的黑影，倒卧在地上，她惊叫着……

在陈静远的扶搦下，挣扎着窈窕的黑影，终于站了起来。

"啊，是月盈！"这时，陈静远却失了声。也认出了陈静远，伏在他的肩膀上，马月盈委屈地抽泣着。

听说是马月盈，陈致远不觉一愣。难怪刚才的呼救声听起来，是那样的耳熟。揣起袖珍手枪，赶过来，他也扶住了她："月盈……你……没事吧？"

惊魂未定，冲着陈致远，马月盈只感激地点了点头。看来面对日思夜想的致远哥，她却没认出他。哪里会想到她的致远哥也在北京，又怎敢奢望在危急时刻救她一命的，正是她日思夜念的致远哥？此时此刻在"有缘千里来相会"中，马月盈却是"无缘对面不相识"。

"哼，便宜了这俩龟子尿！"见马月盈真的没事，陈致远这才道。

"这是我哥！"对着马月盈，陈静远提醒着她，"月盈，你没听出？"

闻言马月盈吃惊地瞅了瞅陈致远，接着，她又迟疑地看着陈静远。这一切……是真的吗？不……这不是真的！这不可能……致远哥……他怎么会在这儿？在心里，马月盈否定着，既否定着陈静远的话，又否定着陈致远这个人。

为什么不可能？他为啥，就不能在这儿？静远，又怎么会骗她？他可是从来都不曾骗过人，当然，更不曾骗过她。此时此刻，他更没有骗她的必要。分明是他……听声音……没错，就是他！在心里，马月盈又肯定着，既肯定着陈静远的话，又肯定着陈致远这个人。假的真不了，真的，也假不了。一头扑在陈致远的怀里，马月盈失声地恸哭起来……

将马月盈紧紧搂在怀里，此时此刻，陈致远深知她最需要的是安全、是安慰。作为大哥，他既有责任给她以安全，又有义务给她以安慰。他觉得只有紧紧地搂着她，才能既给她以安全，又给她以安慰。一切是那样的顺理成章，一切又是那样的自然而然，没有丝毫的故意，也没有丝毫的做作。

在既给马月盈以安全，又给马月盈以安慰的同时，从马月盈那里，陈致远也得到了温柔、得到了爱。小时候在母亲孙兰玉的怀抱里，他也曾得到过温柔、得到过爱。但马月盈的温柔、马月盈的爱，跟母亲孙兰玉的，却是截然的不同。在母亲孙兰玉的怀抱中，陈致远睡得是那样的踏实，又是那样的香甜，这怕就是书上所称道的，那种伟大的母爱了。在马月盈的怀抱里，陈致远得到的却既不是踏实，也不是香甜，恰恰相反，马月盈的怀抱给他的，是一种莫名其妙的躁动，而这种躁动，甚至让人不由自主地想入非非。

不同于孙兰玉的爱，马月盈给陈致远的完全是另外一种意义上的爱。不同于母爱，这种爱不是单方的，而是双方的，既是爱的奉献，又是爱的收获。不能分享，这种爱是专一的，甚至，是自私的。对少男少女来说，年龄不但不会稀释他们对这种爱的需求，而只能使之更加浓缩，甚至能变其为某种渴望。这种爱是……

陈致远毕竟是陈致远！从躁动中，从想入非非中，他终于挣脱了出来。恢复了理智，恢复了冷静，他松开了马月盈，但马月盈却不但没松开他，反而将他搂得，更加的紧了。伏在陈致远的怀里，马月盈继续抽泣着，随着抽泣的节奏，她那一对酥软而又极富弹性的乳房，连连撞击着他的心扉……

是来跟陈静远辞行的。马月盈已经拿到了文凭，明天她就要返回西安、返回南河镇了。一直等到天黑，陈静远却还是迟迟地不见回来，兵荒马乱的，她不禁为他担心起来。

马路上空无一人，在昏黄的路灯下伴随着马月盈的，只有她自己的倩影。焦躁而不安，在倩影的陪伴下，马月盈来回地走动着，她的倩影时而被路灯越拉越长，时而又被压缩得越来越短，直至为零……

跟幽灵似的，两个粮子，或者说两个土匪，突然拦住了马月盈的去路，狞笑着，他们一左一右地，向她包抄了过来……

昨晚的事，既是那样的突然，又是那样的自然，随着一声清脆的枪响，一切，都迎刃而解了。在陈致远的怀抱中，马月盈既赢得了安全，又赢得了爱；在给马月盈以安全的同时，陈致远也给她以热烈的爱。

有些事看起来很简单，做起来，才知道并不容易；有些事看起来不容易，到了一定的时候，在一定的环境下，才知道却也不是很难。

将一封家书丢进邮箱后，马月盈又毅然地退掉了车票。机不可失，时不再来。她不允许自己跟上次一样，跟她的致远哥再次失之交臂。

跟那声清脆的枪声比，一切语言都显得既苍白、又多余。紧急关头，一切竟是那么的自然，又是那么的顺理成章，危难过去后，马月盈的那股勇气，那股连她后来都感到吃惊的勇气，也随之而去了。

不知用什么样的语言，才能继续表达她对他那饱含着爱情的感情，马月盈为难了。谁能给她做这个月下的老人呢？想来想去，马月盈觉得除了陈静远，还是陈静远。面对亲人，马月盈却是举目无亲，陈静远成了她的，唯一的选择。只可惜这个月下的老人，实在是太年轻了。有啥办法呢？她还有别的选择吗？

面对马月盈无可奈何的选择，陈静远也为难了，父母不在身边，长兄可以做主，而自己，却偏偏又是个弟弟。"他……"正左右为难，突然一拍大腿，陈静远自言自语地道，"把他我咋忘得死死的了！"

带着马月盈，陈静远找到了张季鸾。闻言，张季鸾更是一脸的惊讶，"从小青梅竹马，如今又两情相悦。"背着手，踱着步，他自言自语地念叨着，"已有父母之命，只差媒妁之言，"说着猛地回过头对着陈静远、马月盈，他又道，"有官司说散，有婚姻说成。也罢。嘴是笨了些，这个顺水人情我就当仁不……不让了！"

水到渠成。枣核扯板——只两三锯（句），张季鸾便大功告成了。

第五十五章

　　拿着马月盈的家书,马子亮、明儿兴冲冲地找到了陈德润、孙兰玉。信纸在陈德润的手里哆嗦着,孙兰玉紧凑在丈夫身边,夫妇俩又是惊、又是喜。惊的是儿子陈致远终于有了消息,喜的是三个孩子竟巧遇北京,而陈致远、马月盈还有一段有惊无险的经历。他们也算是患难之交了。

　　电话铃又骤然响起,把信交给孙兰玉,陈德润刚抓起话筒,里面传来的,竟是一个浓重的陕北口音……

　　虽未曾谋面,陈德润却不止一次地听于右任提起过张季鸾。电话里张季鸾邀他们赴京去参加儿子陈致远的婚礼,并婉转地说明了陈致远不便跟家里联系的苦衷。

　　虽很想去,却又考虑到中原一带恶战在即,两亲家四个人商量了半晚上,最后还是觉得多有不便,于是一致委托请张季鸾酌情办理。

　　酌情办理?名正则言顺,名不正则言不顺。为名正言顺,张季鸾夫妇干脆将马月盈认做了干女儿,于是马月盈理所当然地住进了娘家张家。喜从天降。突然添了个如花似玉的女儿,同时,还带了个风流倜傥的乘龙快婿,年近半百,张家夫妇高兴得晚上睡不着觉,白天也合不拢嘴了。

　　婚姻大事,马虎不得。既忙里、又忙外,老两口子没黑没明地张罗着。

　　主婚人、证婚人都不是问题。以张季鸾的影响,他有的是朋友。在学界、在商界、在军界陈致远的朋友,也大有人在。加上马月盈的同学,再加上陈静远的同学,一场热热闹闹又体体面面的婚礼在北京隆重举行……

　　既令人心驰神往,又让人脸红心跳的时刻终于来到了。客人们陆续地告辞而去,新房里陪伴着新郎、新娘的,只剩下一对大红的蜡烛。顶着大红盖头,一动不动地端坐在床沿上,马月盈浑身的每一个细胞,却全都在跳动。血液直往上涌,脸上更是火辣辣的一片绯红,听到那个越来越近的脚步声,怀里揣着的那个"兔子",她更是突突突地跳个不停。犹豫了一下后,马月盈头上的大红盖头,被陈致远"噌"地揭掉了。虽渴望已久,那张灿若桃花的面庞却还是被马月盈羞涩地藏到了一边。藏得住吗?她那个通红通红的脸蛋又被陈致远扳了回来,又被他狠狠地亲了一口。一把搂住陈致远,马月盈也热烈地狂吻起他来……

　　跳动了一下后,红烛熄灭了。一阵窸窸窣窣的声音过后,紧接着的,是一阵强似一阵的喘息和呻吟……

军事上胡景翼厉兵秣马，以应对那随时都有可能爆发的战事；政治上胡景翼励精图治，以谋求营造一个宽松民主的新秩序。招贤纳士，广开言路，在军阀混战、在各霸称雄的险恶环境中，他硬是辟出了一方净土，从而让孙中山联俄、联共、扶助工农的新三民主义，率先在中原大地上变成了现实。

苏联驻华大使加拉罕在访问开封后，除无偿援助大批的武器弹药外，还派出三十多人担任了国民二军的军事教官。应邀共产党人李大钊访问开封后，也派刘天章、史可轩等三十多人，任职于国民二军。国民党元老于右任、李根源、刘允丞，以及无党派民主人士杜斌丞等，也纷纷前来协助胡景翼施政、治军。杜聿明、徐向前等黄埔军校的优秀学员，也纷纷地投身到国民二军，为报效国家、一展抱负，全国各地，特别是陕西的热血青年们更是络绎不绝、纷至沓来。他们纷纷来到了开封，来到了国民二军。

八方英才，荟萃中州。

在成群结队而至的陕西青年中，有个英俊而不失潇洒、文气中又带着霸气的年轻人格外地引人注目。身高一米八六，他犹鹤立鸡群；不怒自威，他生就一副咄咄逼人的气势。他就是跟陈静远一块考上北大的张仲霖。

> 堪羡昔时军伍，慢夸儒士德能多。四塞忽闻狼烟起，问儒士，谁人敢去定风波？

一曲《敦煌词》读罢，掩卷张仲霖毅然地离开了红楼、离开了燕园、离开了波光塔影的未名湖，而来到了既充满民主自由，却又杀机四伏的中原大地。

然而他的戎马生涯，一开始却并不顺利，也许是过于的不同凡响，几十个招兵处竟没一个"伯乐"，竟没一个敢要他这匹看上去多少有些桀骜不驯的"千里马"。

既堪羡军伍，又敢于平定风波，张仲霖自是不肯就此罢休。在最后一个招兵点、在国民二军驻豫军官训练团他质问道："既不缺胳膊，也不少腿，既不盲、又不聋、更不哑，为什么别人行，我就不行？"正争执不下，胡景翼恰巧来到了这里。听说是投笔从戎的北大学生，他立即吩咐说："收下，收下！卖面的，咱还怕吃八碗？"

不要张仲霖，人家也并非没有道理。后来时间不长，在国民二军中他果然待不下去了。

国民二军的前身，是陕西靖国军；陕西靖国军的前身，又是陕西各地的农民武装；在这些农民武装中又不乏刀客、土匪。虽匪气难脱，打起仗来，这些人却是勇猛过人。关于这一点，连冯玉祥都感到吃惊，他说胡景翼的部队活像是一帮赶场的"麦客"，任你仗打得再热闹，只要听说开饭，将大刀片子就地一扔，他们顺手又端起了把把老碗。狼吞虎咽，吃饱了，喝足了嘴一抹，将把把老碗就地一撂，挥舞着大刀片子，他们又去冲锋陷阵了。

比冯玉祥更清楚，所以举办军官训练团，胡景翼正是要改变目前的现状，以提高部队的素质。他要将部队训练成一支召之能来、来之能战、又战之必胜的，训练有素的劲旅。

无独有偶。名噪一时的黄埔军官学校这时，也正在招收第四期学员。国民二军中那些有远大抱负的文化青年又纷纷慕名南下、去了广州。虽好不容易才跻身于国民二军，张仲霖却也没有例外。

人往高处走，水往低处流。对此胡景翼不但不予刁难，反而还表示理解，甚至提供路费支持让他们南下。这次张仲霖的运气不错，于右任的一纸书信，便让刚脱下国民军军服的他于不久后，又穿上了黄埔军官学校的军官服。从此张仲霖踏上了一条既轰轰烈烈、又可悲可叹的人生旅途。

禹州事件为憨玉琨挑起豫西大战留下了口实。

民国十四年一月的二十三日，跟禹州民团，国民二军曹世英旅的王祥生团发生了摩擦。因吃了民团的大亏，转败为胜后王祥生仍是怒气不息一气之下，禹州县城被他一把火化作了焦土。

为平息事件，为争取和平，忍痛割爱胡景翼下令处死了王祥生。王祥生被处死了，民愤也平息了，口实却留给了刘镇华、憨玉琨。借机大造舆论，憨玉琨大骂国民军涂炭生灵、草菅人命，又煽动部下扩大矛盾、挑起事端。胡景翼也指责憨玉琨造谣惑众、无事生非，并蓄意制造矛盾、向国民军寻隙挑衅。

公说公有理，婆说婆有理，到底谁有理，怕只能请枪炮出来说话了。

提着大包小包，张季鸾夫妇又来看望他们的干女儿、干女婿。见了干妈有满肚子的私房话马月盈要跟她说，依偎着张夫人，她母女们去了里屋。

客厅里只剩下张季鸾、陈致远翁婿，顾不上寒暄，从怀里摸出一张纸张季鸾递给了陈致远。不看则已，一看陈致远禁不住倒吸了一口冷气，连茶都没顾得上给张季鸾沏，关上门他便抓起了电话……

这是一份十万火急的军事情报。

在太原刘镇华秘密会见了张作霖、阎锡山，三人密谋由憨玉琨在正面担任主攻，由刘镇华兵出陕西东进、由阎锡山兵出山西南下、由萧耀南兵出湖北北上以为后援，再由李景林、张宗昌分别西出大名、东出济南断其后路，各路分进合击,务必生擒胡景翼于开封、全歼国民军于河南。

不愿离开大名,也不想跟胡景翼为敌,接到三方密谋形成的文字后将其一字不漏地照抄了一份,李景林派人送给了张季鸾。

挂上电话,陈致远又用密码将密件的全文,一字不落地发给了胡景翼。

兵不宜迟,闻讯胡景翼决定先发制人。闻风而动,他立即调兵遣将,命米振标坐镇开封,以防张宗昌;命李继才驻豫北,以牵制阎锡山。接着,他又命岳维峻为右翼前敌总指挥,率杨瑞轩、史可轩、田春生等沿陇海线火速西进,直捣憨玉琨的老巢、直捣洛阳。又命邓宝珊为左翼前敌总指挥,再配合以樊钟秀的"建国豫军"绕道密县、登封,迂回作战以呼应岳维峻。他要求两路人马分进合击、协同作战,务必重拳出击、全歼憨玉琨于洛阳。

靖国军解体后,虽接受了奉系的改编,樊钟秀却并没跟许兰洲去东北,而是南下投奔了孙中山。在广州因平息陈炯明叛变有功,樊钟秀部被孙中山改编为"建国豫军",理所当然,樊钟秀成了"建国豫军"的总司令。奉命挥师北伐,这时,他正好抵达河南。

你中有我,身为豫人,樊钟秀支持的却是胡景翼;我中有你,身为秦人,在陈树藩垮台后,姜宏模却投靠了憨玉琨。

兵贵神速。借陇海线之便一路势如破竹,岳维峻直逼登封;迂回作战、频频出击,邓宝珊、樊钟秀也连战皆捷。按兵不动刘镇华的张治功部,却是坐壁上观;抵挡不住憨玉琨屡战屡败,登封告急。

奉刘镇华之命,李有才率部驰援登封,不想接战的竟是他的老上级樊钟秀。于是临阵倒戈,登封再度告急。

再援登封时王振却不知有变,险些被李有才生擒活捉,登封失守。

连克汜水、虎牢,岳维峻势不可当,又克偃师,邓宝珊也切断了憨玉琨的后路。三面受敌,镇嵩军首尾不能相顾;节节败退,憨玉琨龟缩到巩县的兵工厂。

跟洛阳"西工"一样,巩县的兵工厂也是袁世凯为复辟建立的军事基地。

荥阳自古为军事重镇,也是历来兵家必争的用武之地。秦末陈胜、吴广曾大战秦军于此,汉初刘邦、项羽相持不下,曾以此为界中分天下,从而使荥阳成为名副其实的"楚河、汉界"。三国时刘备、关羽、张飞曾三战吕布于荥阳的虎牢关,唐时以三千铁骑,李世民又大破窦建德于荥阳。

镇嵩军退守楚河,国民军兵临汉界。

经过三天三夜的激战,国民军终于拿下了兵工厂,不甘失败,组织力量镇嵩军不断进行着反扑。就地取材于北邙山上,胡景翼借风扬沙,天昏地暗,敌我莫辨,镇嵩军只得暂退黑石关。

为阻止国民军,憨玉琨竟炸毁了伊水大桥。他估计要修复此桥,少则两旬,

多则一月，出乎意料的是胡景翼只用了四天。

如此神速，胡景翼莫非有鬼神相助？

民国十二年孟春，京汉铁路爆发了震惊全国的"二·七"大罢工。时任护路使，胡景翼却宁肯违抗吴佩孚的军令，也不愿镇压工人。眼下胡景翼有忙，铁路工人哪能不急，又岂肯袖手旁观？

得道者多助，失道者寡助。得民心者昌，逆民心者亡。

胡景翼的神速，既彻底粉碎了憨玉琨苟延残喘、重整旗鼓的美梦，也让刘镇华方寸大乱。

严际明原是陕西土匪管金聚的部下。奉刘镇华之命金翰去支援他，而他却疑神疑鬼、误以为是来接替他，于是索性拆毁铁路投降了胡景翼。连连失算，刘镇华又急电求助于张宗昌。托"助胡"之名，务"援憨"之实，当张宗昌致电胡景翼时，不想却被识破。用"提前报捷"的办法，胡景翼回绝了张宗昌的一番"美意"。至此，镇嵩军败局已定。

从二月二十五日正式接火，到三月八日国民军攻克洛阳，在短短的十三天中豫西大战便以国民军大获全胜、镇嵩军全军覆没、刘镇华只身逃往太原、憨玉琨自戕嵩县而宣告结束了。

天有不测之风云，人有旦夕之祸福。在豫西大战告捷后的第四天，中国民主革命之先驱、一代伟人孙中山却因肝癌医治无效，在北京的协和医院溘然长逝。噩耗传来，右臂生疮的胡景翼在震惊之余，又悲痛万分。祸不单行，胡景翼的病情急剧恶化，二十八天后，将军竟追随先生而去，享年仅三十有四。

将星正值灿烂，谁料竟突然陨落？镇嵩军虽败，却偏有一虎漏网；国民军虽胜，却三军被夺其帅。

参加孙中山国丧后不久，偕马月盈陈致远星夜兼程，又到开封去吊唁他的胡景翼将军，在遍地缟素、在阵阵哀乐中小夫妻度过了他们的蜜月。

在那个风高月黑的夜晚，一甩手陈致远便是一枪，随着这声枪响歹徒的耳朵竟不翼而飞了。从那时起，马月盈就意识到她的救命恩人、她后来的丈夫仍然是一名军人，而且是一个不着军装的特殊军人，是一个肩负着某种特别使命的特殊军人。

三军易得，一将难求。大喜之后又是大悲，胡景翼不幸突然辞世，国民军一时群龙无首。悲痛之余，陈致远不能不为部队的前途、命运而深感忧虑。有客人时，他依然是谈笑风生；人去楼空时，他却是忧心如焚、悲痛欲绝。

书店的"业务"，似乎更加地繁忙了。有时起早贪黑，有时披星戴月；有时沐风栉雨，有时风餐露宿。陈致远四处地奔走着，卿卿我我的私语、儿女情长的爱抚自然也少了大半。面对妻子马月盈殷切期待的眼神，多次以无奈的苦笑表达了他的歉意后，转过身陈致远又匆匆地出了门，旋即，又消失在茫茫的夜色中。

失望是在所难免的，望着丈夫远去的背影，马月盈却不但原谅了他，而且还理解了他。曾几何时，他所敬仰的胡景翼将军还在叱咤风云，突然间，他却竟离他而去了，而且这一去将永不复还。他能不悲痛欲绝吗？面对越来越严酷的现实，对国民二军的前途、命运，他能不为之担忧吗？面对瞬息万变的时局，他能不日以继夜地东奔西走吗？

丈夫具体都忙些什么，马月盈并不清楚。出于信任她觉得她既不便多问，亦不必多问，更不能拖他的后腿。出于关爱，她又不能不为他担心，他毕竟是她的新婚丈夫，而她又毕竟是他新婚的妻子。

是个以服从命令为天职的军人，又是个肩负着重大使命的特殊军人，作为丈夫，陈致远也许并不称职；做为军人，他却是那样的优秀。

作为妻子，马月盈只觉问心有愧，既不能替丈夫分忧，又不能为他解愁，她只能是干着急、瞎操心。其实马月盈已经够优秀了，做为人妻她才十七岁，还是个孩子。天下本无事，庸人自扰之。只有那些不了解丈夫，只有那些对自己缺乏信心的妻子才会争风吃醋、才会疑神疑鬼。

接替胡景翼统帅国民二军的，是岳维峻。论德，他无法跟胡景翼相提并论；论能，他更无法跟胡景翼同日而语。对陈致远的能力、对陈致远的信任，他更是大打折扣。对陈致远来说，这也许算不了什么，但对国民二军十几万将士的前途、命运，这无疑是个天大的隐患。

能不忧心忡忡、能不心急如焚吗？不愿让妻子为他担心，在陈致远的心目中，马月盈似乎还是原来那个永远也长不大的小妹妹。虽聪明过人，却没岁，对丈夫的理解马月盈还是有限的、肤浅的，她不知道陈致远所以瞒着她，除纪律外，更多的还是出于对她的爱。

在天津刘镇华又成功地说服了张作霖、吴佩孚，劝他们捐弃前嫌、重归于好。他企图他们再度跟他合作，或者说他企图借助他们来消灭国民二军、来报他的一箭之仇。这个重要的消息，又被陈致远及时地报告了岳维峻。

"不至于吧！"电话里岳维峻道，"两次交战，直奉已不共戴天，又岂肯握手言好？"非但不以为然，他还说陈致远神经过敏、情报有误。

军事家绝非道德家。道德家讲究的，是仁义礼智信；军事家信奉的，却是兵不厌诈。道德家绝不乘人之危而落井下石，甚至会路见不平、拔刀相助；军事家却巴不得能浑水摸鱼、趁火打劫，甚至不惜助纣为虐、借刀杀人。道德家追求的是言必行，行必果；倡导的是君子一言，驷马难追；尊崇的是言行一致。军事家却常常是明修栈道，暗度陈仓；推崇的是瞒天过海，顺手牵羊；嘉许的是声东击西。道德家以谋而不忠，交而不信为耻；军事家却以偷梁换柱，笑里藏刀为荣。

道德家称道齐桓公不计前嫌、重用曾刺杀过他的管仲,从而霸诸侯一匡天下的大度。军事家却耻笑宋襄公不听公孙固之忠告,竟一而再、再而三地坐失良机,以致兵败泓水的仁慈。

对军事家来说,既没有永远的敌人,也没有永远的朋友,有奶的便是娘!

人常说宁可信其有,不可信其无。对陈致远如此重要的军事情报,岳维峻竟视同儿戏、置若罔闻。充其量他只是个冲锋陷阵的赳赳武夫,而远非运筹帷幄、决胜千里的将帅之材。毫无政治头脑,又不知化敌为友,他既不团结共产党,又不修好国民党。反其道而行之,他既排挤黄埔新秀,又排挤那些有识之士。既无统帅之才能,他整天忙于招兵买马、盲目地大肆扩编,却置部队的素质于不顾。又无大将之风度,他既失去了民心,又败坏了国民军的名声,还白养了一批酒囊饭袋,从而让部队的战斗力大打了折扣。刚愎自用,他不但听不进杜斌丞兵出武汉、以迎接北伐的建议,又一意孤行、四处用兵、八方树敌、自取其祸。

直到张治功师出南阳,王振兵临函谷,靳云鄂进逼开封,刘镇华攻占潼关,直到国民军四面受敌、被断其归路时,岳维峻这才如梦方醒。但正月十五卖门神——已经晚了,晚了半个月了。东山再起,于武汉吴佩孚自任十四省"讨贼"联军的总司令;死灰复燃,刘镇华被任命为"讨贼"联军的陕甘总司令;助纣为虐,张治功也不再袖手旁观,而出任了"讨贼"联军的第一路司令。进不能进,退不能退,国民二军被吴佩孚联合刘镇华、张作霖、阎锡山跟铁桶似的困在了中原。

胡景翼惨淡经营的国民二军,胡景翼苦心孤诣营造的大好局面,竟被夜郎自大、刚愎自用的岳维峻葬送于一旦。大敌压境,国民二军节节败退。

情况危急,形势险恶,驻京联络处已失去继续存在的意义。陈致远想说服妻子马月盈,要她在弟弟陈静远的陪同下以学生的身份经太原,回西安。不料,却被她一口给回绝了。"不行!静远他正在念书,耽搁不得。"义正词严,马月盈又道,"既为军人之妻,学的又是医护专业,我岂能临阵脱逃?恶战在即,部队需要我,国民二军需要我!"

闻言陈致远跟不认识似的,吃惊地看着马月盈。他压根没料到刚出校门,只有十七岁的妻子却是临危不惧,而且慷慨陈辞,竟说出这样一番大义凛然的话来。深受感动,借故陈致远低价盘出了书店,陪马月盈到北大跟弟弟陈静远打了个招呼后,他们又去跟张季鸾夫妇辞行。

见小夫妻态度坚定,张季鸾夫妇虽为他们的安全担心,却又深知无商量之余地。事先,陈致远给自己准备了个高级参议的证件;临时,张季鸾又给干女儿马月盈办了个记者证。老两口、小两口合影留念后,就手张季鸾又将相机送给了马月盈。

跟着陈致远、马月盈，驻京联络处一行八人登上了西行的列车。

虽说兵败如山倒，但岳维峻失败之快、之惨，却还是大出了陈致远的意料。沿途看到的，竟都是正频频调动着的镇嵩军，快到三门峡时，这才偶尔有一些缺胳膊少腿的国民军伤兵。他们那残破的军装上已经是血迹斑斑，包扎老伤口的白纱布在被染红后，又变成了绛紫色，而新伤口却还在滴血。垂头丧气，在乡间的小路上他们互相搀扶着、蹒跚着。可怜这些平时天不怕地不怕的关中汉子，这时却是战战兢兢地躲着、闪着，既要提防镇嵩军随时可能打来的冷枪，又要躲避顽童们随时可能抛向他们的砖头、瓦块……

民国十五年的春天，春光虽明媚依旧，但陈致远、马月盈一行人的心里，却是阴霾一片。目不忍睹，耳不忍闻，心如刀绞，却又爱莫能助。还有比这更教人揪心的事吗？一行人不由自主地埋下头，又闭上了眼睛。

快到潼关时，伤兵突然多了起来。处处设卡，镇嵩军对他们逐一进行着盘查。稍不顺眼，便立即被推到崖畔，就地枪决。崖畔上尸体摞着尸体，一坡芳草已经不再翠绿；崖底血流成河，一泓流水也失去了原来的清澈。

众星捧月。在五六个随从的簇拥下一头戴礼帽、身着西装、又外披风衣的中央大员，款步走下了火车。年龄不大却派头十足，大员的身边，还伴有一既雍容华贵，又年轻标致的女郎。就近的忙闪到了一边，远处的，却还嫌离得不够远。对他们，众人不得不敬而畏之，要不是挂在胸前的那部高级相机，众人肯定会误以为女郎是大员的太太，或者说是那部高级相机让众人误将中央大员的太太，当成了陪同而来的女记者。

在众人的簇拥下，中央大员款步来到了崖边。一副茶色眼镜，让他显得深不可测；一双雪白的手套，让他显得贵不可近；一根明晃晃的文明棍，又让他显得高不可及。凝视着崖坡下那成堆成摞的尸体，蹙着双眉又摸出雪白的手绢，大员掩住了他的鼻孔。

"啊！"女郎却惊叫起来，"野蛮，太野蛮了！"不住地挪着方位，不住地换着角度，咔嚓，咔嚓，她按动着相机的快门。若隐若现，随从们那敞开着的西装里，似乎都有一支小巧玲珑、乌黑而又泛着蓝光的手枪。双手叉腰，又旁若无人，他们排列成一个半圆，大员、女郎被围在了核心。

犹豫了一阵后，终于还是按捺不住好奇的心理，镇嵩军士兵们偷偷地拢了过来。也许是出于职业的敏感，对这些小巧玲珑、乌黑而又泛着蓝光的手枪，他们似乎更感兴趣。

"不是德国造就是美国造！"一个士兵终于打破了沉寂。

"咱们刘总司令，也未必见过！"另一个悄悄地附和着。

"奶奶！瞧咱这烧火棍……"有的竟扔掉了他们提在手里的步枪，嘴里还不

干不净地骂骂咧咧。

"这位爷是……"大着胆又陪着小心，偷偷地指着大员，对着他的随从一个挂着营长衔的镇嵩军军官又是点头、又是哈腰。

"特派员！"头也不回，一个随从道，"中央来的。"

"禽兽！禽兽不如！"说着回过头，特派员突然摘掉了眼镜。像两把利剑，他的目光直刺镇嵩军的军官。

"啪"地一声，两脚一碰军官就是个立正。很想见识一下特派员的风采，闻言，他却吓得埋下了头。

"谁教你这么干的？"特派员吼道，"教他给我滚过来！"

"报……报告特派员！"军官道，"团长他……他不在。"将头他埋得更低了，脸上还汗津津的。

"撤岗放行！"特派员怒道，"冤有头，债有主。回头我再跟刘镇华算账！"说着转过身他又戴上了眼镜。

闻言军官微微偏了偏头，想看却又不敢看，犹豫着，他依然没有挪脚。见状，女记者立即将镜头对准了他："露个脸吧！让全国人民看看你的尊容、你的兽行。"闻言军官这才掂出了事情的轻重，用手遮住脸他狼狈地道："不不不！别……千万别……"回过头他命令部下道："撤！还不快……快撤。"

"早都该撤了。"一个士兵道，"俺舅家还在陕西。咸丰五年黄河改道时逃难过去的，人家陕西人可没亏待他。"言罢带头，他首先放下了端在手里的烧火棍。

"对着哩！"另一个附和道，"俺姨婆家也在那边。听俺姥姥说也是那时过去的。俺姨夫爷是个陕西人，听说眼下已是儿孙满堂，有好几十口子呢！"跟着，他也放下了端在手里的烧火棍。

"特派员，"见卡子已撤，一个随从毕恭毕敬地道，"我们住，还是回？您给句话，我也好早些点排。"

"不住了。"特派员道，"北京方面，还正等我的消息。"

"是！我这就去安排。"说着敬了个军礼，随从这才转身而去。

当晚刘镇华才知上了当、上了大当，于是严令潼关以东沿途各站，要其拦截并搜查所有开往北京方向的列车。

直忙活到第二天天亮，镇嵩军却既没找到特派员，也没找到女记者。这时"特派员"陈致远、"女记者"马月盈以及他们的随员们，早到了西安。

第五十六章

　　去年的这个时候，一批又一批精壮小伙子豪情满怀、信心十足地登上七十子兄弟的木船，他们又雄赳赳、气昂昂地通过南河镇的大街，然后一路东出潼关到开封去投奔胡景翼，去投奔国民二军。今年的春光虽明媚依旧，情况却是大相径庭。或架着鹰，或搭着拐，一个又一个的伤兵失魂落魄，又一脸灰败地在南河镇沿门乞讨着。在勉强混了个蔫饱肚子饥后，他们又被七十子兄弟免费送过渭河，去继续他们那面朝黄土背朝天的农民生涯。

　　人生如梦。

　　恻隐之心，人皆有之。没个多，总有个少。宁肯少吃一口，南河镇人都要喝住他们的黄狗、黑狗或花花狗，然后给他们那跟他们一样，也已残缺不全的粗瓷黄碗里倒上半碗饭，或者是放上半块包谷面的窝窝头。

　　令南河镇人不解的是，当你出于同情而问及他们的遭遇时，他们那既灰败又憔悴的脸上，竟绽放出一丝苦笑来。虽将一只胳膊，或将一条腿丢在了关外，他们却还自以为是不幸中的有幸者，而那些数以万计、被打死后又被抛尸黄河的，才是不幸中的不幸者。随波逐流，这时，他们大概已魂归大海了。

　　从死人堆里爬出的，总是跟那些死鬼们相比而暗自庆幸。死者长已矣！生者却还要在漫长而崎岖的人生旅途中艰难地跋涉，再跋涉……

　　生死两茫茫。这些自以为不幸中的有幸者，也许才是不幸中的不幸者。

　　天下没有不透风的墙。道听途说中捕风捉影，或多或少南河镇人也逮了些关于举人家、木匠家的风声。

　　钱越揸越少，话越揸越多。在国民二军中听说陈家的大公子陈致远发了财、发了大财！眼下，他已是北京一家大商号的总经理。难怪那个如花似玉的马月盈钻在英华医院里不肯回家，原来在举人家她跟着沾了不少的光，要不她爷、她爸都是木匠，一个女娃娃她凭啥跟陈家的二公子陈静远一样，也考上了北京的学堂？听说陈家的大公子陈致远还碰巧救了马月盈一命，以身相许，马月盈索性嫁给他而成了陈德润、孙兰玉的儿媳妇，成了举人家的少奶奶。

　　事看谁办，法看谁犯。为求马月盈南河镇一带的名门望族们几乎是跑断了腿，又磨破了嘴，结果却既丢了人，又伤了脸。而陈德润、孙兰玉却是路不用跑一步，话不用说一句，便让马月盈名花有主成了他们的儿媳妇。

雄赳赳气昂昂，当小伙子们成群结队地奔赴中原那阵，对陈家，南河镇人不得不又一次地扎起了他们的大拇指，说陈家祖坟的风脉就是好，祖上也积了不少的阴德。是浩荡的祖荫先保佑陈德润中了举，接着，又保佑陈致远又是当官、又是发财。听说出门时，人家坐的是小汽车；回家时，人家住的是小洋楼；眼下小洋楼里，又金屋藏娇。

面对重金，马月盈连头都不肯点一下；一文不取，她却乖乖钻进了陈家大公子的怀怀。真是官运、财运、桃花运一齐来，想撵都撵不走。陈家的二公子陈静远，那就更不用说了，一步登天，人家竟考上京城最好的高等学府。跟以前比，算上算不上状元及第，因吃不准，南河镇人尚有争议。说是状元，怕有些太高了；说是举人，怕又有些太低了，于是干脆折中，就算是进士及第吧！

既是进士及第，弄个县长当当，应该是松松泛泛的事了。争来争去在争得面红耳赤，甚至争得脸红脖子粗后，又在相互谅解的基础上经过妥协，南河镇人终于又取得一致、达成了共识。

该是你的就是你的，想躲你都躲不过。这是南河镇的土哲学家、土观察家跟土评论家们得出的第一条论断。

云南人的告示惊现在南河镇，让麻子佘的无头案总算是大白于天下。他因谋财而害命，在谋财害命后又因因果报应而死于非命，连惊带吓，他老婆也疯癫而死。这钱有了，人却殁了。

人死了，麻子佘的阴魂却不肯就散，潜移默化，将"马无夜草不肥，人无横财不发"的理念，他又传给了他的儿子。子承父志，佘有志也不含糊，他先用老子留下的不义之财买官，然后又用买官得到的权力鱼肉乡党、盘剥邻里、中饱私囊。显赫一时，他成了南河镇的首富，耗银万两，他又盖起了黑压压的一片庄园——佘福庄。

在南河镇一带，佘福庄也算得上是首屈一指了。西安有个皇城，北京有个紫禁城，南河镇却没人到过紫禁城，甚至连西安的皇城，都不曾有人光顾，佘福庄就是他们心目中的皇城、就是他们心目中的紫禁城。

皇城、紫禁城，那可不是一般人住的地方。这不，费心巴力佘有志盖倒是盖起了，但没住几天，却又被没收了、充公了。

不是你的，再争你也争不来。这是南河镇的土哲学家、土观察家跟土评论家们得出的又一条论断。

背地里则是另一番议论，那些吃不上葡萄的狐狸总是自欺欺人，说葡萄是酸的。又是添油，又是加醋，他们说天下哪有那么多的好事、巧事？而且，偏偏都让陈家一家给赶上了。那个刚出水的芙蓉马月盈早被人打了"排子枪"，都已经显怀了，却还弄不清肚子里怀的，究竟是谁的种。没个爹小杂种怎么能行？慌不择路，她这才一下子扑进了陈家大公子的怀怀，而陈致远那个浑小子却还蒙在鼓里。

有道理。娶个带犊的新媳妇在南河镇，也不是没有喀！于是竟有人相信葡萄不是甜的，而是酸的了。

三五成群，当伤兵们陆续地返回而途经南河镇的时候，听说带着马月盈陈致远却去了中原，而且一去就泥牛入海、没了影形。

没见陈德润、孙兰玉夫妇、没见马子亮、明儿两口子都要急疯了？一见伤兵他们又是给吃，又是给喝，甚至还将其请到家里打破砂锅，问他们有没看见一对叫陈致远、马月盈的小两口子。伤兵们有的说小伙子倒是见过不少，有死的，也有活的；有少胳膊的，也有缺腿的，却就是没见女的。有的说倒是见了个女的，但说的却不是陕西话，而是河南话，而且，还是个背躬蛇腰的没牙老婆子。

于是又有人大发议论，说福跟祸住两隔壁，大起者必有大落。陈致远、马月盈怕是凶多吉少，马月盈肚子里的小杂种，那就更不用说了。不单财折尽了，顺着黄河，人也漂进了东海。

三十年河东，三十年河西。这是南河镇的土哲学家、土观察家跟土评论家们得出的，第三条论断。

权威人士既有定论，跟着尻子，一般人也吆起了碌碡。唯一没有人云亦云的是佘有志，他有他的看法，也有他的想法。

骡子、马不跟骆驼比，因为瘦死的骆驼比马还大。南河镇一带跟左邻右舍攀比、跟对门一争高下的倒是不少，却从没见有谁跟县长比、跟省长比，更没见有谁跟皇上比。在南河镇能被佘有志放在眼里而值得与之较劲的，怕只能是陈德润了。陈德润中了举荣耀一时，慢说一般人，对此佘有志也惊叹过、羡慕过，而且，还自惭形秽过。

中了举陈德润却既不去做官，又不去为宦；有了钱陈德润却既不去置地，又不去盖房，他先是修桥，后来又扑恋着办学堂、编通志，眼下家里还是他先人留下的，已摇摇欲坠又岌岌可危的两间烂厦屋。惊叹之余，佘有志不禁又有些困惑。

佘有志暗想陈德润所以又是架桥，又是办学，又是修志，还不是为了收费、为了赚钱？却没料到他过桥不收费不说，就连自古以来天经地义的学费，也都免了。更出乎意料的，是辛辛苦苦忙了五六年编写的《陕西通志》，他竟然也是分文不取！困惑之余，佘有志不觉又有些吃惊。

难怪有些人争着抢着去要，原来是白要，原来是不要白不要！佘有志哑然失笑了：有些人就是爱占个小便宜。不就几本破书吗？白送我，我还嫌楦地方！

倒是落了个好名声，陈德润也得到了不少人的支持、帮助。但好名声能当饭

吃，能当衣穿，还是能当钱花？支持他、帮助他的，还不是为了占他的小便宜？

书呆子，十足的书呆子！书念得多了，人大概就成了这个样子了。

在陈静远的提醒下对佘福庄有可能被充公，佘有志有了一定的思想准备，但充公后竟被划给了陈德润、划给了他的学堂，这却是他万万都不曾料到的。没想到他敲骨吸髓地弄钱，又大兴土木地盖房，结果，却竟给陈德润盖了一座"紫禁城"。横一丈顺八尺，在那里陈德润又是指手、又是画脚，又是开轧花厂、又是开印刷厂，还办起了不少这样那样的作坊。一个好端端的"紫禁城"竟被他折腾得乌烟瘴气、一片狼藉。

陈静远怎么会知道他要寻死觅活？他为什么要帮他告状、帮他打官司？又怎么知道佘福庄要被充公？恍然大悟，对他的救命恩人陈静远，佘有志竟产生了怀疑。盛名之下，其实难副。有啥办法呢？佘福庄虽还被习惯地叫作佘福庄，可它却早已不姓佘了。

一儿一女活神仙。活神仙没当成不说，佘有志倒是先成了名副其实的孤家寡人。儿子佘大勇一点出息都没有，女了佘大花更是既丢人、又现眼，老婆多儿倒是无可厚非，却又是个短命的鬼魂。陈德润的两个公子却一个比一个更有出息，在队伍里大的干的有声、有色，听说已经是个团长了，小的又考上了北京大学，据说，至少相当于中了个进士。女人孙兰玉更是不同凡响，俩人夫唱妇随、举案齐眉、相敬如宾，在南河镇一带，简直是有口皆碑了。

相比之下，佘有志还是输了。这个账他认得认，不认也得认！

外甥女马月盈还算争气，一枝独秀，像一朵盛开怒放的牡丹，随风，她摇曳在南河镇上。后来，她竟也考到北京、考上了北京医专。北京那可是皇上、是宰相待的地方！眼下皇上不叫皇上了，而叫作大总统；宰相也不叫宰相了，而叫作什么总理。总统也好，总理也罢，还不是只换汤不换药、把猫叫了个"咪"？

凭外甥女那谁见了谁都得回头心跳的脸蛋，凭她那谁见了谁都得浑身发酥的身段，被总统看上了纳个妃子也不是没有可能。果真如此，自己不就是国舅爷了吗？大总统总不能让他的国舅爷，老住在这小小的南河镇上吧？到时候，自己怕真的要被接进紫禁城了，想到这佘有志不觉心花怒放，又做起了黄粱美梦。

退一步说，即便大总统咱高攀不上，给总理做个太太或者是姨太太，总还可以吧？再退一步说，总理咱也高攀不上，能给总理的儿子做个太太或者哪怕是姨太太，也行！到时候陈德润还不得把头背在脊背上，才能瞧见自己的下巴。

没想到的是，这贼女子竟是这样的不争气，妃子、太太、姨太太没当成不说，还弄得一名二声。更教佘有志气愤不过的是，放着京城里那么多的公子、少爷，她却一头扑进了陈致远那小子的怀怀，而成了他的媳妇。当然，也成了陈德润、孙兰玉的儿媳妇。

在一般人的眼里，一团之长，也许还算得上是个人物，但在见过大世面的佘有志的眼里，陈致远这个小小的团长，还不是个打喔呜呜跑龙套的？一个随时都有可能替人垫背、给人挡炮子的活靶子！

"哼！"对着那些投奔国民二军的小伙子，佘有志曾冷笑过，"披着被子上天，张得没领领了。跟抢桩似的争着、抢着，去挨头刀！"

还不到一年，佘有志的冷笑，就被这些缺胳膊少腿的伤兵们，给证实了。"不听老人言，吃亏在眼前。"指着那些伤兵，对着儿子佘大勇佘有志不无得意地道："咋样？当初若不是老子几次将你拽了回来，跟他们一样，你小子能捡条命活着回来，怕都是烧了碾盘壮的高香咧！我说他们是猪娃往蒜地里跑——寻着寻着吃疙瘩子，你还不信，还跟我犟！"见佘大勇哑口无言，佘有志更加地得意了。往事如昨，历历在目。

去年，佘大勇也嚷嚷着要去投奔国民二军，见他爸佘有志不唾核，跟着一帮人的尻子，他竟偷偷地跑了。嘴里不唾核，心里，佘有志却是早有提防，几次佘大勇都过了河东堡，却都被他追了回来。

防不胜防，猴都有丢盹的时候。给他娶个新媳妇，也许就能拴住这崽娃子的碎心。思前想后，佘有志不得不临时改变主意决定把给他伴人、给佘大勇娶后妈的事，先缓一缓。为拴住儿子的碎心，他准备将他让在前头、先给他张罗个新媳妇。

娶媳妇可不是在猪市上逮母猪娃，逮猪娃揭开尾巴一看只要是个母的，提回来就是了。娶谁家的女子呢？思来想去，一时佘有志竟想不出个所以然，于是，又问计于吴掌柜。

"莲儿。没看莲儿咋相？"闷着头沉思了半天，吴掌柜突然道，"佘三没能耐，日子过的，也烂包了些，但鸡窝里却偏偏卧着个金凤凰，他的女儿莲儿，出落得跟朵花似的。老婆死时佘三借咱的账，至今也收不回来，依我看八成是没相了，索性给这个棺材瓢瓢子再贴赔上一副棺材，把他这支花折了算了。咱的事，不是急吗？东家你看……"

一提莲儿，佘有志的脸不觉刷地一下红了，红得足以跟猴的尻子相媲美。

看来，莲儿是娶定了，吴掌柜即便不提莲儿，佘有志也打算娶她。不过他娶她不是给他做儿媳妇，而是给他续弦做"填房"。没想到的是，无意中吴掌柜竟跟他撞了车，到底娶莲儿给佘大勇做媳妇，还是娶她给他做后妈，一时，佘有志又犯了难。

精明一世，却糊涂一时，这次，吴掌柜竟失算了。像是东家肚子里的蛔虫，佘有志究竟有多少花花肠子，吴掌柜自以为他比谁都清楚，没想到的是这次，他

这条蛔虫却钻进了他的盲肠。

这次吴掌柜既没注意到东家的脸色，也没摸准他的心思。他哪里会想到莲儿这支还没来得及绽放的花骨朵，几年前就已经被佘有志这个老家伙，提前给折了。难怪佘有志这个铁公鸡，竟把钱借给了佘三、借给了这个穷光蛋？为此吴掌柜，已经纳闷了好几年了。

佘大勇的事急，只好既成全、又委屈这个碎崽娃了，佘有志心想，这也许就是所谓的"缘分"。主意一定，他的脸反而不红了，点着头佘有志跟吴掌柜道："就按你的意思。不过要快！"

吴掌柜也不含糊，连问带娶三天后，莲儿便坐在了佘大勇的炕上。这件速战速决的婚事通前至后，共花了大约有四十块大洋。给他老婆买薄皮棺材时，佘三借的那五个大洋，当着面被吴掌柜一笔勾销了。花十块大洋，佘有志给既是他堂哥、又是他亲家，险些还成为他丈人的佘三，又买了副像样的寿材。其他的踩杂共花了二十多块，事过的虽说不上排场，却也不见得寒酸。

头一次没费多大的周折，佘大勇便进了莲儿的肚子。这回莲儿竟没喊叫说痛，当然，也不会见红了。哪里知道姑娘变媳妇时第一次都会喊痛，又要见红。当然，佘大勇更不知他所以没费多大的周折，是他爸佘有志早在几年前，就已经给他帮了忙——他的"新媳妇"莲儿，早被他爸佘有志用他的大"楦头"，提前给楦过了。被大楦头楦过的"新鞋"，自然不会再"夹脚"了。

被已不是新媳妇的新媳妇莲儿拴在了裤腰带上，佘大勇果然不再嚷叫着要去吃粮、要去国民二军当兵了。心里虽酸溜溜的，佘有志却还是长长地舒了口气。

从不读书，也从不看报，这天一大早，佘有志却破天荒地买了份报纸。报纸头版上的醒目处，是一幅触目惊心的照片新闻——照片比书本还要大，标题却只几个字——《本是同根生，相煎何太急》。

照片上被两个镇嵩军士兵强扭着，一个国民军士兵跪在崖畔他的身后，是一把高高举起的，似乎还在滴血的鬼头大刀；他前面的崖坡上却横的、竖的、仰的、卧的，躺满了无头的尸体。

被即将砍去脑袋的是个背影，无从知道他这时是恐惧，还是绝望，却不难断定他就是国民二军的士兵——他那身破烂的军装，跟镇上那些伤兵们的一模一样。刽子手是个满脸横肉的凶神恶煞，鼓着腮、裂着目，从那张已经扭曲变形的脸来看，他似乎将吃奶的劲儿，都使上了。

不知出于幸灾乐祸，还是出于关心，佘有志让莲儿将这张报纸送给了她的姑姑明儿。马子亮不在家，马月清、马月新两个崽娃子正在吃饭，一点儿胃口都没有，明儿呆呆地坐在一旁。

一开怀就生了个女子，公公老木匠就不说了，婆婆虽然也没说啥，却不难看出她的心里，并不舒坦。后来在生了个顶门杠子后，婆婆心里那个已经倾斜了多时的"天平"，这才终于又恢复了平衡。第三胎又是个顶门的杠子，这时，婆婆乐得嘴都合不拢了。

虽说是个女子，马月盈却天生丽质，又聪明过人。考上北京的医护专科学校，她更是出乎了所有人的意料。虽说只是个中等专业学堂，但在南河镇有史以来，在所有的女娃娃中，马月盈已是凤毛麟角、是绝无仅有的一个了。以她的实力跟几千年来传统的生育观，马月盈发出了挑战。首战告捷，她甚至"遂令天下父母心，不重生男重生女"。

按说应当是皇上的女儿——不愁嫁了，可在你来我往的诸多求亲者中，这位不是公主，却胜似公主的马月盈，却一个都不曾看上。谁也没料到她的心中，已经藏有一个白马王子，而这个白马王子，竟又是两年多杳无音信的陈致远。

多年来音信全无，陈致远几乎被木匠家全家上下给忘却了。马月盈却没有忘记她的致远哥，而且铁着心非他不嫁。心上人虽无佳音，却也不曾有什么噩耗，马月盈选择了耐心，选择了等待。

在北京跟她的致远哥不期而遇，也算是上天有眼了。在一对并不相干的月下老人的安排下，马月盈、陈致远有情人终成眷属。

刚度完蜜月，跟着陈致远，马月盈又去了烽火连三月的中原。虽说家书抵万金，只恨马上相逢无纸笔，更无片语报平安，陈德润、孙兰玉，马子亮、明儿也只能是"白头搔更短，浑欲不胜簪"。

看见照片，明儿先是心里一沉，接着，又潸然泪下。马子亮不在，拿着报纸，她蹒跚着找到了陈德润、孙兰玉。

不想陈德润、孙兰玉也在看报，拿在他们手里的报纸竟跟明儿的，一模一样。不识字，当然也不会看报了，见明儿突然拿着份同样的报纸，又满面泪痕地来找他们，陈德润、孙兰玉顿时明白了。

"先甭伤心！"笑着陈德润安慰明儿道，"正准备找你呢，你倒是先来了。"

"明儿，你快看！"指着照片下的一行小字，孙兰玉激动地道，"看看，看看摄影记者是谁？"见明儿是一脸的茫然，她这才意识到她不识字，于是又道，"是马月盈！"

"马月盈？"虽含着眼泪，闻言，明儿却不无惊喜，"这么说，他们没事？"不等陈德润、孙兰玉回话，摇着头，她却又是一脸的黯然，"不……不会的。她……她怎么会是记者？多半是重……"

一句话没说完，明儿却被骤然响起的电话铃，给打断了。抓起话筒陈德润只"嗯"了一声，便忙捂住话筒，又惊喜地跟孙兰玉、明儿道："是致远！"

听说是陈致远，孙兰玉、明儿忙凑了过来。

电话里，果然传来陈致远那久违了的声音，相对一视后两个女人，忙又将耳朵凑近了话筒。听着听着，突然间话筒中的男声，竟变成了女声。正在惊疑，陈德润却将话筒递给了明儿，道："给！是月盈。他们在西安。"迟疑着，用不住颤抖着的右手，明儿接住了话筒。

"反了，反了！拿反了。"陈德润、孙兰玉同时提醒她道。见明儿不知所措的样子，孙兰玉干脆替她倒了过来，这时电话里传来的一声"妈——"，让明儿滚动在眼眶里的眼泪，顿时汹涌而出……

到西安时，已是掌灯时分，随便找了个旅店稍加收拾后，陈致远、马月盈又忙着去找报馆。一边走一边打问，他们连着走了几家报馆，却都是大门紧锁、又黑灯瞎火。拖着沉重的双腿，他们来到了又一家报馆，见大门依然死死地关着，小夫妻又一次大失所望。临走时下意识地捶了捶门板，陈致远捶着了门闩，却意外地没碰到门锁。仔细看时，这才发现似乎还有一线微弱的光亮，从一个缝隙中挤了出来。虽微弱，却是希望，为之一振，小两口顿时来了精神。

有心人，天不负。一个正加班赶写稿件的编辑，接待了他们。

"能不能发，得主编说话。"问明来意后，编辑却为难了，"他已经回家，报纸也已定稿，印刷厂说不定早都开机了。"

"这张照片关系着国民二军的存亡，也关系着数万陕西乡党的性命。"心里虽火烧火燎，陈致远却还是和颜悦色，"请先生千万给个方便，将主编的住址告诉我们，让我们去试试！"

"对，让我们去碰碰，碰碰运气！"一旁马月盈，也着急地帮着丈夫。

乡党见乡党，两眼泪汪汪。知道稿件的分量，更为小夫妻所感动，犹豫了一下后，编辑终于抓起了电话……

二十分钟后，主编气喘吁吁地赶到了。看过记者证，对着马月盈他疑惑地道："北京来的？可知道张季鸾先生？"见马月盈有些犹豫，陈致远忙道："知道，知道！岂止知道？她还是张先生的干女儿。不信了打电话，您尽管问。"

这时张季鸾的名帖，也被马月盈递了过来。"哦"了声接过名帖，主编却并没细看，而是就手抓起了电话……

主编连着，就是两个电话，却没一个是打给张季鸾的。一个打到了印刷厂，说有一张十万火急的照片，赶天亮，必须见报。还说照片过一会才能送达，要他们关车等候。另一个似乎在要车，要车接什么人。

不一会，楼下果然传来了汽车的喇叭声。

揉着惺忪的睡眼，从马月盈的手里，技术员接过了相机。见技术员去了暗室，松口气主编这才跟陈致远道："听口音，府上当离此不远。"陈致远忙道："不远，不远。在南河镇，是个小地方。"听说是南河镇的，主编竟有些兴奋。顺手拿起一部《陕西通志》，他接着道："南河镇？认识陈德润陈先生吗？"闻言跟马月盈相对一视，陈致远又道："不瞒先生说，正是家父。"目不转睛地瞅着陈致远，主编更加地惊讶了："这么巧！"指着马月盈，他又道，"那这位是……"

"她……"闻言，陈致远却又支支吾吾，"她是……"

见两个年轻人难为情的样子，主编呵呵地笑着道："哦，明白了，明白了。快坐，快坐！"

不一会拿着还在滴水的照片，技术员匆匆地赶了过来。

"啊——"虽早有准备，接过照片时，主编却还是禁不住大吃了一惊，"走，去印刷厂！"

印刷厂，车间里灯火通明，一边堆放着新闻纸，一边堆放着成品报，弥漫在空气中的，是浓浓的油墨气息。印刷刚刚过半，机器却突然停止了轰鸣，工友们全都在就地待命。

头版头条上主编的长篇社评，被拿了下来，取而代之的，是马月盈新拍的一张照片。从社评的署名陈致远始知主编姓程，叫程伯人。

随着电灯的突然一暗，马达又轰鸣了起来。这里，又将是一个不眠之夜……

第二天在电话里，陈致远、马月盈终于听到了他们那期待已久的声音。在西安游子虽归心似箭，却难以脱身，小夫妻被伤兵们围了个水泄不通。

"这不是……"突然，一个伤兵认出了陈致远，"这不是特派员吗？"

"这不是……"另一个也认出了马月盈，"这不是那个女记者吗？"

一个像是救苦救难的如来佛祖，一个像是大慈大悲的观世音菩萨，"哗"的一声，小两口被伤兵们团团围定。

"弟兄们！我并非什么特派员。"陈致远大声地道，"她也不是什么新闻记者，跟大家一样，我们也是国民二军的战士。为了救大家，也为了救自己，我们不得不这样。家里还在担心，大家还是早点回去吧！"丈夫在大声地解释着，妻子也忙着给伤兵们散着零钱……

在陈致远、马月盈的带动和感召下，两边的商铺里，也不断有零钱被抛了出来。见前面的这么做，后面的也竞相效仿，市民们也纷纷拿出了干粮……

南河镇，亲人们在焦急的期盼中望眼欲穿，他们在苦苦地等待着。

新的一天里，南河镇过往的伤兵突然间增加了许多，翘首引颈，穿梭在伤兵中陈德润、孙兰玉在寻找着儿子、儿媳，左顾右盼，马子亮、明儿也寻找着女儿、女婿。沿官路从南河镇，他们一路寻到了河东堡。踯躅了一阵后，由河东堡，他们一路又找回到南河镇。三五成群，伤兵们一拨接一拨地过去了，从早上寻到午后，他们却既没见儿子，也没见儿媳；既没见女儿，也没见女婿。

"不会是走岔了吧？"孙兰玉忧郁地道。"是呀！说不定，他们已经到家了。"明儿附和着孙兰玉，同时，也在安慰着自己。

按说陈致远、马月盈，早该到家了，见孙兰玉、明儿的猜测并非没有道理，于是，大家又急急地赶往家里。

就在两对夫妇赶回英华医院的时候，陈致远、马月盈回到了南河镇。见是他们，乡党邻里们又围了上来。

花依然是那样的红，叶依然是那样的绿，葡萄也没因狐狸吃不着，而变成了酸的。

先看看马月盈，只见她身着玫瑰红的紧身旗袍，外套水绿色开襟式细线驼绒外衣，脚蹬墨绿色的半高跟牛皮鞋，肉色的长筒袜直达膝盖。挎在肘弯的坤包虽然巧小，看上去分量却不轻，里面除了白的，说不准还藏有黄的。依然是丰胸、束腰，只是两条长辫子，已经盘成了高高的云髻。跟以前比她长高了，也丰满了，却显得更加地苗条、也更加地洋气了。

再看看陈致远，一身藏青色的西装笔直而挺括，脚上乌黑的三节头牛皮鞋，更是明光锃亮。看来他们并没随波逐流、魂归大海，而是真真切切又风风光光地回来了，回到了南河镇。围住他们，厚道的南河镇人又是问长、又是问短，而土观察家、土哲学家跟土评论家们却早羞愧难当、无地自容。

闻讯陈德润、马子亮两夫妇，又奔了出来，为照顾乡亲们的感情，他们只得极力地克制着、忍耐着。站在外围瞅着儿女，孙兰玉、明儿不住地抹着眼泪。

突然，一辆小车又戛然而止。从车上先跳下一个文人，接着，又跳下一个军人。闻声回头看时，陈致远、马月盈一眼便认出了那个文人，于是忙挤出人群招呼道："怎么，是程主编？"文人却没有回答，而是指着军人跟他们道："这位，是咱们的李督办。"

见乘的汽车，又听说文人是个主编，而军人又是个督办，众人这才知趣地散去了。主编、督办究竟是何许人，他们不得而知，但却知道都不是一般的人。坐着汽车，肯定是远道而来的，既然不是一般人，既然远道而来，找陈致远、马月盈，人家怕绝不会是说闲话、拉家常的。

"程主编！"抢前一步，陈致远先拉住了文人的手。"李督办！"接着，他又握住了军人的手。

"看样子你小两口，还没回家？"对着陈致远、马月盈，程主编乐呵呵地笑着道,"实在抱歉!又打扰你们了。不过也不能怪我,一见报纸上的照片,李督办他非要我带他来找你们不可!"

"不不不!"闻言陈致远忙道,"说抱歉的应该是我们,昨晚害得先生一宿,都不曾合眼。"

"不不不!"程主编笑着道,"这么重要的稿件慢说是一宿,就是十宿二十宿不睡觉,都值。"回过头对着军人,他又道,"李督办,你说呢?"

"一点不错!"拉着陈致远的手,李督办激动地道,"你们可能还不知道,就在你们逼镇嵩军撤掉卡子的当天,包括我在内国民军有几千人,顺利地过了潼关。"

"真的?"闻言陈致远、马月盈,别提有多激动了。"这个险冒得值!"他们压根没料到他们在失急中采取的冒险行为,竟救了这么多的陕西乡党的性命。

然而他们没料到的,却还远不止这些。

发觉上当,连夜,刘镇华又封锁了潼关。不料第二天在看到报纸后,关里关外的群众,竟自发地聚集了数千人。其中有陕西人,但更多的,却还是河南人。用镢头、用铁锨、用磨棍、用顶门杠子,他们不但撵走了刘镇华的人,还彻底捣毁了他们所设的关卡。

"走,有话到家里,咱慢慢说。"这时,陈致远才意识到应该将客人们让到家里,不料刚转过身,却又发现了一直等在一旁的亲人。努力克制着,他先拉住了他岳父马子亮的双手,接着,又拉住了他爸陈德润的双手。将他们,他一一跟客人作着介绍。早控制不住,马月盈先一头扑在了孙兰玉的怀里。接着,又一头扑在了明儿的怀里。如果不是在大街上,如果不是旁边还有客人,她婆媳、她母女抱头恸哭一场,怕在所难免了。一边抚摸着正在抽泣的马月盈,孙兰玉、明儿一边不住地抹着眼泪。

献上茶闲聊了一会后,陪着孙兰玉,陪着明儿,马月盈去了里屋。在程主编的再三要求下,陪着他,陈德润也去了书房。客厅里只剩下了陈致远、李督办。

督办叫李虎臣,陕西临潼人。他不是别人,就是前面多次提到过的李云龙。虽出身刀客,他却侠肝义胆、勇猛过人,跟胡景翼、邓宝珊、孙岳等聚义华山后,他也参加了陕西靖国军,是一员虎将。北京政变时李虎臣驻通州,以策应胡景翼;豫西大战中他又奇袭虎牢关,屡建奇功。在驱逐接替刘镇华主政陕西的直系军阀吴新田后,孙岳出任了陕西督办。佐之以帮办,李虎臣隶属于国民三军。不久,孙岳又调往直隶,李虎臣遂升任督办。危急时刻,兵出潼关,他前去支援国民二军,去支援岳维峻。不料并绳难以扶直,战败后竟置全体将士于不顾,岳维峻只身逃往山西,而成了阎锡山的阶下囚。

覆巢之下,安有完卵?岳维峻不单断送了国民二军,就连李虎臣的国民三军，也难以幸免。欲潜回陕西重整旗鼓，李虎臣却受阻而过不了潼关。危急时刻幸遇陈致远、马月盈急中生智、巧予掩护，这才得以回陕。料就刘镇华绝不会就此罢休，回陕后他立即召集旧部、积极布防，以防镇嵩军西犯。

一个隶属国民二军，一个隶属国民三军，加上年龄、资历以及工作性质上的差别，陈致远、李虎臣虽互有耳闻，却不曾谋面。

刚一见报，马月盈的照片新闻便惊动了古城西安，联想到潼关亲眼目睹的一幕，李虎臣立即驱车赶到了报社。得知"特派员"以及随行的女"记者"去了南河镇，李虎臣又要程主编陪他"跟踪追击"，不谋而合，程主编也有心拜访陈德润、拜访《陕西通志》的主编，于是，更不推辞。

刚到南河镇，却被一堆人挡住了去路，上前打问时，不料得来全不费工夫，主编程伯人、督办李虎臣跟他们要找的，竟碰了个正着。

听说岳维峻置陈致远的情报于不屑，以致既断送了国民二军，又殃及到国民三军，让多少将士血染中原，让多少兄弟蒙羞河南，李虎臣气愤地道："没想到岳西峰竟是如此的无能，又没出息，实在是陕西人的奇耻大辱！"顿了一下后，他又道，"刘镇华是绝不会善罢甘休的，垂涎西安，他已非一日。身为督办，我誓与此贼决一死战，以雪中原之耻，不知兄弟，能否助我一臂之力？"

李虎臣投之以慷慨，陈致远报之以激昂："督办如此赤诚，致远何惜此身？又教天下笑我陕西无人也！只是贼军势大、国民军新败，仅凭血气之勇，恐难操胜券。是这，"顿了一下后，陈致远接着道，"待我说服杨虎城将军跟李将军通力合作，再跟北伐军遥相呼应，务必给刘贼一点厉害，务必使其不能得逞！"闻言李虎臣大喜，道："果能如此，我等哀兵必胜！"

"还有我呢！用老羊皮换刘镇华这个血羔子，值！"闻言，陈致远、李虎臣不觉吃了一惊，回头看时，却竟是谢铁成。

一年前由三边，杨虎城已回到渭北，并出任了国民三军第三师的师长。设司令部于丰原，在耀州效仿黄埔军校，他又创办了"三民军官学校"。刘子明跟余儿的儿子刘光复，正在那里就读。

事不宜迟！在刘子明的陪同下于第二天，陈致远又去了丰原。

第五十七章

果然不出所料，驱镇嵩军虎狼之师十余万众，刘镇华直扑西安。其第一师柴云升部在东，第四师王振部在北，第三师憨玉珍部在南，将古城西安从三面围定。网开一面，刘镇华所以留下西门，是企图逼李虎臣西撤。

强敌压境，西安上层社会中以楚晓璧为首的一些败类们成立了所谓的"和平促成会"，打着和平的幌子他们造谣惑众、擅改民意、开门揖盗，要开城迎接卷土重来的刘镇华。

将计就计，在李虎臣的授意下带领一帮士绅，惠春波也面见了刘镇华。以物急必反、欲速则不达为由，他们劝刘镇华暂缓入城，以便让他们有时间敦促李虎臣西撤，同时组织市民们夹道欢迎，让刘兼座风风光光地入驻西安。

利令智昏，刘镇华还以为在陕西他深得民心，于是，竟深信而不疑。兵不血刃，能在隆重的欢迎仪式中风风光光地入驻西安，那当然是最好不过、也求之不得了。

沉浸在黄粱美梦中，当刘镇华正偷着乐的时候，神不知、鬼不觉，杨虎城率部连夜开进了西安。西华门外随着一声清脆的枪响，投降派楚晓璧一头栽倒在血泊中，犹昔日之孙仲谋，杨虎城声言若胆敢再言降刘者，将格杀勿论！

一声枪响，将刘镇华从白日梦中惊醒了过来，同时，也拉开了这场艰苦卓绝的攻守战的序幕。为统一号令，紧急会议上以大局为重，杨虎城建议取消国民第二、第三军的番号，将部队通称为"陕军"。在他的再三礼让下，李虎臣出任了陕军的总司令，甘愿佐之以副，杨虎城慷慨陈词说："面对强敌，我们既要有长期坚持之准备，又要作最坏之打算。若城郊失守，当坚守四关；若四关失守，当坚守大城；若大城失守，则坚守皇城；若皇城失守，杨某首先自裁，以谢三秦父老。"

受到鼓舞，军民们人人摩拳、个个擦掌。率一师李虎臣登上了南城，率二师田玉浩登上了东城，率三师杨虎城登上了北城，率四师卫定一登上了西城。率备补团，陈致远机动作战；率青壮，刘光复维持治安；率健妇，马月盈负责供给、救护。

全军总动员！全民总动员！全城总动员！面对十倍于我的来势汹汹之敌，长达八个多月的"二虎守长安"之役，拉开了拼命的架势。

发现上当，刘镇华急令吴新田、梅发魁占领了三桥，至此跟外界完全隔绝，西安成了一座名副其实的孤城。

小雁塔，城南的制高点。攻守之战，首先在这里打响。仗着人多势众，又仗着有阎锡山源源不断地供给着轻重武器，四面开花，镇嵩军发起了强攻。精诚团结、万众一心、同仇敌忾，陕西军民寸土不让，以一当十、拼死抵抗。

寡不敌众，小雁塔失守。

陕军组织反攻，镇嵩军负隅抵抗。在拉锯战中，小雁塔失而复得。

得而复失，又失而复得，小雁塔虽数易其主，镇嵩军终于还是不能得手。望城兴叹，刘镇华徒唤奈何。

城东云梯高树，刘镇华亲自督战，一边是白花花的袁大头，一边是明晃晃的鬼头大刀。城下如猿似猴，镇嵩军纷纷攀援而上；城上滚木、礌石、砖头、瓦块如暴风骤雨，倾泻而下。重赏之下，必有勇夫。镇嵩军中倒是有几个爱钱不要命的，头顶湿棉被，他们有的终于爬上了城头。白刀子进，红刀子出。陕西冷娃们也不含糊，跟嵩匪短兵相接，他们展开了白刃格斗。关键时刻，陈致远率备补团抄敌后路、墙下抽梯；镇嵩军中爱钱的，却连张冥币都不曾拿到；不要命的倒是如愿以偿，被送往西天而去了极乐世界。

城北镇嵩军遁地无术，却得到曾国藩的真传，明修栈道，暗度陈仓，在轮番佯攻的掩护下他们企图挖地道偷城。虽明察秋毫，却将计就计，在城内明挖横沟，陕西军民守株待兔、瓮中捉鳖。

城西久攻不下，贾济川师的"牛"旅长正黔驴技穷，部下张连长的一句耳语却让他笑逐颜开、喜上眉梢。原来有个姓戴的曾是镇嵩军的团长，眼下在陕军中，他却只混了个连长。被降职受歧视他怨气在胸，愿做内应、献出城门。"可靠吗？"闻报，刘镇华不觉为之一振，"啥条件？"

"绝对可靠！"指着一旁的张连长，牛旅长道，"跟那个戴连长，他已秘密地接触过多次。条件是官复原职，大洋五千。"

"连升两级！给他一万！"刘镇华出奇地大方，"你俩也一样！"

于是皆大欢喜，张连长兴高采烈，牛旅长喜不自胜，刘镇华迫不及待，唯独时机却迟迟地不肯成熟。

黑夜静悄悄。经过数日的激战，守军人困马乏，城上的鼾声，已依稀可闻。机会终于来了，城墙上风头高，连着划了三根洋火，戴连长总算点燃了一支香烟。城墙下人心急，想着即将到手的官财（棺材），张连长迫不及待地命令道："梯子，快！"

立功心切，身先士卒，张连长第一个爬上了城头。不敢怠慢，掐灭香烟，腾出手戴连长忙接住了他。一个，两个，三个……七八个上去了，七八分钟也过去了,城门却纹丝不动。

戴连长人赃俱获,张连长却是赔了"夫人"又折兵。电话那头,刘镇华歇斯底里地骂着娘;电话这头,牛旅长忍气吞声地挨着骂。

天亮后李虎臣、杨虎城稳坐在城门楼上,传令兵却大声地吆喝着要刘镇华阵前回话。城下刘镇华刚一闪面,城上七八个瓮中之鳖同时被架了起来,随着一阵枪响,七八个"死猪"重重地栽到了城下。二虎却站起身抱着拳大声地道:"多谢刘雪帅的厚礼——"接着,传令兵又大声地道:"请牛旅长收尸——"

城内在马月盈的带领下箪食壶浆,健妇们又是送饭、又是送水、又是抢救伤员。在陈致远的率领下备补团昼夜巡逻,八方支援。在刘光复的指挥下或扛或抬,青壮们又是送子弹、又是送炮弹。

五月刘镇华趾高气扬,志在必得;李虎臣、杨虎城指挥若定,寸土不让。枪声、炮声震耳欲聋;城里、城外血雨腥风。

六月刘镇华城外纵火,十万亩刚刚成熟的小麦,瞬间化作了一片黑土。李虎臣、杨虎城二虎雄踞,据险死守,西安城高而池深,固若金汤。

七月刘镇华异想天开,用棉花"坦克"作掩护他加强了攻势。李虎臣、杨虎城却回敬以汽油弹。火烧连营七百里,玩火者,却自焚!

八月城内粮食告罄,瘟疫肆虐、尸体狼藉、臭气熏天,蛆虫大如蚕、多如蚁,嚎啕之声不绝于耳。城外刘镇华已黔驴技穷、锐气顿失,城外筑城,他企图以困代攻。白天率众守城,二虎跟军民们同甘共苦,晚上挖万人坑,挥泪他们掩埋着难胞、难友。

九月吴佩孚为虎作伥,派飞机在西安耀武扬威。大失所望,刘镇华只恨飞机太小,扔下的只是传单,而非炸弹。二虎跟军民们吃油渣、食谷糠,绿头苍蝇密若蜂群,大如荸荠;尸体掩埋不及,白骨成堆,幸存者欲哭无泪。

十月冯玉祥誓师五原,镇嵩军的丧钟,已经敲响。城外刘镇华却心存侥幸,不甘失败。城内军民食药材、吞纸张、煮皮鞋、屠狗杀马,挖鼠罗雀,苦苦地支撑着。

十一月冯玉祥率国民联军入陕,来自西北方向的炮声,已依稀可闻。镇嵩军的末日已进入倒计时,刘镇华积极地为他准备着后事。城内草无根,树无皮,人面如土,但阴云渐退,微曦再现,光明当为期不远,军民们的斗志也有增无减。

民国十五年的八月十七日,一列满载的货车徐徐地驶离了莫斯科。货车的后面,还挂着一节客车,车门紧锁,客车里似乎空无一人。眼看着就要抵达终点,却因撞了红灯,列车不得不临时停靠。再次鸣笛启动时,挂在后面的那节客车,竟被货车丢在了荒郊。前不着村,后不着店,几个中国军官却踯躅在这儿。客车的车门从外面被打开了，首先走出的，是十几个全副武装的苏联军警，接着，又下来一位长袍美髯的长者。美髯公并非关云长再世，满口秦音，他是刚上任不久的国民党中央执行委员，叫于右任。跟在于右任后面的，是此行的主角，也是当年北京政变的主角，叫冯玉祥。跟冯玉祥比，他后面的两个人几乎矮了一头，都是满口的川音，也都是共产党员，他们一个叫邓希贤，一个叫刘伯坚。最后下来的，又是几个苏联人，他们是冯玉祥此行的军事顾问，其中为首的叫乌斯曼诺夫。

简单的交接后一路北上，苏联军警返回了莫斯科。余皆换乘汽车，继续南下。

天苍苍，野茫茫，风吹草低见牛羊。翻大青山、出乌不浪口，颠簸在浩瀚的大漠戈壁上，车队迤逦而行。这里少有人烟，却不乏成群结队的野羊；这里没有路，却又到处是路。尽管不时停下车辨认着，却还是免不了会搞错方向。

去苏前将国民一军，冯玉祥交给了张之江，驻军昌平与居庸关之间的南口。

为赶尽杀绝，在指使刘镇华围攻西安的同时，直奉联军又直扑南口。经过三个多月的激战，国民一军力不能支、溃退到绥远一带。

闻讯在苏联，冯玉祥再也待不下去了，这时广东革命军已兵出韶关，正挥师北伐。为争取冯玉祥的响应，不远万里于右任来到了莫斯科。

"队伍已溃不成军。"途中对着冯玉祥，乌斯曼诺夫不无担心，"不知将军有何打算？"

"只要竖起革命的旗帜，闻风响应者，又何止千万？"冯玉祥倒是信心十足。果然不出所料，离包头尚远，他的"十三太保"却已先后地迎了上来。闻鹿钟麟集万余众于五原，冯玉祥暂时放弃了包头之行。

五原，一个名不见经传的塞外小镇。因冯玉祥一行的光临，它不但让世人瞩目，而且，还被写入了青史。

九月十七日，被冯玉祥称之为"新生命日"，这天代表国民党将一面大旗，于右任授给了他，只一字之差，国民一军也被改编为国民联军。受命冯玉祥出任了总司令，接过大旗，他庄严宣誓说："国民联军之目的，是以国民党之主义唤起民众，旨在铲除军阀，打倒帝国主义，以求中国之自由独立。并联合世界上以平等待我之民族，共同奋斗……"

海纳百川。该归队的，差不多都已经归队了，但出南口、下北京还是经西安、出潼关，冯玉祥却是举棋不定。

说来也巧，这时李大钊正好派人送来了密件。打开看时，上面却只八个字：固甘援陕，联晋图豫。大喜过望，冯玉祥立即命孙良诚为总指挥，率久经沙场的猛将孙连仲、吉鸿昌等星夜兼程，取道平凉，驰援西安。

冯玉祥在五原誓师时，西安的攻守战也进入到相持阶段。久攻不下，在以困代攻的同时，刘镇华又命王振进攻阳都，命梅发魁进攻丰原，他企图孤立西安以动摇李虎臣、杨虎城的决心。

镇嵩军很快便占领了河东堡、河西堡、南河镇。以此为跳板强渡渭水，王振将阳都古城从三面围定。

阳都城内，守军只有王宝发的一个团。南临渭水，其余三面，又尽都是镇嵩军，古城已岌岌可危。手提双枪、身先士卒，在枪林弹雨中率领军民，王宝发团长拼死抵抗。

为牵制敌人，为减轻城内的压力，在陈德润的授意下以青纱帐为掩护，刘子明、马子亮、何全虎等带领南河区的民众，跟嵩匪捉迷藏展开了游击战。

一天在佘记烟馆过足瘾、溜下炕、提上枪，几个嵩匪就要出门，不料却被佘有志赶上来拦住了去路。"钱没有。"一个斜眼瞪斜睨着他道，"'洋花生'倒是不少，你得几个？"说着"哗啦"一声，子弹已经上膛。见大事不妙，陪着笑脸，吴掌柜忙道："老总辛苦！有话好说，有话好说……诸位请便，请便……"说着，他又劝回了佘有志。"操他奶！没想到还有个会说人话的。"恶狠狠地骂了一句后，斜眼瞪这才收起枪带着人，一路悻悻而去。

"有空再来。啊——"老远，吴掌柜还客套了一句。

一边走，嵩匪们一边恭维着斜眼瞪。一时得意，斜眼瞪正要自吹自擂，不料"呼啦"一声从两边的包谷地里，竟冒出十几个人来。顿时镢头、铁叉、连枷、磨棍一哄而上，其中，似乎还有一口跟铡刀似的切面刀。没来得及自吹自擂，也没来得及拉枪栓、骂奶，斜眼瞪等却早被剁成肉馅又包成饺子，连锅给端了。枪可是个好东西，眼下正稀罕，自然是不能不要了。肉馅子也是有钱难买的上好肥料，做庄稼的，又怎么舍得放弃？在地里随便刨个坑一埋，十年八年不上粪包谷棒子长的，保证比棒槌还大。

有空再来？空子也许还有，可斜眼瞪他们只怕是再也来不了了。

跟佘记烟馆比，柳春院的火爆更是有过之而无不及。烟瘾不一定都有，但远道而来，又都在如狼似虎的年龄上，谁又能没个七情六欲？蜂拥而至，嵩匪们拥进了柳春院；慌不择路，提着裤子嫖客们却是落荒而去。饥不择食，妓女们无论老的、少的，丑的、俏的，都被土匪们压在炕上打起了排子枪。

柳春院被糟蹋得一片狼藉，慢说妓女，连老鸨柳叶都招架不住了。不挣钱还要赔钱，光烟、茶这两项，她已经赔不起了。

一天傍晚，又有一批嵩匪拥进了柳春院。钱，柳叶照例是不会要的；这次她想要的，是他们的命！一如既往，柳叶热情地招呼着她的乡党，成全了他们的好事后，一路颠着小脚，她又找到了她的女婿刘子明……

发泄完毕，嵩匪们一路上有的说着酸话，有的在夸奖说柳叶既知趣、又热情，他们万万没料到正是这个既知趣、又热情的河南乡党把他们的骨殖，永远撂在了南河镇的包谷地里。如法炮制，柳叶的土匪乡党们被刘子明、马子亮、谢铁成、何全虎他们，又变成了上好的有机肥料。

来到陕西，美若杨玉环的大姑娘还没见一个，就连肉夹馍、羊肉泡等，也都被耽搁了。见刘镇华只许愿、不还愿，开小差溜号对镇嵩军来说，已经是司空见惯，而算不上什么稀罕了。因此那些被变成有机肥料的，一开始并没引起太多的注意。

多次得手已鸟枪换炮，南河镇的这支农民武装，已不再满足于以往的小打小闹了。嫌折子戏不过瘾正想唱全本，三桥方面便瞌睡了送枕头，传来了好消息——带着大批的军火，贾济川来阳都接替王振。

带一班人马，队长刘子明埋伏在路南的包谷地里；带另一班人马，副队长马子亮埋伏在路北的包谷地里。借镇嵩军换防他们要"唱大戏"、要夹道"欢迎"他们。又是蚊子咬、又是蚂蟥叮，苦苦坚持了近一个时辰，却连贾济川的人毛，都不曾见上一根。见大家已有些焦躁，马子亮忙命何全虎抄小路前去打探。

"我的妈！"回来后何全虎又是惊，又是喜，"分三路纵队，足足扯了有一里多路，中间还夹着四五辆马车。啧啧！马车上全他妈都是新铿铿的枪炮。"

紧张立即取代了焦躁，打还是撤，刘子明、马子亮的心里，不禁犯起了嘀咕。撤吧，实在是于心不甘，在蒸笼似的包谷地里，大家都快变成"粉蒸肉"了，却还要不断对付那些时时袭来的蝇蝇、虫虫。打吧，无异于以卵击石，大家都是上有老、下有小，中间还夹个老婆的人了。万一有个闪失，可不是娃们过家家——闹着玩的。对那些老的、小的以及中间的，他们将何以交代？

不能便宜了这些王八羔子！不死，也得教他们脱层皮！紧急磋商后，刘子明、马子亮吩咐大家先向后撤，撤到刚能看见大路为止。打还是不打，枪声就是命令。就是打每人也只准放一枪，打死打不死都要赶紧撤，不得恋战！等众人重新就位时，远处已隐隐约约传来了踢踢踏踏的脚步声。

踢踢踏踏，镇嵩军向西挺进着，包谷地里庄稼汉子们的心，也一下子提到了嗓子眼上。忘记了闷热，忘记了蚊虫的叮咬，空气似乎已经凝固，连人似乎也都窒息了。

镇嵩军已经过去了大半。馋死人了！眼巴巴看着五辆满载着的大车，从眼皮下吃了过去，却还是不见枪响。一阵车辚辚马萧萧后，又出现了一个骑着高头大马的军官，胸膛上、肩膀上，军官还佩着不少五颜六色的星星、杠杠。忍耐不住正要抠动扳机，何全虎却被马子亮狠狠地瞪了一眼。

熙熙攘攘又踢踢踏踏的声音，已慢慢衰减了下来。刘子明一个又一个地瞄准着，又一个又一个地放弃着，当只剩下十来个嵩匪时，狠下心他终于抠动了扳机。随着一声脆响，在前后左右地跟跄了几下后，一个嵩匪栽倒在路边。紧接着又是十几声枪响，"弟兄们！"马子亮大声地道，"一连从东，二连从西，给我上！"

一时懵住了，等嵩匪们反应过来、等他们纷纷卧倒准备还击时，枪声却没有了。面对一眼望不到头的青纱帐，干瞪眼，敌人竟无一敢涉足其中。无的放矢地打了几枪，拖着那些已经不会喘气的，那些会喘气的忙跟贾济川前去报丧。还以为是小股的陕军在捣乱，贾济川并没往心里去，到达上游的钓鱼台时，天上竟下起雨来。

越下越大，河面被黄豆大的雨点溅起了一片白茫茫的水泡。河水已经见涨，上面的枯枝、败叶随黄水打着回旋。跟王振部隔河相望，贾济川却是船无一只。不觉有些着急，他忙命部下沿河岸前去搜寻，趁河水还未涨起，他要抢过渭河。

河边已发生了争执，七十子要嵩匪们先付钱，嵩匪们却要他先摆渡。见七十子已经挨了枪托，头戴斗笠、身披蓑衣，手里掇着船篙的刘子明忙上前劝解："老总，下苦人我们也不容易。高抬贵手，多少，您先给两个！"

看着猛涨的河水，嵩匪们不得不作出了让步。每人拿到一块大洋后船工们这才撑的撑，拖的拖，十几条大小船只终于被他们弄到了钓鱼台。

这时，河面又宽阔了许多。火把通红，你争我夺，人叫马嘶，钓鱼台一片混乱。

午夜时分，大部分嵩匪总算抢过了渭河。争不过人，当五辆马车被吆上大船时，已经是多半河的水了。

雨越下越大，还起了风，浪花不住地扑打着船帮，在一阵又一阵的紧水号子中一只跟着一只，大船呻吟着，驶离了南岸。一字儿排开后，酷似雁阵……

距北岸只剩下了两三丈，押船的嵩匪们刚松口气放下了心，不料一声尖厉的呼哨声，却突然响起。闻声跟下饺子似的，艄公们扑通扑通地扑进了黄水。在一片惊叫声中随波逐流、长驱直下，失控的船只箭也似的向东而去……

北岸上，负责接应的嵩匪们刚才还是兴致勃勃，转瞬间却又呆住了，一个个呆若木鸡。

第五十八章

阳都古城的南门外,军民们兴奋地议论着,焦急地等待着。灯笼在夜风中摇曳,火把在雨幕中明灭,倾盆而下,雨滴如豆,似断线的珠子,连续地砸在人们的头顶。渭水如潮,汹涌而来,犹出笼之猛兽,不断地扑向人们的脚底。

水天一色。

"来了,来了!"突然,有人惊喜地道。循声望去,果然有几个黑点顺流而下,在水面上晃动着。黑点在快速地膨胀、变大,轮廓也逐渐变得清晰起来。龟缩在船头、船尾,几个鬼影已依稀可见。

探照灯扫过来,又扫过去,镇嵩军也发现了目标,拖着尖厉的哨音,炮弹像雨点般地倾泻在水面上。

就近的两条大船已被铁锚死死地抓住了。绳子在收拢,取斜向大船慢慢地向北岸靠拢,再靠拢……

一条大船却被激流冲到了河心,惊涛骇浪中它不断地颠簸着、回旋着,时而被推向浪尖,时而又被抛到谷底。七十子兄弟扑进了黄水,接着,又扑向大船。不料镇嵩军的一发炮弹,却抢在了他们的前面,这条满载军火的大船竟被镇嵩军自己的炮弹,给击中了。连环的爆炸声如雷贯耳,河面上顿时烈焰冲天。火光中嵩匪的胳膊、腿分家后,又被抛向空中、抛向了四面八方。随着震耳欲聋的爆炸声,城墙上的土坷垃,也刷刷地下落着。军民们都不由自主地,捂住了耳朵,有的还被突如其来的冲击波掀翻在地,冲天的烈焰、连环的爆炸足足持续了大约有一袋烟的工夫……

见大船灰飞烟灭,七十子兄弟又无可奈何地返了回来。被炸毁的尽管是镇嵩军用来屠杀阳都人民的军火,阳都人民却还是不由自主地感叹着,惋惜着。

轰轰烈烈只一时,平平淡淡才长久。电闪雷鸣过后,涛声依旧。用了半船的炮弹,镇嵩军炸毁了他们费尽千辛万苦、千里迢迢从山西运回的一船军火。

一比二,这笔账镇嵩军还是划得来的,既然不能用来屠杀他人,当然更不能留着让他人来报复自己了。

近处的水,远处的鬼。这一船用来屠杀阳都人民的军火,除把十几个嵩匪送往西天外,跟着带灾的,还有几百条无辜的红尾巴大鲤鱼。

"还愣着干啥?动手呀!"随着一声令下,军民们这才从不尽的遗憾中惊醒了过来。一个个失魂落魄的俘虏被押进了牢房，一箱箱枪械、弹药，却被搬进了库房。

空空如也的库房，顿时又被塞得满满当当。几只箱子被就地打开了，有装子弹的，有装炮弹的，有装步枪的，还有装机枪的。被冷落了多时的军需官，突然间又忙得不亦乐乎。欢呼取代了叹息，雀跃取代了顿足；木的换成了铁的，旧的换成了新的，鸟枪也换成了快枪。

那个砸了他一枪托的镇嵩军连长，终于被七十子找到了。仇人相见，分外眼红。二话不说，对着他的脑袋举起枪，七十子便抠动了枪机……

"妈的！啥破玩意儿。"见枪不响，一边骂七十子一边将枪口换成了枪托。以枪托还报以枪托后，一抬脚他又踢了他几个响屁子。既然是报复，多少得占点便宜不是？

七十子心满意足了，众人却被他逗得哄堂大笑。还以为是船篙，他压根不知道在开枪前，还要拉动一下枪栓。不过拉不拉枪栓都一样，因为新枪的枪膛里压根就没压子弹。

丢了炮弹，贾济川的大炮顿时变成了哑巴，镇嵩军拿在手里的快枪，也都变成了一根根烧火棍。战局急转直下，陕军反守为攻，镇嵩军却节节败退。

听说国民联军的先头部队已经到了乾陵，五十步的贾济川，哪里还顾得上笑话一百步的王振？惶惶如丧家之犬，率部他们又抢过了渭水。不同的是这次他们不是向北，而是向南；不是进攻，而是败逃。

来而不往非礼也。阳都守军也没忘记用枪炮"送"他们一程。

兵败如山倒。风声鹤唳，草木皆兵，嵩匪中腿脚慢的都被当作活靶子挨了炮子。腿脚快的在你争我夺中，不少又翻身落水或葬身鱼腹，或喂了王八。能为同类们换来美味佳肴，那几百条无辜的红尾巴大鲤鱼，也算是死得其所了。

"奶奶！"途中，王振沮丧地道，"弹丸之地，竟打了个把月。摇起来活活的，却就是拔不下来。见了雪帅一顿臭骂，怕是免不了了。"

"姥姥！"贾济川更是懊恼不已，"你不好交代，俺那就更惨了。还没接战五大车军火，却先被劫了。慢说挨骂，不被军法从事，怕都是好的了。"

说话间，嵩匪不觉退到了南河镇。

"这个镇子，我咋总觉怪怪的。"突然间似有所悟，王振又道，"在这里我的不少弟兄，说不见咋就不见了。回想起来，他们似乎不像是开了小差。"

"啊呀，对了！"贾济川道，"这儿的刁民，似乎是有组织的。刚一到这我就丢了四五个人、七八条枪。看来，我们低估了他们。"人在事中迷，单怕没人提。一经提醒，深有同感，于是，他接着又道，"这镇子，咱干脆给他连锅端了。临走拉几个垫背的，见了雪帅，我们也有个说辞。你没看中还是不中？"

"中！没啥不中的。"王振悻悻地道，"早就该给点颜色了。"

正一路向东溃退，突然间掉过头镇嵩军又直扑南河镇。如临大敌，嵩匪在紧急地调动着，五步一岗，十步一哨。

闻镇嵩军要血洗南河镇，学堂里正赶写《嵩匪围城记实》，放下笔陈德润、孙兰玉就往回赶。"这不是飞蛾扑火，自取其祸吗？"不想刚到河西堡，夫妻俩却被老地主强行拉回到他家。

跟铁桶似的，南河镇被嵩匪里三层、外三层地围了个水泄不通。咯咯咯地惊叫着那些公鸡、母鸡、黑鸡、白鸡跟芦花鸡有的飞上了墙头，有的飞上了屋檐。向来自关外的"嵩山狼"汪汪汪地狂吠着，那些牙狗、母狗、黄狗、麻狗跟斑点狗又是扑，又是闪。

惊慌失措，那些男的、女的、老的、少的，都缩回到屋里。葛掌柜的绸布店、曹掌柜的家具店、老神仙的英华医院、佘有志的佘记烟馆、木匠家的木匠作坊以及柳叶的柳春院，也都被上街的乡下人挤得满满当当。已经顾不了那么多，当去的地方被挤满了，不当去的地方，也都被挤满了。面对大炮最不安全的，也许就是屋里、就是那些人多的地方但这些最不安全的地方，却总是给人以安全的错觉。

这时葛掌柜、曹掌柜、吴掌柜，甚至连佘有志都一改既往，而变得格外地大度。一视同仁，不管生人还是熟人，也不管有钱还是没钱，他们被他们统统地让了进来。来者不拒，客人在增加，主人的安全感，似乎也在同比地增加。

虽人满为患，屋里却静得出奇。孩子们小点的都埋着头，钻进了大人的怀抱；大点的都惊恐地，捕捉着大人的神色。脸绷得紧紧的，大人们却一点表情也没有，连皱纹，似乎也都被拉平了。

时间停滞了，空气凝固了，连心跳、连呼吸似乎也都没有了。都死到临头了，还有什么好说的呢？既像网中的鱼虾，又不像网中的鱼虾；既像陷阱里的猎物，又不像陷阱里的猎物。大家都静静地等待着，等待着死神的突然降临。

面对死亡，每个人都超越了自我，连小人似乎也都成了圣人。灵魂得到了净化，观念得到了升华，金钱变成了粪土，人跟人却获得了空前的平等。

步枪已经上上了明晃晃的刺刀，居高临下，机枪也架上了河堤。公路上炮轮飞转，炮筒也跟着扬了起来。拿不下西安，也拿不下阳都，镇嵩军要拿南河镇开刀了。

一直为孙子刘光复、为孙女马月盈担心，这时老木匠夫妇的心里，却反而踏实了。西安有横竖都是三丈六尺的城墙，还有近万名的队伍在把守，在那里比在这小小的南河镇，要安全多了。

余儿、明儿,一直都在为她们的丈夫担心。刘子明、马子亮凭着手里的梭镖、连枷,硬是跟拿着枪炮的镇嵩军去拼命,这不是以卵击石吗?

这时,她们却又为她们的丈夫,而暗自庆幸。庆幸他们不在这即将被夷为平地、即将被变成一堆瓦砾的南河镇——劫了镇嵩军的军火,留在县城,昨晚,他们都没来得及回家——镇嵩军既然不敢正视县城,他们自然也就无虞了。那边明儿一手搂着大儿子马月清,一手搂着小儿子马月新;这边余儿一手搂着大女儿刘光绚,一手搂着小女儿刘光丽。放心不下跟发疯似的,老木匠要去明儿那边,不想却被老伴,死死地抱住了双腿。

一阵尖厉的啸叫声从头顶掠过,紧接着又是一声山摇地动、震耳欲聋的爆响。明知没用,大家却还是下意识地,抱住了各自的头颅。大地在爆响中战栗,门闩子跟着晃动,在屋梁上沉睡了多年的灰尘,也纷纷扬扬地落了下来。

死神的第一声召唤,还比较清晰,后来,却变成了一片混沌。嘟嘟嘟嘟的重机枪声、嗒嗒嗒嗒的轻机枪声,跟轰隆隆滚雷似的炮声交织在一起,已响成了浑浑。

死神既然已经发出了召唤,大家反而释然了,或者说已经麻木了。正闭目等死,大地,却抖动得慢了;粉尘,也不再下落了。迟疑中那些保护不了脑袋,却又不由自主抱着脑袋的双手,又慢慢地放了下来。呆滞的眼球,终于又恢复了转动,惊疑的目光对着的,是同样惊疑的目光;探寻的眼神遇到的,是同样在探寻着的眼神。既然从对方得不到答案,还不如用自己的指甲、去问自己的手腕。

痛感告诉大家天没塌下来,地没陷下去,世界还是那个黑暗与光明交替、欢乐与痛苦并存的世界。凭着炮弹的啸叫声,恢复思维的土观察家们,首先作出了判断:弹道在变化,炮弹的落点,已经东移。

危险似乎已经过去,好奇又战胜了恐惧,胆大的有的探着脚,已没悄着走了出去。

见胆大的不但没退回来,还没悄着走出了大门,那些胆小的,竟也变得胆大起来。跟一窝蜂似的,他们也拥了出去。

这时那些老板掌柜们,却反而格外地小心了起来。没有人趁火打劫,却难保没有人不顺手牵羊。金钱到底还是金钱,而不是粪土;庸人毕竟还是庸人,而没能成为圣人。平等是暂时的,不平等却是永恒的。

炮声远去了,枪声也渐渐地稀疏了。南面镇嵩军已不知了去向,从北边刘子明兄弟、七十子兄弟、何全虎兄弟等,却回到了南河镇。衣服还是那身土布衣服,拿在手里的,他们却不再是梭镖、连枷,也不再是鸟枪、火铳,而是快枪。

南边的公路上,是一队队疾驰而过的骑兵。从那并不一致的服装来看,他们既不是镇嵩军,也不是陕军。不是镇嵩军,他们却是镇嵩军的冤家对头;不是陕军，他们却是陕军的友军。这一点首先得到了土评论家们的肯定。

后来大家才知道这支队伍，叫作"国民联军"。对这支救苦救难的队伍，南河镇人并不熟悉，但一提到他们的总司令冯玉祥，南河镇人，却没一个不知道。

民国三年跟陆建章追剿白朗，冯玉祥第一次来到了陕西，那时，他还是个旅长。失势后不久，陆建章又被徐树铮诱杀于津门。没了这个裙带关系，在旅长这个还不算太冷的冷板凳上两上两下，前前后后冯玉祥一坐，就是七个年头。民国十年跟阎相文第二次入陕时，他的第十六混成旅，就驻扎在南河镇一带。由于阎相文生前据理力争，冯玉祥这才有幸荣升为一师之长。死后阎相文又给他提供了一个千载难逢的天赐良机，一步登天接替阎相文冯玉祥官拜陕西总督，成了封疆大吏、一路诸侯。在枪决錢智仁的大会上，南河镇人又一次目睹了这个传奇人物的风采。

这次入陕，冯玉祥已是第三次了。不同既往，前两次他都是东入潼关；这次，他却是南出萧关。前两次他只不过是个"绿叶"，是为衬托那些"红花"而来的。这次他却是"红花"，是被那些"绿叶"衬托着，而来的。前两次杨虎城根本不尿他，这次杨虎城却是翘首以待、望眼欲穿地盼着他。前两次也不买他的账，还没见面，于右任便拂袖而去了；这次却跟请神一样不远万里，于右任将他从异国他乡，请了回来。前两次他都是为人保驾、为人护航；这次除五虎上将、除十三太保为他保驾护航外，还有国共两党为他鸣锣、为他开道。前两次他都是替别人出谋划策，这次却有个叫乌斯曼诺夫的洋诸葛亮，为他运筹帷幄。

祖籍安徽，却生于河北，又三顾陕西、发迹于陕西，看来跟陕西，冯玉祥有着不解之缘。

炮声东移后，惊魂稍定的南河镇人又一窝蜂似地拥到了官路边，大家都想重睹冯玉祥这半个陕西人，在五年以后的风采。

"来了，来了！"熙熙攘攘中，果然有七八个骑着高头大马的，被前呼后拥着从众人的眼前缓辔而过。一阵骚乱，互相拥挤着已经顾不上被别人踩，还是踩着了别人，大家有的踮着脚尖，有的引颈翘首，然而印象中那个既高大又魁梧的身影，却始终没有出现。相反，倒有个身材矮小又满口川音的，从他们的眼前策马而过。甫看个头不大，本事却不小，谁能想到在半个世纪后……

激烈的争夺战又在猴儿寨、三桥一带，打响了。欲将功抵罪，贾济川、王振，都拼死地抵抗着。一个月又过去了，西安城虽近在咫尺、已举目可及，国民联军却迟迟地不能推进。

作为总指挥孙良诚的决心，已开始动摇了。由于苏联顾问赛福林、共产党员刘伯坚、邓希贤，以及前敌副总指挥邓宝珊的坚决反对，他才放弃了知难而退的打算，又坚持了下来。

"不降服这匹'宁马'冯字去两点，老子跟你姓马！"见先头部队受阻，又见后续部队迟迟不能到位，冯玉祥大光其火。

冯玉祥所说的"宁马"并非马，而是人。这个人还不是别人，而是长期盘踞在宁夏的马鸿逵。为了有别于青海的马步芳，人称马鸿逵为"宁马"，而称马步芳为"青马"。派谁去降服呢？权衡再三后五虎上将、十三太保，均被一一地否定了。被冯玉祥瞅准的，竟是一年仅二十三岁的小伙子，叫刘景桂。

十万火急！以冯玉祥少将特使的身份一路向北，刘景桂一行五骑疾驰而去。

刘景桂，字志丹，陕北保安人。前不久刚毕业于黄埔军官学校，属第四期学员。当时，黄埔生分两个派系：以共产党员为主，左派学员成立了"青年军官联合会"；以国民党员为主，右派学员成立了"孙文主义学会"。既是同乡，又是同期，陈静远的同学张仲霖加入了国民党，而刘景桂却加入了共产党。当时正值国共第一次合作的蜜月时期，因此虽党派不同，但打倒军阀、打倒帝国主义的大目标，却是一致的。应革命形势发展之急需，四期学员被批准提前毕业、提前走出了黄埔岛。韶关誓师后，他们又被充实到北伐军的系列。

北伐途中刘景桂突然奉命返回、接受了新的任务。

应冯玉祥之请，黄埔军校拟派一批骨干，去充实国民联军。是陕北人，刘景桂理所当然地成了首选。

冤家路窄。刘景桂一行正星夜兼程，不想竟跟"宁马"给吴佩孚"暗送秋波"的，碰了个正着。"拿下！"人赃俱获，随着刘景桂的一声令下，马鸿逵的信使，被捆了个结结实实。

"哼！"刘景桂声色俱厉，"身为国民联军的长官，你竟敢勾结军阀？"

"乳臭未干。"信使也不可一世，"对本连长，你竟敢动手动脚！想必活得，不耐烦了。"欺刘景桂年轻，他并不把他放在眼里。

"哦——"闻言刘景桂调侃他道，"都一把年纪了，咋才混了个小小的连长？"

"这……那……"一时，信使竟语无伦次，"你是……"

"我嘛？也不行。"刘景桂笑着道，"不过还不至于像你那么背，蒙冯总司令错爱，给了个少将特使。"见信使并不以为然，他冷笑道，"咋！要不要出示一下，冯总司令的委任状？"

"不敢不敢！"还算乖巧，闻言，信使慌忙地道，"恕小的有眼无珠，有珠无水。不想竟冒犯了，特使大人。"

"通敌可是千刀万剐的死罪！"突然将脸一沉，刘景桂冷冷地道。

"不不不！"闻言信使一下子慌了神，"奉命差遣，小的既身不由己，更不知情。还请特使大人网开一面，饶了小人的死罪。"说着两腿一软，接着又扑通一声，他竟跪倒在刘景桂的面前。

"借个胆，量你也不敢！"刘景桂不屑一顾。

"是是是。"从刘景桂的话中，似乎又看到了一线生机，信使磕头如捣蒜。

"本特使且饶你不死。前面带路！"刘景桂的口气，终于缓和了下来，脸色，也活泛了许多。

已经接到冯玉祥的电报，刘景桂的马蹄刚踏进他的驻地，马鸿逵已远远地迎了上来。

见信使竟被刘景桂押了回来，马鸿逵心里暗暗吃惊。通敌的事已经败露，他哪里还敢怠慢？怀着鬼胎，马鸿逵忙吩咐大摆筵席，他要为总司令的特使，为他的新任党代表兼政治处长接风、洗尘。

做贼心虚，又见软肋被刘景桂捏在手里，贼不打三年自招，宴席上马鸿逵竟"此地无银三百两"又"隔壁阿二不曾偷"，连连为自己辩解着。见刘景桂一副似听非听、似信非信，更不置可否的样子，马鸿逵更加地瞀了。殷勤地向刘景桂敬着酒，他那低三下四、谄媚讨好的样子，倒像下属见了长官。

谢天谢地！年轻的党代表终于开了金口，跟马鸿逵刘景桂先分析了北伐军占领南昌，孙传芳已彻底垮台，吴佩孚、张作霖亦死期不远的革命形势。接着他又痛斥了刘镇华既不识时务，又不自量力，企图以卵击石、以螳臂当车，必自取其祸的愚蠢。最后，他又跟他转达了冯总司令跟北伐军会师中原的决心。

见刘景桂威仪中不失儒雅，作陪的将佐们竟例外地没有吆五喝六，而是听得呆了。虽侃侃而谈，对马鸿逵通敌的事，他却是闭口不提。情知党代表给他留了不少的面子，心存感激，对刘景桂马鸿逵佩服得五体投地。

"都给我听着！"马鸿逵道，"总司令姓冯，我姓马，八百年前，我们就是一家。比'马'字多两点，"冯"总司令他老人家，原本就是我的二爸。活着我是冯总司令的人，死咧，我也是冯总司令的鬼。刘代表是冯总司令的代表，他的话就是冯总司令的话，胆敢违抗者一律腰斩，绝不姑息！今黑准备，明天开拔，大后天还是这个时候，在南河镇点卯。违者，提头来见！"借党代表的威仪，马鸿逵讨好着他的党代表。

听说"宁马"已被驯服，其他各路也闻风而动，孙良诚部，更是士气大振。按邓宝珊的意见他避实就虚、迂回作战。绕道终南，国民联军一路摧枯拉朽、势如破竹，直捣刘镇华的大本营——十里铺。顾不上腿上生疮、疼痛难忍，躺在担架上，邓宝珊靠前指挥。这位跟三秦儿女并肩作战的陇东汉子，不禁让人想起了中唐时期的名将——哥舒翰。

北斗七星高，哥舒夜带刀。至今窥牧马，不敢过临洮。

　　天就要亮了，刘镇华的美梦，也该结束了。兵败如山倒，镇嵩军瞬间土崩瓦解、作鸟兽散。垂涎了八个多月，刘镇华在咽了口唾沫后，终于还是屁滚尿流地滚出了潼关。

　　听说西安有望在明天解围，陈德润夫妇、刘子明夫妇、马子亮夫妇是既激动、又担心。激动的是明天就可以进城、就可以看到亲人了；担心的是城里被打死、被饿死、被冻死、病死的，听说不下五六万人。自家的至亲骨肉，会不会……

　　但愿不会。在心里，他们做着同样的祈祷。但愿……但愿似乎只是一厢情愿，他们，能如愿以偿吗？几个人尽量往好处想，想到好处，自然是由不得一阵兴奋。乐极生悲，兴奋之余，几个人又不由自主地往坏处想，想到坏处，免不了又是忧心如焚。

　　兴奋……担心……担心……兴奋……既担心、又兴奋；既兴奋、又担心。一会儿兴奋，一会儿担心；一会儿担心，一会儿兴奋。几个人，苦苦地煎熬着。

　　兴奋是可以共享的，担心却只能深深埋藏在，各自的心底。红麦子、绿豌豆有生命而无感情。黄牛、白马既有生命，又有感情，却没有表情。人非草木，亦非牛马，糟糕就糟糕在人既有生命，又有感情，而且，还有表情。人可以欺骗自己的感情，却无论如何也欺骗不了因感情而产生的表情。

　　将心比，都一理。他们深知埋藏在心底的担心，早已被不时流露出的忧虑，给出卖了。担心被深埋着，因担心而产生的忧虑，埋藏得了吗？

　　也许大家凑在一起，彼此才能得到一丝安慰；也许只有忙忙碌碌，才能或多或少排遣一些忧虑。

　　南河实业学堂的灶屋里，又是一个不眠之夜。破例来到灶屋，陈德润给灶膛里添着麦秸。和着扑面而来的烟灰，汗水变成了一条条黑褐色的蚰蜒，沿脸颊蜿蜒而下经过脖项后，蚰蜒又钻进了他的衣领。

　　几次要换陈德润，谢铁成都被拒绝了。直到两个锅盔连着被烧糊后，陈德润才认识到跟做文章比，这烧火不见得就简单；跟生活（毛笔）比，这烧火棍不见得就轻巧。叹了口气后拿在手里的烧火棍，这才被他递给了谢铁成。

　　正在揉面，明儿、余儿的脸也是一会儿阴，一会儿晴，一会儿又是多云。穿梭在案板与锅头之间，一边翻动着那些已经上了火色的锅盔，孙兰玉一边想着心事。这世上的世事也是一会儿绿，一会儿红，一会儿被翻过来，一会又被翻了过

去。跟锅里的锅盔何其相似，啥时候才是个头呢？

要不是镇嵩军围攻西安，自己怕都是已经抱着孙子当婆了。可现在……

一时走神孙兰玉的手指头，竟被锅底烫了一下。不住地给手指上哈着气，她的思绪，也随之被打断了。

在鸡叫头遍的时候，将马车，谢铁成吆到了门口。每人拎一包袱锅盔，互相招呼着，大家陆续爬上了他的马车。

"嘚儿起！"随着谢铁成的一声吆喝，马车悠悠地起动了。车轮辚辚，佩环叮当，马车吟唱着它那常唱常新的催眠曲。高高地扬着头，枣红马倒是既无忧、也无虑，不慌不忙，拖着马车，它一路向东而去。

路上行人、车马，逐渐地多了起来。等天麻麻亮赶到西门口时，等着进城的，已是黑压压的一片。

第五十九章

　　民国十五年的十一月二十八日，是个具有历史意义的日子，也是三秦儿女不该忘却、却差不多已经忘却的日子。这天，紧紧关闭了二百二十个日日夜夜的西安城门，终于又一次地向世界洞开了。这天连一向料事如神的陈德润，都不曾料到他们不但没能进城，反而还被跟潮水般从城里涌出的难民们，给冲散了。无论蒸馍、锅盔，还是窝窝头，凡能填进肚子的，转瞬间都被一抢而空。

　　慢说人，这次连枣红马都大吃了一惊。向前猛冲时，这牲灵却未能如愿，原来车刮木早被谢铁成给刹死了。欲进不能，又是一惊，这畜生更加地急了。随着一声咆哮腾空而起，像头发怒的雄狮，它竟直立起来。手疾眼快，不等这畜生前蹄着地，谢铁成忙紧紧抓住了它的嚼铁。枣红马拼命地挣扎着、咆哮着，直至精疲力尽、声嘶力竭。在谢铁成的抚摸下，它这才无可奈何地，渐渐地安静下来。正是由于这个原因，车、马才没伤着人，同时也没被人伤着。

　　身不由己，被人潮挟裹着直至西稍门，孙兰玉这才终于又站住了脚跟。四下里看时，竟没一张是她熟悉的面孔。生面孔倒是不少，他们都是蓬头垢面，瘦骨嶙峋，面如土灰，有的只剩下皮包骨头。衣不遮体，也顾不上羞丑，旁若无人，他们狼吞着、虎咽着。既患寡，又患不均。狼吞虎咽之后，少不得又是一场你争我夺；你争我夺之后，少不得又是一阵狼吞虎咽。有的狼吞虎咽，有的你争我夺，有的一边狼吞虎咽，一边你争我夺……

　　多亏是大白天。不然的话，他们准会被当成一群饿死的魔鬼。

　　跟那些生面孔们一样，孙兰玉木然地呆立在一旁。被掠夺一空，她却不但恨不起他们，还同情着他们、可怜着他们。与其说被掠夺，还不如说是赠与。正因将锅盔她全都赠与了他们，他们才不再掠夺她、理会她，于是，她才有了安全。

　　地上更是一片狼藉，遍地都是丢弃的破鞋、烂袜，他们却有的赤着左脚，有的赤着右脚，有的还赤着双脚。

　　愣呆了好一阵子后，孙兰玉这才突然意识到应该检点一下自己。还好。衣服虽被撕破，却还不至露肉，脚上的鞋袜，也都还在。只是挎在肘弯的包袱不知了去向，紧紧捏在她手里的，只是一条用来捆包袱的红布带带。

　　天上竟纷纷扬扬地飘起了雪花，眼前也变得朦胧而又混沌。从麻木中苏醒后，妇人们这才有些慌乱。背过身、躲着人，她们忙乱地收拾着，收拾着她们那

些已经露肉的破衣烂衫。然而躲过了这面，却又躲不过那面。好在不管这面还是那面，饥民们都急着抢吃食物，被抢者也都呆呆地看着抢人者，一时还没人顾及到已经扯胸露怀的她们。

一阵暴风雨刚刚过去，另一阵暴风雨又接踵而至。刚才遍地都是，并无人问津的破鞋、烂袜，这时却又成了你争我抢的对象。开始有的还在挑肥拣瘦，后来，却都顾不上了，只要是鞋，捡起后往脚上便套。汉子们那大若棒槌的脚上，有的竟趿拉着妇人们的绣花鞋；而有些跟渔船似的男人鞋里塞着的，却竟是女人们的三寸金莲。

塞在车辕里被绳索牢牢地套着，车刮木又被拉死了，枣红马这才终于没有跑丢。怕伤着人，紧紧地抓着马嚼铁，谢铁成这才终于没被人潮卷走。

不久陈德润、刘子明、马子亮三个男人，总算陆陆续续地找回到马车旁。而余儿、明儿、孙兰玉三个女人，却迟迟地不见归来。情急之下，陈德润要谢铁成继续留守。跟刘子明、马子亮，他们分头沿三个方向，又去寻找。

三个男人刚走，凭记忆边走边问，孙兰玉总算找了回来。跟谢铁成她一句话还没说出，却见余儿也一瘸一拐地找了过来。迎上去扶她时，孙兰玉这才发现她的脚脖子，已经肿胀得像刚出笼的锅沓馍①。

在老神仙的耳濡目染下，孙兰玉到底还是有些经验，在谢铁成的协助下，余儿被她扶上了马车。接着铺在车厢的旧毛毡，又被她撕下了一块。用这块毛毡她将她那扭伤的脚腕，裹了个严严实实。用那条一直没舍得丢弃的红布带子捆扎后，她又将她那条腿抬起来放上了车拐帮。这时，余儿果然呻唤得慢了。

在城墙的西南角，陈德润总算找到了明儿。衣服已经被撕扯得遮不住羞丑，面对城墙，她蜷曲在护城河边的土旮旯里。犹豫了一下后，脱下身上的罩袍，陈德润披在了明儿的背上。大吃了一惊，猛回首，明儿这才发现是她的亲家公。用罩袍裹住身子后，她这才难为情地站了起来，谁也没说话，跟在亲家公的后面，亲家母默默地向北走去……

快到西门时，却见一队士兵走了出来。

"等等。"亲家公轻声地招呼着他的亲家母，"让他们先走。"

"稍息！"那边，队伍也发出了口令。得到命令，纷纷放下提在手中的枪，十几个士兵一屁股坐在了各自的枪托上。

"爸！你咋在这儿？"突然间的一声问话，将冻得已经发抖的陈德润又惊出了一身冷汗。回头看时却见一个眼窝深陷又胡须邋遢，看上去至少有四十出头的陌生军官，竟朝他奔了过来。

"爸，您不认识我了？"说着，陌生军官已经拉住了陈德润的双手。

"你……你是……是致远？"陈德润竟不敢相信站在眼前的，就是他苦苦思念的儿子。或者说他根本不敢相信自己的眼睛，也不敢相信自己的耳朵。将眼前这个看起来已有四十出头，而且又胡须邋邋的陌生军官跟他那个刚二十出头，既干净、又利落的大儿子陈致远，一时间陈德润说啥也没法联系在一起。

听说是陈致远，明儿这才下意识地抬起了头。这个丈母娘也被眼前的女婿吓了一跳，无意中见到女婿，明儿先是一阵惊喜，看着女婿，不由又想起了女儿、侄儿，一颗刚惊魂稍定的心，不觉又被她提到了嗓子眼上。

"致远，你受苦了……"迟疑了好一阵后，陈德润这才一把将儿子搂在了怀里。从不儿女情长，这次，他却破例地动了感情。

"月盈、光复他们呢？"松开儿子后，陈德润又急切地道，"他们咋样？"

比陈德润更加急切的，是明儿，怦怦怦地跳个不停，她的心已攥成了一蛋。是吉、是凶、是祸、是福，全在女婿的嘴一张了。死死地盯着这张嘴，她既怕它张开，又巴不得它快点张开。

"他们也都忙着。"陈致远道，"这会在哪儿，我也说不上。"他那答非所问的一句话让两颗悬起的心，这才又放了下来。

"忙着好！"在心里明儿暗暗庆幸，"要是不忙，那就……"

虽没见到女儿、侄儿，却知道他们都还活着。心里先是一紧，接着又是一松，支持不住前后左右地摇晃着，明儿几乎要栽倒了。见状，陈致远忙一把扶住了她，"啊，咋是姨！"这时，他才发现被他扶住的不是个男人，而是个女人。这个女人还不是别人，而是他的丈母娘明儿。

将丈母娘叫"姨"在关中，也是人老几辈留下的习惯。

"哦，你妈、你大姨……"勉强地稳住后，明儿上气不接下气地道，"她……她们，也都来……来了。"闻言陈致远又是一阵惊喜。他妈不用说就是孙兰玉，丈母娘所说的大姨，无疑指的是余儿。

"对对对！"陈德润道，"你铁成叔、子明叔、子亮叔也都来了。走，咱们过去！"说着，他拉着儿子就走。

哪能说走就走？被拖着一边走，一边回过头陈致远招呼着他的队伍："弟兄们！跟上，快跟上！"

"人没找着，把自己也给找丢了。"正抱怨着丈夫，孙兰玉却没料到他领着两个"男人"，正好赶了过来。后面的不远处，竟还跟着一队士兵。

"啊呀，你这人！油瓶子倒了都不急。"冲着丈夫，孙兰玉没好气地抢白道，"明儿没找着，倒引来一支队伍。我们又不是镇嵩军。"

"谁说没找着？"受到抢白陈德润非但没有生气，还高兴地道，"你看看，你好好看看！看看这是谁？还有这！"说着他指了指明儿，接着又指了指陈致远。还没反应过来，孙兰玉已被抢前一步的陈致远搂在了怀里。一声"妈"，还

没来得及喊出，陈致远的脸上，却先挨了重重的一巴掌。"你、你疯了！"见状陈德润这才急了。他忙拦住了妻子，"你、你好好看看。这是你儿，是致远！"

闻言不觉一愣，孙兰玉上上下下地打量着，打量着捂着半个脸的陈致远。迟疑了半天后，她这才一把，又搂住了儿子，刚被这只手扇了一巴掌的脸，这时又被这只手抚摸着、扑索着。

手不住地在颤抖，嘴唇在不住地在哆嗦，热泪，也顿时汹涌而出。老秀才、老神仙过世时在人前孙兰玉落过泪，那是伤心的泪水，是难过的泪水。这次在人前她又一次落了泪，这是难过的泪水，是伤心的泪水，还是高兴的泪水、激动的泪水？

"妈，下手你也太狠了。"热泪盈眶，陈致远却是异常的兴奋，"小时候淘气，你也曾打过我，可下手却从来都没这么重。"说着，他的身子竟不由自主地直往下坠。

"致远，致远！"又大吃一惊，孙兰玉忙扶住了儿子，"刚才还好好的。你、你这是咋的咧？"帮妻子扶着儿子，又替儿子抱怨着妻子："咋的咧？还不是被你打的？"

这时努力着，陈致远又直起了身。"不……不是的。"替母亲儿子开脱着，"是饿……饿的。"闻言相对一视陈德润、孙兰玉明白了，同时也为难了。二话不说，一头谢铁成却钻进了车底。正在惊疑，谁也没料到在钻出时他的手里，竟提着一包袱锅盔。打开包袱将两块锅盔，谢铁成递到了陈致远的面前。接过锅盔陈致远却并没狼吞虎咽，看着站在不远处的那些弟兄，他不觉又有些为难，事情也又一次出乎了大家的意料。

见状，陈德润忙招手要士兵们都过来。见弟兄们都拿到了锅盔，跟他们一起陈致远这才狼吞虎咽、大吃大嚼了起来。

八个月都不曾走出过这两扇沉重的城门，更没料到一出这两扇门城里人哄抢的，竟是那些值不了几个钱的吃货。包括一向深思熟虑的陈德润、孙兰玉在内，大家都知道他们饿，却无一料到他们竟被饿成了这样。当城里人潮水般地涌出时，一时吃惊，下意识中乡下人都捏紧了自己的口袋。结果口袋里的钱你没少一分，他没少一文，而那些值不了几个钱，因而也不曾被提防的吃货，却都被一抢而光。

没装几个钱，谢铁成自然不会担心他的口袋了。这场突如其来的暴风雨让他顿时明白了，同时也吃惊了：虽说有钱能使鬼推磨，虽说有钱能买精脚片倒上皂角树，但钱毕竟不能当馍吃，毕竟不能填饱人们那亏空已久的肚子。情急之下灵机突然一动，将他带来的那包袱锅盔，谢铁成就手塞在了马车的底下。让车下的秘密得以保护而终于没被发现的，是那匹因受惊而正在发疯的枣红马。

队伍上已经两天没动烟火了，虽只压了个饥，但跟城里的弟兄比，陈致远的弟兄已觉十分幸运，亦十分地奢侈了。面对十倍于我的嵩匪，西安能坚守八个月之久，在人类的战争史上，这无疑是个奇迹。而创造这个奇迹所靠的，不正是军民们共患难、官兵们同甘苦的精神吗？

"快回吧！"陈致远道，"这里太危险了！"急于见到马月盈、刘光复，刘子明、马子亮夫妇满以为陈致远会带他们进城，谁知他不但没有带他们进城，反而要他们尽快地离开。

"嵩匪不是都跑了吗？"谢铁成却是大不以为然，"还能有啥危险？"见刘子明、马子亮夫妇不好开口，他替他们道。

"正因为镇嵩军跑了，所以才更加危险了。"陈致远道，"镇嵩军没撤那阵，城里军民还一门心思地想着守城。镇嵩军一撤慢说是老百姓，连队伍都不听指挥了。"

闻言大家面面相觑着，陈德润、孙兰玉更觉奇怪："哦！这是为啥？"

"爸，妈，你们想想，当兵的也是人。"陈致远进一步道，"几个月既无饷、又无粮，大家都是忍饥挨饿苦苦地撑着。如今心里一松，大家饿得用鞭子都抽不起来了，还有谁指挥得动？那些勉强还走得动的，出来抢了些吃货。顾了肚子，一时他们来不及多想，因此，总算还没闹出太大的乱子。眼下城里还有十几万已经饿急，却因走不动而未能出城的饥民，你们想，那该有多危险？"

"他们？"闻言刘子明道，"他们还能把咱生吞活剥了不成？"

"人还不至于。"陈致远道，"这枣红马，怕可就惨了。他们要杀马吃，你让还是不让？"

"杀马？"闻言刘子明无语，谢铁成却不服气了，"他们敢！"

"不敢！咋不敢？"陈致远又道，"人饿急了没有啥不敢的。连军马都杀着吃了，何况咱这农马？"抬起手指着城门楼，陈致远接着道，"城门楼上原来有多少鸟儿，这大家也不是不知道。可眼下能看见一只不？连鸟儿都被烧着吃光了，不敢再来西安了，难道咱们还不如一只鸟儿？"见刘子明、马子亮夫妇失望的样子，陈致远又安慰他们道，"为减轻城里的压力，杨虎城、李虎臣两位将军也准备撤出。到时候跟光复、跟月盈，我会回南河镇去看你们的。爸，你说……"

见儿子说得有理，眼下又求助于自己，陈德润道："张仪的门，好进难出。走，咱还是回！"

在天擦黑的时候，陈致远、马月盈、刘光复一行三人回到了南河镇。

八个月来，虽说都在方圆不过五六里的西安城内，但陈致远、马月盈这对小

鸳鸯却是天各一方。慢说是相依相偎、戏水同游，就连打个照面的机会，他们都是屈指可数的。有幸擦肩而过时，也只能是互相点个头或者招个手，能互相关照上一句、两句，都算奢侈的了。知道他们彼此相识的倒是不少，而知道他们是新婚夫妻的，却是凤毛麟角。虽说有幸活着回到了南河镇，但每个人都失了形、几乎面目全非了。陈致远没了以往的帅气，马月盈也失去了昔日的娇美，刘光复的一张脸，更是瘦得跟巴掌差不了多少。

为避免麻烦，为能吃顿饱饭，再睡几天安稳觉，为能过上几天正常人的夫妻生活，陈致远、马月盈没有去正街，没有去英华医院，而是跟刘光复一起去了西街，去了相对比较偏僻、也相对比较清静的木匠作坊。西街上他们倒是碰见了几个熟面孔。他们认识他们，他们却没能认出他们，他们也不希望他们认出他们，他们既不想也没精神跟他们打招呼、跟他们纠缠。

可怜天下父母心！余儿、明儿"先后"俩这几天也是神不守舍，像是着了魔，每隔一会，她们就鬼使神差地来到南头，然后向着官路，再呆呆地看上一会。去时，她们都满怀着希望；回来时，却未免都有些失魂落魄。

特别是明儿，她几乎都有些神经质了。总觉得似乎有人在敲门，而且一会是头门，一会儿又是后门。当满怀希望，甚至又惊又喜地打开头门或者后门时，她却又大失所望，甚至免不了又是一阵懊恼、一阵沮丧。

马月清、马月新正做着好梦。靠墙坐在土炕的一头，马子亮一锅接一锅地抽着旱烟。靠墙坐在土炕的另一头，手里拿着个鞋底子却没有纳，明儿傻愣愣地出着神。以往加个班晚上少说，她也能纳一只鞋底，眼下一只鞋底拿在手里已经三天了，却一圈还没纳完。看着那歪过来又扭过去的针脚，她索性将它丧气地丢进了活蒲篮。

"听，有人在敲门！"又是一阵惊喜。说着明儿就要下炕。

"甭发神经了，睡吧。"一边慢腾腾地磕着烟灰，马子亮一边没好气地道。

"是有人敲门。"迟疑了一下后，明儿进一步肯定着，"你听！好像是后门。"不顾马子亮的劝阻，更顾不上趿拉鞋，光着脚明儿便一溜烟地出了房门。没有再拦，犹豫了一下后，溜下炕马子亮也来到了后院。

果然，夜色中后院里不是一个人，而是四个，有两个已抱作一团，似乎还在啜泣。

"叔，你也没睡？"一个既熟悉、却又沙哑了许多的声音道。似乎是……

"二大！"又一个熟悉的声音道。这分明是侄儿、是刘光复的，听起来却怎么也有些沙哑。"啊呀，果然是你们！"确认无疑后马子亮忙道，"快，快进屋！冷冬寒天的小心冻着！"不由分说一手拉着侄儿，一手拉着女婿，转过身他就往回走。少时跟马月盈相依着，明儿也回到了屋里。

灯光下看着女儿、女婿、侄儿，看着那一张张又黑又瘦，既憔悴、又疲惫的面孔，撩起围裙，明儿不住地擦着眼泪。将女婿、将侄儿招呼在炕上后，跟妻子嘀咕了几句，披上棉袄，马子亮又出了门。系上围裙，明儿却一头扎进了灶火，马月盈要帮她，她却死活地不肯。

对着两个弟弟的脸蛋，马月盈分别重重地亲了一口。马月清、马月新被弄醒了。揉了揉惺忪的睡眼，他们惊疑地看着这一张张似曾相识，却又十分陌生，而且还多少有些恐怖的面孔。马月盈再亲时，两个弟弟却躲着、闪着，还将脸藏进了被窝。无奈地看了陈致远一眼后，苦笑着马月盈从口袋里摸出了洋糖，接着洋糖又被她一人一把，塞在了他们的手里。

随着一阵扑面而来的香味，一转身明儿走了进来。端在她手中的，是一个红色的木盘，木盘中除了盐碟、醋壶跟辣子罐罐外，还有三个白生生的肉夹馍。

"妈，给我！"伸出手马月盈去接，不想明儿却硬是不让："来，先压个饥！慢慢吃，后面还有臊子面。"说着一人一个，肉夹馍被她送到了他们的手中。呆呆地站在脚地，又眼看着几个孩子吃了大半个肉夹馍，叹口气又擦着眼泪，明儿这才依依不舍地走了出去。

随着又一阵扑面而来的香味，端一瓦盆臊子，一转身明儿又走了进来。接着，她又端来一瓦盆面条。挑好面条，浇上臊子，她又一人一碗地送到了他们的手中。"小心别烫着！"明儿叮咛道，"甭着急，慢慢吃。"

八个多月来，陈致远、马月盈、刘光复终于狼吞虎咽地吃了一顿饱饭。

随着一轻一重的两个脚步声，刘子明、余儿夫妇风风火火地闯了进来。陈致远、马月盈、刘光复正待起身，却见马子亮又一阵风似的旋了进来。紧跟在他后面的是陈德润、孙兰玉。

溜下炕三个晚辈又是招呼这边，又是招呼那边。一边忙着收拾碗筷，明儿一边寒暄着。马子亮又是端板凳，又是找椅子。大家有的唏嘘着，有的感叹着，有的谦让着，有的却在饮泣着，屋里顿时一片忙乱。

这边还没坐下，孙兰玉就埋怨起来："还想着会突然出现在正街上，谁想放着人多灯亮的大路不走，黑灯瞎火的，倒是先摸到了西街。"不等陈致远他们开口，陈德润却又埋怨起妻子："你这人聪明一世，却糊涂一时。人多、灯亮，一时他们回得去吗？娃们累坏了，也饿惨了。"看了看陈致远，对着孙兰玉马月盈道："妈，我爸他说对了。等夜深人静后，我们一块回！"

那边刚一进门，余儿的眼泪却早扑簌簌地落了下来。指着刘光复，刘子明却埋怨着马子亮："又不是一岁、两岁，让他自个回来就是了。弄得你高一脚、低一脚，颠过来跑过去的不说，还教他二娘又是端吃，又是端喝，一个人忙前忙后的。"擦掉眼泪明儿笑道："就是七老八十，在咱跟前，他们还不是个孩子？多一双筷子的事,又何必你呀我呀的?一个羊是放,一群羊不也是放?"

问及城里的情况时,陈致远道:"这几天好多了。好也罢、赖也罢,大家总算填饱了肚子。"闻言,马月盈却并不以为然:"还不是杀了那个瞎尿,才把有些人给镇住了?"闻言大家先是面面相觑,接着又纷纷吃惊地道:"咋!又杀人了?"马月盈不屑地道:"陕西人的败类。一个被刘镇华买通了的奸细……"

原来在解围的当天,拉着一大车粮食,两个商人来到了西安。城里不正缺粮食吗?原想着肯定能抢个好价钱,却没料到粮食被一抢而光不说,连牛也差点被饥民们杀着吃了。危急时刻多亏杨虎城、李虎臣及时赶到,牛这才总算是保住了。不料一波未平,一波又起。混乱中随着一声枪响,应声,一个饥民却栽倒在血泊中。紧接着又有人大喊,说杨虎城杀人了。

由于前一两天,也就是最困难的时候,的确发生过队伍跟百姓们争食的事。不明真相,于是有的竟信以为真。"呼啦"一声后,杨虎城竟被饥民们给围住了。接着又是"哗啦"一声,举枪杨虎城的卫队,也对准了饥民……

"天哪!"大家吃惊地道,"自家人跟自家人,竟打起来了?"

"没有,没有。"见大家吃惊的样子,马月盈忙道,"这次多亏了致远!眼疾手快,一把他抓住了那个造谣惑众的家伙。当众在他的身上,他又搜出了一把手枪。让大家摸时,枪口竟还是热的。奸细被人赃俱获。上了当饥民们更是怒不可遏,拳头跟雨点般的砸向了那个家伙。众怒难犯!招架不住,那家伙一五一十地招了。原来诱骗商人进城卖粮的是他,开枪打人的也是他。嫁祸于人、又煽动饥民围攻杨虎城的,还是他。原想挑起内乱,不想却被杨虎城给制止了。又想打杨虎城的黑枪,不想做贼心虚,临时手一抖,一个饥民竟跟着带了灾。"

"那个饥民呢?"大家着急地道,"被打死了?"

"没有,没有。"马月盈道,"虽挨了个误伤,却还不至于致命。"在众人急切的期待中,她接着又道,"在那家伙的身上,致远又搜出了五百大洋的赃款。用赃款杨将军给伤者看了伤,给商人也赔偿了损失,剩下的又买成粮食分给了饥民。死的人太多了,不想再杀人,杨将军想就此算了。"

闻言大家这才松了口气,有人却不解地道:"那后来怎么又杀了?"

"杨将军虽宽宏大量,李将军却是不依不饶。"马月盈道,"说若不杀一儆百城里的秩序,怕就更没法控制了。弄不好,还会出更大的乱子。"

"杨将军可真是个好人!"闻言孙兰玉感叹地道。

"李将军也不含糊。"陈德润气愤地道,"该杀的,就得杀!"

"那后来呢?"大家更加地迫不及待了,"是枪决,还是砍头?"

"枪决!"马月盈道,"在西华门枪决了。"

"我的天!"马子亮道,"那天多亏了致远,多亏他没让咱们进城,要不……"

"要不咱的枣红马,就没得了。"正说着,他却被一个人接上了茬。

"诶,是铁成。你也来了?"光顾了听马月盈说话,这时大家才发现说话的竟是谢铁成。

"竟敢对杨将军下手?"刘子明愤愤地道,"该杀,杀得好!"

"大家也都是这么说的。"忍不住,刘光复插话道,"从此二位将军更让人敬重了,坏人不敢再惹是生非了,饥民们不敢再乱抢东西了,商人们也敢进城了,吃饭问题,自然也逐步地解决了。"

没出两天,南河镇人在西安的出色表现,也传了回来。在感到骄傲的同时,南河镇人又纷纷地猜测着,议论着。有的说是陈致远,有的说是刘光复,为此他们直争得面红耳赤,有的还赌起了输赢。一家要刘子明出来作证,刘子明却推说他不知道。一家要陈德润出来作证,陈德润却只摇头,不说话。问到马子亮时,马子亮说你问我,我问谁?无奈之下,大家又去问为人忠厚的谢铁成。不料谢铁成却道:"这还不容易?问一下杨虎城或者李虎臣不就清白了吗?"见大眼瞪着小眼,双方都面有难色,谢铁成又道,"要不是这。你们各拿五个大洋作为盘缠,路我给咱跑。咋相?"

没人作证时,他们发誓说这日子哪怕不过,也得见个分晓。后来咬着牙、发着狠他们所下的赌注,也不过是一块大洋。见谢铁成嘴一张就是五块,打赌的只好不了了之了。看来这日子,还得一天一天地朝前过。

秋后关中人的早饭,大多是苞谷糁就酸黄菜。但凡成年人,每人都有一个耀州产的,带着长把把的粗瓷大海碗,叫作"把把老碗"。用把把老碗盛一碗能上筷子的稠苞谷糁,稠苞谷糁的上面,再放上一堆拌着油泼辣子的酸黄菜,然后再往那个既背风、又向阳,被叫作"饭场"的地方一圪蹴,就开吃了。连碟子都免了,更无须什么高桌子、低板凳。一声"都吃、都吃",算是对所有人的礼让。在象征性的礼让后,他们便心安理得地"独吃"起来。

一边吸溜吸溜、津津有味地吃着、嚼着,一边天南地北、海阔天空地谝着,既饱了口福,又饱了耳福,正如关中人自己所言——屙屎逮虱——一举两得。

这天刚一露面,陈致远立即被端着把把老碗的南河镇人给里三层、外三层地围了个水泄不通。突然出现的陈致远,在刚刚恢复平静的南河镇,又重新掀起了波澜。苞谷糁就酸黄菜的滋味再长,一时间,却受到了冷落。旧事重提,大家忙问抓住那个打杨虎城黑枪的,是不是他。不说是,也不说不是,借问候大家,陈致远一个劲地打着岔。

见问不出个所以然,只得换个话题,大家又道:"打了八个多月,城里到底能死多少人?"对此,陈致远却不再回避:"战死的、病死的、饿死的,少说也

有五万，憋死的还有七八十。"闻言大家更加地吃惊了："没啥吃，咋还有憋死的？"陈致远道："正因为没啥吃，才会有人憋死。大伙想想，饿急时突然有人给你个锅盔，你应该是个啥样子？"闻言众人不假思索地道："这还用问？一定是狼吞虎咽了！"闻言陈致远道："着！开城那天，有些小伙子自恃年轻，凭着还有些气力，他们只顾争着、抢着，拼命往嘴里塞。过后，又渴得难受，于是抱着桶，又是一阵牛饮。不一会，却又搂着肚子满地打滚，结果没饿死，却活活给憋死了。"

"哦！原来是这。"明白后，大家不觉替他们惋惜起来："唉！都熬到头了，没落个饿死鬼，却成了憋死鬼！"

这天一早，坐着谢铁成的马车陈德润夫妇、陈致远夫妇、马子亮夫妇、刘子明夫妇，以及他们的儿子刘光复，又一次去了西安。吆着另一挂马车，郭德厚紧随其后。他的马车上，满装着黄土，黄土上，又放着两棵一人高的柏树。

在西安，在旧满城那荒芜的空地上，已经堆起了两个小山似的大墓冢。墓冢是军民们负土垒积的。靠东的墓冢下，长眠着为守城而捐躯的男儿们；靠西的墓冢下，安息着为守城而牺牲的妇女们。这是两座丰碑，也是留在三秦儿女记忆中的，两个伤疤，更是刘镇华滔天罪行的历史见证。

后来以这两个墓冢为核心，又建成了一所公园，叫作"革命公园"。

这天，是民国十六年的三月十二日。人山人海，盛况空前，陕西革命大祭，在这里隆重举行。挥舞着铁头锨，用黄土陈德润一行将两棵柏树，分别植在了两个墓冢上。面对墓冢，一行人又默默地三鞠躬。高山不拒寸土，乃有其大。跟山包似的墓冢比，这车黄土是那样地微不足道，但它却来自五十里以外的南河镇，是南河镇人的一片心意。

只顾忙，祭文中到底都说了些什么，他们谁也没听清楚，但于右任的一副挽幛，却是分外的醒目。

　　名城高挂残晖　燕子犹寻故垒　兵民负土坟前泪　争祭当年饿鬼

①锅沓馍：关中民间食品，用苞谷面做的、类似发糕的食物。

第六十章

　　光阴荏苒，转眼间郭福寿的小儿子郭德全，已快交十七了。这小伙子倒是既像他爸、又像他妈。跟他大哥郭德厚比，他多了几分心计；跟他二哥郭德玉比，他又多了几分实在。

　　既有谢铁成这个大个子撑着，又有郭德厚这个小个子帮着，一家大小倒是衣食无忧。维持现状还行，但要跟过去比，那可就此一时、彼一时了。

　　盛极而衰。他爸郭福寿致残以及早亡，他二哥郭德玉的不争气，他母亲菊儿早生的华发，以及无奈的叹息，周围人的指手画脚，以及同窗们的闲言碎语，无一不触痛郭德全的灵魂。刚交十七岁的小伙子，提前地成熟了。

　　在读书上，也算得上是财东家有史以来的佼佼者，但郭德全却置山长、置先生们的极力劝阻于不顾，憋着一口气他竟毅然地离开学堂、放弃了学业。穷则思变。郭德全决心要让老郭家在自己的手中东山再起、再现曾经的辉煌。

　　主意既定，决心也有，老虎吃天，郭德全却不知该从哪儿下手。正彷徨无策，镇上新开的一家染坊，无意中引起了他的关注。毫不犹豫地走进染坊，在那里，郭德全成了一名年龄最小的伙计。

　　世代都是雇伙计、雇长工，财东家这一代竟受雇于人、给人家当起了伙计。

　　染布的染料，原来是一种叫作"蓝草"的草本植物，《诗经·采绿》中早就有"终朝采蓝"的记载。明代宋应星在他的《天工开物·蓝靛》中，也有"凡蓝五种，皆可为靛……近又出蓼蓝小叶者，俗名苋蓝，种更佳"的记载。工艺是取其叶，水浸之。热时一宿，冷时再宿。然后取其液，置瓮中，再加石灰使之沉淀，即成。其中"凡蓝五种"指的是菘蓝、马蓝、吴蓝、蓼蓝与苋蓝。兰草叶绿，见石灰却成靛为青。故荀子在他的《劝学》篇中又有"出之于蓝，而胜于蓝"的说法。实寓意于物也！

　　染坊中所用的是苋蓝，因其叶小，又被当地人称之为"小蓝"。若即若离，尾随那些给染坊送原料的马车沿三女河逆流而上，郭德全一路来到了兰峪。在兰峪，望着大片大片正待采撷的小蓝，郭德全既喜出望外，又不露声色。跟一个五十上下的半大老汉，他搭讪了起来。

　　"大爷！忙着哪？"郭德全笑嘻嘻地跟他打着招呼。说着，他又蹲在了他的身边。出门人三辈低，将这个比他爸大不了几岁的叫大爷，显然，郭德全在掬哄

①着人家。

"你……你是……"半大老汉迟疑着。他并不认识郭德全,却以为郭德全认识他。

"哦,大爷!"郭德全自报着家门,"我是打渭北来的。想买点小蓝种籽。不知您老人家有还是没有?"他依然是笑嘻嘻的。

"哦!小蓝种籽。"半大老汉道,"你,也想种小蓝?"见郭德全还是个毛孩子,他一脸的惊疑,连脸上的皱纹,似乎也都弯成了一个又一个的"问号"。

"不是,不是。"仍然眉喜眼笑,郭德全的眼睛都眯成了一条缝。嘴里,他却撒了个弥天的大谎:"是配药。"

"配药?"闻言半大老汉更加地惊讶了,"配啥药?"他脸上的"问号"随即又被拉直而成"惊叹号"。

"大爷,不瞒您说。"压低声音,郭德全神神秘秘地道,"我家,有个治牛皮癣的秘方,其中有一样药,就是小蓝的种籽。听说咱这儿的地道,这不,就赶来了。"

"牛皮癣!"闻言半大老汉更觉意外,"小蓝籽还能治牛皮癣?"倚老卖老,他接着又道,"都一大把年纪了,我咋从来都没听说过?""惊叹号"的后面,他又是"问号"。

"都知道了,那还叫啥秘方?"鬼话的后面,郭德全还是鬼话,"不过光这一样不行,几十样配在一起,才管用!"

菘蓝根叫作"板蓝根",叶子却叫作"大青叶",均是清热解毒的佳品。可见蓝草的确是能入药,但能不能治牛皮癣,怕只有天知道了。

"这……倒也是。"不觉已经动心,半大老汉又试探道,"那……这秘方能不能让我也见识见识?"

"好我的大爷哩!"故作为难,郭德全道,"你这不是给我出难题吗?药方子被我爸紧紧锁在他的柜里,我见都不曾见过,又怎么拿给您呢?"

"那你走你的路!"半大老汉不高兴了,"还忙着。你要的东西我没有!"

"大爷,您先甭急些!"拐了个弯,郭德全忙道,"临走我爸交代过,说方子坚决不能给!药嘛,却还可以商量。"见事情就要砸锅,他忙启动了补救措施。

"哦!"闻言,半大老汉又阴转多云,"这么说咱爷儿俩的事,还可以商量?说说,你能给多少?"其实,他也不想把事情搞砸。

"亏谁我还能亏您老人家。"推心置腹,郭德全道,"一斤种子一两药!这一两药,可值您一亩小蓝的钱!"见干柴已被点燃,揭起油桶他忙火上浇油。

终于成交。给半大老汉付了四块光洋,又胡乱留个地址后,背起十斤小蓝种籽郭德全告辞而去。

虽不奢望果真能拿到皮肤药,半大老汉却还是忍不住暗自高兴,小蓝籽卖了个十倍的天价,未尝不是一件快事。明知挨了坑,郭德全却也是不亦乐乎。

赔钱的买卖,行家做!

跟关中平原上所有的庄稼汉一样,两河堡的人也千年一贯制地沿用着祖辈们的言传、身教。麦收了种苞谷,苞谷收了又种麦,一年两料,周而复始。民以食为天,当然是其中的主要原因,居其次的,是因粮食是个"懒庄稼"。既是懒庄稼,只需按时施肥、浇水、锄草,就可以了。

将麦子放在场上用连枷打,是老祖宗发明的脱粒方法。眼下尽管大多已不再是用连枷打,而是改用碌碡碾了,但祖辈们的说法,却被沿用了下来。论及收成时,关中人并不说今年碾了多少多少粮食,而是一如既往,说"打"了多少多少。麦子这样说倒也罢了,连既用不着碌碡,也用不着连枷的苞谷,竟然也都是这么说。

在当地,棉花是唯一的经济作物,取银圆而代之,它甚至成了货币的代名词。在拴牲口、置地,在娶媳妇、盖房,甚至在尺算一年的开销时,关中人竟不说花了多少多少银圆,或者得多少多少银圆,而说花了多少多少捆(一捆十斤)花(棉花),或者得多少多少捆花。一年只有一次收获,棉花是"隔年"的庄稼。除施肥、浇水、锄草外,还得不停地拦尖、打杈、防虫、采拾、晾晒。因务弄起来既劳神、又费事,故除少数大户人家外,种棉花的并不是很多。

除棉花外,那些大户人家少不得还要种点儿大麦、豌豆。产量低,大麦只配做牲口的饲料,但跟小麦比,它却能早熟上七八天。种大麦正是为抢这七八天的时间,以便腾出地提前用来光场,以碾打小麦。

跟大麦一样,豌豆也只能用来喂牲口。跟小麦比,它还要晚熟上一两天。虽产量更低,但对牲口来说,豌豆却是无以替代的好饲料,叫作"硬料"。特别是那些被叫作"高脚子"的骡子、马,更是离不开它。

豌豆还能跟小麦混种,叫作"豌豆麦"。虽不具备豆类有固氮作用的科学知识,庄稼人却不乏跟豌豆混种,以提高小麦产量的实际经验。小户人家既没有被叫作"低脚子"的牛,更没有被叫作"高脚子"的骡子、马,麦也少,由于划不着光场,自然也就不种大麦,也不种豌豆了。

在关中牛所以被叫作"低脚子",而骡子、马所以被叫作"高脚子",其主要原因,是它们的睡眠方式不同。跟人一样,牛是卧着睡觉的,而骡子、马,却竟都是立着睡觉的。如果骡子、马卧下了,那肯定是有了麻达。

在关中,种豌豆不叫种豌豆,而叫作"盖"豌豆。用的虽也是镰刀,割豌豆也不叫割豌豆，而叫作"搂"豌豆。搂豌豆必须赶在天亮前进行，因为天亮后潮气一退，豌豆角一触即裂，会将豌豆瓣撒得遍地都是。一般是先割大麦，再割小麦，最后才是搂豌豆，为此，还引出了一段笑话。

说是某家的大儿子因不争气而问不下媳妇，给他弟娶媳妇时，气愤不过，他竟质问起他爸来："爸，应该先割大麦，还是先割小麦？"恨铁不成钢。闻言他爸更是气不打一处来："我偏要先搂豌豆，咋咧？你把我看上两眼半！"

耕地的学问也不少。如果地的中间高，两边低，就必须从两边下"逼土"犁走逆时针将土向外翻，叫作耕"绽交"。反之，就必须从中间下"逼土"犁走顺时针将土向里翻，叫作耕"收交"。过去人穷，不管人多人少，一家人只有一条毛巾。早起洗脸时，后面的等得着急，便会借此催前面的道：快点，快点！一个收交，一个绽交！

要牲口靠外（右）走，就喊"喔喔"；要牲口靠里（左）走，就喊"吁吁"。有的牲口灵醒，只要主人喊声"犁沟！"它就知道自己走歪了，而且还会自觉地调整过来。如果是头犟牛，主人就得用撒绳或者皮鞭，来帮它"改正"了。有些家伙还欺生、欺弱，根据驾驭者的吆喝声，它甚至能判断出他的年龄。如果是主人、是大人，它就老实的多了。如果是旁人、是生手，或者是刚摸犁把的孩子，它就会故意捣你的蛋，甚至会跟你对着干。这些毛病有的，则是主人有意给牲口惯下的，其目的无非是为了不让他人借用——不是我不借给你，而是你没本事驾驭它。

在河东堡，财东家还有五亩六分水地，地里，坐落着郭家的祖坟。祖坟里埋着的，是财东家历代的列祖、列宗。此前这块地，一直被认为是风水宝地，郭福寿抽大烟败家时，人们又以为郭家的祖坟里冒了气。就此风水宝地的身价也一落千丈，而成了不祥的象征。由于没人愿意出价，这才被济世堂买了下来，郭福寿悔过自新后，这块地又被济世堂还给了他。

前几年这五亩六分地谢铁成、郭德厚捎带着，也就种了。眼下已不再读书，郭德全告诉谢铁成、郭德厚说这五亩六分地，他要学着种了。

第一次摸犁把，犁沟不是深、就是浅，不是歪过来、便是扭过去。一时掌握不住，当郭德厚不放心赶来帮忙时，郭德全却死活地不肯丢手。毕竟是个聪明人，两三个来回下来，他已经自如了许多。见帮不上忙，郭德厚先是不住地摇着头，后来见弟弟三锤两梆子便差不多了，他这才又不住地点着头。

将地细细地犁过一遍后，换上耱郭德全又连着耱了两遍。在散发着新土气息的五亩六分地里，郭德全既没种红麦子，也没种绿豌豆；既没种黄苞谷，也没种白棉花。被他悄悄撒下的，是小蓝的种子。

种子太小了，要撒匀，也并非易事。对！掺些沙子。在撒谷种时铁成叔，不就是这么做的吗？

本来对郭德全就不以为然，种子一出土，河东堡的庄稼汉子们更是大吃了一惊。都赶来看稀罕，包括那些跟土地打了一辈子交道的老把式在内，大家竟没一个能认得郭德全种的是啥田禾。

"德全，你种的到底是啥呀？"

"小蓝喀！"

"小蓝！小蓝是啥庄稼？"

"一种草喀！"

"草！给地里种草？"闻言庄稼人的眼睛，一个比一个瞪得还大。七嘴八舌，背地里更是议论纷纷。

"书念得太多了。一个好端端的后生，竟念成了书呆子！"

"一年四季刚挂上大锄，又拿起小锄，咱锄都锄不及，这小子还专门种草！"

"种草！种草咋咧？灵芝也是草，却比红麦子、绿豌豆要值钱得多！"

"读书人眼宽。说不定人家真的有啥道道呢！"

"道道？狗屁！分明是娶媳妇日尻子——胡整哩！"连郭德玉都在嘲笑他的弟弟，还说了不少难听的粗话。

听说一株五谷杂粮都没有，五亩六分地里儿子种的全都是草，菊儿再也坐不住了。将郭德全叫到跟前，她忧心忡忡地数说他道："儿呀！忠厚老实，你大哥不惹事，也成不了多大的事。人倒是挺灵醒，你二哥却又不走正道。慢说是争气，不给我送气、不气死我都算是好的了。妈就指望你哩，放着书不念，你却进了染坊。在染坊还不到半年，这山看着那山高你又要回来种地。好好种地倒也罢了，你却连一颗粮食都不种，种的全都是草。儿啊，你总不能叫妈跟着你去喝西北风吧？"闻言，不料郭德全却笑着安慰她道："妈，您老人家尽管放心！有青菜咱还怕没黄菜？"

紫红色的秆子，黛绿色的叶子，淡红色的小花，黑褐色的瘦果。在菊儿无奈的叹息声中，小蓝一天天地长大了、开花了、结果了。嘲笑的声音，挖苦的言语，怀疑的神色，观望的目光，庄稼人的表情也一天天地复杂了、丰富了、多彩了。直到染坊的伙计套上牛车，在掌柜的带领下来收"草"的时候，直到郭德全从掌柜的手中，接过一锭锭用红纸卷成柱状的光洋的时候，那些嘲笑的声音，那些挖苦的言语，才终于统一为感叹。那些怀疑的神色，那些观望的目光，也终于归纳为吃惊。除郭德玉外，河东堡所有成年人将眼睛瞪得比鸡蛋还大。

郭德全成功了。从郭德全的成功里，菊儿那颗已经伤痕累累的心，终于得到了一丝抚慰。这倒不是因为郭德全将挣到的银圆，全都交给了她，跟六根黄灿灿的金条比，这点钱，又算得了什么？从郭德全的身上，菊儿看到了老郭家的希望、看到了老郭家的未来，而这种希望是多少银圆、多少金条都换不来的。

一回到铁匠铺子，伸出手郭德玉便嬉皮笑脸地搂住了佘大花，没想到的是这次，他竟被她摔了个趔趄："还笑话人家小三，说人家娶媳妇日尻子——胡整哩。一料子小蓝，人家就卖了三百多硬大洋。娶媳妇你倒是没日尻子，也没胡整，我问你一年下来，你又挣了几七、几八？"先是一惊。挨了骂，不料郭德玉竟反而嘻嘻嘻地笑了："不多，不多！一料子三百块算个毬！辛苦一年，一天还不到一块喀！"一听这话，佘大花更是气不打一处来："不到一块？那我再问你，今儿个你又挣了几块？"不料摇着头，郭德玉不无得意地道："几块？不止，不止……"见郭德玉洋洋自得的样子，将信将疑佘大花的脸色，果然又活泛了下来："真的？挣了多少？"继续卖着关子，郭德玉道："你猜猜，猜猜看！"佘大花道："两块。"闻言笑眯眯的，郭德玉却只摇头，不说话。

"三块……四块……五块……"佘大花一块一块地往上添着，郭德玉却依然是笑眯眯的，依然是只摇头，不说话。从两块一直添到了九块，佘大花都不敢相信了，也没勇气再添了，郭德玉的头，却还是摇个不住。

"到底多少？快说话！"不耐烦，佘大花已经猴急了，"不会又在日弄姑奶奶吧？"

"先把裤子脱了。"郭德玉一半开着玩笑，一半威逼着佘大花，"一边日，我一边跟你慢慢说。咋样？"

"不成！"佘大花并不买账，"说了再日。"

"不行！"郭德玉寸步不让，"日了再说。"

……

"分明在日弄人。"佘大花道，"不敢说，对不对？"她终于亮出了底牌。

说了日还是日了说，俩人正相持不下，不想佘大花却摊了牌占了上风。"说就说！"郭德玉赌气地道，"说了，你可得乖乖地自己脱裤子让我日。啊——"

有条件地作出了妥协，又见佘大花默认了，郭德玉这才摸出一把银圆，又"哗"的一声扔在了炕上。

不多不少，整整二十块。连着数了两遍，佘大花却还是有些不敢相信。又数了一遍后她这才又是惊、又是喜。

"脱，快脱！"转败为胜又自命不凡，郭德玉几乎在命令着佘大花。

"哦！"甘拜下风，这次，佘大花竟乖乖地就范了。脱掉裤子将自己抹了个精光后，她还替郭德玉脱起了裤子。

底下的老二早都兴奋了起来，它那雄起起又气昂昂的样子，看起来比郭德玉还要自负。正要上炕,等不得佘大花转身,那个更为自负的家伙,却早已插入了她的下身。这次郭德玉不是一前一后,而是一上一下地扇动着。尻子顶在炕边,佘大花先是做"受迫振动",后来她竟跟郭德玉逐渐形成了"共振"。有几次她险些被他挑离了地面……

"今儿个倒腾的是啥?竟挣了这么多?"事后一边"打扫"着"战场",佘大花一边道。

"你再猜!"尽兴后,郭德玉又卖起了关子。

"不是马,就是骡子!"这次佘大花也信心十足。

"不对,不对!"然而,她却被郭德玉给否定了,"再好的骡子,再好的马,没看能卖这么多吗?"

"那不是房,就是地。"这次,佘大花已经有些信心不足了。

"不对,不对。"果然,她又被他一口给否定了,"还是不对!"

"那……"再也想不出更为值钱的东西,佘大花不禁又有些猴急,"日受活了,又跟姑奶奶卖起了关子。快说,快说!不乖乖说出来,今儿黑搂着老母猪去睡觉!"说着顺手操起笤帚疙瘩,她就要撵郭德玉。

"好好好。"见大事不妙,郭德玉这才失了急,"我说,我说。我说还不行吗?"说时迟,那时快。躲避不及他的头上,早挨了一疙瘩。

"说!到底是啥?快说!"用笤帚疙瘩指着郭德玉的鼻子,佘大花竟撒起泼来。

"是啥?是人!"郭德玉道,"没想到吧?"抱着头,郭德玉却还是不无得意。

"人?"一时佘大花却呆住了。又举起笤帚疙瘩,她却没打下去,而是咄咄逼人地追问道,"什么人?男的还是女的?卖给谁了?"

"又不是雇长工。"惹不起只得躲,抱着头郭德玉嘟囔道:"柳春院还能要男的?"还甭说,用一句不满的反问,他竟同时回答了佘大花那连珠炮似的三个问题。

"女的?"闻言佘大花不由警觉起来,"多大了?长得咋样?你怕是已经尝过鲜了?"一股醋劲直往上涌,跟机关炮似的,一连串她又是三发。

"嗨呀!"郭德玉却是叫苦连天,"好我的姑奶奶,你甭再给人的干头上揳钉子行不行?说好只牵个线、搭个桥,那女的甭说人,连人毛人家也不让我见。她有多大,长的咋样,是光脸还是麻子,我咋知……哎哟!"

还没说完,郭德玉又挨了一笤帚疙瘩。这一疙瘩他挨得倒是既明白、又活该!明知佘大花他爷是个麻子,也明知她最忌讳人提说麻子,一时着急,郭德玉却偏偏又提到了麻子。

南河镇

不过这一疙瘩，郭德玉挨的也不冤枉。不挨这一疙瘩，他还真没想到应设法见一见那个女的。那个让他一把挣了三十块大洋的女人，肯定是个稀欠的货色。

这一把郭德玉挣的不是二十，而是三十。

穆桂英阵阵到。虽每集必跟，郭德玉却也有弄不到钱的时候。弄到钱时，佘大花是眉开眼笑；弄不到钱时，佘大花又由不得发躁。虽说打人不打脸，骂人不揭短，但在骂郭德玉时，佘大花却从没忘将他的祖宗八代，都捎带上。

人无远虑，必有近忧。为了少挨些臭骂，在弄到钱时，郭德玉不得不事先先打个埋伏。好汉怕的是腰一掏。一个大男人又久游江湖，腰里他哪能一文不名？何况佘大花又是个没底的匣匣子，是个永远也尿不满的"牛笼嘴②"。

这次也不例外，按一比二的比例，将钱分装在两个地方后，郭德玉这才回到了铁匠铺子。原想给佘大花留个小头，却没料到开口闭口，她都是郭德全挣了几七、几八。为赌这口气，郭德玉这才临时改变主意，将大头扔给了她。

将郭德全的年收入平均到每一天，然后再跟自己偶尔的进账作比较，这是郭德玉又一个"高明"之处。毕竟是个女流之辈，一时佘大花竟翻不开这个交交，于是竟让郭德玉占了上风，让他在"精神"上、"物质"上获得了双赢。

好花不常开，好景不常在。这一集从一大早直转到天黑，口舌倒是费了不少，连一个子，郭德玉却都不曾赚到。多亏有上次打下的埋伏，不然面对这么大的落差，一时接受不了佘大花要是撒起泼来，郭德玉怕真的要搂着谁家的老母猪，去睡觉了。

回家途中，在一阵稀里哗啦的牌九声中，郭德玉不由自主地收住了脚步。

死水怕勺舀。不进去吧，腰里这几个钱，又能应付多久？进去吧万一输了，那就更没法跟佘大花交代了。

"要是把我输了，当着面我让人家日给你看！"佘大花的警告，言犹在耳。想到这，郭德玉不由打了个激灵。即便再没尿相③的男人，怕都不愿戴个绿帽子。好歹是个体面的经纪人，捏着口袋里的硬洋，郭德玉犹豫了。

诶！舍不得孩子，套不着狼。今儿个的运气，也许不在集市上，而在赌场里。想到这儿，鼓起勇气郭德玉终于踏进了赌场。

第一把郭德玉就赢了，接着，又连连地赢钱。"没想到跟庄稼一样，"郭德玉在心里道，"这赌钱竟也扑生！"赢了钱他是既兴奋，又后悔。兴奋自不必说，他后悔自己没胆量，下的注太少了。

钱是人的胆。赢了钱郭德玉的胆子，越来地越正了，下的注，也越来地越大了。当口袋的硬洋又增加到三十时，郭德玉想见好就收，然而人在江湖，哪里还由得了他？

"想溜？没门！"刚要走，郭德玉却被几个输红眼的赌徒，给揪了回来。

硬着头皮，郭德玉只得接着再赌。不想连着又赢了两把。"老子不想赢你，你都不成！"对着输了钱的赌徒，郭德玉不免有些幸灾乐祸。

先赢后倒包。正兴高采烈，心花怒放的时候，郭德玉却开始输钱了。结果是越输越急，越急越输，三下五除二，郭德玉竟输了个精光。后来连裤子，也都被赌徒们扒掉了，留给他的，只有一条大裤衩子。

趁天黑往回溜时，慌乱中柳春院的老鸨柳叶，险些被郭德玉撞翻在地。

见一吊子白肉夺路而走，柳叶也大吃了一惊。还当是不给钱想开溜的嫖客，不容分说，郭德玉被她扯进了柳春院。

灯光下，柳叶这才认出被她揪回的，竟是菊儿的二小子郭德玉。面对这一吊子白肉，那些妖里妖气的妓女们，竟一窝蜂似的围了上来。"栖息"在"城门楼"上，这些"雀儿们"被大炮都震过了，哪里还怕郭德玉这枝鸟枪？咯咯咯地嬉笑着，跟疯了似的，她们竟耍闹起他来。跟耍猴一样，她们将他扯过来又揉过去。唯一的大裤衩子，也被她们给抹了下来。

鉴于有郭德玉牵线、搭桥，柳春院才弄来个花骨朵似的"摇钱树"，已经有了些年纪，一时，柳叶竟动了恻隐。

"人说啥蔓蔓结个啥蛋蛋。没想到菊儿那么要强的女人，却生了这么个不成器的儿子。"柳叶一边唠叨，一边给郭德玉寻着衣裳。翻了半天，她才突然意识到她这儿是妓院。没有男人，又哪里会有男人们穿的衣裳？叹了口气后，将她的一套旧衣裳柳叶扔给了郭德玉。

有心不穿，郭德玉却狼狈的不行。勉强穿上后，他那不伦不类、不男不女的"二一子[④]"样子，更是让妓女们笑得直流眼泪又岔气。

一场误会将郭德玉卷进了柳春院，一场闹剧又勾起了他对妓女的兴趣。有心见识一下那个让他挣了三十块大洋的"摇钱树"，在狼狈、在尴尬中，郭德玉也顾不了许多。

一回生，两回熟。在郭德玉的感觉中，这柳叶人还不错，于是除在集市上空手套白狼外，给柳春院他又拉起了皮条。有空时，他甚至还主动帮柳叶干些跑腿打杂的琐事。表面上，郭德玉似乎突然间变得勤快了，实际上他却是另有所图。借此机会，他想见识见识那个花骨朵、"摇钱树"。

目的还没达到，郭德玉却先学会了跟妓女们又是打情，又是骂俏。开始他只是找各种借口，跟她们说上几句酸话。后来，他甚至敢伺机摸一下她们的奶子，或者有意无意地捏一下她们的屁股。对这些见过大世面的妓女来说，郭德玉的雕虫小技，只不过是些司空见惯的屁事。她们不但不在乎这些，甚至还有意无意地挑逗着他，巴不得他能掐她的猫、逗她的狗。

妓院里，嫖客们明里被叫作"爷"，暗地里，却又被叫作"猪"。这是妓院的行话，也可以说是行业术语。那些财大气粗的被叫作"肥猪"，那些油水不大的，自然就是"瘦猪"了。按"成色"，妓女们也被分成了三六九等，肥猪自然由那些上等的货色来陪，瘦猪，却只能陪下等的货色了。不过有一点却是相同的：弄得兴起时肥猪是咋样地哼哼，瘦猪也是咋样地哼哼。

运气不佳拉到瘦猪时，柳叶便赏郭德玉几个铜子。时来运转拉到肥猪时，柳叶便赏他一半块银圆。

高不成，对那些细皮嫩肉的上等货甭说是吃肉，就连汤，郭德玉，都不敢奢望着能喝上一口；低不就，那些半老徐娘的下等货虽不断跟郭德玉抛着媚眼，对她们他却至多是摸一把、捏一把、揣一把。

越是得不到的，便越是想得到。欲望在迅速地膨胀，邪念在不断地升级，为了能嫖上一次上等的货色，郭德玉竟打起了列祖列宗们的主意。在郭家的老坟里，除了列祖列宗们的墓冢外，还有十几棵上百年树龄的大柏树。

巧就巧在刚一丢盹儿，就有人送来了枕头。给了郭德玉三十块大洋，一棵价值五六十块的大柏树，被一个准备给他爸做寿材的外乡人，给"买"走了。

---

①搊哄：关中方言。恭维，抬举。
②牛笼嘴：庄稼人套在牛嘴上的，用来防止牛偷吃庄稼的，竹编或绳绾的笼子。
③没夙相：关中方言。指没能耐，没出息，没威信的人。
④二一子：关中人对两性畸形人的俗称。

第六十一章

  以往从柳春院时不时传出的，要么是嫖客们那放荡不羁的打情声，要么是妓女们那嗲声嗲气的骂俏声。这次，当郭德玉走进那两扇猩红色的大门时，传出的却是一阵摔碟子拌碗的哭闹声。或者说哭闹声淹没了打情声、骂俏声。一个保镖凶神似的抱臂站在左边，背后是手执双锏的秦琼秦叔宝；另一个恶煞似的抱臂站在右边，背后是怀抱双鞭的敬德尉迟恭。他们例外地没有跟郭德玉打招呼，也没问他今天领来的是"肥猪"还是"瘦猪"。那些中下等的妓女们，也破例地没有跟郭德玉捏捏揣揣、挶猫逗狗，而是三个一团、五个一堆地聚在一起窃窃地私语着。惊疑间郭德玉不单兴致顿失，竟还有些局促和不安。
  "啧啧啧！出落得跟朵花似的。"
  "看上去，最多超不过十五岁！"
  "不像是穷人家的闺女呀！咋也落到这种地方了？"
  "还不是被拐的？听说是个经纪人搭的桥。"
  "这个经纪人，也真够损的了。"
  "经纪人！是谁这么缺德？也不怕要娃没屁眼、断子绝孙？"
  那边妓女们七嘴八舌地谩骂着、诅咒着；这边郭德玉大睁两眼的被谩骂、被诅咒。
  "哦，对了。"对着郭德玉，一个下等的妓女突然道，"你不整天在集市上溜达吗？没听是哪个没心肝的牵的线、搭的桥？"
  "不……不知道。"正在挨骂，又没人瞅睬，好不容易有人瞅睬时，郭德玉却慌了神："也……也没听谁说起过。"
  "嘴一张人贩子就是硬大洋五百块。"一个中等的妓女道，"一开始听说柳妈妈还嫌贵，见了人她却二话不说，就交了定钱。"
  "五百块？五百块不多！"又一个中等的妓女道，"这个脚，就看柳妈妈她缠得下缠不下。"
  "放心！"一个上等的妓女道，"到这地方就是生铁疙瘩，迟早也得被化成水。柳妈妈那张嘴连辘轳把都被她说直了，都能当擀面杖了……"
  听说让他挣了三十块硬大洋的，竟是个十五岁还不到的花骨朵，稳住神后，对那个垂涎已久的上等货，顿时郭德玉却没了兴趣。

又是哭，又是闹，见花骨朵死活的不肯接客，柳叶又使出了她那看家的本事。现身设法，她开导她道："娃呀，听妈妈慢慢跟你说，是过来人，妈妈能体谅你。头一回妈妈也害怕过，跟你一样又是哭、又是闹，死活的不肯。可自打有了头一回，才知道弄这事女人比男人还要快活。上面男人给咱女人们使着劲儿，底下咱女人也由不得向他们男人使劲儿，恨不得将他们那一蛋子货，连毛带肉全都给'吞'进去。

"听说跟男人的上半身，女人原本是连在一起的。连在一起，那肯定是不方便了，于是，伏羲爷爷跟女娲娘娘商量后，准备将他们锯开。在就要锯开时，伏羲爷爷跟女娲娘娘，突然却都停了下来。他们同时想到了同一个问题：若一直锯下去，两个人一模一样都是光板板，那又有啥意思？又怎么传宗、接代？不约而同地扔掉锯子，他们用力一掰，结果多了那一点儿的，便成了男人；少了那一点儿的，就成了女人。可见男人多的那点儿，正是女人给他们留下的。男人要这点儿做啥？还不是为了供他们弄女人？女人给男人留这点儿做啥？还不是为了让他们弄？

"天底下的女人，哪个不是靠这一点儿吃饭？靠下面那张没牙的'嘴'，一般女人还养不住她上面这张有牙的嘴，风里来雨里去她们还得下苦、还得干活。咱们这一行不但不必下苦、不必干活，还穿绸子、挂缎子，吃香的、喝辣的，有享不尽的荣华、有受不尽的富贵。咱们天天换男人、换口味、换花样、尝新鲜。从一而终，一般女人这辈子却只有一个男人，只能品一种味道。天天老一套时间长了，就是鱿鱼、就是海参也都吃烦了、吃腻了不是？

"没见过你是不知道，一个男人一个味道，一个男人一个弄法！第一回都害怕，经过一回后，妈妈保准你还想第二回、第三回……

"好了，不说了。今儿个，让我娃再歇上一天，明儿个高高兴兴地去伺候客人。伺候高兴了，客人还会亏待你？妈妈那就更不会亏待你了！"

用一席足以让女人心旌摇荡的撩拨话，柳叶不知让多少烈性的女子神魂颠倒、理智丧失、乖乖地就范了。但对这个花骨朵，她的话却像是对牛弹琴、用鸡毛撞钟。不知是由于年龄太小，对这些事还不懂，还是由于过于地刚烈，根本就不吃这一套，跟听天书一样，惊讶地听完柳叶的现身说法后，她却还是不依不从。她不是哭，就是闹，不是寻死，就是觅活。

这几天郭德玉，似乎更加地勤快了。地扫得勤了，垃圾倒得及时了，水送的，也更加地频繁了。那些有"生意"的房间，郭德玉绝不敢越雷池半步，他那提着大茶壶的身影，只能出没在那些暂时还没"生意"的房间。还没答应接客，花骨朵自然也在其中了。

初见花骨朵，郭德玉吃惊得连大茶壶差点儿都给扔了。未满十五，这个如花似玉的女娃娃，绝对是个未曾开过苞的牝雏儿。她那窈窕的身段，她那拔"地"而起的胸脯，她那灿若桃花又香气喷人的粉腮，她那点缀在粉腮上的柳眉、杏眼，特别是她那樱桃似的小口，以及樱桃小口上那微启着的朱唇，让郭德玉不由自主地想到了她的下面——那两条修长的美腿的根部，应当是一个如脂如玉的三角洲。在那个三角洲的腹地，肯定还有一对白生生的、同样微启着的"双唇"。那是一个尽人皆知却鲜为人见，更无人触及过的极品！

不怕不识货，单怕货比货。那些中等货、下等货就甭提了，跟"花骨朵"比连那些上好的货色，都黯然失色了。那些所谓的上等货，脸蛋看起来虽也都红是红、白是白的，闻起来虽也都喷香喷香的，但却都是假的——红是胭脂白是粉，香喷喷的是花露水。下面的"双唇"，她们更是张得跟城门洞子似的，是人不是人的都能进进、出出，就连那些驴、骡、牛、马也都是畅行无阻，吆一挂子牛车进去甚至都绰绰有余。

跟院子里的比过后，将"花骨朵"郭德玉还跟镇上那些曾让他频频回首，曾让他驻足、注目的女孩子又一一地做了比较。相比之下除脸蛋心疼、身段苗条、皮肤白腻外，花骨朵似乎还有一种连他也说不清，又道不明的魅力。

听说"花骨朵"来自北部山区的某个县城，而且还是个正在读书的学生，郭德玉这才似乎明白了些，但嘴里，他却仍然说不出个咪咪猫来。"花骨朵"的诱惑力、魅力，实在是太大了！连那些原来令郭德玉魂牵梦绕，令郭德玉蠢蠢欲动的上等货眼下看起来，却又让他由不得恶心、发潮、想吐。

柳春院放出的开苞价，竟是硬梆梆的现大洋三百块！而且一口价连半个子都不让。郭德玉暗想，即便是把祖坟里的柏树卖光、卖净，怕也凑不够这个数。话说回来即便是能凑够，也不过是尝了个鲜。尝了鲜胃口刚被吊起来，钱又没了，那还不把人活活地想死、馋死、急死、气死？听说有人已经准备吐血、准备给柳春院交钱预约，只是这蛋线急忙缠不下来，这钱柳叶才没敢接。"妈的！歪人早田禾。"在心里郭德玉发着狠，"先下手为强！就是砸锅卖铁，也得把'花骨朵'弄到手！"他一不做，二不休。

"妹子，往开里想。"对着"花骨朵"郭德玉道，"院子的姐妹不是活得都挺滋润、挺开心的吗？"每到这间屋里，他都要大声地劝上她几句。之后，便只剩下茶具的撞击声，和汩汩的灌水声……

"快，快撵！甭、甭让他们跑了。"

"诶！咋不见了？"

"往东，往东跑了。快，快撵！"

突如其来的一阵呼喊声、脚步声、吵闹声，将忙了一天的东街人，从睡梦中惊醒了。闻声首先赶出的，是那些穿着大裤衩子的男人们。接着的是那些披着衣裳，提着裤子，又扯胸露怀的女人。跟在女人后面的，是那些一条线也不挂，浑身光不溜秋的孩子们。

"哎哟！我的五百块大洋啊……"呼天抢地，坐在土脚地扯着嗓子，柳叶在干嚎着。这时，大家才似乎明白发生了什么，围观者越来越多，有幸灾乐祸的，也有看水涨河塌的。一边扣着大襟衣裳的扣子，两个老女人一边劝慰着柳叶。

"五百块大洋"，柳叶果然是白扔了，扔进了三女河。借着朦胧的月光，当两个保镖追到河边时只听"扑通"一声，那"五百块大洋"已不见了踪影。在河岸上愣呆了一阵后，两个鹰犬又垂头丧气地回来了。这时柳叶已经被劝了回去，议论了一阵后围观者有的摇着头，有的叹着气，有的打着哈欠，有的伸着懒腰，也陆续地散去了。

跟麻子佘当年的无头案一样，昨晚发生在柳春院的事被当作头号新闻，在南河镇以最快的速度演绎着，传播着。听说后，郭德厚只"哼"了一声，做梦他都不曾料到这件事，竟跟他有着千丝万缕的连系。

给郭福寿上坟时，郭德厚、郭德全兄弟禁不住都大吃了一惊。祖坟里那棵最大也最古老的柏树，竟不翼而飞了。既不是怀怀里揣的，更不是口袋里装的，偌大的一棵老柏树不动车马，没有五六个好小伙子，是绝对弄不走的。一棵老柏树就是强盗，就是土匪，也不至兴师动众地去偷、去抢。

家贼难防。郭德厚、郭德全兄弟不约而同地想到了郭德玉。

打问中，吞吞吐吐的倒是不少，敢直言相告的，却没一个。童言无欺。后来从一个孩子的口中，他们才套出了实情。

果然不出所料。一天领着一挂车跟五六个外乡人，郭德玉来到他家的老坟。于光天化日之下，他们将树伐倒后又锯为三截，然后用马车拉走了。当时，也曾有人劝郭德玉不要伐，说树的长势正好，长这么大更不容易。不料郭德玉却道："大家觉得可惜，我难道不心痛？不给不成喀！我爸走得突然，睡的柏木寿材，就是用这棵树换人家的。要不是我硬拖着一年前，人家怕是早都伐走了。要说这树，已经在活长头了。"

郭福寿的丧事，是以陈德润为首的治丧委员会一手操办的，连一文钱郭家都没花。这里面的掏扯别人不知道，郭德厚、郭德全兄弟却是再明白不过。郭德玉堂而皇之的谎言，将郭德厚的肺都要气炸了，非找他拼命不可，郭德全左劝右劝，却就是劝他不住。

真的到了铁匠铺子时，怒不可遏的郭德厚却犹豫了，倒不是怕郭德玉，他实在不愿面对他那个兄弟媳妇——佘大花。

跟郭德厚藏起了猫猫，远远看见他，郭德玉便一溜烟似的躲进了柳春院。慢说是妓院，连东街，郭德厚都是不屑一顾。万般无奈，这次，他却不得不硬着头皮来到东街、来到了柳春院。犹豫了一下后，郭德厚这才跨进了那个跟血盆大口似的，猩红色的大门。蜂拥而至时东一个，西一个，妓女们被郭德厚摔了个东倒西歪，有的还跌坐在脚地。

"柳婆子，你给我出来！"院子里，郭德厚大声地吼道。

还没见过要老鸨而不要姑娘的嫖客。那些被摔得东倒西歪的妓女们有的抱着头，有的搂着腰，有的尖叫着，有的呻唤着，却又都吃惊的，一瘸一拐地逃了回去。"哟！稀客。"柳叶道，"真是难得。今儿个刮的是啥风，竟把个活唐僧都给吹来了？"拿着个芭蕉叶扇子，她一步三摇地扭了出来，"喊什么，喊？吓跑了客人，你赔得起吗？"

"柳婆子，"郭德厚依然是怒气不息，"我问你我家德玉，被你藏到哪儿去了？"

"笑话！我藏他干啥？"柳叶却依然是不慌而又不忙，"他是金锭子、银锞子，还是大姑娘、俏媳妇？他能给我屙金子，还是能给我尿银子？再说咧，你凭啥问我要人？你是把他交给我了，还是出几七几八让我给你看着？"

芭蕉叶扇子按原来的节奏，依然在优哉游哉地摇动着，而柳叶那几个跟连珠炮似的问号，却将郭德厚一下子轰得晕头转向。

"前一向……"结结巴巴，郭德厚又道，"他不都……都在你这儿吗？"

"不错！"柳叶道，"前一向，他的确在我这儿，可这几天，他却突然不见了。我的摇钱树，也被他拐带走了，我正谋思着跟你要人呢，你倒猪八戒倒打一耙子，问我要起人来。"用下眼角斜睨着郭德厚，她不屑一顾地接着道，"来人！送客。"说完摇着芭蕉叶扇子，她头也不回地扭了进去。

这才弄清郭德厚不是来寻女人，而是来寻男人、来寻郭德玉的。到了妓院一个精壮小伙子放着女人不要，却要男人，让妓女们既大长了见识，又大吃了一惊。从不光顾妓院，甚至连东街都很少光顾，她们哪里会认识郭德厚？不认识郭德厚，又哪里知道他是郭德玉的亲哥？

用小蓝卖的钱，郭德全又置了五亩水地，加上原来的，第二年他一共种了十亩零六分的小蓝。将郭德全叫到跟前，菊儿又道："儿啊，你大哥忠厚老实，已是二十大几的人了，十七八，你也不小了。妈正思谋着用这些钱，给你弟兄俩问媳妇、娶媳妇呢！你却一门心思地想着你的小蓝。不替自己打算，你也得替你哥打算。再说你爸过世早，妈也上了年纪，甭说抱孙子，连儿媳妇在阿达，都还不知道哩。"说着撩起围裙，她又擦起了眼泪，"你弟兄俩没媳妇，妈就是死了也难以合眼，更没脸见你爸。"闻言一边嘿嘿嘿地笑着，郭德全一边安慰着菊儿：

"妈，您放心！等收了这茬小蓝，咱就撩乱这事。只要把日子过到人的前面，您老人家还愁没儿媳妇？儿要把最好的媳妇，给您老人家娶回来！"

闻言，菊儿满意地点着头，谁知点着点着，她竟又摇起了头。突然间，她又想起了一件心事："不光是你，还有你大哥呢！他的事你可不能不管！"

菊儿忧心忡忡，郭德全却不乏幽默："妈，这您老人家也放心！我是豌豆，我哥是麦，您老人家权当种的是'豌豆麦'。到时候，咱一块儿收！"

郭德全说的是笑话，也是实话。当年在三个月里，老木匠连着娶了两个儿媳妇，如今出之于蓝而胜于蓝，外孙子要跟舅家爷叫板、要破他的记录了。在南河镇老木匠保持了二十多年的记录，也该刷新了。闻言用袖头，菊儿又不住地擦着眼泪，点着头，她却连一个字都说不出来。此时无声胜有声！

背着搭子撵骆驼——撵上了，却搭不上；搭上了，却又撵不上。当其他人寻到小蓝种子的时候，郭德全的小蓝地里，已经能藏住兔子了。

看来今年是没戏了。等来年吧！摇着头叹着气，小蓝籽被他们小心翼翼地藏了起来。在他们的心目中，小蓝籽简直比亲孙子还要至重。

坐在土炕上，郭德厚一锅接一锅地抽着旱烟。正为今后的日子发熬煎，不料一闪身，小三郭德全却走了进来："大哥，走！"一边说一边拉着郭德厚，他就要往外走。

"啥事嘛，这么急？"又惊又疑。一边走郭德厚一边道。

"镇上逢集。"郭德全道，"到牲口市上，我们去转转。"

"噢，是这事！"闻言，郭德厚这才松了口气，"那你丢手。把人教你吓了一跳。我还当咱妈她咋的了。"郭德全刚松手，郭德厚接着又道，"打算看高脚子，还是低脚子？"放缓脚步，郭德全道："两样都看。"闻言郭德厚又暗吃了一惊。"一次买俩！"在心里，他自言自语着，"那，得花多少银圆？"

在牲口市溜了一圈后，弟兄俩的意见，却有了分歧。郭德全要买犍牛，要买骡骡子。理由是犍牛、骡骡子的力气大，性格也温顺。郭德厚却力主买乳牛，买骒马。他的理由，则更加充分：有了乳牛，还愁没犍牛？有了骒马，还愁没骡骡子？

对牲口性别的称谓，关中人更是特别，同一性别的不同牲口，有着不同的叫法。雄性的马，被叫作"儿马"；牛，被叫作"种牛"；驴，被叫作"叫驴"；猪，被叫作"牙猪"；猫，则被叫作"狼猫"。雌性的马，被叫作"骒马"；牛，被叫作"乳牛"；驴，被叫作"草驴"；猪，被叫作"母猪"；猫，则被叫作"咪猫"。叫驴跟骒马的后代，被叫作"骡子"，儿马跟草驴的后代，被叫作"驴骡"。

掰开口看一看牙齿，关中的庄稼人就能看出牲口的年龄。难怪在造字时，仓颉特意在"令"字旁加了个"齿"字，而作为年龄的"龄"字。

　　郭德全要买的犍牛，是被阉割过的公牛。犍牛的力气大，性格也温顺，虽是雄性，它却被剥夺了生育的能力。骡骡子性格温顺，力气也大，是雌性，也没被阉割，它却因是"杂种"而同样没有了生育的能力。

　　在念书上虽远不及郭德全，但在庄稼行当里摔打的时间，郭德厚却长得多，考虑问题，自然也要比郭德全长远得多。在相牲口上，郭德全更是望尘莫及，今天虽是郭德全买牲口，但大主意，还得郭德厚来拿。心服口服，郭德全也非常尊重他的大哥。

　　一匹昂头挺胸的枣红马，同时吸住了郭德厚、郭德全的眼球。在远处弟兄俩嘀咕了一阵后，由郭德厚出面唱起了黑脸。掰开嘴看了看马的牙口，又从头上抹下草帽，跟卖主他捏起了手指头。"这的十十，这的块块。"卖主道。"贵了！吃秤砣长大的，你的心这么沉。"将头摇得跟拨浪鼓似的，郭德厚道。"贵？便宜没好货，好货不便宜！我的马身强力壮，口又轻，是正儿八百的宁夏种！"卖主道。"能少吗？"郭德厚又道。"少是能少，却少不了多少。也没见你出个几七几八！"卖主道。"块块就不说了。这的十十。"郭德厚道。"这、这个数买个驴，还许差不多！"这次将头摇得跟拨浪鼓的，却是卖主。说着，他竟将手抽了回去。

　　"到底得多少？你给个实价。"郭德厚道。说着，他又拉住了他的手。"少说也得这的十十。"卖主道。"再少些！这的十十，咋相？"郭德厚道。"不成不成！你再添。"卖主道。"不添了。卖了卖，不卖咧拉倒！"这次将手抽回的，却是郭德厚。说着拧尻子，他还要走人。不料这时挺身而出，郭德全却将他哥拉了回来，以第三者的身份，他唱起了红脸。先拉住郭德厚的手，他捏了捏。接着拉住卖主的手，他又捏了捏，郭德全笑了："我当差多少！不就十块钱吗？"先对着卖主，后对着郭德厚，他又道，"你再少六块，你再添四块。笼头，缰绳都不用抹了。"

　　赶响午端一个四蹄两行，分鼻亮眼，既昂着头、又挺着胸的枣红马，已经牵在了郭德全的手中。四蹄两行，分鼻亮眼是天生的，既昂头，又挺胸，却是主人从小驯出的。在长到大约一岁时，给马驹或骡驹配上笼头，主人家会将它们高高地吊在木桩上。久而久之，习惯成自然，由低头纳闷它们就变得既昂头、又挺胸了。

　　乳牛因没有看得上眼的，所以，只能等下一集了。

　　心爱的枣红马，被拴在了一棵碗口粗的中国槐上，不由分说拉着郭德厚，郭德全进了老马家。

羊肉泡馍是陕西著名的风味小吃，"老马家"又是南河镇的老字号，炉头是个来自宁夏的回回①。见是郭德厚、郭德全兄弟，他格外地热情："快坐，快坐！煮馍还是单走？"一边抹桌子一边让座，他要亲自为他们掌勺。

原来，羊肉泡有两种吃法，一种是顾客将馍掰碎，让炉头跟羊肉在锅里一煮，然后再盛在把把老碗里吃，叫作"煮馍"；另一种是炉头把肉汤煎好，由顾客自己泡着吃，叫作"单走"。"煮馍"，在征得郭德厚的同意后，郭德全道。为了照看心爱的枣红马，在临街的一张方桌上面对面，弟兄俩坐了下来……

一辆轿车驶出了南河镇，接着，又逆着三女河一路向南、迤逦而行。坐在车辕上，看着两边的秋庄稼，郭德厚不禁皱起了眉头。往年在这个时候，苞谷的棒子，差不多都有棒槌大了，今年由于干旱少雨，直到现在，它们却还迟迟地不得离身②。妹妹的名字虽被孙兰玉由"欠儿"改成了"倩儿"，但歉年，却还是不可避免地来了。新买的枣红马虽然灵醒，却毕竟是个畜生，并不了解主人此时此刻的心情，它既不兴奋，也不忧虑，而是不慌不忙，信步由缰地走着。

"唉！又是个歉年。"在心里，郭德厚无奈地叹息着。

坐在轿车里的，是孙兰玉、马月盈婆媳俩。微微地颠簸着，车子仿佛是个大摇篮，车轮辚辚，仿佛在唱着催眠曲。一路拉着家常，随着车子，婆媳俩不由自主地，微微地晃动着。去过北京，马月盈却从未到过南山，一面想象着，她一面满怀好奇地跟婆婆打问着。一边回答着马月盈，孙兰玉一边想着心事。

此时此刻，孙兰玉的心情是既激动，又不安。跟陈德润成亲后，第一年结伴回山，小夫妻曾给山婶、山叔拜过一次年。第二年陈德润中了举人，也成了忙人，又是修桥、又是办学、又是修《陕西通志》，他忙得不亦乐乎。

一个娃，十亩地。说的是添个娃，就等于添了十亩地、就要忙一大家子人。先有了陈致远，两年后，又添了个陈静远，自己忙都忙不过来，孙兰玉却还要给丈夫帮忙。加上你打来我打去狼烟不息，战火不断，又兵荒马乱的，虽时有惦念，想看看山婶、山叔，孙兰玉却始终未能如愿、未能成行。眼下儿子大了，媳妇娶了，《陕西通志》也付梓了，自己却老了。这次忙中偷闲，她要履行她的诺言，要再看看山婶、山叔。

山婶恩同再造，孙兰玉心想即便是有一百条理由，她也是问心有愧、难以解脱。算起来已年近古稀，山婶、山叔他两个老人家，还健在吗？万一见不到老人家，她将后悔终生、遗恨终生，甚至要负罪终生了。想到这儿，孙兰玉不禁担心起来。

"妈，是不是快到了？"望着那重峦叠嶂、已清晰可辨的山峦，马月盈问孙兰玉道。"哦，快了。"孙兰玉道，"再过个把时辰，就差不多了。"脸上她既满画着兴奋,又满写着忧郁。向前挪了挪,将头探出席棚,向四下里,马月盈贪婪地张望着。她已为眼前的青山绿水所迷,她却接着想她的心事……

"吁!"的一声后,马车停住了。不由自主地向前倾了一下,孙兰玉的思绪,又被打乱了。前面出现了岔道,不知何去何从,郭德厚正待询问,不料却被孙兰玉抢在了前头:"靠右走。不要离开河岸。"

车子辚辚依旧,孙兰玉又想起了另一件心事,为郭德厚的亲事,她也在着急。跟郭德厚同庚,而且还小生月,儿子陈致远却早都娶了媳妇。若不是战乱,他怕是都当上爸了,可至今郭德厚的媳妇,却还没个着落。

在撮合刘子明、余儿,马子亮、明儿的婚事时,南河镇人都说陈德润、孙兰玉两口子聪明一世,却糊涂一时。说他们异想天开、竟企图说服卖枭面跟卖石灰的,摆在一起。结果卖枭面的,还真的被他们给说服了,还真的跟卖石灰的,摆在了一起。于是,南河镇人不得不对他夫妻,又扎起了大拇指,在遇到为难时,都来求助于他们。

不知为多少人排了忧、解了难,唯独郭德厚的亲事,她却急忙拿不下来。提说的倒是不少,对郭德厚其人,女方也都没啥可弹驳的,但一提到这个特殊的家庭,特别是提到发生在这个特殊家庭的特殊事时,人家又不得不在犹豫再三后,又望而却步。

此一时,彼一时。没料到昔日人人青睐的财东家,如今竟遭此冷遇。正一筹莫展,孙兰玉在思念山婶、思念山叔的同时,突然想起了他们还有个孙女。

婚后,山柱子生了个女儿。在襁褓中,孙兰玉见过这个侄女。掐指头一算,当年襁褓中的侄女,眼下已经有十七八,应是个大姑娘了。在探望山婶、山叔的同时,孙兰玉还想碰碰运气,如果能将这个侄女跟郭德厚撮合在一起,岂不是个两全其美的好事?若果能如愿,她打算将山婶一家接到南河镇,跟他们一起住。跟山柱子夫妇一块,她要给她的山婶、山叔颐养天年以尽孝道,以弥补她的遗憾。山柱子夫妇要是实在闲不住,就让他们给谢铁成、郭德厚搭个手、帮个忙,岔一岔心慌。

想法固然不错,却似乎又有些异想天开,其实不然,没有争取,怎么就能断言不可能呢?天公作美,人却把握不住,因没争取而被耽搁了的好事,还少么?当年就是天公作美,将陈德润送到了孙兰玉的面前,倘因一念之差,孙兰玉不去争取,还不是被错过、被耽搁了?世上有多少人把多少好事,不就是在想当然中,给耽搁了吗?

当落晖将山峦的影子越拉越长的时候,马车终于驶进了三峪口。弃车步行,马月盈早陶醉在青山绿水之中,孙兰玉却一路仔细地辨认着、寻找着。

山还是原来的山,只是不像记忆中那么地翠绿了;水还是原来的水,只是比

想象中的瘦了许多。天不是旱吗？

在一所孤零零的院落前驻足，注目，孙兰玉呆住了。房子还是原来的房子，却摇摇欲坠、已破败不堪。旁边的竹楼也不翼而飞，只剩下没人高的蒿草。豁豁牙牙的院墙让那把锈迹斑驳的铁锁，已经没有了继续存在的意义，厚厚的落叶又暗示这里很久都不曾有人光顾，更不曾有人涉足了。

故地重游，触景伤情，心里一酸，孙兰玉不觉潸然泪下。

孙兰玉注定要后悔终生，遗恨终生，乃至负罪终生了。第二天在身影被夕阳越拉越长的时候，无功而返，一行人又回到了南河镇。

收获的季节，又一次来到了。领着一二十个临时叫来的短工，郭德厚、郭德全、谢铁成在地里忙活着。刘子明、马子亮兄弟也赶过来，给小外甥帮着忙。菊儿已经住到了河东堡，余儿、明儿"先后"俩，也忙里忙外地帮着大姑姐。

前前后后大约忙了一个多月，大家这才又松了口气。

在收拾小蓝种子准备再种的时候，郭德厚却被叫停了。"大哥，先好好歇几天。"郭德全道，"明年，咱不种小蓝了。"

"不种了？"郭德厚吃惊地道，"不种小蓝，那种啥？"

"种棉花。"郭德全却是不假思索。

"小蓝的行情正好，却要种棉花？"郭德厚道，"跟钱你有仇，还是嫌它咬手？"郭德全的葫芦里究竟卖的是啥药，一时，他怎么也想不明白。

"谁跟钱有仇，谁嫌钱咬手了？"笑着，郭德全反问道，"棉花，不照样卖钱吗？"

"那小蓝啥时候送？"闷着头抽了一袋烟，郭德厚却还是没想明白。他一边弹着烟灰，一边换了个话题又道。

"小蓝也不送了。"不假思索，郭德全又道，"大哥，有空你给咱把地方腾豁海，咱还要收。"

"收？"丈二的和尚，郭德厚更加摸不着头脑了。

不久郭德全的染坊，又开张了。用"皮肤药"他给白布又是换颜色，又是印花，跟直接卖小蓝比，利润竟高出了好几倍。这时，郭德厚才大彻大悟。

---

①回回：指回民。

②离身：灌浆饱满后，苞谷棒子因长大、长粗，而远离包谷秆。

第六十二章

军事家不是慈善家。就在"兵民负土坟前泪、争祭当年饿鬼"的时候,屠刀仍在挥舞,杀戮还在继续,流血亦从未中断。

五年前在第二次入陕时,冯玉祥诱杀了靖国军中匪性难改的郭坚,又收编了能征惯战的胡景翼、曹世英,从而使其军事实力大增,成了封疆大吏、一路诸侯。

诸侯毕竟只是诸侯,而远非天子;大吏充其量也只是个奴才,而远非主子。在谨遵"天子"曹锟旨意的同时,冯玉祥还得仰"挟天子以令诸侯"的,吴佩孚之鼻息。人在江湖,身不由己。虽诱杀了郭坚,却未及斩草除根、收拾其余部。他又不得不"奉旨勤王"而匆匆地出了潼关,去参加对奉系的作战,去攻打张作霖以尽"人臣"之道。

这次冯玉祥虽还是来去匆匆,但来前,他已是堂堂国民联军的总司令。去时又加冕,而成了国民革命军第二集团军的总司令。"固甘援陕"的目标,已初见成效,东出潼关迎接北伐,他又要"联晋图豫"了。要立足大西北,陕西这块用武之地,自然是不能放过了。这次虽说服并收编了杨虎城,冯玉祥却没将其留在陕西,而是将他的心腹大将、位居五虎上将之首的宋哲元留了下来。委以第四方面军的总司令,他要宋收拾陕西的土著军阀,特别是原郭坚部的麻振武、党玉琨,以绥靖后方。

麻振武祖籍商州,后又客居渭南。绿林出身,系原靖国军第一路郭坚部第十支队司令,绰号麻老九。郭坚被图、靖国军解体后,他又投靠了原陕西省长刘镇华。以同州为据点,麻振武控制了朝邑、澄城、合阳、韩城等地,方圆共八九百里。

国民军兵败豫西,麻振武不但翻脸无情、见死不救,反而为虎作伥、扼守潼关、断其归路,致国民二军全军覆没,葬师河南。镇嵩军围城时,他又助纣为虐,让西安人民雪上加霜。刘镇华败逃后,麻振武情知放过谁,冯玉祥也不会放过他,于是又退居同州,企图"占地为王"、负隅顽抗。

说来也巧。冯玉祥国民联军第五军的军长,叫方振武。方振武可以说既是麻振武的"对点儿",又是麻振武的死对头。

方振武,安徽寿县人。五原誓师时,他既是国民联军援陕的副总指挥,又兼

着第一路军（后改为国民革命军第二集团军第五军）的总司令。他先大败镇嵩军于猴儿寨、三桥一带，解了西安之围，后又穷追不舍，将麻振武死死地困在了同州。

同州，是麻振武苦心经营了多年的老巢，为长久计，于砖城外，他又加筑了一座土城。每四十丈，土城又有一石砌的明碉、暗堡，并有地道暗通砖城。可以说是城内有城，外呼内应；也可以说是城外有城，内呼外应。自是易守难攻，又固若金汤了。

有了城，也就有了池；城越高，池也越深。其高差少说，也在六丈开外。借毗邻山西之便，用敲骨吸髓搜刮的民脂民膏，从阎锡山那里，麻振武又购置了足以维持经年的粮食、军火。城中守军虽说只五六千人，但率众万余，虎将方振武猛攻了两个多月，竟不能损其一毫。

久攻不克，同州成了冯玉祥的心腹大患。人在河南，却心系陕西，他不得不频频易将。韩复榘的第八军，刘汝明的第二军，又先后各猛攻了两个多月，却还是无尺寸之功。情急之下，冯玉祥又调张维玺率第十三军前去增援，限期要其破城。与此同时，他又点名要陈致远随军出征，待破城后，再出任同州的代县长。

一月的时限，很快又过去了，同州城却仍是巍然不动。盛怒之下，冯玉祥将张维玺、刘汝明撤职留任，再度限期，要其破城。

军中无戏言。张维玺、刘汝明只得改强攻为佯攻，同时明修栈道、暗度陈仓。他们一面攻城，一面又偷挖着地道。

功夫不负有心人。同时开挖的地道虽十之八九，都功亏一篑，但西北角的一条，却成了大功。一声山摇地动的巨响之后，同州城终于被三吨炸药，撕开了一道口子。原来是拳头砸虼蚤——有劲使不上；眼下攻城的四五万部队，却顿时有了用武之地。四五千守军瞬间乱了阵脚，经过一小时的巷战，除两千多人被击毙外，余皆被生擒活捉。虽侥幸漏网，化装潜逃途中，麻振武终因伤势过重，而一命呜呼了。

时正追剿甘军的韩有禄、黄得贵部，宋哲元远在固原。闻报后，他却要张维玺将战俘悉数地斩尽杀绝。张维玺正踌躇不决，代县长陈致远不失时机地劝他道："得饶人处且饶人。何况他们已经放下了武器。"见张维玺仍在犹豫，陈致远又道，"将军统兵多年，岂不闻'将在外，军令有所不受'？"正于心不忍，一经提醒，张维玺顿时恍然大悟。遂置宋哲元的命令于不顾，在发给路费后将战俘三千余众，他悉数地遣散了。

临危受命，面对满目疮痍的同州，陈致远却挺身而出、知难而进，出任了代县长。

在西安长达八个月的攻守之役中，陈致远一直鞍前马后、形影不离地跟着杨虎城，俩人已成了生死之交。上自杨虎城、孙蔚如、赵寿山，下至旅长、团长乃至普通一兵，对陈致远也都是喜爱有加。随冯玉祥出关响应北伐前，打电话杨虎城命陈致远为备补旅的旅长，要其尽快归队、随军出征。

　　这时马月盈已经成了戴维的得力助手，戴维不在时，她已能独当一面了。刚过了几天正常人的夫妻生活，马月盈已身怀有孕。虽舍不得丈夫，她却明白难以挽留，陈致远毕竟不是那些儿女情长、只知道三十亩地一头牛、老婆娃娃热炕头的庄稼汉子。战争是魔鬼，它让多少生灵涂炭、民不聊生；让多少父老流离失所、无家可归；又让多少恩爱的夫妻天各一方，不得团圆。

　　有的人是为争权夺利而打仗；有的人，却是为了不再打仗而打仗。

　　阴差阳错，为杨虎城饯行时于无意中，冯玉祥看见了陈致远。

　　"你是……"上上下下地打量着陈致远，冯玉祥惊喜地道，"是陈致远！"看着更加练达，也更加老成持重的陈致远，"千军易得，一将难求"的念头，不觉在他的脑子里一闪而现。陕西这个大后方亟待稳定，急需像陈致远这样既具文韬、又有武略的干练之才。

　　"是！总司令好眼力。"抬头、收腹、挺胸，脚跟一碰"啪"的一声，陈致远就是个标准的军礼。半生戎马倥偬，接受部下的行礼，冯玉祥何止千万？然而眉目如此传神，站姿如此挺拔，动作又如此连贯、协调而且到位的，陈致远还是第一个。

　　忙以礼相还。作为国民革命军第二集团军的总司令，在陈致远这个小小的旅长面前，冯玉祥竟有些莫名其妙的紧张。这么认真的行礼，对冯玉祥来说虽非首次，但却都是面对上峰。在下属的面前，他大多都是象征性的意思一下。有时甚至连意思一下，都被他省略了，只点个头而已。

　　跨步上前，冯玉祥逮住了陈致远刚刚放下的右手，道："啥时候又到了杨将军的身边？"陈致远回答道："报告总司令，时间不长。在镇嵩军围城之前。"见状，杨虎城也笑着道："真够难为他们了。新婚燕尔，就赶上了这场恶战。跟牛郎、织女一样，虽近在咫尺，小夫妻却是天各一方。"闻言对着陈致远，冯玉祥先是一阵惊讶："成家了？"接着，他又不无遗憾，"可惜！可惜我却没能喝上你的喜酒。"不等陈致远客气，他接着又道，"诶，新娘子一定很出色吧！能不能让我见见？"这时陈致远却不好意思地道："她……她身不空。这次，没能随军出征。"

　　见冯玉祥有些失望，又见陈致远不好意思，杨虎城笑道："被总司令猜了个正着。新媳妇马月盈的确非常优秀，而且，还是个医生。"闻言冯玉祥是既失望、又高兴，道："好，好！双喜临门，可喜可贺！"对着陈致远，杨虎城也颇

觉惊讶，道："没想到跟总司令，你比跟我还熟。啥时候认识的？竟守口如瓶，从来都不曾提起过。"不料陈致远却道："这有啥好说的？当时西安险象环生，哪里还有心思提及这些？"对着杨虎城，冯玉祥又笑道："不瞒杨将军说，五年前在薛子良（薛笃弼）的带领下，我还去过他家。在北京那阵，他既是笠僧学兵营的营长，又是我教导团的副团长。我们，已经是多年的老朋友了。"说着话锋一转，他又关切地问起了陈致远的父母，"令尊、令堂他们，近来可好？《陕西通志》可曾完稿？"陈致远忙道："还好，还好。难得总司令，还惦记着他们。多亏于右任先生帮忙，《陕西通志》也已经付梓了。"闻言，冯玉祥又感慨地道："若不是军情紧急，咋说，我也得去看看他们。由眼下看，怕是没时间了。"不料杨虎城却道："总司令不必遗憾。等北伐胜利后，我陪你一起去。这样有学识的人，我也要领教领教！"闻言点了点头，冯玉祥又问陈致远道："静远呢？还在读书？"陈致远回答说："是！在北京大学。不过，就快要毕业了。"闻言，冯玉祥又一次惊讶了："噢，北京大学！不错，不错。都是不可多得的人才！"

晚上辗转反侧，冯玉祥却是难以入睡。他的脑子里"五羊大夫"的典故，跟"君子不夺人之美"的道德观，在翻来覆去地较量着。

当年用五张羊皮，秦国从楚国换回了百里奚。这事做的，秦穆公是有些不咋的。杨虎城不是楚成王，冯玉祥我也不做秦穆公，用一个团的人和枪来换他的陈致远，想必杨虎城他也不亏！

"君子不夺人之美"的道德观，最终还是输给了"五羊大夫"的典故。

虽说是商量，杨虎城却情知无法谢绝，于是只好忍痛割爱、让陈致远留了下来。

这个突如其来的变故，也大出了陈致远的意料，得知后，马月盈却是喜出望外。

军中无戏言。面对这个既成的事实，陈致远深知已难以改变。"将军珍重！"在送别杨虎城时，他只说了一句话，"虽不敢跟汉寿亭侯关羽比，致远却断不做见利忘义的温侯吕布。"

知人善任。让陈致远出任同州的代县长，当然，是再合适不过的了。无奈久攻不克，同州却还在麻老九的掌握之中。叹口气，在给陈致远挂了个名誉校长后，冯玉祥将这个"百里奚"，暂时储备在西安的"中山军事学校"。

在中山军事学校逗留期间，陈致远又结识了校长史可轩、副校长李林、总队长许权中、政治部主任邓希贤、主任教官唐澍、以及时任"中山学院"院长的刘含初等，一大批的共产党员。

在拿下同州的当天，冯玉祥又打电话给宋哲元、石敬亭，在表示嘉奖的同时，他又三令五申，指名要陈致远前去署理。

民国十六年，干旱已初见端倪。先是匪患，继遭兵劫，天灾加上人祸，同州已经是满目疮痍、伤痕累累、生灵涂炭、民不聊生。五月麦子还稀稀拉拉的高不盈尺，麦穗也只有蝇子头那么大，看来能收回籽种，都算是不错了。六月秋苞谷安都不曾安上，收获更是无望了。城外是赤地千里、哀鸿遍野；城内是房倒屋塌、饿殍纵横。残肢断臂比比皆是，缺胳膊少腿的，更是无处不有。得不到救治，伤者挣扎呻吟在残垣断壁之下，惨不忍睹；不能入土，死者暴尸街头，被蝇蛆竞食，臭不可闻。儿童们啼饥号寒，其声不绝于耳；大人们唉声叹气，又徒唤奈何。大户人家都是重门紧闭，深居简出；商铺字号更是家家落锁，既无货、又无市。枯枝上，知了在拼命地呐喊；街巷中鸡犬之声，却是闻所未闻。鸟雀都远走高飞，几只秃鹫，却盘旋在空中……

山穷水尽，无路可走，百姓们似乎已听到了死神的召唤。

粮秣无着。麻老九搜刮的民脂民膏虽为数不少，却都被张维玺、刘汝明给统统地带走了。省长宋哲元倒是拨付了十万元，但却既不是纸币，更不是银圆，而是所谓的"流通券"。这些"流通券"是冯玉祥出关时，由薛笃弼用仅有的五百大洋从山西购回纸张自己印制、自己发行的。这种没办法的办法已在陕西、河南激起民愤，遭到了拒绝、受到了抵制，实际上无异于废纸一堆。民以食为天。当务之急，是先解决百姓们的吃饭问题，而即将到来的秋凉，以及秋凉过后的冬寒，又让穿衣、住房等问题迫在眉睫、刻不容缓。

可这一切，都需要钱。

钱！钱！钱……呆呆地看着这十万元流通券，新任父母官陈致远一宿都不曾合眼。张维玺、刘汝明带走了浮财，却带不走房产。想到这儿，陈致远终于有了主意。

一石激起千重浪。第二天一大早，县府门口的一纸公告，让死水一潭的同州城终于又泛起了波澜。与此同时，熊熊燃烧着的一堆大火，在人们已经绝望的心中，又重新点燃了希望。

"麻老九的私宅被县府没收了、要拍卖了。"

"几箱子流通券也被新任的陈县长，一把火给烧了。"

"为了全县父老，连县府都要拍卖了。"

"真的？那县长住哪儿？"

"住哪儿？陈县长早都搬进了城隍庙。"

"有这事？"

"我亲眼所见，还能有假？"

"年龄不大,本事却不小!看来还真的是个青天大老爷!"

"人不可貌相,海水不可斗量。是咱低估了人家!"

开始有惊讶的,有怀疑的,还有不以为然的;后来怀疑的,不以为然的也都跷起了大拇指,惊讶也变为赞叹。

不胫而走。没出两天,同州要拍卖县衙的消息,首先传到了省城西安。三天后跨黄河又传到了山西、河南。捷足先登者,总是晋商。不甘落后陕商、豫商,也接踵而至。他们有的在看着房子,有的在打听着价钱,有的甚至已经在讨价还价了。

重门叠户终于被打开了,同州的乡绅大户们纷纷走出了家门,地方的富商巨贾们,也都坐不住了。

"县府绝不能落在他人的手里!"

"更不能落在山西人、河南人的手里!"

"对!让县长住在破庙里,咱同州人的脸往哪儿搁?"

别看平时尔虞我诈,眼下商会会长只一招手,同州的乡绅大户跟富商巨贾们,却立即抱成了一团。跟陕商、跟晋商、跟豫商他们展开了激烈的角逐。

结果不单县府保住了,就连麻老九的私宅,也都保住了。纷纷动手,他们正要将县长的铺盖往回搬,不想却被代县长陈致远给拦住了。四下里抱着拳陈致远激动地道:"谢谢诸位!谢谢了,谢谢了。代表同州的十万父老,陈某这里,我先谢谢诸位了!"挥着泪,他接着道,"在同州的父老们未填饱肚子、未搬进新居前,陈某人我是绝不会回县府的!"

闻言无不动容,垂着泪底下立即报以暴风雨般的,经久不息的掌声和欢呼声……

"请诸位给个方便,千万莫再强陈某之所难。"再三招手致意,含着泪陈致远又道:"这些钱,就算是县府借大家的。只要一息尚存,这笔钱连本带息,我一定如数还给大家。万一有啥变故,这些房产就是抵押!陈某我一人吃饱了全家不饿。这城隍庙虽小,却也夹不死人,住在这儿,我比住在县府里踏实。麻振武的房子,县府的房子,先用来安排灾民吧!"

说着将已经写好的借据,陈致远递给了商会的会长。拿着借据商会会长的手,却抖个不住。"为安置灾民,县长竟跟咱借钱买房子。"对着大家,他激动地道:"而他自己却住在破庙里,大家说这借据,咱能要吗?"

"不能要!不能要……"底下竟一呼百应,"说啥也不能要。烧了它!烧了它……"

见商会会长已经划着了洋火,代县长陈致远忙拦住了他:"大家的心意,陈某我愧领了。这借据还是先留着,等实在还不上时,再烧也不迟!"

爱的号召力是无与伦比的。指亲戚，靠邻邻，耽搁自家好时辰！不靠天，不靠地，要渡难关靠自己！死者被埋入了黄土，伤者被送进了医院，一场轰轰烈烈又感天动地的生产自救，在同州大地上铺了开来……

城中心临时搭建起一排简陋的席棚，席棚下面，是一排粗糙而又丑陋的大锅头。泥皮还是湿的，锅头却早架上一口口，口径足有四五尺的大豆腐锅。每个锅头的两侧，各有一个特大号的桐木风箱。风箱在吧嗒吧嗒地抽动着，五谷杂粮在锅里上下翻滚，谷香四溢……

县府要放舍饭了。年轻的，腿快的早将锅头围得水泄不通。而老、弱、妇、幼以及病的、残的，却还跟决了堤的洪水似的，从四面八方蜂拥而来。

第一顿饭的秩序，是相当的混乱。饭刚熟到六七成，饥民们却互相地拥挤着，彼此地践踏着，纷纷用手中的瓦盆、瓦罐或粗瓷黄碗，在锅里舀了起来。维持秩序的，已形同虚设。他们那已经声嘶力竭的呵斥声，早被那些哭闹声、谩骂声，以及锅碗瓢盆的撞击声给淹没了。有的打了盆，有的打了碗；有的烫了手，有的烫了脚；有的已经舀了几碗，有的却一碗还没舀上。

后来，秩序逐渐地好了起来。身强力壮的，年老体衰的以及妇女、儿童，被分了开来。碗大勺有数。不管是谁，都必须持一张盖有县府大印的"饭卡"，才能领到一勺稀饭。负责监管的，会在饭卡指定的位置上签上某年、某月、某日，以防再领。

学堂里也有一个同样简陋的席棚，席棚下是几个同样丑陋的锅头。只是小了些，锅头上架的也不是什么豆腐锅，而是一口口黑老鸹锅。跟豆腐锅比，黑老鸹锅虽小了不少，但里面的五谷杂粮，却明显地稠了许多。翻滚不起，它们"急"得直吹泡泡。

在这里吃饭的，之所以受到如此特别的优待，是因为他们不能跟其他人一样，吃完饭嘴一抹就可走人。他们有的必须挨家挨户，去修缮那些坍塌了的房屋；有的则必须挑上水桶，去点种那些既耐旱、又早熟的各种豆类。死水怕勺舀。为长久计，在代县长陈致远的带领和组织下，百姓们纷纷投入了生产自救。

吃一口，流一手；红沙瓤，赛冰糖。说的，是同州的西瓜。东依黄河，南临渭水，得天独厚的地理位置，使这里的西瓜以个大、皮薄、味甜、爽口，而名闻陕、晋、豫三省。

因干旱，这年西瓜的个头儿，还不到往年的一半，而且被蛐蛐咬得遍体鳞伤，看起来是既不钻眼、又不景气。为敦促农民们点种晚秋，代县长陈致远一直奔忙在田间地头。一看见这些不钻眼的西瓜，他便不由自主地又是蹙眉，又是摇头，又是唉声，又是叹气。"陈县长，"招呼陈致远的，是个务瓜的老汉，"天气大。歇会吧！"不止一次地路过这里，因此，大家已经非常熟悉了。

"老人家，啥时候能开园？"翻身下马，陈致远笑着道。

"托陈县长的福！刚开园。"老汉道，"今年天旱，瓜也不咋样，凑合着吃一个，权当喝口凉水解解渴。"一边说，老人家一边又是拍、又是敲地挑着西瓜。

"好！这就来。"更不客气，陈致远一边应承，一边在地头的老榆树上拴着马。"来，你俩也下来。咱们歇会儿。"拴好马，回过头陈致远又招呼着他的随从。一手一个，抱着挑好的西瓜，老人蹒跚着走了过来。迎上去，陈致远忙接住了他。一人一个抱着西瓜，两个人有说有笑，来到了位于瓜地中间的老井。

老井旁有一用苞谷秆搭成的，仅能容一人栖身的窝棚，叫作"瓜庵子"。

瓜庵子简陋得不能再简陋了。在西瓜开园前后大约还不到一月的时间里，它才能派上用场。瓜卖光了，它的历史使命，也就宣告完成了。明年不种瓜不说，若是还种，再搭就是了。于是在能将就就尽量将就时，关中便有了"瓜地的庵子——揭料料"的说法。

井台上唯一引人注目的，是那几株火红火红的指甲花。得天独厚，因生长在水道边，跟那些萎靡不振的柳树、榆树、槐树比，跟那些已经半死不活的瓜蔓比，在这一片荒败，已毫无生机可言的世界里，她却是精神抖擞、姹紫嫣红，显得更加的娇艳。

"唉！往年瓜好，却被麻老九那帮土匪，给糟蹋了。"一边杀瓜，老人一边遗憾地絮叨着，"如今来了贵人，这瓜，却反而争不上气了。"刚搭刀只听"嘣"的一声，瓜皮已迫不及待地裂开了。香甜的气息，立即从裂开的口子里弥漫而出，直沁心脾。"呀！没想到，没想到还是个红沙瓤。"见状，老人是又惊、又喜，"模样不钻眼，看起来，口气却不得错！"

"呀，甜死了！"咬了一口，陈致远惊叹地道。嘴被西瓜占着，说这话他的吐字，竟没以往那么地清楚了。"真的？"老人随口道。"还能有假？不仅甜，而且沙！"两个随从更是赞叹不已。还是不大相信，亲自尝了一口后，老人这才开心地笑了："敢情见了贵人，这不甜的瓜，都变成甜的了？"

第二个还是红沙瓤，比第一个还要甜。跟指甲花一样，老人的笑容，也更加地灿烂了。

回味着西瓜的甜味，这天晚上代县长陈致远，又是一个不眠之夜。

老人家的西瓜，竟是这么的甜！这是偶然，还是必然？是个别，还是普遍？如果是必然，而不是偶然；是普遍，而不是个别，岂不又是一笔财富？如果真的是一笔财富，咋样才能将其变成白花花的银圆，或者变成黄澄澄的粮食，让全县的百姓们先过个好年，然后，再顺利地度过明年的春荒呢？又是天灾、又是匪患、又是兵劫，百姓们实在是太苦了！

天旱！天旱能减少水分；天旱，天旱却减少不了糖分。水分少了，瓜的个头，自然也就小了。同样的糖分，分布在一个小了大半的西瓜里，其浓度不用说是翻了一番。糖的浓度翻了一番，这瓜要是不甜，那才叫怪事！想到这儿，陈致远不由得兴奋起来，既然睡不着，披上衣服他索性踱出了城隍庙。

头顶上繁星满天，心里年轻的代县长，却是乌云一片。从城东走到城南，从城南走到城西，从城西又走到城北。补修过的房屋，还散发着黄泥的气息。无家可归的灾民，却已初步得到了安置。没见有人露宿街头，年轻的代县长，不觉又得到一丝安慰，紧蹙着的双眉，也舒展了许多。

不知不觉中，繁星逐渐稀疏了下来，东方的天边，已现出一抹鱼肚样的白色。正准备返回城东，一个念头闪过后，陈致远却突然收住了脚步。犹豫了片刻后，掉过头向着学堂的方向，他匆匆地赶了过去。

有的拿着斧头，有的拿着锯子，有的拿着瓦刀，有的拿着泥逼。二三十个匠工正要出门，不料却被代县长陈致远，给截住了："今天就不出工了。大家都回吧！"说着，陈致远径直走进了校门。看着代县长那布满血丝，却又不乏兴奋的眼睛，一时间众人竟都愣住了。见县长又在给工头吩咐着什么，愣了一阵后，满怀好奇的心情，大家纷纷地猜测着、议论着，折转身又回到了学校。

"大家不必多心！"用双手做成一个喇叭，扯起嗓子，总工头大声地道，"见咱们干得不错，县长要犒劳犒劳大家，今天，咱们的任务是吃——西——瓜！"

"吃西瓜！县长请咱们吃西瓜？你是喝醉了酒，还是吃错了药？是在做睡梦，还是在发高烧？"底下有人大声地揶揄着，其余的也都跟着起哄。像马蜂窝被捅了一竿子，秩序顿时一片混乱。

"我一没喝醉酒，二没吃错药，"总工头接着吆喝道，"三没做白日梦，四没发高烧。县长说了，要大家一人去一个瓜园。去了尽饱咥，咥饱了还要兜两个回来。瓜甜还是不甜，陈县长他要亲自过问，到时候谁要是回不上话，那……那就顶个帕帕圪蹴着尿一泡！"

"白吃！还要白拿？只怕人家不干！"见总工头不像是说耍话，底下又有人道。

"不干？把你老婆押上，看人家干还是不干？"总工头笑着骂道。见众人被他逗得哄堂大笑，他更加地得意了，"不想押老婆的，都上来领钱。记着，这可是给人家的瓜钱！谁要是少人家一个子儿，小心老婆招祸！"

下午，派出的匠工们陆陆续续地回来了。在一间教室里，代县长陈致远大摆"宴席"，跟士绅们共同品尝着当地的土特产——同州西瓜。

"看起来没模样，吃起来却一个比一个还甜！真没想到。"一边吃，众人

一边不住地感慨着、赞叹着。开始又是狼吞、又是虎咽；后来，却竟都有些坐卧不安了。肚子憋胀得难受，尻子却不由自主地拧了起来。

平时，都颇为从容；眼下，却都有些失态。这边，有人难为情地跟县长请着假；那边，又有人狼狈地跟县长告着退。管老管少，管不了屎尿尿。见应付不及，代县长陈致远干脆笑嘻嘻地道："不必拘礼！大家尽管厕便。方便了却不能走，咱接着吃。"见县长开了恩，众人更顾不了许多，搂着肚子，大家一窝蜂似的奔了出去、奔向了茅房。一时间人满为患，茅房外竟排起了长龙。

整个下午跟走马灯似的，众人轮番着有的进，有的出。吃饱了，急尿了，憋不住了，便搂着肚子去方便；方便了，松泛了，肚子腾空了，又赶回来接着吃。

眼看着日头已经躲进了西山，代县长陈致远这才站起来抱着拳道："诸位！这里我还有个不情之请，希望大家务必赏脸。"闻言，屋里顿时又静了下来。连急尿的，竟也不觉得急尿了。静了好一阵子后，大家这才又纷纷窃窃私语了起来。虽猜不透县长到底有啥不情之请，却都深信县长绝不会难为他们。于是，大家异口同声地道："县长不必客气！有啥事，请尽管吩咐。"闻言，陈致远这才又道："那好！诸位都是同州的名流，又广有交际，烦请通过各种关系、各种渠道，务必将咱的西瓜推销出去。代表全县父老对诸位，我这里有礼了。"说完，便是深深的三鞠躬。

"原来是这事！"闻言纷纷站起身，大家既异口同声，又众口一词地道："县长处处为百姓们打算，我等岂敢不效死力？"

三天后陕西、山西、河南的报纸上，同时刊出了同一条消息，标题是《雨少粮食歉收，天旱西瓜尤甜》。

精诚所至，金石为开。上次虽没买到同州的县府，却为同州县长深深所动，纷至沓来，三省的商贾们又一次云集在同州。昔日是烽火连天，硝烟弥漫；今日却是人来人往，车水马龙。礼贤下士，在城隍庙的大殿里，县长亲自接见着大大小小的客商。公买公卖，同州的百姓们也为各地大开方便之门。不出旬日，全县的西瓜已销售一空。拿着沉甸甸的银圆，父老们的心里，顿时踏实了许多。代县长陈致远压在心头的一块石头，也总算落了地。嘴角，他终于露出了一丝笑意。

第六十三章

当最后一户灾民搬进新居后，代县长陈致远这才搬回到县府。心里一松，一个套觉接着一个套觉，他踏踏实实地连着睡了两天。两天中大师傅四五次将饭菜端到了他的跟前，在千呼万唤后，他却不得不摇着头、叹着气，又原封不动地端了回去。

"陈县长。"秘书在轻轻地呼唤着，"陈县长，陈县长……"实在不忍心，却又不得不打搅县长，拿在他手里的，是一个牛皮纸信封，看起来应是个急件。

打着咕哝，翻了个身后，代县长陈致远又呼呼地睡了过去。

"陈县长！"犹豫了一阵后，秘书的声音不觉大了起来，"陈县长，省府有急件！"见县长依然沉睡不醒，转过身他正待离去，不料一翻身，陈致远却爬了起来。

"啥！急件？"陈致远道，"快，拿过来！"揉着红肿而又布满血丝的双眼，那个盖有省府关防大印，又附有"绝密，加急"字样的牛皮纸信封，被他撕了开来。

不看则已，一看陈致远不由倒吸了一口冷气。

这是一份石印的，关于"清党"的命令。落款是"第二集团军总参谋部""第二集团军西安留守司令部"。在两条落款的下面，还有第二集团军第六方面军总指挥、陕西省代省长石敬亭的亲笔署名。

"你去忙你的。"打发走恭候在一旁的秘书后，将一纸命令陈致远又逐字逐句、反反复复地看了好几遍。是石敬亭的意思，还是冯玉祥的意思？睡意全无，来回地踱着步，陈致远陷入了沉思。几次下意识地抓起电话，他却在犹豫了片刻后，又轻轻地放下了。

还是先翻翻报纸吧！陈致远在心里道。看报是他多年来雷打不动的习惯，随军打下了同州，紧接着又忙于收拾这个烂摊子，半年多来，他已经顾不上翻阅报纸了。

月晕而风，础润而雨。见微知著，民国十六年果然是一个多事之秋。犹抱琵琶半遮面。报纸虽羞羞答答，但从字里行间陈致远却还是看到了闪烁的刀光剑影，嗅到了弥漫的血雨腥风。

有丑剧也有闹剧，但更多的，却是悲剧。

四月十二日蒋介石动用周凤岐的二十六军，又怂恿以杜月笙、黄金龙为首的帮会势力，在上海对共产党领导的工人纠察队发动了突然袭击，制造了骇人听闻的"四·一二"政变。第一次国共合作就此破裂。

四月十八日，天上竟出现了两个"日头"。武汉有以汪精卫为首的国民政府，和中央党部；南京却又冒出个以蒋介石为首的国民政府，和中央党部。以"联俄容共"为口实，南京方面跟武汉方面分庭抗礼，以牙还牙，武汉方面既开除了蒋介石的党籍，又撤销了他的本兼各职。甚至还声言要兵戎相见、讨之以武力。史称"宁汉分裂"。

四月二十八日，中共北方局李大钊等二十余人，竟被奉系军阀张作霖绞杀于北京。所用的绞刑架，据说还是进口的，更具"凌迟"的功效。

五月二十一日，对总工会、对工人纠察队和农民自卫军，徐克祥又发动了武装突袭，从而使蒋介石在上海制造的流血事件，又重演于长沙。因二十一日电报代日的韵目是"马"字，故又称"马日事变"。

六月十口应邀，冯玉祥出席了武汉政府的"郑州会议"，从汪精卫那里，他得到了西北地区的党政军大权。收获颇丰。

六月二十日应邀，冯玉祥又出席了南京政府的"徐州会议"，从蒋介石那里，他得到了五十万现大洋。收获亦不菲。

拿人的手短，吃人的嘴软。于是和稀泥、抹光墙，冯玉祥当起了和事佬。左右逢源，斡旋于蒋介石、汪精卫之间，以牺牲弱者为筹码，他作出了妥协。

在冯玉祥的努力下，以"清党"为基础，汪精卫、蒋介石又彼此谅解、达成了共识。

七月七日冯玉祥在洛阳宣布"清党"，被他从苏联请来的共产党人，又被他用闷罐子车押送武胜关"礼送"出境。

七月十五日，武汉政府也开始清党。同日冯玉祥第二集团军总参谋长、西安留守司令石敬亭，也下令取缔了以于右任为总司令的，国民联军的驻陕总部。被于右任改为"红城"的满城，又被石敬亭改为"新城"，由冯玉祥亲自命名的"大钊图书馆"，也被改成了"平民图书馆"。

八月一日在南昌，共产党人发动了武装起义。端不平则搁不稳。不平则鸣！但此鸣已不再是呐喊、不再是口号，而是枪声、炮声。

八月七日在汉口，中共中央召开了紧急会议。因时间仓促，出席的人数也很有限，所以只好按时间叫作"八七会议"。会议批判了陈独秀的右倾机会主义，撤销了其总书记的领导职务。在大会发言中，毛泽东提出了"枪杆子里出政权"的观点。吃一堑，长一智。因没武装而吃了大亏的共产党人觉醒了、要抓枪杆子了。会议决定由瞿秋白主持中央工作，从此中国共产党人由一个极端，滑向了另一个极端。

八月十九日武汉政府南迁南京，史称"宁汉合流"。

九月九日在湘、赣一带，毛泽东发动了秋收起义。

九月二十六日在西安的红埠街九号，中共陕西省委秘密召开了扩大会议。会议旨在贯彻执行中央"八七会议"精神。是为"九二六"会议。

从报纸不难看出，"清党"不但出自于冯玉祥，而且不单出自于冯玉祥。共产党到底该不该清？如果不该清，自己清还是不清？如果不清，石敬亭怪罪下来，自己又如何应对？非同小可，陈致远不禁陷入了沉思。

受张季鸾"不党、不私、不盲、不卖"的影响，既无党，又无派，于不知不觉中，陈致远却还是陷入了党派之争的政治旋涡。

人也许可以做到不过问政治，但却做不到让政治也不过问他。

在北京、在南苑，李大钊那充满激情的演讲；在西安、在北院门，史可轩那硬邦邦的乡音；在中山军事学校，邓希贤那瘦小却又平易近人的身影给陈致远，都留下刀刻斧凿的印象。这些不同身材、不同性格、不同口音的，却有着同一个名字——共产党。

于右任曾动员过陈致远，要他加入他们的党；史可轩也曾争取过陈致远，要他加入他们的党，却都被陈致远以简单的三个字——"再说吧"，给委婉地推脱了。在陈致远看来，他们的党跟他们的党，并没有多大的区别。四海之内皆兄弟也。一个提倡"天下为公"，一个追求"天下为共"，而"公"和"共"加在一起，不就是"公共"吗？关于这一点，早有古训在先，正所谓"天下者，天下人之天下也！"

虽既没参加国民党，也没参加共产党，但在国共两党中，陈致远却有不少的朋友。如今弟兄阋墙、两党反目，陈致远更为关心的，自然是弱者了。他们有的被杀害了，有的被"礼送出境"了，或者说被"干撑端"了，有的……

局势险恶，前途未卜，陈致远不禁为他们担心起来。

坐等天明后，陈致远再也待不住了。跟秘书交代了几句后他布衣简从、只身来到了西安，来到了中山军事学校。

名义上隶属国民联军驻陕总部政治部，实际上中山军事学校，却在共产党人的掌握之中。这里有一大批共产党员，他们也都是陈致远的朋友。

果然不出所料。昔日门庭若市的中山军事学校，眼下，却是门可罗雀。人去校空，只剩下收发室的老林头。大概已无东西可收，亦无东西可发，一个人坐在收发室的外面，他打着盹儿。一阵秋风掠过，黄叶纷纷飘落，触景生情，心中陈致远不觉一阵酸楚。

正想跟老林头问个究竟，但转念一想，陈致远又觉不妥。

"咋搞的？还不见来！"掏出怀表看了看，又自言自语地嘟囔了一句，陈致远头也不回地离开了。

从阴暗的角落里，几个贼头鼠脑的家伙幽灵似的钻了出来，聚在一起他们窃窃地私语着，互相地嘀咕着，样子，似乎还有些沮丧。

已经十二点了。拐进一条胡同后，陈致远又进了一家饭馆。曾经是这里的常客，刚一进门老板、伙计，就热情地招呼起他来。陪陈致远来到楼上的雅间，一面招呼他就座，老板一面抱怨着："啊呀，陈校长！你刚走不久，一个好端端的学校说塌火①，咋就塌火了？我这儿的生意，不觉也冷清了许多。"闻言陈致远应酬道："唉，我也没料到。没料到，竟弄成这样！"说话间端着菜，伙计走了进来。菜还是老三样：一盘腊汁肉，一盘凉拌肚丝，一盘油炸花生米。另外，还有半斤老白干。说了声"陈校长，您慢用"后，转过身，老板又下了楼。伙计正在下菜，陈致远吩咐他道："一会老林头路过，你教他上来一下。哦，别忘了，顺便再添俩菜。"

"放心吧，陈校长！误不了事。"应了一声转过身，伙计也下了楼。虽不是常客，这里却是老林头回家的必由之地，因此，没有人不认识他。

不一会端着菜，伙计果然又上来了。跟在他后面的，正是老林头。

陈致远忙招呼他坐下，老林头却没有就坐，而是嗫嚅地道："不坐了，陈校长。有啥事，您尽管吩咐。"闻言摇着头，陈致远笑着道："我早已不是什么校长了，也没啥正经事，随便聊聊。来来来，先坐下，我们边吃边聊。"等老林头拘谨地坐下后，借洗手，陈致远出去看了看。回来时顺手带上门，他这才又重新落座。为人虽老实忠厚，老林头却一点也不傻，早猜出陈致远的来意，不等他开口，带着哭腔他跟他诉说了几个月来，这里所发生过的一切。

七月初西安的时局，就有些不大对劲了，不久，中山军事学校也突然停办。跟国民联军驻陕总部政治部一起，学校被合编为一个旅，冯玉祥要校长史可轩、要大队长许权中将这个旅，带往河南，中共陕西省委却要他们北上，率该旅去宜川。

到临潼部队正要掉头北上，不料却发生了，意想不到的变故。以同乡之谊史可轩去跟田生春（原国民二军旧部）借路，不想竟被田生春（外号田葫芦）杀害在福平的美原。鉴于"榆林王"井岳秀也已在陕北"清党"，为保存这支革命的武装，许权中只得就近接受了，冯子明的改编。

"史校长他……他遇害了？"闻言陈致远不觉吃了一惊。一时间，他竟无法接受这个残酷的事实。

"岂只史校长？"老林头已是老泪纵横，"刘院长他……他也被榆林王杀害在中……中部县。"他说的刘院长，是西安中山学院的院长刘含初。

噩耗连连，已夹起多时的一块肉片，又被陈致远放回到盘子。他再也吃不下去了。

满头华发，父母日渐衰老；腹大如鼓，妻子马月盈又即将临盆；为政一方，陈致远却忙在同州。非常时期，在家小住了两天后，陈致远又匆匆地回到了同州。

同州到底有没有共产党？跟所认识的共产党人一一作了比较后，陈致远发现周围有些人，还真的有点儿像。

让警察局抓起来严刑拷问，还是先着人暗中调查、取证，然后，再予以逮捕？是"礼送出境"，还是就地处决？思前想后又扪心自问，这些念头，最终却都被陈致远自己给否决了。

不但无任何劣迹可言，在同州最困难的时候，"怀疑"对象们还出主意、想办法，给自己出了大力、帮了大忙。当年在谋害岳飞时，秦桧还为其罗织了个"莫须有"的罪名。自己凭什么抓人家、杀人家？就凭人家姓"共"？这能成为狼想吃小羊的理由吗？既无田葫芦翻脸不认六亲的本事，更无井岳秀杀人不眨眼的能耐，无论如何，陈致远也下不了这个手。

陈致远也准备和稀泥、抹光墙了。如果实在抹不过去，他也准备将他们"礼送出境"。冯总司令都这么做了，我为啥就不能？到时候料他石敬亭，也无话可说！

"礼送出境"，礼送到哪儿呢？总得有个去处吧！礼送出同州，还可以，礼送出武胜关，陈致远自忖他既没这个权力，也没这个能力。于是，他想到了杨虎城的留守部队——驻防韩城的王保民部。

虽无厚情，却还有些薄谊。在西安守城期间，陈致远认识了王保民。跟共产党杨虎城走的那么近，作为部下，量王保民也不会太离谱、太出格。何况跟井岳秀的积怨，他又是那么的深。

见是陈致远，王保民果然格外的热情，亲自出城相迎不说，他还吩咐设宴为故人接风、洗尘。酒足饭饱后，两个人又促膝长谈，通宵达旦。

"真没想到。"王保民由衷地道，"短短的几个月，同州这个烂摊子，竟被致远兄治理得井然有序。"陈致远的人格，陈致远在同州的政绩，陈致远在靖国军、特别是在守城之役中的出色表现，无不让王宝民心悦诚服。

"玉亭兄竟如此地抬举，实在教兄弟我诚惶诚恐，又汗颜不止。"喊着王保民的字，陈致远连连地谦让着。

"眼下各地都在清党，同州却不见半点动静，致远兄，想必有什么高招？"

正思谋着将话引入正题，不想竟被王保民，抢在了前头。心中暗喜，陈致远却既不显山，又不露水："高招？呵呵，"他自嘲地道，"兄弟我，能有啥高招？这不正是跟玉亭兄，来讨教的。"闻言王保民笑着道："你我情同手足，又都是杨将军的部下，依我看，咱就不必再兜圈子了。当面鼓对面锣，有啥话你我兄弟，就摊开来说吧！"闻言陈致远高兴地道："好，玉亭兄果然痛快！杨将军一向要我们跟共产党修好，兄弟，我岂敢违背？"闻言，王保民会心地笑了："也许正应了那句古话——英雄所见略同！他们清他们的党，咱们容咱们的共；他们少个朋友少条路，咱们却多个朋友多条路。不正缺人手吗？再说人家硬把人往咱这里撵，咱若不要，也对不住人家咯！致远兄你说，是不是这个理？"

"这么说，玉亭兄这里……"陈致远刚开口，不料却被王保民打断了。"不瞒你说……"竹筒里倒豆子，王保民将他收编李象九、谢子长等共产党人的事，跟陈致远一五一十、和盘地托了出来。

原来王保民有个老表，叫石谦。早年跟王保民一起投身革命，在对清军的作战中被俘后，石谦险遭杀害。脱险后又投身井岳秀，因作战勇猛，一路升迁，石谦直至第六旅的旅长。虽出身刀客，石谦却颇有义气，对共产党，他更是宽容有加。其儿子石介、干儿子王有才、妻弟李象九等，也均系共产党员。不久前因拒不执行"清党"，石谦竟被"榆林王"井岳秀设计，诱杀于榆林。

米脂的婆姨，绥德的汉；清涧的石板，瓦窑堡的炭。为执行省委"九二六"会议的决议，借公祭石谦，民国十六年的十月十二日李象九、唐澍、谢子长等一大批共产党人，在因盛产石板而闻名的清涧，发动了武装起义。

一路南下，三日内连克三县——延川、延长、宜川，占领宜川时，起义部队已有一千六百余众。随着队伍的迅速壮大，打什么旗、用什么人、向何处去等一系列的实际问题，立即摆在了领导者的面前。唐澍、谢子长等坚持用党员、打红旗、向南走。以稳定人心为由，李象九却坚持要资深的孟濬斋，当参谋长。又以部队需要休整为由，他坚持固守宜川。相持不下，为取得省委的支持，意气用事、唐澍竟离队而去了西安。提拔了几个党员，李象九象征性地作了些让步，势单力薄，谢子长保留意见，而不再反对。

部队被改编为一个旅，李象九出任了旅长，孟濬斋被任命为参谋长，而谢子长等，却只是个营长。

在宜川部队立足未稳，便受到井岳秀与其部下高双成旅的，南北夹击。配以重武器，命雷进才连扼守凤翅山，李象九准备据险死守。为瓦解起义部队向宜川，高双成投入了大量的传单。传单大部虽被撕得粉碎，偏偏有一张，却发挥了作用。被这张传单策反的不是别人，而恰恰是掌握着全城命脉的雷进才。

雷进才叛变后，宜川已无险可守，突围时拼着命，谢子长杀出了一条血路。

不料临阵受惊，部队竟被临时征用的骡马，冲得七零八落。误以为突围失利，后续部队不但没能及时地跟进，反而，竟退了回去。严重受挫，部队只得就近接受了王保民的改编。轰轰烈烈的清涧起义，失败了。

"这么说……"故作吃惊，陈致远道，"玉亭兄这里，有一个旅的共产党？"

"哪里？"王保民笑道，"说是一个旅，其实，还不到二百人。也不见得，都是共产党员。"

"如果还有人想来，"陈致远进一步道，"玉亭兄要还是不要？"

"要！不要白不要。"王保民道，"有多没少的，尽管来！天底下，哪有不收粮的仓？"

……

见预期的目的已经达到，在王保民的陪同下，拜谒了司马祠后，陈致远又回了同州。

翻过年，这片热土显得愈加地躁动，也愈加地不安了。唱着"大家吃，大家干。大家事，大家办"的歌谣，儿童们跳着猴皮筋。"有土皆豪，无绅不劣"的标语，也无处不有处处有。"农民协会""苏维埃"等陌生而又费解的名词，更是时有耳闻。"鸡毛传贴"，也暗中在传递。传贴上有的写着"干旱不雨，天不长眼；苛捐杂税，官逼民反；百姓不反，离死不远；倘若造反，或者可免；各地联合，一律造反；打倒土豪，实行共产"，有的写着"一亩地，打三升，差役粮款要得凶。不顾生死往上冲，谁不去是女子①生"。扛着叉把、扫帚，掮着镢头、铁锨，提着磨棍、碾棍，拿着鸟铳、大刀，不断有大批农民浩浩荡荡地拥进县城，到县府去"交农"。有的地方甚至围攻县城、殴打县长。

愈演愈烈，事件还在不断地升温、升级，三四月份有的地方，已经出现了"吃大户"的现象。光天化日之下，财东家的粮食被抢、浮财被分，人被捆、被打、被戴着高帽子游街示众，甚至被杀。

军警也频频出动，夜半三更，人们经常被刺耳的警笛声、被咚咚咚咚的砸门声、被粗暴的吆喝声、呵斥声所惊醒。不断有人被抓、被押，甚至被枪决。有的地方一枪决就是几个甚至十几个，有的还被割下头颅，挂在城门楼子上示众。据说都是共产党，一时间，"共产党"竟成了土匪的代名词。直闹得鸡飞狗跳、人人自危、风声鹤唳、草木皆兵，有的婆娘甚至用"共产党来咧"，来吓唬自家闹腾着不肯睡觉的孩子。

虽说有口皆碑，虽说同州相对还比较平静，但代县长陈致远的心里，却说啥也静不下来。城门失火，焉能不殃及池鱼？

真的是共产党吗？开始，陈致远还有些不大相信。但时间长了，耳音灌得多了，不信，都由不得他了。如果真的是共产党，如果真的闹到自己的辖区，甚至，闹到自己的头上，那又如何得了？要是真的闹将起来，即便农民们不难为他，上峰，又岂能放过他。不问个"包庇纵容"之罪，起码，也得问个"清党不力"之罪。

那些但愿不要发生、也未必就能发生的事，却往往是不可避免地发生了。

一天陈致远正低头看报，看一条某地农民又在闹"交农"的新闻，突然一片吵闹声、喧哗声，远远地传了过来。吵闹声、喧哗声越来越近，也越来越大，似乎还夹杂着吆喝声、谩骂声，和金属的撞击声。感到不对，陈致远出来看时，果然见二三十个拿着镢头、铁锨的庄稼汉小伙子，被市民们堵在了县府的门外。虽赤手空拳，却人多势众，市民们毫不示弱。带头呐喊着，一个愣头青庄稼汉小伙子冲了几次，却没能冲得进来。

危急时刻豁开人群，一个老汉突然冲到了前面："把你驴日的给喂饱了，有精神闹腾了是不是？"指着愣头青的鼻子，他破口就骂，"你知道这西瓜，是谁帮咱卖的？这粮食又是谁，帮咱买的？是陈县长！驴日的你给我滚！滚……"一边骂一边猫着腰、侧着身，用他的"钢头炮③"，老汉竟一炮打向了愣头青。见愣头青只被打了个趔趄，见他仍然没有退却的意思，在砖墙上将自己磕成"血头狼"，老汉又一"炮"打了过去。这次愣头青那黑黢黢的白粗布褂子上，立即多出个血红血红的印迹。

见状那些摇旗的、呐喊的，被吓得"哗"的一声散了。没了底气，后退几步后又猛地转过身，愣头青这才一溜烟似的窜了。

老汉被市民们七手八脚地送往了医院，这时领着人，警察局的关局长也赶到了。见县长没事，他立即命令道："追，快追！把驴日的一个个，都给我提（di）溜回来！"

"受伤的老汉，不就是请他吃西瓜的那个瓜农么？难怪这么眼熟？"心中一亮，代县长陈致远突然恍然大悟，"不用说愣头青，是他的儿子了。"

"算了，算了。"喊住关局长陈致远道："我们还是到医院，去看看那个受了伤的老人家！"

---

①塌火：关中方言。即失败，这里指倒闭。
②女子：这里指姑娘，指未婚的女子。女子生，即私生子。
③钢头炮：指脑袋。气急时，关中老汉常以脑袋对付，叫钢头炮。

第六十四章

郭德全的棉花，其长势，甭提有多诱人了。在绿叶的衬托下那些红的、黄的、白的、粉的等各色花朵争奇斗艳，竞相怒放，十亩地连成一片，更是蔚为壮观。在这百花凋零的秋天，跟那些颜色单调的玉米、谷子、糜子比，这些千树万树的各色花朵既让人赏心悦目，又教人流连忘返。一二十个大姑娘、小媳妇，正在给棉花拦尖、打杈。她们那窈窕的倩影，她们那嘻嘻哈哈的笑声、闹声，又给这姹紫嫣红、五彩缤纷的世界，平添了不少的生气。周围的庄稼人无不赞叹，就连那些行色匆匆的路人也都不由自主地驻足、注目，然后，再欣赏上一番。

家里却是另一番景象，一人一副架子谢铁成、郭德厚从早到晚，打着箔子。箔子，是用来晾晒棉花的，原料是苇杆儿。院子里一边堆放着原料，一边堆放着成品，芦花在空中轻飘曼舞，苇叶、苇梢遍地都是。菊儿一遍又一遍地收拾着、打扫着。

倩儿已经不吃闲饭了，跟尾巴似的，菊儿走到哪儿，她就跟到哪儿，菊儿忙啥，她也忙啥。有时能帮些忙，有时却难免添乱、帮些倒忙，她越帮，菊儿越忙。

苇叶、苇杆自己烧不完，菊儿喊左邻右舍来抱，不料倩儿却硬是不让。伸开双臂，叉开双腿，她又是拦、又是挡，跟人家截起了羊羔。既说服不了她，又哄不下她，菊儿只得将她，抱了起来。抱着柴火左邻右舍们一边走，一边笑着夸奖着倩儿，说她将来肯定是个把家过日子的好手。在菊儿的怀里，倩儿又是哭，又是闹，又是踢，又是刨，她既不领邻居们的情，也不买菊儿的账。

这是个既淘气、既惹人嫌，又逗人喜爱的年龄。是家里最小的成员，又是唯一的女孩，在这个特殊的家庭中，倩儿有着特殊的地位，其自由度也最大。

对这个比他们小十多岁的、同母异父的小妹妹，郭德厚、郭德全兄弟既百般的呵护，又宠爱有加。倩儿却不懂这些，无知而无畏，在他们面前她不是撒娇，就是耍赖，甚至跨在脖子上将哥哥们当马骑，简直够得上是秃子打伞——无发（法）无天了。

跟谢铁成有着相同的嗜好，爱屋及乌，郭德厚是既喜欢牲口，又喜欢土地。同时，他又因喜欢牲口、喜欢土地，而喜欢同样喜欢牲口、喜欢土地的谢铁成，从小就跟他泡在一起，他虽非亲生，却胜似亲生。

跟郭德厚谢铁成可以说是狗皮袜子——没反正；跟郭德全他却是荞麦皮打糨子——有些谁不黏谁。眼下郭德全已长大成人，又头角崭露、有了出息，自愧不如，对他谢铁成更有些，敬而远之了。

如今郭德全的事业，已初见成效，他的忙，谢铁成自是不能袖手旁观了。心里有数，更是满腔的热情，他却茶壶下饺子——就是倒（道）不出来。吃饭时端个把把老碗，谢铁成总是远远地圪蹴在一边。指着凳子，郭德全招呼要他过来，跟大家一块儿吃。他却推说他圪蹴惯了，坐着，反而倒不自在。

习惯圪蹴既是搪塞话，也是实话，更是陕西八怪之一。关于陕西八大怪在不同的地方，说法也不尽相同。而比较普遍的除"放着凳子蹲起来"外，还有"锅盔像锅盖，面条像裤带，辣子一道菜，房子一边盖，手帕头上戴，姑娘不对外，唱戏吼起来。"

除尿尿必须圪蹴外，关中女人还喜欢在头上，顶个手帕。因此在男人缺乏男子汉的气概时，大家便会耍笑他要他顶个帕帕，圪蹴着尿上一泡。

借吃饭的当儿商商量量的，郭德厚、郭德全兄弟就把后面要做的事，给安排妥帖了。十年不鸣，谢铁成却往往是一鸣惊人，只有在他认为不妥或者不到的时候，才会冷不丁地插上那么一句、半句。

又是一个收获的季节。领着一帮大姑娘、小媳妇，郭德全招呼她们，采拾着棉花。将拾回的棉花晒出后，郭德厚、谢铁成，接着又去打他们的箔子。每隔一时半会，菊儿就要将晾晒在苇箔上的棉花，用竹筢翻搅上一次。绊脚绊手，跟在左右，倩儿会将那些被菊儿不慎搅落的花絮在捡起后，又放回到苇箔。她唯一能做到的，就是这。

有次一时着急，将搅落的花絮，菊儿顺手自己捡了起来。不想却将倩儿给惹下了，见她又是哭，又是闹，怎么也哄不下，哭笑不得，菊儿只得将她捡起的花絮，又撂在了地上。当仁不让亲自捡起花絮，又放在箔子上，倩儿这才破涕为笑。

"不成咧，不成咧。"这天刚一进门，对着郭德厚，郭德全失急慌忙地道，"大哥，棉花开洪了！白花花的，像是捂了一场大雪。棉絮唾得长长的，有的，已经落在地上了。"闻言郭德厚又是惊、又是喜、又是着急、又是为难："这……这可咋办呀？"不假思索，郭德全道："借天气好，咱集中力量往回拾！天一变可就瞎塌咧！哥，明赶早你到镇上跑一趟，有多没少的人，全朝回叫。工价你看着给，给人家说明叫响，秤锤落地钱到手，咱现吃现撂。"

"这你放心。"闻言，郭德厚满碟子满碗地道，"误不了事！"

第二天赶日头冒花的时候，跟着郭德厚的尻子，二三十婆娘、女子骆驼行囊地来到了地头。她们有的提着担笼,有的背着老笼,有的除担笼、老笼外,腰里,还勒一条带着大口袋的围裙。一字儿排了开来,当婆娘、女子们忙着进地采拾时,一个十七八的女子,却为难地站在路边。一看这架势,郭德厚全明白了,她既没提担笼,也没背老笼,腰里,更没系带大口袋的围裙。

不觉有些纳闷儿,郭德厚心想即便是赴筵席,起码,也带个帕帕。既不瓜、也不傻,看起来也不小了,给人家采拾棉花,她却只带了两个光锤头。

"走,"郭德厚招呼她道,"跟我去拿老笼。"闻言先是一愣,接着又似有所悟,没有说话,默默地跟着郭德厚,她来到了郭家。郭德厚也没介意,他还以为她,多半是个哑巴。

刚要将老笼递给她,郭德厚却被他妈给喊住了:"算了。就让她在家里,给我搭个手。"菊儿道,"没看纂纂子(发髻),我都快忙散伙了?"见他妈发了话,应了一声后给空老笼里,郭德厚又揽起了棉花。他要帮谢铁成晒棉花,晒完棉花,他还要接着打他的箔子。棉花开洪了,箔子,自然也供不应求了。风加日头,这么好的天气,又如何耽搁得起?

"大娘,"被郭德厚晾在了一边,对着菊儿,姑娘终于开口说话了,"有啥活,您老人家快吩咐。"闻言郭德厚这才吃了一惊。原来她既不聋、也不哑。"不忙,不忙。"菊儿道,"听口音,你不像是当地人。来,姑娘,先洗把脸。"说着将端在手中的铜脸盆,她顺手放在了墙根的捶布石上。铜盆里,洗脸水散发着热气,其中,还漂着一条家织布的新手巾。

见姑娘风尘仆仆,又一脸疲惫的样子,菊儿又道:"看样子,你至少两天没洗脸,也没吃饭了。"闻言姑娘既没说话,也没洗脸,而是呆呆地看着水盆。见状,菊儿又催促她道,"快洗脸。洗完脸,先吃点东西。"

捞起手巾,姑娘的眼泪却长一行、短一行地流了下来。被菊儿猜了个正着,她的确已经饿了两天了。

刚倒掉洗脸水,热气腾腾的饭菜,又被菊儿放在了捶布石上:"来,趁热吃。饿坏了吧?"望着热气腾腾的饭菜,姑娘的眼泪,又一次地夺眶而出。

吃完饭在菊儿的招呼下,姑娘又在洗头。一边在柜子里翻腾着,菊儿一边问她道:"打哪儿来的?看样子,离这儿还不近。" 一边梳头,姑娘一边回答说:"从兰峪。有多远,我也说不上。"说着她的眼泪,又溢了出来。

"兰峪?"闻言菊儿不觉一愣。这地方听起来怪耳熟的,一时,她却又想不起到底在哪儿。有一点,却是可以肯定的,正如她所料,这地方不得近。"年轻时,我穿过的。"翻出一套衣服,对着姑娘,菊儿又道,"先凑合着穿两天。把身上的,换下来洗洗。"说着关上房门,她又帮她换起了衣服。

"没想到,还挺俊的!"上上下下地打量着洗梳干净,又穿戴整齐的姑娘,菊儿一边赞叹,一边抱怨着她的父母,"让一个女儿家走这么远的路,你爹妈也真是……"不料一句话还没说完,姑娘却一下子扑在她的怀里,竟哭出了声……

见状,菊儿不觉又是一惊:"谁欺负你了?"她一边抚摸着姑娘,一边道。

见菊儿既真诚、又善良,而且,还善解人意,姑娘这才跟她哭诉了她的不幸。

姑娘叫山妹,来自南山脚下。家里有几间草房,二亩坡地,加上沟底的几分水田,再加上她爸刁空上山打些猎物、野味,一家三口虽过得紧紧巴巴,却能勉强维持。

几天前一个傍晚,山中,突然下起了暴雨。披上蓑衣下到沟底,她父母去抱那些刚刚收割,却还未及抱回的稻谷,不想雨越下越大,也越下越猛。不放心赶去帮忙时,在一声山崩地裂的电闪雷鸣中,她竟眼睁睁地看着她的父母被汹涌而下的山洪,给卷走了。随着一声惊叫,两腿一软,姑娘晕倒在山坡上。

沿三女河南下,姑娘一路寻着、找着……寻找着她的父母。直寻到南河镇,却活不见人,死不见尸,直到眼看着三女河融入了波涛汹涌的渭河,她彻底地绝望了。

望着滔滔东逝的渭水,姑娘整整哭了一夜,正要投河自尽、随父母而去时,却见一大帮婆娘女子,跟着郭德厚走了。其中一个婆娘的背影、走势,还咋看咋像她的母亲,于是稀里糊涂中她竟不知不觉的,也跟着来了……

一边听菊儿一边撩起围裙,不住地擦着眼泪。"苦命的孩子。"说着她也一把将山妹,揽在了怀里,"从今儿起,这里就是你的家!"

天擦黑有的提着老笼,有的挎着担笼,有的背着大包,有的拎着小包。婆娘女子们,又骆驼行囊地拥进了郭家。

院子里顿时喊喊喳喳,又熙熙攘攘起来。操着秤郭德厚又是过秤、又是除皮、又是报斤两。一边噼里啪啦打着算盘算账,郭德全一边给人家付着工钱。跑前跑后山妹经管众人,倒着棉花。

"不对,不对。"正要给一个婆娘称老笼、除皮,郭德厚却被山妹,给喊住了,"她拿的,是这个。"

趁乱将她的新老笼放到一边,又顺手拿起一个旧老笼,那婆娘要郭德厚给她除皮,不想却被细心的山妹,给逮了个正着。见状闹闹嚷嚷的院子里,顿时又静得鸦雀无声,所有的目光,全都聚焦在这个婆娘的脸上。跟做了贼似的,婆娘羞愧地埋下了头。

藤条已经干透,跟新老笼比,旧老笼起码要轻上三五斤。都以为对这个婆娘,郭德全肯定会作出严厉的惩罚,不料他却心平气和地道:"算了,算了。让她回吧。晚了，家里会担心的。"说着，又给她付了工钱。

本来就起得早，等菊儿起身时给缸里，山妹已经担满了水。房前屋后也被她收拾得井井有条，又打扫得干干净净。又是帮郭德厚晒棉花、收棉花，又是帮菊儿做饭，搅棉花。一家人换下的脏衣服，也被她抽空洗得干干净净，晾干后，又被她叠放得整整齐齐。

每次山妹都是提前把饭做得停停当当，宁教饭等人，也不教人等饭。原想着让她给自己搭个手、帮个忙，菊儿完全没料到她竟被"喧宾夺主"，反而给她拉起了下手。想帮她干点啥，有时干着急，菊儿却就是插不上手。姐姐长，姐姐短地喊着山妹，又亦步亦趋地跟着她，连倩儿，都不认菊儿这个娘了。看在眼里，喜在心里，嘴里菊儿却笑着骂她是白眼狼，是个喂不熟的狗！

一天一个价，棉花在不断地攀升；一天一个价，小蓝却不是攀升，而是下跌。郭德厚终于明白了：种小蓝的，太多了！

唉！背着搭子撵骆驼，撵上了，却搭不上；搭上了，却撵不上。南河镇一带，人们又一次把眼睛瞪得像鸡蛋。

月底将十块大洋，郭德全放在了山妹的面前，道："这是给你的。"令郭德全始料不及的是，山妹并没见钱眼开。她先是一愣，接着又委屈地道："你、你这是要撵我走，对不对？大娘都说了，这儿就是我的家，就算是张瞎瞎膏药，我也扒在这儿不走了！"闻言，郭德全忙跟她解释道："不是不是。我不是这意思。若能留下来，我是求之不得了。要不是你这个家这段时间，不知都乱成啥了。出了大力，又帮了大忙，我总不能装聋卖傻、教你白忙嘛！"闻言撅着嘴，山妹赌气地道："白忙？啥叫白忙？照这么说给自家干活，还得拿钱？那咋没见给大娘，你拿上几七几八？"只一句话郭德全便被她呛得，半天反不上话来。迈着头、堵着气，见山妹不屑一顾的样子，无奈郭德全只得将钱，又收了回去。临走时，他这才自言自语地冒出了一句，"好厉害……好厉害的一张嘴！"

在郭家不觉已经三个月有余了，跟着倩儿，山妹将郭德厚叫大哥，这没得说。想将郭德全叫二哥，却见倩儿一直管他叫三哥，正有些纳闷，又不便多问，后来她才知道在郭德全的前头，还有个郭德玉。总算没铸成大错，跟着倩儿，她这才将郭德全叫起了三哥。

隔三差五刘子明、马子亮弟兄俩，余儿、明儿"先后"俩少不得前来给外甥搭个手、帮个忙。山妹自然也就认识了两个舅舅、两个妗子。

菊儿被山妹叫作大娘，谢铁成被叫作大叔。谢铁成没得说，对"大娘"中的那个"大"字，菊儿却越来越不习惯了。早喜欢上这个善良、勤快而又能干的姑娘，有心娶她做儿媳妇，一时，菊儿却又张不开这个口。更教她遗憾，也更教她为难的是郭德厚、郭德全都不小了,而山妹却只有一个。

前一向因为忙,菊儿还顾不上遗憾,更顾不上为难,这一向活松了遗憾、为难,却占了上风。倒是知道大姑姐的苦衷,余儿、明儿"先后"俩,却又拿不出个好主意。于是,她们提醒她说孙兰玉有办法,不妨问她要个主意。

人在事中迷,单怕没人提。一经提醒,菊儿顿时恍然大悟:"对了。把她,我咋忘得死死的了。"

一向娴静的孙兰玉这一向,却说啥也静不下心来。拿起《唐诗》她勉强地翻了几页后,又放下了。翻开《宋词》连一个字,她却都没能看进去。看书,写字,是孙兰玉多年来养成的习惯。对《唐诗》《宋词》《元曲》她即便再忙,每天也要坚持看上几页。生疏处少不得还要反复诵读,直至背过。即便是那些耳熟能详的,她也是不厌其烦,在翻来覆去地玩味中,总能有所心得,因而,也免不了又是一阵欣喜。可能是同属女性的缘故,对李清照的词,她更是情有独钟。四大名著中,对曹雪芹的《红楼梦》,她更是喜爱有加。如今虽上了些年纪,眼花了,记忆力也差了,但读书的嗜好,却丝毫地不减当年。拿起书却看不进去的事,还从未有过。近两三个月,她不知是咋的了。

后悔遗恨和负罪感,交替地折磨着孙兰玉。上次进山,见到的大都是生面孔,她不认识人家,人家,自然也都不认识她。好不容易才找到一个儿时的伙伴,却还在颇费了一番口舌后,人家这才终于想起了她、认出了她。

久别重逢是惊喜的,得到的消息,却是惊人的。山婶、山叔已作古多年,山柱子夫妇,竟又惨遭不测,他们的独生女儿,又去向不明。闻此噩耗,孙兰玉几次晕倒在地,直弄得郭德厚惊慌失措,又手忙脚乱。多亏马月盈是个医生,多亏她随身携带着备急丸、银针,孙兰玉这才在一次又一次的死去活来中,又转危为安。

在伙伴的指引下,孙兰玉来到了山婶、山叔的墓前。拿着香蜡纸表,她的手却抖个不住,嘴唇,也直打哆嗦。见状郭德厚、马月盈,忙给她帮忙。

郭德厚点燃了蜡烛,在点燃的蜡烛上,马月盈又点燃了香火。插上香火,放稳蜡烛,郭德厚又焚烧起纸表来。马月盈纳头便拜,一头扑在坟上,孙兰玉却又一次哭得死去活来……

连叩了三个头,流着眼泪,马月盈又劝起了婆婆……

后悔、遗恨、负罪感一齐涌上心头,孙兰玉又是呼天,又是抢地。一时,马月盈哪里劝她得住,受到感染,连郭德厚这个硬邦邦的汉子,竟都跟着动了感情。周围的都撩起围裙,擦着眼泪;他用的,却是他那粗糙的手背。

人间真情,是感天动地的。

山柱子夫妇没有坟茔，在十字路口，孙兰玉祭奠着他们。据说四通八达的十字路口，会将人间真情送达到冥冥之中，送达到亲人的心中。

这是真的吗？但愿这一切，都是真的！

家破人亡，孤苦伶仃，又不知去向的小侄女，你流落在天之涯，还是漂泊在海之角？你可知你还有一个姑姑，叫作兰儿？她就在三女河的下游、在南河镇。你可知踏破铁鞋，她正到处打听着你的下落？你可知望眼欲穿，她正等待着你来投奔？事到如今也许只有你，才能安抚她那颗已经千疮百孔的心，也许只有你，才能让她赎罪，才能将她从不尽的遗恨中，解脱而出。

每一天，都在新的期待中开始；每一天，又在同样的失望中结束。在殷切的期待中，她迎来一个又一个的日出；在无奈的失望中，她送走一个又一个的日落；在辗转反侧的煎熬中，她度过了一个又一个的漫漫长夜。不要再折磨她了，快些来吧！你姑姑，她几乎要崩溃了……

"啊，她来了！"在一阵既熟悉、又陌生的脚步声中，孙兰玉惊醒了。神经质地自言自语了一句，一骨碌翻身坐起后，她又溜下了炕。

"谁来了？"挑帘而入的，却是菊儿。

"哦！是你……"失落感退却不及，孙兰玉愣住了。

"念叨谁呀？"菊儿笑道，"又是你，又是她的。"

"谁？"稳了稳神，孙兰玉道，"还能有谁？陕西地方邪，刚念叨谁，谁就来了。"在巧言的掩饰下，失望在艰难地退却着。

"我？不对吧……"菊儿不以为然地道。

"不是你，那你说是谁？"孙兰玉以攻为守，见菊儿一时语塞，她忙又招呼她道，"快坐，快坐。忙完了？"另一种意义的兴奋，终于又蹒跚而至。

"嗨！"菊儿感叹地道，"多亏了那个姑娘。"看来孙兰玉刚才的谎言，还真的将她掩饰了过去。

"姑娘！"这回轮到孙兰玉惊讶了，"哪个姑娘？"对姑娘这一向，她竟是格外的敏感。菊儿是有个姑娘，叫作倩儿，这个名字，还是她替她改的。可她还是个小姑娘，不添乱、不帮倒忙，都谢天谢地了，她又能给她帮多大的忙？

"一个外地姑娘。"菊儿道，"夹在拾棉花的女人中，被德厚从集上领回的。"

"外地的！"闻言，孙兰玉更加地敏感了，"多大了？姓啥，叫啥？哪儿来的？"

"看把你急的！"菊儿却是不慌不忙，"叫山妹。十七了。姓啥，这我可没问。"看来她压根不知道，还有姓"山"的，"地方……地方她倒是跟我说过。

当时……当时还觉得挺耳熟，这会儿一猛子，咋又想不起来了。"说着，她不住地拍着脑门，"瞧！瞧我这记性。"

"山妹！十七！"闻言，孙兰玉竟有些警觉，"家里，都有些啥人？"在心里，她默默地祈祷着。

"没啥人了。"菊儿感叹着，"是个孤儿。怪可怜的。"说着撩起围裙，她又擦起了眼睛。

"兰峪！"孙兰玉失态了，"从兰峪来的，对不对？"说着，她竟一把抓住了菊儿的胳膊。

"对对对。"菊儿道，"兰峪……是兰峪！"又是惊，又是疑，她接着道，"你、你是咋知道的？"

"走，看看去！"孙兰玉没有回答菊儿，而是撇下她就往外走。

这时菊儿才感到，孙兰玉有些不大对劲，一时却又弄不清，到底发生了什么，吃惊地跟着她，她穷追不舍。

跟狗撵兔似的，一前一后两个女人，直奔河东堡而去。

见一向娴雅，处事从不慌乱的孙兰玉，今儿个却一路气喘吁吁，又狂奔不止，地里的庄稼人，都不由自主地停止了劳作。熟悉点的，都撵到了路边，他们想拦住她、想问个究竟。孙兰玉却是只跑不歇，更顾不上搭理他们，甚至，甩开了他们。

拦不住孙兰玉，却拦住了跟在后面的菊儿，都急着想问个所以然，菊儿却是上气不接下气，半天，她竟说不出一个字来。

"甭着急。喝口水慢慢说。"说着早有人将水碗，递给了菊儿。

"到底是咋……咋的了，我也说……说不上。"接住水菊儿倒是喝了一口，撂下的一句话，却让人大失所望。还了水碗，她又急急忙忙地撵了上去。

上气不接下气，当菊儿赶回时，却见孙兰玉跟山妹已抱在一起，又哭作一团。呆呆地站在一旁，谢铁成、郭德厚、郭德全三个大男人，竟都是手足无措。一脸的惊恐，见到菊儿，倩儿像是见到了大救星，一头扑在她妈的怀里，"哇"的一声，她这才哭了起来。

问谢铁成，谢铁成却只摇头，不说话。问郭德全，郭德全说俩人一见面，又说了几句莫名其妙的话，接着不知为啥抱着头，竟恸哭了起来。对郭德厚，菊儿并不抱什么希望，因此，也不再多问。不料这次郭德厚却意外地说了句话，而且一开口就将大家一个个惊得目瞪口呆——弄了半天，山妹竟是孙兰玉的娘家侄女！

为人忠厚，从来都不打诳语，对大儿子郭德厚，菊儿是再了解不过了。但老实人的老实话却往往因他的老实、因他的嘴笨，从而让人对其可信度，不得不大打折扣。几十年来，除了老神仙，从没听说孙兰玉的娘家，还有别的什么人，更没见娘家有谁，来探望过她。一开始对郭德厚的话，菊儿并不以为然。

兰峪……菊儿终于想起来了。二十多年前，她跟郭福寿接孙兰玉的那个地方，不就叫兰峪吗？不久前用新买的枣红马，郭德厚不就是送孙兰玉，回娘家的吗？想到这儿，菊儿终于相信了老实儿子的老实话。

地里的赶了回来，被孙兰玉、山妹的哭声惊动，隔壁邻舍的，也纷纷赶了过来。左劝右劝，在费了九牛二虎之力后，大家这才终于劝住了她们。搂着泪流满面的侄女山妹，哽咽着，孙兰玉述说了事情的渊源涛滔。闻言包括菊儿在内，那些赶来劝孙兰玉的女人们，反而被她感动得陪着她，流起了眼泪。听着听着，谢铁成、郭德厚、郭德全将泪脸，也迈向了一边。

天下竟有这样的伤心事、感人事、巧事！其他人也都纷纷地议论着、感叹着。

孙兰玉要山妹到南河镇，跟她住上几天。心里虽依依难舍，菊儿却还是，满口地答应了她。

在大悲之后的大喜中陪着孙兰玉，山妹度过了一个不眠之夜。她不是不知道这个姑姑，也并非没找过这个姑姑，而是于阴差阳错中失之交臂、错过了这个姑姑。

从父母的闲聊中，山妹知道她还有个不是亲人，却胜似亲人的姑姑。这个姑姑叫作兰儿，就在三女河的另一头、在一个什么镇子上。

为寻父母，沿着三女河，山妹来到了它的另一头。这里，还确实有个镇子，叫南河镇。绝望中，山妹似乎又看到了一线希望，她断定她的姑姑，就在这南河镇里。将包括英华医院在内的，南河镇三条街道上所有的人家，在挨家挨户地打问了一遍后，她又彻底地失望了。包括英华医院在内，所有的回答几乎是众口一词——南河镇上，从来都没有个叫作"兰儿"的。

谁能想到百里投亲，跟亲人，却竟是擦肩而过！谁能想到近在咫尺，跟亲人，却竟是天各一方！谁又能想到踏破铁鞋无觅处，得来，却竟是全不费工夫！

寻的时候，满怀着希望；寻不到时，又大失所望；寻到时，自然是大喜过望；大喜过望之后，竟又有些不敢奢望了。喜出望外，姑侄们仿佛都在南柯梦中。这一切，都是真的吗？

时而悲，时而喜，时而哭，时而笑，姑侄俩，几乎都神经了。

"是真的。这一切都是真的！"一旁陈德润、马月盈翁媳，不住地提醒着她们。高兴时跟她们，他们一块儿高兴；落泪时陪她们，他们一块儿落泪。

在河东堡，菊儿也度过了一个不眠之夜。三个多月来，跟山妹朝夕相处，不是母女，她们却胜似母女。山妹却突然间离她而去了，一时，她哪里，又接受得了？一种既莫名其妙，又挥之不去的失落，跟魔鬼似的，缠着菊儿。没有娘家，山妹突然间却有了娘家。娘家她竟还有一个没有血缘关系，却胜似有血缘关系的姑姑。而这个姑姑，偏偏又有个跟她年龄相仿的，也还没有成亲的儿子。而她这个儿子陈静远，她的郭德全都没法跟人家比，她的郭德厚，唉！那就连想，都不敢想了。

看得上看不上她的德厚，菊儿心里没底，但山妹喜欢着她的德全，却是明摆着的事实。如果自己有主见、有勇气，如果亲自跟山妹提说，郭德全的事，说不定已经大功告成了。大麦也好，豌豆也罢，先收上一料子再说。事情成了，生米做成熟饭了，孙兰玉即便认出山妹，也不见得就是坏事。能跟孙兰玉结为儿女亲家，那是自己的造化，也是自己前世修来的福分。

如今倒好，半路上竟杀出个"程咬金"陈静远，有了陈静远慢说郭德厚，就是郭德全人家山妹，也未必看得上眼了。

有了肉谁还吃豆腐？菊儿后悔了，后悔自己没主见、没勇气，后悔自己找谁商量不行，却偏偏找到了孙兰玉。

菊儿并不自私。亲侄女马月盈嫁给了陈致远，成了孙兰玉的儿媳妇，她这个当姑妈的在替她高兴的同时，自己也备感荣耀。

小三郭德全就不说了，凭本事，他不怕没得媳妇。老大郭德厚就不同了。比人家陈致远还大，至今，他却还没个媳妇。老大没媳妇，长房长孙，自然也被耽搁了。慢说是菊儿，这事搁到不论谁的头上，他能不着急、不上火吗？

人家陈静远，那就更不同了。人家今个走个穿绿的，明儿个，说不定又来个穿蓝的。明个走个穿蓝的，后儿个说不定还有个穿红的，在那里等着。而她的德厚要是错过了这个村，怕是再也不会有这个店了。

山妹要是是自己的亲闺女，或者是孙兰玉的亲侄女，那该有多好呀！

如果是自己的亲闺女，菊儿巴不得她能嫁给陈静远，巴不得她能成为陈德润、孙兰玉的儿媳妇。

如果是孙兰玉的亲侄女，那陈静远，就无所谓了。都是识文断字的聪明人，孙兰玉、陈德润想必还不致将"原谷子倒进原囤子"，而做出将亲侄女嫁给亲儿子的傻事吧？果真如此，求孙兰玉让山妹做自家的儿媳妇，可就好商量得多了。

可山妹却偏偏既不是自己的亲闺女，又不是孙兰玉的亲侄女。天哪！你为啥不长眼？菊儿是多么的善良啊！你为啥，却偏偏跟她过不去？

第二天，菊儿便发现自己错了，错得连眉眼，都没有了。第二天一大早，山妹就过来了，不但山妹过来了，连孙兰玉、马月盈，也都跟着过来了。一如既往，山妹又是做这、又是做那，心情也一下子好了许多，嘴里哼哼唧唧的，她似乎还在唱些什么。

这一切都出乎了菊儿的意料。然而更让她出乎意料的是脚一到，孙兰玉、马月盈就跟她提起了郭德厚的婚事。

"姑妈，您还蒙在鼓里。"对着菊儿，马月盈道，"德厚哥的亲事，也是我妈的一块心病，上次为这事挤时间，我们还专门回了趟兰峪。结果事没办成，我妈心情不好，跟您，她更没法提说。"

"真难为你娘们两个了……"闻言，菊儿感动得又抹起了眼泪。

"想山妹，我都想疯了。"孙兰玉道，"没想到，她就在眼前，更没料到，她就在你这儿。三个多月来对她，你们跟亲人一样，我这个当姑姑的真不知咋样，才能感谢你们？"说着她的眼圈，不觉又湿润起来。

"没想到，"菊儿破涕为笑，"没想到，她竟是你的侄女！没个三年早知道，要是有个三年早知道，瞒谁，我还能瞒你？难怪夜儿个，你跟疯了似的，差点，把我没吓死！"

"好了，好了。"擦掉眼泪跟菊儿，孙兰玉笑着道，"这下，啥都不用说了。让山妹跟德厚在一起，你没看咋相？"

"我？我还有啥说的？"求之不得，菊儿道，"德厚，量他也无话可说。怕就怕人家山妹，看不上他。依我看对德全，她倒是有些意思。不过咱已弄了一回没割大麦、先割小麦的颠倒事，还能一错再错让大麦落在地里，却忙着去搂豌豆，又惹人笑话？"

"上次也是没办法，咱只好将错就错。"孙兰玉道，"事情过去了，咱就不提它了。这次咱可不能一错再错、错上加错了。为人厚道，在庄稼行道里拿得起、放得下，德厚也不是瓜子。这事你点个头就行了，山妹那里，我跟她慢慢说。依我看，就这么办！"

"德厚老好。"对着孙兰玉，菊儿难过地道，"他爸死得早，我又没本事，这事，全指望你了。"说着擦起围裙，她又擦起了眼泪。

第六十五章

要说最了解山妹的，还要数郭德全。好厉害的一张嘴！自从受到抢白，自从发出这句由衷的感叹起，郭德全认识了一个新的山妹。这个山妹除了聪明、善良、朴实、能干外，骨子里，她还藏有一种山里妹子所独具的泼辣。然而更为重要的，是她没拿自己当外人。既然她不把自己当外人，他也就无须见外了。暗中，郭德全替他的大哥高兴，为人忠厚，大哥他需要的，不正是这样的女子吗？

细细回味，郭德全不禁又有些着急——既替他的大哥着急，又为他自己着急。当着面，山妹毫不留情地抢白过郭德全，却从没抢白过郭德厚。对郭德厚她是那样的尊重，又是那样的客气。在这个微妙的年龄，抢白似乎不见得就是坏事，而客气似乎也不见得就是好事。在这个微妙的年龄，客气似乎意味着疏远，而抢白，却似乎意味着亲近。对郭德全来说，抢白似乎又是一个信号——一个危险的信号——他把她当成未来的嫂子，她却没把他当成未来的兄弟，而是当成了……

面对这个危险的信号，郭德全不得不，快刀斩乱麻了。

一位不速之客的光临，让柳春院那些长于接来送往的妓女们一时都慌了神，而竟有些不知所措。二十出头，来人举止庄重、仪态大方。头戴黑呢子礼帽，身披九道环的儿毛子皮大氅，看上去，他倒像个有钱的公子哥，骨子里，他却又透出一股不是银钱就能买到的凛然之气。而这种凛然之气，又给人以神圣不可侵犯的威慑，以致连这些饱经世故、又见钱眼开的妓女们，也不得不对其望而却步。不知底细，她们未敢轻举妄动；旁若无人，他更是目不斜视。

堆着笑又是点头，又是哈腰，鹰犬们一直将他陪进了客房。招呼他落座后，他们又是沏茶、又是递烟。殷勤毕，他们又弓着腰垂着手在一旁，恭候着吩咐。见来人既不抽烟，更不说话，他们竟有些手足无措，连头上，都直冒着脚汗。当老鸨柳叶闻讯赶出时，他们这才如临大赦，慌忙地退了出去。

"哟！原来是郭家三少。"柳叶也是惊诧不已，"难怪蓬荜生辉，原来有贵人光临！"

虽一母同胞，对郭德全、郭德厚的态度，柳叶却判若两人。女儿余儿是郭德厚、郭德全兄弟亲亲的妗子，说起来，她还是他们的祖辈。但在郭德全这个新贵的面前，柳叶却不敢像在郭德厚面前，那么的放肆。她甚至不敢装大（关中人读作duo），而以长辈自居。

已有些臃肿，当年的风韵，柳叶已不复存在。

"怎么，最近不忙？"没话找话，柳叶试探地道，"今日光临，不知……"虽老于世故，一时，她却也猜不透郭德全的来意。

"去年秋后，你这，不是丢了个女娃娃吗？"也不客气，郭德全开门见山，"她的卖身契约，想必还在你的手里？"

"契约？"见郭德全竟翻出了老账，柳叶不觉警觉起来，"这人都死了，还要这张烂纸做啥？"

"这你就甭管了。"郭德全却是一脸的平静，"你把契约给我，一个子儿，我都不会少你的。"

"这……这我信。"闻言，柳叶真的害怕了，"钱是小事。三少，你该不会借此，整我吧？"

"想到哪儿去了？"见柳叶惊慌失措的样子，郭德全又有些于心不忍了，"实话告诉你，她没有死！我救了她。"

"啊！"闻言，柳叶吃惊地张大了嘴巴。接着，她又抬起了臃肿的身子："三少你高抬贵手，就放我一马吧！"说着双腿一软又"扑通"一声，她竟跪在了他的面前。这时提着个大茶壶，有个小厮，前来添水。一看这架势他还没进来，却在吐了吐舌头后，又慌忙地退了出去。

"你这是干啥？起来，快起来。"说着伸出手，郭德全扶起了柳叶，"尽管放心！我绝没这个意思。只想着救人，就应该救到底。"

"真的？"闻言，柳叶却仍是惊魂不定。

"啥时候，你见我打过诳语？"郭德全道。

"阿弥陀佛！"想想也是，柳叶这才心神稍定，"只担心迟早会吃官司，却没料到，她还活着。救了她也等于救了我，三少，你可是我的大恩人！只是……"说着话锋一转，她却又为难了，"只是觉得人都死了，要这张破纸，又有啥用？后来一想，这人命关天，留着，还是个祸根，于是就……就一把火……给烧了。"

"这……"一时弄不清是真是假，蹙了蹙眉头后，郭德全又道，"既是这，那你写个字据，保证以后不再寻她的麻烦，就行了。"

"啊呀呀，好我的三少！"闻言，柳叶忙道，"你是不知道。打那时起，我就一直心惊肉跳、寝食难安。还常做噩梦，梦见她来跟我索命。只要没人寻我的麻烦，我就谢天谢地了，哪里还敢，再寻她的麻烦？字据，我这就写！"

两天前马车就被郭德厚打扫得干干净净，用竹杆、用芦席给马车，他还罩了个拱形的篷子。清明节这天给车厢，山妹又铺了层厚厚的麦秸。麦秸上，铺的是褥子；褥子上，又放着被子。套上枣红马郭德厚又前前后后地，将马车察看了一遍。这时一手拿着香蜡纸表，一手偕着孙兰玉，山妹又走了出来。将孙兰玉扶上车，爬上去山妹又依偎在，她的身边。

"大哥，等一下！"扬了扬鞭子，郭德厚正要吆喝枣红马，却见小三郭德全偕着他妈菊儿，又赶了过来。

"听说，"一边扶菊儿上车，郭德全一边道，"听说只要摸一摸药王爷的手，就能防治百病，跟咱妈，我们也去试试。"放下鞭子，郭德厚忙赶过来帮忙，伸出手孙兰玉、山妹，也接住了菊儿。"往年叫你去，你却死活地不肯。"对着菊儿，孙兰玉笑道，"今儿个日头咋打西边，给出来了？"

"跟山妹在一起，时间长了。"闻言，菊儿竟有些难为情，"一天不见，心里就空落落的，还真的有些不惯！"

"宁可信其有，不可信其无。"孙兰玉道，"就是不信，出去散散心，也有好处。整天闷在家里，没病，都会闷出病来的。"

就地踩着舞步，枣红马已经不耐烦了。松开刮木"啪"的一声，郭德厚就是个响鞭。像是听到了冲锋的号角，一阵兴奋，枣红马哝哝哝地嘶鸣着。随着"吱呦"一声，车子，也跟着起动了。外首的车辕上，坐的是郭德全，紧追两步后右手一按，郭德厚也坐上了，里首的车辕。马蹄嘚嘚，车轮辚辚，佩环叮当，在羡慕的目光中，马车悠悠地驶出了南河镇。上药王山，孙兰玉又去祭祖了。

心里，山妹是百感交集。几个月前眼睁睁地看着父母，被洪水给卷走了，接受不了这个残酷的事实，不辞千辛万苦沿三女河，她一路寻到了南河镇。结果父母却是活不见人，死不见尸。天苍苍，地茫茫。大千世界却无尺寸之地，可供她一个女儿家栖身。呼天天不应，叫地地无声，山妹，已经走到了生命的尽头。南河镇虽四通八达，但摆在这个弱女子面前的，却只死路一条。沿着冥途一路走去，在冥冥中的那个世界里，她希望能跟她的父母团聚。不想痴痴呆呆中，却走错了路，跟一帮女人她来到了河东堡、来到了郭家。

一切都是盲目的，下意识的，当然更不会想到，后来所发生的一切。

随着车子的一颠，山妹的思绪，被打断了，原来马车，已经来到了河滩。

枯水季节，渭水明显地瘦了，也细了。水面仅剩下原来的三分之一，主流缩小了，还分出无数弯弯曲曲的支流。河滩却变得格外的宽阔，还被流水划分成许多奇形怪状的条条、块块。条条、块块上有的芦苇没人，有的蒿草没膝。随着日益减少的水流，所有的船只，都被迫退到了河心。

水退人进，弯弯曲曲又坑坑洼洼的"道路"两旁，小商小贩们用芦席、用苇箔临时搭起的棚子由堤岸经沙滩，一直延伸到河心。一家挨一家棚子有大有小，有高有低，参参差差的，虽错落，却无致。跟棚子一样，下面的货物也是五花八门、形形色色。虽南腔北调，吆喝声、叫卖声、吵闹声却都是男低而女高。千年古渡的南码头因纷乱而繁华，因嘈杂而热闹。

不敢大意，郭德厚、郭德全兄弟几乎同时跳下了车辕。又是喔喔，又是吁吁，跟枣红马，郭德厚不断下达着新的指令。善解人意，又心有灵犀，枣红马也千方百计地躲着、避着，但弯弯曲曲又坑坑洼洼的"路面"，却还是让车篷里的三个女人时而前俯，时而后仰，时而东倒，时而西歪。

突然，她们像是被谁从后面，重重地推了一把，未能幸免，车轮终究还是，陷入了泥潭。

喧嚣声戛然而止，两旁不管卖出的还是买进的，所有的目光，都聚焦在郭德厚的身上。不是不肯帮忙，大家只是想开开眼界，见识见识这个年轻的车把式，看一看他的手段。考验郭德厚，或者说让他一显身手的时刻，到了。正要帮忙推车，郭德全却被郭德厚拒绝了。他不但不让他推，反而要他重新上车。虽不理解，但郭德厚那一脸冷峻的神色，似乎已不容郭德全，再说三道四。

不慌不忙，郭德厚胸中似有雄兵百万。在空中画过一个"八"字后，由前向后鞭梢准确无误地，打在了枣红马的左耳上。歪着头，枣红马下意识地向后一坐。眼看着枣红马重新调整好姿势，随着"噢——"的一声呐喊，紧接着又是"啪"一声，由后向前郭德厚的鞭梢，又准确无误地打在了它的右耳上。扬着尾巴又奋起四蹄，前弓后箭，枣红马猛地向后一蹬，车轮在就地滑过半圈后，马车终于又被它，拖出了泥潭。

"好，好马！好把式！"尽管身上、腿上，甚至连脸上，都溅满了泥巴，对郭德厚跟他的枣红马，大家却齐声地喝起彩来。

码头边一辆三套子马车，正等候上船，一条满载着的大船，也缓缓地靠了过来。离岸还有四五尺远，七十子兄弟等，却已纷纷地跃上了码头。几块厚厚的槐木板被搭在船跟码头之间后，他们，又忙着招呼乘客们下船……

连着登了两次，三套子马车却都以失败，而告终了。当事者迷，车把式，已经沉不住气了；旁观者清，郭德厚，却早看出了破绽。鸡蛋倒鸭蛋，外首的梢骡子耍滑头跟它的主人，在故意捣蛋。

已经不好意思，车把式客气着，示意要郭德厚先上。不料郭德厚却道："先上后上，还不都是个上？来，我来试试。"

在郭德厚的吆喝下转了一圈后，三套子马车又回到了，登船的最佳位置。见外首的梢骡子又在捣蛋，还有些欺生，更不说话，郭德厚的一个响鞭，又准确无误地扫过了它的双耳。这畜生这才老实起来。在郭德厚的一声呐喊声中，只见大船的西头，突然向上一扬。回头再看时三套子马车，已稳稳当当地停在了大船的东头。

在一阵又一阵的喝彩声中，自家的马车又被郭德厚稳稳当当地，停在了船的西头。东头车重，船身，还是有些倾斜。船工们有的忙着给车轮前后，塞着三角垫木，有的忙着招呼行人，要他们向西头集中。当那些或背着背篓，或挑着担子的行人上来后，大船这才终于，又恢复了平衡。在船工们的一阵吆喝声中，大船又悠悠地，驶离了南岸……

在郭德厚的指挥下，枣红马时而走走，时而停停；时而停停，又时而走走。从摩肩接踵的人流中，马车终于穿过了古城最为繁华的北大街。

等上了头道原，枣红马已经是大汗淋漓，又气喘吁吁。趁小憩的当儿，用左手扶着叼在嘴里的旱烟袋，用右手郭德厚替枣红马，抹着脊背上的汗水。

"一时没拿住，"对着枣红马，郭德厚道，"让你，受委屈了。"见枣红马的两只耳梢被鞭子，各抽出了一道血印，他心疼地跟它道歉着。闻言捂着嘴，山妹偷偷地乐着；回过头在郭德厚的胳膊上，枣红马轻轻地吻了一下。

二道原上，马蹄铁有节奏地，敲打着路面，发出的嘚嘚声既清脆、又悦耳。不再吆喝，鞭子已被郭德厚，插上了车辕。不疾不徐，枣红马信步由缰地走着。

直到泾河的坡口，郭德厚这才又一次地，跳下了车辕。跟拔河似的，他一次又一次地，抽动着皮绳；皮绳又一次又一次地，牵引着车刮木；刮木跟轮瓦之间发出了刺耳的，吱儿吱儿的摩擦声。这时皮绳又被郭德厚用竹条回子死死地拴了，车辕上的"枪头橛子"。

在泾北用过午饭，在丰原又歇息了一晚，赶在第二天的上午，一行五人来到了耀州东南的"北五台山"。

拔地而起，跟"南五台山"遥相呼应，北五台山因位于药王孙思邈的故里，所以，又有了"药王山"的别称。山上的"药王庙"始建于隋末、唐初，迄今，已有一千三百多年的历史。后经宋、元、明、清历朝历代的不断扩建，其规模越来越大，气势，也更加地恢弘。

在二百余间建筑构成的建筑群中，背北面南"大殿"高七丈、阔八丈、长二十四丈，居高临下又凌空出世，是岳王山的标志。殿内药王的彩塑头顶道巾，身披黄袍，双腿跨坐，两手搭膝，高可盈丈。大殿内又设小殿，可谓殿中有殿，名曰"配殿"。配殿内塑有扁鹊、仓公、华佗、张仲景等十几位先祖、先师的金身，金身后有一深洞，名"药王洞"；金身前又有一亭，名曰"献亭"。献亭的三十多通石碑上，有的记载着药王山的历史沿革，有的记录着中国医学的博大精深，其形式有行，草，隶，篆，均是历代书家的真迹墨宝；其内容有诗，词，歌，赋，均是历代文豪的名篇佳作。坐落在献亭东面的，是"碑亭"，碑亭的

"千金宝要四面碑"上，又刻有六卷一百六十四页、共九百余副药方。其中"海上方碑"收刻的百余副验方，据说是龙太子被药王救治后，东海龙王给他的赠品。大殿东侧的陈列室中，珍藏着两部巨著在历朝历代的不同版本，其中一部是药王的《千金要方》，另一部是他的《千金翼方》。这些中华医学绝无仅有的文献资料其科研价值、史料价值和文物价值均无从估量，属无价之宝。

庙里还有药王的手植柏，其合围据说有七搂零八拃半，就这，疙里疙瘩还没上算。

殿宇、庙堂均飞檐斗拱，琉璃封顶；亭台楼阁皆雕梁画栋，无一雷同。掩映在青松翠柏之中，既给人以庄严、又给人以肃穆。既集佛教文化、道教文化、中医、中药文化之大成，又融建筑艺术、雕塑艺术、绘画艺术、书法、镌刻艺术为一体，药王山名闻远近、誉满全球。据说只要摸一下药王的双手，便可有病治病、无病强身，甚至，还可保一家大小之平安。因此善男信女、顶礼膜拜者，自是纷至沓来、络绎不绝。

据说有个跛子，是被儿子们抬上山的、摸过药王的双腿后下山时，他比儿子们跑得还快。一个哑巴又是指手、又是画脚地上了山，据说在摸过药王的嘴巴后他背抄着双手，又一路吼着"桄桄乱弹"下了山、回了家。

"吁——"的一声后，马车被郭德厚停在了山下。支好木槽，他刚从口袋里倒出苜蓿，枣红马便迫不及待地，大嚼大咽起来。"甭急，甭急。好东西还没添上。"像是对着老伙计，一边给苜蓿中撒着豌豆瓣，郭德厚一边安抚着他的枣红马。加上水拌匀后，枣红马的咀嚼声中，又多出了一阵咯嘣咯嘣的脆响，空气中，也弥漫着苜蓿的清香。

稍事休整后郭德全在前面开路，孙兰玉、菊儿居中，山妹殿后，拾级而上，一行四人徒步地攀登着。放心不下他的枣红马，自告奋勇，郭德厚留下来看守着大本营。

开始，山路的坡度尚缓；临近药王庙，坡度却突然剧增。身边云缭雾绕，头顶上百步开外，岳王庙恍若天宫。石阶也变得狭窄起来，有上有下，尽管大家都是小心翼翼，磕磕碰碰的事，却还是时有发生。孙兰玉、菊儿和山妹，已经是上气不接下气，郭德全也是气喘吁吁。他不得不走走停停，又不得不时时回过头招呼着、等待着她们。好不容易，才到了药王庙前，首先映入眼帘的，是一副巨联：

铁杆铜条耸碧霄，千年不朽；铅烧汞炼点丹药，一日回春。

庙里的僧、道，几乎没有不认识孙兰玉的，有人早飞报住持道长，闻讯后住持道长忙将他们让进禅房歇脚、用茶。

茶毕在住持道长的陪同下，孙兰玉一行，来到了大殿。大殿的正中，有一铜鼎式大香炉，香炉的后面，三个宽大的香案一字儿排了开来。香案的两头，各放有一灯台式蜡座，香案的后面，才是药王孙思邈那高大的彩色塑像。

"诸位施主请稍待。"法坛上拂尘一扬，指着孙兰玉，住持道长跟众人道，"这位是药王的后裔。为祭祖她不辞车马劳顿，远道而来。待祭拜完毕，再请她给诸位纳祥、赐福！"

听说是药王的后裔，喧嚣的大殿里，顿时静得鸦雀无声。肃然起敬，向两侧，众人纷纷地让了开来。

在悠扬的钟磬声中各色祭品，被山妹摆满了香案，中间是点着红斑的大白馒头，左右两边依次是五谷杂粮、各色水果。被郭德全点燃后，两根棒槌大的红烛，又被他蹾进了两侧的蜡座。在菊儿的帮助下给药王，孙兰玉连着上了三炷香，接着在香炉前的蒲团上，两个人又缓缓地跪了下去。男左女右，郭德全跟山妹，也跪倒在两侧稍后的蒲团上。大殿里跟着孙兰玉，善男信女们齐刷刷地跪倒在地。殿外的跟着殿里的，跪倒了；山门外的跟着山门里的，跪倒了；山下的跟着山上的，跪到了。一场声势浩大的祭拜仪式由里向外、自上而下地铺了开来。

三拜九叩的大礼过后，郭德全立即被善男们，团团围定；孙兰玉、菊儿跟山妹也被信女们，围在了核心。争先恐后，他们纷纷摸起了他们的手臂。

下山途中两道人墙，又将他们夹在了中间。左边郭德全用右臂扶着菊儿，右边山妹用左臂扶着孙兰玉，腾出另一只胳膊他们让众人，尽情地摸着。

下山后郭德全的左膀，山妹的右臂，一时，竟都抬不起来了。

返回途中随着郭德厚"吁——"的一声，枣红马正要掉头南下，不料却被郭德全给喊住了。

"大哥，"郭德全道，"朝北，继续北上。"

"北上？"郭德厚不解地道，"还要上哪儿？"闻言相对一视，孙兰玉、菊儿，也是一脸的狐疑。

"走亲戚。"郭德全却是不假思索。闻言面面相觑，孙兰玉、菊儿，又是一脸的惊讶。

"走亲戚？"郭德厚更加的糊涂了，"北边……北边咱没啥亲戚呀！"比郭德厚更糊涂的，是孙兰玉、菊儿。

"新亲戚。"郭德全笑着道，"去了，你就明白了。"

"新亲戚？"郭德厚困惑地道，"再朝北，听说就不安静了。你不说清，我不去！"

"大哥,"郭德全又道,"这不是一句话、两句话,就说得清白的。你先走咱边走边说。"

"也好。"听说是新亲戚,孙兰玉已似有所悟,"路上,让德全慢慢说。"见孙兰玉发了话,郭德厚这才不太情愿地,掉转了马头。

"啥亲戚,你快说!"一向不善言辞的郭德厚,这时,却迫不及待地催起了郭德全。

"去年,柳春院跑了个女娃娃。"对着郭德厚,郭德全反问道,"还记得不?"

"咋不记得?"闻言,郭德厚不觉感慨起来,"不是都跳河自尽了吗?真是个烈性的女子!"

"不!她没跳河,也没自尽。离这不远,她家就在前面。"顾左右而言他,郭德全开始激将了,"大哥若是不想去,那就算了。"闻言相对一视,孙兰玉、菊儿不认识似的,看着郭德全,山妹更是一脸的茫然。

"不不不。要去、要去。"郭德厚忙道,"到底是咋回事,你快说。把人,都快急死了!"原来凉性子的人,也有着急的时候。

"别卖关子了。"这时孙兰玉,也帮起了郭德厚,"德全,快说说!"

郭德全的故事将一车人,同时惊得呆了。

去年那个秋夜,等郭德全将染坊的事安顿完,已经是鸡叫头遍的时候了。返回途中,快到三女河时,突然传来一阵急促的吆喝声、追喊声。见事出蹊跷,一闪身,郭德全藏进了路边的苞谷地。朦胧的月光下,跟在一男一女两个人的后面,几个打着灯笼火把的,在穷追不舍。开始,男的还拉着女的一块跑。不久,女的似乎跑不动了,而后面的,却越追越近。后来丢下女的,男的竟不管了,像被细狗①追赶着的兔子,从郭德全面前一闪而过,他一头钻进了对面的苞谷地。踉踉跄跄又跌跌撞撞,当跑到郭德全的面前时,那个女的却一头栽倒在地上。来不及多想,郭德全一把将她抱进了苞谷地。不等惊叫,一把,他又捂住了她的嘴巴。压低声音,他警告她道:"别动!别出声!先猫在这儿。"言毕一跃身,郭德全冲出了苞谷地,沿着女的逃跑的方向,他故意踉踉跄跄,又跌跌绊绊着跑到了河边。"扑通"一声将一块石头丢到水中后,在河堤下的树丛中,郭德全藏了起来。敛气屏声,他足足坚持了有一袋烟的工夫。直到打灯笼火把的,垂头丧气地走远后,他这才钻出来回到苞谷地,又找到了那个女的。

"别怕。"郭德全道,"我不会,伤害你的。哪儿的?我送你回家。"

女的原来是个十六七的娃娃,叫白若雪。家住耀州城北的白家寨村,其父,还是县府的文员。下学回家途中,被几个蒙面人绑架后,白若雪又被卖到了柳春院。在柳春院当她又哭又闹的时候，有个男的却花言巧语说，要救她出去。趁夜深人静，带着白若雪那个男的从后门，偷偷地摸了出去。不想早有提防，出门后不久，他们就被柳春院给发现了，紧急关头自顾不暇，丢下白若雪那个男的，竟亡命而去了。

在河东堡，白若雪又一次被藏进了苞谷地。回家后郭德全翻出了他的一套衣帽，隔着窗户给他妈菊儿，他又打了个招呼。说生意上有些事，他要出趟门。大概一两天后，才能回来，枣红马，他也骑走了。

待白若雪女扮男装后，趁着天还没有亮透，带着她搭第一班船，郭德全过了渭水。抄小路走背街，在绕道过了县城后，郭德全这才一翻身上了枣红马。接着白若雪也被他，拉了上来。没走几步，不料白若雪却说坐在后面，她害怕的不行。无奈郭德全只好将她，又换到了前面。一路上他几乎是搂着她又催着马，向北疾驰而去……

快马加鞭，当两人一骑赶到白家寨时，已经是午夜时分。"吁——"的一声后，郭德全又收了收马缰，急促而有节奏的马蹄声，这才逐渐变得凌乱起来。

黑灯瞎火整个村庄，都沉睡在漫漫的秋夜中。只有一处，似乎有微弱的灯光透了出来，万籁俱寂，深巷中偶尔传来了几声犬吠。

慌乱中托人四处打问，寻找了一个多月后，白家终于彻底地绝望了。白若雪的父母几乎是夜夜面对青灯，又呆呆地坐等天明。

翻身下马，郭德全正要伸手去扶，不料迫不及待，白若雪已自己跳下马来。推开虚掩着的头门，向亮着灯的屋子，她一瘸一拐地奔了过去。

一声"爸，妈"后，又一头扑在她妈的怀里，白若雪失声地恸哭起来。不期而至的"小伙子"，让两个老人禁不住，都大吃了一惊，而"小伙子"的哭声却似乎又让他们明白了些什么。微弱的棉油灯下，盯着"小伙子"那白皙而又秀气的脸蛋，一时，老两口竟怔住了。分明喊他们为"爸、妈"，分明是他们日思夜盼的女儿，一时间老两口反而既不敢相信，更不敢相认了。愣呆了好一阵子后，老两口这才搂住"小伙"又扯起嗓子，大声地恸哭起来。明明是自家失踪多时的女儿，她怎么却是一身男装？又怎么突然间像是自天而降、出现在他们的面前？直到脱去男装，直到白若雪露出女儿身，老两口却还是将信将疑，还以为这一切，都是幻觉，甚至怀疑这一切均发生在冥冥中的，另一个世界。

枣红马哜哜哜的一声嘶鸣，这才将白若雪从梦幻中，惊醒过来。救命的恩人还在外面，返身跑出时"哎哟"一声，她竟栽倒在房门口。一阵钻心的刺痛，这才让她恢复了意识，意识到从马上跳下时，她的脚脖子扭伤了。

"爸，妈，快！"忍着剧痛又指着门外，对前来扶她的父母，白若雪道，"儿的救命恩人，还……还在外面。"想站起，抬了几次，她却都没能抬起。

"这儿不用你管。快、快去请咱的大恩人！"母亲一边扶着女儿，一边对又想扶女儿，又想请恩人，竟有些无所适从的父亲道。

一个真正的小伙子，终于出现在灯光的下面。手忙脚乱，招呼郭德全坐下后，老两口四条腿，不觉突然一软……

眼疾手快，伸出手郭德全忙扶住了他们，白家老两口子，这才终于没有跪倒。"他叫郭德全。"一边抽噎，白若雪一边道，"要……要不是他，咱们要……要见面，怕只能在九……九泉之下了。"说着，她又伤心地哭了起来。这时老两口才发现女儿的救命恩人，竟是一个只有二十出头，既精明、又干练的年轻小伙子。

闻声白若雪的哥、嫂，也赶了过来。又是惊、又是喜，千恩万谢后，他们这才一个忙着去做饭，一个忙着去经管枣红马。

一边经管郭德全吃饭，一边听白若雪述说她被绑、被卖、被骗以及被救的前前后后。又是惊、又是喜，喜中有惊，惊中有喜；一会哭、一会笑，哭中有笑，笑中有哭。白若雪以及她的父母兄嫂，简直都神经了。

跳动的灯火，已经没有了意义，天已经亮了。

一觉醒来，午饭已经准备停当。出乎郭德全意料的，是这次偶然的遭遇，竟成就了他跟白若雪的一桩金玉良缘。世上的世事往往就是如此，机关算尽的到头来，却是一场空，而既无欲、又无求者，却往往是得来全不费工夫。

沉醉在一个美丽的童话中，山妹的心里，不觉竟萌生出一种隐隐约约的，难以名状的失落。拿着鞭子，郭德厚已完全忘记了他正在吆车，一路上，枣红马更是信步由缰。

身子不由自主地向前一倾，孙兰玉、菊儿这才从梦中，惊醒了过来。

"到了。"郭德全道，"就是这家。"

"老马识途。"孙兰玉喃喃地自言自语着，"连枣红马都认下了这门亲，看来这一切都是天意！"

"这事就拜托你了。"对着孙兰玉，菊儿一边抹着眼泪一边道，"这既是天意，更是人意。"

眼泪已经掩饰不住她的惊喜，还有兴奋。

---

①细狗：一种腰细腿长，善于奔跑的猎狗。

第六十六章

山雨欲来风满楼！

宣化观，渭南城北不远处的一座道观。远眺上有苍松翠柏数株，象征着它历尽沧桑后的几多庄严、几多肃穆；下有青砖瓦舍一片，标志着它昔日曾经的凝重、曾经的古朴。及近却不见青衣道长，唯有布衣斯文；不见善男信女，唯有黄发垂髫；不闻晨钟暮鼓，唯闻书声琅琅。"宣化观"的匾额虽依然居中横悬，左右两边，却各多出牌子一面。左面的牌子上是"宣化初级小学"，右面的牌子上，却是"乐育高级小学"。

宣化观是宣化四社的公产，借一方宝地，民众办起了"宣化初级小学"。地有所属，风水共享。以借用为名，几个士绅将他们的"乐育高级小学"迁入其中。不想刘备借荆州，这一借，便是十年。

自古一山不容二虎，用关中人的话说，一个槽里，拴不下两个好叫驴。鸠鹊同巢，牛咬马踢的事，便在所难免了。量变引发质变，后来两校之争，竟被染上了浓重的政治色彩。缭绕的香火没有了，充斥着的，是刺鼻的硝烟。这里，已不再是一方净土。

道门不再清净，学人也不再斯文，托停办之名，行清党之实，乐育高小解聘了所有的党员教师。将计就计你停办，我升格，升格后的宣化高小，又录用了被解聘的党员教师。弄巧成拙，乡绅们赔了夫人又折兵，恼羞成怒，用"调虎离山"之计，他们捣毁了升格不久的宣化高小。以牙还牙，以血还血，盛怒之下宣化高小的师生们，又打死打伤了几个士绅。

像一把火，"宣化事件"点燃了久旱不雨的渭华大地。

五月一日，是全世界无产者一年一度的节日，这天崇凝镇，也恰巧逢集。崇凝——一个沉甸甸的名字。

为争取八小时工作制，一八八六年的五月一日，美国有二十一万产业工人在芝加哥，举行了声势浩大的游行示威。四十二年后的这天，中国的农业无产者也大吼一声，向三座大山举起了他们的镢头、铁锨。

火山在喷发，岩浆在奔突，警察局被砸，厘金分局被踏；商铺被抄，豪宅被烧。账本被付之一炬，浮财被洗劫一空；恶差被镢头砸成一团肉泥，催粮委员被一锨劈为两半。鱼池十六村的苏维埃政府，在府君庙里诞生；丰原十八村的赤

色政权，于老爷庙中问世。东起少华，西至骊山；南自秦岭，北至渭水，陕东地区农民运动的星星之火，已大有燎原之势。

七日晚在朦胧的夜色中，一支队伍悄悄地离开了秦岭的腹地、离开了三要司。栗色的战马上，旅长许权中缓辔而行，寄人篱下，处境险恶，作为一旅之长为部队的安全，他不能不忧心忡忡。这支队伍的前身，正是国民联军驻陕总部政治部，跟中山军事学校合编的那个旅。往事如昨，历历在目。北上途中，校长史可轩不幸被田葫芦所害，轰轰烈烈的清涧暴动，也以失败而告终。为保存这支革命的武装，万不得已，大队长许权中接受了冯子明的改编。

不久在外界的压力下，对许权中，冯子明也动了杀机。奉命南下路过蓝田时，旅参谋主任、内奸惠介如企图发起兵变、企图杀害许权中。我中有敌，敌中又岂能无我？如果将惠介如比作三国时的魏延，那么他企图策反的杨锡民营长，便是"诸葛亮"安插在魏延身边的"马岱"。铁证如山，岂容狡辩？内奸被处决后万不得已，许权中又就近投靠了跟冯子明素恶的李虎臣，驻兵三要司。

地处秦岭腹地，三要司是十万大山中一个名不见经传的小镇。羊尾巴长的一条街道上有一家药铺、一家杂货铺跟两家山货店。这里山清水秀，却十分的贫瘠；这里封闭，却绝非世外桃源。这里跟潼关、跟渭华大地、跟省城的红埠街九号，均有着千丝万缕的联系。

五月四日，又是青年节，这天许权中旅长，竟同时接到两个内容截然相反的命令。其中一个，来自西安的红埠街九号，中共陕西省委要他脱离李虎臣将部队带往渭华，去配合那里正风起云涌、如火如荼的农民运动。另一个来自潼关，他的顶头上司李虎臣却要他急赴潼关，去参加对冯玉祥的作战。作为共产党员，他理应服从省委；作为军人，他又要以服从命令为天职。何去何从，一向果断的许权中，竟陷入到两难。

身家性命尚在其次，作为一旅之长，他必须对部队负责。清涧起义失败后在陕西乃至在大西北，这支队伍成了共产党领导的、绝无仅有的一支武装。在白色恐怖中党又把唐澍、刘景桂、谢子长、廉益民、高克林、杨晓初等一大批已经暴露了的骨干，全都保存在这支队伍里。许权中不能再输了，他已经输不起了，再输这点血本，可就要输光了。

时间突然变得咨啬起来，两个"婆婆"都在坐等，何去何从，许权中这个"小媳妇"必须在二十四小时内当机立断、做出抉择。

面对黑黝黝的山影，许权中苦苦地思索着，破晓前一个大胆的设想，终于渐趋成熟。与其南下渭华，与其未及走出大山，就被李虎臣吃掉，还不如将计就计，先去潼关。在潼关于军阀酣战中趁其不备，出其不意地伺机撤出，然后杀个回马枪，再去支援渭华，亦为时未晚。若能从李虎臣的队伍中，再拉一些人马出

来，如果能在渭北站住脚跟，再以此为根据地，那当然是再好不过了。渭北群众基础好，回旋余地大，在那里进可以攻，退可以守；在那里敌对势力，也相对比较薄弱。

许权中的设想，无疑是成熟的，其决策，也是英明的，但这个成熟的设想，这个英明的决策，却跟省委的指示格格不入，甚至是南辕北辙、背道而驰。

许权中的决策，军党委能通过吗？军委委员倒是些满腔热血的好同志，他们矢志不渝，他们热情奔放，但他们却年轻气盛，又缺乏实际斗争的经验，而领导他们的党，却比他们还要年轻，她只有"八岁"，还是虚龄。

军党委的意见，跟许权中的果然是大相径庭。出于对旅长的尊重，会议决定采取折中的办法，一面让部队向潼关缓行，以拖延时间；一面飞报省委，以寻求新的指示。

红埠街九号，也是一个不眠之夜，在托派势力的影响下，年轻的省党委做出了"不去潼关，速到渭华"的决议。

虽说不以成败论英雄，但成败毕竟不失为判断军事行为正确与否的，唯一的标准。为避免血本无归，冒着违抗省委的风险力排众议，许权中只派一个营去了渭华，而旅主力，还是被他带到了潼关。

在潼关，在察看"敌情"返回时，许权中禁不住，又大吃了一惊，一个旅的人马，竟不翼而飞了。从压在桌面的一张字条上，他始知部队被唐澍，带往了渭华。一年前因跟史可轩意见不一，闹意气许权中离开了部队，正追悔莫及，他做梦也不曾料到在一年后的今天，部队又离开了他。

"报应！"许权中一边自责着，一边再次翻身上马。跟着栗色马一路向西，十九骑疾驰而去。

在瓜坡镇，许权中终于追上了他的队伍。队伍还是那支队伍，但已不叫"许旅"，而叫作"西北工农革命军"。旅长也不再叫作旅长，而叫作总司令，总司令更不是许权中，而是唐澍。提前派出的那个营，也被改称为"陕东赤卫队"，不过只换汤，没换药，大队长还是原来的营长，叫李大德。

许权中跟他的十九骑，竟成了"西北工农革命军"的"骑兵小分队"，一落千丈，旅长竟成了"骑兵小分队"的队长。

以刘景桂为军委主席，以唐澍为总司令，以王吉泰为参谋长，部队已正式宣布起义。就此，许权中失去了一旅之长、失去了对部队的指挥权，而得到的，却是一个"永远开除党籍"的处分。悲剧，也就此拉开了序幕。

新官上任三把火。几次小胜后，"西北工农革命军""陕东赤卫队"的处境，却越来越险恶了。面对严峻的局势，许权中已无暇顾及个人的恩怨、得失，以大局为重，当他又一次提出"退守渭北以保存实力"的主张时，被迎头一桶冷水浇冷静了的唐澍、刘景桂等，才不得不认真听取、并接受了他的意见。可惜，许权中的主张，还未及付诸实施，亲自带着三个师，宋哲元已反扑过来。血战中工农革命军党委书记吴浩然、政治部主任廉益民、赤卫队副大队长薛自爽等，先后阵亡。部队也被迫从牛峪再次进山，退守到两岔河。

在两岔河不顾"新败之师，不宜分兵"之大忌，唐澍再次派谢子长、赵雅生两个大队南下，抢占了位于李虎臣眼皮下的保安。

潼关战场上一直处于优势，李虎臣却因中了冯玉祥部马鸿宾的缓兵之计，而吃了败仗。迁怒于许权中旅的临阵撤出，刚到保安谢子长、赵雅生的两个大队，便被他分割包围。在报复性的恶战中，赵雅生大队长饮弹牺牲，自卫队大队长李大德被俘、被杀。赶来救援，于阵亡后唐澍也被碎尸、枭首，在洛南城头上示众。

唐澍的鲁莽，彻底打乱了许权中的步伐，原本可以争取的李虎臣，也被他推到了反面。不但放弃了对冯玉祥的作战，跟宋哲元联手，李虎臣还对工农革命军实行了南北夹击。一误再误，唐澍不仅给工农革命军造成了难以弥补的重大损失，为此他自己也付出了沉重的，无以复加的代价。

遗憾的是由于消息闭塞，当中共中央于四月三十日发表第四十四号通告，在全国范围内纠正"左"倾盲动主义的时候，陕西省委却于翌日、于五月一日拉开了渭华暴动的序幕。更教人遗憾不已的，是当中共于六月十八日在苏联召开"六大"，明确指出中国革命仍然是"资产阶级民主革命"，党的工作重点也不是"组织暴动"的时候，渭华暴动正好以失败而告终了。

在两岔河，陕东特委书记刘继曾不期而至，这位"党代表"刚刚莅任，他的工农革命军却名存实亡、已不复存在了。被他送达的，仍然是陕西省委那既极左、又姗姗来迟了的指示。

举世混浊而独清，众人皆醉而独醒的，是旅长许权中。

在蓝田的张家坪，刘景桂、刘继曾找到了许权中。工农革命军的最后一次军委会，在这里举行。会议决定撤销部队的番号，并接受刘文伯的改编。打了两个多月后，那面已残缺不全的红旗被两个衣衫褴褛、饱含着热泪的士兵，又悄悄地卷了起来。

城非不高也，池非不深也，兵革非不坚利也，米粟非不多也。委而去之，是天时、地利、人和，皆不备也！

渭华暴动重演了清涧起义的悲剧。

悲剧并没因暴动的失败，而就此结束，疯狂的反攻倒算，又开始了。敌对势力用拔舌、剜眼、剁脚、断肢、剖腹、挖心、砍头、腰斩、沉塘、活埋、车裂以及活钉门神等骇人听闻的手段，在疯狂地报复着。共产党员、农会会员有的父子同时受戮，有的兄弟同日罹难，有的夫去妇随，有的甚至被斩尽杀绝、株连九族。一时间渭华原上刀光剑影，触目惊心；渭河南北腥风血雨，鬼哭神愁。

陕东的风暴平息后，将还在滴血的拳头，宋哲元又砸向了西府、砸向了党玉琨。

相比之下，党玉琨不像麻振武那么简单，其部下，也没那么地幸运了。

系原靖国军郭坚部第三支队司令，自幼顽劣成性，于斗殴中一腿致残，党玉琨又被叫作"党拐子"。郭坚被图后以凤州为据点，他控制了西府。在西府称王称霸、为非作歹、祸害一方，党玉琨俨然以土皇上自居。

虽胸无点墨，却因在古玩店打过杂做过学徒，党玉琨粗通文物，知其价值不菲。民脂民膏已无法满足日益膨胀的物欲，于是，他又打起了老先人的主意。不学无术，党玉琨并不知被他踩在脚下的，是块风水宝地。后来从一个叫作牛伯升的乡绅口里，他始知苦心经营的这个国中之国，既是秦人的封邑，又是西周的发祥地。古陈仓附近的斗鸡台、戴家沟，更是取之不尽、用之不竭的摇钱树、聚宝盆。一夜暴发，牛伯升就是靠盗挖文物，才成了富甲一方的大户。

"把他妈给日死咧！"党玉琨骂道，"端着金碗，咱却到处地讨饭。"于是继军阀孙殿英、靳云鹗之后，他成了又一个盗挖祖坟的巨偷。

做贼心虚，当年陆建章、陈树藩勾结美国人毕士博盗卖昭陵六骏时，还以军事演习，来掩人耳目。党玉琨则是明火执仗，他一面征用民夫大张旗鼓地盗挖，一面还请班子、唱大戏，以助其兴。大戏断断续续地唱了三个多月，千余名民夫却日以继夜地，挖了半年。出土的玉璧、玉璜、玉瑗，以及铜镜、铜钫、铜鼎，竟多达千余件。其中除西周时期的乌纹青铜鼎一件外，还有夔纹青铜禁三件。因弄不清青铜禁究竟为何物，故暂时形象地称其为"铜桌子"。

东汉时，郑玄考释曰："禁，承尊之器也。名之为禁者，因为酒戒也。"

由此观之，青铜禁被称为"铜桌子"，并非是无稽之谈。果然是古人放置酒具的"桌子"，当然，也是价值连城的瑰宝。

铜器、玉器都备受青睐，陶器却受尽了冷遇。无论灰陶、白陶、黑陶、红陶还是彩陶，也不管是粗、是细，有釉还是无釉，都在被毫无文物常识的民夫们有意无意地顺手扔掉后，又打得粉碎。沉睡了数千年，国宝难得一见天日，没想到在重见天日时，厄运，也接踵而至了。

由于秩序混乱，文物被盗，出土后又多次被复盗的事，已屡见不鲜。因此骇人听闻的冤狱，又实在难以幸免。多少乱臣贼子发了列祖列宗的横财，却逍遥法外；多少平白无辜却在受尽酷刑后，又沦为屈鬼冤魂。

自古为西府重镇，凤州城高而池深，又有一汪清泉，名曰"凤凰嘴"。昼夜不息，清泉又给城池中，注入着清流。当年任凤州知府时，苏东坡曾引清流至城东南的低洼处，使之积水成湖，名曰"东湖"。东湖的柳，柳林的酒，姑娘的手。东湖的水秀，滋润出的岸柳，其翠绿欲滴；东湖的水甜，酿出的美酒，是那样的甘醇、爽口；东湖的水美，出落的姑娘更是心灵手巧、婀娜多姿、袅娜可人。

凤州地处制高，犹平地卧有一牛，因此，又叫作"卧牛城"。

宋哲元却不是平地里卧的，对领地中这个鞭长莫及的盲区，这头雄狮，又岂能熟视无睹？更何况这个盲区到处都是价值连城、谁见了谁都会垂涎三尺的奇珍、异宝。

过了这个村，可就没这个店了。不取白不取，在拔掉麻老九那个眼中钉、肉中刺，又取掉共产党这个胸中疾、腹中患后，挥师西进将"卧牛城"，宋哲元又团团围定。

原以为不出旬日，"卧牛城"就会被夷为平地，谁知从苗青打到麦黄，又从麦黄打到秋绿，自己倒是折了五六千人，而"卧牛城"却是岿然不动。眼巴巴看着一头金牛卧在面前，却就是装不进自己的口袋，宋哲元已经，有些沉不住气了。看来不教他人染指，是不行了，无奈之下，他只得通过冯玉祥不远千里，将张维玺从河南的滑县，又调了过来。

情知强攻不行，却也拿不出什么高招，于是古调重弹，将攻打同州的拿法，张维玺又搬将了出来。明修栈道，他加强了正面的攻势；暗度陈仓，于侧翼，他连夜偷挖着地道。

虽说故技重演，愚蠢的党玉琨，却还是被瞒过了。"看来张维玺，也不过如此！"在心里，党玉琨道。见冯玉祥只换汤、不换药，他更不往心里去。你有你的千条计，我有我的老主意。以不变应万变，党玉琨仍然用对付宋哲元的老一套，来对付张维玺的"老一套"。

地道是从东湖西北角的一家民宅里，开挖的。神不知，鬼不觉，一条通往阴曹地府的冥途，向党玉琨延伸，再延伸……

虽有张维玺坐镇指挥，宋哲元却还是放心不下，虽日理万机，他却还要于百忙中挤出时间，隔三岔五地前来察看一番。与其说关心着战事，还不如说惦记着这头金牛，部队要吃饭，没钱的家，也不好当。

这天宋哲元破例地，没有返回西安。明天就要引爆了，岂肯放着即将到手的金牛，让张维玺一个人近水楼台。天黑后一百五十门各式大炮，同时对准了"卧牛城"；黎明前，五百挺轻重机枪，也到达了指定的位置。每炮一百发炮弹不够咧言传，剩下了可不成；每枪一千发子弹打完咧有赏，打不完却要受罚。

随着山摇地动的一声巨响，犹喷薄而起的火山，在晃动了一下后，"卧牛城"的东南角被四吨炸药，于一瞬间送上了百丈青空。遮天蔽日，滚滚而起的烟尘，将清晨变成了夜晚；而熊熊燃烧着的大火，将"夜晚"又照得如同白昼。弥漫着、充斥着，硝烟更是令人窒息、令人闭气。

烟尘散去后，"卧牛"那紧闭着的"嘴巴"，终于无可奈何地张开了。一万五千发炮弹，像是一群群黑压压的老鸹；五十万发子弹，犹一拨拨遮天蔽日的飞蝗。怒吼着、啸叫着，争先恐后，它们直扑卧牛城……

短兵相接，一个多小时的白刃格斗，在刀光剑影、在血肉横飞中刚刚结束，一场地毯式的大搜捕又在一片焦土、一片废墟中展了开来。残垣中、断壁下、横卧在血泊中的，不论有气还是无气，都被补"赏"了两枪。这两枪有的也许是人道的，因为被它结束的，是一个生命在垂死前的痛苦；有的却是兽性的，因为被它剥夺的是一个还有十几年，甚至几十年阳寿的生命。

然而更加惨绝人寰的，却还在后头。

一个俘虏，被按倒在一口枯井边。一道寒光过后，那个面带惊恐的脑袋，竟不知了去向，喷薄而出的，是一道猩红色的血柱。散开时，血柱又变为血色的喷泉，下落时，血泉又化作一阵腥风、一片血雨……

……

又一个俘虏，被架到了枯井边。一道寒光过后，却既没见血柱，也没见血泉，更没见血雨。涌出的是血泡，传出的是惨叫。又一道寒光过后，血泡才变成了血浆，惨叫才变成了呻吟。第三道寒光过后血浆、血泡这才夺路而出，先变为血柱，继变为血泉，后又化作腥风、化作血雨。

第N个俘虏，又被按倒在枯井边。一道寒光过后，却既没见血柱、血泉、血雨，也没见血浆、血泡，更没见惨叫或者呻吟。一头扑进了枯井，俘虏好歹落了个"全尸"。而高高举起后又狠狠砍下时，新换的屠刀，却扑了空。

当五百俘虏被斩尽、被杀绝时慢说是刽子手，就连坐在一旁监斩的宋哲元，都支持不住了。

"其余的，由各部自行处决。"宋哲元吩咐道，"分头执行吧。宁肯多杀一千，也不能漏掉一个！明赶早，我逐一查看。"看来意犹未尽，他却力不从心了。

阵亡的被认为是天经地义，不会有人，对他们评头论足。被俘后又慷慨赴死的，被认为是英雄，自会有人称道，而流芳百世。就擒后又屈膝者，被认为是变节，是要遭千古唾骂，而遗臭万年的。这五百被俘后，却不容慷慨；就擒后却没机会变节的，又该当如何？

第二天一大早在临时行辕中，师、团长们早恭候多时，而他们的宋主席，却迟迟地不见闪面。师、团长们一边等候，一边三三两两地交谈着、议论着。有自鸣得意的，有眉飞色舞的，但更多的却又是摇头，又是叹息。无动于衷，第十七师的赵凤林师长，却是徐庶进了曹营，一言不发。一根接一根地抽着纸烟，两眼布满着血丝，看起来，他似乎已疲惫不堪。

"赵师长辛苦了！"李师长突然道，"你的机关枪昨晚，好像一直叫到了天亮。"

"哦，彼此彼此。"赵凤林客气着，"军人嘛，以服从命令为天职！"闻言，他先是暗吃了一惊；旋即，却又镇定了下来。

的确一宿都不曾合眼，像活动电影里的画面，昨天下午那场惨绝人寰的杀戮一幕接着一幕，在赵凤林的眼前浮现着、滚动着，周而复始，直到天亮。他的机关枪，也的确叫了个通宵。击毙最少，生俘的却最多，他的机关枪，又怎能先他人而止呢？

就是再累，宋哲元都不曾睡过懒觉。早起是多年军旅生涯中他养成的习惯，又岂能破惯例于一朝？

其实，宋哲元早都起来了，开门时不料一纸书信，却落在了他的面前。见信皮上只有"内详"二字，迟疑中，他不由皱了皱眉头。

信没缄封，所谓的"内详"，只不过是四个字——过犹不及。落款是"陈致远"。

在同州的出色表现，代县长陈致远让冯玉祥，十分的满意。自以为慧眼独具，又知人善任，打电话他吩咐宋哲元，说凤州的善后除陈致远外，概莫能胜。一向乐于做事，也善于做事，特别是做难事，加上又是冯玉祥的亲点，陈致远自是不便推辞，于是由同州，他又来到了凤州。

好不容易才盼来个好县长，在任还不到一年，却就要离去。听说陈县长就要离任，同州的父老们无不叫苦连天。他们又是联名上书，又是到省里去请愿，结果，却均未能改变事实于既成。

怨只怨自家福薄命浅，留不住贵人。离任那天，同州城万人空巷，扶老携幼、箪食壶浆，百姓们十里相送。不是"请珍重"，就是"请留步"；不是"请留步"，就是"请珍重"。翻来覆去的两句话，却既没个完，也没个了。从早上一直缠绵到晚上，父母官这才跟他的衣食父母们，挥泪而别。

衣食父母们引颈翘首……父母官五步一徘徊……何日，何日君再来？

这场惨绝人寰的杀戮，让陈致远不由想起了两千多年前的长平之役，想起了秦将白起坑杀赵降卒四十余万的惨烈。联想到诸葛亮七擒七纵孟获的故事，他不由陷入了沉思。孙子"不战而屈人之兵"的用兵之道，错了吗？

思前想后，在给宋哲元留下四个字后，陈致远毅然地"挂冠"而去。

陈致远可是总司令冯玉祥"钦点"的人选，他不辞而别，他又如何跟总司令，作出交代？难怪宋主席迟迟地不肯闪面，原来，他也有烦心的时候。

在贴身侍卫的一再提醒下，又自我调整了一番后，宋哲元终于走了出来。

在师、团长们的簇拥下走马观花，宋哲元在凤州转了一圈。对那些采取枪扫、刀砍、活埋、水溺等方法处置俘虏的，他点头一一表示了嘉许，在赵凤林的"刑场"，他却是大加赞扬。原来除将战俘悉数"处决"在一个大坑外，将那些阵亡的士兵，以及那些误伤致死的百姓，赵凤林还命人，抬到了另一个大坑。等宋哲元过目后，赵凤林一面下令掩埋，一面咬着耳朵，还跟他嘀咕了几句。

闻言宋哲元匆匆地离开了，见状赵凤林师长，却长长地舒了口气。

被赵凤林埋进这两个大坑的，没一具是俘虏的尸体，那个看起来酷似刑场的大坑，只不过是在阵亡者、无辜者尸体的上面，又掩盖了一层死在乱军中的守军。冒着被军法从事的风险，用偷梁换柱的办法，赵师长将那些虽然有罪，却还不至不杀不足以平民愤的战俘们，全都给遣散了。

按赵凤林提供的线索，从乡绅牛伯升的家中，宋哲元又搜出了大批的珍贵文物。为苟全性命，被人赃俱获的牛伯升，竟出卖了他的同伙。更教宋哲元惊诧不已的，是牛伯升的两个同案犯，竟然也都是南河镇的，名字分别叫郭德玉、佘大勇。

得饶人处且饶人。为不滥杀无辜，在瞒天过海后，赵凤林师长又走了一步"调虎离山"的险棋。

为找陈致远，为给冯总司令有个交代，宋哲元打算在返回西安时，顺便去一下南河镇。没想到牛伯升的两个同伙郭德玉、佘大勇，竟也是南河镇的，被冯总司令所倚重的陈致远不辞而别，会不会跟他们，有啥瓜葛？为了弄个水落石出，迫不及待，宋哲元要打道回府了。被他带走的，是几辆满载古董的大卡车；被他留下的，除已被夷为废墟的卧牛城外，还有那充满着血腥、已不再清澈的东湖。

经过几年的摔打，在南河镇一带，郭德玉已是个小有名气的经纪了。别看平时游手好闲、无所事事，二五八逢集时轻的不拿，重的不掂，背着手在集市溜达上一圈，他便可轻而易举地将麻钱、将铜圆甚至银圆，揣进他的口袋。新媳妇佘大花连夜添给他的儿子，有他妈菊儿拉扯着，剩下这两张嘴的吃喝，跟两个尻子的拉撒，还是不成问题的。

马有失蹄，人有失手。即便再是行家，也难免有看走眼的时候。

"便宜咧，见钱就卖！"手里提着个"逼土"，一个人大声地吆喝着。听口音，还是个河北老大[①]。将渭北成年的男人叫作"河北老大"，是南河镇人的习惯用语。

"逼土"是铧上的配件。铧上带"逼土"用来翻土的犁，叫作"逼土犁"。只有铧而不带"逼土"，只能冲沟而不能翻土的犁，叫作"独犁"。

"咋卖？"郭德玉随口道。

"一口价五个铜子。"河北老大道。

官价是六个铜圆，一开口河北老大却只要了五个，便宜！

"贵咧！"郭德玉道，"要是麻钱，还差不多。"

尽管觉得已经够便宜了，他却还将头摇得跟拨浪鼓似的、毫不留情地砍着价。

"兄弟，你倒是真会说笑。"河北老大，笑呵呵地道，"不过能还价的，都是买主。是这，实心要咧，再少你一个！"

郭德玉还的价虽低得有些离谱，他却并不生气。

"三个。卖咧是我的，不卖咧是你的。"说着拧尻子，郭德玉就要走人。

"来来来，三个就三个！"郭德玉又被叫住了。将"逼土"递给他，一脸的无奈，河北老大又道："要不是我'当家'也买了一个，少一个子，我都不卖。有钱不置半年闲喀！"将大哥称为"当家"，也是关中人的习惯用语。看来这个"河北老大"，实际上，却并非家里的老大。

接过钱，转过身，都走了一程，回过头又竖起大拇指，河北老大称赞郭德玉道："兄弟，这有眼窝的北边数我，南边可就数你哩！"言毕便淹没在人流中，不见了。河北老大显然是话里有话，但捡了个便宜后，郭德玉却只顾了高兴，一时，他竟没回过味来。

这时拉着刚钉过掌的枣红马，谢铁成恰好走了过来。目不转睛地瞅着郭德玉提在手里的"逼土"，他诧异地道："诶！你这'逼土'，咋只有俩眼？"闻言郭德玉这才醒悟过来，瞅着少了两个眼的"逼土"，一时，他竟愣住了。

"妈的！'逼土'少了两个眼，自家的两只眼，也瞎了一双！"没吃过猪肉，却见过猪哼哼，在心里，郭德玉骂着自己。

不过这少了两个眼的"逼土"，却还是被郭德玉以五个铜圆，又卖掉了。买主，还是个河北老大。临走时，郭德玉也没忘"夸奖"他说："老哥，这有眼窝的南边数我，北边可就数你哩！"

---

①河北老大：河北，指渭河以北。其中的"大"字，被关中人习惯上读作"duo"。

第六十七章

　　居家过日子，关中人一向是男主外、女主内。因此，男人又被叫作"外头家"，而女人便理所当然的成了"屋里人"，或者"屋家"。要挣钱养家，丈夫被认为是个"笓笓子"；要理财持家，妻子被认为是个"匣匣子"。要把日子过好，关中人还有句至理名言，叫作"不怕笓笓子没齿，单怕匣匣子没底"。

　　作为笓笓子，郭德玉却偏偏的没齿；作为匣匣子，佘大花又偏偏的没底。

　　儿子争气由婆婆菊儿拉扯着，佘大花既不会，也无须缝缝补补、洗洗涮涮又挖屎抹尿地去经管。浪荡惯了，作为"屋里人"家里锅碗瓢盆摆得满地都是，她却宁肯绕道蛇行，都懒得挪一下。来个人慢说坐，连个插脚的地方都没有。做下顿时，佘大花才不得不洗一洗上顿留下的脏碗、脏锅，而且是用到啥洗啥，不用的从来不洗。地更是没法扫，正好，她也懒得去扫。钱没攒下，窗台上、柜盖上积攒的灰尘，倒足足有一铜钱厚。被子慢说是拆洗，连叠一下都被佘大花给免了。瞌睡来咧倒是挺方便的，往被窝一钻，她便美梦联翩。

　　在南河镇一带，还流传着关于佘大花的一则笑话。

　　不知底细，有个流窜作案的绺娃子，竟溜进了佘大花的铁匠铺子。干着急他却没啥可拿，于是，背起锅就走了。天亮后，绺娃子这才发现他担惊受怕，又忙活了一宿，而背在背上的，却竟是个垢痂结成的锅壳子。

　　"活见鬼！"第二天一进灶火，佘大花也暗暗称奇，"是谁，竟替我把锅给洗了？"于是，在南河镇人用以自娱自乐的街巷文化中，又多出了一个"鬼洗锅"的故事。

　　其实，佘大花也没闲着。没迟到早都能看到她对着镜子，跟裱糊匠披腻子似的，一遍又一遍地给脸上又是涂脂、又是抹粉。一张看上去还算俊俏的脸蛋经过涂抹，反而跟白骨精他妈的差不了多少。

　　已是二十大几的汉子，菊儿正为郭德厚的亲事着急，不料竟被郭德玉捷足先登、抢在了前头。一天中他不单给她领回个儿媳妇，连夜晚上，还给她添了个孙子。而这个儿媳妇，偏偏又是将南河镇数了个遍，连半个眼菊儿都不曾看上的佘大花。

　　有啥办法呢？生米早都被做成了熟饭，菊儿只得认命了。

　　还是个娃娃。菊儿心想只要上心调教，将佘大花扳上正道，也许还来得及。

不敢奢望能栽培出一个居家过日子的行家里手，只要她能把家料理得有个家的样子，只要一日三餐给儿子、给孙子能把生的变成熟的，菊儿就谢天谢地、感激不尽了。

尽管已经尽了最大的努力，菊儿却还是以失败告终了。

婆婆累死累活，儿子、媳妇却既潇洒、又滋润。镇上有的是馆子，隔三岔五郭德玉、佘大花不是进这家，就是进那家。铁匠铺子虽说简陋了点，也拥挤了些，却也夹不死人。他们不想跟有些人那样既舍不得吃，又舍不得穿，也不想跟有些人那样一个麻钱、一个铜圆地拼着命去攒钱。他们更不想跟他们一样求爷爷、告奶奶地东挪西凑，再拉些饥荒，然后再跟燕子一样辛辛苦苦地，去垒一个属于自己的窝。

镇嵩军围城期间，所有的交易，几乎都西移到南河镇。锦上添花，南河镇也繁荣一时。连久游江湖的郭德玉，都有些眼花缭乱了。在他的心目中，南河镇一时间竟陌生了许多。面对那些陆离光怪、见所未见又闻所未闻的"新"玩意儿，自以为对南河镇了如指掌、对各种行情也成竹在胸的郭德玉，竟不能左右逢源，而游刃有余了。没想到那些打得豁豁牙牙、扔掉都没人拾的碗碗盏盏，跟那些已经锈得发绿、不是缺胳膊就是少腿的坛坛罐罐，竟然也堂而皇之地登上了集市。

比新的还要值钱，一开口卖主就是天价，作为经纪人郭德玉却怎么也琢磨不透，自然更不能接受了。

"乡党，"郭德玉道，"这个旧香炉咋卖？"百思不得其解，又经不住好奇心的诱惑，转悠了几天后，他终于圪蹴在一个摆着破壶烂罐的地摊前。

卖主是个中年男人，多日来他几乎是无集不趁。

"大兄弟，"卖主道，"不是我小量你，你压根就不是个买主。"一开口，郭德玉才发现他不是本地人，听口音，似乎应当是西府的。强龙不压地头蛇。郭德玉的胆子，不觉大了起来。

"你、你会相面？"不服气，郭德玉道，"凭啥说我就不是个买主？"

"相面？"摇着头西府人道，"相面倒是不会，就凭你压根不识货是个行外。"

"行外？"闻言郭德玉竟有些猴急，"笑话！也不打听打听，看这南河镇，有没有敢说我是行外的。"见几个本地人围了上来，他的胆子更大了，"十岁卖蒸馍，啥事我郭德玉没经过？"见有人已经在点头表示支持，得意中，他不觉又有些忘形。

"不用问。"西府人道，"你是个经纪，这我都看到了。其它的你都比我在行，唯独对古董，你却远不如我。这哪儿是香炉，这是簋（音鬼）！"自觉刚才有些口满，又见郭德玉已经生气，他忙陪起了笑脸。

"鬼神，鬼神。"郭德玉狡辩着，"鬼跟神，还不一回事？香炉是烧香敬神的，你这是烧香驱鬼的，把猫叫了个咪，还不都一样么？快说说到底得几个铜子。"

"那，那我可就直说了。"西府人道，"说出来大兄弟你可千万莫要见怪！要不是镇嵩军围城，这东西在西安，少说也得这个数。"伸出右手，又伸直五指，一边说他一边翻动着。说是要直言，他却还是没有直言。

"五个？"郭德玉道。闻言没说话，西府人只无奈地摇了摇头。

"五十？"郭德玉又道。

"不是五个，也不是五十，而是五百！"西府人这才道。

"五百个铜圆？"闻言郭德玉吃惊了。

"不不不。不是铜圆，是银圆！"见郭德玉被吓住了，西府人这才又眉飞色舞，"倒个手那些古董商再卖给洋人时，就不是几百，而是几千，甚至是几万了。漂洋过海后可就是几十万、几百万，甚至是几千万了。"见郭德玉目瞪口呆的样子，叹口气话锋一转，西府人又道，"唉！眼下也是没办法，咱只好连腰砍。二百五我说不出口，说出口你也不爱听，都图个吉利，实心要咧，给二百六算了。"

"诶，我还没说胖，你倒先喘上了。"闻言郭德玉心里暗暗吃惊，表面上他却又大不以为然，"能到中国，那些洋人怕也不是瓜子，他们花几千、几万，买个破香炉回去驱鬼？"虽强装镇定，他的声音却还是免不了有些发抖。

"刚才不是都跟你说了嘛，"闻言西府人啼笑皆非，"这不是什么香炉，是古董！古董，懂吗？古董古董，越古、越老、越陈、越旧，也越值钱！知道在土里，它埋了多长时间吗？那可是整整两千七百年！二十年一代人，不多不少，正好是一百三十五代！"

一时着急竟说漏了嘴，西府人正追悔莫及，却见几个洋人，朝这边走了过来。高鼻子、蓝眼睛、黄头发，洋人的旁边，还陪着个西式洋装、却将"裤带"拴在脖项的中国人。跟郭德玉说了声"抱歉"，西府人站起身跟洋人又是点头、又是哈腰……

跟"西式洋装"，为首的洋人努了努嘴。"西式洋装"一边点头，一边从口袋摸出个"照妖镜"，蹲下身将那些破壶烂罐，他一件一件地照了起来。那个驱鬼的香炉，更是被他翻过来覆过去看了又看。一边看一边问价，他一边还用一支黑杆黄尖的自来水笔作着记录。

大着胆凑过去，郭德玉也偷着看了一眼，发现在"照妖镜"中，鬼香炉变得更加地不钻眼了。别的一概都没记下，鬼香炉的报价他却是听得一清二楚，又记得明明白白——那可是硬铮铮的现大洋五百块！

一旁跟洋人叽里咕噜了一番后，回过头对着西府人，"西式洋装"道："这批货我们全要了。一律按六折，咋样？"又是点头，又是哈腰，西府人道："好说好说。就依先生，就依先生！"以三百硬大洋，鬼香炉竟然成交了。活像个吊死鬼，郭德玉吐出的舌头，竟半天收不回去。

虽读过孟子"劳心者治人，劳力者治于人。治于人者食人，治人者食于人"的名言，郭德玉却始终没弄清其中的深刻含义。但对南河镇土哲学家总结的"出力的不挣钱，挣钱的不出力"，他却是心领神会、感触颇深。郭德玉不止一次地为自己自豪过，也不止一次地嘲笑过某些人，特别是东西两堡的那些庄稼人。日出而作，日落而息。这些人整日里面朝黄土背朝天，却还是养活不住他的婆娘、娃娃。即便那些当老板、当掌柜的生意人也都是先摊本，后求利，免不了还要担些风险。郭德玉却轻的不拿，重的不掂，也不必花钱置办那些镢头、锄头，水车、旱车，更无须破费买个黄牛或者红马，然后再跟伺候亲爹亲妈似的，没黑没明地服侍这些要吃要喝的张口子货。郭德玉的本钱，是随身携带的一张利嘴，跟这张利嘴里那个如簧的巧舌，日子过的，却比他们都还滋润。

长了见识后，郭德玉竟嘲笑起自己，又羡慕起西府人来。挣几个麻钱、铜圆，自己就心满意足了。挣一半块硬洋，自己就喜不自胜、又忘乎所以了。人家西府人一镢头下去，可就是千二八百块硬铮铮又白花花的现大洋。南河镇的庄稼汉都是靠力气挣钱，靠挣钱哪还不把人挣死？包括他自己在内，南河镇的生意人是在赚钱，但赚的，只不过是些小钱。啥叫赚钱？啥叫赚大钱？人家西府人这才叫赚钱、赚大钱！

"他妈的！没想到这些破玩意儿，竟是这么的值钱！还以为是他先人给他置下的、丢下的，原来竟是从土里刨出的。你能刨，我为啥就不能？"马无夜草不肥，人无横财不发。一不做二不休，郭德玉要改行了。

反穿着夹袄，郭德玉若即若离地跟了上去。亲眼目睹着西洋人、西府人进了钱庄，又亲耳聆听着算盘珠子那噼里啪啦的脆响，他的心也跟着怦怦怦地跳个不停。眼看着那些盆盆罐罐以及鬼香炉被洋人用小汽车拉走了，郭德玉却并没动心，而西府人那个沉甸甸的钱袋子，却让他难以释怀、馋涎欲滴。眼看着西府人乐滋滋地出了钱庄，又眼看他兴冲冲地进了客栈，叹口气郭德玉这才无可奈何地离开了。

回家途中，郭德玉心里的小九九打个不停。既卖矛，他不想让人知道，这个秘密；又卖盾，他又不得不让人知道这个秘密。出远门没个联手，又怎么能成？万一有个啥事，一个人连个转身都打不开。被郭德玉首先想到的，是佘大花；被郭德玉首先放弃的，还是佘大花。原因再简单不过，她毕竟是个头发长、见识短的女流。比较了又比较，掂量了又掂量，又是肯定，又是否定，否定之否定后，他选择了他的丈人哥佘大勇。

说到底，胳膊还是离锤近。跟丈人家虽说不咋和谐，但佘大勇毕竟是自己的大舅哥，跟旁人世人比，他总要可靠得多。想到这，折转身郭德玉朝佘家走去。

佘记烟馆就在眼前，郭德玉却犹豫了。这两扇大门既是这样的熟悉，又是那样的陌生。佘福庄郭德玉没少去，这两扇大门，他可从来都不曾光顾过。当然，这里也从没狗大个人，去过他的铁匠铺子。估计不会有人欢迎他这个姑爷，去了郭德玉担心会被他们撵出来。还是由佘大花去说吧！省得癞蛤蟆跳门槛——既蹾尻子又伤脸。

"佘大花啊佘大花，郭德全挣了俩钱，看把你眼馋的！"折转身一边往回走，郭德玉一边在心里道，"等挣了钱，等挣了大钱，到时候就不是当着面你让人日给我看，而是当着面我日人教你看了。"

快到铁匠铺子时，郭德玉却又一次地犹豫了。嘴上没毛，说话不牢。虽说见识短，人家女人却还能缝缝补补、洗洗浆浆，抹个锅料个灶；除了见识短，除了隔三岔五能给他解个饥渴，他家的佘大花，压根就花瓶一个。佘大花不单头发长，她的嘴比她的头发还要长。如果让她知道了，弄不好雨没见一滴，倒是先闹腾得既电闪，又雷鸣了。

这不成那也不成，难道就此罢了不成？瞎主意，好主意，总比没主意强。咬着牙又顿了顿脚，郭德玉终于下了最后的决心。这一出门不是一天两天就回得来的，就是想瞒，怕也瞒她不住。既然瞒不住还不如提前告诉她，提醒她教她不要乱说。

"去，"搂住佘大花在她脸上狠狠地啃了一口后，郭德玉这才道，"把你哥给咱叫过来。"

穿小衣，着短裤，佘大花仰面八叉地躺在炕上。她那高耸的胸部、她那凹下的三角区让他的心里不由一动，下面那个东西也情不自禁地扬起头指向了十二点。

原想搂着佘大花先发泄一通，然后再跟她说这话。不料郭德玉的好心情，竟被那白花花又硬铮铮的现大洋给搅了。又没长膀子，难道还飞脱她不成？等把事说妥了，等把她哄高兴了，再老虎日水牛放开地扑腾上她一回，也为时未晚。一种欲火被另一种欲火压灭后，郭德玉底下的那个东西，不觉又回到了六点半。

"叫我哥？"闻言佘大花又是惊、又是疑、又是挖苦，"叫我哥做啥？诶！你还知道我有个哥？"

"叫他，教他也发点财！"以退为攻，郭德玉卖起了关子，"去还是不去？不去咧去毬！"

"发财？"不料佘大花竟撒起泼来，"跟你饿不死就算是命大的，还想发财？拉我哥你是掷色子还是推牌九？实话告诉你，我家已经够惨了，已经折腾不起了。你、你就死了那条心吧！"郭德玉正待分辩，不料一骨碌翻过身佘大花坐了起来，"卖席的，你先卷上；卖布的，你先叠上。有人输急了，连婆娘都押给人家。你要是把我输了，当着面我教人家日给你看！"又开雪白的大腿，指着大腿根那个凹下的三角区，她果然使出了她的杀手锏。

"到时候就不是当着面你让人日给我看，而是当着面我日人教你看了。"原想用回家途中这句心里话来回敬佘大花，但转念一想，郭德玉又觉为时尚早。说这话的前提是自己挣了钱，挣了大钱，可眼下慢说是大钱，小钱又在哪里？

"不是，不是。你听我说……"矢口，郭德玉否认着。正待辩白，他却又被她打断了。"扑哧！扑哧就是两脚泥对不对？"佘大花依然是不依不饶，"有屁你快点放，省得窝在肚子里越窝越臭。"说完，她呼哧呼哧地喘着粗气。

"有个西府人……"趁佘大花喘息未定，郭德玉忙把今天的所见所闻，从头到尾跟她汇报了一遍。

开始，佘大花仍是余怒不息；后来，她又有些不以为然；再后来，她竟有些笑逐颜开了。"我去，我去。"一边穿衣服佘大花一边道，"我这就去。有这事你咋不早点说？"

溜下炕又趿拉上鞋，一边扣着大襟子衣服，佘大花一边就要出门。

"等等，我还没说完呢。"拦住她郭德玉道，"看把你急的！"

"啥！还没放完？"闻言佘大花不觉一愣，"那你夹住干啥？"

"这事只能跟你爸、跟你哥说，千万可不敢教旁人知道。"压低声音，郭德玉又道，"包括那个莲儿。"

金钱的诱惑力的确是无与伦比的。发誓今辈子都不认郭德玉这个女婿，夜色下跟着女儿佘大花的尻子，与儿子佘大勇一前一后，佘有志却闪进了铁匠铺子。不料想佘有志竟也跟着来了，一时，郭德玉竟有些不知所措。棒槌掏牙缝——夯口的不成！嘴张了几张，他却连一个字也没说出。

僵了好一阵子后，郭德玉这才艰难地叫了声爸，接着，又难为情地叫了声哥。

不出郭德玉之所料，第二天一大早那个西府人果然出了客栈。紧随其后的，是一个五大三粗的壮汉。

豹头环眼，铁面钢髯，奇丑无比，壮汉活像画上那个捉鬼的钟馗。

也是个古董贩子，壮汉的摊位，就在西府人的旁边。相比之下，他的货色却逊色了许多。又高、又粗、又黑、又丑，人比货还要次，又一脸的恶相，自是很少有人光顾,郭德玉那就更不敢靠近了。虽无人光顾、无人问津,壮汉却完全是一种无所谓的样子。从现在看来,他卖古董是假,给西府人当保镖才是真。

见状,郭德玉不禁倒吸了一口冷气。按佘有志昨晚的意思,找个没人的去处,干脆将西府人做掉算了。还多亏了郭德玉的极力劝阻,要不狗肉没吃上,连铁索怕是都被带跑了。西府人都好说,佘有志翁婿父子加在一起,怕也绝非他这个保镖的对手。

"跟上。"眼看着西府人主仆走出一段距离后,郭德玉这才跟佘大勇道,"可别乱来,啊——"

"放心。"说着,佘大勇跟了上去。若即若离,郭德玉也跟在了佘大勇的后面……

眼看着西府人主仆走进了一座黑压压的寨子,佘大勇无奈地收住了脚步。他想问郭德玉要主意,不料郭德玉不但没过来,反而招手要他过去。

等佘大勇不太情愿地过来后,指着沟沟崂崂中那些星星点点又影影绰绰的人影,郭德玉问他道:"依你看这些人在弄啥?"佘大勇却是不假思索:"弄啥?庄稼汉还能弄啥?做庄稼呗!"摇着头,郭德玉又道:"不像!我看不像。"又一次被妹夫否定后,佘大勇更加地不快了。于是,他反问他道:"那你说……"

"在挖古董!"不等佘大勇说完,打开窗子——郭德玉说起了亮话,"不走了。寻个下处,先安顿下来再说。"闻言佘大勇却为难了:"这前不着村,后不着店的,在哪里安顿?"闻言郭德玉不屑地道:"鼻疙瘩底下是啥?是嘴!长嘴难道只是为了吃饭?问一问不就啥都知道了?"

又被妹夫抢白了一番,却无言以对,跟在郭德玉的后面,佘大勇怏怏地走向了沟底。

"你甭言传!让我来问。"见前面不远处有人影在晃动,郭德玉不放心地叮咛着佘大勇。"知道咧。"佘大勇没好气地道。没想到头一回共事,他这个大舅哥竟被妹夫又是呼来,又是唤去。

"大叔,忙着哪!"说着将一根纸烟,郭德玉递了过去,"请问离宝鸡还有多远?"

"还远着!走得快也得一天。两头还得捎黑。"所谓的大叔,只不过是个三十出头的汉子。回过头他先打量了郭德玉一眼,接着又打量了佘大勇一眼。接过烟却没抽,顺手他夹在了他的耳根上。将郭德玉、佘大勇扔在一边,旁若无人,他又继续着他的刨挖。

"看来今儿个,是赶不到了。"为难地自言自语了一句后,郭德玉又道,"大叔,就近有没打尖、歇脚的地方?"只顾刨挖,"大叔"头也不回地道:"有。往前二三里就是虢镇。"

"你这是在挖啥？"郭德玉正要言谢，不料却被佘大勇忍不住抢在了前头。"挖墓。"那人道。他依然不肯回头。又是"虢（鬼）镇"，又是"挖墓"，佘大勇还以为他故意咒他。正待发作，不想却被郭德玉用眼色给制止了。在关中，尽管"虢"跟"鬼"有着相同的读音，却有着不同的重音，由于心里有鬼，佘大勇却还是把"虢"听成了"鬼"。

"大叔，"郭德玉又道，"来，抽支烟歇会！"说着一根纸烟又被他递了过去。停止刨挖，"大叔"终于又一次回过了头。接住烟他跟郭德玉道："不行啊！挣人家的钱，就得给人家出力。"闻言，郭德玉故作不平地道："谁的钱这么大？竟把人买到死处咧！连抽根烟的工夫都不给。"接着话锋一转，他又和颜悦色地道，"这会没旁人。来，抽根烟歇缓歇缓。"说着"哧"的一声，他又划着了洋火。

"没人！谁说没人？"吸口烟"大叔"苦笑着道，"大牙刚走。临走，他还抽了我一鞭子。"闻言，郭德玉又故作气愤地道："能给多少钱，还打人？"顾左右而言他，"大叔"道："一天俩铜板，就这还拿不到手。说是等秋罢从租子里扣除。"摸出两个铜圆递给"大叔"后，郭德玉继续装聋作哑："哦！你这儿咋是这规矩？我们那儿对挖墓的烟茶招待不说，一日三餐盘上盘下，还少不了酒肉！虽说不挣钱，但下葬时女婿、外甥们封的钱，也远不止这个数。"

虚与推诿后接住钱，"大叔"这才又道："你弄错了。我说的挖墓，不是你说的挖墓。你说的是给刚下世的人挖墓，那我们跟你们差不了多少。我说的，是挖先人的坟墓。"闻言，郭德玉又故作吃惊地道："有多大的冤仇，竟挖人家的祖坟？也不怕损阴德、遭报应？"叹口气压低声音，"大叔"又道："唉，只要能挖出宝贝，还管什么阴德、阳德？"怕郭德玉继续纠缠，他竟婉转地下达了逐客令，"天不早了。赶路要紧！也省得大牙来了，大家都不好看。"

不久，郭德玉、佘大勇果然来到了一座古镇。但各字号的招牌幌子上却不是什么"鬼镇"，而是"虢镇"。不认识这个"虢"字，于是骑着驴寻驴，两个人在"虢"镇里寻找着"鬼"镇。

从未出过远门，也从没走过这么多的路，郭德玉、佘大勇都有些头昏眼花。两条腿沉重得像是灌了铅，两只脚更是痛得不敢挨地；肚子也叽里咕噜地，提着抗议。哪里顾得上"鬼"镇还是"虢"镇，郭德玉道，"管它什么镇，先安顿下来再说。"于是在西头的一家客栈里，两个人住了下来。

一边吃一边打听，这才知道"虢"镇就是所谓的"鬼"镇。脱掉鞋两个人才发现四只脚，竟都布满了燎泡，于是托小二买来了止痛的膏药，敷上后这一觉，他们直睡到第二天的响午端。

第二天一掰开眼，佘大勇却闹活着要回去。虽也是浑身疼痛，但事情因他而起，郭德玉只得充着硬汉："不怕人笑话咧，你自己回。弄到宝贝时你可甭眼红，甭想着分轱轳铲腿①。"又怕闻言佘大勇真的走了，说着话锋一转，他又给他打起了气，"一个香炉人家就卖了三百硬大洋，一个月下来你家烟馆，能挣个香炉不？来都来了，却空着手回去，这苦，不是白吃了吗？这罪，不是白受了吗？"见佘大勇还在犹豫，他干脆哄他道，"来前我还算了一卦，你揣人家是咋说的？"

"咋说的？"闻言佘大勇果然上当。

"人家说……"故弄玄虚，郭德玉诡秘地道，"人家说西去二百里，土里埋个金马驹。"

"真的？"一骨碌坐起后佘大勇又是惊，又是喜。

"真的倒是真的。"郭德玉又是一本正经，"不过，也不一定准。既然来了，咱不妨碰碰运气。不是宁可信其有，不可信其无嘛！"

"那好。"闻言佘大勇果然动心了，"今儿个再歇上一天，明儿个咱就下手。"

扛着新买的镢头，你一瘸我一拐，郭德玉、佘大勇来到了一个不起眼的土崖边。转来转去后指着一个挖了半截的土窟窿，郭德玉跟佘大勇道："就是这儿。挖吧！"

十下有九下都是倒镢头。半个时辰过去了，累得满头大汗又气喘吁吁，佘大勇却只挖了担笼大个窟窿。若铺上麦秸，活像个鸡窝。看着"鸡窝"，跟猪尿脬被捅了一刀子，他顿时泄气。扔掉镢头，又"扑塌"一声坐在脚地，佘大勇不住地声唤着。他一会说腰痛、腿痛，一会又说胳膊痛、手也痛。

"跟你妹子一个毬势！"捡起镢头一边刨着、挖着，郭德玉一边在心里道："毬挨得收摘②时，哼哼唧唧的；要娃时受不了，却乱吱哇了。"

在窟窿卧不下两只母鸡时，郭德玉也招不住了。为不在佘大勇面前示弱，找来半个碗打碎后，埋着头用新碴他刮起了那根白光光的新镢把……

随着一阵兴奋的吆喝，沟沟坎坎里竟突然冒出了不少的人。趋之若鹜，循声从四面八方，众人向一处蜂拥而去。一瘸一拐等郭德玉、佘大勇赶到时，一个三条腿的青铜器，已经被大致清理了出来。

得者如获至宝，用刷子，他小心翼翼地刷着上面的泥土。围观者莫不叹惋，自叹有运气不在起鸡起。有的说是个觯（zhi），至少，也能卖五六百硬大洋。有的说是个觥（gong），少说怕是都上了千。虽各持己见、互不相让，有一点大家却是一致的——这东西是先人们用来饮酒的。

这时一个青面獠牙的家伙，也赶了过来。跟躲瘟疫似的，众人立即作鸟兽散。一边走郭德玉一边想，这怕就是前天那个"大叔"所说的"大牙"了。

返回时郭德玉、佘大勇的腿竟突然来了劲，胳膊、手脚，似乎也不那么地痛了。不但争起了镢头，佘大勇还懊悔地道："当初要是再买个铁头锨，那就更好了！"

两个人你争我抢，人停镢头不停，进度自然也快了许多。不一会，鸡窝竟变成了牛窝。尽管如此，这天两个人却还是无功而返。

失望不能说没有，但俩人却不但没灰心，反而还互相鼓励起来。

"要是天天都能挖一个、两个，"郭德玉道，"那就不叫宝贝了。"

"对对对。"佘大勇附和着，"你说的对对的。十天八天，甚至一月俩月能挖一个，都值！"

强忍着腰酸腿痛，第二天两个人硬是咬着牙，又爬了起来。扛着镢头，佘大勇提议换个地方。掂着铁头锨，郭德玉却坚持说："不换！还是老地方。没听说风要是倒了向，那肯定是没扬出麦！"

在老地方俩人一个用镢头挖，一个用铁头锨翻。

"这阵子我的右眼皮，咋跳个不停？"佘大勇担心地道，"该不会要出啥事吧？"

"左眼跳财，右眼跳崖。"郭德玉道，"咱还是小心……"

一句话没说完他却被"当"的一声脆响，给打断了。相对一视中两个人又是惊、又是喜、又是疑，心里也怦怦怦怦地跳个不住。手中的镢头、锨，更是小心翼翼了起来。

不一会一个三条腿的"怪物"，果然被他们掏了出来。郭德玉是手忙脚乱，佘大勇是脚乱手忙。泥土被清除后呈现在二人眼前的，果然是个带着绿锈的青铜器。

又惊又喜！惊喜中，俩人不觉又有些为难。不料想会有所收获，一时俩人竟不知将宝贝藏在哪儿，才能教他们放心。

一直躲到天黑，高一脚，低一脚，俩人这才抄小路向镇上摸去。

随着"哎哟"一声惊叫，走在前面的佘大勇突然竟不知了去向。跟在后面，郭德玉顿时惊出了一身的冷汗。猫着腰又探着身，等摸到跟前一看，妈呀！脚下竟是一口黑乎乎的土井。

"大勇，大勇……"对着井口，压低声音，郭德玉焦急地呼唤着。除了嗡嗡嗡的回声，井里竟没任何反应。郭德玉几乎要软瘫了。

就在郭德玉快要崩溃的时候，井里却传出佘大勇的呻吟。闻声，郭德玉忙将锨把递了下去："抓住，快抓住！大勇。"不料佘大勇却道："不着急。是个枯井，正好可以藏宝贝。"

宝贝藏好了，接着，佘大勇也爬了上来。将提起的心，郭德玉这才又放回了肚子。井不深，佘大勇只是一时吓懵了。

万事开头难。后来不但有了经验，人也慢慢地受下了，收获更是越来越多。

半个多月后，第一批宝贝被郭德玉、佘大勇弄回了南河镇。搂着莲儿，佘大勇睡了个好觉；被郭德玉搂在怀里的，却是佘大勇的妹子佘大花。

钱里有火。亲热了几天后，俩人又马不停蹄地赶到了斗鸡台。

这天，俩人又挖出个铜器。泥土还没清完，郭德玉却早惊喜得，不能自已："啊！这不就是我跟你说过的那种香炉吗？叫作……噢，叫作……"

一个"簋"字未及出口，他却被一阵教人毛骨悚然的狞笑声，给打断了。

真是活见鬼！

"嘿嘿……"活鬼狞笑着，"没想到还是俩行家。你俩这我儿嫖客日的，胆子倒是不小！竟敢在太岁的头上动土？带走！"

青面獠牙一声令下，跟粽子似的，郭德玉、佘大勇被捆了个结结实实。不由分说，俩人又被带进了那个黑压压的寨子。

"咋是你？"抬头看时，郭德玉见跟他说话的，竟是那个在南河镇卖鬼香炉的西府人。只是身上的披挂比以前，他阔绰了许多。那个五大三粗又十分狰狞丑陋的"钟馗"，就站在他的身后。

"不走的路都走三回！"壮着胆子，郭德玉道，"这样待我，我问你，你以后还去不去南河镇？"

"啊呀误会，误会！"西府人道，"一回生，二回熟。还正寻思着去南河镇找你哩，不想你却在这儿！缘分，真他妈是缘分！"说着他亲自给郭德玉、佘大勇松了绑，接着又吩咐设宴为俩人压惊、接风、洗尘。

臭气相投。觥筹交错中三个人，竟成了莫逆之交。

①分辘轳腿：关中方言。即分份子。
②挨得收墒：关中人骂人的粗话。指在两性生活中，女人被男人推到了高潮。

第六十八章

药王山之行，郭德全可以说是一举多得。

由于郭德玉的荒唐，先割小麦、后割大麦的事，已不再只是一种笑谈，而成了活生生的事实，成了街巷文化的新素材，成了南河镇人不厌其烦、又津津乐道的话题。这件不赢人的事，不单将郭福寿置于死地，不单让菊儿承受着巨大的精神压力，同时，也成了郭德全无心向学的主要原因。

既改变不了这个既成的事实，也无法捂住南河镇人的嘴巴，郭德全却有信心创造一个奇迹，除传奇色彩外，这个奇迹还必须有脍炙人口的文化内涵。用这个奇迹，郭德全要改变南河镇人对老郭家的看法，用这个奇迹中那脍炙人口的文化内涵，他要取代南河镇街巷文化中的那些老生常谈。

一步一个脚窝，郭德全脚踏实地地努力着、奋斗着。在别人种小麦、种苞谷的时候，他却种了小蓝，在别人跟着他种小蓝的时候，他又改种了棉花。小蓝卖的银圆，曾使南河镇人目瞪；棉花卖的银圆，又让南河镇人口呆。这些奇迹已经在改变、并将进一步改变南河镇人对老郭家的看法。然而，郭德全却并没就此满足，这一切，还仅仅只是个开始。奇迹有了，却没多少传奇色彩，又缺乏文化内涵，尚不足取那些老生常谈的旧话题而代之。

福无双至今日至。财运刚刚莅临，桃花运又接踵而至，危急时刻郭德全一心想着救人，却万万没料到在救人的同时，竟给自己救出一个如花似玉的媳妇来。这个连他自己都始料不及的奇迹，这个奇迹中那既触目惊心、又神鬼莫料的传奇色彩，足以将南河镇街巷文化中所有的旧素材都变得索然无味、不值一提。为了老郭家的脸面，为了将他妈从沉重的精神桎梏中解脱出来，为了给她一个意想不到的惊喜，郭德全曾准备将这个秘密公之于众。他甚至动过将大家以为必死无疑的雪儿，又光明正大地带回南河镇的念想。这样做无异于给南河镇丢了一颗重磅炸弹，而这颗重磅炸弹不单足以让南河镇地动山摇，而且还足以将南河镇人轰得晕头转向。

待冷静下来后，郭德全又觉不妥。这样做岂不又铸成一件没割大麦，却先搂豌豆的大错吗？小不忍，则乱大谋。必须先将大哥郭德厚的事办好、办漂亮。有重磅炸弹在，还愁没有让它发挥威力的时候？但这个时候必须在将大哥的事办好、办漂亮以后，而不能在此之前。

多亏路远！为不致一错再错、错上加错，为不让大哥郭德厚难堪，这件空前绝后的稀罕事，竟被郭德全掩藏得滴水不漏。就连他的亲妈菊儿，也都被他蒙在了鼓里。

郭德全正准备给他大哥张罗亲事，碰巧山妹又稀里糊涂地撞了进来。

这不正是未来的嫂子吗？郭德全心中暗喜。如果将山妹跟大哥撮合在一起，"豌豆麦"不就成了吗？无疑，这将又是一个重磅炸弹。将两颗重磅炸弹捆在一起抛出，还怕不能惊天动地？破舅家爷老木匠保持了二十多年的记录，开南河镇一家于一日内同时娶两个媳妇之先河，郭德全豌豆、麦一块收的梦想就要实现了。在南河镇的婚嫁史上，这无疑，将是一个空前绝后的壮举！跟陈德润娶回孙兰玉、跟陈德润中举一样，这个壮举必将占领整个文化阵地，并当仁不让地领衔着南河镇的街巷文化。

这不正是理想中的儿媳妇吗？初见山妹，菊儿就不觉心里一动。这不是将送上门的媳妇往出赶吗？当郭德厚将老笼递给山妹时，不失时机，菊儿拦住了他。

忙是事实，也是口实。地里再忙，也不在乎一半个人。既然是未来的儿媳妇，理所当然，山妹要留下来帮婆婆了。

正值豆蔻年华，经过一段时间的调养，山妹不单走出了痛失父母的阴影，而且，还重新焕发出她那青春期少女所特有的魅力，恢复了她那原本的美丽、妩媚和动人。

按说应优先考虑郭德厚，但对这个老实忠厚的大儿子，菊儿却没有足够的信心。将山妹跟郭德厚撮合在一起，菊儿竟觉得有些亏心，委屈了人家闺女，她实在于心不忍。跟郭德全放在一起倒是挺般配，这样山妹不受委屈了，菊儿却又无法面对郭德厚，而有负于郭德厚，她又问心何安。两个儿子都不小了，而山妹却只那么一个，手心手背都是肉，既不愿委屈山妹，更不愿有负于郭德厚，一时，菊儿竟陷入到两难。

为人忠厚，郭德厚既让菊儿放心，又让她担心。为人精明，郭德全让菊儿欣慰，但他对自己亲事的淡漠，又让她不能不为之着急。

"等把日子过到人的前头，儿要把最好的媳妇，给您老人家娶回来。"郭德全的话言犹在耳，可眼下日子已经过到人前了，最好的不说，一般的媳妇又在哪里？

什么样的儿媳妇，才算是最好的呢？不由自主，菊儿沉浸在无限的遐想中。想象中的，总是那样教人难以捉摸；亲眼看到的，才是形象的；亲手摸到的，才是具体的。佘大花倒是既形象又具体，但这个既形象又具体的儿媳妇，却一而再、再而三地让菊儿蒙羞、让菊儿受辱。慢说看她、摸她，就是提起她，她都由不得心烦意乱。被抽象化了的美好，却往往有着无法拒绝的魅力，菊儿多么想看到、想摸到那个被抽象了的，最好的儿媳妇。

菊儿的心思，菊儿那既是事实、又是口实的话瞒过了郭德厚，却瞒不过郭德全。

掏心窝子说话，郭德全打心眼里，是喜欢山妹的，特别是她的泼辣。对一个庄稼汉来说，娶一个泼辣的媳妇，也许是最必要，也最重要的。郭德全就是郭德全！郭德全既不是郭德厚，更不是郭德玉。若是没有那个她，若是没有郭德厚，或者郭德厚比他小、是他的兄弟，他想他一定会当仁不让，而娶了山妹。

然而郭德厚却是他亲亲的大哥，然而他已经有了一个她。而那个她跟他不仅是患难之交，而且还有约在先。郭德全不愿因有了那个她，而伤害了这个她，他更不愿因不想伤害这个她，而辜负了那个她。遗憾的是这个她对他跟那个她的秘密，却是一无所知。

糟糕！这个她似乎已经跟他发出了"凤求凰"的召唤。对郭德全来说，这无疑是个危险的信号！

这个她对他那日渐升温的感情，已经让他有些招架不住，而几乎要败下阵了。咋样才能既不伤害这个她，又不致辜负了那个她？咋样才能成全这个她，跟他那忠厚而又老好的大哥？咋样才能解脱他那既善良，又左右为难的母亲呢？郭德全想到了坦白——跟大家坦白他跟那个她的秘密。

跟他妈坦白可以，跟这个她，他却不行。凭什么突然跟人家提及这些呢？就凭自己的感觉，就凭感觉中的某种暗示？这未免有些自作多情了吧？更何况几句苍白的话，也未必也能让她信以为真。

郭德全正难以两全，不想孙兰玉又要去药王山祭祖了。

一次药王山之行，所有的问题，竟都迎刃而解了。

见到白若雪菊儿又是惊，又是喜。她不单看到了，而且还摸到了这个既形象、又具体的儿媳妇。看个不够，又摸个没完，既出乎了菊儿的意料，又超越了她的想象，这个儿媳妇实在是太好了、太美了。比她想象中的还要好，还要完美，放着这么好、这么美的儿媳妇，做为婆婆，她却被儿子蒙在了鼓里。仔细回想时，菊儿这才又恍然大悟。难怪当着她的面，德全这崽娃子敢拍胸膛、敢说满话，原来茶壶下饺子，他心中有数！

尽管郭德全不愿伤害任何人，尽管他用心良苦、匠心独具又巧妙安排，对这个既成的事实，山妹却还是难以接受。当不得不承认、不得不接受这个铁的事实时，她的心里，又潮起一股股难以名状的失落，甚至还潮起一阵阵莫名其妙的醋意。郭德全那童话般的传奇故事，让山妹既震惊、又痛苦。她希望这一切都是童话、都是故事，然而这一切却既不是童话，也不是故事，一个活生生的雪儿，就在她的眼前。初见雪儿，山妹的心里，竟泛起一股酸溜溜的感觉。她甚至嫉妒她、恨她——嫉妒她的聪明，嫉妒她的靓丽，嫉妒她的知书达理；恨她先入为主，恨她捷足先登，恨她抢走了本应属于她的他。

山妹到底还是山妹！除了"好厉害的一张嘴"，除了一颗淳朴而善良的心，她还有一个绝顶聪明的脑袋。嫉妒出自于本能，谅解却出自于理智。冷静下来后，山妹又检讨起自己来。患难之交，是多么的不易；天作之合，又岂容亵渎？论遭遇雪儿姑娘，要比她凶险得多，有幸的不幸人，又怎么能嫉妒一个不幸人的有幸呢？把本应属于她的幸福据为己有，那自己还是原来那个善良的山妹吗？如果原来那个善良的山妹，已经变得如此的自私，那还不如让她掉进渭河淹死。山妹啊山妹！你不能吃饱了眼看别人饿着，却还舍不得撂碗。跟死神擦肩而过，你不单有了个温暖的新家，还找到了素昧平生的姑姑。你已经够幸运了，你应当知足了！在痛苦的煎熬中同情感油然而生，而那种酸溜溜的感觉，却慢慢地淡出了。

既是原告，又是被告，还是审判长。在接受批判的同时，山妹又在不断地自我批判着。她不能容忍自己的自私，她为她的自私而感到羞愧——尽管这种自私出自于本能，而且只昙花一现。

在接受批判中，在自我批判中，山妹重新获得了心理的平衡。她具备的，雪儿姑娘无不具备；她缺乏的，雪儿姑娘却概不缺乏。跟郭德全在一起，雪儿姑娘要比她更加地般配。

用她的热诚，雪儿不断地感染着山妹。虽非青梅竹马，却是一见如故，俩人已成了胡萝卜不拆把的好朋友、好姐妹。在那段来也匆匆，去也匆匆的时间里，她跟她几乎是形影不离，甚至忘记了她还有个他。

虽然从复杂的感情纠葛中挣脱了出来，山妹却无法摆脱一个情窦初开的花季少女在心理，特别是在生理上的需要。返回途中，她不能不重新考虑自己的取舍，而关注起另一个他。把郭德厚、郭德全放在一起，山妹反复地进行着比较。论头脑，郭德厚显然比不上郭德全；论实干，他却更胜郭德全一筹。郭德厚使唤牲口的绝技，郭德厚把马车轻而易举地吆出泥潭，又不费吹灰之力地吆上大船，以及他博得的一阵又一阵的喝彩，在当时，也许并没引起山妹的特别关注，但现在想起来，却怎么也挥之不去。

在庄稼汉子中，郭德厚算得上是个拿得起，又放得下的能行人。跟郭德全比，郭德厚显得更加地温厚。温厚不好么？温厚说明他是个绝对靠得住的男人。在心里，山妹慢慢地接受了郭德厚，最后，又选择了郭德厚，为自己能作出新的选择，她由衷的感到高兴。如果选择郭德全，就意味着这辈子她都得听他的，即便是嫁给了郭德全，以自己的秉性，夫妻之间失牙拌嘴的事怕在所难免，而是家常便饭了。如果嫁给郭德厚，山妹自信他会绝对的、无条件地服从她，从而能妇唱夫随、琴瑟和鸣、比翼双飞、白头偕老。

为她的新选择，山妹又不由自主地脸红心跳。如果嫁的是郭德全而不是郭德厚，那郭德全就是丈夫，郭德厚就是大伯子了。无需改口，她将一如既往地喊郭德厚为大哥。如果嫁的是郭德厚而不是郭德全，那一切便都翻过来了。郭德厚成了丈夫，郭德全却成了小叔子。郭德全就得改口叫她大嫂，她也得改口称郭德全为"他"三叔。

他！他是谁呀？他在哪儿？想到这儿，山妹的脸，竟刷地一下红到了脖根。

还是叫他小三吧！叫了一整的三哥，于一瞬间，却要改口叫他小三，这能行吗？先叫后不改，连山妹自己都觉得难以启齿，郭德全他改得过来吗？一时半会若改不过来，那还不得把两个人，都活活地难为死！

方向有了，方法却还是个问题。性格开朗，郭德全容易接触，接触的多了，自然也就有了感情。感情是啥？感情就像水，水渗到了，渠自然也就成了。恰恰相反，郭德厚却是个闷葫芦，他不但不会主动去接近她，而且只要一看见她，他就跟老鼠见了猫似的，远远地躲开了。山妹想即便她主动去接近他，他说不定比"水"跑得还快，躲得也更加地远了。

谁能帮自己将这张窗户纸捅破呢？自然而然，山妹想到了她的姑姑，想到了孙兰玉。对！姑姑是最理想的人选。但樱桃好吃口难开，怎么跟姑姑说呢？就说我想嫁给郭德厚？一个女孩子慢说跟姑姑，就是跟亲妈说这话，也得把人羞死！

思来想去，山妹又想到了雪儿，她觉得跟她说这话，她勉强还能说得出口。大家年龄相当，又都是女孩子，雪儿又是那样的善解人意，她一定不会笑话她，她一定能理解她、帮助她，即便她不方便，她还可以通过她的父母，或者是兄嫂。可正月十五卖门神——已经晚了，晚了半个月了。当初，为啥就没想到这些？想到这儿，山妹是既懊恼、又后悔。又买不到后悔药，她该怎么办？

从药王山回来后，背过人郭德厚只问了郭德全一句话："三儿，扔下雪儿不管的，是不是咱家那个没出息的玩货？"先是摇了摇头，接着又点了点头，郭德全道："没看清。从走势看，应当是。"

虽没多少文化，庄稼人却并不笨。有些所谓的文化人，自以为多啃了几本书、多喝了几滴墨水，便看不起庄稼人了。在他们的心目中，庄稼人是既粗、又俗，既不懂得文明，也分不清丑美。这些人嘴里吃着庄稼人的，身上穿着庄稼人的，却反而装腔作势，来愚弄庄稼人、愚弄他们的衣食父母。这说明了什么？这难道还不足以说明他们的肤浅？

其实，庄稼人是非常聪明的，他们的实际能力足以令那些书呆子们刮目相看、汗颜不止；他们创造的语言生动得足以令那些著书立说的文豪们目瞪口呆、自愧不如；他们的审美能力，又足以让那些所谓的艺术家们瞠目结舌、望尘莫及。难道庄稼人不知道谁家的女子出落得漂亮，不知道谁家的媳妇长得俊俏，不知道谁家的娃娃生得心疼么？

新买的黄乳牛刚刚怀上了犊，给郭德全添了个骡驹，枣红马已经当上了妈妈。

过了"破五①"，分别吆着枣红马、黄乳牛，郭德厚、郭德全兄弟将底肥一车车送到地里后，又一锨锨地扬了开来。春分前后套上"逼土"犁，弟兄俩将棉花地又细细地翻了一遍。经过两天的曝晒，僵硬的土块立即变得蓬松起来，不失时机，用耱地耱弟兄俩又将地耱了个平平展展。

枣芽发，种棉花。谷雨前后，是点瓜种花的最佳时节，从药王山回来后，郭德全一家又忙活了开来。

这天给黄乳牛，郭德全又添了些草料，一边给枣红马梳理着鬃毛，跟听轻音乐似的，他一边欣赏着黄乳牛的咀嚼。这时郭德厚，却兴冲冲地闯了进来，手里，他还拿一根刚从枣树上折下的新枝。

"三儿，"指着新枝上那刚刚绽出的，跟绿豆粒似的枣芽，郭德厚兴奋地道，"快！快套耧。该下种了！"看了看他哥，又看了看他拿在手里的新枝，郭德全笑道："大哥，看把你急的！"继续着他的梳理，郭德全接着道，"迟早也不在这一时！先吃饭。吃了饭咱再搭挂②。"

"大哥，快来端饭。"这时灶屋里，又传来山妹的声音，"饭早好了。就等你哩！"

"噢，来咧。"顺口，郭德厚应了一声。这一声山妹来得突然，容不得郭德厚多想，这次，他也终于没让她失望。一着急他的话反而说得利索了，走路也不像以前那么的蹩脚了，一切竟都变得自然而然了起来。

地头，小骡驹不住地尥着蹶子，撒欢的样子它是既顽皮、又淘气；既滑稽、又可笑，而且，还是那样的可爱。

"大哥，枣红马我来吆。"跟郭德厚，郭德全争起了枣红马，"黄乳牛有犊，你缓缓吆。"

"不不不。枣红马还是由我来。"郭德厚却坚决地不让，"使唤牲口，我比你在行。"其口气，他压根就不留商量的余地。

山妹跟菊儿一人挎一个半大笼子，半大笼子里，是棉花的种子。到底年轻，山妹理所当然地跟上了枣红马；没理由跟她争，菊儿也心安理得地跟上了黄乳牛。前面分别跟着枣红马、黄乳牛，一边走郭德厚、郭德全兄弟一边摇着耧。后面分别跟着郭德厚、郭德全，一边走山妹跟菊儿娘们俩一边溜着种子。以往山妹也都是跟枣红马，但枣红马的后面有时是郭德全，有时，却是郭德厚。如果是郭德全，山妹便会有一种说不出的幸福；如果是郭德厚，多少她又有些莫名的遗憾。这次却翻了过来，这次跟的虽是郭德厚，山妹的心里却似乎有一丝甜甜的味道。

到底还是快，黄乳牛还没到头，枣红马却已经折回了。途中枣红马跟黄乳牛、郭德厚跟郭德全、山妹跟菊儿不期而遇时"吁——"的一声，郭德厚突然勒住了枣红马。

提着鞭竿子奔过来，又蹲下身刨出棉花籽一看，对着郭德全郭德厚连声地道："深了，太深了！"一边替郭德全调整耧的深浅，他一边又道，"棉花苗是个大头，深了它急忙顶不出喀！"调好后又跟着郭德全走了十来步，他这才又道，"这下好了。不深不浅，刚合尺！"

谷雨这天天朗气清，阳光和煦，春风宜人。紫燕在空中上下翻飞，燕语呢喃；雀儿在枝头跃来跃去，啁啾鸣啭。蔚蓝的天空挂着几丝白云，薄如轻纱；广袤的大地上一片麦田，绿茵如毡。盎然生机又一次被大自然赐给了人间。

心疼有犊的黄乳牛，更心疼产后不久的枣红马，郭德全招呼要大家歇息一下。人闲了抽烟，牛闲了舔砖。地里没砖，低着头黄乳牛继续倒着白沫。从背后、从腰带里拔出烟袋，在烟布袋里郭德厚挖着旱烟。静静地站在地头，枣红马任凭小骡驹歪着头、吮吸着奶水。不会抽烟，郭德全跟菊儿、跟山妹凑在一起拉着家常。絮絮叨叨，不一会，话题又被菊儿扯到了药王山、扯到了雪儿。一边搭讪，山妹一边偷偷地瞟着郭德厚。连着抽了两袋后弹掉烟灰，郭德厚正往后腰里别着烟袋，不料趁机郭德全却吆走了枣红马。

"哎哎哎……唉！"别上烟袋又"嘚儿起"一声，郭德厚无可奈何地吆起了黄乳牛。嘴里倒着白沫，扑嗒……扑嗒……黄乳牛不慌不忙地迈动着脚步。心里虽然着急，郭德厚却拿它毫无办法。

是个秦腔迷，一边干活一边唱乱弹对郭德厚来说，就像包谷糁就搅团，不过是家常便饭、小菜一碟。他的为人，跟他的名字一样忠厚；恰恰相反，他的脸皮却薄得要命。家里突然多出个山妹，将这点嗜好，郭德厚不得不暂时地藏了起来。转眼间几个月又过去了，这几个月里他是既想见山妹，又怕见山妹，有时甚至有意无意地躲着她。药王山之行实在是无处可躲，郭德厚才有理由，也有机会跟山妹挤在了同一辆车上。像这次长时间、短距离的接触，对他跟她来说都是大姑娘坐轿——头一回。去的时候，都还有些拘谨；回来时，那可就好多了。山妹在感情上的微妙变化、山妹心中的秘密，郭德厚哪里会知道？他的注脚很简单，只三个字——习惯了。一路上虽没直接对话，但心里的距离，俩人却似乎都拉近

了不少。山妹喊他大哥、要他端饭，他虽只下意识地"噢"了一声，却也算默认了。既然默认了，既然大家是兄妹，郭德厚反而释然了。眼下被黄乳牛压得着急，戏词又弄得他喉咙里直痒痒，实在憋闷的不成，也顾不了许多，郭德厚终于爆发了。

> 听罢言来问罢信，原来是恩姐找上京。
> 我有心上前把她认，诚恐温府晓其情。
> 放心不下我两廊看，静静悄悄无人声。
> 走上前来忙跪定，把恩姐不住地口内称
> ……

这一嗓子来得竟是那样的突然，郭德厚舒坦了，抿着嘴郭德全、菊儿也乐了，山妹却着实被吓了一跳。数月不鸣，一鸣惊人。郭德厚那温润的嗓音，郭德厚那婉转的唱腔，郭德厚那地道的秦风、秦韵以及男声女唱，无不让山妹暗暗惊奇。她压根没料到从郭德厚这个闷葫芦里，竟飞出这样美妙的韵律来。

其实山妹也是个秦腔迷，郭德厚一句还没唱完，她已听出他唱的是折子戏《花亭相会》。作为最精彩的唱段之一，《花亭相会》在关中几乎是家喻户晓、尽人皆知，而其全本《对玉杯》却几乎被喧宾夺主、又束之高阁了。

其中男主人公高文举自幼父母双亡，被姑父母收养后跟女主人公——其表姐张梅英他们是青梅竹马、两小无猜，从小订下了娃娃亲。聪明睿智，勤奋好学，高文举经常是挑灯夜读、直至鸡鸣。虽更胜一筹，却是个女儿身，张梅英只能是端汤送水、日夜陪读，直至三更。两情相悦，他们姐弟夫妻海誓山盟，比翼双飞，白头偕老，永不分离。

不负众望，金榜题名后在殿试中高文举又一举夺魁、被皇上钦点为头名状元。不料好事多磨，半路上竟杀出个程咬金——不惜夺人之美，温丞相要强招高文举为婿。棒打鸳鸯，高文举写给张梅英的万金家书，竟被温氏父女瞒天过海、换成了冷冰冰的一纸休书。

不明就里，张梅英自是气愤不过。为跟无情无义的负心人算清这笔感情账，千里迢迢她不畏艰难险阻，一路跋山涉水、来到了京城。奈何路途遥远，关山重重，京城又大，历尽千辛万苦高文举没找到，张梅英的盘缠却已告罄、只剩下个女儿身。

万般无奈，张梅英只得头插草标、自卖本身。无巧不成书，她竟被买进温府、做了丫鬟。花亭中不期而遇时，张梅英冒死上前质问，高文举这才如梦方醒、始知上当，于是对天盟誓，以明心迹。真相大白，前嫌尽释，在包文正的干预下，张梅英、高文举姐弟夫妻有情人终成眷属。

在自我陶醉中，郭德厚唱完了高文举的一段独白。接下来是高文举、张梅英的男女对唱，一会放开喉咙唱小生，郭德厚充当着高文举；一会又压细嗓门唱花旦，他又当起了张梅英。

  张：我问你谁家外甥谁家子，在谁家门里长成人？
  高：我本是张家外甥高家子，在张家门里长成人。
  张：你的名师是哪个？梅花篆字谁教成？
  高：家贫未把名师请，恩姐本是弟先生。
  张：小房的话儿怎样讲？在二老堂上怎样称？
  高：小房的话儿我不敢讲，在二老堂上姐弟称。
  ……

不料想闷葫芦里的感情，竟是这样的丰富！忍俊不住，山妹哧哧哧地偷着笑了。越唱越投入，郭德厚却是旁若无人，更没注意到有的已被他逗得乐出了声。最后一句"包相爷堂上把冤鸣"既是截唱，又是高文举、张梅英的男女合唱，这时两个牲口四个人，也正好又一次地不期而遇。被剧情、被郭德厚所感染，山妹已是情不自禁，于不知不觉中，她竟掺和了进来。

  高张（合）：包相爷堂上把冤鸣！

不约而同，山妹、郭德厚都被各自，吓了一跳。不胜惊讶，面面相觑后菊儿跟郭德全，也不认识似的看着他们。从自我陶醉中猛然惊醒，郭德厚不由自主地，瞥了山妹一眼，不料犹一朵含羞带臊的牡丹，那张脸也向他盛开怒放着。心里一慌，郭德厚忙将头迈向了一边。

在郭德厚的印象中，山妹的确与众不同。跟别的女子比，她虽然也有温柔的一面，但却从不扭扭捏捏、做做作作。她做活泼辣，说话直爽，有一种可爱的野味和辣味，但此时此地，她竟敢放开喉咙跟一个男人叫板，却是郭德厚万万都没料到的。

有山妹相和，跟以往比，郭德厚自觉增色不少。她那灿若桃花的面庞、她那窈窕婀娜的身姿、她那婉转的歌喉以及她那甜润的女高音，无不让他回味无穷浮想联翩。

为掩饰他的慌乱，郭德厚又喔喔吁吁地吆喝起黄乳牛，其实自始至终，黄乳牛都走得端端正正，它似乎也被他们陶醉了。

山里地旷人稀，单独干活时唱支山歌，或者吼上几句乱弹，抒发、释放一下自己的情感，或者说自己给自己解解闷，也不是什么出格的事。山妹可就不同了，她的山歌多半是即兴自创，她的乱弹又韵味十足，只要她一开口，别人便只有洗耳恭

听的份了。"快听快听！山妹又有了新段子。"若遇到自不量力的，大家便会制止他说，"快！快赶紧歇着。比铲锅、比刷锯、比驴叫唤还要难听。"

自山柱子夫妇出事后，山民们的生活中，似乎少了些什么。到底少了些什么，一时大家却谁也说不清楚。后来大家终于发现好长时间没看到山妹的倩影，也没分享到她那婉约的歌喉了。

绝处逢生，鬼使神差地来到河东堡，山妹又有了个温暖的新家。在这个新家中，她除重新获得母爱外，还获得了初恋的向往。向往中虽有苦涩，但更多的却还是甜蜜，而苦涩后的甜蜜，似乎更值得咀嚼，也更加地耐人寻味。

没有山歌，这里却有梆子、有乱弹，而且更加地地道，也更加地有韵、有味。这里几乎人人都能哼上几句梆子，个个都会吼上几声乱弹。

遇到红白喜事，只要班子的锣鼓弦索响起，山妹便再也待不住了。刁暇摸暇，她都要跑过来凑一凑热闹，再饱一饱耳福。时间长了，人熟了，胆子，竟也跟着大了起来。鼓点叩击着她的心扉，板胡抚弄着她的心弦，喉咙也痒痒的，山妹竟有些跃跃欲试了。有几次她都鼓足了勇气，准备过一把戏瘾，同时，也一显身手。可惜涌动欲奔的激情，最后却还是被理智的堤岸，给堵了回去。

毕竟不是在山里，毕竟不是在兰峪，初来乍到，一个姑娘家疯疯癫癫的，成何体统？其他人尚在其次，对那个闷葫芦郭德厚，山妹却不能不有所顾忌。没料到他也是个戏迷，当这个闷葫芦剩下最后一句，而且需要配合时，一时兴起按捺不住，山妹竟失控了。

"山妹啊，山妹！"后悔莫及，在心里，她暗暗埋怨着自己："都十七八的人了，咋还没一点掂检，传出去还不得让人戳脊梁骨？"

脸红了可以埋下头，可脊梁骨却没处藏。想到这山妹如负芒刺，她的背后，似乎已经有人在指指戳戳了。这时枣红马突然咴咴咴地叫了起来，"瞎了！"闻声山妹吃了一惊，"连枣红马都在嘲笑自己。"

心里一紧张，身子竟也跟着捣起了蛋。山妹有些急尿，四下里看时，她却又为难了。麦子虽已起身，豌豆也在扯蔓，能藏住尻子，却遮不住脸蛋。说到底女人还是没男人方便，急尿了走几步路再转个身，男人便万事大吉了。女人可就不行了，正值花季，山妹那就更不行了。十万火急！环顾四周，见不远处有座老坟，哪里还顾得上羞丑，她几乎是一路小跑着赶了过去……

---

①破五：即正月初五。

②搭挂：关中方言，即着手或动手。

第六十九章

耀州途中,郭德全那在《今古奇观》中也难以找到的传奇姻缘,让菊儿又是惊、又是喜、又是为难。喜的是儿子早都有了媳妇,而当妈的却不但蒙在鼓里,还跟着瞎操心。惊的是儿媳妇不是别人,而竟是柳春院那个大家以为必死无疑的姑娘。而这个姑娘所以大难不死,是儿子救了她。见义勇为又机敏过人,儿子巧妙地救下了身处险境的姑娘,知恩图报姑娘也以身相许,竟成了自家的儿媳妇。既有个好儿子,又有个好儿媳,菊儿她能不喜出望外吗?

正在高兴,突然,菊儿却又想起一件事来。下意识地在腰里摸了摸,她却只摸到了三个银圆。给亲家买些礼行,这点钱或许还可凑合,若是给儿媳妇作为见面礼,哪又教人如何拿得出手?

趁山妹听得入神,凑近孙兰玉,跟她菊儿难为情地耳语了几句。闻言笑了笑,又摸出十块大洋,孙兰玉一把塞进了她的口袋。

当白家闻讯迎出时,通过白若雪那含羞带臊的笑容,菊儿一眼便认出她就是,她未来的儿媳妇。

免不了又是一阵惊喜。"是雪儿吧!"跟亲家翁、亲家母寒暄了几句后,一把拉住白若雪,菊儿道,"来,让妈好好看看!"

白若雪羞怯的一声"妈",让菊儿的一颗心仿佛掉进了蜜罐子。多年都不曾这么高兴过,菊儿乐得嘴都合不拢了,摸出十块大洋,她一把塞在了白若雪的手里。"妈,您这是干啥?"白若雪忸怩着、推辞着,"钱……我有。"闻言,菊儿更是乐不可支:"再甭瓜咧!我娃有是我娃的,这可是妈的,一点心意。拿着,快拿着!"

果然是个人见人爱的好姑娘!这就是自家的,儿媳妇吗?一时菊儿竟不敢相信这一切都是真的。是的,是自家的,是德全的媳妇,也是自家的儿媳妇。菊儿一遍又一遍地自己问着自己,又一遍又一遍地自己回答着自己。将这个既形象又具体的儿媳妇上上下下、前前后后地摸了个够后,乐极生悲,菊儿竟又抹起了眼泪……

"这是他……"等晚辈们离开后,菊儿正要将孙兰玉介绍给两位亲家,不料却被他们给打断了。

"不用说了。"雪儿妈道,"我们认识!"说着已拉住了孙兰玉。

"认识？"闻言又惊又疑，交换了一个眼色后，孙兰玉、菊儿同时惊讶地道，"不会吧？在哪儿？"

"在哪儿？"雪儿妈笑着道，"在药王庙呀！"

"药王庙？"闻言，孙兰玉、菊儿更加地惊讶了。

"对对对！是药王庙。"雪儿爸证实着。见孙兰玉、菊儿还是不信，他又补充道，"听住持道长说的。"

原来白家老两口子，也是刚从药王庙回来的。在药王庙，他们意外地看见了未来的女婿、看见了郭德全。忙乱中他们既不便，也没机会跟他打招呼，却没想到未来的女婿，竟跟一个年轻貌美的靓女子在一起，更没想到在药王庙跟着孙兰玉、菊儿，他们竟一块叩拜了起来。见状老两口子不约而同地，都大吃了一惊。

听了住持道长的介绍，他们这才知道孙兰玉是药王的后人，于是，不禁肃然起敬。菊儿是什么人，虽不得而知，老两口子却也不曾起疑。原因再简单不过，年龄在那儿搁着，不用问也知道是个长辈。最教白家老两口放心不下的，是那个跟郭德全一起叩拜的靓女子，为此，他们还发生了口角。

"不会吧？"摇着头雪儿爸道，"女婿不像是那种人。"话虽这么说，却明显地底气不足。

"不会！"雪儿妈抢白丈夫道，"你咋知道不会？看样子，天地都已经拜过了！"她倒是底气十足。

就这样一个说不会，一个说不会不会，一路顶着楞、抬着杠，老两口心事重重地回到了家中。

"应人事小，误人事大。"雪儿爸一半像是自言自语，一半像是对着老伴，"就是不成，也该给句话不是？"

"给句话？"对着老汉，雪儿妈接着抢白道，"人家凭啥要给你话？谁没拿谁的啥，你是有三媒，还是有六证？"

"不行咧是这。"不是对手，雪儿爸败下阵来，"明儿个我就去南河镇，去问个……"一句话没说完，他却被一阵咴咴咴的嘶鸣声给打断了，这咴咴咴的嘶鸣声听起来，竟还有些耳熟。等老两口闻声赶出时，那个识途的枣红马，已经停在了他家的门口。吉凶未卜，一时，老两口竟都愣住了。这时提着大包小包，未来的女婿郭德全，却正好走了进来。

"不给话？这不……"雪儿妈道，"说来，人家就来了。"都到了这般时候，她却还是难以释怀。直到菊儿拉着雪儿不放，直到她将她从头摸到脚，又从脚摸到头，直到她将十块大洋塞给她，白家老两口的心里，却还是不踏实。

"是雪儿吧！来，让妈好好看看。"直到菊儿说出这句话，他们压在心里的一块石头，才总算落了地。"亲家母，"拉着雪儿妈的手，菊儿笑着抱怨道，

"既然都认出了我们，为啥一句话也没说，就自个儿回来了？"

"为啥？"见老婆子无言以对，老汉忙替她解围，"一见山妹她又是疑神，又是疑鬼的。她呀！啥都好，就是疑心太重，是个单放心！"

"噢，这么说你不是单放心？"闻言雪儿妈终于有了话题，涨着脸，她又抢白老汉道，"没疑神也没疑鬼，那你为啥急着要去南河镇？"甭看在客人面前急忙反不上话，可跟老汉抬起杠、顶起楞来，一句话她却能将他揭两三个跟头。

"好了，好了。"菊儿道，"要怪都怪德全这孩子口太紧。慢说两位亲家，就连我也都被他蒙在鼓里。我们也是刚刚才听说的。"一边解释，她一边给亲家老两口打着圆场。当着亲家的面，用这些看似抱怨的话，菊儿夸着她的儿子。

"是啊！"一旁孙兰玉也感叹着、证实着，"下山后他哥要南下，他却要北上，说是去看个亲戚。他哥说北边咱没啥亲戚，他却说是个新亲戚，一路上，他还给我们讲了个故事。这不！我们这才知道他的心里，藏着个天大的秘密。"

"噢，亲家，"指着孙兰玉，对着白家老两口，菊儿道，"他婶子可是我请的大媒，你们再加个媒人，今儿个，看能不能把俩娃的事定下来？"闻言老汉这次没敢多嘴，瞅着老婆子，他征询着她的意思。

"依我看就不必了。"雪儿妈更是当仁不让，"有他婶子在，这就足够了！一手托两家，她也是我的媒人。"

"既然大家看得起、信得过，"孙兰玉笑着道，"这个顺水人情，我就落下了。其实这事有没有我、有没有媒人，还不都一样？"

"对对对！他婶子咋说，咱就咋办。"白家老汉高兴地道。"他婶子，你就说句话吧！"雪儿妈也高兴地催促着。"既是这，我也就不再客气了。"孙兰玉道。回过头对着菊儿，她又道："明儿个来不及了。后天让两个他舅陪德全再走上一趟，给亲戚带上一百大洋，这事咱就定下来了。"

孙兰玉所说的"他"，自然指的是郭德全，两个他舅那肯定非刘子明、马子亮莫属了。

"一百？一百怕是太少了！"菊儿道，"将雪儿拉扯这么大，亲家他们也不容易！"

闻言，白家老两口却你看着我，我看着你，老婆等老汉开口，老汉却示意要老婆表态。"哪里话？"见状，老婆只得自作主张，"全儿救了雪儿，也等于救了我全家，感谢我们还来不及呢，咋能反过来收你们的钱财？"

"对对对！"老汉忙支持老婆道，"全儿既聪明能干，又心地善良，这样的好女婿打着灯笼都难找，遇到他，是雪儿的造化，也是我们全家的福分！"高兴中，老汉不觉又有些遗憾。不想谦让中让老婆子领了先，更没料到这次，她竟跟他想到一块了。

"敬的是敬的，送的是送的。"孙兰玉笑道，"咱豇豆一行，茄子一行。这点钱权当是给雪儿的嫁妆，还请亲家千万莫要见怪！若是再推来让去，大家的脸上，反倒都不好看了。这事就这么定了！咱就不提它了。"

话都说到这个份上，白家老两口自觉推辞不掉，于是换了个话题，雪儿妈又道："都不小了，俩娃的好日子，还请亲家母跟他婶子定夺。"不料孙兰玉却道："十里乡俗不同。婚姻大事更非儿戏，不知咱这儿还有啥讲究没有？"这次雪儿爸却当仁不让了："说讲究，就有讲究；不说讲究，也没啥讲究。俩娃是患难的夫妻，咱们是仁义的亲戚，讲究多了，反倒显得俗气。"

"是这话。"雪儿妈道，"亲家，你们就定个日子吧！"说着将一本翻得跟油饼似的老皇历，她递给了菊儿。甘当配角，这次她破例地没有抢白丈夫，而是支持着他。

接过老皇历，一时，菊儿竟没了主意，于是拿眼色，她忙跟孙兰玉求援。见状略假思忖，孙兰玉压低声音道："不瞒两位亲家……"

"理应如此，理应如此！"听了孙兰玉的一席话，白家老两口异口同声地道，"头里生、头里长、头里走，他哥是老大，理应如此！"山妹的遭遇，已让他们唏嘘不已，得知菊儿的苦衷、得知孙兰玉的想法后，他们益发地感动了。

"等日子定下了，"菊儿道，"我会提前打发人，来告知亲家的。"

"不必了。"这次，雪儿爸却是信心十足，"打发人就不必了。"回过头对着老伴，他又道，"到时候我们还要喝他大哥的喜酒，对不对？"

闻言，雪儿妈连连地点着头，女婿有胆有识，聪明能干；亲家母是如此的贤惠，又如此的明理；女儿的大伯子是那样的忠厚，那样的朴实；她未来的大嫂又是那样的聪明，那样的灵醒。加上又有药王的后人、有知书达礼的孙兰玉保媒，这样的美事，还有啥好说的？

多么乖巧的姑娘！不见还罢咧，一见到白若雪，菊儿便再也沉不住气了。巴不得明天就将雪儿娶进门，赶明年，再抱个大胖孙子。都一把年纪了，菊儿是心有余，力不足，只能给儿子添个两，却添不了斤。年轻轻的，却要撑这么大个家，儿子没个好帮手，又怎么能行？

高兴之余，菊儿未免又有些遗憾。郭福寿要是还在，那该有多好啊！东西越分越少，高兴却越分越多，能跟郭福寿一块分享这高兴，那才叫高兴！菊儿多么想看看郭福寿那高兴的样子，又多么想把她高兴的样子，也让郭福寿看看。她多么想听听郭福寿的高兴话，又多么想将她的高兴话也说给他听。遗憾的是，她既没法看到他那高兴的样子，也没法把她高兴的样子，拿给他看。她既不能听到他的高兴话，也不能把她的高兴话，说给他听。余有志害他致残，余大花又将他活活地给怄死了。这个短命的死鬼，倒是跟着受了不少的窝囊气，却不能跟着来分享今天的高兴，说来说去，都怪郭德玉这恩娃子不争气。如今小三郭德全争上了气，他却不能像她一样跟着扬眉吐气，而只能是含冤地下。

为给郭福寿有个交代，为让死鬼也高兴高兴，回去后菊儿首先要做的，也是她唯一能做到的，就是给他上个坟、烧几张纸。但愿郭福寿在天有灵，但愿他知道后能扬眉吐气、含笑九泉，也但愿善良的菊儿，她能如愿。

包相爷堂上把冤鸣！山妹跟郭德厚的一嗓子男女合唱，让菊儿又是惊、又是喜、又是为难。准备先探听一下山妹的口气，可几次话都滚到了舌尖，却又被她给咽了回去。加上时令不等人，偏偏又到了种棉花的季节，一忙开，这事竟又被耽搁了下来。捆绑不成夫妻。跟郭德厚山妹有缘啥话不说，万一他们是荞麦皮打糨子——谁不黏谁，又咋办？总不能让白生生的蛋蛋馍搁在笼子里，却眼睁睁地看着娃饿在那儿。

想到这，菊儿又去了趟南河镇。

郭家刚松了口气，那些种"懒庄稼①"的农户们，却又忙活起来。从楼上、从橡巴眼里，男人们抽出了整整闲置了一年的木锨、木杈跟铁杈，接着，又取下了挂在墙上的镰架子。拂去厚厚的灰尘，他们一一摇动着木锨的锨头，摇着铁杈、木杈的杈齿以及镰拐子。那些松动的、那些缺胳膊少腿的，都被他们挑出来放在了顺手处。过两天就是小满，小满一到就得拿到会上该修的修、该补的补，修不好也补不浑全的，就得赶紧添置。

从炕席下，女人们也摸出了那些同样整整闲置了一年、已锈迹斑斑、面目全非的刃片刀子，而那些补丁摞着补丁、却到处还是窟窿眼睛的口袋、布袋，还等着她们去缝、去补。

那些大型农具反倒似乎可有可无，没有咧可以借，大家也都能谅解。连个镰刀都舍不得添置，却不能被容忍，这些小东末西的，似乎样样不可或缺。

大忙的季节说到，就到了。八仙桥头那一年一度为期三天的小满会，既是物资交流会，也是对庄稼汉子的提醒。会上有卖杈耙扫帚的，有卖簸箕筛子的，有卖草帽扇子的，还有修理不同农具的各种能工巧匠。那些卖日常用品、那些卖杂七杂八风味小吃的，也借光跟着来凑热闹。

在山妹的陪同下，孙兰玉也来到了桥头。既不买簸箕、筛子，也不买杈耙、扫帚，她们只是散散心逛逛热闹。去年刚一到就赶上秋忙，这一年一度的小满会对山妹来说，还是大姑娘坐轿——头一回。庄稼人大都是匆匆忙忙的，偕着孙兰玉，山妹她们却悠闲地转着、看着。

在一个测字摊前出于好奇，山妹只犹豫了一下，机灵的测字先生便热情地招呼她道："姑娘，测个字吧！不准不要钱。来来来，坐下坐下！"

山妹还在迟疑，不料孙兰玉却不但没反对，还先她而坐了下来。于是依偎着，山妹坐在了她的身边。

刚一坐定，纸跟笔便被递到了山妹的面前。"姑娘，"先生道，"来，写个字。"见山妹为难的样子，他又鼓励她道，"写吧。随便写！"

再鼓励，也是白鼓励，慢说写字，山妹压根就不识字。"代写可以吗？"见侄女难为情的样子，接过话茬孙兰玉问先生道。"行行行！"第一判断就露出了破绽，先生不禁有些尴尬，在一连串的三个"行"字后，纸跟笔又被他送到了孙兰玉的面前。孙兰玉只略假沉思，一个"妹"字已跃然纸上。"好字好字！"接过看时，先生连连地赞叹着，"没想到您还有这一手。难得，难得！"

"想必是问婚姻？"在夸了又夸，奖了又奖后，先生这才又试探道。

一朝被蛇咬，十年怕井绳。

"何以见得？"心里虽有些惊讶，表面上孙兰玉却既不显山、又不露水。

"'妹'字'女'旁加'未'，"先生道，"未婚的女子不问婚姻，还能问啥？"察言观色中，他知道这次被他言中了，于是变尴尬为得意。"那就说说吧。"孙兰玉顺水推舟地道。心里虽暗暗称奇，表面上她却不现形于色。

"这姑娘命里宜'厚'字。"先生看了看山妹，接着又看了看孙兰玉。

"此话怎讲？"孙兰玉道。

"'厚'字是'厂'字头。"先生咬文嚼字地道，"'厂'字象征着高楼大厦，下面又是'日子'俩字，住高楼大厦的日子，自然是过得厚实……"正洋洋自得，他却被打断了。"照这么说，"孙兰玉却是不以为然，"天下的妹子都宜'厚'而忌'薄'了？"

"那倒不是。"先生道，"'妹'字去'未'字，意味着女子已婚，'厚'跟'后'又同音，'女'旁若加个'后'字，便成了'妮'字。'妮'字怎讲？'妮'字的含意，正是美好！"一边解字，他一边在纸上不断地写着、画着。

"加个'后'字——加个'后'——嫁个厚。过得厚实——过得厚——郭德厚。哦，明白了。多谢先生指点！"说着将一枚大洋，孙兰玉放在了桌子上。

"看看，看看有没零的？"先生却为难了，"找不开咯！"

"不用找了。"说着拉着山妹，孙兰玉告辞而去。

回家途中对着山妹，孙兰玉突然道："你觉得……郭德厚这人咋样？"

测字先生跟孙兰玉的一席话，山妹压根连一句都不曾听懂。想问，又不知如何开口，更没料到姑姑，竟冷不丁地问起了她对郭德厚的印象。一听"郭德厚"三字，山妹便不由脸红心跳，埋下头，她羞怯地道："他……他是个好人。"

"那你愿不愿跟他一起过日子？"见有了门，孙兰玉忙趁热打铁。

"这……"一时语塞，将头，山妹埋得更低了，"我……我听姑姑的。"

"那好。这是人意，也是天意。"闻言，孙兰玉高兴地道，"你俩的事，就由我做主了。"

"姑姑，测字先生他……"鼓起勇气，山妹难为情地道，"他跟您，都说了些啥？"

"他说如果能跟个名字中有'厚'字的，你就能过上好日子。"孙兰玉道，"无意中他竟提到了郭德厚，不正是跟着郭德厚，你才到了河东堡的吗？要是没有他，你哪有这么好的落脚？又教姑姑到哪儿去找你？这么巧的事不是天意，你说是啥？"

麦梢逐渐变得黄亮起来，一觉醒来，树梢上又传来四声布谷的鸣啭。这是一种知夏的鸟儿，啼声的四个音阶，总给人以"算黄算割"的感觉。更为奇特的是它麦黄即来，麦收即去，似乎是专程前来提醒庄稼人的。

要帮谢铁成收麦，郭德厚又回到了佘福庄。

瞅个空儿，将郭德厚叫到跟前，孙兰玉道："德厚，你没看山妹咋样？"闻言郭德厚吃惊地道："山妹！山妹咋咧？夜儿个，不是还好好的吗？"闻言哭笑不得，孙兰玉又道："她好好的，这我知道。我是说让她跟你一块过日子，你情愿不？"闻言愣了半天，郭德厚终于明白过来："这……这怕不行。人……人家跟朵花似的，咋能插在我这堆牛……牛粪扑塔上？"闻言，孙兰玉不满地道："净说些没出息的话！你怎么就是牛粪扑塔？谁说你是牛粪扑塔了？能跟你说这话，我就能拿住这事，别的甭管，你光说你情愿还是不情愿。"

闻言木讷了半天，郭德厚这才啜嚅地道："婶子说能成，那就能成。我……我没啥可说的。"

"这不就结了！"松口气，孙兰玉这才笑着又道，"要你一句话，又不是要你的命，看把你难肠的！"

随着社会的进步，传统观念也在悄悄地跟着改变，不知不觉中一道被叫作"背见"的程序，融入了"父母之命，媒妁之言"的婚嫁观。

所谓背见，就是在一方不经意或者不知情的情况下，让另一方的姑娘或者小伙在自家媒人的指点下，看一眼将要跟自己相伴终生的小伙或者姑娘。为此，还引出一段令人啼笑皆非又久传不衰的故事来。

有个小伙子其他啥都好，就因是个背锅（罗锅），而问不下媳妇。无独有偶。有个姑娘其他也都不错，就因是个跛子，而找不下婆家。这家眼看着儿子大了，那家眼看着姑娘也不小了，双方父母，哪有不着急的？

情急之下，两家父母竟不约而同地，找到了同一个媒人。这媒人是个铁嘴，他既有把黑的说成白的的本事，又有将白的说成黑的的能耐。据说凡经他插手的婚姻，该成的成了，不该成的，也都成了。由于姓吴，于是取谐音大家给他送了个雅号，叫作"无不成"。

在银子收得差不多时，"无不成"这才分别跟双方的父母，附耳面授了机宜。

"看见了吗？就是那个背锅的。"指着买个新锅背在背上，正往回走的小伙子，"无不成"对姑娘跟她的父母道。"看见了，看见了。"姑娘跟他的父母，都十分地满意。

"看清了吗？就是那个在簸的。"又一天，指着正在场畔用簸箕簸麦子的姑娘，"无不成"又对小伙跟他的父母道。"看清了，看清了。"小伙跟他的父母，也十二分的高兴。

姑娘出阁，女方才知上当。前去质问"无不成"怪他没说清楚时，不料"无不成"却理直气壮地反问道："啥！没说清楚？给你说就是那个背锅的，这还不清楚？那你说咋样说才算清楚。"

媳妇进门，男方始知受骗。前去讨问"无不成"怪他没说明白时，不料"无不成"却底气十足地反问道："啥！没说明白？给你说就是那个在跛的，这还不明白？那你说咋样说才算明白。"

跟郭德厚的关系，山妹则比较微妙，订婚仪式，也就省去了不少的繁文缛节。两头都是由最亲近、也最值得信赖的孙兰玉做主，还需要三媒六证吗？多半年来跟婆婆日夜厮守，以母女相称；跟郭德厚朝夕相处，以兄妹相称，还用得着再背见吗？有单的、有棉的、还有夹的，都是她姑姑孙兰玉早就替她准备停当的，山妹的嫁妆包了几包袱。爱穿旧衣服，觉得旧衣服穿着舒坦；不爱穿新衣服，觉得新衣服穿着别扭。郭德厚的新衣服，那就更多了，还有必要在七大姑、八大姨的陪同下，再人马三齐、又招摇过市的去扯布吗？

趁还没搭镰割麦的空挡，由郭德全跑腿把郭家的族人，以及亲戚六人们请在一起吃了顿饭，这桩婚事，便订了下来。

生活往往跟演戏一样，英雄救美，郭德全给他救出个美若天仙的媳妇雪儿；上街叫短工，郭德厚也给他叫回个如花似玉的媳妇山妹。

---

①懒庄稼：指粮食。跟种棉花比，种粮食要省事得多。所以，粮食被叫作懒庄稼。

第七十章

伴随着蜿蜒而逝的渭水一路向东,两辆吉普跟三辆六轮卡组成的车队,蹒跚而行。滚滚而起,像一条巨大的黄龙咬住车队,烟尘紧紧地尾追其后。满面尘灰烟土色,已经拧起了绳绳,秋庄稼那稀稀拉拉又垂头丧气的样子,活像是吃了败仗的队伍。河水已瘦成一线细流,裸露着的河床,却显得格外地宽阔。

忽左忽右,尽管又是躲又是避,车子却还是被坑坑洼洼的路面,忽上忽下地颠个不停。昨天还是那样的兴奋,今天,省主席宋哲元却又是那样的疲惫,随车摇晃,似睡非睡,他一路想着心事。

刚主政陕西那阵,南有李虎臣,北有井岳秀,东有麻老九,西有党拐子。加上甘肃的韩有禄、黄德贵又热闹处卖母猪——赖在关中不走,宋哲元鞭长能及的,实际上只是西安周边的几个县。名为一省之主席,跟长安县的县太爷比,他也强不到哪儿去。

遍地开花,四处暴动,共产党已闹得他焦头烂额,似乎在故意跟他作对,老天爷也死活地不肯下雨。跟催命判官似的,一日数电顶头上司冯玉祥不是催粮就是要款。有时还捎带着训斥他剿匪无能、清党不力,直弄得一听见电话响,宋哲元就由不得发毛。

眼下大局初定,一口长气未及吐出,冯玉祥亲点的县长陈致远却又挂冠而走,不知了去向。没了这个"金刚钻",凤州这个"瓷器活",又有哪个敢接?找不到陈致远,冯总司令要是怪罪下来,他又跟他作何解释?

"宋主席,前面就是南河镇。"提醒着宋哲元,作战参谋委婉地道,"陈家去,还是不去?"

"依你之见呢?"正举棋不定,却猪八戒倒打一耙子,反过来,宋哲元问他的作战参谋要起了主意。负气而去,陈致远能待在家里,坐等他来寻找吗?乱糟糟的,宋哲元的心里像是塞了一团麻,剪不断,理还乱。

"这……"犹豫了一下后,作战参谋道,"还是去一下好。能找到陈县长当然最好,即便找不到,也得让他的家人看看这封信,让他们知道他是自己出走的。宋主席,您看……"拐弯抹角,将省主席踢给他的皮球,他又踢还了他。默默地点了点头,宋哲元表示认同。

参谋不带长,放屁都不响。也许只有在长官踌躇不决、进退维谷的时候,参

谋的话，才显得举足轻重起来。

去凤州前，在家里陈致远小住了几日，期间每天晚上他都要陪父母说会话，以尽人子之道。

"早点歇息吧。"陈德润、孙兰玉委婉地赶着儿子。儿子在同州的政绩，儿子在同州的口碑让他们感到欣慰，儿子心力交瘁、儿子疲惫不堪的样子又让他们心疼。他们心疼着儿子，更体谅着儿媳。

跟着做官的当娘子，跟着杀猪的翻肠子。跟了个做官的丈夫，而且又身怀六甲，马月盈却宁肯放着娘子不当，也要替他在家里堂前尽孝。弟弟尚小，父母需要女儿；丈夫不在，公婆需要媳妇；英华医院，更需要她这个年轻的女医生。作为一名医生，马月盈要履行她那救死扶伤的天职。

女儿、媳妇、医生，难道就不是人吗？她满足了父母、满足了公婆、又满足了患者，谁又来满足她？父母需要女儿，公婆需要媳妇，患者需要医生，年轻的女医生难道不需要丈夫？

良宵苦短，久别又胜似新婚，一旦丈夫回到身边，缠绵着他，马月盈几乎是分秒必争、几乎是如饥似渴。紧紧地搂着妻子，陈致远却不能不"投鼠忌器"而有所顾忌——她的肚子里，还有个即将问世的小生命。

"你不会趁摸着点儿。"在陈致远的怀抱里，马月盈撒着娇。

自觉有负于妻子，为了满足她，当然也是为了满足自己，为不至压着那个即将降临的小天使，下半身夫妻俩虽融为一体，上半身他们却几乎达到了九十度。

日积月累，终于在一瞬间爆发了，洪峰过去后，饥渴也暂时得到了缓解。意犹未尽，小夫妻彼此地欣赏着、互相地抚摸着，那些原来彼此已经非常熟悉的地方，眼下，竟又变得十分地陌生。既好奇、又新鲜，还颇觉神秘，在彼此的欣赏中，在相互的爱抚中，他们重新地酝酿着、积累着……

新的冲动在酝酿中积累，在积累中新的洪峰又蓄势待发。

久别的每一天，竟是那样的漫长；重逢的每一天，却是那样的苦短。即将面世的小天使需要父亲，年轻的妻子需要丈夫，已为人夫又将为人父的，又何尝不需要妻子、儿子？

苦短的重逢结束后，又将是漫长的离别，捧着大肚子，马月盈将丈夫送出了大门。

"放心地走吧。"马月盈道，"凤州的父老们等着你。"口是心非，话虽这么说，心里她却是千般的留恋，又万般的难舍。咬着牙、狠着心、转过身，年轻的丈夫走了，被众人送出村口，又送上了汽车。掩着面年轻的妻子，却再也忍不住了，眼泪像断了线的珠子……

问君能有几多愁,恰似一江春水向东流。

在凤州,数千俘虏被送到了地狱,与此同时,一个小天使却呱呱地降临在南河镇。在凤州面对去留,陈致远正在痛苦的抉择中煎熬;轮换地抱着小天使,在南河镇他的父母、他的岳父母、他的妻子却迎来前所未有的欢乐。

马月盈生了个男婴。母子平安!

不胫而走,先他的汽车,宋哲元在西府屠杀俘虏的血腥早飘到了南河镇。

"数千人同投一胎,陈家后人的命肯定壮!"学会了联系地看问题,南河镇的土哲学家、土观察家和土评论家们进步了。

陕西地方邪!嘴说曹操,曹操就到了。虽算不上什么噩耗,宋哲元带来的消息却还是给陈家欢乐的气氛,蒙上了一层挥之不去的阴影。儿子呱呱坠地,初为人父的却不但不得而知,而且还去向不明。

"这孩子!"背过人当着丈夫,孙兰玉抱怨着儿子,"给宋哲元不打招呼,给家里也不打个招呼?真是的……"

"过犹不及。"陈德润自言自语着,"从这几个字看,所以不辞而别,他是看不惯宋哲元滥杀俘虏。"对着妻子话锋一转,他又道,"诶!会不会又去了同州?"

"我看不会。"孙兰玉还未及开口,不想却被马月盈接上了茬,"连家都不回,他哪里会去同州?依我看,多半是找他的杨虎城杨将军去了。"

秋暑未尽,马月盈的头上,却还包着条围巾。闻言陈德润、孙兰玉同时吃了一惊,这事他们不想让儿媳妇知道,然而她却不但知道了,还说出了自己的看法。

"爸,妈,不必为他担心!致远他虽不是国民党,却也不是共产党。肚子没冷病,不怕吃西瓜,他不会有事的。"反倒安慰起公公、婆婆,马月盈是既有理、又有据,对丈夫她更是信心十足。

"你这娃!咋一点都不计较?"这时,明儿也风风火火地撵了过来,"一时没留神,就跑下来了。月子里要是落下病,那可是用锥子都挖不出来的!快,快回去。快给我躺着!"不由分说,马月盈被她拽了就走。

儿行千里父母忧。尽管马月盈说的头头是道,孙兰玉、陈德润的心,却还是放不下来。

一波未平,一波又起。继陈致远之后,南河镇又有两个人神秘地失踪了。

出事那天,马月盈的儿子正好满二十天。将二十天当满月来做,不知又是哪辈老先人留下的规矩,也不失为关中的又一大怪。心情虽不是太好,但面面上的事该应付的,陈德润、孙兰玉还得应付,何况又是长房、长孙!

干旱虽已持续了一年有余,却因都是水浇地,南河镇人还不曾觉察到饥荒那悄悄伸向他们的"触角"。挨椽的、靠檩的,沾亲的、带故的,相好的、对劲的早都在烧腾着陈德润、孙兰玉,说三年才等了个闰腊月,上次没吃上陈致远、马月盈的喜酒,这次"两当一",非吃他个天翻地覆、喝他个天昏地暗不解。

跑脱咧不撵,拉住咧不饶。盛情难却,陈德润虽然冷静,孙兰玉虽然理智,这次不随其波而逐其流,看来的确是不行了。

再能行,人也有无奈的时候。

郭德厚跟山妹,郭德全跟雪儿,都已经成亲。过去是世交,如今又是亲上加亲,帮着张罗,郭德厚、郭德全兄弟俩忙前忙后;山妹、雪儿先后俩忙里忙外,这几天,他们一直都在陈家。抱着佘大花添给她的孙子争气,菊儿在前;提着大包小包又领着女儿倩儿,谢铁成在后,赶早,他们第一个到了陈家。郭德玉、佘大花不着家,跟陈家他们也没缘儿。菊儿也懒得去叫他们,更不想让他们在人前现眼。

马子亮、明儿,刘子明、余儿以及木匠老两口子,都是马月盈的娘家人,除刘光复在队伍上来不了外,其余的几乎是倾巢而出。

是马月盈唯一的亲舅,跟陈家佘有志却坐不到一条板凳上,一大早,他就借故出去了。佘大勇又是一夜未归,门户总得有人来撑,于是提着礼行,莲儿来到了陈家。

绸布庄的葛掌柜来了,家具店的曹掌柜也来了,柳叶更是不能例外,南河镇大大小小门面、字号的老板掌柜们,差不多都来了。河西堡的老地主来了,河东堡的何全虎也来了,加上"南河实业学堂"的先生们,英华医院里里外外,前前后后已经是拥挤不堪,而以陈德润为偶像、以孙兰玉为楷模那些已毕业、未毕业的学生以及他们的家长,却还在赶往南河镇的路上。

临走时,省主席宋哲元硬留下一百大洋的厚礼,明知来不了,陈德润却还是打电话请了又请。礼多人不怪嘛!

该来的似乎都已经来了,令陈德润、孙兰玉遗憾不已的,是给孙子做二十天,儿子却去向不明。

一向敬畏陈德润、孙兰玉,这天按关中的风俗,南河镇人却破例地对他们动了粗。斯文扫地,举人陈德润被抹了个大黑脸;非兰非玉,举人奶奶孙兰玉却被抹了大红脸。

傍晚佘有志倒是回来了,佘大勇却还是不见个踪影。从来都没个迟早,因此,莲儿也没往心里去。

第二天一觉醒来，却还不见佘大勇的影子，情急之下，莲儿忙告诉了佘有志。

闻言佘有志并没急着找儿子，而是伸手在炕洞里一阵乱摸。结果被弄得满胳膊满脸都是黑灰，要摸的东西，却一件也没摸着——多日来急切不得出手的古董，不见了。

已觉不妙，连颠带跑地来到铁匠铺子时，佘有志始知宝贝女婿郭德玉，也两天没见人影了。见佘有志惊慌失措的样子，摆拉①了一天的佘大花却大不咧咧地道："爸，你放心！又不是大姑娘，两个张口子②货，谁要？"闻言佘有志却连连地顿着脚："没人要！钱有没有人要？"见佘大花还是不明白，佘有志更加地气急败坏，"快！还不快去，去看看那个……"一边说，他一边指着炕洞。"噢噢噢！"佘大花终于明白了，"我去看看。"

在炕洞刨了半天后，佘大花竟一屁股坐在了脚地。

郭德玉、佘大勇在西府盗宝的事虽神不知、鬼不觉，但俩人同时失踪的事却不胫而走、惊动了南河镇。谢铁成、菊儿夫妇，马子亮、明儿夫妇，刘子明、佘儿夫妇，木匠老两口子以及郭德厚、山妹，郭德全、雪儿小两口子，大家都被惊动了。甚至连赌咒发誓今辈子都不跟佘家来往的柳叶，也被惊动了。

跑得动的，都分头在四处寻找；跑不动都就近在周围打听着消息。跑不动也走不远，木匠老两口子以及柳叶，只能在屋里打转转干着急又没办法。三天过去了，该找的地方都找遍了，甚至连所有的水井、茅坑也都用竹杆探了又探，用麦钩捞了又捞，结果却都是活不见人、死不见尸。

猪娃没了楼上寻，明知没啥指望，在郭德厚的陪同下，马子亮还是回了趟老家；死马当做活马医，在郭德全的陪同下，刘子明又去了一趟西府。殊途同归后四个人，也都是一无所获。

"狗日的！"佘大花竟胡思乱想起来，"莫不是将古董变成钱远走高飞，寻花问柳、打野食去了？"佘有志则不由想起他老子麻子佘，想起了数年前贴在镇上的那张告示。"谋财害命"四字让他不寒而栗、让他浑身直打冷战，又起了一身的鸡皮疙瘩。

一晃几个月又过去了，跟蒸发了似的，郭德玉、佘大勇却还是杳无音信。佘有志"谋财害命"的瞎猜、佘大花"寻花问柳打野食"的乱想，似乎都得到了证实。

思前想后，佘有志觉得最倒霉的，还是自己。虽丢了郭德玉，菊儿还有郭德厚、郭德全，还有女儿佘大花连夜添给她的孙子争气。女婿郭德玉就不说了，就守了这么一个活宝儿子，佘大勇却还是那样地不争气、没出息。不孝有三，无后为大。将莲儿娶进门都一年多了，"麦"耽搁了不说，"秋"看样子，也没安③

上。

苘麻绳绳从细处断。不想关中人的这句土话，竟应验在他佘有志的身上。开始他还不信，眼下不信，都由不得他了。"不信？这下看你娃子信还是不信？哈哈哈哈……"恍惚中似乎有个声音，在嘲笑着佘有志。

刚过门那阵，一看见阿公爸佘有志，莲儿就由不得脸红心跳。当年佘有志将他那个又粗、又长、又大，看起来又十分丑陋的东西，强行塞进她的肚子时，她憋痛得失了声。记得当时佘有志，还警告她说，"悄着！一会儿就受活了"。可自始至终，莲儿却都没能体验到那种"受活"。

在莲儿那朦胧的潜意识中，男人们之所以都要娶个媳妇，只不过是寻个人替他们做做饭、扫扫地、洗洗衣服。直到过门那天晚上，直到趴在她的肚子上，佘大勇重复着他老子佘有志当年的动作时，莲儿这才终于得到了，那种"受活"。

不胜惊讶。从佘有志那里莲儿得到的只有痛，而没有受活；从佘大勇这里她得到的却全都是受活而没一点痛。莲儿终于明白了：男人们之所以都要娶个媳妇，绝不仅仅只是为了替他们做做饭、扫扫地、洗洗衣服。而女人做媳妇的使命，也绝不仅仅只限于做饭、扫地、洗衣服。怪啥女人都要做媳妇？做媳妇就是嫽！几乎于一夜之间，十六岁的莲儿长大了。

看见莲儿，那张老脸佘有志一度也曾烧臊过。那种老牛吃嫩草的感觉，特别是莲儿那声"大，我痛"的叫唤，让佘有志几乎是神魂颠倒，今辈子都难以释怀。没想到属于儿子的处女地，竟被他这个当老子的，提前给开垦了。

在儿子佘大勇的面前，佘有志一度也曾有过某种莫名其妙的负罪感，后来老牛重吃嫩草的机会倒是不少，却都在这种莫名其妙的负罪感带来的犹豫中，悄悄地溜掉了。

时间一长，那种烧臊感、负罪感，竟慢慢地淡了下来，天经地义。老子们辛辛苦苦开垦的处女地，不都是留给儿子来耕耘、来播种、来收获的吗？佘有志终于给他找了个堂而皇之的理由。从这个冠冕堂皇的理由中他不单得到了启示、得到了暗示，而且还重新找回了平衡。后来，当发现他辛辛苦苦开垦的处女地一直撂荒、一年到头麦没打下，秋也没安上的时候，佘有志不禁在心里，又埋怨起儿子来。他甚至后悔他没及时地给儿子帮这个"忙"，从而把"时令"都给错过了。

从眼下看，儿子怕是更指望不住了。长期撂荒的"处女地"，难保没有人想耕耘、想播种、想收获。费心巴力开垦的"处女地"，与其让他人来耕耘、来播种、来收获，还不如自己去耕耘、去播种、去收获。说来说去也就是一句话：已经落在他佘家的这只牝天鹅，说啥也不能教她给飞脱了。麦子也好，苞谷也罢，好歹先安上一茬、先收一料子再说！

一天喝罢汤，收拾碗筷莲儿刚要离开，不想却被佘有志给叫住了。

"来，先坐下。"指着旁边的小马扎，佘有志道，"爸有话要跟你说。"看了看小马扎，莲儿却有些犹豫，低着头站在原地，她嗫嚅道："爸，有啥话你尽管说，我不坐。"闻言，佘有志又己肠地道："坐下，坐下。都是自家人，坐下才好说话。"又犹豫了一下后，莲儿这才拘谨地，坐了下来。"唉！大勇这尿不争气。"心里窃喜，佘有志却故作悲哀地道，"让你受了不少的委屈。爸也觉着对不住你。"将一枚金戒指递到莲儿的面前，他接着道，"给，拿着！算是爸对我娃的一点补偿。"心里想要，表面上，莲儿却有些难为情："不，我不要。我也觉着对不住爸，都一年多了，给佘家既没添个一男，也没添个半女。"闻言，佘有志心里不觉一动，嘴里他却安慰着莲儿："拿着，拿着。这事也不一定怨你，依爸看多半怪大勇这个没出息的东西。"说着拉住莲儿的左手，他一面给她戴着戒指，一面用眼睛的余光偷偷地打量着她。"这怎么能怪……怪他呢？"半推半就，莲儿道，"他是个男……男人。"

离娘早，又没念过一天书，加上年龄小，对生儿育女的事莲儿是一窍不通。急着抱孙子，南河镇那些当阿公的，尤其是那些当阿家的，都指桑骂槐说儿媳妇不中用，却没一个抱怨说儿子没出息。久而久之，无形中给了莲儿一个错觉，让她以为鸡蛋所以孵不出鸡娃来，都是母鸡的不对，而怪不得公鸡。

没想到佘有志不但没推鸡骂狗地骂她，反而还向着她、体谅着她，又买戒指给她，不觉中，莲儿已有些感动。

"男人！男人咋咧？"佘有志道，"男人的种子，女人的地。地再薄只要种子好，多少还不打些粮食？反过来要是种子不行，或者压根就没种上，地就是再好，也打不下粮食喀！"一席话他与其说是解释，还不如说是挑逗。

"那……这咋……咋弄得清？"闻言，莲儿越发地糊涂了。

"好办。"佘有志道，"倒个茬不就成了？"

"倒茬？"莲儿哪里知道什么是倒茬。

"对，倒个茬！"佘有志道，"也就是换个种子。为多打粮食，做庄稼的经常倒茬、换种子。只要是地，都扑生。倒个茬换个种子，指住能有个好收成。"以物喻物，阿公爸进一步诱导着儿媳妇。

"这……"闻言一时语塞，莲儿的脸倒先红了。她终于明白了什么是倒茬，也终于领会了佘有志的意思。

"你是怕没好种子，对不对？"佘有志图穷匕首见，"这你不用担心。只要你愿意，爸这儿有的是。还是咱佘家自家的种！"见莲儿并没反对的意思，像头饿急了的老公狼,一下子扑过去阿公爸搂住了儿媳妇。

"爸……你……这……"莲儿无力地,挣扎着。

二门、后门在天黑时,就已经关上了。用左臂搂着莲儿,腾出右手佘有志从背后插上了房门。被放倒在炕上,三下五除二莲儿的衣服、裤子,被佘有志抹了个精光。一边给自己脱衣服,一边看着赤条条的莲儿,佘有志道:"跟前两年比我娃可软和得多了。爸的种子你放心,明年保险有个好收成!"说着,已铺天盖地地压了上去。

"爸,你悠着点。"莲儿惶恐地道,"我怕痛。"没想到这句话,反而刺中了佘有志的花花神经。将他那个硬得跟风箱杆子似的东西,他一边直往莲儿那因充血而肥大、又因肥大而张开,并且还流着粘液的"窝"里塞,一边安慰她道:"放心。一会你就啥都知道了。爸敢说下次不是爸缠绻你,而是你缠绻爸!"

极力克制着,一前一后,佘有志缓缓地扇动着。见莲儿不但没有喊痛,竟还扭动尻子呼应着他,佘有志这才加快了节奏。

"这回咋样?"佘有志得意地道,"爸没说错吧!"

正觉奇怪,没回答佘有志,莲儿竟鼓励他说:"爸,再扇欢些。把劲给上!这回受活得很!咋一点也不痛。"闻言,佘有志更加地兴奋了:"好!保我娃满意。"说着他竟只进不退地强攻起来。

扇得正欢,佘有志突然来了个急刹"车",趴在莲儿的肚子上,他停止了扇动。在她那肉嘟嘟的嘴唇上、脸蛋上,一个毛楂楂的嘴巴在忘命地撕着、咬着、啃着,与此同时,一股又一股热乎乎的东西直冲莲儿的腹地。停止扭动,莲儿一边拱起腰接受着,一边用她那肉嘟嘟的嘴巴也没命地撕咬起那个毛楂楂的嘴巴……

喘息了一阵后,坐起身指着她的尻子底下,莲儿吃惊地问佘有志道:"爸,这是啥些?咋白囊囊又黏糊糊的?"闻言佘有志淫笑着:"瓜娃些,这就是爸给我娃下的种子!"闻言,莲儿更加地吃惊了:"种子!种子咋是这?咋又流出来了?是不是……又没种上?"

在莲儿的想象中跟麦种、包谷种一样,佘有志的种子应当是一粒一粒的。"放心!种是肯定种上了。"佘有志继续淫笑着,"只是一时没拿住,爸的种子溜得多了些,却没想到我娃的地还小、还盛不下!"

"可惜!"闻言,莲儿竟有些惋惜,"大勇他咋从来都没这些。"

"可惜?没啥可惜的。"闻言,佘有志更加地得意了,"爸这里有的是!这东西就像井里的水,越用越旺!不信咧你等着,一会给我娃,爸再换个花样,让我娃也长长见识。"说着"哧"的一声,佘有志划着洋火,又点燃了烟灯。

瞅着佘有志那毬吊不收的样子,莲儿又吃惊地道:"爸,这一吊子货你刚才还又长、又壮、又大，看着挺教人害怕的，这会咋又像个老蚕，变得蔫答答的，没一点出息了？"

吐了口烟，佘有志却不以为然地道："再甭瓜咧！刚才给我娃流了那么多的好东西，跟人一样，它哪能不乏？歇一会，它自然会重新抖起威风的。"

趁佘有志吞云吐雾的当儿，莲儿竟把玩起他那个不钻眼的东西来。她的手又绵又软，他那吊子货却越逗越硬，也越逗越大。后来，果然又奇迹般地扎了起来。再后来竟还暴出许多跟细蚰蜒似的青筋，模样也变得更加地狰狞、更加地恐怖。

这个瘾还没过完，那个瘾又犯了。扔掉烟枪一手一个，佘有志又捉住了莲儿那对挺拔在胸前的双乳。在他的手中，她那一对跟白蛋蛋馍似的奶子立即变得千姿百态，又千娇百媚。

一时兴起，佘有志突然将莲儿仰面朝天地掀翻在炕上，接着他又将她翻了个个儿，那一对跟白蛋蛋馍似的奶子不见了，明哈哈呈现在佘有志面前的，又是两个浑圆浑圆的白尻蛋子。

"爸，你这是要干啥？"猝不及防，回过头莲儿吃惊地道。

"干啥？给我娃换个姿势、换个味道。"得意忘形，佘有志竟命令莲儿道，"把尻子撅高！前门走过了，这次爸要走一走我娃的后门！"

闻言将尻子，莲儿果然乖乖地撅了起来。弯着腿又弓着腰，那个雄风重振的东西又被佘有志一节一节地，给莲儿送了进去。用双臂拦腰将她箍紧后，他这才跟拉风箱似的，一前一后地抽动着他的"风箱杆子"。

又是抽又是送，佘有志一边问莲儿道："受活不？"

"哎……呦……"一边努力将尻子向后坐，莲儿一边呢喃着："受活……受活扎咧！这回跟刚才还就……就是不……不一样……"

"哎哟——"随着又一声压抑的尖叫，翁媳俩又不动了。

被灯光定格在墙上的，是一张"将军不下马"的剪影。

————————

①摆拉：关中方言。指女人游游荡荡，招摇过市。
②张口子货：关中人对猪、狗等，不满的称呼。
③秋没安上：秋，指秋庄稼；安，指种。关中人把种秋不叫种秋，而是习惯上叫作安秋。

第七十一章

虽没娃莲儿的心，却教她的阿公爸佘有志给占住了；有了娃佘大花的心却没被娃占住。

郭德玉失踪后，佘大花还的确着急过一阵子，没多久独守空房的寂寞却又占了上风。曾几何时，佘大花突然变得勤快、干净起来。该搬的搬，该挪的挪，该扫的扫，该洗的洗，铁匠铺子前前后后、里里外外，竟被她收拾得整整齐齐、井井有条、一尘不染。

一切就绪后，佘大花又收拾、打扮起自己来。热好水关上头门，她将自己剥了个精光。从头到脚连着洗了两遍后，披着衣服、对着镜子，她又梳起了头。费了九牛二虎之力后，头发终于成型。对着镜子佘大花左边看了右边看，看了右面看左面，却总觉未尽如意。反正没事，她索性绽开来重梳。第三次成型后拿起镜子，佘大花上下左右地照了又照，这才终于满意地笑了。接着，佘大花又给脸上搽起了粉。第一遍搽过后她觉得有些淡，又搽了一遍，不想，却又搽得重了。如此反复直至满意后，佘大花又涂起了胭脂、口红。这次，她汲取了前面的经验教训，一边涂一边照着镜子，这才终于没有返工。换衣服倒是，没费多大的劲，粉红色的上衣，水绿色的裤子，桃红色的袜子，黑织贡呢的绣花鞋……都是提前，搭配好了的。给浑身上下又洒了些香水后，左手拿着丝帕，右手拿着香扇，佘大花这才一摇三摆地扭出了铁匠铺子。

春风得意，花枝招展，刚走出这家的字号，佘大花又进了那家的铺面。拿起这样她东瞧瞧西看看，弹嫌质地太次；拿起那样她西看看东瞧瞧，又埋怨价钱太高。摆拉了半天，连一文钱的东西她都没买，拿在手里的，她仍然只是一个丝帕、一把香扇。

醉翁之意不在酒。那些老板、掌柜跟伙计们，都知道佘大花不是个买主，而是个卖主——她是来卖弄风骚的。

买卖不成仁义在。明知佘大花不是买主，那些老板、掌柜跟伙计们，却还是热情有加。无论这家的老板，还是那家的掌柜，临走都能收到她一个足以勾魂摄魄的媚眼。同样献了殷勤，甚至更为殷勤，那些相公、伙计们却只落了个眼馋。

有个卖啥的，就有个买啥的。母狗都摇了尾巴，牙狗们能不急火攻心吗？

佘大花的第一个买主是绸布庄的葛掌柜，而绸布庄的老板娘却是南河镇小有名气的母大虫。是个单放心,母大虫不单将银钱管得紧,将葛掌柜,她比银钱管得还紧。葛掌柜应了个名,母大虫抢了个红。绸布庄的财权、人权都旁落在"垂帘听政"的母大虫的手里。虽是个大色狼,葛掌柜却从没光顾过妓院,更未涉足过暗娼。暗娼他不想去,因为那里大都是些半老徐娘,跟母大虫比,她们也强不到哪儿去。妓院他不敢去,有这个贼心他却没这个贼胆。人都知葛掌柜贪财,是个只知道进、不知道出的铁公鸡,却很少有人知道他更贪色,只是还不曾交上桃花运。

每逢佳节倍思亲。明天又是农历的八月十五、是中秋节。按惯例,母大虫要回娘家了。提着大包小包,她前脚出了绸布庄;手执香扇半遮面,后脚佘大花便扭了进来卖弄了一番后,这次佘大花倒真的看上了一块缎子,将缎子翻过来又翻过去,见佘大花爱不释手的样子将正在招呼的客人扔给伙计,葛掌柜忙迎了过来。讨价还价时,葛掌柜的心里别提有多矛盾了,虽有心照顾她,他却又不便照顾她,更不敢照顾她。人多眼杂,葛掌柜既怕坏了规矩,更怕母大虫的家法伺候。

葛掌柜偷偷报出底价后,佘大花不禁怦然心动。果然便宜,但将口袋捏了又捏后,佘大花却连声抱怨说贵了,太贵了!

以往像这些赚不了几七几八的生意不成了拉倒,也就去毬咧。眼下买卖双方却未免都有些遗憾;佘大花遗憾她卖弄了半天,葛掌柜却并没白送上她一块;葛掌柜则遗憾有心白送她一块,自己却又不敢。叹口气带着遗憾,佘大花恋恋不舍地走了;无可奈何,用遗憾的眼光,葛掌柜目送着佘大花。出乎意料的是临出门他竟收到她的一个媚眼。人还在葛掌柜的魂魄却早被这媚眼给勾走了。留在柜台里的一个躯壳而已。

出门观天色,进门看眼色。佘大花这一眼非同小可、失魂落魄,葛掌柜差点晕倒在柜台里,没想到老都老了竟终于有了艳遇。好不容易盼到了打烊,借口盘账,葛掌柜留了下来,将缎子他偷偷扯下一块后又悄悄藏在一个不显眼、却顺手的地方。喝罢汤以收账为名,在征得母大虫的恩准后偷偷揣上那块面料,葛掌柜匆匆地出了门。

舍近求远在连着拐了几个弯后跟幽灵似的,葛掌柜飘到了铁匠铺子的门口跟绔儿匠似的,首鼠两端后他终于惴惴不安地叩响了那扇大门。

果然一阵沙沙的脚步声由远而近,随着"吱儿"的一声,门被打开了一道缝,门缝里果然是佘大花那袒胸露腹的身影。

"大花,是我。那块缎子我给你送来了。"压低声音,葛掌柜道。"是吗?"犹豫了一下后,佘大花道"那……进来吧"心照不宣。说着门又被她开大了点。身体肥胖,一闪身从门缝里,葛掌柜硬是挤了进去。

灯光下，包在麻纸中的红花花缎子被葛掌柜打了开来。见正是她看中的那块，佘大花不由心花怒放。嘴里她却不动声色地道："到底多钱？"压低声音哭丧着脸，葛掌柜几乎在央求着："快别寒碜人了。是孝敬你的，我的姑奶奶！"只顾看着、抚摸着缎子，佘大花头也不抬地道："没想到……葛掌柜还是个有心人。"见得到认可，葛掌柜又忙不迭地道："应该的，应该的……"接着叹了口气，他又道，"唉，这一个人的日子也不好打发喀！"不料抬起头，佘大花却反问他道："一个人！谁说我是一个人？"闻言大吃了一惊，用两只老鼠眼，葛掌柜警觉地在四下里搜寻着。虽没发现什么"敌情"，他却还是又惊、又疑、又怕："还有谁？"

见葛掌柜的头上已经渗出细细的汗珠，佘大花这才哧哧哧地笑了："这么说，你不是人？"被戏弄后，葛掌柜这才明白了过来："吓……吓死我了！好我的姑奶奶，您倒是会……会耍笑。" 一边说一边用麻纸抹着额头上的冷汗。"看样子葛掌柜是做贼心虚？"佘大花继续地嘲弄着。"是是是……噢……不不不，只是想……想伺候伺候姑奶奶。"葛掌柜已是语无伦次。"伺候！咋个伺候？"佘大花却不无挑逗。"捶背、捏腿、挠痒痒……只要姑奶奶您高兴，教我做啥我就做啥。"借擦汗用老鼠眼，葛掌柜偷偷瞟着佘大花。"就凭这？"将缎子扔还给葛掌柜，佘大花不屑地道。"还有还有！"闻言愣了一下后，两块大洋连同缎子又被葛掌柜放在了佘大花的炕边。"今儿个就豁出去了。"葛掌柜在心里道。却没料到他豁出去才掏出的两块大洋，佘大花连正眼都不肯瞧一下。

人都是被绑住了才挨的瞎打。发了发狠，咬着牙抖索着手，葛掌柜又摸出了三个大洋。

"那就……先捏捏腿吧。"说着仰面朝天，佘大花躺在了炕上。

箭一射出可就由不得弓了。"往……往上……"几个月没碰男人，佘大花的心旌倒先摇荡起来。大着胆越过膝盖，葛掌柜已经捏到了她的大腿。"再……往上……"佘大花呢喃着。正心慌意乱，不想却得到了鼓励。葛掌柜的贼胆不觉大了起来。一把拽掉佘大花的裤子，又将她那个他向往已久的地方掰开来看着……忘了或者说顾不上脱衣服，一翻身，葛掌柜便压了上去。"脱了……再……"浑身酥软，佘大花已经是有气无力。曾几何时，她竟变得万般地温柔起来。

慢说佘大花，在发情的时候连母大虫，也会变得万般地温存起来。

剥掉衣服正要"赤膊上阵"，一时葛掌柜竟又呆住了。呈现在他眼前的是佘大花那裸露无遗的、如脂如玉的胴体。迷离着双目，她两腮绯红，犹一朵沐浴在春风中的月季。拔"地"而起，分左右一对秀女峰，耸立在酥胸的两侧。微微叉开，修长的双腿从膝盖往上竟突然变得丰腴起来。不甚茂密的少妇丛林中那个连英雄也不得不为之倾倒的尤物还微微地翻开着。

迷离着双眼，佘大花期待着。所以不肯睁眼，她是怕看见那张比他爸佘有志还要老的老脸，怕那张老脸会影响到她的心情。脸肯定是老了些，下面那东西的钢水如何，尚不得而知。唉！既然是偷着吃也就顾不了许多。

上面眼福尚未得到满足，下面的却已经是怒不可遏。承受不住像头公牛，葛掌柜又铺天盖地地压了上去。一个肥大的躯体立即掩盖了那个如脂如玉的胴体。一张毛楂楂的嘴巴，仿佛要撕碎那朵沐浴在春风中的月季。一块跟捶布石似的胸脯，让那对秀女峰顿时失去了刚才的挺拔。一个怒不可遏的家伙也一节节地顶向了那个尤物的纵深。

一前一后，上面的躯体在疯狂地扇动着；一左一右，下面的胴体却在扭动着。突然上面那个躯体停止了扇动，下面那个胴体也同时停止了扭动。只有两张嘴巴还撕咬在一起……狗咬狗却不是两嘴毛，而是一嘴毛。

在一阵喘息中翻身落"马"，葛掌柜败下"阵"来。

"不……不弄了？"意犹未尽，佘大花这才吃惊地，睁开了双眼。

"没……没时间了。"葛掌柜不无遗憾"回去晚了，黄脸婆那里不……不好说话。"为掩饰因慌乱已力不从心的弱点，无意中他却又暴露了怕老婆的另一个弱点。

"没彩！"在心里，佘大花骂道："若没那一蛋子货，跟婆娘没啥区别。"

黑夜静悄悄，出门时葛掌柜又首鼠两端地看了看，见没人他逃也似的消失在茫茫的夜色中。

没人，谁说没人？南河镇，有的是男人。挤进铁匠铺子时，葛掌柜就被几个"暗哨"，给盯上了。他前脚刚走后脚就有人，又溜进那两扇还没来得及关上的头门。

对佘大花垂涎三尺、跃跃欲试的，岂止葛掌柜一个。一到晚上，围着铁匠铺打趸趸的又何止一二？一时不慎撞在一起的既屡见不鲜，也不足为奇。这时一个免不了扫兴，另一个也免不了尴尬。

"是你！"一时转不过向，硬着头皮，这个问那个道"你咋也在这儿？"

"我……到南头，有个事。"搪塞后，那个又问起了这个"你呢？"

"我……到北头，问个话。"心照不宣，他们果然一个向南，一个向北。

向南的自是无事可做；向北的更是无话可问。都因探不着佘大花的"深浅"，这才被财大气粗的葛掌柜给捷足先登、钻了空子。见葛掌柜已经成了大功，这个、那个的胆子都不觉大了起来："好说话咧，多少给她撂两个；不好说话咧，就把葛掌柜抬将出来。到时候还怕佘大花不乖乖地就范。"

后悔已经来不及了，实在招不住时不等天黑，佘大花便提前"打烊"。挡君子不挡小人，门虽然关上了，天却没办法关，于是不久后，铁匠铺子的院墙又被

南河镇

溜光了。

就在葛掌柜跷进绸布庄的头门时,一个黑影却从后门偷偷地溜了出去。他哪里料到就在他偷佘大花的时候,有人却在偷着他的母大虫,或者说他的母大虫也在偷着汉子。这个汉子还不是别人,而是他绸布庄的伙计,名叫裘长胜。

偷裘长胜母大虫是冰冻三尺,已非一日了。给葛掌柜暗送秋波,佘大花瞒过了母大虫,却瞒不过裘长胜。谁不想占佘大花的便宜?围着铁匠铺子不知打了多少个趔趄,裘长胜却就是没足够的勇气去敲门。咋咧?钱是人的胆,他没"胆"喀!犹豫中他眼睁睁看着葛掌柜敲开了铁匠铺子,又大睁两眼地瞅着他挤进了那个门缝。

"妈的!"在心里,裘长胜道,"这个老王八的钱虽多,毯却只那么一个。佘大花既然被他占了,母大虫肯定是闲下了。"嫩草吃不上只好将就着去吃他的败草。

搂佘大花睡觉,葛掌柜还得破费、还得吐血。搂母大虫睡觉,裘长胜却像是桩上的叫驴——除泄欲外从她那里,他还能得到一升"豌豆"。肉欲再加上报复欲,这次裘长胜是格外的兴奋,也格外地给力。搂着足以给他当妈的母大虫,他却想象着佘大花、报复着葛掌柜。

夜,是静谧的。在夜的静谧中,多少辛苦劳作了一天的人们得到了休养、得到了生息。在夜的静谧中,多少对恩爱的夫妻享受着人生的幸福、人生的甜蜜。在夜的静谧中,又有多少小人干着偷鸡摸狗、男盗女娼的勾当。夜幕包容了多少甜蜜又掩饰了多少罪恶。夜幕,只有夜幕才能撕掉那些伪君子们道貌岸然的面纱。

天下没有不透风的墙。被人们添油加醋地予以润色后,葛掌柜、佘大花的风流韵事又被在南河镇传播得沸沸扬扬。开始母大虫还有些不信。后来不信都由不得她了。佘大花穿的新缎子袄,果然是她家新进的面料。后来又听说佘大花已经怀上了葛掌柜的种绸布庄的一半,怕是要归她母子了。再也忍不住,于一瞬间母大虫燃烧了、爆炸了。

"我问你,那天晚上,"双手叉腰,跟审贼似的,母大虫盘问着葛掌柜,"你、你到底弄啥去了?"

"收账呀!"心里有鬼,又见母大虫来者不善,葛掌柜只能百般地抵赖着:"不是都跟你说了吗?"

"收账?哼!"果然,母大虫是嗤之以鼻:"到哪家?钱呢?"

"这……"闻言葛掌柜一时语塞:"账不好收,这你也不是不知道。"

"账是不好收。"葛掌柜道高一尺,母大虫魔高一丈:"那我再问你,这缎子好送不？婊子好嫖不？"

"你这人……"听口气情知无法抵赖，葛掌柜也就死猪不怕开水烫了："咋把人当贼着拷问？"

"人！你还算个人？"骂着扑上去，母大虫就是一爪子："本来就是个贼！是贼就得拷问！"脸上葛掌柜，立即多出了五道渠渠。刚开始渠渠还是白的；后来又变成了红的；再后来竟生出五条蚰蜒来。

"三天不打，上房揭瓦！"一向都是忍气吞声，这时葛掌柜已忍无可忍了。用左手捂着脸，他却抡圆了右胳膊，一个带风的耳光过去后跟陀螺似的，母大虫连着转了七百二十度。接着"扑塌"一声，她又跌坐在脚地。

"你、你这天杀的！"拾起身，母大虫又扑了上去："背着牛头，你还不认赃。你、你你你，你竟敢打老娘？今日老娘跟你拼了。"撕挖在一起，两口子从柜台里直厮打到柜台外。接着又从柜台外厮打到大门外、厮打到大街上。

见两个人都滚成了土蛋蛋，伙计们忙上前去拉，一时又哪里拉得开。该买的不买了，该卖的也都不卖了，一街两行的都闻声围了过来。男的拉着葛掌柜，女的拉着母老虎，但更多的却在看水涨河塌。

"你、你这老不死的，毬、毬倒是比人强！"一边扑，母大虫一边骂："收账，你竟收到了铁匠铺子收到那个臭婊子的炕上去了。"大虫虽恶，却毕竟是个母的，在葛掌柜面前，她一向飞扬跋扈又颐指气使，眼下却处于劣势，又吃了大亏。见有人劝、有人拉，她益发扑得凶了。

"你、你，"葛掌柜道："你你你……你血口喷人！"被揭了伤疤又撕破脸皮，却毕竟做贼底虚，葛掌柜是雷声大、雨点小。借梯下楼，他终于被伙计们拉了回去。活像一头斗败了的公牛坐在椅子上，他大口大口地喘着粗气……

"佘大花！想挨毬你也不挑个毬硬的。"没了对手，母大虫将矛头又指向了佘大花："卖尻，你竟卖给我那个老不死的。想穿缎子，老娘非教你'断子'绝孙不可！想挨毬，明个老娘就给你拴头叫驴！"见有人劝，仰面朝天，她干脆躺倒在土脚地："活不成了！我的命咋这么苦哟……你们甭拉我，我不活了！哎嗨嗨嗨……"嗨嗨啰啰，她竟似唱非唱、似哭非哭地撒起泼来。又是拉又是劝，众人都累得招架不住了，母大虫倒是越发地来了劲。

娃娃不宜惯，老婆不宜劝。跌拌了一阵后，见周围却不见了动静。已感到不妙，微启眼皮，母大虫偷偷地窥视了一眼。围观的倒是越来越多，却既不见有人劝，也不见有人拉。讨了个没趣，母大虫这才一骨碌翻过身爬了起来，嗨啰声也戛然而止。扑打着身上的土灰，又"呸"地吐出一口黄痰后，她这才悻悻地扭了回去。这也许就是人们常说的"人来疯"。

上午一场雷电交加的闹剧刚不光彩地落下了帷幕；下午一场凄风苦雨的悲剧

又敲响了开场的锣鼓。

郭福寿残废后，于不知不觉中谢铁成跟菊儿走到了一起。擎大厦于将倾，用那曾经挥舞十八磅大锤的双臂，帮她将她那个摇摇欲坠的家又重新撑了起来。在这个特殊家庭的特殊位置，曾经让菊儿难堪过、尴尬过。郭福寿升天后这些尴尬、这些难堪也随之而去，被一块埋进了坟墓。菊儿却并没就此解脱，压在她肩上的担子反而更加地沉重了。这种压力只有菊儿自己才感受得到。虽隐隐约约有所觉察，谢铁成却既无法感受也无法理解，更无法替她分担——这种压力不是来自于物质而是来自于精神。菊儿所担心的并非是这一家大小的柴米油盐、吃喝拉撒，这些自有谢铁成这个大个子替她撑着。

养不教，父之过。没有了郭福寿，没有了他这个做父亲的管教儿子的千斤重担便自然而然地落在了菊儿的肩上。块头虽大，谢铁成却毕竟不是郭福寿，他能帮她管教好这三个日益长大的儿子吗？这可不比抡十八磅大锤来的轻松！

三个儿子中最教菊儿放心不下的是老二郭德玉，他机钻①倒是机钻，但机钻得似乎有些过分，而这种过分的机钻反而让菊儿时有不安。

趁没人，菊儿也曾多次劝告过郭德玉："集市上三教九流、五王八侯的啥人没有？既不长红麦子也不长绿豌豆，整天趸摸在那里也不是个长法。七十二行，庄稼为王。还不如像你大哥那样跟你铁成叔学着做庄稼、干些正经的事。"不料郭德玉却道："做庄稼！庄稼有啥做头？跟着牛尻子成天转来转去、臭烘烘的不说，还弄得一身土、一身泥、又一身的臭汗。轻的不拿，重的不掂，我不照样把钱弄到手了？"耐着性子，菊儿继续开导他道："跟你哥，你们都不小了，都该娶媳妇也都该成家立业了。口前话说的好：'光棍光棍你甭扎，一个婆娘两个娃。'等娶了媳妇添个娃，你就知道那俩钱糊不住一家大小的嘴了。"不料，郭德玉又道："操心你的冬天冷，甭管我的夏天热。鸡不尿尿有它的自便处。一只羊，一窝草，车到山前自有路。上山打柴，过河脱鞋，到啥时咱再说啥时的话，你就不要再叨叨了。"说完扔下他妈，他竟不耐烦地扬长而去。

见郭德玉不听劝，叹了口气，菊儿只好暂且作罢。她想，人都是逼出来的，眼下崽娃子没负担，等有了负担，说不定用不着她叨叨，他就啥都知道了。

老子郭福寿跟佘有志是冤家、是仇家。跟仇家冤家的女子佘大花，儿子郭德玉竟做出那种既丢人、又现眼，既出人意料、又教人无奈的龌龊事。没奈何，菊儿不得不默认了这个既成的事实，又违心地接受了佘大花这个儿媳妇。

耕读传家向来是关中人的光荣传统。男耕女织，书声女红又是美满家庭的象征。织布纺线被认为是女子的基本功，关中的女子尤以能织会纺而著称。于是织布纺线便成了关中人，特别是关中的农村人来衡量一个女人能干与否的重要标准。一天能纺四两花或者能织两丈布的媳妇，就算是好媳妇了。这样的媳妇自然会受到格外的尊重,这种尊重不单能给婆家的脸上增光,而且往往爱屋及乌、还惠及到娘家。

　　出于一个婆婆的天职,菊儿打算教佘大花学着纺线、学着织布。佘大花也不笨,三两天她便学会了纺线。一时高兴,将纺车连同弹好的棉花,菊儿一块搬到了铁匠铺子。她还鼓励她说:"年轻人就是心灵手巧、手脚麻利。专心纺你的线,孩子,我给咱拉扯。"从来都不曾受到过夸奖,佘大花高兴地答应了。

　　新媳妇,三天勤。第四天抱着孙子争气,当菊儿过来看时却见佘大花还长长地躺在被窝里。细看时纺车、棉花竟都不见了踪影。问起时,佘大花嘟囔道:"硬邦邦的,粗布怕是没……没人肯……"说着翻个身,她竟又呼呼地睡了过去。后来菊儿才知道纺车、棉花已被郭德玉、佘大花给卖了。从那时起她更有一种不祥的预感——老郭家怕是再也不得安生了。

　　第三感觉往往又是出奇地灵验。不久后郭德玉果然莫名其妙地失踪了。

　　起初菊儿还抱有一线侥幸,连续几天不吃、不喝、不睡,她四处奔走着、打听着、寻找着,竟然既不觉得累,也不知道饿。后来,这一线希望越来越渺茫,只剩下了失望。再后来,失望又变成了绝望,支持不住,菊儿终于倒下了。

　　一条儿女一条心!大儿子郭德厚为人老好,菊儿也一直放心不下。中途辍学,小三郭德全又是当伙计、又是种小蓝,她又为他捏了一把的汗。出乎了她的意料,也出乎了南河镇所有人的意料,小小年纪在短短的两年内,郭德全竟让财东家在南河镇又东山再起了。更让菊儿跟南河镇人始料不及的是见义勇为,郭德全竟给他救出个美若天仙的媳妇雪儿,而郭德厚叫短工,竟也给他叫回个如花似玉的媳妇山妹。

　　这个雪儿竟还是从柳春院逃出后,又被逼投河自尽的那个姑娘。自尽经年后,她竟奇迹般地死而复生,又风风光光地嫁回到南河镇,成了菊儿的儿媳妇。那个山妹也是父母遭难后走投无路,正准备投河自尽时被郭德厚无意中救下的。更没想到的是,她竟是孙兰玉求之而不可得的娘家侄女。

　　财东家还是财东家!背运已经过去,财东家又该交红运了。学会了辩证地看问题,南河镇的土哲学家、土观察家跟土评论家们又进步了。财东家"朝娶媳妇夕得孙,昨办喜事今埋人"的旧街巷文化不得不悄然淡出。取而代之的是"奇遇里又有艳遇,巧逢中亦有巧缘"的新文化。

　　刚从郭德玉、佘大花那既丢人、又现眼的烦心事中解脱出来,当菊儿正为郭德厚、郭德全这两个争气的儿子而自豪,又为山妹、雪儿这两个优秀的儿媳妇而骄傲的时候,不想郭德玉却突然失踪了。郭德玉、佘大花不争气,让菊儿跟着丢尽了人、现尽了眼。她曾赌咒发誓说,她没他这个儿子也没她这个儿媳妇,但当郭德玉真的失踪时,她却还是承受不住这致命的一击而病倒了。

白天她精神恍惚，不思饮食；晚上前半夜大睁着两眼，她不肯睡觉；后半夜刚迷糊过去，她却从噩梦中一次又一次地惊醒了。眼看病势日益沉重，谢铁成寸步不离地陪伴着她、安慰着她；变着花样，山妹、雪儿小"先后"俩给婆婆又是偏吃又是另喝；变着法儿，余儿、明儿老"先后"俩以及孙兰玉，也轮番跑过来又是劝着她吃，又是哄着她喝。戴维跟马月盈将中药、西药都用遍了，她却没一点起色。当着面笑着、安慰着女儿，背过身子明妈却不住地抹着眼泪。垂着泪哽咽着，老木匠要子明兄弟赶紧给他姐准备后事。

　　跑前跑后，郭德厚、郭德全寻找着郭德玉。明知菊儿害的是心病，戴维跟马月盈却还是不肯放弃，除给她打针、给她用药外，他们还不断跟那些前来求医问药的，打听着郭德玉的下落。有心人，天不负。马月盈终于有了收获。

　　看完病拿上药就要走，河西堡的一个经纪人却被马月盈叫住了："大叔，经常在外面跑，您认识的人肯定多！不知有没有看到过镇上的郭德玉、佘大勇，或者是知道他们的下落？"停住脚又回过头，经纪人却没有回答而是反问她道："佘大勇是谁我不知道，你说的郭德玉，可是财东家的孙子？"闻言，马月盈忙道："对对对。就是他！见到没有？"摇着头，经纪人道："这一向没见过。咋，出咧啥事？"虽有些失望。马月盈却还道："他呀，走丢了。"闻言，经纪人惊讶了："走丢了！既不聋又不哑，一个大小伙子能走丢了？啥时候的事？"不假思索，马月盈道："阴历的八月二十九。已经两个多月了。"闻言，经纪人似有所动。扳着指头，他算起了日子："不对吧！八月二十九，你不会是记错了吧？"马月盈却肯定地道："错不了！那天我娃正好过二十天。"闻言，经纪人也肯定地道："不可能！那天在三桥街，我还见过他。"见马月盈惊喜的样子，经纪人又道："三桥街三六九逢集，那天应是八月份的最后一集。"闻言，马月盈又是一阵惊喜："大叔，这有啥不可能的？说不定他就是从那儿给走丢的。"经纪人还是将信将疑："牙长一截路，一个大小伙子能走丢了？"马月盈却急切地道："大叔，这些咱以后再说。先说说您是咋样见到他的？"见马月盈着急的样子，经纪人道："也好……"

　　刚开始，经纪人也在南河镇的集市上走动，后来因三桥街的市场大，便又去了那里。刚出道，郭德玉却是恰恰相反，他主要走动在南河镇而很少去三桥。虽不是很熟，他们却彼此认识。八月二十九那天，一到三桥，经纪人就看见郭德玉在那里卖古董。对古董不在行，他们只互相点了个头，算是打了招呼。等经纪人又一次转过来时，却见跟两个陌生人，郭德玉正讨价、还价。开始似乎谈不拢，都快要憋脱了，后来好像是买主让了一步，于是又谈成了。

　　"大叔，"马月盈道，"依您看那两个人会不会是土匪？"

　　"不会，不会。我看不像。"摇着头，经纪人道，"都是西式洋装，看上去还挺阔气。做派、说话也都很有分寸，不但不像土匪，倒像还有些身份。"说到这，经纪人突然间似乎又想起了什么，"哦，对了。后来郭德玉好像还被他们请上了小汽车。"

"小汽车？"闻言马月盈是既兴奋又惊讶："大叔，没看去哪儿了？"

"去哪儿？"经纪人却为难了："去哪儿，我可就不知道了。"见马月盈失望的样子，他又补充道："哦，好像掉个头一路向西了。"

"谢谢您，大叔！"马月盈激动万分，"谢谢您救了我姑妈一命。"她的一双大眼睛里似乎还有某种晶莹的东西在滚动在闪烁。

"你姑妈？"闻言经纪人，却不明白了，"这事跟你姑妈还有拉扯？几句话比你的药还灵能救人一命？"

"大叔，您是不知道。"马月盈道："我们是表兄妹，他是我姑妈的儿子。为这事我姑妈都熬煎出病了。我得赶紧去告诉她。大叔您忙，回过头我再谢您！"一边说，她一边就要出门。

"等等。"经纪人道："我跟你一块去，方便不？"

"这样最好！"马月盈感激地道："没啥不方便，只是有劳大叔了。大叔，您可真是个热心人！"

见郭德玉有了消息，几近虚脱的菊儿竟一翻身坐了起来。听完马月盈的叙述，又听了经纪人的补充，忽闪了一下后，她那很久都不曾滚动过的眼球竟泛出一丝活光来。

"能想到的地方都找遍了。"老木匠道，"却没想到他竟去了东边。子明、子亮跟你铁成哥还有德厚、德全，在东边你们下势地接着找。大家儿、二家儿，你姐就交给你"先后"俩了。月盈，你再多留点神。"活像当年驰骋沙场的老令公，跟儿子、媳妇、女婿、孙女、外孙，他一一传着"将令"。

"大家儿""二家儿"分别指的是余儿、明儿。称呼儿媳妇时，关中人习惯按儿子的排行把媳妇们依次地叫作"大家儿""二家儿"……余类推。写起来是三个字，说起来却只俩字。其中"家儿"俩字被习惯地拼读成了一个。

人是铁，饭是钢。开始进食，菊儿慢慢地有了精神。几天后她又挣扎着下了炕，自己操持起来。

第三天，刘子明果然又带回了一个人。他的消息，则更加教人振奋，就连佘大勇也有了下落。这人是河东堡的，八月二十九那天，吃午饭的时间早都过了，因贪活，他却耽搁下来，正忙着，突然一辆小汽车停靠在地头的官路边。一开始他并没在意，直到郭德玉、佘大勇出现后这才引起了他的关注。

刚装好东西，不料像离了弦的箭，车子飞也似地开跑了。当时喊着、叫着，郭德玉、佘大勇还撵了一程。当发现撵不上而失望地坐在地上大哭时,汽车突然却又停了下来。从车上一左一右几乎同时弹出了两个人。打开车盖,他们手忙脚乱地查看着、捏揣着。重新上车时却发现郭德玉、佘大勇已堵住了去路。于是不由分说,他们将郭德玉、佘大勇,拖上了汽车。一路向东,车子又如飞而去。

河东堡庄稼人的话跟河西堡经纪人的接上了茬。闻言,菊儿更是兴奋不已。她哪里知道按刘子明的叮嘱,庄稼人跟她善意地隐瞒了一个重要的细节——不是被拖上车,郭德玉、佘大勇分别被两支手枪逼上了车。

"明儿个你俩就不用来了。"对着佘儿、明儿,菊儿道。重新燃起的希望似乎让她又恢复了以往的刚强。

就在大家满怀希望,又信心十足地忙着分头打听、分头寻找的时候,意想不到的事又发生了。

母大虫、葛掌柜上演的那场闹剧结束后不久,在戴维的陪同下,马月盈又一次前去看望菊儿。推开门两个人,却同时惊得呆了——菊儿竟直挺挺地吊在屋梁上。待反应过来后,被戴维放下的竟是一具冰凉而僵硬的尸体。

南河镇又一个善良的女性死了,比前面的,死得还惨。

菊儿是自缢身亡的,关于这一点没有人提出任何异议。其个中的原因却众说纷纭、莫衷一是。有的说她死于儿子郭德玉;有的说她死于媳妇佘大花;有的说闹剧的后面必然是悲剧;有的甚至埋怨说怪菊儿自己太要强了。等别人说完了,没有人再说了,叹口气,柳叶却道:"唉,怨不得别人,都怪她自己命不好,谁让她是属羊的,又偏偏生在寒冬腊月。女人属羊,又生在寒冬腊月,都是这命。我是,我那苦命的多儿,也是。"

---

①机钻:关中方言。机敏,机灵。

第七十二章

　　南河镇一带有土地庙、财神庙、马王庙、禹王庙等名目繁多的各种庙宇,却唯独没有龙王庙。虽是生命的源泉,南河镇人却因从不缺水而忘却了水的宝贵,也忘却了掌管水的龙王,他们非但不供奉龙王,有时还会因水多为患而诅咒他,甚至供奉马王、禹王以遏制他。

　　自渭水至秦岭,是一眼望不到头的水浇地。即便在干旱的季节,地下水也深不过五尺。在老榆树上砍一根带杈的粗枝,再断其一枝,使之变成一根五六尺长的"水钩"。用水钩、水桶便可从井里轻而易举地打上一桶清澈而甘甜的凉水来,而无须动用什么辘轳、绳索。

　　秋天是一年一度的霉雨季节,也是渭河、三女河波涛汹涌的汛期。这时慢说是渭河,就连平时静若处子的三女河,也会一改她万般温柔的本性而变得十分地凶悍。犹脱缰之野马,如出笼之猛兽,黄水拼命地撞击着、撕咬着堤坝,大有顺之者昌、逆之者亡的势头。阴死猫,吊死狗①,少则旬日,多则一月,连绵的秋雨不下得河水暴涨、地下水横溢、再倒上几间、十几间甚至几十间房子,老天爷一般是不会善罢甘休的。这时慢说是辘轳、绳索,就连"水钩"都成为多余,胳膊一伸,手到擒来,便可从井里打上一桶水来。

　　那些低洼的地方,都被因饱和而不断上溢的地下水变成了大大小小的湖泊。这些临时形成的湖泊在当地被叫作"低水坑"。是青蛙们的乐园,低水坑里那些黄色的、褐色的、绿色的青蛙们有的在引吭高歌,跟人类一竞歌喉;有的往来穿梭、互相追逐,跟人类炫耀着它们的泳技;有的则搂抱在一起,享受着爱情的甜蜜。在甜蜜的爱情享受中,它们繁衍着、生息着、壮大着自己的种族。

　　听到蛙鸣,首先待不住的,是那些多日来一直被滂沱大雨封堵在家里而不得出门的顽童们。趁老龙王那难得的小憩,置大人的严重警告于不顾,相约着他们来到了低水坑。那些既拦不住儿子,又放心不下儿子的母亲们,只得收拾起几件脏衣服用担笼提着跟了过来。一边洗衣服一边照看孩子,她们那有节奏的捣衣声成了青蛙们引吭高歌的鼓点。

　　"妈,它们哪是在做啥?"指着那些抱对的青蛙,无知的孩子们请教着他们的母亲。他们提给她们的是一个令她们十分难堪的问题。

　　"在'踏蛋'"。年轻的母亲们回答说。其实她们也在关注着它们,并不由

联想起昨晚发生在被窝里的秘密，于是免不了又是一阵脸红、心跳。其实她们大可不必，因为在将水陆两栖的本领赋予青蛙的同时，造物主却又剥夺了它们体内行乐的权利。

"踏蛋！踏蛋是弄啥？"在好奇心的驱使下，孩子们打破砂锅问到底。

"累了。要下面的背着它。"母亲们的解释似乎有些牵强。

"那……我是从哪儿来的？"话题一转，孩子们又用那些无聊者经常问及他们，而他们却无从回答的问题来提问他们的母亲。

"是……是青蛙变的。"当妈的道："你爸逮了个青蛙，放在被子里一暖，就成了你。"眼下她们唯一联想得到的便是青蛙。借物喻物，母亲们既满足了孩子又解脱了自己。

"那又是啥？"指着那些浮在水面上的一团团跟奶油似的黏膜，孩子又道。

"是'青蛙被'。"当妈的道："睡觉时青蛙盖的被子。"按她们的逻辑，青蛙既然能变成孩子，那睡觉时肯定是要盖被子的了。不然会着凉的。其实那并非什么青蛙被。睡觉时青蛙是不盖被子的，要不会弄湿的。那是它们姗姗来迟的爱情的结晶，而那些近水楼台、捷足先登的早都变成了黑小豆似的蛤蟆骨朵（蝌蚪）。

"哪又是啥？"指着那些蛤蟆骨朵，孩子们又道。

"青蛙的儿子。"恭喜她们！年轻的母亲们终于有了一次正确的回答。前面的回答虽大错而特错，但她们那丰富的联想却还是让她们的儿子们叹为观止。

"儿子！"闻言，孩子们吃惊了："青蛙的儿子咋是这？"接受了那些完全错误的回答，对她们这个唯一正确的回答，他们却偏偏产生了怀疑。这些有尾巴却没腿的蛤蟆骨朵，怎么会是那些没尾巴却有腿的青蛙们的后代呢？将它们跟它们，他们无论如何也没法联系在一起。正待追问，雨却大了起来……

纠正错误尚需时日，但母亲们那唯一正确的答案不久后便得到了证实。除肚子外，蛤蟆骨朵们浑身通黑，长到小拇指那么大时，它们还柔软得像是一颗颗熟了透了的黑葡萄，令孩子们惊讶不已的是那些黑葡萄们游着游着。突然，竟冒出了两条后腿，不久后，又突然冒出了两条前腿，而尾巴却不知了去向。颜色也在逐渐地变淡——由原来的黑色慢慢变成了褐色。再后来，它们果然竟变成了一个个指甲盖大的小青蛙。水里玩腻了，它们竟还蹦蹦跳跳地跳上了岸。惊讶不已，对他们那见多识广的母亲，孩子们更是佩服得五体投地。

"除了青蛙，低水坑还有红尾巴大鲤鱼。"对着那些运气不好的，那些运气好的顽童们炫耀道："而且足足有尺七八长。"

"把鸡毛能撂远，把秤锤能捏扁，把犁辕能拉展，把牛皮能吹卷！"那些运气不好的顽童们不以为然地回敬道。

"趁雨大那阵，红尾巴大鲤鱼从三女河飞到了低水坑。"那些运气好的，把牛笼嘴尿不满誓不罢休："我亲眼看见的，不信咧拉倒！"在他们看来跟鸟儿一样，鱼也有两个"翅膀"，既然有翅膀，当然应该会飞了。

"抓一条给咱看看？"闻言那些运气不好的又有些将信将疑了。

"能成"那些运气好的满口地答应了："你等着！"后来还果然被他们抓到了一条。而且还远不止尺七八。后经母亲们辨认、裁决，运气好的也罢，运气不好的也罢，大家都大失所望，一条泥鳅而已。

渭北，则完全是另一种景象。出县城北门便是一道挣死驴的大坡。费了九牛二虎之力，那些外地人终于爬到了坡顶。一口长气还没吐出，他们禁不住又倒吸了一口冷气——呈现在眼前的竟又是一道挣死牛的大坡。

那道挣死驴的大坡，其垂直高度大约在十丈开外。坡上是一东西长、南北窄的小平原，叫作"洪渎原"。在当地，洪渎原又被叫作"头道原"。那道挣死牛的大坡，其垂直高度少说也有十几二十丈。坡上的平原开阔了许多，也壮观了许多，叫作"毕郢原"。有了洪渎原，毕郢原自然成了"二道原"。因山水俱阳而且原高土厚，二道原历来是风水宝地。自周秦汉唐以来，帝王将相大都将他们人生的归宿选在了这里。

金疙瘩，银疙瘩，不如咱原上的冢疙瘩。星罗棋布，状如覆斗，二道原上那上千个大大小小的陵冢，足以跟古埃及的金字塔相媲美。其中汉高祖的长陵，汉惠帝的安陵，汉景帝的阳陵，汉武帝的茂陵，汉昭帝的平陵等五个陵冢，还因建县、设邑而名闻千古。于是除毕郢原这个学名外，二道原还有个俗名，叫"五陵原"。

虽一马平川，二道原却因原高、土厚、井深、绳长，而只能是一个靠天吃饭的旱原。这里井深二三十丈，勉强维持着人、畜的饮用，而庄稼就不敢奢望了。这里的辘轳大得吓人，别的先不说，光那一盘又粗又长的井绳，不是好小伙子，那你就趁早闪远。为提高效率，绞水时，这里都是两个桶。两个桶一轻一重、一上一下，叫作"双下索"。尽管是"双下索"，绞一桶水上来却还是少不了半个时辰。

物以稀为贵。在这里，水已宝贵到无以复加的程度。早起洗脸时，男人洗了女人洗，大人洗了碎娃洗，脸有多有少，洗脸水可就这一马勺。脸洗完了水却还不能倒，积少成多，攒起来还可以洗衣裳！叫花子上门，要一个馍吃容易，想讨碗水喝可就难了。原上的姑娘们都乐意下嫁；原下的女子们却打死也不肯高攀。这怕正是渭河南地少人稠，渭北却地旷人稀的原因吧！

那些或因家境贫寒，或因父母贪图财礼而被嫁到原上的，多半不是结出苦果便是酿成悲剧。于是有民谣一首广泛地流传在渭水南北：

　　公说饿，婆说渴，失急燎毛进灶火，不想缸里没水了。绳又长，井又深，扳住辘轳骂媒人，媒人狗日没良心……

　　北部靠山的地方井里压根就打不出水来。于是只能用地窖将雨水收集起来，经沉淀后再供人、畜饮用，称之为"窖水"。这里已不仅仅只是靠天吃饭，连喝水都得看老天爷的脸色了。

　　由于缺水，秋庄稼多半是十种九不收。也不抱希望，这里几乎是只种麦、不种秋，以免劳而无功又白白浪费些种子。好在地旷人稀，只要旱不成灾也就是说即便是歉年，靠一年一料广种薄收的夏粮，生计还是不成问题的。若老天爷有幸开眼，即便风调雨顺，是个丰年，大家却还是不敢忘乎所以，更不敢置祖辈们勤俭持家的谆谆教诲于不顾。

　　农闲时，大家会一如既往地坚持着稀吃，只有在大忙的季节才会补充一些稠的或者干的。新麦入仓后趁天气好，那些精打细算、会过活的人家还会将陈麦拿出来晒上两天。人无远虑，必有近忧嘛！

　　晒麦，也是有学问的。前几天都是日出而晒，日落而收；最后一天虽还是日出而晒，却不再是日落而收了。

　　"天气正好，急啥呀？"对着火辣辣的日头，孩子们抱怨着他的父母。

　　"知道个屁！"父母们却斥责着他的儿女，"没见人家都在收？趁热收麦，麦就是要闻热②收！"其实他们也未必知道"闻热收麦"的妙处，只是见长辈们都这么做，人家也都是这么做，所以也跟着这么做了。眼下孩子们却不能理解，甚至还会抱怨说家里的麦子也太多了！

　　孩子们虽不能理解他们的父母，父母们却能理解他们的孩子，孩提时，自家不也这样抱怨过父母吗？

　　一旦长大成人，一旦为人父母，无师自通，大家便都明白麦多了不是坏事而是好事，但却未必就能明白"闻热收麦"的妙处。尽管未必知其奥妙，他们却都会用父母当年斥责他们的话来斥责他们的儿或女。

　　民国十八年那场席卷陕西全境、持续达三年之久、饿毙二百余万众的大旱就是从毕郢原上开始的。

　　民国以来不能说没一个好年成，但旧军阀混战于前，新军阀又继之于后，今天这个要粮，明天那个要款，加上贪官的巧取，再加上土匪的豪夺，百姓们从牙缝里挤出的一点积蓄已跟割韭菜似的，被一茬接一茬地割光了、割净了，甚至被杀鸡取卵、提前给透支了。

在嵩匪祸陕的八个月里，百姓们更是背井离乡、流离失所。庄稼或因误了时令而歉收，或因大面积的撂荒而绝收，富庶的关中平原上已是赤地千里、满目疮痍。

人祸稍息，镇嵩军刚刚败出潼关，接踵而至天灾又将魔爪，伸向了陕西。民国十七年的一年中，三秦大地几乎是滴雨未见，首当其冲，毕郢原上不但粮食绝收，连人畜的饮水也出现了危机。开始时一桶下去还能勉强地打上些黄泥汤；第二桶上来时，只觉轻飘飘的，原来竟是个空桶。叹了口气，就此"双下索"变成了单下索。

一个时辰，半桶泥水，等候绞水的已经排起了长龙。井口成了男女老少关注的焦点；辘轳也不分黑明昼夜地呻吟着。开始大家还有些耐心；时间长了却难免不发生焦躁。叫花子进庙，有人已争起了先来后到，后来为了半桶黄汤，世代相处的乡党爷们竟撕破了脸皮。他们有的反唇相讥，有的破口大骂，有的甚至大打出手。

"乡里乡党的，为这事伤了和气，划不来！"

"缺水是一时，秋后落了雨，大家还见面不？"

寄希望于秋后，在吵吵嚷嚷、打打闹闹中，大家也坚持到了秋后，然而……

在日渐寥落的蝉鸣中，酷暑悄悄地退去了，随着"司笛儿"的一声呼唤，秋凉又降临了，而秋雨却还是未见一滴。

面瓮业已见底，米缸业已告罄，空囤子也被卷了起来。粮食没了吃麸皮，麸皮没了吃谷糠，谷糠没了吃苜蓿，主人竟跟畜生们争起了食物。关中自古秋后雨，白露难得十日晴，又寄希望于白露，然而白露过了，秋分也过了，却还是滴雨未见。寒露未见露，霜降不见霜。赤裸的黄土地已经龟裂，道路上覆盖着厚厚的溏土，秋没收上，麦没种上，来年还有什么指望？毕郢原上庄稼汉子们彻底地绝望了、崩溃了。

井台上的风波不但在继续，而且还愈演愈烈。庄前屋后的树木、古井老坟上的杂草也都在劫难逃。首当其冲的是那些异味不大，淀粉含量也相对较高，但却同样因缺水而已萎靡不振的老榆树。首先被捋抹一光的，是树叶；不久，树皮也被剥食殆尽；犹麋鹿的犄角，白光光的树干上只剩下粗枝、硬杈。人活脸，树活皮。既没了脸，又没了皮，首先在二道原上灭种绝迹的，是榆树的家族。后来已顾不上有异味还是没异味，所有的树叶、树皮、草根，凡能撑起肚皮的，均被抢食一空。误食毒草致死的，也屡见不鲜。有生命的被吃光吃净后，人们又开始吞食一种叫作"观音土"的白土。

南河镇二五八逢集的惯例也被打破了。山穷水尽已经顾不上有集还是没集，或抱着鸡，或牵着羊，或吆着猪，原上人纷纷来到了南河镇。与其在争食中跟畜生们同归于尽，还不如用它们换些食物，这既是没有办法的办法，亦不失为一种明智的、两全其美的选择。

临走时，他们还要趴在南河镇人的水桶边，来上一个牛饮。从不缺水，南河镇人自是十分地慷慨，当揭起桶要将饮剩的水倒掉时，他们却被原上人给拦住了："甭倒甭倒！麻烦大嫂，再帮个忙。"说着，他们又张开了用油布伞伞面缝制而成的口袋……

磕头下跪地求雨而不得，用来遮雨的油布伞自然没有了继续存在的意义，被改缝成口袋后它们所肩负的是一个较前完全相反的历史使命。

不久后，被原上人吆下的已不是猪，而是牛；被牵下的已不是羊，而是马；被抱下的已不是鸡，而是娃，是他们的儿或女。那些小畜生也许已经没有了；它们也许已经换不下那身价不断翻番的一斗包谷、或一升麦了。集市上不时传来的是一阵阵骨肉分离时，那撕心裂肺的嚎啕。

跟天气一样，入冬后，南河镇的集市也一天天地，"冷"了下来。不管有生命还是无生命，凡拿得起、挪得动的，都被在集市上变了粮食。剩下的是那些既无腿又无足，也没轱辘的土地。而这些土地在当地一亩还换不下一斗谷子。

在瘦成皮包骨头后，有的人于一夜间竟又变得丰腴起来。丰腴带给他们的不是高兴，而是恐惧。用手指头反复按压着腿肚子，以期排除某种不祥的预感，然而不祥的预感非但没能排除，反而被证实了——一按一个深坑，却就是弹不起来。

不祥的预感被证实后，他们反而镇定了、释然了。大不了一个死！而死，也许是最好的解脱，一了百了嘛！肿胀的身体在逐渐变黄、变亮。嘴里一会是人话，一会又是鬼话。鬼话也许是对黑白无常的乞求，人话则是在弥留之际，跟亲人生离死别的永诀。心中纵有千言万语，不住翕动着的嘴里却没了声音。万般留恋，眼睛迷离着，瞳孔却在散大；浑身都端端正正的，头却突然歪向了一边……

生的时候是哭着来的；死的时候却默默地走了。活着的时候也许是稀里糊涂的；死的时候却是那样的明明白白。死了的也许真的得到了解脱；活着的却要面对生离死别的折磨。

活一个是一个。死者长已矣，活着的终于下了最后的决心。牲口市冷落了人市，却反而活跃起来。有卖儿的，有卖女的，有卖婆娘的，还有头插草标，自卖本身的。

没卖的后悔，卖了的更后悔，就这样卖了悔，悔了卖；卖了又悔，悔了又卖。悔，悔，悔……从早上一直悔到天黑，肠子都悔青了，最后还是在拉拉扯扯的后悔中被卖掉了。被卖者哭着、喊着；卖人者喊着、哭着。旁观的跟着伤心落泪，就连买人的也跟着落泪伤心。

天爷爷呀！你听见了吗？你看见了吗？睁开眼，你看看啊！

井台上的吵闹终于结束了。那些曾经为半桶泥水又是瞪眼、又是拔窟窿，甚至打得头破血流的人们，如今却在村头、在路口互道着珍重。拱着手挥泪而别后，他们将各奔东西，去寻找那属于自己的生路。

逃荒要饭在当地被叫作"吃叫街"。在吃叫街这个臭行道里也有它的臭讲究。人向有钱的，狗咬穿烂的。为提防突然扑来的恶狗，他们手里少不得都有一根用来打狗的棍子。与其说是打狗，还不如说是自卫。打狗得看主人面。驳了主人的面子，还能博得人家的同情，又得到人家的施舍吗？

分量重，色泽好，越拿越光溜，而且不易开裂，枣木成了打狗棍的首选。无一幸免，所有的枣树都被砍成了光骨朵。枣杆子成了这个行道的标志，或者说幌子。继榆树之后，枣树成了第二个从毕郢原上灭种绝迹的树种。

生路到底在哪里，怕是只有天知道。毫无目标，庙台上、屋檐下、麦秸窝，阿达黑了阿达歇。大家还能再见面吗？还能再吵上一回或者再打上一架吗？也许能，也许不能。能与不能，已经由不了他们，而得凭天断、看各人自己的造化了。

但愿他们还能见面，但愿他们还有机会再吵上一回，或者再打上一架。和和气气、说说笑笑是缘，吵吵嚷嚷、打打闹闹也是缘。不打不相知，不打不成交嘛！

出去的回得来回不来还是个未知数，留下来看门守户的却注定是死路一条。说是看门，其实看不看还不都一样？家徒四壁已经没什么好看的了。送走了儿子、孙子，也等于送走了希望。没了希望，自然也就没了顾虑。没了顾虑，老汉老婆们这才想到了自己。将儿子、将孙子留下的谷糠野菜全都集中起来后，老两口子做了一顿"丰盛"的晚餐闭上眼咬着牙、狠着心，一包耗子药，又被抖落在锅里……

在痛苦中挣扎，老婆目送着挣扎在痛苦中的老汉；挣扎在绝望中，老汉也目送着在绝望中挣扎的老婆……在痛苦、在绝望行将结束的一刹那，两个人似乎还相视着笑了一下。

哭着来到了这个世界，却笑着告别了这个世界，告别了数十年相濡以沫的老夫、老妻，也告别了这遥遥无期的饥饿。虽没有同年、同月、同日、同时生的巧遇，老夫、老妻却有着同年、同月、同日、同时死的悲壮。

既然难免一死，早死也许不失为一种明智的选择。死得早的还有人埋，还能入土为安，死得晚的却只能暴尸荒野，留给鹰犬们去竞食了。

生命的迹象越来越少，被挖苗断根的家庭却越来地越多。已经死绝的，被暂时的幸存者用封门堵户的办法，隔到了另一个世界。为的是有朝一日他们的亲人万一回来了还能看上一眼，即便白骨一堆，也算是对邻里有个交代。

路上的行人越来越少，白骨却越来越多了。走着走着不少人一头栽倒后，便再也起不来了。这时那些跟踪盘旋的鹰隼们，便箭一般地射向了他们。沿黄泉路正走向阴曹地府，这些还没来得及过奈何桥的，在眼球被啄出时也曾本能地进行着最后的自我保卫。一只胳膊在无力地挥动了几下后，便再也抬不起了。扇动着翅膀，鹰隼们在退缩了一下后，旋即又蜂拥而至。白天喂饱了一群又一群的鹰隼，晚上又喂饱了一拨又一拨的恶狼，剩下的仅白骨一堆。

腊月一场百年不遇的大雪又将赤裸已久的三秦大地，变成了白茫茫的一片混沌。冰冻三尺，非一日之寒。渭河、三女河自上而下都冻成了实实。被困后，渡船已成为多余，马车、汽车辗冰辙，如履平地。被冻裂后，树皮又纷纷脱落，继榆树、枣树之后大片大片的柿子树成了第三个灭种绝迹的树种。口中无果腹之食，身上无御寒之衣，更无柴火以供取暖，于是在饥寒交迫中又有大批的灾民冻馁而亡。空中不见麻雀，地上不见耗子，十室九空，二道原已沦为生命的禁区。

穿梭在千年古渡南北码头间的，除十几条大船外，还有几十条小船。

长三丈、宽一丈，小船以客运为主，连东带掌只一个人，属个体经营。长九丈、宽三丈，以货运为主，一条大船可承载六辆马车或三辆汽车。打一条大船，少说也得上千大洋，还要雇五六个船工，成本高风险大，因此除个别财大气粗的有钱人外，一般是不敢扑这个撂子③的。为风险分担，大船多合股经营。

拿起篙拐子又是米山，又是面岭；撂下篙拐子，却是没底的年馑。做的是水上漂的生意，船家们既见不得水，又离不得水，对于水，他们有一种常人难以理解的感情。水大了钱好挣，风险也大；水小了风险小了，钱却不好挣了；没了水，自然也就没了钱。

夏秋之交水多、河宽、风急、浪大叫作"溻河"，也叫作"儿马子河"。往来穿梭在波涛汹涌的惊涛骇浪中十几条大船、几十条小船、一二百船工跟上千名乘客构成了一幅波澜壮阔的动画长卷。轻快的下水号子、沉重的上水号子、惊心动魄的紧水号子、一呼百应的装卸号子跟揶揄诙谐的转篙号子此起彼伏，协奏出一曲时而悠扬、时而又扣人心弦的交响乐章。

万物复苏、百花争艳的春天，是船工一年一度难得的黄金季节。对着不大不小的半河水，艄工们的号子也变得轻松悠扬，甚至变得诙谐放荡起来。

装车上船时：

呼：噢——东车④！　　　　东边应：上来咧哟——

呼：噢——西车！　　　　西边应：上来咧哟——

呼：噢——两车！　　　　两边应：上来咧哟——

转篙时：

呼：少骚情呀！　应：甭胡蹬呀！　呼：甭胡蹬呀！　应：少骚情呀！

呼：抽袋烟呀！　应：解心宽呀！　呼：解心宽呀！　应：做高官呀！

南河镇首当其冲，受到干旱威胁的是那些靠水吃水的船工们。

首先被搁浅的是那些大船。河窄、水浅、客少，后来连小船也用不了了。于是你单我双，小船先是被分为两拨。后来你一四七，我二五八，他三六九，又被分成了三拨。再后来被并在一起而成了浮桥，扔掉篙拐子，船工们轮流地坐在桥头收起了费。好在大都是东、西两堡的庄稼人，或多或少，他们还有一半亩旱涝保收的水地，因而还不致揭不开锅。

---

①阴死猫，吊死狗：关中方言。指连阴雨断断续续，拖拖拉拉，没完没了。
②闻热：关中方言。"闻"是"趁"的意思。闻热，即趁热。
③扑这个摞子：关中方言。其中"扑"，指冒险去干；"摞子"，指有风险的事。
④车：关中人读作（jiao）。这里专指车轮。

第七十三章

　　船工们大多只有小名，没有官名，因为即便是有官名也不会有人叫。

　　来自黄泛区，七十子他爸老船工叫作"锁娃子"。祖祖辈辈都是黄河渡口上的船工，在七十子虚两岁，八十子还不到一岁的那年，黄河又一次泛滥成灾。等黄水退去后，赶回去一看，当时还是精壮小伙的锁娃子立马惊得呆了。慢说妻子、孩子、房子，连村子都不见了踪影。掀翻了房屋，卷走了人畜，连所有的村庄也都被夷为平地。一家人不识一家人，连村口的龙王庙都未能幸免。

　　黄水虽然退去了，留下的黄泥，却足足有二三尺厚。为黄泥所掩埋，原先那个坑坑洼洼，错错落落又五彩缤纷的世界，顿时被统一为平地、统一为黄色。凭龙王庙前那两棵不肯屈服的老槐树，锁娃子认定这里，就是他生活了二十多年的村子。老婆、孩子必死无疑，大哭一场后在绝望中沿着铁路，锁娃子盲无目的地蹒跚而去……

　　对于船，船工们有着常人难以理解的感情。在南河镇，在千年古渡的北码头，登上船锁娃子正准备继续北上，不想在船离岸的一刹那他却改变主意，纵身又跳上了岸。这里也许才是他最为理想的归宿。

　　南河镇——关中的白菜心。这里可不是谁想来就来得了的。上无片瓦，下无立锥之地，为站住脚跟，以生命做赌注跟南河镇人，锁娃子展示了他的水上绝活。

　　听完锁娃子的哭诉，将一个葫芦扔给他又指着波涛汹涌的洺河，船帮的帮主道："若能凫过去，明天就上船。"

　　艺高人胆大。年轻气盛，锁娃子竟有些忘乎所以。"不必了。"说着将葫芦，他又还给了帮主。拍着腔子，锁娃子接着道："要是打不下一个来回，拍尻子我立马走人！"说完了，人也丢剥光了。

　　活像多次扑空后，被越激越怒的一群群雄狮，翻滚着、咆哮着，黄水浊浪轮番地扑向堤岸、扑在了锁娃子的脚下。虽未得逞，却誓不罢休。

　　"饱饭少吃，满话少说，赢官司少打！"面对笼罩在一片黄烟下雾沉沉看不到边际的河面，出于一片好心，几个老汉劝说着锁娃子。

　　"这个，还是拿上吧。"说着从帮主手里要过葫芦，老财东又递给了锁娃子。"多谢这位大哥！"抱着拳对着老财东，锁娃子道。说着从他右手接过的葫芦，被他就手又递在了他的左手。一把没拉住，锁娃子已一头扎进了"狮群"。好不容易才得得逞，"洪水猛兽"只"舌头"一卷，锁娃子早不见了踪影，包括帮主、老财东在内，岸上的无不大惊失色。

良久，在一箭之地处，一颗黑色的头颅终于又挣出了水面。在惊涛骇浪中，黑头颅一次又一次地被吞没，又一次又一次地挣扎而出。为黑头颅所牵动，随着它的出没，众人的心脏也跟着一弛，一张。黑头颅越来越远……越远越小……又一次被吞没后，它似乎再也没能出来。不约而同地闭上了双眼，在心里，大家默默地为他祈祷着……

在隐隐约约的欢呼中，突然从遥远的彼岸，一阵呼哨声传了过来，不用说，锁娃子成功地登上了北岸。南岸上一颗颗揪着的心，这才随即又松了下来。

北岸上分开人群，杂货铺的掌柜将手中的水烟袋、烧酒瓶，一并递给了锁娃子。既受到嘉奖又受到鼓舞，锁娃子也不客气，接过水烟袋，他便呼噜呼噜地吸了起来。接着仰起头对着烧酒瓶，他又咕咚咕咚地喝了几口。

北岸上又一次传来了欢呼声、呼哨声，无须多言，锁娃子又下了水。来自北岸的欢呼声、呼哨声，却让南岸又一次地紧张起来。引颈翘首，众人拭目以待……

"快看快看！过来了。"南岸上指着远处的河面，一个小伙子咋呼道。

"在阿达？在阿达……"一边连声地追问着，一边沿小伙所指的方向，众人用眼睛搜寻着，免不了又是一阵骚乱……

"嗨！"小伙又沮丧地道，"咋是个西瓜。"听说是西瓜，正翘首引颈、拭目以待，众人不觉又大失所望。失望归失望，却既顾不上抱怨，更顾不上责怪，一时间，南岸上静得出奇。可南岸人的心中却说啥也难以平静，在沉默中期待，又在期待中沉默。瞬间的惊喜，让人不由得失了声；长时间的静寂，又让人压抑得几乎崩溃。

"快看，快看……"小伙子又咋呼起来。

"咋！又是个西瓜？"一句话没说出，小伙却被没好气地打断了。

既不恼也不怒，拭了拭眼睛，小伙继续地关注着。"这回要是还是西瓜，"一边看，他一边赌咒发誓地道，"跳进渭河，我去喂王八！"

"这可使不得！"有人揶揄他道，"你喂了王八，你爸没了娃，我也没了孙子。"

"就是，就是。这回好像……好像是真的。"揶揄的后面，却是一个支持的声音。"快看，快看！"指着河心，又有人证实道，"我也看见了。"

果然是黑色的头颅！它越来越近，也越来越大。"快看，快看！"又有人不胜惊讶，"过去时是一个，回来，咋还抱个碎娃？"这时众人也发现，在那颗黑头颅的面前，似乎还有个不住晃动着的小头颅。

"不像，不像是碎娃。"又有人道："好像……好像……啊！"正说着，他却失了声，原来黑头颅突然不见了，只剩下小头颅。见状一颗颗刚刚放松的心，旋即，又攥成了一蛋。

苍天保佑。黑头颅终于又倔强地钻出了水面。越来越近、越来越大、也越来越清晰，鼻子是鼻子，眼睛是眼睛……而所谓的小头颅竟然变成了拳头！

十步，八步，六步……在心里，众人估摸着。

谢天谢地！那个一直露在外头的拳头，终于被众人七手八脚地抓住了，憋在肚子里的一口口气也终于长长地呼了出来。

众人又一次被惊得呆了，原来紧攥在拳头里的竟是一匣洋火！恍然大悟，取出洋火，有人试着划了一根。诶！还真的着了。一窝蜂似的拥了过去，锁娃子被众人高高地举过了头顶。

果然上了大船，锁娃子还成了龙头老大。以宽广的胸怀，一向敬佩英雄好汉的南河镇人，又一次接纳了这个来自异地他乡的好汉英雄。以他的绝技、以他大无畏的气概，锁娃子也赢得了一向敬重英雄好汉的南河镇人，融入其中，他成了南河镇的一员。

一个人吃饱了全家不饿。刚走出亡妻丧子的阴影，当锁娃子逐渐恢复平静的时候，一个连做梦他都不曾料到的事又发生了。

"要饭，你得寻那些高门楼子。"工棚外对一个吃叫街的，火头军船工数说道："阎王也不嫌鬼瘦！真是的……"

"大哥，你就可怜可怜这两个崽子吧！"一个操河南口音的女人在继续地央求着："好歹给一口吃的，他们都饿了两天了。"听起来这声音竟是那么的耳熟，是河南人，她也是两个孩子。闻声，锁娃子不觉心里一动，鬼使神差地赶出来看时，他却又大失所望。原来她不是两个孩子，而是三个——除了跟在身后的两个外，她的怀里还抱着一个。河南女人之所以将三个说成两个，大概由于怀里那个还小、还没长牙、还不会吃饭的缘故。

打量了一下衣衫褴褛，又瘦骨嶙峋的娘们四个后，锁娃子将正吃着的半碗饭，毫不犹豫地倒进了那个伸向他的几乎少了一小半的粗瓷黄碗。作为河南老乡，跟她聊几句以示安慰，也许是人之常情。但锁娃子却偏偏不善言辞，加上船工们那没事找事、取笑人找乐子的放荡与不羁，他又不能不投鼠忌器而有所顾忌。不敢久留，转过身锁娃子忙朝回走。

"锁娃子，你、你给俺站住！"锁娃子不奢望她能感谢他，却也没料到女人不但没句感谢的话，竟还叫着小名骂起他来，"你这狼心狗肺的东西！你、你你你，你竟不认俺娘儿几个了。"

"你是……"无缘无故地挨了骂，锁娃子却并没发火，而只愣怔了一下。回过头，他又重新打量了他们一番，这才疑惑地道。

"七十子！八十子！他、他他他，他就是你那个没心肝的爹。"顾不上理会锁娃子，对着两个碎崽子，河南女人怂恿他们道，"去！去把他的腿抱住。"

闻言不但没去抱锁娃子的后腿，两个碎崽子反而被吓得，躲进了女人的背后。"到底是你老子的种！两个没出息的东西。"回过头女人又恨铁不成钢地，骂起了她的崽子。

"你……"锁娃子又惊又疑，"你是……是七十子他娘？你……你你没死？"

"死？"女人气得嘴唇直打哆嗦，"你、你你你，你好歹毒啊！锁娃子。难怪见了俺娘儿们，你抽身就走，原来……原来你巴不得俺们被淹死。"接着，她又狠狠地道，"实话告诉你，锁娃子！你越是盼俺们死，俺们却偏不死！"

"谁……谁谁谁，谁盼你们死来着？"一边分辩，一边蹲下身一把一个锁娃子搂住了两个可怜的崽子。"给！这还有一个。"见状将怀里那个一把她也塞给了他。

"这……"这时，锁娃子却迟疑了，"这是……是谁的？"虽满腹的狐疑，他却还是接住了那个瘦得跟干蚂螂似的小生命。不接不成喀！不管是谁的，总不能让他掉在地上摔死。似乎也觉察到不对，"哇"的一声，小家伙吓得大哭。

不是不认，而是不料想、不敢认、也没认出。女人果然是锁娃子的女人，只是黑了、瘦了、憔悴了、也衰老了。蓬头垢面，衣服褴褛，怀里又多出个碎崽子加上心里紧张，一时又没细看，锁娃子哪里会料到她竟是他那个他以为必死无疑的女人？大难不死，他娘儿们让他又是惊、又是喜、又是怀疑。并非怀疑她跟别的男人有染，他只是误以为她抱在怀里的是别的什么人的孩子。惊喜中老实人说了句老实话，而正是老实人的这句老实话更惹恼了女人。"谁的？"他误解了她，她也误解了他，"你说是谁的？"她更加地急了，"没看跟你的毬势是一个样子！"

闻言下意识中，将怀里的小家伙锁娃子果然是看了又看。其实看与不看，还不都一个毬样？因为他压根不知道自己的毬势到底是啥样子。一年四季漂泊在黄河上，锁娃子偶尔回次家也都很晚。搂着女人囫囵地睡上一觉，等不得天亮，他又走了。

慢说照镜子，连洗脸锁娃子都是屈指可数的。有次去丈人家拜年，丈母娘见女婿忙得脸都没顾上洗，于是打来水催他洗脸。不料锁娃子却道："姨，不麻烦了。三天前俺刚洗过！"被女人挖了一眼后，他这才嘿嘿地傻笑着给脸上撩了些水。一个收交，一个绽交地抹了两圈后放着手巾不用，他竟习以为常地撩起了衣裳的襟子。仍然是一个收交，紧接着又是一个绽交。

"当年咱可只有两个。"锁娃子辩解道："这个到底是谁的？"当事者迷。让舌头拐个弯对锁娃子来说，远不如将大船掉个头那么容易。

"你还是不认账，那就撂掉去毬！"说着，女人又一把夺过了碎崽子。朝着河边，她径直走去，一边走，她一边不依不饶地接着骂道："没心肝，日娃不认娃的东西！"

"嘿！大嫂，这可使不得。"旁观者清。似有所悟，船工们忙将女人又追了回来。

"不是都认了两个吗？"船工甲戏谑道："剩下这碎尿，好办。天黑要是还不认账，你教他闪远！"

"大嫂，今黑可就看你的咧！"船工乙也揶揄道，"你要是拿不住这事，可就瞎实咧！"你一言我一语，与其说给女人出主意、想办法，还不如说拿她寻开心、逗乐子。话是笑话，也是大实话；虽然馊了些，主意却不失为一个既切实又可行的好主意。

虽简陋了些，工棚却还宽敞。一齐动手，船工们用柳杆、用草帘将工棚一分为二，隔成了一大一小的两间。

宁肯下船也不愿抹锅料灶，于是王八三十鳖三十，每人一月，船工们轮换着做饭。嚷嚷着，大伙好心要锁娃子留下来，不料他却借口不愿抹锅料灶而不肯。不愿抹锅料灶倒是实话，却不是心里话，这次他巴不得能留下来却又怕被同伙们取笑。跟着大伙，锁娃子不甘心地走了；无可奈何，火头军船工又进了灶火。特意和了锤头大的一蛋白面，在案上，他翻来覆去地揉着。女人一手抱着孩子，一手帮他拉起了"二尺五（风箱）。"当面揉得差不多时水也开了。将面团用湿摅布裹起来窝在案上后，给不断翻滚着的开水里，火头军一手撒着包谷糁，一手用带着长木把的铁勺在不住地搅动着……

受到特别的礼遇，一年多来两个碎崽娃子终于吃了一顿饱饭，而且是连船工们都很少吃到的"糁糁面"。

端起碗两个崽娃子，便狼吞虎咽起来。没端碗，女人却警告她的崽子道："慢点，小心烫着！"眼看着两个崽娃子吃完后，将她碗里已经晾得差不多的糁糁面，女人又给他们各分了一半。见状拔掉嘴里的旱烟袋，火头军道："锅里还有，你也吃些。"说着又舀了一碗，他递给了女人，"一张嘴吃饭，两个尻子屙屎。你不吃也许能成，可怀里这崽娃子没奶可不成！"

人是铁，饭是钢。填饱肚子后，两个崽娃子顿时添了不少的精神；洗了脸，吃了饭,女人似乎也年轻了十岁。

火头军走后,趁几个崽娃子睡着的当儿,女人将那些破衣烂衫收集在一口缸里用水泡了。那些粘乎乎又汗津津的铺盖也被她堆在一起用单子苫了。将一条蘸湿后又拧干的手巾包在了头上,女人便上上下下,里里外外地打扫起来。扫把在挥舞,尘土在飞扬,蜘蛛们布在工棚的天罗地网,被一张张撕得粉碎。那些黑的、灰的等大大小小的蜘蛛,无不落荒而逃;那些平日里肆无忌惮的鼠爷、鼠婆、鼠爸、鼠妈、鼠子、鼠孙们也都吃惊地,躲进了洞府。旮旯拐角那些新的、陈的,成堆成缕的老鼠屎也被扫地出门……

耳目一新。傍晚,又一次回到工棚时,船工们看到的却是另一番景象。院前院后那坑坑洼洼的地面该铲的,被铲了、该垫的、也被垫了。新垫的黄土被用水浠湿后又被用铁头锨拍得白光白光,还散发着一股令人心醉的气息。绕过那些槐树、榆树跟椿树后一条长长的绳子,被分成了一段又一段的折线。绳子上晾着的是那些有长有短、有肥有瘦,但却都洗得干干净净的破衣,烂衫。破被烂褥有了棱角,也有了线条。那些没了后跟的破鞋、烂袜子已被扔掉,凑合着还能上脚的都被码放得整整齐齐。那个黑咕隆咚的工棚,突然间也敞亮了许多。冲出灶火,包谷糁那又香又甜的气息在院子里洋溢着、弥漫着。

"夜儿个我还念叨着咱伴个官婆娘。"看了看锁娃子,又看了看他的女人,一个船工戏谑道,"没想到今儿个,她就来了。看来从今往后咱再不用受那烟熏火燎的洋罪了。"说着一把拉住七十子,他要他将他叫爸。不肯却又不敢说不肯,七十子拼命挣扎着。

端着包谷糁,锁娃子嘿嘿地憨笑着。正在给碎崽子喂奶,想回敬那个船工,一时女人却找不到合适的措辞,不想这时她的奶头恰巧被碎崽子不小心咬了一口。

"哎——哟!"痛得失了声,她一语双关地骂道:"这碎尻,像是狗托生的!老娘好心喂你,你反倒咬起老娘来。"

闻言有人尴尬,有人得意,大多数却都是幸灾乐祸。拔奶头时用力猛了点,跟两个小白兔似的,女人那一对白生生的大奶头竟蹦出"窝"来。见状忍俊不住:"哇"的一声,众人被逗得人仰马翻"哇的一声"碎崽子却被吓得大哭。

喝罢汤支持不住,七十子、八十子呼呼地睡着了。在锁娃子跟他女人那边谝了一阵后,船工们纷纷告辞而去。久别胜似新婚。院子里"咯吱"一声,锁娃子关上了头门;屋里"噗"的一声,女人吹熄了棉油灯。将自己剥得赤条条的,在屋里,女人等候着;锁娃子一边往回赶,一边丢剥着衣服。一进门如胶似漆两个人便绞在了一起。无须酝酿,在速战速决中第一回合结束了。

"到底是谁的?"满足后搂着女人,锁娃子又悄悄地刨着根、问着底。

"谁的？王八蛋的！"女人嗔怪着："刚种上，不想大水就来了。王八蛋光顾自己，害得我先是腆着个大肚子，后来又抱着个碎王八羔子到处地找着王八蛋。"说着，她一把将他从她的肚子上掀了下去，接着翻过身，又给了他个尻子。

"好啊！竟然骂我是王八蛋。"锁娃子道，"赶明年我教你再抱个碎王八羔子。"说着扳过女人，他又一次地翻身上马……

"这个王八是公的，大补！"第二天手里提溜个活王八，对着女人，那个被她骂作狗的船工道："昨晚这家伙又在欺负那个母王八。不料却被我逮了个正着，正好可以给大嫂补补身子。"

闻言，众人立即跟着起哄："刷"的一下，女人的脸却红到了脖根。锁娃子突然想起后墙上那个豁豁，一时着急，这个豁豁竟被他忘得死死的了。

翻过年工棚的后院里先添了个猪娃。后来又添了一窝鸡娃。新栽的桃树绽出了绿芽，久违的春燕又回到了檐下。女人白了也胖了，肚子却还是瘪的。锁娃子播的种子倒是不少，可惜却都开了狂花。

光阴荏苒。转眼间几十个春夏秋冬又过去了。女人死了，锁娃子也老了，成了名副其实的老船工。落下风湿，他再也不能下船了，子承父业，三个儿子继承了他的绝活，继承了他的憨厚，同时也继承了他的贫穷。

砸锅卖铁、捐资助学的义举一时曾在南河镇传为佳话，同时也把七十子兄弟跟他们的媳妇重新地团结了起来，六条心变成了一条心。六人一条心，黄土变成金。合股，他们先买了一条小船。一年后又买了第二条。后来又添了第三条。没有入乡随俗，他们没有按先割大麦、后割小麦、再搂豌豆的次序先后地成亲，而是从难民中一次性地趸回了三媳妇。又是生儿，又是育女，后来他们都有了各自的窝。在镇嵩军祸陕的日子里始终站在正义的一边，他们帮着新乡党打走了那些跟土匪似的老乡党。满以为从此能过上几天舒心的日子，不料人祸刚刚结束，天灾却又偷偷地袭了过来。那曾经教人振奋，也教人惊心动魄的浤河，已多年没见了。眼下水量还在减小，饥民却在不断地增加；水面还在收缩，河滩却越来越大。沉积的黄泥先是变硬、变干，然后又开裂如龟背。最后又翻卷如瓦片。那些或急促、或悠扬、或沉重、或轻快、或惊心动魄、或一呼百应的船工号子，只能在犹新的记忆中去回味了。那一幅幅波澜壮阔的动画长卷也只能在美好的回忆中去想象了。

随着流量的不断减小，首先被搁浅的是那些令小船小巫见大巫的大船。这些既无足、又无轮的庞然大物，曾让那些既有足、又有腿的人畜们望尘莫及过，又让那些有轮子的马车乃至汽车，曾自愧不如过。为既能载马车、又能载汽车，同时还能普渡芸芸众生，它们也曾骄傲过、自豪过。如今没了水的承载既像是丢了印信的官儿又像是落了架的凤凰；既像是离了深山的老虎又像是出了水的蛟龙，它们不但没了昔日的雄风还变得自身难保起来。被困在沙滩上它们任凭风吹日晒却徒唤奈何。船头、船尾、船帮裂开的大口子塞一个拳头进去都宽展有余。彻底瘫痪又几近解体，它们完全成了一堆废物，看起来既十分的碍眼又十分的可怜。

越来越瘦，河面连小船都容不下了。为将越来越有限的机会，让给别无生计的七十子兄弟掇上篙就近的船工们都陆陆续续地回了家。土地已经干透，禾苗也奄奄一息，日以继夜，他们在井台上扳着辘轳。一筲水倒下去吱吱吱的响了半天后却不见了踪影，第二筲倒下后也只勉强向前挣扎了一步。近水楼台，那些有幸得到滋润的秋苗，立即变得精神抖擞起来，与周围形成的反差，让它们犹鹤立鸡群。

两个小伙子轮换着扳了一晌，从反差形成的迹象看，水头却还是没能到达畦垄。叹口气放下辘轳，他们又挑起了水桶，水被他们一担一担地挑到地里又被他们跟喂孩子似的，一勺一勺地喂给了那些行将垂死的秋苗。

那些有骡子有马，又有水车的大户人家，围着井台骡子、马轮换着转了一天，水车也吱吱扭扭的跟着呻吟了一天，得到滋润的大不了也只二三分地。

水车斗子能增加，井深却有限，水井很快便见了底。天知道啥时掉下的砖头、瓦块，也有幸重见了天日。有气无力，跟眼泪花花似的地下水从砖缝里渗了出来。水车斗子的"嘴巴"虽大，没有水也是枉然。

井不掏看来是不行了。缒绳而下那些失"足"落井的砖头、瓦块、淤泥被一担笼一担笼地吊上了井口……

轮流摆渡了几天后，七十子兄弟的三条小船也无可奈何地搁浅了。将船并在一块，他们搭起了一座浮桥。若来个有钱、也舍得花钱的还能挣上一个，两个。若来个没钱的或者虽有钱却舍不得花的，二话不说，脱掉鞋又挽起裤子，人家就要蹚水。与其放着桥让人蹚水还不如行个方便、落个顺水人情，闲着，桥还不白闲着？

再后来连落这个顺水人情的机会都没有了。渭河、三女河断流，七十子兄弟断顿。一向自以为得天独厚的南河镇人，这才惊慌失措起来。

第七十四章

往年在这个时候,秋庄稼大约都能影住人了,今年却是又低又矮,而且还稀稀拉拉的,慢说人,就是兔子都藏不住。已更名为"南河中学",原南河实业学堂的地里没井,至今还光秃秃的,慢说是秋庄稼,连荒草都找不到一根。前些年因从不缺水,连一向未雨绸缪的校长陈德润,竟都没想到应该给地里打眼井。

东西两堡的庄稼人,都在各自的地里忙活着,学校已被迫停课,丢下书包拿起瓢,娃们也帮着大人。就连那些大狗、小狗、牙狗、母狗,也都跟着来凑热闹。村里几乎是家家关门、户户落锁,一根扁担两只桶,男人将水挑到地里后,再由女人、娃们一苗一勺地,分配给那些行将渴毙的秋包谷。

人算不如天算。就连后生可畏的郭德全也都在劫难逃,又到了一年一度千树万树棉花开的时节,地里他也是一片凄凉。

为防止疯长,往年在这个时候,每天郭德全都要雇一二十个大姑娘、小媳妇。这些大姑娘、小媳妇一边嘻嘻哈哈地说着、笑着,一边围着棉树绕来绕去,跟采茶似的她们给棉花又是拦尖、又是打杈。今年连做梦都盼着棉花能分杈、能疯长,它们却偏偏既不肯分杈,又不肯疯长。大姑娘、小媳妇们的情影看不到了,她们那银铃般的笑声、闹声,也不复存在。

耐旱的棉花虽一苗不差,至今却仍只一个头,而且,还高不盈拃。甭看个子不大,年龄却不小了,个别已挣挣巴巴地开了花,坐了果。但不久后花败了,果也落了,留给年轻主人的是"无可奈何花落去"的惆怅。

穷则思变。卧薪尝胆又励精图治,经过两年苦心孤诣的经营,东山再起又一次位居南河镇首富的壮志,郭德全眼看着就要实现了,谁知偏偏又碰上了百年不遇的大旱。

虽受挫、虽未能完全如愿,以他的聪明、睿智,郭德全毕竟让老郭家又一次地崛起了。后来者居上,弟兄俩同一天完婚的壮举,不但刷新了老木匠在南河镇保持了二十多年的记录,而且还给南河镇的街巷文化,又注入了常谈常新的内涵。

竟是孙兰玉的娘家侄女,山妹已经让南河镇人瞠目结舌,得知白若雪是柳春院那个投河自尽、已必死无疑的姑娘时,南河镇人更是大吃了一惊。

后生可畏!对郭德全他们不得不树起了大拇指。

乐极生悲。小三郭德全的壮举，让菊儿刚刚走出了多年的阴影，老二郭德玉的突然失踪，却又让她重新陷入到灭顶之灾。后来儿媳妇佘大花又红杏出墙，更弄得她声名狼藉、无地自容。儿子郭德玉不孝，儿媳佘大花不肖，作为母亲、作为婆婆，菊儿又岂能置之度外？这个当头一棒，那个背后一刀，她又怎么承受得了？跟葛掌柜的混吵混闹，母大虫又让老郭家臭名远扬、无异于揭了菊儿的面皮，一时想不开、一念之差中悬梁自尽，她竟走上了不归路。

死者长已矣，活着的，却还得活下去。两根扁担四只桶你来我往，穿梭在棉花地里，郭德厚、郭德全兄弟活像是织布机的梭子。一人一只马勺，将水一勺勺地匀给每一棵棉苗，山妹、雪儿"先后"俩还不是妈妈，却已胜似妈妈。虽杯水车薪，但得到滋润后，棉花苗却还是长了不少的精神。

井台上扳着辘轳，谢铁成在绞水。菊儿死后他人瘦了，也黑了，头发却全白了。佝偻的背脊让他跟以前比几乎矮了半头，又衰老了十年。一天到晚只知干活，却很少说话，更难得一笑，谢铁成更加地木讷了。陈德润、刘子明、马子亮都试图着劝慰他、开导他。开始时，他们一个比一个信心还大，结果却一个比一个失败的还要惨。任你说一千、道一万，得到的呼应却最多是一个字——不是"哎"便是"噢"。只有在看到女儿倩儿时，咧开大嘴，谢铁成才会嘿嘿地憨笑上一半声，在这个世界上唯一能安慰他的，只剩下了倩儿。无须千言万语，她的一声"爸"， 便足够了。

已经十一岁的倩儿也不肯闲着，馍跟菜是山妹、雪儿提前已经准备好了的，她的任务，只是烧些稀饭。

一头挑着饭罐，一头挑着馍笼子蹚着溏土，倩儿摇摇晃晃向着地头，蹒跚而来。正跟哺育婴儿似的给棉花苗喂着水，见状，山妹、雪儿忙扔下马勺向她奔了过去。

见两邻都还没有吃饭，一路礼让着郭德全走向地头、走向路边。渭北原上虽已饿毙了不少的人，南河镇人却还不至因饥饿，而到了忘记脸面的程度。虽头昏眼花，肚子也咕咕叫个不停，大人们却都一再地谦让着。孩子却顾不了那么多，大人一把没逮住，一个崽娃子已经奔向路边，而且还抢在了主人的前头。

瓦罐里是大包谷糁绿豆稀饭。稀饭的表面，还起了一层粘乎乎又油渍渍的皮子。除十几个两搅面的蒸馍外，笼子里还有一瓦盆蒜泥拌豇豆。虽说大半都是些粗粮、杂粮，但在这树皮、草根都被吃光吃净了的荒年，无疑已是够奢侈的了。

黑爪子只一伸，一个蒸馍早被邻家的碎崽子给抓走了。用袖头一抹嘴角的鼻涕、涎水，他便大嚼大咽起来。紧挡慢挡，倩儿又哪里挡他得住？看了看那两只黑黢黢的爪子，又看了看那糊满鼻涕、涎水的嘴脸，负着气她只好作罢。无奈地笑了笑，山妹、雪儿又忙着盛饭，不料黑爪子一伸，一个蒸馍又被他抓走了。

"哎哎哎……唉！"等倩儿反应过来时，一只爪子抓一个蒸馍，崽娃子已经跑出了一箭之地。

在家里已经吃过，倩儿一手扶着老槐树，一手用草帽不住地扇着凉。

"呀，白雨！白雨①来了。"用草帽指着东南方向，倩儿吃惊地道，"看！还起了黄风。"闻言大家立即停止了咀嚼，所有的目光，都不约而同地投向了东南。对于雨，南河镇人，可是从来都不曾这样的敏感过。

东南方向果然腾起了一片黄烟，一路翻腾着、滚动着、朝西北方向、朝南河镇黄烟铺天盖地地席卷而来。大人们顿时惊得呆了，邻家那个碎崽娃子被吓得大哭，弄不清是福、是祸、是喜、是忧，当大家纷纷收拾东西往回跑的时候，雨滴却似乎已经打在了草帽上。

听声音不得小。惊喜地摘下草帽看时，谢铁成却惊得呆了。

原来打在草帽上的并非是日思夜盼的雨滴，而是他最怕、也最不愿看到的黑褐色的蚂蚱。

"瞎塌咧，是蝗虫！"随着一声惊呼，用草帽，谢铁成忙扑打起来。反应过来后，一个脱掉衣服，一个摘下草帽，郭德厚、郭德全也跟着扑打起来。一拨又一拨蝗虫被打落后，在地上垂死地挣扎着，但接踵而来的，却越扑越多。

像翻滚着的乌云，蝗群铺天盖地地压了过来，炸红的日头于一瞬间失去了它刚才的淫威。接着又像发生了日全食，刚才还明明朗朗的天空，这时却变得一片黑暗，耳边似乎还响起一阵类似镰刀砍在麦秆上的嚓嚓声。

于下意识中，扑打不知不觉地慢了下来，不久，又无可奈何地停止了。面对这小小的虫子刚才还不屈不挠、还在跟老天爷抗争的南河镇人，这时却是那样的无能为力，又是那样的无可奈何。

一袋烟的工夫后，天色又逐渐地亮了起来。又一次重见天日时玉米也好，棉花也罢，所有的秋庄稼都成了光秆秆。

"老天爷啊！这可怎么活呀？哎嗨嗨嗨嗨……"彻底绝望，已顾不上作为大人、作为男人的尊严，那些都有了一把年纪的庄稼人趴在地上、扯着嗓子，竟大声的嚎啕起来。

君子借势为人，小人借势撒刁。

阳都县现任县长黎沛钦，山东阳谷人。看上去人头嘴脸倒像个道貌岸然的谦谦君子，实际上，他却是个鸡鸣狗盗的奸佞小人。仗着跟省主席宋哲元同籍，巧取，他不必掩人耳目；豪夺，他无须巧立名目；敲诈，他不惜挑起事端；勒索，他不惜制造冤狱。以给省上筹办粮秣为名，他唆使劣绅们恣意摊派，又纵容恶差们残害百姓。

忍无可忍，拿着钁头、锄头，当百姓们闹交农的时候，黎沛钦却夸大其词又假报军情，说共产党蛊惑人心、要聚众造反。从省上请调部队，在残酷弹压的同时，他又大肆地捕人。在狱满为患时，他又授意劣绅暗示其家属，要他们带上银两到监所赎人。在天灾、在苛政的双重压力下，当百姓们不堪重负，背井离乡纷纷外逃时，黎沛钦又趁机变卖公产、中饱私囊。二道原上的被他卖光了，头道原上的，接着也被他卖光了，城里的被卖光后，他又想到了南河区。

即便是天上掉馅饼，躲在衙门里不出去，怕是也难以接着。为寻求新的"生财"之道，这天，黎沛钦又破天荒地来到了监所。此行果然不虚，无意中他又一次看见了郭德玉、佘大勇。没想到此前不得已而为之的这件事，如今竟又成了他新的生财之道。

一年前奉命追缴郭德玉、佘大勇盗挖的宝贝，为浑水摸鱼，黎沛钦的原则是只要宝，不要人。为此，他还颇费了一番心机。

以保护国家文物为名，动用军警打草惊蛇，黎沛钦将郭德玉、佘大勇从南河镇赶到了三桥。以收购文物为名，他又着人假扮客商跟郭德玉、佘大勇讨价还价、谈起了生意。成交后说是到南河镇去提货，于途中，车子却停在了河东堡的官路边。

"镇上人多眼杂，不方便。"指着白花花的现大洋，"买主"道，"不如在这里一手交钱，一手交货。"

不知是计，郭德玉、佘大勇果然上当。用麻袋，他们将"货"背了过来。装好货，等他们撵到前面要钱时，不想在一脚油门后，车子竟箭也似的飞了出去。情知上当，郭德玉捶胸，佘大勇顿足，竟都扯大声哭了起来。所幸因高档起步，途中，车子竟熄火抛锚了。重新打火启动时，却见赶在前面，郭德玉、佘大勇已死死地堵住了去路。情急之下两个"买主"干脆一不做，二不休，在两支手枪的胁迫下，郭德玉、佘大勇不得不乖乖就范，上了贼车。

郭德玉、佘大勇被临时撂在了监所，给自己挑了几件宝贝后，其余的被黎沛钦送到了省里。

忙着弄钱，这件事竟被黎沛钦忘得一干二净，于是郭德玉、佘大勇这一临时，竟被临时了一年多。

"妈的！粮食这么贵，竟让这俩小子白吃白住了一年多。"在心里，黎沛钦骂道，"不成！非让他们吐出来不可。"骂过后，他又找来南河区的"区绅"，要他立即通知其家属前来赎人。

顾名思义，"区绅"应是区里富甲一方的绅士，但民国时期的"区绅"，却是大不相同。几经演变民国时的"区绅"已是县属区一级的官人，相当于此前的总乡约。区绅主要负责辖区粮款、税款的征缴，兵役、差役的摊派，以及上传下达等一些杂七杂八的有关事宜，是个既受人恭维，又遭人唾骂；既能两头渔利，又得两头受气的差事。这事有人想干，却干不了；而干得了的，却不见得愿意干，所以这些人要么是既有后台，又有权术的土豪，要么就是既有背景，又有手段的劣绅。

南河区的区绅叫赫尚武，而赫家就是河西堡那个远近闻名的大财东。在老弟兄中，赫尚武他爸赫老大身为长子，却不务正业，吃喝嫖赌他可以说是五毒俱全。被赫尚武他爷废长立幼，在赫家当不上大拿，赫老大只能是个二拨拨。为富不仁，赫尚武他大赫老二却工于心计，又敛财有方，因此深受赫尚武他爷的器重。一直是赫家大院的当家，那年被项志山打折腿而成了瘸子，因此赫老二又被叫作"赫瘸子"。

按说衣来伸手，饭来张口，啥心不操，啥沉不担，当个安乐王也未尝不可，可赫老大却偏偏的心里不服，非要争这个名分不解。前不久赫老大竟不顾手足之情，甚至不惜算计赫老二欲置之于死地。不想偷鸡不成蚀把米，弄巧成拙事情败露后，赫老大反被弄得猪八戒照镜子——里外都不是人。既无法立足又一不做、二不休，他竟置老婆、儿子、孙子一大家于不顾，在离家出走后住进了他家开在县里的油坊。

继葛掌柜等人之后，赫老大也跟佘大花勾搭成奸。惺惺惜惺惺，同病相怜，这次他竟明目张胆地拐走了整整小他四十岁，也正无法立足南河镇的佘大花。

也不是省油的灯，从小，赫尚武就天不怕，地不怯，既争强又好胜，他从不吃他人的亏。在家里赫尚武却从不胡来，跟他爸赫老大恰恰相反，他倒是有些像他大赫老二。因两个儿子都在外面干事，赫老二也看好他这个侄子。为了守住这份家业，为了赫家在河西堡后继有人，他还有心地栽培着他。赫家的未来既然非他莫属，赫尚武也就当仁不让了。他大赫老二是他的楷模，他爸赫老大却是他的前车之鉴。"马无夜草不肥，人无横财不发"是他的必修课；"量小非君子，无毒不丈夫"是他的座右铭；"杀不了穷汉，当不了富汉"，是他的发家格言；"争于外，而让于内"，是他的治家理念。

县长黎沛钦单独地召见了区绅赫尚武，他告诉他底价是人均一千大洋，要他立即通知佘家、郭家带上钱来县里赎人。

不料想郭德玉、佘大勇还活在世上，而且近在咫尺，就押在县里的监所。更不料想堂堂的民国县长竟跟土匪一样，也搞起这绑票勒索的勾当。愣了一下后，赫尚武竟跟他的顶头上司讨价还价、搞起了交易。黎沛钦从一千让到了九百，又从九百让到了八百，赫尚武还想再压，不料黎沛钦却死活地不肯再让了。"这郭家的事，只怕是不好办。没个人主事老虎吃天，高低先没个下爪处！"正告着艰难，不想黎沛钦已有些不悦，于是话锋一转，赫尚武接着又道："是这，我先招佘家的嘴！前面有车，后面有辙。只要把佘家拿下来，郭家的话，也就好说了。"

既想讨价还价，又怕驳了县长的面子，于是赫尚武只勉强接受了佘家，而郭家却被他婉言，给推了下来。听说郭德玉既无爹、又无妈，黎沛钦竟有些怅然若失。叹了口气后，他只得点头答应了他。

听说儿子被押在县里，佘有志是又惊、又喜、又忧、又愁。喜的是独苗儿子佘大勇还活着；惊的是他竟被押在只一水之隔的县城；忧的是儿媳妇莲儿的肚子，已被他这个当阿公爸的，给日翻大了；愁的是赫尚武开的价一千硬大洋，也不是个小数目。思前想后，一时佘有志竟乱了方寸。

"钱可是个硬头货。"对着赫尚武，佘有志道，"一时，怕是拿不出这么多。"他既没拒绝他，也没应承他，而是找个借口暂时地推了下来。

不见兔子不撒鹰。佘有志一面恳请赫尚武，要他在县长面前替他美言，看能否少些；一面稳住赫尚武说，钱他可以想办法慢慢筹，得先见见人。见事情有了门，赫尚武暗暗高兴，一口答应了佘有志，并恳切地道："你的难处，我都知道；我的难处，你也得体谅。想见人估计问题不大，这点面子，县长还不至于不给。这钱嘛，跟县长我也是压了又压，再压，怕是压不下多少了。铁打的衙门，流水的官。慢说县长，就是省长，上头只要来个二指宽的纸绺绺，他不也得卷铺盖、走人？抬头不见低头见，跟咱人老几辈的乡党爷们，他哪能相提并论？胳膊，到底还是离锤近。你放一百八十条心，也不是瓜子，牛犄角我还能朝外顶？"

第二天赫尚武又来了。"搁住咧，搁住咧！"一进门，他就兴奋地跟佘有志道，"把我的话搁住咧，把你的人，也搁住……"正高兴，佘有志却示意要他小声些，于是压低声音，赫尚武接着道，"娃你想啥时见就啥时见。吃的、喝的、穿的、戴的、该给娃带些啥，你也尽管地带。准备停当咧言传一声，我陪你一块去。"见佘有志有些迟疑，一边在腰里摸，赫尚武一边又道，"不信？不信咧你看！"说着，他摸出一张纸来。指着纸，赫尚武得意地接着道："你看！你看看这是啥？是县长亲手写给咱的条子。你再看！看看这又是啥？是县府的红坨坨！"

见赫尚武捏在手中的，果然是县长批的条子，条子上还的确有县长的签名，而且还真的盖着县府的关防大印。"让区绅费心了。"佘有志这才感激地道。接着话锋一转，他又道："没看钱还少得下？"不问还罢，这一问，赫尚武更加地得意了："能，能！开始县长只答应少五十，我说五十算个毬，要少就少一百，也显得咱大气不是？你揣县长他……"正说着，赫尚武竟卖起了关子。"他不答应?"佘有志着急地道。见佘有志果然急了,赫尚武这才慢条斯理地道:"他呀,笑了笑就点了头。"

闻言佘有志这才松了口气,虽并不满足,他却不好再开口了。拉着赫尚武,佘有志来到了一家饭庄的雅间。

撇开正事,雅间里佘有志一边不断地恭维着赫尚武,一边一个劲地向他敬酒。当赫尚武喝得醉意朦胧时,他这才又巴结地道:"还是区绅的面子大!连县长他都得让三分。"

"县长?县长是个毬!"这时,赫尚武已经有些得意忘形,"不瞒你说,我大哥在南京国民政府里干事。慢说是县长,就是省主席的乌纱戴得住戴不住,还不是一个电话的事?"

"噢!原来是这。"佘有志故作吃惊地道,"那没看这九百块,还打得开?"

一提钱赫尚武不觉又警觉起来,酒也醒了几分。他后悔自己一时得意,竟夸下了海口,于是忙掩饰道:"事跟事不一样。挖祖坟可是掉脑袋的死罪!同州的麻老九,凤州的党拐子都是土匪。后来又一同参加了靖国军,靖国军散伙后帮刘镇华,麻老九还打过西安,罪恶按说,要比党拐子大得多。但同州拿下后,他的三千人被放了,而凤州拿下后,党拐子的五六千人却被机关枪一晚夕给扫光了。为啥?不就因党拐子盗挖了祖坟吗?宋主席最恨的就是这些盗挖先人祖坟的。没日翻天的本事你就是搬个金山过来,我也不敢接喀!眼下是乱世也是机会,不趁乱给娃把这事办了,将来后悔时哭你都没眼泪!"

"不敢再来回咧!"见佘有志默然不语,赫尚武忙火上浇油,"过了这个村,可就没这个店了。钱是啥?钱是人身上的垢痂!花几个钱是屁事,搭救娃要紧!你佘家,不就这一个独苗吗?能搭救你却惜爱钱没搭救,我问你往后,你还在南河镇走路不?"

"那……那我女婿。"喝了一阵闷酒后,佘有志这才又道,"他俩是一个事。"

"你女婿?"赫尚武惊讶了,"你女婿他是谁?"

"叫郭德玉。"佘有志没好气地道,"财东家的孙子。"

"啊呀,你不提我还黏着!"闻言赫尚武是既惊喜,又惊讶,"这娃我也有心搭救,却不知该跟谁提起。一时唬住了,竟没想到他是你的女婿。"恍然大悟后,赫尚武接着又道,"不说咧,如果你承这个头,这一尻子我也坐了。俩娃一样!"

"一个我都捞不起,还敢想俩?"苦笑了一下后,佘有志又道:"随便问问而已。"

"我说佘老板，人家瘦猪哼哼，你肥猪咋也跟着哼哼？"赫尚武笑着道，"能拿上万元盖佘福庄，却拿不出一两千搭救人，你说这话打死，谁也不信！"言者无心，听者有意。赫尚武的一句话竟将佘有志给提醒了："那……那就用佘福庄作抵押。咋相？"

"佘福庄？"赫尚武摇着头道，"佘福庄不是早都充公了？佘老板，你该不是喝高咧？"

"不，我没醉。"压低声音，佘有志道，"不瞒你说，当时我多留了个心眼，一口咬定说佘福庄没房契，其实房契还捏在我的手里。眼下是没得锤，得了锤我还想把它要回来。陈德润他有没有新房契，这咱不敢瞎说就是有，他是县上的，咱也是县上的，至少还不摔他个平跤？"

"这事……"赫尚武颇有难色，"这事怕是不太好办。"换成别人，也许还好说，如今牵扯到陈德润，赫尚武还真的有些怵火。

"不好办！这有啥不好办的？"佘有志却是不以为然，"给陈德润是县长的一句话，收回来还不是县长的一句话？你去跟县长说，就说办成了佘福庄全归他。"将一百大洋塞在赫尚武的手里后，佘有志接着道，"一点小意思不成敬意。区绅拿着，先喝口茶。事成后我还有重谢！不过我说的可是两个人。"县长都是县长，佘有志所说的却不是同一个县长。前面的是薛笃弼，后面的却是黎沛钦。

"放心！我一定尽力。"接过钱赫尚武的口气果然变了，"佘老板，那你准备啥时见人？"

"人嘛……就不见咧。"犹豫了一下后，佘有志道，"又不是啥赢人的事，闹得摇铃打卦，又一名二声。"开始怕上当，佘有志坚持要见人；后来见确有其事，他心里反而踏实了，不想再见人了。

正朝回走，突然赫尚武又收住了脚步。心里虽有些怯，捏了捏口袋里的大洋，他却又来了勇气。不由自主，赫尚武想起了佘有志所说的"重谢"。重！到底有多重？是二百还是三百？瞎猜了一会，虽没猜出个所以然，却能肯定至少是一百。这一百不要说天天有，隔三差五有么一回、两回，也就蛮不错了。想到这儿，顿了顿脚，转过身他又朝县里走去。

听说佘福庄值上万的银子，县长黎沛钦一口便答应了。"今天就算了。"他吩咐赫尚武道："明天你哪儿也甭去，就在家等着。我教警察局的苟局长带上人去找你跟他一块，你们先把佘福庄给他封了。哦，还有，今天回去你务必将佘家的房契先捏在手里。"

见黎沛钦口气松松的又听说有警察局的苟局长出头，心里赫尚武不觉踏实了许多。出门公干，警察局长总不至只提两个光锤头吧？除了带人，他肯定还要带枪。枪谁见了，谁又能不怕？想到这儿，赫尚武的底气更足了："那……放人的事……"一句话他还没说出，却被黎沛钦截住道："放人的事，先不急。你跟姓佘的说，十天内要是没啥事，我立马放人，教他放心！"

前一向佘有志被提搅得心慌瞀乱的，眼下事情都跟心上来了，他终于长长地吐了口气。由于没心情，好久都不曾跟莲儿亲热了，把这一向攒下的今儿黑，他要全都发泄给她。佘大勇这崽娃子一回来，想发泄怕是既没机会，也没地方了。

腆着个大肚子，莲儿像是架了个鼓，看样子，怕是已经有七八个月了。自显怀起对这个肚子，就不时有人挤眉弄眼、指指戳戳又嘀嘀咕咕。烟鬼们大都不知底细，更顾不上这些，那几个年轻的伙计，可就不同了。当着面他们跟个人似的，埋着头，都正儿八百地做着生意。背过莲儿，却又跟个鬼似的，他们又是挤眉，又是弄眼，甚至还咯咯咯地窃笑着。

欲出而又不敢，这是一个被强压在嗓子眼里的笑声。等莲儿回过头，这笑声又立即戛然而止、被咽了回去。心里纳闷，一开始莲儿还有些不惯，眼下虽还在纳闷，她却已习以为常、见怪而不怪了。然而更教莲儿纳闷的，却是佘有志这几天的情绪。又是唉声，又是叹气，在见到她时，他不像以前那么地猴急了，有时有意无意，他似乎还躲着她、避着她。

"爸，你种的瓜都快开园咧。"见佘有志突然间又有了心情，莲儿更加地纳闷了，"前一向，咋反而倒不快活了？"

哪里知道让佘有志坐卧难安的，正是她这个大肚子，既幼稚，又无知，抚摸着自己的大肚子，莲儿还试图着用它来安慰他。

"瓜娃些。"不无沮丧，佘有志道，"让爸熬煎的，正是我娃这大肚子。"

"种不上你发愁。"闻言，莲儿更加地糊涂了，"种上咧、长大咧、快开园咧，你咋还发愁？"

"有件事，爸还没来得及跟我娃说。"佘有志木讷地道，"大勇他……快回来咧。"

"真的！啥时候？"一听这话挣扎着，莲儿竟坐了起来。

"快了。"佘有志既有些失神，又有些落寞，"就这两天。"

"这……这是好事呀！"眨巴着眼睛，莲儿惊疑地道，"爸，你不想要他回来？"

"想是肯定想。"佘有志苦笑着，"可他一回来，爸跟我娃的好事怕就弄不成了。"

"这不怕。"闻言莲儿反倒轻松了，她天真地道："他也不是天天要我。你俩轮着弄，我这儿闲着还不是白闲着？"

"别的先不说。"岔开话题，佘有志难堪地道："光我娃这肚子，爸就没法跟他交代喀。"

"这……这有啥不好交代的？"莲儿却不以为然："就说他的种子不行，是爸给他帮的忙。"

"帮忙？嘿……嘿嘿……"佘有志却是哭笑不得："爸给娃啥忙都能帮，唯独这个忙却帮不得。"

"这……又是为啥？"莲儿更不明白了，"这给人帮忙，还有帮不得的？"

"不为啥，就为辈分不一样喀。"佘有志道。"哦"了一声，莲儿似乎明白了些。未几，她却又找到了新的理由："跟鸡娃的辈分，老公鸡、老母鸡也不一样。长大后那些公鸡娃，还不照样撵着撵着跟老母鸡踏蛋？而那些老公鸡，不也照样撵着撵着跟母鸡娃踏蛋？"

没想到自己竟能找到这样恰如其分，又颇具说服力的论据来，莲儿不禁有些兴奋。满以为闻言阿公爸会夸上她几句，不想佘有志的脸竟反而更加地红了。红得足以跟猴的尻子相媲美。

"人咋能跟畜生比？"更没想到的是，佘有志这个禽兽不如的东西，竟然也说了句人话。这时，莲儿也不知所措了："这……这可咋办呀些？"趁机，佘有志正色道："回来他不问啥话不说，要是问起，你得一口咬定说你肚子里怀的，是他的种。爸跟我娃的事，千万可不能教他知道，他要是知道咧，头一个掐死的就是你！千万，千万不敢松口。记下了吗？啊——"

见佘有志黑着脸，莲儿害怕极了，一面不住地点着头，她一面惶恐地道："记……记下了。"

闻言，佘有志这才松了口气。翻过身趴在莲儿的大肚子上，他又道："莲儿，你真是爸的乖蛋蛋！"

---

①白雨：关中人对暴雨的俗称。

第七十五章

就在官绅勾结正算计佘福庄的时候，南河镇一带那些走投无路的饥民们，也打着赫家大院的主意。

神不知，鬼不觉，一股有组织的力量也悄悄地渗入到饥民中，而成了其中的骨干。这些骨干每人都掌握有七八个中坚分子，而每个中坚分子，又联系着十几二十个不等的饥民。骨干们一边踩点，一边谋划着行动方案。

几经修改，行动方案基本形成。由骨干力量打头阵，由中坚力量负责组织饥民们进行接应。行动时必须用锅墨将脸抹黑，不到万不得已不准讲话。不得滥杀无辜，不准打砸成物。

联络方式以及暗号，只下达到中坚分子。时间肯定是晚上，但究竟是哪天晚上，可能是出于保密，也可能还没最后敲定，连中坚分子们都不得而知。所以只能是随时待命。

吃午饭的时间早都过了，但河西堡却未见一缕炊烟，随着一阵狗咬，穿街过巷，五六个全副武装的警察进了赫家。

从赫家大院首先飘出的，是酒肉的香味，不久，又传出吆五喝六的猜拳声、行令声。大约每隔半个时辰，便有一个女人或者孩子走出大院、走向村口。向佘福庄张望上一阵后，不声不响，他们又回去了。

螳螂捕蝉，黄雀在后。这个奇怪的现象，已经引起了一双眼睛的警惕。消息送出后不久，又多了一双眼睛，在暗处，两双眼睛轮换地监视着。与此同时，一个紧急会议也在秘密地进行。

"目标，他们显然是佘福庄。"一个声音道。

"想下手，似乎又顾忌地里有人。"另一个声音道。

"他们这到底是要干啥？"又一个声音似乎在自言自语着。

……

"通知下去。按第二方案，先做好准备。"一边踱着步子，那个自言自语的声音一边道，"有不同意见吗？"

"没有！没有！没有……"得到的呼应，是一连串的"没有"。

"那好。分头行动吧！"自言自语者已不再是自言自语，而是命令，"注意隐蔽！事后在预定的地方集中。散了吧。"

佘福庄的旁边，同几个人陈德润察看了地形，并确定了井的位置。边走边拉，他们又回了南河镇。

佘福庄里，只剩下谢铁成一个人。陈德润要给地里打井，他一边照看门户，一边替他做着准备。有粗有细，地上撂了一大堆的绳索。坐在小马扎上，谢铁成正在接一条从中间断开了的绳子。将断开处一缕一缕地绽开后，跟女人穿针时做纫头一样，一缕又一缕的绳头又被他用牙齿捋成了大头小尾。将那些条条缕缕对接在一起又是搓，又是穿，谢铁成认真地编织着。

这种接法既结实又没疙瘩，只是接茬处粗了些，花纹看上去活像个麦穗，因此又叫作"接麦索"。跟做针线一样，接麦索是个细活也是个技巧活。几近失传，南河镇一带除谢铁成外，会干这活的已经没几个人了。

聚精会神，谢铁成一丝不苟地编着、织着，不料随着一阵踢踢踏踏的脚步声，一闪身赫尚武突然撞了进来。跟在他后面的，还有五六个头戴熨斗帽，身着黑制服，腿缠白裹腿的警察。口朝下，警察们都背着长枪，与众不同，最后一个腰里别着的，却是个盒子炮，看来，应是个带"长"的。抬起花白的脑袋，瞥了他们一眼后，埋下头，谢铁成继续着他的编织。

"干啥的？"斜睨了一下谢铁成，对着赫尚武："盒子炮"不可一世地道。

"看门的……嘿嘿……看门的。"又是点头，又是哈腰，赫尚武道，"苟团长，这边，这边。这边请！"说着陪"盒子炮"，他去了后院。不问也不拦，埋着头，谢铁成继续着他的编织。

不约而同，满怀好奇地围住谢铁成，警察们欣赏着他的编织，欣赏着他编织的麦索子。

不一会，在赫尚武的陪同下，"盒子炮"又转了出来。

"嗨！看门的。"冲着谢铁成"盒子炮"道。见谢铁成置若罔闻，连头都不肯抬一下，赫尚武忙提醒他道："铁老汉，苟局长叫你呢。快起来，起来回话。"

犹鸡毛撞钟，谢铁成既没抬头，也没起身，更不说话。旁若无人，埋着头他继续着他的编织。见状赫尚武急了，他正要上前拉他，不料却被"盒子炮"不耐烦地拦住了："算咧，算咧。把东西给他看看！"

"盒子炮"所说的"东西"，赫尚武自然是再明白不过了。拿出佘有志的房契，又拿出县里新下的公文，对着"盒子炮"他却为难了："苟局长，他不认识字，字也不认识他。"回过头对着谢铁成，赫尚武又厉声地道，"听着！佘福庄县里已经收回了。朝出走！苟局长他们要封门。"

赫尚武虽声色俱厉，谢铁成却还是置若罔闻。旁若无人，他依然专心致志地编着、织着。

"死狗！给老子拖出去。"更不耐烦，"盒子炮"吼道。

"死狗？你才是死狗！"说着，谢铁成猛地抬了起来。

在老百姓面前，"盒子炮"一向都是耀武扬威；在"盒子炮"面前，老百姓从来都是唯唯诺诺。没料到这个看似窝囊的乡巴佬，竟敢当着面骂他，竟敢当着赫尚武跟下属们的面，揭他的脸皮。恼羞成怒，"盒子炮"上去就是一个嘴巴。

用左臂抹去已经流出嘴角的鲜血，谢铁成的右臂突然一扬。说时迟，那时快。他那刚接成的麦索子，已劈头盖脑地抽在了"盒子炮"的脸上。这回"盒子炮"的脸皮，还真的被揭掉了一大绺子。顺着脸颊，鲜血一路流进了他的脖项。反弹了一下后，口朝上熨斗帽也翻身落地。大吃一惊，当赫尚武、警察们上前拦时，却又被谢铁成左一个，右一个地摔到了两边。随着"啪"的一声枪响，谢铁成在趔趄了一下后，前胸又涌出一股带着血泡的血浆。

像一头受了伤的老狮子，谢铁成又一次扑向了"盒子炮"。用左手他刚抓住"盒子炮"的领口，不想右手却被赫尚武跟一个警察，给死死地攥住了。紧接着又是"啪啪"两声，在前后左右地摇晃了一阵后，跟一装粮食似的，谢铁成倒在了脚地，倒在了血泊中。

准备封上门再快速撤离，不想刚转过身，"盒子炮"却被十几条黑汉子堵在了门口。来者不善！有的掂着锄头，有的拿着梭镖，有的还拿着鬼头大刀，武器虽五花八门，脸却是一致的——黑如锅底。

下意识中，"盒子炮"连连地退缩着，亦步亦趋，黑汉子们却是步步进逼。退到二门口时，只听"哗啦"一声，从背后，又冒出十几条黑汉子。善者不来！拿在他们手中的，有磨棍，有碾棍，还有顶门的杠子。手里的家伙虽形形色色，脸却相同——比锅底还黑。

说时迟，那时快。还没来得及再次举起，盒子炮早被一锄头砸落在地。随即"盒子炮"也被用谢铁成那刚刚接好，又被鲜血染红的绳子，给捆了个结结实实。被缴械后，警察们战战兢兢地龟缩成一团。有鬼头刀架在脖子上，又被押在了墙角，赫尚武面如土色。

审判以特殊的方式进行着，没有提问，自然也无须口供。一张纸，一支笔，被分别放在了"被告"们的面前。纸的台头，是"口供"二字；落款处分两行写着姓名，和×年×月×日。一目了然，在各自的供状上，赫尚武、警察们分头填着、写着，内容自然是大同而小异。印色却只有一盒，画供后在各自的姓名上，他们又各按了一个猩红色的指印。

由骨干分子组成的临时合议庭，很快便取得了一致。行凶杀人，"盒子炮"被判处死刑，立即执行。为虎作伥，助纣为虐，赫尚武被判处抄家。胁从不问，接受教育、接受警告后警察们被全部释放。

天色已经暗淡下来，佘福庄前却是人山人海、火把通明。房上、墙上、树上，凡能放一只脚的地方，都站满了人。前后门都被堵得水泄不通，闻讯赶来时陈德润、刘子明、马子亮、郭德厚、郭德全以及偷偷赶来的佘有志，都被夹在人群中动弹不得。

执行者抱在怀里的，是谢铁成那口跟铡刀似的切面刀。被磨得明光锃亮，在火光下，刀口泛着阴森森的青光。被强按着跪在院子当中，刚才"盒子炮"还是那样的不可一世，这时，他却又面如死灰。

手一挥一个黑脸人，做了个砍头的手势。那口跟铡刀似的切面刀，立即被高高地举了起来。不由自主，围观者大都闭上了眼睛。个别胆大的，没闭眼的，见寒光闪处喷薄而出的，竟是一股血色的喷泉。一颗头颅在落地后，还滴溜溜地滚动着……

闭上眼却大张着嘴巴，连胆大的竟也都失了声。惊叫着、后退着，紧躲慢闪，血雨却还是落了他们一身。陪桩的赫尚武、警察们，早吓得昏死过去。

赫家大院男的、女的、老的、少的，都闻风而逃了。无须什么信号，接到通传跟没接到通传的，都赶来了。跟潮水似的，饥民们蜂拥而入、冲进了赫家的大院。仓房被砸开了，里面囤子摞着囤子，囤子里，黄澄澄的麦子已经冒顶。顺手抓起一把把生麦塞在嘴里，那些已经饿极的饥民们在贪婪地咀嚼着。

每个村都有本村的黑脸人在监督，这些人中只要有一个点头，斗里的麦子便会"刷"的一声倒进口袋。若是有一个摇头，二话甭说你赶紧走人，免得伤脸。

佘福庄里，陈德润跟子明兄弟等，正商量着谢铁成的后事。早前陈德润就预感到这两天要出事，而且不会是小事，却万万没料到事情竟出在他的佘福庄，而且，是人命关天的大事。更没料到出事的竟是与世无争、见忙就帮、有口皆碑的老好人谢铁成。

晌午还活脱脱的，谢铁成说死就死了。而且是被人开枪打死的。不善言辞，他却心有灵犀；胸无点墨，他却满腔的正义。他的一生，是那样的平平淡淡；他的死，却又是那样的轰轰烈烈。虽没看见这轰轰烈烈，却能想象到这轰轰烈烈，他留在那个已经落地的脑袋上的血印，便是这轰轰烈烈的见证。

并不属于谢铁成，佘福庄是南河区的公产。这个嫉恶如仇，又宁折不弯的打铁汉子，正是为了保护这并不属于他的公产，才牺牲的。凶手业已伏法，让大家稍觉欣慰；谢铁成人死不能复生，又让人遗憾不已。除厚葬外，他们还要给他树碑，给他立传。既然无法挽留他，也许只能这样来告慰他，告慰他的亡魂，告慰他的英灵。

临时支起的床板上，停放着谢铁成那已经冰凉了的遗体。帮陈德润，子明兄弟又是给他净身，又是给他整容。拿着香蜡纸表孙兰玉、马月盈婆媳，首先赶了过来。端着倒头饭，端着各色祭品，余儿、明儿接着也赶了过来。不久山妹、雪儿带着倩儿，也赶到了。香烟缭绕，佘福庄顿时一片缟素，一片叹息，一片唏嘘，一片饮泣……

在马月盈的帮助下，用一条白被单孙兰玉从头到脚苫住了谢铁成的遗体。等众人一一上过香，山妹、雪儿按着倩儿，连着给谢铁成磕了三个头。看着磕完头扑在山妹怀里大哭的倩儿，心里一酸，大家的眼泪又一次地夺眶而出……

要给谢铁成置办棺板、老衣，子明兄弟刚走，不想外面又是一阵骚乱。先是大吃一惊，众人回头看时，却见发一声喊七八个黑脸汉子，将一副高大的柏木寿材七手八脚地放在了谢铁成的灵前。接踵而至，一个黑脸人的手里，又托着一摞六件套的寿衣。更不说话，放下寿材、放下寿衣后，他们有的提着"盒子炮"的人头，有的背起他那已经没了头颅的尸体，便撤离了。

看着这足足有一大拃厚的柏木寿材，看着那印有八卦图案的锦缎寿衣，陈德润一下子明白了——不用说这是赫老二为自己置办的。黑天半夜除了赫家，谁又有这么好的寿材、寿衣？即便有，黑脸人也不至把人家给他老人准备的，平白无故地拿给谢铁成。用还是不用？陈德润反而为难了。

第二天早起，县里人也大吃了一惊。一颗面带血印的头颅被塞进牛笼嘴后，又被高悬在县府的大门上。头颅的旁边，还贴有一张告示。

  查恶吏苟得贵身为警察局长，却不思保一方之平安，反勾结贪官、劣绅为虎作伥、祸害一方。今天灾肆虐，百姓流离失所、又啼饥号寒。该苟却趁火打劫，于南河区佘福庄连开三枪，致手无寸铁的无辜百姓谢铁成当场死亡。实属罪大恶极，不杀不足以平民愤。今人证、物证俱在。为惩恶扬善，应广大民众极力之所请，在将苟犯得贵验明正身后，已就地处决。此布。
      南河区农民协会 民国××年×月×日

其中"苟得贵"三字，还被用红毛笔粗暴地打了个叉。经辨认，头颅果然是警察局长苟得贵的，于是大家无不拍手称快、奔走相告。一传十，十传百，围观者按几何级数，在迅猛地增加着。黑压压的人群将县府里三层、外三层地围了个水泄不通。

"杀了黎沛钦！"有人大声地提议着。

"杀黎沛钦！杀黎沛钦！杀黎沛钦……"底下是一呼百应。"哗啦"一声后接着又是"嗵"的一声，县府的围墙，被怒不可遏的市民们给掀翻了。顺手捡起砖头，群众跟潮水般地涌了进去。

旮旯拐角都搜寻遍了，贪官黎沛钦却不见个踪影。到后院一看，后门竟大开着，显然，这家伙已经逃走了。既怒不可遏，又得不到宣泄，盛怒之下县衙被大家砸得一片狼藉。黎沛钦来不及带走的金银细软，也被一掠而空。

与此同时，一场声势浩大的公葬活动，又在佘福庄铺了开来。由事不由人。用不用赫老二的棺板、老衣，已经由不得陈德润了。无须报丧，也无须写讣告，是亲戚不是亲戚，是朋友不是朋友，熟悉的不熟悉的，认识的不认识的，都赶来了。

棺罩非但无须花钱去请，还得着人去挡。近水楼台，河西堡已捷足先登了，不甘落后，南河镇、河东堡的，估计也非来不可。尽管不会要钱，但又是人、又是车、又是牲口，多了反而既碍手、又碍脚、更楦地方。乐人既无须请，也无须挡，也更没法挡。来了七八个已经足够了，若是再来几个十几个也无妨，添几双十几双筷子的事。跟佘福庄只一墙之隔，墓址就在学校的官地，跟陈德润准备打井的位置端南正北、遥相呼应。跟他的弟兄们，何全虎已在打墓，现有的都插不上手，赶来的还络绎不绝。

原本就是供师生们食宿的地方，佘福庄有现成的伙房，锅头、炊具也应有尽有，一应俱全。在县里，赫家有油坊；在省里赫家又有粮行。米面油盐，更是不成问题。饭馆没生意，镇上光大厨就来了四五个。小巫见大巫，学校的大师傅翟树德只得受委屈拉起了"二尺五"。年事已高，老地主虽不能顾事，他的徒弟们，却全都赶了过来。

账房里来往的账目也不多，学校的先生们给纸扎上写着挽联。大门两侧五六丈高的插白杨上，两副蟒纸从树梢一直下垂到地面，大门口的一副巨联，却是从地面直抵屋顶。

　　生前默默无闻，名姓不见经传；死后铮铮有声，精神永垂青史

唯一教人作难的，是那六件套的锦缎寿衣。遗体已经僵硬，折腾来折腾去折腾了半天，却就是穿不上去，于是只得在拆开来穿上后，再由镇上的裁缝师傅们，重新细细地缝好。

子明兄弟装棺材的牛车，被远远地堵在了半路。当弟兄俩拉紧刮木刹好车，再挤进佘福庄时，却见谢铁成的遗体，早都被装殓好了。不知如何处置，问陈德润弟兄俩要起了主意。犹豫了一下后，陈德润道："先停在学校里。"

辛苦一生，谢铁成就倩儿这么一个至亲骨肉，却只有十一岁。独生女虽不谙

世事，尚不能自立，但前来吊唁的、送葬的，少说也不下三百人。生前默默无闻，从没受到过特别的关注；死后却铮铮有声，得到了至高无上的礼遇。

在苟得贵人头落地的一刹那，赫尚武被吓得魂飞魄散、软瘫在地上。当黑脸人开仓放粮时，破财消灾，他心想能保住这条命，就已经不错了。后来，他们果然没有再难为他，在暗自庆幸的同时，他又算了一笔细账，于是心里的天平，又一次失去了平衡。

佘有志另外那至少是一百块的大洋，看来已经是没戏了，到手的那一百暖得热暖不热，还是个事。粮食越来越贵，苞谷已粜到六块大洋一斗，麦子更是有价无市。一夜间家里损失的粮食，少说怕也在两万块以上。眼前已经够狼藉了，赫尚武的心里，却比眼前还要狼藉。没法收拾，也无心收拾，赶在天亮前，他又出了大院。

在省城的广济街，有赫家开的粮行，估计全家十有八九，是逃到了那里。一路朝东，赶天亮前，赫尚武已过了河东堡。这时一辆拉脚的马车，正好要去西安，一纵身，他也跳了上去。

惊魂稍定，赫老二正为赫尚武跟家里的几百石粮食担心，不料一推门，赫尚武却闪了进来。

见赫尚武没事，赫老二又是惊，又是喜。听说苟得贵被砍了脑袋，他不禁连着打了几个冷战。得知粮食被一抢而光，他又心疼得大哭起来。

"爸，您老人家要往大处想。"经营粮行的小儿子赫尚斌，劝赫老二道，"眼下咱一家大小平安，这比啥都强！您想想，若是人有个三长两短，要粮食又有啥用？前一向东乡不少财东家房子被烧、浮财被抢、人丁被杀，有的甚至全家被杀光了。如今又是旱灾、又是虫灾，听说，已经饿死了上百万人。眼看人被活活地饿死了，咱却把粮食囤在家里，能不招祸吗？此前我就多次提醒您，要您把粮食拿出来放赈，您却死活的不肯，还说我的话咋听咋像是共产党。要是按我的话来不但不会有今天这事，咱赫家还能落个好名声。粮食没了就没了！依我看，也不见得全是坏事。"

"老三，牛犄角你咋光朝外顶？"闻言用拐拐蹾着地，赫老二气得直抖，"要我把粮食拿出来分给穷鬼，那不就是共产吗？要得公道，打个颠倒。要是穷鬼们发财了、好过了，要是咱把日子过塌活、过烂包了，你敢保证他们把粮食拿出来给咱吗？"见赫尚斌一时无语，赫老二接着道，"要是不敢打这个保票，那你就少说这话！"

话不投机，伢父俩几乎高了声，还待分辩，赫尚斌却被赫尚武劝了出去。

背过赫尚斌，跟赫老二赫尚武道："二大，这口气老三他能咽下，我却说啥也咽不下！"闻言赫老二道："你咽不下，我能咽下？是这，明天你就去南京、去找你大哥，教他想办法给咱出这口恶气。咱不能放着家不能回，却窝在这四堵墙的瓮瓮里当孙子！"

在南京听了赫尚武加油添醋的哭诉后，赫尚文果然是怒不可遏。将一把二十响的盒子炮"啪"的一声，他拍在了桌子上："反了！反了！简直反了天了！动土，竟动在太岁的头上了！尚武，这把枪你拿上。安排一下，我再带两个人，咱马上回！"

第三天，在赫尚武的陪同下，带着两个全副武装的宪兵赫尚文回到了西安。下车后赫尚文要赫尚武先回，带着人，他却去了警局。

见是中央来的，警察局长关步青热情地接待了赫尚文。"敝人赫尚文。"说着赫尚文将他的名帖，递了过去。接过名帖一看，关步青道："啊呀，原来是赫团长！失敬，失敬。是这，今天容兄弟做东，为赫团长接风、洗尘。"说着站起身，关步青又道，"赫团长，请！"不料赫尚文却客气道："关局长，今天就不必了。等将家事摆平后，兄弟我一定前来讨扰。"闻言关步青又道："如此着急，敢问府上有啥要紧的事？如有用得着兄弟处，还请直言。"正中下怀，赫尚文道："实不相瞒，前两天敝舍被穷鬼们所抢，共党从中煽动之可能，亦不排除。必要时，还真的得仰仗关局长……"说着将一条"小黄鱼"，赫尚文放在了关步青的面前。见状，关步青忙谦让道："赫团长的事，就是兄弟我的事。这又何必？"说着"小黄鱼"又被关步青，给推了回去。"一点小意思不成敬意。关局长又何必客气。"见关步青还待推辞，丢下"小黄鱼"赫尚文便要告辞。见状关步青忙道："赫团长请留步！待兄弟送你回府。"

见了大儿子赫尚文，赫老二不禁大恸。他泣不成声地道："想……想不到咱赫家，竟……竟成了丧……丧家之犬，哎嗨嗨嗨……"见状，赫尚文连忙安慰他爸道："爸，您老不必伤心。这位是警察局的关局长。如果您不想在这待，我这就送您回去。"这时，赫尚武也插话道："二大，有关局长跟我哥在，您就风风光光地朝回走，看哪个穷骨头敢把咱看上两眼半！"闻言赫老二这才破涕为笑。见旁边还有客人，他不觉又有些难为情："那就有……有劳关局长了！"闻言，关步青忙道："让年伯受惊了。是这，大家慢慢收拾，回去我再带些人过来。"

一路拉着警笛，一辆卡车跟着三辆小车，威风八面地驶进了河西堡。在大街小巷中穿来拐去后，车队停在了赫家大院的门前。从中间的小车里，赫尚武、赫尚文、关步青先后地跳了下来。从前面的小车里赫氏兄弟又扶下了赫老二。卡车上那十几个全副武装，又荷枪实弹的警察，也被关步青招呼了下来。赫家的女眷、孩子，也从各自乘坐的小车里钻了出来。

随着警笛声，河西堡又响起了一连串的关门声。门缝里、窗棂后，豁墙边，是一双双惊慌失措的眼睛。又是嘘寒，又是问暖，几个家境殷实的撵上来巴结着。

献上香茗，女眷们七手八脚地收拾起来。见状，关步青惋惜地道："没想到，竟被糟蹋成这样！"回过头他又问赫尚武道，"有没有认识的？抓几个先做个娃样子！"不料赫尚武却道："都没说话，脸也用锅墨抹黑了，从走势看，有几个倒是挺眼熟，只是……只是没有证据。"关步青道："没证据不怕，怕就怕没目标。"赫尚文道："依我看如果没共党领头煽动，借个胆量穷鬼们也不敢！"之后附耳，他又跟关步青道，"关局长难道不想杀几个共党，到省上去领赏？"不等关步青说话，回过头，他又跟赫尚武道，"打蛇打七寸！你好好想想，看是谁领的头。"压低声音，赫尚武道："从走势看，有个倒像是学校的先生，叫李垦。笔迹，也有点像。"闻言，赫尚文迫不及待地追问道："李垦！哪里人？"赫尚武道："外地的。不过前一向他一直没回去，就住在学校。"对着关步青，赫尚文笑着又道："抓共党，关局长可是内行。咱得弄几条大鱼，先尝尝鲜！"恍然大悟，关步青道："赫团长的意思是放长线，钓大鱼？"点着头，赫尚文笑道："关局长到底是关局长！"接下来，几个人都压低了声音……

警笛又一次拉响了。给赫家留下一部车、三个人，关步青要打道回府了。赫老二将他送出了大门，赫氏兄弟又将他送上了小车，并眼看着车队出了村口，又上了官路。

门口的街道虽不是赫家的，几天来人们却都是绕道而行。一到晚上可就大不相同了，那些胆小的、怕事的一路你给我仗着胆，我给你鼓着气，背着粮食，他们偷儿默悄地走进了赫家。见了赫老二"扑通"一声，他们又齐刷刷地跪倒在地。"二爷，都怪我们一时糊涂。"不顾辈分大小，他们一律将自己降成了孙子，"牛犊跟着马驹跑，这才拿了你家的粮食。回去我们就后悔了。不信咧您看！这麦子我们可是一颗都没敢动。大人不计小人过。二爷，您抬抬手，就放我们一马吧。"说着竟呜呜地哭了起来。

"起来，起来。粮食也背回去。"不料这次赫老二却出奇地大度，"船烂咧我还有三千六百钉子在，不缺这点粮食。"

弄不清赫老二是人话还是鬼话，是阴话还是阳话。哪里还敢再往回背？闻言如临大赦，爬起来他们唯唯诺诺着退了出去……

三天在不安中过去了；在不安中又过了三天。见风平浪静、一切如旧，众人揪成一蛋的心，这才慢慢又松了开来。

好些日子都不曾睡过安稳觉了，这天刚睡踏实、刚睡到黎明的时候，南河镇跟东西两堡的几乎同时被咚咚咚咚的砸门声、被歇斯底里的呵斥声给惊醒了。

赶天明众人陆陆续续被赶出了家门。不远处的公路边停放着十几辆大大小小的汽车，街巷里除了那些穿黑制服的警察外还有不少穿着灰制服的"粮子[①]"。被用枪驱赶着来到河滩时，大家更是惊得呆了。四五十个被五花大绑着的庄稼汉子在河堰下排了长长的两行。每个人都被两个持枪的"粮子"押着，晨曦下刺刀泛着寒光。

"我的妈，这么多！"

"我的乖，七十子弟兄三个咋都在！"

不知杀，还是剐，埋着头众人的心不由又攥成了一蛋。

"吼喊一声——绑帐外——"突然一嗓子《斩单童》，让人们禁不住又大吃了一惊。偷窥时被五花大绑又拖着镣铐的竟是"南河中学"的老师，叫李垦。"不由——豪杰——笑——开……"第二句只吼了半截，他的嘴却被一条毛巾给塞住了。毫无惧色，大踏步李垦走上了堤岸。

台子上居中而坐的是一个身穿"四个兜儿"，又留着大背头的中年男人。后来人们才知道他是新来的县长。不可一世，坐在县长两侧的是赫氏父子。"查共党南河区区委书记李垦，勾结土匪，"干咳了两声后，关步青大声地宣布道，"行凶，谋杀警察局长于前，唆使刁民，又抢劫赫家大院于后……"

闻言，底下顿时一片骚乱，关步青的声音立即被淹没了。

当秩序逐渐恢复时，关步青的声音又断断续续地浮了出来，"……共党……李垦……执行……枪决。赫老……先生……宽宏……大量，看在他的……面上，其余的……既往不……"

在刽子手的押解下，李垦又从容地走下了堤岸。底下免不了又是一阵骚乱，有的已不由自主地捂住了眼睛。

[①]粮子：即当兵的。是旧时关中人，对吃粮当兵者的俗称。

第七十六章

八年前被处决在这里的,是一个五毒俱全、无恶不作的恶棍;八年后被处决在同一地方的,却是一个两袖清风、为人师表的教师。当年钱智仁的尸体,是蜷曲在血泊中的;而今李垦老师的尸体,却是直挺挺地侧卧在河堤下。是站着赴死的,灵魂漫游在信仰的天堂,他的一腔鲜血,却没入了焦渴的黄沙。

分开旁观者,用一床白被单从头到脚,陈德润苫住了死者。七天前谢铁成的死已经出乎了他的意料。悲愤中他要给他料理后事,却没料到给他料理后事的却远不止他一个。由事不由人。被喧宾夺主后,陈德润只能随波逐流了。七天后李垦老师的死更是让陈德润始料不及。他是那样的年轻又是那样的持重;他是那样的温厚又是那样的儒雅。他怎么会是共产党,又怎么会是共产党的区委书记?他不相信,然而他那视死如归、慷慨就义的样子却不由他不信。震惊之余,陈德润准备为他收尸、为他料理后事。他毕竟是他的校长,而他毕竟又是他聘用的老师。

李垦毕竟是李垦而不是谢铁成,谢铁成是个忠厚老实的庄稼人,李垦却是共产党,而且还是共产党的区委书记。陈德润想自己若不出这个头,其他的怕更没人敢出这个头,而只能是旁观、叹惋,任其暴尸荒野了。在举国上下一片清共、剿共的喊杀声中谁又肯把净净的袜子净净的鞋塞进青泥,而去招惹共产党的嫌疑呢?

子明兄弟吆来了牛车,车上还放有一块门板。见有陈德润出头,众人的胆子随即也大了起来。帮子明兄弟用门板,他们将李垦的遗体七手八脚地抬上了牛车,又目送牛车吱吱扭扭地驶出了南河镇、驶向了佘福庄。

没设灵堂也没有倒头饭,更没有牺牲祭品。"李老师,你就将就些吧。"一边帮子明兄弟给李垦净身更衣,陈德润一边喃喃地道:"听说共产党也不信这些。"没想到七天前给谢铁成置办的棺板,老衣竟用在了只二十多岁还正在活人的李垦老师的身上。在谢铁成的新坟旁,郭德厚、郭德全兄弟正在给李垦打墓。几个学生娃一边抹着眼泪,一边给他们帮忙。

跟新挖的湿土比,谢铁成那已经风干的墓冢白光光的竟有些刺眼。花圈、纸扎已不完整也没有了原来的艳丽。风吹日晒,红花、绿叶、黑墨几乎被统一为白色。

打井的事陈德润早都跟何全虎说妥了。原准备第二天就破土开挖，不料当天下午，佘福庄竟出了人命关天的大事。让死者入土为安要紧，打井的事被推迟到谢铁成的头七以后。不料在谢铁成头七的当天南河镇又出了事，而且同样是人命关天的大事。

打井上梁、娶媳妇盖房，对庄稼人来说都是头等重要的大事，都要选个黄道吉日。虽不讲究这些，但选定的日子竟两次撞上了血光之灾，心里嗝噔，陈德润难免不打来回。

尽管也不自在，何全虎却还是如约来到了佘福庄，只是没拿家具也没带他的弟兄。"就你一个？"陈德润道。

"咋！井还要打？"何全虎反问道。

"打！为啥不打？"陈德润毫不含糊地道："不过今天你得先帮我把人埋了。打井的事后边再说，快回去摸家具叫人。"见何全虎还在犹豫，他接着又道："全虎你放心，天塌不下来！即便是天塌了也由我撑着，还轮不到你。"

"不是不放心。"何全虎分辩道："不放心我就不来咧！我是说咱能不能缓一缓。"

"缓！为什么要缓？人要埋，井也要打。"陈德润催促道："你只管去摸你的家具叫你的人。"

没有棺罩也没有龙头凤尾。没有红红绿绿的花圈、蟒纸，也没有吹吹打打的乐人。好在只一墙之隔，在陈德润的招呼下，刘子明兄弟、郭德厚兄弟、何全虎他们再加上几个学生终于让死者入土为安了。

跟李垦比，谢铁成的已够得上是老坟了。有白发人作陪，黑发人也许不会太孤单；有黑发人作陪，白发人也许不再寂寞。

新坟、老坟均沧桑，黑发、白发皆壮烈。

黑夜静悄悄，提着烧酒瓶子摸黑，何全虎来到了李垦的墓前。忽明忽灭，老坟中"鬼灵灯"飘忽不定。朗朗乾坤似乎已被天灾人祸变成了阴曹地府。

刚要打开酒瓶，突然间似乎有一阵隐隐约约的脚步声传了过来。回头看时，见夜幕下果然有两个晃动着的黑影。一前一后两个黑影竟也朝这边晃了过来。一闪身，何全虎隐没在谢铁成的墓后，随着黑影的移动他的枪口也慢慢调整着方向。

"李垦老师的手心，咋有个'五'字？"啊，是马子亮！

"连举人哥都解不开，你我就甭再枉费心思了。快，把烧纸拿过来！"啊，是刘子明！

见竟是刘子明、马子亮、何全虎忙将枪收了起来。原来并非是挖坟跟自己一

样，他们也是来上坟的。

"李老师，"马子亮道："你一路走好啊——"

"出门在外也没个亲人。"刘子明又道，"将我俩，你权当你的亲哥吧！"闻言心里一酸，何全虎的眼泪已不由自主地溢了出来。深受感动，何全虎正要跟哥俩打招呼，转念一想却又觉不妥。

"凡事不得用之以感情！"李垦老师的万千叮咛又在耳边响起。更何况组织上还有纪律。再说，墓冢后突然冒出个黑影还不把人家吓个半死？

烧过纸，酒瓶里的烧酒又被子明兄弟咕咕咚咚地洒在了李垦的坟头……

不好！子明兄弟不但没走反而朝着谢铁成的墓冢、朝他这边走了过来。情急中借着花圈、借着纸扎的掩护绕着墓冢，蹑手蹑脚，跟子明兄弟、何全虎藏起了猫猫——他们来到谢铁成的墓前他却躲进了李垦的墓后。

"铁成哥，你就放心吧。"马子亮喃喃地道："倩儿，有我们呢。"

"是啊！"刘子明也喃喃地道："她还有两个舅舅，两个妗子。我们会抚养她长大成人的。"火光中哥俩的脸上都挂着泪痕。烧完纸，接着又是一阵咕咕咚咚的声音……

子明兄弟终于离开了。目送哥俩走远后，何全虎这才长长地吁了口气。只洒酒没烧纸。洒完酒正要扔掉空瓶，转念一想，何全虎却将它又揣在了怀里。非常时期，一个人走夜路留着它不定会派上什么用场。枪这玩意儿不到万不得已还是不用的好。

"真的是他？"回家途中，何全虎苦苦地思索着。无意中马子亮提到的那个"五"字让他不由想起一个人来。

进村后不久，隐隐约约中何全虎总觉身后似乎有个影子。一转身，空酒瓶飞了出去。"啊！"随着卜意识的一声尖叫，像只受了惊的狐子，哧溜一下影子不见了。

"果然是他！"辗转反侧，何全虎失眠了。经过反复地琢磨，一个大胆的行动方案，渐趋成熟。

井台上，弟兄们早都忙开了。一向早到的何全虎，今天却姗姗来迟。

"唉，这年头！人的肚子都没啥填，老母猪就更没法喂了。"对着陈德润，何全虎连连地抱怨着："来了个买主。啰嗦了半天钱却没带够。"说着话锋一转，他跟陈德润又诉起了苦："还得早走一步。后晌黑，他还要来。唉，真没办法！"听话听音。以抱怨的方式对他的迟到，他作着解释；以诉苦的方式他又告诉他，他还得早退。

隔墙有耳。这时灶屋里当当当的切菜声，突然间慢了下来。对何全虎的话，陈德润虽无意，有的人却有心。他知道他家母鸡倒是有两只却不曾有什么母猪。

"先吃饭。"陈德润道："有事你走你的，活不烂就行了。"

"放心，烂不了事！"说完，何全虎又一头扎进了灶屋对着大师傅翟树德又道："五哥，我拿俩馍。"

当当当的切菜声又恢复了原来的节奏。"在笼子里。"翟树德头也不回地道："兄弟，你随便拿。"没有停，当当当的切菜声继续着。

翟树德排行老五，人称"翟老五"。同在河东堡，何全虎却喊他"五哥"。

河东堡的东门外有一座破败的老爷庙。这年头人的肚子都没啥填，谁还顾得上孝敬关公关老爷。庙里没香火，他老人家已经被冷落多时了。过了老爷庙路北第一家就是何全虎。

暗中有一双眼睛在盯着何全虎。从傍晚直盯到喝罢汤却不见有半点儿动静。正待放弃，不料却有了意外的收获——跟幽灵似的，几个黑影陆陆续续地飘进了老爷庙。不一会从老爷庙那开裂的墙缝里，一缕微弱的亮光又挤了出来。

顺着墙根，贼头贼脑，一条黑影溜出了河东堡。出村后一路向西，跟旋风似的黑影消失在茫茫的夜色中……不久后又有一条黑影远远地跟了上去。

"弟兄们，给我上！" 随着赫尚武的一声令下，张着牙、舞着爪、跟一群恶狼似的七八条黑影扑进了老爷庙。

跟泪人儿似的，庙里的蜡烛只剩下了半截。在天有灵，丹凤眼、卧蚕眉、面若重枣，关公关云长关老爷似乎也知道这难得的一丝光亮，不会维持得太久。右手将着美髯长须，左手捧着《左氏春秋》争分夺秒，他挑灯夜读来。豹头环眼，手执青龙偃月刀周仓在左；眉清目秀，手牵赤兔胭脂兽关平在右。虽满面土灰却矢志不渝，俩人侍立在左右两侧而赫尚武要抓的"施主"们，却不知了去向。

"不好，快，快撤！"赫尚武气急败坏地道。见"群狼"不知所措，"头狼"接着又嗥叫道："快……回河西堡！"一想到河西堡他不觉又暗吃了一惊。

心急马不快。河西堡就在眼前，一着急赫尚武却一头栽倒在地顺手摸了一把，他发现将他绊倒的竟是个软绵绵又热乎乎的东西。再摸时摸到的竟是一把黏糊糊还带着腥味的东西。

"愣啥？还不快……快回！"顾不上爬起，冲着"群狼"、"头狼"竟吼了起来。

还好，赫家大院里似乎并不像赫尚武想象的那么悲观。大门虚掩着灯火明亮依旧，既没有呵斥声也没有喊杀声，更没见有谁在哭叫。

心存侥幸，将一颗悬着的心赫尚武又放了下来。脚下他不觉也稳健了许多。

推开门，霎时赫尚武却又惊得呆了。前院里女人孩子们紧捂着嘴巴却大瞪着惊恐的眼睛。互相簇拥着跟筛糠似的，他们抖作了一团。跟跟跄跄奔进堂屋时摆在赫尚武面前的竟是一具无头的尸体。从那条被打折后已伸不直的右腿上，不难看出那不是别人而是他二大赫老二。一阵腥臭鲜血已流到了房门口。

像一个晴天霹雳，赫老二被杀的消息将已回到西安又待返回南京的赫尚文，立马击倒在地。

"大哥！大哥！大哥……"声泪俱下，将赫尚文搂在怀里，赫尚斌不住地呼唤着。一时间伙计们都慌了手脚。纷纷跑出后，他们有的去找郎中有的去请医生。

姜还是老的辣。毕竟见多识广，舀来一马勺凉水，掌柜劈头盖脸地泼在了赫尚文的脸上。见大少爷还是不理识，蹲下身在他的人中上，他又是掐又是拧。见这一招还是不灵，掌柜的这才失了急。想找根老针，一时又哪里找得着？慌乱中他一眼瞅见了他用来剔牙的疙瘩锥子。一锥子攥进人中后："哇"的一声，赫尚文这才哭出了声。

等身穿长袍马褂的郎中，等身着西装革履的医生赶来时，患者却已经又是捶胸又是顿足了。见状将摇着头的郎中、叹着气的医生、伙计们分头又送了出去。

在赫尚文的陪同下，用大车、小车拉着警察，关步青又一次来到了河西堡。被饥饿折磨得死去活来，对昨晚发生在村里的血腥几近麻木的河西堡人，竟一无所知。不知谁又该倒八辈子的血霉了，惊慌失措中明知关不关都一样，大家却还是纷纷关起了头门。

在李垦的墓冢前，军警们果然找到了两颗人头。李垦是陈德润出头安葬的，地里除打井的一帮人连个狗都没有。陈德润、何全虎他们自然成了重点的怀疑对象。佘福庄立即被团团围定，打井的一帮人也被统统地赶了进去。

当军警将两颗人头放在面前时，正为翟树德半清早还不见个人影而纳闷、正为早饭还没个着落而着急的陈德润，这才一下子明白了过来。将李垦掌心那个"五"字，跟何全虎昨天的一声"五哥"联系起来后，他更是大彻大悟。

从南河镇刘子明、马子亮也被带到了佘福庄。接着的是郭德厚、郭德全兄弟。就连那几个只有十三四岁的学生娃也无一幸免……

二十多个"嫌疑犯"被军警们陆续地押上了卡车，陈德润却受到特别的礼遇，将小车的车门拉开后又伸手做了个"请"的手势，关步青礼貌地道："久闻先生大名如雷贯耳。这次请先生前去只是为了协助调查。冒犯之处，容关某日后负荆谢罪。先生请！"闻言，陈德润嘿嘿地冷笑着："如此谦恭，关局长想必饱读圣贤之书又熟知周公之礼。请问自古至今可有请人以刀枪者？"尴尬地笑了笑。回过头对端枪的两个警察，关步青又狠狠地瞪了一眼。诺诺连声，两个警察这才又是点头又是哈腰地退了下去。

陈德润正要上车，不料在孙兰玉、马月盈婆媳的带领下包括余儿、明儿老"先后"俩，山妹、雪儿小"先后"俩在内的一大帮女将却死死地堵住了去路。"住手"如狼似虎，军警们正要动手动脚，不料却被陈德润的一声断喝给镇住了。

"不必阻拦，你们闪开！"对着孙兰玉、马月盈，陈德润道："缰绳放长，任他的马跑。即便他们不来找我，我还寻思着要找他们。苟得贵虽死有余辜，幕后的却还大有人在。铁成死的不明不白，关局长他更是难脱干系。眼下又抓了这么多的人，他们有证据吗？抓的越多越说明他们没有证据。岂不闻请客容易送客难？我倒要看看，看看这出戏，他们咋样朝下唱。宋哲元不行还有冯玉祥；冯玉祥不行还有蒋介石。南京可是个大地方，我还真的想去转转，看看。"

听了陈德润的一席话，孙兰玉、马月盈立刻明白了。刘子明、马子亮老弟兄俩、郭德厚、郭德全小弟兄俩以及何全虎他们的心里，顿时也踏实了许多。这时关步青却瞀乱起来，暗中他不断跟赫尚武递着眼色。

深知陈德润的厉害，也深知他跟宋哲元、冯玉祥、于右任的关系都非同一般。他要是想见蒋介石也并非没有可能。一时不知所措，赫尚武只得问计于赫尚文。

在南河镇、阳都县，甚至在西安人的眼里，赫尚文也许还是个人物，还是个鹰鹞，在南京，一个姑姑等（斑鸠）而已。赫尚文曾是南河实业学堂的学生陈德润曾是赫尚文的山长，因此他一直躲着他。眼下赫尚武问他要起了主意，若再不出面看来是不行了。

虽有些犯难却又不愿在家乡丢了他作为南京人的威风。装着不知情，还没见陈德润，赫尚文却已大声地呵斥起来："驴日的，眼窝教谷草给戳了！既是冯总司令的朋友又是宋主席的朋友，陈先生还是我的校长。有眼不识金镶玉，连他你们也敢乱抓？滚！都给我滚。滚远，越远越好！"一边骂一边硬着头皮又厚着脸皮，他来到了陈德润的面前，"啊呀，陈校长！真是没想到。学生一步来迟，竟让老师受这么大的窝囊气。您老请回。改日，容学生登门谢罪。"说着，赫尚文就要扶陈德润，不料一猫腰，陈德润却上了汽车："尚文啊！我只说你官做大了，有了蒋校长，你不认得我这个陈校长了，没想到你还认得！你把事弄清，蒋校长他可是手握重兵；我这个陈校长却白人一个！既沦为你的阶下囚，焉有不去之理？"回过头对着司机，陈德润"命令"他道："吆车①！"说完"砰"的一声又重重地关上了车门。

对他爸废长立幼的做法，赫老大窝了一肚子的怨气。耿耿于怀，他甚至埋怨他"既生瑜，何生亮？"提起赫老二，他更是气不打一处来。甚至抱怨土匪当年为啥没将他一刀劈为两半，而仅仅只打折了一条腿。为此，赫老大曾多次跟他爸闹活着要分房另过。不料却都被他爸一口给回绝了："啥！要分家？五花六花糖麻花，你碎心想的倒是不错！"说着顺手将一把剪刀，他递到了赫老大的面前"给！要分家，你先把我杀了。"

赫老大竟然接住了剪刀，甚至都动了杀机。在犹豫了片刻后，他终于还是放弃了。"这个老不死的！看你还能结在世上？"扔下剪刀，又在心里骂了句后他这才悻悻而去。临走"砰"的一声他又重重地带上了房门。

正如赫老大所言，赫家的老太爷，终于没能结在世上。几年后他终于归天了。一家大小都哭得汪汤汪水的唯有赫老大是干打雷，不下雨。

"到底还是没结在世上！"他不但不难过还幸灾乐祸。

不等老太爷过头七，赫老大又嚷嚷着要跟赫老二分家。见状，赫老二道："分不分，还得看尚武的意思。眼下他已经成人了，你先问问他，看他愿意不愿意。"回过头，他又跟赫尚武道，"跟你爸，我们都上了年纪，尚文、尚斌又都在外面干事，这赫家人院迟早还不都是你的？不过，如果现在就分，有我老弟兄在还轮不到你！分还是不分，你说句话。"

凭自己的实力，眼下还不能独当一面，而且肯定是拧不过他爸赫老大。这一半的家业，如果放在他爸的手里不出两年即便不被他吸进烟枪，也得跟佘有志的佘福庄一样被他押在赌桌上输个精光。那时候自己可能已不再是赫家的二少，而是一个住在牛圈里的长工或者是一个拉枣杆，讨着吃的乞丐。想到这，赫尚武不禁打了个激灵："我爸要分就给他一间厦屋二亩地。横一丈，竖八尺。想折腾让他一个人去折腾！"

没想到牛犄角竟朝外顶。连亲亲的儿子都向着赫老二，都跟他对着干。成了名副其实的孤家寡人，赫老大只好又一次忍气吞声、暂且作罢。

一晃几年又过去了。去年花钱赫老二给赫尚武又捐了个区绅。从此，赫家不单有钱，还有了势。赫老大也有了年纪，分家的事再没见他提起过。大料这条低水坑的泥鳅已兴不起什么风也作不起什么浪了。对他，赫老二不觉放松了戒心。

忍气吞声，赫老大又做了多年的二拨拨。直到去年农会搞暴动杀土豪劣绅，直到赫老二被吓得东躲西藏、不敢闪面，直到家事交由赫尚武暂管的时候，他那颗跟死灰似的心这才又奇迹般的复燃了。

"赫瘸子，没想到你娃子也有今天！"借农会的手，赫老大要拔掉这个眼中钉、肉中刺了。

农会到处打听着赫瘸子的下落，而到处打听赫瘸子下落的却不仅只是农会。

家贼难防。摸清赫老二的行踪后，赫老大偷偷透露给了农会。得到消息，李垦立即主持召开了支委会。他们连夜研究并确定了行动方案。作为李垦的下线，翟树德奉命按方案执行。

因形势险恶，党内采取的是单线联系。各支委都有自己的下线，通过下线跟那些中坚力量，他们保持着联系。表面上翟树德比谁都激进；暗地里他却是脚踩两只船。他暗中先将行动方案卖给了赫尚武，在拿到五十块大洋后他这才又通知那些掌握在他手中的中坚分子。

尽管安排得天衣无缝，最后行动却扑了空。

"瓮瓮里竟然把鳖给走了！"当着翟树德，李垦惋惜地自言自语着。

"也许是情报有误"，翟树德却是别有用心。他暗自庆幸，庆幸李垦并没有怀疑他。

"跟赫瘸子积怨甚深。"李垦又道："欲置之于死地，赫老大的情报应当是没有问题的。"自以为翟树德很可靠，李垦却没料到自己谨慎一世却疏忽一时。无意中将赫老大，他又卖给了他。

"依我看，他只不过想吓唬吓唬赫瘸子。"翟树德道："所以才有意放了个烟雾弹。一个'亲'字掰不开，他们毕竟是从同一娘肠子掉下的亲骨肉！"说得既入情，又入理，为不暴露自己，他进一步误导着年轻的区委书记。

没有再说话，李垦只微微地点了点头。

没想到情报竟是赫老大提供的，闻言翟树德又是惊又是喜。心想要是将这个消息提供给赫瘸子，得到的好处怕绝不会是个小数目。是一百、二百还是三百、五百？翟树德美梦联翩。

情况复杂，虽发财心切，翟树德却不敢贸然行动。何况赫瘸子究竟藏身何处他还不得而知。

暴风雨终于过去了，赫瘸子又回到了赫家大院。虽受了不少的惊吓，他却有幸死里逃生、大难不死。

大难不死，必有后福。话虽如此，作为惊弓之鸟，赫瘸子却还是心有余悸。所幸都不曾付出血的代价，矛盾也没激化到互相寻仇的程度，冷静下来后双方都加强了戒备。

终于还是抵不住金钱的诱惑，见风平浪静，翟树德这才将赫老大卖主求荣的事偷偷告诉了赫瘸子。听说后，赫瘸子是又恼、又恨、又惊、又喜。拿出一百大洋，他跟翟树德道："大侄子，这点钱你先拿着。有啥事及时地跟叔说，叔绝不会亏待你！"接过钱，翟树德道："二叔，这您放心！不过您老人家也得给小侄保密，即便是家里人也不能让他们知道。万一谁的嘴不牢，传到了那边，小侄这条命倒是值不了几个钱，您的事可就没人操心了。"闻言，赫瘸子也道："这你也放心！连这点轻重都按不住，哪还算个人吗？"

回家途中，翟树德别提有多得意了。如果共产党把事弄成了自然少不了他这个党员的份。他可是在既有镰刀又有斧头的红旗下宣过誓的。如果国民党把事弄成了，想必也亏待不了他这个"身在曹营心在汉"的"徐庶"。这自有赫家、自有赫老二作证。不过眼下还是不能露富，翟树德暗暗告诫着自己：人狂没好事，狗狂挨砖头！

赫瘸子果然没有食言。天天防火，夜夜防贼。自那天起，除按惯例亲眼看着赫尚武关上沉重的头门、再亲眼看他用两根胳膊粗的槐木杠子顶死外，从前院到后院，赫瘸子还大声叮咛全家说："将房门关好！要谨防像严嵩、严年这些外贼，更要谨防像奉承东那样的内贼！"

看戏女眷们大多是看热闹而不看门道。《周仁回府》是家喻户晓、尽人皆知又久唱不衰的秦腔名剧。虽不止一遍地看过，她们却只记住了周仁而没记住什么严嵩、严年和奉承东。听不懂赫老二话里的话，她们不但没一个按吩咐关上房门反而全都呆在了各自的门口。见状，赫瘸子趁机给她们讲了一段故事。

明朝嘉靖年间，杜鸾为奸贼严嵩所害而遭冤狱，其子杜文学也被流放岭南。行前杜文学将他媳妇胡秀英托义弟周仁照看，不料严嵩的干儿子兼大管家严年却想霸占胡秀英。正踏破铁鞋无觅处，不想杜文学的家奴奉承东竟卖主求荣，向严年告密说胡秀英被周仁藏在家中。在贼子的苦苦相逼下，周仁正无计可施，不料他媳妇李兰英却挺身而出，她要替嫂子胡秀英去严府并趁机刺杀严贼。后来事与愿违，李兰英因刺杀失手而被迫自尽了。

误以为他媳妇被周仁所献，已被迫自尽了。昭雪后一气之下，杜文学不容分说，将其打了个皮开肉绽。在见到他媳妇胡秀英时，杜文学始知错打了周仁。于是杀严嵩、杀严年、杀奉承东给周仁赔情，给周仁的媳妇李兰英，也报了大仇。

"这下明白了吗？"赫老二道。闻言女眷们频频地点着头，不料点着点着她们竟又摇起了头。点头表示戏文，她们已经明白了；摇头表示她们不明白当家的为什么在这个时候讲这个故事。

"不明白有人明白。"赫瘸子道："不要紧，慢慢都会明白的。"

女眷们只明白了一半，赫老大却全都明白了，赫瘸子打着窗子教门听的目的，也达到了。

读史使人明智。凡脚踩两只船的人大约都不会有好的结果。又一个奉承东翟树德也终于没能等到露富的一天。赫尚文回来后，他见赫家果然势大；大革命失败后，他又感到共产党大势已去。为了钱，他出卖了良心、出卖了区委书记李垦。为了钱，他又要出卖何全虎，不想这次反中了何全虎将计就计的调虎离山之计。结果给赫瘸子帮了个倒忙，他自己也落了个身首异处。

搬起石头却砸了自家的脚，这似乎是所有见利忘义者，均难以逃脱的自然法则。遗憾的是人在的时候却没钱；如今有了钱一个子还没来得及花，人却没了。

昔日繁华喧嚣的南河镇，这一向却变得死气沉沉。所有东西都一落千丈，唯独粮食的身价却在与日攀升。葛掌柜的绸布庄关了门，曹掌柜的家具店歇了业，柳春院濒临倒闭，佘记烟馆门可罗雀，铁匠铺子佘大花那里更是无人问津。

有钱的老板掌柜们大都是买着吃天天，有的甚至是买着吃顿顿。买着吃天天的都期望着明天粮食能够便宜；买着吃顿顿的都盼望着后晌，米面能够跌价。结果是后晌比早上还要贵，明天比今天价更高。那些家穷业薄、手里没钱更不敢光顾南河镇的，只能钻北山了。用家织的土布、用还能上身的衣裳他们到北山换些麸皮，或者换些谷糠。那些既没钱也没土布，自己都浑身露肉的，在当地已经讨不到吃的，而只能是拉着枣杆子远走他乡了。

开始手稠，佘大花这只破鞋也不是谁的"脚"想塞，就塞得进去的。她不是抱怨这个"脚"大，就是抱怨那个"脚"小；不是弹嫌这个"脚"肥，就是弹嫌那个"脚"瘦。当既顾不上嫌大也顾不上嫌小；既顾不上挑肥也顾不上拣瘦的时候"脚"却没有了。过去某些人是饭饱生淫欲；如今却只能是饥寒做盗贼了。

果然不出赫瘸子生前所料，那些不明白的后来全都明白了。明白的却因不明白的明白了而在家里待不下去了。

已是奔七十的人了，比佘大花大四十多岁给她当爷，赫老大都是宽展有余。此前跟条老牙狗似的，他多次被她用笤帚疙瘩从铁匠铺子，撵了出去。这次却出乎了意料，二话不说跟着这个棺材瓤瓤子，佘大花来到了他家开在县里的油坊。

还甭说，这一男一女一老一少还真的"美满"了一阵子。不仅吃上了香的，喝上了辣的，佘大花还穿上了绸子挂上了缎子。"老骥伏枥"赫老大也"壮心不已"过一时。

年龄毕竟还是不饶人。疯狂了一阵后赫老大已是心有余而力不足了。老汉日姑娘——细摆扎。由一日数次到数日一次，好咧，还能勉强给她点残羹余液，不好咧，干蘸一下而已。在干蘸都不行时，赫老大干脆代之以指头。有次趁佘大花不备，他还真的试图着将脚趾头往进塞。一时痛得失了声，他竟被她一巴掌扇到了炕脚地。

当时点灯用的大多是棉籽油。食用油有三种，分别是棉籽油、菜籽油跟香油。以棉籽油居多，菜籽油次之，香油是芝麻油就更不多见了。

慢说普通的人家，就连那些殷实的人家，香油瓶瓶也都被主妇们锁在了柜里。只有在大忙天或者是大热天，只有在吃凉面或者是吃凉皮时她们才肯拿出来给每个人的碗里滴上一眼泪花花。

这两年菜子（油菜）、棉花、芝麻无一幸免，大都被干死了。即便有幸没被干死却不幸又成了蝗虫的美味佳肴。原料越来越少，油坊的生意，自然也越来越不美气了。赫老大是不当家不知柴米贵，佘大花又是今日有酒今日醉、吃今儿不管明儿。哪里知道过日子的艰难？哪里知道积陈②？没"美满"几天，这一男一女一老一少的日子便捉襟见肘起来。

　　黎沛钦的县衙被抢时跟着起哄，赫老大也想发点洋财。结果是老眼昏花，手脚又笨，值钱的他一样没抢到，倒是抢到了一个花钱的——烟枪。跟佘大花炫耀时不想却被她，一把给夺了过去。接着又被她塞进了熊熊燃烧着的灶膛。

---

①吆车：这里指开车。汽车初兴时，关中人沿用吆马车、吆牛车，将开汽车叫作"吆"汽车。

②积陈：关中人将"积累"叫作"积陈"。其中"陈"，指以往节余的。

第七十七章

听说赫老二被杀，赫老大不失时机地回到了河西堡，并非突然间良心发现，也并非念及手足之情，他不是奔丧而是来幸灾乐祸的。此外他还试图着跟赫尚武，一争赫家大院的当家。翻不出老太爷的手心也斗不过赫瘸子，赫老大心想，他还不至于成为儿子的手下败将！

为讨佘大花的欢心，赫老大踌躇满志地告诉她，说他如果面南背北、在赫家大院坐了"皇上"，她就是那里的"正宫娘娘"了。被佘大花嗤之以鼻后，他又告诉她即便争不过儿子，让儿子坐了"皇上"，他起码也是个"太上皇"，而她就是理所当然的"太后娘娘"了。

谁知事与愿违，刚一进门，这个"奉承东"就被包括他老婆儿子在内的全家人给轰了出去。

"皇上"没争上，"太上皇"也没当成，不争气，油坊倒是先倒了闭。先卖缸，后卖瓮，接着赫老大又一间间地卖起了房子。当最后一间房子出手后，这一男一女一老一少只得拍尻子走人了。死皮赖脸跟着佘大花来到铁匠铺子时，随着"砰"的一声，赫老大竟被她关在了门外。

河西堡旁边有个庙，庙里敬的是天官尧、地官舜、水官禹，叫作"三官庙"。好在吃叫街的都已经远走高飞了，三官庙既没人跟他争也没人跟他抢，于是赫老大跟三位先贤住在了一起。

先贤不愧是先贤！他们既不像佘大花那样无情，也不像赫家全家那样无义，他们既没有将赫老大拒之门外，也没有赶他走，而是不声不响地接纳了这个不肖的子孙。尽管如此，赫老大却还是遗憾不已，他们只管他住却不管他吃。

"大爷，大妈打发一点。"当年的"赫大少"，后来的"赫大爷"，如今竟沦落为沿门乞讨的龟孙子。不敢走远，赫老大怕他这把老骨头被撂在了外面。前几天除赫家大院、除铁匠铺子外，将南河镇、将东西两堡，他几乎一户不落地叫了一遍大爷、大妈。不料竟没一个大爷同情他，更没一个大妈施舍他，就连那些黄狗、黑狗、花花狗对他似乎都不屑一顾了。

这天赫老大既没了勇气，也没了力气，他再也跷不出三官庙那高高的门槛了。背靠明柱，坐在脚地，他静静地等待着，等待着死神的召唤。这一刻他回顾了他的一生，似乎也明白了许多，多少还有些忏悔——如果大难不死能逃过此劫，他准备重新做人，做一个与世无争的好人。

鸟之将死，其鸣也哀；人之将亡，其言也善。

"快走，快走！迟了就吃不上了。"昏昏沉沉中赫老大觉得似乎有人在招呼他，而且好像是招呼他吃饭。阳世上怕是不会再有人招呼他了，赫老人想，他多半已经到了阴间。招呼他的是阎王、是判官还是小鬼？吃饱了让他上刀山还是下油锅？

诶！管他是谁，管他上刀山还是下油锅，先填饱肚子再说！赫老大终于抬起了沉重的眼皮。啊！阴间原来不是想象中的一团漆黑，既没见凶神恶煞的阎王，也没见青面獠牙的小鬼，扶老携幼从门口经过的依然是些衣衫褴褛又瘦骨嶙峋的男人、女人跟孩子。更教赫老大惊讶不已的是其中不少人他还认识，甚至还能叫出他们的名字来。他想喊住他们，想问一下到底是怎么回事，嘴张了几张却都没能喊出声来。

赫老大终于发现他还没死，从那些认识不认识人的口中，他还捕捉到一线希望、一线生机——什么地方似乎在放着舍饭。

求生的欲望以及由这种欲望带来的勇气是无与伦比的。连说话的气力都没有了，没想到他扶着明柱竟慢慢地站了起来。此前，他曾不止一次地嘲笑过这根明柱；这时却为它那顶天立地的精神所感动。抱着明柱歇息了一阵后，他这才抬起头反复地目测着，目测着到大门的距离。估计一离开明柱就有可能栽倒，而且一旦栽倒，怕是再也起不来了。尽管如此，他却还是毅然决然地推开了它……

竟然没有栽倒，跟跄了几步后赫老大又成功地抓住了门框。扶着门框又喘息了好一阵后，右腿一迈，他竟又成功地跨过了那高高的门槛。又喘息了一阵，慢慢向前赫老大将重心由左腿移到了右腿，由门里移到了门外。又憋了一口气，顺着门槛左腿竟也被他成功地拖了出来。

"这边，这边。"这时赫老大才发现，人家并不是招呼他，而是招呼他们走错路的孩子。这边！这边不就是佘福庄么？足足喘息了大约有一袋烟的工夫，赫老大这才硬撑着跟了过去。一步……两步……挪了两步后，第三步他却说啥也迈不出去了。天在旋，地在转，连路边那棵被剥得白光光的老榆树，竟然也跟着在转。当老榆树又一次转到跟前时，赫老大忙伸手去抱……不料随着眼前一黑，天却不旋了，地也不转了。

饿死人的事已经是家常便饭，最多时一天七个、八个；最少时也不下三个、两个。今天死的是旁人、是世人；明天死的说不定就是亲人、或是自己。过去死个鸡还教人心疼上一阵子；今天死个人甚至死个亲人，大家反倒习以为常，而无动于衷了。

尽管如此，赫家大爷被饿死的事却还是轰动了南河镇。实在看不过眼，这具僵尸被几个近门中人抬到了赫家的祖坟。正要在赫老二的新坟旁挖坑掩埋，他们却被挡住了。

拦挡的不是别人而是赫老大的亲儿子赫尚武。嘴皮官司打了一整，赫尚武这才作出了有限的让步。远离祖坟，赫老大被埋在了官路边的地头。在劫难逃，他终于没能等到重新做人的那一天。

在佘福庄主持放赈的不是别人，而是陈德润。三天前他回到了南河镇。

在西安二十多人被统统投进了看守所，唯独陈德润却被请进了赫家的粮行。一天到晚赫尚斌寸步不离地陪着他。

一日三餐、盘上盘下，有酒有肉。尽管有赫尚斌鞍前马后、形影不离地陪着，尽管粮行比前一向接待赫老二还要殷勤，还要周到，陈德润却还是不满意。一会闯省政府他要去找宋哲元，一会给冯玉祥、于右任他要写信，一会给报纸他又要写文章、投稿。"大叔，这事我哥他做的是有些欠妥。"赫尚斌忙好言相劝"您就再给我两天时间让我劝他放人。如果他放人，咱啥话不说；如果他不听劝，您再告也不迟！"

"号外，号外。大公报号外！一文惊动全国，各地纷纷援陕。"一边递报纸一边收钱，报童们一边大声地吆喝着。见市民们竞相购买，就手，陈德润也拿了一份。他正要付钱，不想却被陪在一旁的赫尚斌抢在了前头。

粮行里，陈德润迫不及待地翻看着报纸。报纸的头版上，引人注目的黑体字大标题是《陕西灾情调查纪实》，洋洋洒洒其内文足足占了一个整版。其它三个版面上也尽是与灾情相关的报道。将四个版面浏览了一遍后，陈德润又回到了头版头条。

文章关于灾情，关于百姓们生存状态的报导既触目惊心又催人泪下。文章对土豪劣绅们的囤积居奇、对奸商们乘人之危的高利盘剥、对贪官污吏们巧取豪夺的揭露又让人义愤填膺、恨不能人人得而诛之。一边看陈德润一边不住地拍案叫绝，以致粮行的伙计、掌柜，以及前来购粮的顾客们都不得不对他时时地投以惊诧。

在文尾随着眼前一亮，陈德润心里更是一动。原来小括弧中笔者的署名竟是"本报记者陈静远，实习记者关步云"。关步云是谁，陈德润不得而知，陈静远这个名字却不能不引起他的特别关注。会不会……

虽说杀父之仇，不共戴天，但审了又审，问了又问，甚至动用了大刑，赫尚文却仍是一无所获。已经超假，他急着想走却又怕丢了赫家的脸面，同时又便宜了共产党跟那帮穷鬼们。进退两难中，当赫尚斌又一次来劝时，赫尚文这才松了口："其他的放了去毬！何全虎那几个不能放，他们绝对是共产党！"

当赫尚斌问他咋放时，赫尚文没好气地道："咋放！难道用八抬大轿将他们抬回去不成？"闻言，赫尚斌却为难了："其他的都好说。只怕是用八抬大轿抬，陈德润他也未必肯回。他若是不肯走，其他的放与不放还不都一个毬样？"闻言，赫尚文更不耐烦了："送出城让他们自己走！这事你跟关步青商量着办，我就不插手了。"

同意放人也同意给车，关步青却不愿出这个面，不一会车子便停在了粮行的门口。果然不出赫尚斌之所料，见没有何全虎他们，折转身陈德润又回了粮行。多亏不是瓦渣的，要不赫尚斌的嘴，早该拌破了。一言不发，低着头，陈德润只顾看他的报纸。

像热锅上的蚂蚁，赫尚斌正急得团团转，不料外面却又是一阵骚乱。大吃了一惊，跑出看时他却禁不住又喜出望外。

"啊呀，咋是大婶！"赫尚斌像是见到了救苦救难的观世音："快，快！屋里，屋里请！"

见赫尚斌连叫大婶，陈德润这才放下报纸抬起了头。没想到被赫尚斌让进的果然是孙兰玉，更没想到跟在孙兰玉后面的还有南河镇的几个乡绅。正有些狐疑，陈德润却禁不住又是一阵惊喜。原来乡绅们的后面，竟是他两年都不曾见到的小儿子陈静远。

"爸！"喊声未落，抢步上前陈静远早抓住了陈德润的双手。

"是静远！"一把陈德润将儿子，也揽在了怀里。

"啥时，啥时回来的？"又惊又喜中，陈德润又道。

"半个多月了。"见儿子竟激动得说不出话，孙兰玉替他道："忙着调查灾情，昨天才回的家。"

"这么说这篇文章真是你写的？"松开儿子，拿起报纸，又对着儿子陈德润道。

"本报记者陈静远。"指着手中的报纸，一个乡绅道，"黑墨都落在了白纸上还能有假？"拿在他手中的原来也是当天的《大公报》。

"那，关步云呢？"又惊又喜，陈德润又道："他又是谁？"

"哦，爸不问把她，我还给忘了！"指着一个漂亮的女孩，陈静远接着道，"这就是步云！我的同行。"

"大叔，您好！"对着吃惊的陈德润，漂亮女孩大大方方地问候道。

"哦！还以为是个小伙子，原来竟是个姑娘家！"这边惊叹之余，陈德润又连声地赞叹着："好样的，了不起！"

"立客难打发。"那边一时摸不透来意跟几个乡绅，赫尚斌寒暄着："里面，里面用茶。诸位，请！"

"不用，不用了。"婉言谢绝了赫尚斌，对着陈德润为首的乡绅道："陈校长，借你的佘福庄，我们要在那里放赈，还要请你回去主持！"

　　"放赈？啊呀！咱咋想到一块了。"闻言，陈德润更加的惊喜："走，咱们回！"说着拔腿，他就要往外走。

　　"大叔，吃了饭再走！"这时赫尚斌反而拦住了陈德润。

　　"不必，不必了！"挣脱赫尚斌一边往外走，陈德润一边道："大家都饿着，我哪里还有心思吃饭？"

　　没想到刚才想送却死活地送不走，更没想到眼下想拦却左右地拦不住。一路撵出来赫尚斌道："大叔甭忘了。放赈，我也算一个！"

　　一车又一车的五谷杂粮被陆陆续续地送到了佘福庄。吆车的不是长工就是伙计；押车的不是财东就是士绅。

　　一装又一装粮食被伙计长工们从车上卸下后，又被七十子兄弟抬上了马子亮铺在地上的绳索。绳索被马子亮收拢后，又被他打个结挂上了秤钩。这时郭德厚、郭德全兄弟发一声喊，那杆镥把粗的大秤又被一根胳膊粗的榆木杠子，抬离了地面。用左手扶着秤杆，用右手或前或后，刘子明抹动着挂秤锤的绳子。那个比拳头还要大的生铁秤砣又随绳子，或前或后地移动着。一人一张桌子，关步云在记账，陈静远在算账，陈德润给乡绅们打着收条。牛吟马嘶，人声鼎沸，算盘珠子山响，佘福庄前一片繁忙。

　　正忙得不可开交，七十子兄弟却突然愣住了。

　　"搭手呀！愣着干啥？"赶车的催促着。

　　"你是……"七十子仍然迟疑着，"是河西堡还是河东堡的？"

　　"既不是河西堡，也不是河东堡。"押车的道："是西安省的。"

　　听说是西安的，不约而同地抬起头，众人也都愣住了。跟着愣了一下后，旋即，陈德润又明白了。站起身对着大家，他大声地道："噢！他们是赫家粮行的。赫家老三说咧，放赈，他也算一个！"回过头，陈德润又招呼押车的掌柜，跟赶车的伙计道："来来来，快进来。进来歇歇脚，喝口茶！"说着将俩人，他客客气气地让进了客房。

　　听说赫尚斌竟也送来了粮食，大家先是一阵惊讶。惊讶之余又深为所动："从一个娘肠子下来的人跟人，咋就不一样喀！"

　　你一言，我一语，大家纷纷地议论着、感叹着。

　　见赫尚斌都送来了粮食，有用驴子驮的，有用叫蚂蚱车①推的，那些殷实人家也纷纷响应。三斗五斗不嫌多，一斗两斗不嫌少，陈德润更是一视同仁。瓜籽不饱见仁（人）心嘛！

在饥民们吃上饭、在终于不再有人饿死的时候，陈静远这才问起了他哥。

"听说，在杨虎城的队伍……"陈德润将大儿子陈致远先在同州任代县长，因口碑极好，又被冯玉祥亲点为凤州的县长，后因看不惯宋哲元滥杀俘虏，他挂冠而去，又不远千里去找杨虎城的前前后后，跟小儿子陈静远说了一遍。"听说？"闻言陈静远，反而不放心了，"听谁说的？找杨虎城，他没跟家里说？"

"要不是宋哲元亲自来找，我们也蒙在鼓里。"陈德润道，"当时全家都为他，捏了一把汗。后来从来信中，才知道他到了，杨虎城的队伍。"

"唉！"闻言陈静远刚放下心，不料孙兰玉，却又担心地道，"第一次来信，还在皖北；第二次来信时，却到了胶东。这一向不见来信，谁知，又到了哪里？"

"妈，您放心！"陈静远忙安慰他妈道，"杨虎城人不错，我哥也硬梆。他不会有事的。"

"唉，儿大不由娘。"叹口气，孙兰玉岔开了话题："还是说说你们吧！"

"对对对。"闻言马月盈立即给婆婆投了赞成票："你俩是咋认识的？"说着，她看了看关步云，接着又看了看陈静远。

"步云，有两年了吧？"对着关步云，陈静远道。见关步云点头表示了认同，他接着又道："步云她，是北京女师大的……"

有所保留，陈静远讲述了他跟关步云的一些情况。

将北京女子师范大学的关步云，跟北京大学的陈静远联系在一起的竟是一次震惊全国的流血事件。

"首都革命"在军事上大获全胜；在政治上却又一败涂地。再次复出："政治上的不倒翁"段祺瑞，就任了中华民国的"临时执政"。

亡我之心不死，民国十五年春，日军军舰疯狂地炮击我国民军。在冯玉祥的指挥下，国民军奋起还击并大败倭舰于大沽口。在军事挑衅以失败告终后恼羞成怒，又以破坏"辛丑条约"为借口，日本公使串通美、英、法等八国公使，向段祺瑞执政府发出了所谓的"最后通牒"。通牒限军阀政府在四十八小时内，对其拆除大沽口国防设施的无理要求做出答复。

当年的三月十八日，被认为是民国以来最为黑暗的一天。这天早上，北京八十多所院校的五千余名师生在天安门前举行了声势浩大的集会。集会上，爱国师生强烈要求政府驳回通牒、废除一切不平等条约，支持国民军将八国公使及其军舰，驱逐出境。

以李大钊为首的中共北方区委，以徐谦为首的国民党执行委员会联合组织并领导了这次运动。

集会结束后，一路浩浩荡荡，学生队伍又来到军阀政府的所在地——铁狮子胡同。在列强面前一向是卑躬屈节，对手无寸铁的爱国学生，军阀却大开杀戒。胡同口顿时枪声大作、血肉横飞、尸体狼藉、血流成河。北京工业大学的江禹烈、刘葆彝、陈燮等倒在了血泊中。关步云的同学——北京女子师范大学的刘和珍、杨德群等，也倒在了血泊中。陈静远的同学——北京大学的魏士毅接着又倒在了血泊中……

一支罪恶的枪口又指向了关步云。"啪"的一声后呼啸而过，子弹却飞上了天空。关步云得救了，跟军警搏斗在一起，陈静远却倒在了血泊中。

天怒人怨，阳春三月，北京城竟大雪终夜。

在首都各界的强烈要求下于十九日，北京地方检察院首席检察官翁敬堂冒雪查验了现场。结论是"此次集会请愿的宗旨，尚属正确又无不正侵害之行为"而卫队官兵向学生开枪，致四十七人死亡，二百余众受伤："实有触犯刑律第三百一十一条之重大嫌疑"。

认领尸体时却出乎意料地没找到陈静远，正要报告翁敬堂检察官，关步云等却被一个市民暗中给拦住了。满腹狐疑，当他们跟他来到医院时，却见陈静远静静地躺在病床上。陈静远虽昏迷不醒，大家却还是惊喜不已。这简直是个奇迹，是不幸中的万幸！

万籁俱寂，夜已经很深了。跟别的同学比，留下来陪护陈静远，关步云似乎有更充分的理由。睡意全无，寸步不离地守护着陈静远，昨天那触目惊心的一幕不断浮现在她的眼前。当那个黑洞洞的枪口对准她的胸脯时，一时她竟懵了。随着一声枪响，打了个激灵后，关步云却没倒下。仿佛裂帛，擦着她的头皮，子弹呼啸而过……

是他托起了那支罪恶的枪口，是他提醒她，要她快跑的。在充满京腔京韵的京城，这声音并不多闻，但听起来却是那样的亲切——那分明是久违了的乡音。

"跑呀……快跑……"乡音又一次在关步云的耳畔响起。只是微弱了许多。还以为听邪了，当关步云定睛看时，却见陈静远的嘴唇在不住地翕动着。

"啊！你醒了。"见状一阵惊喜。惊喜中她将水杯送到了他的嘴边。"你是……"显然，他没有记起她。"关步云，女师大的。"关步云道。见陈静远仍是一脸的茫然，她进一步提醒道："前天，铁狮子胡同……"

"哦，是你。"她还没说完，他却已经想起了："我们这是在……"昏暗的灯光下，陈静远竟误以为这是冥冥中的另一个世界。

"在医院。"她告诉他道："你已经昏迷了，近四十个小时。"闻言将周围重新打量了一遍后，他这才相信了她。挣扎着他想坐起，她赶忙去扶……

又是一个清晨。同学们又一次来到了医院。陈静远被鲜花簇拥着，空气里弥漫着醉人的馨香，病房也被映得一片鲜亮。然而更鲜亮，也更加醉人的却是关步云的笑脸。屋里洋溢着欢声笑语，要好的，还开起了陈静远、关步云的玩笑。"果然是大难不死，必有艳福！"一个声音在感叹着。

"美不美，泉中水；亲不亲，故乡人。"踱着方步一个家伙竟念起了台词。"陈静远，你老实坦白！昨晚是你先搂的她，还是她，先搂的你？"端起架子跟审囚徒似的，另一个家伙跟陈静远逼要着口供。

"没有，没有。"既无招架之功又无还手之力，陈静远连连地否认着。

说的像，不敢犟。想到昨晚，一向落落大方的关步云这时倒像个被抓了现行的绺娃子。一时臊得满脸通红，逃也似的，她一溜烟地出了病房。

在陈静远挣扎着想要爬起时，关步云不是扶而是不失时机地抱起了他。对自己的勇气关步云非但不满意，甚至还颇觉遗憾。这一刻她的酥胸，她的芳心只触及了他的肩膀。

又是端汤又是喂水。关步云用她的心血一勺一勺地浇灌着爱情的种子。开始，陈静远只是被动地接受着，接受着关步云的感激之情。后来从她的眼睛里，他发现问题并非想象的那么简单。她那双美丽、明晰而又善于表达的眸子里似乎有一股热辣辣的东西在流淌、在奔放。在他刚刚站起的一刹那张开双臂，她紧紧地搂住了他。这一刻她的酥胸，她的芳心终于融进了他的怀抱、融进了他的灵魂。无意拒绝也无法拒绝，迟疑了一下后，他也紧紧地搂住了她……一切均在不言中。

"在此你我多有不便，小生就此告辞！"说着一个家伙跟另一个家伙使了个眼色。一人一个鬼脸，两个家伙一前一后地退了出去。一阵起哄后其他的也纷纷跟了出去。既想挡这个又想拦那个，结果是满院子的蝴蝶，陈静远、关步云却连一个都没能逮住。

经这么一闹腾，陈静远、关步云倒真的不好意思了。相对无言，俩人正有些难堪，不料一身着长袍马褂的又撞了进来。

"啊，是邵老师！"陈静远、关步云不约而同地站了起来，"您……您怎么知道？"

"我们记者，可从来都是无孔不入的。"来人幽默地笑着道。

来人不是别人，而是大名鼎鼎的《京报》社长兼主笔——被冯玉祥誉为"一支笔抵十万军"的大记者邵飘萍。盛名之下，其实难副。不少人误以为邵飘萍是个落落才女，实际上他却是个风流倜傥的美男子。因笔锋犀利，因敢于仗义执言，他不但蜚声报界，而且还深受群众的喜爱。因说真话，不说假话；说人话，不说鬼话，他却得罪了许多权贵又惹恼了不少的军阀。上自总统、总理，下至掮客、脚夫，他都能让其"不得不见"，见了又"不得不言"。捷足者先登。许多重大的新闻于第一时间都被他"搬"上了他的《京报》。

不止一次地领教过邵飘萍的厉害，以三十万大洋，张作霖试图收买他。不想钱都到了账上，却被他又退了回去。人格是无价的！张作霖的钱再大却收买不了邵飘萍那颗不卖的良心。遗憾的是有些人却经不起小恩小惠的诱惑。他们廉价地出卖了自己，出卖了自己的人格也出卖了他作为一个中国人的良心。

应各大院校之邀于撰文办报之余，邵飘萍还经常给莘莘学子们讲学。他的学识，他的文笔，特别是他的人格，让陈静远不能不为之倾倒，不能不为之肃然起敬。敏而好学，陈静远那横溢的才华，也博得了邵飘萍的赏识、喜爱。你来我往中，两人已超越了普通的师生之谊而成了莫逆之交。

既是来看望陈静远的，也是来采访陈静远的，见陈静远已经康复，邵飘萍替他办了出院手续。亲自驾车，他将他跟关步云接到了《京报》、接到了宣武门外，魏染胡同的三十号。

翌日，一篇洋洋洒洒的长篇纪实报道《国民拥护国权大流血——八国通牒之大反响》，赫然登上了《京报》的头版。

做梦陈静远都不曾料到他跟邵飘萍的这次长谈竟成了他们的永诀。跟三月十八日比四月的二十六日是同样的黑暗。这天凌晨一代报人邵飘萍，竟被张作霖枪杀在北京的天桥。罪名不是"莫须有"，而是"宣传赤化"。

一百天后，于八月的六日又一个刚直不阿的大记者——《社会日报》的社长兼主笔林白水先生，也被直鲁军阀张宗昌枪杀在同一地方。

一样飘萍身世，千秋白水文章。说着陈静远、关步云不觉潸然泪下："尚无言论之自由又岂望人格之独立！"闻言，陈德润却拍案而起。

然而更骇人听闻的却还在后头。七个月后，即民国十六年的四月六日，置国际惯例于不顾，在苏联驻华大使馆，张作霖又逮捕了李大钊等八十多名革命志士。更教人发指的是于四月的二十八日，李大钊先生等二十余人竟又被张作霖绞杀在西交民巷的京师看守所。所用的绞架还是从西欧进口的，而这种来自文明国度的凶器，据说更具"凌迟"的功效。先生他们竟被折磨了长达四十分钟。"禽兽！"这回拍案而起的却是孙兰玉："禽兽不灭，何以为国？"

---

①叫蚂蚱车：即手推的独轮车。跑起来吱吱扭扭的，像蚂蚱叫，所以，被关中人形声地叫作"叫蚂蚱车"。

第七十八章

夜深了，偕关步云，马月盈回到自己的屋里。见儿子陈思毓已经睡熟，马月盈催关步云早点休息。这几天一直忙于放赈，明天又要回省城了，有一肚子的话，关步云要跟马月盈说，今晚这个难得的机会，说啥也不能再错过了。

做梦关步云都不曾料到，那次惨绝人寰的流血事件竟成就了她跟陈静远的一桩金玉良缘。一九二六年的三月十八日，这个民国以来最为黑暗的日子竟成了他们初恋的纪念日。

中国之所以落后，首先是国民意识观念的落后。为改变这种落后，为实现中华民族的伟大复兴，关步云学了英语。她要把西方的新思潮、新文化介绍给中国，以改变国人的旧思想、旧观念，以提高民族的素质，

在京城，革命思潮无时无刻不在感染着、冲击着每一个人。作为一代有思想、有抱负的青年，关步云自然也不能例外。为期四年的大学生活不但改变了一个旧的关步云，而且还重塑了一个新的关步云。要变这个落伍近百年的泱泱大国为先进，需要的不是改良而是革命。跟同学们一起游行、一起示威、一起振臂高呼、一起贴标语、撒传单，不知不觉中关步云被卷进了革命的洪流。浩浩荡荡的游行队伍、红红绿绿的标语、传单，铿铿锵锵的歌声、口号声，固然酣畅淋漓、痛快一时，但凭此就能打倒军阀、就能赶走列强、就能拯救中国吗？关步云不觉有些茫然。

关步云被改变、被重塑了，然而被改变、被重塑的却远非关步云一个。原打算在学有所成后帮父亲开拓视野、扩大规模、创一条教育兴国的路子。后来陈静远却发现这条路似乎太漫长、太遥远，且不无，远水难解燃眉之嫌。为此他迷茫过、彷徨过、着急过，就在山穷水尽疑无路的时候，他有幸结识了张季鸾、邵飘萍、林白水等。是这些大义凛然的新闻家不觉又让他柳暗花明、耳目一新。一支笔抵十万军，陈静远看到了舆论的力量看到了笔杆子的力量。这种力量让反动势力魂飞魄散，让军阀们闻风丧胆却让陈静远成了一名记者。在邵飘萍、林白水相继罹难后，陈静远不但没有被吓到，反而更加地坚定了，也更加地成熟了。是张季鸾、邵飘萍、林白水这些铁骨铮铮的新闻家们将他带上了唤起民众、舆论救国的道路。

他奋笔疾书，他一路呐喊，他要唤醒这头沉睡了近百年的"雄狮"。

意气相投，经历了生与死的考验又接受了血与火的洗礼，陈静远、关步云以为他们的事已经是水到渠成、该瓜熟蒂落了。却没料到他的父亲陈德润跟她的大哥关步青竟是势不两立的冤家对头，而且已经弄到了水火不能相容的地步。性急吃不上热豆腐。为避锋芒，陈静远、关步云将他们的事，暂时地捂了起来。欲速则不达。还是等时过境迁、矛盾缓和后再说吧。

　　关步云却担心两家会越弄越僵，甚至会弄到一发不可收拾的地步。谁能跟三国时的吕范、乔玄一样，帮他们越过这条鸿沟，而让龙凤呈祥呢？经过几天的察言、观色、她终于瞅准了一个人——马月盈。

　　心中纵有千言万语，一时却又难以启齿。关步云为难了。

　　几人欢喜几人愁。睡梦中陈思毓却笑了。笑靥，他是那样的美又是那样的甜，嘴角旁他一对小酒窝儿，更是分外的逗人。小家伙肯定做了个好梦。顿时来了灵感，瞅着陈思毓，关步云跟马月盈道："小家伙竟是这么的可爱，不用说，大哥他一定很帅气！"

　　一提到陈致远，马月盈顿时也没了睡意。挂冠而去，丈夫走得匆忙，少年夫妻一别竟又是两个年头，哪能不教人牵肠挂肚？问及他哥时，陈静远在马月盈心中激起的微波涟漪，尚未平息，一石激起千重浪，推波助澜这微波涟漪又被关步云变成了汹涌的波涛。心潮起伏、春情荡漾，这汹涌的波涛又不住撞击着马月盈的心扉。

　　心中虽波澜起伏，马月盈嘴里却是满不在乎："他嘛，还马马虎虎。"

　　"年轻轻的就做了县长。"闻言关步云，却更加地羡慕了："在那么恶劣的条件下又干得那样的有声有色，大哥他一定是个不可多得的全才！丈夫如此的出色，儿子又如此的心疼，把人都快教你，眼馋死了。作为女人，嫂子你应该知足了！"

　　"远在北京。"闻言马月盈，却惊讶了："他的事，你也知道？"

　　"不瞒嫂子说，我人在北京，家却在同州。"嫣然一笑，关步云道："人人都争着当官，不惜重金，有的还花钱买官。冯玉祥请大哥出任凤州县长，他却硬是不肯。看来一定是个有血性的男子汉、大丈夫，真了不起！"

　　"有啥了不起的？要说了不起的，还要数我家静远。"自古母以子贵，妻以夫荣。闻言，马月盈心里美滋滋的，嘴里却是不以为然："我家静远，他可是要人材有人材，要学问有学问。后来者居上！不信咧你看着，将来，他肯定比他哥更有出息。"

　　"跟大哥你们从小青梅竹马。"话锋一转，关步云岔开了话题："说来，让小妹我也听听。"虽早已看出关步云、陈静远之间的秘密，却不知他们有难言的苦衷。淡然一笑，马月盈道："这有啥好说的？都是些陈谷子、烂芝麻的事。

要说，还是说说你跟我家静远吧！"不想反被马月盈倒打了一耙，关步云是既兴奋又难为情："这……我们……八字，才见了一撇。"闻言，马月盈吃惊了："啥！在一起都两年了，八字咋才见了一撇？从头到尾我们可只有……"

马月盈的话匣子，终于被关步云打了开来。

马月盈的坦诚，以及她跟陈致远的传奇故事深深地感染着、鼓舞着关步云。听完后她这才将她跟陈静远由相遇到相识，由相识到相爱以及他们眼下的苦衷，全都毫无保留地告诉了她。"真没想到。"闻言马月盈，由衷地感叹着："没想到你俩的遭遇比我们的还要惊心。"说着话锋一转，她又安慰关步云道："妹子你放心、后面的事就包在嫂子身上！"

儿媳妇马月盈的一席话大出了陈德润、孙兰玉的意料。"难怪……难怪一见她，我就觉得面善。"闻言，陈德润惊讶了，"没想到竟是关步青的妹子！"孙兰玉则连连抱怨着小儿子："你看看，你看看这孩子！捂得严严实实的，他竟滴水不漏！要不是月盈提起，我们还被他蒙在鼓里。"

"可惜！"替关步云，马月盈惋惜地道："可惜堂上父母双亡，竟没个人替她做主！"

"谁说没人做主？"陈德润道："长兄比父！明天我就找关步青跟他提亲。"

"关步青！"闻言有喜有忧，马月盈道："他能答应吗？他跟咱仇家冤家的。"

"放心！"陈德润却似胜券在握："公归公、私归私；豇豆一行、茄子一行。当年因荆州之争，孙、刘两家不也仇家冤家的？后来刘备不照样娶了孙权的妹子？"

"爸，步云说咧，只要您二老不计较，她就没啥顾虑了。"趁热打铁，马月盈道："至于关步青，咱只要把路走到就行了。好说话咧，咱把他按个人；若是难缠就把他撇开！为这事千万不要失了爸的身份，又误了何全虎他们的大事。"

"放心！心里，我有数。"陈德润却是成竹在胸："关步青他要是知趣，要是给咱这个面子，将来大家还是好亲戚。他要是不知趣，要是不给咱这个面子，就教他跟当年的周公瑾、孙仲谋一样既赔夫人又折兵！"

既是《大公报》的记者又是"西北灾情调查团"的成员，受张季鸾先生之托，应回杰生先生之请，以双重身份随团，陈静远、关步云来到了西安。

要参加"调查团"的紧急会议，先陈德润一步，陈静远、关步云去了西安。会议结束后，当陈静远匆匆走出会场时，不想竟跟迎面而来的陈德润撞了个满怀。

"爸，是您？"扶住陈德润，陈静远惊讶地道："您咋知道我要找您？"

"找我？"闻言，陈德润却更加的惊讶："急着找我又出了啥事？"到西安，他只晚了他们一步，一时陈德润猜不出儿子急着找他会有什么紧要的事。

"不是我，是民政厅的邓厅长，他要找您。"知道发生了误会，陈静远忙道："他要我去接您，没想到您正好来了。巧，实在是太巧了！爸要是晚来一步或者我早走一步，咱们又该走岔了。"

"哦，原来是这。"陈德润道："人说陕西地方邪，却没想到竟是这么的邪乎！"

在一间宽敞的办公室对着民政厅的邓长耀厅长，陈静远道："邓厅长，这就是……"他一句话没说出，却见邓长耀早握住了他爸的双手："啊呀，果然是陈先生！快坐快坐。"没想到邓厅长不但认识他爸，而且还是那样的熟悉。看了看他爸，又看了看邓长耀，一时，陈静远竟愣住了。

"静远，沏茶呀！"邓长耀提醒道："还愣着干啥？"

在陈静远沏茶的当儿拉着陈德润的手，邓长耀激动地道："在南河镇的义举，先生给全省乃至全国都带了个好头。真是可钦，可敬！身为民政厅长，又是'赈务委员会'的主席，邓某却落在了先生的后头。惭愧，实在是愧对三秦父老！"回过头对着陈静远，他惊讶地接着道："静远又不是神行太保，这么快你就回来咧？"一边沏茶，陈静远一边笑着道："哪里？刚出门我差点将我爸撞倒。"

"陕西这地方真是神扎咧！"闻言，邓长耀更加地惊讶了。

"邓厅长，"一边放茶水，陈静远一边好奇地道："跟我爸，你们啥时候认识的？"没回答陈静远，而是对着陈德润，邓长耀感慨地道："有七八年了吧？"闻言，陈德润也是感慨万千："是啊，一眨眼七八年又过去了！"回过头对着儿子又道："静远，你还不知道，继薛笃弼之后在咱们县，邓厅长还当过一年的知事。是咱的父母官，在任期间大家还给他送了个雅号，叫作……叫作'放脚县长'。"

"放脚县长？"闻言陈静远是既惊讶又茫然。

"是的，是放脚县长。"摇着头，邓长耀自嘲地道："没啥作为，就做了这点小事。"

邓长耀所说的小事，除《申报》多次报道、在全国引起轰动外，民间还流传着许多关于他的奇闻、轶事。

在一次提倡"放脚"的大会上，邓长耀刚作完动员，有人便嚷嚷着要见他的夫人。要看她是大脚，还是小脚。邓长耀正有些犹豫，不料邓夫人却坦然登台，

并伸出了一双大脚。此举大出了人们的意料，一时间台上台下竟静得鸦雀无声。等反应过来后，台上台下这才又掌声雷动、一片欢呼。于是人人竞相效仿，传为佳话。

"眼下'赈委会'要在各地成立分会。"对着陈德润，邓长耀诚挚地道："今急着找先生是要先生助我一臂之力，出任'阳都分会'的会长。"

"不成，不成。"闻言陈德润又是摇头又是摆手："如此重任，恕陈某不敢领命，恐误了百姓又有负厅长。"

"眼下像先生这些雪里送炭的君子已是不可多得。"邓长耀恳切地道："救命的粮款有限，若是让小人锦上添花、中饱私囊，给肥猪身上贴了膘，你教邓某，我何以面对三秦父老？代表陕西数千万父老邓某这里给先生鞠躬了。"说着就是深深的一躬。

"折杀人了。"忙起身以礼相还，陈德润竟有些诚惶诚恐："陈某从命就是，从命就是……"

以"西北灾情调查团"团长的身份在下午的赈灾动员大会上，回杰生先生作了关于灾情的调查报告。接着他又介绍并表彰了陈德润在南河镇率先赈灾的义举。大声疾呼他号召全省以南河镇为榜样，以陈德润为楷模务必确保有限的粮食一粒不落全送到饥民们的口中；务必确保有限的钱款一文不漏全送到灾民们的手中。

当"陕西赈务委员会"主席邓长耀将一纸委任状用双手递给陈德润的时候，全场顿时掌声雷动，镁光灯闪烁，来自全国各大报纸的新闻记者纷纷上前采访。关步云更是近水楼台，镁光灯闪处"咔嚓"一声，陈德润连同这个动人的场面，被她收入了自己的相机。

急于一睹这位陈先生的风采，随与会的各方代表，关步青也拥到了前台。不看则已，一看他竟怔住了。

"原来是他！"肃然起敬，关步青脱口而出地道。

好不容易才得脱身，被簇拥着当陈德润走出大门时，不料两个警察又迎了上来："陈先生请留步。我们局长有请！"已是焦头烂额，一时，陈德润竟没反应过来："你们局长！你们局长是谁？他找我又有啥事？对不起，我还忙着。"说着两个警察已被他扔在了后面。

"久违了陈先生！有啥急事，待晚辈送你前去。"抬头看时，陈德润不觉一惊。他哪里料到跟他说话的，竟正是他急于要找的警察局长关步青。

跑步上前，两个警察早拉开了车门。抬起右手关步青招呼道："先生请！"

这时陈德润才反应过来："哦，我当是谁？原来是关局长。好，我正要找你!"

在关步青的招呼下,陈德润坐了副驾驶的位置。关步青亲自为他驾车,若即若离,开着另一部小车、两个警察跟在了后面。

"关局长,这次咋没见带枪?"对着关步青,陈德润不无挖苦地道。"先生的厉害,晚辈早领教过了。"关步青不好意思地道,"这次是专门给先生赔罪的。还请先生口中留情。"

连同关步青的在内,一家酒楼前停满了五花八门的各种小车。下车后绕过去又拉开另一侧车门,对着陈德润关步青道:"我们边吃边谈。先生请!"并没下车,打量了一眼酒楼后不料陈德润却道:"关局长,在这里吃一顿,得多少钱?"以为陈德润又在损他,关步青难为情地客套着:"给先生赔罪,自然由晚辈做东,岂能让先生破费?"不料陈德润又道:"关局长误会了。我不是这个意思。不瞒关局长说,去年陈某突然得了一种怪病。见了大鱼大肉,我就由不得恶心;见了山珍海味,更是由不得想吐;见了包谷糁、搅团却又馋得要命!"见关步青面有难色,笑着陈德润又道,"西安没包谷糁也没搅团,这我知道,但油泼辣子扁扁面总还有吧?啊——呵呵呵……"

车子又停在了一家小面馆的门口。

见有乘小车的贵客光顾,又见有警察保护,小店顿时一片纷乱。端起碗客人们纷纷起身避让,跑堂的伙计更是手忙脚乱。受宠若惊,尽管桌凳被伙计用湿揠布刚刚抹过,拿着一条新毛巾老板却还是亲自迎了过来。

用新毛巾将桌凳揩了又揩,招呼贵客们坐下后躬身站在一旁,老板也有些无所适从。见状陈德润吩咐他道:"油泼辣子扁扁面!甭忘了再拿两骨朵大蒜。"

见贵客并没找他的麻烦,也没出他的洋相,而是真的要吃面,小老板这才如临大赦。应了一声后他一边用毛巾擦着汗,一边唯唯诺诺着退了下去。

"该不会是慢性胃炎吧?"对着陈德润,关步青关心地道。闻言点了点头,陈德润道:"可能吧。郎中也是这么说的。我问他打针还是吃药,你揣人家是咋说的?"

"他咋说的?"关步青是一脸的好奇。"人家说既不用吃药,也不用打针。"陈德润道。见关步青闻言愣呆着,笑了笑他又道,"还说等年馑一过,自然就会好的。呵呵呵……"

闻言这才恍然大悟,关步青更加地不好意思了:"先生处处心系灾民,令晚辈既感动,又惭愧。"见关步青言辞恳切,陈德润这才推心置腹地道:"常言说得好!救人一命,胜造七级浮屠。若把省下的拿出来赈灾,说不定就能搭救几条人命。要是大家都这么做,那又该搭救多少人命,造多少级浮屠?反过来即便关局长人再强、马再壮、枪再多,河西堡的悲剧,还不得照样重演?到时候你就是

将纂纂子忙散伙，还不照样是猪八戒照镜子——里外都不是人？老百姓骂你们是畜生、是禽兽；上峰又骂你们是瓷瓜、是愣种、是酒囊饭袋。关局长，我这话你可能不信，不信咧咱摸摸手底！"受到感染，关步青动情地道："先生教训的极是！从即日起关某定以身作则跟家人、跟下属一起节衣缩食，为家乡、为灾民、为父老乡亲们尽一点绵薄之力。"

吃完饭压低声音，关步青跟陈德润道："找晚辈先生可是为何全虎一案？"点了点头，陈德润道："正是此事。"顾左右而言他，关步青又道："这里多有不便，我们，借一步说话。"陈德润道："去哪儿？"关步青道："不知能否屈就，到敝舍促膝一谈？"陈德润道："也好。那就讨扰了。"

早出晚归对关步青来说，已经是家常便饭、小菜一碟。没惊动任何人，陈德润被他领到了他的客厅。沏上茶，闭上门，一条小黄鱼又被关步青放在了陈德润的面前。见状先是一惊，接着，陈德润正色道："关局长！你这是何意？"闻言见状，关步青忙道："先生切莫误会！说来惭愧，这是一点不义之财，今拿出来让先生赈灾。"闻言，陈德润这才松了口气。将小黄鱼推还给关步青，他又道："赈灾是急需钱，但来路不明的，却绝对不能接受！"叹口气关步青又道："按说这点钱理应充公，充公后却又怕填进瞎磨眼、给肥猪的身上贴了膘。今先生若是不收，关某可就更为难了。"见关步青似有难言之隐，陈德润这才又道："关局长像是有啥苦衷，若信得过陈某，不妨说出来听听。"

"唉，说起来，话可就长了……"又叹了口气，关步青这才将事情的前因后果、来龙去脉和盘地托了出来。

听说赫家并无人丁伤亡而只损失了些粮食，关步青以为赫尚文只不过是想狐假虎威，借自己虚张声势来吓唬吓唬饥民，替他家挽回些面子，于是便满口答应了他。不想心狠手辣赫氏兄弟早动了杀机，非杀一儆百、杀鸡儆猴不可。暗中他们绑架了翟树德，一边用枪顶着他的脑袋，一边指着放在面前的一百块大洋，要他选择。贪生怕死又见利忘义，翟树德果然出卖良心而选择了银钱。他不但领他们逮捕了他的上线——共产党的区委书记李垦，而且作为人证，又出庭指认了他。

并不肯就此罢手，为泄一己之私愤，赫氏兄弟还要滥杀无辜。欲加之罪，却患无辞，于是故伎重演，他们又打起了翟树德的主意。在赫家的淫威下，在银钱的利诱下，法庭上翟树德跟疯狗似的，竟胡撕乱咬起来。虽一连供出了几十个人，他却拿不出什么证据，证词更是前矛后盾、漏洞百出。加上关步青在一旁极力劝阻，赫氏兄弟这才未能得逞，而不得不暂且作罢。

李垦被杀后，矛盾果然激化了。翟树德被杀是咎由自取、是罪有应得，赫老二丢了脑袋，却大出了赫氏兄弟的意料，更违背了他们的初衷。高估了自己，又低估了对手。他们非但不汲取教训，反而狗急跳墙大肆地，捕起了人。

"原来是这。看来对关局长我们的确是多有误解。"知情后，陈德润抱歉地道。"这是赫尚文送晚辈的。"指着"小黄鱼"关步青摇着头道，"晚辈不接不行，接了又问心难安。今正好交先生用来赈灾，既是对南河区民众的一点补偿，同时，也去了晚辈的一块心病。还请先生万勿见疑，再勿推辞。"闻言，陈德润竟动了感情："难得。难得关局长一片苦心！既如此，代表南河区的灾民，我就收下了，也感谢关局长了。"

给关步青打了收据，陈德润又道："何全虎他们，不知关局长打算如何处理？"闻言关步青道："其他的，容晚辈克日放人。何全虎嘛，尚有些棘手。"闻言，陈德润不觉有些诧异："是一个事，其他人能放，何全虎咋就不能？"摇着头，关步青又道："先生只知其一，不知其二。虽远在南京，赫尚文却几乎天天打电话一口咬定他就是共产党。晚辈只能以查无实据一拖再拖，更何况眼下赫家势大，又正在风头上，现在放他出去，不见得就是好事。"

"哦，原来是这。还是关局长想得周到。"闻言，陈德润这才恍然大悟。他既深受感动，又不无忧郁："话虽如此，就这么拖下去，亦非长远之计。"压低声音几乎是咬着耳朵，关步青跟陈德润道："山不转，水转！听说帮蒋介石、杨虎城挫败了冯玉祥、阎锡山，现已兵临潼关，不日即可入陕。到时咱趁乱放人，也为时不晚。"闻言陈德润吃惊地道："此话当真？"

"千真万确！"关步青肯定地道，"奉命出关堵截，宋哲元却吃了败仗。这一向看似平静，实际上都乱了套，要逃往山西，代省长刘郁芬暗中都在打点着行囊。一向跟共产党交好慢说没证据，就是有证据，我想杨虎城都不会为难他们，当然，也不会为难我们。先生放心！等刘郁芬一走，晚辈即刻放人。"

"但愿如此。"陈德润寓意双关地道。一提杨虎城，他不禁想到了大儿子陈致远。"时间不早了，还是早点歇息吧！改日，晚辈再来讨教。"说着站起身，关步青就要告辞。"不急不急！"见状陈德润忙道，"陈某还有一事相求。"重新坐下后，关步青道："有啥事先生尽管直言，不必客气！"陈德润道："恕陈某冒昧，敢问关局长府上可有一胞妹，尚待字闺中？"

没想到陈德润突然问及家事，一时关步青竟不知该如何回答，于是，只轻轻地点了点头。见状陈德润接着道，"请勿见怪！陈某这次是专程来跟关局长求亲的。"不明就里，关步青不无遗憾地道："谢谢先生美意。不过……不过舍妹她……她似乎已经有了意中人。我问她，她却说她的事，不用我管。"说着话锋一转，他竟抱怨起来，"嗨！现在的年轻人……堂上没了父母，我这个当哥的不操心不行，操心嘛，又是瞎操心。看戏流眼泪——净替古人担忧。一句话，难呐！"

闻言陈德润先是暗吃了一惊，旋即，他却又似有所悟："是不是《大公报》那个姓陈的记者？"这回轮到关步青吃惊了："先生何以得知？"闻言答非所问，陈德润笑着道："一笔写不出两个'陈'字嘛！"

陈德润放心了，一时反应不及，关步青却更加地糊涂了。正要问个究竟，不想门外却传来一阵沙沙的脚步声……

"爸，您咋在这儿？"推门而入的，竟是陈静远。哪里会想到他爸竟在这儿，他吃惊地道。

"大叔，您没回南河镇？"跟着进来的，竟又是关步云。见状，她也是一阵惊讶。

被记者们一拥而出后，陈德润就不知了去向。把陈静远给急坏了。在关步云的陪同下将所有可能的地方，他几乎都找遍了。见陈静远担心的样子，关步云安慰他说，多半是回了南河镇。打电话又急忙接不通，来这儿他们正是想趁夜深人静，接着再打。

"回南河镇？"对着关步云，陈德润笑着道，"事没办完，回去我没法交差呀！"

"看样子你们都认识？"顾左右而言他，关步青更加地惊讶了，也更加地糊涂了，"却将我一个人蒙在鼓里。步云你快说，这到底是咋回事？"看了看陈德润，看了看陈静远，又看着关步云，他既莫名其妙，又迫不及待。

陈静远放心了，关步云更不着急，她没有回答他哥，而是给陈静远递了个眼色。接着一前一后，两个人又退了出去。

"这……你看看……嗨，真把人能急死！"情急之下，关步青竟有些语无伦次，不料陈德润却笑了："关局长，你又误会了。跟步云，我也是前两天才认识的，更不想将你蒙在鼓里。不正替静远跟你求亲吗？你却光打岔！"闻言这才恍然大悟，拍着脑门关步青自嘲道："原来是这。嗨……瞧我这脑袋，还真成了'管不清'了。"闻言，陈德润又笑道："其实他俩也不想瞒你，只是不敢跟你提说罢了。"闻言，关步青又不明白了："这……这又是为啥？"陈德润道："为啥？咱两家，仇家冤家的，她敢跟你提这事？"不以为然，关步青反问道："不敢跟我说，咋就敢跟你说？"陈德润笑道："问得好！关局长……"

一句话没说完，陈德润却被打断了。"大叔，就叫我步青好了。"关步青道，"关局长，关局长的，听起来既生分，又别扭。"闻言，陈德润高兴地道："好，好。关局长……嗨，你看我，习惯成自然了。步青，这么说这门亲事，你答应了？"关步青也笑了："步青是求之不得，再说不答应，也惹不下步云喀！既然惹不下，还不如落个顺水人情。"说着两个人，都会心地笑了。

"步青，"话锋一转，陈德润接着道，"知道他俩，是咋认识的吗？"

"他俩？"关步青道，"他俩不是同行吗？"

"步青，"摇着头陈德润道："你也是只知其一，不知其二。"

"那，是咋认识的？"关步青更迫不及待了。

"我也是刚听大儿媳说的。"陈德润道，"步青，说出来保准会吓你一跳……"

听完陈德润从儿媳妇马月盈那里趸来的一席话，关步青果然被惊得一愣一愣的。

"大叔，"感慨万千，关步青道，"看来，咱们还是顺天应人，抽个空给他们把这事办了。"

"这事，"摇着头陈德润道，"这事你说咧不算，我说咧也不算，怕是还得看他们的意思。"

"他们？那咱这就问问他们。"回过头冲着门外，关步青道，"步云，甭跟做贼似的，你俩快给我进来！"

门外果然又是一阵，沙沙的脚步声，但却不是越来越近，而是越来越远了。

佘福庄里"通"的一声，一条"小黄鱼"被陈德润，放在了桌子上。

"金条！哪儿来的？"对着"小黄鱼"，众人吃惊地道。

"一个绅士捐的。"陈德润道，"他叫关步青。"见众人惊讶不已，拿出一份报纸，他又道，"你们再看！看看这又是啥？"见报上竟登着陈德润的大幅照片，众人益发地惊讶了："啊呀咱们陈校长，都上了报纸了！"翻过报纸，陈德润兴奋地接着道："这儿，这儿！再看这儿。不光有我，还有大家！"

"真的？"闻言众人你争我抢，又纷纷找起了自己……

"啊呀！你们看这又是啥？"众人正忙着看报纸、找自己，不料一个人又大声地嚷嚷起来。原来一时不慎，夹在报纸里的委任状，被陈德润落在了地上。

"写的啥？念来听听。"众人的注意力又被委任状吸引了过去，看了一遍后拿委任状的却不好意思起来："这……你们还是自己看吧！"

丢开报纸，众人又抢起了委任状。

兹任命陈德润先生，为陕西账务委员会阳都分会会长。
　　　　陕西省账务委员会　　陕西省民政厅

照本宣科，有人读道……

"错了，错了！"又有人纠正道，"不是'账'务委员会，而是'赈'务委员会。"

"赈……赈……"那个捡到委任状的，下意识地重复着，"是'赈'字。"

"哈哈！难怪不肯念，原来他也不认识这个'赈'字。哈哈哈哈……"

见露了馅，"南郭先生"拧尻子就走。哈哈哈哈……紧追不舍，跟在他后面的是一阵哄堂大笑。

第二天又有一大两小的三辆汽车，开到了佘福庄。从车上跳下的，仍然是几个背着盒子炮的警察。大吃一惊，有人立即报告了陈德润。出来看时，不料陈德润却笑呵呵地迎了上去，同时他还握住了一个人的双手。

听说不是警察局，而是民政厅的；听说不是来抓，而是来看他们的。而且还是个厅长，你看着我，我看着你，迟疑了好一阵后，大家这才陆陆续续地，拢了过来。一边跟众人一一地握着手，邓长耀一边不住地道着辛苦。

从没近距离地接触过这么大的官，更没料到一个堂堂的民政厅长，竟握着他们那长满老茧的黑手，大伙比见了警察、见了粮子还要紧张。前面的已经措手不及，后面的竟纷纷躲了开来。那些躲避不及的，只得将手在衣裳襟子上擦了又擦后，这才颤抖着递给了邓长耀。咔嚓！咔嚓！关步云连连按动着照相机的快门。

邓长耀被陈德润让进了佘福庄，一张布告却被两个警察贴上了门房的檐墙。见布告上有个名字被打了红叉，跟一窝蜂似的，众人又围了上去。

"又杀人了？"大家又是一惊。

"啊，是黎沛钦！不会是咱阳都县那个被吓跑的贪官吧？"

"对，就是他！"一个警官道，"在长安县继续贪赃枉法、侵吞赈灾粮款，黎沛钦已经被处决了。"

第七十九章

跟宋哲元不辞而别后，不远千里于安徽太和，陈致远终于找到了他的旧部。这时杨虎城正在日本考察，军务暂由孙蔚如全权代理。

为人宽厚既沉稳练达，又兼收并蓄，孙蔚如果然不辱使命。

深知杨虎城一向跟共产党交好，其所部更不乏共产党员骨干，冯玉祥、蒋介石三令五申，要孙蔚如予以清除。部队里也有人力主奉命照办，孙蔚如却力排众议道："不是我的学生，就是我的乡党，他们都是些报国心切的仁人志士，岂可擅杀？"

本着杨虎城"绝不危害革命"的原则，不得已孙蔚如只得忍痛割爱，将南汉宸等一大批身份已经公开了的党员，在发给足够的盘缠后"礼送出境"。

将共产党员礼送出境后，孙蔚如先是松了一口气，不久，他却又陷入到无人可用的苦恼而难以自拔。

一向沉稳练达的孙蔚如，终于沉不住气了，军部里他焦躁地踱过来又踱过去，绞尽脑汁，他苦苦地思索着。

"唉，他要是在跟前，那该有多好啊！"突然，一个身影闪现在孙蔚如的脑际。这个身影是那样的矫健，是那样的敏捷，镇嵩军围城期间哪儿吃紧，这个身影便立即出现在哪儿，而且一旦出现，那儿便化险为夷、转危为安。

"嗨，他怎么会在这儿？又如何得知我的烦恼？"摇着头苦笑着，孙蔚如自言自语道，"已经被冯玉祥要去多时，这会他大概正忙着，帮他清党吧……"剃头的担子一头热。他自嘲自己未免自作多情、一厢情愿。

"参谋长，你看！你快看这是谁？"突然推门而入，副官道。正在懊恼，闻言孙蔚如下意识地抬起了头。没料到跟在副官后面的，正是那个既矫健、又敏捷，正是那个他急于想见、却自觉不可能见到的身影。来得突然，这个身影既风尘仆仆，又胡子拉碴，一时不敢相信，孙蔚如竟怔住了。

"啊呀，致远！真的是你？"醒悟后一把拉住陈致远，孙蔚如又是惊，又是喜。

"既不是黑旋风李逵，更不是齐天大圣孙悟空。"紧紧握住孙蔚如的手，陈致远乐呵呵地道，"肉眼凡胎，致远是不会有人冒名顶替的！"

"正念叨你，你就来了。"孙蔚如道，"只说陕西地方邪，没想到安徽这地方,更邪!"确信来人的确是陈致远,他忙招呼他道,"来来来,坐下。快坐下!"拉着陈致远坐下后,孙蔚如接着道:"致远,我咋总觉这不是真的。跟孙大圣一样,你难道是一个筋斗由陕西翻到了这儿?"

抿着嘴笑着,沏上茶、带上门副官出去了。陈致远这才将他先在同州做代县长,后来因看不惯宋哲元嗜杀成性,于是于凤州挂冠而去的事跟孙蔚如,简要地说了一遍。

"还以为正帮冯玉祥清党呢,却没想到你也看不惯,他的所作所为。"感慨万千,孙蔚如接着道,"正所谓'道不同,不相与谋'。好,太好了!来的正是时候。"接着他也将他迫不得已,而将共产党员礼送出境,眼下又正为无人可用而烦恼的事,说给了陈致远。闻言陈致远吃惊地道:"这么说魏野畴先生,他不在这儿?"不提还罢,一提魏野畴,孙蔚如更是一脸的黯然:"魏先生他……他已经罹难了。"

"啊!"闻言,陈致远一时无语。

对一脸惊疑的陈致远,孙蔚如跟他述说了"皖北暴动"的前前后后。

跟李子洲等,魏野畴同是西北地区早期的共产党人。在榆林中学任教期间,经校长杜斌丞介绍,魏野畴结识了杨虎城并成为至交。后来受聘于杨虎城,他出任了三民军官学校政治部的部长。之后,又参加了西安反围城之役。胜利后,又出任了国民联军驻陕总司令部政治部的副部长。

西安中山军事学校,正是国民联军驻陕总部政治部创办的。在反围城斗争中,陈致远结识了魏野畴这个连畔种地的近乡党。在中山军事学校陈致远任名誉校长期间,俩人又成了足以推心置腹的朋友。

树大了招风。清涧起义失利后在陕西无法立足,不得已东渡黄河、取道山西一路辗转,魏野畴也到了皖北。在杨虎城部,他出任了政治部主任,跟南汉宸一起,他又组织成立了皖北特委,并出任了特委书记。为贯彻执行"八七"会议精神,趁高桂滋十九军北调之机,特委决定在皖北举行暴动。由于叛徒告密,暴动不得不提前举行,仓促之间准备不足,暴动失败后于突围中,总指挥魏野畴不幸被俘。

跟魏野畴先后被俘的,还有副总指挥杜聿德。杜聿德是陕北人,系杜聿明的胞弟,也是杜斌丞的堂侄。

人各有志。在于右任的指引下进入黄埔一期,杜聿明成了国民党员。在榆林中学就学期间,杜聿德却加入了共产党。被井岳秀通缉,离陕后于杭州,杜聿德找到了他的胞兄杜聿明。在说服杜聿明起义未果后辗转,他又到了安徽阜阳。利用跟军长高桂滋的同乡之宜,在他的十九军杜聿德弄了个副营长。此间跟皖北特委,他又取得了联系,趁扩编,杜聿德将大批党员补充到他的队伍从而给暴动奠定了一定的军事基础。

仅存在了两天，暴动建立的苏维埃政权，便被扼杀在襁褓中。成功帮难友们越狱后，总指挥魏野畴却惨遭杀害，为掩护战友副总指挥杜聿德，也壮烈牺牲。

说到这，孙蔚如、陈致远不约而同地站了起来，脱帽肃立，他们相对无言……

"这位兄弟，有没有看到刘光复？"在找刘光复途中，对一个小连长陈致远客气地道。"刘光复？"闻言小连长不觉一愣，"你是……"

"我是……"正要自报家门，陈致远却被打断了。

"你，你是……是致远哥？"一阵惊讶后，小连长又是一阵惊喜。

"你是……"陈致远却迟疑了。他不认识小连长，却没想到小连长竟认识他。"我就是刘光复！"小连长道，"咋，连我你都不认得了？"说着一把抱住陈致远，他的眼泪，已夺眶而出。"是光复？"闻言，陈致远更惊讶了，"来，让我好好看看……"说着推开小连长，上上下下他竟真的打量起他来。都到了这般时候，他还是不相信眼前的小伙子就是刘光复。在这支队伍里他不认识人家、人家却认识他的，实在是太多了。

"光复……"陈致远喃喃着，"真的是光复！"当确认小连长正是他要找的刘光复时，他一把又搂住了他。

"来，让哥再好好看看！"说着，伏在他肩膀上的那张泪脸，又被陈致远用双手捧了过来。已是个年轻的连长，刘光复人瘦了，却明显地长大了，也长高了。人黑了，却明显地结实了、成熟了，跟记忆中的那个毛孩子，他大相径庭。一开始陈致远压根不相信，他就是刘光复。

"光复……"两双胳膊，重新搂在了一起，四只眼睛也热泪盈眶……

千军易得，一将难求。对陈致远的不期而至，孙蔚如是喜出望外。虽非国民党，却亦非共产党，委以重任，量他冯玉祥、蒋介石都无话可说。

这段时间，冯玉祥一直为两个问题所困扰：一个是杨虎城跟他率领的这支陕西武装，另一个是他在山东的地盘。

开始冯玉祥低估了杨虎城，以为他"没多大的出息"。后来他又感到这个陕西冷娃并不简单，又说他是个"好小伙子"。没多大出息，自是不堪重用了；是好小伙子，却又不得不防。出关迎接北伐时，冯玉祥让杨虎城出任了东路军的前敌总指挥。其中虽不敢说有借刀杀人之嫌，但借机剪除异己，却是显而易见的。在豫东、在郑大庄恶战中，眼看着杨虎城跟强敌苦苦激战了六昼夜，冯玉祥的后续部队，却迟迟的未能跟进，致杨虎城孤军深入、损失惨重。

提起山东冯玉祥的头，那就更大了。济南有日本鬼子，烟台有军阀刘珍年，莒县、诸城一带，又盘踞着惯匪刘黑七、顾震。名义上，冯玉祥部的孙良诚是山东的省主席，实际上，他却只能将他的省政府，设于泰山脚下的泰安。

建制不大，实力却不小。刘黑七（刘桂堂）的三个师，加上顾震的两个师约三四万众，占山为王、各霸一方，两股顽匪杀人放火、奸淫掳掠，几乎是无恶不作。在祸害百姓的同时，他们还时时危及着孙良诚的省政府。

何不命杨虎城去山东剿匪？二桃杀三士，冯玉祥又心生一计。

领命后孙蔚如一面着王宝珊①、姚丹峰去日本、去敦请杨虎城回国，一面准备北上。带着留陕部队，杨虎城的另一员虎将赵寿山，这时也到了山东。跟孙蔚如会师单县后不久，杨虎城也回到了部队，如虎添翼，部队实力大增、士气大振。

见陈致远果然没有食言，杨虎城又是惊，又是喜。寒暄毕言归正传，杨虎城想听听陈致远对剿匪的看法。"刘、顾二贼看似势大，实乃乌合之众、不足为虑。"陈致远道，"可远交刘珍年，近攻刘黑七，再图顾震。利用矛盾分而击之，焉能不胜？既长我军威，又深得民意，何乐而不为？耍猴的离不开杆子；吆车的离不开鞭子，耍把戏的，离不开单子（被单）。二贼一灭，冯玉祥就没了单子，那套老掉牙的鬼把戏，他还能耍下去吗？"闻言杨虎城大喜："好，好。咱们先拿掉他的单子！"

大军所到，果然是所向披靡。不出旬日，刘、顾两贼相继覆灭，民心大快！胶东剿匪杨虎城之干净利落，不但让冯玉祥刮目相看，就连阎锡山、蒋介石，亦大为震惊。既没进讲武堂，更没进黄埔军校，甚至连普通文件都看不下去的陕西小伙子杨虎城，绝不是他们想象中的草莽英雄、一介武夫。他那驾轻就熟的统帅才能、他那炉火纯青的指挥艺术、他那高屋建瓴的政治头脑，连蒋介石门下那些科班出身的将领们也不得不叹为观止、望尘莫及。

山东剿匪让杨虎城这个吃冷馍、看下处的弃儿，于一瞬间成了冯玉祥、阎锡山、蒋介石竞相争取的香饽饽。杨虎城自己也又一次面临着举足轻重的生死抉择。

张作霖这只东北虎，终于无可奈何地退出了山海关。接着又被日本关东军炸死在皇姑屯车站。北洋政府长达十六年的统治，就此也寿终正寝。旧军阀刚黯然退出，新军阀又粉墨登场，蒋介石、冯玉祥、阎锡山"三足鼎立"，上百万军队集结在中原大地，一场恶战已在所难免。

人在江湖，身不由己。身处劣势，尚不能独撑一片蓝天。拥兵自保，却难以自保；不愿参与，又不得不参与；不想投靠，又不能不投靠。面对蒋、冯、阎三方的竞相争取，杨虎城必须当机立断、作出抉择。

人非草木，孰能无情？血肉之躯，又岂能超然？故土难舍，杨虎城亦不能例外。老谋深算的蒋介石不但看到了这一点，而且还迎合了这一点。

既然都是军阀，既然投靠只是权宜，既然无论选择谁都是选择了战争，为重回故土，杨虎城违心地选择了蒋介石。

陕西天灾肆虐，河南又硝烟弥漫，民国十八年岁末蒋、冯、阎中原大战终于无可挽回地爆发了。部队被蒋介石改编为暂编第十四师，回师南阳，杨虎城奉命拦截冯玉祥的刘汝明部于紫荆关。

没有墨守成命，没有死守紫荆，而是以攻为守、主动出击，杨虎城一举将刘汝明赶往了秦岭的腹地——洛南。一时高兴除传令嘉奖外，蒋介石又去"暂编"而将杨虎城的部队改编为，陆军第十七师。

让蒋介石始料不及的，是他的"讨逆军"第五路总指挥唐生智于大败冯玉祥后，竟又与其握手言欢，并倒戈反他。事发前杨虎城并不知情，不料唐的反蒋通电上，却署有他的名字。对此杨虎城并没通电予以否认，而只打电话跟蒋介石作了解释。从而给他后来的雪夜奇袭大败唐生智于驻马店，埋下了伏笔。

反水后又挥师南下，唐生智直逼武汉。此举一旦得到何健的呼应，武汉将朝不保夕，而武汉不保，又意味着蒋介石丢了半壁江山。

岁末的最后一个夜晚，大雪纷飞。向着唐生智的老巢驻马店，杨虎城命部队反穿大衣、一路疾行。被发现时连长刘光复又巧言应对，说他们是杨虎城的先遣营，是应唐总指挥之约来协同作战的。途中因大雪迷路而脱队，还请友军行个方便、指点迷津。

听说是杨虎城的部队，听说只有一个营的人马，唐部竟深信不疑。于是刘光复连在前，大部队紧随其后，以迅雷不及掩耳之势、蜂拥而至。驻马店霎时枪声大作、手榴弹爆响、喊杀声连天。猝不及防，唐部顿时惊慌失措，阵脚大乱，溃不成军。

一举占领驻马店，杨虎城生俘五六千人，缴获野炮六七十门，各种枪支、弹药，更是不计其数。新年伊始，唐生智还以为是小部队窜扰，等明白过来组织反攻时，其修筑的工事虽然坚固，却已为杨虎城所用。见损失惨重、大势已去，唐生智不得不通电下野。

方寸大乱，手拿杨虎城的捷报，蒋介石一时竟不敢相信。后经刘峙亲临证实，这才信以为真，于是大喜过望，不出一月蒋介石连授杨虎城二、三等宝鼎勋章各一枚。除奖励十万大洋外，他还将十七师扩编为第七军，命升杨虎城为军长。

不久，杨虎城又大败宋哲元于龙门，接着又直捣洛阳、兵临潼关。未几，蒋介石又将第七军扩编为十七路军，命杨虎城为总指挥。果然没有食言，在要杨虎城肃清冯玉祥余部的同时，他又要他组织新一届陕西省政府。

见大势已去，宋哲元竟置部队于不顾，六七千人的新败之师，被他撂在了黄河滩。带着几个亲信落荒而走，宋哲元东渡黄河去了山西。

没想到的是，这位临阵脱逃的宋哲元宋将军，后来又成了"只知有进，不知有退"的抗日名将、民族英雄。长城抗战中于喜峰口，他的大刀队曾让日寇闻风丧胆。以此为素材创作的《大刀进行曲》，也唱响了长城内外、大江南北。久唱不衰，《大刀进行曲》吹响了全国军民奋起抗战、救亡图存的号角。全面抗战的第一枪，也是他的二十九军于卢沟桥率先打响的。

适得其反，接替宋哲元为陕西省长的刘郁芬，却于心不忍。托名视察公路，取道渭北，他欲再渡山西。带着省府官员、眷属三百余众，他大有当年刘备携民渡江逃难之悲壮。

此举果然让杨虎城、孙蔚如、赵寿山等，大为感动。继黄河滩收编宋哲元残部之后，他们又收编了刘郁芬的手枪旅。得饶人处且饶人。顶着来自南京方面的压力，比当年华容道关羽义释曹操更胜一筹，他们派部队一路护送刘郁芬及其所带的少长妇幼、直到河东。

月是故乡明！阔别四年后归心似箭的游子们，终于又一次踏上了故乡的黄土。又是天灾，又是人祸，虽遭重创，这片热土上的白山黑水，却还是那么的亲切，这片热土上那些饱经忧患、劫后余生的父老乡亲们，却还是那样的热情。

出任陕西省政府主席不久，接替顾祝同，杨虎城又出任了陆海空总司令部潼关行营主任。后来为削藩，潼关行营被蒋介石改成了西安绥靖公署，随之，杨虎城又成了绥署主任。

一朝天子一朝臣。在不到一年的时间里跟走马灯似的，阳都县竟换了三任县长。随着冯玉祥的失势，民政厅长邓长耀也被迫离任，而跟着刘郁芬去了山西。

有喜，有忧，还有烦，陈德润、孙兰玉是食不甘味，夜不能寐。小儿子陈静远跟关步云的婚事，顺利得出乎了他们的意料。大儿子陈致远又突然打来电话，说他已进了潼关。福无双至今日至，陈德润、孙兰玉喜出望外，又激动不已。邓长耀厅长离任而去，赈灾的事会不会因此半途而废，心里没底，陈德润、孙兰玉又难免喜中有忧。何全虎至今未归，拖儿带女，他老婆整天哭哭啼啼、以泪洗面，陈德润、孙兰玉的心里，又哪能不烦？其它的先不说，救人的事，却是刻不容缓。天一亮又准备去西安，陈德润要跟关步青问个明白。

日头已经有两竿子高了，看着黎明前才和衣迷糊过去的丈夫，孙兰玉矛盾极了。想念儿子、同情媳妇、担心全虎又心疼丈夫，有心摇醒他，她却又于心不忍。鼓起勇气，孙兰玉将手一次又一次地伸向了丈夫。迟疑中、犹豫中那只手又被她一次又一次地缩了回来。

神不守舍，少年夫妻一别就是两年，马月盈哪能不柔肠寸断？开始音信全无，暗中替丈夫担心，她常常是如痴、如呆。后来总算有了消息，却又关山重重、天各一方，夫妻恩爱只能在梦中去体验了。惊醒后搂在她怀里的，却是一个软绵绵的、被泪水浸湿了的枕头。失望中，她常常呆呆地坐等着天明。如今丈夫已近在咫尺，心里似有一团烈火，在熊熊地燃烧着。脸色通红，口中焦渴，心中烦乱，马月盈却不便跟婆婆说起，更不敢贸然打扰公公。

早饭后胳肢窝夹着碗筷，饥民们三三两两地回到了镇上，尔后又一个个消失在那些既低矮，又残破不全的门洞。

不一会帮陈德润放赈的刘子明、马子亮夫妇也回到了南河镇。既心疼侄女马月盈，又惦记着侄女女婿陈致远，然而更教刘子明夫妇牵肠挂肚的却还是儿子刘光复。既牵挂着女婿陈致远，又惦记着侄儿刘光复，然而更教马子亮夫妇心疼的，却还是女儿马月盈。

满怀着希望，他们又一次回到了英华医院。期望着这次陈致远、刘光复会奇迹般地跑出来迎接他们。然而，却没有，不但陈致远、刘光复没有，就连陈德润、孙兰玉、马月盈他们，也都没有。

尽管如此，这种殷切的期望却不但没有泯灭，反而竟更加地强烈了。陈德润、孙兰玉、马月盈破例地没有出来招呼他们，不正说明父母正爱抚着儿子、侄子，或者小两口正在亲热吗？殷切的期望，竟让瞎猜变得这样的合情又那样的合理。

领着一双儿女何全虎的女人，远远趸摸在医院的门外。与其说没有力气，还不如说没有勇气，她已经不好意思再跷进那两扇洞开着的大门。

嘀嘀……随着汽车喇叭的一声鸣响，孙兰玉首先赶了出来。跟在她后面的，依次是马月盈、明儿、余儿、刘子明跟马子亮，被惊醒后趿拉着鞋，陈德润也跟了出来。然而汽车却没有停。自然更没见陈致远、刘光复。扑面而来的是一阵翻卷着、弥漫着的烟尘。

有汽车路过在当时，在其它地方也许是一件稀罕事，在南河镇却是司空见惯，而算不得什么新鲜了。近来对这司空见惯的寻常事，三家人却变得格外的敏感。

"啊呀！咋不叫我一声？"屋里一边勾着鞋，陈德润一边连声地抱怨着。

嘀嘀……门外又一次传来了汽车的喇叭声。这次大家似乎都变得迟钝起来，陈德润在忙着洗脸、漱口；孙兰玉正忙着为丈夫收拾行装；没事找事，其他的都在逗着刚刚睡醒的陈思毓。

两岁是个既顽皮又淘气，既天真烂漫又逗人喜爱的年龄。逗陈思毓以排遣心中的失落,这既是无奈的选择,又不失为最佳的选择。

"爸——妈——杨将军看你们来啦!"闻声正要出门的陈德润,跟正要送陈德润出门的孙兰玉,都不觉吃了一惊。近两年,他们可是从未跟什么将军有过来往,慢说"洋"将军,就是"土"将军,他们都不曾认识一个。听声音分明是儿子陈致远,夫妇俩却反而不敢轻信了。相对一视中两个人四只眼都充满了狐疑。

"大伯,大妈。"随着又一个既陌生又熟悉的声音,陈德润、孙兰玉这才下意识地回过了头。健步走向他们的,是一个他们并不认识的年轻军官。军官似乎是又惊,又喜;陈德润、孙兰玉却是又惊,又疑。

"你是……"跟孙兰玉相对一视,又迟疑了一下后,陈德润这才疑惑地道。从妻子那双同样惊疑的眼睛里,他显然没能找到答案。

"大伯、大妈,我是光复呀!你们、你们真的不认识我了?"这时屋里的,也都闻声赶了出来。一脸的惊疑,就连刘子明夫妇都不敢相信站在眼前的,正是他们日思夜盼的儿子。一时,大家竟都怔住了,唯独小思毓却因轴心旁移、备受冷落而哭了起来。

果然,一个沉着而稳健的将军,又走了进来。跟在他后面的,是一文一武的两个年轻人。文的看样子,似乎应是个秘书,只是胳肢窝少了个公文包。武的……武的不正是……不正是失踪了近两年的陈致远吗?

"爸、妈,这位是杨将军。"对着父母,陈致远激动地道。说着抢步上前,他先一把拉住了他爸陈德润,接着又一把拉住了他妈孙兰玉。

"杨虎城。"说着上前一步,对着陈德润、孙兰玉一抬手,将军便是个军礼。

"哦,是杨将军!快请,快请。屋里请!"原来不是什么"洋"将军,更不是什么"土"将军,而是"杨"将军,是跟"李虎"坚守西安达八个月之久的那个"杨虎"!

不是做梦!这时陈德润、孙兰玉等,这才相信这一切都是真的。

---

①王宝珊:杨虎城的挚友。对他们关中人素有"虎"不离"珊"(山)的说法。

第八十章

分宾主坐下后，指着那个秘书模样的，陈致远对他爸陈德润道："爸，这位是新来的刘县长。"闻言，一向以识人著称的陈德润，方知看走了眼。于是惊讶地道："啊呀，原来是父母官。没想到，竟是这么的年轻。失敬失敬！"闻言站起身，握住陈德润的双手，新县长忙道："不敢，不敢！晚辈刘秉国。还请长辈，多加指教。"招呼新县长重新就座后，陈德润仍是感叹不已："后生可畏，后生可畏！"闻言，陈致远道："甭看年龄不大，学历可不低，刘县长是北师大毕业的。"

另一间屋里，刘光复先是被他二妈明儿，揽在了怀里，接着又被他妈余儿，一把揽在了怀里。抚摸着、端详着儿子，余儿已是热泪满面。久别重逢，陈致远、马月盈竟都有些陌生，竟都有些不适应，甚至不好意思了。用他那不住颤抖着的双手，一人一只，陈致远分别握住了刘子明、马子亮那颤抖不住的手。

既在意料之中，一切似乎都姗姗来迟；又在意料之外，一切来的，竟是这样的突然。突然得几乎让人不敢相信，更无法承受。当确认这一切不是梦，而是真真切切的事实时，马月盈竟有些羞涩，竟有些慌乱。当着众人，偷看了那张朝思暮想的面孔一眼后，她竟没勇气，再去看第二眼了。低着头埋着绯红的面庞，躲开他，到前面她给客人们送茶去了。

惊疑地看着陈致远，陈思毓不再哭闹了。当陈致远去抱他、要他喊他爸爸时，他却拼全力挣脱他、躲进了明儿的身后。"这是你爸。"指着陈致远对着陈思毓，明儿笑道，"叫爸爸。快叫，叫呀！"说着她将他，又推到了他的面前。仍然不肯，陈思毓又一次躲进了明儿的背后。在背后，他却又偷偷地看着、打量着这个爸爸。

人生仿佛是一场戏，希望在瞬间化为失望；失望又慢慢酝酿为新的希望，多次失望后，失望转化的希望，于突然间又成了现实。

"虎城是个粗人。"客房里对着陈德润，杨虎城道，"若冲锋陷阵，尚能对付一二；若主政一方，却力不从心。今临危受命，胸中却实无一策。唯恐一时不周，便辜负了数千万的父老乡亲。闻先生率先在南河镇放赈救灾，虎城感动不已，今冒昧打扰，一是借机表示敬意，二是想聆听先生的教诲。眼下天灾肆虐，家乡赤地千里，父老们流离失所，让虎城目不忍睹；乡亲们啼饥号寒，让虎城耳不忍闻。虽有心做事，无奈百废待举，却不知从何做起。还请先生赐教。"说着，竟动了感情。刘秉国的眼睛，也不觉湿润起来。

闻言陈德润道："不息干戈而能兴业、安民，不事农桑而能丰衣足食者，自古至今，闻所未闻。"见杨虎城言辞恳切，他的心，不觉已放下了一半，"秦地之所以富庶，全仰郑、白二公。倘刀枪不举，八渠贯通，纵有久旱，又何至于此？"说着，他不由激动起来。见杨虎城、刘秉国不住点头，又殷切期待的样子，他接着道，"民国以来各届督军、省长，莫不假革命之名义，而谋一己之私利。八渠壅塞，狼烟不息，我三秦父老焉能不生灵涂炭、哀鸿遍野又啼饥号寒？主政当以安民为要，可广纳四方之贤能，以造福陕西；疏通八渠，以沃我广袤之三秦，此乃长久之计。民以食为天，当务之急嘛，还是赈灾。"

"先生高屋建瓴、一言中的，让人犹醍醐灌顶、茅塞顿开。"闻言又是抚掌，又是击节，杨虎城高兴地道，"虎城自会不遗余力，排除万难、舍身以赴，既不负先生之指点，又不负父老之厚望。"

"闻邓长耀厅长，已经离任。"不失时机，陈德润又道，"赈灾大事，不知由何人继续主持？"

"赈灾乃头等大事。"刘秉国接口道，"杨主席，他要亲自过问。"

"在安徽、在河南，就听说家乡灾情严重。"闻言一边点头，杨虎城一边道，"虎城只恨鞭长莫及、爱莫能助。今既回故里，自觉义不容辞、责无旁贷。入关前已购得一些粮食，却因时局不靖，只运抵灵宝。不日运回时，立即发往各县，以解燃眉。"

令杨虎城、刘秉国意想不到的是，闻言陈德润不但没有点头，反而连连地摇起了头。惊问其故时，陈德润这才又道："久旱不雨，连籽种，都被灾民们填了肚子。自古，天有不测之风云，倘一旦落雨，试问，将何以应急？"

只一句话，陈德润便问得省主席、新县长面面相觑，相对无言。

"实不相瞒。"陈德润接着道，"这里，我也有点粮食。当士绅们纷纷开仓时，一时感动，差点也拿了出来。后转念一想，觉得还是应该留下来，以备不时之急需。做为籽种应付渭河以南，那点粮食差不多应该够了。但这次受灾面积之大，又何止千百个南河区？人无远虑，必有近忧。陈某不仅为眼前发愁，尤为灾后担忧。将军所购还是留作种子，以备急需，不到万不得已，切不可轻动。"

"急于救人，却不曾想到这些。"闻言，杨虎城恍然大悟，"难得先生看的长远，想得周到又提醒的及时！"

"像薛笃弼、邓长耀这些乐于做事的干练之才，走了，似觉可惜。"陈德润感慨着。

"先生所言极是。"杨虎城附和道，"我们急需的，正是这些人。只可惜虎城无缘相见，部下，又未能予以挽留。以后但凡干才，只要他乐于为百姓做事，不管何党、何派、出自何人门下，我们都将以诚相待、量才使用。务必让人尽其才，物尽其用。"闻言，陈德润的另一半心，随即，也放了下来。

说话间，汽车的喇叭又一次响起。这次陈德润却似置若罔闻，一改刚才的敏感，他竟变得迟钝起来。一定又是路过的汽车，跟自己不会再有什么瓜葛了，他既不像第一次那样抱着殷切的期望，结果得到的，却是失望。也不像第二次那样不抱任何希望，结果得到的，却是出乎意料的惊喜。

然而事情，却又一次地出乎了他的意料。当何全虎风风火火地走进时，一瞬间，陈德润竟愣住了。一时高兴，加上又有贵宾在座，救何全虎这件人命关天的大事，竟被他忘得一干二净。

"二位暂且宽坐。"对着杨虎城、刘秉国，陈德润歉意地道，"陈某去去就来。"

"无妨，无妨。"杨虎城爽快地道。"先生请便。"刘秉国也附和着。

出来看时，陈德润这才发现跟在何全虎后面的，还有陈静远、关步云。而跟在陈静远、关步云后面的，却是一个头戴礼帽、身着长衫的陌生汉子。

"大叔，咋，不认识了？"见陈德润没认出他而正待询问，摘下礼帽，汉子反而招呼起他来。"啊，是关……噢，是步青！"见竟是关步青，又见他这身行头，陈德润不觉又是一惊。情急中关步青差点又被他，叫成了关局长。

将关步青一行，陈德润忙让进了书房。接着，他又吩咐陈致远到客厅去陪杨虎城、刘秉国。

"爸，又来了客人？"陈致远道。"是全虎。"压低声音，陈德润道。

"噢，我当是谁。"松口气陈致远又道，"又不是别人，让他们到这儿得了。"不知此前所发生的一切，他以为何全虎，只不过是来串门的。

"静远跟他的未婚媳妇，也回来了。"将声音，陈德润压得更低了，"还有他的丈人哥。"跟大儿子，他几乎在耳语。此前那些惊心动魄的渊源涛滔，一时，他来不及告诉儿子。跟他，他情知一两句，也说不清楚。

闻言陈致远，却立马沉不住气了。从他妈孙兰玉的口中，对陈静远、关步云的事，他已经知道了个大概。迫不及待地想见弟弟、弟媳，眼下、他们就在眼前，他哪里还能自己？竟置他爸陈德润于不顾，陈致远径奔书房而去。

等众人赶来时陈致远、陈静远兄弟，已紧紧搂在了一起。一旁马月盈，也一把拉住了关步云。

跟何全虎打了个招呼后，陈致远又将手递向了关步青，正不知如何称呼他，不想他却惊讶地喊他为"陈县长"。

"嗨呀，咋是陈县长！"惊讶中关步青紧紧握住了，陈致远递给他的右手。闻言，陈致远大为惊讶。定睛细看时，他更是大吃了一惊。做梦他都不曾料到弟弟的丈人哥，竟是他在同州当代县长时，警察局的关局长关步青。

"步青！咋是你？"虽明白了几分，陈致远却还是惊讶不已。几年前关步青是他的下属，是他的警察局长，眼下，他竟又是弟弟的丈人哥。

惊讶之余，关步青也明白了几分。几年前陈致远是他的顶头上司，是他的县长，眼下，他竟又是妹妹的大伯子。

陈致远、关步青都明白了几分，其他的，却益发地糊涂了。

"致远，那你把大家招呼好。"见状，陈德润道，"杨将军他们那儿，还是我去。"不得不改弦更张，说完怀着一肚子的问号，他又去了客厅。

越是莫名其妙，便越是急于知道，但客厅的客人却还晾在那里，陈德润既不便，也没时间去刨根问底。但大儿子跟关步青是老交情，他却是再明白不过了。

坐了一会，起身，何全虎便要告辞。知道他惦记着老婆、孩子，于是，大家也没勉强。

原想跟儿子、跟女婿多待一会，无奈，还要给饥民们准备晚饭。于是刘子明、马子亮夫妇，依依不舍地去了佘福庄。又何尝不想跟父母、跟叔父母多待？跟陈致远暗中打了个招呼后，刘光复也跟了过去。

贼来不怕客来怕，何况，还不是一般的客人。跟这些客人包谷糁就搅团等家常便饭，怕是绝对，也端不出手的。总不能跟撵贼似的操起顶门杠子，将客人们轰走吧？

那些户大家虚，却又好面子的人家，往往哪怕是打肿脸，也要充胖子。有客人来访时，前面男主人会跟饭庄里跑堂的一样，大声地招呼着。看似热情，实际上，却是一语双关。既是招呼客人，又是给女主人打着招呼。嘴里抱怨，嫌客人久不光顾，心里却埋怨他来的，真不是时候。

为不失体面，闻声女主人会跟做贼似的，溜出后门。没后门的，甚至会逾墙而出，去借米、借面，或者借油。为此，经常有人不是你崴了腿，便是她拧了腰。于是南河镇人的茶余饭后，便添了不少的笑料，南河镇的街巷文化，也添了不少的素材。经土艺术家添油加醋地予以润色后，这些素材便益发变得丰富多彩，变得活灵活现，变得有声有色。

年馑怕尾不怕头。这年头能给客人端一碗黏面出来，对一般的人家来说，也就够体面了。包括陈思毓在内，这几年陈家祖孙三代虽也是粗茶淡饭，但一碗黏面、两头大蒜，却还拿得出的。眼下坐在客厅的，却不是普通的客人，除一县之尊的父母官外，还有集军政于一身的省长兼行营主任。这些人即便是摆下满汉全席，再用八抬大轿去请，人家也未必赏脸光临。如今人家屈尊登门来访，已是给足了面子，一碗黏面两头大蒜又教人，如何拿得出手？

巧妇难为无米之炊。南河镇所有的饭庄都关门大吉。街上更是买不到任何像样的菜蔬。孙兰玉、马月盈婆媳正在为难，却见关步云来到了灶屋。显然，她是给未来的婆婆，嫂子，来帮忙的。连心灵手巧的马月盈都无计可施，连应酬自如的孙兰玉都一筹莫展，其它忙关步云也许还能帮上，这个忙，她却说什么也帮不了。

将一纸菜单递给了马月盈，孙兰玉想让她到县里再碰碰运气。接过菜单，马月盈正要出门，不想却被新县长刘秉国给拦住了："大婶，嫂子。你们就甭再忙活了。来时，杨将军已经交代过了，等会跟饥民我们一块吃饭。大家吃啥，我们吃啥。你们赶紧歇……"

一句话说了半截，刘秉国却愣住了。他惊讶地看着关步云，关步云也惊讶地看着他。

"你是……是关步云？"

"你是……是刘秉国？"

说着，刘秉国，已经握住了关步云的小手。

"哎哟！"关步云，却失了声，"你、你能不能轻点儿？"原来她那纤细而白皙的小手，被刘秉国的那只大手，给握痛了。正陪关步青、陈致远说话，闻声，陈静远吃了一惊。跑过来看时，他却立马也怔住了。

"秉国，你这家伙！"对着新县长的胸口，说着陈静远就是一拳，"今天刮的是啥风，竟把你也给吹来了？"恍然大悟，刘秉国调侃道："我就说步云，她咋也在这儿，原来，原来这儿还有个司马相如！"回过头，对着关步云，刘秉国又道，"还说跟你道歉呢，这下用不着了。我们俩顶光了。"拉着刘秉国的手，陈静远却迫不及待地追问着："秉国，你还没回答我，你咋也在这儿？"闻言，刘秉国又戏谑道："奉命差遣，身不由己呀！哪能跟你们这些大记者比？是自由职业，你们想去哪儿，就能去哪儿。"

"奉命差遣？"闻言，陈静远更加地糊涂了，"奉谁的命？受谁的差遣？"

对陈静远的刨根问底，刘秉国正不好回答，不料，恰巧被闻声赶来的陈致远抢在了前头。"你们！你们也认识？"陈致远惊讶地道，"看样子，关系还非同一般。静远，我还没来得及告诉你，秉国他可是咱们的新县长！"

"嗬，原来是父母官！"陈静远道，"哥，我也没来得及告诉你，我们可是旅京的陕西籍同学！"指了指刘秉国，又指了指关步云，他兴奋地接着道。

"哦，原来是这。"闻言陈致远这才恍然大悟，众人却又面面相觑了起来。

"天下的巧事，咋都凑在一块了？"杨虎城感叹着。不知什么时候跟陈德润他们也赶了过来。

佘福庄前,是一片吸溜吸溜的声音。见了杨虎城、刘秉国一行,正埋头喝包谷糁的饥民们,不约而同地抬起了头。

"各位乡党爷们!"指着杨虎城对着众人,陈德润大声地道,"知道这位是谁吗?这就是大名鼎鼎的杨虎城杨将军。如今,他可是咱们的省主席!今天专程,他是来看望大家的。一会,还要跟大家一块吃饭。现在请杨主席给大家说几句。"

听说来了杨虎城,听说杨虎城是省主席,听说跟大家,他还要一块儿吃舍饭,"哗"的一下,众人不约而同地站了起来。

"是不是二虎中的那个杨虎?"

"没看虎背熊腰的,还能有假?"

"省主席来看咱们这些泥腿子?还要跟咱们一块儿吃舍饭?"

"这可是自盘古爷开天辟地以来,听都不曾听过的新鲜事。"

先是议论纷纷,接着,饥民们竟激动得用筷子在碗上,有节奏地敲击起来。本想鼓掌,不想手被碗筷占着,于是只得代之以击箸。有人带了头,不约而同,众人也跟着和了起来。以这种特殊的方式向心目中的英雄好汉,饥民们表达着他们的敬意。

"乡党们,各位父老!"杨虎城大声地道,"恕杨某来迟,让大家受苦了。在场之父母,即虎城之父母;在场之兄弟,即虎城之兄弟;在场之姐妹,即虎城之姐妹。眼看着父母、兄弟、姐妹们饥寒交迫,却一筹莫举,虎城心如刀绞……"触景生情,说着,他竟有些哽咽。受到感染,底下静得鸦雀无声。调整了一下后,杨虎城接着又道:"作为一省之主席,虎城有负众望,心里自觉十分的惭愧。今重任在肩,不敢稍有懈怠,幸有陈德润陈先生率先发起义举,又得全省之呼应,给虎城帮了大忙。未雨绸缪,为南河区一带,先生已备足了种子。为防不时之需,他还提醒虎城将所购的粮食,也留作种子……"

"嗨呀,真人不露相!没想到,他竟存了那么多的粮食!"

"难得他看得如此的长远,想得又如此的周到!"

"嗨!我还说这回他咋一毛不拔?看来,是错怪人家了!"

"啊呀,咱咋就没想到这些!看来君子之腹,实在是难以车载,难以斗量!"

"是啊!即便老天爷开了恩,手里没籽种,明年,还不得接着挨饿?"

交头接耳,乡绅们议论纷纷。顿了一下后,杨虎城接着道:"这点粮食既然不能轻动,虎城准备跟大家同甘共苦,先拿出一部分军粮来,务必让乡亲们的碗里只能稠,不能稀!"

"队伍要剿匪,还要打仗,这军粮咱不能动!"

"说得好！将军的情，我们心领了。种地的没给队伍上纳粮，我们已问心有愧，又咋好反过来吃军粮。大伙说对不对？"

"对着哩！军粮我们不能要！"

"我们撑得住。杨主席，你放心！"

"拥护杨主席！"有人竟动情地振臂高呼起来。

"拥护杨主席！拥护新政府……"一呼百应，欢呼声一阵接着一阵，在佘福庄的上空回旋着，激荡着。不住跟四下里抱着拳、打着躬，一双眼眶里，杨虎城泪光闪烁。

"静一静！大伙静一静……"指着刘秉国，陈德润又大声地道，"这位这位是新来的刘县长！大家静一静，让刘县长给咱们，也说两句。"

听说是新来的县长，交头接耳，底下又纷纷地议论起来。

"这么年轻！一个县镇得住吗？"惊讶之余，一个老汉提出了质疑。

"老哥，这儿数你的年龄最大。要不，让陈校长给杨主席说说，教他把这顶乌纱让给你，你没看咋相？"一旁立即有人挖苦他道。

"咸吃萝卜淡操心！没有金刚钻，人家敢揽这瓷器活？"挖苦者又得到了支持。

"灵人快马，那可是天生的。燕子虽小，却翱翔太空；鱼儿不大，却遨游四海；甘罗十二为上卿，陆逊十六掌帅印，跟我一样，都快成了棺材瓤瓤子，咱却只能在这里，讨一碗舍饭。有志不在年高嘛！甭言传了，听听，看人家是咋说的。"引经据典，一个老秀才道。

"诸位衣食父母！"趁静，刘秉国道，"为官一任，造福一方。秉国乃一介书生，又初出茅庐，今当此重任，实觉力不从心。所幸上得杨主席之信任，又有省政府之指导；下有我父老兄弟姐妹的支持，又有陈先生等有识之士的鼎力相助。秉国愿以薛笃弼、邓长耀二公为榜样，千方百计，把阳都的事情办好。今受杨主席之托，代为宣布举政措施，共八端：一、赈灾救荒；二、肃清土匪；三、澄清吏治；四、振兴教育；五、整顿交通；六、兴修水利；七、免去苛捐杂税；八、完成地方自治。以上八端，为总纲，其实施细则将克日印刷，广为张贴，以利实施，以利监督。"

"拥护杨主席！"

"拥护刘县长！"

"拥护举政方针！"

新县长刘秉国的慷慨陈词，立即博得了广泛而又热烈的呼应。此起彼伏，口号声、欢呼声一浪高过一浪，有的，还打起了呼哨。

"静一静！大伙静一静……"陈德润又大声地道，"有个人还给咱捐了根金条！"听说有人捐了根金条，底下，立马又静得鸦雀无声。

用眼睛搜寻了一阵后，连推带拉将一个人，陈德润从后面拽到了前台。不见则已，见了他，大家不由又是一阵惊讶。惊讶之余，底下又犯起了嘀咕。

"这不是那个警察局长吗？难道……是他？"

"没错，就是他！"陈德润接口道，"对他，以前我们都有些误解。其实李垦老师的死，跟他一点关系都没有。金条是他捐给咱们的；贪官黎沛钦，是他帮咱们剪除的；全虎等七八条人命，也是他救下的……"

见底下又是议论纷纷，陈德润正待进一步解释，不想却被何全虎，抢在了前头："一点不错！我是关局长刚刚送回的，大伙看看，看看我像不像刚从号子里出来的。"说着他还一左一右地扭过身，让大家看了又看，"关局长不但没难为我们，过堂时，他还一再为我们开脱。他不但救了我们，还保护了我们。"回过头他又跟他的弟兄们，寻求着支持，"你们说，是不是这话？"

"是这话！要不是关局长，南河镇一带怕又要添七八个新坟。"

"还要多七八个新寡！"

"少不得还要多几十个没爸的娃娃。"

挺身而出，你一言，我一语，何全虎的弟兄们，纷纷地证实着。

事实胜于雄辩。大家不但相信了，而且，还感动了。或左或右，或蹲或站，关步云不停地转换着角度。咔嚓！咔嚓！她手中的相机，也响个不停。混迹在人群中，怀里揣着手枪，赫尚武却没敢拿出。此一时，彼一时。一看这阵势，他悄悄地离开了。

"饭已经熬好多时了。"附耳，马子亮提醒着陈德润，不料陈德润却道："不急，不急。包谷糁越熬越香！"

"只听陈先生说，金条是个绅士捐的。"拉住关步青，乡绅们纷纷地道，"却万万都没料到，竟是关局长！"闻言，关步青却是不无遗憾："恕关某无能，没有搭救下李垦老师，现已引咎辞职，不再是什么局长了。闭门读书，往后，关某只求躬耕陇亩、自食其力。那点不义之财，理应捐出，不想乡亲们，竟如此的错爱，让关某，不胜惭愧。"

"刚才，我已跟陈先生说过。"听说是原警察局长，并大致明白了他的所作所为，将关步青叫到一旁，杨虎城道："但凡有用之才，只要他愿意为百姓们做事，不论何党、何派，出自何人门下，我们都要予以挽留，并大胆地使用，务必让人尽其才。眼下正值荒年，为压缩开支，省上暂时取消了西安市府，但像关局长这样的廉洁之士，日后，定另行委以重任。到时候，还望鼎力相助。"闻言备受感动，关步青道："蒙将军不弃！如觉关某尚有可用之处，为三秦父老，步青自当不遗余力。"

夜幕拉开后，饥民们陆陆续续地散去了。下午饭成了名副其实的晚饭，除一碟咸萝卜外，跟饥民们的没任何不同。尽管稀苞谷糁还漂着红皮，大家却还是吃得很香。吸溜吸溜的声音中，还夹杂着咀嚼咸萝卜发出的脆响。

这面跟刘子明、马子亮老弟兄俩，跟陈致远、陈静远小弟兄俩以及刘光复等，陈德润陪着杨虎城、刘秉国、关步青。那面余儿、明儿老"先后"俩，跟马月盈、关步云这对未来的小"先后"俩陪着孙兰玉。

的确饿了，开始，关步云吃的还可以；后来，却不行了。大家已经在喝第二碗，她一碗却还没完。"步云，吃不惯？"孙兰玉关切地道。"不不不。吃得惯，吃得惯。"关步云忙道。在未来的婆婆面前，她有些不好意思。好不容易才勉强地咽完了这碗，当马月盈要给她再盛时，空碗却被她藏在了背后："嫂子你快吃。我已经吃好了。"不料马月盈却道："不行，不行！饭这么稀，粗杂粮又不耐饥，跑两趟茅房，就没有了。来，我给你少盛点。"不由分说从背后，她抢走了她的粗瓷黄碗。

于无形中，吸溜声慢了下来。大家有意等待着关步云，而关步云的这点饭，却比咽中药咽得还要难肠。

一边吃，杨虎城一边心情沉重地道："明天，我就派人送点粮食过来，一定要让乡亲们吃上馍！"闻言，不料陈德润却道："不不不，粮食我们还有。只是摸不准老天爷啥时候才肯开恩，所以只能是细水长流了。要送先给渭北送，跟我们比，他们还要困难。每天一顿饭，碗里却比我们还要稀。"闻言刘秉国道："先生总是替他人着想，真是难得！"不料陈德润却道："诶！这哪里是替他人着想？"见众人一脸的茫然，他进一步道，"渭北也有我的地盘嘛！"见众人还是不明白，他这才笑着又道，"甭忘了，我可是咱阳都赈灾分会的会长！这会长嘛，虽是前政府所任，新政府却也不曾罢免喀！杨主席你说。啊——呵呵呵呵……"

第八十一章

"静远，"对着陈静远话锋突然一转，杨虎城道，"跟步云在西安，你们还能待多久？"

"待多久？"陈静远道，"这，这还得看张季鸾先生的意思。"

"哦，是这。"沉吟了一下后，杨虎城又道，"要是让你们留在西安，你们愿不愿意？"

"这、这还用说。"陈静远道，"谁不想为家乡出些力、做点事？跟先生我们已经打了报告，建议筹建《大公报》驻西安记者站。不过眼下，却还没得到他的回复。"

"那好。明天我就跟先生通话。"杨虎城道，"他要是同意，地方，经费，由我来想办法。"

"太好了！"闻言，陈静远兴奋地道，"可，他要是不同意呢？"兴奋之余，他未免又有些担心。"不同意？"顿了一下后，杨虎城笑道，"不同意，那只好挖他的墙角了。"陈静远还以为杨虎城在说笑，不想他却严肃地道，"从现在起，跟步云你们分别是《西安日报》《西北文化日报》的主笔。这可是省府跟行营的机关报，一定要办好！"闻言陈静远又是惊，又是喜。他还没完全反应过来，却见杨虎城朝东北方向抱着拳道，"张先生，对不住了！家乡百废待兴，虎城身边缺人呐！作为秦人，您老想必能够理解，还不至于见怪吧！"闻言这边被他逗得哄堂大笑，闻声那边孙兰玉、马月盈、关步云等，也投以惊诧的目光。

一眼瞅见了关步云，杨虎城招呼她过来道："步云啊！静远已经答应留下来帮我办报了。如果你没异议，由我主婚择个日子，咱把这桩喜事办了。省得近在咫尺，你俩却跟牛郎织女似的天各一方，既多有不便，又影响工作，你看……"

"这……"闻言关步云一时语塞，脸上，她却已是朝霞一片。见状站起身拱着手，关步青却高兴地道："难得杨主席如此美意！"接着，他不觉又有些为难，"不过这两头犟牛的好日子，还得问老天爷。"闻言，杨虎城诧异了："此话怎讲？"陈德润、关步青异口同声地道："我们早都想给他们把这事办了。杨主席你揣，人家是咋说的？"

"咋说的？"杨虎城追问道。"哼！"顾左右而言他，陈德润、关步青道，"人家说老天爷啥时落雨，他们啥时结婚。"闻言恍然大悟，杨虎城乐呵呵地笑着道:"噢!跟老天爷较上了劲。好,好!有志气,有志气!"

话刚落点,院子里突然传来一阵噼噼啪啪的声音。这是一种久违了的声音,这是一种期盼了多时的声音,凝神、敛气、侧耳,大家捕捉着、辨别着、确认着,屋里顿时静得鸦雀无声。噼啪声越来越大,也越来越密集了,这声音竟是那样的悦耳,又是那样的动听。面面相觑,大家又是惊,又是喜。

"下雨咧!下雨咧……"提着裤子一路兴奋地喊着、叫着,陈思毓奔了进来。说完提着裤子,他一路又跑了出去。显然,他是从茅房里跑回的,抢了这个"头版头条"后,小家伙又忙着办理他那正在办理的"公事"去了。

屋里立即被陈思毓的"头版头条",给激活了。除一向沉稳的杨虎城,除一向儒雅的陈德润,除一向娴静的孙兰玉,其余的,似乎都恢复了儿时的童稚,一起冲出屋子、冲向院子,大家欢呼着,雀跃着。

正往回跑,折转身跟着大人,陈思毓又向外跑。见已经淋湿,一把孙兰玉将他拖了回来。几经挣扎,却难以脱身,扯起嗓子,小崽子竟委屈地大哭起来。

雨越下越大,也越下越猛,瞬间,大家都成了落汤鸡。已经干透,突然受到如此的恩宠,如饥似渴,黄土地贪婪地吮吸着。不久,似乎却又承受不住,也接纳不及了,积水淹没了脚面,接着,又淹没了腿腕,不久,又漫过门厅冲出大门、冲出了佘福庄。

河西堡首先传来了欢呼,接着南河镇、河东堡,也相继传来了,隐隐约约的欢呼。沉睡了三年后整个三秦大地,似乎从睡梦中又惊醒了过来。

下着下着,雨却逐渐地慢了下来,杨虎城担心还没下透,雨会突然间又停了。"不会,不会的。"陈德润安慰他道,"没见天气这阵,已冷了下来。"

一个"冷"字,陈德润让刚刚平静下来的人们,都不由自主地打了个激灵。跟落汤鸡似的,浑身都成了水包,又哪能不冷?有人已上牙磕着下牙,发出了一阵轻微的嘚嘚声,有的已跟打摆子似的,哆嗦了起来。一时忘情,谁也没顾及到这个意料中的结果。

后面堂屋里,突然又传来一阵噼里啪啦的爆响,闻声跟一窝蜂似的,大家又向后面拥了过去。

堂屋里两堆火,在熊熊地燃烧着。给各自的火堆上刘子明、马子亮兄弟,不断地架着硬柴。尽管被浓烟呛得又是鼻涕,又是眼泪,火堆却还是被男男女女们围了个水泄不通。在毕毕剥剥的爆响中,硬柴先变黑、后变红,最后,又慢慢变成了白灰。

"你丢手。让我来!"说着给丈夫,明儿又使了个眼色。恍然大悟,马子亮知趣地去了那边。纷纷解开外衣,女人们这才烤起了紧身的内衣,小袄。

雨果然没有停,只是变得平稳起来。"后劲不得小!"陈德润感慨着,"看来总算是，熬到了头。"回过头，他又吩咐子明兄弟道，"要种地了。从明天后晌起，每人每顿加一个馍。"应了一声后，刘子明道："不秋不夏的，种麦，还是种苞谷？"陈德润道："自然是种苞谷！快到谷雨了，先种些早苞谷再说。虽是粗杂粮，苞谷却是个急性子。下刀就能见菜！"掐着指头，他又自言自语地道："立夏，小满，芒种，夏至，小暑，大暑，立秋，七个节气三个半月，刚好一百零五天。处暑前收完苞谷，歇一歇就到了白露，刚赶上种麦。"马子亮又道："那，种子咋办？"陈德润道："明天就发！一亩地按十斤。"闻言，刘子明担心地道："十斤？十斤怕是不够！"陈德润道："点种！点种应该够了，还能省不少的种子。"马子亮又担心地道："要是有人冒领，咋办？谁家有多少地，咱也摸不清喀！"成竹在胸，陈德润道："不怕！跟大家说明叫响，秋后按所领的种子，征收公粮。"陈德润的主意，立即得到了刘秉国的赞同："好，这个办法好！就按先生说的办。不过……原上人大都逃荒在外，一时半会，怕是回不来。"

"是这。"略假思索后，陈德润道，"让渭河南的，先替他们种上。"回过头对着杨虎城，他又用商量的口气道，"只是……政府怕得酌情给些补贴。"

"好主意！"也正为此大伤脑筋，闻言，杨虎城立即支持道，"就按先生说的，不管是谁，种一亩地，咱奖十斤粮食！"

"前辈想的，总是比我们周到。"刘秉国高兴地赞同着。

得到省长、县长的支持，陈德润立即吩咐陈静远、关步云道："明天，你俩帮着，发放种子。切记，将账目记清楚！"

"那，我们呢？"陈致远、关步青、刘光复异口同声地道。

"明天，你们没事？"陈德润道。

"我没事。"关步青道。

"我俩也没事。"陈致远、刘光复也道，"给我们，杨将军批了半个月的假。"

"他俩可以。"杨虎城道，"步青你先甭急。"闻言关步青不觉一愣。还以为杨虎城信不过他，不料拍着他的肩膀，他接着道，"县长有了，警察局没个局长，也不成喀！明天陪秉国到县里，把这副担子，你先给咱挑上。"

"我……"闻言关步青一时无语，杨虎城用人不疑，让他不胜感动。

"依我看，今天咱就到这儿。"陈德润道，"分头，大家歇息上一会。先生们屋里简陋，各位将就着展个腰吧！"回过头，他又吩咐两个儿子道，"你俩把秉国、把步青招呼好。"对着杨虎城，他又道，"杨主席，这边，这边请！"陈德润正要领杨虎城去他的卧室，不料刘秉国却道："慢！大家稍等。有件大事，还没定下呢！"闻言陈德润惊讶地道："大事！啥大事？"刘秉国笑着道：

"智者千虑，也有一失。前辈，一件大事被您给忘了。"闻言呆了半天，陈德润一时想不起还有啥事。一旁，陈静远却早耐不住了："嗨！别再卖关子了。有啥事你快说！"一点也不着急，刘秉国反问陈静远道："啥事！你说啥事？别人不知道，你也不知道？分明是拿着明白倒糊涂嘛！"

"拿明白，倒糊涂？"闻言挠着头，陈静远，倒真的糊涂了。

"落了雨，"一旁，关步青自言自语着，"除抢种包谷外，有啥事能大过这事？"丈二的和尚——他更是摸不着头脑。"落了雨，落了雨……"一边默默地念叨，陈致远一边苦苦地思索着。"落了雨……"猛地回过头一把抓住刘秉国，他兴冲冲地道："你说的，是静远、步云的婚事？"

闻言，众人这才大彻、大悟。一提陈静远、关步云的婚事，忙了一天已疲惫不堪的人们顿时又来了兴致，而没了瞌睡。重新拢在余火的周围，你一言，我一语七嘴八舌，大家又纷纷地议论开来。"明知杨主席能管一个省，却管不了一个天。"对着陈静远、关步云，刘秉国笑着道，"却以天不下雨为由，你俩竟一推六二五。好在杨主席吉人天相，这下看你俩还有啥可说？"

"雨是下了，可饥荒还没过去。"陈静远为难了，"乡亲们还饿着肚子，你教我咋好意思办这事？"一旁，关步云也不好意思起来。

"是啊！婚姻大事，人生一世，就这么一次。"杨虎城道，"不隆重些说不过去，铺张了，又的确不妥。能不能……能不能想个万全之策？"他像是自言自语，又像是在征询着大家。"万全之策？"闻言，一时刘秉国竟卡了壳。

"这世上两全其美的事，尚且不多，又在哪里去找这万全之策？"说着，陈致远也陷入了沉思。跟马月盈的婚事，他们就办得仓促。关山重重，硝烟遍地，致双方父母都未能亲临。眼下时局未靖，这些人聚在一起，更非易事。机会不可多得！趁大家都在，陈致远想给弟弟风风光光的把事办了。一时，他却又拿不出个"万全之策"，因此未免有些着急。

"不必为难。"灵机一动，陈德润突然萌生出一个大胆的设想，"只要动脑筋，万全之策嘛，还是有的。"见大家期待的样子，他接着道，"今天是阴历的三月初三。十天，十天以后……"还没说完，他却被似有所悟的马子亮，给打断了："十天后是三月十三。两个三加在一起，是六；相乘，又是九。三、六、九都占上了。好，这个日子不错！"刘子明也高兴地道："十天的时间，早苞谷差不多也都安上了。"不料孙兰玉却道："日子倒是个好日子，再说说你的万全之策吧！"闻言，陈德润却乐呵呵地笑着道："天机不可泄露！"

众人还待追问，不料门外，却传来一阵扑通扑通的脚步声。夜深人静，又下着雨，谁会到这里来呢？正惊疑间，却见一个从头到脚，被雨衣蒙得严严实实的一闪身走了进来。紧随其后的五六个，同样被雨衣蒙得严严实实。

"汉民，是你？"当来人脱掉雨帽，敞开水淋淋的雨衣露出一身戎装时，杨虎城这才认出了他的卫队长张汉民。

"哎呀，谢天谢地！"张汉民抱怨道，"总算把您给找到了。王参谋长他都急疯了。若是再找不着，我光丢寻上吊的绳绳了！" 张汉民所说的参谋长，是时任行署参谋长、素有"折冲樽俎"之才的旬阳人王一山。"要是有部电话就好了。"杨虎城遗憾地道。"电话？有有有！"陈德润忙道，"不过，还在学校那边。"闻言张汉民却道，"啊呀，好我的杨主任！还找什么电话？走，咱赶紧回！车子就等在公路边。"

"也好！我也急着想回。种子还在灵宝，得赶紧往会运。"回过头对着刘秉国，杨虎城又道，"那两部车子，就留给你跟步青了。"拱着手对着陈德润，他戏谑地告辞道："嗨，果然是人在江湖，身不由己！农历的三月十三，咱们再见。"

"能来咧更好。实在来不了，也不必勉强。"陪杨虎城一边往外走，陈德润一边道，"将军身系全省，公家的事要紧！"拦住陈德润，杨虎城道："先生请留步。外面雨大，小心着凉。"不料陈德润却道："到镇上我还有些事，是顺路，将军不必在意。"以为陈德润只不过是个借口，杨虎城又道："有啥事明天还不行？"摇着头，陈德润道："要是来了齐头水，赶天明河里那七八十条船，说不定都被冲出了潼关。"

"啥事吗？"从睡梦中被叫醒后，揉着惺忪的睡眼，七十子兄弟嘟囔着，"这么急？"一经陈德润提醒，他们先是倒吸了一口冷气，接着一翻身溜下炕又是找蓑衣，又是寻斗篷。

七八十条大大小小的船只，被用镢把壮的缆绳，给死死地拴在了岸边的大树上。当最后一条被拴好后，天色已经微明。松口气，船工们又长长地打起了哈欠。正待回去睡个套觉，不料这时上游，却传来一阵闷雷似的轰鸣。抬头看时，只见在一片黄烟的笼罩下，跟一群怪兽似的，五六尺高的水头翻滚着、咆哮着，以雷霆万钧之力横扫着河床，以排山倒海之势压向了下游。

坑坑洼洼的河滩，转瞬间成了一片汪洋，犹万千魔鬼，黄水在奔突、在狞笑、在狂舞。水能载舟，瘫痪了多年的大船，被重新地浮了起来。这边浪头刚将其推过去，那边浪头又将其掀了过来。水能覆舟，小船呻吟着、挣扎着，被翻过来又覆过去，它们简直成了群魔乱舞的道具。缆绳巍巍地颤悠着，瓦盆粗的大树，也跟着一起摇摆。睡意全无，你看着我，我看着你，船工们全都惊得呆了。

积攒了三四年的雨水，几乎于一夜间倾泻完毕，南河镇又一次成了水乡泽国，偶尔还听到一两声单调的蛙鸣。

赤裸已久的黄土地被刚刚挣出地皮的草尖，被刚刚顶出树皮的嫩芽，又染上一层隐隐约约的绿色。从死气沉沉中，三秦大地终于又一次地复苏了。

垂直扎进地面后，被尺把长的铁头锨挖出的，仍然是一滩软泥。又一锨挖出的，才是湿漉漉的黄土。即便有牛、有犁，未必就能进地，即便再有种子，也只能是点种了。

南河中学一栋最不起眼的房子前，突然变得热闹起来。一把锈迹斑斑的大铁锁，被陈德润打开了，屋里地上放的，墙上挂的，梁上架的，除了那些五花八门、杂七杂八、被尘封了多时的各式农具外，还有一大堆建校时剩下的生石灰。重重叠叠，梁与梁，墙与墙以及梁与墙之间，都是蜘蛛布下的天罗地网，墙根、墙角到处都是老鼠们的福地洞天。

何全虎挪开一条通道后，陈德润又打开了套间的门锁。内外有别，套间的墙壁、地面，却被用掺着白灰的砂浆，给抹光了。

大呼上当！虽辛辛苦苦打通了厚厚的土墙，那些鼠子鼠孙们，却怎么也突不破那层薄薄的粉皮。

叫苦连天！自以为经验丰富，从屋顶那些鼠爷鼠婆鼠爸鼠妈们，虽轻而易举地坠入到粮食囤子，并如愿以偿的大饱了口福，但在不无得意的打道回府时，它们这才发现上天无路入地无门。拼着老命上蹿下跳，它们有的被活活给吓死了，有的却被活活给累死了。即便有幸没被吓死，也没被累死的，却又难逃没水喝而被活活渴死的厄运。

"这些粮食，可都是铁成留给咱们的。"陈德润伤感地道。看着大囤套着小囤，看着那些冒尖欲出的，黄澄澄的玉米，他不由见物思人、触景伤情。

正要将那堆既楦眼、又碍脚的生石灰弄出去，何全虎却被拦住了。"别动。"陈德润道，"这东西防潮！"

"吃完饭到学校领玉米种，啊——"一边舀饭，刘子明、马子亮一边跟饥民们叮咛着。久旱逢甘霖，让饥民们兴奋不已；没有种子，又让他们叫苦不迭。突然间吃到了馍，让他们十分的惊讶；刘子明、马子亮的话，又大出了他们的意料。

被束之高阁多年后，那些已经锈迹斑斑的大锄、板镢，又被庄稼人从屋梁上拿了下来。用捡来的打碗瓦碴，他们翻来覆去地刮着，刮着上面的铁锈。瓷器跟铁器硬碰硬的刮擦声听起来虽十分的硌耳，但庄稼汉子们却像是在欣赏一曲久违了的秦腔名段。欣赏中，阶下落满了黄褐色的锈末；陶醉中，钢铁却露出它那青亮的本色。

在雨水的滋润下，赤裸已久的关中平原，又重新披上了生命的绿色。多年不曾光顾，凭记忆庄稼人已无法找到自家的地畔。用板镢在地头、在路边，他们刨着、挖着，刨挖着被先人深埋在地下的，人老几辈也难得一见天日的界畔石。

发完种子，何全虎他们并没急于回去种自家的地，而是各自领着他的女人跟郭德厚一起，忙活在佘福庄的官田里。在前面挖坑，男人们不得不时时停下来用打碗瓦碴刮着那些粘在锄头、粘在板镢上的泥巴。当瓦碴刮得没了棱角时，他们便将其在锄项上拌为两半，从而让其露出新的、锐利的锋口。女人们有的挎着半大笼子，有的提着孩子们那补丁摞着补丁的书包。笼子也好，书包也罢，里面装着的，都是苞谷的种子。种子点下后，用她们那刚放开不久的三寸金莲，她们还会将男人们刨出的泥土，又重新拨回到坑里。

刘子明、马子亮夫妇没有地，孩子也都到了既帮不上忙，却也不至添乱的年龄。收拾完毕，他们也赶到地里来帮忙，就连从没下过地，也从未摸过锄把的陈致远、马月盈也都赶了过来。即将做新郎、新娘的陈静远、关步云，则是在发完种子后，从学校直接赶来的。

"叔，我来！"说着从刘子明的手里，陈静远一把夺过了板镢，"抽袋烟，你歇会。"

"不行，不行。快给我！"刘子明道，"这不是'生活'，是板镢！"

说来也怪，关中人把毛笔不叫毛笔，而叫作"生活"。学着庄稼人的样子，噗噗两声，给两个手心分别象征性地唾了些唾沫后，陈静远手里的板镢，便一上一下地挥舞了起来。

"嫂子，你歇会。"从马月盈的胳肢窝，关步云也接过了笼子，"我来试试。"说着脱去半高跟皮鞋又挽起裤子她露出一对藕节似的小腿。

见上去时一次比一次低，下来时却是一个又一个的倒镢头，弹掉烟灰，赶上去刘子明夺过板镢一看，见陈静远的手心，竟布满亮晶晶的燎泡。

"就要成亲了，手却弄得稀烂！"刘子明心疼地抱怨着。

"不行，不行。"对着关步云，没吃过猪肉却见过猪哼哼的马月盈道，"一颗不保险，至少得三颗！"说着从她的胳肢窝，她又夺过了笼子。

歪过来又扭过去，回头看时，陈静远发现他刨的行子，犹一字长蛇阵。看来这当农民、种庄稼，并不比当记者、写文章容易！跟关步云相视一笑，两个人由衷地感叹着。

几十亩官地种完后大锄，板镢这才变得明光铮亮起来。

秋田不让晌。后种的苞谷芽刚挣出地皮，先种的已有一拃多高，而且，还绽出两三枚不等的叶片。被冷落多时的土地上，到处都是忙着耕耘、忙着播种的男人、女人。赤裸多年的田野，终于又一次着上了绿装；雄飞雌从，成双成对的春燕贴着地面，在低空中往来穿梭；五彩斑斓，蝴蝶们也舞起了蹁跹，余劫后的三秦大地上，又一次呈现出勃勃生机。

又到了吃午饭的时间，放下锄头，板镢，夹着碗筷来到佘福庄的时候，远远迎接庄稼人的，竟是一阵又一阵扑面而来的，久违了的肉香。不由自主地耸着鼻子，大家一边贪婪地吮吸着，一边惊奇地互相打问着。虽没人能说出个咪咪猫，不知不觉中大家的步履，却都变得匆匆起来。

走近一看，庄稼人更加地困惑了。翻滚在锅里的，并不是意料中那带着红皮的包谷糁，而竟是两锅滚开滚开的白开水。

"来咧——"随着一声吆喝，正在纳闷的庄稼人，这才又惊醒了过来。被刘子明兄弟、郭德厚兄弟分别抬出的，竟是两蒲篮白生生的"肉夹馍"。"来来来，先压压饥。"马子亮笑嘻嘻地道，"一人一个。"

"甭着急，慢慢吃。"刘子明也是乐呵呵的，"好东西还在后头！"

拿着肉夹馍，埋着头饥民们立即狼吞虎咽、大吃大嚼起来，歪着头他们有的，还在吮吸着淌在手指上的油渍，至于肉夹馍的来由已无暇，也无人问津了。

"面来咧——"肉夹馍还没吃完，却见一蒲篮切成菱角形的"方面"，又被郭德厚兄弟一路吆喝着抬了出来。

"油！油！油——"随着一阵急促的吆喝声，还没弄清是咋回事，大家却先闪到了两边。沿着闪开的通道一人端一盆臊子，何全虎、刘光复又一前一后地奔了出来。"臊子扁扁面？"大家又一次惊讶了。

"咋！不爱吃？"一边下面，刘子明一边调侃着。

"臊子面谁不爱吃？"有人道，"跟谁结仇，咱也不能跟肉结仇！"

"豆腐是我的命。"又有人道，"有了肉，我就不要命咧！"

"那好。大家慢慢吃。"刘子明笑着道，"当心，甭烫着。面有的是！"已经顾不上烫，更顾不上说话，佘福庄前又是一片吸溜吸溜的声音。刘子明那锅刚舀完，马子亮这锅，又下好了。于是"哗"的一声，人们又撤了过来。"把裤腰带松到头。"一边舀饭，马子亮一边道，"放开地咥！"

第三锅水还没开起，有的已经围上来准备舀第三碗。"甭急，甭急！"刘子明笑着道，"转一转，摇一摇，再尿上一泡，摇实在咧、肚子腾空咧再接着咥！"

面不停地在往外抬，臊子也一个劲地在往外端，吃饭的速度，却明显地慢了下来。"面多着。"何全虎道，"吃不完谁也不准走，啊——"说着一盆臊子，又被他蹾在了案板上。"甭听全虎瞎咧咧！"一个老汉警告着他那已经吃饱、却又不肯撂碗的儿子，"饭是人家的，肠子、肚子、肝花可是自家的。小心！甭憋坏了。"

话虽这么说，但包括说话者在内，却谁也不肯离开。饭虽香，只可惜肚囊有限。正去留两难，进退维谷时，一阵噼里啪啦的鞭炮，却又突然在耳边炸响。迟钝的大人们忙纷纷躲避，机敏的孩子们却是一拥而上。又是躲、又是闪、又是用脚踩，那些落地后吱吱冒着硝烟，却还未及炸响的炮仗在被踩灭后，他们又你推我、我掀你，弯下腰纷纷地争着、抢着、拾着。

青色的硝烟还在弥漫，爆炸的余音还在缭绕，人们正在惊疑，眼前却突然又是一亮。在刘光复的陪伴下西装革履、潇洒倜傥的陈静远，在马月盈的陪伴下剪发旗袍、端庄秀丽的关步云又款步走出了佘福庄。簇拥在后面的除省主席杨虎城、除新县长刘秉国外，还有陈致远、关步青、刘子明、马子亮、郭德厚、郭德全以及余儿、明儿、雪儿、山妹等一大帮的男男女女。

这时大家才惊奇地发现，在前面不远处，还停放着两辆小车。小车的前窗玻璃上，各贴着一对用红纸剪成的大"囍"字，车头上，还各搭有一个用红绸子绾结而成的大红花。

这是一场别开生面的婚礼，也是陈德润那个不可泄露，却已经泄露了的天机。婚礼是那样的简朴，既没张灯，也没结彩；既没高桌子，也没低板凳；既无醉人之琼浆玉液，又无频繁之觥筹交错；既无丝竹管弦之婉约，又无锣鼓铙钹之铿锵；既无父母之命，又无媒妁之言；既无周公之礼，又无桃夭之诗；既无三媒六证，又没七碟子八碗；既无黄金、白银作为聘礼，又无朱锦、丹缎作为陪嫁。

婚礼又是那样的隆重，这里没有主事一方的礼宾先生，却有主政一县的父母之尊；这里没有德高望重的族长出面，却有威仪堂堂的省长坐镇；这里没有满座高朋言不由衷地恭维，却有百千布衣发自肺腑的赞叹；这里没有描龙绣凤的三套子马车，却有珠光宝气的四轮子汽车；这桩姻缘被干旱推迟了数年，却又被甘霖促成于一旦；这里主人本无意铺张，却有着意想不到的排场；这里两个新人，均土生土长；一对伴侣，却又那样的不同凡响。

甘霖冲去了多年的荒凉，婚礼又带来了久违的堂皇。生命的绿色，重新妆扮着历经沧桑的三秦大地；开心的笑容，又挂上了那布满着皱纹的面庞……

第八十二章

　　赤裸已久的三秦大地，终于被久违的甘霖，又变得一片葱绿。南河镇人心里久聚不散的阴霾，也被一扫而空。昔日狼可叼娃的街巷，终于又有了晃动的人影；萧条了多时的街巷文化，也随之活跃起来。

　　看着蓬蓬勃勃，已高可没膝的早玉米，庄稼人的心中，不觉踏实了许多。吃着窝窝头、吃着由稀变稠的包谷糁，他们又长了不少的精神。陈静远、关步云那史无前例，又空前绝后的婚礼，理所当然地，成了街巷文化的新主题。当大家回味着肉夹馍，回味着臊子扁扁面的香味时，仿佛自天而降，突然出现在南河镇的郭德玉、佘大勇，让他们禁不住又大吃了一惊。

　　请赫尚武吃饭的事，就不提了。给他一百大洋，又拿已不属于他的佘福庄作抵押，佘有志企图换回儿子，结果鸡飞了，蛋也打了，儿子没弄出不说，还惹出几桩人命关天的杀戮。见赫家势大，虽挨了个肚子痛，当时，佘有志还在暗自庆幸。没卷进那场冤冤相报的杀戮，已经是万幸了，他哪里还敢跟赫尚武再提救佘大勇的事？

　　没想到世事比川剧里的脸谱，变得还快。黎佩钦被吓跑了，新任县长竟是陈静远的同学。苟得贵被处决了，新任的警察局代局长，竟又是他的大舅哥。原想通过他妹子明儿，或者通过他外甥女马月盈，去求陈静远帮忙，思来想去后，佘有志却又放弃了。他自觉没脸去见亲妹子明儿，更无颜面对亲外甥女马月盈。

　　人老几辈，陈家只研读孔孟，而从不参与南河镇的街巷文化。这些佘有志，是再清楚不过了。一直在北京读书，回来后又忙于赈灾，对他佘家的男盗女娼，陈静远他未必知情。有情有义，人家还救过自己一命。不图回报，跟自己，他还算有些缘分。犹豫再三后鼓起勇气，佘有志偷偷找到了陈静远。

　　果然不出所料。陈静远并不问及其余，而只简单询问了佘大勇、郭德玉被押的经过，便爽快地答应了佘有志。

　　听完事情的来龙去脉，又查阅了所有的卷宗，关步青竟没找到关于这件案子的只言片语。又分别单独提审了郭德玉、佘大勇，俩人的口供竟如出一辙，而没有半点破绽。关步青断定郭德玉、佘大勇的事，压根就不曾立案。在征得县长刘秉国的同意后，他决定立即放人。于是，在白白蹲了一年多的班房后，郭德玉、佘大勇终于又回到了南河镇。

从警察局代局长关步青的口里，与世隔绝了一年多的郭德玉、佘大勇，这才知道外面的世事，已经发生了天翻地覆的变化。而救他们出囹圄的，竟是比他们年龄还小的陈静远。羞于见人，也自知尊容难以见人，在破庙一直守到天黑，俩人这才登上了最后一班渡船。

虽认出了七十子，郭德玉、佘大勇却没脸，也没勇气跟他打招呼。虽没认出郭德玉、佘大勇，七十子却也没跟他们索要船资。破衣烂衫，瘦骨嶙峋又蓬头垢面的样子，让两个二十四五的小伙子看上去，倒像是两个四五十岁的老花子。

如今佘大花咋样？儿子争气，都快两岁了吧？灾后的南河镇既熟悉，又陌生。一路思索着，辨认着，郭德玉终于找回到铁匠铺子。铁匠铺大样还在，只是又破败了许多。犹豫了好一阵子后，鼓起勇气，郭德玉终于叩响了那两扇摇摇欲坠的门板。见里面毫无反应，他不由心里一紧，佘大花饿死了还是再醮了？儿子争气被一块儿饿死了，还是被佘大花给带走了？胡思乱想中，郭德玉更加地慌了。咚咚咚……咚咚咚咚……情急之下，指头被他换成了拳头。

"滚开，滚远点！毬没处搁咧，回去寻你妈去。"啊！是佘大花的骂声。既没饿死，也没改嫁，她还恪守着妇道，这一切，完全出乎了郭德玉的意料。不知而不愠。挨了骂郭德玉不但没恼，反而感动得流出了眼泪。

"大花，是我。"压抑着声音，郭德玉道。想大声，他却又不敢大声；没有再骂，佘大花却也没来开门。

"大花，是我。是德玉。"见屋里又没了动静，郭德玉不得不自报着家门，于不觉中，他提高了嗓门。一会将耳朵贴在门缝上，他侧耳细听着；一会又将眼睛贴在门缝上，他拭目窥视着。往日，他都是埋怨这两扇门太破，门缝也太大。这时，他却埋怨这两扇破门的门缝，嫌它太小了。爬在门板上，郭德玉一会用左眼看，一会又换用右眼看；一会用左耳听，一会又换用右耳听。

屋里，终于又有了响动，接着，又有了亮光，由远而近，一阵沙沙的脚步声终于来到了门口。门依然没有开，从门下的猫道里半匣洋火，被扔了出来，显然，佘大花要验明正身了。"会吓……吓着你的。"隔着门板，郭德玉道。没想到她竟是这样的认真，打了个招呼，又"嗤"的一声，郭德玉这才划着了洋火。见里面没反应，他又划着了一根……

"真的……是你？"半匣洋火几乎被郭德玉划完了，门却还是没开，不过这次，佘大花终于有了回应。有几分相信，又有几分怀疑；有几分肯定，又有几分否定。或者说虽无否定，却也无否定之否定，这是一种模棱两可的回应。

"模样看不清，"郭德玉开始埋怨了，"声音，难道也听不出？"还甭说，这句埋怨话，他还真说到了点子上——佘大花正是相信了这个声音，却又怀疑着这个模样。随着"吱儿"的一声，那两扇破门，终于被打了开来。趴在门板上，又不曾防顾，加上虚弱已极，一个狗吃屎郭德玉又趴在了脚地。被扶起后就势，郭德玉搂住了佘大花。没搂郭德玉，佘大花却也不曾拒绝他。这次，她没有被他搂得喘不过气来，这两只软弱无力的胳膊，让佘大花不由想起那个已经成了棺材穰穰的赫老大。

"臭死了。"相持了一会后，佘大花推开了郭德玉，"进来吧。"接着，她总算又接纳了他。见她开了恩，他压在心里的一块石头，才总算落了地。

"想死我了。"灯光下又一次去搂佘大花时，郭德玉却被拒绝了。"快放下、快放下……"见佘大花就手拿起了放在柜盖上的剪刀，郭德玉又是一惊，"不让就算了。你这是干啥？"说着两腿一软，又扑通一声，他竟跪倒在脚地。

剪刀却并没就此被放下，大张着"嘴巴"，它直取郭德玉而来。一时傻了眼，郭德玉下意识地膝行着、退缩着，又本能地躲着、避着。"躲啥呀？"说着"咔嚓"一声，佘大花就是一剪子。咽喉好好的，郭德玉被剪断的，是一把跟毡片似的头发。

"跟野人一样。"一边给郭德玉剪着胡子、剪头发，佘大花一边道，"臭烘烘的，把人教你都能熏死。烧些水你先洗洗，我去给你弄饭。洗净了，吃饱了再说，我又跑不了，看把你猴急的！"

"好，好。就依你！"郭德玉连连地道，"两年不见，没想到跟换了个人似的，你变了许多。"不想一改当年的放荡，佘大花竟是如此的温柔，又如此的体贴，惊讶之余，郭德玉不禁又有些感动。止不住他的眼泪，也又一次地夺眶而出。"还不是被事情指教的？"叹口气，佘大花道，"不变，都由不得人了。两年来又是天灾，又是人祸，经了不少的世事，也明白了不少的道理。"

是啊！苦海无边，回头是岸。智者，都善于自己教育自己；一般人自己教育不了自己，却能接受智者的教育；愚者既不能自己教育自己，又不肯接受智者的教育，所以，只能用事实来教育了。事实的教育，也不是万能的。撞了南墙，被碰得头破血流而能迷途知返的，还算愚者中的智者。一意孤行，不听劝阻，一头撞死在南墙的，那才叫愚蠢！

"过去咱不懂啥，净瞎折腾。"顿了一下，佘大花又道，"往后，再不敢这样了！得老老实实地做人，稳稳当当地过日子……唉，算了。一时也说不清白，回过头跟你，我慢慢说。洗完了把这身衣裳换上，啊——"

将一套净衣服放在炕边后，转过身到灶火，佘大花烧水去了。

熟睡中，见儿子争气几乎占了半截子炕，一阵激动，凑上去郭德玉亲起了他的脸蛋。不想不剪还好，被佘大花剪得半截拉碴的胡子，反倒将争气，给扎痛了。挥动手臂，拨打了一下那个不受欢迎的嘴巴后，翻个身小家伙，又呼呼地睡了过去。苦笑了一下后忍不住，他又去亲他的另一侧脸蛋。挥动另一只手臂，跟赶苍蝇、蚊子似的,他又赶开了那个嘴巴。翻过身,争气又恢复到原来的样子。

"怪啥这么臭!"瞅着盆里的黑水,佘大花抱怨着,"上二亩梨瓜子,都用不了!"看着瘦得跟排骨似的郭德玉,她不觉又有些心疼。那盆黑水被泼出后,端一盆清水,佘大花又走了进来。攒了两年的垢痂,一时,又哪里洗得清白?见一连换了三盆水,水却还是黑的,既没了信心,也没了耐心,佘大花道:"将就着,先把衣服换上吧。"说完端着黑水,她又走了出去。

换上衣服,郭德玉也来到了灶屋。见佘大花正在和面,盯着瓦盆里的白面絮,他又一次吃惊了:"这年头连树皮、连草根都吃光了,哪来的白面?"闻言叹口气,佘大花道:"要是没大嫂、没弟妹的周济,我娘儿俩的头周年,都怕早过了。"不听则已,一听,郭德玉更加地吃惊了:"大嫂……弟妹……大嫂是谁?弟妹又是谁?"一边和面,佘大花一边道:"还没来得及跟你说呢!大哥、小三他们,都已经成家了。大嫂叫山妹,弟妹叫雪儿,她们都是大好人,也是大美人。跟人家比,活不成我都要羞死了……"

"山妹?山妹是谁,我没听说过。这雪儿……"一时着急,郭德玉差点说漏了嘴。自知失言,为盖藏坐下身,给锅头里,他添起了柴火。深更半夜的,为了不拉风箱,佘大花烧的,是麦秸。不耐烧,麦秸火都快熄灭了。添了把麦秸,鼓起腮帮,郭德玉连着吹了几下,"轰"的一声,火苗这才又蹿了出来。

"官名不知道,大家都叫她雪儿……"说着,佘大花不觉有所觉察。一边揉面,回过头她一边问郭德玉道,"听口气,你好像认识她?"

"不……不认识。"装着漫不经意的样子,郭德玉否认着,"这两年关在四堵墙墙里,我哪里会认识人家?随便问问,不知这雪儿是哪个村的?"一边接着撒谎,一边给锅头里,他继续添着麦秸。说假话向来都是面不改色,没想到这次郭德玉的脸却红了。好在佘大花并没在意,她还以为他的脸,是被麦秸火给映红的。

"没想到在集上叫短工,大哥他竟给咱叫回个嫂子。"一边擀面,佘大花一边道,"更没想到嫂子山妹,她竟是兰玉婶到处找,都没找到的娘家侄女。没想到小三救人,他又给咱救回个弟妹。更没想到弟妹雪儿,还是个识文断字的学生。被人拐卖到柳春院,不久,又被人拐出了柳春院,逃跑途中被咱的小三,给救下了。"

"有这事?"跟听《天方夜谭》似的,郭德玉听完了郭德厚、山妹的巧遇,接着又跟听《今古奇观》似的,听完了郭德全、雪儿的奇缘。没想到自己算计了一整,那只白天鹅却扑在了郭德全的窝里。尽管郭德玉被惊得一愣一愣的,佘大花却丝毫地没有觉察,背着身正在擀面,兴奋中她光顾了津津乐道。

咬狼的狗不叫唤。郭德玉低估了老实忠厚的郭德厚;胡萝卜调辣子,吃出没看出。郭德玉又小量了幼年老成的郭德全。

叫唤的狗不咬狼。孙猴的尻子，不打胭脂都是红的。又羞、又愧、又悔、又恨，郭德玉更不知将何以面对弟媳妇白若雪。

也有一本难念的经，《天方夜谭》说完了，《今古奇观》说完了，好开口的都说完了，剩下的，都是难以启齿的。郭德玉要是问起他妈菊儿来，自己该如何应对？灶屋里一边看着郭德玉那狼吞虎咽的样子，佘大花一边想着心事。

上午母大虫、葛掌柜牛咬马踢、混吵混闹的街巷文化，已让佘大花羞愧难当、无地自容。下午婆婆菊儿悬梁自尽的小道消息，又惊得佘大花魂飞魄散、目瞪口呆。

菊儿是自尽身亡的，对此南河镇人没有任何异议，也没人找上门来寻佘大花的不是。菊儿自尽的原因，南河镇人的心里，也都跟明镜似的。由菊儿的死，又联想到郭福寿的死，虽不曾有人前来兴师问罪，佘大花的越轨，佘大花的红杏出墙，却为舆论所不能容忍。

更不能容忍佘大花的，是佘大花自己。没想到，竟成了杀害婆婆的真凶，作为愚者中的智者，震惊之余又良心发现，佘大花是悔恨交加、痛不欲生。痛哭流涕，当她披麻戴孝，领着争气前去吊孝、前去跟婆婆请罪时，大伯子郭德厚却只接受了侄儿、只接受了争气，她这个兄弟媳妇却被他拒之门外。

"滚，你给我滚！"指着佘大花的鼻子，郭德厚骂道，"滚远些。越远越好！"说着甩开膀子，他又是一记带风的耳光。随着"啪"的一声，跟陀螺似的连着转了好几圈，佘大花这才摔倒在脚地。被山妹拼全力死死地拖住后，郭德厚仍然是暴跳如雷、怒不可遏："我老郭家，没郭德玉这个贼种！"像头被激怒了的狮子他一边扑，一边跳着脚接着骂道，"也没你这个踢脸丧德的妖孽，更用不着你猫哭老鼠假慈悲！"

一街两行的，竟没一个帮山妹。"打得好！打得痛快！"对郭德厚，众人却喝起了彩。更没一个去扶佘大花。"死得！活该！"几乎众口一词，大家唾骂着她，"该打。就是欠打！"多亏郭德全、雪儿闻声赶了出来。雪儿抱起了被吓得大哭的侄儿争气，帮山妹郭德全连推带拉，这才将郭德厚拽了回去。人被拽走了，他那怒气不休的骂声，他们却无论如何也弄不走。

郭德厚、郭德全兄弟成亲时，就没给佘大花打招呼，这些佘大花都忍了，也认了。婆婆菊儿因她而死，震惊之余佘大花幡然悔悟、前来赎罪时却又被辱骂、遭痛打，这次，她无论如何也接受不了了。

反而不哭了，撩起孝裙，佘大花擦去了嘴角的血迹，接着，又擦去了脸上的泪痕。要以死跟婆婆谢罪，瞅着门口的大碌碡，她正要一头撞过去，不料隔着墙郭德厚又骂道："活着，你休想进我老郭家的门！就是死了，就是变成鬼，你也甭指望着进我老郭家的祖坟！"

既然死了，既然变成鬼都得不到谅解，还不如不死。好死不如赖活着，既然郭德厚怕的是丢人，她偏要以再丢他的人来报复他。在一片唾骂声中咬着牙，佘大花站了起来，在千夫所指下，她又一瘸一拐回了铁匠铺子。

锅已经烂了，也不在乎多砸上那么一榔头。既然都成了人人喊打的过街老鼠，佘大花那刚刚复苏、还很脆弱的人性，于一瞬间又黯然失色了，接着，又再一次地泯灭了。欲罢不能，她干脆将错就错、一错再错、错上加错，又破罐子破摔了。儿子争气一直由婆婆带着，婆婆死后，他又被明儿、余儿给领走了。从娘家讲，明儿是佘大花的亲姑，余儿是她的亲姨；从婆家讲明儿、余儿，又都是她亲亲的妗子。连亲姑、亲姨、亲妗子都不原谅她，在南河镇，还有谁能原谅她？成了名副其实的孤家寡人，佘大花彻底地绝望了。郭德玉失踪多时，粮食也已告罄，慌不择路，饥不择食，更为了报复郭德厚，咬着牙，佘大花跟着赫老大走了。跟赫老大这个棺材穰穰子，她离开了这个既让她留恋，又让她绝望的南河镇。

发誓今辈子照眼不再盯南河镇，但不久后，佘大花却又回到了南河镇。并不单纯是跟赫老大在县城她活不下去了，在县城活不下去，在南河镇就能活下去吗？南河镇有佘大花的牵挂，还有她未了的心愿。

趁姑父马子亮跟姑姑明儿，趁姨夫刘子明跟小姨余儿，趁他们在佘福庄帮陈德润放舍饭的机会，佘大花偷偷溜进了木匠作坊。见了儿子争气，一把她拉住了他。左一下，右一下，在他的小脸蛋上，她亲个不够……

"争气，是谁呀？"佘大花这个不速之客，还是被眼睛几近失明的木匠老两口，给觉察了。摇手示意儿子不要声张，跟发疯似的，她没命地亲着他、吻着他……

"是哪个呀？"询问声里，还夹杂着蹒跚的脚步声。将一包琥珀糖塞给儿子，又重重地亲了他一口后，佘大花这才抹着眼泪，这才半步一回头地离开了。

"争气，"默默地呼唤着儿子，在门口，佘大花又犹豫了，"妈不是人……妈对……对不住你……"呆呆地看着儿子，又迟疑了好一阵后流着泪、咬着牙、狠着心顿了顿足，接着猛地扭过头，她这才失魂落魄地离开了。

单的、棉的、夹的、衬的、套的、罩的，头上戴的，脚上穿的，也统统是纸的，铁匠铺子里佘大花连着赶了两个昼夜，于黎明前，两套寒衣终于糊成了。捶着腰又揉着双眼，她这才长长地吁了口气。

十月一，穿齐备。每年在这天，但凡出了门的女子，自己穿上穿不上都在其次，已经作古，父母们的寒衣，却是少不了的，而且必须提前送到坟头。今年却是个例外，男的，女的，老的，少的，但凡没饿死还有一口气的，连自己的神，都养不住了，谁还顾得上坟里的死鬼？大概都在惦记着明天早上的舍饭，已经没几个能记得明天就是农历的十月初一了。

纸糊的，又烧成了白灰，一阵西北风过去后啥都没有了，又能御什么寒？从不记这一天，也从不信这一套的佘大花，今年却记住了这一天，同时，也相信了这一套。本来还可凑合着吃一顿，仅有的一把白面却被她打成糨糊，糊了寒衣。都到佘福庄吃舍饭去了，街道上空无一人。饥肠辘辘，头昏眼花，浑身无力，绕道抄背路，佘大花跟跟跄跄地来到了她妈多儿的坟头。

在毕毕剥剥的燃烧声中，寒衣化作了白灰。伴随着青烟，白灰在旋转，在曼舞，旋转中、曼舞中白灰、青烟，似乎又化作一个影影绰绰的人影。这是一个女人的影子，这分明是她妈多儿的影子，"妈——"随着一声撕心裂肺的嚎啕，佘大花昏死在多儿的坟头……

人生发出的第一个音节是"妈"，人在最痛苦、最悔恨、最绝望的时候，喊出的还是"妈"。

"真香，真解馋！"一声响亮的饱嗝后，郭德玉道，"一年多没吃过一顿饱饭，更甭说黏面了。"

"还有。"佘大花的心事，被郭德玉打断了，"来，我给你再调些。"说着伸出手，她去接他拿在手里的粗瓷黄碗。

"不要了。我已经吃好了。"说着，粗瓷黄碗被郭德玉藏在了背后，"你看我！饿急了，光顾了自己。你还没吃，你吃些！"

"刚吃过。"一边说，佘大花一边用袖头擦着眼睛，"这会，我还不饿。"一句好话三冬暖。肚子虽饿，心里佘大花却是热烘烘的。

"没看人都失了形咧，还说不饿！"郭德玉更加地体贴了，"快吃！这几年只听说饿，还没听谁说他不饿的。"两年不见，没想到郭德玉竟变得如此的体贴入微，只觉眼窝热热的，酸酸的，将剩下的半碗面调好后，跟郭德玉佘大花要分着吃。郭德玉却坚决的不肯，顺手舀了碗面汤，一边喝他一边又道："这粮食，可不敢再糟蹋了！"

"诶，我哥呢？他回来了吗？"正吃饭停下筷子，话锋一转，佘大花突然道，"听我爸说跟你，他好像在一块儿。"这时，她突然想起了他哥佘大勇。

"放心！已经回去了。"郭德玉道，"这两年我们也不知自己在天南，还是在海北，出来后，才知跟家只隔了条河！"

"听我爸说他花了不少的银子，事都没办成。"佘大花又道，"这次一文钱没花，你俩咋突然都回来咧？"

"这次，这次多亏了人家陈静远！"郭德玉道，"你还不知道，新县长是人家的同学，警察局长，又是人家的大舅哥。"接着，他又大彻大悟地道，"难怪人家要念书？这念书人的腿，就是长①！把书念成了，人家活的人，也不一样了。"

"哦，你不提我还忘了。"见有了新话题，佘大花不禁又兴奋起来，"一文钱没花，从北京人家陈静远还领回个媳妇。媳妇人标致、人洋气都不说，听说还是个大学生！你揣人家是咋成的亲，又是谁的执事头？"

"咋成的亲？"闻言，郭德玉，果然也来了兴致，"谁的执事头？"

"谁？"佘大花神神秘秘地道，"说出来能把你吓死。是省主席！借放舍饭，人家把十里八乡的，都待了。跟人家比在世上，咱简直白来了一趟！"

借机将饥民起来吃赫家的大户，借势，赫家又杀了学校的先生李垦，后来赫老二、翟树德，又不明不白被杀的事，佘大花跟郭德玉学说了一遍。闭口她却不提谢铁成、赫老大跟葛掌柜，更不敢提婆婆菊儿。

"算了。不提了。"唯恐一时兴起又说漏嘴，佘大花暗示郭德玉要他早点歇息，"时间，也不早了……"

久别胜似新婚。心里虽如饥似渴，无奈却力不从心，跟佘大花只亲热了一回，郭德玉便累得呼呼地睡着了。心里有事、有障碍，佘大花也没了欲望。不由自主，她又回到被他打断了的心事上……

也许能做到不让自己进老郭家的大门，郭德厚怕还不至住在他家的老坟里，不让自己去祭奠婆婆吧！从她妈多儿的坟头，佘大花又来到婆婆菊儿的坟前。

郭家的老坟，算得上名副其实的老坟了。占地两亩有余，老坟上松柏森森，榆槐葱葱，蒿草齐腰，狐兔出没，总给人以既沧桑、又神秘莫测的感觉。连附近的都不敢贸然接近，过路的生人只能是望而生畏，又敬而远之了。

合抱粗、参天高，又错落有致的松柏，显然是先人们手植的。当仁不让，它们才是这块神秘领地中的"正规部队"，而那些杂七杂八的槐树、榆树、椿树跟柳树，则是自生的。理所当然，又甘拜下风，它们只能是"杂牌军"了。在残酷的生存竞争中，跟那些理直气壮的"正规军"比，这些"杂牌子"明显地处于劣势。委曲求全，它们只能在歪过来扭过去中，去寻求自己的一线生机了。

连续三年的大旱，关中已是赤地千里、寸草不生，连郭家的老坟，也都失去了以往的神秘。在变黄变干后，又匍匐在地上，蒿草成了松软的地毯。被饥民们剥皮、抽筋，"杂牌子"也都死于非命。失去簇拥，"正规军"也没有了以往的威仪。那些新的、旧的、大的、小的上百个墓冢更是裸露无遗、历历在目。

其它的墓冢都被蒿草覆盖着，并有石碑作为标志。石碑上有的刻着某某先考，有的，却刻着某某先妣，不懂这些，更顾不了那么多，不用寻也不用找，佘大花径直来到一个白光光的新坟前。这个既没有新草，也没有败草，更没有石碑作为标志的新坟，无疑就是婆婆菊儿的了。令佘大花犯难的，是在它的旁边，还坐落着一个同样既没新草，也没败草，但却有石碑作为标志的墓冢。不用看，佘大花也知道这个墓冢的主人，除她公公郭福寿外，还能有谁？

犹豫了一阵后，寒衣被佘大花分成了两份。趴在地上，佘大花先给公公郭福寿连磕了三个头，接着，又给婆婆菊儿连磕了三个头。又是火苗，又是青烟，又是纸灰。伴随着青烟，纸灰也在旋转，也在曼舞，旋转中曼舞中，却既没见公公郭福寿的影子，也没见婆婆菊儿的影子，显然，他们还没有原谅她。没有嚎啕，也没有眼泪，一边焚烧，佘大花一边自言自语地嘟噜着。到底都嘟噜了些啥，也许只有她自己才知道。

寒衣烧完了，佘大花也嘟噜完了。在白灰、在青烟的旋转中、曼舞中，却还是既没见公公，也没见婆婆。看来，只能以死来求得他们的原谅了。

又磕了三个头，扶着膝盖，佘大花吃力地站了起来。一边拍着身上的土灰，她一边打量着这座老坟。东张张，西望望，她像是寻找着什么。一棵老柏树被锯掉了，只剩下了树根，树根上的年轮，尚依稀可见。有隙可乘，一棵扭七趔八的"杂牌子"将它的枝杈，伸了过来。

"可惜！"轻轻叹了口气，吃力地抬起腿，佘大花终于上了树根。

几经失败，用来捆纸扎的麻绳的一头，终于被佘大花成功地扔过了"杂牌子"，扔过了它那伸过来的枝杈。歇了口气后，麻绳又被她打了个死结，用手抻了抻，还好，挺结实。抬起下巴，佘大花又试了试，高度也合适。

没有恐惧，也没有悲哀，却有些犹豫。这一刻，佘大花不由又想起了儿子争气，在这个世界上，儿子成了她唯一的牵挂。一切，都还来得及。

"死得，合该，就是欠打！"那些不屑一顾的面孔，又在佘大花的眼前晃动；老鼠过街，那些人人喝打的声音，又在她的耳边响起。

"活着，你甭想进我老郭家的门！就是死了，就是变成鬼，你也甭指望着进我老郭家的祖坟！"郭德厚的骂声，又在她的耳边萦绕；郭德厚的巴掌，又在她的眼前挥舞。

不让进！不是都进来了吗？既然来都来了，就死在这里，就死给他看！

想到这儿，踮起脚扬起头，将下巴，佘大花慢慢伸向了绳套，伸向了那个她自己给她绾结而成的绳套。此时此刻，绳套成了佘大花的唯一选择。也许只有它才能帮她丢弃牵挂，摆脱嘲笑，远离唾骂，才能让她得到最终的、最彻底的解脱。死有什么好怕的？一层子人，不是都被饿死了吗？与其活活被饿死在铁匠铺子，然后逐渐地变僵、变硬，再遗臭万年，还不如用这种颇为壮烈的方式，以明

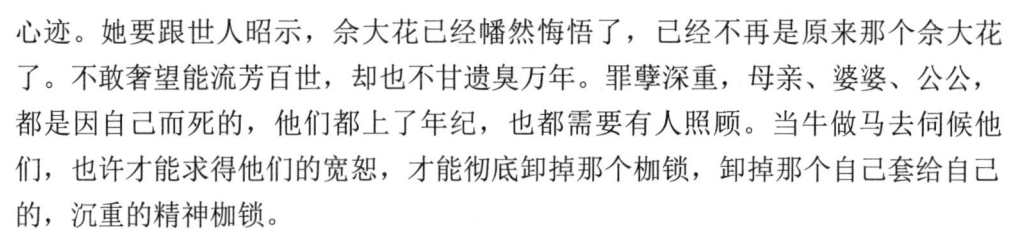

心迹。她要跟世人昭示，佘大花已经幡然悔悟了，已经不再是原来那个佘大花了。不敢奢望能流芳百世，却也不甘遗臭万年。罪孽深重，母亲、婆婆、公公，都是因自己而死的，他们都上了年纪，也都需要有人照顾。当牛做马去伺候他们，也许才能求得他们的宽恕，才能彻底卸掉那个枷锁，卸掉那个自己套给自己的、沉重的精神枷锁。

一想到那个沉重的精神枷锁，佘大花反而平静了。平静后的佘大花竟是那样的妩媚，竟是那样的动人，竟是那样的可爱。为了卸掉心中那个沉重的十字架，这张妩媚、动人而又可爱的脸蛋，毅然决然地钻进了绳套。

身子先是向下一沉，接着，又随树枝晃荡了几下。停下后，佘大花那个已经不再丰腴的身子，竟一下子，又修长了许多……

生跟死，原来，只不过是一口气的差别。痛苦是痛苦，于一瞬间，痛苦便结束了。解脱后佘大花是一身的轻松，像一捆灯草在阴暗中，她坠落，再坠落……像一根鸡毛落在了地上，佘大花既没有跌倒，也没有摔伤，甚至连一丝不适的感觉都没有。一片幽暗中鬼火星星点点，忽明忽灭……

"唉！"一个声音叹息着，"咋跟我一样，也是个吊死鬼。看上去，还年轻轻的。"闻言，佘大花吃了一惊。从声音，她断定叹息者是个女鬼，这声音虽有些震颤，听上去，却又是那样的耳熟。看不见面孔，她不知她是否狰狞。她的面孔，被她那披散着的长发所掩盖。"咋死还不都是个死？"另一个声音催促道，"走吧，阎王爷还等着！"闻言，佘大花又吃了一惊。还是个女鬼，而且声音，似乎更加地耳熟。回头看时她的面孔，也被她的头发掩盖得严严实实。"这是阎罗殿。"两个女鬼异口同声地道，"你自己进去吧。"

"啥名字，哪儿来的，查查看！"阎罗殿里，阎王吩咐着判官。见阎王比想象中的还要丑陋，还要凶恶，佘大花忙埋下了头。

趁判官翻阅生死簿的当儿，不由自主地将四周，佘大花偷瞄了一眼。妈呀！一边是刀山，一边是油锅。油锅里几根白骨，在上下地翻滚着；趴在刀山上几个死鬼，被捅成了马蜂窝。既不是棉油灯，也不是松明子，前面两侧正熊熊燃烧着的，竟是两个被剥得赤条条的躯体。

"被点了天灯。"见状佘大花又是一惊。自己将被上刀山、下油锅还是被点天灯？她的头，埋得更低了。"罪孽深重。"阎王道，"本来要上刀山、下油锅，念你已有悔过之意，又是一片孝心，本王就放你一马，不咎既往了。你婆婆、你妈妈就在门外，你可要将功抵罪、好好地伺候她们。否则不但要上刀山、下油锅，还要打入十八层地狱，永世不得超脱。记住了吗？啊——"

犹置身瓮中，从四面八方传来的，竟都是阎王的回声。听到上刀山、下油锅，佘大花不觉两腿一软。听说不咎既往，她这才终于没有晕倒。听说婆婆、听说妈妈就在门外，她又是惊，又是喜。当问她记住了没时，她既没敢抬头，更没敢说话，只是连连地点着头。

"下去吧。"阎王道。闻言如临大赦，佘大花唯唯诺诺着退了出来。

出来后，用眼睛在四下里搜寻了一周，佘大花却既没见婆婆，也没见妈妈，等在门口的，仍然是送她到这的那两个女鬼。

"她们就是婆婆、就是妈妈！"突然，佘大花明白了过来。一声"妈"又"扑通"一声，她跪倒在她们的面前。

"你是……"闻言，两个女鬼同时大吃了一惊。"不肖的女儿，不孝的媳妇。"佘大花痛哭流涕，"跟妈妈、跟婆婆我赎……赎罪来了。"

"啊，是大花！你、你咋跑到这里来咧？"同时大吃了一惊，又同时伸出手，两个女鬼要扶佘大花起来。"我有罪。"一边哭佘大花一边道，"只有给婆婆、给妈妈当牛做马，才能赎回我的罪孽。"跪在地上，她死活地不肯起来。

"不成！"一个女鬼又气又急，"你、你快给我回去。你来咧教德玉、教争气他们咋办？"听口气，她就是婆婆菊儿了。

"你、你疯了！"另一个女鬼更是气急败坏，"赶紧走！过了时辰，就回不去了。"不用说，她就是妈妈多儿了。

"争气有姑姑、有小姨带着。"一边哭，佘大花一边分辩着，"两年不见，德玉他……他多半已不在人……人世了。"

"谁、谁说的？"死鬼菊儿道，"他、他就要回来了。你不能丢下他们不管！"

"快走快走！"死鬼多儿也着急地催促着，"一会，就来不及了！"

见佘大花还是不肯起来，情急之下从头上，死鬼菊儿竟拔出了一枚老针。眼看着老针越来越长，也越来越粗，后来，竟变成了一把锥子。

"你走不走？"说着死鬼菊儿手里的锥子，已向佘大花刺了过来。佘大花下意识地躲闪时，不想被死鬼多儿从后面，又推了一把。

佘大花被刺了个正着。

---

①腿长：关中方言，指生活圈子大，交际广，眼界宽。

第八十三章

也来上坟，胳肢窝里郭德全挎着个老笼，老笼里装着的是寒衣。扛在郭德厚肩膀上的是铁头锨，铁头锨是用来给坟上培土的。虽空着手却都"身不空"，山妹、雪儿落在了后面。

"大哥，你看！"突然指着老坟，郭德全吃惊地道。

"啊呀，不得了！"随着一声惊呼，撒开腿郭德厚朝着老坟飞奔而去。扔掉老笼，紧跟着郭德全也赶了上去。莫名其妙，正有说有笑，一时山妹、雪儿竟戛然而止。明白过来后，俩人更是大惊失色，腆着大肚子她们惊叫着、蹒跚着，要不是山妹眼疾手快，雪儿差点栽倒在地……

抱着佘大花的双腿，见并没冰凉，并没僵硬，郭德全又是惊，又是喜，又是着急。急于将其从绳套里卸下，却因她躯体尚且柔软，加上树枝有弹性，他是干着急，却使不上力。惊慌失措，又焦急万分，一时间郭德全竟有些手忙脚乱。

既没管佘大花，也没帮郭德全，用铁头锨，郭德厚一个劲地猛斩着树杈。白花花的木渣，应声纷纷地下落着，只五六下，从根部那根比小腿还要粗的树杈，竟被郭德厚铲去了一小半。支持不住，弯下腰树杈终于向郭德厚投降，向铁头锨屈服了。

这时抢在雪儿的前面，山妹也赶到了。虽脸色青紫，也没了气息，佘大花的身子却还柔软，却还温热。从头上摸出老针，山妹一下子刺进了她的人中。这时雪儿，也气喘吁吁地赶到了。苍天保佑！四个人男的圪蹴，女的跪着，心里他们却几乎是众口一词、在默默地祈祷着。八只眼睛，也全聚焦在佘大花的鼻翼上……

山妹来回地捻动着老针，俯下身，雪儿忙将耳朵贴在了佘大花的鼻孔上。

"有么？"郭德全焦急地道。没吭声，雪儿只微微地摇了摇头。见状郭德厚、郭德全的心里不由一紧，虽失望，山妹、雪儿却并没放弃。

"咋样？"郭德厚又着急地道。这回雪儿虽没摇头，却也不曾点头，将耳朵，她贴得更近了。在沉默中焦急……在焦急中沉默……终于沉不住气，就在郭德厚连连顿足的时候，摇着手雪儿制止了她的大哥。从她那逐渐活泛起来的脸色上，大家似乎又看到了一线希望。

"有了！"雪儿惊喜地道。说完，她忙将耳朵又贴了上去。侧耳细听，那气息虽极其微弱，却是生命精灵的复苏。

"眼泪！"山妹又惊喜地道，"她哭了。"闻声细看时，见佘大花的两个大眼角，果然各沁出一颗小米粒大的泪珠儿。泪珠儿虽不大，却是生命源泉的流淌。

泪珠儿在慢慢地变大……青紫在慢慢地变淡……脸色在慢慢地红润……气息在慢慢地变粗……生命的源泉，在慢慢地汇集……生命的精灵，也在慢慢地复苏……

睁开眼睛吧！亲人们都在期待着，包括打了你一巴掌的大哥。你知道你大哥，他是多么的忠厚吗？你见他打过谁、骂过谁吗？你知道那么多人他不打、不骂，却偏偏地要打你、要骂你吗？你知道事后，他是多么的懊悔吗？你知道比你年龄还小的大嫂山妹，是怎样抱怨着你的大哥吗？你听说过打是亲、骂是爱吗？你知道是你大哥用铁头锨斩断树杈，才救下了你吗？你知道此时此刻，你大哥他比谁都着急吗？

你是老郭家的儿媳妇，也是你大哥的兄弟媳妇。打你、骂你，不正说明他心里有你、巴不得你能走上正道吗？你大哥，他是恨铁不成钢啊！大花，你懂吗，你知道吗？

"大花……醒醒……你醒醒……你快醒醒……"凑在佘大花的耳边，山妹、雪儿轮番地呼唤着，一遍，又一遍……这是发自肺腑的呼唤！在心里郭德厚、郭德全默默地应和着，一遍，又一遍……这是来自灵魂的共鸣！

泪珠儿终于变得晶莹起来，变大，再变大……已经有黄豆那么大了。啊！沿着佘大花的脸颊，它终于滚落了，这是难过的泪水，这是悔恨的泪水，同时，也是感动的泪水。

新的泪珠儿，又出现了，米粒大……小豆大……黄豆大……

啊！鼻翼似乎动了一下。接着，嘴唇似乎也微微翕动了一下。佘大花的上眼皮，终于艰难地并抬了起来，抬起了一道细缝。细缝在慢慢地变大，瞳孔，却在慢慢地缩小，并由浑浊慢慢变得黑亮起来。奇迹！生命的奇迹终于再现了……

"大哥……大嫂……"对着郭德厚，对着山妹，佘大花的嘴唇，在嚅动着。声音虽然微弱，但郭德厚、山妹心灵受到的，却是强烈的震撼。他们已经是泪如雨下……

"大花……"一边哽咽，郭德厚、山妹一边应答着，"你……瓜妹子……"亲情如微风拂面，但佘大花得到的，却是前所未有过的慰藉。她已经是热泪盈眶……

"三儿……雪儿……"对着郭德全，对着雪儿，佘大花艰难地呼唤着。声音依然是那样的微弱，但郭德全、白若雪心扉受到的，却是强烈地撞击。他们已泣不成声……

"二嫂……"一边啜泣，郭德全、白若雪一边应答着，"你……"亲情若清泉流淌，但佘大花得到的，却是前所未有过的满足。她已经是泪如泉涌……

从奈何桥头被截住后，佘大花又被接到了河东堡。给她换衣服时，无意中从她的口袋里，雪儿摸出了一张字条。只寥寥数语，字写得歪歪扭扭不说，还错别字满篇，看了却教人揪心裂肺，柔肠寸断，五内俱焚。

又是端饭，又是递水，大嫂山妹，弟媳雪儿形影不离地陪伴着佘大花。又是嘘寒，又是问暖，大哥郭德厚，小三郭德全也不时前来探望。感动战胜了饥饿，真情代替了偏见，一街两行的，也纷纷前来探望。屋里站满了人，接着，院子也站满了人。院子里，大家在焦急地等待着；屋里的，却迟迟不见出来。街道上，众人也焦急地等待着；院子里的，却也迟迟地不见出来。一片纷乱，冷清已久的河东堡，全都被惊动了。

"生跟死，就差了这么一步！"

"多亏了她大哥！听说用铁头锨，他硬是斩断了那根比腿还粗的树股。"

"真没想到，打她的是她大哥，救她的还是她大哥！"

"甭看平时不爱说话，心里郭德厚比谁都灵醒，比谁都善良！"

院子里，街道上，众人纷纷地议论着，焦急地等待着。屋里的没出来，一张字条，却被递了出来。从院子到街道，字条被传递着，诵读着。写的啥？快念来听听。不识字的，催促着那些识文的，断字的。

  争气，妈有最（罪）。没发（法）给你婆送中（终），只能到
  那边，去跟她老人家熟（赎）最（罪）了。你要听姑奶、姨奶的话，
  要好好做人，提（替）妈给咱老郭家，争口气回来。

"这么说，这娃她早都悔悟了？"

"是啊！敢情这人，也是可以改变的？过去年纪轻不懂啥，现在大了，醒事了。"

"不能再用老眼光看人了！这人在世上，谁能没个三昏、六迷、十二糊涂？"

"知错能改，就是好娃。浪子回头金不换喀！"

第二天在佘福庄、在舍饭场上，跟报纸的特大"号外"一样，佘大花被郭德厚一家所救的事，又轰动了南河镇。传播者无不津津乐道，聆听者无不为之动容。感动之余，聆听者，又成了新的津津乐道者。

带着陈思毓陪着孙兰玉，马月盈赶来了。抱着争气陪着明儿，马子亮赶来了。带着倩儿陪着余儿，刘子明赶来了。抱着那个名分尚有争议的娃娃，莲儿赶来了。走两步退一步颠着小脚，柳叶也赶来了……大家唏嘘着，感叹着。一把搂住争气，佘大花母子抱头恸哭……

正撩乱着给佘大花母子收拾房子，郭德厚、郭德全兄弟却被拦住了。"大哥，三儿，"佘大花道，"你们就甭再忙活了。铁匠铺子啥都是现成的。"

"啥？"闻言跟雪儿一起，郭德全他们惊讶地道，"二嫂，你还要回，回铁匠铺子？"

"啥都有不假。"跟山妹一起，郭德厚他们却道，"可那里却没吃的。再说一个女人家，又带着孩子，我们也不放心喀！"

"没事。"佘大花却平静地道，"已经惯了。这年头，谁家也不宽展喀！离佘福庄近，舍饭人家能吃，我也能吃！"

"不成！"郭德厚又犯起了倔脾气，"你就安心给我待在这儿。有我们一口饭，就饿不着你！再说咱老郭家，还没到非吃舍饭不解的时候。"

"大哥、大嫂、三儿、雪儿，"佘大花竟慷慨激昂起来，"你们不要多心。我只是要活出个人样来让大伙看看，如今的佘大花，已经不是过去的佘大花了。过去那个该死的佘大花，她已经死了！"

"二嫂，还是留下来吧。"闻言，雪儿又道，"这居家过日子说起来容易，做起来，可就难了。"

"年馑还没个深浅。"山妹也道，"还是留下来我们一块过。大花，你就甭逞强了，啊——"

"不！"佘大花坚决地道，"这个强，我偏要逞！大哥，大嫂，三儿，雪儿，你们就甭再拦我了。"

带着儿子争气，佘大花果然吃起了舍饭。郭德厚、郭德全、山妹、雪儿都劝她不下。刘子明、马子亮、余儿、明儿拿她，也没一点办法。就连背过她他们送到铁匠铺的粮食，也都被倔强的佘大花又送了回来。

傍晚吃舍饭回来，见案板上又放着一碗白面。无需多问，一见这粗瓷黄碗，佘大花就知道不是大嫂山妹来过，就是弟媳妇雪儿来过了。正谋思着明天一早给他们送过去，不料晚上，郭德玉竟突然回来了。

趁郭德玉、郭争气伢父俩还在酣睡，洗过脸，梳过头，一夜都不曾合眼的佘大花，匆匆来到了河东堡。这次她不是来送面的，而是跟郭德厚、郭德全，跟山妹、跟雪儿来求救的。

"大哥，"见了郭德厚，佘大花既兴奋，又惶恐，"昨晚，德玉他……"

"德玉……"闻言郭德厚不禁一愣,"德玉他……他咋咧？"等不得她说完,他吃惊地打断了她。

　　"他……"兴奋中,惶恐中,佘大花又道,"他,他突然回……回来了。"

　　"啥！"闻言郭德厚又是惊,又是喜,"德玉他……他真的回来咧？"

　　"回来咧,回来咧是好事嘛！"郭德厚吃惊的大嗓门,又惊动了正在扫院的山妹,"还没见过,我正想见见这个兄弟呢！"正高兴话锋一转,她又抱怨道,"一惊一乍的,你姊妹俩倒将人吓了一跳！"正在扫屋,闻言雪儿一边招呼正在洗脸的郭德全,一边急急忙忙地赶了过来。

　　"可……"佘大花却为难了,"可他要是问起咱妈,我……我咋个跟他交代？"

　　"这……"一时,郭德厚竟被问住了,"这、这、这……"

　　"这……"一旁替佘大花,山妹也在着急,"这倒也是……"

　　"二嫂,"不料郭德全却道,"跟以前比没看二哥他,有没啥变化？"

　　"变……倒是变咧……"惶恐之余,兴奋之中,佘大花又有些不好意思,"变多咧！像是换……换了个人,知道体……体贴人了。"

　　"那就好办！"闻言郭德全笑了,"二嫂,跟二哥你就说他两年没在家,眼下回来了,就该先上个坟。"说着,他又压低了声音,"跟他一块来,其他的你就甭管了。"

　　"这……"闻言,佘大花连连地摇着头,"这怕不成。这不是没事寻事,拿着勾搭去惹倒搭吗？他要是问起咱妈来……"

　　虽深有同感,郭德厚、山妹却不知郭德全的葫芦里卖的究竟是啥药。

　　"不怕,不怕。"安慰着佘大花,郭德全又道,"不问不说,他要是问起,你就说咱妈在老坟里等他。记着,可不敢说我们也在,啊——"

　　"二嫂,你兄弟他能说这话,肯定有他的道理。"对丈夫,雪儿倒是蛮有信心,"咱听他的,不会有错！"

　　跟着佘大花,郭德玉果然来到了他家的老坟。没想到从大柏树的后面,郭德厚、郭德全弟兄俩、山妹、雪儿"先后"俩,也相继地鱼贯而出。郭德厚、郭德全就不说了,山妹郭德玉可是从来都没见过。正因为从没见过,他确定她就是郭德厚的媳妇,是自己的大嫂山妹了。心里虽早有准备,看见走在最后的雪儿,郭德玉却还是大吃了一惊。他认识她,正因为认识她,他才大吃了一惊。望而却步,一时,郭德玉竟愣住了。雪儿却是早有所料,偷偷指了指自己,紧接着跟郭德玉,她又偷偷地摆了摆手。这眼神、这手势分明在告诉他,要他装聋作哑、装着不认识她。也分明在告诉他,她已经原谅了他。心神稍定,又心里一热,郭德玉感动得只差没哭出声来。

是何等的聪明？雪儿也不想让人知道郭德玉的秘密，她要把他那并不光彩的秘密，变为永远的秘密。这个秘密如果让人知道了，郭德玉将来不好做人不说，自己也将是十分的难堪，大家，更是免不了尴尬。往后的日子还长着！郭德玉不好做人，自己难堪，大家尴尬，一家人在一起又如何朝夕相处？

瞒过了大嫂山妹，也瞒过了二嫂佘大花，雪儿却不知道她并没瞒过她的大哥，更没瞒过她的丈夫。为了让郭德玉重新做人，为了让雪儿不致难堪，也为了让大家不致尴尬，将这个秘密忠厚的郭德厚，聪明的郭德全，都深深地埋在了各自的心底。

"大哥……"抢步上前，郭德玉先是一把搂住了郭德厚。"三儿……"接着，他又一把搂住了郭德全。没了下文，只有眼泪，弟兄三个抱头痛哭……

"这是大嫂。这是你弟妹。"先指着山妹，又指着雪儿，郭德全跟郭德玉道。

"大嫂。"这声"大嫂"，郭德玉叫得还算干脆。

"弟妹……"这声"弟妹"，郭德玉却明显地有些艰难。羞愧难当、无地自容，借擦眼泪，他掩饰着自己。

"咱妈呢？"不出所料，郭德玉果然问起了他妈，"咋没见咱妈？"擦掉眼泪，用眼睛，他四下里搜寻着。

"甭胡盯了！"按郭德全事前的安排，指着她妈菊儿的墓冢，对着郭德玉郭德厚吼道，"咱妈她在这。还不跪下！"

一时，郭德玉急忙反应不过来，"扑通"一声，郭德厚却早跪倒在一座新坟前。见郭德玉还是没反应过来，"扑通"一声，佘大花也跪倒了。紧接着郭德全、山妹跟雪儿，也先后地跪了下去。郭德玉先是一愣，后是一惊，紧接着两腿又是一软。喊了声"妈"，他这才一头扑倒在菊儿的新坟上。这时郭德厚、郭德全、山妹、雪儿，早都是泪如雨下。痛哭失声，郭德玉、佘大花更是死去活来……

生前让老人丢尽了人、现尽了眼、淘尽了气，又受尽了委屈。如今觉悟了、明白了，想争口气以尽孝道的时候，老人却没有了。她再也看不到了，她再也听不到了，她再也享受不到了。世上，还有比这更教人痛心疾首，更教人肝肠寸断的事吗？

"妈好好的……"一边添着烧纸，郭德玉一边抽泣着，"怎么说不在，她老人家就……就不在了？"

"你、你还有脸问？"抹着鼻涕，擦着眼泪，郭德厚道，"一年多不见个影形，妈她能好吗？知道吗？她是活活被你给折磨死的！"为了护她，将一盆子屎尿，大哥竟全扣在了郭德玉的头上。佘大花既感动，又悔恨，负罪感也再次油然而生。心里她像是打翻了五味瓶，辛酸苦辣一齐涌了上来。痛不欲生，跌拌在婆婆的坟头上，佘大花又一次哭得死去活来……

没想到他妈竟是为他受折磨而死的，良心受到拷问，又被佘大花所感染，郭德玉也又一次悲声大放……

祭奠完他妈菊儿，接着，又祭奠了他爸郭福寿。用心良苦，郭德全不单成功地解脱了佘大花，不单巧妙地、再次地教育了郭德玉，而且用亲情，用这个氛围将一家人的心，又重新聚在了一起。以死唤醒了儿子，唤回了媳妇的良知，同时，又震撼着南河镇每个人的灵魂，若在天有灵，菊儿她也许知足了，也许可以瞑目、可以安息了。歇着吧！善良的菊儿，你已经够累了。

"能捡条命活着回来，也算不幸中的万幸。"郭德厚道，"但不知今后有啥打算？"返回途中一边走，他一边试探着郭德玉。"跟大哥、跟三儿学种地！"郭德玉却是不假思索。"那好。"郭德厚又道，"七十二行，庄稼为王。其实种地也没啥好学的，就看你下得了下不了这份苦？"看来对郭德玉，他还是不大放心。"大哥，这你放心！"郭德玉斩钉截铁地道，"这两年吃了不少的苦头，也明白了不少的道理，人该咋做，事该咋办，话该咋说，兄弟我全都清白了。"见郭德玉发着狠，郭德全笑了："庄稼汉，庄稼汉，半年辛苦半年闲。做庄稼也不是天天都有活，南河镇也不是天天都逢集，有空你还可以在集上转转，看看，弄几个零钱称盐灌醋，给二嫂买个针头线脑，也并非不可！"

善钱难舍。当初，还为没卷入那场冤冤相报的杀戮而暗自庆幸，眼下见赫家已经失势，佘有志不觉又心疼起那一百大洋来。

赖账容易，要账可就难了。时过境迁，赫尚武也不是街道上那些龟五贼六的哨街猴。今非昔比，新县长既不是原来的徐知事，更不是后来的黎沛钦。此一时，彼一时。警察局长也不是原来的刁团长，更不是后来的苟得贵，老调重弹，肯定是不行了。

前两次，佘有志都下了软蛋：第一次还没走到半路，他却先没了信心。第二次能好点，总算在河西堡打了个转转。这次又有所进步，佘有志终于拾到了，赫家的门口。进还是不进？他腿问着口，口问着心。赫家大门两侧的一对石狮子，一会似乎在嘲笑佘有志不敢靠近，一会又似乎怒目相向、不让他靠近。招架不住，佘有志正要回头，却一眼看见了已经走出二门的赫尚武。先是吃了一惊，接着，佘有志又自己鼓励着自己，见躲不过，硬着头皮，他只得跟他打起了招呼。

人见了，门也进了，一百块大洋却还是没要到手。脸憋得通红，更难为了舌头。在嘴里舌头不知拐了多少个弯，将他的来意，佘有志总算是说了出来。既没有赖账，赫尚武却也不曾认账，既没说给，也没说不给，他只一个劲地跟他讲着亏欠。头难头难。既然有了头一次，不辞劳苦，佘有志又一连跑了几次，结果却是大同而小异。

这天又无功而返，关上门佘有志刚要跟莲儿亲热，不想，有人却叩响了头门。活见鬼！虽满肚子的不快，他却还是开了门。"谁呀？"佘有志没好气地道，"我这已歇业多时了。"叩门而入的佘大勇，竟被他当成了侥幸没饿死的大烟鬼。这时怀里抱着个碎崽娃，闻声，莲儿也赶了过来。

"咋？连我都不认识了？"佘大勇惊讶地道，"我是大勇。"闻言，佘有志、莲儿不约而同地，都大吃了一惊。没料到这么快，佘大勇就被放了出来，这一惊，也许是人之常情。上下打量了一阵，见果然是佘大勇，佘有志、莲儿，又吃了一惊。这一惊，就不是人之常情了，这时的人之常情，怕应是"又惊又喜"。不但没有吃惊，对着佘大勇，那个既无名、又无分的碎崽娃子，却是笑盈盈的。

"来，把娃给我。"见莲儿有些慌乱，从她的怀里，佘有志忙接过了孩子，"去，去给大勇弄饭吃。甭忘了烧些水，再让他洗洗……"借故将她，他打发了开来。趁机，他还捏了她一把，示意她千万不敢松口、不敢说漏了嘴。

想跟莲儿亲热，不料她却被他爸佘有志借故，给支了开来。一切都是为了儿子，都是为了佘大勇，佘有志的理由竟是那样的合情，又是那样的合理。搂不上莲儿，佘大勇只好接过了孩子；亲不上莲儿，他只好亲起了孩子。不料碎崽娃还小，还不识抬举，受宠若惊他反而被他吓得，哇哇地哭了起来……

"娃嫌你生。"说着，佘有志又将碎崽娃子接了过去，"蓬头垢面的慢说娃，连我，都被你吓了一跳。"多么顺理成章，又多么冠冕堂皇的理由！说怪却又不怪，到厌佘有志的怀里，小家伙立马，又破涕为笑了。

"这碎 是……"佘大勇果然见疑。闻言，佘有志忙截住了他。"瓜子！"佘有志嗔怪道，"除了你，还能是谁的？"值得侥幸的是夜色，掩饰了他的尴尬。

"我的……"对生儿育女的事已似懂非懂，佘大勇是将信将疑。"是呀！"佘有志进一步肯定着，"之前你媳妇已经'有啥'了。没看他多像你！"

"像我……"闻言佘大勇不觉有些激动，"这么说，我都当上爸了？"闻言佘有志更是不无感慨："是啊，没想到，我都当上爷了！"

手头没镜子，碎崽娃子是不是真的像他，佘大勇一时无法考证。不过，有镜子也没用，跟原来比这时的佘大勇，可以说面目全非了。话说回来，即便不像他而像佘有志，佘大勇又能咋样？孙子理应像儿子，儿子又理应像老子，那么孙子，难道不该像他的爷爷吗？

几个月前，当莲儿生下这个男婴时，也曾一度，引起过物议。成为头版头条，物议又一度领衔着，南河镇的街巷文化。既像佘大勇，又像佘有志，似乎，也都在情理之中，但扳指头一算，佘大勇却显然，没这个命！

佘有志做下乱伦的丑事，却让南河镇人，跟着作难。见了他众人不知该嘲笑，还是该恭维。即便想恭维他几句，却又有口难张，说他喜得孙子吧，却不符合事实；说他喜得贵子吧，却又不符合伦理。于是，大家只能是三十六计——走为上了。不知情的，还以为他们做了啥亏心的事，对不住人家佘有志佘老板。

嘲笑虽在所难免，却只能在背地里进行，而且没多久，便烟消云散了。饥肠辘辘，刚吃过早上的，又想着下午的，自家的冬天冷都操心不过来，谁还有心思去操心人家的夏天热？心里惶惶，刚吃过今天的，又盼着明天的，饥寒自家只差没沦为盗贼，哪里还有心情去议论人家的饭饱生淫欲？连年的灾荒，饿死了不少的生灵，同时也摧残着南河镇的街巷文化。

收了一料苞谷后，饥荒总算是过去了，家家户户的烟筒里，又重新冒出了缕缕的炊烟。男男女女、老老少少的脸色，也逐渐透出了隐隐约约的红润。南河镇的街巷文化，也随之活跃起来。

几乎被忘却，郭德玉的自天而降，让大家不由又想起了佘大花。野蜂太多，佘大花的花芯儿，已经被采乱了。红杏出墙，铁匠铺都被溜光了，她的肚子里，竟没留下什么孽种。以死跟婆婆谢罪，佘大花被亲人救下后，又被大家认可了、接受了。不但原谅了她，南河镇人还被她感动了。

佘大勇就不同了，他的不期而至，除给南河镇的街巷文化注入了新的内涵外，还又一次地让南河镇人作难了。莲儿抱在怀里的碎崽娃子，总得有个名分吧！说是佘大勇的儿子，就是贪月①，也没听谁家的媳妇一贪就是多半年。说是他的弟弟吧，无异于既打了佘有志的嘴巴，又揭了莲儿的脸皮，还给佘大勇扣了顶永远也甭想甩掉的绿帽子。

不排除某些人既想打佘有志的嘴巴，又想揭莲儿的面皮，还想给佘大勇，扣上顶绿帽子。这些人，是见不得他人碗里的米汤起皮的。如果谁把日子，过在了他们的前头，他们表面上奉承你、巴结你；心里却又眼黑你，妒忌你；骨子里更是诅咒你、算计你，巴不得你得个中风不语，或者干脆跌一跤摔死。如果谁的日子不胜他们，他们表面上可怜你、同情你；心里却又嘲笑你、踏砸你；骨子里更是盼你遭天谴、遭地灭，巴不得你被五雷轰顶，免得活受罪，然后再由他，来得你的绝业。

有些人巴不得能打佘有志的嘴巴，却又不忍心揭莲儿的脸皮，又给佘大勇扣顶绿帽子。佘有志一向欺人太甚，眼下墙要倒，众人焉有不掀之理？不像佘有志,虽不争气,佘大勇却也不曾害过谁。至于那个只有十六七的莲儿,大家虽不知她早被佘有志给糟践了,却都知道她是个苦命的女子。从小就没亲妈指教,她毕竟还是个不谙世事的孩子。

男怕入错行,女怕嫁错郎。如果能嫁个正经的人家,莲儿说不定还是个百里挑一的好媳妇,然而一时失察,命运之神竟将她错误地安排在佘家。莲儿的阿家多儿,倒是个难得的好人,只可惜红颜多薄命,竟不幸早亡了。佘大勇争不上气不说,而且一失踪就是一年多。一年多孤男寡女在一起,莲儿这个温顺的母羊羔,却陪着佘有志这头凶恶的老公狼。她岂能逃脱?

虽同情莲儿,但翁媳乱伦,却毕竟是件稀罕的事,更何况,还有了孽种。一般人不懂得非礼勿视,非礼勿听,非礼勿言,非礼勿动,自然更无法做到瓜田不纳履,李下不正冠了。他们又哪里,管得住自己的嘴巴?

逗哏离不开捧哏,主角离不开配角。既像相声里的捧哏,又像秦腔戏中那些打喔号号摇旗呐喊、跟着跑龙套的配角,一般人只不过是人云亦云,跟着饱一饱口福,或者是人闻亦闻,跟着饱一饱耳福。吃饭时净嘴,垫圈时净腿。在人数上这些人,却占着绝对的优势。虽挨过佘有志的锉,他们却对他怨不起来,也恨不起来。无意揭莲儿的脸皮,实际上,他们却揭着莲儿的脸皮;无意给佘大勇扣绿帽子,实际上,他们却又给他扣着绿帽子。

无论恶意还是善意,无论有意还是无意,无论逗哏还是捧哏,无论主角还是配角,他们却都丰富着、传播着南河镇的街巷文化。而且不知道被他们所丰富、所传播的街巷文化,是一把足以杀人而又不见血的软刀子。

背地里挤眉弄眼、说长道短、指鸡骂狗的街巷文化,能置要脸的菊儿于死地,却奈何不了不要脸的佘有志。菊儿毕竟是个女流,是个小肚鸡肠;佘有志却是个"大丈夫",是个肚子里能撑船的"宰相"。任你挤眉弄眼,佘有志却能做到视而不见;任你说长道短,佘有志却能做到充耳不闻;任你指鸡骂狗,佘有志却甘当鸡、甘当狗。他心甘情愿,甚至巴不得众人能降他一级,而默认他是莲儿的男人,而不是她的阿公;默认他是崽娃子的爸,而不是他的爷。

名义上是孙子,实际上,却是儿子,这个名副其实的儿子,显然太小了。指望他抱孙子,佘有志怕是来不及,也指望不住了。人家佘有志也想得开,常言说得好——天底下压根就没养爷的孙子!

原以为没好戏可看,不想郭家却闹腾得又是死,又是活的。悲剧让南河镇人无不惊心动魄,悲剧转化的喜剧,却又大出了南河镇人的意料。

原以为有好戏可看,不料至今,佘家却还是风平浪静。南河镇的某些人难免又有些,大失所望。

黎明前是黑暗的,大战前是寂静的。莲儿名花,归了原主;佘大勇久别,胜似新婚；佘有志重新空房独守，快活，已成了美好的回忆。想象着佘大勇跟莲儿的缠绵，一时难以接受，佘有志不但后悔了，对儿子，还潮起了一股莫名的醋意，还不如让驴日的就待在那四堵墙墙里，今辈子都甭回来！

多次上门讨要那一百大洋，把本不想打佘有志的嘴巴，也不想揭莲儿面皮，更不想给佘大勇扣绿帽子的赫尚武，给逼急了，当着佘大勇的面，他既打了佘有志的嘴巴，又揭了莲儿的面皮，还给他扣上了绿帽子。

"老子给儿子，竟戴了个绿帽子。"顾左右而言他，对着佘大勇，赫尚武道，"这事搁到不论谁的头上，他都活不成喀！大哥我也是实在看不过眼，这才跟兄弟你，说了实话。捉贼捉赃，捉奸捉双。不信咧，兄弟你留个神。"说着话锋突然一转，赫尚武接着道，"不过兄弟你，也要往开里想，可不敢胡来，啊——"把街巷文化中所有的恶毒话都说给了佘大勇，最后，他与其说是叮咛着他，还不如说是暗示着他、提醒着他。

闻言，佘大勇顿时明白了，也惊呆了。眼下的佘大勇，已不是当年的佘大勇了，对莲儿怀里这个碎崽娃子，一回来他就觉有些蹊跷。周围人甲的嘴巴、乙的眼神、丙的指头，无疑又加深了他的怀疑。怀疑过这个，也怀疑过那个，佘大勇却就是没怀疑、更万万没料到这个人，竟是他的亲老子佘有志。

一经赫尚武提醒，佘大勇果然发现了，不少的隐情。老子竟是儿媳妇的奸夫，儿媳妇竟是阿公爸的情妇，儿子跟老子竟成了情敌。

佘大勇成了佘有志的心中患、腹中疾；佘有志成了佘大勇的眼中钉，肉中刺。蔫叫驴踢死人，被激怒了的蔫叫驴比踢蹦骡子还要厉害，佘大勇想到过菜刀，想到过斧头，也想到过砒霜。不久，他又想到了在西府挖宝时，没用完的雷管、炸药。

一天后晌，趴在莲儿的尻子上，佘有志又重复着他那将军不下马的动作。不料拿着已经点燃的集束雷管，一头，佘大勇竟撞了进来。瞅着佘大勇那铁青的脸色，瞅着那哧哧燃烧、直冒青烟、直冒火花的引线，一时佘有志、莲儿，都惊得呆了。一声巨响揭去了屋顶，掀翻了墙壁，熊熊大火立即吞噬了一切，焚毁了一切。既焚毁了无知，又焚毁了罪恶，同时也焚毁了南河镇人等着看好戏的美梦。对面屋里那个既无名、又无分、更无辜的碎崽娃子，却从睡梦中被惊醒、被吓得大哭子起来……

①贪月：关中方言。指妇人怀孕，超过了预产期。

第八十四章

八水绕长安，水水惠秦川。
郑国与李协，千秋传美谈。

这是一首在三秦大地上，久传不衰的民谣。

其中"郑国"不是"国"，而是人，而且，是春秋战国时的韩国人，既是韩国派往秦国的大奸细，又是著名的水利专家。跟其中另一位水利专家李协比，郑国要年长他两千余岁。相隔两千余年的两个水利专家，竟出现在同一首民谣中，这已经令人，颇为费解，而作为韩国派往秦国的奸细，郑国却为秦人念念不忘，而争相传颂，似乎，就更加地不可思议了。为揭开谜面，寻找谜底，我们不得不翻一翻老黄历。

两千多年前，这片土地上也是烽烟四起，战火连天。先是齐、楚、宋、秦、晋五国先后称霸，叫"春秋五霸"；后又齐、楚、燕、韩、赵、魏、秦七国彼此争雄，史称"战国七雄"。

商鞅变法，让位于这片土地上的秦国鹤立鸡群、迅速地强大起来。强并弱，众暴寡。作为东邻，韩国成了强秦东出函谷、横扫六合、一统天下的绊脚石，成了秦国初试牛刀、对外用武的标的。采取远交近攻的战略，于公元前三零七年秦国首先破函谷，去赵之屏障，使其无险可守。公元前二九三年秦又大败韩、魏联军于伊阙，并斩获二十四万余众，重创了韩国、魏国。

公元前二六二年，秦军又攻占野王、拦腰将韩切为南北两段，使其首尾不能相顾。见韩危，其上党守将冯亭与民谋曰："秦兵日进，韩不能应。不如以上党归赵。赵若受我，秦怒，必攻赵。赵被兵，必亲韩。韩、赵为一，则可以当秦。"也就是说以上党为诱饵，冯亭想将战端引向赵国，然后，再联赵御秦。

从天上突然掉下个"馅饼"，惊喜之余又是疑神，又是疑鬼，赵王竟不知上党该要还是不该要。问及平阳君时，以得不偿失为由，平阳劝其勿受。问及平原君时，以不要白不要为由，平原却劝其"受之便"。贪吃"狗肉"，平原君的意见无疑，正中了赵王的下怀。于是以廉颇为将，赵国取了上党。

因实力悬殊，在屡战屡败后，廉颇遂"垒壁以守"。见不能速胜，秦采用了范雎的离间之计,遂遣使携重金贿赵权奸,让其扬言曰:"廉颇实不足虑,秦所畏者,唯马服君赵奢之子赵括耳。"

赵王昏庸,果然中计。遂以仅能纸上谈兵的赵括,取代了能征惯战的廉颇。

虽轻狂,赵括却也怯着,大名鼎鼎的秦将武安君白起。于是秦王又严令,"有敢泄武安君为将者,立斩"。

闻秦将并非白起,赵括益骄,致兵败身亡。赵括死不足惜,可怜赵降卒四十余万,竟被白起坑杀于长平。

危急关头,平原君欲说服楚国出兵相救,其门客毛遂也趁机"自荐",从而展示了他的政治才华。通过他小舅子信陵君,平原君又求救于魏。虽出兵,魏却不敢冒进,于是又有了信陵君"窃符救赵"的故事。

偷鸡不成蚀把米。既无招架之功,更无还手之力,正黔驴技穷,却又欺秦王年少,韩国竟突发奇想、给三十六计又添一计,曰"疲秦计"。

于是水利专家郑国,竟被韩国当作间谍,派往到秦国——托兴修水利之名,行拖垮秦国之实。好大喜功,秦相吕不韦,果然为郑国所动。于是,于公元前二四六年,跟都江堰遥相呼应的引泾工程终于顺利地,破土动工了。

不料十年后当工程即将竣工时,韩的"疲秦计"却败露了,见有机可乘,秦籍的王公大臣纷纷借风扬场、大造排外之舆论,一时间,事秦的外籍官员人人自危,似乎,都成了间谍。

时二十三岁,秦王已经亲政。并没有背着牛头不认赃,郑国为自己开脱曰:"臣虽为间,然渠成亦秦之利。臣为韩延数岁之命,却为秦建万世之功。"。

作为间谍,对韩国来说,郑国忠实地执行着,他的疲秦之计。作为水利专家,对秦国来说,郑国又默默履行着,他造福一方的伟大天职。孰是孰非,属功属过,该杀该赦,看来全在秦王嬴政的,一念之间了。

生死关头,激流勇进,在举国上下一片喊杀声中,事秦的楚籍人李斯上《谏逐客书》对秦王曰:"大山不让寸土,故能成其大;河海不择细流,故能就其深;王者不却众庶,故能明其德。"

果然非同凡响。秦王嬴政见郑国言之有理,又见李斯语出有据,于是力排众议废逐客令、复李斯官、赦郑国罪。这项举世瞩目的水利工程这才终于得以延续,而没有中途夭折、胎死腹中。

为尽快完成这件壮举,一如既往郑国日以继夜率众在瓠口凿山、引水。充分利用关中平原西北高、东南低的有利地形,他开渠凿道、将泾、洛二水连为一体,从而实现了他"取之于水,用之于地,又归之于水"的宏图。致二百八十万亩靠天吃饭的旱地实现了自流灌溉,让关中成了名副其实的天下粮仓。

没想到"疲秦"之计,反成了"强秦"之策,秦国因歪打正着,而更加地强大；韩国却因弄巧成拙，而自取灭亡。

沧海桑田。弹指间，两千多年又过去了。三秦父老也许并没记住那个并不称职的韩国间谍，却没齿不能忘记这位优秀的水利专家。为纪念他，这项举世瞩目的水利工程，被秦人称之为"郑国渠"。

《诗经》有"泾水一石，其泥数斗"的记载。数千年来，由于大量泥沙的沉积、壅塞，郑国渠的效益也每况愈下、与时俱减。公元前九十五年，应三秦百姓之所请，雄才大略的汉武帝刘彻又命赵中大夫白公，再次主持重修了郑国渠。为提高落差以增加流量，在瓠口上游约四丈开外处，白公率众重开新口、提高了水位。从而使泾水自瓠口、至栎阳，又重归渭水。途中蜿蜒二百余里，灌溉农田四千五百余顷，称作"白公渠"。

因其一段并入了昔日的"郑国渠"，"白公渠"又被称之为"郑白渠"。歌云：

  郑国在前，白公后起。举车为云，决渠为雨。泾水一石，
  其泥数斗。且溉且粪，长我禾黍。衣食京师，亿万之口。

盛唐时期经过大规模的改造，于郑白渠干渠的下面，又分出了太白、中白、南白三条支渠。于是，又有了"三白渠"。惠泽关中千余年直至清朝，因年久失修，郑白渠再度被废弃了。郑国、白公的名字，也因此而几乎为秦人所忘却。

唯一没有忘却郑国、白公的，是蒲州人李协李仪祉。民国十一年在陕西水利局长任上，李仪祉就指出："移粟移民，终非救灾之道，亦非长久之策。郑白之沃，衣食之源也。"

不辞劳苦，在对郑白渠重新进行勘测后，李仪祉又拿出了行之有效的修复方案，只可惜当时小人当道、贼人弄权、军阀混战，这件关系国计民生的齐天大事，哪里还有人顾及？

事实胜于雄辩。民国十八年这场持续了三年的大旱，终于又唤起了关中人对郑、白二公的怀念，而陈德润"浚郑、白之泽惠，以沃我广袤秦川"之呐喊，也跟杨虎城的设想，不谋而合了。

李协，字宜之，又名李仪祉。其父李桐轩、是关中名儒、是著名的戏剧家，同时，也是"易俗社"的创始人之一。早年加入同盟会，李桐轩曾先后出任过陕西咨议局的副局长、修史局的总纂，同时，也是易俗社的首任社长。其伯父李仲特是著名的数学家，曾出任川汉铁路的总工程师，同时，也是同盟会陕西分会的会长。

从小就受到良好的教育，又天资聪颖，十七岁在同州府以优异的成绩，李仪祉中了头名秀才。在崇实书院、宏道书院就学期间，跟于右任，他又结为了挚

友。时于右任正在开封参加会试，不料他的诗集《半哭半笑楼诗草》却因讥讽朝政，而被陕西巡抚升允冠以"畅言革命，大逆不道"的罪名，拟上奏清廷。也许于右任命不该绝，升允的奏折竟因电报局的故障，而被耽误了几天。凭他的两条腿李仪祉先电报，而到了开封。得到消息，立即化名刘学裕潜往上海，于右任这才有幸逃过了此劫。

一九零六年以优异的成绩，李仪祉与其胞兄李约祉，同时考上了京师大学堂。后经井勿幕介绍，兄弟二人又同时加入了同盟会，加上父辈，李家被誉为"一家人四口，革命者两双"。

一九零九年受西潼铁路筹备处的派遣，不远万里，李仪祉又到了德国。于柏林工业大学除攻读土木工程外，李仪祉还兼修铁路、水利两个专业。期间，他多次徒步六七十里，专程考察了当地的巨人山水库。矢志不渝，除让祖国的铁路"四通八达"外，他还要让祖国的水利工程"遍布全国"。一九一一年，武昌起义成功。"既念祖国之危，复思家门之难"，毅然回国，李仪祉又投身了革命。

一九一三年，在陕西水利局局长郭希仁的带领下，李仪祉再次赴欧考察水利，再次留德，于丹泽工程大学，他专攻水利。

任黄河水利委员会委员长期间，仗着跟孔祥熙是同宗，副委员长孔祥榕竟有恃无恐、趁机大肆敛财、中饱私囊。讥其"以孔理财，以孔治水，水和财，岂能不从这个'孔'里流掉"，又耻于跟小人为伍，于是弃官不做，李仪祉甩袖而去。

在杨虎城组建的陕西省新一届政府中，建设厅厅长是李仪祉，他却迟迟地不能到任。教育厅厅长是李百龄，到任的却是李范一。掣肘于蒋介石，杨虎城想要的却要不来，想来的也来不了，而杨虎城不想要，却不得不要，不想来，却又不得不来的，却来了。

不想要却不得不要，不想来又不得不来的，是湖北人李范一。以学非所用、搞不了教育为由，李范一不想出任陕西的，教育厅长。但在"成命难收"的压力下，他却不得不来。

想要却要不来，想来又来不了的，是陕西人李仪祉。求贤若渴，在多次电请无果后，杨虎城又面见了蒋介石。但他却被其以"主持钱塘工程，先生难以分身"为由，给拒绝了。

"陕西乃父母之邦，弟何爱涂山，遂忘泾渭。果当局有兴工之决心，聚集可靠之经费，弟亦不再为局长，但畀以工头之职，畚锸径施，奋然而归矣。"这是此前在致朋友的信函中，李仪祉说过的一句话。其拳拳赤子之心，已溢于言表。

杨虎城却并没就此灰心，于是，便有了陈致远的沪宁京津之行。

取道南京，以省府联络主任跟水利专员的双重身份，陈致远见到了于右任。"啊！是陈……"一时激动，陈致远竟被于右任当成了，当年的陈德润。忙起身招呼时，他这才发现年龄不对，于是滚到舌尖的"先生"二字，又被咽了回去。"先生……您认识我？"闻言，陈致远却惊讶了。

"错了，搞错了。"摇着头，于右任道，"还以为，是陈德润陈先生。"自我解嘲中，话锋一转，他接着道，"这么说，你也姓陈？"

"晚辈陈致远。"陈致远忙自报家门，接着，他又惊讶地道，"先生认识家严？"

"你是……是陈先生的后人？"于右任又一次惊讶了。见陈致远直点头，他这才恍然大悟，"嗨，难怪这么像！没想到上海一别，眨眼间六七年，又过去了。"感叹之余，他又问候起陈德润，"听说陈先生又忙于赈灾，想必身体还好？"

"还好，还好。"闻言，陈致远忙道，"只是，衰老了不少。"一经提醒，他这才想起了多年前在上海，父亲找于右任印《陕西通志》的事。

旗开得胜，首战告捷。听说杨虎城要重修郑白渠，于右任兴奋不已。他满碟子满碗地答应，从中斡旋。

辗转南下，于上海，陈致远又找到了李仪祉。一手拿着杨虎城的恳请函，一手拿着伯父李仲特写给他的家书（这时他父亲李桐轩，已经过世），看着看着，李仪祉的一双手，竟不由自主地抖了起来："终于……终于等到了这一天。走，咱们回！"

"这就走？"闻言，陈致远忙提醒他道，"这里的事要不要，先交代一下？"

"哦，要交代。"恍然大悟，闻言拍着脑门，李仪祉连声地道，"是得交代一下。你看我！都高兴糊涂了。"

"南京方面……"陈致远又提醒道："还没点头呢！"

"不要紧！"不料李仪祉却道，"咱陕西不是有句粗话，叫作'屙屎的还能教吃屎的，给箍住了？'"指着书柜，他又跟陈致远道，"是这，我这就去交割。这些资料，你帮我整理一下，最迟，咱明天走！你是不知道，我的心早都飞回了陕西。"

说是资料，其实，大都是些水利专著，有的是先生自己所著，有的却是外文原著，其中陈致远唯一看得懂的，是那套《陕西通志》。

到南京后，李仪祉、陈致远又找到了于右任。指着陈致远，于右任笑着问李仪祉道："活龙王，知道他是谁吗？"没听出于右任话里的话，李仪祉顺口道：

"知道，知道。他叫陈致远，是省府的联络主任兼水利专员。"闻言用指头点着李仪祉，于右任笑道："果然是只知其一、不知其二！"闻言，李仪祉却并不以为然："他身兼二职，这我知道。刚才，不是都跟你说了吗？"闻言一手捋着美髯长须，一手拍着案头的《陕西通志》，于右任又道："他呀，还是陈德润陈先生的后人。活龙王，没想到吧？"闻言这才恍然大悟，李仪祉惊讶地道："哦，原来是这！"

问及当局的态度时，于右任笑着道："二尺五是假的，却人人爱戴。也是人，蒋先生他自然，也不能例外了。我给他戴二尺五说天下之大，莫非王土。浙江是，陕西也是。今杨虎城在陕西筹资兴修水利，中央，又岂能保持沉默？岂能让其民心独得，而我等，却反落骂名？闻言他虽没点头，却也不曾摇头。依我看他的心，已经动了。咱的事，也八九离不开十了。"顿了顿对着李仪祉，他又道，"宜之兄，劳你的大驾。明天再给他，搬个梯子过去。"

"梯子？"闻言，李仪祉却糊涂了，"他要梯子做啥？"见于右任、陈致远咏咏咏地笑个不住，他更是丈二的和尚——越发摸不着头脑了。

"下……下驴呀！"一边笑，于右任一边道，"难道没……没听过'借梯下驴'？没……没个梯子，蒋先生他怎么下……下得了驴？"闻言李仪祉这才又一次，恍然大悟。

第二天，李仪祉单独面见了蒋介石。在政治上独裁，在军事上，也不无霸道，在人伦上，蒋介石却尊崇着孝道。看了李仪祉的家书，借坡下驴，他终于点了那颗多是左右摇动，而轻易不肯上下点动的光头。

归心似箭。李仪祉恨不能插双翅，飞回陕西。不料于右任，又笑着道："咱陕西还有句俗话，叫作'性急吃不上热豆腐'。眼下酵子有了，'巧媳妇'，也有了，'面'却还差得远！为把这锅馍蒸大、蒸白，致远这个游方和尚，他还得云游京津，去跟章元善章先生化缘。依我之见，咱们还不如一同前往。人多了势众嘛！"闻言，陈致远兴奋地道："这样最好！只是，有劳两位先生了。"

只好克制着自己，跟于右任、陈致远，李仪祉登上了开往天津的火车。

章元善，浙江诸暨人。民国四年，毕业于美国的康奈尔大学。曾先后担任国民政府实业部合作司的司长、经济部商业司的司长、国际救济委员会中方驻会常委。眼下，他又是"华洋义赈会"的总干事。

华洋义赈会，是一个具有互助合作性质的民间组织。总干事章元善先生，又是将这种互助合作制度由西方引到中国的，第一人。

民国九年，包括陕西在内，华北五省旱情肆虐，波及三百一十七县，殃及人口，两千多万。北洋政府拨付的四百万救灾款，无异于杯水车薪，于是中外有识之士纷纷慷慨解囊，在全国先后成立了九个义赈会，筹集善款，多达一千七百余万。民众的救灾热情，来自民间的救灾力量，让章元善先生受到了，强烈的震撼。救灾不如防灾！中国必须有个救灾、防灾的常设机构。

翌年的十一月十六日，"中国华洋义赈救灾总会"——"华洋义赈会"——"华义会"终于在上海，应运而生了。敢去常人不去之地，敢做常人不做之事，受公推，章元善先生理所当然地成了总干事。长驻津门，他主持着"华洋义赈会"的日常事务。

一方面有人为争权夺利，而不惜兴师动众、同室操戈；另一方面，有人却为济世活人慷慨解囊、陌路相助。这边是刀光血影、你死我活的厮杀；那边却是雪里送炭、嘘寒问暖的救助。习惯了冬天的严酷，却反而接受不了，春天的温暖；接受了"人不为己，天诛地灭"的传统观念，却反而理解不了"四海之内，皆兄弟也"的新生事物。政治上四分五裂，号令百出；军事上占山为王，各霸称雄。中国已经够乱了，"华洋义赈会"这个"新生儿"又"乱中添乱"，掀起了一场轩然大波。

举国上下，一时间舆论大哗，慨然者有之，狐疑者有之，嘉许者有之，非难者亦有之。于《大公报》张季鸾先生首开专栏，供知识界、学术界，展开了讨论。不甘落后，各大报刊，也竞相呼应。

为把这件善事办好，章元善先生主持制定了两个文件，一个是《农村信用合作社章程》，另一个是《合作社社务成绩考成办法》。显然，《章程》是用来管理社员的；而《办法》，则是用来考评职员的。为不致让其沦为一纸空文，对申请贷款的社员他坚持按《章程》，严格地予以审查，以决定贷与不贷以及贷款之多寡。对工职人员，他坚持按《办法》定期地予以考核，以优胜劣汰，决定其去留。

民国二十年，淮河的水患又一次向"华义会"提出了挑战，同时也为其提供了一个难得的发展机遇。继民国九年之后，章元善跟他的"华义会"接受了这次挑战，同时，也紧紧抓住了这个难得的发展机遇。以其雄厚的经济实力，以其良好的社会信誉，以其对防灾、救灾做出的卓有成效的贡献，章元善跟他的"华义会"赢了——既赢得了群众的信任，又赢得了社会的认可，同时，还赢得了舆论的口碑。

事实胜于雄辩。由上海商业储蓄银行领衔，中国银行、中南银行、农业银行、交通银行等十大银行在上海联合组建了"中华农业合作银团"。"银团"主动向"华义会"靠拢，并积极寻求支持、与其合作。就此，"华洋义赈会"名声大噪、蜚声海内外。

章元善救灾，李仪祉治水，两个人是各行其是。车行车道，马走马路，虽近在咫尺，他们却"闻其名"而"未见其人"。

　　令陈致远不解的，是到天津后于右任、李仪祉并没急着带他去"华义会"，而是来到了《大公报》。更让陈致远始料不及的，是在《大公报》，他竟意外地见到了张季鸾。一声"干爹"后扑上去，陈致远将张季鸾抱了起来。

　　"致远，放下。快放……放下！"张季鸾忙不迭地道。激动中，他竟又结巴了起来。

　　没料到陈致远不仅认识张季鸾，而且竟还跟他，沾亲带故。见状于右任、李仪祉，不禁面面相觑起来。

　　"呀！咋是于……于大胡子。哦，还有活……活龙王！"喜出望外，被陈致远放下后，张季鸾忙又招呼着于右任、李仪祉，"来来来，快坐快坐。你俩快……快坐！致远，你……你也坐。"闻言陈致远并没就坐，而是接过了张季鸾拿在手里的热水瓶："干爹，我来。"

　　闻言张季鸾，也不客气。"难……难怪一大早，喜鹊就……就喳喳叫……叫个不停，原来有朋自……自远方来！"坐下后，他接着道，"跟致远，你两个老……老家伙是同……同路，还是巧……巧遇？"

　　"一个来自上海，一个来自南京，一个来自西安，"李仪祉笑着道，"说巧遇也是巧遇，说同路也是同路。"

　　"真没想到。"于右任，却惊讶地道，"跟陈德润陈先生，你们，还是干亲？"

　　"陈……陈德润！"闻言张季鸾不觉一愣，"陈德润是……是谁呀？"接着摇着头，他又道，"认都不……不认识，跟他，我……我怎么会是亲……亲家？"

　　"干爹，你忘了。"闻言，陈致远忙道，"陈德润是俺爸。虽没见过，你们，却通过电话。"

　　"哦！原来是这。"一经提醒，张季鸾这才恍然大悟，"致远，快说说，眼下，眼下到底是……是咋回事？"这时于右任、李仪祉，却更加地糊涂了。

　　等弄清来龙去脉，于右任这才感叹地道："原来，原来两亲家没见面——都是娃们的事。"等弄清前因后果，李仪祉却调侃张季鸾道："又是干女儿，又是干女婿，这世上的美事，咋都教你这老家伙，一个人给赶上咧？"

　　问明来意，张季鸾这才明白了李仪祉"说巧遇也是巧遇，说同路也是同路"的含意。

　　说明来意，于右任、李仪祉都估摸着张季鸾会拍腔子，会满碟子满碗地答应帮忙，结果，却大出了他们的意料。

　　"谁的忙都可以帮，唯独杨虎城的忙不能帮！"一提杨虎城，张季鸾竟是气不打一处来。

"咋！"闻言面面相觑着，于右任、李仪祉不觉都大吃了一惊，"杨虎城，他挖了你张家的祖坟？"

"比挖祖坟还要可恨！"张季鸾狠狠地道，"自古君子不夺人之美，可这杨虎城他……他他他一次，竟挖走我的两个助手。这都不说咧，你们揣在电话里，他是咋说的？"虽一脸的愠色，他却竟不再结巴了。

"他咋说的？"于右任、李仪祉急不可耐地道。

"他说这俩人你给也得给，不给也得给！"说着，张季鸾更来气了，"这这这……这不是仗势欺人吗？"

"有这事？"闻言，于右任、李仪祉更加地惊讶了。将询问的目光，他们不约而同地投向了陈致远。

"有这话。"陈致远证实道。接着话锋一转，他却又笑了，"跟自己人说话，难道还用得着客气，还用得着拐弯抹角吗？"

见于右任、李仪祉目瞪口呆的样子，抿着嘴张季鸾，却偷偷地乐了。

"上当了。上了大当了！"指着张季鸾对着李仪祉，于右任大呼上当，"没想到，咱俩竟被这老家伙当猴给耍了。"

"跟你说正事，"发觉上当后，李仪祉抱怨道，"你却耍笑起我俩来！"

"你两个老家伙的忙，还有致远的忙，我可没说不帮。"张季鸾狡辩着，"啊——呵呵呵……"说着忍不住，他竟乐出了声。

"好，这个玩笑，开得好！"对李仪祉的抱怨话，于右任却是不以为然，"能开玩笑，说明这老家伙心里有数！"

"放心！"笑着，张季鸾这才将话引入了正题，"还是杨虎城的那句话，这个忙，章元善他帮也得帮，不帮也得帮！"

"他要是不帮呢？"于右任开始激将了，"这可不是个小数目！"

"不帮？"闻言，张季鸾嘿嘿地笑着，"不帮他的文章，《大公报》将'格杀勿论'！"他终于拍了胸膛，也终于，亮出了底牌。

"杨虎城只不过是仗势欺人。"用手点着张季鸾，于右任又道，"你这简直是趁火打劫！"说着，四个人都乐了。

"走，先吃饭！"说着，张季鸾首先站了起来，"等吃饱了再说话。"

在一幢酒楼前，于右任、李仪祉却死活地不肯进去。"山中走兽云中雁，地上牛羊海底鲜。天津包子狗不理，羊肉泡馍数陕西。"于右任道，"在这里，羊肉泡肯定是没相了，但正宗的狗不理包子，却不能不尝！"

闻言无奈，张季鸾只好将他们，又领到了"德聚号"。

"果然名不虚传！"雅间里一边吃着包子，于右任一边问张季鸾道，"这里面，有没有文化？"

"有，当然有。"张季鸾道，"据说在咸丰年间，武清县有个小伙子高贵友，小名叫作'狗子'。卖包子小有名气，狗子却因生意火爆而顾不上招呼客人，于是那些老顾客便埋怨他说，'光顾了卖包子，狗子不理人。'"见大家听得入神，张季鸾兴致勃勃地接着道，"有个书法家甚至用写有'狗不理包子'的宣纸，偷偷蒙住了他的招牌。不想狗子的生意不但没受影响，反而，更加的火爆了。"

"在小站练兵，直隶总督袁世凯听说后，竟将狗子的包子当作贡品献给了慈禧太后。"张季鸾最后道，"只尝了一口，慈禧便大加赞赏，从此对袁世凯，她更加地赏识了。'狗不理包子'也因此而蜚声津门、享誉全国。于是将错就错，狗子干脆将贴上去的字刻在了招牌上。"

"在《半哭半笑楼诗草》中，我曾以'女权滥用千秋戒，香粉不应再误国'骂过慈禧。"闻言，于右任戏谑地道，"不曾想，她还有这么点政绩。啊——呵呵呵呵……"

"被杨虎城挖去的那两个助手，是谁？"岔开话题，李仪祉道，"他们竟让你如此地上心，又如此地耿耿于怀？"

"噢，"张季鸾道，"你不问我还忘了。"回过头，对着陈致远，他又道，"静远跟步云的事办了没？"

"办了，办了。"陈致远道，"还是杨虎城将军，亲自主持的。"

"哦！"闻言张季鸾竟有些遗憾。接着，他又抱怨道："这么大的喜事，也不给我吱个声？"

"不方便啊。"陈致远抱歉着、解释着，"杨将军他也是碰巧赶上了……"接着他将杨虎城要给陈静远、关步云主持婚礼；而陈静远、关步云却发誓天啥时下雨，他们啥时结婚；结果当晚，就下了雨；而眼看大家还饿着肚子，陈静远、关步云却还是不愿扯旗放炮地操办婚事；后来他爸用给饥民改善生活的方式，把喜事办得既体面，又不铺张等等，跟张季鸾简要地说了一遍。

"好，这个办法好！"闻言，张季鸾惊讶地道，"看来我这个亲家，他的确不简单！事情办得如此的漂亮，又如此的巧妙，实在是难得！有机会，我一定得见见他！"被未曾谋面的亲家所折服，他不住地赞叹着。

"卖肉的光说不割。"闻言，于右任却道，"拿到《陕西通志》时，你就跟我说找个机会一定得跟编者坐坐，可直到现在，却还是迟迟地没有兑现！"

"这么说，"闻言，张季鸾又一次惊讶了，"这么说《陕西通志》的编者，是我亲家？"

"不不不！"摇着头，于右任连连地否认着。见大家都一脸的茫然，他这才风趣地又道，"你亲家，他是《陕西通志》的编者！"

"这么说，"这时，李仪祉也似有所悟，"这么说大记者的两个助手，一个是致远的弟弟，另一个是致远的弟媳？"

"No No No！"这回摇头否认的，却是张季鸾，"致远的弟弟、弟媳，是我的两个助手！"学着于右任，他诙谐地跟李仪祉开起了玩笑。一边说一边笑"狗不理包子"差点被他喷了出来。

"快吃，快吃。"于右任招呼大家道，"光顾说笑，包子都凉了。"

"想起来了。"闻言"啪"的一声，李仪祉反而放下了筷子，"终于想起来了！"

"瞎想些啥呀？"张季鸾嗔怪道，"不趁热吃包子，却一惊一乍的！"

"陈静远……关步云……"李仪祉喃喃着，"难怪听起来这么耳熟！想了半天，终于想起来了。那篇轰动全国报道文章的笔者，不就是致远的弟弟、弟媳嘛！文章的标题好像是……唉，看我这脑子！"不住拍着脑门，他遗憾地道，"好不容易刚想起来，不想嘴一张却又忘了。"

"是《陕西灾情调查纪实》。"于右任提醒道。与其说他提醒了李仪祉，还不如说是李仪祉提醒了他。

"着着着。就是这！"闻言，李仪祉兴奋地道，"胡子的记性，还是好！"

"哪里？"于右任感叹地道，"不是我的记性好，而是人家的文章写得好！看一遍，不知教人要流多少眼泪。前几天翻出来，我又细细地看了一遍。"

"也是。"李仪祉赞同着，"难怪人家大记者耿耿于怀，果然是人才不可多得！"

"唉，没办法喀。"叹口气，张季鸾道，"虎城那里缺人手，家乡也需要他们，我只能是忍痛割爱了。要是换成别人，要是换个地方，哼！"

"《大公报》驻西安记者站，杨将军已经帮他们办起来了。"闻言，陈致远忙宽慰着张季鸾，"跟《西安日报》在同一个院子，静远、步云他们还是您的弟子。"

"真的？那太好了！"闻言，张季鸾不禁又有些喜出望外，"还以为杨虎城只是随便说说，却没想到他真的说啥、耍啥。"

第八十五章

遗憾的是于先一天，章元善先生却去了北京。"走了和尚走不了庙。"见众人有些沮丧，张季鸾忙道，"走，咱也上北京！"于是"跟踪追击"，一行人又直奔天津。

"回天津前这篇文章，一定得定稿。"在华洋义赈会北京分会的办公室里，跟工作人员章元善交代道，"找张结巴，我得让其尽快见报。"

"不……不用了。"说着，不料一闪身张季鸾走了进来，"张结巴就……就在这儿。"

"这么巧！"见果然是张季鸾，章元善惊讶地道，"邪了！刚说曹操，曹操就来了。"

"还不止一……一个。"张季鸾又道，"说是你……你来看！"这时于右任、李仪祉、陈致远也相继而入。

"哦，还有三位！"章元善热情地招呼着，"来来来，快坐快坐！立客难打发。"献上茶，跟客人们又微笑着点了点头，带上门工作人员轻轻地退了出去。"这几位，如何称呼？"招呼客人就座后对着张季鸾，章元善道。

"说出来，你可莫要害怕。"煞有介事，张季鸾道，"这位是大诗人、大书法家，国民政府监察院院长于右任于先生。这位是水利家、戏剧家，导淮工程总工程师李仪祉李先生；这位是陕西水利专员、省政府联络主任陈致远陈先生。"指着客人跟章元善，他逐个地作着介绍。

"噢！难怪蓬荜生辉。"章元善高兴地道，"原来，原来陕西三杰会聚一堂！另外，还有个后起之秀。"一边跟众人一一握手，他一边又道，"观光还是旅游？容章某做东，以尽地主之谊。"

"一不观光，二不旅游。"张季鸾笑道，"我们是前来化缘的？"

"化缘？"闻言，章元善先是一愣，接着，他又似有所悟："向来幽默，大记者总是爱开玩笑。"

"诶！"张季鸾正色道，"今天可不是开玩笑。"回过头，他又跟陈致远道，"致远，钵盂呢？快拿出来。"

"这老家伙！又在搞什么鬼？"在心里，章元善道。见张季鸾果然不像是开玩笑，他不禁又犯起了嘀咕。目不转睛地瞅着陈致远，他发现所谓的钵盂，只不过是一封信。

"噢！"看了看信皮，章元善道，"原来，是杨虎城的。"说着信被他打了开来。"重修郑国渠……防灾于未然……"看着看着，章元善不由激动起来，"跟我'救灾不如防灾'的想法何其相似。说说，得多少？"

"要着吃焉敢争多论少？"张季鸾道，"不过依我看，韩信将兵——自然是多多益善了。"说着竖起蜷着拇指的右手，他又道，"杨虎城已拿了这个数。"四万，四十万还是四百万？不便细问，章元善努力地猜测着。对陕西的情况，他并不陌生。估计不会是四万，也不会是四百万，而很有可能是四十万。于是道："不说咧！杨虎城多少，我也多少。不过，我得跟干事们沟通一下。"

"应当，应当。"于右任、李仪祉、陈致远异口同声地道。

"沟通好了，文章立即见报！"张季鸾却没有人云亦云。

"那，要是沟通不好呢？"明知故问，章元善道。

"那只好'枪毙'了。"张季鸾道。说着忍不住，四个人都呵呵地笑了。

亲自将李仪祉、陈致远接回到省府。除一份《大公报》外，杨虎城还拿出了一大堆的函电。头版头条，《大公报》的大标题是《陕西省政府兴修水利，华洋义赈会慷慨相助》。函电是中外人士做出的积极回应：旅居檀香山的侨胞们，捐赠了十五万；著名爱国将领、大慈善家朱子桥先生捐赠水泥两万袋……被逼梁山，羞羞答答，国民政府也拿出了十万。

正如李仪祉先生所言，杨虎城的决心以及他筹措的四十万元启动资金，成了陕西水利工程的一块"酵母"。

"正值隆冬，冰天雪地的。"杨虎城道，"先生的身体，也不是太好。依我看先好好歇一段时间，翻过年咱们再开工。"

"不不不。"闻言李仪祉忙道，"马上开工！时局动荡，机会难得。民国十一年拿出的方案，又有甲乙两个，我想把线路再勘测一遍，以选出最佳的。破土动工，差不多也就到明春了。"

"那，也好。"杨虎城道，"咱马上组建'水利工程委员会'。先生任建设厅厅长，兼工程总指挥；致远的职务不变，主要负责协调沿途各县；让关步青任保卫处长，负责安全保卫工作。另外华洋义赈会，还要派两个洋工程师过来，一个是美国人，叫塔德；另一个是挪威人，叫安立森。必要时，还可调部队进行配合，务必让工程一路绿灯。"其实他心里，比李仪祉还要着急。

麦种泥窝窝，狗吃白蒸馍。久旱有久雨，有的戴着塌拉得跟蘑菇似的烂草帽，有的头顶到处都是窟窿眼睛的破油布，在霏霏的霪雨中，在泥里、水里，庄稼人收回了早包谷。挽起大裆裤的裤腿，赤着黑黝黝的双脚，在扑哧扑哧的泥泞

中，他们又撒下了冬小麦的种子。

一场秋雨一场寒。嫩绿的麦苗刚刚透出地皮，枯黄的树叶，又纷纷地脱落。秋天的金色一现即逝，在来自西伯利亚的寒流中，雨滴被悄悄地凝成了雪花。纷纷扬扬，雪花又撒遍了渭北高原的坡坡坎坎，空中一片混沌，不知不觉中大地又被统一为白色。凛冽的西北风又一次将漫长而严酷的冬天，提前送到了人间。

大雪兆丰年。冬天越是严酷，庄稼人的心里，却反而越踏实。包谷糁就搅团填饱了他们那亏空已久的肚皮，大雪覆盖下的冬小麦，又让他们对来年充满了希望。

三九三，冻破砖。盘腿坐在自家的热炕上，就在庄稼人津津有味地咀嚼着包谷糁就酸黄菜的时候，顶风冒雪一支由十几人组成的队伍，却走进了崇山峻岭，却出没在渭北大地的沟沟崂崂中。

他们，在干什么？庄稼人不觉又警觉起来，尤其是那两个高鼻子、蓝眼睛的洋人，尤其是那几个腰里别着"铁狗娃子"的军警，更是让他们敬而远之。

腊八过了。不久，腊月二十三也过了。腊八粥喝了，灶王爷也祭了，眼看着就要过年了，这些人却还是没有离开的意思。

终于经不住好奇心的诱惑，腊月三十的下午，几个不怕虎的"初生牛犊"们趁人去车空的机会，首先围观起那几辆既不用牛，也不用马，跑起来光冒烟放屁，却从不见屙屎尿尿的汽车来。

"快跑！人来咧。"随着一声惊呼"哗"的一声，"初生牛犊"们慌不择路、四散而逃。主人破例地没有等到天黑，他们的不期而至，大出了他们的意料。落荒而逃中，"初生牛犊"们突然又收住了脚步。原来砸在他们头上的，并不是意料中的砖头、瓦块，而竟是意料之外的点心、面包跟糖果，甚至还有他们见所未见、闻所未闻的巧克力。

愣了一下后，"初生牛犊"们又纷纷抢起了点心、糖果，而李仪祉、陈致远、关步青他们，却被他们的家长们让进到屋里，接着，又被让在了热腾腾的火炕上。没想到两个高鼻子、蓝眼睛的洋人，没想到那些腰里别着"铁狗娃子"的公家人，竟是为了他们这些做庄稼的泥腿子才早出晚归，又风雪兼程的，于是热气腾腾的酸汤饺子，又端了上来。

似乎也知道要过年了。除夕晚上，断断续续的雨搅雪终于结束了，而天气，却似乎比以前更加地冷了。

提着包子，捎着点心，女子们走娘家，女婿们走丈人家，外甥们走老舅家，从正月初二直到正月初五，拜年总算告一段落。提着花馍，捎着粽子、油糕，笼子上还别着火红火红的灯笼，父母们走女子，丈人们走女婿，娃他舅、娃他妗子们走外甥，送灯又开始了。就在长辈忙着给晚辈送灯的时候，带着勘测队李仪祉、陈致远、关步青他们又一次走进了张家山。

这面山坳里帮李仪祉，高鼻子塔德正安放着仪器，对面的山坡上，在标杆旁，安立森准备着做记录。

观测了一阵后，塔德示意李仪祉要他过来复核。"好！没问……"挥动双臂一边跟对面打着手语，李仪祉一边道。一句话还没喊出，他却被"叭"的一声枪响，给打断了。闻声不约而同，塔德、李仪祉都大吃了一惊。回头看时，却见一头跟小牛犊似的恶狼，倒在了李仪祉的身后，倒在了血泊中。

见状，塔德、李仪祉顿时惊出了一身的冷汗。右手提着还在冒烟的手枪，用左手关步青豁开了李仪祉身后的荒草，我的天！荒草后面竟是一个黑洞洞的狼窝，狼窝里还有两个呆头呆脑的狼崽。

"对不住了。"对着两个小狼崽，关步青歉意地道，"可怜的小家伙！"对着枪口"噗噗"两声，他连着吹了两口冷气，这才又将其重新插在了腰间。"好家伙！"倒吸了一口冷气后，塔德、李仪祉又起了一身的鸡皮疙瘩。

羞羞答答，日头终于躲进了西边的山后，山坳里，立即阴暗了下来。

"不早了。"李仪祉道，"收拾一下，咱们回。"

"这山里的天气，还就是怪！"陈致远抱怨着，"刚才还亮亮的，说黑，立马就黑了。"

"夏走十里不黑，冬走十里不明嘛。"李仪祉道。

"是啊。"关步青附和着，"夜长天短，冬日里能端出三顿饭的，就算是麻利的媳妇。"

紧收拾慢收拾，当一行人下到山口时，天已黑得如同锅底。

"今天好险哟！"安立森仍是心有余悸，"扑向李先生时，立起来那只母狼差不多跟人一般高。"心里一紧张，他的汉语竟有些生硬。"多亏了步青。"李仪祉道，"多亏他眼尖手快！"吃惊不小，直到这时，他还有些后怕。"听说狼会算卦。"关步青却岔开了话题，"每觅食，先占卜！"

……

"慢！"众人正一边走一边议论，陈致远却又是一声惊呼。

"又咋咧，致远？一惊一乍的。"话虽如此，闻声，大家却还是来了个"急刹车"。四下里张望时，除了黑乎乎的山头外，却什么也没发现；侧耳细听时，又万籁俱寂，没一点动静。

"前面。"指着前方，陈致远警觉地道，"正前方！"

"前面？"李仪祉道，"前面啥也没……"一句话没说完，他却被打断了。

"啊呀，不好！"指着正前方，关步青也吃惊了，"好像，是狼群。你们看，有几十对，绿莹莹的东西。"这时大家也发现在前面约十步开外处，呈扇形分布，三四十对阴森森的绿光，拦住了他们的去路。

"是萤火吧？"李仪祉猜测着，"诶！不对，不对。冷冬寒天的，不会有萤火呀！"他又被他自己给否定了。

"来者不善！"说着，陈致远拔出了手枪，"它们要报复。"

"慢！陈县长。"关步青忙拦住他道，"若打不中头狼，狼群就会立即发起攻击。要打朝天上打，看能不能吓退它们。"

叭叭！闻言朝空中，陈致远就是两枪。应声几十对绿莹莹的东西，果然退却了。

"没想到，"见状松了口气，塔德道，"没想到狼也知道，枪的厉害！"众人正暗自庆幸，不想在后退了几步后，几十对阴森森的绿光，又向前移动了。回到原来的位置，它们跟他们，继续地对峙着。

"不如，"安立森提议道，"不如退回去。"

"不行！"关步青道，"退却无异于，跟它们示弱。你退，它们会得寸进尺，立即发起攻击。"

"进不能进，退，又不能退。"安立森没了主意，"这可咋办？"

"狼怕索，狗怕摸。"李仪祉道，"要是有根铁索，就好了。"

"诶，点火！"陈致远又道，"听说，狼怕火。"闻言众人有的摸出了火柴，有的摸出了打火机。但湿透后只干了个皮皮，树枝、荒草，却怎么也点不着。

"听！好像，是人声。"塔德道。"快看，还有火！"安立森高兴得，差点跳起来。

果然是人声，还有火把。而且不是一个，而是一群。呐喊中，还夹杂着金属的撞击声。声音越来越近，火把，也越聚越多。

"快，快！这边，这边！"

"快！后面的，跟上！"

眼前突然一亮，七八十个熊熊燃烧着的火把，出现在山口的拐弯处。漆黑的山口，顿时，被照得亮如白昼。

几十对阴森森的绿光，终于慢慢地淡了下来。赫然呈现在火光中的，是几十头蹲在地上的，黑灰色大恶狼。

狼群终于开始退却，既是那样的无奈，又是那样的，不慌而又不忙。

"陈专员，"这天刚下山，一个猎人，却拦住了走在最后的陈致远，"你们，还有一支人马？"肩上，他扛着猎枪。猎枪上又挑着两只野鸡，一只野兔。

"没有啊。"陈致远否认道，"我们，就这十来个人。老乡，咋咧？"

"没有？不对呀！"猎人道，"这两天那边山里，也来了三个人。其中有两个也是高鼻子、蓝眼睛。手里拿着的，跟你们的，也差不了多少。今天一时好奇，我问他们跟你们，是不是一伙的。闻言互相看了一眼，两个高鼻子、蓝眼睛，都没开口，那个中国人却连说就是就是，说的虽是中国话，但口音听起来，咋总觉怪怪的。"闻言先是一愣。接着陈致远的双眉，不觉蹙在了一起。凝思了片刻后，他这才又道："老乡，明天能不能带我们去看看？"猎人道："这有啥不能的？几步路的事。"闻言，陈致远又叮咛他道："老乡，你说的情况很可疑。为不打草惊蛇，这话你再不要跟第二个人提起。"从陈致远的脸色上，猎人似乎也看出了问题的严重，于是道："没问题。陈专员，你放一百八十条心！"

跟李仪祉、关步青通气后，他们也觉事出蹊跷，又十分地可疑。于是通过电话，连夜跟杨虎城作了汇报。

陈致远提供的情况，立即引起了杨虎城的警惕。前不久，特别侦缉队的刘光复队长，也给他汇报过一个非常类似的情况。于是当机立断，杨虎城命刘光复连夜赶赴泾北。

简陋的临时办公室里，李仪祉、陈致远、关步青睡意全无。凌晨两点，风风火火，刘光复也赶到了。顾不上寒暄，他开门见山地道："部下有个叫马有福的，前不久刚从甘肃老家回来，据说有外国间谍在那里活动过，也是三个人，一个是日本人，叫犬养浩太；一个是美国人，叫艾克佛；还有一个是瑞典人，叫多福寿。接到你们的电话，杨主任怀疑这三个家伙很可能又窜到了陕西。事关重大，咱们的行动，必须绝对的保密。临走前，杨主任还一再交代说有啥事直接跟他汇报。依我看除咱四个外，这事，谁也不能让他知道。好了，闲话不说，拉牛套车。来，咱们先研究一下行动方案，然后，再报请杨主任批准。"

彻夜未眠，猎户正一袋接一袋地抽着旱烟，见有人敲门，弹掉烟灰，他立即开门迎了出来。

冬夜静悄悄。神不知鬼不觉，三部小车埋伏在不远处的树林中。天刚亮，陈致远、关步青不觉又大吃了一惊，原来刘光复所带的便衣中有一个，竟还戴着手铐。正待问个究竟，他们却被他用眼色给制止了。

"那家伙，是我此前抓到的一个惯偷。"来到一个僻静处，刘光复顾左右而言他，"抬门扭锁，他倒有一手绝活。跟他，我已经说好了，必要时，他可帮咱们取证。"闻言这才恍然大悟，陈致远、关步青兴奋地道："光复，不简单啊！士别三日，当刮目相看了。"

果然，在日头大约一竿子高的时候，一辆吉普车停在了，离山口不远的隐蔽处。首先下车的，是一个黄皮肤的小个子。接着，又下来两个白皮肤的大个子。

"就是这三个家伙！"声不大，猎人却又惊，又喜。

除一人一个背包外，一个家伙的手里，还拎一个细长细长的帆布包。首鼠两端地看了看，领着两个贼头贼脑的白皮肤大个子，黄皮肤小个子他们一头钻进了山坳。"帆布包里，很有可能是折叠标杆。"对着关步青、刘光复压低声音，陈致远道。"老乡，你记住！"对着猎户，刘光复一而再、再而三地叮咛道，"今天的猎物可不是狐子、兔子，而是这三个家伙！只要能将他们跟住，你就是头功。除非报警，千万不要开枪，啊——"

"放心。"猎人道，"烂不了事！"

"跟上！"刘光复吩咐猎人道，"千万，不能走脱了他们。"应了一声后捎着猎枪，猎人远远地跟了上去。刘光复、陈致远、关步青一路目送着猎人，直至他消失在山坳里。

"这下就看你的了。"半个小时后，刘光复又吩咐惯偷道："车里可能藏有电台、图纸等重要证据。把你的看家本事全拿出来，务必把这些东西全搞到。"

"放心，刘队长！"惯偷道，"别的咱不敢吹，抬门扭锁咱可从来都不曾失过手。"笑了笑，刘光复一半鼓励，一半警告地再次叮咛他道："那好。若办的漂亮，不但放你出去，还有奖赏。要是耍什么花子，即便我饶你，杨主任却饶不了你！"诺诺连声，惯偷道："不敢不敢。借个胆小的也不敢！刘队长的厉害，小的早都领教过了。"

"有福，给他打开！"刘光复命令道。应了声，一个便衣给惯偷打开了手铐。一边活动着手腕，惯偷一边道："刘队长你放心！虽是个贼，我却还知道自己是个中国人。"闻言点了点头，刘光复命令马有福道："跟上，跟上他！"

胳肢窝里各挎个气死猫的笼子①，一前一后两个"走亲戚"的"老乡"，向山口那边走了过去。"他就是那个回回②，"指着跟在后面的"老乡"，刘光复道，"叫马有福，刚从甘肃老家回来的。"无须多言，前面就是惯偷了。气死猫的笼子上各别一个火红火红的灯笼，而里面却既不是什么花馍，也不是什么粽子、油糕。惯偷的笼子里，是两块半截子砖头；马有福的笼子里，却是几枚手榴弹。没有说话，闻言陈致远、关步青只轻轻地点了点头。望远镜里，三个人六只眼目不转睛地跟踪着惯偷。背过身以吉普车为掩护，惯偷解起了小溲，等马有福跟近时，一边提着大裆裤子，他一边跟他搭讪了起来。出于好奇，近距离地围观汽车对山里人来说，已经是家常便饭，因此，并没引起特别的关注。

望远镜中，三下五除二，惯偷果然轻而易举地打开了车门。一边搜寻，马有福一边不住给惯偷递着什么，接住后，惯偷又麻利地将其塞进了气死猫的笼子……

又惊、又喜、又紧张。眼看跟着惯偷，马有福已经返回，放下望远镜刘光复、陈致远、关步青这才长长地松了口气。

"队长，你看你看！"树丛里，马有福如数家珍，"这是电台，这是图纸，这是密电本。这里，还有一大堆函件……"顾不上其它，一人一沓函件，刘光复、陈致远、关步青他们一件一件地查着，看着。"啊！"刘光复又是惊，又是喜，"日本陆军情报局。少佐情报员犬养浩太。果然是他们！"

"看！"关步青又是喜，又是惊，"这是青海、甘肃、宁夏某些土司头人的地址，还有联络方式！"

"这狗娘养的！"陈致远却是又惊又疑，"咋还有，地貌考察团的证件？"

"看来情况比我们预想的，要复杂得多！"刘光复道。

"不管咋说，这狗娘养的，无疑是个日本间谍。"关步青道，"就凭这一点，逮捕他，咱就有充分的证据。"

"不错！"陈致远道，"不过，要秘密逮捕，要把主动权留给咱们。"

"更重要的。"刘光复接口道，"是不能给外人留下口实，不能给杨主任惹下麻烦。"

"就这么办！"陈致远又道，"光复，下决心吧。"

"现在，是下午的三点四十。"掏出怀表看了看，刘光复这才道，"依我看，咱们分三组行动。跟关处长各带一组，我们在山口设伏。掌声为号，同时下手。"做了个瓮中捉鳖的手势后，对陈致远，他接着道，"致远哥，带马有福在汽车里，你们守株待兔，以防从别处下山后，他们溜掉。"最后顾左右，他征询道，"看看，看大家还有什么高见？"

"好，滴水不漏！"陈致远道，"就这么办。看来这多福寿福不多，寿也不长了！"

"这几个家伙，肯定都带有武器。"关步青道，"咱们要出其不意，攻其不备！"

"最好让他们连哼一声的机会都没有！"将一团棉纱递给关步青后，刘光复又道，"时间差不多了。那就分头行动！"给枪里压饱子弹后，几个人分头跳下了车。对呆坐在车里的惯偷，刘光复吩咐道："今天表现得不错！后面的任务，你仍然是配合马警长。"

埋伏在荆丛中，刘光复、关步青他们在苦苦地等待着。又过了大约不到一个小时，保持距离相跟着，三个间谍这才向山口走了下来。偷偷看了看怀表，刘光复发现不迟不早，正好是下午的五点。

这是一段名副其实的，羊肠小道。两边夹杂着荒草，灌木丛密不透风；中间那条跟鸡肠子似的小道，大约只一脚来宽。帮三个家伙提着那个细长细长的帆布包，猎户走在最前。跟在后面的，依次是两个白皮肤的大个子。走在最后，那个黄皮肤小个子走走停停，还不住地东张着，西望着……

"嗨，倒霉扎咧！慢说狐子、兔子，今个连根野鸡毛……"猎户的一句牢骚话，还没说完，随着"啪"的一响，仿佛自天而降，三个间谍被六个人饿虎扑食般的，按倒在地上。二比一，果然是一声未哼，三团棉纱已分别塞进了三张毛茸茸的嘴巴。两颊被塞得胀鼓鼓的，三个家伙活像是鼓着腮帮子的吹鼓手。返过身，猎人也赶来帮忙，跟粽子一样，三个家伙被麻绳捆了个结结实实。

垂头丧气，三个家伙被分头塞进了三部小车。将十块大洋塞进猎户的口袋后，刘光复道："老乡，给国家，你可是立了大功！这点小意思，请你收下。"猎户却坚辞不受，在一阵推来让去后，十块大洋还是被刘光复，强行塞进了他的口袋。"这……你们又是为了谁？"猎户喃喃地道。说着十块大洋，又被他塞给了陈致远，"就算是捐给工程的。"说着，已扬长而去。

"嗨，咱低估了人家！"叹口气，陈致远无可奈何地道。

这边，大功已经告成；那边，却是一错再错。

"李先生，"见李仪祉一再出错，安立森关切地道，"您，不舒服？"

"不……噢……是有些不谙活③。"蹙了蹙眉头，李仪祉掩饰道。"那就收工吧。"塔德提议道。"也好。"李仪祉顺水推舟，"耗在这，也是事半功倍。"见李仪祉例外地好说话，塔德、安立森颇觉意外。

"西安的事，还顺利吧？"回来后，对着先他们而至的关步青，塔德道。

"还好。"关步青应付着。"诶！"安立森又道，"咋没见陈专员？"

"有些事，还没最后落实。"关步青信口道，"陈专员他可能，还得耽搁上一两天。"塔德、安立森走后，关步青又被李仪祉，拉到了一边……

①气死猫笼子：一种有底座，还带有竹盖的竹笼。防猫，又叫作提盒笼子。
②回回：关中人对回民的称呼。
③谙活：好的意思。不谙活，即不好。这里指不适，不舒服。

第八十六章

我的家——在东北松花江上——那里有森林煤矿——还有那——漫山遍野的大豆高粱。我的家——在东北松花江上——那里有——我的同胞——还有那衰老的爹——娘。九一八！九一八——从那个悲惨的时候。九一八！九一八——从那个悲惨的时候。脱离了我的家乡——抛弃了无尽的宝藏。流浪，流浪——整日价在关内流浪。哪年，哪月——才能回到我可爱的家乡？哪年，哪月——才能收回我无尽的宝藏？爹娘啊！爹娘啊——什么时候——才能欢聚一堂？

一阵阵凄楚婉约、如泣如诉的歌声，冲出了省立二中的校园，激荡在古都西安的上空，震撼着古老的三秦大地。不久，又传遍了长城内外，风靡着大江南北，鼓荡着每一个中华儿女的耳膜，叩击着每一个炎黄子孙的心扉。

是谁的一声呐喊，竟引发了四万万五千万同胞的共鸣？是谁在引吭高歌，让四万万五千万同胞肝肠寸断？九一八是什么日子，竟让河山风雨飘摇，竟让九百六十万平方公里的土地为之蒙羞？是张寒晖、是国耻日。

民国二十年的九月十八日夜，长期盘踞在我东三省的日本关东军，竟突然炸断南满铁路、制造了臭名昭著的"柳条湖事件"。伪造现场、混淆视听，他们又贼喊捉贼、嫁祸于中国军队，企图挑起战端。

亡我之心久矣！以此为借口，日本军国主义者土肥原贤二、板垣征四郎等，悍然向驻奉天的中国军队发起了突袭。数月之内我东三省，竟全部沦陷。日本人成立了傀儡政权——伪满洲国。北京政变中被冯玉祥、胡景翼、孙岳等赶出紫禁城的宣统皇帝溥仪，又出任了伪满洲国的元首。

大兴安岭、小兴安岭、长白山在垂泪；黑龙江、松花江、乌苏里江在哭泣。饱受蹂躏，东北的父老们在日军的铁蹄下挣扎；背井离乡，东北的儿女们在街头流浪。

以区区八岛之国，日本竟不费吹灰之力，就占据了两倍于其版图的我东三省。既得陇，又望蜀。亡我之心不死，鬼子们并没就此罢休，在占领东三省后，他们又垂涎着我幅员更加辽阔的西北五省。

由于不像对东三省那样地了如指掌，日军大本营拟派间谍潜入我西北腹地刺探军情、测绘地图，并企图伺机收买、策反中华民族中的那些败类，阴谋发动又

一个"九一八"事变，在西北建立第二个傀儡政权。

毕业于帝国大学、时任陆军省少佐情报员、素有"中国通"之称的小泉浩太，理所当然地成了日军大本营的"种子选手"。

不惜耗费巨资，以最先进的特工器械，日军大本营将小泉武装到牙齿，并授权要其组建特工小组。

弱国无外交。抓住国民政府软弱无能、为求一时之苟安而置民族尊严于不顾、一味跟洋人妥协退让的弱点，小泉准备找两个更具特点的西洋人作为助手，以弥补跟中国人比，其"洋气"多有不足的缺憾。

化名犬养太郎，或出没于东京的舞池、妓院，或游走在大阪的街头、巷尾，像一头前腿短、后腿长的狈，小泉四处寻觅着前腿长、后腿短，能跟他优劣互补、相与为奸的狼。

重金之下，必有亡命。臭气相通，曾供职于美国中央情报局的艾克佛，竟跟犬养相见恨晚、一拍即合。通过艾克佛，犬养又跟瑞典特工多福寿趋利之人朋比为奸。狼需要狈，狈也离不开狼，于是，狼狈竟勾搭成奸。

乘海轮东洋鬼子、西洋鬼子组成的"探险队"，潜到了上海。换乘火车一路辗转，他们又来到了西北。冒险之旅就此开始了。

踏遍了西北边陲的白山黑水，狼狈们时而出没于军事要塞，时而隐现在险关要隘，或收集情报，或绘制地图，或以封官许愿相引诱，或以黄金白银相收买，他们极尽挑拨离间之能事，疯狂地进行着间谍颠覆活动。

被军阀割据造成的政令不一，被愚昧落后淡漠了的民族意识，被官瘾铜臭扭曲了的头脑灵魂，无不给贼子们以可乘之机。颠覆分裂活动不但没能得到有效的遏制、打击，反而受到某些败类的认同，甚至支持，于是贼子们频频得手。

先是阵阵窃喜，不久后，狼狈们却又有些担心，下一个目标就是陕西，而蹲守在那里的却是一只猛虎。

已有某种不祥的预感，犬贼等迟迟地不敢贸然东下，正无计可施，无意中贼子们发现与其下榻同一宾馆的，竟是一个行将赴陕的地貌考察团，团长是个德国籍的教授。

真乃天助我也！"白鲨，白鲨……"兴奋不已，用密码犬贼呼叫着他们远在东京的大本营，"眼镜蛇呼叫，眼镜蛇呼叫……请回答，请回答……"

对犬养卓有成效的间谍活动非常满意，通过外务省，日军大本营很快便跟德方取得了联系。于是只一摇身，狼狈们便由"探险家"，变成了地貌考察团的"专家"。堂而皇之，随团他们来到了古都西安，狼子们的野心，暂时地得逞了。

乡间，经过雨雪的滋润，冬小麦已经开始返青，大地被染得一片葱绿。星星点点，分布在绿地毯上，庄稼人耕耘着新的希望。虽依然是补丁撩着补丁，小伙们身上的衣服，却都浆洗得干干净净。菜色已经褪去，大姑娘、小媳妇们的脸上，又重新映射出诱人的光彩。咧着没了门牙的嘴巴，老汉、老婆们那跟核桃皮似的脸颊，似乎也都乐成了盛开的菊花。收获了一料早秋后，从饥饿中挣扎出来的庄稼人又以空前的热情，投入了新一轮的生产自救。

城里，大街小巷中军警们往来巡逻，和颜悦色，秋毫无犯。热情地招揽着顾客，商人们公买公卖、童叟无欺。重新背上搁置已久的书包，蹦蹦跳跳孩子们一路奔向学堂。大灾之后，三秦大地迎来的第一个春天，竟是这样的明媚。

深得人心的举政方针，给考察团增添了新的考察内容，怀着浓厚的兴趣，他们迫不及待地投入了工作。井然有序的城市、生机勃勃的农村，无不让贼子们暗暗吃惊，怀着鬼胎，龟缩在西京招待所，犬贼心神不定地翻阅着报纸。

突然，一条《泾惠渠勘测已近尾声，渭惠渠设计又上日程》的标题新闻，一下子吸住了犬贼的狗眼。果然是天无绝人之路！看着看着，狗娘养的不觉又兴奋起来。于是李仪祉的勘测队便由一个变成了俩。

法网恢恢，疏而不漏。成了笼中之鸟、网中之鱼、瓮中之鳖，犬养一行三贼昨天还是兴高采烈，今天却又是垂头丧气。

听说三贼人赃俱获、无一漏网，杨虎城非常高兴。连夜开庭，军法处对三个贼子，分头单独进行了提审。

铁证如山，岂容狡辩。面对人证、物证，贼子们不得不如实交代了犯罪事实、犯罪经过。经核实，三贼的口供，基本吻合。翌日晚再次开庭，军法处对贼子们的犯罪事实，进行了最后的落实。被告席上，对法庭连夜整理出的罪行，三个贼子均供认不讳，并一一签字、画押。

依法，法庭作出了裁决：查日本人小泉浩太化名犬养太郎，偕美国人艾克佛、瑞典人多福寿，长期在中国从事间谍活动，企图分裂、颠覆中国。其犯罪事实清楚，证据确凿，本人亦供认不讳。依法判处三人死刑。克日执行。

事关重大。是解送南京，还是就地正法，杨虎城又一次面临着重大的抉择。若解送南京，他担心国民政府外交软弱，很有可能是放虎归山，让贼子们逍遥法外不说，自己还要落个多事的口实。若就地正法，他又担心列强们不会就此善罢甘休，弄不好还会引起国际争端。报国心切，引经据典，陈致远跟杨虎城讲述了在《资治通鉴》中，司马光关于"强项令"的一段记载。

东汉初年，董宣为京城洛阳令。期间家奴行凶杀人，湖阳公主护短，致凶手迟迟地不能归案。无奈，趁湖阳出行之机，于凤驾前董宣将其擒获、处死。见董宣只顾打"狗"，竟置她这个主人的面子于不顾，一纸御状，湖阳将其告在了光武帝刘秀的殿前。光武怒，欲杀董宣。董宣大呼曰："纵奴杀人，将何以治天下？"言毕，竟以头撞柱。刘秀惊，忙命黄门拦住了他。

自忖跟十万里锦绣江山比，公主的面子，又值几何？其奴才的脑袋，更是九牛之一毛！于是和稀泥抹光墙，刘秀要董宣向湖阳叩头谢罪，以不了了之。不想董宣既不给皇上面子，更不尿湖阳公主，两手拄地，他硬是不肯俯首。

见皇上面临难堪，又见公主陷入尴尬，身为太监，黄门哪能不急？他想董宣只要点一下头，不但皇上的人搁住了，公主的脸搁住了，洛阳令的头，也就保住了。不定皇上一时高兴，自己便官运亨通，从此，再不用当这看门的狗了。一举赢得三方爱，何乐而不为？想到这，他急忙上前强按。却没料到董宣是个天生的倔脾气、硬脖项，结果皇上的人没搁住，湖阳的面子也没挽回，自己却献个勤、打个盆、又丢个人。无奈，刘秀说了句"强项令出"，便宣布退朝了。

人在事中迷，单怕没人提。一经提醒，杨虎城想，当今并非圣明的汉光武帝，列强们更不是湖阳一弱女子，但作为主政一方的军政要员，自己却不能不如一洛阳令。若让外国间谍从手里溜掉，自己岂不成了民族的千古罪人？于是当机立断，下令将贼子们就地正法、秘密处决。

几天后，《西京日报》刊发在头版显著位置的一则"寻人启事"，引起了陕西各界的广泛关注。"启事"，是以外国某考察团的名义刊发的，末尾，还有对知情者酬以重金云云。

从考察团走失的，自然不会是穿开裆裤的毛孩子，或者是疯疯癫癫的精神病患者，而是三个年富力强、智商也非同一般的洋人。为首的是日本人，叫犬养太郎，其他两个一个是美国人，叫艾克佛，另一个是瑞典人，叫多福寿。

"犬养！"有人好奇地道，"犬养不就是狗娘养的吗？"据说，日本人是陕西人的后代，是秦始皇嬴政派方士徐福带到琉球的五百童男童女，留下的后裔。事老人嫩，对这些不肖子孙，陕西人已不甚了了。但对放着六亲不认，竟"认狗做母"的，他们却是又好奇、又好气、又好笑。

在《西安日报》，在《西北文化日报》，外国考察团也曾分别找过陈静远、关步云。见要找的，竟是个日本鬼子，他们都以版面紧张、不能及时安排为由，给谢绝了。同一天，这两个报纸在头版的显著位置上，也刊发了一条新闻，标题是《警备旅部分士兵在逃，真相还有待调查落实》。

《西京日报》，是国民党陕西省党部的机关报，其前身，是天津的《国民日报》。由于积极宣传杨虎城的举政方针，《西安日报》《西北文化日报》跟南京方面的舆论导向是格格不入，甚至是大相径庭、背道而驰。于是，南京政府将《国民日报》西迁西安，并更名为《西京日报》，又让反动文人仇方文任社长，专门跟《西安日报》《西北文化日报》分庭抗礼、唱对台戏。

同在天津待过，又是同行，对仇方文其人，陈静远、关步云并不陌生。利用手中的报纸，除经常刊发一些亲日派的反动文章、除积极宣传吹捧南京"攘外必先安内"的政策外，该仇还经常含沙射影、指桑骂槐地攻击杨虎城，攻击他在陕西推行的一系列举措。对此，陕西人民非常反感，杨虎城更是深恶痛绝，陈静远、关步云与其既是同行，又是冤家。

冤家路窄。在天津时，仇方文也看上了关步云，欲讨她为妾。他想，凭他的地位，凭他的声望，这个小小的女记者，怕是求之而不得了。胜券在握，他几次托人前去作伐，不想热脸蛋却碰了冷屁股。

"妈的！"癞蛤蟆想吃天鹅肉，越是吃不到，便越是想吃，"掰掉刺再采花，也不迟！"

机会终于有了，一次托名洽谈工作，仇方文又来到《大公报》。真是天赐良机，偌大的编辑部里，竟只关步云一人。看着眼前的"玉兔"，犹一只饿极了的秃鹫，仇方文一下子扑进了关步云的宿办室。被压倒在床上，关步云的外衣，已被撕了开来……

眼看"玉兔"就要就擒，不想一把明晃晃的剪刀，却指向了仇方文。接着"啪"的一声，从背后，又飞来一记带风的耳光。火烧火燎，仇方文的脸，像是被揭了一层皮。眼前金星乱冒，他不知天在旋还是地在转……

明白过来时，仇方文发现他已经被扔到了门外，而紧握双拳站在他面前的，竟是他的死对头陈静远。

"既读圣贤之书，竟不知廉耻！"在张季鸾面前跟孙子一样，仇方文接受着他的申斥。虽是同行，张季鸾的影响，张季鸾的人格，他跟着拾鞋带都是望尘莫及。撰文骂了蒋某人，张季鸾却还是他的座上宾，对此，仇方文既莫名其妙，又百思不得其解。

于西安又一次狭路相逢时，关步云已经躺进了陈静远的被窝，而留给仇方文的，除一肚子窝囊气外，还是一肚子的窝囊气。在天津有张季鸾，他奈何不了他们；在西安又有杨虎城，他不但奈何不了他们，甚至，还得看他们的脸色。连"天子"的账都不买，对仇方文这个"太监"，杨虎城自是连正眼，也用不着瞧了。他劝告过他，也警告过他。以"奉旨"行事，他也为自己辩解过。不想闻言杨虎城更加的恼怒，骂他是十足的奴才，是名副其实的阉人，只可惜了这一身的男人皮！

强龙不压地头蛇。县官不如现管。虽背靠大山，在杨虎城面前，仇方文却不得不唯唯诺诺、噤若寒蝉。虽怀恨在心，他却既不敢怒，更不敢言。

面对重金，自会有人铤而走险。就在"启事"见报的当晚，鬼鬼祟祟，一个黑影，溜进了《西京日报》。黑影不是别人，而正是前面提到的那个惯偷。惯偷毕竟是惯偷、是梁上君子，而非真君子。在任何时候，真君子都能穷则益坚、不坠青云之志，都能做到富贵不能淫、贫贱不能移、威武不能屈。梁上君子却不行，抓犬贼那阵一时良心发现，他竟说出了"却也知道自己是个中国人"的豪言壮语，但在重金的诱惑下，他又难免不出卖良心，而忘却了自己是个中国人。

听说外国人，竟是被杨虎城秘捕的，仇方文不禁又惊、又喜。惊的是南京政府都怕洋人几分，而作为一个小小的省主席，杨虎城却不但敢摸东洋人的老虎屁股，而且，还敢摸西洋人的蝎子尾巴。喜的是杨虎城终于有把柄，落在了他的手中。有这个筹码，至少，再不用受他的窝囊气了。若能借此搬开这个绊脚的石头，或者干脆打死这个拦路的老虎，让自己取而代之，那当然更是求之不得了。当仁不让，跟你杨虎城，我仇方文绝不会客什么气！

"仇社长，"惯偷终于忍不住了，"你看……"从美梦中仇方文，也被惊醒了。这个筹码到底怎么用，他心里还没个底，而惯偷却已跟他开口要钱了。

"钱嘛，缓两天再说。"仇方文冷冷地道，"空口白牙，就凭你这几句话？即便我信，外国考察团，却未必肯信。"

"不信？"闻言惯偷已有些急，"不信咧，你去问杨虎城嘛！"

"啥！问杨虎城？那好，你带我去。"见惯偷不敢，仇方文又冷笑道，"立着说话，你不害腰痛！杨虎城是什么人？是集军政大权于一身的省主席、是行署的主任！他要是不认这个账，咋办？他要是猪八戒倒打一耙、问我个诬陷之罪，又咋办？到时候你敢站出来为我作证吗？嗯！"

"这……这这这……"惯偷的政治头脑，远不及他抬门扭锁、逾墙入室的本事，"这可咋办呀？"他压根没料到问题竟是这么的严重，又是那么的复杂。

"是这。这两天，你再多留个神！"说着摸出五个大洋，仇方文给了惯偷，"如果你说的属实，估计这一半天，他们必有所行动，特别是晚上！只要能找到人，这事就好办了，活的，死的，都行！"

为了钱，惯偷不得不昼伏夜出，跟孤魂野鬼似的，他游荡在他刚刚走出不久，又让他望而生畏的那个门前。

钱难挣，屎难吃，尻子好卖没人日。几个不眠之夜又过去了，五块大洋，也花光了，动静却还是一点没有。

这天又守到了凌晨，惯偷却还是一无所获，看来，这并不比他干老本行来得轻松。手里已是一文不名，轻轻叹了口气后，他不得不重操旧业、来到西郊的一个高门楼前……

不想，逾墙入室时，手脚竟有些生疏，第一次失手，惯偷遇到了麻烦。他不得不快刀斩乱麻……果然，麻烦又迎刃而解了。

正在懊恼，途经一片树林时，停在黑影中的两部小车，又引起了惯偷的注意。打开车门行窃时，他不由又是一惊，原来被摸到手的，竟是一副冰冷的手铐。"啊！"再看车牌时，他吃惊得差点儿失声，"是侦缉队的，难怪，这么眼熟！前几天抓洋鬼子坐的，不正是这两部车吗？"踏破铁鞋无觅处，得来全不费工夫。"妈的！"惯偷由惊变喜："辛辛苦苦地守了好几夜，竟都是无功而返，没想到刚一离开，他们却有了行动。好在苍天有眼，让我碰了个正着。"

放下手铐，又轻轻关上了车门，将周围扫视一遍后，惯偷很快便有了方向。蹑手蹑脚，向那片树林，他迂回了过去："啊！在挖坑。他们要埋啥？"

"埋啥？"正自言自语，惯偷却被一个熟悉的声音，给打断了，"哼！正是你苦苦寻找的东西。"说时迟，那时快，一个冷冰冰的东西，早顶住了他的后脑勺。

"啊，是……是马警长！"明知抵赖不过，惯偷却还是抵赖着，"误会，误会。我也是碰巧路……路过。"凭声音，他知道用枪顶着他的，是马有福。

"路过？"马有福冷冷地道，"都辛苦了几个晚上，害得我，也跟着忙活了好几天，还想狡辩？老实点，走！"说着，惯偷被他押了过来。

"你要找的，一个都不少。这是犬养，这是艾克佛，这是多福寿。看清了么？"用电筒依次照了照三具僵尸，对着惯偷，陈致远冷冷地道。

"看……看清了。诶，不不不，小的啥也没……没看见。"不知如何是好，惯偷竟有些无所适从、语无伦次。他先是肯定着，紧接着，又连连地否定着。

"啥！没看见？没看见咧一起埋！"随着刘光复的一声令下，惯偷被马有福推到了坑下。

"看见了，看见了……"一边向上爬，惯偷一边忙改口求饶，"小的该死！刘队长饶命！"

"看见了就好！"见状，陈致远吩咐他道，"天一亮，就去给仇方文报告。明晚再带他，来这里看看。"

"不敢，不敢。再也不敢咧！"还以为陈致远说的是谑话，惯偷忙分辩道，"借个胆我也不敢咧。"

"就按陈专员说的办！"不想刘光复，又严厉地道，"孙猴子本事再大，也翻不出如来佛的手心。要是胆敢再耍花子，小心你的八斤半！"

"是是是。一定照办，一定照办！"闻言，惯偷又改口道。

跟马有福努了努嘴，刘光复道："让他滚！"

"谢刘队长。谢陈专员。"惯偷一边又是点头、又是哈腰，一边抽身就走。

"站住！"陈致远喝道。应声，惯偷又来了个急刹车。不知是祸、是福，他更不敢回头。"你看见了我们。"给惯偷十块大洋后，陈致远又吩咐他道，"我们可没看见你！明白不？"虽一时弄不清是祸、是福，但陈致远的意思，他却领会了。"明白，小的明白！"惯偷道，"不知刘队长，还有什么吩咐？"这次他既没敢回头，也没敢轻动。

"没有了。"刘光复道，"你，好自为之吧！"闻言走了几步，如惊弓之鸟，惯偷飞也似的逃走了。

返回途中，路经一个村子时，突然传来了撕心裂肺的嚎啕声。陈致远忙吩咐停车。刘光复忙吩咐马有福前去察看。

"瞎咧！"一袋烟的工夫后，马有福回来了，"偷东西时，惯偷被发现了。情急之下摸起菜刀，他砍了人家一刀。因失血过多，伤者已经死了。"

"不好！"闻言刘光复道，"若让他知道出了人命，这家伙肯定是逃之夭夭了。"

"是这，再辛苦你一趟。"沉思片刻后对着马有福，陈致远道，"关照主事人就说凶手，已被我们盯上了。三天内定会给他们有个交代，叫他们千万先不要声张，以免打草惊蛇。"

"把证件让人家看看！"刘光复又道，"顺便告诉他们，要他们注意保存证据。"

马有福过去后不久，嚎啕声果然没有了。

"仇社长，有门！"强打精神，见到仇方文，惯偷眉飞色舞地道，"人已经被他们弄死了。尸首，就埋在西郊的树林。"他果然只告诉他他发现了他们，而对他被他们逮了个正着的事，却闭口不提。说完，他将手又伸向了他。

闻言窃喜，表面上仇方文却是不动声色："走！"说毕站起身，他就要往外走。"走？"闻言惯偷惊疑地道，"去哪儿？"还以为大白天仇方文要去看现场，没想到他却冷冷地道："去那儿！你说去哪儿？我开车，你撵。撵上咧我就信你。"闻言惯偷这才恍然大悟。他只得把他西郊行窃，无意中发现此事的经过，跟仇方文有虚有实地说了一遍。

听着听着，仇方文那紧蹙着的眉头，终于慢慢地舒展开来："他们真的没发现你？"闻言狠了狠心，惯偷一口咬定说："没有没有。仇社长你想，要是被他们看见了，我还能活着回来？不信咧，今黑我就带你去看。"仇方文道："那好。耳听为虚，眼见为实。等晚上确认后，钱我立马给你。放心，阎王不嫌鬼瘦，我还能亏了你！"

第八十七章

　　见不得又离不得。面对惯偷的纠缠，仇方文不免有些烦躁，好不容易才将其打发走了，他心里却空荡荡的没个着落。一想到杨虎城这只老虎，一想到黑天半夜，要去看被他处决后的几具僵尸，仇方文又由不得头皮发麻，心惊肉跳。神不守舍，给镁光灯他换上了新的电池，但试来试去，镁光灯却就是不亮。弄了半天，这才发现在慌乱中，将电池竟给装反了。"活见鬼！今儿个这是咋的咧？"自言自语地骂了一句后，拿出照相机，他又摆弄起来。

　　照相机对仇方文来说并不陌生，当然更谈不上什么新鲜了。他所以摆弄它，一是这东西晚上要用，二是想借此，来稳定一下心情。见仍然不能如愿，关上门打开保险柜，仇方文又拿出了手枪。跟照相机比，对枪，他显得生疏了许多。对着放在窗台上的墨水瓶，他翻来覆去地比试着，练习着……

　　用空枪比试了一阵后，他又小心翼翼地给枪膛里，压着子弹。压满后他又怕走火，又觉得不保险，于是，又一个个地退了出来。退出来了，保险了，他却又有一种不安全的感觉，于是，又一个个重新地，压了进去。就这样又是压、又是退地折腾了半天，最后，他觉得还是退出好，因为离用得着它的时候，毕竟还早。这时能给仇方文壮上胆的，并不是那个他已经非常熟悉的照相机，而是那把他并不熟悉，甚至非常陌生的手枪。心神不定，翻来覆去，他又擦起枪来。果然，那飘忽不定的心神，终于慢慢地守了舍。静下来后，仇方文终于能思考一些问题了。

　　对仇方文来说，玩枪杆子远不及他耍笔杆子，来得轻松。要不要告诉省党部以寻求支持呢？仇方文翻来覆去地掂量着，斟酌着。跟他一样，省党部也听南京的，也恨杨虎城，也欲置之死地而后快。但那些政客们一个个比泥鳅还滑，弄好了吃肉的是他们，连口汤，他怕都喝不上。万一弄砸了，将一盆臭屎扣在他的头上，尻子一拍，他们怕连土都不会沾。斟酌了半天，周围竟没一个是仇方文信得过，又靠得住的。思来想去后，他决定还是把进可以攻、退可以守的主动权留给自己。骑驴看戏——想看了看会儿，不想看了，拍驴屁股走人，总比骑在老虎脊背上下不来要强得多！

　　要不要告诉地貌考察团呢？想了半天，仇方文终于有了主意。登报悬赏，考察团只不过是为了找人，帮他们找到人，自己也就交了差。至于是活人还是死人，或者谁把活人弄成了死人，那就不关自己的事了。至于钱，他想多少得给惯偷分上点儿。贼娃子打官司——场场输。做贼底虚，量他还不致因争多论少，而将自己告到杨虎城的衙门。

果然不出仇方文之所料，考察团竟出奇的好说话。三个鬼鬼祟祟的家伙，肯定不是啥好籽，他们也非常反感他们，巴不得他们死了。登报也好，悬赏也罢，考察团也是自认倒霉、不得已而为之，例行个公事罢了。没人问不说，有人问起时，有个说法而已。

死了好，死了好！接到仇方文打来的电话，他们连声地道："Ok！Ok……"连看上他们一眼，他们都懒得去。

驾车，仇方文来到了约定的地点，从阴暗的角落里一闪身，有个黑影，果然钻了出来。明知是惯偷，仇方文却还是被他吓了一跳，连车子，也跟着抖动了一下。松油门……减速……换空挡……点刹车，前后左右地看了一下后，车子这才被仇方文停在了路边。

"上……上来吧。"轻轻推开车门，仇方文压低声音道。由于紧张，仅三个字的短语从他嘴里吐出时，竟有些结巴。

"仇社长，钱带了吗？"一上车，惯偷便急不可耐地道。不知道已经闹出人命，心存侥幸，拿上钱他想远走高飞。都死到临头了，心里惦记的，却还是钱。

"带着，带着。"不耐烦地拍了拍口袋，仇方文道，"有没尾巴？"

"放心吧，仇社长！"惯偷道，"连个狗都没有，哪来的尾巴？"安慰着仇方文，同时，他也在安慰自己。

车子又停在了树林边，林子竟静得出奇，鸱鸮偶然间的一声凄啼，听起来，更教人不寒而栗、毛骨悚然。走在前面，惯偷害怕不害怕先不说，跟在后面，手里又提着枪，仇方文却紧张得连呼吸都有些困难，连头发似乎，也都立了起来。为给自己壮胆，返回后重新上车，他又打着了火。似乎也知道害怕，连车子都不住地战栗着。

在一个颇显狼藉的地方，惯偷收住了脚步。见仇方文呆在远处不肯靠近，他只好自己动手刨挖了起来……

"快看！出来了。"惯偷轻声地招呼着仇方文。惊醒后，仇方文不得不把握在手中的枪，又重新别到了腰里。一手拿照相机，一手拿镁光灯，如临深渊，如履薄冰，他慢慢地挪了过来。

熟悉的照相机，这时，似乎竟变得陌生起来。用右手的食指，仇方文摸了半天，却竟找不着快门。好不容易，总算是摸到了快门，却又没人打镁光灯。于是他忙招呼惯偷，要他过来帮忙。

应了声，惯偷却没过来，而是被三个黑影，扑翻在地上。"啊！"是复活的僵尸，还是僵尸变成的厉鬼？一声惊呼未及出口，一条毛巾，却早塞进了仇方文那刚刚张大的嘴巴。随即四只老虎钳似的大手，又将他的两条胳膊跟拧麻花似的，拧到了背后。

"姓仇的，"一个声音威严地道，"你这个败类！竟敢通敌卖国。看清楚了，这是你的死刑判决书。"手电筒亮处，一纸判决递在了他的面前。"仇方文"三字，已被用红笔勾过，下面还盖有一方比斧背还大的，猩红色的印章。

被惯偷刨开的土坑，又一次被填平了。里面又多了一具僵尸，冥冥之中，也添了一个新鬼。

"不不不！"作案现场，惯偷连连地抵赖着，"只偷东西，我可没杀过人。"见伤者已死，情急之下，他竟说漏了嘴。

"嘿！还真有贼不打三年自招的。"闻言，陈致远冷笑着，"还没顾上问，你倒自己先说了出来。"

"我……我压根，就……就不曾到过这儿。"贼没赃，硬似钢。

"啥！没来过？"马有福道，"鸭子煮了七十二滚——浑身都烂了，嘴却还硬得梆儿梆儿的。半夜三更，你从这里出来，可是我亲眼看见的。"

"不不不！马警长，你可能看错人了。"背着牛头不认赃，惯偷，继续地狡辩着，"你想想，黑灯瞎火的，看错人也是常有的事。"都到了这般时候，他却还心存侥幸。

"好好好！就算他看错了。"拦住马有福，刘光复道，"那我问你，没来过你的扣子咋在这儿？"说着，他掰开了受害人那已经僵硬的右手，右手中，果然握有一枚纽扣。

一向不扣扣子，这时，惯偷才发现他的胸前的确少了一枚纽扣。而死者手中的那枚，跟他的又一模一样。在人证、物证面前，惯偷情知已不容抵赖，耷拉下脑袋，他一脸的沮丧。

西安通往东京的电波，突然间中断了。"眼镜蛇，眼镜蛇。白鲨呼叫，白鲨呼叫。请回答，请回答……"用密码将犬养，日军大本营连续呼叫了近一个礼拜，却都没得到他的应答。情知不妙，外务省跟德方又取得了联系。不想得到的答复，竟是犬养等一行三人，染上了一种叫作"虎烈拉"的急症，以致不幸身亡。对此，我们深感遗憾！

果然大事不妙，日军大本营的猜测，被初步地证实了。经查，中国西北地区确实有"虎烈拉"在流行，而且来势凶猛，死的人也不在少数。正当青壮，三个人怎么说死就死了？若真的染疾而死，死的为什么偏偏是他们几个？而其他的，却都安然无恙？对日本人来说，掌握在犬养手中的情报、资料，件件都算得上是价值连城了。中国西北地区这个"满洲国"，竟突然胎死腹中，他们，又岂肯善罢甘休？有心弄个水落石出，却心怀鬼胎，嘴又被黑幪占着。何不来他个借刀杀人？于是一不做、二不休，通过外交途径，消息被送到了美国领事馆。果然引发了国际纠纷，跟南京政府，美国驻汉口领事詹森提出了严正的交涉。

先是洋鬼子突然失踪，接着仇方文又下落不明。本来就对杨虎城极为不满，欲撤换，却又苦于没有口实，这次南京方面，终于抓到了把柄。最高当局一面电令杨虎城要他"严饬查办"，一面又派员到西安进行督办。

带着参赞苏乐，美国驻汉口领事詹森，也到了西安。一时间古都西安，大有黑云压城之势。

"不怕！天塌不下来。"刘光复虽已沉不住气，杨虎城却是不慌不忙，"即便天塌了，还有我这个大个子，还轮不到你！"

话虽如此，刘光复却还是如负华山，派马有福将已回渭北的陈致远，他连夜又接回到西安。在特别侦缉处，陈致远却似徐庶进了曹营——一言不发，拿着一张旧报纸，他看得入神。

"致远哥，你、你倒是说……"一句话还没说出，刘光复却被陈致远摇手给制止了。继续看着报纸，他依然是聚精会神，仿佛解决问题的绝招，就藏在这报纸的字里行间。

报纸的大标题，是"警备旅部分士兵在逃，真相还有待调查落实"，见跟眼下的燃眉之急一点边都不粘，刘光复不免大失所望。

"盯着报纸不放，难道它能帮咱们不成？"刘光复急了。说着，报纸被他一把夺了过去，接着又被他，重重地摔到了一边。

"不错！它的确，能帮咱的大忙。"说着，报纸又被陈致远拿了回来。一点也不着急，展开报纸，他接着又细细地看了起来。

"你……嗨……"刘光复却是又急，又气，"都啥时候了，你还有心思看报，还有心思说笑？"

古今多少事，都在笑谈中。陈致远却是既不愠，也不火，指着报纸，他不慌不忙地跟刘光复道："士兵在逃的真相，不还有待于调查落实吗？咱帮他们落实！光复，你没看咋相？"

"你的意思是……"闻言，刘光复这才似有所悟。

"犬养他能移花接木，咱何不来他个李代桃僵？"陈致远笑道，"然后，再来个金蝉脱壳？"

"看报，看报……士兵见财起意，洋人死于非命。看报，看报……"古城的大街小巷中，报童们一边走一边喊。见市民们竞相购买，又见涉及到洋人，美国驻汉口领事馆参赞苏乐也买了一份，一目十行，一边走他一边浏览着……

文章的大意是，见三个洋人在路边修车，又见车内有不少的财物，警备旅某连的三排长将其所见，告诉了他的连长。见财起意，连长顿生邪念，在持枪抢劫时，却又遭到了抵抗。急切不能得手，情急之下，他们将三个洋人杀死后又异地掩埋云云。

报道最后说，"为逃避惩处，驾车特务长仓皇在逃；投奔土匪，途中三排长被生擒；连长被当场击毙……绥署已下令通缉在逃，俟归案后，军法处将择日开庭，必严惩凶手，以儆效尤……据悉，三个洋人一个是日本人，一个是美国人，一个是瑞典人。随一个地貌考察团，他们是从兰州抵达西安的。又据悉，被抢的所谓"财物"竟是些电台，竟是些测绘仪器以及绘制的中国地图等等。"

通过南京派来的特派员，詹森敦促杨虎城不必等待，立即开庭。电话里杨虎城虽有些为难，却还是勉强地同意了。"那好，明天开庭！"杨虎城道，"鸡尻子底下，詹森还在等蛋哩。"正中下怀。放下电话，杨虎城乐呵呵地跟陈致远、刘光复开着玩笑。

法庭上，军法处的李处长正襟危坐，左边是"陪审员"陈致远、刘光复，右边是"书记员"陈静远、关步云。靠下的左面是詹森、苏乐，右面是南京来的特派员，再往下，每边各站四个全副武装又杀气腾腾的宪兵。

《三堂会审》开场了。

"带人犯——带人犯——带人犯——"

随着李处长的一声令下，跟三重唱似的，命令被传了下去；随着一阵沉重的镣铐声，垂头丧气，"三排长"马有福却被两个宪兵押了上来。

程式性的一问一答，"三排长"供述了他们实施"犯罪"的经过，对所犯"罪行"，他供认不讳，致詹森、苏乐跟特派员竟都提不出任何异议。

"带人证——带人证——带人证——"

又一阵三重唱后，"证人"竟被用一副担架抬了上来，担架还被一条白被单从前到后苫了个严严实实。白被单被揭去后，詹森、苏乐跟特派员这才发现所谓的"证人"，竟是一具血肉模糊的僵尸。

"他是什么人？"指着躺在担架上的"人证"，李处长喝问"三排长"道。

"我们连长。"抬头看了已经僵硬的仇方文一眼后，"三排长"回答说。说完，他又垂下了头。

"姓什么，叫什么？"李处长又道。

"姓史。叫史雨谷。"埋着头"三排长"道。李处长又示意要詹森、苏乐等过来看看，不想掩着面又捂着鼻子，詹森连声地道："No，No，No！"

"暂时休庭。"李处长道，"俟合议庭合议后，即行判决。"言毕，竟跟

"陪审员"陈致远、刘光复,以及"书记员"陈静远、关步云等,先后地退了下去。人犯、人证自有宪兵们严加看管,底下免不了又是一阵骚乱。

　　"有烟吗?"后面,李处长迫不及待地问刘光复道。掏出烟盒,刘光复用手指在盒底上弹了弹,几根香烟便相继地探出了"脑袋"。只一口气,李处长的香烟已不见了半截,陶醉了半天,他这才悠闲地吐了个烟圈。烟圈在慢慢地上升……在变大……关步云却被呛得又是鼻涕,又是眼泪。

　　"全体起立!""陪审员"刘光复严肃地道,"现在,由审判长宣读判决。"闻声,众人陆陆续续地站了起来,唯有詹森却稳坐"钓鱼台"。见顶头上司没动,屁股抬了抬,苏乐又尴尬地坐了下去。见审判长迟迟地不肯宣判,犹豫中,詹森这才很不情愿地站了起来。屁股还没坐实在,跟着他,苏乐只得又尴尬地站了起来。

　　"警备三旅一团二营三连,连长史雨谷,"审判长庄严地宣判道,"三排长马士佩,特务长陶步拓等,持枪抢劫,杀死日本人犬养太郎、美国人艾克佛、瑞典人多福寿一案事实清楚,证据确凿,案犯亦供认不讳。经合议庭合议后,依法判决如下:三排长马士佩,死刑。克日执行。连长史雨谷,已被击毙,乃罪有应得。特务长陶步拓死刑。俟归案后,再予处决。"

　　第二天,"三排长"被押赴刑场,执行了枪决,但应声栽倒在枪口下的,却既不是马有福,也不是马士佩,而是惯偷。按詹森的要求,报纸在头版头条上刊发了这条新闻。在印了两份分别送给詹森、苏乐以为纪念后,却即行改版了。一桩错综复杂的连环案,就此,画上了一个圆圆的句号。

　　带着苏乐,詹森匆匆地回了武汉,而特派员,却丝毫没有回南京的意思。

　　特派员既是个文化人,又是个佛教徒,听说西安的学生娃不好好念书,还动不动又是游行,又是示威。因此,除在陕西"考察"佛教外,他还要对他们进行训话,以"整饬教育"。

　　为不让其反面宣传在陕西得逞,秘书处特意给他拟了个日程表。日程表将"训话"安排在最后,以期以"考察"挤掉"训话"。

　　"要训话就让他训。"杨虎城道,"要相信咱陕西学生的觉悟。也许我们不便做,也做不到的事,他们却能做到。更何况咱也没钱敬他这个'神',更没时间、没精力陪着他去游山玩水。"说着提起笔,他将训话的时间由最后提到了最前,并吩咐秘书处尽快地安排。

　　"回渭北?不急不急。"对前来辞行的陈致远,杨虎城道,"你还得帮刘光复将那个瘟神,尽快地给我送走!"

　　训话被安排在民乐园的大礼堂。

在西安，民乐园可以说是家喻户晓、尽人皆知，但若问其来历，却就鲜有人知了。

城东，原是一片蒿草没人的荒凉去处，是狐兔出没的乐园。来自河南的灾民们纷纷在这里搭棚而居，这些中国人中的吉普赛人，成了这里的拓荒者。随着河南人的与日俱增，连开封等地的豫剧团，竟也跟着来凑热闹。于是除秦腔外，西安又多了个剧种——河南梆子。久而久之被潜移默化，地主们竟也逐渐认可，并接受了这种外来的文化。就连周边那些听惯了秦腔的老陕西，也都想换换口味，为猎奇不辞车马劳顿，从乡下他们纷纷赶到了这里。时陕西军政府的主席，正好是河南籍的张凤翙，为给河南乡党办点实事，同时，也为了顺应陕西民意，在这里，他建起了一座可容两千余众的大礼堂，取名"民乐园"。

民乐园，是个五彩缤纷的世界。这里有烤红苕，有荞面饸饹，有豌豆粉凉皮，有腊汁肉夹馍，有岐山的臊子面，有乾州的睁眼锅盔，有秦镇的米面凉皮，有丰原的蓼花糖，有福平的琼锅糖，有阳都的琥珀糖，还有西安的羊肉泡等专供人吃。这里有黄酒醪糟，有杏核油茶，有小磨豆浆，有散装西凤，有城固头曲，还有走南阳时，刘秀喝过的豆豆麦仁等专供人喝。除雕梁画栋的青楼妓院外，这里还有或挂着金丝门帘，或挂着竹皮门帘，或挂着稻草门帘的各色窑姐儿专供人嫖。这里有骰子、有牌九，还有花花牌以及麻将等专供人赌。这里有耍猴的，有逗蛐蛐的，有捉鹌鹑的，有变戏法的，还有舞枪弄棒的专供人瞧。这里有说书的，有卖唱的，还有集文武场面于一身的说唱艺人——除失明的双目外，他们几乎调动了全身所有的零部件在吹拉弹唱，专供人听。这里有算命的，有看麻衣相的，还有耍雀拉卦的。这里有剃头的，有钉鞋的，有锲刀磨剪子的，还有修理锁子配钥匙的。这里有卖刀剑药的，有卖狗皮膏药的，有治牛皮癣的，有挖脚鸡眼的，有挑猴痣的，有割痔疮的，有治狐臭的，有治跌打损伤的，有治婆娘不抓娃的，还有把牛骨当虎骨、把树根当人参、把羊角当鹿茸来卖的。

药房里没有的药，这里似乎都有；医院看不了的病，这里似乎都能看；连神鬼莫测的吉凶祸福，这里似乎也都能预测；一言以蔽之，凡所应有，无所不有。

当来自四面八方的男女学生们三三两两、躲躲闪闪地走进这曲里拐弯，跟鸡肠子似的巷巷道道时，又给热闹繁杂的民乐园平添了一道亮丽的，却并不协调的风景线。

马拉松式的长篇大论，特派员从仁、义、礼、智、信开始了。旁征博采又引经据典，光这五个"字"，他就讲了近两个钟头。眼看着学生娃已坐不住，礼堂也像是马蜂窝被捅了一竿子——开始嗡嗡起来时，他这才忙将话引入了"攘外必先安内"的主题。这时，已经有人往上递起了条子。开始，特派员还能耐着心停下来瞄上一眼；后来，见条子越看越多，他干脆置之不理了。

"请问特派员,津渊美智子是你的什么人?"

"特派员,听说跟南造云子,你俩还有一腿?"

"特派员,跟津渊美智子听说你们还有个混血儿,他是谁?他在日本,还是在中国?"

见递条子已是用鸡毛撞钟,那些天不怕地也不怕的,便一窝蜂似的拥到了前台。当面鼓,对面锣,他们纷纷质问着特派员。

"同学们!同学们!"见状,陪在一旁的教育厅长再也坐不住了,"请不要再提问题了。特派员是来向大家训话的,由于时间关系,所提问题概不作答。"用双手当话筒,他声嘶力竭地干嚎着。

"难怪闭口不提抗日,原来,他竟是日本人的女婿!哈哈哈哈……"一边起哄,学生们一边向主席台纷纷扔着果皮。

"打!打狗日的亲日派。"喝打声还没落点,一块半截子砖头早飞了上去。急忙躲避时连人带椅子,特派员竟翻倒在地。伤倒不重,这一惊却非同小可,落荒而走时,他又被香蕉皮滑了个狗吃屎。

"多亏那……那炸弹,没……没响……"爬起后,特派员还在暗自庆幸。

学生们的喝打声、呼哨声,警察、便衣们的谩骂声、呵斥声跟桌腿击打桌面的声音交织在一起,礼堂里顿时乱成了一锅粥。

见闹腾的差不多了,在一旁虚张声势又看够了水涨河塌的陈致远、刘光复,这才忙将特派员从后窗弄了出去。

"没想到学生们,果然帮了咱的大忙!"对着杨虎城,陈致远、刘光复由衷地感叹着。

"寻着寻着挨了一顿瞎打。"闻言,杨虎城幸灾乐祸地道,"走,看看去!"

"你俩是吃干饭的?"当着特派员,杨虎城劈头盖脸地"训斥"着陈致远、刘光复,"看把特派员弄成啥咧!"回过头对着特派员,他又抱歉地道,"让特派员受惊了。都怪虎城措施不力,明日,我亲自陪你去法门寺,看哪个吃了熊心豹子胆的,还敢再动特派员一指头。"

"不……不去了。"摇着头,特派员连声地道,"下午……下午我就回南京。在南京,我还有些急事。"

第八十八章

十七路军的频频调动,让西安人又一次陷入到惶恐和不安。据说,从河南跟湖北的交界处,又有几十万土匪杀奔陕西,不日,将直扑西安。自称"红军",这几十万土匪据说全都是血脸红头发,丈二长的脚趾甲。他们既不喝水,也不食五谷杂粮,而是饥食人肉、渴饮人血。跟几年前的镇嵩军比,他们要凶狠十倍、百倍。

虽不曾见过这帮土匪,陈静远、关步云却对其略知一二。叫"红军"不假,他们,却不是什么血脸红头发,更没那么长的脚趾甲。既不是妖魔,也不是鬼怪,他们也是有血、有肉,有感情的人,是共产党领导的一支武装。跟中央作对不假,他们却既不茹毛、也不饮血;既不杀人、也不放火。并非冲西安而来,他们是被人穷追猛打、撵到了陕西。

在红军后面穷追不舍的,是中央军的王牌部队——胡宗南师。在这个王牌师里,还有个急先锋,这个急先锋还不是别人,而是昔日陈静远在北大的同学,叫张仲霖。对前者,陈静远、关步云曾有耳闻;对后者,他们却是一无所知。可悲的是,对于小道消息的认同,人们更胜于他们的报纸。

当陈静远还在北大中文系读三年级的时候,跟他分道扬镳投笔从戎,他的同学张仲霖已经从当时炙手可热的黄埔军校毕业了。

当年的黄埔岛,虽不失为一个藏龙卧虎之地,但历届学员中像张仲霖这有北大学历的,怕只能是凤毛麟角了。

既有丰富的文史知识,又有北大的金字招牌,加上还有一手隽秀而不失潇洒的毛笔字做为门面,张仲霖完全有理由也有实力通过相对比较安全,离"天"近,升迁也更为快捷的政工渠道脱颖而出,而成为一员羽扇纶巾的儒将。然而,他却没去争取,而是在第一军第二十一师的花名册上,毫不犹豫地写上了他的名字,从而成了该师的一名见习排长。

第一军的前身,是黄埔军官学校的教导团。上自将仕相,下至兵马卒,没一个杂木楔楔,全都是清一色的黄埔血统。军长更是身居一人之下,万人之上的前教务长何应钦。初出茅庐,又毫无背景,能跻身此列,张仲霖已有一种"天将降大任于斯人也"的优越感。至于他日能否鹤立鸡群、出将入相,那就看他的造化了。

在军事地图前,在沙盘上运筹帷幄,自然还轮不到张仲霖这个小小的排长。身先士卒、冲锋陷阵、拼刺刀白刃格斗,似乎才是他的本分、他的天职。何况他这个排长的前面,还冠有"见习"二字。充其量,张仲霖只不过是个名副其实的马前卒。

不想当元帅的士兵,那肯定不是好士兵。张仲霖知道他必须在战火与硝烟中不断地接受洗礼,必须用留在身上的弹片、伤疤,去取掉排长前面的"见习"二字,然后再一步步地脱颖而出,去实现他作为一个职业军人的涅槃。

不但没有遗憾,张仲霖还为他能成为天子门生,而引以为自豪。沐浴在枪林弹雨中,无论化作青烟、尘埃,还是化为武圣、战神,对张仲霖来说,都是至高无上的荣耀。对一个职业军人来说,用伤疤、用弹片堆砌起的丰碑,似乎更胜于雄辩。

在陕西军民跟镇嵩军浴血奋战的关键时刻,在江西南浔,二十一师跟军阀孙传芳也狭路相逢、短兵相接。回马岭是张仲霖一显身手,初试牛刀的用武之地。在这里为革命,张仲霖洒下了他的第一滴鲜血,同时用鲜血为他今后的戎马生涯,写下了光彩夺目的一页。在这里用罪恶的子弹,军阀在给张仲霖留下永恒记念的同时,也给他肩膀上增加了一颗璀璨的新星。因战功卓著,由二十一师张仲霖被调到先由徐庭瑶任代师长,后由胡宗南任师长的第一师。连连加冕,他成了该师中最为年轻的少校营长。这是张仲霖为共和而战的第一个回合,同时也是他为共和而战的,最后一个回合。

随着张学良的"东北易帜",旧军阀混战刚刚结束,蒋冯阎的"中原大战",又拉开了新军阀混战的帷幕。作为急先锋,在讨唐生智的驻马店之役中,在败万选才的马牧集之役中,在破孙良诚的归德之役,以及平张维玺的新郑之役中披坚执锐、身先士卒、冲锋陷阵、攻城拔寨,为他的蒋校长,张仲霖立下了赫赫战功。

继"九·一八"之后于上海日本帝国主义,又发动了"一·二八"事变。

成也萧何,败也萧何。"九·一八"事变后的不抵抗政策,迫使蒋介石不得不在一片唾骂声中引咎辞职、宣布下野。而"一·二八"事变前的危局,又让他在急如雪片的恳请函电中踌躇满志、再次地复出了。

校长一声令下,弟子们闻风而动,星夜兼程,由师兄胡宗南挂帅,由师弟张仲霖为急先锋的"天下第一师",也开到了淞沪抗战前线。一向崇拜岳武穆、文天祥等民族英雄,张仲霖更是热血沸腾、摩拳擦掌、跃跃欲试。在雪耻御辱的对日作战中,他要一显身手、再试牛刀,甚至作好了为民族尊严"捐躯沙场、马革裹尸"的准备。

"……靖康耻,犹未雪;臣子恨,何时灭?驾长车,踏破贺兰山缺。壮志饥餐胡虏肉，笑谈渴饮匈奴血……"敢死队前不住地挥舞着铁拳，队长张仲霖领诵着岳飞的《满江红》。"饥餐胡虏肉！渴饮匈奴血！"一呼百应，队员们更是慷慨激昂。

赴沪途中营长张仲霖反复讲解，反复领诵的这首宋词，弟兄们已是耳熟能详。战前动员，队长张仲霖是声泪俱下，弟兄们更是群情激昂，义愤填膺。身临其境，胡虏就在眼前，仇人相见，更是分外眼红，以死报国，热血男儿既有"但使龙城飞将在，不教胡马度阴山"之慷慨，又有"黄沙百战穿金甲，不破楼兰誓不还"之悲壮。

"前面就是鬼子。"张仲霖终于发出了攻击令，"弟兄们，给我杀！"两眼血红，青筋曲张，他活像一头嗅到血腥的豹子。

"且慢！张营长。"传令兵却突然拦住了去路，"师长有令。命你部原地待命，准备修路。"

"啥！修路？"闻言张仲霖先是一愣，接着又暴跳如雷，一把，他揪住了传令兵的领口。被他揪在左手的，仿佛不是师部的传令兵，而是个小日本鬼子，右手中的鬼头大刀，已被张仲霖逼向了他的颈部……

寄希望于第二天，然而第二天以至后来的一个多月里，仍然是修路。战火在张仲霖的眼前燃烧，炮声在张仲霖的耳际萦绕，硝烟刺激着张仲霖的鼻腔。然而手握大刀，他却不能砍向鬼子的头颅；怀抱钢枪，他却不能射向敌人的心脏。"胡虏"就在眼前，他却恨不能食其肉；"匈奴"就在嘴边，他却恨不能饮其血。做为一名中国军人，这简直是张仲霖的奇耻大辱！

人生自古谁无死，留取丹心照汗青。能为国捐躯，那才叫痛快！

何日直捣黄龙府，与诸君痛饮？失望极了！将鬼头大刀，张仲霖一刀剁在了老榆树上。白天拿着镐头修路，晚上提着毛笔写字，生不如死，胸中他是一腔的愤懑。

尚不能做到"将在外，君命有所不受"，张仲霖只能恪守着"以服从命令为天职"的教条，无所作为，部队奉命撤离了上海，不久又奉命开进了鄂豫皖交界处的大别山。攘外不成，张仲霖只能执行他蒋校长的既定方针，前去"安内"了。

为民族尊严而来，无尺寸之功而返，在张仲霖的拳拳报国之心中，留下了终生的遗恨。

"妈的！把人哄得硬硬的，她却纺线去了。"撤离时，张仲霖狠狠地骂了一句，骂了一句连他后来都感到不寒而栗的脏话。

"她！她是谁呀？"当时张仲霖并没多想，事后"她"却让他，禁不住大吃了一惊。下意识地环顾了一下四周后，提起的心这才又被张仲霖放了下来。大料不会有人能解开这句看似平淡，实际上却是十分恶毒的关中方言，因为当时跟在张仲霖左右的，没一个是他的陕西乡党。

千里大别山，弹丸黄安城。

大别山，淮河、长江两大水系的分水岭，据说因李白"南麓花红柳绿，北坡却银装素裹，有别于他山也"的感叹而得名。

黄安，大别山腹地一个名不见经传的小县。后来所以改黄安为红安，是因为它又是闻名遐迩的将军县。这里不仅走出了韩先楚、秦基伟等二百多名共和国的将军，还走出了董必武、李先念两位共和国的代主席、主席。

后来，张仲霖终于明白了，蒋校长所以不战而弃上海，是因为暗中，他跟日本人签订了所谓的"淞沪停战协定"。所以调集三十万大军于大别山，是因为他的另一个学生，同时也是胡宗南的同期同学、张仲霖的学兄——一个叫作徐向前的，竟在这里"聚众造反"。

卧榻之侧，岂容他人安睡。受张国焘"左"倾机会主义路线的干扰，红四方面军吃了败仗；蒋介石对鄂豫皖苏区的重点进攻，却得逞了。不得不放弃苦心经营了多年的根据地，率众突破十倍于己之敌的重重包围，徐向前转战，来到了秦岭山脉的腹地。

二十多天后在漫川关、在康家坪至任岭的一条十里峡谷中，红四方面军又一次陷入了重围。

漫川关，陕鄂交界处陕西一侧的一个险关要隘，既是陕西的南大门，也是历代兵家必争的军事要塞。

时值隆冬，在凛冽的朔风中立马任岭，扬鞭指着"风吹石头响，仰脸不见天"的漫川关胡宗南冷笑道："漫川关，红四方面军的坟墓！"

在生死存亡的紧急关头，在挫败张国焘"化整为零，渗透逃跑"的右倾机会主义路线后，徐向前果断地做出了向西北方向突围的决定。

哀兵必胜。在团长许世友的带领下，用大刀片子，用手榴弹在胡宗南、肖之楚的结合部，红三十四团硬是杀出了一条血路。"一夫当关，万夫莫开"的漫川关天险，硬是被他们撕开了一道口子。在他们的掩护下经竹林关出兰峪，红军主力终于踏上了关中古道。

身边的山山水水、身边的沟沟峁峁在张仲霖的眼前，竟逐渐变得熟悉起来。久违的风土人情、久违的乡音俚语，更是给他以亲切的感觉，连空气中，也都充满了浓浓的乡情。阔别多年后，张仲霖终于又回到了故土。

月是故乡明。张仲霖做梦都不曾料到不远千里，将他领回故土的竟是他的敌人，竟是红四方面军，竟是徐向前这位黄埔一期的学兄。撤离上海时，张仲霖有一种"无可奈何花落去"的惆怅；眼下，他却又是一阵"似曾相识燕归来"的欣喜。然而更让他出乎意料、更让他欣喜若狂的，却在后头。

　　春风得意马蹄疾。走出兰峪，呈现在张仲霖眼前的，是一望无际的关中平原。
　　落日平原纵马。一阵疾行后，张仲霖这头嗜血的豹子，竟紧紧咬住了红四方面军的殿后部队。侧翼出击将红军，他拦腰截为两段。不期而遇，又无险可守，红军只得仓促接战。在枪炮的啸叫声中鸦群纷纷惊离巢穴、扑棱棱地落荒而逃。在人马的嘶喊声中竞相关门，庄稼人惊恐地龟缩到屋里。刀光在如血的残阳余晖中闪烁，血肉在苍茫的暮色雾霭中横飞，一阵腥风血雨鬼见愁的白刃格斗后，长途奔命已疲惫不堪，衣裳单薄又腹中饥饿，红军终于力不能支、纷纷的夺路而去……
　　说来也怪，面对这场刚刚过去的腥风血雨，张仲霖这头嗜血的豹子，却说啥也兴奋不起来。离家门不远的这场厮杀，在这个杀人已无须眨眼的冷血军人的心头，竟萌生出一连串莫名其妙的幻觉来。那些衣衫褴褛、面带菜色、倒卧在血泊中的仿佛不是什么敌人，不是来自异地他乡的红军战士，而是曾经跟他家连畔种过地、跟他哥一块赶过集，甚至跟他爸烟锅对烟锅借过火的乡党，邻里。又似乎是曾经跟他光膀子摔过跤、打过架，不久又跟他成了不打不相识的淘气鬼朋友们。那个东倒的，似乎是他远房的堂哥；那个西歪的，又咋看咋像是他的姑舅表弟。如今，他们不再是被争强好胜的他给摔倒了，而是被他打死了。在张仲霖的潜意识中，这一连串莫名其妙的幻觉，竟萌生出一种难以名状的，负罪的感觉。
　　见天色已晚，张仲霖也无心恋战，带着他的一营，他就近踏进了一个黑压压的寨子。
　　"大叔，不用害怕。"对着战战兢兢的房东，张仲霖客气地道，"请问，这是啥村？"他那少有的和气，连他自己都感到有些惊讶。
　　"是……炉丹村。"房东道。张仲霖那一口地地道道的"秦腔"，连惊恐中的他都忍不住抬起头看了他一眼。
　　"啥！炉丹村？"闻言，张仲霖更是一阵惊喜，接着，他又喃喃地自言自语道，"这里……这里是炉丹村。"
　　炉丹村，那可是他老师韩先生的村子，据说因太上老君炼丹于此，而有此名。这里离他的大张村，最多不超过十里地。张仲霖估摸着，这里距他的大张村应该不远了，却没料到竟近在咫尺。
　　要不要去看看老师？张仲霖正在踌躇，不料，村外突然又传来一阵暴风雨般的枪声。吃惊中摸枪在手，带着队伍，当张仲霖摸黑冲到村口时，不想竟跟跌跌爬坡而来的传令兵又撞了个满怀。

"不……不好了。"传令兵道，"张营长，团部被……被包围了。"

"啊！"惊叫中摔开传令兵，带着队伍，张仲霖扑到了村口。哒哒哒……哒哒哒……哒哒哒哒……在村口"迎接"他的，除了飞蝗般的子弹外，还有那吐着火舌的机关枪。一营被压得头都抬不起来，墙上的泥土，却哗哗地下落着。

"快！占领水渠。"张仲霖命令道，"快！快！"

经营长提醒，部下这才发现了村口那条没水的干渠。

果然是强将手下无弱兵！一阵摸爬滚打后以渠岸为掩体，一营，终于一字儿展了开来。首先发挥作用的，是轻机枪；不一会，重机枪也吼了起来。一个个不断迂回前进的黑影，终于被张仲霖的轻重火力，压倒在地上。

"多亏了这条水渠！"这时，张仲霖终于松了口气。

天黑得，像锅底。情况不明，跟团部又失去联系，张仲霖是既聋，又哑。几次反冲锋都未能奏效，见战斗打成了胶着状态，张仲霖心急如焚。

一切是那样的突然，又是那样的反常，眼前，到底发生了什么？张仲霖不断地肯定着，否定着，却始终弄不出个所以然。盲人骑瞎马，胡冲乱撞，不但救不了别人，弄不好，自家也得搭进去。

"僵持就僵持！救不了急，起码可以减轻团部的压力。"在张仲霖不断的自我暗示中，公鸡唱响了它的第一乐章。不久，又唱响了它的第二、第三乐章。在时紧时慢、时疏时密的枪炮声中，跟张仲霖一样，公鸡们忠实地履行着它们那已毫无意义的天职，因为炉丹村无论主人还是客人，压根儿就不曾合眼。

对方的火力，竟突然间中断了，见状张仲霖却越加的疑神疑鬼起来，再次举起望远镜时，他发现薄雾笼罩下的麦田里，已空无一人。天已经亮了。

情况远比预料中的，要糟糕得多。昨天傍晚被小胜冲昏了头脑，团长李庞低估了落荒而走的对手，颇为得意，指挥部队收缴战利品时，他竟出乎意料地被向来有连续作战之作风，因而常能转败为胜的红军，给包了饺子。骄兵必败。在张仲霖接到告急的前一分钟，团长李庞已以生命为他的轻敌，付出了惨重的代价。

从留在麦田里那些纷乱的足迹，张仲霖准确地判断出红军的兵力，只不过是两个营。以两个营的兵力，显然不足以包围整个村庄，于是在村口，对手布下了一个U形的口袋阵——中间引诱以强火力，于两翼设伏，他们张网以待。对手所算，绝非兵家常说的围点打援。团部已经被吃，调过头红军所图的，是张仲霖跟他的一营。

"好一个调虎出山的狠招！"倒吸了一口冷气，在为他没敢轻举妄动、重蹈覆辙而暗自庆幸的同时，张仲霖又想起了陈静远的父亲陈德润曾经说过的一句话——做人可以得意，却不可忘形。接着，他又想起了他父亲经常在他面前念叨过的一句话——人狂没好事，狗狂挨砖头！

雅俗有别，话的寓意，两个长辈却是一致的，也是深刻的。虽装备落后，军容不整又疲于奔命，红军却绝不能跟当年的旧军阀相提并论，亦不能跟眼下的新军阀同日而语，更非胡宗南、李庞之辈所说的是乌合之众、草寇一群。战无不胜，攻无不克的张仲霖，又一次领教了红军的厉害。逃过了一劫，他深知他遇到的，是一支劲旅。

肩膀上新添的，那颗耀眼的新星，并没有让张仲霖欣喜若狂，师长胡宗南奖励的八百大洋，也被他悉数分给了部下。他警告他们说，这可是团长跟阵亡的弟兄们用生命换来的，是血的教训。

昔日大禹治水，曾三过家门而不入。眼下被红军引到了家门口，要不要刁个空回家看上一眼？一向果断的张仲霖却犹豫了，家家都有一本难念的经，除军务在身外，张仲霖还有他难言的苦衷。其中，最令他难堪的是上中学时，他父亲给他明媒正娶的媳妇严琼英，其次是他爸张宏岳的续弦，他的鹈妈张盛氏。

朴实贤惠又吃苦耐劳，在张家严琼英善待着老的，又呵护着小的。像饲畜扫院，洗衣做饭这些"屋里人"最基本的功课，对她来说是手到擒来、小菜一碟。其穿针引线之精细，其纺线织布之麻利，才是她的绝活，才是她拿手的好戏。若以大张村为圆心，以其到炉丹村的距离为半径画一个圆，那么其中能日织丈五布、夜纺四两花的大姑娘、小媳妇，已屈指可数了，而兴起时严琼英却能日织丈八、夜纺半斤，用媒人的话来说，简直跟个"线轮"一样！

先看地，后看房，后院再看马牛羊，这是庄稼人衡量一个人成功与否的标准。前厅房，后楼房；左拴骡子马，右圈牛跟羊；村南到村北，水地数十垧。张宏岳老汉也算得上是庄稼人中的佼佼者了，但这个成功的庄稼汉，却从未因此而自命不凡过。最让他引以为豪壮的，是给两个儿子，特别是给小儿子张仲霖，娶了个千里挑一的好媳妇。乡党邻里们，也都是眼红不已，唯有张仲霖，却是大不以为然。其原因再简单不过，斗大的字，严琼英识不了一升。

一次一个要好的同学，来找张仲霖，不巧的是张仲霖，却不在家。严琼英接待了他，当着严琼英的面，他在赞叹张仲霖考上北大的同时，却又感叹他放弃了理科，不料严琼英却道："他呀，多半是更喜欢'外科'。"被她的外行话所逗，那个同学差点喷饭，一错再错，严琼英又误以为不小心他被噎住了，于是，忙递过一碗水来。后来在跟张仲霖说笑时，那个同学无意中提及了此事。言者无心，听者有意。闻言张仲霖大窘。

女子无才便是德。在当时、在中国、特别在中国的农村，跟女人比，男人应该是理所当然的强者。蹩脚的男子走三县，能行的女子锅边转。男人有文化、有学历、甚至有高等学历，男人是县长、是省长、甚至是伟人，金屋里，却大都藏着一个目不识丁的小脚女人。这既司空见惯，而算不上什么稀奇，又顺理成章，而算不得丢人。若反过来，却是绝对都不成的，反过来就会被喻做"母鸡司晨"而惹人耻笑。买骡子买马都知道要拉出来遛遛，就连逮个猪娃，也都知道要提起后腿看看，看看条条咋样，而男婚女嫁的终身大事，却都是布袋里买猫，直到入了洞房，直到揭了盖头，才知道对方是胖子还是瘦子，是光脸还是麻子。胖子、光脸也好，瘦子、麻脸也罢，只能是将就着过了。因为无论男人休妻，还是女人被男人所休，都不是啥赢人的光彩事。运气好的，恩恩爱爱一辈子；差点的，凑凑合合一辈子；运气不佳打打闹闹的，竟也是一辈子。

趁列强用坚船利炮叩开了中国的大门，西方文化、西方文明也趁虚而入了。农村的生活，城市的教育，塑造了张仲霖既驯服、又叛逆的双重性格。驯服让他尊崇着孝道，让他默默接受了父母之命、媒妁之言。叛逆又让他不甘接受，以致冷落了新媳妇严琼英，多年过去了，应名是张家的儿媳妇，是张仲霖的媳妇，实际上严琼英却守着活寡，至今，却还处子一个。

过门时年龄尚小，对夫妻之间的事，严琼英可以说知之甚少。以为做媳妇只不过是烧锅做饭、喂鸡扫院、织布纺线，如此而已。虽守着活寡，她却还蒙在鼓里；借口学业忙，张仲霖更是很少回家，俩人名为夫妻，实际上却形同路人。

随着年龄的增长，对男女之间的事两个人，都无师自通了。出于一片好意，张仲霖想自己既然不喜欢人家，就更没理由去碰人家了。哑巴吃黄连——严琼英可就有口难言了。空房独守，晚上一个人搂着枕头，她只能是打掉牙往肚里咽。夏日里天长夜短，加上张家家大业大，忙碌了一天，前半夜严琼英还是以泪洗面，后半夜于不知不觉中，她却又进入了梦乡。梦既是好梦，也是噩梦。秋收冬藏后消闲下来，漫漫长夜，可就难以打发了。实在睡不着时，她索性披着棉袄点燃油灯，又摇动了放在炕头的纺车。眼看着锭子上的线穗儿从无到有、从小到大，伴随着嗡儿嗡儿如泣如诉的纺车声，她直至天明。

早知潮有信，嫁与弄潮儿。

"外头家"虽然心粗，但老伴早亡，既当公又当婆，张宏岳老汉却还是看出了些端倪。引以为豪壮的心理也被大事不妙的预感，慢慢地取而代之了。左思右想后将大儿子，他叫到了跟前，附耳跟他，他面授了机宜。受命后大儿子又趁把媳妇哄得高兴，于枕头上跟她吹起了耳旁风。

"得想个办法。"张家老大道，"看弟妹她……她是不是人常说的石女。"

"啥！你胡说些啥？"一把推开了丈夫，又一骨碌爬了起来。张家"大家儿"勃然变色，"把事弄清！头生头长，你可是在前头走的。"随着胸脯的起伏，她一对白鹁鸽似的大奶子，也微微地颤悠着。

"好我的姑奶奶！"张家老大也一骨碌爬了起来，"你、你能不能轻点儿？

我哪里会有这个意思？这……这是咱爸交代的。"忙捂住媳妇的嘴，重新将她，他又按倒在被窝。

"咱爸？"闻言，张家"大家儿"不满地道，"咱爸他咋净给人出些难题？这种事教人口涩的，咋张得开？"她放心了，也为难了。

"你'先后'俩处的不错。"张家老大道，"又都是女人，总比我们这些大老爷们，要方便得多吧？没咱妈，咱爸他也不容易咯！这里替他老人家，我求你了。啊——"说着，他竟揉起了眼窝。

"也罢。"谢天谢地，张家"大家儿"终于松了口，"让我再好好想想。不过这事不能急，得瞅个机会。"她的心也软了。

在"大家儿"的安排下，张家老大出了趟远门，张家的长房长孙，也被他舅家婆接了回去。

"这一走就是两个！"对背着身正在擀面的"二家儿"严琼英，张家"大家儿"道，"这家里一下子空了许多，妹子，不知你咋相，我咋高低不习惯些！依我看咱姊妹俩不如睡一个炕，除岔个心慌外，还能省些柴火。"正在烧锅，她一手拉着风箱，一手给锅头里填着柴火。

"也是……"闻言像是被蝎子蜇了一下，颤栗了一下后，严琼英赞成道，"这居家过日子能节省的，就该节省。嫂子，我……我听你的。"没有回头，擀杖也没停。但擀面的节奏，她却明显地慢了下来。虽强忍着，严琼英的眼泪，却还是掉了下来。砸在梨木案板上，泪滴被摔得粉碎……

眼看丈夫就要回来了，自己的使命，却还没有完成，张家"大家儿"不免有些着急。几天来"先后"俩一直是同炕共寝，大张村以及方圆十里内的人和事，几乎系统地被她们捋抹了个遍，有的甚至还被捋抹了几遍。严琼英那对挺拔而又肥实的奶子，她那浑圆浑圆的尻蛋儿，她那既丰腴、又极富弹性的大腿，都给"大家儿"留下了深刻的印象。唯独两条大腿的根部，她那个她最为关切的部位，却还是个盲区。

趁丈夫起夜，"大家儿"曾成功地偷看过他，然而同样的办法对弟媳妇，却是屡试屡败。解溲时严琼英抹下和提起裤头的那一刹那，她只看到了她的少女丛林，旋即这一切，又被遮掩无遗。

"啊呀！"随着一声惊叫，回头看时，严琼英见放在窗台上的水碗，竟被"大家儿"不小心给打翻了。被面上那个脸盆大的红牡丹连同周围的绿叶，立即被浸得湿漉漉的一片。顺手抓起一条枕巾，"大家儿"失机燎毛地擦了起来。

"算了，嫂子。"见状严琼英道，"我重拿一条就是了。"说着披上棉袄，她就要下炕。

"不用了，妹子。"张家"大家儿"忙道，"越挤越暖和！咱俩盖一条算了。"一边说，她一边拦住了严琼英，"快躺着，妹子。小心冻着！"不等她开口，她已钻进了她的被窝。

　　两个既温热又软活的女儿身，紧紧地贴在了一起，她那浑圆的肩膀，立即触及了她那对肥实的奶子。

　　多年来都是空房独守，不想突然间被窝里，竟添了个大活人，第一感觉严琼英的，的确不错，这是一种向往已久、却从未得到过的感觉。在她的潜意识中，钻进她被窝的除张仲霖外，还能是谁？然而，那美好的一瞬却未纵即逝，代之而起的，是一种空前未有的失落。

　　是"大家儿"挑起了严琼英无法忍受，却已经忍受了多年，并再也无法继续忍受的饥渴。只有他才能解她的这种饥渴，然而，她却并不是他，她不可能像他那样地滋润她。她急切需要的，是她所没有的，而她没有的，他都有，她却一概没有。她有的，她也有；她没有的，她也没有。跟她一样，她也是一个女儿身。

　　奔突的岩浆亟待喷薄，满腔的委屈需要发泄，满肚子的苦水，也需要一吐为快。要是在荒郊、在野外，严琼英肯定会放开喉咙地倾泻上一通，然而此时此地，却不允许她这么做。伏在"大家儿"的肩膀上抽噎着，她一对肥实的奶子，不住撞击着她的肩膀。

　　"大家儿"大惊，她一把搂住了严琼英："妹子，你这是咋的咧？有啥委屈事尽管跟嫂子说，嫂子替你出头，啊——"

　　听完严琼英断断续续的哭诉，"大家儿"惊得呆了。她所以将她的被褥弄湿，是想借故钻进她的被窝；她所以要钻进她的被窝，是想趁睡梦中胡揣乱摸来探清她的"虚实"，却万万都没料到竟是这样的结果。

　　张家老大问起时，"大家儿"没好气地道："还是去问你那个秀才弟弟吧！"

　　张宏岳老汉得到的答复是："爸，是咱张家，对不住人家严家。"

第八十九章

奸臣害忠良，相公拐姑娘，高中①报冤枉，鹞婆害先房，是传统剧作家们永恒的主题，却不知为人后妈的，也有她的苦楚，也从没人替她们说句话，或者是主持一下公道。在世人的心目中，白眼窝是她们永驻的形象；指桑骂槐，推鸡骂狗，是她们既定的台词；蛇、蝎，是她们天生的同类。

张宏岳老汉的续弦张盛氏，自然也不能例外了。面对两个比她小不了几岁的儿媳妇，特别是面对先房两个，跟门扇一样大的儿子，张盛氏难免不心慌意乱、手脚无措。她甚至不敢面对张家的长房长孙，因为她给张宏岳生的第三个儿子，比人家还小。从不敢以长辈自居，也不敢对先房的两个儿子指手画脚、直呼其名，更不敢以婆婆的身份，颐指气使地使唤张家的两个媳妇。当"大家儿"或"二家儿"给老两口献上饭菜时，她不敢像张宏岳老汉那样接过碗，就心安理得的享用起来，而总是诚惶诚恐地道："快放着。我自己来，我自己来！"

此前，"大家儿""二家儿"谁起得早，谁就给阿公倒尿盆。起得早的，从来都不曾埋怨过起得晚的；起得晚的，也从不因起得晚而稍有歉疚，稍有不安。家就是家，家不是队伍，家里没有人吹号或者是吹哨子，让她们闻声即起。既然不能做到同时，谁先谁后，当然也就无所谓了。今天起得早，不见得明天也起得早；今天起得晚，不见得明天也起得晚。更何况一早、一晚，也不过是撒泡尿的时间。自打张盛氏过门后，早起倒尿盆"大家儿""二家儿"总是扑空。于是只好一个扫前院，一个扫后院。

惺惺相惜。首先发现张家也存在不和谐音符的，是张盛氏。如果张仲霖是她自己所出，她想她会不顾一切地站出来替儿媳妇做主，而收拾儿子的。她会指着他的鼻子骂他，甚至会用抽脖、用耳光把他送到她的屋里，并警告他说赶明年要是还抱不上孙子，或者是孙女，她就一头撞死在明柱上。然而，她却是他的后妈。当后妈的自然是气短、理缺。从来不跟她说话，不得不说时，也是白搭话，那个逆争子②张仲霖，会听她的吗？

至于骂或者打，她自忖她更没这个资格。弄不好不但帮不上忙，还会忙中添乱、越帮越忙，从而让矛盾激化、家丑外扬，弄得自己猪八戒照镜子——里外都不是人。甚至还会弄得自己在张家无法立足，而只能是夹起包袱蛋子走人。一个泥菩萨过河——自身尚且不保、不知咋样施以母爱、当好婆婆，才能取得先房的

认可、才能赢得周围的口碑、才能获得舆论公允的人，怕只能是三缄其口而保持沉默，或者多一事不如少一事、而得过且过了。

　　面对比他大不了多少的继母，张仲霖也不知该如何称呼。抬头不见低头见，总不能不说话，或者总是白搭话吧！这种难堪，他可是一天都受不了，也不知这些年，他哥是咋样过来的，他可是天天都得面对这个教人头疼的难题。

　　看在老父的面上，张仲霖决定还是回去看看。提着大包、小包，就近，他先拜访了他的恩师。恩师不在，师母热情地接待了丈夫的弟子。从师母嘴里，张仲霖这才知道他昔日的韩先生，如今已是陕北某县的父母之尊了。师母要留他吃饭，却被他以时间紧迫、还没来得及回家为由，给婉言地谢绝了。跟师母借了套老师昔日穿过的长衫，张仲霖便告辞而去。

　　放下屠刀，又脱去了笔挺的马裤呢校官服，张仲霖不敢披着这身老虎皮回家。衣锦还乡，儿子在乡党面前耀武扬威；走后，再教人戳老子的脊梁骨，这是张宏岳老汉最忌讳，也最不能容忍的。没提大包，也没拎小包，这倒不是没钱花，更不是怕花钱，一大家子人，张仲霖竟不知该给谁买些什么。其他的还好说，最教他为难的还是严琼英、张盛氏。不买吧，严琼英名义上是他的媳妇；买吧，他却不喜欢她，更怕给她以错误的信号。不买吧，张盛氏是个长辈；买吧，他不知咋样才能拿给她，更怕面对她时的那种尴尬。思来想去，张仲霖给他爸准备了两百大洋，他想让他在他离开后，再酌情替他分给他的家人，以及亲友。

　　立地成佛，换上老师的长衫后，张仲霖俨然又成了个温文尔雅的教书先生。口袋里他装着"洋糖"，怀里，他又揣了几包"哈德门"香烟，便匆匆回到了大张村。

　　进村后跟那些男的、女的、老的、少的，张仲霖既主动、又热情地打着招呼。碰上男的不管会不会，他都要给他递上一支"哈德门"，如果是长辈，他还要划着火亲自给他点上。碰上女的，他都要给她抓上一些"洋糖"，如果是孩子，他还要剥开糖纸，亲自给他的嘴里塞上一个。

　　"五大回来了！五大回来了……"首先把这个喜讯报告给全家的，是张仲霖的侄子，是张家的长房长孙。首先趿拉着鞋跑出的，是张仲霖他爸，是张宏岳老汉。跟在张宏岳老汉后面的，是张家的老大跟他媳妇"大家儿"。首先扑出来赶张仲霖的，是那只看家护院的黄狗，正要叼他的后腿，却见主人们无不喜形于色。愣了一下后，这畜生似乎才认出了张仲霖，于是跟他，它又摇起了尾巴。

　　最惊喜最激动的，是张家的"二家儿"严琼英。离大门，她的厢屋最近，得到消息，自然也是最早，但她却既没勇气首先赶出，也没勇气跟大家一块儿赶出，她怕让公公、让大哥、让嫂子看到她那多半是自作多情的迫切，更不知在见到名义上的丈夫时第一句跟他，她该说些什么。

抱起侄子，张仲霖一边给他嘴里、口袋里塞着洋糖，一边问起了同父异母的弟弟。听说带着他，那个最教他难为情的继母于先一天回了娘家时，遗憾中，他不觉又暗自松了口气。下意识睄了那间离大门最近的厦屋一眼后，在一家人的"前呼后拥"下，张仲霖来到了他爸住的上房。退掉鞋跟着张宏岳老汉，他上了他的热炕。跟着张仲霖，张家老大也爬了上去。当张仲霖招呼他嫂子要她上来时，借口还要给炕洞里煨些"煨底③"，"大家儿"只将儿子，扶了上去。这次张家的长房长孙，却破了例，他没有按惯例坐进他爷张宏岳的怀怀，而是毫不犹豫地钻进了他五大张仲霖的怀抱。虽想到应该给他"伢父们"去沏茶，"大家儿"却并没动手，她要将这个难得的机会，留给她那可怜的弟媳，留给"二家儿"严琼英。

一家人又是嘘寒，又是问暖，却见端着红漆木盘一转身，严琼英走了进来。"嫂子，你也坐。"这次她第一个招呼的，却既不是她的公爹，也不是她的大伯子，更不是她名义上的丈夫，而是她嫂子"大家儿"。说着，木盘被严琼英放在了炕边。用双手将一杯热茶，她先递给了她的公爹。接着将一杯用双手，她又递给了她的大伯子。"回来了。"红着脸对着张仲霖，严琼英道。说着将一杯热茶，她又用双手递给了她名义上的丈夫。

"噢，回来了。"接过茶又抬了抬屁股，张仲霖算是对严琼英的感谢。既不惊也不喜，既不恼也不怒，连一丝涟漪都没有，他的脸平静得像无风的湖面。

"你俩也上来。"对着两个儿媳妇，张宏岳道。这句本应出自张仲霖的话，却由他爸说了出来。不知严琼英是何感受，闻言连张家的"大家儿"，都失望极了。张仲霖要是有这句话，即便严琼英不好意思，她想她也会毫不客气地拉着她一块上去，只可惜张仲霖不但没这句话，而且压根就没这个意思。他只顾问他爸的身子骨咋样，问他哥地里的收成如何，问在连续几年的大旱中，家里人有没有挨过饿……

心中怀着无限的委屈，脸上却强堆着笑容，端着盘转过身，严琼英又退了出去。虽也是一肚子的怨气，却又无奈，叹口气跟着她，"大家儿"也退了出去。

不一会，灶屋里传来了嗵嗵嗵的擀面声，还有那踢哩啪嗒的风箱声。

吃过午饭，一屁股张仲霖又坐在了他哥的炕上："一走就是五六年，多亏有大哥大嫂替兄弟在堂前尽孝。"听着张仲霖的感激话，张家老大只憨厚地笑了笑。不料不以为然，"大家儿"却道："多亏的不是我们，而是你媳妇琼英！她不但把你该做，却没做到的替你做了，而且还把我们应该做，却没做到的替我们也做了。我们感激她，你更应该感激她！"闻言，张仲霖道："嫂子说的极是。是应该感激她，也应该感激你们。"不料，闻言"大家儿"竟激动起来："感激

823

南河镇

她？就凭你'噢，回来了'这几个字？我问你，你知道她最需要的是什么吗？"见张仲霖不语，她更加的激动了，"你是她的男人。她一不要你的金子，二不要你的银子，她要的是你的人、你的心！"见张仲霖还是不语，她又劝起了他，"兄弟，不是一见面嫂子就数说你，这些年你亏欠她的，实在是太多了！这亏欠不还我们心里不安不说，连咱爸他老人家，也都是问心有愧！"一边说，她一边竟擦起了眼泪，"琼英的面子，你可以不给；我们的面子，你也可以不给；可咱爸他老人家的面子，你总不能也不给吧！还有咱妈她……她老人家的在天之灵……"

不知张仲霖如何，连张家老大的脸，都有些饰不住了。用眼色，他忙制止了她。这时隔壁的厦屋里，却传来嗡儿嗡儿的纺车声……

低着头，张仲霖终于开了金口："嫂子，我，我知道了。"

夜已经很深了，万籁俱寂，只剩下那呜呜咽咽，又如泣如诉的纺车声。见张仲霖仍然没有离开的意思，张宏岳老汉不得不催促起他："睡去吧。你媳妇还等着你！"不料张仲霖却道："爸，明天吧。天都快亮了，今黑，我想跟您老多待一会儿。"说着从另一头，他钻进了张宏岳老汉的被筒。

"唉！"长长地叹了口气，倒下头张家老汉，也只得睡了。睡梦中，他寄希望于第二天。

第二天一觉醒来，张宏岳老汉摸到的，竟是一袋冷冰冰的银元，银元中，似乎还有一张字条。那呜呜咽咽、如泣如诉的纺车声依旧，而儿子张仲霖，却已不知了去向。

西起陇南，横穿三秦，东抵豫鄂，蜿蜒三千二百余里，秦岭是横贯中州的一座十万大山。北自关中平原拔地而起，南至汉中盆地缓缓而落，纵深五六百里，它既是暖温带、亚热带气候的分界线，又是黄河、长江两大水系的分水岭。在陕西境内无论以险取胜的西岳华山，还是以高著称、终年积雪不化的太白，均气势磅礴、蔚为壮观。既是"天下之大阻"，又居"九州之险要"，秦岭享有着华夏龙脉之美誉。

北倚秦岭，南依巴山，汉水穿中而过，汉中地势险要、易守难攻，自古就是兵家必争的用武之地。据此，汉高祖刘邦一统华夏；据此，汉昭烈刘备三分天下。于此功成身退，张子房名垂千古；于此鞠躬尽瘁，诸葛亮彪炳青史。年逾七旬却宝刀不老，一鼓作气斩夏侯渊于定军山下，在此，黄汉升再现了他老将的当年雄风。汉朝、汉语、汉人、汉水、汉民族、汉文化，莫不渊源于此。

飞峙华夏地，横断南北云。翻越秦岭，当中央军踏进群山环绕的汉中盆地时，迂回作战，红四方面军却到了四川、到了大巴山区。于兰州挫败企图死灰复燃、东山再起的吴佩孚，这时杨虎城的孙蔚如部，也控制了甘肃。

自古请客容易送客难。听说尾追红四方面军中央军即将入川，长年混战不休，四川的八大军阀突然又握手言欢了。联名上书，他们恭维说杀鸡焉用牛刀，剿灭红军，川军也要一显身手，中央军，就不必麻烦了。四川军阀的雕虫小技，又岂能瞒过老谋深算的蒋委员长？将计就计以换防的名义，他命胡宗南进驻天水。趁机削藩，原非孙蔚如莫属的甘肃省主席，却被他给了邵力子，而孙蔚如反被贬到了汉中。

坐收渔利，中央军扼守天水，欲打通西北联苏联共、拒蒋抗日，杨虎城的计划却再次受挫。无论川军还是红军，都是委员长的心腹大患。他们谁胜谁负，对蒋氏来说，已无关紧要了。两虎相争，必有一伤。无论川军剿灭了红军，还是红军消灭了川军，对他来说，无疑都是求之不得的美事。坐壁上观，眼看红军或川军在跟孙蔚如的你争我夺中三败俱伤，这才是他的良苦用心。

蒋氏一石三鸟的狠招，却给张仲霖提供了一个休养生息的机会。驻军碧口，替校长看守着四川通往甘肃的南大门，已荣升上校团长，他的任务只不过是防止或红军、或川军、或陕军在败北后，又流窜入陇。

在川北，红军所向披靡，川军却是丢盔弃甲、望风而逃。不但结束了长达三个多月的流亡，红军还创建了川陕根据地，并又一次站稳了脚跟。再创奇迹，由原来的一万五千人，红军又迅速壮大到八万余众。

你有你的千条计，我有我的老主意。不但没按蒋氏的意志跟红军兵戎相见，孙蔚如还暗中与其握手言和、订立了互不侵犯的口头协定。

已是惊弓之鸟，四川军阀不得不向南京，再次俯首称臣。诚惶诚恐，他们又恳请中央军入川救难。再次崛起后，红四方面军也不甘安于现状，挥师北上，徐向前要跟他的老同学、老对手胡宗南一决雌雄。于是冤家路窄，狭路相逢，双方又在南下巴蜀、北上秦陇的必由之地广元，再次拉开了决战的架势。

奉命移师广元，跟老冤家红四方面军，张仲霖又一次正面对垒。面对装备精良、粮秣充足、以逸待劳又据险固守的中央军，士气虽高，却装备落后，尤其是缺乏重武器，要打攻坚战，红军却明显地有些力不从心。你来我往、兵来将挡中各有胜负，一时，双方竟打成胶着状态。见不能速胜，红军只得放弃北上而西渡岷水，以松潘高原为依托，另谋发展。

红军西移后不甘寂寞，山城广元又迎来一片歌舞升平。趁此难得的间隙，中央军的将校们都希望能探视一下久别的父母、妻子和儿女。考虑到近期不会有重大的军事行动，胡宗南满足了他们，要他们分期分批轮换着探家，条件是"召之即来"。

归心似箭，提着大包小包，第一批获准的军官们兴高采烈地踏上了归途。虽榜上有名,这个千载难逢的天赐良机,却被张仲霖让给了他的杨副团长。虽回家心切,杨副团长却不便夺人之美,更何况,张仲霖又是他的顶头上司。

"走你的!"张仲霖却赶他道,"离这儿近,我下一批走。"没想到平时对部下几近苛刻的张团长,这时,却竟是这样的体恤下情,他不仅给部下买了礼品,还亲自将他们一一送上了车、船。下一批?鬼知道还有没有下一批!深受感动,跟他们的团长部下纷纷地挥泪而别。

除书法外,多年的行伍生活,又给张仲霖增加了一个新的癖好——骑马。放下枪杆子,拿起笔杆子,在挥毫泼墨、笔走龙蛇之余,再跨上心爱的战马,于美丽的嘉陵江畔,张仲霖还会风驰电掣般地驰骋上一番。

秋风古道题诗,落日江畔纵马。

令张仲霖没有想到的是半月未满,他的杨副团长却提前回到了部队,跟在他后面的,是他的太太、孩子。杨副团长所以急着归队,是他的团长张仲霖应先他而回,然而,他却将他让在了前面。更让杨副团长没有料到的是,当他催团长快些回家时,得到的回答竟是"不着急"。百思不得其解,将他的困惑,杨副团长暗中告诉了丁旅长。原想让旅长帮他催催团长,不想却适得其反。在旅长的再三催问下万不得已,张仲霖跟他坦白了他的苦衷。

队伍上男人越走越少,女人、娃娃,却越来越多了。三个女人一台戏。女人多了,走动、应酬,自然也多了起来。在杨副团长特意安排的家宴上,给他的部下以及部下的家属们,丁旅长下了一道死命令——限期给张仲霖物色一个"战地夫人"。

旅长一声令下,部下,哪有不尽心尽力的?无奈人生地又不熟,眼看时限将到,身在异乡为异客,军官以及他的太太们却还是一筹莫展、爱莫能助。

"登报。"灵机一动,杨副团长道,"登报求婚。在上海那阵,不经常有人登报求婚吗?"他的一个提议,令四座哗然。

"这里……"有人担心地道,"这里哪能跟大上海,相提并论?"

"不妨一试。"哗然之余,也有人赞成。

"不成,不成。"又有人否决道,"别的先不说,光他本人这一关,依我看就过不去。"

"何不来他个'先斩后奏'!"杨副团长又出新招。

"先斩后奏?"摇着头,又有人道,"他那个踢蹦骡子,谁敢惹?"

"我敢惹!"闻言,众人吃了一惊。回头看时却见一闪身,丁旅长走了进来。见有了"尚方宝剑",无计可施的军官们、太太们,这才纷纷地投了赞成票。更教人惊讶不已,是从未登过"征婚广告"的晚报,这天竟破天荒的于同一期的同一版上一登就是两则，而且是一男、一女。大喜过望，在太太的陪同下，按报社提供的地址，杨副团长来到了一家古玩店。

一夜之间广元人的文化素养，似乎一下子提高了许多，平日门可罗雀的古玩店，这天，却是门庭若市。穿戴得琉璃皮张，打扮得油头粉面的公子少爷们有的进有的出、络绎不绝。虽顾客盈门，成交量却似不容乐观，进去时都是志在必得，出来时却都是两手空空，而且有些落寞，还有些沮丧。

古玩店里，右面的墙壁上挂有郑板桥的兰竹、齐白石的群虾、徐悲鸿的奔马、李可染的山水。左面的墙壁上挂有王羲之的《兰亭序》、颜真卿的《祭侄稿》、赵孟頫的《洛神赋》、于右任的《千字文》。南面的博古架上，放着锈迹斑驳的铜器，铁器；北面的博古架上，放着奇形怪状的陶器、瓷器。只可惜既无一欣赏，更无一问津，它们受尽了冷落，而被围得水泄不通的，却是个掌柜摸样的干瘦老头。满脸堆笑，干瘦老头一个个地询问着，又一个个地解释着、道歉着。他的笑看起来比哭，似乎还要教人难以接受。数九的天气，他却还不时摘下那铜腿、圆片而且能折叠的老花眼镜，来擦一擦额头上沁出的雾水。

见一时说不上话，杨副团长只得偕他的太太，心不在焉地浏览起那些古董、字画。既然不懂，也就谈不上什么雅兴，借此消磨时间、等待时机，如此而已。然而光顾者却是有增无减，跟他的太太杨副团长，都不免有些焦躁。

"长官，跟太太到后面歇歇脚，喝口茶。"正无计可施，一个身着长袍马褂、年龄约五十挂零、样子也颇为富态的长者，却招呼起他们来。"好，好。还真的有些口渴。"说着跟着长者，杨副团长偕太太来到了后宅。

"不知大驾光临。"长者道，"还望长官、太太见谅。"一边客套，他一边又是让座，又是倒茶。"这么说，"杨副团长道，"前辈就是武老板了。"一边客气，他一边试探着。"不敢不敢，在下武志卿。"长者连连地谦让着，"长官到此，不知有啥子指教？"闻言，杨副团长笑着道："指教谈不上。受我们团长之托，倒是有一事相求。"说着，他拿出了那张登有征婚广告的晚报。接着，又拿出了张仲霖的照片："这就是我们团长。"

接过一看，武志卿不禁暗暗称奇，一个中央军团长的征婚广告竟跟女儿的，并列地登在同一张报纸上，这已让他惊讶不已，杨副团长跟太太的不期而至，更让他受宠若惊。希望这是天意，更希望能攀上这个高枝，对队伍上来的，他自是格外的敏感。

一进门杨副团长，就引起了武志卿的关注。凭生意人那特有的洞察力，他发现他对他的那些古玩、字画，并不感什么兴趣。从他的焦躁与不安中，他又准确地判断出，他绝不是，来附庸风雅的。他心里有事，而且，还不是一般鸡毛蒜皮的小事。武志卿甚至有某种隐隐约约的预感——他是冲他而来的。再直白些，他是冲着他的女儿,而来的。为了证实自己的预感,他不失时机地接待了他们。

　　武志卿的猜想果然被报纸、被照片,给证实了。从照片看这个团长,倒是一表人才,眼下最让他担心的,是他的年龄。在武志卿的潜意识中,熬不到四十出头,团长,怕是当不上的。四十出头,又是堂堂的中央军团长,家里,他能没太太吗?慢说太太,大公子,怕都成了翩翩少年了。年龄大点儿,倒无所谓,他要是讨女儿做小,这便如何是好?自己都不说咧,那个心高气傲的贼女子她要是不愿意,可啷嘅④办?别的都好对付,中央军团长的面子,怕就不好驳了。到时候将手压在磨扇下的,还不是他这个当"老汉⑤"的。

　　"噢,倒是一表人才!"脱口而出,武志卿道。话虽如此,他的手,却在微微发抖。拿着张仲霖的照片,他仿佛真的托着一个磨扇。"岂只一表人才?"闻言,杨副团长心中暗喜,"我们团长,他还是个满腹经纶的儒将。既是北京大学的尖子,又是黄埔军校的精英,特别是他那一手毛笔字,跟武老板前面挂的,还有一比!"闻言,武志卿更加地吃惊了。看了杨太太一眼,他接着试探道:"都当上了团长,还显得这么年轻,府上想必,还有一大家子人吧?"闻言,杨副团长笑道:"不是显得年轻,我们团长,他本来就年轻。论年龄比我还小,他刚三十。"说着,他看了太太一眼,接着,又端起了茶杯。见状杨太太会意,接着丈夫,她不无遗憾地道:"家里嘛,人也不多。一天忙到晚团长他的身边,至今,却还没个合适的。"闻言武志卿心里又是惊,又是喜,表面上他却将头,摇得跟拨浪鼓似的:"小女福薄命浅,只怕是,高攀不上。"

　　闻言放下茶杯,杨副团长却不以为然:"这倒未必。咱两家'报'为媒,不就是天大的缘分吗?"说着话锋一转,他又道,"但不知能否,一睹令爱的芳容?在团长面前,我们也好回话。"

　　"难得,难得长官如此美意。"武志卿道,"在下,又岂有推脱之理?二位宽坐,容在下去去就来。"在武志卿的心目中,中央军到底是中央军,不像地方部队,动不动就以势压人、无理取闹。看得出杨副团长,亦非轻薄之辈。说话他很有分寸,而且完全是,一种商量的口气。其要求既合情,又合理,更是一片诚意。加上还有个太太,陪在一旁,武志卿的心里,自是踏实了许多。

　　武志卿去后,杨副团长,却有些不安起来。姑娘的品貌,又成了他此行的关键。并不怀疑川妹子的水灵,他所担心的,是姑娘的个头。

　　门外,又传来轻轻的脚步声。还以为是武志卿,杨副团长想姑娘家面见生人,特别是面见上门提亲的媒人,还不得收拾打扮上一番,然后,再扭捏上一阵子。不料眼前突然一亮,随着一阵扑面而来的馨香,出现在面前的,竟是一个亭亭玉立,又如花似玉的靓妹子。身材高挑、酥胸挺拔、面若桃花、飘然而至,靓妹子简直就是来自广寒宫的嫦娥。吃惊中杨副团长,不禁有些失态。跟太太他不约而同地，站了起来。

"舍下简陋。"靓妹子却是大大方方，"长官、太太，二位将就着坐吧。"招呼杨副团长跟他的太太重新就座后，顺手拿起热水瓶，她分别给他们的茶杯中，添着热茶。"这就是小女，叫武梅。"随后赶来的武志卿道，"没见过啥子世面，让二位见笑了。"

"武老板过谦了。"杨副团长道，"你就等我们的，好消息吧！"说着站起身，他便要告辞。见挽留不住，武志卿只得送了出来。

前厅里有些人，还在纠缠。这时，杨副团长才意识到他们并不是顾主，而是他的竞争对手，于是在心里笑道："晚了！名花已经有主了。"

"你、你干的好事！"团部里，张仲霖道，"你你你……"指着杨副团长的鼻子，他正待发作，不料接踵而至，丁旅长又走了进来。"咋？"板起面孔，丁旅长道，"干了好事不言谢，反倒骂起人家来了？"接着忍不住他又笑了，"是媒不是媒，先吃上两三回。走，聚仙楼！"说着他竟头也不回地，朝大门口走去。狠狠瞪了杨副团长一眼后，张仲霖只得撵了上去。"挣钱不挣钱，先落个肚肚圆。"一边走，丁旅长一边又道，"杨团副，你说呢？"见没人回话，他才发现跟上来的，只有张仲霖。"还愣着干啥？"回过头对着杨副团长，丁旅长大声地命令他道，"向前——看！跑步——走！"等杨副团长跑步跟上时，他又跟张仲霖道，"把银子带饱！我可是从早上就没吃饭。"

张仲霖的婚礼，几乎惊动了半个广元城。昔日有武媚，从这里宠幸长安；今日又有武梅，再次从这里宠幸长安。

---

①高中：这里指金榜题名、做了高官。
②逆争子：关中方言。特指性格倔强，怪癖，乖张的人。
③煨底：关中方言。指能让炕持久保持温度的，细末末柴火。
④啷嘅：四川口语。常用于疑问句。可啷嘅办，即可怎么办。
⑤老汉：四川口语。指父亲。

第九十章

在安内中，暂时占了上风，在攘外中，南京政府却是一再败北。

《淞沪协定》的墨迹未干，在短短的两年内跟日军，南京政府又相继签订了《塘沽协定》《秦土协定》和《何梅协定》。《淞沪协定》《塘沽协定》是以地名，命名的；《秦土协定》《何梅协定》却是以人名，命名的。

塘沽在天津，淞沪指上海。《淞沪协定》签订于一九三二年的五月五日。中方代表，是当时的外交部次长郭泰祺，日方代表，是特命全权公使重光葵。该《协定》让上海，成了日军侵华的又一基地。《塘沽协定》签订于，一九三三年的五月三十一日，中方代表，是受何应钦委派的陆军中将熊斌，日方代表，是关东军副参谋长冈村宁次。在该《协定》中，南京政府不惜毁我长城，不惜再次引狼入室划绥东，划察北和冀东一带，为日军的"自由出入区"。从此，鬼子的铁蹄如入无人之境，长驱直入地纵横于我华北、西北等地。

《秦土协定》签订于一九三五年的六月二十七日，其中"秦"指的是，时任河北省代主席的秦德纯，"土"指的是，日本关东军机关长土肥原贤二。名为土肥原贤二，实际上，他却是日本法西斯中不"贤"最"二"的一个家伙。原河北省主席是长城抗战中，曾让日寇闻风丧胆的第二十九军宋哲元军长。为签订这个卖国协定，南京政府竟撤掉了宋哲元军长的主席，而代之以亲日派秦德纯，从而让中国在察哈尔的主权，几乎丧失殆尽。

《何梅协定》签订于同年的七月六日，其中"何"指的是，时任北平军分会委员长的何应钦，"梅"指的是，日本华北驻军司令官梅津美智郎。应梅津美智郎的无理要求，南京政府不但罢免了于学忠河北省主席的职务，而且，还将其所部的五十一军调出了河北。跟于学忠一块被罢免的，还有北平军分会政训处的曾扩情处长等，一大批的中国官员。跟五十一军一块被调离的，还有以蒋孝先为团长的宪兵三团，以及其它的中国军队。至此华北已名存实亡，整个中华民族，也陷入亡国灭种的严重危机。

在自己的国土上调动自己的军队，竟要按日本人的意志；在自己的国家，任免自己的官员，竟要看日本人的眼色。这简直是中华民族空前绝后的奇耻大辱！放着日本人不打，"鄂豫皖剿匪司令部"却更名为"西北剿匪总司令部"，并西迁西安，蒋介石自任总司令，命张学良佐之以副。虽为副总司令，张学良却代行着总司令的职权，并负责节制所有的西北驻军，来围剿经二万五千里长途跋涉，在陕北尚立足未稳的中央红军，以及先期到达的红四方面军跟陕北红军。

又是一个秋高气爽的日子，古城西安沐浴在金色的阳光中，西郊机场的上空更是蓝天如海，白云如山。穿云破雾，绕低空又盘旋了一周，一架美制的"波音"飞机在呼啸而下后，又缓缓停靠在停机坪上。首先出现在舱口的，是一对青年男女。男的西装革履，风流倜傥，让人很难相信这就是统帅数十万东北军，被称之为"少帅"的张学良。女的烫发旗袍，风姿绰约，无须多言，她就是张学良那个名为侍从，实为小蜜的赵绮霞了。原因再简单不过，张学良的发妻于凤至，尚远在英国。

在赵家的女孩中，赵绮霞排行老四，因此又被称为"赵四小姐"，或者是"赵四"。又因常被张学良呼之以"Edith"，于是取其译音，又有了"赵一荻"。有的干脆将"一荻"拼读成一个字——"媞"，于是又得一名，赵绮霞又叫被作"赵媞"。

在杜斌丞、王菊人等一大批党政官员的陪同下，西安绥署主任杨虎城偕夫人谢葆真，陕西省主席邵力子偕夫人傅学文，忙迎了上去。从不同的角度陈静远、关步云咔嚓咔嚓地，按动着相机的快门。众人尚无从确定被他们热烈欢迎的是祸，还是福。

杜斌丞，陕北米脂人。毕业于北京国立高等师范史地部，时任省政府的高级参议。任榆林中学校长期间，他结识了杨虎城。被毛泽东称为"彻底的民主主义者"，被周恩来誉为"鲁迅式的布尔什维克"，对杨虎城来说，他却既是良师，又是益友。

王菊人，陕西蒲州人。是杨虎城的贴身秘书，也是前清军机大臣、东阁大学士王鼎的第五代世孙。为阻止丧权辱国的《南京条约》，在跟道光皇帝苦谏、哭谏无果后，不得已而怀揣"条约不可轻许，恶例不可轻开，穆（彰阿）不可任，林（则徐）不可弃"的遗书自缢圆明园，王鼎又谏之以尸。悲哉！壮哉！

车队穿行在古城的西大街，在全国一片声嘶力竭的"剿匪"声中，这里却是一片容共抗日的呼声。

"乡党们！同胞们！红军是中国人，是我们的同胞，而不是我们的敌人。我们真正的敌人，是日本帝国主义……"演讲者慷慨悲壮、声泪俱下。

"反对内战！枪口对外！团结抗日！"聆听者振臂高呼、群情激昂。

红红绿绿的标语、传单，充斥着古城的大街，小巷。

"没想到，西安竟是如此的混乱。"不无担心，张学良道，"杨主任何以坐视不管？"西北的政治氛围，让他吃惊不小。"他们都是我的乡党。"杨虎城无奈地道，"有的还是副司令的东北老乡。这个手，我高低下不了喀！这下好了。

陕西的事，就拜托副司令了！"话虽说的客气，张学良却还是像被蝎子蜇了一下。"哪里，哪里？"稳定了一下情绪后，张学良谦让道，"杨主任客气了。初来乍到，学良人地两生，今后还仰仗杨主任多加关照！"一边察言观色，杨虎城一边道："一切唯副司令马首是瞻。"

"我的家——在东北松花江上——那里有——森林煤矿——还有那——衰老的爹——娘——九一八！九一八……"

一阵阵如泣如诉的歌声，让张学良不禁低下了头。

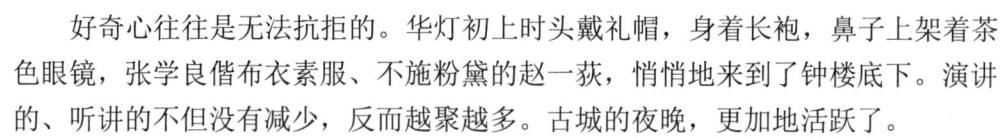

好奇心往往是无法抗拒的。华灯初上时头戴礼帽，身着长袍，鼻子上架着茶色眼镜，张学良偕布衣素服、不施粉黛的赵一荻，悄悄地来到了钟楼底下。演讲的、听讲的不但没有减少，反而越聚越多。古城的夜晚，更加地活跃了。

"乡党们！同胞们！"一个满口秦腔的，义愤填膺地道，"大家，还蒙在鼓里。听说那个手握几十万军队却一枪不发，就丢了东三省的不抵抗将军，最近，又到了西安。连自家的窝都看不住，如今，却来抢咱的窝，天下，竟有如此不知廉耻之徒！乡党们，同胞们，咱老陕再厚道也不能要，这个丧家之犬。咱陕西地方再大也不能容，这个民族的败类。对这个乱臣贼子，我们只能是人人得而诛之……"说到这儿一挥右手，他还做了个砍头的手势。

"有这事！我也听说了。"操着醋溜过的秦腔，另一个接茬道，"龙生龙，凤生凤，老鼠生来会打洞。有张作霖其父，必有张学良其子。这家伙比当年的刘镇华还瞎，他不但要将咱西北军连锅端，还要把日本人请进潼关。听说杨将军已在调兵遣将，准备跟此贼决一死战……"装出的不像，磨出的不亮。

"听说红军是主张抗日的，放着日本鬼子不打，却跑到这疙瘩帮蒋介石打内战，我们东北人的脸，都教张学良丢尽了……"异地闻乡音，张学良不觉心中一震。细看时，演讲者竟是个学生打扮的女子。看样子，她大约只有二十一二。

在张学良的感觉中前两个，颇有些来头。第一个简直就是共产党。第二个，倒像蓝衣社的。第三个则比较单纯，她无疑是个流亡到此的，东北学生。

虽各有用心，其矛头所向，却是一致的。犹一把把锋利的匕首，他们直捅张学良的心窝。"汉卿，"赵一荻已经听不下去了，"我们回吧。"

见张学良仍没有离开的意思，赵一荻正待再劝，不想被两个人架了就走。正待叫喊，她却发现他们竟都是自己人，竟是"剿总"秘书处的赫尚文。回头看时，张学良也被架走了，被"剿总"警卫营的孙铭九给架走了。赫尚文是南京方面给"西北剿总"新配的秘书主任，孙铭九是张学良警卫二营的营长。张开口，赵一荻却没喊出。

为监视张学良，南京方面将晏道刚、曾扩情、赫尚文等，先后安插到他的东北军。原是蒋介石第一侍从室主任，眼下，晏道刚却是"西北剿总"的参谋长。原是北平军分会政训处的处长，眼下，曾扩情却又是"西北剿总"政训处的处长。奉命回到老家，名义上赫尚文是"西北剿总"的秘书主任，暗地里，他却又是西安宪兵二团的副团长。

被架出一箭之地后，张学良、赵一荻这才被松开了。被簇拥着，他们端直向东大街而去。

在一个巷口，孙铭九正要招呼张学良、赵一荻上车，不料黑暗中，却又扑出了七八个黑影。刚摸枪在手，孙铭九、赫尚文等却被缴械，正待叫喊，张开的嘴巴却被塞上了毛巾。

"副司令请！"孙铭九、赫尚文等被扭走后，张学良、赵一荻却被客客气气地请上了小车。刚才是虚惊一场，这次，看来真的是被绑架了。绑匪是赤党、是蓝衣社还是杨虎城的部下，一时，张学良不得而知。

赤党很快便被排除了，在西安他们不可能绑架自己，他们也没能力通过层层封锁，将自己弄到陕北。接着，蓝衣社也被排除了。扪心自问，张学良自觉还没有对不住蒋介石的地方。中原大战中发"巧电"，他帮他打垮了冯、阎联军，我不下地狱，谁下地狱？风疾、浪大、船小，当两个人必须有一个下去时，他又毅然代他受过而宣布下野了。难道是杨虎城？"陕西的事就拜托副司令了。"张学良突然想起杨虎城那句看似客气，却不乏讽刺意味的话来。

张学良只猜对了一半，是杨虎城的人，这不假，但却并非绑票，而是保护。张学良、赵一荻竟被"绑匪"们"绑架"到他的"剿匪"总部。

"让副司令受惊了。奉杨主任之命，暗中，我们保护着副司令。"说着"啪"的一声，就是个立正，齐刷刷地举手行礼后，"绑匪"们转身离开了。

醒悟后，张学良忙抓起了话筒："杨主任吗？我是张学良……杨主任的关照，让学良十分感动……不过这里，还有点儿误会……不是绑匪……是我的部下……对对对，是穿的便衣。"

在绥署，在特别侦缉处，处长刘光复正待审问孙铭九、赫尚文一干人等，不料电话却骤然响起。"噢，杨主任！我是刘光复。"电话里，刘光复道，"啥？误会……不是绑匪……放人……好好好。"放下电话，他忙下令给"绑匪"们松绑。跟他们他又是握手、又是道歉："真是大水冲了龙王庙，一家人不识一家人。都是为了副司令的安全，不想，反倒发生了误会。"握到赫尚文时，刘光复只觉眼熟，一时，却又想不起在哪儿见过。握到孙铭九时，暗中俩人还较了较劲，落了下风，孙铭九这才不得不前倨而后恭。

半个多月里，在西安站作暂短的滞留后，一列列满载着东北军的军列西行的西行，北上的北上。带着他的五十一军，于学忠去了兰州；带着他的五十七军，董英斌去了庆阳；分别带着骑兵军、六十七军，何柱国、王以哲去了陕北，而那些拖儿带女，又夹着包袱蛋蛋的随军家属们，却在跟她们的丈夫挥泪而别后，又一拨接一拨地拥进了西安。

"请问，这里哪疙瘩有空房子？"西安已不仅只是陕西人的西安了，十多万人口的古城除了土著、除了河南人，又增加了数万来自关外的东北人。三十年河东，三十年河西。过去没办法关中不少人或走了西口，或闯了关东，眼下却恰恰相反，是关东人闯入了关中。跟脚下的黄土地一样宽厚，关中人能将就就尽量将就，把房子腾出来再打扫干净，跟当年接纳河南人一样，他们又一次敞开胸怀，接纳着这些有家难归的东北同胞。城里住不下，住城郊；城郊住不下，住乡下。就连就近的几个县，也都挤满了背井离乡的落难者。磕磕碰碰的事，实在是难以幸免。不能说没有芥蒂，但对同是杂牌军的东北军，杨虎城更多的，还是同情。他告诫部下说："张学良不是蒋介石。患难的朋友，好交！我们要尽量地，团结他。"张学良也告诫下属说："东北军虽然流亡，咱却不能没有骨气。不要抢人家的饭碗，更不能夺人家的地盘。"

"弟兄们！"张学良大声地道，"我张学良对不住大家，也对不住东北的三千万父老，更对不住东北的白山黑水。大家要奋勇作战，尽早完成委员长的统一大业。等剿匪胜利后，我一定带领大家收复失土、打回老家……"在西安站，他一批又一批地接见着开往前线的东北军官兵，并发表长篇讲话，以鼓舞士气。

命运的安排，让这两个年龄、阅历、出身以及受教育的程度都相去甚远的地方军将领，走到了一起。连环的绑架案，又让萍水相逢的两个人首先在人格上彼此获得了认可，也为他们日后的合作共事，奠定了一定的思想基础。

跟南京俯首称臣，自非杨虎城的性格。当年靖国军被瓦解后，众人或重新为匪，以苟延残喘；或数易其主，以另图发展。唯有他依然是大旗高擎，既不为匪，也不接受军阀的改编。西安解围后他困惑过，也彷徨过。明知冯玉祥靠不住，奈何他打的，却毕竟是革命的旗帜。加上朋友们的百般劝说，他这才违心的决定随其出师、以响应北伐。后来，果然是屡遭算计。

头角崭露后，新军阀的竞相争取，让他又一次面临着，生死攸关的重大抉择。弃冯附蒋，实属无奈。考虑到山不转，水转，于山穷水尽中，他希望有朝一日，柳暗花明，能有所作为。只可惜谋事在人，而成败却系于天。多年来在控制与反控制、排挤与反排挤、瓦解与反瓦解的斗争中他终于认清了，蒋氏的庐山真面目。眼下国难当头、民族危急，身为军人，又手握重兵，他却受制于人而不能守土安民、效命疆场，翻过来还要同室操戈、煮豆燃萁、手足相残。

道不同，不相与谋。对蒋氏，杨虎城已不抱任何幻想。遗憾的是要与其分庭抗礼，他却是心有余、力不足。时机尚不成熟，若轻举妄动，无异于以卵击石、自取其祸。

一时之胜，在于力；千秋之功，在于理。自古理得力，而伸。据理力争远莫如，以力而事。"昔日孙、刘结盟，始有赤壁之胜。而孙、刘结盟，实鲁肃之力。"这是陈德润先生，说过的一句话。何不远交共产党，近结张学良，再逼蒋抗日？杨虎城突然萌生出，一个大胆的设想来。倘有可能，他愿跟所有的救亡力量以诚相待、肝胆相照，做个大智若愚的鲁肃鲁子敬。

路漫漫其修远兮，吾将上下而求索。何不就近，先试探一下张学良？想到这儿，驱车杨虎城来到了金家巷一号。

官邸里，张学良盛情地接待了杨虎城。不料问及对时局的看法时，张学良却兴致勃勃地跟他大谈他在西欧的所见、所闻，说要重振国威，必须像墨索里尼、像希特勒那样，在中国实行法西斯蒂。听了张学良的高谈阔论，杨虎城不禁大失所望。见思想上尚有差距，见暂时还无法沟通，小坐后，杨虎城借故告辞而去。无功而返时，却见杜斌丞在止园等候。

坐落在古城西北隅的九府街上，"止园"是杨虎城的官邸。"止园"原名"紫园"，取"紫气东来"之意。后来省主席无故被免、被邵力子接而替之，杨虎城这才意识到，蒋氏对他疑忌日重。于是在李元鼎先生的建议下，"紫园"又被改成了"止园"。"止园"者，一说取"仅止于斯"之意，以明心迹；一说取"止戈为武"之意，以示对内战之不满。隶书的两个大字，则是杨虎城的蒲州乡党、国民党元老、著名书法家寇遐的真迹。

不改则已，这一改反倒真的，惹出一段是非来。据说，蒋氏有次驾临西安。为尽下属之道、地主之谊，杨虎城邀其下榻止园。都到了止园，紧蹙双眉，蒋氏却突然止步、要杨虎城另换地方。生性多疑，"止园"中的"止"字，竟被他跟"蒋中正"中的"正"字，扯在了一起。掉了脑袋，"正"字不就成了"止"字吗？

见杨虎城的心情不是太好，犹豫了一下后，杜斌丞这才拿出了，一个油印的小册子。"为抗日救国告全体同胞书"，脱口而出，杨虎城说出了书名。接着，他又兴致勃勃地翻阅起来。"诶，这字咋念？"指着上面的"阋"字，他问杜斌丞道。"噢，念'阋'。"杜斌丞道，"跟东南西北的'西'，同音。"

"哪'兄弟阋墙，外御其侮'，又是啥意思？"杨虎城又道。

"是一句古语。"杜斌丞深入浅出地道，"出自《诗经·小雅·常棣》。大意是甭看为家务事，弟兄们打得头破血流，若一旦有外人欺侮，他们却会毫不犹豫地拧成一股、共同对付。"

"对对对！是这么回事，是这么回事！"杨虎城道。"诗经""小雅""常棣"虽不一定懂，但"兄弟阋墙，外御其侮"的含意，他却完全地明白了、领会了。"哪儿来的？"指着小册子，杨虎城惊喜地道。"朋友送的。一个来自老家的朋友。"杜斌丞道。"老家？朋友？人呢？"一连串，杨虎城就是三个问号。"走了，已经走了。"杜斌丞道。"走了……嗨！你咋不把他留住？"闻言，杨虎城竟是大失所望。"留不住喀！他可是，从北边来的。"杜斌丞道。"北边？北边咋咧？"杨虎城不满地道，"北边，难道不是中国的地方？北边来的，难道不是中国人？"一连串，他又是四个问号。"这么说，杨主任想见他？"对杨虎城的不满，杜斌丞却不但没有不满，反而是又惊、又喜。"咋不想？"杨虎城道，"人家，可是主张抗日的。统一的国防政府，统一的抗日联军。兄弟阋墙，外御其侮。说得多好！这样的朋友错过了，你让我，上哪儿去找？"越说越激动，他又是抹胳膊，又是挽袖子。"这好办！"杜斌丞道，"杨主任你稍等，我去去就来……"说着，已出了门。"哎，哎，哎……"站起身，杨虎城也跟了出去……

有心栽花，花不成。跟张学良话不投机，杨虎城未免有些懊恼。无心插柳，柳发芽。杜斌丞带给他的，却是意外的惊喜。

"今日者，乃亡国灭种之日也……尚得阁下一军，联镳并进，则河山有幸，气势更雄……"看完毛泽东写给他的亲笔信，杨虎城不禁动了感情。

跟共产党取得共识后，争取张学良的信心，杨虎城更足了。方法，也委婉了许多。听说张学良爱打网球，他立即着人将止园那个已经废弃了多年的网球场，又恢复一新。

球场有了，球、球拍更是不成问题。而会打网球的，却让杨虎城为了难。总不能跟张学良说，听说副司令爱打网球，我专门着人在止园，给你修了个球场。有空请副司令自己来玩吧！

"好雅兴啊，杨主任！要打网球了。"杨虎城正在为难，不料一推门，陈致远走了进来。就泾惠渠工程的有关问题，他是来跟杨虎城汇报，并请示解决办法的。"嗨！我哪里，会有此雅兴？"杨虎城道，"应酬需要，不学不行喀！这不，正愁没个人教。来，先坐下。有啥话慢慢说。"

"没人？"闻言陈致远忙道，"静远跟步云，不都在跟前吗？"

"诶！"闻言，杨虎城顿时恍然大悟，"他俩咋被我，给忘得死死的了。他两个，会打网球？"

"岂止会？"陈致远笑道，"他们，可都是网球健将！在北大时代表学校，在邀请赛中，静远还拿过冠军。"

"哦！"闻言杨虎城大喜，"北京，那可是藏龙卧虎的地方。"说着抓起电话，他要通了报社。

"静远吗？……哦，是我。跟步云，你俩到止园来一下……对，越快越好……没啥要紧事……打网球……听谁说的？听你哥说的……对，他就在我这儿……不不不。派车我去接你们……"

不一会陈静远、关步云小两口，已被杨虎城派车接了过来。

"杨主任！"跟杨虎城打过招呼，对着他哥陈致远，小两口又道，"哥，啥时候，到的？"说着，陈静远一把拉住了陈致远。见杨虎城要去沏茶，关步云接过水瓶道："杨主任，我来。"不料，杨虎城却说啥，也不肯松手："不不不。今天，你俩可是先生，我嘛，是学生。哪有学生坐着，让先生倒水的道理？致远，你说，是不是这个理？啊——呵呵呵呵……"

"多年，没摸过球拍了。"用双手接过茶，陈静远诚惶诚恐地道，"杨主任，还请您手下留情。"

"我？"闻言，杨虎城乐了。接着，他又自嘲道："打胡基嘛，还行。打网球嘛，赶着鸭子上架——不成，不成。"接着，他又道，"天气不错。我这就约张学良、赵四。后晌，你俩陪他们玩玩，先做个示范。我嘛，先开开眼界。"

"张学良，赵四？"闻言，关步云惊讶了，"跟张学良、赵四打球？"

"不错。"杨虎城肯定着，"就是他俩。"

"不知杨主任想输，还是想赢？"陈静远已经意识到，这绝不是单纯的打球。"能赢，那当然是，再好不过了。"杨虎城笑道，"划拳，不一定都想赢。打球可没有，不想赢的！"说着话锋一转，他又道，"不过输赢，都不要紧。赢了，是你们的。教他们知道咱西北，有的是人才。输了，算我的。算是我，给他们个面子。大不了请他们啜上一顿，还不至跟赵匡胤一样将咱的华山，输给他们吧！啊——呵呵呵呵……"

耍钱赢了的，有钱花；划拳赢了的，没酒喝。猪娃能卖钱，狗娃却净赔。"耍钱时输了，划拳时赢了；下一窝猪娃死了，下一窝狗娃成了。"时运不济时，关中人常借此，聊以自嘲。

又据说，在黄袍加身后，赵匡胤一时，竟不知天高地厚。跟陈抟老祖他一边楚河，一边汉界地对弈、下起了棋。结果自然是贼娃子打官司，赵匡胤输了。将华山，输给了陈抟。因此在宋时，华山周围的百姓们，据说，是不纳皇粮的。

亲自打电话，杨虎城约请了张学良、赵一荻，以及邵力子夫妇。其他的，他只圈了个范围，然后交由秘书处，去通知。

在陈静远、关步云的指导下，场地，很快就布置完毕了。见推辞不过，夫妻对垒，即兴小两口打了几个回合。偕夫人谢葆真，杨虎城兴致勃勃地观看了他们的表演。

"对了，静远。"正共进午餐，突然杨虎城却想起一件事来，"从现在起，跟步云你俩分别是绥署宣传处的正、副处长,军衔嘛,分别是少将、上校。"见陈静远、关步云闻言吃惊地面面相觑着,陈致远替他们道:"杨主任的意思是……"杨虎城笑道:"不必多心。球,以后还要经常打。没个职务,没个官衔,你教我,咋个跟人家介绍?既是打球,也是政治,担子可不轻啊!"

布置完警戒,赶过来刘光复跟陈致远、陈静远、关步云寒暄着、问候着。这时客人们,也陆陆续续地赶到了,轿车、吉普车将院子塞得满满当当。在刘光复的招呼下,后到的车子,只好停在了门外的马路边。将陈致远、陈静远、关步云、杨虎城跟张学良、赵一荻以及邵力子夫妇,分别作了介绍。

首先出局的是关步云、赵四。张学良、陈静远分别任正、副裁判。换上球衣、球裤,一改平时的娴雅,两位女将既风姿绰约,又英姿飒爽,跟刚才比,竟判若两人。球场上俩人你前我后、你左我右、你来我往地奔跑着、跳跃着。出手者,如公孙大娘剑拔;接招者,犹英娘琵琶反弹。一个矫健中又见婀娜,一个泼辣中不失妩媚,随着步伐两对丰胸,也不住悠悠地颤动着。看得呆了,直到结束的哨音响起,众人这才纷纷起身又是鼓掌,又是欢呼。结果是势均力敌,双方打了个平手。

稍事休息,第二局,又开始了。对垒的是张学良、陈静远。关步云、赵一荻分别为正、副裁判。开始,两个人都是稳扎、稳打。后来,节奏却越来越快,既让人眼花缭乱,又教人目不暇接。双方你进我退、你调我扣、你抽我杀,一个辗转腾挪,似蛟龙入水;一个上下翻飞,如鹞子出林。进攻者正手扣杀,如猛虎下山;防守者反手接球,犹海底捞月。观众时而紧张得屏声敛气,时而,又兴奋得击节呐喊。开始,陈静远处于劣势;后来他却愈战愈勇,又占了上风。开局,张学良遥遥领先;中途他却连连失手,又频频丢分。眼看着就要败北,在结束的一刹那他却出奇制胜、又扳回一分。最后,竟又是和局。

投之以桃,晚宴上纷纷举杯,西北军的将领们向张学良、赵一荻,表示着敬意,对邵力子、傅学文赏光前来助兴,表示着感谢。报之以李,东北军的将领们也向杨虎城、谢葆真,向邵力子、傅学文,向陈静远、关步云以及陈致远等频频回敬,以示答谢。见杨虎城强将手下无弱兵,又见张学良虎将雄风,邵力子更是感慨万千:"打了两场,和了一双(方)。和得好,和得好!真乃天意!好,太好了!"

第九十一章

　　一桩团长杀妻的新闻在古都西安，又被嘈传得沸沸扬扬。据说，年轻的中央军团长冲冠一怒，枪响处红颜的妻子，竟一头栽倒在血泊中。有的说，丈夫在前线卖命，妻子却在后方偷情；有的说，丈夫要坟头尽孝，妻子却不依不从；有的说，丈夫致力于剿共，妻子却暗中通"红"。案情虽众说纷纭、莫衷一是，而那个寡情的团长、那个薄命的红粉，却不知姓甚名谁。

　　民不告，官不究。虽说人命关天，没有原告，也只能说说而已。

　　并非没有原告，而是投诉无门。

　　在西安妇女协会筹备处，几个负责人跟关步云，正研究召开"西安妇女协会"成立大会的有关事宜，不料一个老头，却跟跟跄跄地撞了进来。操着半懂不懂的外地口音，一进门他就痛哭流涕、大呼着冤枉，接着，竟一头跪倒在她们的面前。大吃一惊，关步云她们忙七手八脚地，将他扶了起来。询问详情时，老人却泣不成声，哆嗦着嘴唇，半天他却竟连一个字，都没能说出。

　　"老人家，"关步云道，"有啥话您慢慢说。只要能帮上，我们一定帮你。"说着将一杯热茶，她送到了老人的手里。情绪稍定，老人一把鼻涕一把泪的哭诉，直惊得关步云她们目瞪口呆。

　　从老人哽哽咽咽的哭诉中，众人终于弄清他叫武志卿，来自四川的广元。

　　一个多月前，于隐隐约约中老人听说他的女儿竟被女婿，无缘无故地开枪打死了。开始，他还有些不信，前不久，女儿又生了个女儿，专程来西安，他还给外孙女做过满月。那时女婿跟女儿，还亲亲热热的，对他的外孙女，对他们的孙女亲家一家又都视若掌上明珠。临走，他们还拉他一同留了影，女婿又给他买了一大堆的东西，夸还没夸够呢，他哪里会相信有这样的事？

　　对了！穷遭笑，富遭嫉。拒绝了那么多的求婚者，舍近求远他将女儿嫁到了陕西，而女婿，偏偏又是个堂堂的中央军团长，一定是有人眼红、有人嫉妒，在恶意地造谣中伤。

　　"无风不起浪。"相好的、对劲的纷纷劝武志卿老汉道，"还是去看看吧。若能带着女儿再抱上外孙，回来住上几天，那敢情更好！一来可享享天伦之乐，二来可封住他人的嘴巴，免得再有人枉口嚼舌、说是道非。"

　　见亲友们一片好意，又言之有理，武志卿老汉，再也坐不住了。

二返长安时，武志卿老汉已经为他找好了充分的理由，没人问不说，有人问起，就说满月后女儿回娘家熬上十天半月，既是人之常情，也是我们四川多年来的风俗。

上次来西安，家人就是这么叮咛他的，当时不知陕西是啥子风俗，加上女婿戎马倥偬、小两口难得一聚，话虽是现成的，武志卿老汉却说啥也张不开这个口。眼下女婿差不多也该归队了，接女儿回家小住几日，也就顺理成章了。一举两得，既可解一家相思之苦，又能帮他们带带孩子。队伍就驻在松潘高原，女婿有空，随时接回去也就是了。

一路上武志卿老汉还在为他这个既顺理成章、又堂而皇之的理由而得意，一到西安，他却立马又傻了眼——人去房空，女儿、女婿、小外孙女，都不见了。打听时，房东又闪烁其词，说一家三口去年腊月，去乡下老家过年。正月回来时，却只有女婿一个，而且一来，就退了房。说女人、孩子已在老家，安顿了下来。

虽觉不妙，却又心存侥幸，一路打听着，武志卿老汉寻到了大张村。

"啊！咋是亲……亲家。"见竟是武志卿，张宏岳老汉结结巴巴地招呼他道，"屋……屋里……坐……坐……"

情知迟早会有这么一天，却没料到这一天来的，竟是这么的快。热情中张宏岳老汉不仅有些语无伦次，还有些手足无措，像当年见了"虎烈拉"患者，张家上下更是东躲的东躲，西藏的西藏。此情此景让武志卿老汉哪里还有心思就座？问起女儿、问起外孙时，张宏岳老汉更是方寸大乱。自欺欺人，他竟撒谎说过了破五，一家三口又去了西安。明知亲家在说谎，却又顾不上跟他理论，在房前、在屋后武志卿老汉察看着、寻找着。见灵堂虽撤，却痕迹犹存，一口气没上来，武志卿老汉已一头栽倒在女儿的灵前。

真是祸不单行，儿媳妇尸骨未寒，亲家翁又倒地闭气。跪在地上，抱着亲家，张宏岳忙招他的人中。怕吓着孩子，抱着她，"二家儿"严琼英早从后门躲了出去。顿着脚"大家儿"一边骂丈夫是死人，一边又催"死人"去请郎中。挨了骂"死人"这才醒悟，这才屁颠屁颠地奔了出去。像遭了兵灾，又像是遭了匪劫，顿时，张家又一次乱得鸡飞狗跳。

娘家爸是个老中医，从小耳濡目染，张盛氏跟着也长了不少的见识。又是翻箱，又是倒柜，她忙找出了备急药"至宝丹"。打开后，屋里顿时香气四溢。正愁没童便、没药引子，却见儿子被吓得直尿裤子。于是顺手拿起柜盖上的空碗，又一把扯掉儿子的裤子，就手她接了一大口。用右手端着尿碗，手指又捏着药丸，用左手的拇指、食指，一把张盛氏捏住了武志卿的鼻翼。趁那紧咬的牙关刚刚松开，她忙用童便将药丸给他灌了下去。

"至宝丹"不愧是至宝！吐出一摊黄绿色的污物后，武志卿老汉终于又恢复了微弱的气息。见状，张宏岳老汉也长长地出了口气，紧接着在额头，他又抹了一把冷汗。

　　醒过来时，武志卿老汉发现他已躺在了炕上。回头看时，却见张家全家齐刷刷地跪倒了一片，堂屋里也挤满了乡党、邻里，陪着张家，大家都在垂泪。

　　将屋里扫视一遍后，武志卿老汉的目光最后滞留在他外孙女的小脸上，见尚不省人事的小丫子还冲他直乐，两颗浑黄的泪珠，立即溢出了他的眼角。

　　"你是……"挣扎着侧过身子，对抱着小丫子跪在地上的严琼英，武志卿老汉是一脸的疑惑。张家的所有人他都见过，却唯独没见过这个女人，尤其是严琼英的年龄，不仅让他产生了怀疑，甚至，还引起了他的警惕。

　　"我……我……"严琼英支吾着。平时就不善言辞，这时，她更是不知所措。明明是张仲霖的媳妇，明明是张家明媒正娶的儿媳妇，当着武志卿老汉的面，她却不敢承认她的身份。她那吞吞吐吐，又支支吾吾的样子，让武志卿老汉，更加地怀疑了。

　　"是我五娘。"见严琼英一时反不上话，心直口快，张家的长房长孙忙给她帮了个倒忙。闻言严琼英的脸，竟刷地一下红到了脖跟，其他人，也都吃惊的面面相觑着，唯独张家的长房长孙，却在自鸣得意。前一向在西安，将自己的女儿武梅，这孩子不也叫"五娘"吗？童言无欺，想到这，武志卿老汉一下子"明白"了。

　　"来，抱过来。"闻言点了点头，对着严琼英武志卿老汉道，"抱过来，让我看看。"正不知所措，闻言严琼英竟如临大赦，抱着小丫子膝行着，她移到了他的面前。

　　"你这个臭婊子！"说着"啪"的一声，对着严琼英，武志卿就是一记响亮的耳光。指着她的鼻子破口，他便大骂了起来。见严琼英并不否认，更不分辩，他恨恨地接着道，"伙同他，你、你你你，你竟敢谋杀我的女儿！"正不亦乐乎，顿时，小丫子又被吓得大哭。泪流满面，抱着孩子严琼英抽身就走。武志卿老汉却更加确信了他的猜想。

　　"姨夫，您老这就不对了！"再也控制不住，站起身张家"大家儿"道，"出事那天关在屋里，人家两个又是甜哥哥，又是蜜姐姐，关在另一间屋里，我家他五娘却偷偷抹着眼泪。开始，还好好的，谁知说着说着，俩人却高了声。后来一声枪响，等我们赶去时，烂子已经董下了①。对小两口来说，失牙拌嘴也不是啥稀罕事，谁能料到，竟出了这样的乱子？闯下祸，老五他尻子一拍连土都不粘，却害得我们全家跟着担惊受怕，又替他收拾摊子。要说最冤的，还是我家他五娘，都来了七八年了，却还没个一男半女。她受的洋罪，还要我明说吗？尽管受着天大的委屈，她却还屎一把尿一把像对待亲生一样，替他们拉扯着孩子。连半句怨言都……都没有……"

"说的可全都是实情。张家是跟着，遭了不少的罪。"

"这老汉！也不问个青红皂白，动手，就打人家。"

"甭说了，老汉也不容易。怪可怜的。"

"是啊！'二家儿'既明理、又厚道，在哪里去寻这么好的媳妇？"

里屋里哽咽着，张家"大家儿"说不下去了，堂屋里众人却是议论纷纷，有的在摇头，有的在叹气。

仿佛从噩梦中惊醒，武志卿老汉这才知道，张仲霖是个早都有了妻室的人。人家，才是张家明媒正娶的儿媳妇，气头上一时荒唐，自己，竟错打了人家。受了这么大的委屈，人家却连口都没还，可见的确是个难得的好娃娃。将心比，都一理。自家女儿是人，人家女娃娃难道就不是人？想到这，武志卿老汉是又悔又恨，又恨又悔。悔的是跟自家的女儿一样，人家女娃娃也是个受害者，而自己一时糊涂，竟错打了人家。恨的是张仲霖这个没心没肺的，却不在跟前，他要是在跟前，他给他的将不是一巴掌，而是跟他拼命，他要用他的这张老羊皮，去换张仲霖那个血羔子。

不但要给女儿报仇，还要替人家女娃娃出气，只有替她出了这口恶气，武志卿老汉觉得才能赔她的不是。

"亲家，"对着武志卿，张宏岳老泪纵横地道，"家门不幸，我张家，竟出了这么个逆子。要怪你就怪我，都怪我教子无方。打折骨头连着筋，逆子他认不认你我不敢说，咱这门亲戚，我是走定了！等孩子长大点，我年年带她去认舅家、去认你这个舅家爷。"将一个沉甸甸的袋子放在武志卿的面前后，他接着道，"用这点钱给亲家，我先赔个不是。我知道我张家亏欠你的，再多的银钱，也弥补不了，眼下我能做到的，只能是……哎嗨嗨嗨……"说着他一面放声大哭，一面左右开弓地打着自己的嘴巴。

见状跳下炕，武志卿老汉忙拦住了他的亲家。面对张家上下的一片赤诚，他又有些于心不忍了。然而最教他过意不去的，还是错扇了张家"二家儿"的那一耳光。"都怪我，都怪我一时糊涂……"找了个机会，他跟她赔着不是。不料张家"二家儿"，却打断他道："姨夫，快甭说了。我知道您老人家心里苦，你就是再打、再骂，我都不……不怪您"

人死不能复生。叹口气武志卿老汉打算就此算了，趴在女儿的坟头上大哭了一场后扭过头、抹着泪，他抽身就走。哪里肯依，张宏岳老汉硬是将五百大洋，塞给了他。他还陪他来到西安，又将他送上了西行的火车。

"爸，您老人家要……要多保重。"啊！是女儿武梅的声音。抹着眼泪，女儿在跟他告别。沿着那艳若桃花的面庞，两行晶莹的泪珠滑了下来。啊，女儿没死！恍惚中武志卿老汉又是惊，又是喜，又是难过。

"女儿不孝，让您老人家受……受累了。"啊！又是女儿的声音。这声音，咋突然变得凄楚起来，脸色也由桃花，变成了石榴花……石榴花，竟越来越红，血红血红的。眼睛里流出的，已不再是晶莹的泪花，而是殷红殷红的鲜血，还冒着血泡儿……

"呜——"一声尖锐而又凄厉的汽笛声，将武志卿老汉从幻觉中，惊醒了。

让凶手逍遥法外，作为父亲，自己何以面对女儿那屈死的冤魂？作为家长，自己又怎么跟亲人作出交代？亲友们问起时，自己，又作何解释？张家一家是不错，特别是那个"二家儿"严琼英，这他领情。但女儿死得不明不白，回去他不好交代不说，外人若是再搬弄起是非来，光唾沫星子，还不把自己淹死？扪心自问，武志卿老汉，又后悔了。

半途而返，武志卿老汉踏上了他那漫长而又艰难的，求告之路。

在法院，状子压了半个多月后，武志卿老汉得到的，却竟是冷冰冰的一句话：我们是地方法院，队伍上的事，咱管不了！在军事法庭，状子又压了半个多月，得到的答复更是让武志卿老汉的心，一下子由前胸，凉到了后背：地方部队还好说，中央军咱管不着！

自古衙门朝南开，有理没钱甭进来。钱跟流水一样地，花了出去，案子却跟皮球一样，一次又一次地，被踢了回来。心力交瘁，武志卿老汉，彻底地绝望了。正要打退堂鼓，像是从云缝里挤出的一缕阳光，"西安妇女协会筹备委员会"的牌子，让他的眼前，不觉又是一亮。抱着最后一线希望，拖着沉重的双腿，武志卿老汉蹒跚着，走进了女协。为让女儿在九泉之下，能够瞑目，他准备作最后的抗争。若再次失败，他准备一头撞死在，西安的城墙上。他要用自己的阴魂，去陪伴女儿那既年轻、又孤独的亡灵。

从乡下回来，关步云累得浑身，几乎都散了架。陪杨虎城视察引泾工程，陈静远大概还得，耽搁上几天。一个人的日子能凑合就尽量地凑合，就生萝卜丝啃了几口干馍，又咕咚咕咚地喝了几口开水，倒下头关步云就睡。昨晚就没睡好，今天，又马不停蹄地跑了一天，她想今晚肯定能痛痛快快地睡个好觉。不料正如关中人所言——卧牛不乏，乏牛不卧，只迷糊了一阵，她便再也睡不着了。

武志卿老汉的遭遇，以及他女儿武梅的冤情，强烈地震撼着关步云的灵魂。义愤填膺，女协的负责人也纷纷拍案而起，她们要去找杨虎城、邵力子、张学良。虽觉欠妥，一时，却又拿不出更好的办法，见大家如箭在弦、已势不可当，跟着她们，关步云也一块去了。说不上巧还是不巧，结果杨虎城没找到，邵力

843

南河镇

子、张学良也都不在。无奈，大家只得将武志卿老汉就近先安顿了下来。不打赢这场官司绝不罢休，她们发誓一定要给他跟他的女儿讨个公道回来。"张、杨两位将军都是地方将领。"关步云道，"邵力子省长鞭长能及的，也只是地方法院。只怕帮不上忙不说，反而，要让他们为难。更何况，他们又是那样的忙。依我看，咱们得另想办法。"将武志卿老汉安顿后，面对余怒不息的众人，她委婉地说出了她的看法。"哦，是这话。"闻言，有人立即赞成道，"步云她说的对着哩。"一经提醒，众人也都冷静了下来。

"步云，你该不是已经有了主意吧？"有人已经听出了关步云话里的话，"快说说，我们到底，该咋个办？"

"这事非同一般。"关步云道，"南京方面不发话，咱这个忙，怕是谁也帮不了。"

"那好。"闻言，有人不假思索地道，"明个，咱就下南京。"

"明个？"有人却质疑道，"下南京？到南京，咱去找谁？"

"找谁？还能找谁？"主张南下者，更是心直口快，"找委员长呗！"

"委员长？"质疑者，进一步质疑道，"跟他咱沾亲，还是带故？"

由于着急，双方几乎都红了脸。"好了好了。"有人不满地道，"人家的忙还没帮上，自家，倒先打起了嘴皮官司。"制止了众人，对着关步云她又道，"步云，到底该咋办，该找谁你快说。把人，都急死了！"

"人嘛，倒是有一个。"关步云道，"却不知人家，肯不肯帮这个忙？"

"谁？"闻言，众人异口同声地追问着。

"张学良的夫人，于凤至。"关步云的话，大出了所有人的意料。

"于凤至？"闻言，众人异口同声地反问道，"她不是，远在英国吗？"

"不错，她是在英国。"关步云道，"但这阵，她却在西安。听说过一阵，她还要去英国。"她的消息，又一次大出了众人的意料。"哦！原来是这。"明白中，众人又有些糊涂，"跟委员长，她，能说上话？"

"跟委员长，她说不上话。"关步云道，"跟他的夫人，她却能说上话。"

"宋美龄？"吃惊中，众人又有些担心，"她，她肯帮咱们吗？"

"应当可以。"关步云道，"她不正在倡导'新生活'吗？又是全国'妇女指导委员会'的'指导长'。咱们争取'指导长'的指导，'指导长'，她能不乐意吗？"闻言，大家不觉又信心大增。于是，有人急切地道："明个，明个咱就找于凤至。"不料连连地摇着头，关步云又道："暂时，还不行。武志卿老人说的听起来，虽都是实情，可惜！可惜却只是一面之词。依我看，咱不如先实地调查落实一下，这样说起话，也许更有底气！"

让人欣慰的，是调查取证进展得还算顺利。开始顾虑重重，庄稼人虽都是三缄其口，但关步云她们精诚所至，有的，终于被感动了。

"一条儿女一条心。跟朵花似的，才十来岁，人家女娃娃，正活人呢！远嫁到咱这儿，更是不易。说起来，怪可怜的。她妈他爸的心，可能都痛烂了。"

"将心比，都一理。这事搁到不论谁的头上，他都受不了喀！"

"要得公道，打个颠倒。咱的儿和女是人，人家的儿和女难道就不是人？"

"公道自在人心。咱不能昧着良心教人戳脊梁骨，骂咱陕西人不够人。"良心发现，既然有人带头主持公道、吐了真言，你一言，我一语，憨厚的庄稼人，都说了实话。

正义，是最终的强者！

睡意全无，关步云索性打开了台灯。展纸秉笔，凝思了片刻后，伏案，她又疾书起来。一口气写完了三千多字的文章，这时大街上，已传来隐隐约约的市声。伸着懒腰，又长长打了个哈欠，伸手，关步云推开了窗户。带着微曦，一阵凉风直扑屋里。凉风吹走了倦意，微曦，又送来了精神。洗脸，刷牙，梳头。再次坐下后，关步云又拿起了毛笔。从手中过去后，一张张红底烫金的请柬，都留下了她那隽秀的笔迹。屋子里，更是墨香四溢。

在印刷厂拿了一沓当天的报纸，关步云又匆匆地来到了，女协的筹备处。《西安妇女协会筹备委员会通告（西妇通字第001号）》，看着报纸上头版头条的黑体字大标题，像是看到了她们刚呱呱坠地的儿女，几个女人，竟激动得热泪盈眶。

在"止园"，杨虎城的夫人谢葆真，热情地接待了关步云她们。她不但满口答应出席"西安妇女协会成立大会"，还慷慨解囊拿出一千元的私房钱，捐给了"女协"。见关步云手里还有一厚沓没送出的请柬，谢葆真又特意给她们，要了一辆小车。

一开始事业就受到如此热诚的支持，几个女人，甭提有多高兴了。兴致勃勃，她们又来到了金家巷一号。见是绥署的小车，在"啪"的一个立正后，哨兵紧接着，又是个军礼。关步云她们刚跳下车，赵一荻已经迎下楼来。跟众人一一握手后，挽着关步云她招呼她们，一块儿上楼。

客厅里一个温文尔雅、端庄大方，又多少带些洋气的女人，又迎了上来。

"是于大姐吧！我叫关步云。"已猜出是于凤至，抢前一步，关步云拉住了她的双手。"噢，你就是关步云！"于凤至是既热情、又惊讶，"听汉卿、小四，多次提起过。网球打得好不说，没想到，还是个美人儿！"

"岂止网球？岂只人美？"赵一荻道，"在北京女师大，人家还是高才生。是《大公报》的记者，又是绥署宣传处的上校副处长，还兼着《西安日报》的编辑。眼下又在筹备成立'西安女协'，不单是大美人，还是大名人、大忙人。"

"你，你还是饶了我吧。"对着赵一荻一边讨饶，关步云一边道，"这是'女协'筹备处的几个姐妹。"指着同伴跟于凤至、赵一荻，她一一作着介绍。"哦，快坐，快坐！大家随便坐。"于凤至热情地招呼着，"女协！啥时成立？不知我姊妹俩，能不能参加？"事情竟完全出乎了意料。闻言面面相觑了一阵后，不约而同，大家将目光一致地投向了关步云。

"咋不能？"关步云更是又惊，又喜，"只怕是，不肯赏光。实不相瞒，我们正是来请二位的。"说着将请柬，她分别递给了于凤至、赵一荻。

"西安女协……成立大会！"接过请柬，赵一荻不禁有些激动，"难得。难得你们没拿我们当外人！"

"是啊。"于凤至也是感慨万千，"没想到，西安竟是这么的活跃！想干的事说干，就能干。中国人是该组织起来了，中国的妇女，更应该组织起来！内争女权，外抗侵略，咱们不能再围着，锅台子转了。"

"你们忙。我们就不打扰了。"说着站起身，关步云就要告辞。

"谁跟谁呀，你们我们的。"赵一荻嗔怪道，"又见外了不是？"

"姐妹们，请少待。"像是突然想起了什么，回过头，于凤至跟赵一荻道，"小四，女协的事，咱是不是要支持一下？"

"噢！还是大姐想得周到。"一经提醒，赵一荻这才恍然大悟，"我去去就来。"

"要不是大姐提醒，我还真的忘了。"出来时将两张各一千元的支票，赵一荻递给了关步云，"女协还在筹备，是需要支持。这是我跟大姐的一点心意。钱不多，请千万莫要见怪。"

"那好。"见不便，也情知不容推辞，关步云道，"代表西安女界，我们先谢谢二位姐姐了。"

"你看，你看。"赵一荻道，"又来了！"

"礼多人不怪嘛！"说着，笑着关步云她们，又被赵一荻送了出来。

车到底还是快。原计划两天送完的请柬，一天就早早地送完了。

"西安妇女协会"成立大会，在革命公园如期举行。打着长长短短的各式横幅，举着红红绿绿的各色彩旗，来自各界、各单位、各团体的六千多人，云集在这革命的圣地。盛况空前，在主席台就座的有谢葆真、傅学文、于凤至、赵一荻等十几位女界名流。在关步云的主持下各界、各单位、各团体的五十多名代表，表决通过了《西安妇女协会章程（草案）》跟《西安妇女协会临时组织法》。接着，又投票选举了主席一名、副主席三名、秘书长一名。当选后代表主席团，关步云又宣布聘请谢葆真、傅学文、于凤至、赵一荻等，为"西安妇女协会"的名誉主席。纷纷致辞，各界代表热烈地表示了祝贺。更出人意料的，是闻讯杨虎城竟从西府，赶了回来。通过热情洋溢的致辞，大会的气氛，被他又一次推向了高潮……

　　遗憾的是会后，当主席团跟名誉主席、跟各界代表合影留念时，却死活地找不到杨虎城。"不要找了。"谢葆真道，"他又去了西府。为不影响大会的正常进行，临走时，他只跟我打了个招呼。"

　　大会圆满地结束了。被女协的人送上车，又被眼看着车子启动后，于凤至、赵一荻这才发现关步云似乎被什么事，又给缠住了。

　　隔天，带着她的主席团一行五人，关步云又一次来到了金家巷一号。见大家心事重重的样子，于凤至、赵一荻关切地道："是不是，又遇到什么麻烦？"心情沉重地点了点头，关步云道："没想到女协刚一成立，就有人前来求助，而且，是一桩棘手的案子。"闻言于凤至、赵一荻惊讶了："啥案子？来，坐下慢慢说。"关步云道："没想到眼下，有人竟还公然践踏着女权。身为团长，无缘无故，竟开枪打死了自己的妻子。岳翁千里求告，却又投诉无门。"

　　"有这事？"闻言于凤至更加惊讶了。不等关步云开口，赵一荻却接茬道："有。这事，我也听说了。"关步云接着道："求告无门，投诉人竟一头撞向了城墙……"

　　"啊！又死了一个？"闻言于凤至、赵一荻，不觉又是一惊。

　　"没有，没有。"关步云忙道，"所幸被几个好心人，给拦住了。他们告诉他，说女协正在革命公园开会，还领着他，找到了我们。为弄清真相，昨天，我们还进行了走访。这不……"说着将走访记录，她递给了赵一荻。

　　"中央军……黄埔系……广元人。难怪……大姐你看，受害人还是个川妹子，才十九岁！"说着将走访记录，赵一荻又递给了于凤至。

　　"畜生！禽兽！"看着看着突然，于凤至竟拍案而起。"大姐，"见状，赵一荻忙劝她道，"既不是东北军，也不是西北军，何必动这么大的气？"

　　"哪能不气？"拧着双眉，连脸色都变得铁青，于凤至是怒火中烧，"开口中央军，闭口黄埔系，又是女权，又是新生活。放着日本人不去打，却竟向自己的女人开枪！我倒要问问，问问这世上还有没有天理，还有没有国法！"

　　"我们也是气愤不过，却又无能为力，这才来跟大姐求助的。"关步云道，"要是方便，请大姐为我们说句公道，若是不便，那就算了。"

　　"为你们？"不料于凤至却道，"那你们又是为了谁？算了？你算了我也算了，死者，她算得了吗？死者的亲人，他们算得了吗？上面，整天吹他的五马长枪，底下，却干着杀人越货的勾当！没人说，他们还以为底下啥都好着呢！这事我既然知道了，至少，也得教他们知道！我倒要看看，看看他们作何处理！"

"大姐，"闻言，关步云又道，"这事你还是慎重点。千万莫要为难，更莫要生气。"

"没啥为难的。"不料于凤至却道，"上面，不正提倡女权吗？以西安女协的名义，咱们先给他捅上去。作为'妇女指导委员会'的指导长，蒋夫人，她总得给咱个说法吧！是这，走访记录，先放在这儿。回过头，我再给你们回话。"

三天在忐忑不安中，过去了；在忐忑不安中，又过了三天。令关步云她们兴奋不已的，是于一个礼拜后南京的派员，果然来到了西安。

在省府秘书长的陪同下，他们来到了女协。通过女协，他们又见到了武志卿老汉。他们告诉他说，在乡下他们已调查过了。所述情况，基本属实。还说通过电话他们跟蒋委员长、跟宋指导长作了汇报。委员长已命令胡长官，要他限期将嫌疑人解送南京。只是审判得通过法律程序，估计尚需时日。要他耐心地等待，不要着急。

轰动一时的团长古城杀妻案，终于有了着落。千恩万谢后武志卿老汉回了广元。关步云她们也终于长长地舒了口气。

包庇失败后给他的爱将，胡长官又提供了个投案自首的机会。

脱下那身象征着身份、象征着地位的马裤呢校官服，又缴出陪伴他多年，既象征着荣誉，同时又是杀人凶器的美式小手枪，重新换上他师母送给他的，他老师曾经穿过的那件长衫，张仲霖又一次回到了大张村。

跟上次一样，这次张仲霖口袋里装着的，依然是洋糖；怀里揣着的，依然是哈德门香烟。不同的是这次他一颗糖、一根烟也没散出去。一看见他，不管男人还是女人，都远远地躲了开来。连孩子也都被大人们强行地，拖了回去。张仲霖既没怨天，也没尤地，一个高兴时又是发烟，又是散糖，而冲冠一怒时却又拔枪杀人的魔鬼，谁见了又能不怕？

"大口，大口。喔，宝宝真乖！"见背着身严琼英一手抱着孩子，一手在给她喂饭，张仲霖的心里，不觉一动，眼眶随即，也热了起来。

对人家从来不闻不问，守着活寡，又十年如一日，人家却给他爸又是端茶，又是送水。眼下又跟对待亲生一样，替他抚养着他跟别人的孩子，张仲霖的铁石心肠，终于被暖热了。这个冷若冰霜的关中汉子，终于被感动了。

看起来土里土气，是个目不识丁的村姑，严琼英却也有她美丽动人的一面。只可惜这既美丽又动人的一面，张仲霖发现的实在是太晚了。

"让你受累了……"说着从严琼英的怀里，张仲霖接过了他的女儿。

"你！"闻言，严琼英吃了一惊，"你……回来了？"她哪里会料到竟是张仲霖，又哪里会料到这句暖人心窝子的话，竟出自张仲霖之口。呆了半晌，她这才招呼了他一句。

亲人，毕竟还是亲人。为张仲霖担惊受怕，又吃尽苦头的老父、继母、哥哥和嫂子，并没跟旁人世人一样地躲开他，而是一如既往地接纳了他。

灶屋里，又响起了嗵嗵嗵的擀面声，还有那踢哩啪嗒的风箱声。

曾几何时，一家人似乎憔悴了许多，特别是他的老父亲张宏岳。

夜幕降临后，依然陪着他的老父亲，张仲霖在说话；依然摇着她的纺车，严琼英在纺线。那嗡儿嗡儿的纺车声，似乎是人间最为动听，也最为美妙的催眠曲。严琼英身边那个跟她没一丁点血缘关系的孩子，已进入了梦乡，在嗡儿嗡儿的纺车声中她睡得是那样的香，是那样的甜，又是那样的踏实……

心里格外的平静，严琼英没有丝毫的奢望。一边摇着纺车，她一边不时地，看着睡在身边的孩子，看着这个跟她毫无血缘，却替她排遣了寂寞，又给她带来满足的孩子。守着她，她要看着她一天天地长大。她要抚养她成人，还要供她读书，将来还要给她找个好人家，还要眼看着让她风风光光地嫁出去。这个人家不一定很有钱，这个人长得不一定很帅，书念的也不一定很多，但人品一定要好，要一辈子爱她、疼她，永远也不会离开她。她跟那个她的悲剧，绝不能再在她的身上重演了。这样，也许只有这样，她觉得才能既解脱自己，又告慰那个更为不幸的屈死的冤魂。

"早点睡吧。"张仲霖道。说着，他一把夺掉了严琼英捏在手中的棉花捻子。随即"噗"的一声，他又吹熄了棉油灯……

严琼英的新婚之夜，竟在她嫁到张家的，十年以后！

拿着香蜡纸表，张仲霖来到了川妹子武梅的坟头。跟这个屈死的冤魂，他要忏悔。年轻而孤独的亡灵，你能接受这种毫无意义的忏悔吗？

咬破食指给广元，张仲霖又写了一封血书。风烛残年武志卿老汉，你能原谅这个已经名存实亡的女婿吗？

在家盘桓了数日，张仲霖怏怏地踏上了他"赴京"请罪的漫漫之路……

---

①烂子，已经蕫下了：烂子，指人为的惨祸；蕫下，即闯下。

第九十二章

在国民党第五次全国代表大会——"五全大会"上，杨虎城当选为中央监察委员，可他却说啥也高兴不起来。

"从辛亥年对清军作战始，历经护法、北伐、二次北伐，"面对那些你来我往的恭维者，杨虎城自嘲道，"倒袁世凯、驱陆建章于前；反段祺瑞、逐陈树藩于后；苦战镇嵩军于西安，奇袭唐生智于中原，前前后后为革命奋斗了二十余年，几乎是无役不从。如今为一监察委员的空衔，竟花了不少的银子，丢人哪！"

你吹我捧，尔虞我诈，贿赂公行，会上道貌岸然，会后却狗盗鸡鸣，买官者不以为耻，卖官者反以为荣，一笔又一笔的肮脏交易在暗中进行着。以《大公报》记者的身份于会前，陈静远"采访"了杨虎城。见他对此深恶痛绝，欲置之度外，他忙提醒他道："水至清则无鱼，人至清则无友。不若随其流而扬其波，餔其糟而啜其醨，以免跟当年的三闾大夫屈平一样，上受'楚怀王'之疑忌，下遭奸佞小人之暗算。"见陈静远引经据典，说的不无道理，杨虎城这才违心地买下了这顶空头乌纱。

至于张学良，那更是马尾穿豆腐——不能提了。原以为少则三月，多则半年，就可剿灭红军。谁知师出不利，三个月不到，他的两个师外加一个团竟反而被红军，给吃掉了。

在大、小劳山，六十七军王以哲部的一一零师，先后中了红十五军团的围点打援之计，经过六小时的激战，该师全军覆没。师长何立忠重伤而毙，六二八团团长裴焕彩被俘，六二九团团长杨德新自戕，参谋长范驭州阵亡。死、伤、和被俘的分别是千余人、两千余人和四千余人。不久，一零七师的六一九团跟六二零团的一个营计两千余人，又被红军在榆林桥，包了饺子。六一九团的上校团长——张学良前卫队营的营长高福源，被生擒活捉。

赴会前虽叮咛再三，要部下不得轻举妄动，会议期间，五十七军董英斌部的一零九师被全歼于直罗镇、师长牛元峰跟两个团长均被击毙的战报，却还是摆在了张学良的面前。

损兵折将，部队不但得不到补充，两个师的建制反而被何应钦，一笔给勾销了。作为代行总司令职权的副总司令，张学良请领十万元以抚恤阵亡将士的要求，竟也落空。彼一时。宣布东北易帜、归属中央于前，发巧电帮蒋介石在中原大战中力挫群雄、成就霸业于后，昔日的陆海空副总司令张学良，曾是何等的荣耀。此一时。鄂豫皖剿共有功于前，陕北剿共失利于后，今日"西北剿总"的副总司令张学良，又是何等的落寞。

在张学良最孤独、最苦闷的时候，不失时机，杨虎城来到了他的身边。

"胜败乃兵家常事，汉卿又何必自寻烦恼。"一句好话三冬暖！杨虎城的肺腑之言，大出了张学良的意料。没有以副总司令相称，而是直呼其字，听起来，反教人备感亲切。闻言，张学良不由心里一热。

"唉！"一把拉住杨虎城的双手，叹口气张学良道，"悔当初未听虎城兄的忠告，以致有此惨败。"改"杨主任"为"虎城兄"，他也直抒胸臆。

"汉卿不必伤感。"杨虎城也一把握住了张学良的双手，"既然上苍将你我兄弟安排在一起，只要大家共患难、同进退，在西北这块热土上，还怕没有作为？"

"作为！"闻言，张学良惊讶地道，"什么作为？"对日军来说，陕西是大后方；对红军而言，陕西又是最前沿，一时他弄不清杨虎城所说的作为指的抗日，还是剿共。

"收复失土，以雪国耻；打倒日寇，以报家仇！"杨虎城斩钉截铁地道。言出他掷地有声，几乎是一口唾沫一个坑。

"知我者虎城兄！"闻言，一股热气直扑张学良的心窝，"来来来，坐下坐下。我们坐下说话。"杨虎城的几句话既出乎了他的意料，又正中了他的下怀。

休道前路无知己，天下谁人不识君。

"收复失土，打回老家，是学良的夙愿。"指了指北边，张学良诚挚地接着道，"但不知那边该如何应对，打还是不打，若信得过学良，就请虎城兄给小弟指条明路。"

"回去后，汉卿不妨亲自到前面走走。"杨虎城更是推心置腹，"打还是不打，我想东北军的弟兄们比我清楚。依我看关键不在于打还是不打，而在于打得赢还是打不赢。"

"对对对！这正是我百思不得其解的问题。"闻言，张学良竟有些沉不住气了，"你说红军就那么几个人，就那么几条破枪，为啥就打而不散，又剿而不灭？虽算不上人强马壮，跟红军比无论人数还是装备，东北军可以说都占着绝对的优势，然而，却反被人家整师整团地吃掉了，虎城兄你说，这、这这这……这到底是为什么？"

"你打不赢，我打不赢，委员长，他不也打不赢吗？"杨虎城道，"他都打不赢，却逼着咱们去打，汉卿，你好好想想，这又是为什么？"杨虎城没有回答张学良，而是反问他道。"这……"闻言，张学良欲言又止。

"虎城兄，你还是先说说，"终于还是没能忍住，换了个话题，张学良又道，"眼下，眼下咱们到底该咋个办？"

"剿共是死胡同，抗日才是出路！"见火候已差不多，杨虎城这才直言不讳地道，"秃子头上的虱子，这是明摆着的事实。"

"能不能劝劝委员长？"张学良终于托出了，他在心中酝酿已久的想法，"劝他不要再剿共了，劝他领咱们去打鬼子。"显而易见，对蒋氏他还抱有幻想。"劝？谈何容易！"摇着头，杨虎城道，"人微言轻，是人家的下属，咱却又非嫡系。说重了咱不敢；说轻了还不是隔靴抓痒、用鸡毛撞钟？娃娃不宜惯，老汉不宜劝。今天在会上，他不还振振有词地说什么'和平未到绝望时期，绝不放弃和平；牺牲未到最后关头，亦不轻言牺牲'吗？一个字——难！"

"精诚所至，金石为开。"跟他的委员长一样，张学良也不肯轻言放弃，"一回不行，两回！两回不行，三回！跟他，咱慢慢说。"

"慢慢说？"杨虎城不以为然地道，"咱想跟他慢慢说，他肯跟咱慢慢说吗？总不能眼看着弟兄们在前面流血牺牲，咱们却坐在这儿，慢慢地跟他谈心！"

"要不是这。"张学良道，"虚晃一下，对天咱放上几枪，不就得了？若能破费让北边挪个窝配合一下，那就更好了。"

"诶，这倒是个好主意！"杨虎城想要的，正是张学良的这句话。除赞同外，他还笑着补充了一句，"必要时咱们也搞点小摩擦，让委员长他心里，也高兴高兴。"

"对对对！"闻言张学良也笑了，"还是虎城兄想得周到。难怪来南京时，说啥，你也不肯坐我的飞机。"

"这就叫……"杨虎城还未及说出，却被张学良接住了："这就叫兵不厌诈！"

既然不便同来，当然，更不便同往了。北上，杨虎城回了西安；南下，张学良却偷偷去了上海。

一路上张学良不住地祈祷着，通过昔日的朋友，他希望能顺利地找到共产党。在他的想象中，共产党的头头脑脑们应该在大上海，而不在陕北。

几经周折，在霞飞路虹桥疗养院的一间病房里，张学良终于见到了正"保外就医"的挚友杜重远。所以身陷囹圄，《新生》周刊的主编杜重远竟是因一篇题为《闲话皇帝》的文章。见文中提到了他们的天皇陛下，急于寻隙挑衅却苦于没有口实，日本政府忙借题发挥、大做文章。牵强附会，以"诽谤天皇"为由向当局，他们施加着压力，迫使其以"妨碍邦交"的罪名，判杜重远有期徒刑一年又两个月。后来迫于社会舆论的压力，当局又不得不上演了这场"保外就医"的荒诞剧。"什么'妨碍邦交'？" 为好友抱不平，张学良气愤地道，"分明是'爱国未遂'嘛！"

"你不也'抗日未遂'吗？"杜重远调侃着。接下来，他压低了声音："气色不怎么好，汉卿，是不是又吃了那边的亏？"

"唉！三个月损失了三个师。"无奈地叹了口气，张学良自嘲道，"气色，能好吗？"

"哦！"闻言，杜重远惊讶了，"败是意料中的事，如此之惨重，却不曾料到。"

"意料之中？"闻言，张学良也吃了一惊，"你咋知道我一定会吃败仗？"

"慢说你！"这时，杜重远却变得自信起来，"跟共产党为敌，谁也甭想占他的便宜。"

"为什么？"张学良追问道。

"为什么？"杜重远嘿嘿地冷笑着，"岂不闻水能载舟，亦能覆舟！水是谁？水是老百姓！你拼之以刀枪，人家，却却之以民心。自古得民心者得天下。得道者多助，失道者寡助。多助之至，天下顺之；失道之至，亲戚叛之。刀枪输给人心，那还不是迟早的事？"

"哦！原来如此。"闻言，张学良突然大彻大悟，"早知如此，何必当初？"

"汉卿，"杜重远既是谅解，又是提醒，"年轻你没经验，这不见怪，奇怪的是都快奔五十了，蒋某人他难道也不明白这个道理？眼下举国都在呼吁停止内战、一致抗日。他自己不抗日倒也罢了，还不准别人抗日。还要打主张抗日的共产党，跟共产党领导的红军。而且他自己不去打，却用'攘外必先安内'的谬论骗着你、逼着你去打。照这样打下去，还不把人心打光？"

"重远，"闻言，张学良道，"这么说天下将来到底姓'国'还是姓'共'，还说不定！"

"不！已经见分晓了。"杜重远道，"依我看姓'共'的时候多。借刀杀人，一石三鸟是老蒋惯用的伎俩。汉卿，作为老朋友，我不能不提醒你。你不得不防啊！"

"防？"闻言，张学良却为难了，"防不胜防！你让我咋个防？"

"也不难。"杜重远却是成竹在胸，"以其道还治其人，他一石三鸟，你三位一体。"

"三位一体！"闻言，张学良更不明白了，"哪三位？"

"近有杨虎城，远有共产党。"杜重远道，"加上你，不就是三位吗？"

"哦！"恍然大悟后，张学良却还是顾虑重重，"杨虎城嘛，还差不多；这共产党嘛，可就难说了。跟你不一样，跟我，他们肯合作吗？在《八一宣言》中，将你他们跟宋庆龄、何香凝、李杜等放在一起，称之为爱国志士。将我他们却跟汪精卫、蒋介石、黄郛等放在一起，骂做汉奸、国贼。"

"这就对了！"杜重远道，"守土失责，你丢东三省于前；反共剿红，你又打内战于后，难道还够不上汉奸国贼吗？"见张学良的脸色越来越难看，话锋一转，他又安慰他道，"解铃还须系铃人！若能将抗日付诸行动，我保证你将不再是民族的罪人，而是民族的功臣。不但不会遗臭万年，还会彪炳青史、流芳百世。汉卿，你可能还不知道，《八一宣言》是中共驻共产国际的王明等，在苏联起草的。他们并不了解你的苦衷，而毛泽东、周恩来等，却未必这样看你。"说完，他不住地打量着张学良。

"真的？"闻言张学良的脸色，先是逐渐地阴转多云，接着，又逐渐地多云转晴，眼睛里，似乎还有某种亮光在闪烁。"兄弟阋墙，外御其侮。"杜重远郑重其事地道，"黑墨都落在了白纸上，还能有假？"

"听口气，"压低声音，张学良道，"你好像已经在党了。"

"我！我哪里够得上？"摇着头，杜重远笑道，"有几个朋友，倒是有点儿像。"

"重远，"闻言，张学良不禁喜形于色，"能不能牵个线，搭个桥，引见一下？"

"让我在这里出卖朋友，你却到南京去请赏？"闻言，杜重远勃然变色，"实话告诉你，没门！"

"重远，求求你。快甭再挖苦我了。"闻言张学良苦笑着，"你的朋友就是我张学良的朋友！"

"你，你真的不打算，再剿共了？"杜重远却还是不大放心。

"放下屠刀，立地成佛。"张学良道。

"通共，可是要这个的。"闻言，杜重远诡秘地道。说着，他还做了个砍头的手势。"那正好。"张学良却是不假思索，"昔日那个不抵抗将军张学良，他早该上断头台了！"

回到西安，张学良的心情一下子轻松了许多。共产党虽一时没能找到，他却意外地见到了著名的抗日将领——李杜。李杜、杜重远的大力支持，更加坚定了张学良联共抗日的决心，特别是杜重远"三位一体"的构想，更是让他去云霓而见蓝天，有了明确的目标，有了准确的方向，也有了足够的底气。

急于找共产党,张学良却不知共产党,也正千方百计地在接近他。抗日气氛是如此的高涨,西安不可能没有共产党！张学良突然想起了刚到西安的那个晚上,想起了跟赵一荻的遭遇以及他们的所见、所闻。第二个演讲者是不是共产党他不能肯定,第一个肯定是,那个操东北口音的女学生说不定也是。对！应当设法找到他们……

"同胞们！东北军的弟兄们！"想到这,张学良突然被一个熟悉的声音,给打断了,"是谁抢占了我们的家园？是谁在屠杀我们的父老？是谁在蹂躏我们的姐妹？是谁在掠夺我们的资源？是日本帝国主义,而不是共产党；是日本鬼子,而不是红军！红军是我们的同胞,共产党是我们的朋友,拿在手里的钢刀,你们难道是用来屠杀同胞的？端在手中的钢枪,你们难道是用来对付朋友的？不！一切有血性的弟兄们,你们的大刀,应该砍向鬼子的脑袋！一切不愿做亡国奴的乡党们,你们的子弹,应该射向敌人的胸膛！打回东北去！打回老家去……中华民族万岁！"

不看则已,临窗一看张学良不禁又惊,又喜。这个声泪俱下、不住挥舞着拳头在演说的,正是那个操着东北口音的女学生。惊喜之余,张学良正要着人去请,却一眼看见几个形迹可疑、不怀好意的家伙,已包抄到她的身边。他们已蠢蠢欲动,而她却光顾了演说,竟毫无觉察。

"来人！"张学良大声地道。"副司令？"应声而入的,是孙铭九。

"快！快将她给我抓进来。"指着正在演说的女学生,张学良命令孙铭九道,"要活的！"

"是！"孙铭九刚撤身而出,不料砰砰就是两枪。"不好！"闻声张学良禁不住大吃一惊。惊呼中临窗再看时,底下已是一片骚乱。骚乱中,女学生被孙铭九等,拖向了大门。一边走,她一边拼命地挣扎着、反抗着。看样子她不曾受伤,一颗悬着的心张学良还未及放下,突然一个矫健的身影,又从他的眼前一闪即逝。"刘光复？"一边用手绢沾着额头上的汗珠,张学良一边脱口而出道,"好险！不抵抗将军的头衔上,若再加个枪杀爱国学生的罪名,我张学良将死有余辜了。"

一直都在抓张学良的把柄,多日来,赫尚文却是一无所获。刚挨了一顿臭骂,正在窝火,不想一个共产党嫌疑犯,竟撞在了他的枪口上。欣喜之余,赫尚文未免又有些怯火,在张学良的眼皮下投鼠忌器,他的部下只慢了半拍。那只已经煮熟的"鸭子",竟眼睁睁地飞脱了,竟眼睁睁地被孙铭九给抢走了。

"诶！张学良对共产党的态度,不也是南京急于知道的情报吗？"想到这儿,正在懊恼的赫尚文不禁又兴奋起来。收兵回营到省党部,他邀功领赏去了。

开枪的既不是赫尚文,也不是孙铭九,而是刘光复。带着便衣他刚巡查到这儿，却见特务们正要抓人。阻止已经来不及了，急中生智朝天上刘光复就是两枪。混乱中，特务们被冲开了赫尚文的阴谋，也随之破产了。正要救人，刘光复却没料到被孙铭九，抢在了前头。女学生的命运如何，一时他不得而知，赶回行署，刘光复忙跟杨虎城作了汇报。

"年龄不大，胆子倒是不小！"对着女学生，张学良大声地斥责着，"竟敢在'剿总'门口做赤化宣传，竟敢瓦解我的军心！"

"废话！"毫无惧色，女学生更不示弱，"瓦解你的军心，又岂能在他人的门口？"

"我看，你是活得不耐烦了。"张学良威吓道。

"跟你一样，当亡国奴，"女学生开始反攻了，"活的，能耐烦吗？"

一时卡壳，张学良正不好下台，不想电话却帮了他的大忙。

"副司令，"说着，孙铭九将话筒递了过来。压低声音，他又道："王以哲军长的。"接过电话，却捂着话筒，张学良吩咐孙铭九道："押下去。回头再跟她算账！"

"团长杀妻？"报社里拿着妻子刚刚见报的文章，陈静远兴致勃勃地看了起来。"张仲霖……"看着看着，他竟读出了声。还以为重名重姓，陈静远，并没有太在意。下意识地看了丈夫一眼后，埋下头，关步云继续修改着她的文稿。"大张村，张仲霖！"这次陈静远却吃惊了，"聪明一世，却糊涂一时。这家伙，竟干出这等荒唐的事来！"闻言，关步云也吃了一惊："咋！你认识他？"又一次抬起头，她不认识似的瞅着他。"岂止认识？"陈静远道，"在高中、在大学我们一直都是同学！"闻言拿着笔，关步云一时却没了灵感。"没想到……"她歉意地道，"没想到，他竟是你的同学。"

"同学！同学咋咧？"闻言，陈静远却道，"干下这等伤天害理的事，就是天王老子，也得揭露。作为记者，这是我们的天职！"说着话锋一转，他又道，"只是一个很有前途的人，就这样给毁了。我是替他惋……"

一句话还没说完，陈静远却被骤然响起的电话铃，给打断了。"噢！杨主任……哦……步云……她在……约赵秘书……打球……噢……明白了……这就去。"

"啥事？静远。"关步云道。"一个女学生，被张学良的人给抓了。"陈静远道，"通过赵四，杨主任要我们先摸一下底细。赶紧打电话给她，约她打球。"说着将话筒，他递给了妻子，"杨主任派的车子，马上就到。"

金家巷一号，赵一荻也饶有兴致地，看着同一张报纸。报纸头版头条的大标题是《团长杀妻案揭秘》。笔者，是关步云。"……由于女协的努力，"关键处,赵一荻不觉兴奋地读出了声,"加上张学良夫人于凤至、秘书赵一荻的干预,这件令人发指的血案,终于有了一定的进展。"能给西安人民做点实事,她是分外的高兴,"南京方面作何判断,我们将继续关注、拭目以待。"

刚读完,电话铃又叫了起来。放下报纸,顺手赵一荻,又抓起了话筒……

放下话筒后不久,陈静远、关步云,便到了金家巷一号。

"步云,你的文章,写得真好!"拉着关步云,赵一荻赞不绝口。"赵秘书,快甭再寒碜我了!谁能想到这个团长跟静远在中学、在大学,都是同学。"闻言,关步云忙岔开了话题。"真的?"尽管关步云从不妄谈,赵一荻却还是不大相信。回过头用惊讶的目光,跟陈静远,她求证着。"可惜!"陈静远惋惜地道,"可惜了这个人才。"陈静远虽答非所问,赵一荻却不但明白了,而且更加地惊讶了:"天下,竟有这样的巧事!"

见赵一荻心情不错,陈静远随口道:"副司令呢,他不在?"

名为秘书,实际上赵一荻,却并不干预张学良的公事。加上在她的心目中,陈静远、关步云已是无话不谈的朋友。于是,她不假思索地道:"前一向,见他闷闷不乐的样子,我建议约你们打场球,不想,他竟没这个心情。从上海回来后,他却像换了个人,高兴得跟个小孩似的,说好久都没见到你们了,要我约你俩痛痛快快地玩上一把。"正高兴话锋一转,她又抱怨道,"不料,在接到王以哲军长的一个电话后,他立马又坐不住了。这不,昨天连夜飞的洛川。走的时候,连个人都没来得及带。"

"养兵千日,用兵一时嘛!"闻言,陈静远笑着道,"部队就是这。用我们陕西话来说,叫作'有睡觉的工夫,却没屙屎尿尿的工夫'。"闻言,赵一荻也笑了:"想不到你们陕西人说话,竟是这样的逗。"不失时机,关步云插口道:"街上疯传有个女学生,多半是共产党。说在光天化日之下,在总部的门口,她竟煽动军人哗变。还说被副司令派人,当场抓了现行。人言可畏!副司令初来乍到,要防止有人造谣惑众、恶意中伤。"

"噢,是有个女娃娃。"赵一荻却无意隐瞒,"看上去,还的确是个学生。临走汉卿叮咛说他来不及了,要我关照孙铭九不得难为她。抓了人家却既不许审,也不许问,还要盘上盘下、好吃好喝地伺候她。你们说怪不怪?"顿了一下后,她又说出了她的看法,"依我说跟一个女娃娃较的啥量,还不如放了算咧。"

"不可,不可!"闻言,陈静远忙道,"这样做,副司令自有他的道理。放了,说不定还会给他惹出麻烦。"闻言,赵一荻笑道:"随便说说。没他的话,谁敢放人?"不失时机,关步云又岔开了话题:"时候不早了。走,咱们打球。一边打一边聊。"

听完陈静远、关步云的汇报，杨虎城立刻明白了。显而易见，逮捕是手段；保护，才是目的。女学生虽不会有啥事，但拔起萝卜带出的泥，却引起了杨虎城的注意。在上海，张学良都干了些啥？直罗镇失利后，听说王以哲跟红军已有了各守原防、互不侵犯的口头协定，北边，暂时不应有什么战事，到洛川，他又去做啥？而且走得是那样的急，又一个人都不带。

张学良保护爱国青年的举措，让杨虎城十分地敬佩；而他天马行空、独来独往的做法，又让杨虎城不得不加以关注。为弄个水落石出，取道上海，杨虎城也要会会杜重远其人。来而不往非礼也！前不久他还来信，要他跟张学良搞好关系，联手抗日。

在王以哲的军部，张学良见到了被生俘、被教育后，又被遣返回来的高福源。

"战前跟我，你是咋说的？"张学良声色俱厉。"不成功，便成仁。"高福源却是诚惶诚恐。"你成功了？"张学良不无讥讽。"没有。"高福源自惭形秽。"那何不杀身成仁？"张学良咄咄逼人。"彭德怀不让。他说在这里杀身成不了仁，有种的，到抗日前线去死！"高福源以退为进。"已背叛了我，又来动摇我的军心，我毙了你，我毙了你！"外面，张学良暴跳如雷；里屋，王以哲大惊失色。奔出来替高福源求情时，他却出乎意料地发现张学良并没拔枪。

"少帅，你就带我们去打鬼子吧！"说着"扑通"一声跪倒在地，高福源声泪俱下，"只要能打回老家，即便死，福源也瞑目了。我生是东北军的人，死是东北军的鬼！只恨这……这一腔热血不能洒……洒在抗日的战……战场上。少帅，你，你处置吧！哎嗨嗨嗨……"

跪地高福源忍不住痛哭失声，面壁张学良止不住热泪盈眶。

"福源，我的好兄弟！"张学良道。说着猛地转过身，噙着泪水，他伸手扶起了他："好样的。是条东北汉子！"

带着张学良的重托，高福源又一次返回到中共中央的驻地——瓦窑堡。

金家巷一号，张学良单独"提审"了年轻的女共党嫌疑犯。

问："姓啥，叫啥？"答："姓宋，叫宋江华。宋朝的宋，松花江的江，中华的华。"问："哪个学校的？"答："东大的。"问："东大！知道我是东大的校长吗？"答："听说过。"问："见到校长，有何感想？"答："感到羞耻！"问："为什么？"答："校长不抵抗，学校西迁，学生流亡。东北之大，竟放不下一张课桌。请问你这个校长，合格吗？"问："不抗日？不抗日会救你这个宣传抗日的学生吗？知道那天，你有多危险吗？知道除我之外，还有人在救你吗？"答："不知道。"问："想知道吗？"答："当然。"

"你的精神让人感动，你的口才令人钦佩，但你不讲策略的冒险做法，我却不敢苟同。"张学良道，"当时，我也在欣赏你的演说。突然却见宪兵团的五六个便衣，已摸到了你的身边。情急之下，我忙命人将你抢回来加以保护，可当他们冲到门口时，特务们离你，却只一步之遥了。为你，我捏了一把的冷汗，突然响起的枪声，又让我大吃了一惊。以为你必死无疑，定睛看时，却竟是虚惊一场。你猜猜，开枪的是谁？是西北军，是刘光复处长！想救你，却发现已经来不及了，情急中，朝天他开了两枪。慌乱中，群众夺路而逃；特务们，却被冲开了；趁机我的人，才将你抢了回来。"

"该不是，在编故事吧？"闻言宋江华又是惊，又是疑。"编故事？编故事是作家们的事。"张学良道，"一介武夫，我哪里会有这个本事？我救你你可以不信，但人家西北军、人家刘光复处长冒险救你，你可不能不领情啊！"说着话题一转，张学良又道："到西安的当晚，就有不少人在钟楼底下骂我，当时你也骂了几句，说东北人的脸，教张学良给丢尽了。你好好想想，要是没杨虎城的支持，要是没西北军的保护，你们能这样的有恃无恐吗？共产党是主张抗日的，这不假，但主张抗日的，却绝非共产党一家。这里有数千万的陕西人民，这里，还有杨虎城跟他的西北军。他们既影响了我，又保护了你，你说咱该不该，感谢人家？"

说得像，不敢犟。宋江华终于被张学良，给打动了："校长，你说得对！是得好好谢谢人家，也，也谢谢校长……"闻言，张学良竟动了感情："宋江华同学，你终于肯承认、能理解我这个校长了。以前我是对不住同学们，也对不住东北的白山黑水，更对不住东北的父老乡亲。以后我会以我的实际行动，来弥补我的过失。宋江华同学，你相信我吗？"

"校长……"见张学良已是泪光闪烁，闻言心里一热，一头宋江华扑在了他的怀里。

第九十三章

不打不相识，在洛川跟中共联络局的李克农局长，张学良终于坐在了一起。从下午三时到翌日凌晨的四时，会谈一直在友好愉快的气氛中进行着。除统一战线应不应包括蒋介石在内尚有分歧外，其它方面均在"停止内战\一致对外"的基础上获得了共识，取得了一致。

枣树发芽，大地一片葱绿；山丹丹开花，漫山红遍。延河、汾川河，在低低地吟唱；宝塔山、清凉山、凤凰山在静静地倾听。突然间从山那边，又飞来一嗓子信天游……

肤施（延安）又一次沐浴在洋洋的春风中。几多庄严，几多肃穆，清凉山下，桥儿沟畔，一座天主教堂显得格外的神秘。

既不见神父，也不见修女，偌大的教堂里空荡荡的，倒是有三个肉身凡胎，面对上帝，他们却并没顶礼膜拜，来回地踱着步子，张学良显得既兴奋、又不安；不住地搓着双手，连王以哲也在替他着急；作为杜重远介绍给张学良的"朋友"，刘鼎信奉的却不是什么上帝、耶稣、基督，而是"英特耐雄纳尔"。身为共产党员，今天，他却要以东北军高级参谋的身份，来参与张学良跟党的高层领导的会谈，而这位党的高层领导，竟又是他寻找了多年的老上级。个人的朋友，能不能也成为党的朋友呢？看似平静，心里刘鼎却比张学良、王以哲还要激动。

随着一阵由远而近的马蹄声，教堂里的三个人，相继地鱼贯而出。见首先翻身下马的，是一个目光炯炯的大胡子美髯公，赶上去刘鼎忙接住了他的马缰。抢前一步，一把张学良也逮住了他那刚刚腾出的右手。

"是周先生吧。果然是美髯长须！"从传说的形象中，张学良确认他就是大名鼎鼎的周恩来。

"只听说年龄不大，却没想到竟是这么的年轻！难怪人都以少帅相称。"周恩来也意识到跟他握手的，肯定是张学良。

"李先生，"说着，张学良又握住了李克农的手，"我们已经是老朋友了。"

"一回生，两回熟。"李克农也寒暄着，"千里有缘来相会。没想到时隔一月，我们又见面了。"

"周先生请！"

"张将军请！"

互相谦让着张学良、周恩来并肩而行，余皆紧随其后。

"这里还有一位朋友。"分两厢坐定后指着刘鼎，张学良跟周恩来道，"他也是贵党的。"

"阚尊民！怎么是你？"周恩来惊讶地道，"啥时候改叫刘鼎了？"相对一视中张学良、王以哲也是一阵惊讶。

"好几年了。"刘鼎更是感慨万千，"做地下工作，不得已呀！一别就是四个年头，不想周副主席还是一眼认出了我，一口又叫出了我的名字。"

"你们……"看了看周恩来，又看了看刘鼎，张学良道，"你们认识？"

"四年前在上海，周副主席他就是我的领导。"刘鼎仍是激动不已。"原来是这。"闻言，张学良连连地感叹着，"难得确是难得！"

"极目长城东眺望，江山依旧主人非。"诵读了张学良的诗句后，周恩来接着道，"我们不也是一见如故吗？"

"惭愧！没想到周先生还记得拙作。"闻言张学良深受感动，"你我既相见恨晚，又三生有幸！"

在和谐融洽的气氛中，谈话自然而然地切入了正题。

"贵党提出的统一战线既深得人心，又不失为抗日救国的好办法，学良亦深表赞同。"说着话锋一转，就洛川会谈未能取得一致的问题，张学良首先提出了质疑，"眼下中国的政治、经济和军事，大都集蒋先生于一身，既是'兄弟阋墙，外御其侮'，何不将其也纳入其中，以壮大统一战线之实力？"

"张将军此言差矣！"对张学良的建议，周恩来却持有异议，"不是我们不团结他，而是他坚持'攘外必先安内'的错误政策，不肯团结，并敌视着我们。大革命时期国共两党，不是合作得挺愉快吗？正是由于两党的精诚团结，大革命才取得了节节胜利，而当革命胜利在望的时候，蒋先生却不等'飞鸟尽'，便'良弓藏'了。"说到这儿，周恩来激动地站了起来。一边踱着步子，他一边气愤地接着道："制造'中山舰'事件于前，发动'四·一二'政变于后，是他首先'阋墙'，对'兄弟'举起了屠刀，接下来，又是接二连三的五次围剿。为大革命流血牺牲，又屡建奇功的共产党人被杀、被害的，又何止千万？先总理尸骨未寒，是谁背叛了他'联苏，联共，扶助工农'的三大政策？是谁破坏了国共合作？又是谁断送了即将成功的大革命？是蒋介石！"

"面对穷凶极恶的日本帝国主义，蒋先生却是一忍再忍，一让再让，签订了一个又一个的卖国协定。"见张学良无语，周恩来接着控诉道，"正如我党在《八一宣言》中所言，日寇要求撤退于学忠、宋哲元的部队，这些部队便立刻奉

命南下、西开,去进行内战了;日寇要求撤换某些军政长官,这些军政长官,便立刻被撤职了;日寇要求河北省政府迁出天津,河北省政府,便立刻搬到保定了;日寇要求封禁某些报章杂志,那些报章杂志,便立刻被封禁了;日寇要求惩办《新生》等杂志的主笔跟新闻记者,《新生》的主笔跟许多记者,便立刻被逮捕监禁了;日寇要求中国政府实行奴化教育,蒋介石便立刻焚书坑儒了;日寇要求中国聘请日本顾问,蒋介石的军政机关,便立刻开门揖盗了;日寇要求解散国民党党部,北方和厦门等地的国民党党部,便立刻奉命解散了;日寇要求解散蓝衣社,蓝衣社的北方领袖曾扩情、蒋孝先等,便闻风潜逃了。"顾左右而言他,周恩来接着道,"这跟西太后'宁赠友邦,不予家奴'的妇人之见,又有何区别?"

面对周恩来的慷慨陈词,王以哲不住点头表示着默认,张学良却是无言以对,气氛紧张得几乎快要爆炸了。

"当然,蒋先生还不是溥仪、汪精卫之流。"就在李克农、刘鼎为会谈有可能破裂而正在担心的时候,不料话锋一转,周恩来又委婉地道,"他毕竟没有完全丧失民族气节,而投降日本。尽管对我们他大开杀戒,以大局为重,我们仍会考虑跟他再度合作,前提是他必须放弃'攘外必先安内'的错误政策。"只寥寥数语,周恩来便旋乾转坤,让会谈的气氛又缓和了下来。松了口气又交头接耳,众人小声地交流着。

"周先生所言有理有据。"张学良道,"对贵党不计前嫌,顾全大局的高风亮节,学良深感敬佩。但据我所知,蒋先生他并非不想抗日,对日寇的步步进逼,他也曾大光其火。贵党'反蒋抗日'的口号,又不能不让他投鼠忌器,而有所顾虑。若能改'反蒋抗日'为'联蒋抗日',其'攘外必先安内'的既定国策,不就站不住脚了吗?"

"好,张将军这个主张好!"闻言,周恩来高兴地道,"这个主张,代表和反映了国民党内所有爱国人士的共同意志,我个人完全赞同!我会立即上报中央,使其成为我党决策的重要依据。好在南京方面也在转变,有了再次合作的愿望。对此我们非常欢迎,也做出了相应的反应。若大家都以民族尊严为重,我想国共再度携手合作,将是指日可待的事。我们所担心的,倒是蒋先生会不会朝令夕改、出尔反尔。"

"有了这个大前提,其它的,就好说了。"张学良也高兴地道,"至于蒋先生,你们在外面逼,我们在里面劝,一定得把他扭过来!"

"那就让我们共同来迎接这黎明时的曙光吧!"说着转过身,一把周恩来推开了窗户。

一抹微曦扑面而入,对面宝塔山上的宝塔,也依稀可见。天,就要亮了。

不久，在红军"五五回师"的《通电》中，张学良果然没有找到"反蒋抗日""蒋介石卖国贼"等字眼，取而代之的是"逼蒋抗日"，是"蒋介石氏"。以言必行、行必果的作风，共产党赢得了张学良的信任，也让他大为感动。不再满足于跟共产党做朋友，一时冲动跟刘鼎，他竟提出了入党的要求，甚至还要将队伍拉出来跟红军一块干。入党心切，张学良派专机送刘鼎回陕北要他跟中央直接汇报。然而，张学良却未能如愿。

"怎么样？"当刘鼎返回时，一开口，张学良便道。

"副司令的愿望很好！"刘鼎委婉地道，"但目前还不是时候。"

"不是时候？"闻言，张学良是一脸的惊讶。

"这样做，既不符合我们关于东北军工作的指导原则，同时，又难免授人以柄，让他们说我们跟两广一样，在北方发动兵变。"刘鼎道，"少帅，破坏统一战线的罪名，我们可担当不起啊！"

刘鼎所说的兵变，指的是以抗日为借口，广东实力派陈济棠、广西实力派李宗仁、白崇禧对南京政府、对蒋介石的发难。因发生在六月一日，又被称之为"六一兵变"。对此，张学良自是十分地清楚，而《中共中央关于东北军工作的指导原则》，他却是见所未见、闻所未闻。

"东北军工作？指导原则？什么原则？"闻言，张学良更加地惊讶了。

"我也是才听说的。"热蒸现卖，刘鼎道，"对东北军，我们的目标既不是瓦解它，也不是分裂它，更不是将其变为红军，而是要将其变为红军的友军。"闻言张学良，终于冷静了下来。"光明磊落，共产党诚可鉴人。"沉吟良久，他这才又意味深长地道，"过去，有人曾提醒我说，跟共产党合作，要当心被红军吃掉。看来燕雀难知鸿鹄之志，小人之心，亦不足度君子之腹！"

共产党人的坦荡，更加坚定了张学良联共抗日的决心。为改造军阀习气颇重的东北军，为培养抗日的新生力量，在东城门楼上，张学良成立了学兵队。奉命，宋江华出任了政治教官。在军中，张学良又秘密成立了"抗日同志会"。为用共产党统一战线的思想，来抵制蒋介石"攘外必先安内"的方针，作为会刊，他还让爱国民主人士高崇民，编写了一个叫作《活路》的小册子。在西安东北军没有自己的印刷厂，经陈静远请示杨虎城同意，在绥署军需处的印刷厂，《活路》秘密地付印了。

天下没有不透风的墙。跟共产党的频繁接触，杨虎城、张学良已经引起国民党陕西省党部、宪兵二团以及西安军警联合侦缉处的警觉。

挂羊头，卖狗肉。名为西安军警联合侦缉处，实际上，它却是"复兴社"在西北的特务机关。其处长江雄风，正是特务处西北区的区长。江雄风的顶头上司，更是大名鼎鼎的特务头子戴笠。

通过戴笠，江雄风向南京报称张学良、杨虎城跟共产党暗送秋波，有重大的通共嫌疑。不甘落后，赫尚文也向南京报告说张、杨暗中给红军提供着药品、服装。拿着本从东北军弄到的《活路》，十三太保中的大太保曾扩情，则直奔南京去告张学良的御状。

小册子上，的确都是些鼓励东北军打回老家去的短文，特别是那篇叫作《抗日对话》的文章，其矛头所向，则直指蒋介石"攘外必先安内"的既定国策。

通过戴笠，抢先一步曾扩情见到了他的校长。不料舔尻子竟舔在痔疮上，为"两广兵变"所困扰，既没心情给他封官，也没心情给他加冕，问他的弟子，蒋校长反而要起了证据。拿着"证据"，却又拿不出证据，在训斥曾扩情的同时给戴笠，蒋介石顺便也捎带了几句。

既丢了人，又现了眼。迁怒于曾扩情、江雄风、赫尚文，戴笠严令他们限期拿到证据。于是倾巢而出，西安的军、警、宪、特跟疯了似的见人就抓。

城门失火，殃及池鱼。国民党经济委员会西北办事处主任郭增恺，竟被当成嫌疑犯押到了南京。估计特务们还会卷土重来，暗中，张学良将高崇民送到了外地。

果然不出所料，发现抓错了人，戴笠更是雷霆万钧。曾扩情、江雄风、赫尚文，又被他轮番骂了个狗血淋头。

踏破铁鞋无觅处。曾扩情、江雄风是一筹莫展。得来全不费工夫。怀揣《活路》一个叛徒，却向赫尚文前来告密。从叛徒那里，赫尚文始知《活路》虽流传于东北军，却印刷于西北军，其主编虽是活动在东北军中的高崇民，而负责印刷的却是西北军的陈静远。

高崇民自然是没抓到；陈静远却神秘地失踪了。

《活路》的印刷，是在印完当天的报纸后，于翌日的凌晨开始的。经过严格的筛选，稍事休息后，又回到印刷厂的，都是些比较可靠，而且技术娴熟的工人。纸张，也是严格控制了的——出库的数量必须跟成品，以及报废的相符。

经常加班加点，陈静远通宵达旦、彻夜不归已是家常便饭。一开始，关步云并没在意，直到第二天的下午，见陈静远还是不见个踪影，她这才发觉不对，于是忙报告了杨虎城。

明察暗访中，很快，刘光复便锁定了目标，带人去抓时，不想，却又扑了个空。目标，也神秘地失踪了。

出了奸细，陈静远被秘密逮捕了。问题严重，杨虎城正要下令包围省党部、包围宪兵二团、包围军警联合侦缉处，不想，却被人抢在了前头。

既要成立"东北民众救亡总会"，又要纪念"九·一八"事变五周年，就在陈静远失踪的当晚，抗日同志会的几个人正在西北饭店开会，不想，竟被破门而入的特务抓了就走。

"土匪，土匪绑票！"途中，见西北军的巡逻队迎面而来，急中生智，宋江华忙大声呼救。

"站住！"见被抓的竟是个女学生，而且，还似曾相识，随着刘光复的一声令下，"哗"的一声，部下早拦住了特务们的去路。

"闪开！"不可一世，为首的特务道，"看清了。老子，可是军警联合侦缉处的。"耀武扬威，他根本不买刘光复的账，更不把西北军放在眼里。

"逮捕证？"原以为刘光复会被唬住，不料他却冷冷地道。

"逮捕证？"闻言，为首的特务先是一愣。"笑话！"没出示，或者说压根就没有，反应过来后为首的特务，却还是十分地嚣张："在西安，咱想逮谁就逮谁，老子从不用这玩意儿。"

"放肆！"闻言刘光复勃然大怒。话未落点，紧接着，他又是一记响亮的耳光，"给我拿下！"

逮人的、被逮的，一五一十地被带回了绥署。

"长官！"挨了耳光，为首的特务这才乖巧起来，"恕在下多有冒犯。不过，她可是南京点了名的共产党要犯，在下也是奉命行事，还请长官给个方便。"

"对一个女学生又是动手，又是动脚，分明是图谋不轨，还敢狡辩？来人！"刘光复却仍是盛怒不息。

"诶……慢……"见应声而入的，竟是几个全副武装的彪形大汉，为首的特务这才一下子慌了手脚，"长官息怒。我们这就补办，这就……"见人带不走不说，弄不好自己还得搭进去。跟着为首的，特务们纷纷落荒而走。

"杨主任，我是刘光复……"特务们走了，彪形大汉也退了出去，刘光复立即要通了杨虎城的电话……

"你、你就是刘光复？"听说是刘光复，宋江华不胜惊讶。

"对，是刘光复。"刘光复随口道。等反应过来后，他也惊讶了，"诶！你是咋知道的？"

"听……"宋江华吞吞吐吐，"听……听副司令说……说的。"平时天不怕地也不怕，这时，她竟不好意思了起来。

"副司令……"一时，刘光复却反应不过来了。

"前一向……在'剿总'门口……"宋江华忙提醒着他。见刘光复还是不明白，她只得接着道，"我……正在演讲。特务们却围了上来……"

"哦，想起来了。"闻言，刘光复这才恍然大悟，"难怪，难怪这么眼熟！

你是……"

"我叫宋江华。谢谢你！这次，你已经是第二次救我了。"说着将她的右手，宋江华递了过来。脸色绯红，跟在总部门口演讲时比，她简直判若两人。心跳加快，跟面对特务比一改刚才的镇定，她竟有些心慌意乱。

犹豫中，他接住了她那如脂如玉的小手，跟电流似的，一种光滑、柔软而又温热的感觉立即传遍了他的每一个细胞。

他战栗着，她却陶醉了。这个陶醉了的身躯已经酥软得支持不住，而向他倾倒过来。不容犹豫，也没时间犹豫，他忙扶住了她。那个酥软而窈窕的身躯，立刻融入了这个宽阔而战栗着的身躯，或者说这个宽阔而战栗着的身躯，已完全席卷了那个酥软而窈窕的身躯……

事情远没结束，危机还会重来。她跟他却都忘乎所以了……

电话铃骤然响起。从爱河中、从爱的梦幻中，他跟她也惊醒了过来。电话中杨虎城告诉刘光复，说东北军马上就来接人。刚扣上电话东北军、特务们，竟同时赶到了。眼睁睁看着宋江华上了东北军的汽车，特务们无不垂头丧气，刘光复却是怅然若失。

跟刘光复比，宋江华还要遗憾。爱情之神降临的，是那样的突然，突然得让他跟她，竟都来不及接受。爱情之神走的，又是那样的匆忙，匆忙得让他跟她，竟都来不及互相告别。

遗憾之余，他跟她又在暗自庆幸，庆幸爱神没有落在特务的手中。那里是爱的桎梏，是爱的樊笼，是爱的囹圄，甚至是爱的坟墓。在东北军，突然而至又匆匆而去的爱神，也许还会突然间又获得新生。

梅花香自冬月雪，枫叶红于秋后霜。

为西北军所救，宋江华又被东北军接了回去，另外两个却被省党部给弄走了。死活咽不下这口积压已久的恶气，赶在杨虎城的前面，张学良派人查抄了省党部。

事情发生在八月的二十九日晚，而二十九日电报代日的韵目是"艳"字，故又被称作"艳晚事件"。

从省党部查抄的黑材料，有关于张学良以及他的东北军的，有关于杨虎城以及他的西北军的，还有关于邵力子以及他的省政府的。

"杨主任，"余怒不息，张学良找到了杨虎城，"省党部算个什么东西，竟敢逮捕我的人？你看，你看！还污蔑你我都在通共。这、这不是硬将咱往北边赶吗？"说着将一摞黑材料，他递给了杨虎城。

"岂止你？"闻言杨虎城道，"不瞒副司令说，静远也失踪了。估计，也是这帮家伙干的。"

"啥！静远，也失踪了？"听说陈静远有可能被秘捕，张学良比杨虎城，还要着急，"省党部没有，该不会是宪兵二团吧？杨主任，该咋办你就咋办，我来配合！"

"好，来人！"一不做二不休，随着杨虎城的一声令下，几个人抢步而入。

"慢！"一个熟悉的声音道。闻声不觉一愣，细看时杨虎城、张学良，又呆住了。原来说话的不是别人，而是接踵而至的陈静远。

"你！"杨虎城、张学良同时道，"你没有被捕？"

"不，不。"陈静远长话短叙道，"早上被捕，下午，又被救了。"

"哦！"闻言杨虎城、张学良更加地惊讶了，"到底，到底是咋回事？静远，快说说！"

凌晨，回家途经端履门时，陈静远被突然扑出的几个人塞上嘴巴，蒙住眼睛，又塞进了一辆小车。一时弄不清到底发生了什么，当他拼命地挣扎时，却被旁边的两个家伙，给死死地按住了。这时，陈静远才意识到自己被绑架了。不一会，随着车外的一声吆喝，车子又被迫停了下来。从一前一后的刹车声看，绑匪们用的车不是一部，而是两部。纠缠了片刻后，从吱吱扭扭的开门声中，陈静远意识到车子又要出城了。绑匪是侦缉处的，还是宪兵团的？他们将怎样处置他，是暗杀，还是解送南京？陈静远的脑子，在飞速地旋转着。

经过近两个小时的颠簸，从忽左忽右的离心作用中，陈静远感觉到车子，已经开上了山路。看来，是暗杀了。能静静地躺在这青山秀水之中，也不失为一个好的归宿。记者是以笔为刀枪的战士，选择了这个职业，就等于选择了牺牲。跟邵飘萍、林白水等前辈们一样，能为民族的解放、民族的独立、民族的进步而献身，也算是死得其所了。已经做好了最坏的思想准备，默默不语中父亲陈德润、母亲孙兰玉、哥哥陈致远、嫂子马月盈、妻子关步云、侄子陈思毓等亲人的面孔，轮番地浮现在陈静远的脑际……

"爸、妈，您二老要多加保重。恕儿子不能堂前尽孝了。哥、嫂，爸、妈就拜托给你们，让你们受累了。步云，静远不能跟你并肩作战了。相信面对残酷的现实，你能挺住。还年轻，你要重新找个伴侣，重新开始，好好地活下去。九泉之下，我会为你们祝福的。小思毓，快快地长大吧！你可是咱陈家的希望，陈家的未来……"跟亲人们陈静远默默地，做着最后的诀别。做梦他都不曾料到他们暂时还不想要孩子，而关步云的肚子里，却已经怀上了他的儿子或者是女儿。

突然间枪声大作，不由自主地向前一倾，跟车子一样，陈静远飞速旋转着的思绪，也被迫停了下来。

车里也开枪还击，其火力，却明显地处于劣势。等陈静远拉出塞在嘴里的毛巾，又抹下蒙在脸上的黑布时，枪声已经停了。左右看时坐在驾驶、副驾驶位置上的，已被击毙在车内，而左右两边挟持他的，却被打死在车外。揉了揉眼睛，再仔细看时，却见五六个衣着各异的汉子端着手枪，向车子包抄了过来。两侧山坡上，还站着不少的人，他们有的端着长枪，有的握着梭镖，有的拿着大刀，有的似乎还是女的。

怕又遇上土匪了。重新闭上眼，陈静远静静地等待着，等待命运之神的发落。"嗬！清一色的二十粒。"听声音，来人似乎在收缴着枪支。不久，又是一阵窸窸窣窣的声音，似乎在搜身。

"陈先生，让你受惊了。"撞击陈静远耳膜的，是一个洪若铜钟的声音。

吃惊中重新睁开了眼睛，陈静远发现那个撞钟般的声音，竟来自一个大块头的络腮胡子——一个不折不扣的山大王。

"你……你咋知道我姓陈？"闻言陈静远不胜惊讶。

"因为，因为我们都是你的读者。"络腮胡子呵呵地笑着道，"你没事吧，陈大记者？"似乎跟铜钟发生了共鸣，满山谷都是大记者、大记者、大记者……

"你们，"一边下车，陈静远一边道，"你们到底是什么人？"对自己的判断产生了怀疑，他觉得他们，又不像是土匪。

"跟你一样。"络腮胡子道，"都是有良知的中国人。"说着扔下陈静远，朝后面那部车他径直走了过去。

"也算个中国人？"冷笑中，一个人被络腮胡子从车里拎了出来。

不看则已，一看陈静远又是一惊。原来这人不是别人，而是那个他觉得最为老实，也最为可靠的印刷工人。"我……我也是被……被绑的。"印刷工人替自己辩解着，"不信咧你问……问陈先生。"

"你以为陈先生，他还会上当吗？"说着，一把络腮胡子撕开了他的前襟。一本小册子掉在地上，印刷工人的头，随即也耷拉了下来。

"《活路》？"陈静远惊讶地道。

"对！是《活路》，是陈先生的'活路'。"络腮胡子道，"但对这家伙来说，却是死路！"说着砰砰就是两枪，应声，奸细一头栽进了山沟。

人为财死，鸟为食亡。

第九十四章

"艳晚事件"以及由此引发的，张学良查抄国民党省党部案，沉重地打击了反动势力在西安有恃无恐、为所欲为的嚣张气焰，大长了革命群众的志气，大灭了反动派的威风。受到鼓舞，西北各界无不扬眉吐气、人心大快。以空前的政治热情，他们争先恐后地融入到民族革命、民族解放的洪流。"中华民族解放先锋队（民先队）"，"西北各界抗日救国联合会（西救会）"，"东北民众救亡总会（东救会）"等抗日救亡的群众组织如雨后春笋，相继地在西安诞生。被迎头痛击，不可一世的亲日派反动势力却灰溜溜的，不得不有所收敛。受到震慑，猖獗一时的宪兵、特务、党棍们，也不得不暂时偃旗息鼓、销声匿迹了。

经陈静远提醒，先斩后奏张学良及时采取了补救措施。致电蒋介石他检讨说自己缺乏冷静，处置也有失恰当，并请求处分。忙于应付"两广兵变"，闻报蒋介石先是勃然大怒，待冷静下来、又反复权衡后，他回电安抚张学良说下不为例，处分嘛，就"免于置议"了。

面对汹涌澎湃、声势浩大的群众运动，在感受到民心所向的同时，张学良、也感受到民众的力量。虽赤手空拳，虽手无寸铁，但民意的感召力不但比他用机关枪、用手榴弹武装起的二十万东北军要强大得多，而且比蒋介石用飞机、用大炮武装起的数百万中央军，也强大得多。这是一种改天换地、旋乾转坤的力量，是推动历史车轮滚滚向前的力量，是一种顺之者昌、逆之者亡的力量。任何企图阻止这种力量，企图逆历史潮流而动的势力，无论它看起来是多么的强大，都将是蚍蜉撼树、螳臂当车，都将为历史的巨轮压为齑粉。企图挑起内战者如此，企图以武力征服中国者，亦不能例外。

从事抗日宣传，宋江华竟遭逮捕，迫使张学良不得不对反动派下手。从事救亡活动，陈静远竟遭绑架，迫使杨虎城不得不跟反动派动真。杨虎城的行动虽因陈静远奇迹般的获救，而未及实施，但两位爱国将领间的一纸隔膜，却终于被捅破了。在俩人的共同努力下双方从同床异梦、心存戒备、互相猜忌，到同病相怜、心照不宣、互相补台，再到心有灵犀、志同道合、彼此相扶，最后终于出现了同舟共济、肝胆相照、生死与共的大好局面。跟红军、跟共产党的密切往来在俩人之间，已是公开的秘密，三位一体的设想，也初具雏形。

为让风雨同舟、和衷共济的友好氛围具有更广泛的群众基础，于古城的南郊、于风景秀丽的王曲，携手西北军、东北军创办了军官训练团。亲自挂帅，张学良、杨虎城分别出任了正、副团长，王以哲、黄显声先后出任了教育长，不少教官、学员，也都是共产党员。

创办军官训练团，可以说是张学良、杨虎城对三位一体的尝试。托培训"剿匪"骨干之名，训练团行培养抗日中坚力量之实，用共产党"统一战线"的思想，训练团抵制着蒋介石"攘外必先安内"的政策。两军团以下的青年军官分期分批地接受了训练，新陈代谢中给部队输入了不少的新鲜血液，改造后的旧军队成了抗日救亡的劲旅。

民国二十五年的九月十八日，跟同年十一月的二十八日，由"东救会""西救会"联合组织发起的，声势浩大的"九一八事变五周年纪念大会"，跟"西安守城胜利十周年纪念大会"，先后在革命公园隆重举行。主席台上，"东救会""西救会"的负责人并肩站在一起，张学良、杨虎城两位将军，并肩站在一起，东北军、西北军的高级将领们，也并肩站在了一起。主席台下，东北军、西北军的弟兄们并肩站在一起，西迁西安，"东北大学"的师生们，以及专供东北军子弟就学的"东望中学""竞存小学"的师生们，跟西安各级各类大中专院校的师生们并肩站在一起，西安的父老兄弟姐妹们，跟流亡西安的东北父老兄弟姐妹们，以及东北军的随军家属们，也并肩站在了一起。在暴风雨般的掌声中，在一浪高过一浪的口号声中，张、扬两位将军先后发表了热情洋溢的讲话。

为"两广兵变"所困扰，面对西安跟"攘外必先安内"唱对台戏的抗日高潮，蒋介石既深恶痛绝，又分身乏术。用分化瓦解的手端，他先后收买了粤军的空军司令黄光锐跟第一军的军长余汉谋，然后又逼陈济棠宣布下野，前后用了四十八天的时间，总算解决了广东问题。跟李宗仁、白崇禧对峙了两个多月后，双方都因筋疲力尽而互相妥协，从而使广西问题于九月的中旬，也得到和平解决。

农历九月十五日的南京，跟公历十月三十一日的洛阳，也先后举行了一次，空前绝后的庆典。

这两天到底是什么日子，遍查中外的典籍，专家们竟都没找到合理的答案。有目共睹，农历的九月十五日编队"中、正、五、十"四字，五十架军机从南京的上空飞过。众目睽睽，公历十月的三十一日编队一个庞大的"寿"字，又有五十架军机从洛阳的上空飞过。

孤立地看，也许看不出什么奥妙，但联系起来看南京"中正"二字的后面，紧跟着的是"五十"，再加上洛阳的那个"寿"字，就不难看出，这是在给中正先生过五十大寿。在民族生死存亡的危急关头不外御其侮，却动用上百架军机来给某个人祝寿，慢说中国人，就连亡我之心不死的日本人都觉得不可思议。在中华上下五千年的文明史中自是无前例可寻，就是翻开世界史怕也是空前绝后、绝无仅有了。

即便再显赫,一个人怕也不至于有两个生日吧?中正先生的寿辰却于两个不同的时间,在两个不同的地方先后举行,连那些民俗学家们,怕都要少见而多怪了。政治家们却是见怪而不怪,将百架军机一分为二,既突出了"五十"大寿的喜庆,又回避了"百年之后"的大忌,其创意连那些发明家们,怕都要叹为观止、自愧不如了。

先生将年过半百,作为第一夫人,宋家三小姐哪能不急?身为航空委员会秘书长,别出心裁她不惜兴师动众,为其在全国范围内搞了一个所谓的"献机祝寿"。

上峰有意,宋家三小姐只稍作暗示;下属有心,群小们便闻风而动。农历的九月十五日,当南京做飞行表演的时候,姿态颇高,以避寿为名,"寿星"却去了洛阳。

岂肯落后,翻开《万年历》看了又看,洛阳的文臣武将们终于有了惊喜的收获。一八八七年公历的十月三十一日,竟跟农历的九月十五是同一天,而一九三六年的这两天,却存在着时差,于是,中正先生便有了两个生日。

果然不出所算。既得鱼又得熊掌,中正先生、宋家三小姐是名利双收。

对前来祝寿的,"寿星"总不至于大光其火吧?张学良也没放过这个千载难逢的天赐良机,趁"寿星"高兴,他劝他放弃"安内"、一致对外。不想话刚出口,刚才还喜形于色的"寿星",却还是翻脸不认人了。

跟张学良的愿望恰恰相反,二百六十个团的三十余万人马,奉命集结在平汉、陇海两线,踌躇满志,委员长也杀气腾腾地来到了洛阳。西安既被赤化,就近的洛阳,自然成了他一统天下的临时行辕。急于结束马拉松式的剿共之战,他志在毕其功于一役。与虎谋皮的初次尝试,张学良以失败告终了。

十一月中旬以少胜多,在大败二十倍于我之敌于绥远的红格尔图后,先发制人,傅作义将军又长途奔袭了百灵庙。歼灭日军七千余众,毙、俘蒙伪军两千余人,百灵庙再次告捷。抗日心切,捷报传来,张学良再也坐不住了,当面跟委员长请缨,不想又被他严词给回绝了。

十一月二十三日,以支持共产党提出的抗日民族统一战线、反对蒋介石"攘外必先安内"的政策为罪名,于上海当局又非法逮捕了沈钧儒、章乃器、邹韬奋、王造时、李公朴、沙千里和史良等"全国各界救国联合会"的领袖,制造了震惊中外的"七君子"案。为营救"七君子",飞赴洛阳,张学良再次面谏蒋介石,然而他的努力,却再次受挫。

十二月四日亲临西安,蒋介石下榻于临潼的华清宫。

无意赐浴华清池，只因不见"杨贵妃"。

十二月七日再赴华清宫，张学良跟蒋介石从苦谏以至哭谏，蒋介石却给他指了两条路：一条是剿共，另一条是跟十七路军分别调往福建，安徽。至此，张学良已别无选择，蒋介石指给他的一条是死路，另一条还是死路。

"挟天子以令诸侯。"张学良想到了兵谏，并立即得到了杨虎城的支持。

十二月九日，西安各界又隆重集会，纪念"一二·九"运动一周年。会后数千名爱国学生去了临潼，他们要面见蒋介石，要当面跟他请愿，不料蒋介石竟严令"格杀勿论"。

冤家路窄。赤手空拳的爱国学生，跟去年在北平镇压"一二·九"运动的刽子手——西安宪兵三团的团长蒋孝先，又一次狭路相逢在灞桥的桥头。仇人相见，分外眼红。面对黑洞洞的机枪口，冲上去学生们要痛打蒋孝先，蒋孝先也正待挥下他那高高举起的，沾满了血腥的右手……

"慢！"千钧一发，蒋孝先的一个"打"字正待出口，却被闻讯赶来的张学良抢在了前头。

灞河桥头以"一周内用实际行动予以答复"的庄重承诺，张学良成功地说服并劝回了学生，从而避免了后果不堪设想的又一次大流血。

十二月十日，在华清宫蒋介石主持召开军事会议，正式通过了第六次围剿红军的作战方案，并拟于十二日下达总动员令。会后，以阿拉善旗之定远营有日本间谍在活动、必须派人前去震慑为由，张学良带着担任捉蒋任务的骑兵六师师长白凤翔、十八团团长刘桂五面见了蒋介石，一是探路，二是认人。

担任华清宫外围防务的，是张学良的卫队一营。这时营长孙玉瓒却不在军中，而是在西安待命。如此这般，返回后附耳，张学良跟他面授了机宜。

傍晚，十七路军特务营的宋文梅营长，又十万火急地找到了杨虎城。他报告他说带着全副武装的人马，张学良卫队二营的孙铭九营长去了临潼，目的不明。一时联系不上张学良，杨虎城以为情况有变，于是立即启动了应急方案。抓起电话杨虎城刚要通了赵寿山，不料陈静远却急匆匆地撞了进来，于是，他忙又捂住了话筒。

"杨主任，"压低声音陈静远道，"奉命孙铭九已带人提前入驻到灞桥，怕电话不保险，副司令要我当面告知杨主任，以免发生误会。"闻言杨虎城下意识地松开了话筒，话筒里这才传出赵寿山焦急地呼叫，"杨主任……杨主任！出了啥事？你、你倒是说话呀！杨主任，杨主任……"

"没事，没事。"长出了一口气对着话筒，杨虎城道："没事了，寿山。一场虚惊！"

十一日上午在华清宫，蒋介石宴请了张学良、杨虎城、蒋鼎文、卫立煌跟朱绍良。会上他宣布蒋鼎文为西北剿匪前敌总司令，卫立煌为晋、陕、绥、宁四省区总指挥。

同日下午在西安设晚宴，张学良、杨虎城招待来自南京的大员们。酒足饭饱后在易俗社，他们又请他们观看了著名的秦腔折子戏——《柜中缘》。

午夜，在临潼华清宫的五间厅，在西安西京招待所的各个雅间，蒋介石跟他的随员们都进入了梦乡至于做的美梦还是噩梦，尚不得而知。

十二日凌晨在绥署所在地新城大楼，张学良、杨虎城已部署就绪。于学忠、王以哲、缪澄流、董英斌，孙蔚如、赵寿山、李兴中、孔从洲等东北军、西北军的高级将领们，都不免有些着急。大家不时地，瞅着墙上的挂钟，而挂钟却一点也不着急，保持既定的节奏，它不慌不忙地滴答着，周而复始。

不知过了多少个周而复始，随着钟声的第五响，拖着长长的尾焰，三发橘红色的信号弹，突然划破了古城漆黑的夜空。

城南韦曲，二十一辆卡车同时轰鸣，相继地鱼贯而出后向临潼方向一路开足马力，它们风驰电掣而去。车上全副武装的，是东北军一零五师第一旅的第一团，带队的是副团长李铁醒。

灞河桥头在师长白凤翔、团长刘桂五、营长孙铭九的带领下，张学良的卫队二营，直扑华清宫而去。等李铁醒团到达后，刘多荃师长立即率领他们前去接应。

临潼方面，首先赶到华清宫的，是张学良的专车。车上坐的，却不是张学良，而是他的贴身副官，叫徐治范。声言副总司令有急事，徐治范连闯两道大门。徐治范闯过后，一个宪兵正要关门，不想随着"啪"的一枪，他早被尾随而至的王玉瓒一甩手给撂翻了。

担任蒋介石贴身防务的，是蒋孝先的宪兵三团。说是宪兵三团，实际上，一个下辖四个班的加强排而已。每班由一个少校班长带队，二十四小时全天候，四个班轮流地守卫着。

宪兵立即鸣枪报警，这时来自灞桥的接应部队，也正好赶到。"咣当"一声，最后一道大门被卡车撞开了，华清宫顿时枪声大作，荷花塘边，贵妃池畔，五间厅前，是一片火网……

不见霓裳羽衣舞，只闻枪声爆如豆。

西安方面，以闪电般的速度宋文梅迅速控制了邮电大楼，控制了西安站。至此，西安发往外界的电波，被全部切断。出其不意，指挥各部赵寿山同时包围并解除了宪兵二团、保安司令部、警察大队的武装。雷厉风行，指挥部队孔从洲迅速占领了包括钟楼、鼓楼以及各个城门在内的，所有的制高点，同时，又控制了西关机场。迅雷不及掩耳，刘光复率队将西京招待所里三层、外三层地围了个水泄不通。

冲进一间屋里时，刘光复发现抖索在被窝的，竟是一男、一女。

"什么人？"刘光复厉声地道，"姓名？"

"陈……陈继承。"男的结结巴巴。

"啥！陈诚？"一个士兵道，"瞎尻一个。毙了算毬！"说着就要开枪，不想却被刘光复给拦住了。在杨虎城提供的名单中除陈诚外，的确还有个叫陈继承的，职务是豫皖赣剿共总司令。

"不不不！他不是陈诚，是陈继承。"女的忙道，"我……我是他老婆。"她终于回过了神。一经提醒，刘光复这才发现不见了陈诚，于是严令细查。少时，从一个大衣柜里，军政部次长陈诚，终于被"请"了出来。

至此，除于周恩来之前、戴季陶之后任黄埔军校政治部主任的邵元冲死于非命外，其余诸如内政部长蒋作宾、军事参议院院长陈调元、新任西北战区司令卫立煌、保定军事学院前院长蒋方震、新任西北剿共前敌总司令蒋鼎文、甘肃绥靖公署主任朱绍良、第二十五军军长万耀煌等十几个随驾来陕的军政大员，均被士兵跟当地农民吆喝着猪羊赶集似的，集中到一楼的大厅。

新城大楼里，围着电话机张学良、杨虎城不安地踱着步子。一动不动地站在一旁，其他的看上去，活像是一群泥雕。

枪子没眼睛，自然也不会瞅红觑黑，给委员长留个人情。张学良、杨虎城既急于听到电话，又害怕听到电话；既担心走脱了蒋介石，又担心他死于流弹。

想听也好，不想听也罢，电话却还是骤然响起了。犹豫了一下后，伸手张学良抓起了话筒——拿在他手里的仿佛不是什么话筒，而是一颗随时都有可能炸响的定时炸弹。

"啥……不见了……给我搜！"对着话筒，张学良严厉地命令道。重重地扣上电话，他又担心地跟杨虎城道，"委员长不见了。听说被窝还是热的，棉衣、假牙、黑斗篷也都在。会不会投九龙湖自尽了？"虽也在担心，杨虎城却宽慰他道："不会的。他不是这种人！"

除了沉默，还是沉默，足以教人窒息的沉默！挂钟，只有挂钟依然在不慌不忙地嘀嗒着，让人不得不心烦意乱的嘀嗒！张学良、杨虎城不知踱了多少个来回，而挂钟的分针，却只慢条斯理地转了两周。

耐不住那让人不得不心烦意乱的嘀嗒，更无法忍受这足以教人窒息的沉默，伸手张学良又抓起了话筒，"……还没找到？接着找！找不到……找不到提头来见！"说完"吧嗒"一声，电话又被他挂断了。"杨主任，"跟杨虎城张学良又道，"如果有个三长两短，你把我的头割下来以谢国人！"

"副司令稍安勿躁。"闻言杨虎城道，"事情未必就如想象的那么糟糕。我们耐心……"一句话没说完，电话铃却再次骤然响起。见张学良没有接的意思，杨虎城这才一把抓起了话筒："啥？再说一遍……好，太好了！送过来快送过来！"捂住话筒对着期待的张学良，杨虎城惊喜地道，"抓到了！副司令，抓到了，抓到了！"

"酒，快！拿酒。"闻言，张学良兴奋地道。凝固的空气终于又开始流动，泥塑的群雕，似乎也复活了。酒杯清脆的撞击声，终于淹没了挂钟那教人心烦意乱的嘀嗒……

印刷厂里《西安日报》《西北文化日报》预留在头版上的"天窗"，立即被《为争取中华民族生存，张杨昨发动对蒋兵谏》《通电全国发表救国主张八项，改组南京政府容纳各党各派》《张杨发表对时局的宣言，八项主张要求全国采纳》的大标题、大块头文章所覆盖。车间里马达飞转、机器轰鸣，这头被印机不断摄入的，是一张张空白的新闻纸；那头被印机连续吐出的，是一张张散发着墨香的成品报。街头上报童们大声地叫卖，市民们竞相购买……

陕北保安，一份文为"吾等为中华民族及抗日前途利益计，不顾一切，今已将蒋及其主要将领陈诚、朱绍良、蒋鼎文、卫立煌等扣留"的急电，送到了毛泽东的手中。因发自十二月十二日凌晨的五时，这份急电又叫作"文寅电"。其中"文"字代表着十二日，"寅"字代表着凌晨的五时。

"文"日的"寅"时，抓蒋行动才刚刚开始，张学良何以致电保安说蒋等已被扣留？原来按此前的密约，西安跟保安的联系是一日三次，分别是五时、十三时，和二十一时。而保安跟西安的联系，却是一日两次，分别是五时、二十一时。没料到抓蒋因阴差阳错而被耽误，又急于得到共产党的支持，张学良自然等不到下午的一点了，于是便提前发了"文寅电"。

事发突然，保安方面竟不敢相信这一切都是真的，于是于当天的二十一时发"文亥电"对这个石破天惊的事实，进行了核实。土窑洞里，共产党人接受了这一突如其来的挑战，研究应急方案的非常会议，在连夜举行。

东都洛阳，东北军炮兵六旅的旅长黄永安，也接到了张学良的"文寅电"。遗憾的是，黄不但没有执行张学良"占领军械库，封闭银行，切断陇海线，控制西工机场，阻止中央军西进"的一系列命令，反而将张学良卖给了时任洛阳警备司令，兼洛阳军分校主任的祝绍周，从而打乱了张学良的军事部署，向中央军洞开了通往西安的东大门。同时给南京方面在后来的和谈中，增添了一枚沉甸甸的砝码。

闻讯动用洛阳军分校的两千四百余人，祝绍周连夜包围并缴械了驻洛的东北军。在兵临潼关"勤王"的同时，他还派飞机飞赴临潼，企图"救驾"。却没料到飞机刚一着陆,飞行组长蔡锡昌一干人等,就被在临潼守株待兔的王玉瓒营长给生擒活捉。

在金城兰州,张学良的联络副官解方于睡梦中,被译电员摇醒了:"刚收到一份急电。密码很特殊,请长官过目。"闻言,解方心里不由一惊,"一定是西安出了事,出了大事。"

解方,吉林东丰人。跟张学良他们绝非仅仅只是一般的乡党,也绝非一般的上下级。远在一九二七年、在解方还在上中学时,张学良就对他特别欣赏。拟派他跟他的胞弟张学铭同赴日本,去学习军事,不料人各有志,少年解方却志在做一名济世活人的医生。长叹了一声后,通过张学铭张学良给解方送了四个字——大医医国。

正是这四个字,彻底改变了解方的一生。跟张学铭东渡,他竟成了冈村宁次、成了土肥原贤二的弟子。面对这个出乎其类、拔乎其萃的门生,冈村宁次跟土肥原贤二两位先生,却怎么也得意不起来。先以"我是中国人,名可以不要,利可以不要,命也可以不要,但国家的颜面,却不能不要",他严词拒绝了冈村宁次要他去山东、去参与制造"济南惨案"的要求。后来,他又彻底粉碎了土肥原贤二企图策动"天津事变"的阴谋。事后,土肥原贤二懊恼地道:"没想到学生打老师,打得竟是这么地狠。"解方回敬他的,是"中国不是印度,也不是朝鲜,天津更不是北大营。"

于王曲军官训练团结业后,怀揣张学良亲自交给他的密电本,肩负着少帅的信任与重托,解方来到了金城兰州、来到了于学忠的五十一军。

果然不出所料,急电是张学良用密码发来的:"跟杨主任通力合作,我们于今晨五时,对蒋委员长实行了兵谏。现已将其与中央的军政要员,一并扣押……"

译出的第一句电文,就将解方吓了一跳。刻不容缓,看着长达数页的电文,他敲开了通信营长冯梦瑞的房门,于是翻译的速度,立即翻了一番。

千钧一发!甘肃省主席兼五十一军军长于学忠以及他的三个师长,却于此前被张学良召到了西安。从解方手里接过电文一看,军参谋长刘忠干惊得魂飞魄散,一时乱了方寸,他竟不知何以应对。

"事不宜迟!"见状,解方忙提醒他道,"参谋长,快拿主意吧!"

"沛然,"见参谋长还在犹豫,喊着解方的字,参谋处长张熙光道,"依你看该咋办?"闻言,解方毫不含糊地道:"副司令的命令,自然是坚决执行了。"张熙光又道:"事关重大,干了将何以善其后?"解方道:"干了再说!副司令已经干了,我们岂能坐视?自古先下手为强。何况兰州又是西安的大后方,若稍有差错,势必陷副司令于被动。"张熙光又道:"军长、师长们都不在，执行如此重大的任务，能有多大的把握？"闻言，解方更是斩钉截铁："一向唯副司令是从，无论在兰州还是在西安，军长他都会坚决执行命令的。三位师长不在，但参谋长都在，他们是绝对靠得住的！"

"干！"一拍桌子，刘忠干终于下了决心，"天塌下来，我们一块儿撑着！"按军参谋长的命令，解方、张熙光立即着手制订行动方案；冯梦瑞立即通知各师参谋长、各团团长到军部集中待命。俟众人各行其是后亲自从省府，军参谋长刘忠干接来了周从政秘书长。

等准备工作就绪，已经是十二日的中午。应军参谋长刘忠干之邀，甘肃省府、省绥署团处级以上的军政官员，都兴冲冲地前来赴宴。身着便装，刘忠干参谋长更是春风满面，来自各路的"神仙"，被他一一拱着手客客气气地让进了大厅。

酒酣耳热，突然间东校场枪声骤起，一时间满座哗然、人人失色。不动声色，站起身刘忠干参谋长歉意地道："诸位不必惊慌，外面发生了一点误会。为安全起见，委屈大家到下水巷营房暂避一时。请务必不要随便走动。"

在西安，在西京招待所，已被软禁多时的甘肃绥署主任朱绍良做梦也没想到他远在兰州的老巢，这时也被冯梦瑞带人掀了个底朝天。

与此同时，率人解方赶到了中央军第二军的炮团，通过喊话，他跟该团的团长——他在日本陆军士官学校的同学晓以利害，兵不血刃地让该团全部放下了武器。相比之下机场、东校场的争夺战，要激烈得多。负隅顽抗，胡宗南部的蔡、徐两个团长，均被击毙，其残部，也被全部缴械。

来自兰州的捷报，又一次让张学良、杨虎城长长地出了口气。

华清宫激战中，宪兵三团的团长——侍从室三组的组长——蒋介石的堂侄蒋孝先被当场击毙。身负重伤，新任侍从室主任钱大钧经及时抢救，已无生命之虞。仓惶出逃中蒋介石扭伤了腰，却并无大碍，在骊山，在一块虎斑石的背后被找到后，他立即被送往西安、送进了新城大楼。

民国二十五年十二月十二日的西安，成了让寰球震惊、让举世瞩目的焦点。

在张学良任鄂豫皖剿匪副总司令期间，钱大钧曾是他的参谋长，因私交甚笃，俩人深为蒋氏所虑。调任西北剿匪副总司令时，张学良虽挽留再三，钱大钧却还是被换了下来。雀鸠易巢。放任西安，原侍从室主任晏道刚成了张学良的参谋长；留居庙堂，接替晏道刚钱大钧成了蒋介石的侍从室主任。

临阵易将。放任在外，晏道刚却因祸得福、有惊无险；留京做官，钱大钧却因福招祸、险些送命。

虽为人忠厚，一时，晏道刚却难以取得张学良的信任。虽身兼要职，对身边酝酿多时，并即将发生的天翻地覆，他竟是一无所知。从睡梦中惊醒时到处打电话，参谋长却找不到他的副总司令。当电话打到绥署时接话的，却不是意料中的杨虎城，而竟出乎意料的是他找了多时，却都不曾找到的张学良。

"发生了什么……我……我也说不清……在新城大楼……我……我也不自由啊……你……还是到西京招待所……哦，暂避一时……"急中生智，电话里张学良的一句鬼话，竟让忠厚为人的晏道刚深信而不疑。被忽悠到西京招待所，于稀里糊涂中，他一头钻进了囚禁南京大员的樊笼。也正是由于这个原因，跟省主席邵力子，他们才有幸没卷入这个旋涡。要不即便是跳进黄河，他们怕也难以洗刷清白了。

出于私人感情，虽不便替张学良美言，却对其对委员长的苦谏、哭谏乃至诤谏，钱大钧都深感同情。直至事发的前一天，他还对张学良"机车有点毛病，要不要修理一下"的建议深信而不疑，从而让委员长的专列有车无头、成为废铁一堆。于是南京除"委员长已死于流弹"，"委员长受到公审，已被处以极刑"，"委员长已被押往陕北，移交共党处置"，"张学良劫持委员长以媚日"的流言外，还多出了一条"勾结张学良钱大钧劫持委员长，欲取而代之"的蜚语。你丢了委员长的车头，委员长焉能不要你项上的人头？多亏那险些要命的一枪，要不任你钱大钧浑身是嘴，怕也只能哑巴吃黄连——有苦莫辩了。

"西北剿匪总司令部"这块挂上去刚一年的牌子，又被摘了下来，新挂的牌子上"抗日联军西北临时军事委员会"十三个大字，赫然在目。国民党陕西省党部的机关报——《西京日报》，也被更名为《解放日报》。改组后以王一山为省主席兼民政厅长，以杜斌丞为秘书长的新一届"陕西省政府"，已开始施政。以高崇民、杜斌丞、王菊人等组成的"政治设计委员会"，也同时开始运转。

"委员长……"张学良正要跟蒋介石道歉，正要跟他说明他毫无恶意，所争的只是政见，只是要他改变"攘外必先安内"的方针。不料蒋介石却不容分辩，刚一张口，张学良便被他打断了："不要叫我委员长！我不是你的委员长，你也不是我的部下。"无论张学良作何解释，蒋介石只是充耳不闻。

"委员长，让您受惊了。"单独面见时，杨虎城又道。见是杨虎城，蒋介石立即变得和颜悦色起来："啊，是虎城。快坐，快坐。"

从没要他放弃"攘外必先安内"的政策，更没像张学良那样，为此而跟他大吵、大闹，又一次低估了杨虎城，蒋介石寄一线希望于他。

"虎城啊，"蒋介石喜形于色，"汉卿他犯上作乱，想必你并不知情。"

"不。"杨虎城道，"委员长，是我们一块干的。"一线希望破灭了。"哦"了一声后，蒋介石又黑下了脸。

从绥署参谋长李兴中的手中，杨虎城接过了一封匿名信。打开看时，上面写的竟是"救委员长于危难，建千载一时之大功"。问题严重，跟张学良商量后，他们准备将蒋介石秘密转移到新落成的，还没来得及使用的高桂滋公馆。

　　跟张学良官邸只一路之隔，位于玄风桥的高公馆，的确是一个理想的所在。奉命去接时从众人中，蒋介石一眼便认出了白凤翔师长。"哪儿我也不去！"还以为要枪毙他，他们被他一口给回绝了，"我是行政院长，绥署是政府的地方，要死，我就死在这儿。"说着一头，他竟钻进了被窝。

　　慢说换地方，连换衣服，都被他拒绝了。

　　知情后，张学良、杨虎城一时竟不知如何是好，不料陈静远却笑道："带着枪去请人家，难怪把人家吓得半死。我倒有个主意，不妨一试。"

　　身着布衣长袍，陈静远来到了蒋介石的住处。负责警卫，刘光复被他招手叫到了一旁。"听说日本女特务南造云子，最近，又到了西安。"顾左右而言他，陈静远竟有些张皇失措，"她可是冲委员长而来的。绥署这地方事情多，人也杂，这女特务神通广大，又无孔不入。委员长他身系国家，你的担子，可不轻！千万莫掉以轻心，进出的都要严格检查，尤其是女的！包括那些给委员长送饭的服务员，还有看伤的医生……"

　　见关步云从门口一闪而过，正说着，陈静远忙打住了。

　　陈静远对刘光复的万千叮咛，却引起了蒋介石的格外关注。听到"南造云子"时，他不禁打了个激灵。这个女特务，曾不止一次地暗算过他，虽侥幸逃脱，至今，他却还心有余悸。关步云从门口一闪即逝时，蒋介石禁不住又打了个冷战。"那……"一骨碌爬起身，他忙跟陈静远道，"那还是换……换个地方吧。"

　　"委员长果然是个明白人。"闻言似乎松了口气，陈静远高兴地道。尽管是晚上，他还是命人给委员长简单地化了装。此前被他严词拒绝的那套衣服，这时，却被他愉快地接受了。

　　"你，好样的！"去高公馆途中，蒋介石颇有好感地跟陈静远道，"张学良真可恶！事前，还领人去给我'照相[①]'。"临走，蒋介石又要陈静远留下姓名。犹豫了一下，在信笺上陈静远留下了两个字——俞武（御侮）。

　　在高公馆刘光复等，都换上了便衣，原先的明岗，也都换成了暗哨。一切都是背锅子睡觉——内紧而外松。

---

　　①照相：这里蒋介石指的是张学良带白凤翔、刘桂五前去认他。

第九十五章

发自西安的所有消息，均被一手遮天的南京政府所封锁，张、杨抗日救国的八大主张，也被犯上作乱的谣传所掩盖。本应大快人心、赢得一片欢呼的壮举，得到的却竟是人神共愤、千夫所指的口诛笔伐。令张学良、杨虎城尤其不能容忍的，是他们曾寄予厚望的社会主义苏联，特别是苏联的最高领导者斯大林。指鹿为马，他竟毫无根据地臆断事变是日本人一手策划的，是日本人的阴谋，骂张学良、杨虎城是叛徒、是强盗。

当然，也有主持公道的，在《以国家为前提》的社评中，《益世报》撰文指出："其实，抗敌才是目的，而其他均为手段。目的不可变移，手段实可迁就。与其争手段而败坏目的，何如保目的而通融手段……算外账不算内账，是我们对同胞的不断呼吁。"

南京方面首先得悉事变的，是军政部长何应钦。十二日晨，考试院院长戴季陶、国民党政治会议委员吴稚晖，被他请到了他的家中。在戴季陶的极力怂恿下，三人集团给事变定的调子是"叛乱"，解决办法是以武力讨伐张、杨。

会议上群龙无首，南京政府迅速地分化为和、战两派。李烈钧、冯玉祥等虽极力主和，一时却又拿不出切实可行的方案，于是让好战者又一次占了上风。会议决定由何应钦任"讨逆军"总司令，急调驻豫的中央军星夜兼程、开赴潼关、直逼西安。与此同时，何应钦还命空军轰炸华阴、渭南，跟西安示威，给张、杨施加压力。

在贺衷寒、邓文仪等人的怂恿下，黄埔系以蓝衣社为首的两千余名少壮派军官们竟推波助澜，于炮标礼堂举行了所谓的"白衣誓师"。

闻讯，以宋美龄为首的皇亲国戚们立即由沪返宁，并不顾一切地冲进了会场。

"辄则动武，居心何在？"指着何应钦的鼻子，宋美龄厉声地质问道，"想炸死委员长吗？"

对宋美龄擅闯并大闹会场，何应钦亦是怒不可遏，他大骂宋美龄"以妇人之见，干预国家大事"。

怀揣宋美龄分别写给蒋介石、张学良的亲笔信，奉"懿旨"英籍澳大利亚人端纳急飞西安。作为张学良的前顾问，作为蒋介石的现顾问，身为白色人种，端纳理所当然地成了沟通西安、南京的和平使者。果然是不辱使命，为和平解决事变，他发挥了无以替代的重大作用。

破罐子破摔，蒋介石坚决拒绝沟通的顽固态度，跟西安一浪高过一浪的杀蒋呼声，以及渭南等地一阵强似一阵的轰炸声，让张学良、杨虎城深感被他们抓在手里的蒋介石，同时也是一个烫手的山芋、一只带刺的豪猪。

在张学良深感孟浪又仿徨无策的时候，以周恩来、博古、叶剑英为首的中共中央代表团，不失时机地到了西安。共产党捐弃前嫌、力主和平解决事变的主张，无疑给方寸大乱的张学良吃了颗定心丸，同时也让杨虎城颇觉意外，在吃惊的同时，杨虎城又为中共以德报怨的胸襟所折服。

一架飞机盘旋在西安的上空。刺耳的警报声过后，惊魂稍定的西安军民这才发现飞机投下的，并非是什么炸弹，而竟是刊有张季鸾文章的《大公报》。

在《给西安军界的公开信》中，在替蒋介石说话的同时，字里行间中张季鸾也不乏对西安军民的同情与理解。文章一再强调"和平统一"，才是解决问题之关键。

中共的宽宏大度，张季鸾的良苦用心，端纳独闯被南京视为"龙潭虎穴"的精神，特别是宋美龄的亲笔信，无不让冥顽不化的蒋介石为之所动。尤其是宋美龄关于南京"戏中有戏"的提醒，更让他不得不改弦更张、重新考虑对张、杨以及周恩来等的态度。在多方的努力下，持蒋介石"停战三日"的手令，蒋鼎文直飞南京，何应钦等这才不得不暂时偃旗息鼓、鸣金收兵。

冲破重重阻力，以个人的名义"国舅"宋子文再闯"龙潭虎穴"，将"三位一体"关于和平解决事变的良好愿望，带回了南京。

在宋子文的陪同下，宋美龄立即飞赴西安。作为蒋介石的全权代表，宋氏兄妹跟西安的"一体三位"，终于坐在了和谈席上。两天过去了，谈判终于达成了六项协议：一、双方停战，中央军撤出潼关；二、改组南京政府，肃清亲日派，增加抗日分子；三、释放政治犯，保障民众的民主权利；四、停止"剿共"，联合红军抗日，共产党公开活动；五、召开各党、各派、各界、各军的救国会议；六、与同情抗日的国家合作。

关于对红军的接济，宋子文答应由周恩来、张学良、杨虎城商定后，再由他保证予以拨付。关于西北的政治、军事，继续由张学良、杨虎城负责主持。

原则上，蒋介石同意了上述协议，但却只以领袖的人格作为担保，而不履行签字。

不履行签字虽有悖惯例，但为不让和谈因这一形式之争而趋于破裂，周恩来说服"一体三位"中的另两位、作出了必要的妥协。

为表示诚意，为给委员长挽回些面子，为不让蒋介石反悔，同时也为不给某些别有用心者留下口实，张学良准备亲自送蒋介石回南京。

四方会谈结束后，"政治设计委员会"又召开了紧急会议，就放蒋的条件，会议进行了磋商，一致认为在离开西安前，蒋介石必须做到：一、将中央军撤出潼关；二、无条件释放上海被捕的爱国领袖；三、在谈判形成的条款上签字，并公诸报端。

矛盾的焦点由放蒋还是杀蒋，瞬间转化为何时放蒋，如何放蒋。

"汉卿！你看……"二十五日一大早，一封信被宋子文神色慌张地，递给了张学良。惊疑中接过信打开看时，张学良见上面只寥寥数语："达成的协议必须签字！否则即便张、杨两位将军同意放蒋，我们也誓死反对。"落款是"东北军、十七路军全体将士"。看罢张学良，立马坐不住了。"夜长了梦多。"宋子文催促道，"汉卿，快拿主意吧！"正焦躁地踱来踱去，闻言张学良猛地收住了脚步："子文兄，你准备一下。我们马上飞南京。"

闻言宋子文匆匆而去。楼上张学良一把将赵一荻，搂在了怀里。在吻了又吻后，他告诉她说自己有点急事，可能得耽搁上三五天。说完，便匆匆地下了楼。

深知没有杨虎城出面，谁也休想离开西安，于是张学良立即驱车赶到了绥署。"虎城兄，"张学良着急地道，"我得马上送委员长走，否则，就会出大乱子。"说着将那封信，他递给了他。趁杨虎城看信的当儿，伏在他的案子上，张学良奋笔疾书……

"就这么让他走了？"看着张学良，杨虎城不甘情愿地道。"再不走，就走不成了！"张学良道，"虎城兄，委员长要是出了事，你我，可都担待不起啊！"将写好的东西交给杨虎城后，他又焦急地接着道，"这是我的手令。西安方面，就拜托老兄了！"闻言杨虎城担心地道："汉卿，你不能走！将这一摊子撂给我，我怕是力不从心。"本不同意放蒋，更不同意张学良送蒋，他极力劝阻着他。

三国时陈宫也曾捉曹、放曹、随曹，后来却又义无反顾地离开了"宁教我负天下人，勿教天下人负我"的曹操，最终，又被曹操杀害在白门楼上。自古请客容易送客难，张学良此去，他还能回来吗？拿着轻飘飘的一纸手令，杨虎城犹托华山。

"没时间再过来过去了。"张学良道，"有孝侯（于学忠的字）相助，你就放心吧！走，我们去机场。"不料杨虎城却道："总得跟周先生，打个招呼吧！"说着伸出手，他就要抓话筒，不想却被张学良，拉了就走。

电话铃骤然响起，伸手周恩来，忙抓过了话筒："哦，是赵秘书……什么？送蒋介石……噢！我这就去……"扣上话筒，周恩来忙吩咐左右道，"走，去机场！"

当周恩来十万火急地赶到机场时，飞机已腾空而起，这时，杨虎城无可奈何地迎了过来。望着越飞越高，也越来越小的飞机，周恩来不由仰天长叹曰："这不是列队送天霸、去负荆请罪吗？"

周恩来所说的"列队送天霸"和"负荆请罪"，是两个典故，分别出自京剧《连环套》，秦腔《将相和》。

当年武侠窦尔敦跟黄三太比武，不想，却遭黄暗算。为报复托名黄三太，窦尔敦盗走了梁九公的爱马。父债子还，因找不到黄三太，梁责其子黄天霸，要他限期还马。以拜山为名，黄天霸找到了占山为王的窦尔敦。虽知是仇家之子，窦却未加伤害，而是约其于次日，在山下比武。入夜，黄盗走窦的兵器，护手双钩，却故意将他的钢刀，留在了山上。致窦误以为黄身怀绝技，而且，颇有义气，于是牵着御马，随黄投案自首了。

昔日赵国的老将廉颇，对资浅却官拜上卿的蔺相如颇为不满，并百般寻衅，予以羞辱。因处处避让，蔺相如被门人质之曰"庸人，尚羞之，况将相呼？"不料蔺相如却道："强秦之所以不敢加兵于赵者，徒以吾两人在也……吾所以为此者，先国家之急，而后私仇也！"闻言，廉颇大惭。乃肉袒负荆请罪曰："鄙贱之人，不知将军，宽之至此也。"

为应对随时可能发生的变故，红军紧急移师关中，设前敌指挥部于安吴，第二方面军驻云阳。

做梦张学良也不曾料到，从飞机离地的那一刹那，他已永远告别了西安，永远告别了西安的父老乡亲，永远告别了"一体三位"中的另两位，也永远告别了他父子苦心孤诣、惨淡经营了数十年的东北军。从那一刻起，他彻底结束了自己的戎马生涯，彻底结束了他的政治生命，也彻底结束了他率领二十万东北军，披甲还乡的梦想。

《捉放曹》的悲剧还没落下帷幕，《玄武门》的悲剧又敲响了开场的锣鼓。

唐初因嗣位之争，高祖的长子英王李建成、次子秦王李世民、四子齐王李元吉竟不惜同室操戈、手足相残于古长安大内的玄武门，史称"玄武门之变"。

论德、论才、论能、论功，李世民都是继承大统的最佳人选，但在那个世袭罔替的封建时代，他却必须弑兄、杀弟，才能成就帝业。其原因再简单不过——自古皇家多子嗣，而天下，却只有一个。虽集德、才、能，功于一身，在伯、仲、叔、季中，李世民却屈居第二。世人只知叹惋，却不知其为封建体制之必然。

没有民主，没有法制，没有基于优越体制上的，真正的民主与法制，悲剧的重演，将实在是难以幸免。

飞机并没直飞南京，而是临时降落在洛阳。

"汉卿，"在洛阳一改当年居高临下的态度，用"商量"的口气，蒋介石跟张学良道，"陈诚他们，还在西安。到南京你我，怕都不好交代。你看……"

蒋介石虽然"客气"，但对张学良来说，洛阳这种"商量"的口气，比昔日在西安听到的训斥，却还要严厉。原想以"'七君子'，不也还在狱中吗"，来回敬蒋介石，但沉吟了半晌，张学良却是言不由衷地道，"我立即致电，教他们放人。"

洛阳毕竟是洛阳，而不是西安。在洛阳张学良，一下子没了底气。

在南京扣留张学良后，继续食言而肥，蒋介石一面下令将杨虎城、于学忠等撤职留任，一面委顾祝同为军事委员会西安行营主任。与此同时，他还调集三十七个师的兵力分五路杀入潼关、直逼西安。

为分化瓦解"三位一体"、逼其就范，蒋介石提出了甲、乙两个方案。甲案是中央军入驻关中，东北军西撤甘肃，红军返回陕北，十七路军移驻渭北，并继续主政陕西。乙案是中央军进驻西安，红军返回陕北，十七路军西移，并主政甘肃，东北军南撤，并主政安徽。

陈诚等放还是不放，东北军的元老们跟少壮派，各持己见。接受甲案还是乙案，东北军、西北军莫衷一是。托派趁机兴风作浪、推波助澜，树欲静而风不止。国特们戳七弄八、吹胀捏塌，唯恐天下不乱。古城西安又一次杀机四伏、险象环生。

"弟离陕之际，万一发生事故，且请诸兄听从虎城、孝侯的指挥。此致。何、王、缪、董，各军、各师长。张学良于廿五日。以杨虎城代理余之职。"

以上是临走前，张学良写给杨虎城的手令。其中"孝侯"，是五十一军军长于学忠的字，何、王、缪、董则分别指骑兵军军长何柱国、六十七军军长王以哲、五十七军军长缪澂流跟总参谋长董英斌。而"以杨虎城代理余之职"，显然是仓促成文后又觉未尽其意，而加上去的补笔。

一手拿着张学良的手令，一手拿着他要释放陈诚等人的电文，杨虎城陷入了两难。

四年前于学忠就是河北省主席，兼五十一军军长。后来迫于日本人的压力，国民政府不得不将其撤出河北，改任为甘肃省主席兼五十一军军长。虽说是东北军的元老，于学忠却因祖籍山东，而一向被认为是外来户。"西安事变"五小时后，又爆发了"兰州事变"。为以善其后，第三天于学忠便匆匆地，回了兰州。他根本帮不上杨虎城的啥忙，替杨虎城出谋划策，替他分忧解难，那就更不敢奢谈了。

　　对蒋介石背信弃义、无理扣押张学良的行径，虽独撑危局，杨虎城却还领衔通电全国、以示抗议。以《西北将领求和平而不得，求抗日而不能》为题，《解放日报》发表了"通电"的全文。通电发表于民国二十六年的一月五日，因此，又被称之为"歌电"。

　　为不负重托，杨虎城曾到前方看望、并慰问过东北军的官兵。官兵们也热情地欢迎，并接待了他，但底下却风传说对东北军，他有所用心。张学良的手令对杨虎城来说，无异于废纸一张，根本不能让其约束和节制东北军。

　　群龙无首，东北军迅速分化为两派，一派是以元老们为首的主和派，另一派是以少壮派为首的主战派。放不放陈诚等人，又成了矛盾的焦点。

　　"不能放！陈诚他们是争取副司令回来的，不可或缺的筹码。"以应德田、苗剑秋、孙铭九为首的东北军少壮派们，振振有词。

　　"必须放！他们是蒋介石不放副司令的口实。"以何柱国、缪澄流、刘多荃为核心的东北军元老们，理直气壮。

　　"不能和！"主战派慷慨激昂，"和了副司令永远，也甭想回来。"

　　"不能打！"主和派高屋建瓴，"打了副司令回不来不说，还有生命之虞。"

　　"打一下，再和！"古训"先礼而后兵"，被托派们反其道而用之。

　　公说公有理，婆说婆有理。意见虽针锋相对，理由却如出一辙——都是为了救张学良回来。

　　"和为贵。人跟飞机一块放！头都磕了，也不在乎多作个揖。胆敢违反副司令命令者，格杀勿论！"军长王以哲勃然大怒。

　　姜毕竟还是老的辣。少壮派们，是敢怒而不敢言。载着陈诚等，五十多架飞机飞回了南京，而张学良却还是没能回到西安。

　　张学良回陕无望给少壮派们，留下了口实。东北军、西北军团以上的军官在渭南开会，四十多人联名主张跟中央军，决一死战。担心和谈会对十七路军不利，在托派的煽动下，杨虎城也有所动摇。而杨虎城的态度无形中，又助长了少壮派的气焰。

　　和、战矛盾在不断地升级、升温，已近白热。"跟蒋介石的血海深仇，我们永远不会忘记。"为维护团结对少壮派们，周恩来语重心长地道，"跟东北军、跟张副司令的血肉关系，我们也永远不会忘怀。但凡对副司令有好处的事，我们一定尽力，但现在坚持要副司令回来，不见得对他就有好处。"

已经听不进周恩来苦口婆心的规劝，苗剑秋一边大哭，一边道："既然不帮我们打仗，开到关中，红军又有何用？"其言外之意，显然是"既然不帮我们打仗，还不如就此决裂。"跪在周恩来的面前，孙铭九也是一边大哭，一边求红军出兵。

"只要你们能团结起来，我们绝不会对不起张、杨两位朋友。"反复权衡利弊，又报请中央同意后，周恩来道，"我们一定全力支持你们，包括打仗。"

见战事一触即发，从兰州王以哲、何柱国接回了于学忠。又邀杨虎城、周恩来在位于南院门粉巷的王以哲家中，连夜召开了"三位一体"的高层会议。会上于学忠主和的态度，立即得到了王以哲、何柱国的支持。

"从道义上讲，应该主战。"杨虎城道，"从利害上讲，应该主和。东北军方面既然主和，我顾全这个大局。"

"我们是坚决主张和平的。"周恩来道，"如果大家坚持要战，为团结起见，我们愿意保留自己的主张，支持你们打好这一仗。现在两方既一致主和，我们当然更乐于接受。"最后，他又强调说，"请大家务必说服各自的部下，务必团结如初，以免节外生枝。"

那些但愿不如所料的，却往往又不出所料。锄奸的标语突然惊现在西安的街头，流言蜚语，也暗中流传于古城的巷尾。同一天在高陵、在渭南两个不同的地方，缪澄流军长、刘多荃师长竟分别收到来自十七路军的，内容也完全相同的电报各一份。电报声言王以哲所以置副司令的生死于不顾，是他已经被南京以三百万元所收买。现已将其处死，云云……

遗憾的是，这个投石问路的危险信号，却未能引起缪澄流军长、刘多荃师长的高度警觉。他们只是一般性地致电杨虎城，请他对王以哲、何柱国等，加以保护。更遗憾的是，只有何柱国应邀住进了绥署，而王以哲却以杨虎城未免小题大做，而曲解、而拒绝了他的好意。既过于自信，又低估了某些人，王以哲只知他手握重兵，却忘却了远水难解燃眉的古训。

冲进王以哲家的，不是别人，而是他的学生——警卫二营一连的于文俊连长。因感冒老师正卧病在床，前来"探望"，学生的礼物，竟是一梭子子弹。可怜身为老师、身为一军之长，王以哲连中九弹，竟屈死在自己的学生、屈死在一个小连长的手下。当指挥人掘地三尺，却没起到所谓的三百万元赃款时，于文俊这才连呼上当，上了孙铭九的大当。

在事变的善后谈判中，何柱国曾电话要求顾祝同给西安拨六百万元作为接济，后几经讨价、还价，连腰砍顾祝同只答应了三百万。电话里的一句空话被捕风捉影，又几经炮制后，竟成了少壮派杀害王以哲军长的，"莫须有"的罪名。

跟王军长一块被害的，还有总部交通处的中将处长蒋斌、副处长宋学礼、参谋处长徐方。血案正好发生在西安事变的五十天后，即民国二十六年的二月二日，故又叫"二二兵变"。

在何柱国军长的家中，警卫二连的王协一连长却扑了空。赶往绥署要人时，他却在杨虎城的严厉斥责下被刘光复缴械后，又赶了出去。

与此同时，几个少壮派军官也冲进了周恩来的办公室。见他们来势汹汹的样子，周恩来立刻明白了。"你们要干什么？"拍案而起，他大声地呵斥道，"你们以为，这是在救副司令吗？不！你们这是在帮蒋介石害副司令，是在做他想做，却又做不到的事。你们破坏了团结，你们分裂了东北军，你们这是在犯罪！"

面对周恩来的声威，少壮派军官们气焰顿敛。接着，又默默地垂下了头。平静下来后，周恩来进一步开导着他们。闻言少壮派军官们羞愧得无地自容，流着泪他们跪下来跟周恩来认错、请罪。

古城西安再次笼罩在，一片恐怖中。大义凛然，置个人安危于不顾，带着李克农、刘鼎等，于第一时间，周恩来赶到了王以哲的家中。见他们一面安抚家属，一面帮着料理后事，东北军的将士们，无不深受感动。以实际行动，周恩来彻底粉碎了别有用心者"少壮派受共产党指使，要杀一批军长、师长，并打出红旗"的恶意中伤。

听说王以哲军长惨遭杀害，刘多荃师长怒不可遏。他立即调兵遣将，向西安杀奔而来。不排除包括某些虽有政治野心，却无政治头脑者在内的少壮派军官们，立即慌了手脚。思来想去觉得除共产党外，再没人能救他们的小命，于是，他们又一次地哭求到周恩来的面前。

考虑到大多数只是感情用事，一时冲动，才铸成大错。更重要的，是必须立即结束这场冤冤相报的杀戮。跟杨虎城商量后，冒着涉嫌包庇凶手的风险，通过红军的驻地周恩来将应德田、孙铭九、苗剑秋等，送出了陕西。

果然不出所料。直接凶手于文俊虽被剖腹、挖心，来祭奠王以哲的亡灵，刘多荃师长却还是，难解心头之恨。抓不到主谋，又迁怒于共产党，刘多荃竟诱杀了与此毫无瓜葛，却为促成"三位一体"立了大功，已被张学良提升为少将旅长的高福源。

"二二兵变"彻底地瓦解了"三位一体"，盛怒之下，东北军的高层竟放弃了有利于"三位一体"的甲案，而接受了蒋介石的乙案，十七路军也被缩编为三十八军。后来东北军、西北军又被蒋介石逐步肢解而不复存在。张学良被长期囚禁。杨虎城先被迫出洋，后又遭暗杀。震惊世界的西安事变，就此，落下了帷幕。

西安事变终于结束了国共两党"兄弟阋墙"、长达十年的内战,"外御其侮",西安事变又拉开了中国人民全面抗战的帷幕。

西安事变,兄弟阋墙,外御其侮,你有责任,我有义务;
卢沟晓月,守土抗战,保家卫国,胜者中华,败者日寇。

2007年10月——2009年12月一稿

2010年元月——2010年9月二稿

2010年10月——2011年3月三稿

2011年4月——2013年6月四稿